U0872998

KUWEI
酷威文化
图书 影视

# 我爱种田

上册

拉棉花糖的兔子

著

江苏凤凰文艺出版社
JIANGSU PHOENIX LITERATURE AND ART PUBLISHING

**图书在版编目（CIP）数据**

我爱种田：全2册 / 拉棉花糖的兔子著 . -- 南京：
江苏凤凰文艺出版社，2020.11
ISBN 978-7-5594-5151-4

Ⅰ . ①我… Ⅱ . ①拉… Ⅲ . ①幻想小说 – 中国 – 当代
Ⅳ . ① I247.5

中国版本图书馆 CIP 数据核字 (2020) 第 167030 号

# 我爱种田：全2册

拉棉花糖的兔子 著

责任编辑 王昕宁
特约编辑 马春雪 苗玉佳
装帧设计 苏 涛
责任印制 刘 巍
出版发行 江苏凤凰文艺出版社
南京市中央路165号，邮编：210009
网 址 http://www.jswenyi.com
印 刷 天津旭丰源印刷有限公司
开 本 680毫米 ×970毫米 1/16
印 张 44.5
字 数 920千字
版 次 2020年11月第1版
印 次 2020年11月第1次印刷
书 号 ISBN 978-7-5594-5151-4
定 价 78.00元（全2册）

# 目录

Contents

## 第二卷 在中世纪种田 135

第一卷

# 在校园种田

第 1 章

# 签约

在科技高度发达的今时今日，新人类自认与神无异。在他们手下可以诞生无数虚拟位面，模拟本宇宙、平行宇宙数据，使其达到高度仿真程度。

这是仙人的洞天，是上帝的创世。

而新华夏人秉承神奇的传统，将这一尖端技术应用在了精神享受上，挑选不同的人进入各个位面，演绎一场漫长的真人秀，剪辑后供无聊透顶的新人类观看。

该项娱乐大受欢迎，制作方四处挖掘那些拥有不同才能的人，签约后分类送入虚拟位面。

今天，LJJ 公司的总监林琳，就是要去找一位她认为非常有潜力的人选洽谈签约事宜。

这个人叫崔栖潮，现年二十六岁。就林琳的了解，他拥有极为罕见的上古血脉，并即将，甚至可能已经开始进入基因苏醒期了。这样一个天赋异禀的人，不但能成为一名极为优秀的主演，还极其万能。

上古血脉啊，进可在男频上演争霸天下，退可在女频演绎霸总柔情。

根据以往的案例看，那些只能说是出色的基因演绎出来的真人秀都具备极高可看性，为他们带来丰厚收入，何况是难得一见的上古血脉。

根据从基因局打探到的些许消息看他的基因绝对是顶级的，甚至极有可能在三皇五帝之列！

林琳怀着一定要成功签约的想法，来到了崔栖潮家门口。她看到门口的小花园里已经坐了一名青年，与资料所显示的完全一致，真人更有任何留影技术也无法彻底展现的气质。

他是极为纯正的东方式俊美长相，如同古典水墨，难怪能够苏醒那样的血脉，可在他深黑好看的眼眸之下，有着浓浓的黑眼圈，看样子有段时间没休息好了。

这个细节令林琳多了几分信心，上前自我介绍道：“崔先生吧？我是 LJJ 的林琳，之前和您联系过，久等了。”

“你好。”崔栖潮困倦地揉了揉眼睛，将花园栅栏打开，“没有，天气好，我在这儿发会儿呆。”

林琳笑道：“那我们就在这儿聊吧，阳光挺好的。”

崔栖潮原本也是这样打算的，在桌上还放了茶。他给林琳沏了杯茶，说道：“我已经大概了解了你们的项目，但是，我对演戏毫无天赋。”

“不、不，不是演戏。”林琳经手那么多次签约，对可能面对的问题心中都有底，说道，“随着观众的需求变化，我们除了分类外，不会再规定剧本，大纲也没有，这更加考验演员的自身素质。”

崔栖潮摸了摸下巴，若有所思地道：“你是说任我发挥？”

林琳：“应该说观众就想看自由发挥。崔先生，我知道您的顾虑，这份工作要‘背井离乡’，可能所在位面环境也比较艰苦，但是，我们给出的报酬很丰厚。我看崔先生精神不是很好，想必是天赋在苏醒了，对您来说，在现在的社会里，太需要一个更为广阔的天地来大展身手了！”

帝王该做的，不是逐鹿天下，争霸星球吗？她自认极有说服力。

这句话说到了崔栖潮的心里去，他最近确实饱受血脉苏醒的困扰，家里这点地方根本不够他折腾的，也许，去虚拟位面里“大展身手”，能够有所改善？

林琳看崔栖潮心动，趁热打铁道：“我们对崔先生非常重视，都已经策划好了，第一个位面我们可以从科技没那么落后的二十一世纪开始，来一段校园生活，为您适应接下来的工作做一个缓冲。虚拟时间为四年。”

就凭崔栖潮这张脸，第一个位面，她代表万千女性观众决定了，去女频！

虚拟位面的时间对比现实世界流速是五十比一，也就是要花费一个月的时间。虽然还可以再进行调节，不过碍于国家规定，另外也是为了方便观测，保证从业人员的心理健康。

崔栖潮低头沉思半晌，终于下定了决心：“可以，我现在就和你去签约。”

林琳心中一阵狂喜：“崔先生，请。”

崔栖潮只进屋简单收拾了生活必需品，便和林琳一起离开了。

而被崔栖潮关上的家门之后，是有些奇异的画面。

从窗台、书桌、书架到沙发，几乎每一处空间都摆满了各种容器。大陶盆里的K9型水稻、浅盘中的小麦草、吊盆内的微型牡丹吊兰，甚至不乏种植条件极为困难的植物，一簇簇枝繁叶茂，有水培，有土栽，部分已经结出了饱满的果实。

这些原生环境天南地北的植物，共同盘踞在属于人类的空间里，使得这一方天地不像民居，更像是温室，强烈的反差感与神奇的和谐令这种生机勃勃的画面带着几分怪异。

崔栖潮在LJJ公司看过合同的所有条款，顺便发给了自己的律师。另外就是一些他比较在意的内容，比如在技术上，已经能够实现自动分级，也就是虚拟位面将会全自动录像，而未经过主演确认的裸露画面会在录制时智能打码，不用考虑隐私外泄的问题。

崔栖潮再次向林琳确认：“你们不会干扰我的行为？”

林琳猛点头道："我们只会给出建议，尤其在后期有了观众反馈后，但是一切还是由您自己决定。当然，您自己想必也会考虑播放率、收益，另外，大方向的确认不属于干扰范围，比如我们的题材是校园，您当然必须进入学校生活，而非自己去创业、旅游之类的。"

崔栖潮若有所思地点头："这样啊……那请稍等，我和律师聊聊。"

林琳坐在原处，在崔栖潮与律师沟通之时，自己也思考起来。崔栖潮问这个问题，是希望有极大的自主度吗？

其实她遇到过很多主播，还会因为没主见、没想法而索要公司的方案，不过，既然崔栖潮觉醒了上古血脉，和普通人的想法当然不一样。

看到这点特质在崔栖潮身上展现，林琳也越发兴奋了，几乎能看到日后播放率节节高升，广告投放占据每个角落的画面。她都想好了适合崔栖潮的频道的广告类型——高端男装、珠宝……

若干天后，林琳会想穿越回来抽自己的脸，但在此刻，她完全陷入了幻想中。

崔栖潮回来后，对她点头："可以签了。"

双方沟通无误，签字，合同即刻生效。

林琳和崔栖潮握手："合作愉快，崔先生，您希望什么时候进入虚拟位面？您大约有……五天的准备时间。"

"不需要五天，今天就可以。"崔栖潮按捺住血脉带来的冲动，"请尽快帮我安排吧。"

"看到您这样有工作热情，我真是开心。"林琳对他眨了眨眼，"那么请来吧，我给您看过背景资料，就可以进行转移了。我们已经准备妥当，因为要给您一些选择余地，身体条件不会进行大的改动，与自身一致，年龄设置为二十四岁。毕竟校园故事也能有很多发展方向，这是一个大学校园，您可以做教师，也可以选择做学生，读博士。在那个位面，您的'叔父'是校长，一切都有商量的余地。"

这其实也是公司的某种优待，给了他比较高的起点、背景，毕竟这个时代的观众没有太多耐心。

崔栖潮听到"商量的余地"时笑了一下，虽然多日未休息好，面上带着疲惫，但这一笑反而使这种疲惫带上了不一样的病态美，看得林琳恍了下神。

她有种强烈的预感，节目要红。

林琳将崔栖潮带到了工作室中，工作人员为崔栖潮连接好仪器，口中问道："崔先生有跳伞、蹦极等空中运动的经验吗？"

崔栖潮愣了一下道："有，怎么了？"

林琳扶着仪器道："在转移的时候会有强烈的失重感，很多主演受不了，过去后还会吐。其实实验室一直在试图解决这一问题，只是暂时还没有可行的办法。崔先生有过空中运动的经验，应该会好很多。"

况且依照她所想，觉醒了帝王血脉的人，也不可能害怕失重感吧。

正如她所想，崔栖潮对此毫不在意：“没事，开始吧。”

“位面转移准备。”

“三、二、一！”

倏然间，强烈的失重感出现，转移的体验就像从万丈高空极速坠落一样。

崔栖潮痛快高呼：“Geronimo（蹦极、跳伞等活动的一种传统语言）！”

他“落地”之时，已是另一个世界。

第 2 章

# 华夏第九大菜系

伴着那一声壮胆的高呼，再次有了脚踏实地的感觉之后，眼前的黑暗中隐隐透出白光，崔栖潮感觉自己再次恢复对身体的控制。

他睁开眼，入目是一间二十一世纪某段时间流行风格的公寓，黑白灰为主调的装修，简约却有质感，从家居陈设来看，已经是这个时代较高的生活水准了。

对不同的虚拟位面，不同的人选，LJJ 公司当然会有不同的设置，虽然也有照顾崔栖潮第一次参与的考虑，但如果要把崔栖潮的节目不分在校园类，而是励志人生，面对的想必是不一般的景象。

从签订合同到现在，时间很短，但崔栖潮看过资料后早有想法。他并没有任何犹疑，先在房内转了一圈，把电器说明书都拿出来读了一遍。

在短暂的适应过程之后，崔栖潮起身走到窗边，拨弄了一下窗台上种着假雏菊的花盆，拿起这个时代的通信工具手机，找到通讯录中的“叔父”，拨通号码。

“喂，叔叔，我是崔栖潮。”

电话那头的崔校长态度极为和蔼：“是栖潮啊，我正想说你回国了，就来家里聚聚，没想到你倒先给叔叔打电话了。怎么样，和你爸商量过在哪儿发展了吗？”

崔栖潮不紧不慢地将假花扯出来，花虽然是假的，土倒是真的，但是土质一般，水分不够。他说道：“叔叔，我有意在国内的学校里再待一段时间。”

崔校长“咦”了一声，但出于对侄子的信任，很快说道：“呵呵，那么你给我打电话，难道是想进 C 大？招生已经结束了，不过还可以动用特殊通道。”

崔栖潮顺手将假花放到一边，从厨房里拿出辣椒，挑了个大的切开：“叔叔，我不是要去读书。”

崔校长转念便道：“那难道是来教书？这倒不是不可以，但我不太明白……”

崔栖潮打断他，平静地道：“叔叔，我听说 C 大那几个食堂要重新招标了？”

他手下不停，选出了硬的辣椒籽，放在太阳下晾晒。

相较于崔栖潮的闲适，崔校长却陷入了诡异的沉默当中，发出了甚至有点儿傻的声音：“啊？”

C 大占地面积位居南海市大学城各高校之首，校园食堂也是最多的，高达五所。但从一食堂到五食堂，无不是 C 大学子大学生涯的噩梦，因为 C 大食堂的食物的黑暗程度也是位居南海市大学城高校之首的。

不对，自从去年有人将C大各食堂的菜谱晒到网上后，各校网友纷纷自叹不如，这个范围恐怕已经升级到省、国级别，成为华夏第九大菜系——食堂菜中的佼佼者。

比如此时此刻，C大大三中文系的孟畅就徘徊在分岔路口，犹豫不决。

路过的同学拍了拍他的肩膀："站这儿干啥呢？"

孟畅露出一个凄惨的笑容："向左，一食堂；向右，四食堂。该如何抉择？"

同学嘴角一抽，悲哀地道："有区别吗？"

即便在C大各食堂内部，也有着激烈的竞争，他们不时推出极具创新思维的菜式，一食堂和四食堂是最有竞争力的两个食堂。

二者中到底哪个是C大食堂的代表，一直是C大学子争论不休的话题之一。

孟畅："看学校论坛有人说一食堂昨天上了新菜，辣条炒冬瓜；也有小道消息称四食堂今天推出了火龙果炖牛肉……"

两人陷入了长久的沉默当中。

同学："快开学了，食堂好像要重新招标了吧？"

孟畅垂头："不要抱无谓的希望了，这几个食堂的背景都硬得很，哪是那么容易换的？再说，万一换个更差的呢？"

还能有比"C大五虎"更猛的食堂？两人思考间再次陷入了可悲的沉默当中。

半晌，孟畅才回过神来，问道："对了，你这是去哪儿？你不去食堂吃饭吗？"

同学露出了逃出生天的笑容："不说差点忘了，刚才陷在对食堂的恐惧中无法自拔啊！这餐不用死，我哥来看我，带我去刚开的网红餐厅味之林分店吃饭。"

味之林，以川蜀一带的香辣口味闻名，最近在各地都很流行，网络营销也做得红红火火，现在终于把分店开到南海市学生最密集的大学城来了。即便还有一段时间才开学，这里的人流量也很可观，更别提还有市民专程过来，听说提前两三个小时就得去排队领号了。

这对比令生活费见底的孟畅几乎又落下泪来："你……"

"保重，我会打包点儿东西给你当晚餐的，如果我还有剩，而你又还吃得下！"同学说罢，一溜烟跑了。

崔栖潮穿着整齐挺括的深色三件套西装，怀里是已经苗高十厘米的盆栽，随着崔校长车行绕了C大校区一周，目光一直紧紧盯着校内的绿化草地，几乎忽略了崔校长担忧的目光。

好多空地，他好想，好想拥有它们……然后全都种满。

"栖潮……"崔校长眉头紧锁，担忧地道，"你真的要参与食堂招标吗？我不懂，你是不是在国外念书时压力太大了？"

念出"食堂招标"这四个字时，崔校长语气中的怪异味道达到了顶峰，无论如何他也无法将这种事和侄子联系在一起。

崔栖潮"嗯"了一声，不置可否："放松一下。"

崔校长的眉头渐渐松开了，瞄了一眼他的盆栽："那你能有自我调节的心，我就不说什么了，到底还是身体最重要。叔叔不怕你没有拼劲啊，怕的是没那个健康身体。"

他可以确定，自己刚才在崔栖潮眼底看到了野心——虽然他不知道那源自什么。

"谢谢叔叔，那招标的事情……"崔栖潮看向他。

崔校长毫不犹豫地道："你下午只管去看看住处合不合适。"

"谢谢叔叔。"崔栖潮这才露出了笑容，与真实身体一般无二，但眼下没了黑眼圈，更有神采，东方水墨一般的眉眼弯起，宛然如春月柳。

据说 LJJ 公司在设置虚拟位面时参考了大量真实数据，其中包括花费巨资购买来的真人资料库。在面对崔校长真切的关怀时，崔栖潮才对这一点消去了怀疑。

"我就你这一个侄子，谢什么。"崔校长顺口问道，"对了，你这养的是什么花？"

崔栖潮："辣椒。"

崔校长："啊？"

崔栖潮又仔细看了一下："茄科植物，俗称小米椒。"

LJJ 公司。

林琳目光呆滞地问眼前的下属："你说什么，再说一遍？"

下属飞快地道："崔先生没有做老师，也没有做学生，而是参与了 C 大学校食堂的招标。"

林琳猛然站了起来："他不是已经了解过基本情况了吗？我们这是校园分类，不是美食啊——不对，就算是美食节目，哪有用食堂做起点的！"

大家看校园节目，是要看校园生活啊，无论是禁忌的师生恋，还是纯情有趣的学生恋，食堂应该只是其中一个并不重要的场景才对。

再说美食节目，从私房菜、家常菜、豪华酒席乃至野外生存，都算有前途，办食堂算什么？

就算崔栖潮接下来还会找人谈恋爱，这个格调也已经大大降低。这样的节目放到校园频道去，会不会被观众投诉啊？

不是……他长得好也不能这么玩儿吧？

下属低头道："可是他的律师也确认过了，这样并未违反合同内容，他确实进入了校园，而且我们也不能在这上面进行干涉。"

林琳快窒息了："我还想说是不是涉嫌合同欺诈呢！他不是觉醒的特别高端的上古血脉吗？"

下属："据、据说，崔先生觉醒的确实是上古血脉，但目前产生的只有种植意识。"

林琳:“什么？”

下属:“他的律师说，现在人口爆炸，人均土地面积过少，反倒是虚拟位面成了发泄种植欲的最好选择。老大，虚拟位面造价这么高，中止都已经不划算，我们还签了那么长时间的约，会不会亏啊……”

林琳彻底无话可说了。

第 3 章

# 王者本能

虽然有了崔叔叔的承诺，有些工作崔栖潮还是要自己上手，例如注册公司，办理营业执照等证件，准备食堂招标书、方案等资料。

至于员工方面，崔叔叔已经提醒过，之前的食堂员工其实都是和派遣公司签的合同，如果崔栖潮要参与招标，那么他完全可以从中帮助联络，直接雇原有的员工，这样一来会省事不少。

崔栖潮对这里还不是十分了解，自然同意。

他正在清点自己的原始资本，有赖这个虚拟位面的分类和给他的设定，账上有足够的资金保证前期运营。等到食堂投入运转后，还有收益。

C 大食堂都不对外经营，也严禁收取现金，饭钱由师生刷校园卡支付，每到月底再和学校财务科结算。

当然，这些对崔栖潮来说并不是重点，他在仔细看准备招标的一食堂平面图。

一食堂两侧都靠着学生宿舍，一侧临马路，还有一侧则面临校内的矮山，上头建了小公园供学生游览休憩。

食堂建筑共计五层，其中包括地下一层，这里有厨房、冷藏库、各种加工间等，一到四层是餐厅，也设置有办公室、会议室等，建筑面积有好几千平方米。

崔栖潮对这一点勉强满意，他关注更多的是 C 大整个校区。

在他生活的地方，人们很难有这样大的活动空间，因此虚拟位面技术也一直被称为人类未来的方向，或许技术更加成熟了，能够走入千万寻常百姓家。

崔栖潮看着看着，就觉得身体中的冲动几乎又要按捺不住了，传承自上古的血脉在苏醒后令他王者之气一散，很想把这里种上点什么吃的……

LJJ 公司确实是认真为崔栖潮考虑过的，明面上不想给崔栖潮安排剧本，暗中却把时间设置在招生结束后，再安排崔叔叔这样一个助力——无论如何，天降总是更有时髦值。

谁知道崔栖潮倒是用上了这个外挂，却借此承包了食堂，光凭这个，林琳知道后也能多呕八两血。

有了崔叔叔的背后支持，崔栖潮毫无疑问地中标，成了 C 大一食堂的项目经营者，一食堂原有的器材、食材都被失落的上任主人转卖给了他。而在看到托着一株已经结果的盆栽小米椒的崔栖潮出现时，一食堂全体员工也都露出隐隐困惑的神情。

“崔”这个姓比较敏感，和校长同姓，听说这位崔总还是国外留学回来的。现在看到他本人，相貌俊美，合身的西服更突显得腿长腰细，让人油然而生一个疑问：这样的人，为什么会选择来经营食堂？

不但如此，这位崔总还和派遣公司商议过了，修改合同，给大家提高了薪资待遇，现在他们有点儿不现实的感觉。

“大家好，我姓崔，崔栖潮。我刚刚已经看过了原有的规章，大致可以沿用。”崔栖潮对自己的介绍简单到不能更简单，别说没有赘余的话，连新官上任的辞令都没有。

他不熟悉人员构成，不尝菜，不了解经营情况，而是第一时间下达了一条指令：“现在麻烦大家一起把盆栽都拔了，外面食堂范围的草皮也都扒了。”

众人面面相觑。

一楼窗口的厨师李听梅说出了大家心中所想：“崔总，为啥啊，这是要做什么？”

崔栖潮扫了她一眼，说道：“就当开源节流。我看过冷藏室里的蔬菜了，我希望这些地方都换栽上辣椒。”

食堂员工们各自相顾，对这样的做法不奇怪，华夏人到哪儿不喜欢自己种点葱蒜辣椒？只是这样的话由崔总说出来，显得格外不相配。而且崔总也比一般人高端多了，连盆栽他都要让人换成辣椒……

食堂里外的花卉盆栽其实都是学校统一摆放的，每隔一段时间就会有花卉公司的人拉新的时鲜花朵来替换。

包括草皮，也是绿化工程的一部分。按常理说，不该归他们处置。

不过，众人想了想崔总和崔校长的关系，这块又算食堂范围，这拔了大概也没什么事吧？

为了在新老板面前表现一下，大家只在心中稍稍疑惑，就立刻行动起来，剥籽的剥籽，晾晒的晾晒，拔出来的盆栽再移植走。

崔栖潮在一旁指点，心中涌起满足感。对种植的整个过程，他似乎有着与生俱来的敏感，每一个关节的时间掐算都有着自己的概念，甚至在手法上也有要求。

食堂之前也晒过一些辣椒籽，现在立刻就能用，崔栖潮在他们想要种植时拦了拦：“土壤湿度不够，先浇水，相对含水量至少百分之七十，深翻五十厘米后起垄定植，单行定植，行距……37.5 厘米。”

食堂工人们目瞪口呆。

他们中有些在农村长大，自己家里也有地，原以为崔总这个派头，指挥归指挥，对种菜能有多少研究啊！没想到他这一开口……都详细到 37.5 厘米了！

数据准不准确他们不知道，但大体好像是这么回事啊，辣椒就是喜欢湿润的土壤。

在崔栖潮的要求下，大家几乎是用尺子量的行距。

“哎……这个，那个，这是在干什么？还有吃的吗？”

崔栖潮闻声看去，说话的是个戴着眼镜的学生，手里拿着校园卡，一脸茫然。这个点其实已经过了供应时间十分钟，放假期间本来师生就少，整个餐厅也就他一个学生疑惑地看着忙碌的大师傅们。

“同学你好。”崔栖潮一心借食堂种田，但好歹还记得食堂的主要任务其实是负责C大师生饮食，看了一眼这学生，“现在已经过了经营时间。”

“啊对……”孟畅尴尬地道，“老师，那个，我看书晚了，就想看看还有没有剩菜。”

崔栖潮奇怪地瞥了他一眼：“我不是老师。”

孟畅更加尴尬了，崔栖潮这西装革履还贼有气势的样子，加上待久了校园，他第一印象就感觉对方像老师，要不是看年纪轻他都想喊教授了。“不好意思啊，我以为您是我们学校的老师。”

“我是一食堂的。”崔栖潮淡淡地道。

孟畅心想：一食堂的？什么意思？一食堂为了和四食堂竞争招揽学生，已经用上找模特的手段了吗？

这会儿食堂的工作人员都忙着，崔栖潮道：“你稍等，我去看看还有什么吃的，一锅热了给你。”

孟畅露出要哭不哭的笑容：“可以。”

到现在他已经无比确定这个帅哥是一食堂的人了——只有一食堂的人才具备这种剩了什么食材都能炒一块儿的素质啊！

崔栖潮平时出于兴趣，偶尔会放弃厨房料理机，自己下厨做些菜，但这里的食物他也不是每样都认识，厨具倒是因为这几天自己做菜熟悉了。

这个点剩饭剩菜都处理了，还剩下几只炸鸡腿，还有一点素炒茭白。

崔栖潮端着剩菜看了一会儿，若有所思。自从血脉觉醒后，他对食物的敏锐度也上升了，那种精确的计算不只表现在种植尺度上，对味道心中也有分寸。

在一代代的改良种植里，口感也是极为重要的标准。

他尝了尝炸鸡腿和素炒茭白，心里有了底，把鸡腿的油炸外皮去了，切成丁。原来这道素炒茭白其实有些生，大约只大火炒了个七成熟，油也极多，看在崔栖潮眼里无一不是缺陷。

崔栖潮热了油，把葱姜炒出香味后，将鸡腿丁和茭白都倒进去回锅，另摘了几颗盆栽小米椒，切碎了撒进去。

以崔栖潮对食材的细微感知与控制能力，回锅后的这一盘鸡丁茭白装盘后，底下淡淡一汪油，紧紧挨着食材边缘，外围的盘底仍是洁白的。上头炒成焦黄色的鸡丁、白中透着微黄的茭白、鲜红的小米辣以及葱青、姜黄，使得一道简单的家常菜看起来颜色鲜艳，又毫无炒菜的油腻，反而清爽无比。

这种清爽来自精妙的控制，这盘回锅的鸡丁茭白，用油、配料、火候都掐在了适当的时候。这样的控制和正常老厨师常年下厨掌握的手感不同，崔栖潮靠的是自己对食材的了解、算计与品尝。而对这种普通食堂菜来说，崔栖潮略嫌单调的烹饪技巧也完全够用，甚至十分适合。

崔栖潮又打了一碗饭——同时也深深地鄙视了这碗米饭一眼，将就着一同放在托盘里，端出去给那位同学。

由于坐着的姿势，孟畅在看到菜色之前，先闻到了一阵诱人的浓香，单单闻这个味道，就能知道这道菜很能下饭了。

通常来说，一食堂的菜色分为寡淡或者怪异两种，偶尔正常，这种达到“诱人”程度的香味，让孟畅有点怀疑自己的嗅觉出现了问题。

崔栖潮把饭菜放下：“你能吃辣吧？我加了些辣椒提味。”

难怪这香味还有点儿呛人的意思，孟畅的口水在大量分泌，无意识般点了点头，用筷子一下夹起几粒鸡腿丁。

原本油多盐少炸得也不透的鸡腿丁在回锅之后被酱油着色成微焦的黄色，配料入味爆出香气，再加上恰到好处的小米辣提味，如同画龙点睛。

一筷子菜入口，孟畅的饥饿感和食欲一起爆发了。

他再夹了一块茭白，被切成小块的茭白两次翻炒后极为入味，又有蔬菜的鲜甜，融合在一起恰好中和了油腻感。

“嘶……”嚼了几口后小米辣的辣味才爆发，虽然放得不多，更多是为了烘托香辣，但对孟畅这个南方人来说也足够了。

这小米辣的味道和他从前尝过的好像不一样，比普通小米辣也多了些本来不具备的香，用句流行话来形容：这是有灵魂的辣味吧！

不过越辣越想吃，辣味刺激得孟畅口中分泌大量唾液，脸颊发烫，额头冒汗，呼呼喘了几口，又不舍这味道，只能大口扒了扒口感已经不是很好的剩饭缓解。

等到孟畅大口吃了半碗饭，再次抬头时，才发现那个帅哥已经不知道跑哪儿去了，大概是和其他人一起翻地去了，毕竟他说自己是一食堂的人……

等等！

此时孟畅突然惊醒，一食堂的人？对了，这道菜是一食堂的啊！

孟畅几乎是面目呆滞地拍了一张剩下半盘菜的照片发到班级群里：“同学们，我现在在一食堂，有个很帅的哥们儿给我炒了盘剩菜烩，巨好吃。”

瞬间就多了几条排队回复。

“呵呵。”

“呵呵……”

“呵呵！”

第 4 章

# 牧羊猫

在崔栖潮上任后，对冷藏库也进行了检视，他对供应商的质量其实不大满意，但目前也无可奈何，好歹还是新鲜的。

C 大食堂的采购分为大宗和小宗，大宗的是米面油之类，供应商资格需要经过 C 大确认，小宗则能自行采购。

“对了，在采购单里添加一项，买一批种子。”崔栖潮说道。有些菜无法自行留种，需要购买种子。刚刚才把食堂都种上辣椒，他就已经谋划上了其他地方。

来的时候自己盆栽了一下辣椒，他对这个时候的辣椒特性已经摸得比较熟了，因此食堂外也都栽了辣椒。不过，等他一步步扩大征服面积，必然要丰富品种。

采购员小曹迷茫地道：“买种子？崔总，我们买种子干什么？”

“有用。”崔栖潮说道，“小白菜、菠菜、荠菜、秋葵、香芹、空心菜、豆角……这些先各来三十斤种子。”

崔栖潮和他们认识也才几天，小曹对新老板还存在一些畏惧，没敢再细问，只点头记下来。

出了冷藏库，崔栖潮看到一名勤杂工手里捧着一只黑白花小猫，多扫了一眼。

因为刚才看了那么多品质不如自己意的菜，崔栖潮神情有些沉沉的，勤杂工还以为他怕对卫生有影响，自己主动解释道：“崔总好，这个是学校超市母猫生的，驱了虫，说分我们一只。”

崔栖潮表情缓和了起来，说道：“给我看看吧，这还小呢，没法工作，我以前倒是驯过猫。”

勤杂工虽然不知道猫怎么驯，但还是知情识趣地道：“是啊，这才两个月大，崔总你要带回去先养养吗？”

“可以。”崔栖潮将小猫接了过来，捧在手中看了看。小猫混过一些长毛猫的血统，半长的毛蓬起来，尤其腮边的毛尖长，脸圆圆的，眼神极为灵动。也许是崔栖潮脑补太多，觉得小猫的眼神充满了人性，好像在观察自己。

崔栖潮以前养过牧羊猫，那种猫非常聪明，对人类十分友好，还能够看家、帮助主人管理其他小动物，那只牧羊猫是融合了牧羊犬的基因特性。

他依稀记得，这项技术就是在二十一、二世纪首创的。这只猫体形较同龄猫大，又那么喜欢观察人类，应该也属于牧羊猫，稍加训练就能够成为人类的好伙伴。

回到租在学校周围的住处时，崔栖潮手里多了一只猫，他随意给小猫起名为“小白”，带回家切了些鸡胸肉白水煮熟后撕给它吃，一边喂一边叫它的名字。

“小白，坐。”崔栖潮比了个手势，同时把食物拿高。

小白仰着头看他，不为所动。

崔栖潮伸手按了按小白的后背，小白仍是不动如山。

如此数次后，崔栖潮带着些疑惑地道：“小白，你真的是猫吗？怎么会这么多次都学不会一个口令？”

连基本的服从训练也做不到，如果并不适合做工作猫，还是送回去比较好吧。

小白眼中闪过一丝不易察觉的慌张。

“再来一次。”崔栖潮再次拿高食物，发出口令，“坐。”

只见小白慢慢压低身体，坐了下来，就是神情仿佛有点哀怨……

崔栖潮满意地把食物喂给它，这小猫还吃得不情不愿，估计有点挑食。

虽然有些慢，但好歹学会了，也许是年纪太小的缘故，崔栖潮摸了摸小白的脖子，进行语言奖励：“好猫咪。”

巩固了几次坐的口令后，崔栖潮才让它放开吃喝。既然是牧羊猫，也不需要猫砂这种东西，吃完直接带到厕所定点排便即可。

崔栖潮用毛巾拧出一只兔子给小白做玩具，自己则工作起来，他需要熟悉这个时代的农学。

其实崔栖潮以前也没有研究过农学，自从血脉苏醒后，他在家疯狂种了一些植物，靠的全都是本能。直到来了虚拟位面，他才开始接触理论性知识，包括此前让食堂工作人员种辣椒时所用的词汇，也是来后现学的，毕竟要与人进行沟通，将自己需求的概念表达出来。

正看得入神，手指微微一痛，崔栖潮低头一看，是小白咬了他一口，不过小猫没什么力道，印子都没留下。崔栖潮将小白掀翻，严厉批评。

小白一翻身，从崔栖潮手下逃离，试图顺着床单爬上他的床。

崔栖潮又把小白拎了下来：“不行，宠物不能睡在主人的床上，你只能睡鞋盒。”

小白后腿一蹬，赌气地用力一头扎进了毛巾里，尾巴接近竖直地翘起来。

崔栖潮失笑，在猫背上摸了两下。

自从那天在一食堂吃了一餐美味后，孟畅惊为天人。虽然发在班级群里的话被大家当作假话，但他回去后在官网上查了一番，惊讶地发现学校各食堂最新招标结果出来了，其他食堂承包公司都没变，唯独一食堂已经换成了一家名为“神农餐饮管理有限公司”的单位。

难道这就是他吃到美味食堂菜的原因？学校良心发现了吗？

孟畅把这当作证据贴到班级群，又对还在校的同学宣传，晚餐时拉上了两个半信半疑的同系同学，一起去一食堂。

“橙子炒鸡蛋，圣女果炒牛肉，还是粉丝炒辣条？”食堂大师傅冷漠地看着他们问道，放假期间菜色可不多，比较能入口的都被打光了。

三人哑口无言。

其他两人想把孟畅打一顿，到底哪里改变了？这个德行不还是记忆中的一食堂吗？工作人员也没变啊，还是熟悉冷酷的大师傅，帅哥呢，帅哥到底在哪里？

“听说今晚四食堂的青椒炒肉还行的，都怪你，现在去肯定没了！”

“这种玩笑你都开，太不是人了吧！”

孟畅被抨击到怀疑人生，难道之前的遭遇是他在做梦吗？他是不是饿到极点还被迫吃一食堂的菜，产生了幻觉啊？

可是记忆里的味道明明是香辣可口，回味无穷……

孟畅被愤怒的同学抛弃，一个人孤独地扒完了饭，离开之时，看到一食堂的人在给被翻了的草地浇水，好奇地问了一句：“这是种的什么？”

“辣椒啊。”

孟畅一下想到了那人手里的盆栽辣椒，不禁问道：“为什么种辣椒？昨天我在这里也看到了一个拿着盆栽辣椒的大哥，长得特帅。”

食堂工一下笑了：“你说的肯定是崔总吧，这辣椒就是他让种的，说开源节流，以后可以给学生吃。”

果然不是梦！

孟畅心里顿时生出了希望。崔总，那个人是一食堂的新老板吗？他厨艺那么好，难道不会对现在一食堂的菜色不满吗？

他的目光投向几乎落灰的食堂意见箱，想到崔栖潮还挺平易近人地帮他炒了菜的样子，决定写份意见试试看。

崔栖潮把一食堂的意见建议箱打开，发现里面有张孤零零的建议书。

自从中标后，崔栖潮在管理上没下什么大工夫，萧规曹随，自己一般是研究农书，还有打其他地的主意，什么尝菜之类的，压根没理会，只偶尔扫过一眼。

倒是临近开学了，在崔校长的提醒下，崔栖潮想到群众基础也比较重要，这才把意见箱打开了。

在此之前，因为一食堂的长期不作为，学生们一开始还会强烈投诉，现在早就放弃希望了。一食堂在其他方面还算是有错就改，偏偏菜色上，打死也不改。

崔栖潮把那张建议书拿了出来，看到上头学生几乎是泣血写出来的对一食堂菜色的不满，微微惊讶。

说来他只在给那个学生热菜时尝过两口，味道是一般，但也没有惨到学生反应的“搭配奇葩”的地步。

“每个月收益还行啊，怎么意见这么大？”崔栖潮心头又有一股冲动涌了起来，看到一群可怜的学生就在眼皮下受难，顿时生起怜悯之情。

崔栖潮在办公室打了个电话给后厨：“今天的几个菜打包一点，给我回去做晚饭吧。”

他先尝尝，看是否有办法稍加改进。

后厨那边一应声，连忙用保温桶打了几个菜给崔栖潮送上去，难免加上了火龙果炖牛肉、爆炒奥利奥之类的菜色。

崔栖潮提着保温桶回公寓，小白一见他，敷衍地上前，人立起来扑腿。崔栖潮把它一顶开：“不行，不能扑人的腿。”

牧羊猫就是太热情了，虽然这是表达善意，但扑腿是万万不可以的。

小白被他顶开，愤愤地趴在地毯上。

“我带了些菜回来。”崔栖潮席地而坐，把保温桶打开，看见小白转悠过来，说道：“猫不可以吃……”

他还未说完，只见闻了一下保温桶的小白迅速转头“哕”一声走开了。

第 5 章

# 一食堂之变

崔栖潮半信半疑地吃了两口保温桶里的菜，脸色顿时也变了：“唠——”

那里头有些食材他并不认识，吃到嘴里才有初步判断，然后对建议书里所谓的奇葩搭配有了认同感。

这样的搭配也太过天马行空，完全没有考虑过食材的相容性，调料加得也颇为随心所欲。虽然似乎看在他是老板的分上，里头多打了很多肉，可是也改变不了根本性的问题——难吃！

崔栖潮对这些植物有天然的亲近感，他尝到它们的味道，了解它们的特性，深深理解它们的每一部分，也深刻地为它们有这样的下场感到惋惜。

“不行……”崔栖潮喃喃道，他手下怎么能有这么难吃的菜！而且这么难吃的菜，每天还有那么多学生忍痛来食用，毕竟是二十一世纪啊，这些孩子太可怜了！

崔栖潮看了看时间，除去他每日观测现有所种植辣椒、研究各种粮食、学习农书的时间，确实还能拨出时间，逐一对菜品进行调整。

他需要对常用食材以及这里应用的烹饪手段进行初步了解，然后利用自己理解食物的本能，找出最适合它们的烹饪方法，据此改良，规范化制作过程。

大锅食堂菜并不会用到多么复杂的技巧，只要崔栖潮能把自己认为最合适的数据统计出来，完全能实现统一操作，味道上不会偏差太远。

崔栖潮忍着不喜又吃了几口，了解菜色味道。

小白左右转悠，盯着崔栖潮的脸看，一伸爪子搭住了他的手臂。

“小白饿了吗？”崔栖潮这才想起来猫咪还没吃东西，起身拿了些牛肉，又给它多拿了个鸡蛋，照例在饭前进行训练。

小猫年纪还不大，每天教一个动作就够了，一次教太多难免混淆。在这个阶段，也以服从性训练为主。

崔栖潮拨了拨小白的爪子：“握手。”

小白被迫把爪子搭在崔栖潮的手心，柔软的爪垫因为还未过多磨砺，好像崔栖潮稍微用力，嫩嫩的爪垫就能挤出水。

谁能想到这么软的小猫长大后体力与脑力足以奔驰在草原上牧羊呢？

崔栖潮喂它吃了一块肉作为奖励，又教了好几遍，小白才领悟到握手能吃肉，崔栖潮下意识点评：“反应有点慢，一般五遍以内应该就能学会，难道是牧羊猫中比较傻的？”

小白幽幽地看了崔栖潮一眼。

崔栖潮并未察觉，撸了撸小白的头，虽然傻了点，但是都被送给食堂了，也不能弃养，耐心对待也许还有蜕变的可能。明天再教新的动作吧。

过了两天，崔栖潮通过抽时间的尝菜、了解，制订好了两道菜的精确烹饪流程。采用了食堂库存较多的食材，分别是红烧土豆块和丝瓜炒蛋。

“让学生吃得好靠什么？”崔栖潮问厨子们。

大师傅们：“呃，真材实料？责任心？爱？”

崔栖潮把克秤和电子钟拿了出来：“是精准的食谱。”

这才是对栽种者和食物的尊重，不要再使用奇怪的搭配和烹饪方法了，食材会死不瞑目的。

在华夏菜的制作中，“适量”通常是一个很玄的标准，大部分时候靠厨师的经验。而崔栖潮是要把最佳程度“适量”的量给精准化了，否则，他也没法一个人承担起所有后厨工作。

食堂的厨师无法单靠手感把分量精确到克数，但这两道菜崔栖潮都计算过了，从食堂大铁锅容量到火候，并以此标准化所有数据，从切菜工那里开始，就把分量归置好了。

这样做的确会比从前耗费更多时间，甚至增加人工成本，但是崔栖潮觉得，为了解救可怜的学生们，也是解救那些死不得其所的食材，有何不可？

随着开学日期接近，C 大学子陆续返校。

大家都是从家里来的，要么带了家里做的菜，要么生活费还充裕，但凡可以不去食堂的，都不会去。

孟畅就没办法了，他家庭条件一般，甚至有点困难，学费靠奖学金，自己平时打工挣生活费，有富余还要寄给家里的妹妹。

“你们真的都要抛弃我吗？”孟畅幽怨地问同寝室的兄弟。

“你就跟我们一起去味之林呗，最近开学季，凭学生证可以打折的。大不了，我们一起请你。”室友们满不在乎地劝道。

“就是，隔壁寝好像也去，人多一起买单还有折上折。”

“还是不了。”孟畅不大好意思，平时大家对他就够照顾了，他也不好老占便宜。

大家互相看看，这开学第一餐，让他们抛弃孟畅还真不好意思。

孟畅拿着饭盒，准备去食堂，出门时身后却有人跑来揽着他肩膀道：“我们和隔壁寝说了，不去味之林了，陪你去食堂。”

孟畅一愣：“别，兄弟，真别啊，我开玩笑的，你们放假时就在说要来吃味之林了。”

“开什么玩笑！味之林的打折季持续两个星期，但是一食堂的石榴炒五花肉可不是每餐都有的！”

“哈哈哈哈哈哈。”

众人大笑起来。

孟畅心里淌过暖流，知道他们是迁就自己：“搞得我都不好意思了，让你们一起吃一食堂……不过，我前两天给他们写了建议书，说不定他们会改进。一食堂换了个老板，就是上次我说给我做了特好吃的剩菜烩的那个帅哥。”

一说起这个，大家又三言两语地吐槽起来。

“你就睁着眼睛说瞎话吧，你坑得老汪和老李还不够吗？听说陪你从四食堂转战一食堂，差点中毒身亡。”

“他俩才是脑子生锈了，居然相信你的鬼话。宁愿相信天上掉馅饼，也不能相信一食堂不出黑暗料理啊，黑暗料理才是一食堂的本体！”

孟畅特别委屈，就因为只有他一个人吃了那道鸡腿丁炒茭白，就被打上骗子的标签了。

这也不怪他，主要是这么多年以来，太多人拿一食堂和四食堂开玩笑了。

寝室一行四人，勾肩搭背地下楼往一食堂去，虽然一食堂和四食堂一直在竞争“C大五虎”之首，可是谁让它离男寝近呢！都是黑暗料理，也别纠结那么点高下之分了。

走到门口时，其他三个人还乐了：“这地皮怎么翻了，种的什么啊？”

“一食堂居然还自己种起菜来了，他们就不能行行好，安心把时间用来把菜炒熟吗？”

“辣椒苗。”一说到辣椒，孟畅又要流口水了，“那天我吃的那道菜里就放了小米椒，又香又辣，好吃得要命。”

“去你的吧，你还没完了。”

结果一踏进食堂，四人都愣住了。

一食堂一楼窗口，最左边的窗口排了特别长的队，比其他窗口显著地多出一大截。

“这是什么菜？”大家一脸狐疑，从边上到窗口前看了一下，不就是两大屉红烧土豆和丝瓜炒蛋而已嘛，普通菜色。再看旁边，还是熟悉的奇葩搭配啊，什么油条炒芋头、石榴蒸肉之类的。

队伍中有个同系的同学，看到他们便招了招手：“哥们儿，排这队啊。刚才我同学打了这两道菜，我去，好像是大师傅上外头的饭店打包的，味道绝了。”

真的假的？

就连孟畅都有点怀疑，这些人天天拿一食堂玩梗，这该不会是商量好了骗新生的吧？怎么他们没收到消息？

这时他们听到有人问窗口里的工作人员：“阿姨，你们这两道菜怎么味道不大一样？”

食堂阿姨笑眯眯地说："我们老板收到一封建议书，就让改良菜品啊，这是改出来的头两道菜。"

听到的人全都只有一个念头：有生之年居然能看到一食堂幡然醒悟？

我写的建议书居然真的奏效了！孟畅晕乎乎的，和室友们一起站在了队列最后。

虽然只是普通菜色，几乎每个食堂都能见到，但孟畅一寝室的人端着饭碗，还是油然而生珍惜之感，毕竟闻讯而来打菜的人那么多，到他们这儿已经是最后几份了。

在自个儿碗里仔细看，他们才能观察出它们和改良前有什么不同。

红烧土豆不像以往那般有夹生感，而是炖得粉烂，筷子一插就能戳到底，调料上色后呈现诱人的酱黄色，边角处微微焦酥。浓郁的汤汁在大师傅一勺把菜浇在饭盒里时，便已经缓缓淌进了米饭中，夹着细碎的土豆将一粒粒米饭浸润包裹。在吃土豆之前，首先尝一口被饱满的汤汁浸透的米饭，粉糯香浓的味道令味蕾瞬间苏醒，调动得口舌活跃无比，把无意间跑到嘴角的饭粒舔回来。

丝瓜炒蛋也毫不逊色，冷水冲过的丝瓜出锅后仍然呈现鲜嫩的绿色，丝瓜瓤已经酥软成小小一摊，与黄灿灿的蛋块抱在一起，互相浸染味道。不需要过多调味，丝瓜那毫不腻味的香浓在合适的温度下与它软软的瓜肉几乎是流动一般滑入人口中，在不必费力地咀嚼后又进入胃部，暖洋洋地伸展，让人想满足地叹息一声。

而孟畅也确实满足地叹息了出来，觉得从舌头舒服到了胃。

"大师傅的厨艺为什么突飞猛进了？这比我在饭店吃到的也不差啊，好像还更加出色。"

孟畅口齿不清地说："我早就和你们说了，一食堂真的有美味的！"

这虽然比不上那天他吃的饭惊艳，但是也绝对算是他学生生涯中曙光级的菜色了。对其他人来说，这道菜出现在一食堂这一点，就更让人想流泪。

与此同时，C大的校园论坛上出现一则帖子——

标题：一食堂出新菜了！大家快来尝啊！

内容：红烧土豆和丝瓜炒蛋，是好吃的！

跟帖：

为一食堂鼓掌，还以为搞到假的了。

这菜色也叫新菜？早八百年前不就有了，还是四食堂比较出色，今天有鱿鱼炖西红柿。

不、不，我今天在一食堂吃了，这两道是真的好，好像换厨师了，强烈推荐大家去尝尝。

不是换厨师，是改良菜品了，希望以后也继续。加油。

一食堂还会改菜？原来的就够出色了吧。

代表四食堂不服，今天我吃了四食堂，幸运地打到了那道鱿鱼炖西红柿，真香，真香！

哇，学弟学妹们也太幸运了吧，一入校就改菜谱，快去一食堂吃饭呀！

……

你们是魔鬼吗？又来发帖骗新生？

第6章

# 风评急转

C大食堂毕竟是全国都闻名的黑暗食堂，往年学生都会拿它们开玩笑，最大的乐趣就是把不知情的学弟学妹骗过去吃饭。就如同孟畅和同学说自己在一食堂吃到美味没人信一样，在学校论坛上探讨一食堂之变的帖子竟然也全都被当作玩梗。

大家都乐呵呵地回帖，似真似假地推荐起一食堂的菜，把水搅得更浑了，好多人都以为是又在玩梗了。

但也正因为一食堂的著名，过了两三天，越来越多的学子意识到那并非恶搞之后，这两道菜毫不意外地在一食堂引起了小小的轰动。

很多人回那个帖子。

我太天真了，楼主居然没骗我。

我不是在做梦啊！谁来叫醒我！我室友帮我打了点红烧土豆来吃，我饿极了舌头差点一起吞掉啊！

感天动地！万人血书求一食堂不要停！继续改！

救命，我室友吃到眼泪流下来，不忍嘲，因为我也好想哭。

别提了，我刚给毕业了的学姐发去消息，她确定不是假的后，说周末要回来让我请她吃一食堂的菜。

……

在这样的氛围下，大学城新开的网红餐厅味之林里，一桌C大学子在确认一食堂真的转性开始改良菜色后，激动得当场放弃马上要排到的位子，回一食堂排队去了。

味之林也有C大学生勤工俭学，在店里当笑话说了起来：“没办法，一食堂在我们学校的威名实在太大了，又历史悠久，哈哈哈，我都想去尝尝！虽然我也怀疑是平时大家在一食堂吃得太惨，七十分都变成九十分了。”

这只是区区一个弃号发的帖，他们都没放在眼里，只觉得好笑。

在这个时候，满店里的服务员还有吃得正爽、被辣得满头是汗的食客都没有觉得一个学校食堂能造成什么威胁。

大概只有C大四食堂才能感觉到那么一点点威胁感吧，毕竟这几天热情的C大学子把一食堂的红烧土豆和丝瓜炒蛋一抢而空。

可是，一个食堂接待能力也就那么大，最后溢出的还不是得去其他食堂?

一食堂之变在C大引起的小震动，连崔校长都知道了。

因为不只是学生间在讨论，C大有很多年轻老师也在食堂用餐，只要尝了就得承认，即使不带任何印象分，这两道菜也能打到八九十分。

教师们知道的比学生要多，比如一食堂的老板真的是崔校长的亲戚，还有人和崔校长开玩笑说，感觉被崔总拯救了。

崔校长知道后，倒没觉得侄子是对烹饪感兴趣了，反而更觉得侄子的确是在放松心情了，不像以前的承包商冲着赚钱去，自然不会降低质量。

其实他还挺乐见其成的，毕竟以前食堂菜色被闹得全国闻名，他也不能说脸上有光吧。反正只要崔栖潮乐意，赔本做他都没意见。

“下一个。红烧土豆没了。”李听梅对外头的学生道，就听到一片哀怨的叫声，后头的队伍还长着呢。

还有人扒着窗口问李听梅：“阿姨，你们不能多做点红烧土豆吗？你看这么多人还没尝到。”

“就是啊，阿姨，或者再改良一下别的菜呗。”

“统一统一画风好吧！”

李听梅笑道：“快了，我们隔段时间就会再有改良菜出来。”

说真的，在一食堂工作这么久，李听梅还是头一次被学生缠着要求增加分量，再看看外头长条桌椅上的学生们，吃饭的样子也比以往要幸福得多，当然，仅限打到正常菜色的学生。

作为一楼的厨师，李听梅最近的工作量可是大增，打菜的人手都不够了，还要她到窗口来顶替一会儿。

好在因为大家的反应，崔总也说会考虑招人，毕竟以后烹饪压力会更大。

后头有些学生有连着几餐来打这两道菜的，都因为正红火着没能打到，一食堂的改变可是震得从不在食堂吃饭的学生都想来尝尝，队伍都排到食堂门口去了。

“估计就教师窗口还有一些了……”

“不然咱们去求辅导员，让他帮忙打点？”

其实这会儿教师窗口也拥挤得很，有那样想法的不止他们，而且，多的是年轻老师没成家，自己没时间煮饭，也不能餐餐点外卖，选择在食堂吃的。既然一食堂有改进，他们当然选择一食堂。

就连这些教师也在和工作人员打招呼，强烈要求按照这个水平多来几道菜，不然就两道菜，再过些天，好吃也得吃腻了。

崔栖潮打开意见箱，里头有厚厚一沓建议书，与上次大不相同。

他逐一看了看，大多是对一食堂那小小的进步表示赞许，并强烈要求增加分量。C 大那么多人，现在好一部分人对传说中超水平的红烧土豆和丝瓜炒蛋还是只闻其名呢。

这些学生太可怜了，就两道菜还追着吃。崔栖潮眼神中透出一些怜悯，既然反馈非常好，他决定最近再抽出时间，继续改良两到三道食堂菜。

另外还有件事，那就是他的小米椒长势喜人，开学前栽种好的小米椒，到现在都已经长到了四十厘米，葱郁繁茂，根深苗壮。有些不清楚的人看到，几乎以为这就是为了绿化特意种的植物。

崔栖潮每天都会仔细观察这些小米椒多次，及时做出调整，眼看要进入现蕾期，还得给它们增加营养。这小米椒是可以反复结果的，而且这一波长好后，崔栖潮还会择优选种。

如果有农学专业人士在这里，一定能看出来这些小米椒的长势比普通定植的要好上许多，精神十足。

崔栖潮的盆栽小米椒还在结果，不过除了孟畅之外，也没人有这个运气吃到他亲手种的小米椒。

对食堂外栽种的小米椒，崔栖潮有自己的想法，那就是把它们全都做成辣椒油。

一食堂的菜的特点除了经常惊现奇葩搭配之外，就是烹饪仓促，寡淡无味，又或是油盐过多过重。因此将小米椒与其作为配菜投入，倒不如制作成辣椒油，比较百搭，更能刺激学生的食欲。

而且这些辣椒油，崔栖潮也不打算定价，就摆在窗口任学生取用，反正量也不大。

崔栖潮先用自己种的小米椒和一些买来的辣椒做了两次实验，调试比较好的配方。他种出来的小米椒，辣度很够，也会带点香味，但仍不够，需要其他品种的辣椒来提香。

崔栖潮做的时候，小白就好奇地在旁边嗅来嗅去。

“不行。”崔栖潮低头提醒了一句，相比起“猫不能吃辣椒”，当然还是表示不可以、错误的口令更能让猫咪理解。

最近小白的学习进度突飞猛进，好像一下子开窍了。但是在服从性上还是有点差，或者说反复，有时候崔栖潮都觉得它理解了口令，却会不时忽略，就好像正在赌气一般。

小白本来是好奇地嗅着辣椒，听到崔栖潮的“不行”，反而“啊呜”一口叼住了一个辣椒。

崔栖潮赶紧蹲下来，把小白的脸托起来，可惜已经晚了，小白吐了辣椒，脸上满是眼泪，把毛都沾湿了。

“唉，主人都说不行了，怎么就不听？”崔栖潮倒了水给小白洗舌头，幸好它还没吞，这个辣度对人类来说都很强劲，何况是猫。

“好了好了。”崔栖潮把小白抱在怀里，仔细用纸巾给它把眼泪擦掉，语气比平时训练时柔和多了。为了建立主人的威严，崔栖潮基本只有在夸奖小白时才会露出好脸色。他难得如此温柔，眼睛便更为生动，好像平白添了几分多情。

小白脸朝上地看着崔栖潮，眼中水光闪了闪，眼神委屈得很，被他揉了几下，舌头吐出半截来，身体也渐渐软化了，脑袋靠着崔栖潮。

崔栖潮见小白好了，将它放下：“再来练练基本口令。”

小白低着头，气得很。

“坐。”

“握手。”

“躺。”

“叫。”

小白张嘴：“喵——”

崔栖潮把零食奖励给小白：“好猫。”

小白还犹豫了一会儿，才张嘴吃了那块零食，很有点傲气的模样。

崔栖潮轻笑了一声：“快点长大吧，长大后可以去食堂打工了。”

食堂种的小米椒收了一波，大家都目睹了崔总亲自做菜，外套一脱，衬衫袖子往上一挽，看起来还是和厨房格格不入，光看脸说是在做实验都有人信。

但辣椒油做出来，他们就没话说了。

小米椒和红辣椒炒过后捣成辣椒面，不用太细，再和熟芝麻混在一起，在翻炒这一步时，辣椒就已经散发出独有的香气，让围观的一食堂员工忍不住咽了咽口水。

他另外准备了八角、茴香、桂皮等香料，放入油中烧，去料留热油，将一大勺温度在一百八十摄氏度左右的热油淋在一大碗辣椒面里，“嗞”的一声，热油将红红的粗辣椒面冲出一个小凹槽，刺啦啦就激起一连串气泡。

鲜红的辣椒碎与淡黄色的辣椒籽、白芝麻粒被热油包裹，随着气泡一起翻滚，激发出极为浓郁的香辣气息。

崔栖潮之所以一大碗一大碗地做，也是为了方便这个时候搅拌均匀，看着勺子在碗中顺着热油将辣椒面搅拌均匀，分分寸寸都与热油充分接触，再嗅着香味，每个人都顿时生出强烈的饥饿感……

油温慢慢降下来，热气泡已经消失，分量恰好，油稍稍多出辣椒一点儿，用调羹舀一勺，也是一汪红油裹着辣椒，白芝麻粒浮在上头，色相诱人。

这个时候崔栖潮抬头，就发现不知何时其他人已经离得很近了。

“这是咱们种出来的辣椒吗？也太香了吧……”

“闻这个味儿我也能吃下一碗饭！”

“崔总你手艺也太好了！”

崔栖潮随意一笑："再做三大碗，多放几天味道更好，到时每层楼的窗口外放一碗，给学生自行取食。"

大家看着，只觉得到时候他们自己怕也要忍不住拿来下饭了。

数日后，辣椒油如约出现在一食堂一到四层的一号窗口外，用简朴的大瓷碗装着，上头盖了盖子，贴着字条，上写歪歪扭扭的几个毛笔字：免费辣椒油供应。

几个C大的辅导员相携来食堂打饭，一边挨个窗口看菜色，一边抱怨道："为什么我感觉距离上个发工资的日子已经过去一万年了，几乎身无分文，但是一看日子还有半个月？"

"我也是啊，好歹在饭卡里提前充了钱。对了，晓雯怎么没来打饭？"

"她和男朋友去吃味之林了吧，特早就走了。而我们连红烧土豆都吃不上，全都给打光了，这些人到底多早来排的队啊？"

"哎，那边是不是有辣椒油可以打？看这一个个菜寡淡的，我加点儿辣椒得了，就想象自己也在吃味之林。"

"那您可真能想的！"

第 7 章

# 辣

味之林餐厅主打的招牌就是麻辣，号称辣椒全都经过精选，绝对辣得霸气，辣得难忘，经典菜色水煮鱼、辣鸡爪、宫保鸡丁等，都非常受欢迎。

味之林大学城分店自开业以后，生意也和他们的菜色一样火爆，引得南海市食客纷纷来尝试网络上流传已久，能够把人眼泪都辣出来的菜色。

这阵子，在 C 大最红的饮食场所，除了一食堂就是味之林了。

不过，对大家来说，二者的意义是不一样的。食堂菜那是独立的菜系啊，一食堂又久负盛名，基本不会有人把二者相提并论。

而这天，在 C 大辅导员宿舍 201 室内，一食堂的菜却与味之林的招牌菜来了场不大正式的较量。

辅导员小秦、小陈和小周从一食堂打了饭菜回来吃，她们去得不够早，没打到那几道红遍 C 大的食堂菜，只好打了点清炒小白菜、豆芽牛肉、三鲜豆腐之类的回来。

辅导员都住的单间，不过几个小姑娘爱凑在一块儿吃饭。

饭盒往桌上一摆，一想到里头装的是什么菜，几个小姑娘难免都胃口不太好。还是忙了一上午的小秦鼓起勇气，把自己的饭盒打开，饭盒一角让她淋了两勺辣椒油，这会儿小秦夹起一片牛肉，蘸了点儿辣椒油放入口中。

在食物接触舌头的刹那，小秦几乎没能第一时间反应过来。这是好吃的！

她做好了吃到水分过多又炒得有点老的牛肉的心理准备，而今天的牛肉也的确炒得不大好吃，但是这不合格的炒牛肉上裹着的一点辣椒油率先和小秦的味蕾亲密接触，香辣的滋味在口中迸发，唾液早于她的思想，立刻给出反应，大量分泌。

小秦很快下意识地嚼了几口牛肉，小米椒的辛辣、红辣椒的香气，还有一点点在齿间弹开的白芝麻粒以及覆盖在上头的红油，令乏味的牛肉立刻火爆起来。

火夹杂着香味蹿上舌尖，小秦呛咳出声，却又惊喜地带出话：“真辣，真好吃。”

舌头上好像还残留了一点红油和白芝麻粒，余味在唇齿间持续刺激，令小秦的嘴唇微微发红。

“嗯？什么，这辣椒很好吃吗？”小陈诧异地看她一眼，没打辣椒油的她夹起一筷子豆芽，在小秦碗里蘸了些辣椒油，一口吃了。

“嘶——”小陈一向喜欢吃辣，此时也惊了，香味充溢在口中，辣椒因为被炸过，又被油浸了许久，微脆却不干不燥，辣椒籽和白芝麻粒一起在舌头上滚动，几乎把豆芽的口感也提升上去，“嘎吱嘎吱”几口，热汗也跟着冒了出来。

小陈的胃口简直一下被调起来了，饥饿感开始大声鼓噪，她赶紧扒了一口饭压住辣味：“呼，真的好辣，又特别香，天哪，我蘸太多了，眼泪都要下来了。”

这种香辣味道太刺激人的食欲了，原本看着就招人恨的清淡菜色竟然也瞬间变得可爱起来，毕竟她们没法直接就着辣椒油吃饭，太辣了，倒是一大口菜加一点儿辣椒油，就能改变它们的滋味，口中充斥的几乎都是浓香爽辣的味道。

“亲爱的姑娘们，看我带什么回来了。”当晓雯提着味之林的打包辣鸡爪推开 201 室的门时，看到的就是三个同事满脸绯红、眼睛湿润，还张着嘴喘气几乎要冒烟的模样，不禁失笑，“不是，你们吃什么了，这个样子？”

“一、一食堂啊，不行，我喝点儿水。”小秦看着她手里的袋子，“早知道你打包了鸡爪，我就不吃那么多了。”

在大家心里有个莫名的概念，虽然没什么科学根据，但好像特别自然而然地就生成了：一食堂朴素的辣椒油都那么好吃，味之林这么出名，肯定更辣更好吃吧？

“哈哈，一食堂出了新的菜色吗，还是辣的？”晓雯把打包盒放下来，“那你们还尝这个辣鸡爪吗？可辣了，我在餐厅用掉了三包纸巾，擦鼻涕擦得粉底都掉光了。”

那她们就试试呗，虽然吃饱了，还能再吃两口呀。

三人一人拿了一根辣鸡爪啃起来，入口后也是特别刺激的辣味，咸香得让人食欲大增，但她们都没了刚才那种激动的心情。

小秦甚至在心里想，是不是她的错觉，她怎么觉得一食堂免费送的辣椒油比味之林几十块一份的辣鸡爪要好吃呢？

味之林的辣鸡爪也是好吃的，如果放在平时，大概也能让她们吃下整碗大白饭，现在吃，竟然有点一食堂珠玉在前的意思，她们都没多大惊喜了。

晓雯看着她们奇怪的表情，疑问道：“怎么，不好吃吗？”

“没有，是好吃的，就是……怎么说呢……”小秦弱弱地道，“我觉得一食堂的辣椒油好像赢了。”

“我也这么觉得，怎么形容呢？他们的辣椒油好像滋味更加浓郁。”

“这是什么独门配方吗？单独吃还只是感觉好，比一比就觉出高低来了。”

晓雯瞪着眼睛道：“真的假的，你们不会也在骗我吧？最近学校好像很多拿黑暗料理骗人说是一食堂新出改良菜色的例子！”

是与不是，自有分辨。

另一边，一食堂的大师傅们正在抓紧时间新蒸米饭。平时足够的米饭，今天竟然少了，归根结底就是不少学生加了辣椒油，结果食欲被刺激到回来加米饭。

整个食堂此起彼伏的都是吸鼻子、喘气的声音，不知道的还以为全校一起吃火锅了。

一大碗辣椒油，现在已经只剩下一半了。

这辣度太强了，一些饮食习惯比较清淡的学生，稍微舔一点儿都能飙泪。即便是口味重的学生，加一勺也非常下饭了。

这辣椒油简直百搭，在辣度之外，又滋味香浓，让人一边飙泪一边还想继续吃。尤其出现在一食堂，那么即便是吃不得辣的人，也要考虑一下，是加辣试试看，还是单吃黑暗料理。

“师傅！求你了！米饭啊！”

“师傅，米饭还要蒸多久？救救孩子吧！”

一堆学生拿着饭碗挤在窗口，宛如饿了三天的灾民。

这画面连学生们自个儿都觉得有点好笑，一食堂几时出现过这样的场景啊？就算那几道改良后的菜色，大家打不到了顶多是叹几声气，哪像现在，头都要伸进窗口里面去了，脖子伸得老长，就为了看后厨的饭有没有熟。

里头的打饭阿姨也哭笑不得：“不然你们吃点菜垫垫吧，米饭还没熟。”

菜，也将就吧。

这些学生一边加菜一边忍不住问：“辣椒油是买的吗？”

“不是啊，自制的，看到外面种的辣椒没？就是用那个当主料做的。我们老板说，就专门给学生加菜，不要钱。”阿姨笑着说道。

外头那辣椒也算是大家看着长起来的了，没想到看起来其貌不扬，辣度居然如此惊人。

有学生说道：“这是什么品种的辣椒？前两天在味之林吃，他们狂吹那个辣椒是特别的种植基地出来的，我怎么感觉还不如这辣椒油？”

打饭阿姨倒是不知道这网络人气餐厅，只想了想说：“就是普通的小米椒吧，还是以前进的留了籽育苗长出来的。”

她倒觉得是崔总有什么独门秘方，就像学生们不知道，这段时间的几道改良菜，都是崔总给的食谱，从油温到配料克数，特别精准。

毕竟，崔总种辣椒也精准得很。

而现在，被食堂工作人员念叨着的崔总正坐在崔校长的办公室里，手里拿着渲染效果图，上头赫然是一座小山，鹅卵石小径延伸到顶点，有凉亭、石桌，周围有些不算太高的树木，其余部分则是葱葱茏茏的……蔬菜。

一畦又一畦，不仔细看去，倒是绿得十分养眼，一派田园风光。

崔校长看着效果图，呆呆地道：“后山，种菜？”

这个所谓的后山，其实是当初扩建校区时挖土遗下的，特意造成了小山，上头移植了些树木，建了凉亭和小路，其他也没特意规整。

“是的。”崔栖潮冷静地道，“您不觉得后山空着是浪费吗？我了解过了，实际上大部分师生更喜欢去操场散步。”

崔校长纠结地道：“你说得是，但是据我了解，学校很多学生情侣，喜欢去山上散心，而且这个也不是我随便就好决定的……”

“他们可以选择去其他地方。”崔栖潮冷酷地道，“叔叔，我真的很想在山上种菜。”

面对心爱的侄子如此特殊但极其诚挚的要求，崔校长只犹豫了两秒钟，就果断地说道：“我去给你搞定！”

“谢谢叔叔。”崔栖潮在心底感谢了一下 LJJ 公司，为他安排这么一个人形外挂，背景深厚到足以让他在学校肆意妄为。

一提到 LJJ 公司，崔栖潮想了想，他们要求的校园恋情是不可能了，空降学校横行霸道（地种菜）倒是很快就要实现了。

就此，整个节目最具有原计划的校园恋曲气息的场地，即将毁于一食堂的锄头下。

第 8 章

# 走错频道

现实世界中，崔栖潮在虚拟位面中已经过了一段时间，积累的素材已经足够剪出一集节目。

可为了他的事情，林琳被批评了一顿，最后高层开会决定，虚拟位面造价太高，崔栖潮的签约费也不低，加上他还有个实力极强的律师，只能咬牙继续制作节目。

林琳看了一遍样片，十分心塞。崔栖潮不谈恋爱也就算了，还把整个 C 大最甜蜜、最有恋爱气息的地方毁了，情侣全被赶走了……

Hello，给你人形外挂不是为了让你仗势强行种菜的好吗？冲着校园恋情来的观众们看到后表情会凝固的啊！

“放到女频去吧，就塞校园分类。”林琳扶着额头道。

就算观众投诉她也没办法了，这也剪不成美食片，崔栖潮开个食堂，做的菜技术含量还不高，没什么花样，而且更多的是让食堂厨师做。

她想了半天，还不如就放校园分类，剑走偏锋，说不定反而有奇效呢？

如果有观众投诉就按崔栖潮律师的话回复：整个节目场景都在学校，打个校园标签没有任何问题。

她就来个反向营销，搏一搏。

宣传做了起来，把崔栖潮的特写截图放封面骗人进来，标题：上古帝王血脉觉醒者，空降二十一世纪校园。

结果如林琳所料，节目一经上架，就在渠道强推，吸引了大量在线用户观看，因为本就放在女频，所以大部分观众也是女性。

这个封面已经具备了两大爆点，第一是帅哥，第二是上古血脉觉醒者。这样的人空降校园，故事到底是甜是虐？

黄桃就是万千被封面吸引的用户之一。她正躺在床上无聊地找着新节目，这个节目封面就不经意地闯入了眼中，并让她停住了继续下翻的手指。

黄桃平时最喜欢看的节目类型就是校园恋情，无论是古华夏书院还是古欧洲书院，高中或是大学，学霸配学渣、老师与学生……只要好看就行。她最喜欢那种甜腻中带着一丝青涩的感觉。

当然还有一个要点，就是主演最好帅一些。

节目刚刚上线，还在直播之中，一点进去进度已经过半，黄桃正打算跳到开头看起，却被屏幕中崔栖潮逗猫的样子吸引了。他轻笑着捧起手里的猫头，温柔得让人想做他手里那只猫。

听崔栖潮说，这还是只牧羊猫。也对，牧羊猫最早就是二十一世纪培育出来的。

她就从这里看起，回头再补前面吧，手指实在动不了了。黄桃放弃了跳进度的想法，打开一包零食边吃边看。

这时镜头一变，场景成了二十一世纪风格的校园，俯拍镜头游移一阵后下降，锁定了一座小山。

正值晚霞漫天的时候，一对对校园情侣牵着手在这里漫步。他们青春洋溢，享受着人生最美好的时光。镜头一晃，树后面甚至有相拥接吻的情侣。

"哇——"黄桃叹息了一声，"好温馨，好纯真。"

完全是现在看不到的情景呀！

不过，场景怎么转到了这里，难道第一集崔栖潮就要和人约会了？

黄桃正在疑惑之时，男主角出现了，领着一群穿着白色制服的人上了小山，手里拿着各种工具。他一声令下，这些人就开始……翻土。

情侣们惊慌失色，如同被惊扰的鸳鸯，纷纷离开了小山。温馨的校园恋曲画风一转，瞬间成了田园生活。

这是什么情况？

蒙了的黄桃一伸手，把实时弹幕评论给打开了。

我是谁，我在哪儿，我在看什么？

啊啊啊，我是不是走错频道了？为什么、为什么他又开始种地了？把这地方都翻了以后约会去哪儿啊？刚刚好不容易以为能看一会儿纯真的校园恋爱画面了！

前面为什么还抱着虚无的期盼？我看主角根本就没有谈恋爱的想法！校园恋，不存在的！

不、不要告诉我这个残忍的事实，我可以忍受他一直种地，但是不能接受他不谈恋爱……

打开这节目的四十分钟我的嘴巴就没有合上过，这是我在女频看到的最奇葩的节目。

我来看帅哥校园恋情，你居然给我看他棒打鸳鸯，还把人家的恋爱圣地都给毁了种菜！

不是……你们注意小标题没？这还真是霸道啊！

黄桃难以消化，看了看这段剧情的小标题是"崔栖潮一意孤行，横行校园"，这要不看画面，还以为是多么霸总柔情的剧情。

黄桃把进度条一下调到最开头，从这里开始，崔栖潮刚刚进入校园，弹幕还是一片粉红色，观众一看到他的颜都在喊："恋爱了恋爱了！"

结果还不到十分钟，崔栖潮就承包了学校食堂，并在食堂门前种满了辣椒。

弹幕全是满满的问号，对剧情发展有点难以置信。

突然种田？

打扰了，我好像进错了频道。

就连黄桃也想尖叫，说好的上古血脉觉醒者呢？为什么和说好的不一样？不做学生不当老师，去承包食堂种辣椒了！

黄桃粗粗一看，中间也都是什么每天观测种菜、做菜，老师、学生们出没的画面全都是在吃吃吃，排队打饭吃饭，一丝想象中的校园恋歌的美妙气息也没有。

观众们疯狂吐槽：

我为什么还在看？

我不知道你是为什么，反正主角太帅了我出不去。

就有点想知道接下来还能怎么样……

我是带着少女心进来的，现在我饿了。

一集没演完我已经吃了三碗饭，谢谢。

"难怪……"黄桃喃喃道，她现在理解为什么后山那块儿其他观众情绪那么激动了。大家看了一大半，终于出现想象中的画面，结果下一秒，崔栖潮为了种菜带人把校园约会圣地给刨了！

有毒，这个主角真的有毒！黄桃一边默念，一边忍不住把节目加入了收藏夹。

反正，她不信四年的时间，主角真的就光种田，不谈恋爱了！

一食堂霸占约会圣地的行为引起了C大学子们的不满，尤其是小情侣们。小山上环境清幽，遮蔽物多，还能看落日晚霞，是大家评出来的C大约会的最佳地点之一。

现在就这么被一食堂悍然种上了许多蔬菜，气氛大减不说，每当他们漫步在这里，说着情话接着吻，身边却不时出现浇菜的大妈大叔，让他们还有什么心情继续啊？

一食堂这招太狠了，没有赶学生走，但和赶他们走也没什么区别。

学生们集体抗议，在论坛、贴吧发帖，给校长信箱写信，通过学生会反应等，然而一切手段最后都宣告无效。

有小道消息称，一食堂的新老板背景深厚，所以才能肆无忌惮地在小山上……种菜，他们普通学生怎么拼得过人家?

怎么办啊？他们唯有化悲愤为食欲，去一食堂大吃一顿了。

不过一码归一码，最近一食堂免费供应的辣椒油也太好吃了!

有些“单身狗”学生甚至表示：如果一食堂霸占后山是为了多种些辣椒，保证以后长期供应辣椒油，那他们绝对力挺一食堂。

这辣椒油拯救了多少打不到好菜又没胃口的学生啊，喝粥、吃面、饭食，往里面加个一勺半勺的辣椒油，相当提味，又香又辣，下饭美味。

唯一的缺点就是消耗太快，据说辣椒油是用自种小米椒自制的，供不应求，这边吃完了，那头辣椒还在生长或是制作中，得过段时间才有新的。

一食堂也用过采购的小米椒来做辣椒油，出来的味道总是差一截。珠玉在前，大家只能说还行了。

学生们彼此还会互相监督，都知道辣椒油消耗快，又是免费打的，如果遇到不自觉多打的，周围的人还会站出来指责。连自称是帮同学代打的行为都有争议了，大家普遍认为，一个有良心的C大学子，一次只能舀一勺半以内。

在学生的强烈要求下，一食堂不得不提前说明哪一日会上纯自种自制的辣椒油。而原本不怎么被当回事的辣椒植株也受到了学生们的尊重：这就是美味的源头啊!

有学生甚至主动捐花盆，好让一食堂多种几棵辣椒!

起初还有言论表示一食堂的辣椒油可以当味之林的代餐，但随着尝试的人越来越多，这种说法已经悄然变成了：一食堂出息了，辣椒油味道赛过味之林!

味之林在大学城有许多拥趸，其他学校的学生起初听到这种说法，都以为C大学生又在玩梗了。一食堂黑历史太深重，有点什么进步，他们就格外吹捧。

直到C大学生不服气地表示：那要不你们来尝尝啊，刷我的卡买份白粥，加点儿免费的辣椒油，不好吃算我输!

第 9 章

# 快乐播种

同在大学城，学生间多少有联系。“C 大五虎”的名声也响彻大学城，以前甚至有其他学校的学生拿 C 大食堂打赌，输了的人得去 C 大随机求人带自己去食堂吃饭，通常会收获看神经病的眼神。

C 大一食堂轰轰烈烈闹改革的消息也传到了其他学校，大家就当看戏，不过他们把一食堂的辣椒油捧到了味之林那个高度，甚至更过，就让不少人怀疑了。

C 大学生一邀约，还真有人不信邪，跑去找他们，让带着去一食堂吃了一顿。

这人也算来得巧，这会儿有自种自制的辣椒油。外校的学生算是自打脸了，白饭拌辣椒油，都能抱着饭碗吃个精光后还加了饭，发出“真香真香”的声音。

有赖于味之林先期的营销工作做得好，一食堂算是无心地站在了巨人的肩膀上，以黑暗料理的相反方向，再次在南海市大学城一炮打响名气。

因为辣椒油还是限量供应，更是在不经意间就造成了饥饿营销。

一食堂只能刷 C 大学生的校园卡才能吃啊，其他学校的学生只能托 C 大的学生代购，或是借他们的校园卡打饭。

C 大论坛上冒出很多探讨的帖子，意思是在这样资源稀少的情况下，本校学生还引狼入室，多吃多占，真的合适吗？

借着味之林的东风，一食堂的名气甚至有蔓延到大学城以外、南海市以内的趋势。一开始吹一食堂，有人会觉得言过其实，在太多人这么说之后，就成了类似扫地僧的存在，一个大学食堂也有高人，做出来的辣椒油赛过网红餐厅。

不知道是谁还编出了美食故事，说那是一食堂失恋的大厨独门烹调的“黯然销魂辣椒油”，从栽种到制作，里面饱含了大厨的心意，才会这么好吃。

不提美食故事呢，也会有人说，纯手工就是好、就是棒，匠心独具。

这传得沸沸扬扬的，味之林餐厅的人能不知道吗？

其实以一食堂辣椒油的量，暂时并没有对味之林的生意造成影响，影响到的是招牌，他们打的招牌就是最辣啊。久而久之，顾客的热情度还是会降下去，觉得这地方还比不过一个学校食堂。

味之林做了一回垫脚石，老板都气死了，打听了一圈，发现这好像真是 C 大学子自发吹捧起来的。他们有心翻盘，找出什么碴来，比如揭露该食堂辣椒名不副实，只是为了营销而拉踩网红餐厅。

可是——

“不行啊，老板，没人会信的，C 大食堂并不对外营业，只接待本校师生。至少明面上是这样。”

这地方是内部食堂，人家踩你做营销有什么用？

味之林老板：好气啊！又没有办法！

花了好些天，崔栖潮才领着人把小山上可用的地都翻了一遍，该除的杂草也都除了，整地做畦，做好基肥，浅耕好后播种。考虑到食堂食材消耗的速度，这里主要种的是菠菜、空心菜和小白菜等叶子类蔬菜，其中那些能多次采摘的种类播种得也最多。

选种的时候崔栖潮就研究了一下，那时还不认识品种，只知道分辨质量与适宜程度。比如菠菜种子最后选择的是大圆叶菠菜，这种菠菜产量高，但是不耐寒、不耐病，比较适合现在这个季节播种，每亩地播种量是五到七公斤。

正值春天，崔栖潮花了几周时间，才抽空带着人一起把后山种满了。

食堂的工作人员发现崔总真的专业，不只种辣椒专业，这几种蔬菜他也特了解，带着大家用落水播种法。接上浇草地的管道，先用水渗透好地，再撒种、盖土。

崔栖潮上山都穿着西装，也不怕活动不方便。他面色凝重地道：“一定要小心、仔细，严格控制浇水、施肥量，这一季菠菜非常重要！”

他表情一严肃，大家就紧张。崔总背景深，这么说难道这些菜种了还有什么深意？

崔栖潮继续道：“春季播种的菠菜虽然出苗比夏季菠菜慢一些，采收时间晚了近半个月，但是夏季菠菜生长快，养分累积得少，味道其实不如春季菠菜！要珍惜这一季的味道！”

众人无语了。

看着一整座山头都被开垦完的情景，崔栖潮心里充盈着满足感与动力。种植欲被满足太快乐了，他还要继续加油。

因为最近晴天比较少，崔栖潮还在食堂里给空心菜催芽，不然直接播种难发芽。

他选的空心菜品种是细叶蕹菜，因为这品种不但能在旱地栽培，也能在浅水里栽培。他已经悄悄瞄上了学校里的一些水池，预备到时候以绿化的名义，把空心菜栽在边缘上，坚决不浪费每一寸土地。

因为这个，崔栖潮也增加了下楼的次数，种子都被泡在一楼，每天得冲洗一次，崔栖潮三五不时要过来测一下湿润度、浇浇水。

他下来多了就难免遇到打饭高峰期，好多学生注意到了后厨一闪而过的身影。

一开始几乎有人以为是放了张背景板在那儿，后来才发现是能动的。毕竟崔栖潮的打扮和厨房看起来格格不入，甚至和整个食堂都格格不入，他看上去好像更适合出现在教室、酒店之类更正式的场合。

崔栖潮被拎着饭盆的学生们隔着打菜的窗口围观，打饭阿姨都烦了，用勺子磕了磕盆子："你们不打饭的就走开。"

"大姐，后头那个小哥哥是什么人？在这儿干什么啊？"

阿姨回头看了一眼，有点骄傲地说："这是我们老板。"

崔总的颜值和气质拉高了整个一食堂的水平，而且还是崔校长的亲戚，他们可是很引以为傲的。

所有听到这话的学生都一脸的不敢置信。

不可能吧，这人长这么帅跑来承包一食堂？

前段时间流传一食堂的新老板和校长关系匪浅，他们脑补的都是什么校长的同学、小舅子之类比较油腻的中年男人形象，而眼前这一位，让人产生了一种如果他承包一食堂，学校应该倒贴钱的想法。

阿姨看见大家怀疑的眼神，还一叉腰道："不信你们上网去查，不是可以查那什么法人代表吗？"

阿姨都这么说了，那应该是没有假了。

前段时间还有不少人说一食堂老板仗势欺人，毁了C大的约会圣地。

这会儿看到崔栖潮本人，风评就都变成了"哇，一食堂的新老板真是人美心善""太善良了，还在后山种菜给大家改善伙食"。

崔栖潮在后山上种满蔬菜的做法，转眼就全是好评了。

毕竟他长得好看，做什么都是对的。

起初崔栖潮对这些一概不知。他既不打算发展校园恋情，基本只和食堂员工交流，也不太使用这个时代的网络看学生们发帖。

可是一周下来，他从意见箱里把建议书都拿出来阅览时，发现里头大约三分之一是与食堂建议毫不相关，反而和他本人相关的内容。

不过以崔栖潮的视角看过去，记住的只有："老板你太帅了，你想怎么种菜就怎么种菜，我们没有意见的！"

太好了，收起来，这就是学生们也支持他们一食堂种菜的证据！

小白到家也好一段时间了，崔栖潮觉得它适应得很好，这个时候洗澡应该不会有应激反应了 。

"小白。"崔栖潮一进门喊了一声，只见小白正老实地趴在鞋盒里睡觉。小白到家不久后，就一直试图爬上沙发或者床睡觉，被崔栖潮教训过多次后才不敢了。

崔栖潮把刚买的猫咪专用沐浴露和猫窝放下："来，给你买了猫窝，以后可以不用睡鞋盒了。"

小白露出怀疑的眼神，盯着猫窝看了半晌，才"喵"了一声，走上去躺下。

“喜欢吧？这个猫窝还挺贵的。”崔栖潮摸了摸小白的头。

小白一听这句话，眼中顿时闪过一丝自我唾弃，傲娇地准备从猫窝中离开。

“怎么，难道你还是更喜欢鞋盒？”崔栖潮疑惑地道，“鞋盒以后睡不下了怎么办，我上食堂拿个包装箱回来行吗？”

小白迈出猫窝的前爪停住了，慢慢压低前半身，伸了个懒腰，然后若无其事地翻身滚了回去。

“还是喜欢的啊。”崔栖潮笑了笑，又拎着它去洗澡。

即便基因经过改良，在洗澡、吹毛这种事上，也是要慢慢脱敏的。但崔栖潮已经进行过服从训练，所以把小白放进浴缸后，他下了口令：“坐下，定！”

小白就定住不动了。

崔栖潮一边给它洗澡，一边喂点零食，小白表现得也很好，接收到定的口令后没有被水流、泡沫干扰，老老实实地吃东西，被搓揉了个遍。

等吹毛的时候，小白表现得就更乖了，站在桌上，崔栖潮给它吹毛，它不躲不闪，还知道自己翻个身吹另外一边。

“疫苗打完后，也可以进行户外训练了呢。”崔栖潮琢磨着道，“这些天，就在家里练习一下随行吧。”

一只优秀的牧羊猫在随行的时候，当然会紧跟在主人脚边，并保持抬头看主人，以便及时接收主人的口令。

牧羊猫的培育满足了许多人的需求，既拥有猫咪的娇嗲外表与部分性格特征，又加上了狗狗的服从、忠诚，工作起来灵巧，食量还比狗狗小，也难怪会自发明后就大为流行。

带它们出去的时候，绝对不会像普通未改良猫咪一样，几乎必须抱着、装着。

小白不知道是否听明白了，仰着脸看崔栖潮。

崔栖潮看着它又圆又大的眼睛，微微一笑，俯身在它毛茸茸的脸上亲了一下。

崔栖潮起身一想：不行，刚才冲动了，有人畜共患病怎么办？接着他转身又去洗了洗脸。

第 10 章

# 一个小条件

经过崔栖潮的努力，一食堂现在不算上辣椒油一共拥有七道改良菜品，除去红烧土豆和丝瓜炒蛋，另有尖椒炒鸡杂、牛腩炖萝卜、鱼香肉丝、清炒莴笋和海带排骨汤。

虽然选择范围还不是特别广，但已经满足了绝大多数学生的基本需求。

应 C 大学子们建议，崔栖潮还去研究了一下白案，毕竟大家的早餐还没着落。

说到一食堂的早餐，那也是赫赫有名的，平时炒的菜就够难吃了，摊馅饼、做包子、饺子还能往里放那些菜。碰着幸运的，这馅儿是青椒炒肉、韭菜牛肉之类的搭配，碰着倒霉的，给你来个草莓炒肉馅儿的包子，你是吃还是不吃?

崔栖潮根据自己的理解，给了两道菜谱，一个是瘦肉米粉，另一个是火腿鸡蛋饼。

瘦肉米粉并不是很费事，青椒切得细碎，和肉末、葱花炒熟炒香了做成面码，一次做一锅，再用一点自制的辣椒油，放麻油、酱油等调料加热水做汤底。

米粉用沸水焯一焯，沥干净水后放进碗里，崔栖潮比较喜欢将焯米粉时间缩得稍短一些，那样面条弹性更足。但他定了两个时长标准，如果学生爱吃软一些的米粉，可以煮久一点。

米粉变化很多，面码天天能换，青椒瘦肉可以，海带排骨也可以——这个正餐还能吃，比青椒瘦肉要清淡一些，汤底也不必加什么辣椒。

火腿鸡蛋饼就一定要控制好时间与油温，煎到面饼两面黄灿灿的，葱花是香而不焦，火腿丁则被煎出一点焦酥的皮，让火腿的咸香与口感完全发挥出来。打蛋的时候往里头拌点儿白胡椒，白胡椒比黑胡椒味道要柔和一些，加适合的量提味又不至于很冲，有时吃了几口才能觉察出那种特别的香气。

金黄的鸡蛋饼上点缀着嫩绿葱花与肉粉色中带着焦黄的火腿丁，一张张柔软地叠在一起，光是用看的就让人想在上面狠狠地咬一口。

崔栖潮在建议书里看到，四食堂的米粉里好像还吃出过洗碗布的碎片，一食堂不知道有没有类似的经历，但是看吐槽就知道味道是不尽如人意的。

现在就不一样了，米粉受到了广大学子的热烈欢迎，如果上午没课那是最好的，赶在早餐时间段溜达到一食堂叫一碗米粉，满食堂都是吸溜米粉的声音，此起彼伏。要是不能吃辣的人尝到里头的辣椒，还得不时吸吸鼻涕。

一口米粉下肚，粉条富有弹性，面码入味，吃到最后把汤底也喝个精光，从嘴巴到胃里头都热腾腾的，感觉打个嗝都充满了幸福感。

C大的大部分学生似乎更喜欢米粉，有的只剩十分钟就要上课了，也得先在食堂排队拿一碗米粉，不顾烫嘴两分钟吸光。

实在不行就匆忙拿个火腿鸡蛋饼，女生一个能吃饱，男生得拿俩，这个趁热吃，还没凑近就能闻到火腿丁和鸡蛋喷香的味道了。

明明是简单的食物，但让人感觉能做到这个程度很难，反正其他几个食堂乃至学校周遭卖早餐的摊子，也没有鸡蛋饼能摊得这么恰到好处。

火腿丁和白胡椒，以及适宜的油量令蛋饼一点儿也不油腻，咬下去口感松软，蛋、葱花、火腿丁与一丝白胡椒的味道，层次清晰丰富，几口吃光一张，还能回味个半分钟。

可惜就是去晚了放冷后味道不如热的时候，这也是很多人优先选择米粉的原因，清早吃点热腾腾的东西才有力气学习啊。

崔栖潮也是看着学生们太惨了，在他所在的时空，下厨完全是个人兴趣爱好，各式各样的厨房料理机早已解放了大家的双手。

一食堂以极快的速度笼络民心，在开学后三个月不到，就从“五虎”之首转型成了连网红餐厅也甘拜下风的人气食堂。虽然改变还在进行，可是已经造成了极大的影响。

没有对比就没有伤害。大多数学生宁愿绕路来一食堂排队，也不想去其他四个食堂，尤其是四食堂，这四个地方已经沦为永远的备选。

一食堂每天都人山人海，但毕竟接待能力有限，新的工作人员都招了两拨。一有消息要上新菜，那真是还没开卖队伍就排到寝室楼去了。

那些天，C大学生的朋友圈都热转着“一食堂打饭队伍”的视频。

到了月底财务处一结算，一食堂的营业额比其他四个食堂高出一大截，那四个食堂则比平日惨淡许多。如果按日子拉表一看，这种惨淡还有继续下滑的趋势，与一食堂的上扬截然相反。

如此一来，就算崔栖潮有崔校长做靠山，其他几个食堂也颇有微词。

以前大家都暗黑着，现在你一个人进步，叫咱们情何以堪？照这个趋势，是不是下一次招标的时候，你就要把其他四个食堂也都承包下来啊？

崔校长那里都有不少说客，明里暗里问他，他侄子到底什么时候玩够。

看脸都知道崔校长的侄子是玩票性质，可其他人是要赚钱的。

崔校长虽然力挺崔栖潮，不过内心也有点犯嘀咕，这都几个月了，侄子还没有休息好吗？他也不催，本来侄子心情就压抑，听说都养起猫来了，再大压力他都扛得住，反正不能让侄子不爽。

反倒是崔栖潮自己从员工那里听说了其他四个食堂有点阴阳怪气的样子，主动找了其他四个老板过来聊天。

他们五个站在一起，画风也是格格不入，年纪上就差了一大把，其他四人几乎都是崔栖潮的叔叔辈了。不过知道崔栖潮的身份，他们也不敢当着崔栖潮的面摆长辈的谱。

“想必大家也知道，我承包一食堂的主要目的其实是散心，所以我更愿意看到所有人都开开心心的。”崔栖潮将一沓纸拿了出来，“我这里有几道食谱，都是易于烹饪的菜色，不会因为准备细致就耽误太多工夫，只要保证原料新鲜，品质达到标准，学生们都会买账，也就不存在学生用餐过于不均衡，一食堂一头大的问题了。如果你们有意做出其他改变，我还可以提供其他现行菜谱。要在一食堂打广告也不是问题，我可以引流过去。”

这几个食堂的老板只愣了一会儿，就笑逐颜开。以崔栖潮的关系，硬要人家改回去，他们肯定是办不到的。倒是他提出的这个方法很好，很为大家着想，何乐而不为啊！

学校就这么大，一点动静大家都知道了。一食堂的厨子以前水平也没见多高啊，还不是有了极为详细的食谱？

对食堂菜来说，其实时间的掌握和调料多少很重要。掌握配料也需要经验，一般厨师做出来的菜都可能油汪汪的，而非崔栖潮控制下那种恰到好处的清爽，何况是大锅煮的食堂菜。

再有，大锅菜分量极多，保持质量需要翻炒均匀。快速均匀地翻动菜很多人能做到，能去食堂上班也得有膀子力气，但是控制时间就不是人人都行的了。

拿大锅素菜打个比方吧，大锅菜有个后熟期，也就是蔬菜装入容器后，余热会继续加温，使得蔬菜更熟烂。

如果一开始就炒熟了，放置一段时间后蔬菜过熟，口感就不好了；炒得过生，又会出现夹生的情况。要刚刚好，达到最佳的口感太难了！

但是什么时候见学生反映过一食堂的菜过于油腻或太清淡？他们也有人让员工从一食堂打菜来尝，单装一份当是小炒都没问题。

这厨师不只是经验充足，炒得刚刚好，而是达到了出色的水平。他们甚至对崔栖潮为什么非赖在学校食堂里感到疑惑，你有这个方法能控制成品的高水准且波动不大，出去开连锁餐饮不是赚翻了？味之林对抗得过就有鬼了。

“当然，我也有一个小小的条件。”崔栖潮看着众人道。

居然还有条件，不会是要他们出钱买食谱吧？那得看要价多少了，不过分的话他们其实可以接受。四个老板盯着崔栖潮看：“请说。”

崔栖潮淡淡地道：“我希望在各位的食堂里，也将盆栽与草皮都换成辣椒。而且，所有种植步骤也严格遵守我的意见。”

这个条件让大家都十分意外，他们都知道崔栖潮把后山刨了种菜的事情，可并不知道崔栖潮竟然这么爱种植。

竟然用在他们的地盘上种菜作为交换条件，他到底是对自种菜有多热情啊？

不过提到自种，他们自种的辣椒质量好像确实特别好，辣椒油成色与普通的不同，这是在C大都出了名的。合理推断，后山的蔬菜说不定也比市面上的要好。

不管怎么说，这么好的条件，不必多加思考，众位当然是第一时间就答应了，就是心里忍不住想，看这位这个认真态度，不大像玩票啊。

他们逐一和崔栖潮握手，既然都合作上，就更不吝惜夸奖了。

“小崔总真是大方、大度、大气啊！”

“对，对，你看来C大才多久，一食堂接待量节节攀升。”

“说实话我也吃了一食堂的菜，还有那个辣椒油，不愧是自种的，味道就是特别好，可以说独具风味。”

“辣椒种植品质就特别好，崔总专业啊，在国外留学时学的是专业？”

崔栖潮想了想这里的资料，说道：“本科是国际政治，研究生转了金融。”

崔栖潮说得太过自然，仿佛读金融出来正常的就业方向就是种辣椒，所以种得那么好，导致都没人问得出为什么他不从事专业工作。

老板们沉默了几秒，干笑道：“啊哈哈哈，难怪现在这么优秀……”

有关系的吧，学了政治和金融，对种菜一定有帮助的，对吧？

第 11 章

# 你们学校是农大吧

很多学生在看到一食堂以外的四个食堂也将草皮盆栽扒了，整地种辣椒的时候，就隐隐觉察到什么了。等到开饭，果不其然，一食堂的改良菜色也出现在了其他几个食堂中！

C 大师生都“喜大普奔”，校区那么大，五个食堂分布在不同的地方，就是为了方便各处的学生吃饭。有的人得横穿整个校区才能抵达一食堂，也累得很啊。

众人本以为一食堂退出“C 大五虎”后，要变成“C 大四金刚”的格局，哪知道其他四个食堂也一起洗心革面了。

果然是没有竞争就没有进步吗？

在这样热烈的氛围之下，刺激了不少原来不在食堂吃饭的师生去消费，五个食堂的销售额都节节攀升。后来逐渐流出消息，是一食堂那个人美心善的新老板，主动共享食谱给其他食堂，劝他们对学生好一点。

而因为一食堂是首倡者，而且有自种菜的优势，新菜也会在一食堂最先上，即便崔栖潮一心种菜，对什么客流量没有心理预期，一食堂也成了客流量最大的食堂。

生活一下变得如此美好，令 C 大的学生们恍然如梦。尤其是大一新生，赶上了最好的时候，黑暗料理没吃几天，就迎来了一食堂的改革。

趁着在学生中名声好，崔栖潮也正式向崔校长提出，还想把水池也都种上空心菜。

崔校长就算已经听过开荒后山的要求，听到这话时也不由得愣了愣。侄子也太疯狂了吧，连水池都不放过，那也是校园美化的一部分啊！

“您看，这些是水蕹菜作为绿化的案例，这难道不也是美化吗？”崔栖潮说道，“而且，水蕹菜能够净化水质，防止藻类蔓延，是极为优良的生物材料。”

崔校长看了一眼，好像也还好。算了算了，侄子都开口了，他还能不满足吗？在 C 大，这点主他还是能做的。

崔栖潮得了许可，立刻兴致勃勃地研究了水池的水质，砍了学校的竹子，片成细竹片，自己动手做栽培床，可以完全贴合水池的尺寸，下方铺上塑料布防止渗漏。水培蕹菜崔栖潮选择了尖骨青叶蕹，属于大叶种，又自己兑了营养液。

蕹菜长得快，只要施肥得当，天气暖和一些，十几二十天就能收第一波，之后每隔十天半个月就能再次收割，连续采收半年不成问题。

于是，把几个食堂都栽满后，崔栖潮又把学校所有的水池丰富了一下，简直不亦乐乎。放在真实世界里，他哪有可能这么潇洒？

土地资源的稀少，已经达到有钱也不可能肆意栽种的程度，以崔栖潮旺盛的种植欲，他非得憋出病不可，倒是在虚拟位面得到了满足。

现在网络直播盛行，学生里面有些热衷者就想开直播给大家看洗心革面后的知名高校暗黑餐厅。

直播的学生打男生宿舍楼出来，走到旁边的一食堂，沿途经过水池，照着里头的水蕹菜，镜头掠过小山，隐约可见满山已经吐露绿色的蔬菜，接着拍摄了食堂外茂盛的辣椒，一颗颗红通通的，饱满漂亮。

直播间的观众纷纷表示：

你们学校好多菜啊，一定是农大吧！

哇，不愧是农大，学校好多菜。

不是……主播不是说过他是C大的吗？

不可能呀，C大根本没有农学专业。

开直播的C大学生："我是C大的没错，我们学校也确实没有农学专业！这些都是我们学校食堂自己种的！"

不信！你们学校食堂这么牛的吗？到处种菜！

恍恍惚惚，一看画面我真以为是哪所农业大学……

真农大的出来说句话，我们有试验田没错，但没有丧心病狂到绿化盆栽都是辣椒的程度。

后来这段录屏在南海市大学城广为流传，引起大家深深的共鸣。

C大学子感慨，不知不觉之间，一食堂的播种范围越来越广了，连水池子都不放过。

大学城其他学校的人则表示，不小心打C大路过差点不敢认，尤其南海市农大的人，往那儿一走都想说，到底我们是农大还是你们是农大啊？

C大——一所试图追赶农大的综合类大学。

崔栖潮每天回家，固定训练小白十五分钟，目前小白已经掌握了坐、卧、滚、立、定、衔物、巡回等技能，他每天除了巩固服从训练之外，就是带小白练随行。

第一阶段在家里练习，熟悉了之后才能去户外。

经过崔栖潮的不懈努力，小白已经紧贴着他走一百来米的距离不分神了，所以这天下班之后，崔栖潮给小白系上了绳，准备借去学校看蔬菜生长情况的机会，进行一下户外练习。

崔栖潮牵着小白出门，楼道里很安静，小白表现得也不错，没有离开他身侧，而是乖巧地紧贴着他的小腿，头仰着随时观察等待崔栖潮的指令。

对面的门打开，邻居阿姨走出来，就看到崔栖潮牵着一只动物，乍一看还以为是小狗，定睛仔细看了才发现是猫。崔栖潮走它也走，崔栖潮停在电梯前一提绳，它就乖巧地坐了下来。

邻居阿姨赞道："小崔，我都不知道你还养了猫，这猫平时也不叫，出门居然还这么乖。"

散养的猫和家猫不大一样，胆子大多了，但无论是散养的还是家养的，能这么乖巧都很少见，反正邻居阿姨没见过。

都说猫养不熟，小崔家的猫好像就不一样。

"是啊，挺乖的，所以带它出门遛遛。"崔栖潮说道。

出门遛猫，这倒是稀奇。邻居阿姨仔细一看，这猫的毛还有点长，那说不定有点森林猫之类的血统，就喜欢在外头玩儿呢。

崔栖潮和邻居阿姨道别后，牵着小白去 C 大，从他的公寓步行过去不用十分钟。

这一路上，小白的回头率可高了。遛狗的见多了，遛猫的，还真只在网上看到过。

更别提这一只猫乖得惊人，主人走就走，主人停就停，绝不离开主人身边半米，还一直盯着主人看，即便地上有鱼骨头都视而不见。它都不是普通小猫跟着主人那种，是紧贴着主人的小腿，动作超准宛如警犬，也不知道是怎么驯的。

崔栖潮只以为牧羊猫还没有像后来那样普及，而且平时他一个人出门看他的人也挺多的，他哪能那么在意。

崔栖潮把猫先牵到食堂，让它见一见食堂的员工。

C 大食堂会一直开到晚上十点，有夜宵供应，因此这时候人还不少。当初把猫给崔栖潮的勤杂工看到都震惊了，没想到崔总说驯猫就真能驯。

"下个月就可以带到食堂来了。"崔栖潮在小白头上摸了摸。

"崔总你这只猫也不用抓老鼠了，放外头啊，买点心就能和猫握手，能卖疯了。"有人开玩笑道。

"不至于。"崔栖潮说道，在他看来，会握手的猫不是满街跑吗？

"好了，我去看看蕹菜。"崔栖潮给小白下了口令，"小白，走。"

于是小白自觉地衔着牵引绳站在崔栖潮旁边，等崔栖潮把牵引绳重新挂上它的项圈。

崔栖潮牵着小白就走了，所以没看到其他人迟疑中带着疑惑的神情，他们也不太懂猫，但是崔总养的这猫，怎么跟狗似的……

崔栖潮带着小白巡视了一遍才栽培好的蕹菜，因为这时候天色已晚，加上小白已经随行相当长一段时间了，他也就把小白抱了起来。

看完菜回去时，路过宠物医院，崔栖潮想起小白这个月驱虫的时间也该到了，便带着它进去让医生给上个药。

“上完药不能洗澡的，小猫洗过澡没，要顺便洗个澡吗？”医生顺口推销了一下他们的服务。

“可以。”崔栖潮也没犹豫，答应了，距离上次他给小白洗澡也有段时间了。

“小白，定。”崔栖潮给小白下了个口令，让它站在洗澡台上，小白就乖乖不动了，崔栖潮则出去等。

目睹这一幕的宠物医生出去后惊奇地道：“你家的猫咪好乖，还知道不动？”

“这一项训练得确实比较久。”崔栖潮看到他们医院还养了一只长毛大猫，正躺在椅子上，看体形说不定也有牧羊猫的血统，上前摸了一把，说道，“握手。”

大猫毫无反应，扫了扫尾巴。

医生笑呵呵地说：“我以前也想教它握手，拿吃的逗了半天，也实在没能教会。你家猫太聪明了，尤其还是只小猫，不黏人，很多小猫都黏人。它还很聪明，我只见老猫能听懂一些人话的比较多。”

崔栖潮敏锐地察觉到了一丝不对，试探地问道：“那……你的猫会牧羊吗？”

医生：“啊？猫怎么会牧羊？”

第 12 章

# 小白的暴露

“药水已经滴好了。这猫真的好乖，你让它不动，它就真的不动了，随我怎么吹风，一点儿也不怕吹风机，这脱敏训练做得真好。”美容师把小白抱出来后，还在不停地夸奖。

崔栖潮看着美容师把小白递过来，冷淡地盯着它。

按理说这个时候崔栖潮应该夸奖小白的，虽然小白老是很不屑的样子，这时听不到夸奖却像不习惯了一般，“喵”了一声，尾音有点飘忽。

崔栖潮这才伸手，单手把小白抱了起来：“谢谢。”

“不客气啊，咱们加个微信吧，以后有活动可以通知你。”美容师拿出了手机。

崔栖潮手机里的社交软件他基本就没动过，但账号还是注册了的，一来就有。他把美容师加上后，抱着猫离开了宠物医院。

路上崔栖潮也没说话，在思考一件事。刚才在医生面前虽然粉饰了过去，可他心底其实是震惊的。

原来小白不是牧羊猫，或者说，这个时代根本就没有牧羊猫！

是崔栖潮弄错了，在崔栖潮生活的时代，二十一世纪、二十二世纪都属于旧华夏历，是人类还未走出太阳系时的过往。

崔栖潮对历史谈不上精通，只是大致了解而已，属于大部分受过高等教育的人类的正常水平。

在他的印象里，牧羊猫的确是在二十一世纪到二十二世纪这个时间段发明的，他并没有想到自己抵达的时代还没有出现牧羊猫。

就好像崔栖潮知道活字印刷发明于宋代，但他并不能详细地知道发明于宋代哪个时期。人类的历史太悠久了，历史课有太多内容。

直到这个时候，崔栖潮才知道了一个在 LJJ 给的资料里不存在、属于当下时代的常识：正常的猫，不说百分之百，但基本不可能在五遍之内学会握手、打滚、站立等动作，更不要说衔取、标准无绳随行了。

崔栖潮一直以来的养猫方式都完全错误！

但是，更不可思议的是，所有训练小白都完成了。

现在想想，崔栖潮只是在既定印象下错误地埋怨了小白一句，小白的学习能力就开始突飞猛进。就好像一个同样对历史了解不细致的猫被崔栖潮唬住了，僵硬地模仿起了牧羊猫。

一开始，崔栖潮想到的是有 bug（漏洞）。

虚拟位面也是通过数据模拟出来的，是人造的，并非浑然天成，它也存在出现 bug 的可能性，虽然被压缩到了最小，但还是有可能的。

但是这 bug 也太智能了，更不像是什么逃出来的试验品。

崔栖潮又想到了外挂，虽然 LJJ 说过、他也相信，为了可看性 LJJ 不会给他外挂。

小白的身份还有待商榷，反正如果是 bug，LJJ 会修复，如果是外挂，LJJ 也不会让观众发现。

眼下嘛……崔栖潮面无表情地看了一眼怀中柔软的动物，心想，那你就继续做牧羊猫吧，看你还能不能一忍到底。

这么一想，崔栖潮就把躺得正爽的小白放了下来。

“小白，衔。”崔栖潮把手里的便利袋给了小白，里头装的是在宠物医院买的猫咪玩具。

这还是小白学会衔取后第一次用在帮主人减轻负担上，它委委屈屈地叼住了便利袋，爪子在袋子上有意无意地划了一道。

崔栖潮看着，冷不丁地道：“你真是不像牧羊猫呀，这么大了还不会收爪子。”

小白一僵，爪尖悄然收了回去，若无其事地用爪子又在地上磨了磨，才收好爪子，换作爪垫在便利袋上拍了拍。

“嗯，是刚才剪指甲没修好，指甲不舒服吗？”崔栖潮捏了捏小白的爪垫，同样若无其事地起身，“走吧。”

小白叼着便利袋，亦步亦趋地随行在崔栖潮身旁。

心里大致有数的崔栖潮回去之后就开始加快了教程，反正这个不知道是 bug 还是外挂的东西看上去也没有见过牧羊猫。

他每天都面色如常，用教基础动作的速度，教小白一些成年牧羊猫才学得会或者需要比较长的时间理解的课程，比如开关冰箱门，从里面叼饮料给主人，护卫主人、跳障碍、拒食等。

除此之外，崔栖潮也放弃了夜晚把小白放在食堂的行为，而是上下班带着它出入食堂。因为他已经决定专项训练小白抓老鼠，定时清理库房就行了，不需要整晚睡在这里，反正小白肯定学得会。

对小白来说，也因为去食堂而大开眼界。

小白在食堂遇到了自己的兄弟，学校超市母猫生的另外一只小公猫，那只小公猫是跟着它的主人、女寝的宿管阿姨一起来的。

阿姨听说食堂崔总养的猫连握手都会，过来取经了，可惜崔总不在，它谁的话都不听，也不让人摸毛。

小白眼睁睁地看到宿管阿姨抱着它的兄弟，那只纯白的猫就“喵喵”叫着，在阿姨身上蹭了好多下，阿姨把它抱在怀里“心肝、肉肉”地叫，而且全程没有看到阿姨让那只白猫完成任何动作！

白猫全程待在主人怀里撒娇就有肉吃，看上去也完全不像睡过鞋盒，因为阿姨对别人说它晚上会亲自己，这绝对是和阿姨睡一张床了。

没错呀，牧羊猫也可以做宠物。

小白看在眼里，记在心里，蹿上楼，溜进了崔栖潮的办公室，然后一下跳上崔栖潮的腿。

“喵——”

为了以后不用帮主人叼拖鞋，小白含着耻辱，在崔栖潮怀里打滚，它还记得崔栖潮亲了自己后就去洗脸了。

柔软的猫咪在腿上翻滚，露出软软的肚皮和粉红色的爪垫，声音清亮温柔。

崔栖潮在小白的下巴上摸了摸，如它所愿地夸了一句：“小白乖。”

用词虽然比阿姨要简短多了，但是对通常只在训练完成后才会表扬的崔栖潮来说，已经很难得了！

崔栖潮一下一下摸着小白的下巴，慢慢地道：“这么乖的猫，下周就教你跳火圈。”

追溯起“C大五虎”的名头，其实在至少十年前，它们就赫赫有名了。

乃至十年后，C大几名校友有的经商，有的从政，也有的出国发展，回母校探望时，还都提起了C大的食堂。

C大校友会负责接待了他们，如今的C大比起十年前多了很多新教学楼，也翻新过许多地方。

为首的是当年C大的学生会会长黄伟河，他毕业后经营自媒体，现在已经创办了自己的公司。

当众人在熟悉又陌生的校园里转了一圈，又拜访了还在校的恩师后，黄伟河提出了一个建议：“咱们和老师们约的饭是晚上，中午不如就去食堂吃吧？”

其他几个同学差点儿喷了：“开什么玩笑！”

“去食堂，你不怕挺不到晚上吗？”

“真的，食堂的菜现在还是我的午夜噩梦。”

“更大的噩梦难道不是咱们现在有工资了还得去吃食堂？”

“哈哈哈，对！”

大家笑归笑，听他这么说，还真有那么一丝感怀。当年大家都没什么钱，只能吃食堂，纵然油水不多、口味极差，也彼此鼓励着。

其实要说起来，C大食堂能够在华夏高校食堂料理界闯出如今的名气，和黄伟河也有一点点联系。那时候大家都在比哪所学校的食堂更奇葩，黄伟河亲自执笔撰文，以他的职业优势，为自己母校的食堂站台。该文大为传播，为C大食堂的地位奠定贡献了很大的力量。

不过，这会儿他们在笑着讨论时，旁边校友会秘书处的小何却脸色古怪。

这几位现在都三十多了，也不是沉迷网络的人，唯一经常接触的黄伟河还特别忙，所以他们竟然都不知道母校的食堂早就不是当年的模样了！

“那个，其实，自从我们崔校长的侄子接手食堂经营后，已经大为改进，现在学生们都挺喜欢食堂的。”小何解释道。

这话引得大家更感兴趣，真是天上下红雨了，C大食堂都能转性。还有崔校长的侄子居然会到食堂工作，这比天上下红雨还稀奇啊！崔校长的背景大家都清楚，他的侄子能跑来办食堂？

怀着疑惑，一行人还真就往食堂去了，原本准备就近去四食堂。

小何把他们拦住了，说道：“一食堂今天有自种的新鲜蔬菜上，咱们去一食堂吧。”

都要去食堂了，去哪里其实一样，一食堂不过是多走点路，既然小何这么强烈推荐，他们当然不会不给面子。

之前他们没走到这边来，现在到了一食堂一看，才发现一食堂的菜如何不提，学校著名的约会圣地倒是都给种满了蔬菜，包括下头路边花坛里种的也都是辣椒。

这画面可有点不一般，黄伟河出于职业素养，下意识地拿起手机拍了照。

待走进食堂，更是把他们吓到了，这叫一个人山人海，乌泱泱全是学生，窗口队伍排得老长，条凳上打好饭的学生们埋头吃得特香，饭菜的香味传到鼻子里，闻得人都饿了。

单凭这味道，他们就知道小何没骗人，这和印象里的一食堂绝不相同！

小何把他们带到教师窗口，刷自己的卡打了饭菜。

一食堂自己种的空心菜已经收割了，今天推出了腐乳炒空心菜，所以虽然在座每个人都有自选菜色，但在小何的强烈推荐下，空心菜是都打了的。

黄伟河坐在座位上，来不及怀念这和十年前规制一模一样的餐盘，反而是盯着腐乳炒空心菜出神了。

这些年他做自媒体，走了很多地方，吃过很多酒席，一条舌头可以说尝尽美味，都尝到腻了，对合作方招待的美食已经麻木，否则也不会出主意来吃食堂，除了怀念，也是因为好的吃多了，想忆苦思甜。

可眼前这盘简简单单的腐乳炒空心菜轻而易举地就勾起了他的食欲。急火炒出来的菜叶颜色鲜嫩翠绿，清清爽爽，清香随着蒸腾的热气钻入鼻子，拥有在别处从未遇到过的勾人味道。

旁边的男学生正好也夹了一大口空心菜，可能刚刚运动过，吃得比较豪迈，空心菜叶在他嘴里发出“嘎吱”的响声，配合上眼前的色、鼻间的香，竟让人活生生脑补起了菜叶口感该有多么脆嫩爽口，齿关张合间，蒜末、腐乳与滑嫩的菜叶如何在口中爆发香气，汤汁又是如何在齿间流淌……

这一瞬间，黄伟河咽了下口水，无比饥饿。

第 13 章

# 绝育套餐打折了

在饥饿的催动与隔壁学生的影响下，他连和其他老同学打声招呼的时间也没有，就夹起一大筷子空心菜塞进嘴里。

黄伟河不像崔栖潮那样知道许多品种的空心菜，在他的概念里，就是水培和旱地两种空心菜，味道差别较大，另外就是简单粗暴地以产地划分了。

但是黄伟河从国内吃到国外，包括据说气候非常适宜空心菜生长的地方，也没有尝到过这样的味道。

比他幻想的要好多了！

那种天然的鲜美太难得了，茎脆生生的，叶片则清嫩可口，腐乳加得恰到好处，提味又不会太咸。他从未想过一道蔬菜也能如此勾人，毕竟他平时颇爱肉食。

空心菜的烹饪方式极其简单，这道具有南方风味的菜也炒得朴实无华，但仔细看就能发现，叶片仍然能保持碧绿的颜色，油亮却不油腻，难得。

更难得的应该是空心菜的滋味，毕竟这种简单的烹饪方式为了最大还原食材的原味，只用了少量配料提味，它蕴含着黄伟河从事媒体行业多年，却难以在一瞬间找到合适语句形容的清香美味。

感觉到菜叶在齿间被咀嚼，茎的脆与菜叶的嫩、腐乳特殊的咸香，还有蒜末爆出来的浓香，这可口的香味让人几乎能感觉到勃勃生机。

黄伟河几乎是一口接一口，没有停息地把空心菜先行吃光了，然后才胃口大开地品尝起其他饭菜。其他同学也无一例外，在尝过了后，都选择了一筷接一筷，先把空心菜消灭。

小何看到这情形，颇为骄傲地道："怎么样，确实有所改变吧？这个空心菜就是后山上种的，一食堂的崔总亲自监督，甚至出手栽种。听说他留学时学的金融，是高才生。"

众人愣了一下："这有联系吗？"

"没有吧……"小何挠了挠头，"我就是听食堂的人这么说，应该只是为了形容他做任何事都认真。这个菜，我听说每天浇水量都要崔总观测完来确定。"

"你这么说，我突然能理解它为什么这么好吃了，照顾得太精致了！"

而且这完全不是噱头，和它的口感特匹配。

黄伟河在吃其他菜，他还打了青椒炒肉和丝瓜炒蛋，味道同样很不错，单独吃他肯定也会震惊今天的食堂之行，然而和空心菜一比，不足之处就突显出来了。

如果小何说得没错，那么崔校长这位侄子就真的是非常内行的人了，这几道菜相差的地方可以说就是原料。相同的烹饪水平下，空心菜因为食材的出色而胜出一大截。

起初在外头看的时候，大家还只觉得有点好玩，居然在学校种起菜了，现在全都改观了。如果说是这个品质，完全够得上供应给一流的餐厅了！

这一点，黄伟河可以用自己的舌头保证。

刚刚他没有注意看标价，但是食堂素菜也就一两块，至多不会超过三块，这是一勺的量，要打一大碗，也花不了多少钱。但是这一碗要放在高级餐厅，一两百没问题，这还是没有考虑到原材料的供应——自种，还每天观测浇水、施肥。

崔校长的侄子真的是来玩儿的吧？

黄伟河啧啧称奇，又拜托小何给自己再打了一份空心菜。他刚才一下饿了，都忘了拍照，而且谁知道崔校长的侄子什么时候又不玩票了，人一走他上哪里再找这样的美食去？

一直到吃撑了，黄伟河才作罢。

到了晚餐，和老师们聚餐时，他们几人都对食堂念念不忘，忍不住把话题扯到了上面去："我们中午在一食堂吃的，听说那是崔校长的侄子开的？"

几个老教授立时打开了话匣子。

"可不是！听说啊，这个小崔留学时压力太大了，有点心理问题，所以才来学校散散心。"

"做事认真靠谱啊，立时就把食堂质量提上来了，生意太好，连带着逼得其他几个食堂也不得不提高。"

"我老伴儿现在每天晚上从家属区走到一食堂，打点儿辣椒油回来，开胃得很。"

"我女儿今天中午还拿我的卡去刷了份空心菜回来，那滋味，别提了。"说这话的教授指着桌上的空心菜道，"跟那个比起来，这就是把草，我都觉得还带着点儿草腥味。"

平时吃他肯定不觉得，有了对比后，他一说，其他吃了的人仔细一咂摸，还真有点那个意思，水平差太远了。

黄伟河都失笑了："各位恩师也这么喜欢，早知道晚餐我们也约在一食堂了。"

"哈哈哈，"教授还真认真考虑了，"这个点去，菜肯定被打光了。"

说罢，现场还沉默了两秒左右，大家都有点可惜的意思。

回家之后，黄伟河趁着酒兴打开电脑，撰写了一篇长微博，以探望母校恩师为引子，将一食堂引出来，回顾了一下过去的历史，再大夸特夸。

他现在已经不用自己写文案了，今天可算是兴致大发，将那道腐乳空心菜的滋味详详细细地描写出来，还与晚上吃的空心菜做了一个对比，又隐约透露出这自种菜的美味是那位有才学的富贵闲人老板仔细照料出来的，所以他夸得绝对一字一句都没虚的。

黄伟河从C大毕业，做自媒体这么久，文笔差不了，也有一群粉丝，更有同行关注，长微博一出，大半夜先是看笑接着看饿的人全都在号。

为什么要写得这么细致啊！

真这么夸张吗？最好吃的空心菜，我都想冲到南海市去了……

去不了，没看黄老师说这个要刷校园卡？

看饿了看饿了。当年我就是因为黄老师写的C大食堂菜才关注的，没想到如今鼎鼎大名的食堂菜系佼佼者C大食堂来了个大转身，这是要朝着另一个极端奔了吗？

单单黄伟河一个人的醉后吹嘘当然不可能引起什么爆炸级别动静，只能说在他的受众里颇有反响，因为描写得的确好。不少人转念就会想，这怕是食堂菜里的顶端吧，有点媒体人式的夸张啊。

不过，黄伟河的一些同行，尤其是做美食内容自媒体的人，萌生了一点好奇，毕竟他们熟悉黄伟河的点评风格。

也就是今夜这篇文章，为一食堂日后的美名远播打下了基础。

崔栖潮站在阳台上，给自己在这里种的辣椒和葱、蒜浇水，浇完后喊了一声："小白！"

半晌没动静，崔栖潮又喊了一声："小白。"

这一次语气中带了一点威胁。

大约三秒后，小白从房子的另一端"噌噌"跑了过来，蹲坐在崔栖潮面前。

"把水壶放好。"崔栖潮把水壶交给了小白，小白"啊呜"一口叼住壶把，闷闷不乐，眼睛都耷拉了下来，跑去把水壶放回原位。

明明有的事情崔栖潮可以自己做，但他就是要交给小白，原因是：牧羊猫不就喜欢互动吗？不经常交给小白一些任务，万一小白心理出现问题怎么办？

小白看着崔栖潮那张好看又冷淡的脸，心理健康地"喵"了一声。

崔栖潮坐在沙发上，放好水壶的小白踱着步过来，仰头去嗅矮几上放的草莓，这是崔栖潮一个一个挑好的，又大又甜。小白猫眼乱转，舌头不时卷一卷粉色的鼻头，一副垂涎欲滴的模样。

"想吃草莓应该怎么做？"崔栖潮冷不丁地说。

小白悻悻地把头转过来，手搭着崔栖潮的小腿："喵，喵，喵。"

崔栖潮："错了。怎么做？"

小白忍辱负重，坐立起来，两只手合在一起拱了拱。

“好猫，奖励一颗。”崔栖潮把草莓喂给了小白，小白还挺娇气，不愿意衔在地上吃，就着崔栖潮的手啃光了，顺带流了他一手草莓汁。

崔栖潮看了一眼小白，没有说什么，抽纸把手擦干净了。

小白一吃完就蹿远了，毕竟待在崔栖潮身边，不知道什么时候他就会心血来潮地驯猫。

这时，崔栖潮那部平时基本没什么动静的手机响了，发来消息的是上次去过的宠物医院，崔栖潮一边看一边故意念了出来：“你好，本院二十年院庆，近期有折扣活动，猫咪绝育套餐折后仅需华夏币 ×××（公）/×××（母），送优质伊丽莎白圈。拍下一年内有效，优惠力度前所未有，各位家长可以考虑参加……”

崔栖潮似笑非笑地道：“优惠力度前所未有，要不要拍一个呢？”

第 14 章

# 攻克家属区

小白原本正躺在自己的猫窝里，听到崔栖潮的话，整个猫都僵硬了。虽然是背对着崔栖潮没动，但可以看到耳朵已经完全竖直起来，连耳尖的毛都带着紧张的气息。

崔栖潮看到小白已经害怕了，才慢悠悠地说：“还是考虑考虑吧，先打听一下这家医院的医生的技术。”

小白的耳朵慢慢耷拉了下来，宛如被判了死缓。

崔栖潮在沙发上才坐了一会儿，小白就按捺不住，几步蹿到崔栖潮面前，眼睛睁圆，瞳孔满月一般占据了大半空间，黑亮亮地盯着崔栖潮，然后开始用脑袋蹭他的手。

放在平时，小白接受完训练，肯定不会这么主动，甚至撒娇地要求崔栖潮摸自己。

崔栖潮拖了一会儿，眼见小白有些焦虑了，才把手伸出去，在它的头上摸了摸：“哎呀，怎么比绝育后的公猫还要嗲。”

崔栖潮把小白的腮帮子拉开，好好搓揉了一番，小白不但没有反抗，还在僵硬了一会儿后翻起了肚皮。

崔栖潮戳了一下小白的肚皮：“呵呵。”

小白只觉莫名感到了一丝凉意。

有赖于崔栖潮种的那一批蔬菜，他获得了广大老教师的喜爱。他们这些人正是养生的年纪，辣椒油可能受众不太广，但蔬菜就不一样了，尤其是新鲜美味的蔬菜。

这甚至比市面上卖的精选蔬菜还让大家放心，因为它就长在眼皮子底下，崔栖潮对它们的上心也是大家都看得到的。

连崔校长都没想到崔栖潮能和这些现在常来食堂打菜的老教师建立良好的友谊，直到崔栖潮又敲开他办公室的门。

鉴于前两次崔栖潮过来的目的，崔校长一看他就主动交代：“栖潮啊，我已经帮你让人去看天台可不可以了，这个大面积是不可以的，但能放些盆栽……我是觉得，这数量不多的话，就没有必要了吧？”

“叔叔，蚊子腿也是肉。”崔栖潮说道，“不过我来不是为了这个，是另外有件事。”

崔校长：“哦，是什么？”

他在心里想了想，咱们 C 大还有哪里可以种东西的，难道要继续打其他绿化带的主意？

崔栖潮说道："家属区的空地啊，我觉得挺适合种菜的。"

崔校长无奈地道："栖潮，这个真的为难，家属区住了好多老教授，地位老高的，叔叔我也不好不敬老。"

"没事，"崔栖潮说道，"我已经征求过他们的意见了，比如周证闻教授、林瑛教授、白云教授……"

崔栖潮报出一连串的名字，都是在 C 大乃至整个学术界赫赫有名的大拿。

崔校长无言以对。

崔栖潮："不过这一批种出来，会优先教职工及其家属供应。"对崔栖潮来说，粮食种出来只要没有浪费，给谁吃都一样。

崔校长听到这一句，就明白这些大拿大概是对侄子的绿色蔬菜很有好感了，汗颜道："那你各户征询，要是没意见，就种吧。"

"谢谢叔叔。"崔栖潮得了崔校长的许可，再做民意调查，这项没什么难度，基本是全票通过。

有的老头、老太太甚至说："早几年我就想把花坛拔了种菜，还不是因为返聘了，要上课！"

对家属区的土地，崔栖潮已经有了成算，要精打细算地利用。包括之前食堂边的土地，也可以增加作物了，他将进一步运用上立体种植。

其实像崔校长所说的在天台种菜，也属于立体种植的一种。

立体农业又叫层状农业，是利用各种农作物的空间差、层次差、时间差等进行配套生产。里头还可以细分，比如崔栖潮要给食堂周围放一些棚架，这就更大程度地利用了这一块区域的阳光、空气等资源，属于利用了现代工程技术。

在后山种的菜则是按照垂直高度进行的，根据海拔高度、山坡特点分别种植作物。

像他要在家属区那片实施的，则是在华夏由来已久的间作。利用好植株间的空间，多种作物种在同一块区域内，这需要严格选择配套的作物。

他预备将玉米和板蓝根一起种植，板蓝根倒不是菜，但神农还尝了百草，崔栖潮种个板蓝根也不算什么。别说板蓝根，人参他也打算种起来。

如此一来，他就能在有限的空间里，最大程度地满足自己的种植欲。以后药材收了，就当福利发给大家。

为了这与日俱增的种植面积，崔栖潮继续给公司招了人，他都怀疑最后食堂负责种地的人能比做菜的人还多。

玉米，因为是套播，选了中熟品种，也就是生育期三个月到三个半月的品种。

选种的时候，商家还疯狂给崔栖潮推荐高产品种："老板，买龙高 L2 啊，最高每公顷三万多市斤产量啊，农民都震惊了！还有良玉 99、蠡玉 16，种的人也可多了！"

崔栖潮埋头自己选："谢谢，我自己看就行了。"

其实这个人要是去过 C 大就会发现，但凡崔栖潮管理种植出来的作物，那产量都高出普通作物一截，这还是他没有刻意培育过的。

现在因为学校学生需求大，崔栖潮倒是开始考虑这一点了，是否需要改良作物增产呢？

自从人美心善的崔老板把约会圣地给刨了之后，C 大情侣们不得不另觅佳处。但无论如何后山还是 C 大看夕阳最美的地方，所以即便被一食堂种上菜了，还是有些情侣会上山，找几棵好看的树做道具，靠着树在这里拍一拍夕阳照。

最近，他们的这点爱好也被崔栖潮给毁了。

新近上山拍夕阳或者想俯拍校园的学生们发现，菜地原本都种在原来的草皮上，没有砍树，大家才得以用树摆拍，现在，那些树木下的空隙也都被开垦了！

情侣们颤抖了："师傅们，你们这又是在种什么？"

"人参啊。"

学生们无话可说。

"你们都是大学生啊，不知道人参适宜在林下栽种吗？"

学生们沉默了。

他们是大学生没错，但是没有和崔栖潮一样的爱好啊！

C 大的论坛上很快出现了帖子。

主题：啊啊啊啊啊，最后一片净土也被一食堂毁了！

内容：今天上后山想拍照，结果看到有人把树下也栽满了作物，据说是人参！据说一食堂的崔美人说不要浪费一丁点儿地！

跟帖：

我怎么一点也不惊讶？今天我们教学楼还有人搬了很多架子，据说要在楼顶搭架子种菜了。

这算什么？听说家属区也没有幸免，这会儿已经在种玉米和板蓝根了，还有些老师去帮忙。我给老板拿东西的时候听见的，那些退休教授居然还在问能不能承包给他们，想活动一下腿脚。

实名呼吁崔老板种西瓜，三伏天吃西瓜不好吗？

会有的吧，那天我在食堂还听到有人说要进西瓜种子。

讨论标题好吗？我带头谴责一食堂！

可是如果人参种出来是给我们吃的话，不好意思谴责。

一食堂给你免费辣椒油、便宜蔬菜，还有个大帅哥下凡，到底还有什么不满！

我是真的佩服一食堂的老板怎么办？树下都种满了，天台也种满了，说你校是南海市第二农大你服不服？

服的服的。南海市农C大没毛病。

我只有一个问题，种的玉米是甜的还是糯的？

……

这一瞬间，C大论坛的画风已经与现实世界中的直播节目弹幕画风微妙重叠了。

第二集节目播出，怀着种种心情而来的观众们看到了熟悉的场景，崔栖潮继续种种种、吃吃吃。而且这一次，他连最后一点希望也没有放下，直接让那些想拍情侣照的学生无处下脚，只能含恨离开。

就是这一集的萌宠少了点，观众们不知道，那是因为LJJ公司也后知后觉地发现有bug，这个时代还没出现牧羊猫，让程序员紧急修复了一下，可是完全没有找到问题所在。

一头雾水之下，LJJ只能先把一些片段剪掉，免得被观众发现，到时以为他们给崔栖潮发外挂提高播放率就不好了。

第一集播出之后，就有很多观众为了让其他人也享受自己的遭遇，推荐他们去看这档节目，并大卖假安利：特别好看的校园节目，青春气息浓郁，男主角长得也帅，还是觉醒了帝王血脉的人。

可想而知抱着希望去看的人最后是怎样一头雾水。

说好的校园？这是啥玩意儿？

这有毒的节目以另一种方式吸引了一批观众，在第二集开播时准时守在屏幕前吐槽——大家都意识到，这档节目独自欣赏远没有一同吐槽那么快乐。

崔栖潮还是人吗！种人参！

情侣们太可怜了，崔栖潮自己不找女朋友还不让别人谈恋爱。最毒帝皇心。

我好饿我好饿我好饿我好饿。

抓狂，他这么作，我却恨不起来怎么办？崔栖潮求求你了，谈恋爱吧！

第 15 章

# 美食测评

如果小白能看到节目上的弹幕，那它一定会大为赞同，这个大魔头居然把食堂后面的院子围了一小块地出来养鸭子。

崔栖潮自己跑到农贸市场去选的几十只小鸭子，各个还一身嫩黄，都是肉蛋兼用的山麻鸭，这鸭子开产早，产蛋数量也高，对环境又不挑剔。

这都是接种了疫苗，也开食了的鸭子，但是暂时只能圈养，长大后才能下水。

至于下哪儿的水？当然是学校的景观荷塘。

崔栖潮抱着猫去看鸭子，对它说："羊是没有，但有鸭子给你牧，牧羊猫哪个不是把家里的鸡鸭小动物都管理得井井有条？"别说牧羊猫，这个时代的牧羊犬们也早已不限于牧羊了。

小白无奈：为什么，为什么他种田也要拉上我？

现在的小白只有一个念头：去学跳火圈会不会比较好？

食堂的院子是水泥地，没什么青草可以给雏鸭采食，又在圈养期，主要靠投喂。

崔栖潮和员工们自己动手，拉了尼龙网，又盖了圈舍。在圈舍旁边，看土壤属于砂质，还种了点晚熟品种的西瓜，也没多种。等成熟的时候，刚好是暑假呢。

听说崔栖潮在养鸭子，学校的教师一窝蜂地找了上来，想预订以后的鸭蛋，还有年底的整鸭，好做年货。

不知不觉，大家对崔栖潮已经很是信任了。

小崔虽然不知道受了什么刺激，但是办事认真严谨，人长得精神，最重要的是种的菜真好吃啊……

反正崔栖潮养的鸭能差到哪里去？还肉眼可见不会吃什么乱七八糟的东西。

最近一周，崔栖潮查看意见箱里的建议书，好多在问同一个问题：食堂新种的玉米是甜的还是糯的呀？

崔栖潮都没注意这一点，回忆了一下，才告诉食堂的工作人员，让他们去答复学生——都是甜玉米。

这又引发了一些更爱吃糯玉米的学生的哀号，相比起甜玉米，他们更喜欢糯玉米那软糯黏牙的口感啊。

崔栖潮不太关注学生间的口味之争，最近工作的主要重心放在了农作物改良上。

之前崔栖潮起了这个念头后，就上了心，查了一下账目，发现检测仪器、田间设备等自己负担得起，于是决定在后山辟几分地出来先行试验。

他来这里后种的第一样植物就是辣椒，现在要改良，也首选了辣椒。

他先从市面上挑选出优良辣椒品种作为新品种选育的亲本材料，然后进行配制组合，也就是试验将哪种辣椒作为父本，哪种辣椒作为母本，来进行杂交。

通常一个新品种的诞生，从选择亲本材料开始，到能够生产示范，起码也要三四年的时间。

四年时间，一届学生毕业了，崔栖潮也该录完节目回去了，更别说生产示范的过程也需要几年时间。

但崔栖潮到底不是普通人，血脉使他在这个方面有着天生的嗅觉，而且这里可育苗的地本就不是很多，所以配制上，他并不会进行很多组合，而是从中选择自己认为可行的一些组合配制，能够为他节省很多试验时间。

这也是崔栖潮第一次尝试改良品种，自己也很期待最后的成果会如何。

“幸食记”是一个制作美食专题的自媒体，由一个十五人的团队组成，以自制美食教程起家。粉丝多起来后，出于种种考虑，他们也会搜寻有特色或者高水平的餐厅，写品尝测评给读者看——夹杂一些广告是肯定的。

因为在微博上看到黄伟河发表的文章，幸食记的编辑也将 C 大一食堂作为选题报了上去。

最后在讨论的时候，这一项引起了小小的争议。

无论是街头小摊，还是星级餐厅，他们都做过测评，甚至有一期跑到人家家里去做，导致粉丝纷纷号叫，这让他们怎么去吃。总之，测评范围不可谓不广。

即便是这样一个自媒体团队，他们也从来没有测评过食堂。

食堂，大学食堂，全是大锅菜的大学食堂。

在一番争议后，因为黄伟河的文章以及考虑到如果水平真的不错，说不定反而新奇、吸睛，选题通过，“芝麻”和“饭团”两名编辑被派到了南海市。

因为不愿意提前透露拍摄计划，毕竟有的商家会特意准备，他们私下找了 C 大的学生，花钱租用校园卡。

“芝麻”和“饭团”是编辑们撰文的笔名，内部也习惯了这么称呼，两人站在 C 大一食堂三楼，心里有点感慨。往日制作的美食专题，要么寒酸到只有街头小车，要么装潢精美别致。

而一食堂呢，蓝色的长条饭桌与同色长条凳，米白色的地砖，餐盘都是清一色的不锈钢，墙上贴着“浪费可耻”“谁知盘中餐，粒粒皆辛苦”等标语，无一不显示着华夏校园式的独特风格，朴实无华。

两人再看了看今日菜单，同样朴实，红烧土豆、丝瓜炒蛋、腐乳空心菜、肉末茄子……

带着微妙的心情，芝麻和饭团分别打了不同的菜色，没有打米饭，而是将改良菜色几乎打了个遍。

在打到菜的那一瞬间，两人就对一食堂产生了新的认知，也开始怀疑文笔优秀的黄伟河会不会根本没有完全形容出菜色的香，否则尝过那么多美食的他们怎么会垂涎三尺？

饭团下意识地折回，拦住了队伍后的一个人："等等，我忘了打饭，我还要打饭。"

打饭阿姨说："你不是不要饭吗？"

"要的要的，刚才忘了。"他一看餐盘也没处装了，"麻烦您给拿个打包盒吧。"

芝麻见状，忙道："两碗！"

这里头好几个下饭菜，他不打点饭待会儿还不得馋死！

再饿也得先工作，两人从包里拿出单反相机开始拍摄，这一举动又引来了一旁学生的侧目，不过大学校园里什么怪人没有？

拍完照后，芝麻这才精神一振，拿起筷子夹向今日的新菜，也是一食堂自种的清炒小白菜。比起腐乳空心菜，它的做法更加简单，清炒，只加了油、盐和蒜。小白菜叶片椭圆，有的地方也叫青菜、上海青。

因为是食堂菜，它其实并未被料理得很仔细，没有切段，大蒜也只粗粗拍了几下，但是色泽碧绿鲜亮，翠生生的菜叶连接着白嫩的菜杆。

芝麻夹了一整片小白菜放入口中，先入口的是饱满的菜秆部分，他只嚼了一口，清脆的"咔嚓"一声后，就尝到了清甜的菜汁，甜到让芝麻觉得自己以前吃的都是假白菜！他就像兔子一样，连咬几口，将鲜嫩的菜叶也吃进去，菜叶相较没那么多汁，但更滑，更能尝出恰到好处的咸味，又香又甜。芝麻几乎觉得自己是被食草动物附身了，否则他怎么会对菜叶这么着迷！

一直把小白菜啃完了，芝麻才来得及去看饭团。饭团吃得比芝麻快，他们打的菜不同，饭团的蔬菜选择了腐乳空心菜，现在已经在品尝旁边那道青椒香干了，就俩字：入味。

加了辣豆瓣酱炒出来的青椒香干呈现油润的黄色，外皮的部分比较干，但里头滑嫩极了，却不至于像水豆腐那样一戳就破，仿佛每一片都饱含汤汁，上头沾着的几点青椒籽更让滋味里带上一点辣。就连切成长条形的青椒也被炒得柔软有味，适合与香干一起扒进嘴里。

这绝对是一道标准的下饭菜，饭团直接把香喷喷的汤汁浇在了自己的饭上，酱黄色的汤汁里带着一点香干屑和青椒籽，在米饭上滑了几道轨迹，将它们浸成和自己一样的颜色。

芝麻看得眼红，忍不住从饭团的盘里夹了几片香干，而在旁边，还有鱼香肉丝、牛腩炖萝卜等菜。

半个小时后，把餐盘里所有食物都吃光的两名编辑已经陷入了轻微失神状态。

就因为平时吃过很多美食，在品尝到这些如此合胃口的家常菜时，才让他们更加美滋滋的。

一般饭吃七分饱的他们已经很久没有这种吃撑的感觉了，感觉到胃部传来的饱胀，也不知道得去几小时健身房才能找补回来，简直懊恼又幸福。

“我最喜欢小白菜，一吃完我整个胃口都开了，后头简直停不下来。”

“我爱空心菜，听说这两道蔬菜都是他们自己种的，黄伟河真的没夸张啊！”

“真信了他们老板照顾得那么仔细了，这菜真的太清甜了，我觉得我以前吃的都是草。”

“这期专题我可以写一万字。”

又休息了半个小时后，他们才慢悠悠地起来，去找崔栖潮。

从黄伟河的文章说起，两人在表明身份之后，表示会发表一期专题，而按照他们的惯例，会赠送粉丝一些福利。希望一食堂能够卖给他们几瓶辣椒油，以便抽奖。

稿子还未出来，他们就笃定能够发表了。在他们看来，这期测评一定要做，而且要做得有声有色，有辣椒油当然是锦上添花了。

以幸食记的粉丝数量，做推广要收钱不提，一般他们主动找的商家虽然不用给钱，但看在宣传的分上，也会免费提供东西。

不过因为从黄伟河那里知道了一食堂的老板比较特殊，他们非常客气地主动要给报酬。

谁知一食堂这位真的很不像食堂经营者的帅哥老板听完后，冷漠地说：“不用了，我不缺钱。”

承包一食堂就好比他答应 LJJ 公司一样，并不是为了钱。

两人一喜，这是要免费提供辣椒油给他们吗？

崔栖潮：“食堂的辣椒油仅供本校学子免费食用，实际上，C 大食堂根本不对外开放。”

言下之意，他并不稀罕什么宣传效果，还不太满意他俩冒充学生吃饭了，这属于占学生份额！

饭团、芝麻从对方眼中读出了相同的感想：真冷酷啊！

第 16 章

# 小白牧鸭

由芝麻和饭团精心撰写，改了三稿的测评被幸食记推送了出来，一经发表，点击就达到了十万 。

一个坐落在海滨城市的大学食堂，曾因黑暗料理登上热搜排行榜，现在它却成了编辑心目中的最佳！一份鲜美至极，令小编魂牵梦萦的绿色蔬菜，居然只要两块钱！

由于选材特殊，还有这两人吹得非常真情实感，更把南海市的味之林分店口碑输给一食堂的事情也写了进去，引起了不小的关注。

味之林也是够惨，原本这件事只有本地人知道，大多是学生，这下子被幸食记给放到更大的平台上去了。

幸食记他们拍摄了很多图片和短视频，做成动图放在文章中，卖相绝对是够了，一点也不像普通食堂，要么过于油腻，要么太寡淡，搭配上极有煽动性的文字，能把人看饿。

还有一小部分则是两人拍的校园里的菜地，一食堂的工作人员用带刻度的工具浇水等花絮，证明所言非虚，一食堂的自种菜是真的很精致。

文章最后，两位编辑也遗憾地说：

> 这是幸食记测评栏目开办以来，第一次没有抽奖食物能提供给各位读者，也无法给出品尝攻略。C 大食堂并不对外营业，只接受刷校园卡，所以理论上只有 C 大师生才有口福。因为自种菜品数量有限，也不会单独销售，要以学生为先。
>
> 这真是我们最遗憾的事情，只能以文字的形式和诸位分享这些美食。
>
> ……

这比以前分享的那些家庭菜色还要让读者无语，不但没处品尝，连抽奖也没了。

可这么一来，更显得文章真实，人家食堂不对外营业，老板都不稀罕做广告。有时候，独树一帜比上赶着推销更吸睛。

幸食记的口碑还是很不错的，一食堂得到这么高的评价，让众多美食爱好者蠢蠢欲动，搜寻起身边有没有与 C 大有关的人。

C 大学子也闻声而来，纷纷转发评论。

力挺我校食堂，也就是做得不花哨，味道完全不输给大饭店。空心菜还是我吃过最好吃的，上周还特意带我爸妈来了。一开始我爸妈不知道食堂换人承包了，还小心翼翼地问我，爸爸妈妈是不是哪里对不起你了？我笑死。后来当然是真香真香了。

小编你怎么不写清楚，一食堂为了种菜，把我们学校的约会圣地给刨了。

我是C大大四学生，我现在决定考研，为了多吃两年食堂。

高考在即，欢迎广大学子报考C大，纵享美味！

看饿了，去一食堂打点夜宵吃。

完了，我怎么预感到以后会有很多外校学生跑来借卡？打菜会更难打了。本来旁边学校的人就很烦了，老来蹭辣椒油！

一个有良知的C大学生绝不会带外人进食堂！就如同绝不会一次打两勺辣椒油！

……

C大学子们的言论无疑为幸食记的测评添了一把火，让更多的人注意到这个神奇的食堂。

想让自己学校的食堂来看看了，你看看人家，你看看人家！

作为C大隔壁校的人，我一人血书求崔总也承包我们食堂！

下个月要去南海市旅游，请问怎样才能混进C大食堂？

真的假的，比味之林还好吃？

老板是什么善人啊，按他这个伺候法，菜完全可以输送给高级餐厅吧，两块钱一勺放食堂卖，羡慕羡慕。

惊了！什么叫吃到就是赚到！

可以说C大食堂这次在网友，尤其是那些饱受食堂摧残者之间火了一把。

火归火，又不是什么连锁店面，要是想吃，还得看你认不认识C大的人了。

于是短时间内，更大的范围影响如何尚不清楚，反正南海市本地已经有市民开始组团跑C大了。

本地人和C大的联系多，打听打听谁家有在C大读书的娃，也好去蹭一下这据说连味之林都甘拜下风的食堂。

多数人觉得盛名之下无虚士，反正就在本市，尝尝也无妨。结果大量外校人员的拥入在短时间内影响到了学生们用餐，C大学子怨声载道，校长意见箱都爆了，和以往形成了鲜明对比。要知道以前学生写意见，关于食堂都是希望它们能做点人吃的菜。

民情激愤，不得已，C大因为外界人士蹭饭太多而下了规定，禁止把校园卡外借。

有了这个规定后，情况才好转许多。

学生们心有余悸地声称，这简直就像家里有个宝贝，特想炫耀，又贼怕别人惦记上。

等到日后C大自种菜越来越出名的时候，单纯禁止外借校园卡已经阻止不了社会人士了，甚至学生间都衍生了接单打饭送给外校人士的业务，以此赚点外快，使得食堂再出新规定，限制单人打饭量，成了全华夏高校食堂独此一家的规定。

那种违反规定的行为也被保卫处多次围剿，专项整治，饶是如此，仍屡禁不止，谁让一食堂始终坚守着他们的原则：食堂不对外开放，食堂就是给师生吃的。

不过，这些属于后话了，不多提。

眼下，一食堂的山麻鸭雏们在崔栖潮的精心侍弄下，羽毛上已经有油了，可以下水。

崔栖潮等待这一天已经很久了，淡淡一笑，小白有事可以做了。

崔栖潮领着小白，赶着那群小鸭子去水池，特意选在了上午七八点比较凉爽的时候。这个点正是上课的时候，不少学生来往。

如今崔栖潮在C大也是个名人了，鲜有不认识他的脸的人。

今天比起崔栖潮那张脸，更引人注目的是他赶的鸭子，可以听到学生们在窃窃私语。

"崔老板养的鸭子……"

"好小，多久才能长大？想吃鸭肉。"

"看饿了看饿了。"

崔栖潮把鸭子们领到水池，之所以把小鸭子们带到水池而非荷塘，是因为这里的水比较浅，能够让小鸭子们先适应下水。当然也要注意避开种了水培空心菜的地方，以免菜叶被破坏。

这些天崔栖潮都是撒食喂鸭子，鸭子们已经有了印象，他将一把稻谷撒在水面上，第一次接触水池的雏鸭们就嫩声叫着，试探性地下水，奔着稻谷去了。

小白趴在岸边，生无可恋地看着这些鸭子，以后这就是它的责任了。

让鸭子们吃食又嬉戏了会儿，因为是第一次下水，崔栖潮没让它们在水里待太久，很快赶了上来。刚好这时候日头也上来了，能够把小鸭子们的羽毛晒干。

回去的路上，除了遇到学生们之外，在经过宿舍楼的时候，崔栖潮还看到宿管阿姨端着盆子在日头下给她的猫，也就是小白那个兄弟洗澡。

小白的兄弟也是黑白花，不过背上大部分是黑色，肚皮和四个爪子是白色，是只警长猫。这会儿被阿姨捧着，舒适地仰躺在水里，可见充满了对人类的信任。

"警长"的澡盆里还漂着一只黄色的玩具小鸭，它有一下没一下地拨弄着，听到这边的动静，还扭头好奇地看那些与自己盆里不同的会动的鸭鸭。

这时候有女生出入，欣喜地过来摸摸正在洗澡的猫咪的下巴，舒服得它仰起头

“喵喵”叫。

小白看了看人家的鸭子，又看了看自己的鸭子，眼神颇为幽怨。

自从小白乖巧地学会了牧鸭后，每天由它负责把鸭子们带到池塘去，到点了再带回来。就像牧羊那样，每到岔路就堵住，驱赶掉队的鸭子，引导它们去池塘。

几天下来，鸭子们都记住路了，不过还是需要小白看守，准时将鸭子带回来，因为崔栖潮要控制鸭子们的散放时间。

一只黑白花的猫，领着一群鸭子晃荡，成了 C 大一条独特的风景线，惹得学生们纷纷围观拍照。

小白时常在食堂出没，大家都知道它是崔美人的猫，鸭子们就更不必说，老早就有无数师生惦记上它们了。

就因为这日常一幕，C 大流言四起。

在 C 大学生的朋友圈一找，同一张小白牧鸭的照片或视频，配的文字起码有八个版本。

有的说小白是母猫，因为痛失爱子，把鸭鸭当作自己的孩子抚养。还有的说小白从小和鸭子一起长大，所以对鸭子有特殊的感情，甚至觉得自己也是一只鸭子，遂整天与鸭鸭们混在一起。也有的信誓旦旦地表示小白吃了鸭鸭们的妈妈，成为鸭鸭们见到的第一个动物，所以才被当成母亲跟随。

不会上网的小白每每还昂首挺胸，极有镜头感地接受拍摄。

第 17 章

# 拒绝你好难

崔栖潮无绳带着小白走在学校里，手里还提着一个小筐，里头装的是金银花苗。金银花是攀缘植物，他拿着这么多金银花，当然是在搜寻每一寸可以播种的土地……不对，应该说美化每一寸校园。

金银花的生命力很强，直接移苗栽培就行。移苗时间是一年四季都可以，不过这些花苗都是运输过来的，有一定折损，这个时候移植成活率最高，就是要注意不能在一天中日头最强的时候播种、浇水，否则会把金银花灼伤。

其实其他作物也适用这一点，有些人觉得太阳大，作物蔫蔫的，浇点水对作物好，其实反而会导致作物被灼伤，适得其反。

崔栖潮每走到自己觉得合适的地方，就停下来，用随身携带的工具把地翻一翻，用扦插的方式移植。小白蹲坐在一旁，乖巧地在他扦插好一株后，就从筐里衔起另一株。

崔栖潮蹲着插苗，小白在旁边帮忙的姿态吸引了不少学生。

“鸭鸭呢，小白，鸭鸭呢？”

“小白你怎么没和鸭鸭在一起。”

“小白你的鸭鸭在哪儿？”

在他们的询问声中，小白瞳孔成了一条竖线：难道没有人注意到它正在干活，夸一夸它吗？

虽然小白这种“别人家的猫”的行为非常罕见，可大家对小白和鸭鸭的关系更感兴趣，那个更加罕见啊。其次大家感兴趣的，也不是小白本猫，而是崔栖潮。

他们只围观了一会儿就发现，崔栖潮没有画线，自己用手指打引孔，每隔五厘米就插一株苗，用便携的瓶子倒基肥。一排下来，整整齐齐，每一处间隔距离都是一样的，要是没看到，真会以为他是用尺子比着种的。

如果他们有透视眼就能发现崔栖潮插的孔也是一样深，就算是积年劳作的老农也难以做到这个程度，精准度吓人。

而他每一次倒的基肥就不一样多了，手底下根据植株不同有细微差别。在大面积种植时崔栖潮不会这么做，工作量太大了，但他自己扦插时顺手就估量上了。

“这个画面……对强迫症患者也太友好了吧！”

这个技术大家是服的，崔老板不愧是带给他们自种蔬菜的高才生，动作流畅又

喵~
GERONIMO
hello!

精准，虽然只是插苗，但就是让人看得特别舒服，要么怎么说三百六十行，行行出状元呢！

不过，等崔栖潮把这一小块地方播种完了，学生们才后知后觉地意识到：崔老板连这种犄角旮旯也不放过啊！

连学校其他地方都种上了金银花，食堂周围崔栖潮当然更不会放过。等金银花成活了，开始生长攀缘，长满墙、架子，开了花后，其实还挺漂亮的。

金银花刚开的时候是白色，过几天就成了黄色，先放的花与后开的花混在一处，就如同它的名字一样，宛如金与银。

崔栖潮走了大概五分之一的校区，工作量也差不多了，便带着小白往回走。眼见三不五时便有整齐的金银花苗出现在眼前，他心中洋溢着满足感，连带着对小白的态度也温柔了一些："来，抱你。"

被冷酷对待惯了的小白有些受宠若惊地顺着崔栖潮的裤腿爬了上去，蜷在他的臂弯间。

"崔总，崔总。"崔栖潮才走到食堂外头，二楼就有个员工从办公室探头出来喊他，"办公室有人在等您，是财务处的林主任带来的。"

"好，我知道了。"崔栖潮只以为与食堂的事有关，让小白去把鸭子们赶回来，就上楼了。

崔栖潮推门便看到一个三十多岁、梳着分头的男人正坐在办公室的休息区，一见他进来，立刻站了起来，换上得体的微笑，伸出手来："你好，崔总，小姓徐，徐庆源，通过林主任上门叨扰，不好意思。"

他递上了一张名片，崔栖潮瞥了一眼，和自己之前想的不同，这人过来多半和学校无关，因为他是某家连锁餐饮的老板。

"没事。您有什么事吗？"其实崔栖潮已经大致猜到了对方的来意。

果然，徐庆源一开口就是，因为一食堂最近引发的小小浪潮，想找崔栖潮一起发展餐饮业，推出合作品牌。

徐庆源就是做连锁餐饮的，快餐形式，后厨也是做的大锅菜，所以一看到关于一食堂的消息，心里就一动，又设法来 C 大每个食堂都吃了一顿饭，更是迫不及待地来找崔栖潮。

崔栖潮皱眉："你从学生那里买的校园卡吗？"明明这个方法已经被限制了，怎么还有人钻空子？

徐庆源一汗："那不是重点……"他一看崔栖潮的眼神，又道，"不是学生，是在财务处拿的卡。"

崔栖潮这才没说什么，决定回头和叔叔说一下，教职工之间也要强调这个问题。

"我已经有了这么多门面，客流量稳固，都在比较好的地段，但是还缺乏品牌影响力，而你们一食堂现在名声比较旺，却没有渠道铺展开。”徐庆源兴致勃勃地解说起来。

“你看，趁着这个热度，在大学城开店，还可以把那个幸食记找来做广告……”对方幻想得非常饱满。

“不好意思，我不会离开学校的。”崔栖潮冷淡地拒绝了对方，他对网上的言论一无所知，对什么合作发展也没有兴趣。

“为什么啊？崔先生你就不想赚钱吗？”徐庆源描绘蓝图，自己都兴奋起来了，却被崔栖潮一盆凉水浇得透心凉。

崔栖潮打量了他两眼：“林主任没有告诉过你，我能竞标下一食堂，是因为我是关系户吗？”

“呃，说了。”徐庆源郁闷地道，“但我觉得那都不是问题吧，而且以你的眼界，不是应该对我的提议更感兴趣吗？你甚至还是可以种种菜，如果要打造特色，我们势必也要弄一个专门的种植基地啊！我亲戚在郊外就有八百亩地，手续都不用麻烦，可以直接转过来。”

崔栖潮怦然心动，一个专门的种植基地！

可惜，他被 LJJ 限制在了校园里啊。

“不必了，我只是……”崔栖潮叹息一声，想了想，一本正经地道，“我只是向往校园这种青春浪漫的生活。”

徐庆源郁闷地回想了下刚才在楼下食堂看到的场景，心想这到底哪里青春浪漫了？

每个端着饭盒进食堂的人都满脸“冲呀，要打不到菜了”的表情，人头攒动的场景让他想到老家养的那群水鸭子吃饲料……

“不好意思。”崔栖潮摆出送客的架势，再次和徐庆源握了握手。

徐庆源遗憾地握住崔栖潮的手，摇了摇后想抽回来，却发现抽不动。

崔栖潮紧握着徐庆源，目光与平日的沉静不同，带着几许锐利。就是这个人，想找他共建种植基地，八百亩……他却不能答应！

徐庆源被看得心里发毛，不自在地看自己是不是裤子开缝了：“崔总，怎、怎么了？”

离这么近，他越发感觉到这位小崔老板的样貌实在出色，看得连他一个同性都有点不好意思了。

“没什么。不送了。”崔栖潮缓缓放开徐庆源的手。

徐庆源开门后还在不断检视自己，怪了，身上没有脏东西啊。

“喵……”小白从门缝里溜了进来，用奇怪的眼神打量着自己的主人，刚才拉着徐庆源不放的那一幕太奇怪了。甚至徐庆源走后，崔栖潮还慢慢把手放在胸口，那张平日总是神色淡淡的脸上竟然露出了些许伤感。

小白绕着崔栖潮的腿转了两圈，立起来，前爪放在他的膝盖上，歪着头看他。

崔栖潮往后靠在椅背上，疲惫地揉了揉眉心：“要拒绝这样一个人实在是太难了……” 他握住了小白的爪子，“不但主动提出建种植基地，还有现成的八百亩地。”

小白：“喵喵喵？”

LJJ 播放平台。

直播画面中，崔栖潮有力地握着徐庆源的手，那总是平静、偶尔闪烁着嘲讽笑意的眼中头一次暗藏波涛。

在人走之后，特写镜头下，崔栖潮那张俊美的脸上的表情更是令人看了都替他心碎。

到此为止，甚至在崔栖潮说出前半句话时，弹幕还是一片捧心的。

直到崔栖潮一开口就是难以拒绝他的八百亩地……

求求你，别开口好吗？

我在他连犄角旮旯里都要种上金银花时就彻底觉悟了。

我想吐槽崔栖潮，人家找他开餐厅，结果他满脑子就记住一个八百亩吗？

这演员应该罚钱，公司送你去恋爱，你天天喂学生，C 大学生都胖成什么样了！

他不开口我还能沉浸在童话里！我决定把刚才那段素材和其他镜头剪成正宗女频风，放出去骗人。

干得好！快去！

第 18 章

# 虚假安利

LJJ 已是国内一流的制作、播放平台，因此附属论坛也人气颇旺，无聊的观众看完了剧就在这里水一水，互相推荐。

而在 LJJ 的附属论坛，最新一个热帖的标题是：《点我就看女频今年最强霸总，帝王血脉就是不一样！》。

主楼内容，楼主用热情澎湃的文字向大家介绍了一部女频新作，男主演崔栖潮的处女作。在他觉醒了帝王血脉后，来到二十一世纪古华夏校园中，邂逅了自己的真爱。

楼主还配上了自己剪辑的小视频，男主演如她所言，拥有一副纯东方式的样貌，眉眼如同华夏水墨，又带着几分冷淡的禁欲气息。

男主演靠在椅子上，修长的手指按在眉间，浓黑的睫毛垂下来，呢喃道：“要拒绝这样一个人实在太难了……”

在这个令人心头一紧的镜头后，字幕显示：最好的他，最毫无保留的爱！

紧接着就是几个短一些的镜头快剪——

男主演一手托着猫咪亲吻一下，淡红色嘴唇轻触在毛茸茸的猫脸上，格外温柔。

男主演站在校园的小山上，在微风吹拂中手扶着一棵树，气质更为出尘。

男主演神情高冷，说道：“叔叔，我真的很想……”

男主演：“我不缺钱。”

……

不知道有多少女观众因为这个小视频而瞬间沦陷，“嗷嗷”叫着去搜节目。

帝王血脉真的是不一样啊，气场这么强大，讲话这么迷人的吗！

然而，当她们看完节目回来后，都陷入了沉默。

男主演邂逅的真爱简直……还真是毫无保留的爱啊！

我还以为主角跟叔叔说很想和真爱在一起，但是想想好像也没错！

镜头全是真的，请大家千万要相信楼主，这就是今年最好看的秀了。

你……我……主演他……算了……

我吃到了假的安利！

嘻嘻，我决定动一动手指，转给七大姑八大姨三表姐。

LJJ总部，林琳欣喜地发现，崔栖潮的节目原本就在稳步增长中，每一期播放率都会攀升，观众活跃度更是极其高——热烈发弹幕，而现在又出现了一个新的高峰，大量新观众拥入。

追查了一下，林琳才发现相关数据中，从论坛的某个帖子发表后，播放量才开始快速提高。

点开帖子一看，林琳心里有了点想法。这和他们一开始用封面把观众吸引进来的做法有点像啊，但那个时候他们还不大敢太过分。

现在看到这么多观众都把这玩成梗了，林琳立刻决定应用起来，让人做了大量会造成误会的动图、视频投放出去。里面全都是什么崔栖潮非常有野心地盯着下方（其实下面都是菜地）；崔栖潮温柔俯身的特写（其实在观测菜叶）；甚至还有C大学生的镜头：我们又有什么办法，在C大根本没人能阻止崔栖潮啊！

林琳也借此在领导们面前打了个翻身仗，证明即使这位血脉传承者只觉醒了种植欲，那也是三皇五帝级别的觉醒者，依然能够让流量爆炸！

虚拟位面中的C大，崔栖潮并不知道现在有越来越多的人在看自己的节目，就算知道大概也不会在意。他刚订了一批监控设备，准备给各处装上。

学校的监控没有囊括整个后山，而其他区域食堂也不方便调动，所以崔栖潮自己买了一批。主要是因为C大食堂美名远播之后，C大校区又不是封闭的，有极少数素质不大高的人会跑到这边来薅点菜。

食堂的人还给崔栖潮建议："不如咱们再养几只狗吧，崔总你驯猫都驯得这么好，驯狗那还不是小事一桩。"

原本趴在椅子上的小白的耳朵立刻竖了起来。

崔栖潮从镜子里看到它的耳朵，拒绝道："现在买成犬回来驯，也要三个月时间。"而且即便买了狗，沟通还是需要人进行，还得防止出意外。

"那倒也是，到那时菜都给薅秃了。"对方说道，"哈哈，小白好像也是驯了有三个月吧？我觉得它早就很乖了。"

"对，小白聪明。"崔栖潮看到小白的耳朵又慢慢放平了，懒洋洋地翻了个身，尚未意识到有什么不对的地方。

崔栖潮盯着监控都装好之后，才抱着猫去了校长办公室。

"栖潮来了。"崔校长看到他，放下手里的平板电脑，"我刚刚还在说再有一个月就放暑假了，食堂不忙了你就回家去看看。"

"我知道了。"崔栖潮坐下来道，"我来也是想和叔叔商量一下，马上就是暑假了，大部分学生离校，校园里也适合动工。"

"动什么工？"崔校长看他一眼，无奈地道，"栖潮啊，这真的没地方种东西了，你总不能把其他绿化都扒了吧，咱们学校已经被叫成C农大了，这满校区的菜地真不大好看啊！”

崔栖潮：“您不觉得那些景观树很浪费吗？”

崔校长无语。

崔栖潮：“如果换成果树，岂不是实用得多？买树苗和请工人的费用我可以出。”

崔校长摇头，“唉，好吧，谁让你是我侄子。我真不知道你还能打什么主意。”

“能啊，大学城其他学校好像也挺空的。”崔栖潮其实对那八百亩地还耿耿于怀，所以想了想怎么才能找补回来。

崔校长感觉每次侄子一来，都要占点地盘，即便是边边角角也不放过。现在更是不满足于C大，都想“开疆拓土”了！

正在这时，崔栖潮耳边响起了警告声，提示他正在违反规定的边缘试探。

他仔细想了想，可能本位面的限制范围就在这里了，不能太夸张，横跨几个学校承包食堂或有偿用地，否则那就不是钻空子，直接成“商战”了——虽然用食堂商战也挺好的，但只能说是那么个意义。校园地图不能开太大，无限制地扩张领土就不是校园了。

崔栖潮在心里叹息一声。

“那些学校就真不归我管！”崔校长扶着额头道，“栖潮，你如果真的想，为什么不专门承包土地，非要在学校里折腾？”

你这是想让整个大学城的学生在校内都没地方谈恋爱啊！

崔栖潮撸着猫，从善如流地道：“那就算了吧。叔叔，那新校区什么时候扩建？”

据说C大在筹备新校区的建设工作了。

崔校长一看他“忧郁”的模样，心疼了：“你放心，有什么可以种的地方我会告诉你的。”

崔栖潮立刻道：“谢谢叔叔。”

一转头，崔栖潮立刻给供应商打了电话，告诉他们确切的时间，就在暑假快结束的时候，把他预订的桃树、橘子树、枣树等送来。

秋植果树先长根，春植果树先发芽。虽然有一整个暑假可以动工，但是夏天移植果树对作物的伤害比较大，等到秋天，找阴天移植比较好。

暑假期间，可以先把校内的树移走，地也整好，规划好地界，到了秋分后，就可以移植了。这个时候气温已经降下来，比较容易成活。

等到明年，C大师生们就有新鲜的水果吃了。

崔栖潮内心充斥着淡淡的喜悦。C大师生虽然不愁吃不饱，但能够让他们吃好，也令崔栖潮血脉中的责任感得到了一定满足。

崔栖潮托着小白，回去的路上顺便巡视了一下自己的菜地。金银花已经生根了，发了点新芽，长势不错，成活率基本是百分之百。

崔栖潮正托着一株苗查看，忽然听到窸窸窣窣的声音，好像什么动物快速爬过。

他在四周扫视了一下，亏得视力好，才在草丛里看到一条伏着不动的蛇。

崔栖潮慢慢松开了花苗，也不知道这里怎么会出现蛇，因为不熟悉这个时代的物种，也判断不出来这条蛇是否有毒。

四下里也没什么工具，他正打算慢慢往后退开，口袋里的手机忽然铃声大作。

那蛇被惊动了，身体猛地一弹，刺向崔栖潮小腿的方向。

这种小型蛇动作太快了，崔栖潮瞳孔一缩，脑子反应得过来，身体却反应不过来。

就在这时，伴随着一声堪称凄厉的猫叫，小白同时从崔栖潮怀里蹿了出去，连续几爪子拍在几次想要探头的蛇身上。

小白护卫在崔栖潮身前，左右踱步，发出威吓的猫叫声，令这条长虫无法穿过它的防线。

蛇嘶嘶叫了两声，没有再往前。

崔栖潮在小白拍蛇的瞬间就把手机给摁了，往后退开一段距离喊了一声："小白。"

"喵！"小白再次威慑地喊了一声，这才倒退几步，然后快速蹿到崔栖潮脚下，顺着他的裤腿爬上去。

小白过于兴奋，爪子控制得不是很好，隔着布料刺痛了崔栖潮。但他只是微微皱眉，没有出声训斥小白。

小白刚才的行为让他很惊讶。

一只每天牧鸭、经常被主人恐吓要送去绝育的猫，还能知道护主，在怎么看也不像受虐狂的情况下，到底是道德高尚，还是潜意识所为？

无论是哪一种，都足以让崔栖潮审视的态度有所缓和，也许他应该对小白好一点。

崔栖潮先打电话告诉校工，带工具来收拾这里的蛇，到底是谁家养的宠物蛇，还是菜馆里溜出来的。等待的时候他又看了下之前摁掉的电话，来电显示是个陌生的号码。

他正在思索谁会打给自己，这号码又拨了过来。

崔栖潮接通了电话："你好？"

那头是个甜美的女声："请问是 C 大的崔先生吧？"

"我是，您有什么事？"

"您好，您好，"女声热情地道，"我是南海市电视台《美食走南海》节目组编导，最近这段时间 C 大食堂在网络上引起了热议，咱们想破例邀请你们参加节目录制。一般来说，我们只邀请餐馆的。"

如果崔栖潮是土著，就会知道这档节目在本地收视率还是相当不错的，具有一定影响力。

崔栖潮听完后，冷漠地道："谢谢邀请，但是不好意思，我们不想参加录制。"

那头的人沉默了一会儿，仿佛有点难以置信："不想？能问问为什么吗？"

崔栖潮："没时间。"

编导："您能再考虑一下吗？时间上可以协调，而且咱们节目的推广力度还是很不错的。”

崔栖潮：“我开食堂，不用推广。”

编导也凌乱了：“那、那也对你们学校招生有帮助啊！”

崔栖潮怀疑她没听懂自己刚才说的话，又重复了一遍：“我开食堂。招生是招生办的事情。”

编导沉默了。

崔栖潮：“您还有事吗？”他已经看到赶过来的校工了。

“没、没了……”编导挤出一句，“就是希望您能够再行考虑。”

“嗯，好的。”崔栖潮的敷衍非常明显。

挂了电话后，和校工说了两句，崔栖潮平静地回到一食堂，亲自下厨给小白做了一顿丰盛的猫饭，一点也没有被刚才的电话影响。

对他来说，把时间浪费在那种节目录制上，是很没必要的。

只能说 LJJ 公司没有把这档节目放入美食分类是对的，要放进去也只是从非主流校园秀变成非主流美食秀而已。从食堂开始也就罢了，还电视媒体、自媒体一概拒绝。

食堂有现成的食材，崔栖潮把鲜虾剥干净了，用勺子碾得碎一些，再煮一块鸡胸肉，徒手撕成肉丝。

这一半鸡肉一半虾肉整齐地拼在盘子里，左边是白色的水煮鸡胸肉丝，没加任何调料，右边是红白相间的虾肉，今天早上才送来的，又大肉又厚实，鲜嫩得很。在肉上头厚厚撒一层切得碎碎的翠绿色西兰花，看上去清爽无比，最后，中间放一颗金灿灿的鸡蛋黄。

小白卷了卷舌头——猫咪的嗅觉高度令它能够老远就分辨出盘中每一种鲜香的味道。

崔栖潮把盘子端到小白面前：“吃。”

现在服从口令已经很迅速的小白却犹豫了，围着美味的猫饭转了两圈，一直抬头看崔栖潮。它在奇怪，为什么崔栖潮还不下训练的口令？

“吃就行了。”崔栖潮摸了摸小白的头。

不行，这一定是阴谋，是特殊训练方法，狠毒的主人怎么可能白白给吃的，就算它赶了蛇也不可能。小白求生欲很强，右爪不断扒拉崔栖潮的手。

崔栖潮反思，他是不是真的训猫太严了？他纳闷地一伸手：“握手。”

小白赶紧熟练地把爪子放上去。

“滚。”

小白趴下滚了一圈。

“叫。”

小白大声：“喵！”

崔栖潮：“吃。”

小白迅速低头开吃：“啊呜啊呜啊呜！”

第 19 章

# 暑假到

六月到来，C 大学子纷纷开始备战月底的期末考，贴心的一食堂也新推出了补脑食谱，例如早晨的核桃豆浆，正餐时的豆腐鱼头汤、猪肝肉片等菜色，受到了广大学子的欢迎……其实现在什么菜他们都欢迎。

孟畅照例和室友们一起去吃食堂，这一个学期下来，他们宿舍的人几乎每餐都一起去食堂吃，不像从前，每每要到外头改善伙食，还得考虑、照顾孟畅的经济条件。

现在，谁会傻到花更多的钱去周围那些味道远不如食堂的餐馆吃饭啊！

“C 大五虎”洗心革面，可以说大大影响了周遭餐馆的买卖。

像味之林那样的网红餐厅还能吸引其他市民，而大部分餐馆做的本来就是学生的生意，打从五个食堂食谱共享后，他们就惨淡了许多。要不是大学城还有其他学校，离得也不太远，他们怕是要关门大吉。

“阿姨，鱼头汤，鱼头汤。”孟畅盯着窗口里散发着鲜香的鱼汤，眼睛都发直了。

阿姨笑吟吟地给他打了一勺：“多给你打点汤，吃好了考试考好啊。”

“谢谢阿姨。”孟畅捧着餐盘。

几个月下来，食堂的打饭阿姨、师傅们和学生关系都融洽了很多。以前那个菜色、那个味道，学生怨声载道，厨师我行我素，甚至觉得他们研发出来的菜虽然新奇，但是蛮有营养，阿姨们听多了抱怨，心情也好不了。

现在好了，学生吃得好，个个红润白胖的，面对食堂阿姨们嘴一个比一个甜。工作人员都加了工资，预算也更多了，听到学生说好听的话，心情也愉悦。

整个食堂怕是 C 大气氛最好的地方了。美食能让人的心情变好，这是没有错的。

室友先行打好饭占了位置，孟畅坐下，一看大家都打了鱼汤，毕竟是一食堂强烈推荐的备考食谱。

鱼头是先煎过一遍的，和姜片一起爆香，然后再用开水煲汤，里头放葱、豆腐，因为煎过了，鱼汤渐渐成了浓郁的奶白色。

一份鱼头汤被装在餐盘的方格里，牛奶一般的鱼汤内有一块鱼头肉、两片姜、一些葱花，当然还有同样白色、只露出边角的嫩豆腐。

首先当然是喝一大口鱼汤。鱼汤能闻到一点胡椒味，更多的还是鱼香味，滋味浓郁的热汤入口，一丝腥味也没有，恰到好处的咸度与葱花、姜片的味道一起衬托着十足的鲜味。

热汤下肚，胃里暖暖的，口舌间还残存着鲜香，咂摸一下味道，再去吃鱼肉。鱼头已经被煮得很烂了，肉用筷子一刮便下来，几口就能吃光，还得嘬一嘬骨头。

豆腐更是在煲煮过程中完全入味，在筷子间震颤。最好还是用勺子，挖一块豆腐带上一勺乳白色的汤汁，一起入口，满满的浓香滑嫩。

“我觉得我胖了起码八斤吧，跟我妈视频的时候她都说不出来‘儿子你太辛苦了回来吃点好的’了。”

“我妈也是，说我下巴都没了。”

一说到要放假，大家都有点惆怅，尤其是吃着鱼头豆腐，和以往欢天喜地、敲锣打鼓的样子不一样。

“没多少顿可以吃了，我怎么这么舍不得啊？忽然理解那个说为了一食堂也要考研成功的学长了。”

“哈哈哈——”孟畅忽然大笑，“我暑假不回家，还在这儿吃，那时候崔老板种的西瓜刚好熟了。”

没错，孟畅放假基本都留在学校打工，但这时候说出来真是格外拉仇恨。室友们怒而摁着他暴打一顿，把菜给抢走了。

这个夏天，离别的情绪好像格外浓，大四以下的学生还好，尤其是那些不舍食堂的毕业生，他们吃了那么久的黑暗料理，好不容易等到食堂改革，才没多久自己却要走了。

能够留下来读研真是幸福啊，开学后还能回来也好幸福啊！

这个时候很多毕业生确定了工作单位，已经开始陆续从学校搬走了。

因为东西比较多，找了本地单位工作的很多学生会一起包车，把行李运到市区去。

孟畅去帮他的直系学长打包，打包到一半的时候，租车的司机已经到了，上来一起帮忙。

“就你一个吗？你们不是还有两辆车？”

“我兄弟还要晚点过来，没事，你们整理好差不多就到了。”司机解释道。

学长这才点头，他们都统一和这个司机联系的，由他带队，听说过会儿到，这才听孟畅继续刚才的话题。

“是这样，我听说食堂会送毕业生礼物。”孟畅说道。

“真的假的，送什么啊？”

“小米椒啊，祝你们以后红红火火。”

“噗！”

孟畅因为平常就老吃食堂，和食堂阿姨也比较熟，他认真地说道：“真的，今天中午吃完饭，收拾桌子的阿姨告诉我们的。不过因为数量有限，每个学生可能只能分到一颗意思意思。”

“确实挺有意思的。”

“嘿，这还有什么好说的，一个班的辣椒都集起来，煮火锅吃啊！”

他们开始兴高采烈地谈论起了辣椒的一百〇一种烹饪方式。也就是临近放假了，食堂才能空出这么多辣椒送毕业生，搁在平时，自己做辣椒油都不够吃的。

这时候司机的手机响了，他看了看屏幕，接通了就说：“哎，你们到了吗？”

看样子是另外几个司机。

“你已经到大学城了？我不是都说过了嘛，就在石棉路99号，不知道？哎，就是那所农业大学啊！”司机一说完，发现所有人都盯着自己看，默默地把电话挂了问，“干什么？”

“师傅，我们这里是C大啊！全称是CX大学，和农业没有关系！农大在大学城另一头！”

司机也蒙了：“我就说你们大门写的是CX大学，可是我进学校还听到有学生说你们这是CX农大，又那么多菜地，我还想是不是改名了或者这才是全名。”

他们C大学生自我调侃惯了，这时候却无语相对，赶紧让司机打电话给其他司机，免得走错了，跑到另一头去。

谁知道打通电话之后，那边的声音很大，从手机里传了出来，语气非常笃定：“哥，我们已经进南门了，马上就到。这里有座老头雕像是不是？里头还可以看到菜地！”

还真是，C大南门有座科学家雕像，而且进门就能看到菜地。

众人：还真的找到了？

跟对方说错成农大，对方却真的找到C大来是最强的啊！

随着学生期末考完毕陆续回家，对一食堂的讨论又达到了一个小高潮。

起初是有学生发帖，晒出自己每个假期和开学后的照片，最后是今年暑假回去的样子：“我妈看了我半天，问我是不是把买资料的钱拿去吃外卖了，才长这么胖。”

附加体重秤对比，比开学前胖了十二斤。

没办法，食堂伙食太好了，早、中、晚加夜宵，没有引以为傲的自制力根本控制不住每顿不吃饱。

体质稍微容易长肉，又不爱或没时间运动的人，可不就胖了。这个学期一食堂不知道打碎了多少人的减肥梦。

这可太让人有同感了，C大学生各自晒出家长的言论，有那种儿子长得再胖也坚持认为瘦了的；有认为孩子在学校没努力学习的；也有中肯的家长表示食堂真是进步了，头一次见儿子放假回来胖了，希望继续保持；还有搞笑的，说开学要陪孩子一起来吃的。

大家说到最后，统一的都是怀念一食堂。

也不知道今天一食堂的自种菜，进了哪些幸运儿的口？

哪些学生还在校吃食堂崔栖潮没在意，反正小白吃了。

他又做了猫饭给小白，两片嫩绿的白菜叶焯水后放在盘子上，上头左边一个带皮鸡腿切开又拼回原形，右边是一块肥嫩的龙利鱼肉，再加一只鸡蛋黄。

小白照例是一定要和崔栖潮完成动作，才敢放心大快朵颐的。

小白吃完后，崔栖潮把盘子一收，伸手抱住了小白，把它放平在自己的腿上，两手从腮边捏起，轻轻按摩。小白一身中长毛已经长得差不多了，尤其尾巴毛越发浓密，被崔栖潮养得皮毛光滑水亮。

只是被一捏，小白就僵住了，不自然地“喵”了一声。

这又是什么阴谋？

崔栖潮继续按，从猫头按到猫身。

小白非常想反抗，但是它抗拒不了身体上的快感，两腿一软，彻底放松下来，头一仰，露出了下巴。

崔栖潮基本只有奖励时才会摸它，抱一抱，很多时候还是单手，与其说抱，更像是提着。哪像现在，宛如宿舍阿姨宠爱警长猫一样，不，甚至比阿姨还要好得多，把它抱在怀里揉捏、按摩，甚至梳毛！

“舒服吗？”崔栖潮凑近了小白，轻声问它，一手举着一根猫薄荷棒棒糖。

小白的猫眼迷迷瞪瞪地睁开一点，不自觉地凑近猫薄荷。看到崔栖潮那张好看的脸离得如此近，舌头紧张地一卷一卷，身体越是沉浸，精神就越是紧张。

好可怕，这是发生了什么事，崔栖潮被下蛊了吗？可是小白好舒服啊！

像这样的大餐伺候、搓揉按摩梳毛、吸猫薄荷，世界上还有哪只猫能有这种超豪华待遇？

第 20 章

# 神农在线

眼看暑假到来，食堂都只留了一层楼接待仍在校的师生。本来每天都不够的蔬菜也富余出来一些，好在 C 大还有家属区。

除了像辣椒这样可以调制好备用的，那些多出来的新鲜蔬菜都以内部价卖给家属。每到了收菜的时间，就在群里头说一声，菜放在食堂的桌上，各家各户想要的自己来买。

崔栖潮暂时不用改良新菜，就在家里阳台上伺候一下蔬果，非但学校里的蔬果品种越来越丰富，他阳台上的植物也多了起来，不像最初来时，只有一盆假花。

崔栖潮在后头种的那些西瓜也要到成熟期了。放眼看去，藤蔓之间的西瓜又大又圆，瓜下头垫着草，这是为了让形状更加周正，也比较干净。

因他照料西瓜非常细致，每隔几天给西瓜翻身，这才有了一个个圆溜溜、外皮颜色均匀一致、品相漂亮的西瓜。

成熟之后，崔栖潮先自己开了两个，慰劳食堂的员工们。

这瓜皮又薄又脆，崔栖潮在瓜皮上开了个小口子，手抓着一掰，一大瓣瓜皮就“咔嚓”一声下来了，露出好大一块水红色的瓜瓤，已经有点儿起沙。崔栖潮特意掐好时间摘瓜，正是个脆沙瓤的西瓜，口感在最好的时期。

他掰开的那一瞬间，员工都“哇”了一声，这徒手掰西瓜看着也太爽了，皮是又薄又脆，听声音都觉得甜。

崔栖潮又掰了两下，半个瓜瓤都露了出来，拿刀“嚓嚓”切成方形小块。另外一半先用刀划了，再把瓜皮掰了，也是一块块的瓜肉骨碌碌滚出来，落在大饭盆里。

大家拿着牙签、叉子或者筷子，插着西瓜肉吃。

开瓜之前崔栖潮将其放进冰柜里冰了一会儿，拿出来后表面还有些雾气。冰凉凉的瓜肉脆中带沙，水足得仿佛一口下去后在嘴里爆开了，清甜凉爽的西瓜汁淌出来，瓜肉外边紧脆一些，偏里的位置又有点沙，口感极好。所有暑气在这一瞬间都随着一口冰镇甜西瓜而消散了。

“这瓜太甜了！”李听梅李师傅大概是唯一抽空夸奖的，觉得这西瓜简直太棒了，没一处不好。

从卖相就特别好看，又圆颜色又均匀，没什么瑕疵，瓜香味也浓，含水量丰富，甜味还那么高，最重要的是，它果肉饱满，脆中带沙，吃个瓜都能吃出层次感，简直满足了她心目中对西瓜的所有要求。

再吃两口，李听梅想，对了，籽还少！

崔栖潮自己只吃了一口，就将一块西瓜的籽给挑出来，喂给小白吃。

小白就着崔栖潮的手吃瓜，它吃得当然没有人类快，果汁还会淌出来一点，崔栖潮就拿纸给它擦一擦。

小白吃着瓜，心虚地看了崔栖潮一眼，总觉得自己在过神仙日子。要不是崔栖潮还是不让它上床、上沙发，它都要觉得自己在做梦了。

崔栖潮的神情却没什么异样，他平常地喂完了小白就洗手。

就这几百平方米的地方，以崔栖潮的天赋异禀，满打满算也就出了一百个瓜。大部分分作几天切开了，一瓣一瓣在食堂供应。小部分则抽奖，给了食堂的员工和学校的老师。

可想而知，在这样的三伏天里，吃上一瓣清甜的冰镇西瓜有多消暑、多惬意。

孟畅就把自己啃西瓜的过程拍了下来，发到班级群里："崔老板的瓜终于熟了……"

一瞬间就被同学们的回复给淹没了。

光是听着、看着孟畅吃瓜那动静模样，就把他们给馋坏了，明明自己家也有西瓜，可怎么看都不如孟畅的甜，看他吃得那叫一个香。

"好想立刻回学校啊！"

"我不服啊，我惦记了几个月的西瓜却没有我的份，强烈要求食堂调整种瓜时间，种秋西瓜啊九月收！"

"拒绝放毒！我建议把孟畅踢出群！"

孟畅又发了段语音，向不在校的同学们炫耀："我跟你们说，这西瓜贼甜，贼好吃，还是限量的，一共一百个，这几天吃完就没了。我还看到了食堂阿姨录的崔老板掰西瓜的视频，我去，这皮可薄了，一扯就下来一大块，一大块瓜肉露在外头，看得我想把头埋进去啃！当然了，这么一瓣一瓣地吃也不错，甜，是真的甜。"

"报告"完毕，孟畅愉悦地关了正异口同声痛骂他的班级群，正要继续吃饭时，看到他爸打电话过来了，食堂里有点吵，他便跑到外头去接电话。

"喂？爸，哦……好，你说是什么情况，我去找纸笔记下来，回头就发上去问。"孟畅掉头在门口的意见箱那里找纸笔，边听边记录。

等写完了，孟畅抬头才发现崔栖潮就站在他旁边，弯腰看他写东西。

"崔老板。"孟畅好险没吓一跳。

"你这是写什么？"崔栖潮盯着他纸上的字迹看，上头写着什么落花落果、无虫、叶片完好之类的。他原本以为孟畅正在写建议，所以过来看看，心里还很奇怪，谁这么拼，放假了还写建议？

孟畅尴尬地道："不好意思啊，崔老板，我手边没有纸笔，就拿这个记一下。"

“没事。我说的是你这内容。”崔栖潮盯着看，说道，“这是什么作物生病了吗？”

“啊，对，我爸爸种的大棚辣椒。”孟畅挠了挠头，“忽然落花落果，他有点急了，自己没找出原因，叫我上网给问问专家。”

孟畅家里务农，这一季种了不少辣椒，自从孟畅上初中后，家里很多种植方面的问题都是让他到农业网站上去问来解决方法。

崔栖潮把那些情况都看完了，说道：“让你爸先拔一株看看根发育得怎么样，如果是根系问题，那应该是施肥不当，让他减少氮肥；根没问题，那就是湿度太大了，无法正常授粉，要加强通风除湿。”

孟畅呆呆地看着崔栖潮，想起学校的辣椒、菜可不都是崔老板指导的，不过他还真是第一次直面崔栖潮指点种植，总觉得不太真实。

怎么说呢，不听声音单看样貌，要说崔栖潮刚才是在谈论什么金融问题，他也会信的……

“谢谢崔老板，我、我跟爸说。”孟畅赶紧发短信告诉爸爸。单看学校菜的长势和质量，他也知道崔老板不比网站上解答的前辈、专家要差啊，听他的准没错。

“对了，你刚刚说上网问专家是怎么回事？”崔栖潮问道。

孟畅给他看了一下自己常用的一款叫“小农问答”的 App：“就是像这样的网站，可以提问农作物的问题，然后其他用户、专家都给你解答。崔老板，你也有问题吗？”

“没有。”崔栖潮说，“我是专家。”

崔栖潮照着孟畅那样也下了一个 App，他在这个位面不怎么玩手机，现在却因为这个 App 感兴趣起来了。被困在学校里没法在外头种植，那远程过过干瘾也是好的啊！

注册之后就是普通用户，申请认证为专家则需要农学类资格证书，崔栖潮显然是不符合标准的，但好在普通用户也能回复其他用户的问题。

崔栖潮直接用真名注册，签名处一般人会挂上自己的职业，比如零售商、××专家等，也有的抒发追求，写什么服务农业、为广大农民解决问题之类。

崔栖潮看了会儿，填写：神农后人。

然后他就顶着这个头衔泡在网站上回答问题，一般的专家都会关注几个擅长的作物种类，崔栖潮不然，他到处溜达，什么都能说上几句。

这段时间一直在看农书的崔栖潮已经了解了大多专业词汇，能够与自己血脉中的帝王本能结合起来。虽然没有什么资格证书，但是能力绝对毋庸置疑。

不知不觉，崔栖潮摆弄这个 App 就三四个小时了，直到被一个陌生来电打断。

“你好，哪位？”崔栖潮心不在焉地问，还惦记着刚才没答完的问题。

“喂，您好啊，我是《美食走南海》的导演，是崔先生对吧？”

“我是，”崔栖潮皱眉道，“你们节目组的编导给我来过电话，我和她说过了，没兴趣参与录制节目，招生和我也无关。”

那边的导演也噎了一下："我们是诚心想邀请您的，所以听说您回绝了，我也特意等到这个时候再打一次电话，亲自和您沟通。现在已经放暑假了，想必食堂也没什么工作。可能上次我们的编导没有表述清楚，我们的节目非常尊重美食文化，希望能够把南海市的美食推广出去……"

导演好像陷入了什么误区，认为崔栖潮对美食非常有研究，也非常热爱，畅谈了一番自己的热情。

崔栖潮仍然非常冷漠："对不起，我没兴趣。"

导演急了："不是，您为什么对上节目没兴趣啊？是不好意思露脸吗？"

"我不是对上节目没兴趣，"崔栖潮的语气带上了三分不耐烦，"我是对你们的节目没兴趣。"

导演不开心了："我们节目的收视率也是很高的，同时段全国前十啊。"

崔栖潮："我对你们的节目类型没兴趣，你要是《农 × 天地》我立刻答应。"

导演一头雾水：啥玩意儿？

第21章

# 为了食堂考C大

《美食走南海》不是唯一试图找C大食堂录制节目的媒体，美食是一个男女老少通杀的题材，做好了确实非常出彩。

尤其是那些自媒体，在幸食记之后，很多想做同样题材的。包括很多做吃播的主播，也觉得食堂这个地点很新奇。

可是要做食堂，首先C大虽然有五个食堂，食谱也通用，但是经过幸食记的宣传，大家都知道其中一食堂才是龙头老大，自种菜都是他们的。

而在一食堂拒绝参与任何合作之后，不但其他四个食堂自动失去资格，在整个华夏高校界也找不到第二个比C大食堂更适合的对象了。

也许那些学校食堂菜色丰富、口味上佳，可他们一没有以黑暗料理出名过，二也没有能把网红餐厅都击败的自种菜——这也是众多媒体前赴后继的原因之一。

被一食堂拒绝得多了之后，难免有运营者在微博上抱怨：

> 又失败了，我好像是同行里已知第七个被拒绝的人了，还特意叫了个有魅力的小姐姐一起去邀约。唉，C大一食堂是为爱发电吗？不要名不要利，找他们合作的全都被拒绝了。做吃播会占人家学生的份；录节目宣传也不要，不对外开放，学生都接待不过来；你说帮你打招生广告总行了吧，人家说这属于招生办的活儿。油盐不进，我的天哪，食堂老板家里是有矿吧？

这条微博不知怎么被C大的学生看到，还转了起来。话题不知不觉也从“一食堂就是好，一食堂就是棒，暑假我也想回学校”“如果长得好看能当钱，那老板真的有矿还超大”“有魅力的小姐姐我们一食堂老板根本不稀罕好不啦”等，转移到了“招生广告里就该出现一食堂”。

毕竟，这条微博已经证实了：只有就读C大，才能吃到一食堂的菜！

老板拒绝媒体，还明确表示，你们过来只会占学生的份额，我们不需要宣传，因为只做学生的生意。大家有点激动，他们每天吃的食堂，还是别人求不到的独家供应。

众多学子倾情为一食堂代言，免费提供广告词，热情欢迎各位学弟学妹选择就读南海市C农大。

在这里，除却强大的师资力量之外，你还能享受最美味、性价比最高的食堂菜，观赏纯天然田园风光。附上若干食堂照。

上独一无二的C大，享受独一无二的一食堂。

黄伟河也乐呵呵地转发了，支持母校食堂：“个人认为如今的一食堂，绝对能成为就读C大的理由之一。”

网友们汗颜道：“我的妈，想吃个美食必须先考上重点大学！我继续去看书了！”

C大的官方微博都从善如流地发起了广告，表示一食堂的水平绝对等同于C大的教学水平，希望各位学生家长多多考虑。

正值暑期招生季，“为了食堂报C大”这个话题下的讨论越来越多，给C大、一食堂好好刷了一把存在感。

让话题热度达到最高的，就是有个地方频道采访考生，问他们报考的志愿学校，其中一个学生说“C大”，记者问为什么报考C大，这学生没有像其他人一样提到C大的专业，而是笑嘻嘻地说：“不是都说C大的食堂好吃嘛，我就报了C大。”

学生的家长也在旁边大笑起来，连记者都在惊愕地“啊”了一声后笑出声来。

这显然是带了点玩笑意味的，但并不妨碍网友们玩梗。

只有学霸才能这样说好吗？我觉得C大食堂好吃我也考不上C大！

我×，这是我们市的理科状元好吗！省里排名也很高的，好多学校找他，没想到……

致其他学校招生办，现在知道你们输在哪儿了吗？

一食堂老板快醒醒啊，现在招生真的不只是招生办的工作了！

@本校食堂，麻烦睁大眼睛看好了，承担起你们的责任啊！

教练，我也想吃C大！

吃C大怎么行？上C大吃食堂啦！

……

对外界消息毫不关心的崔栖潮仍旧沉浸在辣椒选育工作中。他的辣椒选育试验有了初步成果，这一系列的辣椒都被他以大学名CX命名，从CX一号到CX十一号。

以塑料大棚栽培为主，结果出来，最高的CX三号产量比市面上销售较好的同类辣椒提高了百分之二十之多。平均下来，每种增产达到百分之十二。

其中，崔栖潮觉得最为均衡的是CX七号，增产百分之十六，发病率也低了六个百分点，抗病性优秀。

在接下来，崔栖潮还要进行比较试验，并拆了大棚，来个露地栽培，又需要一段时间。

经过多组试验之后，崔栖潮需要进行多点区域试验，也就是在土壤、气候各异的不同地区栽培，观察辣椒在各地的表现情况是否稳定。

这个试验显然不是被困在校园副本的崔栖潮能够随便完成的，不过他最近一直在玩孟畅介绍的那个 App，于是在上面发了个帖子：

辣椒良种，私人选育，年底有货，免费赠送。数量有限，需要请先留下联系方式。

有话叫“国以农为本，农以种为先”，良种与良法是农业最重要的两大基础。

不是每个农业从事者都有崔栖潮那样精准的判断力，也就是优秀科学的种植方法，那就非常倚靠良种。

良种有两个意义：好品种，和好品种的好种子。

崔栖潮提供的就是好品种的好种子，但是他在农学界毫无基础，哪有人会无缘无故地做他的试验品。人家土地放在那儿，当然不愿意花几个月去试验不知名的种子。

崔栖潮已经想到了这点，这才提前几个月放上去，聊胜于无，这几个月里，兴许他能在 App 上积累一点人缘，帮他试种。

他都想好了，如果 App 上没有反响，那就去找崔校长，学校肯定不止孟畅一个家里务农的家庭，找一下资料，就算倒贴钱，他也要把试验完成。

与此同时，“小农问答”网的许多用户逐渐注意到了一个叫崔栖潮的用户。

这个个性签名写着“神农后人”的家伙流窜在几乎每一种作物板块，回答着几乎每一种类型的问题。

一开始关注到他的都是认证后的专家，普通用户看到这种签名以及光秃秃的头衔，基本都会略过，更加重视专家的回答。专业人士才能注意到这个崔栖潮回答得其实很准确。

很多时候，提问者描述得不会特别准确，专家也需要从多个角度判断，或者进一步询问情况。

这个崔栖潮却好像一直在线，专注刷新新问题，只要在线看到了新问题，就能在五分钟内作答。就如同他告诉孟畅爸爸辣椒出了什么问题，多半是某某原因，如果不是，看看某处，如为某种情况，则是某原因。

他这个回答，第一原因基本是对的，整体的准确率更是百分之百。

从粮食作物到果蔬作物，从食用菌类到块茎作物，中草药和花卉作物也难不住他，有时候还跑到家禽类去客串一下。

普通用户起初是注意不到这个情况的，也就专家们私底下念叨一下：这多半是哪个农业机构的技术人员的共用账号吧？

直到某一天，空降一个小白，提问：

我家的阳台长这个样子，想利用一下空间，尽量多种些吃的改善生活，请问我该怎么办？

这种问题专家根本不想回答，或者敷衍一下“建议种植葱姜蒜”。

这个崔栖潮又来了，还拍了一下自己家的阳台，放出来说：“我的公寓阳台大小和你家的差不多，你可以参照一下。”

那张图片中的阳台可以说把立体种植应用得淋漓尽致，在最大限度内利用了阳光、空气、空间。

从崔栖潮最开始来，只有一盆假花，到现在满满当当。

图片有小字标注种类，两角的超大长方形盆里长出藤蔓，挂着几个硕大的金灿灿的南瓜。南瓜对土壤的要求并不是太高，理论上阳台是可以栽种的，但是后续管理具有相当的难度，普通人根本不会选择在阳台上种南瓜。

更别提这还只是作物之一。往旁边，架豆的藤蔓都要爬到外墙去了，还没结果，却足见茂盛。立体种植架上以叶类蔬菜为主打，茄果类蔬菜辅助，各类叶、花、果，堪称五颜六色。

藤蔓类爬满架，搭了竹架的阳台顶部几乎没有间隙，被绿色铺满，色彩丰富的立体种植架前还有盆栽式的特色蔬菜高低错落。

整个空间像是蔬果构成的密林，杂而不乱，种类多但每一种都被精心照料，生机勃勃，状态好得宛如在专门的大棚里精心培育的。

整张图片的像素也很高，放大可以看到细节，足以让大家辨别出不是 PS 成果，也不存在蔬果道具，更甚者，连调色也没有。

拍摄者真的就是随便一拍，就拍出了个略带魔幻的蔬果密林效果。

外行人可以从中看出美感，内行人则能看到技术所在。这可不是阳光房，而只是一个阳台，这个密度、这个生长水平，这到底有多用心啊！居然还说得轻描淡写，说给新手参考一下！

我去，答主这是原创的？

这造得太好了，像花房一样。

服气就两个字，技术流。

建议你们去看一下答主的资料，看他过往的答题！太惊艳了！

这个回答不只在“小农问答”火了，还被人截图搬到了其他网络平台，表示：“这才是华夏人阳台的正确打开方式。”

都说华夏人的天赋技能是种地，这位弄阳台菜园的，不但实用，还那么具有美感。

而且到这时候，众多普通用户再折回去看崔栖潮的过往正确率超高、涵盖率超广却因为没专家认证鲜有人理睬的回答以及他那个冷冷清清的送种帖子，这才惊了。

什么叫“你以为是青铜，结果是个王者”？这就是了！

## 第 22 章
# 走红

“小农问答”上的用户因为这个热门回答而注意到崔栖潮，他那个免费给种子的帖子下面立刻多了很多回复，有当机立断要种子，留下联系方式的，也有询问崔栖潮这辣椒种的具体情况的。

崔栖潮看到突然间这么多人关注，不像对待那些美食节目的制作人那样冷淡，而是详细地写起了回复：这是在南海市选育的辣椒，目前实验结果相比市面上某种辣椒产量提高多少，病株率多少等。

他说明了自己是私人选育，所以区域试验需要借助网友的力量。

一般选育工作都是什么农科院、技术站、农大之类农业系统单位进行，人家专业干这个。但是凡事总有例外，民间也有自己捣鼓选育，还不乏喜人成果的。

崔栖潮先是在阳台作物还有问答速度与准确率上露了一手——不管他背后到底是不是一个团队吧——又声称产量提高了那么多，自然不缺地多愿意尝试的人。

现在的崔栖潮不是一个无名无姓的网友，而是“小农问答”新蹿红的用户了。

现在不只是有人愿意要种子，他再在“小农问答”上进行解答，很多用户也不会再略过，而是认真参考。这位大神虽然没有资格认证，但是过往的解答正确率证明了他的实力。

崔栖潮看了一下那些回帖愿意试种的用户，根据所在地挑选了部分，联系上他们进一步沟通。

这里头还有“小农问答”认证的专家，发站内短信问他：真是私人选育，没有单位吗，现在从事什么工作？

崔栖潮答：我在南海市的 C 大。

对方过了一会儿才回答，显然是去搜索了，搜索完却更糊涂了：“为什么搜索出来 C 大，有的全称是 CX 大学，有的是 C 农大，你们到底是什么性质的学校，和南海农大有什么关系？你是学校的老师？”

崔栖潮也愣了，什么 C 农大？

“你查错了吧，C 大是 C 大，南海农大是南海农大，C 农大这所学校应该不存在。我不是老师，只是在这里种点菜。”

人家还以为崔栖潮是故意搪塞，这个 C 大和农大分明有着什么联系，而且在学校里种菜是什么意思？

专家也不老上网，只在心底想，这账号背后说不定是一个学校的年轻学者，现在的年轻人就喜欢玩儿这些神秘，阳台的搭建看起来也很当代审美。

提到当代审美，再说崔栖潮那张阳台图片流传到了别的社交网站，作为神回复的案例。

这是华夏人天赋技能点满了啊！说实话我家的玻璃花房不如这个漂亮！

注意到这个答主的签名没，哈哈哈，神农后人。

笑死，我信了你的邪啊！

有没有人认出这是哪个小区？我要去偷菜了。

我婆婆也天天在阳台上种菜，但是看看我家阳台，再看看别人家的阳台，不是一个级别的啊！

是我眼花了吗？南瓜是真的吗？还那么大？

简直华夏特色阳台。这图里有些菜我都没见过，但是内心莫名蠢蠢欲动啊！

大家都别看了，散了吧，这个要手的。

……

“小农问答”其实只是一个非热门领域、流量普通的农学网站 App，偏偏这波操作给它带来了一批用户，基本都是看了图片顺着摸过来的，一来就直接向崔栖潮提问。

大神，这是我们家阳台的茄子，请问怎么能够长得和你的茄子一样优秀？

神农后人，我们教室窗台上种的土豆还有救吗？

能不能帮忙规划一下，现在的植株怎么排列才有你家阳台那样的美感？

各种问题出现在“小农问答”上，不同寻常的流量引起了网站方的注意。

这些新用户中，有相当一部分是在家种点小菜，或者被那张图吸引，有在阳台种菜打算的，除了膜拜一下崔栖潮，他们也会浏览网站，问点其他问题。

和老用户画风虽然不同，但是大家居然还挺和谐，有的老用户还会跑去解答一下他们的问题。专业大棚种菜是种菜，业余阳台种菜也是种菜，都挺好的。

这对网站方不可谓不是一件好事。虽然崔栖潮没有证书无法认证为专家，但是鉴于他这特殊贡献，网站也给崔栖潮私人改良了一下系统。

主要是普通用户后台界面和专家的不太一样，查看过往提问之类的都不方便，添加好友的数量也有限。他们帮忙优化之后，崔栖潮使用起来确实更好了，淡定地道了句谢。

另外，那些新来问阳台种植的用户，崔栖潮也都在空余时间一并回答了，他甚至很有耐心地找了阳台一开始的图片给大家看。

对崔栖潮来说，这是在种植过程中做的记录，学校的菜地他也拍了照。

而对广大网友来说，这个搭建、种植、生长的过程，看得人简直也想动手。

从一开始光溜溜的阳台，只放了一盆假花，到拔了假花种辣椒，搭架子，移来更多花盆、立体种植架，一点点发芽，生长，茂密。

十几张图片，阳台发生了翻天覆地的变化，绿色蔓延，覆盖整个空间，继而绽放出红、白、黄、紫等色彩。

后头还有彩蛋。

这是刚刚摘了一个南瓜，还有一些辣椒、大蒜、茄子、青菜，在家做晚餐。

茄子肉末，里头加点辣椒，茄子肉非常肥厚，吃油，单看就能想象出口感了，旁边一盘清爽的翠绿蔬菜，解腻。

剩下的肉则和南瓜一起做成了猫饭，崔栖潮没有出镜，倒是小白吃猫饭的样子被拍了下来。

这段回答同样被转了出去，配上过程图后，观看的人更多了。

过程图透着一股真实接地气的感觉，尤其是后头蔬菜被摘下来炒成一盘，形成了完整的流程。

答主不但有那么多菜，还有猫！

我家也有阳台，现在只缺猫和种子了。

我觉得我血脉里的华夏力量要觉醒了，不行，我要下去买花盆！

还有去让崔栖潮开个微博，放点种东西过程的，被崔栖潮拒绝了，他觉得“小农问答”就很好，忙碌之余，在这里回答点问题，送点种子。

自暑假开始后，崔校长就一再催促崔栖潮回家看爸妈：“这都放假了，你还不回去？”

一提到这个，崔栖潮又满脸忧郁，一声不吭。

崔校长一看，哎呀，这是又犯病了吧，可能是父母给的压力太大了，他顿时不好说什么了，转移开话题：“这个……你工作做得好啊，最近不是开放参观？很多学生、家长来之前打电话咨询，专门问到参观期间能不能在一食堂吃饭。”

那些未来有意就读C大前来参观的学生与家长，甚至合作的夏令营活动，都需要C大在假期还要进行招待，他们专门有一个时间段供参观，毕竟假期学校人少。

今年有意来参观的就格外多。崔校长都有点怀疑，除了招生大热之外，是不是还有这些人趁机来吃饭的缘故，毕竟侄子一直坚持不对外开放食堂，这是来一食堂吃饭的大好机会。

崔栖潮保持着表情：“供应是没有问题的，但要提前通知，否则不好估算。”

崔校长有点感慨，说起来，因为食堂C大竟然莫名火了一把。现在他出去，看到别人，尤其是爱上网的年轻人，说到C大时除了重点大学的标签之外，就是“为了食堂上C大”这个梗了。

追根溯源，还是侄子干得漂亮。崔校长不由得有点骄傲，不愧是他侄子，办个食堂都顺带把招生办的活儿干了。

过了些天，到了参观期，许多学生、家长出入C大。

崔校长没有猜错，今年报名参观的人里有相当一部分是冲着今年大火的一食堂来的——开什么玩笑，一食堂连美食节目都不愿意参加，这么好的机会当然要把握住！

那些想到了这个主意的人怕说出去傲娇的一食堂又有所限制，比如参观的也不能进食堂吃饭，都没有传扬。不然，来的人还要更多。

比起冲着吃饭来的人，真正为了参观学校来的人即便目的单纯，也会被校园异样的风景吸引。

学生们还是感觉有趣，这就是网上说的那所连约会圣地都被食堂刨了种菜的学校，果然到处都能看到蔬果，连水池里都是，甚至能看到鸭子在嬉戏。

家长们的好评就更高了：“我家儿子连小白菜都不认得，这下好，参观学校还可以认认蔬菜。我看啊，C大确实很好，注重实践，上大学就该考C大。”

“不是，什么实践啊，这菜种了又不是给学生照料的。”有学生说道。

“咱们应该去建议一下，这完全可以交给学生勤工俭学。”

有的家长自己就会种菜，更是研究起来：“这个菜长得真是好，你看这挂果，老多了。还有那个白菜，水灵得很。”

光看不够，家长还要合影，发朋友圈：“今天来到了C大，久闻大名，用蔬菜当绿化的学校，非常有创意！”

到了中午，就是大家非常期待的用餐环节了。

能进来参观都是要提前预约的，因为没有校园卡，所以会发放餐券，用餐券去食堂换午饭吃。

红烧鱼块、木须肉、炒苋菜、香菇青菜、排骨海带汤……荤素汤品，免费供应的辣椒油，一应俱全，按照食堂的价格，十块钱以内完全可以吃得很丰富。

无论目的如何，这一顿饭都吃得大家大为满足。

首先这辣椒油绝对是不负虚名。吃过味之林的人很多，还有其他各路川湘菜馆，相比较起来，C大食堂的辣椒油格外突出，香、辣、爽，白芝麻被牙齿一嗑，在嘴里蹦跶起来的时候都冒着香辣味。

青菜也很突出，鲜嫩清甜，听食堂的人说是煮饭前才从后山薅下来的，直线距离也就几百米，直接洗洗下锅然后到大家餐盘里了，这能不鲜不嫩吗？

他们老板，连浇水施肥都严格要求大家，能不甜、不好吃吗？

吃完之后，大家可就肆无忌惮了，在社交网络上晒起了餐券和饭菜的照片：“都说想吃C大的食堂就得考重本，幸好我虽然过了考重本的年纪却有一个打算考C大的外甥……PS：辣椒油是真的好吃，我非常没良知地打了三勺！”

C大食堂余热未消，晒饭菜的微博下充满了羡慕嫉妒恨外加恍然大悟的网友。

原来还有这种方法！

C大办公室的电话都要被打爆了，一夜之间就多了很多询问现在是否还能报名参观学校的来电。

起初学校还没反应过来，随着来电数量越来越多，多到办公室的人觉得不大对劲，尤其是在接到其中一通电话时，对方居然问：

“去你们那边吃饭……哦不，参观有什么要求吗？”

这还能不明白吗？都是冲着食堂来的啊！

办公室这边连忙往上报告了一下，然后临时截止报名。

饶是如此，前头也已经预约成功了一批人。

某日，食堂的工作人员还眼睁睁地看到一个小姑娘举着自拍杆进来，一边吃饭一边直播，吃完了哀求他们说没吃饱，餐券不够想再打点儿。

这食堂的人也不好拒绝啊，打饭的阿姨递餐盘时往她那手机屏幕上瞄了一下，被那“噌噌”刷的礼物给吓到了。阿姨对现在的直播文化不太懂，对吃个食堂还能火成这样更不懂。

都照这样弄，咱C大那些勤工俭学的孩子也别去打工了，每餐直播挣礼物多好啊？

别说，阿姨没想错，C大后来还真出现了各种直播食堂饭菜的学生，偶尔还去直播食堂的开荒……不对，也不能说开荒，只是在校园内开拓而已，也就是直播本校的食堂在各种出人意料的地方，种、满、菜。

得不到的才是最好的，有这么一批又一批走偏门才能进C大吃饭的案例在前，今年因为食堂而最红火的大学就此给广大路人留下了更为深刻的印象：好吃。

崔校长催促崔栖潮时，他是故意在崔校长面前扮忧郁的，因为他觉得很有可能触动恋爱剧情，他在这里年纪也差不多，说不定在这里的父母会给他介绍女朋友。

“我不要女朋友。”崔校长走后，崔栖潮还说出声了。

现场只有一个小白，它顿时呆住了。

它听到了什么？

其实崔栖潮是说给LJJ公司的人听。他知道现在节目肯定在制作播放了，也不知道有多少观众，单单是开食堂估计人气不高吧。

他算是钻了漏洞满足私欲，还是不要让人抱有无谓的希望吧，少量的观众和制作公司应该了解到，接下来的集数里也不会有恋爱剧情的。

校园恋歌，不存在的。

崔栖潮在拒绝了崔校长之后，公寓中就迎来了不速之客：他在这个位面的母亲。

崔母拿着大包小包上门，一看到崔栖潮眼泪差点出来："你叔叔说你不愿意回来，我就来看看你，没让你爸来，省得你烦心。其实你爸也关心你，是他不该老逼你。"

崔栖潮愣了一下才迟疑地道："妈妈。"

这个"崔母"和崔栖潮真正的母亲的长相是不同的，崔栖潮的亲生父母很早因为意外去世了，但是眼前的"崔母"表现出来的关心让崔栖潮感觉到了亲生母亲的气息，她们对孩子的关爱极为相似。

拒绝崔校长时，崔栖潮也想到了，反正这并不是他真正的父母。然而现在，崔栖潮却有点犹豫了。

崔栖潮沉默地去阳台摘了些蔬果，给崔母做饭吃。

崔母看到儿子连做饭都学会了，还养了只猫——在她心目中，儿子一定是特别孤独、特别忧郁才会养猫，把她心疼得不得了。

崔栖潮做饭，她就在旁边念念叨叨了半天，话里话外都是让崔栖潮小心身体，注意放松精神。

崔母一直念叨到了开饭，到她把第一口青菜塞进嘴里："身体还是最重要……嗯？嗯……这个菜……"

甜香在嘴里蔓延，崔母"咯吱咯吱"把青菜吃了下去，诧异地看了崔栖潮一眼，继续夹青菜、茄子，动作优雅但是速度极快，吃完了一碗饭后才放下碗筷说："我支持你啊儿子，不回去继承公司都可以的，你尽管种菜好了。"

崔栖潮终于没忍住，笑了出来。

"给我打包一些菜回去啊。"崔母看到他笑了，心里也是一喜，带着几分真情实感地道，"我是说真的，妈妈还是希望看到你开心。"

如果父母还活着，也是像眼前的崔母这个样子呀。崔栖潮想。

崔母就待了一天，临走时，崔栖潮给她装了很多菜在车上："妈，我定期雇人拉菜给你和爸爸，希望你喜欢。"

"我喜欢的啊。"崔母抱了抱崔栖潮。

目送崔母离开后，崔栖潮把小白抱了起来，用手指挠了挠它的下巴："如果你们都是真的该多好？"

一被抱就僵硬的小白慢慢放松，舔了舔崔栖潮的手："喵……"

历经接近两个月的暑假后，C大学生们终于开学了，陆续返回学校。

一进去，学生看到的就是到处都在移植树木，原来的景观树全都被移走了，现在换上的，尽是果树。

为什么大家都有种并不意外的感觉呢？一看就知道是一食堂崔老板的手笔。这树上个学期还能留那么久，都靠学校、家属区等地方给它们争取了时间。

看看现在满校园的蔬菜还有几乎随处可见的金银花，这些藤本植物两个月没见，蹿得都很高了，生长极其迅速，今年种的，今年就开了黄、白二色的花。

等众人奔到食堂去，还能喝到食堂晾干金银花泡的茶，清凉解毒。金银花花期是五六月，但如果气温合适，是四季都能开的。

在崔栖潮的指导下，这些金银花保存得都非常完好。淡黄色的茶水带着独有的草木清香，因为干燥了，带了一点点苦味，又有回甘，味道还不错。

这都是免费供应的，女生冲着清热、减肥来一碗，在粤籍学生中也很受欢迎，毕竟他们每天都感觉自己上火了。

另外一件让大家非常欣喜的事情就是家属区套播的玉米已经成熟了，板蓝根则要等到明年才能收获。

这批甜玉米当初说好了的，因为种在家属区，优先学校的教职工家属供应，就这还是广大教职工发扬了精神，没有人人买上一大筐，如此才剩下来一小批。

这一小批再放到一食堂去供应，十分紧俏。一根玉米也就两块钱，又大又饱满，重量平均能有足足八两。

想打到玉米，得靠抢的。

西瓜暑假不在的人是没这个口福了，玉米总得尝到吧？

C 大也不是没有家境优越的学生，什么好东西没吃过，可是一食堂的自种菜真的是独一无二，在别处你吃不到这个滋味。

家属区出来的玉米是又香又甜，这种香和一些加了玉米香精的不同，就是天然玉米的甜香味儿，但是又比大家以往吃到的更为浓郁、诱人，就好像它们把这个夏天最好的阳光、空气、雨水都吸收了，再转化成自身的甘美。

一口啃下去，每一颗饱满的玉米粒在口中挤压，甜嫩的仁从玉米粒的皮中涌出来，嫩得都出汁儿了，让人恨不得把玉米棒子上还残余的一点点仁都啃干净。

在一食堂的垃圾桶里翻一翻，每一根玉米棒绝对都是干干净净，半颗玉米粒都不剩的。

在新闻系，更是出现了这样一幕。

拥有优先购买权的教授，不知道是不是知道玉米很紧俏，拿了一袋子一食堂出品的玉米来上课，宣布这次布置的作业，拿第一名的小组可以获得这袋玉米，反正他家人口简单吃不完。

C 大学生们的朋友圈都要刷爆了。

我去，教授是会玩儿的，这回真的要拿出我的实力给他看看了！

我笑死，哈哈哈——还可以这样啊？

让你们排队打玉米，被教授知道了吧……

不是，我们教授的玉米呢？为什么还不拿出来奖励？西瓜没我的份，玉米也没我的份，我要哭了。

现在网络这么发达，来C大的新老学生基本都知道学校食堂那点事，但也有例外。

这个学期来C大报到的研究生中有一名叫汉斯的留学生，来自D国，汉斯在留学之前就来华夏旅游过几次，对华夏印象非常好，尤其是华夏美食。

他迅速地融入了华夏大学生活中，热衷和自己的华夏室友一起去食堂抢玉米。

其实，第一次去食堂吃的时候，汉斯挺不以为意，甚至有点为难，因为食堂的人太多了，无论哪个食堂，饭点人总是满满的，他都想去外头吃了。

所幸室友阻止了汉斯，这才没有让他留下遗憾。

头一餐，汉斯在室友的带领下去窗口打饭，在室友的建议下点了红烧狮子头、蒜香排骨和清炒空心菜，本来打算结束的汉斯看到了一样食物，指着道："那个我旅游时吃到过，很好吃，就是那个。"

打菜阿姨看来看去："哪个？"

汉斯想了半天也没想起来用中文怎么说："那个，就是……那个粗糙的蛋。"

打菜阿姨一眼看到了，哦，虎皮蛋啊。好歹也是重点大学的打菜阿姨，她用带着南海口音的英文说："这是虎皮蛋，就是泰格司更艾格。"

好在汉斯的室友听懂了，汗，tiger skin egg 啊。

"对的，虎皮蛋。"汉斯愣是只听懂了中文，"我要两个。"

阿姨给他捞了俩虎皮蛋。

这虎皮蛋上面划了几道口子，被煎得金黄，外皮酥软，又沾了酱油呈现酱黄色，几点葱花飘在上头。

"这个蛋好大。"汉斯一口吃了几乎半只虎皮蛋，牙齿撕破酥皮，里头部分的蛋白软弹，蛋黄极其入味，层次分明，其实酱油并没有放很多，只是调色而已，倒是放了一点豉汁，可以吮出味来。

这个虎皮蛋比汉斯之前吃到的还要美味至少十倍，蛋香味和豉汁味融合，还有爆香的葱花，无论是酥酥的皮还是软弹的内部，都让他回味无穷，后悔刚才一口吃了半个，这样就只剩下一个半了。

这时汉斯的室友也看着不对劲，回头问了一下："这虎皮蛋个头有点大，不会是鸭蛋做的吧？"

他同学点了点头："就是你想的那个鸭蛋。"

"老汉，分我一个虎皮蛋！"室友边说就边伸筷子了。原来是一食堂的鸭鸭们下的蛋啊，没想到不知不觉中它们都到了出蛋的年纪！

“不要啊！”汉斯刚刚还在惋惜，怎么可能答应，“不行，只能给你半个！”

“半个就半个吧。”室友垂涎欲滴地分走了半个虎皮鸭蛋。只能说，不愧是小白每天牧来牧去的鸭鸭们下的蛋，做成的虎皮蛋滋味都这么好。

他们现在去已经晚了，鸭鸭下的蛋就那么多，一半做成了虎皮蛋，另一半做成了咸鸭蛋。

室友看到有人打到了咸鸭蛋，一掰开，里头的蛋黄也是红亮流油的，浓香四溢啊，搞得他口水直流，深深后悔自己消息不灵通，早知道刚才打一个虎皮蛋再打一个咸鸭蛋了。

好在鸭鸭们能常下蛋，比限时供应的玉米稍微好点儿。

汉斯这时已经搞定了剩下的一个虎皮蛋，继续品尝起其他菜，一道清炒空心菜又把他给惊着了，毫不油腻——或者说每道菜其实都不油腻。

纵然喜欢华夏美食，汉斯也得说，华夏菜和他们的烹饪习惯不一样，炒菜居多，很多外国人会觉得太油，但是这些炒菜清爽极了，油量恰到好处，分寸掌握得极好，让汉斯觉得这才是华夏炒菜最正确的打开方式。

“哥们儿，我去过好几座城市，吃过粤菜、川菜、浙菜……”汉斯吃得肚儿圆后，忍不住问室友，“但是，我们今天吃的都是什么菜系？”

虎皮蛋他可以辨认出来，其他的菜他拿不准。

室友听了，想了想说：“嘿嘿，这个是食堂菜。”

“食堂菜？我怎么没有听过？八大菜系里有这个吗？还是哪个菜系的别称？”汉斯觉得可能是自己华夏文学得还不够深。他知道华夏语言中一个东西可能有很多种表述方式，还不包括方言。

室友正儿八经地说：“不、不，这个是华夏第九大菜系，只有在各个单位的食堂里才能吃到。”

“原来是这样！”汉斯点头，看来他知识点学漏了，华夏菜系应该有九种。

过了两天，室友看到汉斯一脸生不如死地回来：“哎哟老汉，你这怎么跟推半天车似的？你不是去吃饭了吗？怎么，食堂人太多挤的？”

汉斯幽怨地盯着他看。

室友摸不着头脑：“到底怎么了，这个表情，我踩你的脚了吗？”

汉斯伤心地表示这几天他把食堂的菜试了个遍，意犹未尽，想到室友提到的食堂菜系就怦然心动。

他们这不是在大学城嘛，旁边还有好多学校的学生食堂呢，那岂不是有更多更多未品尝的食堂系美食在等待他？

于是汉斯就跑到别的学校食堂去蹭人家的大锅菜了。

而且汉斯去的还是南海理工大。

这么说吧，在整个大学城，唯一有旧年“C大五虎”遗风的就是南理工食堂了。更重要的是，听说因为画风近似，一食堂原来的老板竞标失败后，就跑到南理工去了……

汉斯：“你这个骗子。”

室友呆了五秒，才爆笑出声：“我的妈呀，哈哈哈！”

这都什么年头了，一食堂改革得都上热搜了，居然还有C大学生能吃到黑暗料理，这才是珍稀事件啊！

他一想这老外得意扬扬、满怀期待地跑到南理工食堂去蹭饭，说不定还喜滋滋地看到那边排队的人没那么多，就笑得肚子都疼了。

汉斯站在一旁更加幽怨了。

室友一边爆笑还一边特别缺德地把汉斯的表情拍下来发朋友圈：“我单纯的室友听我说一食堂卖的菜属于食堂菜系后，就跑到南理工食堂去，想尝试一下同属食堂菜系的其他美食。现在他是这个表情。”

配图里还放了一张汉斯刚到寝室时，他们一起拍的合影，笑得阳光灿烂，和现在形成鲜明对比。

不出意料，室友收获了一大堆“哈哈哈”的评论，汉斯也直接在学院乃至整个学校出名了，大家都知道有个老外研究生追寻美食路上发生的惨案了。

连隔壁南理工的学生都听说了，差点没笑死，他们羡慕C大还来不及，这什么倒霉老外，运气也太差了，追寻食堂系美食也就算了，大学城那么大那么多食堂……你偏偏来我们南理工？

此事被评为C大本月搞笑事件前三，没办法，实在太可乐了。

崔老板都那么努力了，你作为一个C大学生居然还能吃不好！

LJJ公司内，对最新一集的崔栖潮校园秀该怎么剪，林琳手底下的团队产生了分歧。

主要矛盾就在崔栖潮那句“我不要女朋友”，制作团队在看到这句话时险些心梗发作不提，这句话到底该不该剪呢？

放出去会不会让观众也心梗？

眼看着大家争论得不可开交，林琳拍板下决定：“放进去，这句不要剪了！”

其实林琳也有点忐忑，在刚听到这句话时，她是有点想吐血的。

在虚拟位面的崔栖潮不知道，林琳特意在播放页面下开设了竞猜，以提高观众兴致，内容就是崔栖潮什么时候谈恋爱。

现在弹幕上也是各种议论竞猜时间的。

不过，深思熟虑之后，林琳还是抱着撑死胆大的饿死胆小的心情将这句话放进了节目里，还是个特写镜头，崔栖潮淡淡地说“我不要女朋友”，接着把旁边猫都呆呆的镜头也剪了进去。

这一集播出之后，弹幕果然爆炸了。

你是真的不想谈恋爱啊，我早该明白的啊！

哦，我早就知道了，肯定会这样。

我不听我不听我不听！我不要听啊你快收回去！

崔栖潮你不！是！人！

我一个爆哭，如果连谈恋爱的希望也没有，那么校园标签存在的意义……就真的彻底没有了！

……

于是，观众们一边狂翻白眼，一边转头把这秀推荐给了更多朋友，毕竟有福同享有难同当才是真朋友。

第 23 章

# 万众瞩目的辣椒

一般来说，学校旁边的外卖员总是特别多，南海市大学城每到饭点，就能看到穿着制服的外卖员骑着摩托车，浩浩荡荡地穿梭于学校、饭店之间。

毕竟不是每一间学校食堂都是 C 大食堂，C 大现在到了饭点，基本是看不到什么外卖员的。甚至因为 C 大食堂在旁，造成了学生们心理上的极度不平衡，更不乐意去各自学校食堂吃饭了，客流量极速下降。

外卖生意红红火火，各家学校食堂都郁闷了，最近纷纷挂起横幅、广告条，在论坛上发帖，号召学生们回食堂来吃饭。

大学生们拍照对比各个学校的横幅，不外乎什么鼓吹食堂价格便宜，食材用料干净之类的。

除了南理工，其他学校食堂其实还真挺委屈的，他们的菜也没有暗黑到以前“C 大五虎”那个地步，不就是被比了下去？这也不是他们的错啊，谁能跟 C 大一食堂似的亏本做买卖啊？

其他学校食堂客流量有没有回升暂时观测不出来，但这个时候，有人发帖：

我去，C 大也挂横幅了……

什么，C 大也挂横幅？有没有搞错，你们食堂生意都好成什么样了，还号召个什么劲儿？嫌客人不够多？那不如开放给我们进去吃好了！

等到上了图，大家再仔细一看，横幅上写的原来是：

一食堂菜虽好，外卖也有佳肴，南北特色汇聚，何必排队烦恼。

这是 C 大一食堂挂出来的吗？太拉仇恨了吧。

莫名为我们学校食堂感到心酸，他们在挽回学生，一食堂却在劝学生去外头吃……

居然能够理解，看过他们食堂排队的照片，我的妈，抢个玉米棒子队伍排到门外去了。至于吗？

楼上啊，上一个问“至于吗”的人被 C 大的人约去喝了一碗白粥，说了三天真香。

你懂什么？这是你楼上的计谋，待会儿万一有C大的人约他去啃玉米呢？

连外校的人都知道了，C大学生怎么可能不知道，路过横幅的人都要驻足看一会儿，笑骂：“我才不吃外卖呢！”

一食堂的叔叔阿姨们是觉得太辛苦了吗，想要把他们赶去吃外卖？

好像有可能啊，现在五大食堂每天的接待量都是满满的，从三餐外加夜宵，学生都乐意在食堂解决，尤其是一食堂。食堂上新菜的时候，窗口前的队伍基本和高峰期地铁一样拥挤。

就是不知道有没有单纯的学生真跑去吃外卖。

反正很多人意志坚定，就不，他们就要在食堂吃。

有人拿着横幅照片去一食堂问了，食堂的人一脸莫名其妙：“我们没有挂过这种东西啊，最近是越来越忙，但是我们老总说要引进一些机器来分担。”

学生们哗然，居然不是一食堂贴的？那这是怎么回事？

这里面一定有一个惊天阴谋！到底是校门口的卤粉店设计的，还是小吃街的麻辣香锅店？

舆论把保卫处给引来了，查了一下学校的监控，这才发现是几个无聊的新闻系学生，晚上拎着横幅偷偷挂上去的。

被查出来后，他们也老实认错，自称只是因为最近大学城的风气，想开个玩笑。

一破案，全校师生都无语了。

太搞笑了，这是什么操作啊！

坚决不信是为了好玩，我看就是想劝退其他人。

世上竟有如此厚颜无耻之人！这是恶意竞争！

什么鬼，把我们骗去吃外卖他们就不用排那么长的队了？

其实我怎么觉得他们说得也没错呢？最近旁边的烤鱼店还在打六折，还有南海大学那边新开了川菜馆……

对，还有后面的粤菜，不是也很受好评吗？

哇，说得我都流口水了，都约起来吧。

……

一时间，整个帖子里都是约饭的人。大家频频回忆过去曾给他们带来希望的外卖，那时候，“C大五虎”还在校园肆虐，黑暗笼罩着整个食堂。

他们一度遗忘了外卖，也不再光临各具特色的小店，不再分享打折券。

现在他们又想起了外卖，决定偶尔也要换换口味，吃点食堂没有的饭菜。

第二天，同一个帖子。

你们这些骗子，吃烤鱼的，吃川菜的，都给我滚出来，为什么今天还是在食堂看到你们了？

还真以为你们这些家伙不去食堂了，谁再信谁是大傻子。

好坏呀，全都是说给别人听的啦！

在崔栖潮的培育之下，露地栽培的改良辣椒也都成熟了。试验成果和棚内栽培有些许出入，但波动也不是很大，CX 七号的表现也和棚内一样十分均衡。

他心目中对 CX 七号比较看好，也特意多种了一些，再大面积种一批，留出种了，从中选出良种，根据之前约好的，发给了各个省份的网友。

崔栖潮想到那个家里种辣椒的学生孟畅，特意在遇到他的时候拿了一包辣椒籽给他："这个是我自己选育的辣椒籽，你拿去给你爸爸试种吧，质量是不错的。"

外头贴的标签还有 CX 七号的数据，孟畅惊了："好，谢、谢谢崔老板。"

"我要谢谢你，之前你给我推荐了'小农问答'。"崔栖潮说道。

孟畅如果不是提问是不会上"小农问答"的，就算上了，也是问完问题就溜，不会多加浏览。而且说实话，他下的 App 不止"小农问答"一个。

听了崔老板的话，孟畅有点好奇起来。

崔栖潮送完种子后，他那个送种的帖子直接就成了直播帖。

领了种子的网友纷纷在帖子里记录自己的种植情况，互相对比。崔栖潮也很关注，随时出来关心一番，指点如何种植。

但是崔栖潮并没有插手太过，得看看在没有绝对良法的情况下，单凭良种，这些辣椒的收成如何。

结果当然非常惊人，CX 七号的病株率低，具有极高的抗病能力，崔栖潮送去的还是自己筛过一遍的良种。试种的都是经验丰富的农业从事者，内行看门道，一上手就能感觉出不同。

而且根据大家互相对比，CX 七号在各种环境下的适应能力也极为良好。无论在露地还是大棚、温润潮湿的南方或者干燥的北方、高海拔的山地还是低洼的盆地，都展现了优秀的存活率，很适合露地栽培，完全可以节省很多大棚搭建成本！

单这些点，和崔栖潮在开头所说的完全印证，接下来就是最重要的产量了。

CX 七号每平方米撒播种子五克左右，根据崔栖潮的数据，植株能够长到五十多厘米，挂果极多。

现在市面上普遍辣椒亩产在五百到一千公斤左右，崔栖潮用来做对比的辣椒品种在精心照料的情况下亩产最高纪录是三千八百公斤，而 CX 七号在实验中的产量相比提高了百分之十六。

如果这是真的，那CX七号真的牛大发了！

再说孟畅从崔栖潮那里拿到种子后，上自习时就掏出手机，登上“小农问答”，试着查了一下崔老板。

他一搜真名，居然还真有，签名还是神农后人。

孟畅想了想，这个神农指的不会是神农餐饮有限公司吧？

他再看粉丝数量和点赞数量，巨高！高得不像平时“小农问答”的流量！

怀着好奇，孟畅往下翻了翻崔栖潮的回答。

前段时间微博上有个过程图很火，就是什么华夏人阳台的正确打开方式，孟畅也看了，但是他看到的都是转过几遍了的，来源都糊得不行，原答主名字也被截掉，只剩图片了。

孟畅还真不知道那个阳台图就是出自崔栖潮之手，直到他在崔栖潮点赞数最高的回答里看到了那些图片。

“我的天……”孟畅喃喃出声。

这时旁边的同学听到他念叨，探头过来看了一下：“什么？咦，这不是前段时间那个很火的阳台蔬菜吗？可漂亮了，我们寝室现在也养了一盆火龙果。”

孟畅指了指答主的名字：“不是，你看……”

同学仔细一看名字：“崔栖潮……崔栖潮是谁？有点耳熟啊……”

孟畅：“你仔细想一下，姓崔的、很会种菜的人。”

同学：“难道这是崔老板？”

两人翻来覆去地确认了一下，真的是那个崔老板，他资料里甚至都写了所在地是南海。

一边是一食堂自种菜的倡导者，另一边是网红阳台的主人，虽然都具有相同的特质，可在此之前他们还真没将两者联系起来，这会儿知道后仍觉得有点神奇。

“我还以为崔老板是不上网的，毕竟他都不知道大家在论坛上怎么编派他……”

“呃，本来好像是不大上网的。”孟畅很不好意思地说，是他把这个App介绍给了崔栖潮，当时崔栖潮说去当专家，没想到居然红了。

“等等，这里还有个帖子，送辣椒种？”同学一滑手机，看到一个帖子。

“对啊，我这里还有一包。”孟畅给她看崔栖潮给的辣椒种，“是崔老板自己改良选育的，我爸有块地也种辣椒，他说看我爸要不要种。”

“喂，你为什么这么平淡，你没有想过这是什么概念吗？”同学问。

孟畅想了想，迟疑地道：“这得问我爸啊，送我爸种的。”

“傻啊你！”同学拍他，“辣椒油常年不够就是因为原料缺少，崔老板如果把他的自种辣椒推广到华夏大地，到时候广大椒农都种植崔老板的辣椒，再被有心人加工成罐头，进入超市、便利店贩卖，我们是不是回家、毕业都能吃到辣椒油了？就算中间有什么误差，至少也能保持食堂辣椒油风味的一半吧？”

孟畅：“我天，姐姐你想得够远啊！”

在同学的热烈宣传下，C 大学生很快得知了新消息。

第一，崔老板就是前段时间微博热转那个魔幻蔬果密林阳台的主人（这很符合他的行事风格）；第二，崔老板在研究改良辣椒并在各地试验，未来可期。

和孟畅的同学一样脑洞大的人多了去了，一开始听到第二个消息，有的人还误解了：“什么？崔老板终于觉得 C 大不够他种的了？还在外地承包了地皮吗？”

然后大家才知道，他不是种菜种到外地去了，只是让外地的人帮忙试验改良辣椒。

狂喜淹没了众位同学，上微博惊喜地表示：“今天才知道，之前热转的这张图是我们学校食堂老板家的阳台。我们食堂菜好吃，是有原因的。”

下面还带了定位。

广大网友一看，原来是这么个关系，那个传说中 C 大食堂自种菜的老板、掐着刻度种菜的老板，还在家种了个蔬果密林。

食堂承包公司的名字和注册人都能在网上查到，是这位没错了。因为公司名和签名都带着神农，加上成果惊人，大家也愿意调侃一下：“难怪答主这么优秀，原来是直系后人！”

学生们还爆料了——其实也不算，毕竟帖子就在“小农问答”挂着——老板改良了辣椒种，如果推广，大家就有福啦。这辣椒种的名字还是以 C 大命名的，毕竟是在 C 大研发出来的。

这还在大范围试验中，就引发了网友们的热情，表示要持续关注进展：“请大神一定要研发成功，好造福我们吃不到 C 大辣椒油的人啊！”

有的还问能不能领点儿辣椒籽，他们也在家种。

现在崔栖潮在网上的信誉度又提高了。

一开始崔栖潮是无名小卒，阳台火了后成了（无证）专家，现在爆出来他是 C 大食堂的老板，那就不只是专家，还是产品得到了群众认可的专家啊。

一食堂的辣椒油已经随着食堂出名与美食自媒体的推广在全网都拥有一定知名度了，在南海市本地，也是打败过味之林的。在群众看来，崔栖潮自种的辣椒都那么出色，他的专业知识也得到过认可，那选育出来的辣椒能差吗？

可以说，如果选育彻底成功，推广之前 CX 七号就有了一定市场保证。

后来甚至一度令许多人有误解，认为 C 大即使不是农业大学，也应该有农业专业，否则学校怎么会有人在培育良种？

网友们想领，那些专业人士还想领呢。

可惜这个时候晚了，崔栖潮都送完了，还得等成果出来再看。

还有人特意圈了一下味之林的总店微博，让他们考虑以后辣椒培育成功了，进点儿辣椒做原料。

自从C大一食堂突然原地改革，今年以来，味之林可算饱受摧残，成了一食堂成名的踏脚石，原来还只是一个分店的失败。后来一食堂越出名，他们这个踏脚石的事迹也越出名，要不是C大食堂不对外开放，味之林的老板早受不了了。

现在看到这个消息，味之林的管理人员们沉思了半天，居然觉得建议不错……

经过这些日子的观察，这个神农餐饮公司好像真的并不打算走经营路线，拒绝了各种宣传，也不对外开放。他们的老板把C大都种满了，现在还自己选育辣椒，可能兴趣真的是在农业上。

从这个角度看，他们和神农餐饮完全可以消弭旧怨，寻求合作。

只要崔栖潮的新品种研发成功，也推广出去了，就算种的人多，味之林还有自己的种植基地，可以进行高品质种植不说，还能利用味之林和一食堂之间的故事炒作一波！

他们越想，还真是越不亏……

当然，前提还是崔栖潮那个新品种的研究出成果。

除此之外，一些曾经在“小农问答”上注意到崔栖潮的农业系统人士，也有所耳闻，原来崔栖潮的账号之后真的不是一个团队。

那么，崔栖潮的实践和理论能达到一样的高度吗？这个传说中的CX七号真的可以达到亩产四千公斤以上的惊人纪录吗？

不知不觉，许多双眼睛已经聚焦在了C大，聚焦在崔栖潮的私人辣椒选育工作上。

“小白，帮我把T恤拿来。”崔栖潮话音落下，小白就从猫窝里站了起来，蹿到房间去把崔栖潮的衣服给叼了出来。

送完东西后，小白就地一坐，抬头看崔栖潮。

崔栖潮开节目以来，穿的一直是正装，大夏天都是一身衬衫加西裤。其实倒不是他对正装有什么偏好，而是这个位面身体有的衣服都是正装，他也就萧规曹随了。

至于现在换T恤，是因为他在食堂意见箱里收到了很多建议，学生莫名其妙地提起了和食堂无关的意见，建议老板穿穿日常装。虽然他穿正装很好看，但是这么久大家想换个口味。

崔栖潮有时候怀疑自己“爱民如子”的意识也觉醒了，反正学生们不是太过分的要求他通常都满足，于是换了一身T恤和牛仔裤。

连小白都看呆了。

平时崔栖潮打扮得一丝不苟，好像随时要去上市敲钟，连学生看到他都忍不住喊老师。在小白心目中，崔栖潮更一度是一个衣冠禽兽……

可现在，他换上了清爽的T恤和牛仔裤，头发也在套T恤时被拨乱了，即使表情还是波澜不惊，仍然俊美，但整个人看上去平易近人了很多。

“谢谢。”崔栖潮低头说了一声，“上来。”

小白熟练地顺着裤子爬上去，坐在崔栖潮的肩膀上。

崔栖潮现在对小白比以前真是好多了，小白有的时候都觉得他好像把自己当人，让它办完事后还要说谢谢的。可是态度又很自然，它无从分辨。

崔栖潮摸了一下小白的下巴，小白立刻享受地抬起脸："喵喵。"

气氛一度很融洽、美好。

"小白真是只好猫。"崔栖潮盯着小白看了两秒，忽然道，"等我离开这里的时候，一定和公司提出把你的数据也拷贝走，下个节目我继续养你。"

小白一惊：不，这是违反规定的！

崔栖潮仿佛没有看到瞳孔瞬间收缩的小白，直接奔学校去了。

食堂满是吃早餐的学生，人头攒动，崔栖潮顶着小白在这里看了两圈，看到学生们像鸭鸭吃饲料一样吃饭并露出幸福的表情，他也很是欣慰。

"这位同学，那个……小白能给我们抱一下吗？"后头传来女生的声音。

谁不知道放鸭鸭的小白非常高冷，每天牧鸭，遇到那么多学生，从来没有人讨得它的欢心，连用食物诱惑也不行。

这个男生居然能俘获小白的心，才使得几个女生动念，想和他商量一下，想来男生也不好意思拒绝几个女孩子的要求。

崔栖潮转过身来。

几个女生一时呆了，甚至抽了口冷气，被今天的崔栖潮暴击了。

居然是崔老板！而且是一个没有穿正装的崔老板！

虽然她们的表情有点呆，但心底是弹幕狂涌的。

帅，真的帅，穿便装也这么帅，看起来年龄感都减弱了，难怪被误认成学生。

哇，好想和他谈恋爱！

这段播出的时候，播放平台的弹幕也确实都是一片"恋爱了""我命令你不许不找女朋友"。

崔栖潮摸了摸小白，漠然道："不行，这是我的猫。"

第 24 章

# 千亩诱惑

眼看崔栖潮带着猫扬长而去，女生们发出了喟叹声。

“被拒绝了还是觉得很帅怎么办？”

“再帅也不行啊，崔美人这样会一直单身的吧。”

提起来，崔栖潮在 C 大也这么久了，一食堂一天到晚都被学生包围，有目共睹，和崔栖潮接触最多的女性就是打饭阿姨了。

大家有点想不通，一个正当年的男性，为什么不谈恋爱不找女朋友？

“难道说……崔老板受过什么情伤，或者有特殊的爱好？他把后山刨了，真的不是要破坏情侣吗？”

女生们浮想联翩。

“你们也想太多了吧。”背后一个男生凑过来道，“还特殊的爱好，崔老板的爱好不就是种菜？你俩一人揣个生病了的萝卜去见他，兴许还能得个好脸。”

几人面面相觑，但是又不得不承认：说得有道理！

你看这些天疯传的崔老板在“小农问答”上的风采，给人答题的时候可耐心了，还晒猫。

崔栖潮领着小白去后厨转了一圈，因为客流量一直饱和这个问题，他出资引进了一批机器，尤其是自动洗碗机。

华夏大部分学校食堂没有使用洗碗机的习惯，除了生活习惯不同之外，也是顾及成本，大型洗碗机的成本比较高，一台普通的要数万元。

但是崔栖潮生活的时代不同，他更习惯于利用机械，同时也不会计较那点成本。再说了，现在一食堂的生意好得很。

在谈采购的时候，崔栖潮还关注到了其他智能工具，比如智能结算系统，能够快速结账，省了不少时间。以现在一食堂的拥挤程度，还真需要这些。

崔栖潮采买的时候还问了一下其他食堂的意见，如果一起购买的话，还能打个折。

另外四个食堂考虑到因为这段时间换了菜谱后生意大好，的确也有点吃不消，加上给崔栖潮这个面子，就一起买了。

这会儿在后厨一看，使用的通道式洗碗机，洗完后可以自动烘干、消毒，节省了人力，还提高了清洁质量。

崔栖潮转悠的这会儿，切菜工看到他就喊：“崔总……”

“嗯？”崔栖潮驻足。

切菜工：“是这样啊，小白不是也这么大了嘛，学校后面那个超市的老板也有一只小母猫，问能不能和小白配一个。她知道小白能牧鸭咧，还说家里头的院子也养了些鸡鸭，小白的孩子说不定也能牧一牧……”

就崔栖潮这个条件，学校女生们上心，这些员工也很上心啊，但是他们不大敢给老板介绍对象，一腔热情就灌注在了小白身上。看崔总一直没给小白绝育，说不定养猫观念也比较随意，那完全可以串一窝出来。

切菜工还道：“这个小猫下了，一般来说会留一只给公猫家里的。”

小白惊恐：不但要拉它去配猫，配完生了孩子还要送一只新猫过来……

小白在崔栖潮的衣服上抓了两下，整个绕着他的脖子，身体紧绷。

切菜工一看笑了，这猫还真是机灵，好像知道他们在谈论它。

崔栖潮看了小白一眼，小白被这一眼看得心头一凉，又出现被看穿的感觉了。但是下一秒，崔栖潮只是淡淡地道：“再说吧，不会特意给它找对象。”

“哦……”切菜工哈哈两声，“也是，小白这白天散养的，说不定哪天就自己遇到喜欢的小母猫了呢。”

崔栖潮离开后，像是自言自语又像是在说给小白听：“公猫发情的时候，很多是到处撒尿，号叫不停，家养会非常困扰。因此，要么配母猫，要么送去绝育。”

小白瑟瑟发抖。

两条路它都不想选。

“但是我相信小白的自我管理意识这么强，一定不敢到处滋尿的。”崔栖潮露出了一个非常淡的微笑。

小白差点想点头了，到底只是跳到桌上一翻肚皮，娇气地“喵”了一声，主动求摸。

但是崔栖潮只是看了它一眼，就低下头，温和却坚定地道：“对不起。懒得洗手了，不摸。”

在知道崔栖潮成了“小农问答”上的专家之后，孟畅还有什么可犹豫的？立刻把种子寄回家里，让父亲试种一下。

孟父不会用 App，是比较传统的农民，科学种植还是后来在农科站的知识培训讲座上入门的，也算尝到了先进技术的滋味。

孟父明白了一个道理，现在已经是拼技术的年代了，有技术才能研发出更先进的农业机器，选育出产量更高的良种。

但是现在，摸着那包辣椒，孟父都有点不确定，对着电话那头说：“我去年进的种子也是新型的，产量也就快两千斤，你这个产量真那么高？四千公斤往上，你知道是什么概念吗？”

“这是专家研究出来的，”孟畅强调道，“但是如果你不精心伺候，可能产量会低一点。”

“低一点？就算减半，只有两千公斤，也很夸张了！”孟父对辣椒数比较敏感，几乎能想象出来两千公斤辣椒堆在一块儿是什么模样，比他往年收的辣椒要多上一倍有余。

因为这个，孟父还特意去农科站问了一下他们的人，有没有辣椒达到产量四千公斤的。

人家还讨论了一下，告诉他现在最高纪录好像就是接近四千公斤。在非常科学的种植环境之下，使用高产量的良种，确实可以达到。

孟父这才回家播种了，没有 App，也就无法在帖子里和大家讨论，完全是靠自己的经验。所幸播种之后，他并没有遇到太大的、需要让儿子上网或者到农科站去咨询的问题。

以往，孟父种的辣椒得过炭疽病、辣椒疫病等，一旦发病了，甚至可能绝产。而这个种子抗病性非常强，相同的生长条件之下，肉眼可见地比以前所见的辣椒种子要健康茁壮，长势特别旺。隔壁地的邻居过来看，都说他这辣椒一看就能挂很多果。

俩月下来，辣椒苗“噌噌”长到了五十多厘米，开花时就能看出来产量绝对高，只是还不能确定具体斤数而已。

等到开花后再两周，结果了，辣椒慢慢上了色，红通通的，又饱满，看着就让人特别有食欲，品相极好。一只辣椒有七八厘米长，密密匝匝的。

孟父天天往棚里跑几次不说，附近同样在种辣椒的邻居也都好奇地来看，问他上哪儿买的种子，怎么这么能结果。孟父特别得意，说这是他儿子从专家那里得的，特意给寄过来的咧！

因为崔栖潮那边和孟畅说过，希望他们种完反馈精准的数据，这辣椒能收几次，孟父还特意仔细算过数了。

他这露地栽培，也不是特别精心，产量竟然高达三千六百公斤！

孟父摘了一把回去爆炒了个鸡胗，就随便加盐、酱油什么的腌了一下鸡胗，然后加上辣椒下锅爆炒，炒熟了鸡胗为止。

结果端出来一吃，没防备这个辣度，都呛着了，简直又爽又辣！他年纪大了胃不是特别好，都不敢单吃辣椒了，夹着鸡胗吃吧，这鸡胗切薄片炒香了，又沾染了 CX 七号的辣味，有些嚼劲，一口下去香辣味就透出来，刺激得口水鼻涕一起流。

他本来打算做个下酒菜，喝点小酒的，结果辣椒炒鸡胗一下肚，酒没喝几口，大米饭倒扒了两碗，还张着嘴直喘气。

虽然嘴里辣得不行，但孟父心里头高兴啊。

他之前种的那个品种的辣椒，质量远不如这个 CX 七号，今年卖给收购商大概一块五到两块一公斤，就这辣椒的品质，辣味浓品相又好，按他的想法，怎么也能卖到五块钱一公斤吧？

一年能种两次，那一亩辣椒的毛利润一年有三万六千块！像买种子、肥料之类的，也就是两三千块钱的事，只是小头，这还是一亩，他家还有两亩地，如果都换上这种辣椒呢？

换在之前，三亩地一年的收入撑死也就是万把块钱。

孟父想着想着，特别心热，恨不得立刻就让儿子去问一下专家，这辣椒种以后怎么买。

孟父会算这个账，他的邻居们也会，这些邻居看他的产量高早就眼热了，结果后不少人跑到他家来弄两个辣椒回去尝，也被味道给惊艳了。

随便和什么菜爆炒，加进去提味，爽辣得很，要吃不了太辣，放那么几小片就够了。

这个 CX 七号产量又高味道又好，怎么没让他们遇到那专家送种子的好事？

大家都问了起来，这种子具体什么情况，要是成本不是太高，那他们也想一起种啊。孟父倒不会觉得如何，一个村的人一起种一样的菜是常有的事，也好和采购商谈。

现在唯一的问题就是，专家什么时候能正式推广 CX 七号。

除却孟父，其他试验田也捷报频传。

崔栖潮收到消息，在气候比较适宜辣椒生长的地区，CX 七号表现出色，亩产最高纪录冲到了四千六百公斤，最低的也没有低于三千五百公斤的，加上生长期间的表现，整体可以说大获成功。

其中一个种植者说，他认识的收购商去他那里看菜的时候也尝了一下这个辣椒，当时就表示，这个品质、这个色香味，不谈网上怎么议论，也愿意出八块一公斤的价格收购。

这个价格比孟父那边预估的高上许多，也就是说，按照这个价格他一年种两次，三亩地的年收益能有十多万！

得知这还是实验产品，没有大规模种植后，收购商都特别可惜，特意问了品种和研发单位，打算以后重点关注。

崔栖潮的直播帖很多人在关注，采收期过后，所有数据一汇总，好些人坐不住了。

私信几乎把崔栖潮的站内信箱冲爆，有求购种子的农户，这一类是最多的，有想谈合作的各类农业公司、收购商，尤其是种业公司，多得崔栖潮根本回复不过来。

还有把电话打到崔栖潮的办公室来的，都不知道从哪儿得知他的电话号码的。

最有门路的还得数南海农科院的蔬菜研究所，他们是直接通过崔校长联系到的崔栖潮，他们知道崔栖潮是单干，想问他会不会自己成立种业公司。如果会，那么以后大家也可以合作。

他们是通过自己的渠道拿到了一点成品的，可以确认崔栖潮在发种时承诺的品质全都呈现了出来，甚至有超越。

私人选育，规模那么小，能够达到这个成果，实在太惊人了。就算说是专业研究院或者种业公司选育出来的，大家都信。

他们还问到了崔栖潮独自研究这个品种多少年，崔栖潮没好说真话，因为正常选育工作要持续好几年，他只用了一年不到。

“还有一个问题，崔先生，你这个 CX 七号能申请多少项专利？”蔬菜研究所的人问。

崔栖潮：“不知道，还要申请专利？”

研究所的人急了：“当然要啊！你为什么不呢，赶紧准备啊！”

崔栖潮对这些流程并不是很清楚，甚至可以说并不怎么上心。

崔栖潮基本是被这些老打电话催他的人赶鸭子上架般的去研究了相关内容。

与此同时，很多学生、网友知道了崔栖潮的试验大获成功，同样在催促他，不早点推广大家怎么能吃到 CX 七号？

过了几天，蔬菜研究所的人亲自登门了，崔校长也在场。

“崔先生，你好。”来者是研究所的研究室主任，寒暄了没几句就道，“其实我走这一趟，目的很简单，是想诚挚地问问你有没有兴趣加入我们的研究所？”

崔校长的脸色稍微变了变。

研究室主任的目的确实很简单明确，其实现在不少人注意到了崔栖潮，不是那种一连发表很多论文的突出法，而是他的辣椒商品性太强，大家没有办法不注意。

如果这样一个人才加入，能够多出多少课题、申请多少经费、获得多少农业科技奖？

崔校长干笑着道：“等等，杨主任，你事先没说是要邀请我侄子啊。”他还以为只是想谈合作、参观一下菜地之类的。

杨主任扶了扶自己的眼镜：“这个还需要说吗？令侄这么优秀，不邀请才是不尊重吧。”

这话崔校长没法反驳，但他还是无法想象侄子以后一直从事农业研究工作，可是连新品种都研究出来，研究所也上门了……

一开始崔栖潮在学校里种菜的时候，甚至在菜色大火后，崔校长都没有想到有今天！

他觉得有点不知道怎么去和哥哥说：“那个……不是，我侄子不是农学专业的，他学的是金融专业。”

“跨专业研究，还能有这样的成果，说明是天生的料子。”杨主任感慨道，“我也看了你在‘小农问答’上的发言，底子很扎实，不过就是少了学历证书而已，咱们都可以想办法，走聘用。”

崔校长忽然想到，这件事还是以崔栖潮本人的意愿为主，连哥哥嫂子都拗不过侄子的。

而出乎崔校长意料的是，逮着点空隙就要在学校种菜的崔栖潮竟黑着脸拒绝了：“不、好、意、思，我并不想去其他单位。”

“为什么？”杨主任皱眉道，“你是觉得我们研究所的条件还不够优越吗？小崔，我们所里现在还准备在南山新建一个占地面积大约一千六百亩的实验站，主要就是开展茄果类研究工作。育成新品种，通过省级以上审定、鉴定的就有六十多种。在全省范围来说，也是系统里比较有名气的研究所。”

崔栖潮：“一千六百亩啊……”

他单听到这几个字了。

杨主任以为他在意的是工作环境：“对啊！地方是偏了点，但是清静对不对？你看你们的大学城也在城郊。而且，我们还有别的园区和基地呢。”

杨主任可以清楚地看到崔栖潮的眼睛瞬间亮了起来，让他感觉到这就是搞他们这一行的人的眼神。虽然单看外表气质，很多人大概会觉得小崔不像是做农业科研的人，但他感受得到对方眼里的热忱。

但是没等他高兴很久，崔栖潮眼里的光又暗淡了下去，崔栖潮蔫蔫地道：“可能要拒绝您的好意了，我目前的重心还是放在食堂工作上。”

杨主任都呆了一瞬：“我记得，网上不是说你更喜欢种植，而不是美食吗？美食节目你都不愿意参加。”

崔栖潮这会儿心里也很难受，要拒绝这份工作，用尽了他毕生的自制力，他沉着声音道：“对，我对美食也没兴趣，无论改良菜色还是选育品种，都是为了把食堂办得更好一点。”

杨主任：“……”

崔校长：“……”

世界之大，无奇不有。

杨主任用这句话安慰了自己很久之后还是无法接受，决定相信只是因为崔栖潮以后要回去继承家业，这个理由要靠谱多了！

忍痛拒绝了千亩诱惑后，崔栖潮在崔校长异样的目光下又和杨主任谈起了代理协议。

他可以和一到两个单位签署代理协议，比如蔬菜所和一直很有诚意地找他的某个种业公司，把试验挂在他们名下，然后由他们去进行申请专利、新品种审等工作，乃至最后的种子推广。

比起程序工作，崔栖潮更愿意把时间放在菜地上。

这让崔校长内心有了和杨主任差不多的想法，可能侄子最后真的还是会回家族企业去工作。反正他是难以置信崔栖潮对食堂工作有那么大热情的，崔栖潮听杨主任说到基地的时候眼里多有神采啊——而且他甚至连其他四个食堂都没兴趣吞并！

而崔栖潮所提的属于又得名又得利的好事，哪会有人傻到拒绝。当然，如果项目移交到蔬菜所和种业公司后，他们还要申请审定，进行各种试验，只要验收后成果依然喜人，通过审定，那么大面积推广起来就方便了。

最早明年，CX 七号就可以出现在市面上。

崔校长坐在办公椅上和哥哥嫂子通电话，聊了聊崔栖潮的近况，谈到他选育的新品种得到各方关注，还拒绝了蔬菜研究所的邀请。

崔父喜出望外，上次崔母去探望崔栖潮后，回来带了一车的菜，逼他每天吃。他几乎都接受崔栖潮可能一直待在学校的事情了，现在竟然峰回路转。

“嗯，我觉得栖潮还是有分寸的，在学校忙忙碌碌，看上去心情也好多了。”崔校长和兄嫂聊完，刚挂了通话，就看到校长助理进来了。

助理手里拿着一张纸，脸上表情还带着点犹豫、迷茫：“崔校长，刚才市招商局打电话过来了，据说一周后会有一个外省投资商考察团到南海来。”

崔校长头也不抬：“是吗，想在大学城这边搞项目吗？需要进校参观的话，你就安排一下。”他说着又觉得好笑，“这种事特意和我说什么，不会是还要我参与接待吧？”

助理看了一下纸上写的提要，干咽一下口水说道：“不是，他们说，想把接待餐安排在食堂，一食堂……”

崔校长：“什么？”

助理也觉得很诡异，实际上从刚才打电话过来的招商局对接人员语气的来看，好像对自己所交涉的事情同样感到有点诡异：“就是，好像是考察团那边主动提起的，说想品尝一下当地著名特色美食……”

第 25 章

# 最大赢家

听过考察团要吃山珍，听过考察团要吃海味，就是没听过考察团要吃学校食堂的！

即使知道一食堂出名了，崔校长仍是有点难以理解，总算知道为什么助理刚才进来后表情那么复杂了：“那就……安排？”

助理一点头，为难地道：“有个问题就是，他们指明了一食堂，一食堂上头倒是有可以做包间的地方，但是这个菜怎么上？招商局那边含含糊糊的，让我们准备些经典的，可是，食堂的经典不就是……大锅菜？

“咱们的大师傅，也没有什么大酒楼工作经验，顶多给提升到小炒档次吧？就这个小炒，您看是不是还得和崔老板提一句？”

崔栖潮太严格了，严格得校长助理都不敢往大了想，只敢想想小炒的事。

崔校长也了解，助理顾忌的是崔栖潮那边。C 大谁不知道一食堂的老板在学校横行霸道，想到哪儿种到哪儿，给过谁面子啊……

“我会和栖潮说一声的，这个事情还是要支持的。”且不说学校和市政府方面的关系要顾及，崔校长活到这个年纪，知道体谅别人，就算不体谅考察团，也得体谅一下招商局的同志。

搞个接待不容易，没违法没腐败的，就算做小炒，也不过分吧？

崔校长去找崔栖潮的时候，崔栖潮正在给小白梳毛，最近宠物医院给他推荐了一把据说好评度很高的猫咪专用按摩梳。

小白瘫在桌上，任崔栖潮把它翻来翻去，像张猫饼，已经毫无抵抗能力了。

崔校长看着他撸了半天猫，心想我侄子真有爱心，然后把来意说了。

崔栖潮对别人可以不客气，但是崔校长的面子他一定要卖，就这满校园的菜地，还是崔校长纵容出来的。

不过他听完后，却说：“叔叔，他们不是说要当地著名的特色美食吗？”

崔校长：“对啊。”

崔栖潮：“接待可以，但我们的特色就是大锅菜，如果做成小炒，岂不是不太尊重对方的意愿？”

崔校长也是想到人家可能就要吃个原汁原味，所以连让食堂开发新菜色都没说，只说单独炒一盘儿，没想到崔栖潮更狠，说小炒也过了。

“菜色，我认为按照当天的供应就行了，这不也是特色之一？”崔栖潮淡淡地说道，“但是，看在叔叔你的面子上，我也可以给一个非常特别的优待。”

崔校长好奇起来，他是知道的，崔栖潮在后山还种了人参，当然，人参肯定没这么快熟，但是崔栖潮是不是有其他特别的食材？能够一下子提升档次？

崔栖潮说：“我可以杀一只鸭。”

崔校长只要出去转一圈就能知道这只鸭有多难得，不知多少学生盯着呢！每天的蛋都是有数的，只有幸运儿才能吃到，更别提鸭肉了。

崔栖潮肯杀只鸭子，真的很给面子，都是当过年了。

招商局的人一听反馈也呆滞了很久，上下商量，开会时还专项讨论了一番，最后决定听 C 大的意思。

这波投资商是他们好不容易争取到的，考察之行非常重要，局里特别重视，如果完成了，今年不但能完成任务，还轻松超过很多。所以他们在招待上也绞尽脑汁，谁知道那头专门提出要去 C 大吃食堂。

一群人想了半天，说不定人家就是要返璞归真一下呢？

考察团到的那天，接待组的人就把人领到了食堂去。这时候正值学生打晚饭的时间，考察团的人从旁边的楼梯——没错，一食堂只有货运电梯——上到顶楼，进了单间。

然后，连个专门的服务员都没有，一楼的几个打菜阿姨端着托盘进来，把菜往桌上一放，就忙着回去打菜了，临走前还回头大大咧咧地说了一句：“啊，对了，领导，我们崔总说要是不够吃了喊我，再给你们续上。”

打菜阿姨走了后，屋里的投资商之一端起杯子：“呵呵，朴实，挺好的。”

“对、对，真诚，热情！为了诸位，咱们 C 大食堂还特意做了一道菜，就是这个口味鸭，鸭子是自己养的。”招商局负责接待工作的王京抹了把脸，尽量把一道鸭子夸出鲍鱼的感觉，都没好意思说一食堂是看在校长的面子上才杀的鸭。

C 大食堂出名，他也知道，但在他的概念里，再好吃，那也是食堂菜啊，就算现在的确很香，他的内心深处还是觉得档次不一样的。眼下他也是为了迎合投资商，揣摩他们的心理，感觉是吃多了大鱼大肉，要来点朴实的土菜吧。

“哦？”投资商点了点头，一脸微笑，说道，“那可真是难得，我对 C 大食堂菜可是耳闻已久，我儿子都跟我说过想考 C 大（众人好像忽然明白，他为什么点名吃 C 大了），不过大多是自种蔬菜最受褒奖，自己养的鸭子不知道怎么样。来，动筷动筷。”

投资商夹了第一筷子，其他人也陆续下手，因为刚夸过是重点菜，都去夹那鸭子。

这道鸭肉里头加了不少料，什么八角、大蒜、生姜，还有干辣椒，这辣椒是用 CX 七号晒干出来的。一大盘鸭肉炒成了酱色，夹杂干辣椒的红色与生姜的黄色。

单论卖相，其实比较普通，什么装盘、点缀，通通没有。相比在其他高档餐厅，人家恨不得餐具都是纯金的，每道菜做得十分精美。

但是鸭肉入口，立时就不一般了。鸭肉一丝鸭子特别的腥膻也没有，反而被翻炒得极香。肉质特别肥美，连皮的肉火候刚好，软得刚好，不会嚼不烂，瘦肉干一些却一点也不柴，油滋滋的。

适量干辣椒的辣味恰到好处，与鸭肉的鲜香掺在一起，多了几分刺激，让人口水长流。

投资商把鸭翅膀夹来，这连骨的肉更是好吃，几口把肉咬出来，骨头的筋也啃下来，特别香脆。皮是滑嫩浓香的，比里头的肉的味道更加重，让人食欲大开，非常有吃米饭的冲动。

投资商平时吃主食有些少，这时也忍不住装了一碗米饭，还往上头浇了一点汤汁，这下米饭也喷喷香了。

头三分钟，愣是没有人说话，全都在啃鸭肉。

投资商抽出空来，感慨道："好像很久没有吃得这么爽快了，这个辣椒是不是就是很出名的那个辣椒？炒鸭肉很合适啊。"

没有什么花样，就是一盘爆炒的口味鸭肉，让他吃惯了天下美食的口舌再次活跃起来，有了久违的对美食的享受。

"没错，这个辣椒叫 CX 七号，因为在 C 大培育出来的，已经在搞审定工作了，说起来，这还是没上市的新品种。还有，姜好像也是自己种的，都是原汁原味。"王京来前特意准备过的，知道他们对一食堂感兴趣。

他也算是自打脸了，这会儿被一食堂的菜迷住，看一大盘鸭肉几分钟就只剩一半了，起身道，"我去请食堂再上一盘鸭子。"

"哎，好、好！"没人会不同意。

他走出去，叫住一个阿姨，请他们再上一盘鸭子，要自己养的那种，不要市场上买的。

"什么？我们崔老板说了杀一只鸭子啊，没有多的了。"阿姨说道。

王京："不是，这边不够吃了。"

阿姨："那也没办法了，而且现在鸭子都出去了，到水塘那边散养去了，抓不到咧。"

王京知道这里的老板是谁，又没办法，一咬牙道："那就普通的鸭子吧。"

回去之后，大家已经在品尝其他的菜色了，他都没好意思说自己刚才被断然拒绝了。

因为投资商也提到了蔬菜，刚才又都专注鸭肉，这会儿也开始吃点蔬菜。这里有蒜蓉菠菜、腐乳空心菜、韭菜鸡蛋等，主要原料基本都是一食堂自种的。

菠菜除了油盐，只放了蒜蓉而已，味道极香，鲜嫩的菠菜叶炒出来极为香滑，好像刺溜一下就进嘴了，"咔嚓咔嚓"咬几口，又爽又甜。

这都不知道是怎么种出来的，没有土腥味，不干不涩，从菜杆子到菜叶，通体水嫩清甜，加点儿蒜蓉、盐快速炒出来，一目了然，怎么想这道菜总体费时也不会超过十分钟。完全就是原料好，简单的烹饪方式更能凸显这一点，这简直就是优点被放大了十倍，缺点通通拉去枪毙后的成品。

现在也时兴什么绿色蔬菜，可是拉到这盘菠菜面前一比，那就不是绿色蔬菜，是草——几乎每一个吃了一食堂自种蔬菜的人都会有类似的感慨。因为这些蔬菜的确颠覆了他们的认知，过分好吃了……

一边吃，王京还要装作很了解的样子介绍："这些都是学校后山种出来的，运用了非常科学的种植方式，每天都会检测相对湿度……"

大家听着王京介绍，更觉得这顿饭没吃错。

投资商都忍不住说："难道这里的老板没有开餐厅的意愿吗？我听说他平时都不接待外客，只让学生吃，这些菜卖三块钱、五块钱，他心里不会觉得不值吗？"

别说了，还接待外客，他连两只鸭子都不肯给我们杀。王京心里想着，说道："这个我倒是隐约知道一些内情，这里的老板崔先生，是C大崔校长的亲侄子。崔校长的全名呢，是崔介卿。"

投资商瞬间恍然，崔校长的家族也是很有能量的，他那位亲兄弟也是商界人士，投资商虽然没有接触过，但知道名号。如果这里的老板是崔家的子弟，那就难怪了。

他沉吟片刻，说道："那这顿饭我们要更为珍惜了，以后不知道还能不能吃到。"

在他看来，这应该只是那位小崔先生的一点兴趣，所以也不在意盈利，谁来都不对外开放。人家指不定什么时候就撒手不玩儿了。

他原本还想把老板叫来谈一下资助开店的事情，现在还是免了吧。把崔栖潮喊来感谢也不太合适，显得人家在服务他一般。

想了半天，投资商决定回头请中间人介绍认识一下崔栖潮的父母，借这个事情拉近关系，那要都是朋友，不对外开放，总能对朋友开放吧？

头一次把心机用在吃上头的投资商扬扬得意地摸了下肚子，继续开吃。

一顿饭下来，酒是没怎么喝，饭没少吃，都吃了个肚儿圆，险些忘了要养生不能吃太饱。

盘子里已然不剩什么菜了，只有后来上的第二盘鸭子还剩了点，大家统一认为这盘虽然也不差，但是有珠玉在前，就逊色了。

看着残局，投资商忍不住拿出手机拍了张照发朋友圈："这一顿饭，价格你们绝对难以想象。宾主尽欢，光盘了。"

王京也很满足，就算没有这条朋友圈，大家也已经用实际行动证实了他们对这顿接待餐非常满意。

就这顿饭，堪称王京入职以来性价比最高的接待餐！

投资商也是国内比较有名的商人了，朋友圈里老多人，大家给他点了赞，在评论里问是哪里，还饶有兴味地猜测起来。有猜价格的，一个比一个猜得贵；有猜餐厅的，一个比一个猜得规格高，就差没怀疑他是去吃了龙肉。

估计是有人截图同人讨论了，这传来传去，竟传到了公共网络上。

富豪某某发朋友圈称吃了一顿价格难以想象的饭，你觉得是多少钱呢？

下头的评论也被截进去了，那些讨论的价格就够高了，投资商还要回复说“相差很远”，令一众网友大呼“是贫穷限制了我的想象”。

到底是吃了什么东西，二十万都相差甚远？

太夸张了吧，这吃的不是菜……

我有一个疑问，啥天价菜餐厅用的桌布这么难看，和我奶奶家一个花纹。

这是关注桌布的时候吗？这桌布看着花纹和你奶奶家的像，说不定是高级定制！

有件事细思恐极。富豪也是有身份的人，吃个饭还光盘，可见这饭贵得连他都很珍惜。

有道理有道理，搞得我更加好奇了，这到底多少钱啊！

……

这场全民大竞猜愈演愈烈，关注度渐高，忽然有消息爆了出来——

投资商最近在南海市考察，这顿饭很可能是当地招商局的接待餐！

他到本地来考察，新闻都是有报道的，对比一下新闻和朋友圈的时间，确实对得上。

这下舆论可彻底炸锅了。

花自己的钱吃东西，那再贵也是人家的钱，大家也就凑个热闹，感慨一下“土豪”的生活。

可如果是招商局的接待餐，那意义就不一样了，用公款消费天价接待餐？你到底是有多富，才能让“土豪”都啧啧称奇啊？到底是上了什么菜，不会还有一级保护动物吧？

所有人脑洞大开，纷纷开始搜寻线索，把王京的名字也挖了出来，义愤填膺地谴责，并拨打举报电话，请有关部门彻查，以正南海市招商局这种不良风气。

“别想糊弄过去，一天不给结果，咱们就一天关注！这么多双眼睛盯着呢！”

别说，这调查结果出来得还真快。

王京那边知道这件事后可是喷了一地茶水，赶紧去找人证物证。

这件事影响恶劣，网络关注度高，上头也不敢懈怠，仔细调查后，把经过放在了官方微博上。

经调查，网友举报的事件中，当事人用餐地点为南海市CX大学一食堂五楼，用餐人数七人，共计上了十道菜，分别是蒜蓉菠菜（大锅）、腐乳空心菜（大锅）、口味鸭两盘（小炒）、韭菜鸡蛋（大锅）等。费用共计二百七十一元，由南海市招商局结算。

后面附上了单间的照片、那天大家用餐的照片、C大食堂的菜单，以进行佐证。

还有一个王京的说明附上，感谢大家对他工作的监督，这次招待餐虽然是由投资商提出，他们再行安排的，但是平时也绝对没有奢靡之风云云。

消息一出来，网友全都呆了。

铁证如山，一点都不含糊，不信都不行。

我无言以对，二百七十一和二十万差得远不远？可不是相差甚远！

内心久久不能平静，难怪我说桌布像我奶奶家的，现在看来，说不定真的是同款。

七个人吃二百七十一？人均还不到四十？我看着自己五千的月薪和六十八的外卖陷入了沉思。

我是不是膨胀了，一顿饭吃得比“土豪”还要贵。

你们没有发现华点吗？这顿饭是土豪主动要求安排的，C大食堂到底是有多好吃？

最好笑的是“土豪”吃的九道菜都是大锅菜，只有一道小炒，所以格外便宜。

C大食堂有毒吧，怎么把人迷成这样的？我再也不说C大帮食堂买营销了，之前还觉得是C大招生办的阴谋，但是他们的招生经费应该请不到这位“土豪”。

现在重新解读一下，“土豪”那话的意思，会不会是这么好吃的菜只要两百多，你们绝对想象不到？

没有腐败，没有天价招待餐，相反还有点朴素，一切都是一个大误会。

在震惊之后，大家的关注点齐齐转移到了饭菜上，其实一开始大家关注的也是这吃的到底是什么。

现在大家知道了，C大食堂。

之前说到这件事发生在南海市，大家都没去联想，现在才恍然大悟：又是C大，又是C大的一食堂！

这股“邪风”居然从学生吹到网友，再吹到“土豪”身上去了吗？“土豪”千里迢迢地跑去考察，就主动让人招待吃一食堂！还是大锅菜！

之前一食堂大火的时候，就有小部分人很不随波逐流地表示，再好吃能有多好吃？也就是对比强烈加没吃过什么好的吧。现在对着投资商晒出来的空盘子，谁还能说出这句话，他能没吃过什么好的吗？

母校突然被点名，说起来那天好像确实看到了“土豪”一闪而过，当时没认出来。

我惊了！我就说这几道菜那么眼熟，那天我还在一食堂吃了蒜蓉菠菜！怎么办，现在突然觉得自己身价倍涨！

这么说我也是和“土豪”吃过一锅菜的人，四舍五入就是共进午餐了！嘻嘻！

什么？少的那只鸭鸭是“土豪”吃掉的？

后悔，错过了镀金的机会，那天到三食堂吃饭去了。

C大学生们的各种回复被网友顶了上来，差点没被他们的调侃笑死。

而这场乌龙反转也登上了时事新闻，C大食堂强势出道，与二百七十一元一起成了年度热梗，大家纷纷吐槽——

谁再说食堂菜没有格调，再好吃档次也不够的？

涨薪水之后，再飘是不是也要考虑一下庆祝餐别超过二百七十一元了？

年底这场轰轰烈烈的网络反腐运动以打脸告终，C大一食堂或成最大赢家。

第 26 章

# 这猫废了

因为那场轰轰烈烈的反腐运动，一食堂声名远扬，搞得崔校长非常为难。

“土豪”吃过后，不知多少人想向他看齐。

可是人人都想走后门上一食堂吃饭，崔校长倒是请得起，几十块钱就能满足一人，那鸭子也不够啊！

崔栖潮把他的鸭子看得更紧了，也不答应广为接待，上次就已经是破例了，也没有想到会造成这样的结果。要是一再破例，那和打开门对外营业还有什么区别？

这里是 C 大一食堂，又不是 C 大私房菜。

崔校长只好顶着压力都拒绝，好在他背景够扎实，崔栖潮又是他的亲侄子。

饶是如此，C 大学子间见天儿地也在传小道消息，因为他们有点患得患失。

这个说：“今天我也排在第 ×× 个打菜，却没有打到牛肉，理性讨论到底是打菜阿姨不严谨了，还是食堂又接待啥贵宾了？”

那个说：“我看到一个肚子很大的人上楼了！你们快看看这是哪位富豪？”

当然，最后证明那只是米粮供应商。

在这样的风言风语之中，食堂不得不严正声明，打菜阿姨绝对没有对任何人偏心，食堂也没有接待什么贵宾，原来那包间现在都改放杂物了。

最近小白牧鸭的时候也发现盯着它的人很多，它很疑惑，还以为自己掉毛了。直到有一次它凑近了听，才知道大学生们在担心它会不会因为鸭鸭少了一只而担心。

显然，这些人支持的说法是“小白把鸭鸭们当亲生儿子”。

小白不屑地翘了一下尾巴，然后跑了。

小白回去后，就蹲在崔栖潮旁边，听他分配怎么安排那些鸭子。崔栖潮要留一只带回家过年，剩下的要按先后顺序让当初预订的教授们来挑。

当时他考虑到中途万一有鸭子夭折，宽裕出了数量，这几个月下来，没有鸭子出现意外，唯一死亡的就是拿来招待投资商的那只。

于是把多余的几只和预先留好的一起烧了给学生吃，也算提前祝大家春节快乐。

这个不但是教授同款，还是“土豪”同款，又跟着声明一起上过热搜，无论从智商、财富还是人气上来讲，都是非常正确的选择。

到了开卖那天，一食堂人山人海，保卫处都不得不加紧调了一队保安过来，就怕大家一个心急，发生什么意外。

“开饭啦！”

一楼的人呼啦啦冲进去，二楼也满是人，跟那儿拍视频，这都是知道肯定抢不到的，还不如在上头拍个视频，回头还能多收几个赞。

这些人也是坏，把开饭的视频转成动图，再把口味鸭也加上头，一起配了俩字：“冲鸭！”

这画面简直太好笑，立马成了C大的热门表情包。

再说根据崔栖潮的代理协议，研究所那边也已经开展了各地的试验工作，明年验收完毕，把试验资料加上选育经过、鉴定资料、实物等，一起送到省级品种审定委员会去，虽然通过率不明确，但以他们过往的经验，觉得十拿九稳。

崔栖潮也和他们约定好了，以后如果他还继续选育什么新品种，会继续和研究所合作。

这已经是年底，崔栖潮晒出了三十斤干辣椒，加上一只鸭子、自种的蔬菜各十斤，往后备厢一塞，要开车回崔家过年。

食堂的人本来还劝他，把小白留在本地的宠物店算了。这猫换了环境精神肯定紧张，家里人对它来说都是陌生人，过年又人来人往，热闹得很，对人对猫都是一种折磨。

小白听了紧紧抱住崔栖潮的小腿不放，它才不要去宠物店，在宠物店只能睡笼子，它能是睡笼子的主儿吗？

果然，崔栖潮没有让它失望：“不了，麻烦是麻烦点儿，但是要对小白负责。”

“来，小白，进去。”崔栖潮拍着一个笼子对小白说。

小白不想动。

崔栖潮：“为了驾驶安全。快进去。”

他在学校一直忙活到最后一天，才动身出发回家。虽然是私家车，但是为了自己和小白，崔栖潮还是买了一个笼子。

小白愤愤不平地迈步进了笼子，趴在里面。

“小白真乖，好猫。”崔栖潮摸了一下小白的脑袋，把笼子放在后座固定好。

他知道这个位面的崔家人比较有家庭观念，虽然老一辈已经去世了，但每年春节都会轮流在兄弟姐妹家过年团聚，今年就是在崔栖潮的父母家过。

崔栖潮驾车带小白走高速，开了大半天车才到崔家，崔母提前在楼下等着了，帮着他一起把菜都卸下来：“你看，之前你让人送来的菜还没吃完——哎呀，这菜可真水灵，早上刚摘的吧？太好了，还有一只鸭子，这个鸭子我是知道的，比较出名。”

崔母笑吟吟地念叨，看崔栖潮从后座拿出来一个白色的方形笼子，又道：“你把猫咪也带回来了？行吧，刚好你堂妹也说要带她新养的猫咪过来住。”

正说着，一辆蓝色的车驶入院子，在他们后边停下，堂妹从车上下来，然后将一个宠物推车放了下来。

这推车有四个充气轮胎，座舱足有一米高，前面是几乎整片的网格窗，上头还有一个可拉开的天窗，后面带置物袋。

通过网格可以看到里面摆放着厚而柔软的床垫，床垫上趴着一只懒散的加菲猫，肥胖有型，几乎看不出来的脖子上系着蕾丝蝴蝶结，身体把床垫压陷出一个圆润的形状。

小白看了一下加菲猫的推车，又看了看自己身下的笼子，感受到了暴击。

“哎呀，大伯母、哥。”堂妹推着车过来。

“小妹今天打扮得很漂亮呀，连猫猫也坐着小车的。”崔母又补了一刀，“哪像你哥哥，就拿一个破笼子，对比得这么不讲究。”

堂妹对崔栖潮得意一笑，又道：“哥，我还有东西呢，你帮我拿一下好不好？”

崔栖潮顺手就把笼子放在了她的推车上：“可以。”

堂妹打开后备厢，给他看自己带来的东西，几乎都是猫的用品，虽然只住几天，但是生活必备品可不能少：“我都带齐了，饮水机、智能控温猫窝、称重碗、全自动猫厕所、猫罐头、冻干、零食、益智玩具……”

小白已经精神恍惚了。

崔栖潮帮堂妹拿了东西，堂妹推着两人的猫进屋，一进去，都各自找地方摆放东西。崔栖潮就拿了笼子、垫子加小白的猫粮，碗可以用家里的，厕所他打算让小白去花园解决。

堂妹就不一样了，一个角落都摆满了，她的猫外出脱敏做得还不错，从推车里抱出来后没有太过惊恐。

只是，大概是不太喜欢堂妹的拥抱，那只加菲猫“喵”的一声，一爪子拍在堂妹的脸上，跳到了沙发上。

小白还在笼子里，也就是说加菲猫的举动近在咫尺，从它如何出爪，堂妹如何被拍得脸一歪还甘之如饴，甚至发出了宠溺的声音……

“哎哟，对不起，不就是抱抱嘛。”

它两只猫眼睁得圆溜溜的，受到了来自别人家的主人的最后一记暴击！

不，不可能！世界上怎么会有比我还幸福的猫！

崔家的亲戚陆续也到了家里，崔母提前和大家都打过招呼，千万不可以在崔栖潮面前提什么改行的事情，他自己心里都有数了，谁也别催，催得再病发了怎么办？

就连崔父，看到崔栖潮后，憋了半天也只说了一句：“回就回来吧，还带鸭子做什么？”

堂妹觉得真是好少在大伯父口中听到这么接地气的话。

“自己养的，年底了带一只回来吃。”崔栖潮道。

“这就是新闻上说的那个啊？介卿还说呢，这是儿子单位最高招待标准，你看儿子还是想着我们的。”崔母乐呵呵地让人把鸭子料理了，他们也吃口味鸭。

不管亲戚们内心是怎么想的吧，在饭菜上桌的那一瞬间，全都对崔栖潮保持了比较高的敬意，也算理解了一个食堂为什么能火到上新闻。

往年大厨都是使尽浑身解数，花样百出。今年，崔母特意吩咐就按崔栖潮给她做的那样，简单做家常菜，反而让大家耳目一新，又觉得这种寻常的做法才还原了食物最原始的美味。

崔栖潮还带了些鸭蛋回来，被做成了蛋饺放在汤里，金黄香嫩的，饱含汤汁，里头裹着鼓鼓的肉馅儿，真是一点花巧也没有，可一口半个蛋饺，就是热乎乎、香喷喷的。蛋饺皮柔软而有些韧性，夹着不至于破损，一咬皮就破开了，鲜美的肉汁淌出来，蛋皮和碎肉馅合在一起，香软可口。

崔父他们那一辈小时候都是苦过的，后来发迹了，年年的年夜饭尝过太多新鲜。这一顿反而让他们有了种久违的儿时的感觉，不但是菜色上的相似，也有被激发出来的对食物深深的渴望。

小时候的饭菜也不是特别美味，只是那时候条件不好，后来吃多美食，则慢慢减淡了口腹之欲。反倒是此时，这一桌菜令他们重燃那种强烈的食欲。

“最后一个，最后一个得留给我吧，这是我儿子带回来的蛋！”崔父说道。

崔校长：“哥，我天天帮你照顾栖潮啊，没有功劳也有苦劳！”

“你们这老大不小了，还为一个蛋饺争起来，你看小孩都笑你们。”崔母虽然这么说，脸上却是带着笑意的。

崔家的兄弟姐妹只觉得又回到了小时候，难得过年吃好的，正在长身体的姑娘小伙子都风一般扒拉饭菜，被父母笑骂几句。小孩们看到长辈难得的调皮，也觉得有趣。

口味鸭、炒青菜、菠菜汤、蛋饺、麻辣鱼、松仁玉米……基本都是家常菜。

难得的是，这一顿饭大家几乎清盘了，每道菜都很受欢迎，一定要评选一下，那大家夸赞得最多的就是口味鸭和麻辣鱼。鸭子就不必说了，味道绝赞。

麻辣鱼整盘都红通通的，点缀着一些翠绿的葱段、芝麻、蒜末，用的是新鲜鲢鱼，肥嫩饱满的鱼肉被炸到表皮微焦，浸足了鱼汤，沾着点点红油，夹成两段又露出里头雪白细腻的部分。

这鱼里头加了 CX 七号，也有花椒，切成片状的鱼肉香辣爽麻，大冬天吃得人浑身暖洋洋的，鼻子都冒汗了。

蔬菜基本都是清炒，有胃口重点的，就把菜叶放进鱼汤里涮一下，蘸着红油鱼汤的青菜脆嫩中带着辣味，还有鱼肉的香气，又是不一样的风味。

这美味倒还是其次，CX 七号可是崔栖潮选育出来的新品种。大家一边吃一边夸他，虽然还没通过审定，但是口气中俨然觉得这种子不大卖不行了，简直太优秀了。

酒足饭饱，崔父甚至也产生了一种感觉，儿子干这事没什么不好的，一样有名有利，家里人还开开心心的。

崔栖潮默不作声，心里却有些留恋这种温馨，吃完饭又自己到厨房做了猫饭，都是提前留下的食材，做好后就去找小白。

小白的垫子放在他的房间里，这会儿它正躺在上头，呆滞地望着天花板，宛如一只死猫。

“小白，吃饭了。”崔栖潮喊了一声。

小白没有动静。

“小白？”崔栖潮蹲下来，看到小白惨惨淡淡的样子，想了想，回过神来，猜到小白可能是被刺激了。

他把小白给抱了起来，低声道：“小白不开心吗？你也想要加菲猫的推车？”

小白的脑袋一点也没力气地垂下去，乍看去像是断了。

不，它也想用爪子拍崔栖潮的脸。

“你们不一样，那只小加菲是宠物猫，你是工作猫，才没有那么娇气。”大过年的，崔栖潮刚才又被家里的气氛融化了一些，加上隐隐知道小白不是普通猫，语气比平时要软和多了。

他看小白还是要死不活的样子，沉吟道：“这样吧，今天过节，你可以睡在床上。”

崔栖潮说到做到，真的把小白抱到了床边，自己倚靠着抱枕，把小白放在枕头边上，说道：“就一个晚上，睡在这里。”

小白趴在柔软的床上，颇有种四肢无处安放的感觉，矜持地半晌没动。

反观崔栖潮，白天开了大半天车，也累了，一躺下来，倦意不知不觉涌上来，打起盹来。

小白近在咫尺地观察了一下睡梦中的崔栖潮，在不说话、不动手的时候，崔栖潮格外讨人喜欢。

窗外不知何时有烟花炸开，小白毛茸茸的脸在床单上蹭了一下，心想：能够让恐怖的崔栖潮破例开放床头的位置，我果然还是世界上最牛的猫……

崔栖潮在崔家待了十天，即使只是十天的时间，他也把崔母的阳台捯饬了一下。买来蓝莓苗和草莓植株，他用的是长方形花盆，乍看上去还只有叶子，倒是和绿植差不了多少。

他在崔家待得非常惬意，这应该是虚拟位面的另一个好处，在满足自己的种植欲之外，也重新感受到了家庭的温暖。崔栖潮甚至认为自己已经接受了小白作为家庭成员，当然，是宠物定位，虽然还不知道它到底是什么。

而小白大概有一点点不高兴，和堂妹那只加菲猫倒没关系，不只是被崔栖潮安抚过了，而且它已经发现了，堂妹的猫幸福是幸福，从来不用理自己的主人，但一无是处。

它想了半天，觉得那长相也许没有牧羊猫血统，不会牧动物还好说，但连老鼠也不会抓，叫名字不理，握手也不会，吃饭还要喂，胖得爬不上裤腿。崔栖潮都看不上它，看都不看一眼，也更佐证了小白的想法。

这猫废了。

小白之所以不高兴，是因为崔母和崔栖潮颇有相似之处，那天它志得意满地从崔栖潮的床上苏醒时，她说了句："呀，猫睡床上了，我给你换套床单被套。"

小白几乎是迫不及待地钻进笼子里，等待崔栖潮把它放上车。

返校后，此时的校园人还不多，食堂的工作人员也仍在春节假期之中，只有少量值班人员，崔栖潮的菜地是托人照管的，这时候他回来了，自己首先全校巡视一遍。

崔栖潮尤其关注那些移植的果树，其实这些树在他的照料之下，移植后的新梢生长量相当不错，说明根系长得很好，虽然才第二年，但是挂果应该完全没问题。

只是比起正常果树要少一点儿，他这边会把花芽修少一些，毕竟移植是比较伤的，就算让它多结也坐不住果。

果树比起那些景观树就是这点不好，需要很多时间护理，要不是这项工作一食堂都承担了，也没那么容易换上。

再过上两个月，就到果树陆续坐果的时候了。

全校师生每天盯着还青涩的果子看，琢磨着到底什么时候能吃到。

崔栖潮对此非常重视，特意让人在树下巡查，就是怕果实还没完全成熟，就有个别学生忍不住去采摘，不但毁了果子，随意爬树还容易有危险。

一到了成熟期，崔栖潮还雇了一批学生，课余时间把第一批的早桃给摘了。

他移植的品种是水蜜桃，个大，通体粉嫩，摘下来后崔栖潮拿了些比较熟的分给雇的学生，把他们给乐坏了。

其实他们报名就是盘算着能不能近水楼台先得月，现在果不其然。虽然是去年移植的桃子，但崔栖潮照顾得当，产量也有正常桃树的一半，一个个沉甸甸的，表皮有一点绒毛，徒手一掰，就能掰成两半，露出里头水嫩红润的果肉和果核，扔了果核单吃果肉，汁水香甜丰富，因为特意拿了比较熟的，果肉更是柔软细嫩，香浓的蜜桃味充盈着口腔，令人心情都愉快了。

崔栖潮一看这量，跟后厨商量，过几天就拿桃子做个菜吧，这么久了，做的都是家常菜，他们也做出一点改变啊。

后厨都是老员工了，是"创新"惯了的，十分淡定。

但是这消息不知怎么传到了学生里头，就引起恐慌了。

一食堂没换承包单位之前做的那些创新菜，有相当一部分就是拿水果入菜，比如草莓炖肉什么的，还要号称有营养。一听到创新和水果菜几个关键词，C大学生的腿都是软的，瞬间联想起过去那痛苦不堪的遭遇。

试问，多少C大学生经历过去晚了，又穷又饿，食堂正常菜色又被打光，只剩下草莓炖肉、粉丝炒辣条、甘蔗炒排骨等供选择的噩梦？

黑历史太深重，年轻人又思维辽阔，一听到一食堂又要做创新菜，各种猜测就没边了，相当一部分人认为崔老板玩够了，要退了，所以厨师们又乱舞起来了，还糟蹋桃子。

这消息还传得沸沸扬扬，不少人信了，在食堂蹲守崔栖潮的身影。

可巧了，崔栖潮跑去和蔬菜研究所的人一起看试验田了，他们愣没看到崔栖潮，这下谣言愈演愈烈，就算有小拨人问了食堂工作人员，人家说崔总忙去了，都满怀不信任，全心悲痛。这么久，几时见过崔美人放下学校的菜不管离开啊？

完了完了，好日子到头了，每一餐都随时可能被打回原形。

新生悲愤地在学校论坛水区开帖：

当初用一食堂把我骗进学校，这还不到一年，新人变旧人，就要喂创新菜了！

附带一张面对食槽，嘴巴大张、状如号叫的鸭图。配字：我不同意！

第 27 章

# 你不懂种田

崔栖潮和研究所的人还有试验单位一起在试验田进行验收，他们在区域试验的同时，其实也进行了生产试验。

其实一般来说是要先进行区域试验，再生产试验的，但 CX 七号情况不太一样，崔栖潮进行的试验表现非常好，大家有足够的信心，因此两项一起进行，倒也节省时间。

试验田的管理人员给他们看考察报告，赞不绝口：“抗病性非常好，病株率非常低！”

在区域实验中，是治虫不治病的，这才能检测出品种的抗病性。

这个组是离南海市最近的小组试验地，把 CX 七号采收了，产量是四千六百多公斤，然后等待其他组的实测数据，一算平均产量，四千七百公斤。一个字：稳！

“今年还是灾年！”年景不好，却还能有这样的表现，在各个试验点的表现差距又不大，这个适应性确实好，杨主任啧啧称赞。

杨主任沉吟后说道：“原来为了稳妥，我们是打算送审到省级品种审定委员会的，所以已经提前递交了资料。现在我倒是觉得，当时应该同时送审国家级别的。不过也不忙，之后可以再行申请。”

崔栖潮对此没有什么意见：“那就麻烦你们了。”

“没什么，应该做的。”杨主任笑道，“通过之后，咱们就可以大面积推广种植了。其实这段时间已经有很多公司打电话来问到底什么时候上市，甚至不介意取得了什么级别的资格。”

审定委员会对不同的作物的标准是不一样的，粮食是一定要送的，有的甚至不送审也可以。但是对广大农户来说，当然是通过审定的更有保障，没审过的都是各单位自己负责质量。

崔栖潮脸上现出一些笑容，CX 七号受欢迎，也算他没有白忙一场了。

这时候电话打过来，崔栖潮一看是食堂那边，接通了道：“什么事？”

“崔总，您今天会回来吗？”

崔栖潮看了看：“已经验收完了，但是我约好了和研究所的杨主任一起吃饭，怎么了？”

“就是学生这边等饭等得比较焦躁，在抗议，非要说您已经离职了，怀疑中午出的菜是暗黑料理。”

崔栖潮无奈的想：他的子民怎么这么娇气？

崔栖潮直接道：“现在食堂有人？给我开个视频。”

现在当然有人，还没到开饭的时候，已经坐着一批没课又心情忐忑的学生了。

食堂工作人员把视频给打开，举着给大家看。

眼看崔栖潮的脸出现在屏幕上，食堂内的学生都“哇”了一声凑过去。他们等饭的时候太无聊了，就抗议一下，没想到真的看到崔老板了。

崔栖潮凑近屏幕，于是食堂内莫名又响起了一阵女生的小小尖叫声。

叫完女生们自己都尴尬了一瞬，又响起笑声。

崔栖潮盯了他们一会儿，然后平静无波地说：“中午的菜是好吃的。”

说完他就挂了。

三秒后，学生们鼓起掌来。

其实在看到崔栖潮的那一瞬间大家就知道没问题了，既然崔老板没走，也就不存在什么黑暗料理之说，可以放心去上新菜的窗口排队了！

这个消息被传到了楼上楼下，不知道的还以为传的是放假消息。

打菜阿姨把一大铁盒的蜜桃虾端了出来，这就是今天的新菜。

虽然同样是水果入菜，但是这道蜜桃虾里的虾肉被炒得红嫩卷曲，桃子去皮只留肉，切成小瓣，也是粉粉嫩嫩的颜色，上头淋了些许调料。

在头一个人打完菜，吃了第一口后，仅剩的那一丝丝担忧也烟消云散了。

他站在窗口旁就夹了菜吃，吃完对后头的人肯定地说：“真的是好吃的。”

果然，有崔老板监督，即使是水果菜一食堂也没有翻车！

过去草莓炖肉带来的阴影渐渐散去，真正用水果入菜，应该照着这个标准啊。虾仁剥得干干净净，虾线剔得一丝不剩，腌一会儿再和蒜末一起爆香炒红，接着再加入桃子一起，放盐与适量的黑胡椒稍微炒一会儿。

被炒过的桃肉没有原来那么甜，但是在一道菜里来说却刚刚好，不至于把虾肉的风头全都掩盖过去，黑胡椒和盐以及些许洋葱、白糖、耗油、生抽等调料搅拌而成的配料，又让它们独具风味。

软滑甜嫩的桃肉和爆香脆嫩的虾仁同在一盘却毫无违和感，倒是非常有夏天的清爽气息，还挺开胃。一口细腻的嫩虾仁，掺着一丝蜜桃的甜香，更多的是虾肉本身与蒜末、黑胡椒一起炒过的香，再来一口蜜桃，桃子肉选用比较硬的，在翻炒过程中甜味流失些许，但是与调料汁融合在一起反而突出又很和谐。

对女孩子来说，这道菜格外合她们的胃口，不油不腻，整个画风都带着几丝少女、文艺气息，跟其他菜截然不同。它很不“食堂菜”，但又完全是一食堂的手笔。

一份要五块钱，量还不是很多，但是看在虾线剔得那么干净，还有水蜜桃的分上，真的值了。

感动的C大学子们宣布警戒解除，以表情包的方式声嘶力竭地表示：水果菜是好吃的，是好吃的啊！

等到崔栖潮的CX七号通过省级审定的时候，伴随学校的各类果实陆续成熟，学生们已经品尝到了多种加入水果的菜式。不得不说，这才是他们心目中既好吃又富含营养的菜色。

CX七号由南海市蔬菜研究所和某种业公司联合推出，第一批种子在多地的种子站均有销售，只是数量还不是太多。

一经推出，CX七号的种子被哄抢一空。

这里头，一部分是通过像“小农问答”那样的平台知道的，另一部分则是被反向要求的。零售商看到消费者的要求，向供货商提出，如此一级级传达到种植户那里，他们再去买种子。这可能也算出名要趁早的典范，还没开卖就出名了。

一个刚上市的种子，其实大部分人肯定还是在观望，但是华夏人口多，胆大的那部分人也相当可观了，加上头批数量不多，这才导致了CX七号的销售热况。

这一批买了CX七号的种植户注定今年要赚上一笔。

大部分的家庭、单位购买辣椒时，不会去讲什么品种，这个是种植者最在意的，因为影响他们的收成，贩卖者也关心，因为也影响自己的生意。

购买者大多单纯地看品相质量，听菜贩推荐，他们看的都不是品种，而是种类，比如小米椒和红辣椒更喜欢哪一种，或者再分一个本地辣椒、外地辣椒。

CX七号就不太一样了，C大出名啊，C大的食堂也出名啊，上了几次新闻。

C大的学生和那些只能干看着的网友还在起哄造势。刚好这个名字也好记，CX七号，不就是C大的辣椒——直到后来，好多人还以为C大有农学院，选育出了CX七号。

就这么一鼓噪，大家有了个概念，这个C大的辣椒很受欢迎，临近上市，看网上说得那么火热，买菜时也问一问。

市场热度直接影响了收购商的收购价，CX七号本身种起来就很稳，只要在病虫方面再注意一点，品质产量都上佳。因为这一季种植的人还不多，收购价自然是“噌噌噌”往上涨。

到头一批进入市场，反响特别好，品牌立得快，自带热度，跟顾客一说是网上说过的CX七号，就是之前没听过的人也愿意买来试试。

这个时候，C大的官博还替一食堂公布了独家辣椒油的配方以及几道食谱，更大程度地激发了“吃货”们的热情。包括味之林，也出来推波助澜，表示他们已经收购了一批CX七号，希望“师夷长技以制夷”。

这谈不上深重怨恨的陈年旧事被大家一调侃，又添了把火。

在这样的影响下，整个采收期，越往后CX七号的收购价越高，一直炒到了十多二十块，就这样还供不应求。

撑死胆大的，饿死胆小的，当初当机立断买了CX七号种子的种植户都要笑开花了。

照这个行情，就算下一季种的人多了，只要市场还在，收购价也不会低到哪里去啊。

再怎么说，经过这一波多方不约而同、有意无意的推动，广大网友配合的营销，CX七号都成招牌了，意思就是，在购买的时候，有些购买者会把CX七号和青椒、红椒、干辣椒等并列提起。

在这个时候，CX七号通过国审的消息只能说是锦上添花了。

这已经是崔栖潮来C大的第三年，他前期给学校食堂贴钱做的那些事已经各种翻着番地赚了回来。

每个虚拟位面都是单独运行的，有专人维护，不可能他来一次走后就关了，只是一般不会同时进入主播，在类型、区域等细节上也会有区别。等他离开后，这个身份也会以合理的理由消失。

这么些时间下来，崔栖潮对这里也产生了一些感情，挺出乎他的意料，他没有想到数据能够模拟得如此真实，无论是一届又一届热情的C大师生，还是满怀关爱的崔家亲人，或者傻不愣登的小白，都让他挺喜欢的。

这些钱崔栖潮也拿不走，他将一部分捐给了学校，另一部分设置为专供买菜的基金，补贴食堂，希望C大的学生们永远不会再受黑暗料理的困扰。

崔栖潮到C大的第四年的最后一天。

早晨，阳光落在他的公寓内，睡在床踏板上的小白伸了个懒腰直起身来，前爪搭在床沿。崔栖潮还没醒，柔软的床垫比起硬邦邦的床踏板或者小小的猫窝更加吸引它。

然而没有崔栖潮的允许，即使他还在沉睡中，小白也只敢用前爪狠狠踩两下，然后惋惜地下来，同时泄愤地喵喵大叫，把崔栖潮吵醒。

崔栖潮翻了个身，在小白头上撸了一把，小白就像被摁了暂停的闹钟，蹲着不叫了。

崔栖潮做了自己的早饭，猫咪的早饭，然后一起去学校。

C大的校园被立体种植包围，凡有草坪的地方，周围一圈放上立柱，种满草莓等，方便同时浇水——学校的绿化自动浇水设备也是一食堂赞助的。攀缘类作物也随处可见，像一堵堵绿色的墙，至于天台、阳台之类的地方更不必提。

早餐时间的C大食堂是热闹的，经过数年的积累与基金支持，他们拥有丰富的四餐菜品，早晨从荷包蛋、各种粥类、面条到肠粉、油条、煎饼馃子等，应有尽有。正餐更是引进了各地特色，还包括小吃。

现在的C大食堂已经彻底完成了从黑暗食堂菜第一名到业界标杆的转化，更成了南海市的新名片，每年的参观季都极为火爆，知道的人是参观学校，不知道的还以为是去参加美食节。

崔栖潮带着小白抵达食堂，和遇到的员工们打招呼。

“哎哟，小白今天好像没睡饱，挂在崔总肩上呢。”曾经给小白介绍过对象的师傅笑着说，“真是乖。”

当然乖了，小白出了名地乖，崔总都没有给它做绝育，又是半散养。但是它从来不闹猫，也不知道在外面有没有对象，但是绝对没有耽误过放牧，也不会追着母猫就不回来了，多少猫狗就是这么丢的。

“猫都是贪睡的。”崔栖潮摸了一下小白的尾巴。

到了办公室，崔栖潮把一个盒子打开，里面装着满满的晒干的人参，这都是他在后山种的，前些天采收了。

普通的人工种植人参要六年才能采收，如果种植方法好，也能缩短时间，崔栖潮种的这些就在第四年卡着时间采收了。他自己把人参炮制了一番，又装好，在离开的这一天送给崔叔叔。

这是他送给崔家的礼物，钱他们是不缺的，所以他都给了C大，但是他自己种的人参能够大补元气，比野山参也不差，神农后人对这一点心里还是很有数的。崔父、崔母还有崔叔叔年纪渐长，说不定哪天就有用到的地方。

崔栖潮拿上东西，看了看食堂内如同鸭鸭采食般的莘莘学子，满意地点点头，这才去了校长办公室：“叔叔，这是晒好的人参，送给家里各位长辈用。”

崔校长接过来看了一下，这样的补品他家里也不少，但是怎么能和侄子亲自种的比：“呵呵，你真是有心了。对了，什么时候和爸爸妈妈去告别，你不是要走了吗？”

崔栖潮微愣，随即想到数据更改应该从现在就开始了，他摇了摇头：“上周才回去过，我给他们留了信，还是不要当面告别了。”不然崔母应该会哭得很惨吧，即使是数据，他也不忍心看到那一幕。

“也是，”崔校长背着手道，“那叔叔也祝你前程似锦。”

随着崔校长这句话，崔栖潮感觉到了抽离感。他只最后看了一眼肩上的小白，发现这傻猫眼底好像还有一丝窃喜，难道以为自己逃得了吗……忽然，他整个人就陷入了黑暗中。

“崔先生？你还好吗？”林琳的声音模糊地响起。

崔栖潮睁开眼，目光渐渐清醒，镇定地点头：“请给我一杯水，谢谢。”

喝了温水后，崔栖潮也脱离了仪器，站起来活动了下僵硬的四肢，看了看一直盯着自己的林琳，说道：“我想你们已经和我的律师沟通过了吧？”

林琳脸上的笑意有一丝僵硬，当然了，虽然现在崔栖潮的播放率已经在女频名列前茅，且观众黏性谜一般很高，但当初他们被忽悠的事情是真实存在的。

“呵呵呵……是的，崔先生不愧是帝王血脉的觉醒者。”林琳只能这么说。

“不好意思了。”崔栖潮的语气也听不出来他是不是真的不好意思，利用别人的位面满足自己的种植欲。

“不用这么说，我是真的……佩服崔先生，您四年真的别说谈恋爱，在那么多老师、学生表达了好感的情况下，连一点暧昧也没发生。”林琳说到这里，又有点想笑了，因为她想到了临近结局，那些疯狂的观众。

她昨天还去看过倒数第二集的弹幕，只剩最后一集，大家都不抱期望会出现奇迹。因为林琳特意放出的消息，倒是出现了这样的盛况：

呵呵呵，恭喜崔栖潮达成成就，青春校园不恋爱。

终于播完了，我都胖了十五斤。

听说下一个世界崔栖潮转战男频争霸天下了，因为LJJ公司对他的成就非常无语。

什么？我还在想谁能把百炼钢化为绕指柔，怎么就不在女频了？

疯了吧？他恋爱都不谈，还能给你玩儿争霸？东方观众还好说点，西方观众看到他会不会急死？农田水利就给你搞个十年八年。

东方男频观众也想看收妹子啊，他……

我不管，我也要去男频看他，我还要骗我爸爸来看！

提前恭喜男频的观众了，嘻嘻嘻。

林琳正在回忆之时，听到崔栖潮说：“我在学校养的猫，小白，你知道是怎么回事吗？这是你们的bug，还是什么没告诉我的金手指？”

“小白？”林琳猛然惊醒，“对了，小白！这个我们技术部也查了很久，但是很奇怪，好像并没有什么异样，我们也在思考这里头的问题。我怀疑是不是LJJ服务器抽了。”

崔栖潮想了想，说道：“我还挺喜欢小白的，你们要是查不出来，可以把它的数据截取出来，放到下一个位面继续陪我吗？”

他看了看林琳的神色，又道：“如果你们答应，我可以适当答应你们一些条件。”

“不用。”林琳忽而笑起来，“崔先生，你只要保持做自己就行了，因为你可能不知道，你主演的节目虚拟位面真人秀已经……红了。”

本来小白的存在他们也要研究，它的表现没有干扰到节目，崔先生却带来了很高的收视率，还有广告费——虽然和林琳一开始设想的完全不沾边，全是些美食、种子农作物厂家找到他们要求投放广告。

总之，卖崔先生一个面子是没问题的。现在LJJ公司早就不想如何止损了，他们根本没损失，还大赚了一笔。

崔栖潮有一点讶异，他也不是很懂节目市场，这几年他在C大尽种菜了，这样也能红？

但是崔栖潮倒没什么补看弹幕的心情，而是道："C大太小了，下个位面你们准备好了吗？"

"已经筹备好了。"林琳通过观看节目，早知道了崔栖潮最需要的是什么，拿出一份资料给崔栖潮，说道，"接下来要去男频，这是一个原创数据稍多的地方，类西方中古世纪背景。"

部分架空是为了什么，还不是为了限制崔栖潮？因为这次地图比较大，他们怕崔栖潮又不按套路出牌，一下跑回自己熟悉的华夏种田去了，那还叫什么中古世纪直播，就干脆更改了数据。

林琳看他一眼，又加重语气道："正常来说，我们是希望你进行争夺霸权的。"

"中世纪？"果然，崔栖潮直接忽视了那几个关键字。

就像二十一世纪在崔栖潮的脑海里概念比较模糊一样，中世纪也是，所以他认真翻阅起了资料。

满眼触目惊心，在这片广袤的土地上，农业生产力低下，作物产量少到让人难以置信，耕作制度、方式极其落后，工具都不能说简单，许多工作居然还要用手完成……

崔栖潮带着几分痛心疾首说道："这些人根本不懂什么叫种田！"

第二卷

# 在中世纪种田

第 28 章

# 五毒俱全的领地

崔栖潮在 LJJ 公司准备的公寓中休息了半个月，当然，对他来说，这更像是一种折磨，导致最后连林琳的办公室都被他种满了绿植。

为了演员们的心理安全，LJJ 公司要保证他们至少半个月的休息时间。在这期间，还找来心理医生进行测评，帮助他们更好地脱离虚拟位面带来的影响。

半个月后，崔栖潮再次坐在了工作室里。

林琳：“崔先生，祝您工作顺利。”

“谢谢。”崔栖潮对她轻轻点头，耳边传来工作人员熟悉的口令：“转移准备。”

“三。

“二。

“一！”

伴着失重感，崔栖潮再次喊道：“Geronimo！”

天旋地转，眼前重新恢复色彩，崔栖潮来到了类中古世纪的位面。他所处的是诺森伯兰堡，一个男爵领地，总面积包括未开荒的地有四五万亩——这里的数据都被崔栖潮自动换算成了华夏标准。

这个砖石结构的城堡建在高地上，灰头土脸，房间内的壁炉、挂毯、器物等在崔栖潮看来实在过于简陋，而且只有一个小小的窗洞，导致内部潮湿得令人不适。

崔栖潮走到窗口看了看，城堡位于高地，外有深深的壕沟围绕，沿着高地向下是庄园，可以看到大片大片的份地，尚且只有青苗，间或散布着农居，耕作的农夫远远看去像小黑点，河流穿过，更远处还有树林。

这大概是唯一令他有些欣慰的地方，种植面积比起 C 大要大得多了……

崔栖潮在这里名为崔斯坦，是刚刚继承了诺森伯兰的男爵。原来的诺森伯兰男爵年纪轻轻就意外死亡，来不及再生继承人，于是这片领地按照继承法，归他的近亲。

而在近亲之中，由于崔栖潮与一位大主教是表亲，有教会的支持，他才成了新的男爵。

根据 LJJ 公司的习惯，这位大主教的存在可能是为了崔栖潮，毕竟这也只是崔栖潮经历的第二个位面，也是第一次进行男频录制。

崔栖潮环视一周，也没有找到小白在哪里，不知道 LJJ 把它安排在哪儿了。他不愿意在房间内多待，也巧了，才出去，就有仆人来报告："男爵老爷，农奴抓到了一窝猫崽子，送到城堡里来，刚好教士老爷看见了，询问是否有幸和您一起处置这些邪恶的动物。"

崔栖潮沉默了一会儿。

"教士老爷"他知道是怎么回事，设定上他刚刚来到诺森伯兰堡，这里的牧师等会儿还要和他用餐，亲近一番。但是小猫崽子和邪恶的动物有什么关系？

就像在C大时一样，崔栖潮没有那么详细的资料，无从知道那时候不存在牧羊猫。而现在他也想了一会儿才想明白，难道猫在这个年代，不是伴侣动物，不是工作动物，而是人人喊打的邪恶动物？

更重要的是，崔栖潮想，那些猫崽里不会就有他的小白吧？

"带我去看看。"崔栖潮含混地道。

仆人应声，把崔栖潮带到了主楼的大厅。崔栖潮顺着楼梯下去，看到穿着长袍的教士正低头用脚拨弄三只才两个月大的幼猫，四周还有些侍从在围观。

一看到城堡的新主人下来，这些人都表现出了恭敬的一面，向他行礼问好，力求表现出最好的形容。

包括教士，也收起了脚问好："男爵阁下，我刚刚做完祷告，就看到了这几只猫崽子，真是晦气。"

因为崔栖潮是本地区教会支持的，和大主教关系匪浅，教士在和他说话时也刻意带了几分亲热。

"那确实很倒霉，威廉。"崔栖潮干巴巴地道，"来人，把这些邪恶生物放到我的房间去，我要亲自……虐待它们。"

虽然对男爵直白过头的措辞有点奇怪，但大体上大家还是没意见的。

教士威廉本来希望和男爵一起把这些猫崽子的腿踩断，但是男爵都直接让人把猫拿走独自处置了，他也只能瞪了仆人一眼，只觉得是仆人没有传达清楚，否则男爵怎么会在无意中拒绝他？

崔栖潮看了一眼，那几只猫颜色各异，有白色，这个应该是小白，也有橘色，还有一只警长色，也是教士眼里最邪恶的，因为太黑了。

教士威廉悻悻然，而此时也到了吃饭的时间。

这是由大主教支持的男爵老爷和教士老爷的亲密用餐，诺森伯兰的管事们和骑士都没有共同进餐，他们为老爷管理领土内的税务、农事、警役等，骑士则是守卫领土安全。在昨夜男爵老爷刚到时，他们已经畅快地拍过了老爷的马屁。

为了招待好教士老爷和刚来的男爵老爷，厨娘准备了很久，铆足了劲儿把面筛得细细的，做成了白面包。

取下厨房挂着的肉块，用滚水余烫，那悬挂了七天、已经有点儿异味的肉的味道立刻干净起来。

还有昂贵的藏红花和碎天鹅肉做成的肉汤，呈现出漂亮的金黄色，再放入一点点珍稀的胡椒和一些莳萝，简直诱人极了。

还有紫红色的胡萝卜块，虽然蔬菜并不重要，但它看上去鲜艳、饱满……

当一道道厨娘引以为傲的菜被端上来时，崔栖潮的脸色便越来越难看。他翻了翻胡萝卜，这根本就是生的。他勉强啃了两块，只觉得还带着土腥味。

肉汤的颜色是鲜艳的，但味道是有毒的，带着一些藏红花淡淡的甜味，不知道还加了什么，带着涩味和其他的什么味道，让他没认出来里头的碎肉是来自什么动物。

白面包粗糙、无味，还只有小小一块，崔栖潮两口就吃完了。至于大块的猪肉，崔栖潮闻一下就想吐，不但因为放置过久有变质的嫌疑，而且这未阉割过的猪肉带着挥之不去的骚味。

酒，他是一丁点也不想尝了。

反观威廉，那位教士，却吃得津津有味，并品尝出里面加了香料，大为夸赞。威廉看看男爵阁下，觉得他似乎胃口不好，在吃了面包、尝了几口菜后就不动了，而是拿着开胃小吃蜂蜜烤苹果在啃，可表情也不像是享受的模样。

“阁下，你身体不舒服吗？”威廉关切地问道，“我听闻你有很长一段时间与家人一起在东方住，前不久才回来，是否令你对诺森伯兰的气候有些不适应？”

不是气候，是口味。崔栖潮勉强露出了笑脸：“是啊，你去过东方吗？”

因为 LJJ 公司架空过设定，他们说的东方，并不是有华夏的地方，但也十分遥远，远到整个诺森伯兰大概只有他去过。

果然，威廉摇头，并表示愿意听一听那里的风土人情。

“也没什么，就是东西很好吃。”崔栖潮现在很怀念一食堂，觉得改良前的一食堂的菜都比这些东西好吃上一百倍。至少那些蔬菜是现代选育过的，是煮熟的，肉是新鲜的，调料也是正常的。

中世纪贵族过得还不如他们家小白，当然，是上一个位面的小白……

威廉有点怀疑：“诺森伯兰堡厨娘的手艺，已经是我尝过的菜品中名列前茅的了，难以想象世界上还有更为上乘的，令阁下难以接受这些美味。”

他们的对话传入竖着耳朵的仆人还有贴在墙边偷听的厨娘耳中，厨娘在他人的目光中背过身哭了起来。完了，新来的老爷不喜欢她的菜，甚至吃不下。

和教士一样，她并不觉得自己做的菜会难吃，甚至很好吃。她认为这是因为男爵老爷的口味被东方改变了，所以才无法接受她的菜。

可是无论如何，下场都是她有可能会被更换。一想到这里，厨娘就觉得眼前一片黑暗。

威廉和男爵阁下畅谈一番后，隐隐觉得可能真的是因为他在东方待的时间太久了，说话有时候令人摸不着头脑。

但是他感觉这位年轻的男爵可能不是一个好相处的人，他气势凌人，一直像在压抑自己的脾气，也符合年轻人的娇纵与贵族的傲慢。他很愿意相信，对方在自己面前没有展露出来是因为教会的关系。

在教士走后，崔栖潮索要了一些羊奶，假称是自己喝带回了房间。

三只小猫被拴在房间的角落里，但现在已经依偎在一起睡着了。崔栖潮端着羊奶走过去，轻声喊："小白，小白？"

小猫们不知道是被他叫醒，还是被羊奶味诱惑醒来的。

三只小猫都朝着崔栖潮爬来，崔栖潮捧着那只白猫，可怜地道："小白呀……"

他有点后悔让 LJJ 公司把小白也弄来了，没想到这地方对猫这么仇视。

白猫哼唧着拼命想把头靠近他另一只手的羊奶，对崔栖潮的呼喊没什么反应。

崔栖潮正要把羊奶给它，却发现那只黑猫抬着爪子扒拉自己的裤腿，一下又一下，像招手一样。

崔栖潮心中闪过一个念头，有些怀疑地对黑猫道："小白？"

黑猫："喵喵喵！"

崔栖潮："坐下。"

黑猫后肢一落，稳稳坐下。

崔栖潮："躺。"

黑猫先趴，再侧身，做了一个标准的躺姿，再抬头幽怨地看着崔栖潮。

崔栖潮把白猫放下来，LJJ 公司这是什么毛病？虽然小白之前也是黑白花，但是白色居多，没有黑得这么彻底啊。

尤其是它旁边还有一只白猫，崔栖潮简直无法对它喊出"小白"这个名字。

见崔栖潮认出自己，小白气呼呼地上前，一头扎在了碗里喝羊奶。

没想到崔栖潮这个恶魔真的把它带到了这个位面来，它本来想大发脾气，但是今天的遭遇让小白只顾得上吃东西。它差点没饿死，或者以为自己要被中世纪人踩死。

等小白喝饱了，才把剩下的羊奶让给其他两只"喵喵"叫的小猫。

"唉，早知道让他们把你的数据改一改，做成牛或者马……"崔栖潮轻声道。那样的话，在这个时候值钱多了，不用担心轻易被杀。

小白却毛都奓了起来，觉得不寒而栗。

崔栖潮居然还想让它当牛做马？

当城堡里的仆从们看到男爵老爷再出现时，他手里多了一根绳子，绳子的另一头拴着黑色猫崽的脖子，也不知另外两只猫去哪儿了，是否已经被老爷弄死。

让他们惊讶的是，老爷不时就一抖绳子，然后小猫就会一躺，或者一滚，甚至会立起来，两只前爪合在一起向老爷作揖！

大家都抽了一口气，这邪恶的猫，难道被老爷折磨之后，开始求饶了？

但是老爷，他们的新男爵老爷，铁石心肠，并没有给这只猫一个痛快，而是一直牵着它。看样子，老爷是想折磨它更久以取乐。

男爵老爷是被大主教赐福过的人，不怕这猫，其他人看到小猫作揖之后，却不由自主地躲着，更是有点怕老爷玩猫不够，还要玩弄他们这些可怜人的意味。

看，老爷在玩够了之后，就把猫捏起来，放进了自己的口袋，那半死不活的小猫则已经不动弹了。

崔栖潮和小白配合着做了场戏，让小白表现得就像被他勒着虐待，心想上个位面自己爱民如子，爱猫……也不是那么爱但还行，没想到在这里却要做一个残暴的变态领主。

不过，接下来崔栖潮还有很多“变态”的地方。

崔栖潮找来了农事官，详细询问自己领地的耕种情况。

农事官向他介绍。诺森伯兰和大多数南部领地一样，采用的是二圃轮作制，也就是庄园内的地分为两部分，轮流耕种，今年种这块，那块就休息；种那块，就让这块恢复恢复地力。

崔栖潮：“这不好，浪费。”

农事官觉得新老爷可能非常、非常不懂农事，于是向崔栖潮解释：“现在老爷的地里，如果年景不错，那么每年产量最少的小麦，每亩可以收五十多公斤。”

要是年景不好，收上来的粮食还不够下一次播种，甚至绝收也是有可能的。

“可如果连续耕种，地力得不到恢复，那减收就是绝对的了。”农事官说道。

这简直是令人发指的收成，即使崔栖潮在资料上看到过了，也觉得很痛心疾首。不提其他，就连同时代的华夏农户，耕作亩产量也比他们高了十几倍。

崔栖潮：“总有办法的，不减收，我在东方就看过一些。”

为什么产量这么低？刨去所有作物、耕作方式，甚至种子等，种地最大的要素还是“田地”本身，而中世纪子民不给田地施肥啊。

诚然，土壤肥力有限，需要适当养地，不能过度耕种，但如果完全不施肥，再肥沃的土地也很容易渐渐减产乃至绝收。以他们那种养地、种地的方法，是一种极大的浪费。

这里头，是要注意合理安排的。而这一点，华夏人民有丰富的经验，反正崔栖潮不把这地种满就不姓崔。

农事官一听，这位年轻的老爷竟然坚持是想要满耕的意思。这种方式以前也有啊，结果就是耗尽地力，种个两年休息三年，远远不如二圃制先进。

要说什么东方有不减收的方法，他非常怀疑。老爷年纪轻轻，又能知道多少内情？那应该是人家的地比较肥沃，但是多种几年，也一定会变得贫瘠的。

唉，贵族老爷们荒唐，想一出是一出，他也只敢在心底抱怨一下了。

崔栖潮直接换了个话题：“好了，你给我说一下其他的，比如地里有什么作物，都是些什么地？”

农事官老实回答，三月刚刚过去，地里种下了大麦、燕麦，菜园里种下了水果、胡萝卜、甘蓝、欧防风等。值得一提的是，因为诺森伯兰里有不少白土，所以燕麦的种植量会大一些。

在一部分白土上，燕麦和甘蓝还可以生长，还有一些白土，则连燕麦也无法存活。

“白土？”崔栖潮又询问。

这更让农事官觉察到老爷是不懂农务的，毕竟在继承诺森伯兰之前，老爷也没有管理过领地：“没错，白土，上头很难长什么作物。”

崔栖潮问了问模样，发现农事官说的白土就是盐碱地，这么说大概是因为它上头的白色析出物。

盐碱化的土地难以生长作物，燕麦和甘蓝耐受能力高，能在轻度盐碱地生长，但是中度、重度盐碱地，就连这些耐盐作物也无法生长了。

再问下去，崔栖潮更加无语了。

不只是盐碱地，这个诺森伯兰的领地也不是特别大，但是五毒俱全啊，因为水利设施太简陋导致的缺水，还有缺氮磷钾导致的作物产量低、种子小、生长慢、颜色发黄等都是基本的问题。

难怪一亩地只能产几十公斤小麦，其他作物产量比小麦高，但也有限。具体概念就是，在现代，重体力者每天吃一斤多粮食都属正常，如果有肉类，可能少一些。就是按少的算，这样的亩产量供得起多少人吃？

不过在这个时候，真正的重体力者——那些农奴，是吃不起粮食的，绝大部分时候只能啃点野菜、豆子。

一步一步来，先想想土壤改良吧。崔栖潮撑着下巴想：“你让人骑马，把我领地内凡所能见到的植物，包括杂草，每样采一把来给我看。每一种土地，包括荒地与林地，挖一抔土回来。”

古有神农尝百草，现在，他也要把领地内的植物都扒拉一遍了。

农事官的嘴巴则张大了，傻乎乎地说：“啊？”

崔栖潮用“你的听力是不是受损了”的眼神看着农事官。

农事官立刻闭嘴了。他必须承认，这位年轻老爷虽然不太懂农事，但不愧是贵族家庭出身，气势吓人：“是的，老爷，我这就去安排。”

在和农事官谈完话后，崔栖潮走向了厨房，说实话，他现在还是饿的。

厨房与其说是厨房，不如说只是一个从大厅稍微隔出去的空间，还没有完全独立。

厨娘看到崔栖潮，面露恐惧，经过短短的时间，城堡内已经传遍了，男爵老爷不但舌头挑剔，而且喜欢凌虐动物，脾气也有些残暴。

“拿着。”崔栖潮把猫放到厨娘手里。

厨娘猝不及防，只能捧住猫。

崔栖潮在厨房转了一圈，让跟在一旁的侍女把妥善保存的香料都拿出来一一看过，又端详了每一样食材，最后说道："我说，你做。"

厨娘呆呆地看着老爷，过了一会儿才反应过来，老爷之前没怎么吃东西，现在饿了。但是大概对她的手艺又不满，老爷竟然亲自指挥……她的脸红了起来，觉得自己彻底丢人了。

崔栖潮把小白放回了口袋，然后说道："去洗手，你刚才摸了猫。"

这个时候的人是不爱清洁的，他注意到了厨娘的手并不干净。不过厨娘又摸了邪恶的黑猫，在老爷的挑剔下，只好乖乖地去把手洗干净。一洗完，崔栖潮才发现这厨娘原来特别白，想到中午吃的那点东西，不禁又有点反胃。

厨娘怯怯地站在崔栖潮面前，被他吩咐将最新鲜的一块羊肉取下来。她想说这块肉还没有挂够时间，却被老爷的冷面震慑住。

在崔栖潮的指挥下，杂役和侍女们也忙了起来，有的切肉，有的生起炉子，有的准备调料。在肉块上放了胡椒、大蒜和盐粒，放置一会儿后又刷上橄榄油，他们小心翼翼地不让一滴油浪费。纵然如此，老爷脸上还是有不满意的神情，让大家更为小心。

接着，还要准备大片洁净的甘蓝叶子，铺在木盘中。肉片并非上桌后再切开，而是现在就分割好，串起来进行烤制。

老爷紧紧盯着他们，不允许有丝毫差错，连羊肉的高度和柴火的数量也要控制，命令侍女们在自己发出命令后，才往烤肉上浇蜂蜜或者刷更多的油，捧着装了肉蔻末和莳萝末的木碗之人也战战兢兢，等老爷说什么时候可以撒上去。

眼看着羊肉从红色慢慢变成焦黄色，外皮已经变酥，在火舌的舔舐下"嗞嗞"冒油，肉蔻末就像随着油星在起舞，整个散发出了极为浓郁的香味，原本紧张的奴仆们也陷入了谜一样的沉默……

在他们前几十年的生命中，从来没闻到过如此诱人的烤肉香味，明明就在眼皮下诞生，可他们还是不敢相信，是因为老爷大方放入的香料吗？这味道让他们脸都通红起来——讲真的，闻一闻都觉得自己占便宜了！

尤其是厨娘，与其他不懂烹制的人不同，她做过那么多烤肉，也曾经被前一任奢侈的老爷要求加入更多香辛料腌制，以便掩盖肉臭味，可是从来没有产生过这样奇妙的效果，这就是新男爵老爷在东方尝到的美味吗？

烤肉被从叉子上撸下来，放在铺着甘蓝的木盘上，表面撒着点点绿色的莳萝末，一片片肥嫩、冒着香热之气的烤羊肉挨挤着，油点落在嫩绿的甘蓝叶子上，显得更为诱人。

随着甘蓝叶子被烤肉的热度也烫得微微一动，热气氤氲间，厨房内响起了齐刷刷的咽口水声——咕嘟。

第 29 章

# 纯天然杀虫药

崔栖潮用甘蓝叶子把切成适口大小的烤羊肉卷起来，塞入口中。虽然加了一些香料，羊肉的膻味仍未被完全去除，盐也不那么精细，但整体在能够忍受的范围内，虽然甘蓝叶子已经被他强令用水焯过了，但仍然带着一点点苦涩的味道，好在和烤羊肉混在一起，也不那么明显。

原料上有些不尽如人意的地方，但已经是在这个时候能够做到最好的了，崔栖潮严格控制了它的调料比例与烧烤温度、熟度，羊排的部位尤其香嫩。

或许是之前那一餐让崔栖潮的要求放低了很多，他也不再挑剔细节了，吃了个七分饱，还余下一些肉。

“再多烤一些，送给管事们和教士。另外，”崔栖潮切下一块，对厨娘说道，“你把这块吃了，记住这个味道还有刚才的分量。”

厨娘宛如被馅饼砸中，战战兢兢地接过肉块，只含了含，然后在崔栖潮疑惑的目光下弱弱地说道：“老爷，我想把剩下的带给儿子吃。”

她对自己的厨艺的自信心已经没有那样强了，这简直是她吃过的最好吃的烤肉，她只含了含，就用了极大的毅力把它们又拿了出来。

“随便……”崔栖潮没有表现出过多情绪。

再说教士威廉，和其他管事一样，收到男爵老爷送来的烤羊肉时，他是非常惊讶的。

在第一瞬间，威廉的想法甚至是：不要了，才用过主餐没有多久，表现得贪食会令他感到羞耻。但是，从烤羊肉上传来的香味太过诱人了，威廉的眼睛都直了，拒绝声怎么也吐不出来。

仆人恭谨地说道：“老爷说这是他喜爱的烤肉，请您品尝，不必去往大厅用餐，您可以自行食用，他不会在意。”

自己私下用餐，显得对主人不尊重，但既然这位男爵阁下不介意，也就没关系了。何况，这块烤肉其实只有女人的巴掌那样大而已，用甘蓝叶子包着……

“替我谢谢男爵阁下。”威廉接过了木盘。

当威廉关上门后，那名仆人就再次用舌头在口中转了一圈，仿佛还能够尝到那股香浓的味道——原谅他，那烤肉的味道实在是太过诱人了，他没有忍住，在边角处舔了一下。也幸亏让他单独去送烤肉，否则在后厨那么多人看着，谁也不敢动手。他保证，不止他一个人有这样的想法，他们都嫉妒极了那个幸运的厨娘和她的孩子。

威廉没有理会甘蓝叶子，直接捏起肉咬了一口，油滋滋还带着热气的烤羊肉外皮有点儿焦，里头还嫩得很，一嚼肉汁便流出来，还有那一点儿油汪汪的肥肉，带着些蜂蜜的甜味，又并没有多到过腻。

盐的淡淡咸味还有豆蔻与胡椒的香味令这烤肉的滋味更为迷人。诚然这香料没有多到让人咂舌，但绝对已经够大方，而且头一次让他觉得香料也有“恰到好处”一说，而非其他贵族炫耀、崇尚的那样，辣到你的客人无法开口。

威廉吃得嘴唇都沾满了油，几乎无法顾及自己的吃相。难怪，难怪男爵老爷在东方待久了后回来用餐都不开心，这样的美味，他在梦里也没有品尝过。

这烤肉的肉质和威廉熟悉的不一样，但是他又不知道为什么，想必是东方的神秘配方。其实只要问问厨房就知道了，这是因为这块羊肉非常新鲜，没有经过吊挂多日来让肉变嫩，也就没有了那种不成熟的“熟成肉”技巧带来的味道。

一块烤羊肉很快就被威廉吃个精光，他没有过多犹豫，就将沾满了油脂、可能还有一些碎肉的甘蓝叶子也卷起来塞进嘴里。他觉察到这甘蓝叶子似乎被烫过了，不太符合正常的食用方法，但是管他的呢，这样似乎也不错，偶尔吃得不健康没什么问题的。

大饱口腹之欲后，威廉才仔细地舔干净嘴唇上的油，再擦擦嘴，反省起自己刚才过于贪食了。

因为那块烤肉，农事官再次去见男爵老爷时更加恭敬了，为了这难得的美味，这在单调贫乏的生活中，足以令他整整怀念上好几年。

崔栖潮则在那一堆植物中寻找自己想要的作物，仔细翻找一遍后，发现了几样自己用得上的作物。来自花园的金光菊、来自灌木丛里的苕子，还有路边的三叶草。

看到崔栖潮把这几样挑了出来，农事官更加纳闷，金光菊是从别的领地换东西时送的种子，栽在花园里观赏，苕子也就是野豆子，只有穷人才会吃，三叶草就更不起眼了。

崔栖潮则在心里默念，苕子要过几个月才适合播种，三叶草现在种倒是正好……

这些其实都属于肥料，绿肥作物，有菊科，也有豆科。它们能够很好地改善地力，成本又低，那些盐碱地正需要。

轻度盐碱地，可以间种燕麦、甘蓝和绿肥作物。再有，绿肥作物的氮、磷、钾含量很高，不只是盐碱地需要，其他耕地同样很需要。

氮、磷、钾是植物需要量最高的元素，而且一带走就不还，不会通过残茬返还土地。所含的氮、磷、钾不够，接下来种植的作物才会出现产量降低、矮小发黄等情况。这就是土地肥力不足的原因。

中世纪没有人工肥料，而绿肥作物含有的这些养分，除了氮、磷、钾还有钙、镁等，尤其豆科的含氮量最高，几乎和猪粪肥差不多，能使土壤肥力大大提高，种植方便，即使在人工肥料出现后依然在应用，更别提有的绿肥还能当作牧草。

正在休耕的土地除了重度盐碱地全部种上绿肥作物，而已经播种了的耕地也和轻度盐碱地一样采取间种的方法，用地养地。

农事官在听完崔栖潮的要求后已经惊呆了，在好好的地上种杂草，这是什么古怪念头？难道也是奇特的东方人的方法吗？

崔栖潮无法向农事官解释氮、磷、钾是什么，农事官也觉得无法向老爷解释自己的难处，半晌才大着胆子道："农民们恐怕……不敢……"

在他们的概念里，杂草只会和作物争抢地力啊！

"谁说要给他们了？"崔栖潮面不改色地道，"草籽数量肯定也有限，收集来后一定要优先种在属于我的自用地上，他们的，再说吧。"

对还没学会施肥、只靠休耕养地的中世纪农民来说，肥料令人难以理解。

崔栖潮还准备让农事官把人畜粪便和麦秆等收集起来，好制造堆肥，同时也净化一下环境。堆肥的肥力比绿肥更高，但是需要长达数个月的降解。

相信在这个降解时间里，他的子民们应该对他产生更多信任了，能允许他好心地把肥料灌溉到他们的地里去。现在他就不用想了，在他们心里，那些都是滋生老鼠、虫子的存在。

农事官听到崔栖潮的这句话，心里反而生起一些疑虑来，难道，这真的是什么好方法？

诚然土地都是老爷的，那些农奴的份地要交很高的租，可老爷的私地产出才是完全属于老爷的，好东西优先哪边，这个道理谁都知道。

不过就算不是好办法，是老爷要发疯，农事官也只能唯唯诺诺地应下。

他心里又盘算起万一今年减产了，仓库里的粮食够不够吃。不过反正那些农民的份地不种草，要是减收了就剥削他们吧。

除此之外，就是那些重度盐碱地了。

这些地因为盐碱化，白白闲置在那里，如果能改良，将会多出一大片耕地！

轻度盐碱地种上燕麦、甘蓝，再加上一些绿肥还能改善。对重度盐碱地，现代人们可以用解碱肥料之类的，现在什么也没有怎么办？纯人工方法其实也有。

比如深耕，翻个三尺，把盐碱给埋下去，就变成良田了，但是哪有那么多人力可以用？庄园里的农民已经是从早忙到晚，自己的地都不一定能全部深耕完，何况那么些盐碱地。

倒是费时短一些的工程还有可能完成，那就是引水改良，在盐碱地周围挖渠引水，蓄雨水洗盐，盐尽，就变成肥土了。

"让他们把那些无法种植作物的白土旁边挖上蓄水的沟渠。完成这项工作，可以同等减少他们来我地里干活的时间。”崔栖潮说道。

那些农民除了在自己的份地上干活，还要给领主的私地干活以及处理庄园的一切杂务。他们被重重的农活压得喘不过气，崔栖潮可不是奔着压榨劳动力来的。

“您真是太仁慈了。”农事官鞠了一躬。虽然对老爷又一项异想天开的点子很不理解，而且用自己的耕地时间作为交换，但好歹老爷知道不能把牛马一次勒死的道理——主要还是为了这种莫名其妙的事情。

农奴迪伦祖祖辈辈生活在诺森伯兰，没有挪过窝，他的父亲、他父亲的父亲，全都在这里耕种，他的儿子也将继承他的份地，日出而作，日落而息。

但今天的迪伦陷入了无尽的黑暗中。他一早带着儿子来到自己的份地，就发现地里长了许多剃枝虫。他浑身一凉，立刻带着儿子们蹲下来捉虫。

这些淡褐色的剃枝虫就像所有虫子一样，从垃圾、污秽里头平白长出来。而且白天通常不会降生，只在夜晚，它们出生后就在田地里祸害、产卵。忽然有一天起来，地里就都是幼虫在啃咬作物了，会把每一片叶子都咬干净。

指不定哪个春天，它们就生出来咬麦子，也咬蔬菜，吃完了一块地，就到下一块地去，谁也说不准什么时候会出现。

“捏死，捏死它们！”迪伦把那些剃枝虫一只只捏死，可是地那么大，他们父子只有三个人，六只手，抓到什么时候才能抓完？

虫害，减产，交不上租……后果在迪伦脑袋里转悠，让他的双脚越来越沉重。

就在这个时候，农事官还把他们都叫了去，宣布了一个消息，从明天起，他们去老爷的地里耕作时，要种上一些杂草，还要把老爷的白土旁边都挖出沟渠来。挖渠的时间可以算在为老爷耕作的时间里，相当于换了一种活儿。

迪伦大着胆子去找农事官老爷，告诉他自己的地里长了虫子，能不能不去挖沟，留在地里捉虫子。

农事官是管农事的，可管不了虫子长在哪里，反而要把迪伦抽一顿，告诉他，一定是他的懒惰与污秽令虫子生长，让他快点滚回去捉虫子，如果虫害蔓延开来，耽误了收租，那就等着挨揍吧。

迪伦不敢走，又问：“那我明天还要去吗？”

农事官被迪伦的领悟能力气死了，用木棒又抽了他一下：“不用去了！”

“多谢老爷，多谢老爷。”迪伦跌跌撞撞地跑回去了。

农事官老爷多给了他一天时间，他一定要尽量捉虫子。

然后迪伦发现旁边份地的人开始仇视地看着自己，他羞愧地低了下头。他知道这是因为虫子在啃了他的地后，可能会跑到隔壁去，谁也不愿意自己地里有剃枝虫。

迪伦催促着儿子们，自己手下的动作也更快了，他的腰和脖子在长时间的弯曲下仿佛发出了痛苦的声音。

就在这个时候，迪伦发现农事官老爷又来了，他骑在马上踏过田边，险些没有找到迪伦。幸好迪伦没有在其他更远的村庄，否则他得骑上更久的马。

“你这个死猪。”农事官骂道，下了马，拿出了一袋子黄色根茎。

迪伦不认识这是什么，也没有注意，在大声倾诉自己已经在尽力捉了，并拿出了一些死虫子给农事官看。

“好了，住嘴。”农事官把黄色的根茎扔了下来，说道，“把这些用水煮一会儿，再将水洒在你的地里。这是男爵老爷吩咐的。”

他含含混混地说着，并不提起这样做是为什么。好在，迪伦也不敢问。

农事官回去后，被男爵老爷问起了刚才的情形，他也告诉了老爷有一名农奴份地里长了虫子，不能去挖沟渠了。

没想到男爵老爷在问过长了什么虫后，就从他交上去的那堆作物里挑了一种，叫他去挖一些根来，再让农奴煮水洒在作物上。

农事官当时又愣了很久。他只听过人吃草药的，没听过农作物也能吃草药，更何况这个植物到底是不是草药，他也说不上来。

农事官平白多了件事，只好去找那种植物的根茎，可怜当时他四处去收集作物，却不能详细记清楚这些作物都是生长在哪里的，所幸生长得并不远，他在附近的树林里找到了。

接下来就是煮水了，农事官看着地上的影子与日头，看着差不多了就让迪伦把陶罐端下来。

迪伦正在心疼自己的柴。他从家里搬来了陶罐和柴，这些都是他辛辛苦苦捡的。他停止捉虫在这里添柴烧火，可根本不知道这到底有什么用。

等水凉一些了，迪伦才把它们都洒在份地里，一罐水也洒不了太多地方。在迪伦往回走的时候，听到了儿子的尖叫声。

“父亲，虫子、虫子死掉了！”

什么？

迪伦缓慢的动作瞬间变得快起来，他的儿子觉得自己从来没见到父亲跑得这么快过。他“腾”的一下就冲了过去，俯身看起来。

是真的，那些该死的剃枝虫死掉了，还有一些顽强不屈的，也在奄奄一息地逃离他的份地，眼看着命不久矣。

“天哪，我的老天哪……”迪伦的声音颤抖起来，他翻看着青苗，猛然想起什么，又到旁边一看，那些没有洒过根煮水的地方，虫子还好好儿的。

迪伦一下子明白了，男爵老爷让农事官老爷送来的块茎是治这些虫子的！这是什么神奇的医术，连虫病也能治？

“谢谢男爵老爷，谢谢农事官老爷！”迪伦喊得嗓子都要破了，周围的人都从地里直起腰看过来，好奇到底发生了什么。在迪伦煮水时，他们就感觉很奇怪了，但是碍于农事官老爷还在，都不敢停止手头的活儿。

事实上，农事官也震惊着。

原来老爷说的是真的，农作物也能吃草药汁，吃完虫就没了！

可恨他一开始居然将信将疑，这样的方法，在周围的领地里都没有用过，甚至闻所未闻！

农事官还要做出有成算的样子，说道："我们的男爵老爷可是大主教的外甥，从东方游历回来，大发善心才给了这些。这个是老爷特别炮制过的药，炮制后煮水就能治剃枝虫了。以后你们谁家里生了虫，就到城堡里来买药。"

他说着，赶紧把剩下的都收了起来，心想幸好他只拿了块茎来，农民们不一定认得出，又只有迪伦看到，还被他忽悠了一番。

"农事官老爷，我其他的地还没有洒药哩。"迪伦可怜地说。

"只有那一些是老爷善心送给你的，剩下的就要买了没听到吗？用粮食或者耕作日来买！"农事官强调道，"我会拿回去，更加精密地制作药水，你可以过去买。"

他说完就赶紧走了，脑子里全是如何说服老爷，让这个方法归他一个人来操作。这样一来，他们家就多了一样手艺，专门为老爷的地杀虫。农事官已经畅快地幻想起来。

现在他已完全忘记自己曾经在心里是如何形容男爵老爷的了：异想天开。

农事官回到高地上的城堡，亲自将那些块茎煮成水，不叫任何人看到，然后气喘吁吁地去找老爷汇报情况。

崔栖潮对这个结果并不觉得奇怪，平淡地道："那些块茎和皮都有毒，所以杀死了虫子，但是人和牲畜吃了会生病，得仔细保存。这个春天雨水比较多，虫子也多了，要让农户们小心。"

"原来是这样，原来是这样。"农事官的脸涨得通红，搓着手道，"老爷，那么这样的药我们可不能白白给那些农奴啊，也不能告诉他们如何制作，这是老爷赐下的手艺。"

崔栖潮看了农事官一眼，知道他心里在想什么，以后使唤这个人的时候还多了去，得让他尝到一些甜头："当然，你是我的农事官，杀虫都由你来负责。往后如果有农奴或者自由民的地里生了剃枝虫，就让他们找你要药水，等到收租的时候，每一份药水得多交两碗麦子。"

如果顺利的话，到了收租时，两碗麦子对农奴来说就不是什么大负担了。

农事官两眼发光，也就是说，以后谁的地生虫子，都得来求他杀虫，包括其他管事。农事官高声道谢，恨不得亲吻男爵老爷的脚面。

于是，在农事官的吩咐下，侍从将药水交给了迪伦，并和他约定，收租的时候要多交两碗麦子。

相比起麦草被啃光，颗粒无收，这已经是个好条件了，农奴迪伦忍痛答应。在侍从向其他农奴说明长虫要去报告后，又浑然忘了心痛，大声说男爵老爷的草药有多么管用。

这边，崔栖潮又仔细给农事官讲解了一下药水，除了剃枝虫，还有粘虫、卷叶虫等，都能被杀死。如果没有条件煮开水，或者不想浪费柴火，那就把根茎泡上一整天，药水同样有效。

事实上，这些黄色的块茎属于卫矛科的一种藤木，外表平平无奇，就是随处可见的藤花，本地人没有特意给它命名，只叫它蓝花藤。

崔栖潮不太确定它在中世纪的学名，不过卫矛科有好几属都有毒性，也能入药。它生长在东亚的近亲雷公藤、紫金藤都是古代农民们的天然杀虫药。

农事官听得更加欣喜若狂，看崔栖潮的眼神大不相同，看来这位可敬的男爵老爷在东方游历时真的学到技术了。

“喵……”崔栖潮正说着，忽然后头传来猫叫声，连农事官也侧目看去。

崔栖潮顿了一下，问道：“小白？”

一只黑猫从床下钻了出来：“喵。”

小白？农事官不是很懂了。

崔栖潮走过去一看，小白的两个兄弟还在呼呼大睡，只有这只馋猫饿醒了，他给小白喂了一些干豌豆和水。

农事官用异样的眼神看着男爵老爷。老爷们养狗、养马，喂它们吃东西，那是正常的，但是，这是猫。

崔栖潮立刻对着小白比了个枪毙的姿势，小白气愤地放开豆子，一下倒地，还抽抽了一下。

崔栖潮冷冷一笑，说道：“我正在研究杀虫藤的剂量与毒性。”

农事官浑身一寒，深深埋下头去。

第 30 章

# 东方秘诀

诺森伯兰的新领主老爷确实是一个典型的贵族呀，在用黑猫试验过自己的毒液后，又拽了拽那猫的尾巴，只见这猫奄奄一息地睁开了眼。

“很好，留着下次继续毒。”崔栖潮瞄了一下农事官的眼神，补了一句。

农事官并无意见。他怕的不是猫死，而是毒液，谁知道对人有多大影响？

眼看小白饿了，崔栖潮为免露馅，说道：“其余的，下次有机会我再告诉你吧，你先回去。”

即使他是一名荒唐的贵族，又在教会有个后台，但仍然不能太过分。在这个时候，虐猫才是正常人，喂猫的是女巫、魔鬼的附身。

农事官连忙告辞，连声说会好好研究领主老爷传授的秘诀。其实他心底在琢磨着老爷那几个字，其余的，这杀虫藤的用法老爷已经说得非常详尽了，包括剃枝虫的虫卵一般长在什么地方。那么老爷所说的“其余”，难道是指他还懂得如何杀死其他虫子？

农事官的心又热了起来，他想起了自己送上的、领土内所有的植物。

崔栖潮目送农事官离开。

农事官一走，小白立刻精神百倍地吃起了豌豆，崔栖潮也拿出一些剩下的肉喂给它。在这个大部分人类都吃不饱的年代，小白俨然要成为中世纪最幸福的猫了。

农事官没有想错，崔栖潮当然知道其他一些虫子该如何治。即使这个时代没有农药，但大自然是神奇的，如同可以当作天然肥料的绿肥作物，也存在很多能当作天然农药的植物，杀虫藤只是其中一种。

世界上最早商品化的农药，都是从植物中提取的。华夏人很早就开始用草木灰、草熏等方式来防虫，甚至还存在能够抑止杂草生长的植物，比如小麦里其实就存在抑止部分杂草的活性物质。

韭菜、大蒜、辣椒、胡椒、烟叶，不都能杀虫？可是一公斤的大蒜、韭菜搅碎去渣后的原液，足足一公斤原液再配比至多十公斤清水，才能成为具有杀蚜虫、红蜘蛛功效的农药，效果几乎是百分之百。

在这个时代，谁能奢侈到使用这样的农药？大蒜还只在教士们的园子里种植，胡椒要论颗卖，还有一些植物，诺森伯兰乃至整块大陆都不存在。

好在，崔栖潮仔细看了领地上长的植物，里面也有那么些具备各种功效的植物，之后要考虑利用一些间隙种植的方法——毕竟这个时候耕地如此珍惜。

“喵！喵！”床下传来另外两只小猫的声音，它们闻到了食物的味道，都爬了出来。

崔栖潮在现实生活和二十一世纪的虚拟位面里都看过不少幼猫，但没有哪只像它们这样瘦弱，它们应该是被母猫藏起，农奴发现后才捉回来，也不知道母猫是什么情况。

崔栖潮又让仆人给自己拿一碗羊奶来，至少在食物上，他只要摆出冰冷的表情，那些仆人就不敢对这个脾气古怪、不怎么爱让仆人贴身伺候的老爷说不。

他用羊奶拌着豆子，将它们泡软了，然后给那两只明显比小白还要瘦弱的猫吃，如果也给它们吃干豌豆，说不定它们会被噎死。

白猫和橘猫经过短时间的喂养，对崔栖潮产生了极大的信任。母亲不在的时候，是崔栖潮在投喂，还是在这个食物紧缺的时代。

白猫吃饱后，就开始抱着崔栖潮的手玩耍，崔栖潮对它说：“坐下。”

这只白猫看到过崔栖潮和小白的互动，模仿能力很强，竟然真的坐了下来。

“真是一只聪明的猫。”崔栖潮摸了摸白猫的头，不经意侧头一看。

小白不知什么时候蹲坐在一旁，盯着这儿看，眼睛都耷拉成了半圆形，就像在皱着眉一般。

明明是它先来的，它还牧过鸭。

虽然是个魔鬼一样的人，但是被别的猫抢走，它怎么想也不爽呢……

白猫浑然不觉，索性露出了肚皮撒娇，展示自己的信任，同时用舌头一下一下卷舔着崔栖潮的手指。

“喵！”

小白尖叫一声，崔栖潮的手没想法快，眼看着小白行动却没能阻拦住，白猫被小白一脚踢飞了。

白猫一下蹿到角落，连橘猫也怯怯地躲开了。

外头的侍从听见这个声音，默默擦了擦汗，男爵老爷又在虐待那些邪恶的猫了。

诚如男爵老爷所说，这个春天的降雨量比起往年要多，但虫子也开始出没了。

农奴迪伦只是头一个而已。接下来，就连两天路程以外的村庄里也出现了虫子，至于更远的，暂时还不知道。

农事官铆足了劲，带着他的儿子们，亲自调配药水，近的庄园，让农奴自己来买。远的，只好将根茎伪装一番，削得让人看不出模样，然后让送信的侍从带过去，一定要说明这些药是需要用麦子换的，一粒也不能少。

有了迪伦做例子，与他份地相邻的农奴是人证，份地与死虫子的残骸可以作为物证，至少住在城堡附近的农奴或者自由民们不再考虑效果的问题，只是纠结那两碗麦子。

当然，最后他们还是要答应的，否则失去的可不止两碗麦子。

从前长了剃枝虫，抓不干净的麦苗，都被啃得一干二净，整块地减产一半以上的都有，连留种都不够，多少农奴因此饿死过？

事实证明，这两碗麦子其实物超所值，药水在杀死剃枝虫后，那些剃枝虫都没有再次出现过。也就是说，这种药水不但能杀死剃枝虫，还能够预防！

这一点，在农事官陆续给老爷那些没有长剃枝虫的地里也洒上药水后，进一步得到了证实。

所有人都知道男爵老爷长时间在东方游学，这闻所未闻的、给农作物吃草药的方式一定也是从那里得来的。这让他们在折服之余，和农事官一样想到了一个问题。

男爵老爷让大家把一些草间种在他的地里，难道这样做也是为了什么神奇的功效？

要知道，男爵老爷吩咐，务必要先种在他自己的地里，包括那些休耕地，在杀虫药之后，可以排除老爷乱玩的选项，剩下的就是贵族老爷事事精明了。

好奇心蔓延在整个庄园里，农奴们都凑在一起猜测那些“杂草”到底能起什么作用，是能够让其他虫子也不靠近吗？

原来在庆幸自己的地里不用种上草的农奴们的眼神忽然改变了，这是一位精明无比的老爷，而那些只有老爷才能种的草呀，看上去忽然也多出了几分漂亮、茁壮的模样……

而在农奴、自由民们之外，教士、管事、骑士之类的人物想得就更多了。

对诺森伯兰的土著们来说，管事、骑士们考虑的，是以后与农事官的相处或许要改变了，看上去他得到了老爷的青睐。

这份青睐是如此实在，是令人眼红的治虫秘诀，足够农事官的儿子、儿子的儿子，他的世世代代都不愁吃喝。早知如此，他们应该更积极一点回应老爷的所有命令，但当时谁能想到这位年轻的男爵是如此智慧、慷慨？

现在，他们只能小心翼翼地去和农事官套近乎，希望在剃枝虫出没的季节，优先从农事官那里得到一些药水，这样自己的地就不担心长虫了。

还有那些“杂草”，他们开始找各种各样的机会和借口去观察老爷地里的杂草，然后他们发现，老爷种草就像种麦子一样，整整齐齐，有定数，如果超过了，就要切下来放到别的田里去。

这可不像是发疯，不是要让杂草来和自己的粮食争抢营养。虽然还不知道具体用途，但一定是好东西，只可惜现在领地上那种草都被农事官搜刮了，否则他们还想仔仔细细地研究一下。

胆大而狡猾的管家首先请男爵老爷关照关照辛勤的他，允许他追随老爷，也在自己的地里种上那些草。

男爵老爷考虑了好一会儿，才勉强点头，让他在农事官那里领草籽，又叫农事官来吩咐，告诉他们种植的数量与距离。紧接着，税收官、骑士等人也都心动了。

往日在整个庄园，农事官绝不是老爷以外最有地位的人，而现在，从管家到税收官、治安官，面对他时全都笑容可掬。农事官深深地满足了。

至于教士，他是要替教会在这片土地上征税的，因此在剃枝虫现身之后，他就关注起来，虽然他也没什么办法。

可是没想到那位新男爵阁下有！

教士几乎想立刻写信回教会，但他很快想到，男爵阁下和大主教的关系还用得着他来禀报这件事吗？他嘛，还是尽量和这位男爵阁下打好关系最重要吧。

在这样的氛围之下，崔栖潮接下来提出的要求，管事们都抢着要替他去监督完成。

崔栖潮："我注意到，各个地方都有粪便。"

大家点头，没错呀，人和牲畜一样，随地排便。

崔栖潮："这不行，这块领土上所有的东西都属于我，包括粪便。"

粪便？如果不是男爵老爷不久前才展示了杀虫秘诀，他们几乎都要认为老爷又在说荒唐话了。

崔栖潮指示："在白土上挖几个大坑，把所有粪便、吃剩的渣滓都收集到里面，最重要的是牛粪、猪粪、鹅粪，农奴们捡来得多，可以领到一捧燕麦。"

管事们都震惊了，用粪便换燕麦？这是哪里来的大好事？这不是便宜了那些农奴吗？

为什么每次当大家对老爷改观的时候，他就又要说一些让人无法理解的话？那些杂草，在杀虫药之后还能让人相信有什么特殊效果，可是滋生虫鼠的粪便到底有什么用？

这个疑问注定要在他们心中埋上几个月，因为堆肥的沤制需要几个月时间。

崔栖潮只让管家附耳过来："你收集一些秸秆，铺一层在坑底，然后等集满粪便，再盖上土。"

如果在白土，也就是盐碱地上挖坑，也就省了其中一道程序，那就是泼碱性的石灰水。

管家睁大了眼睛，嗯？这种事情还有要保密的地方？他的呼吸急促了起来，虽然还不知道为什么，但是，这是老爷相信他的表现。

其他人也都嫉妒地盯着管家，尤其是农事官，看上去这里头真的有秘密，而且老爷只告诉了管家一个人，那么一旦事后要有什么好处，肯定是管家首先享受了。

男爵老爷的要求还不止这一个。

崔栖潮之前就让人去给自己的盐碱地挖沟渠好蓄水，这水渠一方面是为了积蓄雨水，另一方面其实是要作为水利工程的一部分。

这座城堡也不知道是第几任诺森伯兰男爵修筑的，看上去是特意挑选过，选在了一片高地上，下方的庄园，也有河流蜿蜒曲折地环绕。

能够住在这座庄园里的农奴还算比较幸福，在有的村庄里，份地与河流之间的距离可没这么近。

但是，他们唯独在播种后，会浇一些水，剩余的时间，谁有空一趟一趟地从河里打水来浇灌？农活太多了，就算知道水对农作物好，也只能等下雨。

没有水利设施啊，而且还要好几百年，中世纪农民才会领悟到如何修建水利工程，进行灌溉、排水。

现在的他们真的是靠天吃饭，神给多少雨水，就是多少雨水；神说今年播种后有种子几倍的收成，就有几倍的收成，从绝收到最高的五六倍。

崔栖潮已经仔细观察过这块地的形状，并让农事官一一测量。作为领主所住的地方，大部分是平整的，不至于水在下头田在上头，如果是那样，还得修水车了。

堤坝也分为很多种，像庄园这块地的情况，河流的水位和水量基本能直接引水入渠，就建分水坝。

在河上筑起分水坝，分出水流灌田，然后通过引水槽将水导入输水渠，多余的水，或者雨天不需要灌溉时，水则通过退水槽又回到河里。

崔栖潮打听过，虽然诺森伯兰雨水不多，但旱季也不至于河水干枯，而且近几年雨水有变多的趋势，倒没有必要拦河坝蓄水。

这只是一个小的渠系工程，因为现在的农奴们远远没有修筑大型工程的能力。就连堤坝的材料崔栖潮也得用最简单的，石头肯定不用想了，那得修到哪年哪月，他们也就这城堡是用石头修的。

他只能就地取材，一层土一层草地叠加修筑，这样的土草坝夯实了也够用。

虽然修堤坝和水渠的事情前期费时间，但是一旦修起来，之后能够节省太多排灌工夫了，尤其是对那些份地离河流比较远的农民来说。

由于中世纪人民思想的僵化，崔栖潮暂时只要求他们分出水来，引到自己的盐碱地和耕地里，让他们看看勤劳灌溉的作用。

管家听到他说要修个分水的草土堆和之前的沟渠连在一起后，一副恍然大悟的样子：“老爷，这样河里的水岂不是自己流到田里去了？”

沟渠蓄水也就罢了，同样要等雨水天降，但是引水听起来就大不相同了。

这样直观的事情，其他人还露出恍然大悟的神情，但好歹也是明白了：“天哪，这样岂不是天天都像在下雨？”

当然，他们一时还领悟不到修渠也没有那么简单，路线、形状、高度都是要统一筹划的，贸贸然随便修渠，效果可能适得其反。

崔栖潮看他们也不是不可教，来了兴致，说道：“我在别的地方游历时，发现他们的雨水非常多，所以要修很多东西来利用水流，就包括这种引水灌溉，水多了还可以排水。”

幸好这里都是盐碱地，如果是沼泽地，那他要疯狂修建的就是各种排水工程了。

管事们蠢蠢欲动，“真好，让那些农奴快些把土堆好，把沟渠挖好，老爷，最早冬天咱们就能看到了。”

再精明的领主也该知道农奴的时间是有限的，在那么多农活之外，进行挖渠修坝这样的体力活是非常困难的，一点一点做，做到年底还差不多。

“冬天？不、不，你让他们把除草的工作暂且放下一些，分出大半的时间去挖渠。”崔栖潮说道。

农事官迷茫地道：“老爷，那杂草怎么办？”

这些杂草可不是老爷特意吩咐让种上的那些草，他现在已经笃定那并不是杂草了，可田地里真正的杂草不拔掉，麦子怎么长？

“杂草，当然还是要去除的。”崔栖潮在管事们的注视下，轻描淡写地说道。

新生的杂草，水渠修好后可以顺带沤烂它们，已经长起来的，就要消灭了。

在这个时候，金属农具是连老爷也要珍惜，不随意借出的，木头农具也是比较少的。锄头都属于家传的稀罕物，许多农民连一把也没有，或者全家只有一把。

也就是说，农奴们在干很多农活时只能用手，除草也是靠一双手生拔。从播种后的几个月里，就一直靠两只手玩命地薅，和杂草比速度。最勤劳能干、儿女最多的农夫，地里才看不到杂草。

这样的方式，崔栖潮是看不下去的！

现实中，LJJ 播放平台——

崔栖潮转战男频的第一部作品，类西方中世纪背景，开局就是一个小领主。

因为崔栖潮在女频的优秀表现，LJJ 对他这一部作品的态度与上一部作品不同，开播前宣传力度加强了很多，上了很多推荐位，为第一集做宣传。

什么东方帝王血脉觉醒者现身西方中古世纪，第一集特大看点：东方秘技现身，中世纪人民叹为观止。

到了开播那天，这期节目更是由于一大批从女频跟随而来的观众一下登上了男频播放排行榜。

一开头，就有弹幕狂刷。

老观众前来支持，崔总在中世纪一定要同样大放光彩哦！

给广大观众科普一下，我们崔崔继承的是华夏三皇五帝中炎帝的血脉，当皇帝都妥妥的，小领主手到擒来啦，请期待接下来的惊喜吧！

前排就座，带好我的心脏病药丸，我们崔总干大事特别刺激的。

前排就座，带好我的小饭盒。

哇，你们是真的坏……

男频的观众们乍一看这些心态有点扭曲的老观众弹幕，都信以为真，心想：哇，不得了，皇帝血脉觉醒者，才出过一部作品就这么多支持者，还追到男频来，看来这秀真的会非常刺激了。

唯有极少数的人从这热情过头的推荐中觉察到一丝不对，但是晚了，节目已经开始了。

崔栖潮先救下了三只猫，获得大家一定的好感度，无论在男频还是女频，小动物不能死是共识。接着，就是中世纪的暗黑料理出现。

在中世纪真人秀里，这属于固定套路了，看主演们被暗黑料理毒害到死去活来，也是笑点之一。

天哪，猫咪，崔栖潮一定是想小白了……

我去，这么多田，崔栖潮有福气了。

再想也不用给黑猫起名叫小白吧！

好了好了，知道你很会驯猫了！

看到这些菜，我感觉到了熟悉的气息，那么接下来应该是……

打开了我的饭盒。

不出老观众意料，下一刻，崔栖潮就逼厨娘开始烤肉了，油滋滋、外焦里嫩的烤羊肉，香气几乎能穿过屏幕蹿到人鼻子里头，居然还有好几个大特写和慢镜头。

详细的美食镜头看得观众全都口水直流，毫无准备的新观众只能哀号：看中世纪位面的节目，他们真的没有做好美食出现的准备啊！东方的帝王为什么连烤肉都会？

紧接着，重头戏来了，本集最激动人心的桥段，崔栖潮展现来自东方的秘技——驱虫。

是很了不起没错，但是和我想象的有一点点出入，我以为会把所有骑士揍趴下，让他们心悦诚服，发誓跟着领主一起打江山。

啧啧，那也太中世纪老套路了，你怎么不说虎躯一震骑士们就跪地吻手？

还挺爽的啊，看管事被打脸，跪舔领主，还有农奴命运的反转，对主演充满感激，奉若神明……这不就是这种秀的意义？Boss要一个一个打，期待之后更精彩的剧情！

有道理啊，要打仗先得有粮食，这么做是对的，我也支持主演帮忙种地！

支持支持，没有任何意见，崔崔冲呀！多种一些粮食！

广积粮，干大事，我们崔栖潮绝对不会让各位兄弟失望的！

崔栖潮最牛！帝王血脉，霸道得超乎你的想象！

第 31 章

# 工具才是最伟大的

农奴迪伦正在教他的小儿子约翰除草，他们跪在地里，背朝着天空，脚抵着泥土。

连续耕作的地上，野草总是格外多，但持续不断的除草工作又不得不进行，现在迪伦家里多了一个新的劳力。

并且，在昨天——迪伦想起来就觉得有些幸福，他原本留在家里的小女儿，这几天利用不煮饭的时间到外头去捡牛粪，再加上自家的猪粪和羊粪，积攒下来的分量从管事老爷那里换来了一把燕麦。

这是白白得来的呀，虽说燕麦远远不如小麦值钱，但是多换上几次，上次杀虫欠领主老爷的麦子就能抵消了，说不定还能多赚一些。

不过这也只是迪伦美好的愿望，这样的大好事不只他们知道，庄园里所有人家都行动起来了。他们首先把家里所有的粪便都刮干净，送给老爷，然后再让家里不干活的小孩出去找粪便，所有路上的粪便都被木铲铲起来了。

人出没比较多的地方已经看不到粪便的踪迹了，起码迪伦今天来份地的路上没有踩到过。他想还有林地、牧地等角落，多的是牲畜们乱拉的粪便。可惜，农活这么重，否则他可以让儿子们也去捡。

哪有人去思考为什么老爷愿意拿燕麦和大家换粪便，有便宜赶紧占好了，万一哪天老爷反悔了可怎么办？听说他老人家的脾气并不好。

迪伦正在想着，听到小儿子叫了一声：“父亲，我的脚。”

农奴们是没有鞋子穿的，无论在家里还是干活，都光着脚。迪伦看了看小儿子的脚，上头起了水疱，他叹了口气：“我不是告诉你了嘛，要小心三瓣叶的魔鬼雏菊，它们的汁液会让你起水疱。”

人们对草的看法是复杂的，当魔鬼雏菊生长在田地里难以拔除时，它就是魔鬼的产物；当它被草药师用来熬药时，就成了圣物，是春黄菊。就像三叶草长在外头时什么也不是，被老爷种在地里后，就成了人人好奇、向往的存在。治疗虫子的草药如果被牲畜吃了，就是导致牲畜中毒的魔鬼藤了吧。

迪伦教儿子认识各种需要拔除的杂草。在这里，它们一律被冠以魔鬼的前缀，从魔鬼雏菊到魔鬼之叶、魔鬼的莓果。

最要警惕的，无疑是毒麦，其实杂草还不至于危及人畜性命，但毒麦如果不及时拔除，等到它长成了，模样和麦子相似，一起收走会导致食用者中毒。

小儿子一点一点地学着，眼看着家里的新劳力慢慢成长起来，迪伦欣慰地揉了揉自己的腰。这个时候，隔壁份地的阿尔瓦叫了他一声。

“迪伦，你会去向领主借除草的农具吗？”阿尔瓦问。

迪伦很茫然：“什么除草的农具？”

“看来庄头还没有告诉你，今天早晨他和我说了，老爷让工匠制作出了能够除草的农具，向他借，整个夏天只需要两把豆子而已。”阿尔瓦见自己掌握了迪伦不知道的事情，立刻连手头的活儿也顾不得，叉着腰唾沫横飞地说起来。

“庄头说，那可是好东西，工匠晚上都抱着睡觉，用了后……”阿尔瓦也不知道具体怎么样，胡乱道，“用了后咱们就不用跪着拔草了。”

迪伦心动了，如果能够站着劳作，腰会好受很多，但是两把豆子，也够吃两顿了……

“你见过这样的农具吗？工匠为了做它，去林地里砍了木头，忙活了十几天。”阿尔瓦说，“我们可以和约瑟、乔伊一起借一把，轮流用。”

如果四户人家一起借，就轻松很多了，迪伦心动了，说道：“咱们找上约瑟和乔伊去看看那些农具吧。”

干完农活后，迪伦就和自己的朋友们一起去看那新农具，有不少农奴抱着同样的想法，把庄头和农事官围得水泄不通。

“我的天……”迪伦看到了那些农具，分为两种，一种呈扇形，有许多齿，有长把手，另一种比较小，也有齿，但没有把手，只系着绳子。两种农具绝大部分是木头做的，只有那么两件，齿上包着锋利的铁皮。

庄头把其中一样的绳子绑在自己的脚上，然后提着，在地里踩，把杂草搓出来，再翻进土里，所有农奴立刻发出了羡慕的声音。

这是什么好东西？能够站着使用，一搓就是一大片。大的除草农具更好了，用手持着在地上耙，包了铁的格外好用，一下就将大片杂草耙出来了，反复几遍，这一块的杂草就都没了。

“包了铁的耕田器只有老爷的地里能用，你们要借，需要两捧麦子，而且要在老爷的地使用完了之后借。至于这些木头做的就便宜多了，只要两把豆子。”庄头说道。

阿尔瓦说错了！

他说这些耕田器的作用只是让人站着劳作而已，可事实上大家全都能看到，使用了耕田器后，除草的动作会快上很多。任意一个老手，而不是迪伦的小儿子那样连魔鬼雏菊都认不出的新手，都能把除草的速度加快至少三倍。

而这代价，仅仅是两把豆子而已。

农奴们几乎是一拥而上，请求庄头把耕田器借给他们。

因为农具少人却多，因此就算大家舍得那些豆子，也不得不几户人一起合作。

“不用着急，工匠还在制作。老爷说了，等到这一季粮食收上来，如果收成好，他可以考虑把耕田器卖给你们。”庄头的话充满了诱惑，“只要很少，很少的麦子。以后修农具，也只要很少、很少的豆子。”

不是借，而是卖。虽然还不知道那“很少”的麦子是不是骗人的，可是，大家只要想想能够独自拥有这样的农具，就知道在拔草期间能够省多少力了。

更别说，庄头刚才还透露了，那些除草效果更好、包了铁的耕田器是在老爷的地里用，到底哪个幸运儿能够在替老爷耕种的时候使用这耕田器？

事实上，已经有家境比较宽裕的自由民在思考了，是不是该给农事官和庄头送些燕麦，好让自己家使用这少数的铁耕田器。

迪伦喜气洋洋地拿着耕田器回去。他和阿尔瓦、约瑟、乔伊约好了，每家轮流使用一天，如果坏了，也是四家一起拿去修。

第二天，当迪伦在地里试用时，让儿子们在身后拔除残余的草，他和大儿子轮换着来，以往需要一整天才能完成的工作，今天太阳还没升到头顶上就干完了。

节省下来的时间，迪伦给自己的草屋补了茅草，去林地里捡了柴。到了下午，他再从容地去做老爷吩咐要做的活儿，那就是到河边堆土、挖渠。

这渠要和老爷的土地相连，尤其是那些种不了作物的白土。

正在挖土的时候，迪伦听到一阵喧哗声，抬起头，看到了一位穿着丝绸衣服、英俊无比的贵族老爷在庄头、农事官等人的陪伴下，骑着马来了现场。

虽然还没有人说，但迪伦已经猜到了，这位让人无法仰视的老爷，应该就是诺森伯兰的新领主——男爵老爷。

农奴们深深弯下自己的腰，向这片土地的所有者行礼，并在心中猜测老爷来做什么。

要知道，从前那位男爵老爷大家也没见过几次，且绝不是在田边，而是老爷出门游玩、打猎的时候，他们远远见到，甚至不被允许靠近。

新领主虽然长得英俊，但是不苟言笑，让所有人都不敢发出声响。他从腰间提起了一个沉甸甸的布袋，一下丢在地上，布袋松开，露出里面许多的豆子和燕麦。

新领主吩咐道：“架柴，把这些煮成糊糊。今天太阳下山前，如果输水渠能挖到我所站的位置，每个人就都能够吃一碗糊糊。”

一碗糊糊！几乎所有人的眼睛都亮了起来，这比他们交上去租耕田器的豆子可能还要多一点儿了！

以往在干这种不是非常紧要，又不是属于领主的土地的活儿的时候，总免不了有人悄悄偷懒。今天用不着谁来用棒子鞭策，他们就互相鼓劲，拼命干活儿。

还不到太阳下山，农奴们已经把输水渠挖到了崔栖潮马蹄旁的地方，积累的土和草混在一起，就可以用来堆土坝了。

在所有农奴期待的目光下，崔栖潮说：“把糊糊发给他们。”

侍从装糊糊给农奴们吃，倘若碗不够了，他们直接用手接，捧着吃。每个人都狼吞虎咽，连一点点残余也没有。虽然燕麦糊和豆糊很粗粝、干涩，但农奴们也只吃得起这个，黑面包平常根本舍不得吃，甚至吃不上。

有的农奴在家吃豆子都不能吃饱，只有那么一点儿，这些豆糊煮得还不像家里那样稀，他们吃起来好像难得的美味。

崔栖潮看着这些面黄肌瘦、狼吞虎咽的农奴，在心底叹了口气，爱民之心受到了极大的刺激。如果可以，他甚至想请庄园里所有的农奴吃小麦面包，但是在这一刻纯属异想天开，他只能提供一顿燕麦糊和豆糊而已。

在过来的路上，他还看到了农奴们的房子，只是在稍微平整的地上用木头和茅草搭起来的茅屋而已，里头还住着家里的牲口。难怪这些农奴又叫茅屋农。

这只是第一步而已。崔栖潮想，总有一天，他会把产量提高，让领地里的农民全都有小麦面包吃。燕麦？喂马去！

今天在河边干活的农奴们难得地饱着肚子回家，一碗糊糊就凉水，他们产生了久违的吃饱的感觉。

迪伦对他的邻居说："老天一定要保佑我们的男爵老爷啊，我从没见过这样善良的大人物。"

邻居想嘲笑他，男爵老爷用得着他来为老爷祈祷吗？可是邻居想想还是闭嘴了。迪伦说得没错呀，这位老爷可是让他们吃了一顿饱饭。

而在所有管事心里，男爵老爷还是那个有点疯狂、荒唐的老爷。

仅仅为了提高修渠的速度，他在逼迫完工匠制作除草农具后，又浪费了一袋燕麦和豆子，免费给那些农奴吃。租农具时收来的豆子还没有捂热，就又回到农奴们的肚子里去了！

更可怕的是，老爷似乎打着不止今天奖励糊糊的主意。

好在，老爷对他们也挺好。

"明天我让厨娘煮一锅鱼汤分给大家。"崔栖潮说道。

所有人激动不已，自从尝过老爷让厨娘做的烤肉后，他们就念念不忘。但是城堡里不是每天都会杀新鲜猪羊的，而老爷的烤肉又必须用鲜肉来做。

老爷不热衷打猎，倒是会每天盯着厨娘做蔬菜，但每次分量不会太多。老爷即使不在素斋日，基本也就吃蔬菜，他们哪里还好意思分一勺半勺的。

就像前些天的农事官一样，诺森伯兰城堡的厨娘心中充满了喜悦。

她的母亲当初能成为诺森伯兰承包的厨娘，就是因为用一整条腌鱼和路过的南方人换到了制作肉汤的菜谱。光有不错的厨艺不够，你还得有特别的菜谱，否则老爷们为什么选择你而不是其他人？

而现在，男爵老爷在不满意她的情况下，没有换人，反而教了她好几道美味菜谱，被她牢牢记在心里，并且以后要传给自己的孩子。这将会成为厨娘新的倚仗。

今天，男爵老爷又吩咐她做了两道菜，一是烤鳟鱼，不例外，先叫她把手洗干净。这是厨娘唯一有些怨念的地方，老爷喜欢虐猫，甚至问过领地里有没有抓到新的猫，可惜猫就像被恶魔附体了，逃窜得那么快，在原野上很少有人能捉到。

老爷似乎有些失望，都不舍得一次把猫虐死了，每次都把猫带在身边，随时捏一捏，好叫猫咪发出尖叫声，更喜欢把猫放开，让它恐惧地跑来跑去。

那邪恶的猫就像故意似的，每次都往她身上撞，导致她不得不经常洗手。冲洗后的身体不够圣洁，可接触了邪恶的黑猫也很不祥，加上当着老爷的面，厨娘只能选择洗手。好在她为此多去了几次教堂。

男爵老爷亲自拈了两把香草，叫她放进清理好的鱼肚里，厨娘仔细记下香草的种类和分量，一半香蜂草，一半牛至叶，还有一点儿姜片，腌制一上午，然后再放上烤架。

教堂外种满了迷迭香和百里香，把晒干了的迷迭香和百里香粉末撒在烤鱼上，辛香的味道就弥漫开来，随着渐渐干燥、焦脆的外皮渗透进去。在老爷的准许下，还可以给它加上一些盐。

等到烤好后，每条鱼上头挤一整片柠檬。那焦黄的烤鱼散发着浓郁的香气，每个路过厨房的仆人都要驻足，多闻几下才舍得离开。

同样是烤鱼，同样放香料，可是厨娘用自己的菜谱做出来的烤鱼就没有这样的味道。

更让厨娘兴奋的是一道羊奶制成的点心，她闻所未闻，见所未见——因为要过上好长一段时间，中世纪人民才会尝到用水果混合燕麦粥而制成的，被称为布丁的食物，而这种与双皮奶形似，蛋奶等物制作而成的布丁，则要更晚才会被发明。

因为老爷最近经常要羊奶，牧羊的奴隶也会特意为老爷准备好新鲜羊奶，把一罐新鲜羊奶加上一点好不容易从外头换来的糖煮滚了，放凉后再和蛋清一起搅拌，接着再蒸上一段时间。这段时间里，厨娘一直在心里头数数，等到老爷说可以拿开了，她才记好数，把罐子拿开。

等到揭开罐子，里头的羊奶都凝结成冻了，再往上头加一些树莓。

厨娘在老爷的允许下得以尝上一口奶冻，立即被那奶香浓郁、香滑软嫩的口感迷住了，只是稍稍挤压，它们就会破开，甜香中树莓的酸甜味道又别具风味，让人几乎不舍得吞下去。

这才是甜点应该有的味道吧……厨娘怔怔地想。

长长的餐桌上，堆了好几条鱼的大盘子与装着羊奶冻的罐子被放上来，吸引了所有人的目光。他们都知道老爷在厨房里消磨了半天的工夫，就是为了盯着厨娘做出这两道菜。

崔栖潮首先动手，把鱼分到自己的餐盘里："大家请便吧。"

在他说完后，管事们齐齐动手，不约而同地把餐具伸向了烤鱼——上的姜片。

烤鱼虽然香，但是漂洋过海，从另一片大陆而来的姜更为难得，吃到就是赚到。在饮食上面，新男爵大方又讲究，获得了大家的一致赞美。

虽然没有加胡椒，但是少许盐、适量的香草、柠檬汁，已经让烤鱼极为诱人了，也不知道厨娘是如何控制温度的，外皮烤得刚刚好，微焦香酥，一撕开，里头的鱼肉还是鲜嫩的。几乎不带什么鱼腥味，香蜂草和柠檬汁已经抵消了那讨人厌的腥味，只剩下鱼香。

酥脆鱼皮被咬得"吱吱"作响，辛香味刺激得人去吃边上的肉汤，可有了对比就会发现这碗肉汤是多么腥，多么无味。可怕的是，从前他们一直吃得津津有味。

农事官心想，即使为了烤鱼，我也愿意永远效忠男爵老爷……哦不，还有羊奶冻。

这个特别的羊奶冻，他舀了一大勺，乳白的奶冻上还点缀着鲜艳的树莓，细腻嫩滑的奶冻滑过舌头都是享受，丝毫不用费力，让他有些松动的牙齿得到放松。这里头还加了糖，他尝得出来，奶和糖简直是最好的搭配，他想自己必须请求老爷允许他带一口给自己的妻子和女儿吃。

当晚，农事官成了家里最伟大的人。因为大方的男爵老爷允许他带了一整碗的羊奶冻回去，他的妻子和女儿为了这个简直疯了，妻子甚至拽着他的衣领逼他答应一定要维持男爵老爷的宠信。

无聊的中世纪人民生活在地广人稀的庄园里，整座城堡每天的谈资都有限，自从新男爵到来，可供大家谈论和思考的事情多多了，甚至有点忙不过来。这贫瘠的生活，也足以让他们把领主都觉得有点儿粗糙的菜谱吹上天。

崔栖潮沐浴完臣民感激的目光后，也要进行真正的沐浴了。

教会宣扬的一直是不洗澡人才圣洁，在南部，诺森伯兰也包括在内，天气较为炎热，所以贵族们洗澡的频率会高一些，也就是从一年四次进步到一年十次吧……平民，则洗不起澡。

大多数贵族还是讨厌洗澡的，即使不得不洗澡，也草草结束。就算内心享受洗澡，这些人通常也会躲躲藏藏，这好像是什么恶习一般。

他要庆幸自己抵达的时期没有爆发黑死病，否则就算想堕落也不可能了。

冷酷的男爵老爷要做一个恶习难改的人，每隔几天就叫厨房给自己烧水洗澡，甚至很苦恼这座城堡里没有修浴池，连浴桶也是新打的，大概是上一任男爵并不热衷洗澡，拿湿毛巾擦一擦就当洗完了。

粗糙的木桶里必须铺上细布，否则木刺能让他洗完水都变红。崔栖潮听到木桶外传来抓挠的声音，探头一看，是小白正在挠木桶。

"你最好还是不要那么频繁地洗澡，没有吹风机容易生病。"崔栖潮说道，"自己舔舔吧。”

自己舔舔？

小白后退几步，一个疾冲、起跳、飞踏，从一旁的木桶借力转身扒住木桶，“噌噌”爬到桶沿，往前一跳，“咚”一声下沉，落在崔栖潮的双腿之间。

崔栖潮愣了愣，想：现在他是不是应该入乡随俗，真实虐猫了？

第 32 章

# 燕麦丰收

崔栖潮黑着脸把小白从浴桶里拎了出来，小白后颈被捏着都挣扎着抖了抖毛，甩了崔栖潮满脸，水珠从他的眼睫毛上落下来，滴在胸口。

小白心想，这人的心肠是毒了点，长得好……也就还可以吧。

不过很快小白就无暇顾虑其他的，崔栖潮沉着脸把它在水里搓了一遍，用布擦到半干后，光着出浴桶，找了个夹子。他把小白的后颈夹住，用白布兜住，挂在了窗洞口晒太阳。

小白看崔栖潮的脸色，大觉不妙："喵……"

崔栖潮："明天起，你就在城堡里抓老鼠吃吧。"

小白想下来，但是那枚夹子就像定海神针，把它给定住了。

崔栖潮回到浴桶里，把这个澡给洗完了（水还被小白污染了），才闷闷不乐地穿上衣服。幸好水有浮力，小白又不是太重，不然那一下把他压出好歹怎么办？

因为在中世纪世界，崔栖潮觉得这些猫太惨了，对小白比以往还要纵容一些，谁知道小白这家伙就是不能娇惯，能惯出毛病。

等到小白被挂得哀叫到外头人又在讨论领主今天用什么姿势虐猫了，崔栖潮才把它放下来。

小白才不想吃老鼠，宁愿吃羊奶泡豌豆。它凑近崔栖潮，求生欲让它把肚皮放在崔栖潮的脚面上，抱着他的小腿故作娇柔地撒娇。

崔栖潮冷淡地道："走开，你一点也没有大橘可爱。"

他只是没有拆穿而已，早看出来小白不是猫了，这种人工可爱，宛如工业糖精一样没有灵性。

小白回头看了橘猫一眼，那只橘猫自从食物充足后，就像吹气一样胀了起来。

角落里圆圆的橘猫瑟缩了一下。

小白厚着脸皮，继续用爪垫拍着崔栖潮，咬他的裤腿。

崔栖潮愣了半天，才冷静下来，说道："算了，老鼠就不让你吃了，病菌多。"

小白一喜。

崔栖潮："但是以后你排在大白和大橘之后吃饭，跟着它们学规矩。"

因为吃过苦，大白和大橘虽然没接受过训练，反倒比小白要听话一些，从不乱抓，崔栖潮不让碰的也不碰，更何况大胆地跳进崔栖潮的浴桶里。

吃饭的顺序直接决定了一个群体中地位的高低，往日都是崔栖潮先吃，小白第二吃，然后白猫和橘猫再吃。

现在崔栖潮让它最后吃，岂不是人工调整排位，以后小白再也不是中世纪最幸福的猫了，而是第三?

小白觉得自己难以接受。

“你要是敢对大白和大橘下手，我就把你阉了。”崔栖潮冷冷地道，他知道小白听得懂。

果然，小白虽然还是装作没听懂，眼神却没有再往大白和大橘身上扫了。

崔栖潮的蔬菜园紧挨着草场，种着甘蓝、胡萝卜、欧防风、南瓜等，再往外是果园，种着苹果树、蓝莓、橄榄、无花果等作物。

但是，和种粮食没有什么区别，一旦种下去，刨去除杂草之外，它们基本只有老天的关怀了。

这是崔栖潮不能接受的。他给农奴固定了工作，要进行中耕和整枝。

除了除草外，其实作物生长期间还有很多事要做，崔栖潮没有一次性要求，还是考虑到了农奴们的体力。中耕和灌水、除草一起配合，能够通气、保温，促进根系的生长。

在沟渠还没有挖完之前，崔栖潮等到珍贵的大雨下完后，才让奴隶们去除草、中耕。但他也让工匠做出了脚踏的耕具给奴隶使用，节省了极多的时间。

中耕完还要整枝，或许有的人认为剪掉一些枝条会影响收获，事实上适当修剪才能让作物更健康地生长，果实也不会发育不良。

像是主蔓结果的蔬果，就把侧蔓除了，侧蔓结果的，就把主蔓摘心，那些不结果的部分就不会白占营养了。放在果树上亦然，主干结果的就把侧枝给去了。

因为蔬菜园和果园就挨着草场，崔栖潮才让城堡里的奴隶们一边看管、放牧牛羊，一边完成这项工作，不必急着城堡里的工作。

说实在的，他们每天在城堡里忙活，还不是脏兮兮、黑黢黢的。这是城堡的问题，迟早有一天崔栖潮要在阳光最好的地方修房子。

相比起贵族应该做的事情，崔栖潮内心更乐意在这里和奴隶们一起整整枝，好收获更甜美的果实。但是作为一个领主老爷，他盯着人做饭也就算了，整枝是不要想的，所能参与的正常消遣应该是打猎。

骑士们眼看着管家们前赴后继地献媚，自己也忍不住了，要在男爵面前展示一下自己的英武。

这位男爵老爷好像罕见地不是很喜欢去打猎，来了城堡后都没提出过要和他们一起去打猎，直到他们提出来，老爷也是不情不愿地点的头。

骑士们私下讨论，老爷在体形上和普通贵族不太一样，不是那么健壮，甚至有些秀气。当然，这不是说他没有威严，相反，不知道为什么，老爷明明没有高大的身躯，但他一皱眉、哼一声，也让人十分惶恐。

别人出门，带上自己的长弓短弓、长枪短剑，或者猎犬、猎鹰。

崔栖潮则出门带了三只猫，三条绳拴在一起。虽然他压低了小白的身份，但白猫和橘猫还是习惯性地跟在小白后头，小白的随行又相当好，绳子基本不用绷紧，它会乖乖跟在旁边。

骑士对这一幕已经见怪不怪了，城堡里的人每天都能看到老爷拴着这些百虐不腻的猫四处走，而它们也乖乖跟着，绝不像普通猫那样见到人就逃，捕捉的时候还会攻击人、抓挠。

看来，它们真的被老爷揍得很惨。如果猫的身上真的附着恶魔，大概也已经被老爷揍服了。他们甚至怀疑老爷吃剩的大蒜都塞猫肚子里了。

崔栖潮懒洋洋地骑着马，就当遛猫了，穿过南面耕地，就到了林地。

属于他的猪群被散放在森林里，自由地啃着橡果吃。但是崔栖潮看到它们的身影后，几乎有点认不出来这些是猪。

大部分的猪，体形更像崔栖潮在现代看到的中小型犬，至多只有二十斤，而最大的，估计也就三四十斤，勉强能够到人的膝盖，而且浑身都是灰黑色的毛，长着獠牙，体形还没有他的猫滚圆。

难怪那么难吃。

崔栖潮对带着臊气和臭气的猪肉耿耿于怀。

而骑士长还在一旁道："领主，前些天我们在林子里看到了鹿，今天如果运气好的话，兴许能猎下来。"

崔栖潮："嗯。"

他发现骑士长充满希冀地看着自己，不禁疑惑地看了回去。

骑士长羞赧地问道："东方的国家吃鹿肉吗？"

崔栖潮："东方的国家什么都吃。"

他这显然是惦记男爵老爷会不会带领大家吃好吃的了。

不是胡说，就这片土地，骑士们待会儿打下什么他都敢吃……

崔栖潮根本不会打猎，拿着自己的剑乱挥舞了两下，注意力就被不远处开荒的人给吸引了。

为了拥有更多的耕地，开荒这项工程是一直在进行的。林地和耕地的地方，奴隶们伐木，把灌木矮丛砍掉，驾着四匹马和四头牛一起犁地。

因为耕牛不够，马匹加入耕地是在所难免的，实际上马的效率比牛高一点儿，只不过马是有希望成为优秀的战马的，而战争又是这个时候的常事，所以大家难免不舍得。

崔栖潮看到他们每犁一段就停下来让牲畜休息好一会儿，总觉得哪里不对，不知不觉离队到了近前，才发现那些马身上所用的挽具和牛是一样的……

估计是使用马耕地的时间太短，人们还没有设计出专门给马使用的挽具，直接把牛的套了上去，可不就导致马没法呼吸，还得经常停下来，不然就有被勒死的危险。

骑士们拎着一只狐狸和一头鹿赶过来，看着离队的男爵。

崔栖潮对他们说道：“我觉得我的领地上需要更多工匠。”

他发现人们对工具的利用实在太不成熟了，这明明是带领人类进化的存在，工匠现在已经被逼着天天打造农具了，崔栖潮还觉得远远不够，有太多东西需要改进了，现在又来一个。

骑士们面面相觑：“那可不是件容易事，匠人们都是跟着父亲从小学起的。要不然，咱们去别的领地抓些工匠回来吧？”

“对呀，我们很久没有打仗了，我们向北边进发。”

这一幕着实有点滑稽，诺森伯兰的骑士不过才二三十个，加上侍从、佃农里服役的兵等，满打满算也就一百多人，你出征还不能把所有人都派出去吧？

这个规模的战争，让崔栖潮有点认真不起来。

“很快就要收麦子了，还有那么多活儿要干，还是算了吧，人不犯我我不犯人。”崔栖潮说出了一个让所有人都很摸不着头脑的理念。

什么叫人不犯我我不犯人？他们的概念里没有这样的知识。

崔栖潮没有同意骑士们出去抢人的要求，而是命令城堡里的人去别的领地买了几条牧羊犬，以此解放部分奴隶的劳动力，好让奴隶们去给他生产农具，尤其是马挽具。中世纪人已经够少了，还常常有农奴累死、饿死，有地也没人种了。

对贵族们来说，奴隶还不如牧羊犬值钱，那些牧羊犬还得用麦子去换。它们是领地里有着大片大片草坡的牧民们培育出来的，和猎犬一样能为主人分忧。

从其他领地换来的南部狗有着光滑的短毛，体形敦实，崔栖潮看着它们的样子有点像澳大利亚牧羊犬，只是毛没有那样长而已。

这些狗非常机灵，甚至能观察出来这个新群体中谁是老大，一见到崔栖潮就低头来嗅他的手。

小白被绳牵着，在崔栖潮的腿后头虎视眈眈。它现在没有那样好的待遇，不能坐在崔栖潮的肩膀上了。它看着这些牧羊犬，内心非常嫉妒。

不是它想——但是，如果这个时代不歧视猫，它作为牧羊猫——再说一遍它真的不想做——比这些牧羊犬不知道强到哪里去了，这些狗看上去傻乎乎的，业务能力应该很差。

而牧羊犬们好像也不是很喜欢小白，可能察觉到了它不友好的气息，在它们舔了崔栖潮一下后，这种不友好彻底爆发了。

小白“喵嗷”一声伸爪子要挠牧羊犬，牧羊犬咆哮起来，被惊恐的奴隶紧紧勒着绳子，差点以为它们要攻击人了。

崔栖潮也惊愕地拉紧了绳子，看到还没有小臂长的小白和牧羊犬隔着一人距离对吼，绳子牵紧下几乎立了起来。

侍从们也都呆了，这样的情形在他们的概念里通常只会出现在两只狗之间。

崔栖潮尴尬地把小白提了起来：“好了，把狗牵下去吧，少让它们到城堡里来。”

牧羊犬一离开，小白立刻安静下来。

四下无人，崔栖潮把小白举起来，迎着光看它毛茸茸的脸：“你的嫉妒心有点重。”

小白不是，小白没有，它只是看不起狗的业务能力。

对小白早前的放肆，崔栖潮一下子释然了很多，虽然不是真猫，但也不失可爱之处。他凑上去和它碰了碰鼻子。

燕麦的生长期非常短，三个月就能成熟。

在崔栖潮的水利工程完成后没几天，农奴们围着自动灌溉的耕地羡慕、称赞了也没几天，他那些燕麦就进入抽穗期了。

对成天待在田里的农奴们来说，农作物是他们最熟悉的，每个时期大约多少天、是什么形态，他们都心里有数。

最早发现的，还是城堡的奴隶。

这些私奴要照料老爷的牛羊，今年老爷说让大家在抽穗期就把燕麦草割了，当作牛羊的饲料。

这个时期的燕麦草蛋白质含量是最高的，产草量也不错。事实上，当燕麦草生长后，庄园里的大家就看出来了，老爷的麦草好像长得比大家的好，更高，草量也更多。

但这还只是草而已，他们都没有联想到果实上。

直到现在抽穗了，私奴捧着燕麦草的穗看了半天，也觉得和从前不同，这燕麦外稃坚硬，每一枝都沉甸甸的，穗柄弯曲下垂，更重要的是，足足有七脉，穗粒也多了。

奴隶的嘴巴张大了，这是……增产了？虽然以他的算数能力还不能确定一亩地能够增产多少，但绝对是多了。

奴隶甚至无心继续割草，越过栅栏，跑到农奴们的份地上去看。

不，这些燕麦没有增产，还是和以前一样，相比之下矮小一些的植株上只有五六脉，一脉穗粒不超过十颗。

两块田，对比结果是非常明显的。

奴隶一下子坐在田埂上，天哪，他每天都看着这些田，可以确定它们之间的区别除了这几天多浇了水，就是老爷吩咐让人在私地上间种了一些草——那些草老爷还说可以喂牛羊，导致他们一度认为真的仅仅如此而已。

可是现在，奴隶很容易就直接把两者联系在了一起，种草等于增产。

这不是很明显嘛，那些甘蓝也都长得比以往要好了，可他们居然直到抽穗了才醒悟。

“你这懒猪，你在做什么？”巡视的庄头看到了奴隶坐在田埂上，手里的棒子很快就抽了下来。

奴隶赶紧爬起来，飞快地道：“我只是在看老爷的麦子，它们好像变多了。”

庄头狐疑地低下头一看，一下子分辨出来，真的多了！前几天还看不出来，今天再明显不过了，脉、穗都多了！

老爷私地上的燕麦增产了的消息，很快随着风传遍了庄园。

所有人都跑去看老爷地里的燕麦，眼睛都要看红了。

“看到了吗？”

“当然看到了！一颗颗数了，足足有十二颗！七脉！”

“啧啧啧……这得多上多少燕麦？”

“我的老天，如果我家份地的麦子能多上那么些！”

“我得说，老爷种的那些草，原来我家旁边还有很多，只是被羊给啃光了……”

“谁能知道它们还有这样的作用呢！”

“想一想吧！老爷知道怎样给麦子吃杀虫的草药，当然也知道给它们吃什么药，它们才能够长得高！”

这是什么仙草灵药啊，难怪老爷非要在地里种上，还要紧着自己的地。

神哪，这些草原来就长在野地里，谁都可以摘下来，连庄头都不会计较的。

如果燕麦都增产了，甘蓝也变大了，那么等小麦收获的时候，会不会也增产？小麦，毕竟比燕麦要值钱多了。

农奴们头抵着头讨论起来。他们的神情都羡慕得有点扭曲了，不由得产生一个疑问：仁慈的老爷会允许他的农奴们也在地里种上草吗？

答案是会，不只是出于乐观的态度，毕竟他们要交租，如果草籽足够，老爷为什么不呢？根据老爷请大家吃豆糊糊的行为看，他还是一个大方慷慨的人，这些地归根结底也都是他的。

现在他们再看那些燕麦，心情就好了很多，没那样羡慕了，开始幻想从老爷手里换到草籽——没错，那肯定不会是免费的——然后再播种，丰收，简直太美好了。

管事们中的大多数捶胸顿足的样子就像是绝产了的农奴，只有少数人做梦都笑醒了。

因为当初只有胆大、急着拍马屁的管家和税收官他们几个人请求了老爷，跟着老爷一起在地里也间种了草。现在，果不其然，他们的燕麦也增产了！

为什么，为什么当初他们没有跟着请求老爷？

虽然自己什么也没失去，但是同僚占了便宜，简直比自家丢了麦子还要让人难受。

可是，他们又不能抱怨老爷，只能不停地问老爷，现在再往小麦地里种草还有效吗？

男爵老爷崔栖潮对这个结果其实不是很满意，中世纪人民计算不出来，他却能计算出来，增产率也就是百分之十左右。

主要是他来得晚了点，肥料种类也不够，只有绿肥而已，还是间种的，否则，他完全可以在今年就把产量提高百分之三十！

不提未来，单单是肥料普遍使用后的二十一世纪，燕麦亩产量都有两百公斤以上，燕麦草能收割三四千公斤。单脉穗粒怎么也有二十多粒，九脉是基本操作。

燕麦的产量普遍比小麦要低一些，这时候一亩燕麦，普通年景只产三十多公斤而已。

崔栖潮还在幽怨，农奴们却都议论纷纷，喜气洋洋，因为老爷的口风已经透出来了，他会提供草籽和种植方法给所有领地上的农户，而且只会在收成后收上一些报酬。

相比起大家可能得到的，那根本不算什么，简直不知道老爷到底是哪里来的天使。

到了收燕麦的时候，两边都收了一亩后进行统计，果然，老爷地里的燕麦比农奴、自由民们的要多，他们只有三十多公斤，老爷的地一亩却有四十公斤出头。

这样积少成多，简直平白多了好多亩的燕麦！

而且，今年的燕麦草也是大丰收，牛羊的适口性特别好，对那些鲜草爱吃得很。

因为有增产的鼓励，农奴们干起老爷吩咐的活也更加卖力了，因为这件事本身就是对他们有利的——那些草已经覆盖得如绿毯，老爷让他们把草割一部分，翻埋到自己的地里去，滋养还未丰收的小麦。

相比起燕麦在生长期间基本不需要追肥，小麦在返青期、拔节期、孕穗期等时候，如果表现得肥力不足都可以进行追肥。甚至在抽穗后，仍然需要一些氮、磷、钾肥。

施肥施得好，产量才会高啊。那些农奴连基肥都没有施，小麦不用说，肯定是缺肥的，刚好绿肥能割个几次，三个月长得也差不多有十厘米了，正好割一次翻到他们的土里。

再过一个多月，休耕地要开始耕地了，为秋播做准备。这时候还可以播种绿肥苕子，而沤制的堆肥也差不多可以用了，可想而知冬季作物能够享受怎样肥沃的土地。

现在崔栖潮就可以断定，今年种下的大麦，明年春天收获时产量会相当喜人。

第 33 章

# 最疯狂的领主

诺森伯兰和其他领地没有多大区别，这里生活着几千户人口，在贵族、骑士之外，数量最多的是农奴，有部分自由民以及奴隶。

农奴们用劳役、物品、货币付地租及各种税金，虽然有一点儿自己的份地，但不能离开老爷的领地，受到很大的限制。

自由民是一个大的统称，在诺森伯兰，很多时候大家所说的自由民是指自耕农。自耕农自个儿种地，缴纳地租，也得为老爷耕地。刨去他们，就是那些手工业者，工匠们用自己的手艺糊口，比农奴要好上太多。

而奴隶是最惨的，既没有自己的份地，也没有自由，他们就是老爷的私人物品，一切都不属于自己，无论干什么都不可能有回报。

欠了老爷的钱还不上可能成为奴隶，偷盗东西也可能成为奴隶，或者你什么也没做，只是因为你的领地被其他贵族占领了，你也不得不为奴。

在诺森伯兰，这样的奴隶一共有近百个，老爷吩咐做什么就去干什么，每天挨打，生活没有盼头。

当然，在新老爷来到后，他们的日子好了一点。因为老爷不爱打人，只爱打猫，可能是他们麻木的叫声无法取悦老爷。

而在最近，当诺森伯兰引进的牧羊犬习惯了这里，开始工作后，一部分负责照顾牲畜、放牧的奴隶被解放了出来。他们原以为自己会被带去收燕麦，但事实上，老爷把他们都带到了城堡的大厅里，要在这里教他们手工活。

所有奴隶都在怀疑自己的耳朵。

手工艺人是比一些不富裕的自耕农过得还要好的，而他们只是奴隶，怎么能学习手工活？

再看看木匠和裁缝，脸色也并不好看。他们并不想答应，这是糊口的手艺，从祖上传到他们这里，都没有让外人知道过。

但是老爷让骑士们拿着长剑来威胁他们，他们不得不答应，而且后来老爷说，如果他们把这些奴隶教出来，那么以后奴隶制作的农具所获得的租子可以分给他们一点儿。

总而言之，他们现在一起坐在这里，教奴隶们制作马挽具。

男爵老爷说，原来用牛轭来挽马，可是马的脖子是长长向上倾斜的，牛轭放在马身上，要把它们勒死了。

把马挽具换成皮革的肩套挽具，然后在前头制作一个横木，用以系挽带，这样多匹马一起拉车和犁，就更方便了。

不提老爷用性命威逼他们的事，这个马挽具真是太便利了，不知道是不是他们的错觉，有了这个后，马干起活儿来好像都更有力气了。

老爷还准备了许多原料，用来给他们练习，他亲自站在台阶上，说道："如果谁能够第一个生产出完整、能用的马挽具，我将给他奖励。"

他环视了一周，所有奴隶都盯着他看，他们能想到的最好的奖励，就是一顿饱饭。

但是，男爵老爷说："授产，我将奖励奴隶一份财产，就是他制作出来的马挽具，当这个马挽具被租出去后，收到的租子奴隶可以拥有一半。"

崔栖潮还是仔细考虑过奴隶们的接受能力的，没有说"我把你给释放了，你来做我的农奴"，而是说授产，给予特定的财产。

没想到就是这个，都把奴隶们给砸得陷入惊喜中，久久不能回神。

能够得到老爷的授产？这是他们平时想都不敢想的事！奴隶的一切都是老爷的，一个马挽具的租子一半的收入……想着想着，奴隶们的脸都憋红了，看着作为示范的挽具，眼睛发光，恨不得把它的样子刻到心里去。

在这份超乎想象的奖励下，奴隶们一心钻研。虽然因为从没接触过，入门会很难，但崔栖潮相信总有人能开窍的。

而这个时候，小麦也开始收获了。小麦比起燕麦的产量要大一些，可能是多喝了几天水，地也不是盐碱地，效果更明显。

当然，仍然是仅限于领主老爷地里的小麦，其他人的小麦该是什么样子还是什么样子。

农作物的收割是一件长期活儿，毕竟人口少。

在这期间，需要开始犁耕秋天播种的地之前，有一名叫哈里的农奴制作出了一副完整的、能够使用的马挽具。

崔栖潮兑现了诺言，当着所有人的面让保管农具的人记下，这一个马挽具的收益，哈里拥有一半。

哈里当场就乐晕过去了，这里头当然不乏他常年饥饿的原因，但是庄园里的每一个人提起来，还是着重描绘他的喜悦。

在诺森伯兰，不是没出现过能干、能讨老爷欢心的奴隶，但此前的老爷还真没想到过给他的人形工具什么奖励。

对其他人的努力，崔栖潮也报以了鼓励："接下来制作出马挽具的人，可以获得半碗燕麦糊，当场兑现。"

于是到了休耕地开始犁耕时，马挽具已经很够用了，城堡里的人都站在耕地旁，观看八匹马一起拉犁。

这是属于领主的私地，不同于其他地方的耕地那样贫瘠，因为灌溉充足，又耕作过一季绿肥，土地颜色发黑。

一般来说，大家更喜欢用牛和马混合拉犁，崔栖潮却采用了全马匹的阵容。一旁有奴隶摆着沙漏计时，当马队犁完一条地后，观看时间，比起牛马混拉或都采用牛挽具时，速度要提高至少两成！而这个时候，马儿们还没有活动开呢！

得亏是今年燕麦草变多了，又有绿肥草可以喂马，否则这消耗还真是大。

农事官也陶醉地说："老爷，有了这些挽具，驾马拉麦子回仓库时，也能承受更大的重量了，整整翻了四倍。"

马不会被扼制呼吸，当然就能发出更大的力，这样原来跑四趟的量现在一趟就跑完了，节省出来不少时间。时间就是粮食啊！

"种子你都保存好了吗？"崔栖潮听他说起拉麦子回去的事，又问道。

他发现了，这些人并不懂得如何妥善地保存种子，往往一半的麦子要留下来做种子，因为到了第二年发芽率太低。除了地的原因之外，就是保存不妥当，种子失去了活性。

一亩地播种十五、二十公斤种子，这不是在和崔栖潮开玩笑吗？

在崔栖潮的认知里，种燕麦，一亩地顶多四公斤种子就够了，而一亩小麦所需种子也就是六到十五公斤。毕竟优质、活性良好的种子，发芽率有百分之九十以上。

中世纪条件虽然差了点，发芽率也得给他保持在一半以上吧，怎么也用不到十五公斤燕麦的。

当然，这些话崔栖潮暂时没有向农事官说，免得又把农事官吓到。

在种子保存方面，崔栖潮嘱咐农事官一定要选择大晴天，先摊晒种子，其间保持翻动，使水分脱去八成再堆成堆。而仓库一定要干燥，否则种子吸了湿气又白瞎。

农事官现在对崔栖潮是言听计从，为了完成老爷吩咐的事情，他亲自守在晒场边上，用手试温度，盯着农奴们翻麦子。仓库也是他盯着杀过一遍虫，又铺垫好的。

所以现在，农事官可以骄傲地说："您放心，我把所有的粮食都安置得妥妥当当的！"

"很好。"崔栖潮随口夸奖了一句，"到前面去看看犁过的地吧。"

他们走上前，只见这有些发黑的耕地呈现松散的团状，有些湿润、柔软，而非许多耕地那样硬邦邦的，即使犁过后，也像是一堆硬邦邦的土坷垃。

让任何一个中世纪农民来看，这都是一块地力相当丰盛的耕地！

这块虽然是休耕地，但在从前，那半年的休耕也绝达不到这样的状态，大家心里都有数。

农事官看到这些地，就想到了自己的地，因为紧跟老爷的步伐，也是差不多的状态，肥沃得很，他喜滋滋地说："现在农奴们都争抢着，顶着星光干活，也要在自己的田地边挖上沟渠。"

模仿老爷，才能拥有同样优秀的土地呀。

崔老爷手里拈着土，则仍然有些不满。这个地主体还是土黄色，只带了那么一点黑而已，比起其他的地柔软一些，但还没有松散到呈现小颗粒状，这里的结团还有些大。土壤的这些状态代表着它的排水性、通气性、保湿性以及肥力。

在崔栖潮看来这块地还达不到标准，但对其他人来说已经是难得的良田了，加上马力十足，今年简直是好消息连连呀。

因为今年的丰收，教会成功收到了什一税，往年因为灾荒之类的，不一定能收满的。

也是到这个时候，崔栖潮才开始写信给自己那个大主教亲戚，与税收一起送了过去。

他自称在土地上试验了东方的耕种方法，没想到同样有效，原来东西方的土地也一样，现在附上今年孕育的作物。

那些给农作物杀虫、施肥的方法，都被他称之为草药学的一种，形同医治土地。

没几个人去过崔栖潮抵达的国家，他编造出来的理论加上佐证的种子，让看到的人只能相信了。

大主教迫不及待地在教会的土地上也试验起来，同时写信告诫他的外甥：千万要保守丰产的秘密，封住庄园里头的人的嘴巴，紧盯每一个过路人，不叫他们的眼睛看去秘密、耳朵听到消息。这件事不能告诉任何人，否则，一定会有盗贼光顾你的领地。

崔栖潮想，人不犯我我不犯人，还有后一句，人若犯我，我让工匠不打农具打武器……

现在仓库里的粮食多了，崔栖潮的底气也充足了一些。谁都知道，打架最重要的是工具和体魄，骑士们都有武器，但是足够的粮食喂出来的体力，在这个时代就不是人人都有了。

他应该算是最大方的领主了，毕竟那颗爱民之心让他恨不得连奴隶都喂个肚儿圆。

除了耕种期间与农作物一起间种，在播种农作物之前也要翻压一些绿肥作为基肥。这个时候沟渠已遍布大半庄园，可以多灌些水，让绿肥快点腐解。

当然也要注意留籽，要留草籽的田，先把草收割上来，将种子给敲出来，茎根拿回去翻压。

这些草籽被慎而重之地与粮食种子放在同一个仓库，在储藏的容器下头铺一层生石灰，用细布隔离，再放种子，上头又放一块细布，再铺草木灰，之后才盖好，待遇同样细致得很。

被安排去做这项事情的奴隶都在暗暗猜测，石灰通常用来建房子，在种子里头夹石灰，难道也是要建造壁垒吗？

某种意义上，他们倒是猜对了。

到这个时候，已经是九月底，所有农作物基本收割完毕，麦子借用老爷的磨坊碾碎。只是碾碎，所以里头会有很多碎壳、砂石之类的杂物，做出来的面包就是黑面包，坚硬到必须泡软才能入口。

普通人家就这么吃了，连贵族也难免吃点黑面包，不过会比平民筛得细一些。如果过得特别精致或者富有，才舍得专门让人一直把小麦粉筛干净，做出白面包。

不过即使是白面包，在后来人看来也是粗糙到难以下咽的。反正崔栖潮来了后，面包吃得很少，他头一次那么想念米饭。

而这些使用磨坊的人，还得向领主缴纳租金。

好消息是，今年因为杀虫得当，风调雨顺，虽然没有像老爷那样增产，但收成还过得去。尤其是老爷要快速修堤坝和沟渠，用糊糊来提高大家的动作而非木棒和鞭子，于是每到干活的日子，那些参与修建的农奴得以额外饱餐一顿，节省下来一些口粮。所以，这些租金还不是太让人头疼。

在贫穷的日子里，有那么一点点宽裕，这些农民都很庆幸了。

八月和九月是一年中天气最好的时候，温暖、舒适。而且在干完这一季的工作之后，下一季的播种即将来临之前，诺森伯兰的领主必须按照惯例宴请领地上所有的人，奖励他们过去的劳动，也显示一下今年我们的领地丰收啦。

这一顿宴请内容视不同的领主的大方程度而定，在有的地方，也许你只能吃到几片甘蓝叶子或者一点豆子。但再好也好不到哪里去，通常也只是由庄头发下来，极有可能还会被克扣。

如果按照产量来说，这样的宴请倒是符合规格的。

然而今年不一样。

这是新男爵老爷来到这里的第一次宴请，他将厨房搬到了草地上，又让庄园里的妇人们来帮忙，而男人们则去林子里抓猪。

中世纪的畜牧业和种植业一样重要，牲畜们的地位比奴隶高，牛马羊猪鸡鸭成群。

在抓猪的时候，农奴们甚至没有想过，一丁点也没有想过这些是要给他们吃的。

面对管事们的反对，崔栖潮非常残暴地镇压了，他傲慢地说：“我们的丰收，我已经告诉了我舅舅，说不定未来我就会有更多领地和牛羊。不对，不是说不定，是肯定的。”

管事们无语，难怪，平时老爷就有点大手大脚，只是为了修建速度就给农奴发豆子吃，现在更是乐得找不着北了，要宰肉给农奴吃。

他们的男爵老爷一定是南部最疯狂的领主了。

崔栖潮怕他们再叽叽歪歪，还当场用剑刺死了一只鸭子，说道：“我的管事、士兵们也辛苦了，农奴们喝肉汤，而你们会享用最美味的烤肉。”

给肉汤一方面是不能过分显得太不正常，另一方面也是农奴们常年吃不到肉，也不能一上去就给大鱼大肉。除了肉汤，还有别的蔬菜。

城堡内则沉默了一会儿，然后轰然欢呼起来。管他的，吃肉谁不愿意？老爷让他们吃，傻子才不吃。

牛和马是不能随便吃的，崔栖潮让人杀了猪和羊。要做肉，没有油怎么行？在厨娘的哀怨中，崔栖潮也没有让她用橄榄油，而是说："炼一些猪油。"

中世纪人们用的还是各种植物油，贵族尤其喜爱橄榄油，毕竟牲畜难得，荤油自然难以流行。

厨娘压根不会炼猪油，是崔栖潮站在旁边指导的。

屠夫杀猪，庄园里的妇女们帮忙清洗，到这个时候，她们还觉得肉应该是给那些骑士老爷、管事老爷吃的，宴请也包括了他们嘛。

这些猪和野猪也没什么区别，身上的板油只有现代猪的六七分之一，妇女们把板油给清洗干净，切成大块，然后放到锅里，用小火熬。

一开始出的都是水分，慢慢地板油紧缩起来，开始出油，也慢慢有荤腥味随着风飘散了，妇女们不禁咽了咽口水。

在这里干活的基本都是农奴，黑面包对她们来说都是难得的美味，何况荤腥。

"把油舀出来。"随着崔栖潮的吩咐，厨娘把不断出现的猪油舀到罐子里，里头还有一些杂质，不过对这个时代来说，没有条件也没必要过滤干净了。

一直炼到板油变成金黄酥脆的油渣，就算榨干净了。而这个时候，现场也格外沉默，那些脸脏脏的农妇都直勾勾地盯着油渣，表情像木头一样。

厨娘把油渣扒拉到木盘子里，崔栖潮一般只敢吃自己眼睛盯着做出来的菜，他拿过木盘子，捡了一颗放进嘴里，虽然没有放盐，但油渣香味很浓，在嘴里"咯吱咯吱"，冒出油来。

小白在崔栖潮脚下蹦来蹦去，显然也想吃。

适量吃一点儿倒是没关系，只是崔栖潮不能光明正大地给它，于是假装手抖，一不小心掉了一颗下去。小白立刻以迅雷不及掩耳之势，跳起来接住。

所有农妇都在心中发出了一声叹息：这幸运的猫……

崔栖潮把木盘递到厨娘面前，说道："你吃一口，然后每个女人发一颗。"

这句话出乎所有人的意料，农妇们简直不敢相信自己的耳朵。

而厨娘是知道今天还要熬肉汤给农奴们吃的，对老爷的这个吩咐都麻木了，呆呆地接过木盘，捡了两颗油渣放进嘴里，那满满的猪油香气让她根本舍不得咽下去，一直含在舌面上，然后走到每一个农妇面前，发放猪油渣。

所有人仍然沉默，但是眼睛亮了起来，目光随着厨娘的步伐变动，但是不敢争抢，只敢等待厨娘来发放。

每个人也只有一颗而已，她们像厨娘一样把油渣放进嘴里，一直含到完全软化，一丝油星也没有，才舍得咽下去。那种浓郁的猪油香气、酥软的口感，叫她们一下子陷入了幸福中。

再看看一旁若无其事地用脚搓着猫的领主，这是什么待遇，这不用四舍五入，就是领主大人亲自给她们肉吃了啊!

整年结束之前，即使后来大家都喝到了肉汤，也没有阻止在场的农妇频繁地在其他人面前提起今天的事情，那一粒猪油渣被她们形容成了天上有地上无的美味。

有时候美食和味道无关，和心情有关，单论这时候的心理感受，估计还真是她们享用过的最好的美食。

最后剩下的那一点儿油渣都是厨娘的，接下来她还有的忙。

管事们仍然是在城堡中享用他们的烤肉，崔栖潮本来也应该和那些管事一道返回城堡，但他怕肉汤也被克扣，所以坚持站在一旁，按照管事们说的，这场狂欢他总得目睹吧。

羊肉汤在草地上熬好之后，管家面无表情地对那些农奴道：“现在，你们都可以回家了。”

虽然自己不缺肉吃，也无数次说服自己这是老爷的决定，但看到他们无知无觉的样子，想到他们即将享受肉汤，管家还是恨得有点牙痒痒。

农奴们一身轻松，不出他们所料，帮助老爷们干完活儿后就可以回去了，那时候，也许庄头能给每人发一碗燕麦糊糊。

他们流连地看了一眼那几锅汤，在现场的人都看清楚了这肉汤是多么真材实料，味道有多么香浓，甚至放了油。那羊肉被炖得软烂至极，加入大把香草，最后厨娘的勺子拨一拨，就能把肉拨开。

倾斜、挂着一些碎肉的羊腿骨从浓稠发白的诱人汤汁里露出来一截，几乎能看到骨头洞里头烂烂的骨髓。蒸腾的热气随着羊肉香味一起直往人鼻子里钻，竟然没有夹杂羊膻味。

虽然不知道为什么厨娘往羊肉汤里头放了一些胡萝卜，这不就把胡萝卜煮熟了吗？还有一些甘蓝叶子，也被炖熟了装成一大盆。这个吃法可太奇怪了。

在所有农奴拖着沉重的脚步，盯着羊肉汤，恋恋不舍地准备离开之时——

管家继续道：“然后，把你们家里最好的容器和所有小崽子都带过来，享用男爵老爷赐下的晚宴。这些肉汤是你们的了。”

一时间，整块草地上除了鸟鸣声再听不到其他的声音了。

所有农奴的表情都凝固住了：刚才，他们听到了什么？

第 34 章
# 有味道的真人秀

举办宴会的草地就在城堡的高地下面，崔栖潮站在这儿眺望，只看到一群农奴赛跑一般狂冲，这熟悉的画面令他开始怀念 C 大了。

像，真像，真像一食堂开饭时的 C 大学子们。

农奴们冲过草场，穿过小河与教堂，然后四散开，各自冲向自家的茅屋。

于是正在家里饥饿地等着开饭的小崽子们就听到了一阵吓人的动静，不说地动山摇，也像是羊群在狂奔了，还伴随着疯叫声。

“快，快啊啊啊！拿上碗！”

“戴娜，碗！不，罐子！抱上你弟弟！”

有的人甚至站在离村舍有段距离的地方就叉着腰直接大喊待在家里的孩子，大的带小的，小的捧着碗，一起过来，这样也好节约时间。

叫喊声此起彼伏，惊得树上的鸟儿乱飞，诺森伯兰的庄园太热闹了。

至于屋子搭在比较远处的人就可怜了，是怎么样也赶不过别人的，只能一边跑一边看彼此的距离，眼睛都要红了。

他们大概一辈子也没有跑这么快过吧，呼哧呼哧喘着气，但是浑身上下充满了力量，这让远处的管家看了心里更来气了：平时做劳役时就抽都抽不动，有羊肉汤吃了跑得比狗还快。

农奴们携家带口地冲回了草地，他们的孩子还在茫然中，听不懂父母语无伦次的叫喊是什么意思。

农奴们是没有节庆的，也许自耕农和工匠们还会庆祝一年的收成，但他们没有，在此之前，最接近节庆的时候，可能是冬天终于过去而家里没有人饿死、冷死的那一刻。

记忆里，从出生到现在都是这样，往上父亲、父亲的父亲也是同样。

而从今天以后，诺森伯兰的农奴们每年最盛大的节日就是秋收后的丰收节。即使老爷提供的晚宴一年比一年丰盛，但在很多人心目中，最难以忘怀的还是这一年。

当农奴们冲到近前时，就看到老爷的侍从们都把守在锅边，手里拿着木棒。

谁还没被木棒抽过啊，他们一下子就不敢再往前冲了。现场也不再像之前那样安静，小孩都被抱来了，他们闻到肉汤的香气却又吃不到，难以避免地号啕大哭起来。

崔栖潮小声吩咐了一句，管家立刻说道：“都给我排成六队。”他粗鲁地拉了三个农奴作为排头，其他农奴迅速在后头排出了十二条队，每队后头都有两个分岔，每个分岔都坚称自己才是队尾。

管家在他们身上踹了几脚，强行把其中一个分岔砍掉，叫他们去后头。

这虽然粗暴，但非常有效，农奴们一个字也不敢抱怨，后头赶来的农奴也都乖乖排在了队列后面。

厨娘和侍女们手里拿着带把手的小罐子，一个打汤，另一个就舀几块胡萝卜和肉放在里头，农奴们到她们面前，把带来的容器伸出来装汤，按照人头，每个人都能得到一碗。

崔栖潮毕竟开过食堂，对大锅菜的分量心里还是有数的，这里应该差不多刚好。

一名农奴之女——五岁的简妮，从出生以来到现在都没有吃过肉，最接近荤腥的是家里母鸡下的蛋，但凡家里能有什么与肉沾边的，也是给壮劳力吃的，她能有吃蛋的经历已经很不错了。

简妮身体十分瘦小，但她有张清秀的脸蛋，蓝色的眼睛被晚霞一照，好像都多了几抹色彩，这让厨娘一看就想到自己的女儿，所以她多分给了简妮一截羊腿骨。

其他人敢怒不敢言，只能羡慕人家有个漂亮的女儿。

大多数打完肉汤的农奴，就像简妮一家一样，在草地上席地围坐。

他们先喝了一口汤，天气这样热，浓稠的肉汤漂着油星，还是热腾腾的，又不至于烫嘴，鲜美得令人难以置信，让干瘪的肚子完全陷入充满热气的幸福中。

这一口肉汤里漂着一些碎肉，提前做了一个预告。接下来，就是迫不及待地把肉扒进嘴里了。多数是羊肉，也有猪肉，都被炖得软烂，几乎不用怎么嚼。

简妮两手拿着厨娘额外给的羊腿骨，把上头挂带着一点筋的碎肉啃下来，头一次吃肉的她几乎是狼吞虎咽，把骨头啃得精光，还吮着上头的余味。

这种过去难以想象的美味是豆子、燕麦糊糊都完全不能比拟的，她感觉到自己无比需要这些肉，在母亲的指点下，又对着骨头洞吮吸起来。里头吸饱了汤汁的骨髓几乎是流质的，口感和肉不一样，嫩嫩的，滑入口中，同样带着浓郁的香味。

每一个打到了骨头的农奴都是一样的，埋头啃着，把缝隙的肉啃个干净，骨头拆了，吸干骨髓，最后还要将牙缝里卡的肉也舔出来，咂着那肉味。

说是狼吞虎咽也不为过，毕竟在过去的日子里谁也没吃过这样精致烹饪出来，甚至放了香草的羊肉汤，这不是贵族老爷们才能吃的吗？

没有谁会把肉留下，如果是拿到黑面包，也许他们还有心情藏起来，分开几天吃，但这些肉汤的滋味实在太美好了，没有人忍得住。就算他们带回去，恐怕整晚也睡不着，就怕被别人抢走了。

厨娘带着侍女们一圈圈走动，把罐子里的炖甘蓝舀进他们的碗里。

也是这个时候，农奴们才想起碗里头还有蔬菜。

胡萝卜、甘蓝，这些都是农奴们经常吃到的，这时候的胡萝卜是紫红色，属于需要生吃的蔬菜。在把肉啃了个精光后，他们才把这些吸饱了肉汁的胡萝卜放进嘴里，口感和以往尝到的大不相同，同样被炖到软烂的胡萝卜没有土腥味，也一点都不涩，反而在肉汁外带着一丝甜味，轻而易举就能咬开，尝到萝卜的汁水。

这个饱满程度，每个人都能认出来，绝对是老爷的菜园里出来的。只有老爷那些施了肥的蔬果才会长得又大又鲜嫩多汁。

而甘蓝在炖过后也没有生吃时那样难以入口了。

通常大家认为，水果是凉性，所以需要烹煮，否则生吃会生病，而蔬菜相反，直接入口就行了，从胡萝卜到芜菁、甘蓝，都是这样的。蔬菜煮熟，说来好像没有什么坏的结果，只是大家从来不习惯这样做，农奴们平凡地重复着祖辈的生活，谁也没有无聊到去想过浪费柴火，把能够生吃的食物烤熟了吃一下。

煮熟后的蔬菜口感改变了很多，对农奴们来说同样是难得的美味，肉吃完后的失落感被驱逐了。而此前下肚的食物也让他们垫足肚子，有了余裕看看周围，和自己的亲人、邻居说说话。

“这是我这辈子吃到过的，最美味的食物！”

他们没有丰富的词汇形容，只能不断重复美味这两个字。

“父亲，我们以后也能这样炖胡萝卜和甘蓝吧？啃起来一点儿也不费力。”

“那你得自己捡柴……看你吃得叶子都黏在脸上了，快拈下来吃掉。”

“我觉得还是领主老爷给我们吃的油渣最好吃，你们没有尝到，那味道简直……”

“领主老爷啊，领主老爷真是太好心了。”

“我的父亲，还有父亲的父亲，都没有遇到过这么好心的老爷！”

如果不是绝大部分农奴没有离开过领地，他们就能拿其他领地来做比较了，整个国家、整个大陆，还有比这更慷慨的领主吗？

那些见多识广一点的自由民就有话说了，铁匠最远到过北部，他敢保证，自己一路上也没有见过比男爵老爷更具善心的领主。

农奴们在这时再转头去找男爵老爷的身影，却发现他早已不知道什么时候离开了。

厨娘听到他们问老爷去哪儿了，翻了个白眼：“废话，当然是回去用晚餐了，你们这些家伙，可是比老爷还要先开饭。”

城堡里还有那么多管事和骑士在等着老爷呢！

农奴们心里有种说不出来的滋味，这时候夜幕已经渐渐降临，漫天星光下，吃饱喝足的农民们回味刚才的味道，靠在一起说着话，觉得这就是最美好的丰收节了。

也是因为这一天，使得此后每一次丰收后的宴会，即使在有条件的情况下，人们仍然选择在露天的草地上举行。

领主的盛宴令农民们津津乐道了十来天，一到忙碌间隙，不像以往聊的都是自家的粮食、锄头、小崽子，现在大家一提起来，就是“那天的肉”。

他们有余裕把那天的细节拿出来一一回味，每一丝都要掰碎了说，这个说我那天啃到了骨髓，那个说我吃到了羊蹄子，还有的被厨娘多赏了一块肉，大家互相倾诉、对比，好像还能嗅到那天的味道……不，可能是真的能嗅到，他们没洗的衣服上还沾着汤渍。

在秋播将至的时候，这种兴奋的状态还深深影响着众人，以至于在老爷的命令传下来，让他们把那些沤制的粪便浇到田里时，一时间都没有人说“疯了吧”。当然，也可能是因为庄头和警役都拎着棒子在一旁。

上半年开始，老爷就让大家把粪便收集到他那里换豆子，可谁也没脑力去多想这是为什么，只要有豆子就行。现在他们听到这个要求，都不大能理解。

鉴于最令人难以置信的事已经在老爷下令请他们吃肉时发生了，所以这只是“不大能”而已。

虫子、老鼠都从粪便里生出来，把那些用粪便和垃圾沤制出来的东西放到生长作物的土壤里，这是什么道理？不能理解啊！

和以往一样，在结果出来之前，老爷什么解释也没有，也不需要解释，他只是表示：给我的地都浇上就行了。

哦，对了，老爷甚至还要求他刚刚结束过一茬小麦和燕麦种植、本该进入休耕的地也一起继续耕作。

不过这一点，鉴于大家都看到那地松散又湿润，都忽略了。但叫他们随意跟着耕作还是不敢的，他们没有老爷那样足够的种子，种得起赔得起，还是得等待老爷的种植结果出来。

那么，往土壤里头埋粪便的后果，也要等老爷试试看吧？

怀着疑惑甚至有点畏惧的心理，农奴们在给老爷的私地干活时，按照他说的给耕地施肥。

基肥又叫底肥，华夏有句话，叫早粳熟得早，底肥要吃饱。用撒施法，就是先撒肥，然后翻一遍土，用量比较大，但是对耕地的地力也有非常大的进益，正适合诺森伯兰的土地。

这撒着撒着，大家就开始想了。

说起来，他们在收割完粮食后，也会把牛羊赶到地里去吃茬，牲畜吃了就拉，牛粪、羊粪落在地里，以往是没什么人收拾的，就等着谁来踩一脚，踩进土里，或者下雨了冲散。

那些地里长出来的粮食好像也没有什么问题吧？农民们努力搜寻着记忆，最后得出肯定的结论，没什么问题。

按照正常的进程，过上若干年，他们就能从各种现象中总结出来了，粪便对农作物不但不会有害，而且有益，还研究出来把尿液发酵后用来洗衣服……

只不过，即便那时候，粪便也不是农奴优先使用的，他们连捡牛粪的权利都不曾拥有。

现在，虽然模糊意识到一点，但常年不动的脑筋与对未知的畏惧还是让他们不敢跟随领主的做法去做。

在施肥、播种完之后，过了七八天，大麦的第一片真叶就长了出来，正式进入出苗期。

这比以往要快得多，大家一时竟不能分辨是什么的作用。

如果让崔栖潮来说，他会告诉大家，这是因为有了水利设施后，灌溉充足，加上氧气充足、温度适宜的结果。

出苗快不算什么，让农民们感到可怕的是接下来，领主地里的大麦苗像有人拿棒子在下边往上捅一样，“噌噌噌”地生长起来。幼苗生长得旺盛而茁壮，比其他人的高了一截，简直就像教士布道时所形容的天上长出来的麦苗一样。

不用等到明年收获了，现在所有人就能心悦诚服地相信那些堆肥真的有增加地力的效果。

农奴们甚至开始互相争论起来，谁更早发现的这一点。

“曾经，我家里靠近牛粪的地方长了黑麦草，格外茂盛。我早该知道的，那就是牛粪的效果。”

“我的份地里沾过羊粪的地方，麦子也都格外高一些！那时候我就觉得奇怪了！”

两个农奴互相攀比起来。

这时候有人说：“哼，我早就发现了，老爷说的都是对的。”

现场便陷入了久久的沉默，对说这话的农奴报以复杂的目光。在农奴们的思维里，能说出这话的人实在是太精明了……

诺森伯兰地的一名自耕农麦克有不同的想法，他不是不认可肥料的作用，而是有些委屈。

他的屋舍所在的地方距离堆肥不远，这几个月来，大家一直很羡慕麦克，因为他捡到粪便和生产粪便后，可以直接送到堆肥处，节省了不少力气。

麦克嘴上怕大家嫉妒，没有说什么，内心也这么得意。但是在堆肥的效果展现后，麦克开始觉得，虽然离得近，但是也因此他们一家人每天都生活在臭气熏天的环境里。

从前牲畜把粪便拉在家里，屋子里也时常臭烘烘的，但人人都是这样，又哪里比得上那些大量堆肥沤制的味道？

这是他被占了便宜呀！

既然这样，麦克想，我拿一点肥料放到我的地里，也是合情合理的吧？

麦克辗转反侧几个夜晚，一直在扪心自问，最后终于肯定了：对的，他这么做只是拿回一点补偿。

于是在一个月黑风高的晚上，麦克带上木桶，摸黑出了家门。

事先大家不知道，现在明白堆肥的作用后，诺森伯兰已经多出来一个职业，叫守粪人，由服役的农奴轮流担任，夜晚在堆肥旁边的小屋度过。

麦克对家周围的地再熟悉不过了，闭着眼都能走清楚，今晚的守粪人在小屋里打着盹，麦克悄然走到肥坑边上，打了一桶粪肥，然后再悄无声息地原路返回。

一个晚上，麦克在肥坑与份地之间来往了两趟，将份地里好几畦土壤下埋了肥。

虽然摸黑干活很累，很费眼睛，但是麦克心里是愉悦的，他几乎想到了自己的麦子长得飞快的样子。他也想好了，如果有人质疑，他就说是因为自己多埋了一些绿肥，还上教堂祷告了。

回去的时候，麦克的妻子被惊醒了："你身上怎么这么臭？"

麦克闭着眼睛道："拉屎去了。"

"拉什么屎能臭成这样……"妻子说着说着就没声音了，忽然想到这几天麦克一直在家抱怨旁边的肥堆太臭了，她仿佛领悟了什么，一声不吭了。

就这样，麦克连续几天都摸黑去偷肥，把整整半亩地浇够了。一开始只有他，后来大儿子也跟着去了。这样会导致每天没精神，可是麦克想得很好，只要熬过这几天就行了。

但是，肥料的减少终于还是被发现了。

庄头揪着守粪人狠狠地抽打："快说，为什么粪肥会少？是不是你偷了？"

守粪人趴在地上痛哭流涕："我真的没有，我发誓！您可以翻开我的地看看！"

庄头当然会这么做，把守粪人的份地挖开，真的没有粪肥的痕迹。如果不是守粪人，那到底是谁呢？

守粪人害怕承担损失，努力回忆起来："我好像听到了一些草丛里的动静，起初我以为是风吹动的，您说，有没有可能是老鼠在偷粪便？"

庄头又是一棒子抽了过去："还好像，我看你是偷偷睡觉了！还老鼠偷粪便，老鼠也有份地要耕作吗？"

庄头环视了一周看热闹的农民们，总觉得看谁都像那个偷粪人，心里都是火气，又不知道怎么找出偷盗者来。

这件事在农民们之间掀起了轩然大波，大家都在猜测那个胆大包天的偷粪人到底是谁，认为他对不起善心的领主老爷。

可是不得不说在痛恨之外，他们心里都有那么点嫉妒。好歹那个人是浇上肥了——所以，更要把他揪出来暴打了！

粪肥被偷的消息传到了农事官耳朵里，又传到了管家耳朵里，最后还传到了领主老爷那里。

"嗯？"崔栖潮抬起眼睛道，"偷粪肥？"

可是他都打算吊足大家胃口后，就把堆肥发放下去追肥啊，唉，这人也太没有耐心了吧。

管家大声道：“老爷啊，这就是坏胚子，好不了。您看，您请他们吃肉，却有人偷您的粪肥！那些可是您用豆子换来的！”

管事们都深以为然：“没错，该死的牲口，喂他们肉汤，还不如喂狗。”

“您的好心就这么被践踏，离那顿饱餐还没有过去多久呢！”

“别这样说。”崔栖潮平心静气地道，“你看，不是还有几千人没来偷吗？”

管家一下被噎住了，郁闷地道：“老爷，您这样放纵，迟早会有更多人来占您的便宜。”

崔栖潮知道现在人的普遍素质不高，可没有什么事是十全十美的，他早有心理准备，否则也不会答应设置守粪人，这里不太可能出现路不拾遗、夜不闭户的情况。

但是，他也不会因此就对所有人失望，这只能证明大家还有很多要学的，不只是种田。

管家看崔栖潮无动于衷，又道：“老爷，那这件事难道就这么算了吗？”

“我可没这么说。”崔栖潮甩了甩手里的牵猫绳，“偷盗珍贵的肥田粪的人必须受到应有的惩戒。”

现实位面，LJJ 直播平台——

随着崔栖潮的中世纪秀开播，要不了几集，男频的观众就回过味来了。

这人不研究天下大势，不忙着训练骑士，每天研究种地、农具、畜牧、吃饭，还有一堆莫名其妙的弹幕在加油，用一副非常奇怪的语气吹嘘，只要稍微去查一查，就能知道真相了。

男频纷纷怒号！

你们不是人啊！

我吐血，原来是这么个帝王血脉——

上当了，以为是个王者，原来是个种田狂魔，华夏人有毒吧？

LJJ 公司也不是人，标题诈骗！

女频观众太可怕了……

可是，都进了贼窝，他们还真的好奇明年的收成，怎么办？

而且他们和最初的女频观众一样，有那么点不服输的劲。

就不相信你直播那么久，真的啥都不干，就光种地吗？

当年的女频观众也是这么天真地认为的。

而当最新一集内容播出后，实时弹幕也爆炸了。

崔栖潮能不能给点力？到现在都不知道周围领地的情况、全大陆到底是什么形势，急死我了，这地图还打不打得开了？

按道理说，其他地方应该正打得火热吧……这可是中世纪。

醉了，为什么看农奴吃没放盐的肉骨头我都能馋成这样？

咦，场景好熟悉，中世纪一食堂？

过分，是谁偷我们崔崔的肥料？

好坏啊，崔总好不容易攒的肥料，崔总还请你们吃东西，浑蛋LJJ公司为什么不剪出来是谁偷的？

一定是那个守粪人，我早看他一脸奸相了！

呵呵，我觉得是庄头，还在这里贼喊捉贼，不是他，谁看得出来那一大堆粪肥少了？还不是自己偷的！

是男人就把小偷抓出来打爆狗头。

第 35 章

# 神罚之火

崔栖潮来到了诺森伯兰的教堂中，相对茅屋农们那用茅草、泥巴和一点木材盖起来的房子，这算得上豪华了，是由石头盖起来的。

崔栖潮看到后甚至有点羡慕，因为虽然同样是高级的石头房子，但他的城堡实在太不透气了。

教士威廉的房子和教堂隔得不远，今天是他布道的时候，农民在这里听他讲解，看到崔栖潮到来，威廉态度极好。虽然他不住在城堡里，但男爵阁下凡是做了肉，一定会送来一份给他，不枉他也把男爵阁下当作自己人。

事实上，威廉也听说了最近庄园中传得沸沸扬扬的事情，出现了一个偷粪贼，而管事们好像也找不到那个贼，束手无策，所以他今天正打算讲解神关于偷盗的话。偷窃他人财产是很严重的犯罪，那些粪肥不是地上随处可以捡到的动物粪便或者自己拉的粪便，而是男爵老爷花豆子买到的，那就是私人财产。

不过威廉心里还是有点疑惑的，因为城堡里有座小教堂，男爵阁下并不需要和这些农民挤在一起祷告。

很快威廉就知道了，崔栖潮身后的侍从拿出了麦子和肉，把他们放到奉献箱里。

然后男爵老爷当着农民们的面问道：“牧师，我想请问，如果人犯了偷窃罪，又不赎罪，会得到恶报吗？”

这是非常基本的教义，农奴们可能不知道，但身为贵族的男爵老爷怎么可能不知道？他这么问，威廉理解为是为了告诫在场的农民们，唬他们出来自首。

威廉在心中叹了口气，哪有那么容易，这些农民看起来头脑简单，其实傻中带精，如果有机会，也是知道占便宜的，怎么会蠢到被唬一下就出来受罚？

不过威廉还是老实地说道：“这个……神对世人充满怜爱，他怜惜善人，而对恶人的惩处……”他本来想啰唆，不对，是解释清楚这善人恶人的后果，什么样的情况可能是报应，审判也许会迟到但不会缺席之类的，可是看到崔栖潮的眼神，想到他带来的麦子和肉，立刻说道，“有的有的，肯定是有的。”

“好的，我相信神，我也向神祈祷，希望神能够响应我，给予盗贼一些惩罚。凡是他用赃物施浇的土壤，都将被地狱之火围绕。”崔栖潮貌似很虔诚地说。

这不就是赤裸裸的诅咒吗？威廉表面还是十分庄严：“男爵阁下，感谢您的慷慨，神保佑您。”

崔栖潮又在教堂坐了一会儿就匆匆离开了，他邪恶的黑猫因为不能进来，还放在外头。

一出去他就看到小白正有一口没一口地啃草，可能是要吐毛球了。

侍从们则想，男爵老爷对邪恶黑猫的掌控真是太深了，把它放在外头它都不敢逃。

然后男爵老爷又表演了让城堡的所有人叹为观止的技巧，他指着猫说："滚。"

那黑猫就在地上打了个滚，然后主动走到老爷面前，低下它的小脑袋，老爷弯腰一揪后颈，就把它抓了起来。

此时，教堂内，坐在角落里的自耕农麦克有些忐忑不安。

他与其他人一起亲耳听到了男爵老爷的诅咒，心虚令他的小腿肚有些颤抖，要不是坐在这里，恐怕就要腿软得倒下了。

妻子看到后，一脚踩住了麦克的光脚丫，用眼神警告他。

麦克慢慢吐了口气，一手揽住大儿子，垂着头的大儿子一僵，然后放松下来，无声之中，他们交换了一个安慰的眼神。

事已至此，他们就不要再害怕以后会受到怎样的审判了。

之后的一个多星期内，麦克的脑海中一直充斥着男爵老爷的诅咒声，那冷淡但是果断、没一个拖音的语句不时回响起，他还要花费心思在他人面前掩饰。

直到第十天，麦克到自己的份地里去拔草，刚蹲下来，就看到一株麦苗的叶片边缘有点儿发黄，而且蔫蔫的。

这……这是有虫子吗？还是太热了？不对啊，最近天气很凉爽。

老爷的诅咒又在脑海中一闪而过，但麦克还是安慰自己，不可能的，不会的，审判怎么会来得这么快？他的父亲告诉他，以前偷过领主的麦子，一直到十年后才受到审判——腿摔断了。

麦克的心慌意乱一直持续到了第二天，他来到地里一看，更加慌了，叶片发黄的症状更加明显，甚至卷了起来，而且连茎也变黄了，甚至这些麦苗并没有像他想的那样施肥后迅速生长，到现在，和其他农奴地里的麦苗也没差上很多，因为打蔫，好像还矮了一些。

大儿子也发现了这一幕，露出惊恐的神情："父亲……"

麦克神思恍惚，没有注意到。

大儿子继续道："父亲，您看这……像不像被火燎过后的样子？"

麦克一下惊醒了，露出极度恐惧的神情。没错，是真的，这卷曲发黄的叶片，不正像被火燎了？

老爷的诅咒是怎么说的？那些用赃物施浇过的土壤，都会被地狱之火围绕！

麦克一下坐在田埂上，抱住了自己的脑袋。

"天哪，该怎么办？"

大儿子慌忙向四周看有没有人注意到，扶着父亲说道："父亲，不然我们把那些……都挖出来吧！”

“对、对。”麦克几乎是立刻把头抬了起来，露出得到救赎的神情。没错，把赃物都挖出来，说不定审判会结束。

可他们还不能立刻动手，只能熬到太阳下山，旁边地里的人都走光，甚至还要提防大家发现自己地里许多幼苗都不对劲了。

麦克花了好几天给份地施肥，现在又连夜把那些肥土都翻了出来。

等他去睡的时候，已经疲惫到不行，睡着后还做了噩梦。

比做噩梦更惨的，就是噩梦成真。

即使他把赃物都挖了出来，地狱之火仍然在残害他的作物，状况越来越严重，麦苗生长已经几近停止，整片整片地发黄。

这下子可瞒不住了，临近份地的人都发现了。

所有人都把眼睛瞪大了：“我的天哪，麦克的麦苗怎么这样子？像被火烧了。”

“你们还记得老爷说偷粪的贼的地要被地狱之火烧吗？这是神回应了老爷！”

“没错，麦克就是那个偷粪贼，他家就住在肥坑附近！”

“我就说，麦克前些时候白天精神不好……”

“老爷的祈祷灵验了！”

农民们带着惊恐又兴奋的心情把这个消息传开了。

麦克一家则完全失去了力气，呆呆地坐在地上，等到庄头来把他们抓住，用木棒抽他们时，他们才号啕大哭起来。

麦克内心充满了后悔。他不该抱着侥幸心理去偷老爷的粪肥啊！

他不会知道，在他的罪行遭到揭晓的一幕被播出的刹那，他的脸、全身，都被弹幕遮盖了，无数的人在点名骂他！

围观的农民们在此前还有点嫉恨，现在则成了幸灾乐祸，何况谁不讨厌偷东西的人？万一自家的东西也被偷了怎么办？他们拿出了态度来：“我早就说了，偷老爷的东西不会有什么好下场的！”

“老爷，偷粪肥的贼已经被抓到了。他的地出现了神罚，地狱之火把地里的作物都燎得快枯萎了。”管家来汇报这件事时是带着敬畏表情的。

在这个蒙昧的年代，黑猫是魔宠，杂草是魔鬼留下的。当崔栖潮的祈祷灵验后，毫无疑问，大家认为这是神迹，没有一点怀疑。

再看他们的领主老爷，一点惊讶的表情也没有。

管家在心底抽了口气，看看这份习以为常的淡定，这就是大主教的亲戚！与神远比他们这些常人要亲近！

崔栖潮在心里叹了口气，这几天里，那个偷粪的人也没有来自首。

出现这样的情况，是必然的事情。

他之所以还要吊农奴们一段时间，就是因为堆肥的沤制是连续不断的，有了新粪便才能进行沤制，大片耕地施肥已经用去了最早的堆肥，可用的堆肥还要过段时间才会沤制完成。而且施肥也不是单单把粪肥翻进土里那么简单，浓度、分量都要适合，还得浇水。

麦克不懂原理，照猫画虎也没画全，甚至因为贪心，还施肥过量。

数病齐发，作物细胞质壁分离，严重失水，才会出现这种仿佛被燎烧过的状态，这种现象不叫地狱之火的诅咒，叫烧苗。

从施肥过多到出现明显症状，一个多星期也差不多了，崔栖潮估摸着也是这几天了。果不其然，被发现了，那么大片的烧苗现象根本瞒不住众人的眼睛。这可不是彼此漠不关心的现代都市，在庄园里，你家里的鸡就是多下了几个蛋也会成为别人的谈资。

领主老爷要亲自审判麦克一家，管事们都建议从重处罚，吊死麦克，然后罚他的家人成为奴隶。

崔栖潮看了看麦克，麦克像鼻涕虫一样趴在地上，大哭起来。

麦克原本是自耕农，就因为一时贪欲，现在家人也要被连累，做了奴隶就没有翻身的可能了，连着子孙代代这样。

崔栖潮叹了口气："你知道错了吗？"

麦克不敢抬头看领主老爷，哭哭啼啼地道："老爷，我忏悔我的罪孽，我不该有贪念！"

崔栖潮冷淡地道："你们将成为我的奴隶，你们的田地也将归我所有，明白吗？"

麦克泪眼蒙眬，惊讶地抬头。

偷窃的罪名，处罚至少也是成为奴隶，何况他还偷了那么多粪肥，导致庄园里流言蜚语四起，那些管事都建议老爷处死他了。

很快，麦克又大哭起来，说出去仿佛是老爷仁慈，可是做奴隶生不如死啊！

此时的麦克还不知道城堡里的奴隶都在悄悄地给老爷做工，只是没有叫他们这些人知道而已。

这也让管事们更加愤怒了："老爷，请容我表达自己的不满，他犯下了这样大的罪，您只是罚他们一家为奴隶吗？"

如果是以前那种奴隶，管事们可能还能接受，从早干到晚。可是现在城堡里的人谁不知道奴隶们都在轮流给老爷做工匠活儿了？

"他们地里的作物已经烧死，这是神已经给出了审判，如果我再过多刑罚，不合适。"崔栖潮也有自己的理由。

他觉得，罚这些人免费给他干几年活儿已经很不得了了，这很尊重中世纪规矩，也很能够起到警示的作用了。在他离开之后，也会赏赐所有奴隶自由身的。

管事们还想再说什么，但是想想那地狱之火的惩罚，谁也不敢说自己比老爷更了解神的旨意，连忙闭嘴了。管家怕自己刚才的话太生硬了，还找补了一句：“您是最英明的。”

麦克一家人没有再回到他们的木屋，沦为奴隶的他们已经不再拥有私产，直接留在了城堡里。

管家指派人去麦克家，把他们的东西都收了起来，这些已经属于领主了。

附近的农民们打听到麦克家的结果，你看我，我看你，都说道：

“这就是贼的下场啊！”

“这是麦克罪有应得，就让他在接下来的生涯中无尽地忏悔吧！”

至于麦克的地，这原本就是向老爷租借的，现在还受到惩罚，大家都在想会不会就这样废了，要多久才能恢复。

这个时候，领主老爷下了命令，让人把地里的麦苗都移植到了别的地方。

意料之外情理之中的事情出现了，这些麦苗移植到老爷的地里后，竟然逐渐恢复正常，最后连枯黄色都褪去了。

这简直是神罚的又一佐证，只有泼过赃物的土壤才会有地狱之火灼烧，老爷那干干净净的土地就让无辜的农作物逐渐恢复了。连教士威廉也亲自到地里看了半天，高深莫测地向大家证实这的确是神的手笔，坏人受到审判，而好人不会遭到一丝牵连。

威廉在诺森伯兰的声望因为此事也攀上了新高峰，人们看他的眼神空前尊重，也没有农奴敢在教堂打瞌睡了，再累再困都要撑着听教士的布道。

威廉还把这件事写在羊皮纸上，送回教会里，彰显自己的功绩。

当然，他也没忘了感谢领主阁下，并给大主教写上一封感谢信：虽然这是神迹，但如果不是大主教与领主，也不可能出现。

崔栖潮听到报信说农作物恢复正常，依旧是一脸淡定：“好的，原来的土壤现在可以深翻一遍，把那些有赃物的土壤翻到下头去，就可以正常种植了，现在还来得及播种。”

对烧苗的植物，最应有的补救就是适量浇水，给植物补水，如果能够移植就更好了。

不知不觉时间来到十一月，冬天即将到来，整个南部的人民都在屠宰牲畜，使用大量的香草、盐来制作干肉、腌肉、香肠等。

冬天太冷了，大量牲畜会被冻死，就连崔栖潮也不得不屈从，接受未来几个月都得吃腌肉的事实，所以他对此也就更上心了，恨不得一直盯着，保证那些食物的干净。

从抓动物时崔栖潮就在了，带上小白，骑马看牧猪人领着奴隶与牧羊犬一起把林中的猪先赶回圈舍中。

牧羊犬们现在堪称训练有素，还知道互相配合，狂奔着把每一个岔路堵住，引着牲畜往圈舍的方向跑。

这些猪养到现在，基本上体重都达到了四十斤，崔栖潮隔着一段距离看，并赞赏那些牧羊犬。牧羊犬的智商确实高，知道团队协作，说得不好听，但确实是事实——这个时代很多人类都不知道这一点。

小白原本蹲在崔栖潮的肩上，看到这一幕，不禁技痒。它可也是被当作牧羊猫训练出来的，虽然只牧过鸭子，但是以它的头脑，难道会比那些死狗差吗？

上一次是被拉开了，否则它早把那些狗挠得一脸血了。小白按捺不住，从崔栖潮身上蹿下来，跳下马就往前跑，准备大秀一场。

“哎，小白？”崔栖潮惊愕地喊道，“你干什么？”

大白和大橘看到动静，也都从崔栖潮的斗篷兜帽里抬起头，眼睛随着小白的动向而移动，居然也有点蠢蠢欲动的样子。

小白狂奔向前，将一匹跑歪的散养猪往中间赶。

崔栖潮这才明白小白这是想大显身手了，露出一点微笑，小白呀……

这笑容还未收尾，崔栖潮忽然脸色一变，视线之内，被小白撵着跑的猪好像突然发脾气了，猛然一个回头，一拱小白，小白刹车不及，立刻弹出去了。

天哪，小白被猪撞了！

大白和大橘都小声“喵”了一下，仿佛被吓到了。

崔栖潮吓得赶紧策马向前跑了一段，从马背上下来：“小白？”

小白从草丛里挣扎着站起来，拐了两下，然后若无其事地灵动奔跑起来，根本不听崔栖潮的召唤。

崔栖潮无奈地摸了一下惊魂未定、已经完全不敢下去的白猫和橘猫，心中感慨，小白也太好强了吧。

崔栖潮追也追不到小白，一直到猪都进圈，小白才肯回来，立刻被崔栖潮拎着后颈整个抓起来，从头到尾检查了一遍。

在中世纪过得可比二十一世纪苦多了，还得注意自己的言行不露馅，在这种情况下，崔栖潮对小白也更多了几分亲近感。要是小白挂了，他觉得自己应该不能接受。

“你真当猫有九条命吗？你真死了，我要怎么去找客服说？说请把我被猪撞死的猫复活一下？”崔栖潮捏了捏小白的耳朵抱怨道。

小白：能不能不要提那件事了？

显然崔栖潮不理解小白努力要遗忘的心理，还拿这件事教育白猫和橘猫。

小白恨恨地在崔栖潮的虎口上磨了磨牙，崔栖潮这才狂撸了几下小白：“你给我乖乖的。”

眼看着屠夫把猪抓起来宰了，崔栖潮叫屠夫把猪大腿整个留下，他要让厨娘腌制华夏式猪火腿。都是腌制，腌什么不是腌？他还想做些华夏式的香肠呢。

中世纪的香肠还没有后来那么多变化，多是用牛盲肠和猪大肠灌出来的，里头放内脏，有时也会加入燕麦、动物血等各种乱七八糟的东西，然后再烟熏，风味大不相同。而少数用猪肉的肉肠，则难免有股腐败的味道，崔栖潮在城堡里看到过，相当不能接受。

崔栖潮把猫放在脚边，开始盯着厨娘揉火腿：“这个边角处一定也要揉到，把盐揉到猪肉里头，你用手用心感受，感受猪肉在软化……”

厨娘头上冒出了汗。她还没这么费劲地腌过猪肉，居然还得给猪按摩，不过这样倒是比他们从前的做法省盐。

这猪简直了，表面有粗硬的毛，崔栖潮还得让厨娘先把毛刮了。他这边盯着看，那边大白和大橘对厨房里的肉感兴趣，探头探脑，跃跃欲试。

小白一巴掌打在它们的头上，崔栖潮看了一眼没说什么。

虽然崔栖潮警告过小白不要欺负大白和大橘，但这种管教显然不包括在内。小白心中一喜，借机狂揍两只猫。

“即使挂起来后，也一定要不时查看，否则可能出现腐烂的情况，需要及时处理。”崔栖潮告诫厨娘，耳边猫叫声不断，他转身抄起一只篮球那么大的猪头，将小白顶了个踉跄，“你给我适可而止啊，不要借机生事！”

小白看着那只猪头异常悲愤：崔栖潮是故意的！

弹幕：

快，快把“萌宠”俩字也给我撤了，这是全站待遇最差的萌宠！

第 36 章

# 猫的新用途

小白圆圆的眼睛中交替出现着各种情绪，最后凝固在了怨恨上，头也不回地冲出了城堡。

厨娘：“啊……”

她张着嘴半天，才说道：“老爷，要让人把您的猫抓回来吗？”

照理说，没有谁会去关心这种邪恶的生物，仿佛养宠物一般担心它的去处。可是这只又不是一般的猫，这个冬天老爷还得玩弄它呢。

所以厨娘犹豫了一下，才干巴巴地提问。

“不用管那傻猫。”崔栖潮把猪头放回了案板上。没错，他就是故意的，小白被猪顶这件事，在他这里反正是别想过去了。

而这件事的确成了小白洗刷不去的黑历史。

崔栖潮盯着厨房腌制肉类，一直到了太阳落山，他才回到房间，又在房间里等到夜晚，门外才响起让人牙酸的挠门声。

崔栖潮把门打开，就看到小白低着头坐在门口。

“回来了？”崔栖潮让开一条缝给它进来。

小白幽怨地坐在原地，没想到崔栖潮真的没有去找它，它在城堡里晃悠了半天，吓唬了几个奴隶，饿得不行了，这才回来挠门。

“你的脾气还挺大。”崔栖潮蹲下来，把小白的脸捧了起来，“怎么，许你欺负大白和大橘，不许我欺负你？”

那是大白和大橘的问题吗？那是猪头的问题！小白瞪着崔栖潮，如是想。

崔栖潮好像知道它在想什么一般，难得地大笑出声：“如果不是你先犯错，也不会给我用猪头羞辱你的机会。”

崔栖潮把小白抱了起来，小白意思意思挣扎了几下，不满地“喵喵喵”叫。

“给你剩了点豆子和猪油渣，白天剩下的。”崔栖潮把木碗拿在手里喂小白。

小白难得这么被娇惯，还是坐在崔栖潮怀里吃东西，饱了也不舍得下去了，简陋的亚麻布的地毯哪里有崔栖潮身上暖和。

崔栖潮抱着小白，直到入睡前才把它放下来。

“喵……”小白从喉咙里发出声音，抱着崔栖潮的手不肯下去。

崔栖潮除了在上一个位面破例过一次，就再也没和小白睡过，硬是把小白压了下去，摸了摸它的头："好了，睡吧。"

小白迷迷糊糊地躺在亚麻布上睡着，已经睡着的大白和大橘自动靠过来，和它挤在一起。它最后看到的就是崔栖潮那张可恨的脸，心里想：有朝一日，我一定，一定要……

为了即将到来的冬天，农民们忙着收集足够的木材与稻草，以抵御冬天的寒风。

冬天是没有什么农活的，但农民要忙着把农具修理好，满是破洞的房子也得填补填补，免得冬天夜晚被冻死，大多数家务基本在这个时候完成。

通常在夜晚，他们数着柴烧，不能多烧，然后一家人和牲畜、稻草堆挤在一起取暖。条件稍微好一些的农奴家里可能还有破烂的被子或者几块羊皮。

羊皮可以裹在身体外头取暖，但是里头必须穿着夏天的麻布衣衫，否则能痒死。

白天，继续煮一锅汤，仍然是数着柴煮，里头放上各种提前准备好的食物，不干活就不要吃太多。

那些最穷的农奴每年都可能会消失，本来就没什么衣服了，要是食物或者柴火不够，那么等待他们的下场就是冻死。

幸好，幸好今年老爷再次大发善心。

领主老爷的冬天过得比大家好多了，他有猎物皮毛做成的裘衣，还有各种羊毛织物以及充足的饮食。尤其是今年，谷物丰收，蔬菜格外茁壮，留种又不用留那么多，宽裕得很。

崔栖潮喜欢这样不用出门想事情的日子，但他还惦记着自己的子民，所以在屠宰动物时，今年的羊毛他都让奴隶织成了长到膝盖的毛衣，然后用租借的方式借给农奴们。

还钱的时间是明年丰收的时候，崔栖潮确信他们能还上。

即使家里有羊毛的农奴都心动，领主老爷让人织出来的羊毛衣和他们那各种漏风的不一样，温暖而厚实，又长，后头甚至有帽子，光是摸一摸就知道是好东西。

只要今年确信能活下去，谁还管明年会不会还不上老爷的钱，那都是到时候的事了。

借的时候还得仔细测量登记，出借的毛衣每个部位有多少寸，确保不会被农奴抽走一部分。

农奴把羊毛衣抱回去，自己穿上，再让孩子也钻进来，脚一同蜷缩在里头，反着穿将帽子盖在脸上，密密的，简直温暖极了，就像躺在贵族的床垫上，虽然他们也不知道贵族的床垫是什么样子的。

也有不好的地方，那就是穿久了，毛衣沾上汗渍，就不大暖和了，得脱下来晾一晾。

这个冬天，那些借了毛衣的农奴家里最常见的一幕就是人们把毛衣脱下来晾，自己穿着短袖钻到牲畜的肚皮那儿，瑟瑟发抖地取暖。

除此之外——他们的意思是，除了无时无刻不伴随的饥饿和做家务活的疲劳之外，真的没有什么难熬的了。

至于管事们，已经麻木了，尤其在看到领主老爷还指导侍女和奴隶编织羊毛的时候。他们很纳闷，老爷在东方游学到底都学了些什么啊？普通贵族上外头，不都是学习武艺吗？

而且老爷还有特别的织物送给他们和骑士，同样是羊毛衣，也很厚实，但是胸口竟然有几个方块形的图案，显得身份一下就不同了。

据老爷所说，那些具有浓郁异域风情的方块图案是东方文字，大意是“诺森伯兰男爵聪慧/勇武的下属”，让大家爱不释手，加上确实非常保暖，一整个冬天他们都穿在身上，享受旁人艳羡的眼神。

其实崔栖潮原本是不会编织的，他传承的是神农氏血统，又不是嫘祖。但他在二十一世纪时，天天看食堂大妈闲时打毛衣，针法就那么些，看多了也就记住了，那些侍女和奴隶学得可认真了，这也是一样手工艺啊。

崔栖潮教着教着，想到除了租借，无聊之下就让人往给臣属们的衣服织上“崔家班”三个字。

管事们穿着羊毛衣美到了教士威廉面前，威廉竟颇为欣赏。他不像农奴们那么没见识，教士们是这个时代最有学识、最富裕的人之一，这种编织手法他在别的地方都没见过，图案也很特别，看来确实是领主阁下从东方带回来的技艺。唉，如果是他，应该会在衣服上编写上“神的牧羊人”吧。

威廉都表示得这么明显了，管事们心想教会果然不放过任何薅羊毛的机会，回去向领主禀告了一番。

“教士喜欢啊？”崔栖潮说，“这几天我让侍女编一件给他。”

崔栖潮一转头，就把“神棍”俩字写了下来，让侍女编上去。

也是冬天太闲没事做，等羊毛衣做好后，崔栖潮才亲自出城堡去给威廉送衣服。农奴们还要做做家务，他这个领主却什么都没的做，也就每天指导大家做做饭，打打农具。也正是因为这样，才让崔栖潮撞见一件事。

出门前小白一蹿，就蹦到了崔栖潮身上。

“你也去？那好吧。”崔栖潮把小白揣进了怀里。

教堂。

农奴们把自己裹在毛茸茸的羊毛里，大声说：

“应该烧死她，用圣洁的火焚烧她的灵魂。”

“这个邪恶的巫女，我亲眼看到她和猫对话！”

“她不值得浪费柴火吧，应该用吊刑……”

各种各样的声音吵得威廉脑袋疼：“肃静！”

现场立刻安静下来了，威廉脚下的石板上坐着的少女莉莉也抬起头来，露出了恐惧的眼神，含着眼泪摇头："教士老爷，我真的不是女巫。"

莉莉身上只剩一条麻布裙子，羊毛皮早已在不知哪个人把她推来教堂的过程中被抢走了。她是自耕农的女儿，在被带来时她好像隐约看到了父母的身影，可是群情激荡下，他们都不敢站出来说什么。即便这个时候，莉莉也看不到他们隐藏在人群的哪个角落里。

威廉仔细打量这个少女："可是，你被指证和猫说话了。"

少女回想起早晨，她的确看到了一只饥饿的猫，它毛茸茸的脸上两颗圆溜溜的大眼睛在对她闪烁，她动了恻隐之心，给猫扔了几粒豆子，并且告诉它快点离开村舍。它一定是太饿了，才会出现在人群居的地方。

她不敢说出自己还给猫喂食了，只能不断摇头："我不是女巫，我每周都来教堂……"

"和魔鬼有来往的人都善于伪装自己，有着精于撒谎的舌头……"威廉用严厉的目光看着少女，试图分辨她脸上的神色。

农民们也紧张地看着这一幕，等待教士的宣判。

倘若教士判定这是一名女巫，他们觉得更好的刑罚应该是吊刑，然后等到开春后，再用柴火把她的尸体焚烧，以免她死而复活变成吸血鬼。

就是这个时候，教堂的大门被推开一条缝，冷风灌了进来，同时传到大家耳朵里的还有一个陌生又熟悉的声音，虽然只听过几次，但所有人都对这个声音印象深刻。

"这是在做什么？"

诺森伯兰男爵大人出现在门口，他裹着厚厚的皮草，手里还抱着一件羊毛衣，身后一个侍从也没有，只有一匹探头探脑的马和马背上的黑猫。

"男爵阁下，您怎么光临了？"威廉惊讶地上前，"村民发现了一个女孩与猫对话，我正在审问她，也许她是一名女巫。"

说着，威廉的背挺直了，在男爵的领地上，他可能为男爵抓到了一个女巫。

接着大家就看到男爵老爷笑了，他先把手里的毛衣递给了威廉，说道："我是来给你送这个的，上面的字是'神的牧羊人'的意思。"

威廉一喜，来不及摸一摸这柔软的毛衣，又听到男爵阁下说："女巫们擅长说谎话吧，还是用事实来验证吧，刚好这里有一只黑猫，可以试一试黑猫是否会亲近她。"

咦？这个方法可行吗？大家面面相觑，这样的方法是闻所未闻的，因为女巫太狡猾，通常大家会直接加以刑罚，如果人没有死，那么她自然是清白的。

但是，男爵老爷说的话好像也不无道理，从理论上来讲是可行的。虽然那只黑猫好像被老爷虐了很久，可黑猫总归还是邪恶的吧？

威廉的表情僵了僵，这和他惯常的处理手段不同，但这是身份不同寻常的男爵阁下提出来的，更何况他才刚刚收了男爵老爷的羊毛衣，要是拒绝，也太无礼了吧。

威廉谨慎地琢磨了一下：“您说的办法不无道理，那么我们需要把她的嘴巴堵住，以免她和黑猫沟通。”

“这是应该的。”崔栖潮觉得自己可能也得给自己准备一件写着“神棍”的衣服了，在这里做好多事情，都不得不假借神的名义。

他再次看了一眼那名少女，她光裸的手脚已经被冻得红肿不堪，也许再过一会儿就要彻底冻伤了。

连教士老爷都同意了，其他人当然更没有意见，甚至自然而然地称赞起老爷的主意，就是好啊就是妙，怎么听都透着睿智，又省事又准确。

少女莉莉的嘴被教士的手套堵上了，双手也绑了起来，被押到门外。

崔栖潮在上个位面训练过小白“叫”和“袭”的口令，都是结合手势训练的，一般牧羊猫对手势会记忆得很清楚，虽然小白不是真猫，但想来也没那么快忘记。反正崔栖潮这时也没作声，比了比手势。

躲在教士和领主后头挤过来的村民们就看到，那只邪恶的黑猫一看到有人靠近，就从马背上跳下来，身体伏低发出威胁的声音，爪子也露了出来。

看到黑猫这凶神恶煞的模样，与早上那只她喂过的可怜猫咪完全不同，眼睛中毫无温度，像一个没有感情的杀手，莉莉有些害怕地往后退，立刻被教士推了一下，反而向前踉跄几步。

她一上前，黑猫哈气的声音立刻更大了，“喵嗷”地高亢一叫，伸出利爪划向莉莉——

崔栖潮猛地拉了一下这小女孩，使她避开小白的攻击。

“大家都看清楚了吧，她没有受到黑猫的青睐，反而被攻击了。”崔栖潮像是为了佐证一般，还走上前去拎小白的绳子，嘴里暗示地道，“这猫，超凶。”

小白听到“凶”字，立刻又“嗷呜嗷呜”地挣扎起来，爪子没敢挠崔栖潮，但在泥地上留下了深深的抓痕，看上去还真是桀骜不驯的样子。

“对啊，黑猫一看到她就攻击，她大概真的不是女巫？”

“那早上我看到的是怎么回事呢？她为什么和猫交谈？”

威廉看了崔栖潮好几眼，隐约感觉到有一丝不对，但是以他的知识范围猜不出来，而且崔栖潮还有个身份压着，所以这一丝念头也只是一闪而过。现在已经有了现成的洗白理由，他很快站在崔栖潮那边解释道：“我想可能是那只猫想要诱惑这孩子，幸好被人撞破了。”

本来还有点讪讪的村民立刻释然了，是这样啊，他救了那个女孩！

莉莉本来以为自己会哭，可事实是她陷入了呆愣中，没有一丝表情。她其实喂过猫，也不是女巫。

这时莉莉的父母也从人群中出来了，母亲用手捂住莉莉的脚：“我的孩子啊！”

莉莉有一丝茫然，不知道该露出什么表情。

“好了，你可以回去了。但是记得以后一定要小心，魔鬼可能是感受到你内心的动摇，才会来找你。”威廉高深莫测地说道。

一时间，本来改观的村民又嘀咕起来了。

崔栖潮暗暗皱眉，这个威廉还真是无愧他送的“神棍”两个字，偏偏还要加这么一句，纯粹是为了增加自己的威信。

事实上，对所谓女巫的迫害本来也是教会排除异己的工具，此后更导致了民间也颇多胡乱举报，陷害好人的行为。“女巫”辩解就是撒谎，不辩解就是默认，死了则是印证其果然有罪。

“喀，我的城堡里还缺一个在厨房帮忙的侍女，有很多大蒜要处理，既然这样，这个冬天你就到城堡里来做工吧。接触那么多大蒜，想必魔鬼也不敢靠近你了。”崔栖潮说道。大蒜在这里被赋予抵抗邪恶生物的意义，就像桃木之于华夏。

一时间所有农民的眼神都充满了嫉妒……

在冬天干活是很惨没错，但说的是他们这些鞋子都没有只能裹稻草的平民，男爵老爷的城堡里可是一直燃烧着木柴，还有厚厚的挂毯挡住窗洞的冷风，温暖无比的！

就算干活累死，也是舒适地死去，在厨房工作，说不定还有便宜占。

就连莉莉的父母也满是惊喜，他们可以省下一个人的口粮了！自耕农家里余粮也不多啊，何况今年又生了一个孩子。

莉莉怔怔地看着领主老爷，被父母一推，才用被冻得发干的声音道谢：“谢谢您，老爷。”

威廉也及时捧了捧崔栖潮：“男爵阁下总是能想出好法子，为了这女孩儿好，在厨房处理大蒜的确不错。”

莉莉心里很忐忑，她不知道领主老爷为什么救她。从提议用黑猫检测开始，不知道为什么，人人都觉得她应该感恩戴德，她却说不出哪里怪怪的。

也许是因为，在庄园里，大家都说老爷慷慨善良，但是莉莉曾经偷听到庄头和管事说话，言语中提到的都是老爷的房间又传来惨叫声之类……

高处的城堡离他们太远了，偶尔下来的老爷的全貌只能依靠想象来补充。她也不愿意相信冷淡威严但是慷慨的男爵老爷其实和其他老爷一样，喜欢动手打人。

忐忑不安的莉莉被父母塞到了老爷身边，叫她给老爷牵马，老爷欲言又止，最后还是没说什么，直到离开村民的视线，他才对莉莉道：“你也上来吧。”

莉莉来不及反应，就被拉上了马，光着的脚悬在空中，好歹不再与冰冷的地面接触，能缩进父母刚刚给她的麻布斗篷里。她的鞋子在来的路上丢了，再也找不到，家里也没有多余的鞋子了。即便自耕农，日子也只比农奴强得有限。

她被老爷直接带进了房间，老爷让她把壁炉点起来，就出去了。

只有莉莉和几只猫在房间。

莉莉看着那只也许邪恶，但是救了自己的猫，茫然地道：“你说，老爷会不会想对我……”

黑猫：“哧。”

莉莉怀疑自己的耳朵，她是不是听到黑猫发出类似嘲笑的声音了？

过了会儿，崔栖潮带着厨娘回房间了，厨娘手里还端着一碗热汤，腰上挂着布鞋。中世纪的人民营养不足，各个瘦弱得很，听说这个叫什么莉莉的女孩都十四岁了，还矮瘦得像柴火棒。

厨娘疼爱长得可爱的女孩子，一看到莉莉就赶紧上前，先给她把冰冷的脚搓热，再用鞋子包裹住她的光脚，然后把汤给她：“可怜的孩子，快喝吧，我听说你被魔鬼吓到了，以后住在城堡里就不用怕了，魔鬼也不敢靠近领主老爷。”

这是事实没错，但听起来总是怪怪的。

厨娘拉了拉鞋子，说道：“老爷给奴隶们做了鞋子，免得他们干活时耽误了，你这双是暂时从一个小子脚上扒下来的，还是有点不合适。”

莉莉正大口喝着热汤，感觉到浑身变暖，听到这里，眼睛都睁大了。奴隶，鞋子？城堡里的奴隶居然有鞋子穿？

她和因为盗窃沦为奴隶的麦克家的女儿认识，自从他们被带走后，她就在心里想过很多种自己朋友可能的遭遇，这么冷的冬天，作为一名奴隶该怎么熬过去？可她万万没想到，他们竟然还能穿用布和羊毛做成的鞋子，毕竟农奴们能借羊毛衣就够让人惊讶了。

领主老爷表示，奴隶是他的私人财产，如果不像给茶壶织一个套子一样把他们也套住，冷死了，万一他急需的农具可怎么办？

厨娘看了壁炉一眼，自然地说道：“你在这里把火守好，再见时我告诉你住在哪儿。”

她给领主行了个礼，就退出去了。

房间内一时陷入寂静，莉莉僵硬地维护着壁炉火，余光看到老爷坐在了床上。

“你为什么会想到和猫交谈，你不害怕它们？”崔栖潮冷不丁地问道。

莉莉霍然看过来，磕磕巴巴地道：“不、不，我……”

崔栖潮打量着她，小孩就是小孩，一下就被吓到了，要是让她再被教士逼问一会儿，恐怕女巫的帽子就摘不掉了。因为之前的事，她看上去异常呆滞，一直在微微发抖，神思不宁。

崔栖潮想了想，微微一笑，在她惊恐的目光中把小白抱起来，亲昵地蹭了蹭鼻子，肆无忌惮地道：“虽然说出去别人不会相信，但我也挺喜欢猫的，我认为它们并不是什么邪恶生物。”

莉莉张着嘴，半晌说不出话来，整个认知都被颠覆，可是结合自己之前的遭遇，她发现老爷说得不无道理。她好像一下解脱了，瘫坐在地上，表情都快崩了。

她几乎没有思考过老爷敢于在自己面前说出这种话代表了什么，是否想过她有多大威胁，如果她乱说又该如何处理。

天真的女孩眼泪汪汪地道：“您说得真对！”

崔栖潮没有看错这小孩儿，他对莉莉又比了个“噤声”的手势。

只有小白对两人翻了个白眼：对什么对！崔栖潮根本不爱猫！他胡说！

第 37 章

# 被折磨的盗贼们

来到城堡后，莉莉才发现这座处于高处、巍峨的城堡和自己想象中的不大一样。

首先它没有农奴们传言的那么温暖，因为都是石头堆砌的，所以内部反而湿冷，即使到处悬挂的挂毯也不能补救太多，厨娘在带她去住处时，她还看到了有工匠在修补漏水的地方。老爷的房间因为柴火充足，倒确实舒坦一些。

其次它也没有大家形容的那么残酷，相比起以前那些奴隶的生活，莉莉眼见的奴隶要快活多了，这显然是因为男爵老爷。

“他们这是在做……农具？”莉莉认识其中一些农具，惊讶的是，这项工作居然由奴隶来完成。

“没错，老爷吩咐他们向工匠学习制作农具，这样开春后我们才有更多工具用。”厨娘云淡风轻地道。

任谁在被男爵老爷轮番惊喜轰炸这么久之后，都学会淡定了。

简直不可思议。转过一道弯，大厅里坐着一群人，中间是火堆，他们共同取暖，粗一看，有匠人，有侍从，也有奴隶。

由于大家穿得都还行，一开始莉莉是没分清谁是奴隶的，直到她看到了麦克家的女儿——自己的朋友艾尔。艾尔和几个女孩挤在一起，手里编织着羊毛织物，脸上居然还有一些笑容。

不知道是不是莉莉的错觉，她觉得这笑容比艾尔从前露出来的都要大，因为艾尔身体不是很强壮，不能为家里干太多活儿，到了冬天她每餐几乎只能喝一些汤水。

看到厨娘经过，侍从们问起来：“今天能吃到炖胡萝卜吗？”

厨娘淡定地说：“有。”

然后所有人都欢呼了一声，虽然肉不是每天都有，但热腾腾的蔬菜汤也是冬天里难得的美味。自从丰收盛宴后，胡萝卜更是仿佛和羊肉挂上了钩，很多人后来都一致认定羊肉就该和胡萝卜一起炖煮。

莉莉看到欢呼的人里还有艾尔，弱弱地说：“胡萝卜……奴隶也可以吃吗？”

“他们可以吃到胡萝卜汤，偶尔也会有一点胡萝卜，但是燕麦糊和豌豆糊是够的。”厨娘说道。这也是老爷让奴隶们在冬天马力全开投入到制造和织造中的奖励，因为老爷让麦子丰收了，如果管事们不能做得更好，就只能接受。

老实说，那些奴隶学会了之后，手脚还挺快的。

莉莉觉得不可思议，她家里是自由民，但她在冬天也吃不饱，难怪艾尔脸上有笑容。虽然豆子和粗糙的燕麦都是下等食物，但管够两个字就比什么都强。

这时候，艾尔也发现了莉莉的身影，惊呼一声，但是不敢过来找莉莉，只是盯着莉莉看。

莉莉也和她对视了一会儿，就被厨娘带到了住处，自然是很多人挤在一个地方睡觉，就像在家里时一样。

后来艾尔来找莉莉了，她们互相讲述着自己的遭遇。

莉莉这才知道，麦克大叔一家成为奴隶后，男性都去学习匠人手艺了，女性则进行编织，没挨什么打，倒是麦克大叔因为抱着赎罪的心理非常拼命，还得了两次奖励，有一次带了几颗油渣回来给女孩儿们吃。

艾尔花了大量口水描绘那味道，听得莉莉都饿了。

说真的，虽然没了自己的份地，但过得好像比以前还要轻松了。份地还要担心收成，这里只要在意老爷的喜好就行。

“莉莉，你赶上好时候了，斋戒日马上要过去，领主老爷、管事老爷们要吃肉了。而且……”艾尔咽了口口水，“厨娘腌制的火腿好像可以吃了。”

莉莉茫然，火腿是什么？

很快，莉莉就知道火腿是什么了。她在厨房干给厨娘打下手、剥蒜、收拾蔬菜、筛麦子之类的活儿，忙起来身上很热，根本不需要烤火，也不必吝惜力气，因为总能吃饱，虽然只是蔬菜汤。

她必须说，这些蔬菜可真甜，好像就是老爷菜园里那些硕大的蔬果。

说远了，还是说回火腿，就是挂在厨房里的大猪腿，只要在厨房就能闻到那咸香味，就着这个味道，她都能多喝一大碗水。

斋期过去的时候，老爷又亲自来了厨房，当然，还是带着他的猫。

莉莉最初的那些想法早就消散了，老爷并没有再特意找过她，而且城堡里有更加丰满的女人，老爷不可能对她有什么兴趣。

但莉莉对老爷还是很感谢，而且她很不好意思地想，她和老爷之间有共同的秘密，他们都被他人称之为邪恶生物的猫迷住了。

崔栖潮也看到了莉莉，把小白递到了这小孩怀里，像是在告诉她，那个秘密依然存在。

莉莉藏住自己的欣喜，抱紧了小白，可是她手上的大蒜味熏到小白了，小白立刻从她手里蹿了下去。

在别人看来，这对莉莉反倒有益，剥蒜果然是有用的，她被黑猫嫌弃了。

领主老爷是亲自来指导厨娘料理火腿和香肠的。他让厨娘取下一只火腿和几串香肠，然后说：“干蘑菇还有吗？拿出来。”

厨娘找出了一堆干蘑菇，蘑菇都被密密地封在罐子里。

崔栖潮让厨娘把蘑菇切一切，再把火腿片成小片，他本来想让厨娘泡一泡，刚腌好可能会比较咸。

厨娘惊慌地说："那么盐水用来做什么？"

"算了，不要泡了。"崔栖潮说，咸就咸吧，这些人估计就喜欢吃咸的，他可以自己到时候放进菜汤里泡一泡。

干蘑菇条和胡萝卜条先行加油翻炒，这炒菜的动作可是厨娘练习了许久才掌握熟练的。然后加上一些葱、蒜，和火腿肉一起炒。

原材料的香气在这种奇特的烹饪方法中被完全释放，橄榄油在锅里"嗞嗞"作响，莉莉甚至还能闻到炒胡萝卜的香味。炖胡萝卜的美味大家都已经了解，但是没想到炒胡萝卜又是另一种味道。虽然莉莉没有尝过，但不妨碍她在脑海中想象那肉片的柔韧鲜咸、胡萝卜的软香……

这时候让莉莉口水直流的一幕出现了，厨娘从铲子上拈起一小片蘑菇，放进嘴里尝了尝。

厨娘大婶居然能尝做给老爷们的菜，就当着领主的面，这显然是领主老爷准许的，莉莉太羡慕她了！

接着还有香肠。这些香肠，一部分和蔬菜一起炒，另一部分则被放在了面包上，做成香肠面包！莉莉从来没想过面包上还能放肉，世界上还有这种吃法？这香味未免也太诱人了，香肠片一点儿也没焦。而且这个香肠和莉莉平时见到的不大一样，切成片后能看到里头白色的部分，像是肥猪肉，整个更小，也更有韧性一些。

开饭后，他们把食物端到大厅的长桌上，除了领主，所有人垂涎三尺，莉莉这才知道，即使是管事老爷第一次看到这些美味，露出来的表情和奴隶也没有多大区别。

在崔栖潮一声令下后，他们几乎争抢地啃起香肠面包来。

面包还是那个面包，因为筛得细一些，里头没有什么杂质，不过还是粗糙，但上头多了香肠片就不一样了，香肠在烤的过程中流出一些油脂，浸在面包上，让面包都多了一丝咸香油腻的味道。

将面包和香肠一起啃下去，口感简直不可思议，这肥瘦相间的猪肉做成的香肠比起以往那些下水、内脏做的香肠，滋味大不相同。外头一层肠衣薄得几乎不存在了，腌到紧缩起来的香肠冒着油光，香气诱人，牙齿接触到肠肉，几乎能分辨出肥瘦部分，肥肉部分的油水被挤压出来，虽然根本就没声音，但他们几乎能感觉到有"嗞"的一下……油出来了。

咸咸的香肠让面包都变得极其美味，这即使在蔬菜汤里泡了一会儿还是比较粗的面包，可满满都是香肠浸润的香气。

火腿片和蘑菇、胡萝卜一起吃，是奇特的味道，腌到咸极了的火腿片即使不去烤，或者加上香料，也没有以往大家吃惯了的腌肉那种腐败发臭的味道，而是纯粹的浓香。

虽然咸，但是和着蔬菜吃就好多了，或者再多喝几口汤，像老爷那样把火腿片放在汤里泡一泡。

喝汤、吃肉，火炉让人浑身出汗，众人把羊毛衣都脱了，这个冬天也太幸福了吧。

莉莉看得两只眼睛都要红了，就是在这个时候，听到有人冲进大厅，说道："老爷！有……有盗贼来袭击！"

所有人一顿。

盗贼，是盗贼团！

大路上游荡着许多盗贼，他们像旋风一样从一个领地到另一个领地，攻打下城堡，把粮食抢走。

通常来说，这种石头搭建的配有壕沟的堡垒很难攻破，可人总有打瞌睡的时候，一旦城堡防守薄弱，或者领主不在城堡内，可能就要遭难了。

今天已经有些晚了，只是老爷请吃肉，所以晚餐时间也长，到现在天黑透了还没散。

莉莉听到"盗贼"两个字腿就发软了，下意识地去看老爷。

老爷还是十分镇定，甚至擦了擦嘴才说道："这个时候出来打劫，看来是一群饿肚子的盗贼，那么骑士们就先去把盗贼抓起来，再接着吃吧。"

骑士和他们的侍从们一个两个放下了自己的盘子，黑着脸站起来，去将盔甲或者棉甲穿上，拿上武器，气冲冲地走出门了。

崔栖潮在他们走到门口时，大声道："早点回来，菜还是热的。"

崔栖潮听到"盗贼"两个字时想到的是：终于来了。在中世纪生活，没遇过盗贼还完整吗？

这些盗贼真是来得巧了，冬天大家闲得很，他虽然没有准备武器，但是让农事官准备了一些杀虫藤的药水，给骑士们抹在武器上。

诺森伯兰的骑士们轮流服役，因为他们每个人一年只要服役几个月而已，加上侍从，目前待在城堡里的战斗力也有几十个。

他们为崔栖潮上演了一出中世纪版的温酒斩华雄——温菜抓盗贼。

冬天没什么人出门，这些饿极了的盗贼不得不铤而走险，趁着天黑来攻打这个小领地的城堡。谁都知道城堡里的物资最多，庄园看似好攻打，但是人群分散，家里也没什么东西，你才抢了两家，警役和骑士就发现你了。

但谁知道都这个点了，诺森伯兰城堡里的人还没躲起来取暖睡觉，而且骑士们一个个气势汹汹。

他们骑着马从高地上往下头冲锋，这就是城堡建在高处的妙处了，易守难攻，骑兵冲击起来威力也大。

吃了个半饱的骑士战斗力最高，只听为首的骑士大喊了一声"为了城堡……"那些骑士就像疯了、不要命了一样冲过来，盗贼们本就不高的士气更是低落了。

盗贼的头子也憋足了劲大喊：“我们、我们也为了城堡！为了城堡里的食物，杀啊！”

可惜回应无几，在骑士们奔腾的马蹄快到近前时，更是有几个盗贼慌张地脱团了。

骑士们已经冲到了近前，他们喊的话也更清楚了：“为了城堡里的食物！”

盗贼头子有点茫然，为什么抄袭他们的口号？

为了城堡里的食物，你们不就住在城堡里吗？

还没等他想清楚，他就被骑士给俘虏了，的确有精英盗贼团能够和贵族骑士团一战，可是饿到两眼发绿的他，怎么是这些天天都能吃饱、唯有刚才这顿吃个半饱正处于极度不满状态的骑士的对手呢？

跑到下头去的盗贼也被闻声而来、从下方包抄的警役抓住，用木棒狠狠敲了几下。

崔栖潮撩开壁毯，从窗洞往外看了一下，就看到空旷的草坡上，带着回声的“啊啊”声零落响起，几十个人的团伙短兵相接……可能不该说兵，因为相当一部分人拿的是木棒。

十分钟之内，这场“激烈”的保卫战就结束了，崔栖潮“啧”了一声就走回去。

反倒是城堡里的其他人对这场战争充满了期待，他们紧张地等待着消息，竖起耳朵听外头的动静，女仆们甚至手拉手，每听到遥遥的叫喊声就闭上眼睛，不断祈祷。

等到骑士们打了胜仗回来，气氛更是犹如华夏过年一般。

入侵者们被捆成猪猡，丢在大厅内。

盗贼瞪着城堡内的贵族，这才发现他们正在进餐，难怪全都醒着，反应那么快！

盗贼对着坐在上首，显然是领主的年轻男人喊道：“是我们走了霉运，如果今天不是你们正在开宴会……”

他还没说完，就被人踹了一脚。

而示意人这么做的领主则自顾自地说道：“那么，请继续你们的晚餐吧，勇士们，为了奖励你们的胜利，刚刚我让厨娘去准备布丁了。”

“喔！”盗贼们就看到刚才那些彪悍的骑士像毛头小子一样举起拳头吼了几声，兴高采烈地继续入座。

盗贼们很茫然。

按照惯例，战争结束后，羞辱、审判入侵者才是重头戏，可现在，他们完全被忽视了， 这些人堂而皇之地继续大吃大喝起来。说到大吃大喝，这味道真的怪好闻的……

火焰蹿得老高，将湿冷的石头城堡照得明亮又温暖，火光照耀下，他们能够清晰地看到骑士们用叉子叉起一大块红白相间的肉片，放在嘴里“咯吱咯吱”嚼起来，嘴皮子上都沾着油光，闪闪发亮。

还有蘑菇条和胡萝卜条，不知道为什么在同一个碗里，被捞起来吸进嘴里，“吧唧吧唧”地嚼。

面包，面包上头居然也沾了肉片，实在是太奢侈了！每一口面包都能尝到肉味！

骑士们表情陶醉，享受着好不容易腌制完成的火腿与香肠，在心中无限赞美领主老爷和他从东方带回来的食谱。

那些“咯吱咯吱”“吧唧吧唧”“呼噜呼噜”的吃饭声好像在耳边放大，油星子滴在嘴唇上的画面也无比清晰，独特而浓郁的香味直往鼻子里钻，整个天地都只剩下了吃肉、吃菜、吃布丁……

“啊啊啊啊！”盗贼们要疯了，发出了痛苦的哀号，再也忍不住内心强烈的饥饿感，大声呼喊，“好饿啊！”

可惜这叫声只助长了诺森伯兰人民的食欲，让他们吃得更畅快了。

崔栖潮轻轻挑了挑眉，骑士们就心领神会，故意端着木碗站在盗贼面前大吃，几乎能让人看到肉在他们嘴里被咀嚼的形状。

盗贼的眼睛红了。

但这还不是结束，过了一会儿，大家吃得食物都堆到嗓子眼儿了，崔栖潮说道：“剩下的就赏赐给你们吧。”

这个“你们”，指的当然是城堡里的仆人们。

领主大人向来这么奢侈，大家早知道这一点。艾尔悄悄挤了挤莉莉，对她使了个眼色，莉莉这才明白艾尔以前为什么说碰上城主宴请是赶上好时候了。

这时候的食物都是放在大盘子里，大家分取的，即使被老爷们吃掉了许多，盘中仍然有剩菜，侍女把这些菜和他们的燕麦糊搅拌在一起，分发给了大家。

于是第二轮吃喝开始了，盗贼们快疯了。

他们之所以成为盗贼，就是各种原因导致吃不饱，才去其他地方抢，而这座可怕的城堡，他们的骑士能够大吃大喝也就罢了，毕竟不是常人，但他们的奴隶居然也能吃饱！

一碗温热的燕麦糊糊，里头掺上了油乎乎的菜和一点儿肉，或者还有汤。奴隶们的吃相可比骑士们要粗俗多了，野猪一般“呼噜呼噜”地吃着，满脸红光。

像莉莉这样的女孩子吃得要稍微斯文一些，但她也对着香肠流了一整天口水了，在厨房里时就在幻想这是什么滋味，现在终于尝到了，比她想象中还要美味。燕麦粗粝的口感因为有了它们而变得不那么难接受，咸咸的味道是自耕农也珍惜的盐味。

而这个时候，厨娘的布丁也做好了，这种食物盗贼们见所未见，不过不妨碍他们从那些浑蛋享受的表情中观察出它有多美味。那特殊的质感，一整块在盘子里弹动，散发着奶香味，同样是甜点，比那些绿色的奶酪要上乘多了！

盗贼们：“啊啊啊！”

他们要彻底被折磨疯了。

嚯，英雄救美！我流下了感动的泪水，这是我们的女主角吗？长得还挺漂亮！

难以置信……崔栖潮还要把人家带回城堡！

咦？不对，不是带回去养起来吗？为什么真的去厨房扒蒜了？

和说好的不一样啊，你都在妹子面前暴露你喜欢猫了！

这我就要替小白说句话了，他喜欢个什么啊……

不！我不能接受！你们都分享同一个秘密了！为什么不把妹子从厨房调上来？

又被骗了，怎么就不长记性！

我实名支持崔栖潮别谈恋爱！

……

我听错了吗？是入侵者吗？终于有入侵者了吗？

哭了，终于要开打了，杀啊！

是抢粮食的盗贼，快点抓起来，让他们知道知道诺森伯兰的厉害。

崔栖潮不要辜负我的期望，一定要做个让人闻风丧胆的领主！

羞辱在哪儿？虐待在哪儿？审问在哪儿？不是……这是什么新型刑罚，你们吃他们看？

还要拍吃东西和盗贼流口水的特写，这罚的是我吧？

嘿嘿，你们别急啊，这些盗贼的惩罚肯定不止这么简单，他们之后肯定还会被押着痛苦地……种地啊！

第 38 章

# 投诚与远行

骑士们的武器上涂抹了杀虫藤的汁液，有些盗贼受了伤，一顿饭的时间，差不多就发作了，出现了呕吐的症状。

盗贼们本来就饿，肚子里没什么东西，没的吃也就算了，吐出来的都是些酸水。

虽然这个时候大家都吃完了，但仍然发出了嫌弃的声音。侍从像拖死猪一样把盗贼们拖出大厅，用瓢舀凉水灌进他们肚子里缓解毒性。

老爷说了，这些人不可以吊死，他要留下来做苦力。

什么最能改造人？劳动最能改造人。

侍女们把盗贼们躺过的地方用水刷了一遍，由于男爵老爷酷爱干净，城堡里现在不允许出现随地大小便、吐口水的行为，所有垃圾都要清扫。所有生活垃圾每天拉到肥料堆去。

盗贼们奄奄一息地躺在地上，所有东西都被收走了，诺森伯兰的人当然不会给盗贼发吃的，所有人吃饱后开开心心地收盘子去了。

这些盗贼自始至终也没能够与领主对话，放在以前，至少领主要炫耀一下自己领地的武力。

他们想，等待他们的，大概是明天被吊死，然后挂在窗洞外示众吧。

这就是人生的最后一个夜晚了，又冷又饿，满肚子的水……

奴隶把喝完水已经好了很多的盗贼们牵到了牲口棚里。

盗贼们震惊了。

睡牲口棚，这对中世纪的非贵族来说绝不算一种侮辱，相反，这是能够让他们活过这个寒冷夜晚的保障！

他们是迟早要死的人，为什么对方还理会他们这一晚的死活？难道是为了明天，一窝盗贼整整齐齐地处罚吗？

虽然只能活一个晚上了，但盗贼们还是蜷缩着靠近了牲口，借着它们温热的身体取暖。而牲口们对来者到底是本地人还是盗贼也没有丝毫计较，来者不拒，一起取暖。

到了第二天一大清早，盗贼们就被拽醒了。

“快点起来，你们这些浑蛋盗贼！”一名奴隶说道，他穿着麻布衣服，手里拿着长矛，对准手脚被捆住的盗贼们，命令他们和自己一起走。

这就是要死了吧，盗贼们心想。

走出棚子，奴隶顺手把自己挂在外头晾的羊毛衣穿回了身上。

盗贼头子约瑟多看了奴隶两眼，判断奴隶的方式除了他们的工作，通常就是衣着，这个人刚刚看起来还像是奴隶，现在穿上羊毛衣后俨然是个农民了。

但是接下来，约瑟叹为观止。昨晚大厅里的人一拨一拨地吃东西，他分辨得不是很清楚，可是今天，大家各司其职，就能看出来了。如果不是诺森伯兰没有奴隶的话，就是这里的奴隶也能够穿羊毛衣。

无论哪一种猜测都太吓人了。

盗贼们被赶去了厕所，奴隶踢了踢桶子，命令他们收集好粪便。原来，奴隶是城堡里地位最低下的人，这些活儿都是他们干，现在有了俘虏就不一样了。按理说，战败者除了死之外，成为奴隶也是理所当然的，毕竟只有胜者才有发言权。

盗贼们不是很懂，这是什么地方？为什么有这么多粪便？说起来昨天他被关进来的时候虽然注意到，但没有心思去想，这城堡干净得过分了吧，地上没看到一坨粪便，原来是都在这里啊，这都什么习惯？居然所有人有个固定大小便的地方吗？

对了，现在还要他们把粪便收集到大桶里，这是什么意思？

“快点，你们这些懒猪！”奴隶终于有机会骂别人了，还能不痛快吗？他和其他几个人一起把盗贼们的绳子解开，脚上的仍然留着，但宽裕出迈步的距离，长矛尖对着他们。

其实，就算不用长矛威胁，这些盗贼也反抗不动的，他们都饿得头晕眼花了。

再头晕眼花，他们还是要干活。

冬天说是没什么农活儿了，但是积肥要积的吧，水利工程要维护一下的吧，还有果木这个时候也可以修剪了，仔细一算，改造这些盗贼是足够了。

把厕所的粪便和垃圾都清走了不提，还得运到堆肥点去，把这些肥料处理好，还得将其他堆肥都搅拌一番，这是每隔一两周都要进行的，好让肥料透点气。

盗贼们的脸都要绿了，被逼着不断搅动那些粪便，那味道熏得他们的头更加晕了。

“不行不行，我要栽进去了！”约瑟大喊。

奴隶轻蔑地道：“那你就栽进去试试。”

对待俘虏，奴隶丝毫没有要放松的意思。

约瑟的脸黑了，这到底是要活生生饿死、累死他们，还是熏死他们啊？

看着这些黏稠的东西，约瑟忍住恶心，继续搅拌起来，但嘴里还喋喋不休地骂道：“诺森伯兰的人有毛病，自己做屎壳郎，还要逼别人也做屎壳郎。看着吧，大粪里一定会长出瘟疫来……”

“闭嘴！”奴隶一棍子敲在约瑟身上，要不是约瑟抓住了身边的同伴，就要掉进肥坑里了。

而奴隶还在蔑视地道：“你们懂个屁！”

这些可是连神也认可的，能够让农作物快快生长的圣肥——自从“地狱之火”事件发生后，大家就自动把神惩罚了偷肥者和神也觉得地里施肥不错画了等号。再说了，教士老爷不也没什么意见？

只有这些没见识的乡巴佬盗贼才会说这种惹人发笑的话。

在长矛和木棒的威逼下，盗贼们摇摇欲坠地干着活，终于把一大堆的粪便搅了一遍，这时候已经过去半天了，他们满身的汗味和臭味。

一整个庄园所有人畜产生的粪便与生活垃圾，这可不是小数目。

奴隶们仔细评估了一下盗贼们的状态，与自己以往进行比较，确定他们是真的干不动了，这才矜持地上前，把他们的手脚重新捆起来，然后……拿出了豆子。

“张嘴。”奴隶说道。

“你要干什么？”约瑟警惕地看着他。昨天他们中毒了，这里头不会也有毒吧？

可是约瑟的手下已经张大嘴，一口把豆子吞下去了。他才管不了那么多，死也要做个饱死鬼。

谁也没有发作，他们这才彻底相信自己真的被喂了一餐豆子。

天哪，真的不是他们在做梦吗？

喂完之后，奴隶们又把盗贼押去了河边，让他们维修堤坝。

如此干了一整天的活，拢共吃了两次豆子，加起来大约是奴隶们一餐的量，但是对流窜各处缺衣断食的盗贼们来说，这其实已经算难得了。

途中遇到了农奴正在修补房屋，奴隶们还让他们停下来，帮农奴补房顶。

就这么半饥不饱，每天干活，一回去累到直接睡到第二天，这些盗贼哪里还有什么心思想其他的。

约瑟也策划过几次逃跑，躲在牛肚子下头小声地对大家讲述如何在积肥时逃跑，可惜被他的手下拒绝了。

“老大，虽然每天都干很多活儿，可豆子是固定有的，咱们要是跑了，就不一定每天都能吃上豆子了。”盗贼们想得很清楚，“而且，这些天难道你没有看到这座城堡里的奴隶都过的是什么日子吗？”

什么日子？简直是天堂里的日子，有羊毛衣穿，有糊糊吃，偶尔还有剩菜，有油有肉，甚至有人在学习做农具——那些奴隶来给牛马试挽具时他们都看到也听到了！

约瑟沉默了。

是自由自在地奔驰在森林中，来去如风，游走于各座城堡间劫掠，还是留下来做一个豆子的囚徒，终日与垃圾粪便为伴？

“领主老爷，求求您了！请您接受我们成为您的私人奴隶吧！我们自愿为您劳动，不会再逃跑了！”约瑟趴在地上，大声说道。

这才劳改了几天，他们就自愿为剥削阶级服务了。

崔栖潮打量了约瑟几眼，这些盗贼还是有把子力气的，体格比他的奴隶都强多了，毕竟他们最近虽然流年不利，但以前能逍遥法外那么久，还是有些收获的，东西都自己吃。

不过，崔栖潮也不会那么轻易就相信他们，轻描淡写地道：“看你们的表现吧，你们可是攻打过城堡的。”

约瑟心里纳闷地想，早知道是这个下场，或者早知道诺森伯兰这么富裕，连奴隶都有饱饭吃，他们还不如直接来投靠。

为了表达自己的诚意，约瑟更是伏地小声说道：“老爷，我有一张地图，是我这些年来在各地劫掠、了解，自己画的，我藏在了森林里。”

地图里头包括了各种约瑟深入了解的信息，有约瑟抢过的，有他了解后觉得暂时不适合抢的。这个时代的大小领主们都想着互相吞并，夺取资源，有这样一张地图，或者说信息表，可以说是攻打指南了。

约瑟甚至表示他可以身先士卒，帮老爷带路，去攻打别的城堡。在他看来，以诺森伯兰骑士们的生活质量、战斗水准，完全可以正大光明地侵占其他领地。

约瑟都没有想过领主老爷会拒绝，领主老爷花费那么多粮食把骑士们养得饱饱的，不就是为了打仗吗？

而崔栖潮听到约瑟的话也确实眼睛一亮，盯着他看：“你曾经去过很多领地，也了解他们的情况？”

约瑟用力点头。

“很好，现在你带人去森林里把地图找回来。”崔栖潮说道。

约瑟欣喜若狂，觉得自己如果立了功，说不定连奴隶都不用当了，立刻在押解下，去之前藏身的地方把地图找了出来。同时，这里还有一些盗贼团的家当，因为诺森伯兰人没有审问他们，也就没有搜拿战俘的私物了。

“这些全都献给老爷。”约瑟恭谨地道。其实也就是一些破衣服、一点点粮食、工具之类的东西，不过好歹体现了他的一番诚意。

在这个年代，商业极其衰败，试想一下，即使一个男爵领，他治下也有畜牧业、种植业、人民，吃喝穿住完全可以自给自足。大家所说的买卖基本上都是贵族阶层的事情。

例如胡椒这样的香料、高级布料等，由商人们售卖，路途遥远，出现频率少不说，还有很多约瑟那样的盗贼团会打他们的主意，社会上普遍也不太看得起商人。

有时邻近两个领地的人交换一些东西，就算很费力的交易行为了，毕竟除交通不便之外，农奴受到人身限制，自耕农也并非可以随意出入，能够外出的人少之又少，通常是领主才能派人出去。

本来领地内的人就不太出门了，贸易行为还又少又单调，获取的外界信息极为不足，连带着影响了作物的传播与推广。

像诺森伯兰的骑士，以前打仗时也不可能跑到特别远的地方去。

崔栖潮拿到地图后，仔细观看，约瑟倒确实流窜了不少地方，几乎接近北部了，某些信息他了解得比商人还要多，毕竟是强行的。崔栖潮露出了欣喜的神情："很好，你为我做一件事，如果做得好，我可以考虑赦免你的部分罪行。"

约瑟立刻道："给我一匹马，我可以战斗到死亡。"

"马什么马？马还要留着拉犁。"崔栖潮随口道，"来，你给我仔仔细细回忆你在每一处抢夺过的粮仓里抢到的食物，或者在别人的领地中见到过的陌生作物。"

约瑟愣住了。

崔栖潮："快点！"

这位领主老爷气势惊人，简直不像只是位男爵，他一皱眉，约瑟就赶紧"喏喏"应是，开始用贫瘠的语言形容记忆中的事物。他心想，抢东西第一考虑人家有什么，倒也正常。

崔栖潮亲自拿着笔墨和麻纸记录——这还是好不容易找出来的，领主和骑士们哪需要写写画画，通常只管打仗。就崔栖潮在纸上画一画约瑟形容的作物，大家还觉得不愧是大主教的外甥，就是有文化，转念一想自己身上的"崔家班"，才发现领主老爷可是连东方文字也学会了一些的。

目前领地里的作物实在是太少了，崔栖潮一来想丰富一下作物，二来，粮食种子长期不换也不好。

他听着约瑟形容的，葡萄肯定是有的，这个在诺森伯兰并未种植，诺森伯兰的葡萄酒也都是从商人那里买来的。葡萄酒属于奢侈品，因为教会对葡萄酒的推崇，许多修道院也会研究种葡萄和酿葡萄酒，能够为他们赚取大量财富。

种葡萄无疑是致富的好途径，只是并非每座庄园都懂得如何种植罢了，有的人种葡萄，还怎么都不结果呢。

在约瑟的形容里，崔栖潮还依稀认定了一些作物，比如荞麦、甜菜、胡桃、黄瓜等，都是他比较感兴趣的东西。

去年的丰收令崔栖潮有了一些本钱，可以去交换一些作物回来。即使没有约瑟，他也得考虑在商人再次到来的时候委托他们去打探了，现在倒省了许多力气。

在记录完之后，崔栖潮把管家叫来了，当着约瑟的面把自己的主意对他说了。

管家只听到了一个重点："老爷您要种植葡萄？您会种葡萄？"

葡萄园说多不多，说少也不少，真有心种葡萄，还是能以各种方式学习到种葡萄的技巧的，比如打仗……但是，最优质的葡萄基本出自各地修道院的葡萄园。教会的力量，谁敢挑战？

由于崔栖潮之前展现的知识，管家联想到那些硕大优质的蔬菜，下意识地认为如果是领主老爷种葡萄，那么葡萄也会相当好！

当然，也的确如此。

崔栖潮："是，还有荞麦、胡桃、黄瓜……"

管家疯了，听不进去了："咱们去年开荒的林地做葡萄园不是正好吗？那些战俘可以拉去犁地，好大一片葡萄园，可以自己酿酒，也可以卖给教会……"

崔栖潮："你冷静一点。"

说到种葡萄兴致这么高，不知道的还以为管家才是神农后人。

管家点头："是、是，那么咱们去哪里抢葡萄？"

就连管家，在看到约瑟，想到自家城堡那些壮硕的骑士后，想到的第一个方案也是抢夺。

"不抢，"崔栖潮诧异地看了他一眼，"带上一批骑士，到规模差不多、种植葡萄的领地用麦子和他们交换种子。"

如果这里的农业发达一点就好了，可以直接换果苗回来，春天土壤解冻后刚好就栽种了。可惜这时候大概没人培育果苗，用种子繁殖，大约要三年才能开始结果，时间太长不说，还保留不到原有植株的优点。

崔栖潮想了想，可以保守一点，换一部分种子，再换一部分枝条用来扦插，前者保障后者，省得路上死了赔死。

领主老爷说的话并不是很出乎管家的意料，毕竟领主老爷来了这里近一年都没有提过侵略的事情，所谓抢夺不过是自己做出的判断，听完老爷的决定也不意外。

约瑟则一脸疑问，有这样的部下，还老老实实地做交换？这位老爷没问题吧？

崔栖潮哪里管他，自顾自地说道："山高水远，骑士们这么绕一圈，希望春天能够回来，刚好赶上播种。既然要出去，也得多带些毒液防身，一定要保护好我的种子。"

他算了算，抵达种植葡萄的庄园，剪了枝条还能当作帮他们修剪了呢……

崔栖潮挑选了一队骑士与他们的侍从组成了贸易队，给他们详细讲解了这一行的任务："香肠面包、腌肉、果酱……都带好了做干粮，我希望你们过好了，但是也希望你们把我的作物都照顾好。"

骑士们你看我，我看你，都大声应了。说真的，他们都快闲得长毛了，好不容易能出去战斗——就算主要目的是交换种子，那路上指不定也能遇到约瑟那样不长眼的盗贼，可以大展身手。

崔栖潮见骑士们应下了，就嘱咐道："我教你们如何辨别好的种子，别被人骗了，到时换回来的种子长不出来。还有葡萄枝条的保存也要格外小心，你们得准备好容器、细河水与土，路上仔细照料。"

崔栖潮知道骑士们不懂这些，掰开了教，每人只用负责自己的分内事，从挑选扦插枝、修枝剪条到插枝储藏、保持温度等，务必做好储存工作，让葡萄枝条安全抵达诺森伯兰堡。

现在葡萄都还没发新芽，一定得选择芽眼饱满、成熟优秀的枝条，在容器里填好土、沙，挖沟埋藏。刚好现在是冬天，估计再过段时间还得下雪，零摄氏度左右挺适合储藏的。

一想到以后庄园里也会有葡萄园，以领主的慷慨，说不定各种请大家吃葡萄、喝葡萄酒，贸易队成员们就心潮澎湃！

崔栖潮勉励他们："路上如果碰到盗贼小心一些，保护好自己，只要平安回来了，我会给予奖励的。"

听到领主出言允诺了，骑士们更是七嘴八舌地大声表示——

"为了领主大人的葡萄，我们一定会拼命的！"

"放心吧大人，如果遇到盗贼，全都抓回来一起帮您种地！"

看来自己平时的爱好大家也是看在眼里、记在心里的。霎时间，崔栖潮心中淌过暖流："没想到你们还有这份心，来人，倒些酒来给这些好小伙子送行。"

可想而知，这一段播出的时候，LJJ 平台的观众有多么炸裂——

地图送到你手里都不打，种种种，就知道种！

我们崔老爷想种点地怎么了？种出来是不大还是不粗？是不好吃了还是看不胖你们了？这么不满足的吗？

部分观众注意一下自己扭曲的心态！

大姐别这样说话，我害怕！

第 39 章

# 打包奴隶

诺森伯兰贸易队由十名骑士与骑士们的三十名侍从组成，为首的骑士叫雷蒙德，就是他喊出了要把盗贼抓起来为领主种地那句话，也就是因为这句话他才被提拔的。这次出去，由他来做队长。

雷蒙德喜提队长，还挺有报效之心，一路督促大家尽快赶到第一站——阿布鲁兹堡。

在那里，他们要拜访阿布鲁兹堡的领主，当然，估计是不能进入城堡的，任何城堡都不会放这么多陌生人进去，那可是堡垒。

根据约瑟的记载，阿布鲁兹的庄园种植着大量的荞麦，那是从远东传来的植物，领主大人对其比较看重。这种作物畏冷，温度低于零下就会死亡，不过这不算什么大问题，不过冬种植就行了。

荞麦和燕麦一样是粗粮，在约瑟的形容里，荞麦产量也不是很高，但崔栖潮知道，荞麦喜欢湿润——诺森伯兰有水利设施；荞麦还对肥料很敏感，给它一点肥，它就回馈你许多果实——全大陆也只有诺森伯兰施肥。

总而言之，它还挺适合用来丰富诺森伯兰的作物种类的，交替耕作，领主大人吩咐，一定要换到。

出门大约五天之后，气温达到了零下，开始下雪了，好在雷蒙德等人身穿厚实的“崔家班”毛衣与斗篷，脚上还有羊毛袜，裹在牛皮靴里，足以让他们抵御风雪寒冷。

可能也正是因为下雪，第二天，贸易队就遇到了第一批盗贼，而这里，甚至还没有出诺森伯兰的土地呢。

这些盗贼没什么眼力，光看到贸易队烤面包吃了，没注意他们堆放在马匹旁边的武器和盔甲。贸易队轻而易举地把十五人组成的小盗贼团制服了。

再往后走，十天之内，他们又收了三拨盗贼！

都是些乌合之众，雷蒙德审问过了，他们中大多是其他领地中这个冬天过不下去的农民，这才铤而走险出来抢劫。

“今年到底过的是什么日子？”雷蒙德咂舌了，在领主大人的管理下，大家只觉得今年好像风调雨顺，各种丰收，萝卜都长得大一些。

可出了诺森伯兰，外地村庄的农民似乎饱受虫害，这些盗贼里许多还是自由民，尚且如此，可见虫害导致的减产有多严重，而且今年雨水丰沛，但由于没有排水设施，反而让焦干的土地涝了……

骑士们这时候才知道自己有多幸福，诺森伯兰只是个男爵领地，不算特别大，但幸福指数是那么高，且正因为不起眼，也没有遭受太多骚扰。

这些天他们用野豌豆喂这些盗贼，但渐渐也抵不住了，从雪堆里找那些已经干瘪了的豆子，浪费时间回报又不是很大。

“如果要把这些家伙带回领地，必须养活他们，可是咱们连阿布鲁兹都还没抵达！”雷蒙德一边烤着面包一边小声道，“再说，这里已经有四十来人了，比咱们人数都多，虽然都是吃不饱的农民而已……你们注意到他们的眼神没？要是发狂怎么办？”

他们点着火堆烤面包，上头的香肠在“嗞嗞”冒油，那些吃着干瘪豆子的盗贼就眼睛冒着绿光地看向这边。

雷蒙德觉得不能再这样下去了，和其他骑士达成一致后，站起来说道：“我们不杀你们，是因为我们的领地还有许多耕地需要人手，这样吧，如果你们愿意的话，我就派侍从带你们去诺森伯兰。只要你们愿意投靠，领主大人会留下你们，并给你们一顿饭吃的。”

这些农民出身的盗贼都露出了不信任的眼神。怎么可能？到处饥荒，饿死了那么多农奴，到你们那里还能有吃的？

和奴隶或者农奴之类的身份无关，做自由民能饿成他们这样，要是奴隶能吃饱，谁不愿意做奴隶啊。

“看看我们的面包！”雷蒙德不得不炫富了，把他们的食物给这些乡巴佬看，“你们见过哪个贵族的面包里还能放上肉肠烤的吗？看清楚，这不是下水做的肉肠，是纯猪肉！”

有肥有瘦，这些盗贼看得清楚着呢！

盗贼们心动了，反正现在已经山穷水尽了，去哪儿不是死？万一他们的领地真有饭吃呢？

雷蒙德把这些农奴捆在一条绳子上，然后派一名侍从把人牵回去。

从第二天起，队伍兵分两路，侍从带着盗贼们往来时的方向走，其他人继续前往阿布鲁兹。

因为雷蒙德所说的话，抱着期望的新手盗贼们也不闹事，老实跟着走。

雷蒙德后来一直在庆幸自己做的决定，因为前路上，他们又遇到了好几拨为生计奔波的盗贼。真让盗贼们积少成多，说不定也能合起伙来反扑他们！

就这么一路捡人，一路往回送了三次人，雷蒙德都觉得是不是自己说出口的话被神听到了，所以要满足他为领主抓农奴的愿望。

于是，在另一端的诺森伯兰，正在做大麦煎饼的崔栖潮就接收到了来自骑士们的

“快递”。

诺森伯兰也下起了雪，人们的活动更少了，崔栖潮整天都缩在城堡里，无聊透顶了，就给自己找点事。

冬天的食物太单调了，崔栖潮想了个法子，让工匠用石头做个煎盘，拿火加热到滚烫滚烫的，好摊煎饼。

全厨房的人都傻兮兮地围观崔栖潮指挥人烤石头，他们想，难不成在领主大人神奇的技巧下，石头也能变成美味?

事实证明他们的脑子坏掉了，煎盘烫了后，崔栖潮就把大麦面浆拿出来了。

这是崔栖潮提前让莉莉磨好的，舀一勺往抹了油的石头煎盘上一倒，“刺啦啦”一声，冒烟了，麦香味也透出来了，还得把面浆摊开一些，成了一张脸盘子那么大的饼，里头摊个鸡蛋抹开点，放点蔬菜丝，还有一点香肠末。

看到这一步时，所有人都开始流口水了，煎饼的味道他们是没尝过，但是鸡蛋和香肠末好吃谁都知道啊!

连小白都围着崔栖潮的脚边开始转圈了，崔栖潮可千万别忘了它。

亏了崔栖潮能在这么简陋的条件下控制好温度、时间，及时把煎饼翻面，最后摊出来的煎饼又香外皮又带着一点焦脆，还夹带着鸡蛋，裹着菜、碎香肠的内部还是香软的。

崔栖潮就用这原始煎盘摊了几张饼，叠起来都摞在木盘子里，热气腾腾的，香味把整个厨房铺满还不够，都传到外头去了。

传令的仆人就是闻着这个味道进来，一边狂咽口水一边说：“侍从伯纳德带回了四十多个人，正在城堡外，询问您该如何处理。”

崔栖潮回忆了一下，才想起伯纳德是贸易队里的一员，为此他还确认了一下：“是红头发伯纳德吗？”

“是的，老爷。”

因为中世纪的大家也没个姓，名字也就那么多，难免有重名的，这时候就得靠特征来区分了。老的那个、小的那个、长了满脸痘痘的那个之类的。

确定了是红发伯纳德，崔栖潮才一边端着煎饼往外走一边问：“贸易队这才去了多久，他怎么回来了，四十多个是什么人？”

随着崔栖潮的走动，身后以厨娘为首的人也都不由自主地一步步跟了出来，眼睛仍然盯着煎饼……

“那些都是他们路上俘虏的盗贼，据说大部分人是因为其他领地今年收成不好，快饿死了，才出来抢劫的。”

“是俘虏？”崔栖潮眼睛一亮，“雷蒙德，我果然没有看错他，才出去多久，就给我送回来四十多人了。”

崔栖潮想，早知道外头是这个情况，那他就专门派人出去收拢那些人了，他们诺森伯兰没饥荒啊，都过来开荒种地多好！

一个领地才几千人，几十人可不少了，多收拢一些都算几十分之一，不少了。

“把人带进来吧，都饿着，能出什么事。”崔栖潮派了几个骑士去接人，他自己就坐在桌子前吃煎饼。

小白狂挠腿，想吃。

崔栖潮轻轻踩了一下它的脚，示意它等着，现在还有事没解决完，那些人还全都目光灼灼地盯着他，他总不好回房间去，或者和以前一样故意掉一块给小白吃吧。

于是，等那些新俘虏的盗贼被押进来时，看到的就是一位贵族老爷正在吃着喷香的食物。

现在还不是饭点！

而这个人吃的东西，外头好像是面饼，但不像馅饼，很薄，里头有菜有香肠，还有鸡蛋的香味，他每次一咬，所有人就盯着他咀嚼的动作。

看这个轻松的状态，这个面一定是筛得细细的，没有什么麸质，做出来的饼也喷香柔软、外皮微酥，那热气升腾的样子，肯定还是新做出来的。

天哪，他们可能真的来到了一个没遭受饥荒的地方，

贵族老爷向侍从小声问了几句话，就一边惬意地吃着饼，一边问他们：“以前都是干农活的吗？愿不愿意留下来啊？”

这人举着块饼问人要不要留下来，谁能说个不字啊？再说，雷蒙德也早就和他们通过气了。

崔栖潮看着狂点头的盗贼们，说道：“行吧，那就拉到牲口棚去，和约瑟他们一起干活。”

只是一句话工夫，他什么也没多问，就让人把人拉下去了，不知道的还以为是拉去处决。

长途跋涉来到诺森伯兰的人们被带到了牲口棚，这里已经有一批人在休息了，为首的正是约瑟。

由于献图有功，他现在虽然还没有完全获得自由，但地位升上来不少，能够和看管他们的奴隶蹲在一起聊天了。其他同伴则横七竖八地躺在地上休息，姿势相当放松，一看就是把这儿当家了。

这些盗贼之前多是自由民，没做过奴隶，对眼前的画面比较陌生，不知道如何自处。

约瑟虽然不知道他们都是哪儿来的，但不妨碍他辨认出都是新来的奴隶，一时热情地招呼起来：“新来的奴隶吗？来，随便找地方休息，再过一会儿就要去修整果树了，天黑之前能吃糊糊，全都给我把力气拿出来啊！”

新奴隶们慢慢张开了嘴：天黑之前，吃糊糊？

崔栖潮打发了奴隶们，端着剩下的煎饼回自己房间了。

随着崔栖潮在诺森伯兰的威信越来越高，他自己也越来越肆无忌惮，这不，都能在非饭点做吃的了，对视饕餮为羞耻的时代来说，他可以说是十分荒唐骄奢的领主了。

崔栖潮把煎饼掰成小块喂给猫咪吃，由于时代局限，他也没法每餐都专门做饭给猫吃了。这会儿，谁不是凑合活着？

大白盯着煎饼，急得立起来，搭在了崔栖潮的腿上。

还没等崔栖潮训斥，小白已经一巴掌拍在大白头上，吓得大白蹿出去三米。

小白小心翼翼地看了崔栖潮一眼，这个力度不过分吧？它真怕崔栖潮又掏出个什么东西吓唬它。

崔栖潮挨个喂了一点煎饼，莉莉上来收拾盘子，还剩下一些，崔栖潮就让她吃了。

莉莉正是长身体的时候，在城堡这段时间，由于饮食比以前充足，她不但蹿高了，两颊也丰润了一些，看起来健康多了。

莉莉坐在地毯上大口吃着煎饼，大白和大橘则绕着她转。虽然冷了一些，但这特别的、外酥里嫩的口感还是让莉莉油然而生幸福之感。

“老爷，我母亲托人带话给我，叫我有空了回家看看他们。”莉莉蔫蔫地道。

她知道，父亲和母亲一定认为她在城堡厨房干活儿，也许能占到一些便宜，毕竟老爷大方得都能让没衣服的人租借他的羊毛衣。

但是莉莉并不乐意。她被抓起来审判时，父母一句话也没说，所以莉莉对崔栖潮诉苦：“但是如果可以，别说现在，春天来了后我都不想回家了。老爷，您可以留下我吗？”

她真正期盼的是这个，而不是什么请假回家。

崔栖潮看了她一会儿，平静地道：“如果不是在这个年代，也许你们都会有不一样的选择。但是我允许你暂时不回家，在厨房干活，你那一部分的租税用你自己的劳作抵消。”

这个时候莉莉还不太能理解前一句话，只知道自己不必回去了，这是领主老爷亲口允诺的。

“谢谢老爷！”莉莉兴奋地顺手把小白抱了起来，想拥抱它一下。

然而小白一下就蹿开了，露出嫌弃的眼神。

莉莉惋惜地看了它一眼，小白总是这么不亲近人啊，倒是大白和大橘，吃完了也不会翻脸。

莉莉走了后，崔栖潮把小白给抱了起来，仰面朝上放在膝盖上：“小妹妹要抱你一下怎么了？你洗澡次数不比人家多吧？”

还好意思说，还不是崔栖潮总拦着它。

“猫不是应该喜欢温柔一些的女性？”崔栖潮捧着小白的脸，看着看着，目光就往下挪到了小白腹部下头那地方，“你这小家伙啊，怎么就与众不同……”

崔栖潮只是看了一眼而已，就淡定地收回了目光，确实没有别的意思。他只是在想小白到底是什么生物，上辈子威胁了一下就没发情，是不是没这个需求啊？

在小白眼里就不一样了！

看它一眼后挪开目光是什么意思？小家伙，谁小家伙了？

“喵嗷！”烈性的小白奋力挣扎。

咦，怎么突然发疯？

崔栖潮莫名其妙地单手摁住了小白，他可不是莉莉，成年男性要制住一只猫还是随随便便的。

小白乱蹬了一会儿脚，还是没能挣开，朝上露出了屈辱的眼神。

崔栖潮当然领会不到小白那种复杂的心情，他一转头，就从窗洞把头探出去，观察起了城堡后头的地方。

诺森伯兰堡所处的这块高地，在壕沟之外还有一些平整的地带，崔栖潮正是看着那些地方。

诺森伯兰堡只是一个男爵领，城堡里的房间并没有那么多，仆人都是挤着睡，奴隶们还是睡在牲口棚。

可是大部分牲口也不在城堡里，牲口棚就那么大，现在来了这么多奴隶，哪还住得下？按照城堡里的人的想法，随便找块地板一睡不就行了，崔栖潮却觉得不是那么回事啊。

按照雷蒙德传回来的消息，今年收成不好，新盗贼变多，指不定以后就是地板也睡不下。放那么多改行的盗贼，他放心，管事们怕也不放心。

所以，崔栖潮决定在外头的平地上搭些房子，安置奴隶。

冬天刚好也是大家干家务活的时候，崔栖潮和管事们提了一下，本以为早就对领主老爷各种言行有心理准备的管事们还是震惊了。

“奴隶怎么能有自己的房子？”

“那是我的房子，盖来给奴隶住而已。”崔栖潮一拍桌子道，“以后我的奴隶越来越多，城堡里地板都住不下了，让他们住哪里？住在农田边上？那是不是也要盖茅屋，还得让人到下头守着？是你们说的，奴隶学了手艺，更不能让他们有逃跑的机会。”

管事们要憋屈死了，老爷的道理总是这么奇怪又难以反驳。

诺森伯兰破的例也不是一个两个了，饶是如此，给奴隶房子住，仍是有些惊人了。

他们做着最后的挣扎：“那也得围上高高的栅栏，让警役看守着，否则出现逃奴怎么办？”

“可以啊。虽然我觉得逃走的人才比较傻，除了我还有人给他们那么多糊糊吃吗？”崔栖潮若有所思地道，“我觉得没有。”

起初，奴隶们是不知道自己要有房子了的，他们被命令将城堡后头的地整得更加平。城堡后方的山坡特别陡峭，还不到悬崖的地步，但基本是难以上下的。

整好了地，将泥巴地踏实了，还要伐木。奴隶的房子当然不会太好，木头只用来做支柱而已，中间用藤条编织，缝隙糊上泥巴，连石灰也没有抹，屋顶木片的缝隙间则用晒干了的茅草铺好。

至于床嘛，自然也是麻布、稻草堆铺设而成的。

这样的房屋简陋到没糊墙时会被误以为是牲口棚，整体只需要几天工夫就能完成，已经和庄园里茅屋农们的住所差不多了，只是少了些家伙什。

将屋子搭好之后，管家还来验收了，挑剔地摸了摸墙，心中嘀咕：老爷竟然允许他们砍林子里的榛木，还有稻草也用得这样多……

“哼，可以了。”管家阴阳怪气地道，“你们这些牲口以后就住在这儿了，告诉你们，警役会时刻盯着你们，别想作怪。”

一时间没有人说话。

因为他们不能理解管家的意思，什么叫他们住在这儿？

谁会为自己的工具专门搭个相对正经的房子啊？没人能反应过来。

管家不悦地重复：“我就劝老爷了，这么惯着不是回事，看看你们，得到这么大的恩赐居然还无动于衷。这么一座利利索索的茅屋给一群笨猪住，真是浪费！”

这时候才有人清醒过来，颤抖着声音问：“您是说，这是我们的房子？”

“什么你们的？”管家暴怒，“这是老爷的！”

对，这是老爷的，就是说，老爷要给他们单独的房子住？

那些从自由民或者农奴成为奴隶的人还稍微好一点，从父母、父母的父母那一辈就是奴隶的人则完全傻了，眼泪大滴大滴地涌了出来。

他们，居然能住房子吗？

第 40 章

# 迈出富庶的第一步

管家满意地看到奴隶们都抱头痛哭，都已经亏了，至少这些蠢猪得露出些感激的样子吧？

别说管家不满，连仆人们都有那么点羡慕，他们居住的地方也不过是把通道隔起来罢了，下等人是不可能拥有自己的房间的。

那些奴隶别说有房间了，还有自己的茅草屋，虽然不是在城堡里面，虽然只是老爷给他们住的……但无论怎么想，还是很值得嫉妒啊！

奴隶们知道这是自己住的地方后，更加用心了。这不是城堡里隔出来的住处，不睡觉时可能就被人踩来踩去，满是脏物，也没有任何私密。而有一个单独的空间，意义就不同了。

这些奴隶把这茅草屋修整得更加舒适，将泥墙糊得密密的，不叫寒风透进来，将泥地踩得更实，并从林子里采来大量的灯芯草混进去，用来吸湿。

充满暴晒后阳光气息的干燥稻草堆放在一起，是大家还算舒适的床，所有人挤在一张床上，无论坐、躺、吃东西还是聊天，这算是唯一的“家具”了。

无疑，同住茅草屋的遭遇令同屋的奴隶相比其他人更亲近，有人的地方就有江湖，奴隶们也开始在城堡里有小团伙了。后来崔栖潮还有所耳闻，不过尽是些什么捡牛粪、拌肥之类的事，这种中世纪“宅斗”，或者叫“堡斗”，让崔栖潮非常提不起兴趣关心。

好的方面就是奴隶们爱护茅草屋就像爱护自己真实的家，住在这里好像就能做梦，没准哪一天他们也能获得自由，住在真正属于自己的屋子里。可能不是茅草屋，而是木屋了。

从前诺森伯兰堡的奴隶们没有梦，现在他们有了，因为从前做梦都想不到能有现在的遭遇呀！

而对庄园里的人来说，奴隶们其他的待遇还远在城堡中，但那些屋子可是老远就能隐约看到，瞒不了人。

这事成了冬天的大谈资，农民们窝在某人家里，一起挨挤着取暖，议论那些屋子。

“还记得老麦克吗？那个该死的小偷，一家人都成了奴隶，现在也住茅屋里！”

“到底是走了什么狗屎运，一个小偷、一个奴隶，也能获得如此宽容的奖赏？”

“我的屋子，修建的时候为了让老爷允许我到林地去砍木头，交了不少粮食。”

“就是，也不知道他们屋子里有什么，用的是什么木头搭梁。”

阶级观念如此严重的时候，贵族和平民泾渭分明，而这些农奴与奴隶之间也存在鄙视链，奴隶是比农奴更卑贱的人。所以即使只是茅草屋，也引发了大家的嫉妒。

可惜也正因为阶级观念，他们不敢对这出自老爷的手笔提出更多不满，只能私下念叨念叨那些走运的奴隶。总之就是他们可以得到老爷的羊毛衣，奴隶们不能住上老爷的茅草屋。

诺森伯兰贸易队带着粮食一路跋涉，抵达阿布鲁兹堡，阿布鲁兹同样只是个男爵领，领地还没有诺森伯兰大，骑士也没有阿布鲁兹多。

今年阿布鲁兹的粮食也减产了，连贵族们都没有足够的面包吃，骑士们得不到好的供奉也不愿意出力，混过自己的值守期就是了。

在发现诺森伯兰贸易队时，所有人都以为是其他城堡的入侵者，他们躲在窗洞里，也不打算出去，反正城堡的作用不就是供人龟缩吗？

等入侵者在外面耗得等不下去了，就会自己撤退，当然，也有可能是他们的粮食耗光，打开门投降或者饿死。

贸易队把庄园里的警役抓来了，让他上去传话，他们不是来入侵的，而是来交换种子的。

说着，雷蒙德还把一批粮食给警役看，证明他们的话。

就这个数量、这个质量，真的不像是带出来的干粮，有这么多颗粒饱满的粮食，也不需要上外头抢劫吧？

警役跑到城堡外头，仰着头对窗洞里的人说了自己看到的，阿布鲁兹堡的领主将信将疑，询问有没有人愿意去和雷蒙德交涉。

骑士们全都装起死来。

领主无可奈何，只能说：“那就让那个警役继续和他们交谈吧，叫他们到壕沟前来。”

吊桥不放下来，警役也没法进城堡躲避，只能原路返回，汇报领主的意思。

雷蒙德率队到了城堡外，为了防止弓箭手，他们把盾牌举在头顶，身上也穿着盔甲，如此全副武装地大声道：“阁下，我们来自诺森伯兰堡，听闻这里种植了荞麦，我们的领主大人十分中意荞麦的味道，所以命令我们带上一批麦子来和您交换种子。”

雷蒙德把麦子露出来给他们看，眼力好的人从城堡往下头看也是能分辨清楚的。雷蒙德还翻了几下，证明并不是只有表面有麦子：“如果您愿意，咱们好商量。”

如果领主没看错，那些还是珍贵的小麦，拿来和荞麦换，真是他们占便宜了，即便荞麦数量多也一样。小麦的种植条件比较苛刻，做面包最好，但一年只有一季，他们的产量哪有诺森伯兰堡的多。

领主怦然心动，让人从仓库里把荞麦种子拿出来，又叫雷蒙德他们退到下头去，叫所有骑士押着种子和雷蒙德交易。

虽然大家人数相当，但雷蒙德他们平时的伙食如何，阿布鲁兹平时的伙食又如何，根本没有可比性，要不是雷蒙德在崔栖潮的吩咐下真的没有坏心，就这样也能把荞麦抢走了。

就这么被屡屡误会，但几乎每个领主都抵抗不了麦子的魅力，还不乏想抢了他们的麦子的人，只是都败于阵下。

诺森伯兰贸易队就这么途经数个领地，在阿布鲁兹，他们换到了荞麦；在靠海边的领地，他们换到了甜菜等。因为大家都想要小麦，在约瑟透露的信息之外，还有人想用新鲜作物和他们交换。

最让人惊喜的是，在靠北部的领地，他们换到了羊毛树的种子，虽然领主没有提过需要，但雷蒙德可以确信，领主大人一定会喜欢的！

彼时，崔栖潮正在让留守城堡的骑士训练庄园里的农奴。

他让人到处去换种子，也没有让人过多掩饰来历，希望日后有更多种子，但这么一来，难保哪天不被人打主意。于是他未雨绸缪一番，给农奴来个训练，以这时候的战争规模，如果男性农奴都具有一定战斗力，就完全不用怕入侵了。

那些奴隶中有些盗贼，其实训练他们成果可能更好，只是管事们始终忌惮新奴隶，崔栖潮也觉得暂时不要给予太多信任的好。

反倒是在农奴间，崔栖潮备受拥戴，大家对他尊重又敬畏，而且觉得他是最好的领主，加上最近农奴们对奴隶的待遇很嫉妒，用上一些小奖赏，这些农奴就会奋力表现自己。

本身各个领地之中也有兵役，从农民里挑人来服役，以前挑的多是自耕农，身体强壮一些，也比农奴有钱，看起来体面。

当然，这么多人的兵器是不好供应的，拿的也就是些木棒甚至农具，这时候哪有那么多铁。身上的盔甲更不必说，麻布甲都没有。

崔栖潮思及华夏历史上所用的藤甲，让人从林地找来合适的藤条，编织成铠甲，制作好的藤甲也能防一般箭矢、刀剑，造价又远比铁甲低廉，只不过浸藤甲用的桐油不多，需要攒一攒而已。

就连正经骑士对这些藤甲都很感兴趣，盔甲每一次损耗都让人心疼得很，藤甲打仗时看起来是不够体面，但平时训练，或者出去打猎时用一用，还是很不错的选择。

比起装备，更难的是崔栖潮在训练中看到的不足。

连骑士们列个阵都列不齐，又何况是农奴，他们习惯了一窝蜂地做事，崔栖潮就坐在旁边监守，盯着他们练习最基础的阵列。

一向挑剔的管家都难得地点头夸赞了：“都穿上藤甲后站得整整齐齐，拿武器的动作也一模一样，看上去还挺有气势。”

整整齐齐？一模一样？

崔栖潮觉得他在逗自己，就这个整齐程度，还不如做广播体操的小学生。

崔栖潮的华夏观念还是很根深蒂固的，大场面，每个动作要整齐得像是一个模子里刻出来的才好看，横着看竖着看全都要一条直线，站有站相，提着气才精神。

这些人松松垮垮地站着，到底哪有气势了？

崔栖潮直接让骑士先别教这些农奴用弓箭，必须把队列练好，不然他看着实在太别扭了。

管家虽然觉得没必要，但别说，这些农奴加强训练后，看着是更加有气势了，他甚至觉得，如果换上盔甲，出去还挺能唬人的。

等队列终于提高到高中生广播体操水平了，崔栖潮才勉强接受，让人能进行下一步。没办法，他难道还能在中世纪训练出一支仪仗队来吗？

这队伍练成后，连农奴们自己都有点得意，觉得自己怪帅的，回了村舍后，还自发列队给其他人看。

在其他人眼里，这个整齐程度已经比得上正规军了，身高都阶梯式地排列好，看着也太厉害了。

“天哪，这是怎么做到的？”

“看他们腰挺得多直，看起来都英俊了许多……”

“这步子可真整齐、真好看啊！一迈步，人都拔高了！”

这可把接受训练的农奴给得意坏了，别提他们去受训，领主还发豆子，练队列一点儿都不苦了，而且也确实比做沉重的农活好。

在众人的夸奖、围观之下，飘飘然的农民兵们恨不得上厕所都排着队去……

春天来临，霜雪解冻，农民又开始了一年的耕种，在领主老爷那里领种子，借牛马和犁耕地。今年领到的种子少一些，但没人有意见，因为种子各个都饱满得很，一看就知道能种出来好粮食。这就是保存妥善的好处了。

至于地里那些越冬的大麦成熟要晚一些，四月份才能收割，现在还不急。

农民们内心有点窃喜，因为老爷去年把地都种上了，那么今年春播时是不是要轻松一些？虽说活儿去年也是他们干的，但总觉得有点占便宜了。

诺森伯兰贸易队就是这个时候回来的，他们往回走的时候，远远看去，分辨不出旗帜，那些经过冬天“军训”的农民迅速排成队，手里拿着农具，摆出了防御的姿态，但内心还是忐忑不安的，毕竟没经过实战，另一边赶紧让人去报信。

直到旗帜清晰了，大家才看清楚这都是自己人。

而雷蒙德也吃惊地看到一群农奴排列得整整齐齐，手里拿着农具，却宛如士兵一般。什么玩意儿，这些是服役的民兵吗？为什么看上去那么有气势？显得他们贸易队都散乱了。

雷蒙德内心隐含不悦，嗤笑道：“还拿着你们的耙子干什么，要耙死我吗？”

农奴们互相看看，排头那个赶紧道："立正！"

"唰"一下，所有人都收起农具，站直了。

"报告骑士老爷，刚刚我们看不清旗帜，让人去报信了，现在去追人，说清楚。"农奴大声道。这个音量也是训练后的结果，对长官汇报必须清晰。

这可把雷蒙德和其他骑士给吓了一跳，自己的腰都不自觉挺直了，天知道他们平时有多放松。

"知道了，快去吧。"雷蒙德说着又不自觉地补了一句，"我们千辛万苦，完成了领主大人吩咐的任务，还有额外收获。"

要说一名堂堂的骑士会和农奴较劲，简直太可笑了，但这种情况就是在雷蒙德不知不觉中出现了。

崔栖潮听闻贸易队回来，欣喜得站在窗洞看了半天，吩咐厨娘把酒肉都拿出来，等他们到了近前，就赶紧下楼。

"我的勇士们，真是辛苦你们了，跋涉了整个冬日。"崔栖潮快速夸了几句，迫不及待地问道，"种子都换到了吗？"

雷蒙德把胸膛挺得老高："没有辜负您的期望，请您看看我们带回来的枝条与种子。"

崔栖潮把储藏葡萄枝的土拨开，看了看："好、好，立刻准备清水，浸泡这些枝条！还有，那块开辟做葡萄园的地，加紧修整。"

扦插用的枝条从储藏的土中取出来后得用清水泡一段时间，让它的截口吸满水分，恢复生命力，把坏死、干枯的部分剪掉，然后再催根，根催出来又发芽长叶子了，就可以正式移植到地里。

整个过程差不多需要一个月时间，想来这期间也够把葡萄地整好了。

就这些枝条，以后都是财富。

雷蒙德见崔栖潮满意，也颇为得意，赶紧继续邀功："我按照您教的方法辨别种子，您看看我选的荞麦、胡桃、黄瓜、甜菜等作物种子。还有，我还换到几样新鲜的种子，这个是北部出名的羊毛树种子！"

"羊毛树？"崔栖潮疑惑地问了一句。

雷蒙德对羊毛树种子相当得意："没错，羊毛树，北部贵族最近时兴从商人那里买一种细布来做衣服，据说原料是从能长羊毛的树上摘下来的，他们弄到了一些种子，但是去年播种了一批，就遭遇了虫害。剩下的就换给我了，非常便宜！"

崔栖潮听罢他这么形容，再看看那种子，这才辨认出来，什么羊毛树种子，这不就是棉花种子吗？对常年用羊毛纺织的人来说，大概以为细腻的棉布也是某种羊的毛吧，又从树上长出来，那直脑筋地一想，这树不就是会长羊毛？便成了羊毛树。

崔栖潮："这个东西不错，很好，有多少种子种多少。"

棉花的产量算是比较高的，棉织物又特别实用，性价比相当高。说真的，他很想念细腻的棉质内裤了……

崔栖潮正在思考棉花种好后可以做些什么，雷蒙德已经又说道：“还有一种粮食，这个也是从远东传来的，叫作水稻，在兰斯堡有少量种植。我看了，应该也不比荞麦差吧？”

雷蒙德的语气中隐含着一点不自信，他又没吃过水稻种子，所以留在最后说。

“水稻？”崔栖潮一下睁大了眼睛，大米啊！

华夏人种水稻吃大米的历史太悠久了，说句离不开也不为过，崔栖潮来这儿都多久没吃米饭了。

“您认识？”雷蒙德心里那块石头落地了，大人好像不但认识，还很喜欢。

崔栖潮怀念地摸了半天，然后才恋恋不舍地道：“都拿去厨房吧，不必播种，吃了。”他怕雷蒙德多想，又安抚地道，“这个我在东方见过，非常喜欢，你做得很好。我看以后如果其他地方有也可以换一部分回来吃，只是它不太适合在诺森伯兰种植罢了。”

雷蒙德的心情像是乘过山车，起伏了几下，这才安心。

崔栖潮虽然非常、非常想种植水稻，但是无奈，即便诺森伯兰的雨水比以前多了，也还是偏干的，种水稻需要大量的水，而且这里的气候很可能导致水稻成苗率低。

在这个时代，这些问题都不大好解决，算起来还不如种其他作物划得来。作为一个领主，崔栖潮得对自己的臣民和土地负责，只好忍痛放弃了。这些稻子就拿来解馋好了。

“农事官。”崔栖潮开始吩咐农事官如何种植这些作物，“黄瓜和胡桃分别种在菜园和果园，羊毛树种在南边那块地上，荞麦代替一部分燕麦播种，换回来的麦种选良种也播种一批，还有，甜菜给我种在磨坊后方耕田之后的白土地上。”

农事官一愣，随即道：“老爷，前面的都没问题，但是甜菜不是应该种在蔬菜园里吗？而且耕田后面的白土特别白，种东西会死的呀……”

“农事官，你有多久没去地里看看了？”崔栖潮微笑着问他。

农事官：“这……”

说实话，大冬天的谁愿意出门？反正也没什么活儿，他去地里看也不会看白土啊，那不是白瞎嘛。

“你可以看看再来回答我。”崔栖潮说道，“还有，甜菜一定要多加种植，这也是我让雷蒙德多换些甜菜种子回来的原因。”

农事官很纳闷，甜菜不就是蔬菜嘛，种那么多有什么用？

崔栖潮并没有立刻把甜菜的作用说出来，免得出什么岔子。中世纪人民把甜菜当作蔬菜来吃，但实际上，甜菜根中含有蔗糖，到了十八世纪，人们才会正式把它当作糖料作物栽培。

现在城堡里的甜味剂只有蜂蜜而已，极其难得，极其昂贵，诺森伯兰不发展养蜂业，这些都是从其他地方换来的。

如果甜菜收获了，制作成糖，省钱不说，还能卖出去换东西。无论葡萄还是甜菜，都可以成为未来诺森伯兰富庶的希望。

崔栖潮的淡定让所有人猜不透，难道说老爷知道什么把甜菜烹饪得特别好吃的方法，就像那些香肠一样？

农事官带着疑问跑到磨坊后面的白土地去了。这里是中度盐碱地，连甘蓝都种不了，大块土地一直闲置着的。除了去年老爷吩咐在这里挖渠，他来巡视了农奴干活之外，就没有近距离瞅过了。

许久未来的农事官一踏上白土地就差点把下巴给惊掉了：那些原本泛着白色，种不了作物的土地，现在竟然只有一点儿发白，几乎成为正常土地了！也就是说，诺森伯兰平白多出了一大片耕地！

农事官觉得一阵天旋地转，天哪，这是什么神的赐福吗？

第 41 章

# 老爷的技术

诺森伯兰的沟渠最早就是挖在盐碱地周遭的，那个时候大家对领主老爷还充满了不信任。就是这些简陋但排灌系统完善的沟渠，引水、蓄水不断地冲洗，将土壤中的盐分排除了。再加上肥料对土壤结构的改良，一年过去，这些中度盐碱地俨然已经成了轻度以下的盐碱地。

农事官失魂落魄地往回走，遇到农奴向他问好，他还要和人确认一下：“那后头的白土，原来很白的对吗？”

农奴弱弱地点头。

农事官说：“你没有去看吗？你知道现在什么样了？”

平日里这些高高在上的老爷哪会和他们聊天，虽然这好像也不算聊天，农奴小声说：“我的份地又不在那儿。”

维修沟渠的事情还交给那些后来的奴隶了，大冬天谁平白无故去白土上看，到了春天，开始耕作了，也还没耕到那一边呢。

不过因为农事官的这句话，农奴好奇了，结伴去白土上看，这才发现原来白得都不能种植作物的白土现在只有一点儿泛白了，就像那些还能种甘蓝和燕麦的轻度白土地！

对了，说到轻度白土地，原本种着绿肥大家还看不清，现在去扒拉一看，都成了完全正常的耕地，甚至还有些肥沃……

和农事官的第一反应一样，大家都以为这是神的赐福，讨论了许久。小麦的种植条件是很严苛的，可现在不但多了能种甜菜的地，连可种小麦的地都多了很多，这简直值得普天同庆的事啊！

燕麦和甘蓝少种一些完全可以，那些绿肥也可以做牛马饲料。

农事官回去后想了半天，才难以置信地问崔栖潮：“老爷，那些白土成了耕田，不会是因为您……”

他真的很想感恩神明，但是越想越不对。

诺森伯兰的人在教堂祈祷了多久，他们的杂草也没有消失过，白土仍然是白土，反倒是老爷让人挖了沟渠后，白土慢慢地不白了。

崔栖潮淡淡地道：“这是非常简单的原理，用水把白色的部分冲洗掉。”

他没有说这是盐碱地，否则还要给农事官解释土地里怎么会有珍贵的盐。

农事官听完蒙了很久，这么神奇的事情，怎么让老爷一解释，好像就非常简单、合理，一点也不神圣了？

“哦……哦……”农事官呆呆地道，又问，“那……那些土还是有些泛白，甜菜还能种吗？”

“可以。”崔栖潮笃定地道。

甜菜也属于耐盐碱作物，轻度盐化地的土壤含盐量在百分之零点一至百分之零点二之间，中度盐化地的土壤含盐量在百分之零点四至百分之零点六之间，重度盐化地则在百分之零点六以上。而甜菜的抗盐临界值在含盐量百分之零点三三至百分之零点六五之间，理论上，它在轻中度盐化地上都能正常生长。只不过，甜菜在幼苗期间抗盐碱能力较低，在后世，要么采用地膜覆盖，要么就是把甜菜先种在正常土地上，等抗盐碱能力变强了再移植到盐碱地上。

地膜就别想了，移植也不太可能，诺森伯兰的耕地不够折腾的，所以目前还只能栽种在那些氯化物浓度已经很低的轻度以下盐化的耕地上。

当然，等以后别管是重度还是中度盐碱地都恢复正常了，想怎么种怎么种。

农事官对崔栖潮深信不疑，立刻安排人学习甜菜种植方法。

这些中世纪的甜菜都是多粒种，生长期比起后世的单粒种生育期更长，需要的水肥条件也更高一些，诺森伯兰倒是屯了不少肥料。

播种时大约保持五十厘米的行距、二十五厘米的株距就行了，种之前让人把地先细细地整过。

另外，在农事官看来更重要的，就是葡萄地了。

比起甜菜地，他更关心葡萄园，时常去督促农奴们整理葡萄园的地。耕好的一部分地，就先进行种子播种，到了葡萄枝处理好的时候，再进行扦插。

施完肥，也洒了杀虫药水，用垄插的方式，插完后立刻浇水。

因为对葡萄上心，崔栖潮还亲自演示了方法，在农事官惊恐的目光中亲力亲为地插了一垄，围观的农民也都哑口无声。

这些农奴都是专门选出来照料葡萄园的，毕竟葡萄不同于其他作物，诺森伯兰根本没人种过，也不可能每个人教一遍。

谁能想到老爷身为堂堂一个男爵，不但理论知识丰富，还会动手啊。从来只是用嘴巴教导的他，连农事官都以为只懂理论。

但他真正动起手来，看吧，利落得简直不像话。老爷还穿着贵族服饰，俊美的脸上一丝表情也没有，动作利落得宛如在使贵族最应该掌握的剑术……

这项技术崔栖潮在二十一世纪是展现过的，但在中世纪还是第一次，天知道他平时自己摊个煎饼都要被围观、私下议论一个月了。

扦插株距，就像用尺子比着，丝毫不差，每垄插两行，插条统一向北方倾斜四十五度，同样整整齐齐，插完立刻灌水，在顶芽上覆土。

一番动作做下来，又快又准确，站在垄头看过去，简直就是插条里的仪仗队——农事官都诡异地想到了老爷训练的那些民兵。且不论老爷是怎么练出来的这一手，他是不是有什么特殊的喜好啊，不管是人还是作物，一定要排列地整齐划一？

农奴们的眼珠子都快要瞪出来了，如果一定要说，不同阶层比较下，农奴有什么超越贵族的地方，那一定是种地了吧。

但现在，他们伟大的领主亲自演示了，领主大人连种地也种得比所有人好！

就这个精准度，农奴们、农奴们的父亲、父亲的父亲，别说达到，连听都没听过，这不是传说，这是传说里都不存在的技术啊。

当然，这都是因为中世纪农业太不发达了，在此之前，他们最先进的技术也就是一个人在前头撒种子，妇女在后头埋土，埋完浇浇水就算完。

“好了，就照着这个标准种。”崔栖潮拍了拍手说道，“种得好了有奖励。”

奖励，又是奖励。领主老爷采用和其他贵族完全不同的方法，其他贵族是做慢了就抽，而他采用的是做得好又快就奖励。

所有人听了都咽了口口水，因为这个奖励通常是食物。

仅有一点让大家觉得为难，那就是领主老爷种得太漂亮了，他们在旁边播种，不如老爷的整齐，那真是自惭形秽。

崔栖潮离开后，农奴们回去时同其他人提起老爷扦插葡萄，仿佛形容神迹一般：“你们都没看到，老爷就这么蹲下，手这么动，‘唰唰唰’，葡萄枝就好像神放在那里的，那么完美、齐整。”

“就连顶芽的位置都一模一样，我的天哪，老爷的手到底是怎么长的，就是和咱们不一样。”

听到这话的人都一脸扭曲，那是一种包含着复杂情绪的表情，包括了难以置信、怀疑、“你们是不是失了智”等内容。

怕不是种地种疯了吧，这种马屁也拍，老爷种地种得宛如神迹？不如说老爷赏赐你们吃白面包了更现实……没错，会不会是这些人被赏赐吃了什么不得了的好东西，所以疯了啊？

只是疯得这么一致也有些让人怀疑，农民们在葡萄农们反复、夸张的形容下，好奇心渐长，逐个跑去葡萄地参观。

都不用葡萄农指出，第一眼他们就认出来哪些是老爷栽的了！

如果说老爷的手艺真的有那样高超，那么那一垄两行格外整齐，从株距到倾斜角度全都一模一样的葡萄枝，一定就是老爷的手笔。

没有吹牛，这个种植技术真的太神了，看得大家头皮都要发麻了。

这时候再联想从城堡里传出来的关于种植的各项命令、技术，大家就有点细思恐极了。他们的老爷到底是有多厉害？无疑，在这些农民心里，这么会种地的老爷简直太牛了。

半晌，才有人说道："天哪，上次老爷办宴会时，我居然没有趁机碰一碰老爷的衣角，说不定我能沾到一些好运。"

"没错，我们摸一摸这里的土，会不会有用？"

迷信的中世纪人民很快就大肆讨论起了如何蹭老爷的能力，挨个在老爷亲自耕种的土地上摸一摸，说不定回去后，他们种地的技术也能进步一些，作物存活率更高，产量更多……说来说去，突然发现这都是去年老爷已经实现了的目标啊，众人心里头不禁更为确信了。

崔栖潮俨然成了诺森伯兰的锦鲤，仿佛他和谁多说一句话，往谁家地头一站，就可以导致增产一般。这迷信的风气还是私下流传，没有传到他本人面前来。

因为对新作物的生长情况很关心，崔栖潮也增加了到田间的频率，葡萄、棉花、甜菜，包括荞麦、黄瓜等，头一次栽种大家难免不熟练。

崔栖潮一出来，就被灼热的目光围绕，他以为只是单纯的敬仰。

这天崔栖潮带着小白一起去葡萄地，这葡萄园本身就是开荒出来的，靠着林地，他正端详葡萄枝的成活情况，忽然听到一阵惊呼。

他转头一看，原来是散养的猪正追着一个小孩儿往这边跑。小孩儿也就五六岁，拔足狂奔，往葡萄园来。

农事官脸色一变，大骂道："你往哪儿跑啊？别引过来了！"

葡萄园是有篱笆的，但好些猪一起撞过来，还不得撞坏了？把葡萄苗毁了怎么办？

这些猪个头虽小，却是长了獠牙的，散养又具有野性，说实话，以往也不乏猪伤人、害死人的事情。

在农事官心里，葡萄当然比农奴家的小孩重要，所以这么一说。

崔栖潮眉头一皱道："牧猪人呢？你让人把小孩拎过来。"

听崔栖潮这么说，农事官才没办法，让两名农奴去翻过篱笆，一个把猪引开，另一个抱着差点就被追上的小孩跑。

谁知道那些猪还挺聪明，同样兵分两路，一下撞在农奴的腿上，农奴被撞得趴下了，过一会儿又赶紧站起来，一瘸一拐地往前跑。

好在他也比较机灵，捡了些橡果砸过去，猪才停下追击，埋头觅食。

崔栖潮看罢，不禁低头看了看脚下的猫。

小白："……"

虽然被撞了一下，农奴倒没受大伤，只是难免一脸幽怨："你这小孩，到林子里捡树枝是不是？你怎么惹得那些猪发火了？"

小孩也惊魂未定，大哭道："我没有，我还喂了一头猪吃橡果。"

这时候牧猪人才姗姗来迟，从林子里头出来，立刻被农事官揪着大骂了一顿，问他刚才怎么不在。

牧猪人也很委屈，牧猪和牧牛羊也不一样，他连忙说道："有几头母猪不正常，我正在看是怎么回事。"

农事官哼哼唧唧地问道："那到底是怎么回事？"

牧猪人尴尬了："还没有看出来。"他既不敢撒谎，又怕被责备，低着头道，"那几头母猪已经断奶了，但是公猪想爬跨，它们却不愿意，导致公猪也特别烦躁。"

公猪烦躁？那难怪追着小孩儿跑了。

这牧猪人也是世代传承的职业，可饶是如此，在养猪过程中还是有很多让他不理解的事情。比如他们能够掌握母猪的发情规律，却不知道为什么到了时间母猪不让公猪骑了；他们知道多大的母猪开始可以繁殖，却不知道为什么很多初产的母猪生下的多是死胎；知道母猪难产是什么症状，却不知道如何给母猪接生以及产后护理。

崔栖潮对畜牧业的了解多在和他相关的饲料方面，其实他也不太懂母猪的产后护理，但是某些地方好歹比一根筋还迷信的中世纪人民要了解得多："你去把不正常的母猪赶过来看看吧。"

牧猪人跑回林地里，把母猪引了过来。这些母猪虽然断奶了，还是有一定的护仔意识，牧猪人抓着小猪，它们就跟过来了。

崔栖潮一看："这猪这么瘦？"

本来中世纪的猪就已经够瘦了，这些母猪更是两肋都没多少肉了，看着都不像猪了。

牧猪人点头道："哎，老爷，生完猪崽的母猪就是这样。"

崔栖潮："那它胃口好不好？"

牧猪人茫然地道："这个、这个我就不知道了……"

牲畜到地里，不就是自己找吃的，牧猪人哪能一个个看它们吃得怎么样？再说了，在这个缺衣断食的时代，他默认不管人还是动物，见着吃的就狂拱，还能胃口不好的？

崔栖潮摇了摇头，这饲养太原始了，完完全全放养。虽然不知道母猪胃口怎么样，但绝对是缺乏营养了。这是动物的本能，如果上一次怀孕体力消耗太多，当然不可能立刻让自己怀孕，因此即便到了时间也不会发情，这是在保护自己。

这个时候，饲养者应该抓紧让母猪多采食。只要母猪恢复状况，不就很快又能繁殖了？道理非常简单。

崔栖潮沉吟道："喂点湿料吧。"

猪和牛羊不一样，在它们的食物中加水，能够促进猪的消化吸收，让猪长得更快。这一点牧猪人当然不知道，他们养猪都糙得很，让其自己捡捡果实吃，哪会费那个力。

牧猪人心虚地道："湿料？"

身为一个牧猪人，他都不知道老爷说的是什么，能不心虚吗？

“弄些蛋壳、苕子、麦麸来，捣碎了加一样多的水，喂这些母猪。”崔栖潮想想说道。目前诺森伯兰所有的食物中，这些应该是母猪比较好吸收的。

牧猪人世代干这个活儿，但还是头一次给猪拌饲料，难道东方的猪都活得那么细致的吗？

他找来了老爷说的东西，做成了碎碎的猪饲料，加水混合，放一会儿后给猪吃，那些母猪吃得可香了，呼噜呼噜的，就连公猪也闻香而来，要抢饲料吃。

小白看到这一幕有点焦躁。它一开始还蹲在崔栖潮脚下，现在已经到好几米外了，绳子绷到最紧，能站多远就多远。

崔栖潮误会了，拽了拽绳子，过去小声安慰道：“你别怕，撞不到你的。”

小白想：它怕的是猪吗？是猪吗？是崔栖潮又拿猪出来说事儿啊，它还要不要面子了？

崔栖潮安抚完小白后，盯着猪的样子，说道：“你三不五时也喂点饲料，反正现在苕子有多的，但也别给太多。还有秸秆粉、豌豆也可以，就是麦麸别超过一半，一定得加水。”

也就是现在诺森伯兰食物多了，吃得上燕麦糊，才能这么喂猪，搁在以前，麦子里掺着麦麸做面包是常态，豌豆自己吃还不够，能给猪吃？当然，即便是现在，肯定也不能经常喂豆子，绿肥苕子倒是管够。

不过崔栖潮说的话要把牧猪人急死了，一边记下来，一边扫着周围的人。

天哪！老爷为什么把秘方在大庭广众下公开了？看这些猪吃得多香，就知道这个秘方和老爷给厨娘的秘方没有什么区别了！

牧猪人用一种有人想和我抢活儿干的眼神盯着每一个人，又不敢同老爷说小声一点，只能唯唯诺诺地应下来。

以农事官为首的其他人都要麻木了，现在崔栖潮就算说自己能种出金豌豆，他们恐怕也不会觉得稀奇了。

看这些猪吃得多么起劲儿，恨不得整个头扎进木桶里，遥想那些种出来的绿肥牛羊适口性也特别好，老爷配饲料也和种作物一样出色啊。

牧猪人都想，说不定以后猪能长到五十斤！

崔栖潮想，这些猪如果饲养得当，多长个几十斤应该不成问题，四十斤实在太可怜了，大型犬都不止这个重量。

以后有机会的话，他得逐渐让牧猪人停止散养，一来完全杜绝猪横冲直撞伤人的事，二来好长肉。最好能把猪给阉了，现在腥膻味实在太大了，不好吃。腌肉还好说，以后搭个烤炉，可以做烤乳猪，还有卤猪耳朵、红烧猪肉、扣肉、锅包肉……

于是，大家就看到老爷慈爱的眼神渐渐扭曲。

每一次播出都像赌博，你也不知道今天是好吃的还是肥料。

难以置信，你崔训练农奴了！

兄弟们稳住！千万不能再次上当！可能只是训来文艺会演的！

过去的经验告诉我不能高兴得太早，我是绝对不会因为崔栖潮造藤甲就兴奋的。

你们看看，他种菜都种得这么整齐，没跑了，那些农奴以后也要向他靠拢，把菜都种得标准化！

强迫症晚期看了好爽怎么办……

就让他种，让他种，种那么多葡萄和甜菜，我看隔壁邻居来不来搞你，哈哈哈哈。

前面到底在得意些什么？隔壁邻居来送人头，啊不，人力，那么好玩的吗？你崔领地里还有一大片重度盐碱地没着落的，忘了吗？

前面是华夏人无疑了……

看把小白给吓的，怜爱！

咦，隐隐约约觉得这猪的吃相很眼熟是怎么回事啊……

第 42 章

# 与猪的不解之缘

自打老爷传授了牧猪人猪饲料的拌法之后，母猪的体重直线上升，一天长了几百克，里面固然不乏能吃饱且身体不适走动少的缘故，但效果确实有目共睹。母猪身体素质提高了，发情期也就来了。

因为当时崔栖潮没避着人，在场还有好些农民，农户自家也养鸡、猪、羊等动物，一传十、十传百，农民们回去拌些湿料给母猪吃，肉比以前多多了。而且崔栖潮只让生拌，不算特别费时，干家务活时顺带手就做了。

牧猪人心里头特别怨念，这个本来可以成为他家传的养猪秘诀——没看到现在农事官掌管杀虫绝学，厨娘也有好多私房食谱，都得意得不得了吗？

结果，现在全村庄的人都知道怎么喂猪了。

而且出于对崔栖潮的信任，过了些天，有母猪难产了，下不来崽，牧猪人也火急火燎地想禀报老爷，被管家大骂了一顿："你居然想让尊贵的领主帮你给猪看病？你是不是被魔鬼附体了？"

牧猪人："我没有啊！就是、就是可能要损失母猪了……"

崔栖潮正在盯着人碾稻子，听到动静出来一问，自己也有点无语。他对畜牧业的研究真的不是特别多，给母猪接生对他来说也太高深了吧？

但是面对牧猪人期待的目光，崔栖潮只能勉强说道："你试试用手去摸它肚子里的猪崽子，往下头推一推助产。"

他就是想到人难产时也有推肚子的，死猪当活猪医吧。

牧猪人忙不迭地点头，甚至瞄了管家一眼，这个"秘诀"可就他和管家听到了。

管家恶狠狠地看着他："看什么看！"

以为做牧猪人是什么好活计吗？难道他还会觊觎？

牧猪人跑回去，在母猪的肚子上摸索半晌，摸到了猪崽所在，轻轻推了推，母猪就哼哼唧唧的，他一咬牙，叫儿子把母猪摁住，两只手掌推猪崽。

牧猪人的儿子吓坏了："父亲，您这是做什么？"

按母猪的肚皮，那猪崽还能活吗？

"少废话，这是领主大人教我的。"初春的季节，牧猪人的额头上愣是冒出了汗，感觉猪崽一点点到了下头，他心里多了些信心，但猪崽仍没出来，着急之下，牧猪人索性把手指伸进去，帮助母猪生产。

借着牧猪人的这股力，母猪“嗷嗷”叫了一声，猪崽就滚落了。小猪崽鼻孔张合，显然还活着。

“生出来了，生出来了爸爸！”牧猪人的儿子兴奋地大叫。放在以往，母猪要是难产，他们也没什么法子可用，能不能活下来都靠母猪自己，他们顶多在母猪受伤时给糊点草药。

“我看到了！”牧猪人也兴奋得很，用自己还带着血的手摸了好几下这牲畜。牲畜啊，牲畜就是他们的命。感谢神明，感谢老爷。

等母猪把猪崽全都生下来了，猪崽都欢快地叼着母猪的乳头吃奶，牧猪人擦擦手就跑到老爷那里去报喜，让儿子看着，多给虚弱的母猪喂水和草料。

牧猪人恨不得吻老爷的脚面：“感谢您啊老爷，您真是太睿智了！”

崔栖潮心想着瞎猫还真碰上死耗子了，真是受之有愧：“生下来了？”

生下来还行，但是母猪的产后护理他就真的不知道了，是不是也和人类一样，免疫力低下，不好碰冷水？

“生下来了，生下来了。”牧猪人一脸喜色地道，“大人，这些母猪能生下孩子，都靠您啊！”

崔栖潮无言以对。

坐在一旁的小白也惊呆了，中世纪人民太会拍马屁了，它一看崔栖潮向来高冷的神情都泛着绿色，猫肚子简直要笑破了。

崔栖潮能怎样？难道要大声说这些母猪生孩子和他没关系吗？他也只能缓慢地道：“主要还是靠你的帮助和母猪自己的意志，我只是出了个主意。”

领主老爷这话真是客气过头了，牧猪人谦卑地道：“都是您的智慧在闪烁，感谢您。”

这话说得还行，崔栖潮缓和了一些：“嗯，你继续去照顾母猪吧，不要喂太冷的水了。”

“是，我记住了。谢谢您的教导。”牧猪人如奉纶音，恭敬无比地倒退着下去了。

留下崔栖潮和小白面面相觑。

崔栖潮知道小白听得懂刚才的事情，但他装作不知道。

小白想告诉全天下人自己刚才听懂了，但它得装作不知道。

半晌，一人一猫默默地回了厨房。

在这里，崔栖潮仍然是受到敬仰的。稻谷打成了白米，颗粒不是很大，但还是熟悉的味道，崔栖潮让厨娘拿个容器来，装了些捡干净淘洗过的大米，放适量水。

冬天腌的肉还有不少，切些火腿片放在里头，再放些蒜末、葱花、盐以及一些野生的蘑菇，盖上盖子，直接用柴火蒸。

崔栖潮有些感慨，他估计也就吃这一顿干的了，以后都得省着点，熬稀饭吃。

厨娘没吃过大米，蹲在一旁好奇地问：“老爷，这稻子是什么味道？为什么咱们不把它做成面包？”

大米倒不是不能做成面包，只不过……

崔栖潮说道：“这样比较好吃。”

厨娘不自觉地舔了舔下唇，这还用说嘛，领主老爷吩咐让做的东西什么时候不好吃了？

崔栖潮算着时间差不多了，就让把罐子挪开，暂时不掀开盖子，让饭再焖一会儿。

小白已经能闻到米饭的香味了，不过它今天对吃的没那么上心，只顾着看崔栖潮。哇，如果它也能欺负崔栖潮就好了。

崔栖潮用布裹着盖子捏开，一片蒸腾的水汽就扑面而来，随之嗅到的就是久违的米饭香味以及里面混合着的香肠、配料香味。

厨娘嗅到这陌生好闻的香气，再看崔栖潮用小木铲把饭舀出来，颗颗分明、莹白如玉的一堆米饭里掺着红白的香肠片、嫩绿的葱花以及淡褐色的蘑菇。

崔栖潮分了一小碗给厨娘，私下无人，厨娘捧起碗就吃。这个时期对小麦的烹饪方法基本都是做成面包，小麦蒸煮很少，都是做粥，而且含有许多杂质，所以她十分着迷于稻米煮出来后柔软的口感。

因为就煮这么些而已，谷壳去得干干净净，没有一丝杂质，水量、温度、时长都刚刚好，米粒软而不黏，又有一定嚼劲，散发着米饭特有的清香与丝丝甜味。

即使单吃米饭也心满意足了，何况里头加了菜，厨娘的小碗米饭里也有香肠和蘑菇，滑嫩的蘑菇与咸香的香肠片和着米饭一起吃，滋味更好了。香肠本来就是下饭菜，厨娘虽然不理解这一点，但还是能感受出来的。

崔栖潮也心满意足地吃了这碗香肠蘑菇饭，碍于中世纪的条件，他才没有炒菜，这么做已经很不错了。一边吃，崔栖潮还一边教厨娘：“水放多一些就熬粥了……”

一小罐米饭，除了剩给猫的几口，被他们吃得一粒米也不剩。

厨娘犹在舔嘴唇，白面包那样精细，但也比不上米饭啊。老爷的要求太高了，白面包里头还有一点儿麸质，但大米脱壳脱得干干净净，难怪蒸出来好吃，味道也确实香甜。还是老爷会享受，只是，连他也只是偶尔品尝，哪有那么多工夫舂米，那活儿累得很。

崔栖潮吃了米饭心满意足，大费周折就是为了这么一口吃的啊。他装了一点回房间，稍微冷下来的米饭结团了，变硬了一些，证明质量并不是上佳。

这时候冷静下来仔细想想，确实如此，因为是留种用的，好歹还饱满一点，味道嘛，由于他许久没吃到了，难免带上了滤镜。

厨娘更不必说了，都没吃过米饭，对她来说粮食的美味程度大概只和碾磨精度有关，如果小麦剔除了所有杂质，煮成麦饭，大概也能把厨娘馋死。

小白一边吃香肠蘑菇饭，一边挑剔地打量崔栖潮。一想到崔栖潮倒霉的样子，它就好快乐啊。

崔栖潮若无其事地拈起一点米饭喂给大白和大橘，这珍贵的白米饭他也不舍得煮太多，猫咪只能吃上几口。他能察觉到小白在打量自己，看一下也就算了，看久了还能不清楚小白在想什么？

不过只是牧猪人的失言而已，他没想弄什么惩罚，就尴尬了一会儿。反倒是小白，到底在得意什么，还以为他不知道吗？

崔栖潮慢慢盯着小白，冷冷地说道：“你吃太多了，晚上睡外边去。”

小白：它有那只橘猫吃得多？？

诺森伯兰春耕正忙，今年老爷的休耕地虽然不用太过打理，只要除草、施肥，但是又多了葡萄园、甜菜地等活儿，庄园上下一片忙碌。

正是这个时候，牧马人骑着马狂奔回来，大声道：“不好了，我看到一队陌生的士兵正往这边来，穿着铠甲，手里有兵器。”

和之前虚惊一场不同，那时是自己人雷蒙德带队回来的，这一次牧马人看得清清楚楚，分明是别处来的，而且速度很快，如果不是想袭击，何必这样？

警役赶紧去报信，一些受训过的农民则把藤甲穿上，快速集合在一处。

说起来这藤甲叫他们保管，也是崔栖潮听说他们私下也很热衷于训练，上厕所都要排队，反正藤甲造价也不高，就叫人各自存放。

在农民之间，藤甲还比不过盔甲，却已经够威风了。家里有一副藤甲，隔壁邻居老小都得艳羡得不得了。藤甲还挺轻的，这些骄傲的农民恨不得时时带着，农闲时好炫耀一番，也省得放在家里，让留在家里不安分的小崽子糟蹋了。

他们迅速换装完，匍匐在沟渠中，到此时还有些犹豫。因为大量实训，在遇到这种情况时，大家第一反应是列阵，但是接下来要做什么，他们又有点不确定了。

直到其中一个农民一咬牙说道：“牧马人说，来的士兵也只有十几个而已，对付警役都不一定够，咱们人多，要是真抢先把他们打败了，到时候老爷肯定会有所奖赏。”

大家精神一振，说得是啊。他们缺少信心，但是被这么一鼓吹，又觉得也对。

也幸亏他们做下了这样的决定，因为来的士兵根本就没指望能攻进城堡，就打算在庄园里的农户家搜刮一番，能抢到什么抢什么，粗粮也罢了，填饱肚子再说。

那些全副武装的士兵一看就知道是专业的——和农民堕落成为的盗贼不同，他们装备齐全，属于平民以上阶层。

越过牧场，这些人就打算踩踏过耕地，冲着村舍去。

这下让农民兵们更加义愤填膺了，有的地里已经开始播种了，他们竟然就这么踩踏。

那些劫掠的士兵猛然看到一群人从沟渠中冲出来，身上是黄褐色、奇怪的铠甲，手里拿着农具，到了近前才能看清楚，那所谓的铠甲好像是藤条编成的。

虽说穿的是藤甲，但气势可不一般，训练后的农民兵嘴里喊打喊杀，声音震天，跑步时也保持了一定阵形，还包抄两边，明显是内行。

士兵们露出了古怪的神情，这藤条做成的铠甲让他们几乎无法把眼前的人当正经对手，但那种冲杀的气势又令人有些被震慑住。

为首者大喝一声，士兵们才惊醒过来，举起长矛，想刺进农民兵的胸膛。可是藤甲看上去简陋，还是非常坚硬靠谱的，藤甲的保护下，根本没有人受伤，只是退了几步躲开马蹄，转而又挥起锄头往他们的战马身上砸。

这些战马也许久没吃过好的了，农民兵以多敌少，先捶马，把人弄下来再殴打，心中越发豪气干云……

在后世的人看来，刨去士兵的盔甲，这就像一场荒唐的农村械斗，还是小规模那种，可能都不到村的地步，也就一个小组。但是在双方看来，这简直是一场势均力敌的血战啊！

士兵们觉得遇到了神秘高手，农民兵则战出了信心，只觉得王八翻身，棋逢对手。

一番酣战后，以农民兵人多势众，愈战愈勇获得了最终胜利，在警役到来时，他们已经将入侵者摁趴在地上了。

警役们只来得及用绳子把士兵都捆上，看向那些藤甲兵的眼神有些许敬畏。按理说大家都一样，他们也是从农民中服役的，只不过没赶上一起受训而已。方才看到双方对战的尾声，简直太震撼了！

警役们不由自主地带上笑容和熟识又陌生的伙伴打招呼，这一幕被士兵们看到，更加郁闷了，原来这些穿着藤甲拿着农具的人真是农民啊，原本还有一丝幻想，就算说这些人早就料到他们会进攻，于是埋伏在这里，都让人心里比较好受。

“看什么看，快走你们这些猪猡。”农民兵打了胜仗，趾高气扬地用木棒敲了一下士兵，盔甲都被扒下来了，导致士兵痛呼一声。

为首那人眼见不对，连忙大喊：“误会，这是一场误会，我是诺森伯兰男爵的表哥，我是来探望我的表弟崔斯坦的，谁知道你们把我们当作入侵者。”

大家先是蒙了一下，随即连最淳朴的农民都露出了狐疑的神情。

哪有这么巧？一开始提着武器横冲直撞，踩踏耕地，被抓到了就说是领主的亲戚？

“不信，你们看我的内衣上绣着家徽，我真的是来探亲的！你们去告诉崔斯坦，我是他的表哥高文，我们在卡比特堡一起玩耍过！关系再好不过了！”自称高文的人嚷嚷道，越说自己还越有信心，仿佛也相信了从自己嘴里说出来的胡话。

虽然大家对他的说辞心存怀疑，但这件事还是要拿到领主老爷面前定夺，在那之前，他们倒是不好随便揍这些战俘了。

饶是如此，农民兵们也趾高气扬地帮着押解战俘，一直走到了高地下头，恨不得对庄园里的所有人说，他们制服了一伙儿入侵者，保护了大家的家园。

崔栖潮在城堡中听说又有一批入侵者被抓的时候是很开心的，还问了一下人数，十几个人，嗯，不是很多。

接着，他又听说那人自称是自己的表兄。

还有上表弟的领土打劫的表兄？崔栖潮在大厅里见了他们，首先对管家说："那些打了胜仗的农民，我们要进行奖励，每户一只小猪仔。"

管家："哦。"

管家一脸麻木地记录下了，反正最后也反抗不了，这还是农民兵立了功，先前训练时，领主已经在拿食物奖励了。

他现在已经学会了自我安慰，这些农民居然能打败有铠甲和武器的士兵，怎么说也是领地实力大大的进步。

高文的嘴巴都张大了，他的表弟居然这么富庶的吗？随便赏赐给打了胜仗的农民兵猪崽？

"表、表弟，是我啊，我是高文表哥！长腿高文！"高文立刻嚷了起来，"你萝丝阿姨的儿子，我们当年在卡比特堡一起玩耍，你最喜欢表哥了，还记得吗？"

崔栖潮打量着高文，管家也把高文的家徽呈上来给崔栖潮看，崔栖潮隐隐记得大概真有这么一个人物，但并不重要，属于和他们家联姻的骑士阶层。这个高文应该也是一名骑士，但是他的行为可太难辩解了。

高文原本自信的面孔在崔栖潮的盯视下有些虚起来，其实他知道这里是表弟的地盘，但一开始也是真的要来抢劫。因为食邑遭灾，颗粒无收，高文已经各处打了好一阵子秋风，在亲戚们的庄园里赖着，直到被赶走。后来，大家知道消息干脆不接待高文了，他只好换了个法子，在人家村庄里劫掠一番。

高文和崔栖潮并不算亲近，就是小时候玩过而已，关系也不像他夸大的那么好，他一开始就没打算露出真实身份，抢了东西就想跑的，要不是被抓住了，犯得着在这儿厚着脸皮强掰吗？

崔栖潮本来打算说"我许久没有和高文表哥见面了，但是他好像不可能和我开这种玩笑，你还是到我地里去种菜吧"。

可就在这个时候，又有两个人被押了进来，一大一小，小的才七八岁，据说他们在牧场外探头探脑，被意犹未尽的牧马人唤人捉起来了。

高文一看，变了脸色："表弟啊，这个是你的亲表侄兰斯，你可千万别——"

他说着，话头就顿住了，因为这句话在一定程度上暴露了他。

如果他真的是来探亲的，做什么把孩子和侍从留在外头？

兰斯生得金发碧眼，可爱极了，只是身体由于营养不良有些瘦小。他一看这情形，大哭着道："男爵老爷，您不要杀我父亲，您砍掉我的脑袋吧，我父亲只是为了给我找吃的。"

小孩子就是小孩子，一时心急，自己把高文的目的全都吐出来了，现在似乎一丝狡辩的余地也没有了。

崔栖潮听了，却仔仔细细地打量了一下兰斯，半晌后，才淡淡地道："你就是我的侄子兰斯呀，欢迎你们来诺森伯兰做客，我已经许久没有见过母亲那边的亲戚了，想必这一切都是一个误会。管家，把我的表哥和侄子放开。"

高文的嘴巴慢慢张开了："啊？"

崔栖潮一个眼神，管家立刻亲自上前解开绳子，但他只解开了高文和兰斯身上的绳子，其余人等，他挥一挥手，就被拖下去了。显然，这些人并不在领主大人对血亲的宽恕范围内。

管家心里嘀咕，没想到领主仁善到这个地步，或者是领主比他的表兄更念旧一些?

崔栖潮淡淡地把人请到自己身边坐，若无其事地问了几句近况。

高文不懂表弟的意思，刚刚那眼神，他觉得自己都要倒霉了，只好硬着头皮告诉崔栖潮，他正在四处游历。

"那就在我这里住一会儿吧。"崔栖潮说道，"刚好，现在到了吃饭的时候。"

一说到吃饭，高文的肚子就"咕噜"叫了一声，他露出傻笑道："好、好、好，表弟你真是太慷慨了。"

侍女们把饭食端了上来，高文一看，脸色立刻就有点微妙了，那贱脾气让他忍不住嘀咕："表弟啊，这苹果怎么是生的呢？还有肉，都是一块一块的，诺森伯兰也歉收了吗？"

以贵族的礼仪，如果有客人来，肯定要举办最豪华的宴会，打肿脸都要充胖子，除非真被吃到受不了，才会像高文以前做客的庄园那样失礼。

这禽畜都不是一整只的，水果也是生的，哪里称得上贵族生活？这里都不止高文，连崔栖潮的管事们、骑士长也要一起用餐的。

高文虽然穷困潦倒，但骨子里还是有点自矜身份的，不过说完他也后悔了，情知自己不是什么正经客人，小心翼翼地看着崔栖潮的脸色，怕他发飙。

崔栖潮顿了顿，只若无其事地看了高文一眼，心想他正觉得这个高文应该很能吃，这时顺水推舟地说道："这些不是给表哥准备的，来人，让厨娘去烤一只南部风味的乳猪。"

所谓南部风味，也就是非改良后的新菜谱，诺森伯兰的原始口味。

高文一听，口水都要流下来了。天哪，一整只乳猪！看来他的表弟还真是具有贵族风范，谦逊、宽容、大方，也就是俗称的——傻子！

崔栖潮又看向兰斯，低声问道："好侄子，你想吃什么？"

兰斯怯怯地看看他，又看看父亲，非常不好意思地低着头说：“我和您一起吃就行了。”

高文瞥了儿子一眼，又不好说他什么，真是个傻孩子，什么好什么坏不知道选啊？

第 43 章
# 好甜

在领主老爷的严格要求下，厨娘要想找到原始风味的烤乳猪还真是不容易，好不容易才找到了去年的猪肉。乳猪嘛，也没多大，这时候成年猪才三四十斤，乳猪也就两个巴掌那么大。

由于悬挂和长期放置，乳猪表面是发臭的腐肉，厨娘把腐肉刮刮干净，又放到水里煮，那股恶臭味才散去一些。猪肚子里放点香草，再上架子一烤，烤成深色，猪嘴里放一只烤苹果，就成了。

至于胡椒之类的珍贵香料，就不要浪费了。

小乳猪被放在木盘子里端了上来，臭味差点把习惯了美食的管事们给熏死，崔栖潮意味深长地道："开餐吧。"

高文脸色发青，这烤猪肉倒是没问题，虽然看样子可能有点久了，但是没什么香料啊，就几把香草在猪肚子里，那股恶臭味完全盖不住，让人没法掩耳盗铃。

他先叉起苹果勉强吃了两口，再看那些管事，已经在崔栖潮之后愉快地夹起肉片吃，吃相香得要命。

因为烤乳猪的味道太浓烈，高文根本嗅不到那边正常食物的味道，还以为是和自己的味道差不多，可能只是闻起来差呢？

高文憋着气切了一块烤乳猪放进嘴里，果然，还是那么臭！

而且，明明腌过，咸味却没什么，不知道是不是洗掉了，没有浓烈的香料掩盖，这就是原汁原味的臭猪肉啊。

他这下可以确定自己的菜和对方的菜并不一样了。然而打落牙齿他也只能往肚里吞，谁叫他人在屋檐下，刚才还自己傻里傻气地提意见？

虽然闻不到对面的香味，可是高文越看管事们的吃相，就越觉得嘴里的猪肉令人作呕。

管事们虽然吃得香，但心里其实是不爽的，就那烤猪，臭到他们都要闻不到香气了，得把肉凑得老近，才能让自己沉浸在正常食物的气味中——没错，由俭入奢易，现在管事们都看不上以前的风味了。

崔栖潮帮羞涩的兰斯切了一块煮胡萝卜，又倒了一些汤，想必兰斯也很久没吃肉了，别一上来就吃那么荤腥。

这看在别人眼里，可能是崔栖潮在欺负小孩儿，只给人家胡萝卜和汤。兰斯却因为长时间挨饿，有什么都十分感激了，端起碗“咕嘟咕嘟”喝了。这煮熟的萝卜软软烂烂的，竟然也别有一番滋味。

兰斯边吃边看了父亲一眼，不知道父亲怎么一脸痛苦，臭臭的肉不是吃惯了吗？

高文到底也没吃多少就忍不住了，举着叉子没法动。

“表哥，再吃一点吧。”崔栖潮劝道，“难得的烤乳猪。”也不知道厨娘从哪个角落里翻出来的，看上去比他来这里第一天吃的要恐怖多了。

高文：“不、不，我吃饱了。”

崔栖潮若无其事地问道：“表哥，不知道你们领地上收成如何？”

高文硬着头皮道：“实在不怎么好……”

其实基本上等同颗粒无收，农奴都饿死得差不多了，否则他怎么至于到处流浪？也不知道现在有没有被别的贵族占领，以去年的情况，大概没什么人有这个余裕吧。

崔栖潮问了一番情况后，高文遮遮掩掩、不情不愿地告诉他，自己的采邑大约有五百亩，算是骑士中非常小的了，身上的盔甲都是年景好的时候攒下来的。估计高文的采邑耕地里现在都满是灌木、杂草了。

崔栖潮又问道：“咱们毕竟是表兄弟，既然表哥这么困难……”

高文心想终于还是来了，连忙说道：“你也知道我多困难，我借也借不来钱给你的。”

他说的很含糊，心里认为崔栖潮要勒索他，也就是用钱赎罪。可是他都一穷二白了，什么都付不起，也没有别的亲戚会借钱给他的。

崔栖潮：“我的意思是，你可以并入我们诺森伯兰啊。”

这个意思，也就是让高文成为崔栖潮的附庸，从此追随崔栖潮。他也是想太多，还惦记着哭穷砍价。

高文流窜到这个时候，肯定是不想追随别人的，然而崔栖潮话一出口，其他人都虎视眈眈地盯着他。他不答应是不是会死在这儿？

群狼环伺，高文犹豫半晌，才不得已地点头，又赶紧把自己已经没多少领民的事情说出来，像是想告诉崔栖潮：你真的占不到多少便宜。

“这个不碍事，你可以先住在诺森伯兰，让你的采邑耕地休养生息，这期间，不如你就在我这里学习如何让土地丰产，我们去年都没有遭灾。”崔栖潮微笑着道。

本身领主们就会研究如何让土地丰产等技术层面的事情，成果如何又是另一回事了。

高文听完丝毫没有感觉不对，甚至觉得崔栖潮身上泛着圣光，连喂他吃臭肉回忆起来也没那么过分了，他结结巴巴地道：“我、我真是不知道如何感谢你了，表弟，我太不好意思了，其实我一开始还……还……”

高文的采邑距离诺森伯兰那么远，根本划不来，普通贵族一般会和那附近的贵族交易，把地专卖给他们，然后再给高文一个虚封，也就是没有真正的采邑，只有骑士等级的供奉而已。可是现在听崔栖潮的意思，竟然要保留土地，还要继续耕作。单看他们还吃得起肉和面包，就知道诺森伯兰收成不错了。

高文羞愧到说不下去，被崔栖潮了然地拍了拍手背："明天你就去学习吧。"

兰斯也感动了，充满希望地看着父亲，希望他学到了不起的技术，不要再到处打劫了。

弹幕已经疯了——

恭喜崔老爷喜提一个自然村！

祝贺崔老爷全款喜提五百亩地！

好悲伤啊，五百亩地又远又没人，感觉废废的。

快闭嘴！能开疆扩土就已经万幸了好吗！

这也叫开疆扩土啊？好吧，那就算吧。

我崔还是那个人美心善的我崔！对小帅哥真好，小帅哥和他爹不一样，留下来好好培养吧，以后也是种田一把好手。

有点害怕，这么久才五百亩，不会一直保持这个数吧？

……

高文父子在诺森伯兰堡住下，第二天清早，高文就被管家叫醒了，他迷迷糊糊地问："对了，昨晚我都忘记问了，我的扈从们呢？"

"都逃走了。"管家面无表情地道。

高文大怒："什么，这些家伙！他们以为我要完蛋了吗？"

本来就没农户了，连扈从都跑了，还有比他更光杆的骑士吗？

"阁下，现在和我去学习丰产技术吧，我带您观摩一下我们诺森伯兰的丰产秘诀。"管家领着高文就走。

高文随着管家来到了粪肥坑，目瞪口呆地问："这是什么？"

"这是拌粪肥，把它们加在地里，能够丰产。"管家指给他看，现在已经有农奴在施肥了。

高文："唠……好吧，我看完了，走吧。"

"等等啊，高文阁下，您还没有实践。"管家认真地道，"拌粪肥是有技巧的，向左向右、力气多大，全都有讲究。如果您不亲自学习，怎么回去传授给领地上的人？"

如果高文的扈从还在，肯定都是他的扈从们学习了，可是管家说扈从跑了，高文愣了半天，试探着问道："难道不能让诺森伯兰堡的人陪我回去吗？"

"您说笑了，那么多技术，我们得派多少人给您？再说，男爵老爷愿意教给您，已经很念亲情了，这些技术传出去，别人想学都学不到的。"管家的话说得高文无言以对。

对啊，这种丰产技术，别人想学还学不到。谁叫他现在是个光杆骑士，一个可用的人也没有，只剩下个儿子。高文在悲凉中陡然而生一股信念，一定要学习到诺森伯兰的技术。

高文只好捏着鼻子去拌粪肥，这个活儿实在是太累了，高文干得头晕眼花，管家还说不标准，几乎让他怀疑管家在整他。可是，那些农奴又确实舀肥施了。

后来高文还看到诺森伯兰的人把一种黄色的水洒在土地上，说是杀虫，他立刻兴奋地道："这个我知道，我在堂区的耕地上也看到过。"

高文和崔栖潮、大主教和崔栖潮都是表亲，但一个姑表亲一个姨表亲，所以高文和大主教之间是没有血缘关系的，只能勉强算远房亲戚。

不过，混迹各地的高文倒是知道去年大主教因为有驱虫秘方，保住了教区的很多耕地，也导致贵族们更加想拖着什一税了。

表弟不愧和大主教是亲戚，还搞到了这珍稀的配方。

管家看高文的眼神在药水上打转，板着脸道："这个药水有毒，虫子都是被毒死的，人畜如果没注意好使用方法，也会中毒。"

高文顿时一个激灵："喀喀……呵呵……"

"那么咱们继续学习吧。"管家瞥了高文一眼，老爷吩咐过的，不要给这个高文休息的机会，农活要干完了还要军训，别以为贵族就没有劳动改造了。

虽然管家也不知道为什么领主不直接装作不认识高文，把他打成奴隶，这不就是战俘的命运吗？那五百亩地也完全可以手到擒来，即便他觉得那地太远了。

崔栖潮弄了些陶盆，往里头种点耐阴的蔬菜当绿植，准备给阴暗的城堡里增加一点生气。兰斯跟在崔栖潮后头，好奇地看他种菜。

"领主老爷，菜种在盆子里也是可以的吗？"兰斯只看过在耕地上种菜，而领主老爷所展现出来的，更像是园林美化。

"合适的植株、合适的土壤、合适的环境，就可以。"崔栖潮轻描淡写地给兰斯介绍蔬菜的种植方法，见他还挺有兴趣的样子，毕竟这时候的娱乐知识实在太少了，又补充了一句，"你可以叫我叔父。"

高文现在已经是崔栖潮的附庸，出于这个角度，兰斯叫他老爷很正常。

在崔栖潮肯定的目光下，兰斯才恭敬地喊了一声："叔父。"

崔栖潮当着兰斯的面展露了一下种菜技巧，包括植物杀虫、扦插等。

兰斯从未想过耕地也能有这么多神奇的技巧，竟然包括了草药学。他上过两年学，在堂区的学校，不过学校里教的都是歌咏、念经。

崔栖潮领着兰斯种了些盆栽，就看到管家带着高文回来了。高文全身都汗湿了，一副被马踩过的样子，饱含幽怨，一回来就诉苦："表弟，你们的农活也太重了，我学到浑身是汗，而且我的关节好像又在痛了，我明天可不可以休息？”

“可是有些技术错过时机就没法学了啊，每个月都有不同的事要做。关节怎么个痛法了？”崔栖潮没有要给他放假的意思，这才一天，比盗贼可差远了。

“不是我不想，但我这是老毛病了，兰斯也有，你看。”高文还展示给崔栖潮看。

崔栖潮一听兰斯也有，把他的袖子撸了起来看看，发现关节都有些肿了，这俩人是得了风湿吧。因为保暖条件不好，挺多人有这毛病，连兰斯年纪小小也得了，只是他竟然一直忍着痛没有说。

“管家，去把药水拿来。”崔栖潮吩咐了一句。

管家端来了两碗黄色的药水，崔栖潮对他们道：“喝了吧。”

高文：“这不是杀虫药水吗？”

“你知道？”崔栖潮看他一眼，“对啊，就是那种药水。”

高文还听管家说了，人畜不小心误食会中毒的，立刻道：“表弟，我去学习，我去啊，学习让我非常畅快，我的关节不痛了！”

没想到表弟看起来斯文和善，竟然一个不如意就拿毒药威胁人。

崔栖潮：“这个可以缓解你的疼痛。”

可不是吗！死了就感觉不到疼痛了！高文坚定地摇头，挥了几下拳头：“我觉得特别有力量，我要去温习一下刚才学到的东西，领主老爷，我退下了！”

这下他表弟也不敢叫了，还对兰斯挤眉弄眼，暗示他记得跟来。

兰斯低头假装没看到。

“兰斯，你敢喝吗？”崔栖潮问道。

兰斯慢吞吞地把药端起来喝了，擦擦嘴巴后道：“黄春菊在地里是魔鬼雏菊，侵害麦子，但是药剂师用它来止痛。叔父刚才也说了，杀虫藤一定的剂量可以杀死虫子，更高了可以杀死人畜，那如果是合适的剂量，或许能够驱除我体内魔鬼带来的病痛。”

虽然出于时代的局限，兰斯说的有些错漏，但大体上他了解了里头的含义，崔栖潮满意地点了点头。不错，虽然具有毒性，但作为煎剂、膏剂等稀释使用，卫矛科的蓝花藤能够缓解风湿关节痛。

果然，兰斯喝完药没多久，就按着关节道：“真的不痛了……”

这感觉太新奇了，他从不知道这种一直跟随自己的疼痛还能缓解。领主老爷种菜像在做园林绿化，又能把植物用来杀虫和治疗关节痛，简直说不清他到底更像是药剂师、园丁还是菜农。

兰斯跟着崔栖潮，还偶遇了小白、大白和大橘，一开始看到小白，兰斯也有点害怕。

崔栖潮给他演示了一下让大橘坐下、趴下等动作，然后说道：“不用觉得很惊讶，狗是怎么驯的，猫就是怎么驯的。”

兰斯茫然地问：“狗是怎么驯的？”

崔栖潮忽然想起来，驯狗法在这个时候应该也是养狗人的秘诀。“就是奖励。”他示范给兰斯看，如何教大橘新动作，只要大橘接近了标准，就进行食物奖励，大橘在引导下完成动作且知道做什么能获得吃的，将之与口令结合在一起，只要人发出训练，它就会完成了。

猫的服从性比狗要差一些，但诺森伯兰的三只猫不一般，小白就不必说了，大白和大橘跟它混多了，又是由崔栖潮带大的，对食物也非常、非常渴求，这种信任与渴求会让它们变得好训练。

兰斯饶有兴味地尝试，最后看着小白道：“那这只黑猫，您也能训练吗？”

“为什么不能？”崔栖潮对小白道，“小白，起立。”

最终还是没逃过表演，小白懒懒散散地站了起来。

兰斯的眼睛瞪大了一些，看了小白半天，他试着对它说：“坐下。”

然而小白并没有理会。

兰斯倒也不气馁，而是道：“不愧是黑猫，好难征服。”

但是这给了他一种印象，即使是魔鬼的宠物，黑猫也只是比其他猫更难训练一点，倒没那么让人害怕，看它在崔栖潮面前不就老老实实的？

不过……

兰斯疑惑地问道：“为什么这黑猫要叫小白？”

崔栖潮想了想说道：“这是为了骗过魔鬼，我们都叫它小白，魔鬼就也以为它是白色的了。”

这是什么破理由？

兰斯还信了：“有道理！”

忙碌中时间总是过得慢一些，高文从来不知道地里能有这么多活儿，他还得一一掌握，每天回来倒头就睡，过得宛如一个农民。好不容易告一段落，他又被邀请去参加军训了。

兰斯则在崔栖潮没有吩咐的情况下把自己当作侍从来要求，跟在领主身边。他的父亲在成为正式骑士前也做过侍从，因此在父亲的耳濡目染下，他对此并不陌生。

而在不知不觉中，甜菜种下去也两个多月了，到了收获的时候。

崔栖潮让大部分人专注到收割甜菜中去，必须在一周内全都收上来。这个收获期也是崔栖潮仔细推断出来的，过早过晚了含糖率不是不够就是下降。

他之所以让大家都去收割甜菜，是因为甜菜收割时必须随挖随削，把块茎上的根毛、根尾都削了，堆起来储藏，防止变质等问题。接下来，还得专门拨出一部分人处理甜菜制糖，糖坊就加盖在磨坊边上，由崔栖潮亲自监督。

一开始来做糖的农民都不知道这是做什么，崔栖潮给他们分了工，先是把块茎洗干净，切丝后压出糖汁，过滤干净后就可以放进锅里烧——榨过汁后的甜菜渣还可以拿去喂猪，这个当作崔栖潮给糖坊农民的福利，叫他们捡回去。

接着就是最重要的一步——在甜菜渗出的汁里加一点儿石灰，石灰的量要很精准，一个不小心，做出来的糖就废了，根本无法入口。这个步骤，就如同卤水点豆腐。

在煮熬中，崔栖潮让人把最嫩的一部分糖浆先舀出来，在一旁放着。

剩下的继续分别在锅中翻动，去除水分，慢慢地糖水就成了膏体，再加点糖水炒，从膏状炒成沙粒状，也就大功告成了。出现在大家眼前的，就是土法炮制的褐色红糖。

如果要白砂糖，还得进一步提炼，但在现在是没有很大必要了。这个时候还没有制作白糖的技术，红糖就已经够昂贵了。

糖水在制作过程中就冒出了甜香，饶是如此，大家还是不敢确认这是糖。谁敢相信啊，他们在用菜根做糖，刚才老爷还说菜根榨完渣子拿去喂猪。

还是农事官心大梦大，在砂糖成为熟悉的模样，完全无法再怀疑后，才发蒙地问了一句："老爷，难道这是……是……糖吗？"

外表一样，香味一样，但是和他了解中的来源怎么不一样？红糖不是用叫作甘蔗的植物做出来，而且只能靠海外商人带回来的吗？

甜菜不就是蔬菜，怎么还能炒出红糖呢？农事官的世界观都要被颠覆了。

农奴们也睁大眼睛盯着老爷看，糖是贵族才能享用的，他们顶是多听说过、闻到过、看到过，难以置信自己刚做出来的是传说中昂贵的红糖。

崔栖潮摸了摸之前舀出来的那锅糖浆，已经凉了，成为浅褐色的半固体，用一根干净的木棍儿往里头一绞，就能牵丝拉线地绞出一块糖来。

拉开后的地方颜色变浅，和麦芽糖差不多，除了这是用甜菜熬制的。

崔栖潮卷了两下拉断，举到农事官面前："你尝尝。"

农事官继续发蒙，甚至忘了接过木棍儿，而是直接就着老爷的手伸出舌头舔了一下，味蕾立刻接收到了甜味，一直甜到了五脏六腑，这昂贵的味道让他不禁喃喃道："好甜啊……"

好甜？塘坊内顿时响起一阵抽气声，所以这是糖，真的是糖！

他们就说为什么处理蔬菜还要专门盖个房子，神哪！老爷表现得那么随意，竟让他们在不知不觉中生产出了糖！要死，刚才都有些什么细节来着？他们的态度是不是应该更神圣一些才对？

农事官觉得自己快要无法呼吸了，老爷的声音朦朦胧胧地在耳边响起，似乎在说什么要把那锅糖糊糊分给村里的小孩，然而他根本无暇思索，因为他想到了仓库中堆着的小山一般的甜菜根……

第 44 章

# 疯狂宴会

诺森伯兰庄园的大部分小孩儿从来没有品尝过红糖的味道，那属于教士布道时才会出现的形容。今天，他们被召集到了老爷的磨坊外。

懂事点的小孩先是有些不安，因为农事官老爷的脸色非常难看，但很快，他们发现几名做工的农奴脸上都是笑意，那种不安就被冲淡了许多。

农事官老爷回头向领主老爷确认了一下眼神后，就大声道：“你们这些小崽子给我听好了，各自找两根细木棍，然后排成四队，到我面前。”

如果是以前，这个任务估计很难完成，他们哪知道什么是排队。

但是在经历了领主老爷发肉汤，还有村里的藤甲农民兵的阵列炫耀之后，小孩私下也喜欢排着队走，所以他们在满地找到木棍后，就很顺利地排成了四条队伍，还是按高矮顺序排的。

农事官的脸色还是那么阴沉，阴沉到让大家想起发羊肉汤那天。

“喀……”农事官沉着脸道，“开始吧。”

于是，农奴们接过头排小孩手里的木棍，在清水盆里涮了涮，又将装着糖糊糊的瓦罐打开，用木棍绞两下，卷起一坨糖：“拿去吃吧，这是老爷赏赐的。”

小孩呆呆的，不知如何动作。他是农奴的儿子，连红糖都没见过，何况是糖糊。

“傻小子，这可是糖。”农奴小声道，“还不张开你的嘴巴舔一舔？”

糖？就是教士老爷说的天上到处都是的糖吗？小孩下意识地舔了舔木棍上卷着的糖，那淡褐色的黏稠的糖糊与舌头接触后就爆发出了人生最美妙的味道：甜。

这一瞬间，巨大的幸福感将小孩笼罩，这股甜味比他偶尔吮吸草茎尝到的甜味要浓烈上无数倍，那软软黏黏的口感更是让人着迷，眼看着糖糊要淌下来，制糖的农奴又叫他卷一卷。

两只木棍前后搅动一下，糖糊又被卷上去了，就连这个动作都让人无比着迷！

小孩不知疲倦地卷着糖糊，在上面舔了一口又一口。

磨坊和糖坊外的空地俨然成了欢乐的海洋。

他们大着胆子跑到农事官老爷和领主老爷面前，行了一个不伦不类的礼：“谢谢您，领主老爷、农事官老爷。”

面色阴沉的农事官都有些不自然起来，按理说他应该训斥这些小崽子，让他们离自己远一点，可是看到他们举着糖露出来的笑容，农事官居然有一点点不忍心。

这其中也许有以后还有更多珍贵的红糖，以及确信自己能从领主老爷那里得到更多的原因，但农事官也确实从中尝到了一丝丝快乐。他们把农奴当成工具，但是麻木的农奴孩子脸上洋溢着这样的笑容时，怎么能单纯地被当作工具？

“老爷，我能把糖带回去给我的奶奶吃吗？”一个小孩问道。

能够做奶奶，在这个人人短命的时候，年纪绝对算是很大很难得了。崔栖潮点头道：“给了你就是你的，你可以自由选择与谁分享。”

基本上，所有孩子在最初的欢欣之后，都选择了跑回家里，把糖举得高高的，对父亲、母亲说：“这是老爷给我的糖！尝尝吧！”

他们的父母当然是被吓了一跳，一开始都没反应过来。糖，什么糖，这是用什么黏液加上草汁做出来的吗？

直到尝了尝，他们才能小心地肯定这应该就是糖，这下更加迷糊了：连农奴都能分到糖，难道老爷挖到金矿了吗？

抱着这样的疑虑，一家人坐在一起分享着小孩儿手里的木棍搅糖糊，看着孩子给他们演示如何把糖搅上去，整个庄园都充斥着快乐的气息。

不愧是贵族老爷们才能享用的奢侈品，不愧是教士老爷说的唯有天上才到处都是的美味，舔一口整个人心情都变得不一样了。

只是谁也不舍得一次吃完，留下来时不时舔一口，就跟打鸡血一样。好在这种情形也没有持续很久，不久的将来，至少在诺森伯兰，糖糊不会那么奢侈。

剩下的糖糊，崔栖潮留了一点给兰斯和城堡里仆人的孩子，其余的则捐到了教堂。

糖是怎么来的，瞒得过别的人，瞒不过就住在庄园里的教士威廉，他迟早会知道。好在威廉基本属于利益共同者，他在惊讶于那些甜菜居然可以制糖之余，快乐地享用起了糖糊。虽然教士享用得起蜂蜜，但谁不想多得到一些糖？

威廉知道后，其他庄园里的人民也逐渐知道了这件事，原来他们加紧收割的甜菜就是制作出红糖的原料，并非老爷挖到了金矿。

当然，有个糖坊，和拥有金矿说不定也没有很大区别……

“老爷心地善良，难怪能做出糖。”

“没错，一定是因为老爷心善，所以神赐给他糖。”

“咱们跟着老爷，还有糖吃……”

“别提了，之前糖坊选人，我本来有机会的，早知道应该争取，听说糖坊的人拉了好多甜菜渣回去喂猪。”

从之前对甜菜的不了解，到现在虽然依然不了解，但大家有了一个概念，能够制糖的作物肯定是好东西，喂猪猪也能长得又好又肥。

这样的好事怎么没有摊到他们身上？

糖坊要开下去，这些工人肯定是固定的，不会随意换了，除非扩招，那这个职位很可能就成为世袭，他们的儿子、孙子都能靠着制糖的手艺活了。

想想当初选工人的条件，不就是勤劳老实肯干？这可把人悔死了，只恨当时没有表现一番，或者提前给庄头送礼，那样今天得意的就是他们了。

那些在糖坊工作的农奴提起自己看到了多少糖摞在一起的盛况，看样子能聊上一整年。

他们领回去的甜菜渣，老爷还吩咐了，不能尽给猪喂甜菜渣，喂太多对猪也不好。糖坊工人数量又不是很多，家里的猪也就那么一到几头。

如此一来，工人们只好把甜菜渣分给邻里，这是喂猪的饲料嘛，邻居就用什么柴火、猪粪、帮忙担水之类的作为交换。

一时之间，村庄里也交易得热火朝天。放在以前，可能甜菜渣都有人试着煮来吃，哪能当作猪饲料去换。

城堡里的仆人更加欢天喜地，他们比农奴更能近距离地感受到老爷的慷慨。

老爷一回来就给大家发了糖糊，家里有矿……不对，有糖坊就是不一样，城堡上下欢天喜地。

糖糊算什么？以老爷的脾气，绝对会拿糖做菜，骑士、管事们肯定人人有份，其余人也能分得一些残羹。

除了欢喜之外，大家也有一丝忧虑。

这可是为了几箱蜂蜜也能打仗的年代，万一人家知道糖坊的存在，打过来怎么办？现在就要庆幸老爷当时训了那么多农民兵，实践证明他们的战斗力很不错，能和正规军一战。

管家急得想让老爷立刻调人把糖坊团团围起来，还有那些甜菜种子，必须牢牢锁在库房里，不叫任何人知道。

“好了，这都急什么？农奴都轮流训练起来你们没意见吧？关键时刻可以全民皆兵。”崔栖潮随意地说道，“盔甲武器用藤甲和浸了毒藤汁液的木弓、木剑，几千人的部队，谁打得动我？”

管家小声道：“还有教会那边……”

“知道，我会和大主教联系，送一些糖给他们。”崔栖潮说道，大主教因为驱出法在教会内地位大大上升，现在再给他送去红糖和甜菜制糖法，进一步紧密关系之余，也可以降低诺森伯兰的存在感。

而且有了制糖法后，不提大主教的存在与对诺森伯兰的期待，教会也不可能和其他领地一样觊觎诺森伯兰——那边海边城市可是生长着大片的甜菜，他们向那些城市索要甜菜还差不多。

还有一个推广问题，贸贸然把新的制糖法以交易的形式完全公开出去也不可行，大家会在经济作物和粮食作物间迷失。

红糖那么值钱，到时候大家都种甜菜，粮食大大减少怎么办？再说了，种植期间那么多可能发生的意外，也不是人人都有这个风险承受能力的。

共同富裕的事情还是得徐徐图之，教会的耕地很多，红糖产量增加，价格自然也会下降，大家能够更冷静地看待，同时在这个过程中也可以总结出很多种植中的状况。

还有哪个封建地主的风险承受能力比教会要高呢？

管家欣慰地道："老爷，还有一件事，下一季甜菜播种，是不是该叫那些农民也种一部分了？"

现在诺森伯兰的粮食因为增加耕地、减少休耕与施肥，产量大大增加，完全可以开辟更多种甜菜的地。农民也领些甜菜籽去种，反正缴租要缴上来多数。剩下的他们也可以有偿在老爷的糖坊做出红糖，拿去买卖或是自己吃。

当然，这个是崔栖潮想的，管家估计只想到收租的部分，而且他自己的地肯定也想种一些甜菜。

"可以，到时统一种植。"崔栖潮说道。他会控制好粮食作物和经济作物的比例。

很快，这个消息就传遍了庄园。

下一季，所有人都可以领到自己份地三分之一量的甜菜籽，种植甜菜，然后在老爷的糖坊里做成红糖，领取属于自己的那一部分。

即使租子和糖坊的税金很高，这也是昂贵的红糖，一时间农户都摩拳擦掌，恨不得立刻就开始种植甜菜，最好一年能长三茬……

事实上，以诺森伯兰的气候，做不到一年三茬甜菜，两茬都做不到，也就一茬。

但就这一茬，短短时间也为诺森伯兰产出了一吨左右的红糖。

盐碱地大部分用来种甜菜了，饶是甜菜产糖率不如甘蔗，产量也不如后世高，几十亩地的甜菜仍然制出了一吨糖。

盐就已经很贵了吧，但是盐有海盐、井盐、矿盐，来源比甜味剂要多，目前的甜味剂只有蜂蜜以及极少量海外进口的红糖。因此糖比盐还要昂贵，甚至被当作万能药品。

即使送一部分给教会，剩下的也多到足以令诺森伯兰傲视群雄。崔栖潮吩咐不要一次都卖了，先等教会那边动作，他们可以慢慢换些粮食、铁、盐之类的必需品，多囤粮，造农具。

于是诺森伯兰贸易队很快要再次出发了，这一次他们带上的不是用作交换的粮食，而是一罐罐红糖。

雷蒙德再次作为领队，接过任务时手都在发抖。请问在这个时代，押着一车糖和押着一车金子有什么区别吗？即便有，那也是糖的价格更高。

"没事，别紧张。"崔栖潮安慰道，"还是那句话，首先保护好你们自己。在外头看到合适的人才，比如铁匠之类的，也可以带回来。"

这一次贸易队出发的人数也多了一些，里头加上了部分农民兵，都是为了妥善保护这些价值连城的糖罐。

内部安全倒是没什么问题，骑士们的采邑在诺森伯兰，他们只会希望来年的采邑也种上许多甜菜，收获更多红糖。

农民一方面被骑士盯着，另一方面，他们与家人日后也可以种植甜菜，粮食产量又提高了，岂不是比独自偷糖逃亡说不定还被抢要美滋滋的？

再想想以前那个偷了老爷的粪肥的家伙受到了怎样的神罚，就更是让人不敢轻举妄动了。

在贸易队出发之前，诺森伯兰堡举行了一场至少在这片大陆上前无古人的“全糖宴”。

他们那热爱享受的领主老爷制造了一个人间仙境。

他肆意挥霍红糖，长长的餐桌上摆着红糖面包、红糖煮苹果、红糖烧肉、红糖燕麦饼干、红糖杏仁茶、红糖南瓜汤、红糖煮鸡蛋等菜色。甚至用红糖压实了刻出粗陋的十字架、狮子、剑、花等各种花样，当作装饰放在盘子上，奢侈到令人发指。

在准备宴会之时，管事们连同厨房人员的尖叫声都憋在了喉咙里。

这太疯狂了！

就算管事清楚老爷的仓库里有多少糖，但长久以来的概念还是让他们在面对这样的使用量时感到一阵一阵地眩晕。

即使是最荒唐的国王也想不到这样的法子吧，每一道菜都有满满的红糖，而不是从前那样小心翼翼地挑起一点儿，放进食物、茶水里。

厨娘在制作的时候手都抖了，她洗得干干净净的手根本没有勇气大量加糖，是崔栖潮一拍她的手腕，她才把红糖一下倒进面粉里，当时就发出惨叫了。

做完所有的菜后，厨娘举着两只手对大家说了一句：“我、我觉得我的手现在特别昂贵……”

没有人能反对，真的，太昂贵了，因为它充满了浓郁的红糖味。甚至整个厨房也弥漫着甜味，让人如至仙境。厨娘甚至可以靠手指哄家里的小孩睡觉了，让他们吮着自己指头上的余味。

宴会开始，来到大厅的骑士、侍从以及那些特别受邀来此的贸易队农民兵全都目瞪口呆，怀疑自己在做梦。

是什么美妙的梦境才会出现这样一幕？

用来做面包的麦子是筛得十分干净的，再加上红糖，便呈现出褐色，香甜的味道隔着老远就能闻到，每一口更是充满了甜蜜。

茶、汤、肉，每一样食物都满是红糖的气息，红烧肉甜而软烂，红糖南瓜汤里的南瓜肉被煮到烂熟，甘甜又粉糯，温热的甜食令人顿生满足，桌上的红糖装饰更是深受大家喜爱，舍不得划拉下来吃了。

他们疯狂地品尝着这些食物，认定即便天堂也不过如此了吧，他们的诺森伯兰简直就是人间仙境。

对前半辈子都没怎么吃过甜味剂的农民兵来说，差不多是头一次饱食红糖就知道了“腻”“齁”这些字眼的具体概念。

其实每一道菜放的糖都慷慨却不过分，让它们味道极好，可谁叫这是“全糖”宴，再没有别的滋味了。

当你吃全糖宴吃到嘴里全是甜味儿，连原本解腻的茶水都甜丝丝的时候，你才发现你竟然会想念那些寡淡难吃的燕麦糊……这简直太不可思议了。

也是在这个时候，领主老爷适时地让人把大麦茶端了上来，此时还没有人尝过这样的味道，把大麦炒熟了压碎后过滤，泡成茶，有着浓浓的麦香，茶水味道又带一点儿苦，可叫这些吃多了糖的人喝起来简直刚刚好，不但解腻，还可以调整一下他们狼吞虎咽后的肠胃。

刚才仿佛陷入魔幻的赴宴者们直着眼睛喝麦茶，这时候才瞥见老爷还是那么淡定地坐在上首，面前摆着正常的白面包和肉，也有大麦茶，唯一和红糖沾边的就是红糖燕麦饼干。

兰斯的饮食也是正常的，但他啃着一个宝剑形状的糖，津津有味，十分满足。

雷蒙德脑袋都歪了，顾不上一点贵族礼仪。他在心中感慨，老爷的自制力也太强了，一方面放肆地款待大家，甚至到了不真实的地步，另一方面老爷自己却只享用红糖饼干，还是燕麦做的，刚才就一直淡淡地看着大家狂欢啊。

虽然男爵老爷不热衷武力，但雷蒙德简直太佩服他了，了解人们心底的梦，自己却又不会迷失。

只能说雷蒙德想多了，崔栖潮就算再缺糖少盐几年，也只会摄入适量的糖，犯不着疯狂地吃土制红糖。

贸易队的人，哪个没有想过路上吃东西时往里头加些红糖？这个属于心照不宣的事情了，何况老爷从不在饮食上亏待大家。

谁知道这一场全糖宴下来，所有人都觉得至少一个月内是没什么胃口加红糖了，他们可能是中世纪第一批吃糖吃到伤的人。

伤归伤，满足感还是非常足的，这一顿饭就够他们念叨上十年二十年了。这还不是红糖丰产、价格降低的时候举行的一场红糖宴，他们就是最有身份的人。

可惜到了领地之外的世界，即使不夸张细节，很多人也不愿意相信，或者将此直接当作一个传说。

唯有诺森伯兰的人会对此深信不疑，并在脑海中描摹那是怎样一个场景。

全糖宴上剩下的食物都被赴宴者打包分给了家人，同时也在贸易队离开后，通过他们的家人以及城堡仆人的嘴，将宴会盛况传播了出去。

那一点残羹是仅剩的佐证，令人绞尽脑汁地去想象，到底怎样一个疯狂的宴会，才能够让农民兵都吃糖吃到要喝麦子水，也就是大麦茶来缓解口中的甜味。

崔栖潮让厨娘做了一些坚果糖饼带回去，当作点心，他是从什么物资都不缺的时代来的，一块糖饼就着大麦茶可以吃很久。

三只猫对布包着的糖饼产生了浓烈的兴趣，尤其是大白和大橘，作为中世纪出生的猫咪，它们倒不是对糖特别热衷，而是对所有食物都有兴趣。

“坐下。”因为里头放了各种坚果，而许多坚果对猫身体有害，崔栖潮只命令它们坐好，并不打算给它们吃。

崔栖潮拿出一小块咬住，讲道理：“这个不适合给你们吃，回头我让厨房煮点鲑鱼肉。”

小白的脑袋晃来晃去，盯着崔栖潮看，内心阴暗一笑，忽然扒着他的衣服站起来，装作找糖的样子，“啊呜”一口去咬他的嘴。看它来吓吓崔栖潮。

可惜崔栖潮鲜有失态的时候，见小白凑上来，只差分毫时不闪不躲，反将面无表情地将嘴巴张开，露出那块糖饼。

小白只犹豫了一下。

崔栖潮：“你要咬，我也咬你的脑袋。”

这什么以毒攻毒的招数，崔栖潮疯了吧？

再说咬糖饼，他凭什么咬它的脑袋啊？讲道理不可以吗？

也是这时候它才看清崔栖潮还有两颗牙挺尖的，像虎牙，但远没有那样俏皮。

一人一猫张着嘴，凝重对视。

大白和大橘眼睛圆睁，脖子伸长，震惊地看着这一幕。

崔栖潮摸一下猫都要洗手的，顶天了和它碰碰鼻子，难道真的敢啃猫头吗？

也不好说，崔栖潮这个人蔫坏，万一真的丧心病狂一口把它的猫头叼住……

深思熟虑后，小白若无其事地用舌头在嘴边卷了卷，顺势闭上嘴，前爪也放了下来。

崔栖潮见状也闭嘴，摸了两下小白的头，看着手道：“小白你是不是偷吃盐了？有点掉毛，要秃的。”

小白完败！

第 45 章

# 羊毛树开花

不出意外，雷蒙德往外一跑，又给家里送了几批盗贼来，这里头还有骑士出身的，也就是其他领地出来打劫的。这种不大可能用吃的诱惑，也不好露富，直接强行捆回去。

说来也好笑，雷蒙德一看对方装备齐全，就知道是骑士盗贼，他们倒也不惧，己方有骑兵，藤甲兵作为步兵与弓兵，凭借气势就将对方吓了一跳，再猛捶一顿，浸了毒藤汁液的武器划破了对方的皮肤后，很快就让他们产生了眩晕、呕吐的症状，无力还击，所有器械被收缴。

多好啊，他们还没有换到铁，就已经得了这么多武器，能给部分藤甲兵都装备上了。

骑士盗贼们想了半天，也想不到这样骁勇的战士出自哪里。

直到雷蒙德说："把这些家伙送回去给男爵大人。"

男爵？一个男爵居然能养出这样的精兵？这里的几十人应该是男爵领接近所有的士兵了吧？

骑士盗贼们死皮赖脸地道："勇士，不知道你们追随的是哪位男爵，有没有兴趣追随一名英勇善战的子爵大人？"

雷蒙德："没有。"

"等等啊，"没想到他如此果断地拒绝，为首者连忙道，"不瞒你说，我们是一位子爵的附庸，他不但善战，而且慷慨。我的佩剑就是他赐给我的，如果有像你这样的勇士投靠，一定能获得更多奖赏。我对周围非常熟悉，到时候，我就带你去……嘿嘿嘿……"

非但雷蒙德，连农奴们都露出了不屑的神情。慷慨？有多慷慨？能比得上诺森伯兰的男爵老爷吗？

这不屑太明显了，为首者立刻道："我绝无谎话，你们可以打开我的行囊，看看里面是不是放了一只蜂蜜烤苹果，这是出来前子爵大人专门让厨娘给我烤的，又香又甜，我都不舍得一次吃完。"

一说到"甜"这个字眼，在场所有贸易队成员都喉头嚅动了一下，有点儿犯腻。

为首者却以为他们是心动了，用更夸张的语气形容起来："这加上了蜂蜜烤出来的苹果啊，几乎没有酸味了，那金黄的蜜汁渗透进果肉中，让它尝起来甜滋滋的，每一口都能感觉到甜蜜浓郁的味道……”

“别说了别说了！”雷蒙德不适地摸了摸喉咙，想到红糖煮苹果了，苹果肉那才叫被浸透了，一碗都是糖水，吃完打嗝都冒着甜味儿。

其他人也多少回忆起了全糖宴，这才过去没多久，记忆犹新，胃口还没完全恢复过来呢。

那人蒙了，这才看出来这些人的表情是嫌弃。

什么情况？以往他遇到类似情况，成不成功两说，但描绘起食物时总能得到一些吸口水的声音，怎么这些人反而一脸嫌弃，是脑子有病吗？

“把他的嘴巴堵上，别叫他再说这些废话了。”雷蒙德不耐烦地道。

立刻有人用破布把对方的嘴巴封得紧紧的，谁也不想再听他绘声绘色地形容蜂蜜有多甜多好吃了。

他们聚在一起，小声辱骂这愚蠢的骑士，在诺森伯兰人面前炫甜味剂，真是不知天高地厚。

看吧，等这个傻子被送回去掏粪，就知道用什么都不能用蜂蜜来诱惑诺森伯兰的贸易队了，毕竟连贸易队地位最低的农奴出身的藤甲兵都吃过满满一肚子的糖。

可怜的骑士盗贼们被押解到诺森伯兰，穿过耕地去城堡时，他们就开始唏嘘了，难怪那些骑士一点诱惑也不接受。

诺森伯兰虽然只是个男爵领，但麦子又高又壮，果树上的果实各个硕大，就连甘蓝的个头都比他们见过的大多了。

地里的农奴几乎人人都有农具，而非用手，更重要的是，田边居然都有沟渠，似乎连着不远处的河水，通过这些纵横交错的沟渠，水流直接灌溉到了田地里，无须人们再费力。

这个男爵领地看着好像很富饶啊。

领主大人没有见这些骑士盗贼，并不打算向他们的大人索要赎金，诺森伯兰只缺人手，他们直接被拉去和奴隶同住，而且不是城堡外的茅屋，而是走廊一角。

哪个骑士愿意一下掉入奴隶阶层，原本还想在男爵面前花言巧语一番，现在没机会了，就打算挑拨一下这里的奴隶。

可惜，人家非常安于现状。新人照例先饿几顿，奴隶们干完活儿就休息睡觉，面对新人的唠叨基本处于屏蔽状态。有这个时间，他们不如多表现表现，争取也住到茅屋里去。

一个小男孩慢悠悠地经过，蹲在他们面前好奇地打量，骑士出身的他们比普通奴隶高大得多，气质也不大一样。

“呵呵，小孩儿，”被捆住手脚的骑士盗贼冲着他笑，“你叫什么名字？住在这里吗？”

小男孩捧着脸看他们说："我叫亚伦，我母亲是城堡里的厨娘。"

趁着其他奴隶在睡觉，看守的人也去喝水了，为首的骑士盗贼小声道："我们也是刚来城堡的，但他们忘了把我们的绳子解开。要不，你把我的绳子解开，我陪你玩儿？"

亚伦眨了眨棕色的眼睛："不用，我去找兰斯玩儿。"

骑士盗贼赶紧道："那你放开我，我给你糖吃。糖你知道吗？就是甜甜的，和蜂蜜一样。"也不知道这小孩见没见过糖，住在城堡里应该知道吧？

"哦……"亚伦慢吞吞地道，"你是说这个吗？"

他从包里摸出了一块糖饼，这是领主老爷给兰斯，兰斯又分给他的，而且作为厨娘的孩子，无论蜂蜜还是红糖以及各种甜味食物，他都见过。他母亲的手，都是红糖味儿的。

亚伦舔了两口糖饼，说道："我不用了，有点腻。"

腻？腻！什么时候糖能够让人发腻了？这简直太可笑了！

但是看看人家手里那么大一块坚果糖饼，在他们城堡，就连领主的儿子也不能在包里装这么大一块随走随吃！

诺森伯兰太可怕了，这里不是好像很富饶，而是确实非常富饶。

在发现诺森伯兰还实行了全民军训后，他更是肯定了这一点，且完全打消了逃跑的念头。

崔栖潮早就想从城堡里搬出来了，趁着富裕了，又多了一批人，他开始琢磨修房子的事情。

城堡里头无论白天晚上、夏天冬天，总是阴暗潮湿，冬天尤其费柴。崔栖潮惦记着在教堂附近那块地盖个院子，一般来说，领地里第二好的地就是教士住的地方以及教堂了。鉴于这个所谓的最好是考虑了防守，所以崔栖潮觉得教士住的地方才比较好。

一开始，他只说在下头盖个院子，就当度假，管事们也没多想。这种事情，不就费费人力嘛，以他们领主的脾性来说，已经够普通了。

但管事们也不是纯傻子，崔栖潮的要求越来越细致，他们就觉得不对了，老爷经常说城堡里怪冷的，别是想搬出去吧？

这回他们真是想死谏了，咱这城堡冷是冷了点，但安全啊，外头有壕沟，石壁这么坚硬，藏着粮食在里头十几个人守半年都不是问题。放眼整片大陆，战争频频，盗贼横行，哪有领主不住城堡的？

"话是这么说，但村舍已经成了我们的防线，全民皆兵计划在稳步进行中，到时候入侵者还没到草场就已经被制服了。如果有个万一，突破防线，我们再撤到城堡里不也行吗？"崔栖潮指指点点给他们看。

那些农民大概是最不想崔栖潮出事的人了，他们就是没出过诺森伯兰，也知道没哪个领主可能给农奴发糖吃。

现在诺森伯兰的日子也越过越好，农奴们哪能希望敌人的铁蹄踏来。

“老爷，您再考虑一下啊！”

崔栖潮听到他们的悲鸣声，都要觉得自己像个暴君了，但他仍然不为所动：“我要坐北朝南，格局就跟四合院一样，多种花草，多种菜，河水直接引到院子里来……”

现在在诺森伯兰，崔栖潮基本是说一不二，他一说要盖房子，那些战俘立刻被押去搬石头、砍木头了。

作为领主的住所，屋子肯定要用最好的材料，方石堆砌，屋顶用页岩石板覆盖，室内也得铺上石板，窗户不能像城堡那样开个窗洞就完，得用木条做窗户。

最重要的是，即使建在这平地，也不能听任老爷说的，有农民兵防守就完全不做任何加固。老爷的四合院外边一圈，挖壕沟就算了，砌上围墙是必需的，在非出口还得布上荆棘，看谁敢爬。

就这么看来，房子一时半会儿肯定盖不好，崔栖潮一不做二不休，让这些人抽一半时间把庄园里的路和桥也修缮了一遍，并废除了过桥税这样的杂税。没错，农民们过老爷的桥都得交税。这只是第一步，以后税会越来越少，而收入则越来越多。

农户们欢喜鼓舞，看到有好的石头就捡了给送去，尽自己一点点的力量支持领主建房子。他们可都听到一点点风声了，据说这房子是领主建了自己住的。如果领主从城堡里搬到这儿，岂不是离大家更加近了，也更方便他们膜拜领主。

除此之外，崔栖潮还让人在村舍集中的地方整平了一块地，铺上石子，中间弄个烧柴的坑，周围是供人休憩的长木头。

这就算诺森伯兰最早的公共娱乐设施了，村民们闲时可以聚在这里，日头好时妇女们也不在各自狭窄的茅屋里，而是全都坐在这儿做家务。

凡是庄园里有什么通知，也都在这儿发布。

到了后来，这个“广场”更成了诺森伯兰的集市地点，每隔一段时间，庄园里的人、赶过来的稍远一些村庄的人就在这儿，把多余的物资拿出来做交换。

夜晚，那时已经生活无忧、尚有余力的人们还可以在这里载歌载舞，讲故事听。

诺森伯兰贸易队回来的时候已经接近棉花吐絮期了。

这一次主要换的是各种香料、铁器，都属于非常昂贵的物品，好在他们带去的红糖更加昂贵，所以也是满载而归。

雷蒙德惦记着领主大人的爱好，在此之余，也顺便收集了一些种子回来，多数是各种蔬菜，尤其是块茎类——甜菜在前，他总想着，谁知道这里头会不会也有糖料作物。

铁大部分打造为农具，小部分则是兵器，当然，危急情况下，前者也可以当作后者来使用，尤其诺森伯兰的士兵大多是农民。

在此之前，诺森伯兰的工匠与学习手艺的奴隶们就制作了大量木质农具，全都是崔栖潮依照大约同时期华夏使用的农具吩咐制造的，大大提高了农民的生产力，让他们从徒手种地中解放出来。

将这些木质农具替换上铁质零件，无疑会让效率再上一层楼。可以说，没有哪个领主会搜罗来如此多铁质农具，他们没有能够换来铁的糖，也不会觉得有这个必要，多打些武器，踏平别的领地不是更好吗？

崔栖潮在雷蒙德带回来的种子里也发现了不少有妙用的，比如新的天然农药、杀虫植物苦楝树种子，这是从远东带回来的。

苦楝的萃取液对人畜无害，但是可以慢慢杀死昆虫，抑止产卵繁殖，缺点是它会让植物变得有点不好吃。不过在现在的情况下，这也算不上什么很大的缺陷了。

可惜，崔栖潮好像始终没有什么好运气，找到玉米、土豆等高产的作物，不知道什么时候才会看见它们的踪影，说不定离开前都找不到，毕竟现在还是中古时期，它们的身影还未能出现在此。

雷蒙德还告诉了崔栖潮一个消息，他途经以前换甜菜的城市，发现他们的甜菜都被教会以非常低廉的价格买走了，而那些种植者还扬扬得意，觉得占了便宜。

这没什么稀奇的。

雷蒙德说："教会的耕地应该也会辟出一些用来种甜菜，到时候咱们的红糖可能就换不到那么多东西了。"

"我知道，但近几年即使稍有降价，肯定还是供不应求。而且，此消彼长。"崔栖潮道，"教会用一部分地来产出甜菜，那他们的粮食甚至葡萄就会减少。"

诺森伯兰的粮食和葡萄都会丰产，不过葡萄得晚点，扦插定植的葡萄第一年没法结果，得等个两到三年，此后就能连续产出了。

算了算制糖的时间，崔栖潮开始给大主教写信了。

他准备建议大主教在堂区的地方设立贸易区，召集各地贵族来这里购买红糖，同时也可以互相交易。有教会坐镇，大家也不必担心，像诺森伯兰每次去别的地方换东西，总要遭受怀疑，被当作入侵者，同时自己也怕被坑。

对教会来说，节省了逐一推销的时间，还可以收取贸易税。

而对诺森伯兰来说，这样的大动作更好地遮蔽了他们，也方便了所有人，以后买卖不需要那么辛苦。一块块独立生活、自产自销的庄园也能借这个机会增加交易与信息交换。

建议给大主教，具体能不能实行就要看他怎么活动了。

崔栖潮写完信就不管那么多，开始专心盯着领地里的工作，棉花成熟，可以收割了。

从棉花开始吐絮起，那些棉花地就成了诺森伯兰的著名旅游景观，见多识广的贵族都以为棉花的来处是羊毛树上长出的羊，何况农奴。

农奴们隐约听说这是羊毛树，成熟前倒看不出有什么异样，也不知道羊到底怎么长出来，这树也不高大，怎么挂得住羊呢？

直到白色的棉花慢慢出现，才刷新了大家的认知：羊毛树上不长羊，直接长羊毛！一坨坨的！雪白雪白的！

连片连片的白色棉花开在一处，远远看去还真有些像羊群，除了它们不会动弹。

别说农奴了，就连所有管事、骑士、教士都忍不住在地头上转悠，低头研究这羊毛。

教士威廉研究了半天，说："这应该也是神迹，在羊毛树原本生长的大陆上，环境恶劣，不适宜羊生存。于是，仁慈的神怜悯他们的遭遇，赐予他们羊毛树，让羊毛以这种方式直接生长出来。"

围观群众纷纷点头，觉得好有道理啊，原来是这样。神真是太仁慈了，这样比长羊都好，不必喂羊，也不必费劲剔羊毛，处理羊毛。

由于男爵大人是这里地位最高的，威廉说完自己的见解后自然而然地看向他，寻求反馈。

崔栖潮慢慢点头赞同："您说得对，这是神的赐福。它能够在诺森伯兰安然生长，也是神的眷顾。这些棉……羊毛我会捐出一部分给教会。"

威廉喜滋滋的，他就喜欢男爵的慷慨，在这里，他永远不用担心征不满什一税。都说诺森伯兰小而偏，但是自从这位男爵上任后，他在这里过得比大贵族领地上的主教们都不差了。

他都不大好意思报告教会，自己内心是很想拒绝暴食的，也用强大的意志力拒绝了斋戒期间吃肉。但是非斋戒期，他真的无法拒绝领主阁下送来的那些美味至极的食物，每一顿都吃得饱饱的……幸好诺森伯兰的教堂人不多，他还能掌控住局面，也相信这是自己和男爵阁下之间心照不宣的小秘密。

没有机械帮助，收棉花只能靠手工，一团团雪白的棉铃被摘下来，用工匠们新制造的轧花机将棉花与棉籽分开。一筐筐雪白的净棉被运到老爷的仓库，即将被加工成各种棉织物。

男爵老爷对如何使用早有成算，除去代替羊毛，他自己要求将棉花纺成棉布，好做成贴身衣物，羊毛暖和但贴身穿实在太痒了。而且这些中世纪人民根本不穿内裤，崔栖潮已经忍了很久了，他需要贴身衣物。

除此之外，崔栖潮还让人做了棉花床品，此前他用的是皮毛毯子、羊毛毯，还有自己让人用谷物填充而成的枕头。

城堡里的人看到都羡慕不已，老爷真是会享受，看这弹到蓬松的棉花的手感竟然如此之好，贴身接触也一点都不会痒。不像羊毛织物，还得先用其他布料打个底。棉被重是重了点，但在大家心里，还是暗自觉得这样才有身份。

不管怎么说，也是物以稀为贵，棉织品在整个大陆都比较稀罕，也以北部居多，像老爷这样做成棉被的更是没见过。大家不由得心生幻想，等棉花产量也变多了，会不会和全糖宴一样，来个全棉之堡……

从柔软棉垫到蓬松的棉花被，还有鼓鼓的棉花枕头，晒到充满阳光气息后摆在床上，给这个阴暗的房间也增加了一些温暖。

小白看到棉被的一瞬间，就趁崔栖潮还没有说“不可以”，“嗖”一下飞上床，整只猫砸进厚实的棉被里。

小白先滚了个舒服，才爬下床，一脸“你还没说不行就是可以”的样子，反正它知道崔栖潮不可能让它睡床，是死是活还是被咬掉猫头，还不如先享受一番。

只能说谙熟做猫之道的小白现在是越来越会钻空子了。

这时候，莉莉敲门进来，怀里抱着几个厚实的棉垫子，堆得高高的，她歪头把脸露出来，小声笑道：“老爷，三个靠枕……不，猫窝也晒好啦，照您说的绣了不同的记号。”

崔栖潮慢慢地说道：“不对，是一个靠枕，两个猫窝。”

第 46 章

# 收获外号

崔栖潮把垫子放在了自己的床上，小白厚着脸皮扒了几下他的小腿。

这可太始料未及，太聪明反被聪明误了，谁能想到崔栖潮这么有良心呢……

崔栖潮一根根从被子上往下拈猫毛，同时轻笑了一声。

眼看着大白和大橘一个飞扑，躺在属于它们的垫子里，大半身体都陷了进去，发出娇柔的叫声，小白嫉妒得快要疯了。

崔栖潮不但不理会小白，还往床上一躺，手肘撑在了小白的垫子上，开始看书。

以崔栖潮的体重，一下就把垫子压凹了。

小白的爪子开始挠床板，就像崔栖潮受够了中世纪没有内裤一样，它也受够了只能睡麻布垫子，快点把柔软细腻的棉垫还给它，再这么被崔栖潮压下去就要扁扁的了！

崔栖潮无动于衷。

小白顿了一下，挠床板的声音更快了。

小白觉得自己既不服气，潜意识里又有一种想狂舔崔栖潮手指讨好他的冲动，好让他把垫子给自己。真是要完，做猫做久了，真的会变态。

崔栖潮吊了小白差不多三天，才在小白把床板挠出凹槽之前将垫子给了它。

小白幽怨地看了崔栖潮一眼：这都被崔栖潮枕扁了！

崔栖潮看它："那你要不要？"

小白一只爪子抬起来扒了一下垫子。

崔栖潮双手把垫子拍拍打打，让里头的棉花恢复蓬松，这才给小白。

小白跳上去踩了几下，满意地盘在上面。

"你总这么听话不就好了？老皮什么。"崔栖潮摸了摸小白的下巴。

小白抬起下巴哼哼唧唧几声，心想你才是老皮什么，哪天风水轮流转，我一压手掌你就给我坐下……

兰斯的身份在诺森伯兰堡有一点点尴尬，他的父亲是骑士，又是领主的表哥，但地位显然不是特别高，还是被俘虏来的，现在是每天忙碌的附庸，还不是很受管事们待见。

骑士并非世袭，虽然兰斯从小开始学习，但以后不一定能被册封。虽然男爵阁下对他不错，但他不大好意思以亲戚的身份自处，反而经常侍奉男爵阁下，跟着男爵阁下学习，就像骑士侍从那样。

平时，跟兰斯一起玩的多是厨娘的儿子，管事们的孩子只有在他有糖吃的时候才和他玩。

这一次羊毛树收获后，兰斯就得到了一份礼物，是男爵让莉莉给他缝的布偶兔子，里头塞满了棉花，鼓鼓囊囊、软绵绵的，外头是雪白的棉布，眼睛涂黑，外头一周还用甜菜根的汁液染出了一圈红。

莉莉小声告诉兰斯："老爷说，你父亲每天回来倒头就睡，让这只兔子陪陪你。"

兰斯抱着兔子就不肯撒手了，其实对这时候早熟的孩子们来说，兵器更受欢迎，但是独一份的玩偶也挺有意思。

兰斯把小臂那么大的兔子系在背后，带着它和厨娘的儿子亚伦一起玩。

亚伦对兰斯的兔子非常羡慕，摸了又摸，他有个三岁的妹妹，但是母亲不让他乱摸："这里面就是羊毛树的羊毛吗？"

"对啊！"兰斯捏了捏玩偶的胳膊，"你看过他们晒男爵老爷的被子和枕头吗？都是羊毛树上的羊毛。"

"兰斯，你的兔子可以借我玩一天吗？"亚伦问道。

兰斯陷入了沉默。他非常非常舍不得，但是又想到老爷对人那么慷慨，老爷是他的标杆，他觉得自己也应该大方一些。

这个时候亚伦已经看出了他的为难，不好意思地道："还是算了吧，我就摸摸它，晚上你还要它陪着睡觉的。"

兰斯的脸红了，他根本不怕黑了，虽然晚上抱着玩偶确实很舒服……

"你等着，我给你弄一只来！"兰斯握拳道。

于是兰斯就跟着他父亲与骑士队一起去林场打猎了。兰斯已经在学习弓、剑了，挎着弓箭和骑士们在林场转悠了一天。

当晚，崔栖潮就听说兰斯打到了一只野兔，他把兰斯叫来夸奖，野兔跑得那么快，这小孩儿才多大，就能打到了。

兰斯期期艾艾地说："您可以把兔子赐给我吗？"

领地上所有飞禽走兽都是领主的，而兰斯从来没有向崔栖潮要过东西，崔栖潮觉得有点儿惊讶："当然可以，你是想吃兔子吗？"

"不是。"兰斯摸了摸耳朵，"因为亚伦也想要一只兔子，但是我不舍得把这只兔子给他。"

"你很喜欢亚伦吗？"崔栖潮又问道，"我经常看到你们在一起玩，其他孩子你不喜欢吗？"

兰斯没想到自己私下玩耍老爷也知道，但下意识地老实答道："也没有，但我最喜欢亚伦，我们最要好，他善良又忠厚。"

“你也非常善良。”崔栖潮说道，贵族阶层的孩子通常是不会乐意和平民及以下阶层的孩子玩的，可能与兰斯出生后没有在那种环境下待多久就和他父亲到处流浪有关，后来又来了诺森伯兰，他属于有点儿歪的贵族阶层。

兰斯腼腆地笑了，然后拿着领主老爷送给他的兔子跑去找亚伦。

这只兔子还受了伤，他们给它包扎好，然后亚伦抱着它睡了三天。

第四天的时候，他们一起抱着兔子去找崔栖潮了。

“这只兔子我们还给您，阁下。”兰斯说道。

“这是怎么了？”

亚伦灰头土脸地道：“兔子身上有虫，我抱着它睡觉，虫子咬得我睡不着。”

崔栖潮说道，“这只兔子已经送给你们了，不用再还给我，不如去厨房烧了它吧。”

兰斯和亚伦面面相觑。

崔栖潮鼓励道：“去吧。”

俩小孩抓着兔子就往厨房跑。

厨娘把这只野兔做成了自己的拿手好菜——葱烧野兔，当然，她悄悄参考了老爷使用的方法，没有把兔肉挂到臭。

烹饪时她也不是整只烧了，而是在里头加了不少胡萝卜和豆子，煮出来能有一大锅。兰斯尝了一口，肉丁入味极了，吸满了汤汁，香气四溢。

要说厨娘在老爷那里学到的最实用的手法，就是去腥了。因为平时吃的肉多是野味，腥膻味重，以前的烹饪方法要挂臭了来让肉变嫩不说，还要非常粗暴地堆砌香料掩盖味道。

在老爷的指导下，厨娘渐渐领悟了哪些香料配合起来只要使用适量，就能够完美去腥，且提味了。

如此改良后的葱烧兔肉，没有野兔独有的强烈的腥膻味，肉质又细嫩有嚼劲，金黄色的肉丁与紫红色的胡萝卜、绿色的葱段炖在一起，还非常符合中世纪的菜品审美，颜色鲜艳丰富。脆骨咬起来脆脆的，味道更好了。里头的胡萝卜和豆子也浸满了汤汁，软软香香的。

厨娘看他俩嚼得又香又脆，都有些羡慕了，因为常年吃硬得要死、还掺了许多杂质的面包，大人的牙齿基本磨损都比较厉害，没小孩牙口那么好。

“你们肯定吃不完，剩下的我给你们收起来，要吃就来厨房拿。”厨娘和蔼地道，亚伦是她儿子不必说，兰斯呢，虽然他父亲是讨人厌了一点，但孩子非常讨人喜欢。

兰斯想了想，对亚伦道：“不如我们把兔肉分给城堡里的人吧。”

亚伦正在啃脆骨，抓了抓后脑勺：“我听你的呀……”兔肉很香没错，但兔子本来就是兰斯抓来的，老爷会送给他也是因为兰斯。

“兰斯，你为什么要分了？”厨娘养了几个小孩，哪个不是猪崽一样，一见着吃的就吸光？

“我们已经吃得差不多了，领主老爷每次也都会把菜分给所有人。婶婶，每次大宴会，您做的菜剩下的都能分到奴隶那儿。”兰斯说道，“食物都是老爷指定的，但是老爷种蔬菜的时候，手掂一掂就知道壶里的水还够浇几株。”

厨娘一下子愣住了。

她给老爷做菜做了这么久，也看过老爷种菜，一丝不差，但她竟然从来没有想到这一点，难道是因为老爷种菜那一手展露得比较晚？

但不管怎么说，她觉得自己也太迟钝了。是啊，老爷手上的掌控能力分明精准到毫厘，但每次盯着她做菜，指定好的菜烧出来总会特别多。

城堡里的人觉得这是老爷的贵族习性，喜欢铺张、夸耀，看他举办的全糖宴就知道了。但是，控制在让人都能吃饱，盘子里只剩下一点儿，不就好了吗？

再想想，这其实很合理，因为平时老爷奖励也总是用食物，而非其他，就连做了糖，也要给全村小孩都发一点儿……城堡里的人的平均体重眼看着都增长上去了，这不可能是单纯的炫富吧？

厨娘突然觉得自己现在才发现一个非常非常明显的事实，兰斯都一眼就发现了。老爷并非大方到把剩下的分给大家吃，而是从一开始就算好了会剩多少。

虽然大家早就公认老爷是个好心人，她还是忍不住吸了吸鼻子，想起老爷做第一餐时冷冷地让她吃一口，还说是要她记住这个味道。

有点儿感慨的厨娘帮助兰斯和亚伦一起把兔肉分给了城堡里的其他人，大家起初还以为是老爷又奖赏了。

城堡里的事当然瞒不过领主老爷本人，管家在一旁嘀咕这个风气就是老爷带起来的，语气中颇多无奈。兰斯这点动作，在老爷的轮番轰炸下还没法让他动容。

直到老爷说：“我觉得还是有很大不同的，要是我，肯定不会葱烧兔肉，我会让做香草烤兔……”

老爷让人在下头修建的造型奇怪、方正过头的宅邸逐渐有了形状，因为管事们要求外头建围墙，他便更加肆无忌惮了，让人把窗洞开得老大。

崔栖潮时常亲自去督工，看看自己之后要住的房子，还让人修砌时就在房间里修出几个供猫跳跃的小平台，当然口头上他要说这是自己用来对猫加以刑罚的。崔栖潮甚至骗大家自己会剖开猫肚子然后缝上，用草药治好，全靠小白演技配合。

主人房基本成型了，顶板也搭了起来，崔栖潮在房间里坐了一会儿感受，虽然用石头搭的房子内部比较阴凉，但窗洞开得比较大，方位也好，打开窗户，屋子里头就亮堂堂的，晒一会儿就暖了。

院子里会引河水形成小池塘，作为生活用水供大家取用，渠道也挖得差不多了。

这时候崔栖潮收到了大主教的回信，这位可靠的大人告诉他，很快本教区将会试行第一个贸易场所，以红糖为主。诺森伯兰的红糖日后可以匿名寄在他那里卖，作为献上制糖法的回报。

另外，由于崔栖潮屡屡进献，大主教告诉他，现在他在教会高层内部也有了一些名声，大家为了将他与其他同名者区分开，还为他起了一个外号：虐猫者崔斯坦。

崔栖潮忍不住了，询问一旁的宠臣农事官："为什么会有人给我起'虐猫者'这样的外号？"

这残暴中透着一丝儿戏，一开始大主教说他屡屡进献有功，他以为再怎么样也得是个"杀虫者"或者"红糖狂人"之类的名号，"虐猫者"也太难听了吧。再说了，他就在诺森伯兰虐个猫，应该也就在本地出名，怎么会传到外头去的？他自己写信可没有提过这一点。

农事官倒没听出来哪里不对，这个外号挺好啊，这会儿生活水平不高战争又多，其他领主的外号更难听啊，什么独眼龙、秃子、麻子的。领主大人这个好歹还有一点点英武，而领主平时就不爱打猎、战争，也不可能获得什么"打虎英雄""屠龙勇士"之类的外号。

"这个啊……我看应该是威廉阁下的功劳吧。"农事官轻描淡写地道，"威廉阁下得向大教区禀报自己的布道成果，他可能也提到了您热衷于折磨恶魔的化身的事情。"

原来是威廉，也对，也只可能是威廉这家伙报的信。

可崔栖潮还能怎么办，还不是只能默默承受？

明明特长那么多，却被安上虐猫者的名号，不知道是不是和教会属性有关，崔栖潮有些怅然若失地走出了四合院，都没心情勉励工人们了。

这一出去，他就看到不远不近的地方有农民在围观，这个场景非常常见，他也不在意。

没走多远，其中一个自耕农战战兢兢地往前几步，蚊子叫一般喊了一声："老爷。"

崔栖潮顿足："什么事？"

自耕农见他还真搭理自己了，一阵激动，话都快要说不出来了。

农事官翻了个白眼："你这家伙，到底有什么事耽误老爷，是不是找死？"

自耕农这才磕磕巴巴地开口："我、我家的母猪病、病了……"

农事官骂道："病了去找牧猪人啊！"

自耕农挤出一滴眼泪："我找了，但是牧猪人也没有办法，他说我的母猪没救了，除非有神迹，或者老爷出手。"

崔栖潮很无奈：误会大了，怎么大家都以为他治猪很厉害？

自耕农看农事官和老爷脸色都不好，连忙道："老爷，求求您了，我只有这一头母猪，全家都紧着它，如果您能大发慈悲，母猪的崽子我只留一只，剩下的全都奉给您。"

农事官的脸色这才好看了一点，但还是骂骂咧咧地道："你以为老爷是什么人，能随随便便给你看母猪的？"

“可是您真的是我家母猪最后的希望了……”自耕农哇哇大哭，“它爬不起来了。”

崔栖潮一听就脑袋疼：“你别说了，先带我去看看什么情况。”

农事官在他耳边嘀嘀咕咕：“老爷怎么还真去看他的母猪？如果老爷实在要发善心，并展现自己的高超技巧——全诺森伯兰都知道老爷治过猪，那么也请老爷多收报酬……”

顶着农事官的唠叨，崔栖潮去那个自耕农家看了看。作为一个自由民，他家条件比农奴好多了，屋子都是木头的，除了猪还有羊和鸡。

那头唯一的猪是一头分娩过后的母猪，自耕农指给老爷看，这可怜的老母猪后半身没有力气，都起不来了。他把母猪翻起来一点，捏着母猪的乳房道：“还有这儿，肿得很，都不肯喂猪崽，猪崽们快饿死了。”

农事官立刻骂道：“好啊，猪崽都快死了，你还说送给老爷。”

自耕农灰头土脸地辩解：“我是想，如果老爷能看好它们——”

崔栖潮有些无语，他一直想说自己不是兽医不会治疗，这次跟着来，也没想真能治好，上次都是瞎猫碰上死耗子，就是自耕农哭得太惨了，还说他是母猪唯一的希望……就过来安慰安慰吧。结果一看这母猪的情况，崔栖潮居然还真有点主意了。

很明显，这头母猪有两个毛病，一个是站不起来，它刚刚生产完，对应崔栖潮知道的人类妇女的情况推想，可能是缺钙和维生素。还有一个就是乳房发炎，所以还拒绝给猪崽哺乳，吮着疼啊。而它发炎的缘故，崔栖潮观察了一下环境，多半是现在天气热，屋子里卫生条件不够好，还有……

崔栖潮翻了一下它的饲料：“喂得挺多的？”

自耕农道：“是啊，咱们家就这一头老母猪，托您的福，现在日子过得不错，每天给它拌挺多吃的。没想到，还是病了……”

“吃多了也不好。”崔栖潮说道，这吃太多了就胀乳，再加上环境问题，极有可能就是发炎的真凶。

唉，没想到在这个毫无科学可言的年代，崔栖潮也能诊断一下母猪了。他就算有上古血脉，那轩辕氏尝百草也是医人的，他倒好，在这里推人及猪。

还是和上次一样，试试看吧。崔栖潮沉吟道：“我只能给一点建议，到底能不能好，就得看神是否赐福于你了。”

自耕农狂喜：“谢谢老爷，谢谢老爷。”

补钙和维生素好说，原来的饲料该换配方了，并限制分量。里头加些蛋皮补钙，钙和磷是双生子，顺便再加些草木灰补磷，这都没法走了，维生素应该补维生素 B1，什么青菜、麸皮、豆类的。

至于发炎，这个崔栖潮琢磨了一下，除了清理环境之外，如果他按照人的思路，应该得清热消肿、活血下乳，那就弄点蒲公英、桃仁之类能找到的东西磨碎加水灌点试试。分量还得斟酌斟酌。要不要再叫自耕农给按摩一下肿胀的部位？

崔栖潮心中虽然没什么把握，外表却镇定自若，吩咐自耕农让他家里人去找所需要的吃食，还有给猪按摩下乳、打扫猪圈：“你家的猪不常出去散放时，就要常保持住处干燥、清洁的环境，否则、否则魔鬼不就从污秽中生出来了？”

“您说得是！”自耕农感觉大为受教，一边揉一边道，“我一定勤加打扫。”

看完一遍的回来提醒，前方高能预警！

啥预警？

……

信了你们的邪啊！

我一口水喷屏幕上，崔总羞涩能是因为看到这玩意儿羞涩吗？他是羞愧自己没学兽医吧！

我早就知道了，崔总能那啥，母猪能那啥。

别再提母猪了谢谢。

这个直播间到底还有没有正常人？举报了举报了。

第 47 章

# 声名远扬

自耕农把老爷的话当作金科玉律，母猪还没有那样快好，他只好按老爷说的，去老爷的牧牛人那儿借一些牛奶，兑一点儿水喂给猪崽们应付应付。

猪崽们生下来就没吃什么饱饭，一嘬母猪，母猪就把它们推开，反复如此，只能吃到一点儿奶水。好歹吃了一阵牛奶，母猪在自耕农一家的精心护养之下，炎症渐渐消失，钙质也补充上了，母性大发，开始主动拱到小猪们身边去喂奶。猪崽立刻抛弃了牛奶，挤在母猪肚皮下。

“我们得感恩老爷，要不是他纡尊降贵和我来一趟，咱家的母猪和猪崽都要死光了。”自耕农说道。在不确定猪能不能活下来之前，谁愿意去借牛奶？以后难还啊，猪崽还不一定能长大。

老爷吩咐的就不一样，他大胆地借，然后母猪也很快就好了，没费多少牛奶。

自耕农向邻里们炫耀，大家都艳羡地来摸摸他家的母猪，虽然这只母猪老爷没摸过，但是看过几眼还被诊治过，四舍五入就是摸了。

“别说，老爷看过的母猪就是不一样了，看看这个鼻子、这个肚子……”

大家尬夸了一通。

自耕农自豪地道：“等断奶了之后，我还要把一半的猪崽拿去送给老爷。”

事实上后来在老爷的吩咐下，牧猪人只收了一只小猪，并嫉妒地看看自耕农，没想到他还真的请到了老爷，以后必须时时刻刻注意着才是。

现在在诺森伯兰，大家都知道，最会治猪病的不是牧猪人，而是领主老爷。

要不是崔栖潮是唯一的领主老爷，他们大概还要暗暗起一个和猪有关的称号，也幸好没有，否则崔栖潮精神上很难接受。

秋收之前，崔栖潮在下头的宅邸就盖好了。

这种四合院格局和城堡不同，好几进的院子，大且房间多，中空的地方都是桌椅、花草之类，走廊两边也没有墙壁，不可能和石头堡垒一样，让奴仆随便住在走道上。于是城堡里贵族以下阶级的人们都将住在用人房，一个个房间，小点儿，但也有壁炉，也有木头窗户，就是没有老爷那样的床和家具。

没盖成之前，仆人、奴隶们也不知道完全格局是什么样子啊，他们还以为连院子上头也有棚子，后来发现都落成了，老爷沿着院墙种了好多植物，还有盆栽蔬菜，池塘也引好了水，棚子还是没出现，全都琢磨了，那他们住在哪儿？

管家臭着脸说：“睡在用人房。”

城堡上下都轰动了，搬出去住大家心里都有点忐忑，毕竟在城堡住久了。好多人其实挺羡慕住在城堡旁边茅屋里的奴隶的，他们中好多人不比那些奴隶强？也没屋子住。

这下好了，他们不住茅屋，直接住房间！

老爷说了，像比较笨重的粮食之类，大部分还是藏在城堡里，有人在城堡轮值，老家还是不能抛弃，以后可能也真用得着，那地方还是很坚固的。日常吃用的粮食则储藏在院子下头的地窖里。

这么一来，新院子整体规模没有城堡大，但是一点儿也不拥挤。现在奴隶多少都有自己的手艺，老爷又给了他们木头，让他们把木头都做成一块块木板，妇人们裹一裹，简直就是床板了。

搬到新地方的第一天，好多人晚上都没睡着。

从白天起就在适应了，这里风没有那么大，窗洞没有那么少、那么小，到处好像都是阳光，只要你不把窗子关上。但是不到夜里，大家都不舍得把窗子关上。

一开窗，外头就能看到老爷让人种得满满的植物，连屋顶也垂了下来，他们不知道什么叫园林设计，只知道看着就特别开心。兰斯还替老爷送了好多小盆栽过来，叫他们放在窗台上。

石头房子的内壁虽然灰突突的，但是只要一打开窗，就像在赏一幅画，像另一个世界的入口，阳光与风送着花香进来。到了夜晚再把木窗关上，木窗到底有缝隙，但大家还有挂毯，挂毯都是从城堡里带过来的，因为没有城堡那样阴冷，挂毯还多余了。这么一来，冷风都被隔绝在外头。秋天还不必点火，想必冬天点上柴就舒坦得很了。

仆人们是为了房间而兴奋，大人们则有一点点为了安全担忧，这地方舒坦归舒坦，可没有深深的壕沟就太让人心惊了。

第二天在鸟语花香中醒来，诸位大人还是忍不住去向领主老爷提议，把围墙再加高一些。

“还加高，再高把太阳都遮住了。”崔栖潮冷淡地拒绝了，继续监督木匠给自己打躺椅。

打好了就往院子里一放，这儿布置得像花园一样，当然，更严格地说是菜园，木架子上头摞着罐子，一层层地种菜，一点空间都不浪费，让所有人叹为观止。

城堡里难晒到太阳，加上本来人种就不同，崔栖潮在这里的身体皮肤白得像雪一样，他选择有条件了多晒晒太阳。

宅院里的藤蔓能一直爬到高高的围墙上头，庄园里的农民对里头都特别好奇，忍不住一遍又一遍地路过老爷的宅邸，想撞上开门的时候往里头看几眼。

这样的住所谁也没有见过，城堡还能想象得出，但这里头到底是什么样子？

有胆子大的人向庄头、教士老爷等询问，男爵老爷在下头的房子是什么模样。

据说那里面是一个个方格子形状的院子，房屋围起来，连仆人也住在石头房间里，庭院里五颜六色，走到哪里都香香的。不但是因为有了专门的厕所，屋子也是新的，也是因为老爷说了，他研究出了防止恶魔入侵的药水，用药水洗漱非常好。

其实那就是崔栖潮找到的能提高免疫力的药草，加上现在生活用水也不紧缺，才终于可以摆脱臭气了。

一个不臭烘烘的地方，让人有点奇怪，也有点想亲身体验一下到底有多稀奇。

于是从那儿经过的人都用期盼的眼神看着大门，偶尔它打开，就能看到里面的院子了，真的是充满了色彩，木头架子上是各种植物，有草药也有蔬菜，甚至鲜花。

仆人们不是在城堡里阴暗的走廊上穿梭，而是行走在亮堂堂的回廊上，来往一个个院子间，心情都不自觉地好了许多，精神面貌一天强似一天。

外头的人看里面，觉得他们过得真是太快活了。

很快庄园里的人也效仿起来，在自己简陋的屋子周围也种上植物，一些常用的草药、野花，甚至是喂猪的草。他们现在可比从前有闲暇多了，竟有时间攀比起彼此的小花圃来了。

从领主宅院里传出来的东西都会风行开，大家也习惯了，最早是跟着老爷杀虫、种菜、灌溉，后来喂猪，这种花看起来好像只是美观，但谁知道除了赏心悦目之外有没有别的功效？反正出于心理作用，好多人自称精神好多了。

由于距离拉近，大家也更容易见到老爷的仆人了，他们现在都干干净净的，脸上手上没有脏污，据说是用药水洗的，可以防止恶魔靠近。

这是连教士大人也认证过的，据说他自己洗了后咳嗽都好了许多。大家都不觉得意外，从老爷来了起，什么时候带过坏头了？

看看吧，那个谁家里的母猪本来都瘫了，小猪也快饿死了，还不是在老爷指点后从魔鬼的掌心里逃了回来。人和猪好像也没有很大不同，冬天他们还得抱着猪取暖，靠猪活呢！

于是大家都迫不及待地等待老爷推广种植那些药草，没人怀疑这一点，老爷肯定会分享给大家，到时候还会有具体使用方法和频率。

现在还不知道详情，但据说仆人们都是趁太阳最好的时候洗脸洗手，至于身上，还要用烧过的药水。虽然费时间了一点，但农民都约好了，到时候在村舍的广场上架个锅，大家一起出柴烧了分用。

不用崔栖潮督促，这些人就特别渴望把自己搓得干干净净了。

“虐猫者男爵”这个称号后患无穷。这天，诺森伯兰迎来了一行客人，是真正的贵族客人，不是远方来的旅人，也不是劫掠的盗贼，就是和诺森伯兰接壤的领地领主前来拜访。

这位名为乔治的领主也是一名男爵，贵族称号原来属于他的夫人，两人结婚后，称号才转给了他。乔治带着几名骑士与仆人前来诺森伯兰，还带了一箱礼物。

这时候正常串门的人还真少，崔栖潮觉得稀奇，正经招待了乔治。

大家邻居这么久，乔治在来诺森伯兰前对崔栖潮治下的情况只有些许了解，打从道上经过，才看到临近秋收，开始抽穗的粮食是多么茁壮、饱满，心中惊叹于诺森伯兰的土地竟在短短两年间变得如此肥沃，神灵真是太眷顾这里了。

而且乔治发现，崔栖潮除了城堡之外，还在低处建了一间宅邸，但他也不清楚是常住还是短住用的，环境倒是非常优雅，还带着些异域风情，令他目不转睛。就连宅邸里的仆人看上去也怪干净的，像某些爱洗澡的南方贵族。

乔治年纪比崔栖潮大多了，两人寒暄之后，还没到饭点，崔栖潮让人上了茶。

没聊几句，乔治就暴露了来意。因为教会要成立贸易点，乔治的领地骑士数量并不是太多，他想联合一下邻居，找诺森伯兰结伴去贸易点。邻居们清楚诺森伯兰不主动侵犯，加上崔栖潮又是大主教的亲戚，乔治自然而然看上了他。

“这个没什么问题，到了开市的时候，我们一起组成车队。”崔栖潮不假思索就同意了，乔治男爵的骑士们并没有什么威慑力，随手照顾一下也行。

乔治一边喝茶一边不时打量崔栖潮，觉得这位年轻的男爵样貌英俊，还如此富裕，实在难得，于是第二个来意也冒出来了：“阁下现在还没有结婚？”

崔栖潮顿了一下：“没有。”

挺难得的，大部分贵族小时候就订婚了，可谁叫崔栖潮的设定是从小去东方待了很久。

乔治精神一振，说道：“我有桩好婚事可以介绍给你，我的妻子有位姐姐是萨诺克的领主夫人，今年才守了寡，手头继承了财产与土地，正有意找一位新丈夫，继承她和她的财富。”

崔栖潮还没遇到过这样的情形，管事们哪能给他介绍对象，大主教倒是关心过，但大主教的思想是可以晚一点结婚，找到最优秀的对象。

崔栖潮想都不想，便说道：“谢谢您的好意，但不必了。”

“你不喜欢成熟的女人？”乔治居然还露出一点笑意，“其实，我先介绍妻子的姐姐只是觉得她的财富更多，恐怕你更为青睐。事实上，我还有一位十四岁的女儿，长得和我妻子一样美貌，但年轻稚嫩，和你非常般配！”

乔治一点也不觉得这个辈分跳得太快了，刚刚还想介绍崔栖潮做自己的姐夫，现在立马就想当人家的爹了：“我来这儿带的礼物，还是女儿帮忙一起准备的。”

他说着，让侍从把带来的箱子拿进来打开。

箱子一进大厅，崔栖潮就察觉到了什么：“这个是……”

箱子上有几个孔，隐隐传出动物叫声，盖子一打开，就露出里头被拴着的、密密麻麻的猫，什么花色都有，粗一看就有十几二十只。

一脱离黑暗的环境，周围都是陌生人类，这些猫全都“喵呜喵呜”地大叫起来。

乔治非常得意地说：“听说阁下最喜欢虐猫，我们特意把庄园附近能抓到的猫都抓来了，希望你喜欢。”

崔栖潮沉默了。

乔治：“看看，活蹦乱跳，足够阁下玩上一阵子了。我女儿还亲自缝了一个布袋，可以用来装猫。来，要不要现在就试试我女儿的心意？”

崔栖潮蒙了一会儿才回过神来：“谢谢您的好意——莉莉呢？”

厨房就在同一个院子，莉莉很快就过来了。

崔栖潮说道：“一点……私人的爱好，没想到大家都知道了，呵呵。”他决定以后给威廉的肉都不要加盐了，“我会仔细使用的。莉莉，你把这些先带到厨房去，知道该怎么处理吧？别让它们发出声响。”

莉莉战战兢兢地应了，瘦弱的身体拖着巨大的木箱往食堂走，看得人都有点不忍心了。男爵阁下放着男仆不用，让女仆干这种事，真是奇怪。不过鉴于这个女仆好像是厨房的，还有男爵说的话好像别有深意，看来这些猫惨了。唉，谁叫它们倒霉。

“看到你喜欢这份礼物，我真是开心，”乔治饱含深意地说，显然认为崔栖潮也有点意思。

崔栖潮立刻吩咐：“您太用心了，我也送上回礼，管家，去拿些红糖来。”

乔治的眼睛瞬间睁大了。红糖？崔斯坦不会真的要当场认爹吧？否则怎么这么大方？他还没见过送点猫就能得到红糖作为回礼的。

乔治的领地并不是特别富裕，否则也不会想法用这种东西做礼物了。

管家包了一包红糖来，崔栖潮在乔治的手已经抓上红糖时，摁住了，说道：“我的婚事大主教另有安排，但是我非常感谢阁下父女的心意，希望你们能谅解。”

“谅解，谅解……”乔治口中喃喃道。他有什么好不谅解的啊，诺森伯兰男爵都送了红糖，是一包红糖啊！别说拒绝他的示好了，把他始乱终弃都没问题！

而且崔栖潮提到大主教，乔治也瞬间有点明白为什么他们不缺红糖了，教会可是开了糖厂，恐怕不需要贸易点，崔栖潮也能弄到很多红糖。这么想，结伴去也确实是他们占便宜了。

乔治没有半分不满，饭后崔栖潮还带他看了一下骑士演练，这个武力值更是折服了乔治，连连说：“以后我要是再抓到猫，也都给您送来。您真是一个慷慨的人，像极了我的大哥……”

崔栖潮：“不必了，猫毕竟是邪恶之物，让您的手下再三涉险，那也太不好意思了，也显得我领地里的人没用了。这两年很多粮食被恶魔侵害，我看，大家还是敬而远之比较好。”

如果不及时制止，万一以后人人都来送他猫该怎么办？

“有道理，有道理。这个，兄弟……”乔治当不了一个岳父半个爹了，但是能和崔栖潮当兄弟也挺不错的。

崔栖潮假装没听到："我为您安排一个靠后的房间，安静。"

等崔栖潮打发完乔治去厨房时，莉莉正坐在箱子上，里头的猫果然没声音。她一直守着，看崔栖潮过来，赶紧慌慌张张地站起来，把箱子打开一条缝。

崔栖潮往里头瞄了一眼，为什么猫不作声了？因为在吃东西……

莉莉怕被人看到，又赶紧放下盖子。

"唉，"崔栖潮有些头疼，"先搬到我房间里去。"

莉莉叫了两个男仆，一起把箱子搬到了老爷的住处外面，把他们打发走后，才打开门，里头有三只猫正在呼呼大睡，不好被人看见。

仆人们早就习惯了男爵大人的孤僻，从来不喜欢让仆人贴身伺候，和正常贵族不一样，没有二话地就走了。

崔栖潮一进去，三只猫都惊醒了。

莉莉把箱子推进去，开心地说："你们有新伙伴啦。"

崔栖潮还没来得及阻止，莉莉已经把箱子打开了，那一堆拴猫的绳子都系在一根绳头上，绕在锁头上，乍然出现这么多猫，小白它们三个都奓毛了："喵嗷——"

箱子打开，二十几只猫往外蹿，想钻到角落里躲起来，也不乏向土著猫挑衅的。

小白疯了，这么多猫，你虐得过来吗？

崔栖潮："好了，冷静一点——"

无法冷静，小白觉得和大白、大橘住在一起就很耻辱了，它们还是这个世界的同胞兄弟，只能忍了。这里的二十几只算什么？还敢向它挑衅，小白想冲上去殴打它们……但它冷静下来，改为对着崔栖潮凶叫。

"小白真聪明啊，知道凶别的猫没用，得和您说。"莉莉赞了小白一句。

崔栖潮觉得自己像个被质问的渣男，疲倦地道："这都是别人送的，暂时住一会儿，人走了就放生到远一些的地方去。"

三只猫他还能瞒下来，这么多只猫怎么可能瞒得住，到时候大家一起被火烧吧。

小白放心了，不用和那么多野猫共享房间了，它趾高气扬地喵了一声。

这些猫吃饱了，不爽被拴着，就开始叫，不知道的又要以为崔栖潮一夜虐十猫了。房间里也没什么可以破坏的，崔栖潮把被褥一卷，以免弄脏了，然后将猫都放开了活动活动。

小白立刻把自己的垫子叼开，交给崔栖潮，让他收起来。

大白和大橘倒是没意见，它们还是头一次看到这么多同类，竟玩了起来。

崔栖潮让莉莉先回去，自己坐在只打开一条缝的窗边思索该让谁去处理这些猫。想了半天，即便是雷蒙德，也不能让他放心交托。

不过，人类不值得信任，动物却可以，崔栖潮想，也许可以找个借口单独把猫都带到林子里去，让小白领着它们跑远点儿放生了，他可以自称虐死就地扔了，小白也不会自我放生，完事自己会回来。

“小白，小白过来我说个事……”崔栖潮一转头，发现面前蹲了两只黑猫。

那二十几只猫什么花色都有，小白又不是什么特殊花色，崔栖潮一时愣了一下，险些没分辨出来哪只是小白。除非体形差距特别大，否则毛色一样，五官他是看不大出来的。

这两只猫就长得差不多。如果他认错小白的话，它肯定又要发疯了吧，崔栖潮不动声色地道：“小白，过来点儿，你和它站一起干什么？”

两只黑猫都没动，只冷冷地盯着崔栖潮。

崔栖潮想，小白可能发现他认不出来了……

“刺啦”“刺啦”的挠木板声响起，崔栖潮一偏头，只见床板上趴着第三只黑猫，正一下一下地磨着爪子。

崔栖潮：“小白？”

小白破口大骂：“喵喵喵！”

第 48 章

# 出色的我

崔栖潮头一次知道猫的语调还能那么多变，小白的叫声是越来越凄厉，哇哇乱号，听着真真切切就是在骂人一样。

虽然这里没有别人，但崔栖潮也被骂得略微尴尬，这次倒是他自己留下把柄了。

小白“喵哇嗷嗷”地叫了半晌，让人觉得再努努力它都要能说出话来了。

这声音太瘆人了，其他猫也都被吓呆了，一愣一愣地看着小白，再看看崔栖潮，宛如一群围观群众。而事实上这一幕后来也确实成了崔栖潮节目的名场面，被人截图玩起来。

现在，崔栖潮被猫骂又被一群猫吃瓜，领主老爷的尴尬感越来越严重，伸手去抓小白。

小白一下跳开，蹿到高处去了，愤愤不平地继续低头骂。崔栖潮这王八蛋，简直不是人，连猫都能认错！它就知道不对，这家伙当初还差点把大白认成它，那时候是刚过来不知道它的真身也就罢了，到现在都能认错！它可没有把崔栖潮和农事官混为一谈！

“小白，我向你道歉，你别叫了。”崔栖潮伸手去抓小白。

这回小白还是“吱哇”乱叫，但没用力挣扎了，被崔栖潮抱下来时，猫爪一巴掌就拍在崔栖潮的脸上。就这模仿上一个位面那只加菲的动作，它还不敢露爪子，拍完一看，崔栖潮面上显然一愣，它内心也有点忐忑。

不过，崔栖潮因为有错在先，也不好意思把小白怎么样，竟然忍了。

哈哈哈！小白心中猖狂地笑了，敲锣打鼓，欢欣不已。惦记了这么久，它总算比过那只加菲了，但它还知道不动声色，继续生气。倒也不都是装的，它真是越看那两只黑猫越生气，骂两句崔栖潮又骂两句无辜的黑猫们。

崔栖潮把它从小看到大，它不比两只黑猫身形矫健，不比那两只黑猫皮光水滑？

小白耿耿于怀，到了晚上睡觉的时候，崔栖潮本想把那些猫隔离开，小白已经先围着床对它们吼了一圈，没有一只猫敢跳到崔栖潮松软的被子上来睡觉。

崔栖潮一笑，把小白的垫子放了下去。

小白叼着垫子仰头。

崔栖潮不理它。

小白抬下巴，垫子一动一动的，疯狂暗示。

崔栖潮勉强把垫子接住，放在了床尾。

小白立刻再次疯狂大叫起来，白天的事可还没有过去。这么说吧，崔栖潮一天分不出它和别的猫，它就不原谅这大骗子。

崔栖潮被叫得脑仁疼，把垫子往中部挪了挪，眼看小白不但叫，还开始磨爪子了，一叹气，把垫子放在了床头："就今天一晚上，适可而止。闹得像泼妇一样。"

小白一跃跳上去，忍了崔栖潮的后半句话。

晚上睡觉的时候，崔栖潮感觉小白在耳边呼吸，十分不自在，因为小白也好些天没洗澡了，他尽量转过头避开小白的身体。

小白太久没上崔栖潮的床了，这回不知道算不算因祸得福，完全没察觉崔栖潮往旁边挪，它睡得四仰八叉，还忽然惊醒，对着角落里的其他黑猫"喵嗷"凶了几句。

这不会是做梦了吧？崔栖潮还没睡醒，察觉到这动静，反手在小白头上摸了几下，小白果然很快又睡得乱七八糟了。一个晚上数次惊醒，都在骂骂咧咧。

崔栖潮有点哭笑不得。

就因为小白这出色的叫声，第二天乔治是丝毫怀疑也没有了。他的房间和崔栖潮离得还算近，听到崔栖潮房里频频传来凄惨的猫叫声，绝对是崔栖潮在享用他的礼物无疑了，整个晚上都没歇过一般。

崔栖潮把小白的垫子挪下去时，它还有些依依不舍。就这一晚啊，它都没有多余的发挥之地，比如装作做梦，一脚踢在崔栖潮的脸上，偷偷咬他的头发之类的，现在只是打扰一下崔栖潮而已。

崔栖潮送别了乔治，临走前乔治还要邀功："听到您房间里频频传来的动静，我就放心了，看来确实很喜欢这份礼物。"

"是的，感谢您送来的厚礼，我真是难以忘怀。"崔栖潮难得这么吐槽。

可惜乔治听不懂，兀自和崔栖潮又约好了以后见面，这才离开诺森伯兰。

乔治一走，崔栖潮立刻迫不及待地带着猫去放生了，不然小白不会放过他的。

留着这些猫，就是他对不起小白的证据，小白每天都要转悠转悠，意有所指地喵几声。他甚至发现小白还在试探他的认猫能力，但他暴露短处后，就非常仔细地观察了三只猫的体形，终于从中找到了细微差别，需要互相比较，他才能认出来。至于五官，暂时还没法分辨。

崔栖潮只带了莉莉，装着一箱子猫去林地，就说要露天虐猫，到了里头，再吩咐小白，把猫都带远点儿放生了。

莉莉咽了口口水："小、小白这都能听懂？"

虽说她已经确信黑猫不是恶魔的化身，但看到平时那么高冷诡异的黑猫连这么复杂的指令都能听懂，她还是有些惊奇。

"狗和人生活久了能听懂人的话，猫也一样，何况小白还受过训练。"崔栖潮在小白的脊背上摸了几下，小白立刻对莉莉投以鄙视的目光。

莉莉再次被一只猫鄙视，弱弱地道：“小白真厉害，那这些猫就拜托你了。”

小白不愧接受过牧羊猫训练，半牧半带领，就将这些猫都逐向了树林深处。

崔栖潮则带着莉莉又在树林里晃悠了一下，让莉莉把偷偷带出来的一块肉露天烧烤了，这才慢悠悠地一边吃烤串一边回去。

领主老爷和莉莉带着猫出门是大家都看到的。

现在，猫没了，领主老爷啃着肉串回来，谁还会那么不长眼地问一句老爷的猫呢？

众人只是在心底暗暗佩服，老爷真了不起，吃猫肉也面不改色。

因为林场时不时有人伐木、打猎，小白赶着那些猫走，好几天后才回来，自个儿爬围墙，攀窗子，钻进崔栖潮的房间。

“事情办妥了？”崔栖潮问道。

小白没说话，往桌子上一趴。

崔栖潮知道妥当了，立刻叫莉莉把早就准备好的鱼肉拿来，这是领地上这几天捕的新鲜河鱼，简单料理了就给小白吃：“小白老爷，来吧，请。”

小白一边吃一边想：我也太出色了吧！

转过年去，到了甜菜播种的季节，如同去年的承诺，诺森伯兰的农民，无论是自耕农还是农奴，都到老爷的仓库去领甜菜种子了。

在此之前，他们也接受了统一教授，大致知道甜菜的播种方法，其间的管理会统一调度。甜菜的生长期短，只需要两个多月而已，这两个月里，农民们都极为上心。

去年也是一样播种，可没多少人在意，那时甜菜还都是种在盐碱地里，大家当作和甘蓝一样的蔬菜寻常事之，也就循规蹈矩地拔拔草、追追肥。

现在不一样了，这都是财富啊！他们真恨不得每天去看一遍自己份地里的甜菜长得好不好，有没有虫子，要是可以，甚至想扒开土看看根茎长得怎么样，对着月亮问问它们还缺什么。

大家都知道，这根块越大，榨出来的糖水越多嘛。

而只要短时间的悉心照料，甜菜的回报是巨大的，生产出的红糖老爷抽成一部分，剩下的统一由贸易队运送到教区的贸易点换成粮食。

因为红糖的价格是波动的，甚至每天可能都不一样，当贸易队带着第一次大家换的粮食回来时，所有人都疯了，挤得道路水泄不通，挤得贸易队都没法回仓库了。

他们迫不及待地想要拿到自己的粮食，盯着贸易队的车看，不停问换了多少回来。纵然这都是勇士，也拦不住这么多农民，何况还是自己人，一时停在路上了，只能让人去禀告领主大人。

崔栖潮索性下令，先别入库了，就地发放。

按照当初登记造册的量分发粮食给农民们，不是燕麦，也不是大麦，而是最珍贵的小麦。以红糖的价格，要换燕麦不知道能换多少了。反正大家有了小麦，真要想换燕麦也容易，这样运输回来也方便。

就是小麦的数量也足以让农奴们傻眼。

“这么多麦子，居然换了这么多麦子？”农奴都快哭了，嘴巴却又是咧开的，一副似哭似笑的表情。这么多麦子都是自家的，他们做梦也梦不到的啊。

原先他们还在猜，都说教会也有大量红糖，会不会太过价贱。谁也没接触过大教会，但是教会的行事风格他们都知道，神爱世人，但是神征税也绝不会放松。

现在一看，显然目前的产糖量对整个市场来说还是供不应求，价格即便有小幅下跌，对他们来说仍是十分可观的数量。

以往大家都是数着粒地吃小麦，这次一掂量这量，今年的冬天都能隔三岔五地吃上黑面包了。

小麦都用来熬稀粥或者做黑面包，那是平时大家难得吃到的东西，隔三岔五吃？这是什么老爷过的日子啊！

所以现在竟有个让人发怔的问题了，这些小麦他们是该换成几年都够吃的大麦、燕麦，还是直接吃？

那些富裕一点的自耕农首先便有了主意，大声说：“我要借用磨坊，我先排队！我先用磨！”

他才不要都换成燕麦，怎么也得拿一部分出来做成面包，先过了瘾再说。他战战兢兢地种甜菜，不就为了这一天？

地头还有粮食没有收完，自从依照老爷的方式种地，粮食产量都较以往翻了好几倍，只要不突然来场冰雹把粮食都打死，今年就绝对不可能吃不饱，反正在他家，这些小麦就是都做成面包又如何？

其他人也恍悟过来，没错，一家人盼了那么久，先吃上一顿面包再说。面包，是农奴们一年到头家里也见不到的。

磨坊连轴转了好些天，供农民们磨麦子，然后在庄园唯一的面包炉烤成黑面包。

就算是最穷困的农奴家这次也得做上一长条，而且里头的大碎屑都得挑拣出来，他们虽然富裕不到吃白面包的地步，但这回也没必要让石子硌牙了。

黑面包切块，熬热水，煮萝卜汤，把面包给泡软了，家里多少还剩下一点今年糖坊熬糖发的糖糊糊，抹一点儿在面包上。

农奴们简直像过节了一样，这一顿不像之前老爷直接赐的肉汤，这是他们自己种的甜菜换来的，虽然也是托了老爷的福，但意义又有些不一样。

从前农奴们家里有块黑面包，那得藏起来偷偷吃。这些天，村里甚至出现了这样的场景，大家握着长长的黑面包条到广场去聊天，互相聊聊换了多少小麦、留吃了多少，做了多大的黑面包。

"我份地里的甜菜收获得可多了，因为我每一步都是跟着农事官派来的人做的，所以就做了两条黑面包，看看，这么长。"

"唉，想想当时要不是我地里长了虫，虽然除了虫，还是减产了一点点，不然我也多做一些黑面包了……"

"我还留了一点，打算冬天熬小麦粥，我女儿长这么大还没有喝过小麦粥！"

这一年，农奴们吃上了面包，而富裕一些的自由民头一回有了余粮这种东西，这一年的收获，从地里的麦子、豆子、蔬菜等，还有甜菜换回来的食物，一直吃到下一次粮食收获还有剩。头一次有余粮的他们还不敢乱吃，等到后来习惯了，就知道拿一部分出去换东西了。不过，这也是后话了。

甜菜收获是一回事，这年到了八九月份，诺森伯兰的葡萄园也要丰收了。

去年扦插的葡萄，如果照料不精心，可能第二年长树，第三年才结果。但是天公作美，又有崔栖潮这个神农后人坐镇，他们的葡萄园当然是第二年就丰产了。

诺森伯兰一亩地能产出葡萄一千斤左右，在这个时代就是高产中的"战斗机"，足以让农事官两眼发黑，分不清白天黑夜。其实这还是崔栖潮有意控制了挂果量。

结果多固然好，但质量、含糖量必然下降，不能酿造出够好的葡萄酒，葡萄酒讲究的就是三分工艺七分原料，不能因小失大。

不同于红糖，各地修道院已经有很多优质葡萄品种和葡萄酒了，人家就研究这个的，目前连采收时间都有控制，并不是特别原始，还是有点儿竞争力的。

葡萄酒被神职人员称为圣血，诺森伯兰的酒的主要销路和对比者都是教会，当然要格外在意酒的质量。

在栽培过程中，天气、日照崔栖潮控制不了，他就格外注意控制水分、土壤等可控条件。所以诺森伯兰生产的葡萄的果实不是特别大，但酸度很高，香味极为浓郁，口感也很厚实紧密，挺有特色的。

葡萄酒的酿造诀窍在这个时候可能还是教会教士们掌握的独门秘密，但在日后，每个家庭都能自己酿上一点，酿造方法根本不算什么秘密。

这时候的酿造方法已经基本有了后来的雏形，而崔栖潮采用了性价比最高、最适合诺森伯兰以及这个时代的方法进行酿造。大体总是差不多的，先把烂了的葡萄挑走，只剩下好葡萄，破碎压榨出果汁，且只是果肉的果汁，不能把种子和梗压碎，不然它们的苦涩味道会让酒味道也受影响。

这榨汁剩下的葡萄渣，按照诺森伯兰一贯的节俭画风，当然也不能浪费，既能做肥料，又可以晒干了给猪当饲料。

果汁发酵，其间适当搅动，培养、澄清，最后过滤装入容器中。在诺森伯兰的天气情况下，加上原料采摘、处理，整个过程耗时大概接近两个月。

崔栖潮考虑过很久，要不要为了口感更好，往里头加些糖，最后还是觉得没必要，糖太贵重了，现在还浪费不起，要是以后都富裕起来不差糖了，再作为竞争点加还差不多。

这葡萄酒酿好后就得赶紧卖给教会，否则好酒放久了会变醋，说起来这里的醋和华夏也不一样，是用葡萄酿造的。

崔栖潮早和大主教打了招呼，知道他这里在种葡萄，但是质量、价格，还是要看出来的品质。

崔栖潮尝过的这时候各地的葡萄酒也不多，酿好葡萄酒，第一件事就是把教士威廉叫来品尝。威廉在教会尝过各种优秀的葡萄酒，虽然崔栖潮打听过他好像自己不会酿酒，但品酒绝对没问题。

说实话，打从接到崔栖潮的邀请——不，打从他看到诺森伯兰在采收葡萄，威廉就已经兴奋起来了。

那些葡萄的质量是用肉眼都能分辨出来的，虽然还不知道崔栖潮的酿酒技艺，但他内心猜着领主阁下就是向大主教求助，也不至于不会酿酒。而威廉早就痴迷于诺森伯兰的美食，早早就开始忏悔自己内心的食欲了。

他忏悔归忏悔，吃还是要吃的。

威廉到了诺森伯兰庄园的院子，崔栖潮请他在露天院子坐下，这里也种了一棵葡萄树，但一年不到，还不是太枝繁叶茂，想必过两年会更舒服。

威廉早知道领主阁下大方，连全糖宴都做得出来，但是在看到崔栖潮让厨娘当着他的面用葡萄酒做菜时，他还是呆了。

“牛肉难得啊。”崔栖潮感慨了一句，耕牛不能随便杀，所以能吃到牛肉的机会也很少，这次也是凑巧了，厨娘才有原料做红葡萄酒炖牛肉，否则大概只能炖猪肉给威廉吃了。

厨娘在崔栖潮的教导下，架势已经非常熟练，先用橄榄油把切成一块块的牛肉煎一煎。

威廉看到牛肉在油里“嗞嗞”响，表面被煎成了诱人的棕色，不禁咽了口口水。

和世人普遍喜爱的整只牲畜做菜不同，男爵阁下喜欢将食物分割开再烹饪，威廉已经深深明白了这种烹饪方式的好，他也不会觉得这样显得小家子气了，转念觉得分明是……是精致。

但仅限于诺森伯兰的厨房，如果其他领地请他吃小块小块的肉，他会觉得很受辱。

厨娘煎好了牛肉，又将胡萝卜和洋葱也炒一炒，炖到烂烂的，加上迷迭香、百里香等香草叶子，再将牛肉和酒放进去一起炖，撒上珍贵的盐和胡椒，香味更迷人了。

小火慢炖，鲜红的酒液在“咕嘟嘟”冒着小泡，浓郁的香气缭绕，一时半会儿还不能吃上肉，威廉的眼神流连在牛肉上，而崔栖潮已经把酒液倒入银杯：“教士，先喝一杯吧。”

“好、好……”威廉神思不宁地把目光从牛肉上挪开。他从未试过这种吃法，但光是看和闻，就知道肯定好吃了。

威廉举起银杯，这里头没有加香辛料，不过单闻闻香味，已经很不错了：“酒香浓郁，阁下的酿造技艺真是高超。”

崔栖潮笑了笑：“应该还是比不上各大修道院产出的葡萄酒。”

“不、不，我觉得……”威廉想到自己还只是闻了而已，于是先饮了一口，有一点儿酸涩，这是必然的，但这种酸涩恰到好处，而不像那些粗陋的下等人喝的酸酒，在醇厚酒液间更为迷人，像是苹果的味道。

回味起来，更是带着迷人的甜味，威廉敢确信自己在其他修道院的酒中从未尝到类似的味道。要比较起来，这也绝对不输给任何一座大名鼎鼎的修道院葡萄园产出的红葡萄酒。果然，他就说诺森伯兰的原料葡萄看起来质量很高。

威廉闭着眼睛回味良久，才得以接上前半句话：“我觉得并不逊色于任何修道院的酒。男爵阁下，您庄园产出的葡萄酒太出色了，无愧您对葡萄的细心照料。”

“谢谢您的夸奖，请尝尝牛肉吧。”崔栖潮示意厨娘把炖好了的牛肉盛上来。

威廉尝了一口这用奢侈烹饪方法煮出来的牛肉，起初可能还有一点点认为用葡萄酒煮牛肉有炫耀之嫌，尝了才知道，这根本是恰到好处，天作之合。

牛肉肉质本来是有些老了，毕竟是老死的耕牛肉，但是被红酒一炖，牛肉软烂，口感大为提升，因为牛肉煎过，表面又稍微坚硬一点，更具层次。而红酒其中那原本自带的微酸与一些涩味经由炖煮也完全消失，只留下了浓郁的香味，

一口酒香四溢的软热牛肉入口，威廉已经醉了：“男爵阁下，您的葡萄酒和食谱无论放到哪一个修道院，都会让所有人想破戒的。”

第 49 章

# 传播知识

威廉教士不会知道在他吃牛肉的时候，LJJ 的频道里多少人一起打开了各种食物的包装盒，跟着他的节奏一起吃。

这个节目集下饭、农科、训宠等元素于一体，观众乐于欺骗自己、欺骗他人、互相欺骗，俨然是 LJJ 各档节目中的一股浊流。这里的观众已经“恶名在外”了。

崔栖潮也不会知道他拥有了一大批画风奇特的观众。

他让厨娘给威廉准备的甜点是葡萄酒苹果。对半切开的苹果用红葡萄酒和少许香料小火一直煮到两人品尝完其他食物与酒之后，原本淡黄色的果肉已经浸透成了诱人的紫红色，两种水果的香味融合，带着甜甜的味道。

威廉把已经煮软的果肉轻松分开，放入嘴里，发出了惬意的感叹声。这吃法真是新鲜别致又非常显身份，除了富有的贵族，谁还能这么吃?

有了威廉的保证，崔栖潮对品质有了大致了解。这批红酒被贸易队拉到教区的贸易点，其他贵族领主没有抢到半滴，全都被教会买走了。这格外出色又有特点的圣血，供高层神职人员们品尝还不够呢。

只需要一次品尝，诺森伯兰葡萄酒就能给人留下深刻的印象，加上被教会一抢而空，品牌好像一夜之间就立了起来。

这个偏远的男爵领的名气一直传到了北部去，随着注意的人多起来，大家也留心到了，诺森伯兰每次贸易还会出手红糖、棉布。

红糖还好说，教会开始大领主交易，给他们甜菜种子了。

而诺森伯兰制造出来的棉布就如同漂洋过海而来的一样好，在花样上却更偏向本土审美，质量说是不相上下都委屈了，明明有过之而无不及。

一个小领地，按理说人力短缺，没有多余的精力来发展这些。

如此一来，局限于诺森伯兰附近的言论也散开了，原来改变是从诺森伯兰的新领主、大主教的外甥、虐猫者男爵开始的，他曾在东方游学。

大主教的一些动作很快也被联系上了，推算一下时间似乎也差不多是崔栖潮继承爵位后。

大贵族们好说，诺森伯兰比较偏，地方也小，产出对他们来说不算什么，东西就算优质，也不是独一无二。对中小贵族来说，这就是块肥肉了，即便有教会护着，他们也蠢蠢欲动。

这些都是必然发生的，甚至早就该出现，只是被人工延迟了。

别说崔栖潮不担忧，连诺森伯兰的管事们都不担忧了。

开什么玩笑？诺森伯兰农具大量增加，包括铁质农具，部分养猪法被借鉴到牛马身上，存活率增加，人力被解放出来进行全民军训，现在这些人去倒个粪都排一字队。可以说，服役士兵不多，但所有人都是预备役。

第一次较大规模的入侵发生在农奴迪伦的大儿子的婚礼那天，领主老爷仁慈，免除了所需要缴纳的一切税费，甚至还赠给新人一条棉被。

迪伦的大儿子娶了一名自耕农的女儿。放在以前，这是没法想的，大家都是农民，却也属于不同的阶层。

可是谁叫迪伦家走运，大儿子进了糖坊做工人，每年服役两个月，就能拿到不少好处，除了老爷的报酬，那些甜菜渣足够他换来许多生活必需品，小伙子很快就把结婚需要的东西攒齐了。放在以往，打光棍到四十岁他也不一定能结婚。

除此之外，他们地里的甜菜收成也很好，迪伦照顾得极为用心。

迪伦家原来住的是茅屋，现在都换成木屋了，大儿子的新房也是木屋。

婚后，他们就是单独的一户了，会在老爷那里登记，自己种一块份地。但是大儿子一点儿也不觉得恐惧，反而对未来充满了奔头。毕竟他在糖坊工作，能比其他人多接触到管事和老爷。

在这样的情形下，迪伦家虽然是农奴，境况却比一些自耕农还要好了，这还是指诺森伯兰的自耕农。要和别的领地的农奴比起来……还是别比了，诺森伯兰的奴隶可是都有屋子住。

阶层归根结底还是财富定的，所以，迪伦家和自耕农结亲的事情顺顺利利。

婚礼当天，所有人围在迪伦的大儿子家的新房中，看新婚夫妇展示老爷送的棉被，盖在身上，显得小夫妻特别体面。就因为是新房，盖在靠边缘一些，几乎到牧场的地方。

以前没广场的时候，大家都散着住，远近只是相对自己的份地而言。领主老爷建了广场后，隐隐约约就成了庄园的中心，因为大家都乐意聚在这里，提起远近都爱用这里做参照了。说住得远，就是去广场玩儿费时久。

大家吃饱喝足，正在调侃新婚夫妇之时，就听到了外头的动静，迪伦出门一看，竟然有七八十名士兵策马而来。

迪伦立刻大喊：“有入侵者，又有入侵者了！”

如果那些人听到了，就会发现迪伦的声音中没有惊慌，反而带着喜色。

诺森伯兰附近流窜的盗贼，都被雷蒙德收服得差不多了，上一次诺森伯兰遭受入侵，还要追溯到高文了。

可是谁不知道，如果打了胜仗，领主奖励大大的。

诺森伯兰的农民的自信心在训练后空前膨胀，好多还暗暗说，如果诺森伯兰战争多，他们好多人说不定早就立功被封骑士了。

迪伦一阵狂喜："快去拿兵器啦，不要让别人抢先了！"

这里参加婚礼的就有几十人，都是两家的亲朋好友，想法也差不多，迪伦的大儿子也是一喜，从棉被里蹿出来，抄起自己的藤甲和农具："走走走！"

跑到一半，他还记得回头安抚一下妻子："你在家好好躲着，我去抓贼了！"

"表现好一点！"新婚妻子也大声嘱咐。

宴会嘉宾住得近的赶紧回去抄家伙，家里有多的农具还分给朋友。

入侵者一开始听到喧哗声，还以为是庄园里的农民在逃命，谁知道没多久，冷箭"嗖嗖"直飞，仿佛早有埋伏一般，一群人冲杀上来。

天色暗，一开始他们觉得是埋伏的骑士，心里大骂诺森伯兰的骑士怎么会这么负责。往旁边跑吧，居然不知道又是从哪里来的一群人，也是一样勇猛凶悍。

诺森伯兰劳动力有几千人，人人都有藤甲农具，装备上就是士兵，平时正苦于见不到一个盗贼或者入侵者，他们也好想像别的领地一样打仗啊。

这下可算找到机会了，从自由民到农奴再到奴隶，远的近的，听到动静抄起东西就往外冲。

平时军训也编了队伍，而且基本是以住在一起的编一队，因此这时候倒是天然分了阵营，一边殴打入侵者一边有人骂："抢功劳是不是？今天迪伦的儿子成亲，这是我们先发现的！"

"我呸，他们逃到我们组来了，是我先把他们头儿的马腿打断的！"

"瞎了你们的狗眼啊，来，你问问这个畜生，是不是我打的他？"

被俘虏的士兵让农民给提了起来，鼻青脸肿的，还要被逼问打自己的是谁："我不知道啊，我也没看清谁打中了我！"

"喂，你可别睁着眼睛说瞎话，刚刚我就是这样先用耙子把你怼下来，然后揪住你的领子，在你鼻子上这么来了一拳。"农民一边说一边演练，一拳砸在他的鼻子上。

鼻子多脆弱，之前一拳砸下去这人就在剧痛之下毫无还手之力了，这下又挨一拳，鼻梁都歪了，惨叫道："是你，是你，就是你打的！求你了，别再揍我了！"

"哎哟，我看这些人也是正规的，你看还有布甲，这个、这个身上还有盔甲，质量一般，但是……"

"正规个鬼啊哈哈哈，你没看他们，乱得很，平时就没怎么好好训练吧。"

一群所谓的正规士兵被诺森伯兰的农民们围着好好奚落了一番，按理说警役们才是负责安全的，但他们人数相对少，这时候反而要维护秩序，不让各个分小团伙抓贼的小组为了争功劳吵出事。

上千人抓一百个人不到的团伙，群殴之后还要被饿死鬼一样的农民争抢，搞得他们灰头土脸，满脸羞愧，心中更是充满了对诺森伯兰的恐惧。这到底是什么鬼地方？

只能怪他们来得不是时候，早一些这些农民还没这么疯魔，看到入侵者时还得犹豫一下。

迪伦家因为发现得早，亲朋好友们抓了十来个人，迪伦的大儿子更是英勇过人，单独制服了两个入侵者。

最终奖励的时候，刚刚结婚的迪伦大儿子家就添了两只羊羔，把他给高兴死了。他刚结婚，家里还什么牲畜都没有呢，赶紧盖了牲畜棚。

打这天起，诺森伯兰陆陆续续收割了大大小小的团伙，总人数加起来多达近千人，全都是想来抢些值钱东西，或者直接占领这儿的。

谁知道，连诺森伯兰骑士队的面还没见到，就直接被农民剿灭了。

骑士队都有些生气，就因为他们住在院子里，不在外围，就没有立功得赏的机会吗?

这么多人折戟沉沙之后，外界才逐渐安分下来，不敢轻举妄动。谁能想到一个偏远地方的男爵领，武力值能这么高啊?

而那些俘虏，让管家安排得有喜有忧。这人也太多了，把他们打发去耕地，就给农民们省了很多事，这不是浪费嘛。

管家说，要么咱们开垦荒地，多弄些地让这些人种；要么还是索要赎金，把人打发走吧。

“荒地就不要再开垦了，我们领地上得保持一定的林地面积，以后盖房子、造工具，哪个不需要木头，把木头都砍光怎么办？”崔栖潮算过林地面积了，不能都砍了做耕地，诺森伯兰把重度盐碱地也都恢复后，耕地已经挺够了。

崔栖潮安排俘虏耕种自己的地，诺森伯兰自己的人就负责管理好自己的份地，在新开发的盐碱地多种些甜菜、棉花之类的经济作物，闲暇之余再修建一些基础设施。

有时间了的人都会选择把自己的家修葺一下，现在诺森伯兰已经基本没有人住茅草屋了，所有的道路都平平整整的。

崔栖潮告诉管家，这些俘虏，他留下来耕作一段时间，干完活儿了，再把他们换回去。

管家立刻黑脸了：“老爷，您让他们留下来干活，又给糊糊吃，还要教他们怎么种地的，学会了放回去，就算交了赎金，也是便宜他们了啊！”

崔栖潮不赞同：“我们得到了劳动力，又得到了赎金，我们也没吃亏啊。”

管家拍着巴掌道：“老爷，回去他们把种地方法一实行，他们就要丰产了！”

崔栖潮笑了：“管家啊，你看我们那些恢复正常的白土上种的都是甜菜、羊毛树、葡萄树，其他领地的田地要是丰产了，粮食多，就会想换红糖、葡萄酒、棉衣棉被，甚至是农具了，我们现在有多少工匠了？”

管家：“反正我就是觉得咱们还是被占便宜了！”

他觉得，就算要让其他田地丰产，也应该等老爷占领了之后，可惜老爷总不乐意，说自己的人民还不够富裕，打什么仗。

他都不懂到底哪里不够富裕了，人人家种甜菜换红糖还不够富裕？

管家非常看不得“邻居”好，就算老爷这么说，他觉得有些道理，可还是别扭得很，又没办法劝说老爷，只好回去疯狂让那些俘虏干活。

“兰斯，你怎么想的？”崔栖潮问小孩儿的意见。

兰斯长了几岁，个子也“噌噌噌”上来了，碧蓝的眼睛沉静了一些，有了点少年模样，他挠了挠脸颊：“叔叔，您说的富裕，是指要等到咱们诺森伯兰人人家里都吃得起肉吗？”

崔栖潮：“差不多吧。”

这个愿望可太伟大了，兰斯说：“我觉得不久后就能实现的，如果其他地方的人知道咱们都能吃肉，不用打，就和城堡里那些奴隶一样，自愿待在这儿了。”

他看了崔栖潮一眼，小声说：“别说以后，我觉得现在这些俘虏在诺森伯兰待一段时间后，说不定您赶他们走，他们也不愿意走。”

崔栖潮听到前半段还是很满意的，没错，他自己是不愿意把有限的时间放在无限的战争中，如果诺森伯兰发展得够好，又攻打不下，自然有人带着土地一起来投靠、追随，就像被半逼迫的高文。

后半段崔栖潮就有点始料未及了：“是吗？管家不是很严格吗？”

再严格，也不像别的领地，诺森伯兰现在的规矩是，你疯狂打人，打到丧失劳动力怎么办？这些人在这里干活，吃的虽然只是糊糊，可他们能看到诺森伯兰的人过着什么好日子啊。

即便那些原来是平民、骑士的俘虏也会想，都是平民/骑士，怎么诺森伯兰的待遇这么好？

兰斯说：“我就听到有俘虏抱怨，早知道直接投靠了，您说他们以后被赎走了，会不会又立刻掉头来投靠您？”

崔栖潮心想，看来他对其他领地人民水深火热的日子还是缺乏了解了，不用等诺森伯兰更加富裕，现在就有人愿意来了：“那管家该高兴了。”

别说，崔栖潮和兰斯聊的还成真了。

过了劳动时间，崔栖潮通知其他领地来赎人，骑士家里出些粮食，平民就算了，反正也没钱，白饶。

平民一听说要走，立刻大呼小叫：“领主老爷，我不走啊！我干活儿干得多好啊，您就把我留下来吧，我租您的地种地啊！”

管家：“我呸！谁要租给你地？俘虏只有做奴隶的份儿！”

平民委屈地说：“做奴隶也是好的啊，我还能住屋子。”

管家白眼要翻到后脑勺去了:“都想得美，滚吧，浪费了我们那么多粮食。”

要不是老爷说把这些人送走，他非得让人留下来，尝尝到底什么是真正的奴隶过的日子。

这些人都象征着耕种新知识的种子，被送回自己的领地后，他们将向自己认识的每一个人诉说自己在诺森伯兰的神奇遭遇。

那里的人是如何耕种的，是如何施肥的，他们一株麦穗上为什么能有那么多颗麦子，一亩地竟然能产出那么多斤作物，用他们的办法保存种子，来年居然只需要那么一点儿种子，就能播种整块地……

当然，他们也会告诉大家，诺森伯兰的每一个农民拿起武器就能当士兵，连去上厕所都会列着队。

哦，你问厕所是什么地方？当然是收集粪便的地方，在那里粪便是好东西，要用来做肥料的。

所以，诺森伯兰的土地总是干干净净的，因为用特殊的草药水浣洗，人们也是干干净净的，连平民也像南部的贵族老爷一样洗脸擦身。甚至，在他们的糖坊产出红糖时，小孩们能够分到甜甜的糖糊。就连最穷的农奴，卖了红糖后也有钱换上一点盐，加在平时的汤菜中。

其他领地的领主一听，福利嘛，他们是听不到的，但他们听到了收成。

好啊，难怪一个男爵领养得起那么多骑士，本来还以为都是种甜菜和葡萄、羊毛树导致的，原来他们一穗麦子比其他地方多了那么多粒麦子。

他们一亩地留种都要用接近一半的收成，诺森伯兰所用的种子减半再减半不说，收成还要翻倍再翻倍。

这些都是在诺森伯兰干活的人亲眼所见，自己也亲自耕种了，那这些方法他们当然也得学起来。听说诺森伯兰的白土都化作耕地，拿来种甜菜、葡萄之类的，难怪那儿的人都不稀罕耕地，也不怕这些人往外教怎么种麦子、施肥了。

一时间，在其他领地也上演了粪便争夺战。由于和诺森伯兰情形不一样，也混乱一些。

农民们偷偷藏粪便，庄头就带着人挨家挨户抢粪便:“这些粪便都是老爷的，只有老爷才能提前享用，你们只能等老爷享用完才可以享用！”

哇，葡萄产量好低啊。

这是要用来酿酒的，产量都不能高了，而且也不看看什么年代。

感觉咱们跟着崔栖潮学了好多根本用不上的东西……

这个节目有毒，我出不去了。

从女频跟来的表示，这不是标准发展吗？最后大家都“真香”了。

呵呵，你们都还好，冲着谈恋爱或者争霸来看节目，我上哪儿哭去？我朋友说这节目里有个萌宠，人猫之情感天动地。

感天动地，没毛病。

算 LJJ 有良心，现在预告都会提下集有什么吃的，我已经买好了葡萄！

这次直播时间那边流速是几年来着？还有多久完结啊？

下个位面兄弟们还跟着去吗？

为什么不去？我迟早要等到他觉醒别的技能，我就不信了，呵呵！

第 50 章

# 什么鬼世界

崔栖潮来到诺森伯兰的第七年，放眼望去，庄园里都是整整齐齐的木屋或者石屋，再也看不到茅草屋的踪影。

富农圈起小院子，作为菜圃加花圃，效仿老爷的别院。牲畜棚打扫得干干净净，就如同他们的脸一样。水利工程不只使得耕地浇水不再困难，人们也不再需要为生活用水而烦恼。

现在，诺森伯兰所有粮食作物平均亩产已经达到了六百多斤，接近七百斤。由于耕牛、耕马、工具的不断增加，在精细耕作的情况下，一家三口的劳动力大约能种六亩地。

另外，甜菜、棉花、葡萄等经济作物产量稳定，每年为诺森伯兰的农民带来不少收益，自用的棉花足够冬天里人人换一身棉袄，盖上棉被，没有被冻死的危险。

每隔半个月，庄园的广场上就开展集会一次，连隔壁领地也有来参加的人，俨然是如同教区贸易会一般的小型贸易点。手头有了余粮的农奴吃得起面包、小麦粥之余，还可以换到其他食物，不像以往，妇女生了孩子都难得多吃一口。

前几年，从诺森伯兰离开的俘虏们将这里的耕作方式迅速传播了出去，所以提高产量的不只是诺森伯兰，至少现在在整个南部，街道上都看不到粪便的踪影了。

在外界的讨论中，诺森伯兰俨然是南部最富饶的地方，小归小，人均生活质量却高，甚至有人说，宁愿到诺森伯兰做农奴，也好过做一个穷困小领主。更别提富农了，在诺森伯兰，有些富农都会把自己的部分份地再花钱请人来耕种了。

因为虐猫者男爵说几年内暂时不会考虑接受更多人追随，要先努力提高现有水平（虽然也不知道到底还要怎么提高），甚至有人为了跑来诺森伯兰过日子或者偷学这里的耕作技术而故意攻打，然后被收为俘虏。大主教也因为掌握了大量红糖生意与贸易点，在教会扶摇直上。作为回报，他对诺森伯兰也非常照顾，并屡次要给崔栖潮介绍对象，只是都被崔栖潮拒绝了。

因为诺森伯兰名气变大，这件事传到外面，大家都怀疑诺森伯兰男爵有什么隐疾，怪不得那么喜欢虐猫。除此之外，诺森伯兰男爵真是没有哪里不好了，他富裕，就带着领民一起富裕，给领民减免税赋，在这里生活的人要缴纳的税是最少的。

“莉莉，那不是莉莉吗？”

“她怎么出庄院了，难道是要回家？”

“莉莉现在可不得了啊……”

说不得了，不仅是因为莉莉在大家都羡慕的领主厨房工作，也是因为她深受领主宠幸。大家还记得最初莉莉差点被魔鬼诱惑，而现在，莉莉是领主非常信任的女仆，被允许和领主一起虐猫。

唯有这两位能够凶恶到连黑猫也害怕，恶魔都不敢附身。于是每每领地里抓到了黑猫，都是禀报领主后交给莉莉来处理，连教士也同意了。说到教士，当初诺森伯兰教堂的负责人威廉已经升迁调走了，不过换来的教士和男爵关系还是那么亲近，这里又富裕，人民好教育，让教士的工作轻松极了。

正值冬天，莉莉裹着一件棉衣，上头有漂亮的红黄色花朵。几年前贸易队带回来的苦楝树早已长成，除了能够杀虫之外，所结的果实成了天然染色料，这件还是莉莉亲手染的花。

她已经出落成了美貌少女，一路走去，引得人纷纷侧目。

莉莉去村舍的确是要回家，今天她的姐姐生孩子了，所以鲜少回去的她前往探望。

时间冲淡了怨恨，虽然莉莉内心还是埋怨当初父母的冷漠，但一年也会回去几次。她走到门口时，听到里头的动静，停住脚步悄悄听了起来。

这是莉莉的姐姐家，但父母也在，听动静似乎还有别的人。

“莉莉今年也这么大了，在领主的厨房做事，平时肯定少不了好处。不过，我外甥也很不错，在布坊有活儿干，是有手艺的人。你们把莉莉嫁给我外甥，他家愿意送你们一头小牛犊！这以后可是耕牛，你们的小儿子不是也要成家嘛，有了耕牛更好，一下就解决两个孩子的婚姻……”

莉莉听到小牛犊，脸色有些难看。她想到以前每到冬天，母亲长吁短叹，紧着照顾耕牛，她和牛都生病了，母亲也没有理会她。她还不能干更重的活儿时，唯一能做的也就是给牛喂水。

莉莉沉浸在回忆中，不禁捏紧了手。

这时候，莉莉的父亲的声音响起：“哼，你以为我不知道啊，你外甥好吃懒做，是托关系才进布坊的，天天被管事骂，说不定哪天就被赶出去了。我才不把女儿嫁过去，耕牛了不起啊，以后我女儿要是成家了，我把羊群都送给她。”

“呃，呵呵，也不能这么说，我外甥在布坊好好学呢。莉莉倒是不怎么回来吧，你们这么说，不会其实是没办法给莉莉做主吧？她跟着领主老爷，见的人可多了。”

莉莉慢慢回过神来，忽然想到现在已经不是从前了，日子不再那么苦，父亲说话也有底气多了，她心情十分复杂。以前领主老爷说的话她也渐渐明白了，也许仍然不能原谅，但她已经释然了。

“姐姐，我来了。”莉莉装作没听到，进了屋子，“姐姐，我给你带了鸡蛋。”

莉莉的姐姐正躺在床上，父母和公婆都在旁边，看来之前劝莉莉父母的人就是莉莉姐姐的丈夫的父母。

他们看到莉莉面无表情，以为莉莉没听到之前的话，都寒暄起来。

莉莉的父母看到她有些讪讪的，毕竟这几年莉莉对他们很疏远，原本还没什么感觉，但是自从家里日子好起来后，他们反而多了些愧疚，都上前嘘寒问暖。

莉莉的姐姐捧着那一篮鸡蛋，也没有莉莉记忆中小时候一看到鸡蛋眼睛都绿了的样子。那时候一切食物都要让家里的壮劳力先吃，她们小丫头只能最后吃残羹剩饭。

“拿鸡蛋来干什么？你自己多吃点啊，我家里的母鸡下的蛋最近天天都给我吃了。”姐姐和她关系不错，不客气地埋怨道，“你看你给我拿点棉布来不好吗？像你身上这种染了花的，我可以给儿子做衣服。”

“不行，布我都要留着以后用的，老爷说了，给我找个好丈夫。”莉莉也不是故意这么说的，而是崔栖潮真的提过，“有鸡蛋你就偷笑吧，本来想卖了换糖吃的。”

吃穿用的东西都是发下来的，男爵从不亏待仆人们，甚至因为大家近在身边，很多时候有好的、新鲜的东西，都是他们先试用，再推行到全诺森伯兰。

在姐姐家探望了一阵子后，莉莉就挎着篮子回去了。

一路上，可以看到各人家里的园子，有甘蓝、欧防风、南瓜、黄瓜，也有蓝莓、橘子、甜樱桃、栗子等，种类繁多。

诺森伯兰的贸易队每隔一段时间就要到其他地方转悠转悠，最远的时候到了北部尽头，带回各种果蔬种子，由领主大人筛选后再传播到庄园各处。

到了秋收时，丰收节那天，领主大宴，大家还会把自家结的蔬果搬到举办宴会的草地上，比比谁家种的更大，还有些搬南瓜、剥栗子之类的比赛，节日活动一年多过一年，不只是一餐宴会了，而是一整天的庆典，要一直狂欢到夜晚。

即使莉莉不是小孩儿了，也有些盼望丰收节的到来，领地里的小孩就更是把这一天当作最期盼的时节。

新来诺森伯兰的人总会惊叹于这一天的欢乐气氛，到了若干年后，丰收节也成了诺森伯兰的标志。虽然哪里都有丰收日与宴请的习惯，但诺森伯兰的丰收日是真正过成了节。

在回去的路上，莉莉还看到几个四五岁的小孩儿蹲在路边捉田鼠嬉戏，他们的体形比起莉莉小时候那些同龄小伙伴都要壮多了。因为他们是幸运的，从生下来起就没有经历过几天几夜只能吃一小把豆子和清水的日子。父母稍微努力一些，还能有糖吃，就是不努力，在庄头的管束下，也不至于饿死。

莉莉还记得自己这个年纪时，要喂猪，要煮豆子，要去地里捡麦粒……

一阵恍惚后，她才回过神来，轻快地踏过了石板小道。

回到了院子里，穿过一座座繁花似锦的小院，不乏有人和她打招呼，她逐一回应，到了后头领主老爷的院子，可以看到兰斯正趴在地上。

“兰斯，你还不起来，衣服都要弄脏了。”莉莉赶紧把兰斯给拽了起来，十四五岁的孩子已经有了大人的模样，小时候浓密的浅金色头发现在颜色加深了不少，但眼睛还是碧蓝碧蓝的，雪白的皮肤因常年在外头玩耍也成了健康的小麦色，吃得好，个头高，腿像他父亲那样长长的，但神情、口气有几分像领主老爷。

“莉莉姐姐，我正在看这棵胡萝卜的生长情况，这一排胡萝卜我都用了不同的肥。”兰斯在爱好上也和老爷挺像的，或者说老爷教得好，平时他会研究耕种方法，不过和老爷比起来，这个年轻小伙子对骑马、用剑的兴趣也不小，打猎时总能有个好成绩。

“那也不能这么随便，你看看这身上。”莉莉给他拍了几下，“老爷看完作物，怎么身上就干干净净的呢？”

兰斯讪讪一笑：“这一点我还没学到家。”

莉莉拔了一些大蒜回厨房，今天要给老爷做蒜香煎蘑菇，把大蒜切碎，用橄榄油爆香了，再把蘑菇放进去煎，撒点儿盐，煎到蘑菇呈现金黄色就行了，再装点儿白米粥。

每年雷蒙德总要去换一些水稻回来，老爷很喜欢。

她端着蒜香煎蘑菇和白米粥，把饭直接送到老爷的房间，最近几天老爷都不和大家一起用餐，而是独自待在房间里，好像在写些什么东西。

当莉莉走到房间外时，就听到老爷好像在和兰斯说话，什么“教会一定要谨慎对待”之类的。她心里纳闷，教会不是老爷的靠山吗，为什么还要谨慎？

不过莉莉也没在意那么多，敲门进去了，帮老爷把桌上的纸收拾了一下。莉莉不认识字，不过纸上除了字还有图，看着好像都是些农具、植物之类的。她猜测，这可能是老爷写的农书。

果然，老爷对兰斯说道：“除了刚才说的，这个是我写下来的一些耕作知识，以后诺森伯兰用得上，有几种植物可以留意，找回来耕种。”

兰斯两只眼睛发红：“叔叔，您为什么要说这些啊，您要远行了吗？”

莉莉吃了一惊：“老爷要远行？那小白怎么办？”

她的第一反应居然是这个，没了老爷，岂不是要她来喂这只难伺候的猫老爷？

小白听到莉莉说的话了，从固定在墙上的木板上跳下来，一下落在了老爷的腿上，“喵喵”叫了两声。

崔栖潮摸了摸小白的头：“小白会和我一起走。兰斯，我这次远行应该会到另外一块大陆，不知道多久才会回来，也有可能就安家甚至死在那里了。我已经联络好了各方，我没有妻子儿女，你会成为我的继承人。”

直播时间快要结束了，崔栖潮也开始道别了。早在几年前，他就开始思考自己离开后诺森伯兰怎么办。现在的诺森伯兰欣欣向荣，但是只要换一个贪婪的领主，即使粮食产量再高，他们也会重陷以往的困境。

第一次看到兰斯时，崔栖潮就留了个心眼，这个孩子心地不错，和他还有血缘关系，所以他把兰斯留下来观察。在认为兰斯是个可塑之才后，也有意引导他的思想。

虽然兰斯现在年纪还不大，但是崔栖潮相信这小孩儿以后能治理好诺森伯兰。

这个消息对兰斯和莉莉来说太突然了，莉莉哭哭啼啼地说："老爷您为什么要去别的大陆啊？坐船太危险了，而且我们怎么办……您还说要给我找个丈夫。"

兰斯也在震惊之余想到，从自己来诺森伯兰开始，叔叔就对自己格外照顾，处处教导，他甚至觉得这个决定叔叔一开始就有了："叔叔，你是不是……要回东方？"

他想到叔叔本来就在东方大陆上生活了很久，说不定内心更喜欢那儿，所以迟早还是回去了。

"差不多吧。"崔栖潮摸了摸他们的脑袋，说道，"好了，别哭了，人生有聚有散，等莉莉举行完婚礼，我就会动身了。"

第二次道别，崔栖潮仍然有些不舍，这些数据都太真实了，真实到他甚至要干预这个世界、这块领地以后的运转，因为放心不下。

"有聚有散的意思是以后我们还能见面吗？"兰斯抹着红眼睛问道。

"也许吧。"崔栖潮怅然道。也许有一天，他真的能回去，一一看那些自己喂过的学生、领民、小猪。

第八年的春天，莉莉结婚后，崔栖潮最后一次指点完大家耕作的姿势，就离开了诺森伯兰，记忆里最后的画面就是眼露不舍的一群领民。他觉得很欣慰，因为领民里都出现胖子了……

"崔先生？崔先生？"

林琳的声音出现在耳畔，逐渐把崔栖潮拉回到现实世界，她就像一个印记，代表了真实。崔栖潮脱离了别离的情绪，睁开双眼，刚要开口，就见林琳已经递上了一杯温水。

"谢谢。"崔栖潮喝了一大口水，这次他在虚拟位面待的时间更久，足足八年，现实里已经过去了近三个月。

虽然有机器维护，但崔栖潮的身体还是有一丝僵硬，他站起来活动了一下手脚。

林琳则在旁边祝贺："崔先生在男频的播放率也非常不错，节目相当成功，尤其是在咱们附属论坛的讨论度也很高，这几个月还有不少人寄来礼物。"

这些礼物都暂时放在林琳的办公室，因为崔栖潮在LJJ公司暂住的宿舍全都让他种上了植物，根本没地方放。

崔栖潮乍一看，礼物还真是千奇百怪，有包装袋上写着"金坷垃"的创意巧克力，有系着蝴蝶结的锄头——现在这个时代，还真没人用锄头了，这把绝对是定制的，还有送大红色横幅的。

崔栖潮总觉得怪怪的，也不知道这些观众到底怎么想的，这里头仿佛有些他不知道的梗。

"还有花篮，有的都枯萎了，但我拍了照。"林琳指给他看。

崔栖潮一看，花篮上也有字，语气各异，里头甚至有骂他的："王八蛋崔栖潮，有本事种一辈子地。"

当然，这属于极少数，大部分语气还是偏善意的怪异，比如"冲鸭崔总"之类的。

"这个，这个……呵呵，总有些观众比较激动。"林琳说，"我让人把这个处理掉。"

"没事。"崔栖潮并不在意，对他来说，观众怎么想并不重要，上次出来，他连弹幕都没回看过。

不过，现在连花篮、礼物都有了，他大概是真的像林琳说的那样，有些人气了吧。

"崔先生。"林琳微笑着道，"是这样的，您也录制了两次节目，人气位居前列，但和观众的交流比较少。我想，能不能办一场直播见面会？"

"这个好像不是合同里的义务。"崔栖潮淡淡地道。

"对，我知道不是，这个属于我们额外的请求。"林琳立刻道，"但是，我非常有诚意，希望您能答应。这次活动还是有赞助商的，如果您愿意出席……"

她说着说着就没声音了，因为发现崔栖潮的神情极其冷淡。

其实林琳早有心理准备，只是公司让她来谈，她总得试一试吧！"好吧，看样子您是不会答应的。"

"非常抱歉，我现在只想好好休息。"崔栖潮说道，"顺便去调试一下我房间里的灌溉系统。"他离开之前给房间里的作物设定了自动浇水、光照等程序，但是程序是死的，植物是活的，他得去看看生长情况，再根据具体数据调节。

林琳遗憾地道："好吧，您好好休息之后，我再和您谈一谈下一次节目的事宜。"

"多谢了。"崔栖潮告别林琳，回到自己的宿舍，手动浇了次水。相对于机械，他更喜欢这种亲手和作物接触的感觉，能够自己动手还是自己动手。

躺在床上，崔栖潮翻来覆去一会儿，没有睡觉，而是爬起来根据关键词查找资料：畜牧。

休息了一天后，崔栖潮在林琳的办公室和她会面。

林琳手里拿着一沓资料，神情有点不自然："崔先生，下一个位面是公司内部票选出来的，我是说，包括了所有员工。这也是对您的重视。"

"是吗？既然是票选，怎么不公开票选？"崔栖潮随口问了一句。

"这个……"林琳尴尬地道，"您不知道您的观众有多皮啊，他们指不定把您票选到什么属性的位面去。"

"皮？"崔栖潮连弹幕都没看过，怎么会知道他的观众都疯了八成，"这么说也是对我的保护，下一个世界时代背景是在什么时间？"

"大约二十三世纪，人类已经进入了前星际时代……"林琳给崔栖潮介绍了一下相关背景与科技水平，不知道为什么，她的神情总是隐隐透着一些诡异。

"对了，小白的问题你们还在继续查吗？"崔栖潮问道。

“没有，事实上我也建议您这次继续把它带去直播，好让我们继续观察。”说到这个，林琳就有些纳闷，他们公司服务器抽是抽，怎么连这都查不清楚？

崔栖潮点了点头，想到小白在中世纪的待遇，又微微一笑道：“只要这次所处的世界对猫没有恶意就行了——对了，有特殊标签吗？”

比如第一个位面的青春校园，他就被困在了校园里，第二位面他必须做领主。

“这个……”林琳咽了口口水，说道：“其、其实，下一个位面相当一部分数据也是原创的，主题是星际……”

崔栖潮脸上因为提到小白而出现的淡淡笑意还未收敛起来，又带上了一丝疑惑：“那是什么？”

第三卷

# 在星际时代种田
（上）

第 51 章

# 普天同庆的设定

林琳不敢把崔栖潮当公司其他小演员对待，打从一开始她就被崔栖潮坑过，也知道虽然节目中的崔栖潮堪称爱民如子，但一个传承了三皇五帝血脉的人，怎么可能是个圣母到家？

所以在崔栖潮疑惑的目光下，林琳躲避开他的目光解释道："这种设定是把人类划分为三类：领导者、中庸者和依附者。社会等级上领导者最高，中庸者次之，依附者处于底层。其中又以中庸者的数量最多，其他两种少。"

林琳说完，崔栖潮就能理解了："我知道了，无论什么时候，阶级都是存在的，这个设定只是强化了社会阶级而已。既然划分得如此清晰，他们一定有先天的区别。怎么，依附者连种菜的力气都没有吗？"

他说得很轻松，既然是二十三世纪时期，那么即使这几种体质有别，但在科技的影响下必然会抹平很多。

"体质上确实有区别，依附者更为娇弱，需要依附领导者，经由传统的标记仪式形成从属关系，结成关系后的依附者会不自觉向领导者臣服，在易感期也会因为信息素的释放更容易受到对方影响……"林琳声音越说越小，因为崔栖潮的脸色已经稍微变了。

崔栖潮仔细回想了一下这个设定，皱眉道："这种原始的设定是为了满足什么恶趣味吗？你们让我去录是没问题，可是它原本的受众可能会非常失望，说不定还要投诉你们。"

林琳小声道："崔先生，您让节目受众失望也有两次了……"

崔栖潮难得被噎了一下。

"崔先生，您放心吧。"林琳又说道，"在那个时代背景，依附者已经可以借助药物摆脱领导者的控制，您完全可以把它当作普通前星际背景来生活。"

崔栖潮似笑非笑地看了林琳一眼，这个话林琳放在最后说，分明就是猜测到他可能会反对，最后说反而让人觉得比起来能够接受了。

林琳自知被看穿，合掌道："崔先生，我也是没办法啊，上头说就用这个票选结果。"

"知道了，其实只要你们能扛住观众的压力，我在任何位面都无所谓的。"崔栖潮那一点若有似无的笑意也没了，他接过资料自己翻了起来，"毕竟，我还是要感谢贵公司的慷慨。”

“多谢，多谢。”林琳发现崔栖潮是真的一点儿都不在意，他甚至都没有询问 LJJ 公司打算把他的分化安排成什么。

看了崔栖潮的样子，林琳反而和小白一样，有那么点想看崔栖潮失态是什么样，想必直播间的观众也会这么想吧……

按照老规矩，崔栖潮会休息一个月后再次开始录制。这期间，LJJ 公司也放出风声，暗示崔栖潮下个位面是什么样子。

一时间，整个 LJJ 附属论坛都被屠版了，观众都疯了，纷纷表示：

哈哈哈——你崔栖潮也有这一天！请 LJJ 千万替天行道，把他安排成领导者或者依附者，我们就是要看他的惨状！

一想到崔栖潮可能因为易感期而错过浇水的最佳时间，我就浑身一阵酥麻……噫，好爽。

一开始看到这个邪恶设定我是拒绝的，但是想到用在崔栖潮身上，我就特别开心！

哎，不是有抑制剂吗？崔栖潮这种人，可能全程疯狂注射，然后无视所有人，向他的化肥走去……

更恐怖的是，我害怕崔栖潮会走向另一个极端，疯狂逼柔弱的依附者种田。到时候我们看到的只有种田和肌肉依附者……

前面你脑洞太大了麻烦补一补，都二十三世纪了还用得着人类亲自动手？

既然出了这个设定，那么崔栖潮不太可能是中庸者，只会是领导者或者依附者，无论因为他的血脉设置为领导者，还是为了反差、逆袭设置为依附者，都有可能。那么现在我只有一个问题，崔总的信息素味道会是动物有机肥的味道吗？

……

看到议论纷纷，LJJ 公司的内部人员高兴极了，无论如何，热度已经先炒起来了，按档节目算是未播先红，人人都想知道崔栖潮在这个位面会有什么遭遇。

至于崔栖潮本人，随便翻了翻资料，就去看畜牧知识了。中世纪位面的遭遇越发让他感受到耕作和畜牧不分家，多了解一些，以后说不定用得着。

一个月时间到，崔栖潮再次来到工作室，一回生二回熟，他这已经是第三回了，连林琳都没有特意来送。

“崔先生，您准备好了吗？”工作人员问道。

崔栖潮点了点头：“麻烦了。”

三、二、一——

“Geronimo！”

崔栖潮从床上爬了起来，正对面的墙上就挂着一面镜子，照出来他和现实中差不多但却白嫩、纤弱一些的外表。

崔栖潮愣了一下，随即不满起来。

“床对面怎么能挂镜子？”

他翻身下去就先把镜子给挪开了，然后才摸了摸颈后分泌信息素的腺体，心想：是个依附者啊。

这不奇怪，LJJ 公司要做肯定做到彻底，选择相对最为弱势、不受控的性别。这是第三个世界了，难度加大也不奇怪，与他血脉的反差还能够吸引观众的目光。

崔栖潮看了看小小的天窗外，满天星光格外低，一片荒芜的土地上散落着各种太空废物，这里是一颗无名星球。

本位面的人类自从进入前星际时代以来，脚步踏遍各星系，他们选择各种星球进行生活定居、采矿、军事训练等。也有一些被放弃的星球，因为环境各不相靠，离最佳标准都差了那么一点儿，却又能够勉强生活，成了有人居住的“无人星”，只有那些从事不光明职业或者有特殊需求的人才会出没在这样的地方，甚至将其当作据点。

至于崔栖潮在这个位面的身体为什么会出现在这里，就是因为作为一名依附者，他不愿意听从家庭安排结婚，才被送到这样的地方囚禁，一个小小的、封闭的空间站，或者可以叫监牢。

这个无人星昼短夜长，来往的只有一些从事非法活动的人，这块垃圾场一般的区域更是鲜有人至，就算来了，里面的人出不去，外面的人进不来。

失去与外界的一切联络、交流，就连每三个月一次的补给也是飞船投送，根本看不到人影。在这里，只有与星辰、孤单为伴，正常人待不了多久就要疯的。

资料上显示崔栖潮已经在这里待了一年，算是意志力非常坚定的了。这时候，几乎从未响起的通信仪器亮了一下，有人发来了信息，并根据程序设定自动播放起了视频。

视频中的人是崔栖潮在这里的父亲，他冷淡地问崔栖潮是否反省够了，如果认错，现在就派人来接崔栖潮，否则崔栖潮就得一直待在无人星球，而且连补给也会断掉……

崔栖潮没听后头的话，随手关了视频。

在头一个位面，崔栖潮和自己的虚拟家人相处得非常好，至于这一个，他觉得没有什么理会的必要了。

面对“父亲”的威胁，崔栖潮不但不恐惧，反而有一丝兴奋。

崔栖潮在琢磨，这种地方没有任何国家组织管束，不属于任何人，所以理论上，这一次他拥有了无限接近一整个星球的地方来种植！

“哈哈哈。”崔栖潮美得都笑出声了。

二十三世纪的科技在崔栖潮眼里还不太够看，他在空间站里转了一圈，心里就有数了。当初他的工程材料学得相当优秀。

崔栖潮摸了摸天窗边缘的金属，这是立氏合金，最高使用温度不能超过 3000 流氏度，一直到崔栖潮生活的时代仍然在广泛使用。

崔栖潮找出工具箱，把加热食物用的料理箱拆了，限温器去除，只剩下加热棒，熔了窗框，把天窗卸了下来，再把一地零件的料理箱拼回去，这就一个，以后还得用。

天窗一卸下来，屋内就响起了温度变化的预警，崔栖潮也不急。

这个无人星的空气成分和地球是接近的，顶多因人而异地出现一些生理反应，就算出现了，只要进行台阶式适应就没问题。

只不过现在处于漫长的夜晚，又算是这个星球的“冬季”，气温比较低。

把料理器拼好了，崔栖潮才把天窗拼回去，暂时用架子撑住，他准备之后重新做一个能推拉的窗户。

距离这个星球的白天还有一段时间，崔栖潮把食物都倒了出来，掂完一遍后，慢悠悠地放了回去。不知道是不是故意的，这些食物基本都去除了种子。

但是这没关系，这地方有很多太空废物，以前一些人留下的废弃据点，也有一些本土植物，费点劲，总能找到可以播种的东西，崔栖潮觉得还挺有挑战性的。

就是不知道小白哪儿去了，就这星球，难道还能有猫？

崔栖潮顺手用空箱子做了几个培植箱，放在一旁。要是他找到种子了，就在室内先种几茬，本地的植物和种植条件他还得研究研究。

等到白昼终于来临，天空中陆续出现两个小小的类似太阳的恒星，外面的一切更加展露无遗——各种太空垃圾以及废弃的空间站。

崔栖潮穿戴好，从天窗翻了出去，果然，即使白天了，他把所有衣物都裹在了身上，在外界还是能感受到冷意。

他埋头往前走，不时在地上翻翻拣拣，把那些废弃的建筑人门拧开或者用路上捡的东西破坏开，进去翻找一番有没有可用的物什。他最希望找到能够留种的食物。

这样的行为持续了大概有一周，种子是没找到，但崔栖潮依靠从其他地方捡回来的器械把培植箱的照明灯、温控器都改出来了。

崔栖潮兴致勃勃，丝毫不觉得无聊，即使一个人，他也不会有在监牢里孤独到要疯狂的感觉，只觉得能够专心做事非常好。他也十分坚信自己会在食物吃完之前找到种子——最好是这样，他实在不想离开这个无人星。

来无人星的人，大部分身份不会很正面，崔栖潮甚至在一些看样子是临时废弃的空间站里搜出了武器，以防万一，他也都收了起来。

第二周，崔栖潮才终于找到一些红薯，应该是作为食物储存的，保存得还不错。

红薯虽然能够拿来播种，不过生长周期得有四个月，只能说聊胜于无。

崔栖潮把它拿回去，先用清水泡，泡出根系才好种植。

在这里，清水可是非常难得的，全靠空间站的设备采集露水，再进行净化，崔栖潮也是从自己的饮用水里省出分量来泡的红薯。

他准备找到更多工具后，把采集系统改良一下，好提高采集效率，目前只能先忍耐了。

培植箱里的土是从外头挖回来的。红薯种植不需要太精细的管理，这里土质和红薯的原生环境不一样，必然会有改变，崔栖潮检测过了，大问题没有，但还是需要施肥。即使是粗犷的红薯也需要施肥。直接用杂草、垃圾、灰土等做成土杂肥，并密封起来快速沤制，他可等不到肥料自个儿沤好了。快速升温缩短发酵时间，令杂肥在十天内就完全腐熟。原生环境垃圾中带来的细菌，也能够让红薯以后生长得更好。

这时候红薯的根系差不多也发出来了，土壤施肥，把红薯根系朝下放进土里。一个大红薯有好几个芽眼，能切开成好几份栽种。

其实红薯倒也可以进行水培，只是水培需要经常替换清水，崔栖潮现在着实浪费不起。

红薯喜光喜温，幸好崔栖潮做了照明器，外头光照不够，就自己增加光照时长，调节温度。

更多时间，崔栖潮还是花在探索四周的太空垃圾上，俨然成了一名太空拾荒者。

到了大约第四周，崔栖潮才遇到了在无人星看见的第一个人，这个人好像和他一样，也是来进行太空拾荒的。

这一次崔栖潮走得比较远，他们相遇在一堆载物火箭残骸前。崔栖潮还不习惯用这里的第一性别区分，只看到对方的长头发和窈窕的曲线，判定是一名女性。

其次崔栖潮才想到这人没有散发信息素，也许用了隐藏剂，也许就是一名中庸者。

她好像也是在进行太空拾荒，一看到崔栖潮，立刻把手举高，惊讶地看了他几眼，赔笑道：“哥们儿，别激动。”

“我没有激动。”崔栖潮冷淡地道。对方之所以举起手，当然是因为他手里拿着射线枪，这是此前他捡到的，在他看来和中世纪的长矛只有一步之差。

的确，他从来没有表现出对武力的热衷，在中世纪时甚至被人认为不懂得搏斗，但是那可绝对不代表他真的很孱弱，真的对这方面一无所知。

女孩儿一看对面这个依附者握枪的姿势就知道绝对不是外行，本来依附者独身出现在这里已经很诡异了，没有穿低温防护服，反而是堆了一层层的衣物保暖，就像是被人随意丢在这儿一样。

她之所以知道对方的第一性别，也是因为他根本没有使用隐藏剂，大大咧咧地展露了自己依附者的身份，看这个样子说不定根本是没条件使用。她甚至可以隐隐嗅到对方身上淡淡的信息素味，那是一种闻了让人很平静，同时肚子很饿的味道。这种味道非常复杂，具有层次，不像很多人那样，可能只是单一特定的味道。

这个应该是……五谷味的。

想着想着，女孩儿有点怀念八宝粥了。

女孩儿舔了舔嘴唇，说道："相逢就是缘，我只是来找找看有没有好东西，你应该也一样吧。其实……"她露出犹豫的神色，但最终还是谨慎地什么都没说，只是摊了摊手，"你看。"

崔栖潮扫了对方几眼，他情况特殊，才会到处搜寻物资，眼前这位身上还有防护服，应该是主动来到无人星的，就是不知道为什么境况不怎么样，才沦落到和他一样的田地。

早就说了，在这种地方出现的，身份都不怎么光明，所以崔栖潮才会第一时间警惕。

不过短时间内，崔栖潮大概判断了对方的水准后，就把枪口挪开，不咸不淡地"嗯"了一声。

"喵……"

这时候，一声猫叫响了起来。

崔栖潮诧异地看过去，女孩儿立刻摸了摸自己的背包，无奈地笑了笑："别紧张，是我的猫们，看来它们醒了。"

一说到猫，崔栖潮想到的当然是小白。

之前他还在想小白在哪儿，现在看来，极有可能就在这女孩儿的包里了。

崔栖潮问道："能看看你的猫吗？"

"看在你……"女孩儿看了他一眼，说道，"就给你看吧。"

崔栖潮当然不知道是自己现在这个依附者的身份才让对方轻易答应，他走近几步就停了下来，保持一个安全距离，看着对方从包里把猫一只一只捏出来。

四只大约一个月大的小猫，还有一只母猫，它温驯地把出来后想要爬开的小猫叼了回来，在它们身上舔了舔。

其中一只橘色的猫一看到崔栖潮就往前爬，被母猫几次咬着后颈拖回去，仍然坚持不懈，而且一直抬手，做出要握手的动作。这个暗示非常明显了。

崔栖潮看了心里就有数了，小声喊了一声："小白？"

那几只猫里还有一只白色的小猫，女孩儿听了也只以为他在随口逗弄，心里想，对方虽然表面强硬，到底还是内心柔软的依附者，看看，一看到小猫都这么柔和了。

崔栖潮哪知道她在胡思乱想什么鬼，看到橘猫果然"喵喵"叫着回应，更加确定这是小白了，不再犹豫，抬头问道："那只橘色的猫，可以……卖给我吗？"

好样的，崔栖潮！小白在心底大喊：快把老子带走，这破袋子里可挤死了，其他猫讨厌死了。对了，就买我一个，可别再要累赘了！

女孩儿觉得并不怎么意外："容我提醒一下，你过得好像有点困难，确定要买吗？"

崔栖潮点头。

女孩儿转了转眼睛，又道："先说好，我的同伴离这里可不远，既然你说要买，我只能给你一个公道价格，你也别想来硬的。是这样，我现在只需要粮食，十斤……不，八斤好了！"

崔栖潮："等等，我现在有点不确定了。"

小白："……"

## 第 52 章
# 三斤不值得

崔栖潮只要不答应回去结婚，就没有下一次补给了。现在食物有限，八斤那可不少，就算他在种红薯，红薯成熟时间也还早得很。

再想想把小白带回去，还得每天喂它……崔栖潮就更加犹豫了。

这里不是中世纪位面，科技虽然更发达，但是目前的情况比中世纪位面还要恶劣——在崔栖潮有充足的食物之前。

崔栖潮倒也不是想彻底抛弃小白，但他想，也许以后再来接小白比较好，对方还有同伴，看上去条件也比他好多了。

相比起崔栖潮的犹豫，小白则要气死了，它在地上“喵喵”叫着直打滚，但是看在人类眼里，就好像是在对母亲撒娇，母猫一爪就摁住了它。

王八蛋崔栖潮，不是人崔栖潮，居然为了八斤粮食就不要它，它难道还比不了八斤吃的？小白疯狂辱骂着崔栖潮。

女孩儿看崔栖潮的神情，又说道：“其实我本来也很奇怪，怎么有人会都这样子了……”她看了看崔栖潮身上的衣服，“还要买猫。呵呵，其实如果不是补给还没到，我也不想卖了妙妙的孩子。你要是不想买的话，就算了吧。”

崔栖潮想一口答应下来，但是他看到小白好像快要癫狂了，一副如果崔栖潮今天不在它和粮食之间做个选择，就要一刀两断的架势。

说实话，平时逗归逗，大家一起在虚拟位面待了那么多年，还是有一定感情的。崔栖潮叹了口气，又道：“能不能少点？”

小白怒了。

讲价，他居然还讲价！只值八斤粮食已经够让它吐血了，到底还要低到哪里去？女孩儿可是没出手前就已经降了两斤！

这回崔栖潮没理小白的眼神，不能连价都不让他讲，他蹙眉道：“它们都断奶需要开始吃食物了，我看你们也缺补给，如果我带走一只猫，其实也是给你们减负了。”

本来以为这个依附者是不食人间烟火的那种，他的气质一看就出身很好，又在这种时候还坚持要买宠物，不想买了都好说，但女孩儿还真没想到他会讲价。

崔栖潮的理由很充分，女孩儿低头想了想，莞尔一笑：“也行吧，我给你个实在的价格，三斤怎么样？”

小白：不行！不行！老子只值三斤吗？

母猫奇怪地看着这只发疯的幼崽，摁得更用力了。

崔栖潮："可以。"

小白要被气死了！

"就当交个朋友了，我叫丽莎。"这个叫丽莎的女孩儿上前几步，伸出手来。

崔栖潮和她握了握手，从背后的背包里拿了三斤食物给她。因为防止走得过远或者出现什么意外，崔栖潮随身就带着一些食物和饮用水。

"你还挺高的。"丽莎顺口又说了一句。

崔栖潮"嗯"了一声，他的身高倒是没变，只是骨架稍有变化，对普通依附者来说大概比较高。

丽莎接过食物，先用仪器测了一下重量，确定是三斤，然后就很惊讶地看着崔栖潮。她刚才没有看到崔栖潮使用任何测量仪器，只是从鼓鼓囊囊的背包里随手一抓。但是她的仪器无意间开启的模式可是高精度测量，到小数点后十位以上，测量显示就是三斤整，一厘一毫也没有超过或减少，小数点后是齐刷刷的零。

这难道是意外吗？从眼前这个依附者刚才的动作和神态看来，丽莎并不那么觉得。

"我告诉过你我的名字了，那你呢？"丽莎问道。

"我叫崔斯坦。"崔栖潮根本不信这个女孩儿叫丽莎，她撒谎的样子太明显了，所以崔栖潮也随便给了她自己在上一个世界中使用的名字。

"呵呵……圆桌骑士 Tristan？看来你希望成为一名优秀的领导者。"丽莎也认出来这是假名了，暗示了一句。

她倒不是从崔栖潮的神态中看出来的，而是在这样的设定之下，这个名字属于一位上古骑士，而那时候能做骑士的都是领导者。

不过对方的谎言也没有令丽莎产生反感，甚至产生了相反的情感，她大方地把不断挣扎的橘猫捡了起来："那就钱货两讫了。给你。"

崔栖潮对她点头，接过小白。

"喵呜！"小白开始凶他，但由于现在还只有一个月大，在大家看来就是丝毫没有威胁力度的奶凶，甚至惹得丽莎笑了笑。

丽莎从背包里拿出一块布盖在了小白头上，说道："这个上面有它母亲的味道，应该能让它安分一些，它刚刚离开母亲总是会不适应，你多包涵……"她的眼睛在崔栖潮身上打了个转，又道，"一般来说，猫咪还是会对柔和的依附者比较有好感，可能是你有点……那个。"

她没明说，刚刚崔栖潮拿枪的架势可不是唬人的。还有一点出于礼貌她也没说，动物对信息素也有一定敏感度，崔栖潮的信息素那么馋人，小猫都能凶起来，可见他多么防备人。

丽莎脑补过多，小白这会儿只是在生崔栖潮的气而已，崔栖潮也心知肚明，用丽莎送的布把小白的脑袋以下一卷，它的爪子就抓不到人了，再往口袋里一塞，这样也挺保暖的，小猫的被毛还不是特别浓密。

交易完成，崔栖潮和丽莎对视一眼，各自向后退，退到了一定距离后，崔栖潮才消失在一架不知道什么年代落在这里的太空车之后。

今天他不打算继续搜寻了，一个是大部分东西给了丽莎，另外就是小白在持续抓狂。

但兴许是今天确实运气好，先是遇到了小白，回去的路上崔栖潮又看到沙土里埋着的四轮代步车，他把车给挖了出来，这个是电能的，可以短距离代步，驻扎在这样的无人星，也没什么远处可去，在附近办点事这就够了。

崔栖潮检查了一下，没什么大碍，虽然有一定年头而且没电了，实际上只是电源锁烧蚀了。这不是什么值钱东西，当初才直接被抛弃，其实带回去修修就行，目前崔栖潮还是挺需要这东西的。

崔栖潮推着车一起回去，小白就放在车座上，还是那么包着。

起初小白还一直骂骂咧咧地叫，后来实在没力气了，就趴着哼哼唧唧几句，也是平静下来后小白才突然发现了一个很重要的问题：崔栖潮，好像是依附者！

因为崔栖潮一出场就和以前一样可恶，小白愣是没有意识到这一点，直到现在，淡淡的五谷香味萦绕，小白才猛然发觉。

小白有点傻了，崔栖潮怎么会变成依附者？这也太好笑了吧！比它变橘猫还要好笑啊！

崔栖潮瞥了一眼疯疯癫癫的小白，一声不吭，心里掂量着，幸好他来之前还看了点畜牧知识，就是不知道如果小白得病了能不能找到药，不然也是白搭。

小白也不知道自己被当成疯猫了，在心底狂笑着狂笑着就觉得有点别扭了……

这个设定不太妙啊，它一想到崔栖潮有可能被领导者支配，就有点别扭。

想看崔栖潮倒霉的心情是浓烈的，但要是这么个倒霉法，反而让它一点也不爽了。这种奇怪设定下的倒霉，到底有什么爽感啊？

还不如让它穿成一只巨猫，在一个猫做智慧生物的星球，把崔栖潮当宠物养起来。到时候它也让崔栖潮住鞋盒子，训练崔栖潮给它梳毛，保养爪子，让崔栖潮打滚儿，崔栖潮就打滚儿；让崔栖潮握手，崔栖潮就握了左手握右手；每次崔栖潮上厕所它还要在旁边督促……

小白想得正起劲儿，崔栖潮的空间站已经到了。

这么个地方，只有一人一猫，小白松了口气，看来是没什么下流场面出现的可能性了，暂时。

崔栖潮真是越混越回去了，在这里连个马仔也没有。哦，就一个猫崽。

崔栖潮找了两个碗给小白当水碗和饭碗，说道："委屈你了，我也没想到星际背景居然比中世纪还要艰苦。"

小白这才想起来自己还在因为三斤身价而生气，一爪子把空碗打翻了，表示自己的心情还很不晴朗。

崔栖潮失笑，把小白抱起来，两手托着："其实我之前那样子，只是为了和丽莎讲价而已，因为这里没有食物来源。怎么可能真的不要你，你这小家伙，脾气真大。来，乖。"

花言巧语，花言巧语啊。小白眯着眼看崔栖潮。

崔栖潮端详了小白几下："长得和大橘一样。"

小白一动不动地看着他。

好半天没有后半句，按理来说，后半句应该是"但你比大橘好看"才对。

小白又生气了，翻过来滚过去地撒泼了。

崔栖潮若无其事地揣着小白躺在床上，让它趴在自己的胸口："这个星球的星空还是很漂亮的，你看看，和地球上不一样。"

按照常理说，小白也是第一次到无人星，它被摁在崔栖潮的胸口，往天窗看了一眼，刚才崔栖潮就是从那地方下来的，通过透明的窗户确实能看到格外低的星辰。

小白看一眼星星，又看一眼崔栖潮，感觉有点拿不准这到底是崔栖潮道歉的诚意，还是他真的毫无意识，觉得已经没事了。

一场家庭争吵消弭于无形中，崔栖潮重新规划了一下食物，得留出小白的份来。幸好小白这么点点大，暂时吃得也不多，但这件事仍然提醒了他——要抓紧找到新的食物来源了。

崔栖潮把代步车的电源锁修好了，又接了个容量大一点的电池，第二天就带着小白出门继续搜寻了。

在室内的时候，小白就惊奇地看着崔栖潮修车，出门后，崔栖潮一言不发，连小白都无聊了，他还是保持着注意力，一边寻找各种残骸，一边记录地形，看样子顺便要把附近的土地都了解一遍。

崔栖潮的坚韧在前两个位面就有所展现，但是来到无人星后，这一点更为明显了，如果不是他还会不时关心一下自己唯一的同伴，小白都要觉得他像机器人了。

进入黑夜后，温度更低了，小白即使被布裹着也瑟瑟发抖，崔栖潮把它放到了自己怀里："虽然已经天黑了，但其实距离我们出门才过去六个小时，过两个小时再找个地方休息吧。"

小白把头埋在崔栖潮怀里，再也不露出来了。

崔栖潮的车速降低了，以免车撞到树桩、土坑之类的东西，就这么又行驶了一个多小时，崔栖潮发现了一个无人的空间站。

在广袤的无人星上，有的空间站是一次性的，有的是被轮流居住的，还有的是主人回不来了，什么情况都有。

崔栖潮上前检查了一下，有段时间没人来这儿了，看来的确无人，门也关着。崔栖潮直接把工具箱拿出来，卸了大门。

里头的电力系统已经坏了，没法用，崔栖潮打着灯看了看屋内，没什么器械，大概都被带走了，但厨房里的补给没带走，或者该说是当时没有全带走，多余的部分都留下了。

看看食物变质的程度，就知道这里的人离开至少有一年了，崔栖潮耐心地翻找了一番，看到这里有几个培植箱，存在种子的可能性无限增大。

小白忽然“喵喵”大叫，崔栖潮动作一顿，顺着小白看的方向，在一堆面包下面翻出一个透明密封盒，不用打开就能看清楚里头装的是种子。

崔栖潮脸上终于露出了一点笑意，不过藏在了围巾下面。

这是生菜种子，没什么意外的话，生菜的生长期很短，合适的条件下，一个月就能采收，这还只是采收的时间，如果等不及，幼嫩的叶子也能采来吃。而且种子的保存时间也算长，三年内发芽率都有百分之八十，再往后逐年减少但仍然能大量发芽。

如果它们原来的主人想在短时间内吃到最新鲜的蔬菜，生菜无疑是非常好的选择。

崔栖潮把生菜揣好了，又翻找了一通，也只找到一瓶信息素隐藏剂，被他随手扔开了。在这种地方，隐藏剂存在的意义不大，他一个人生活，一个月都不一定撞到另一个人，哪怕随身携带临时喷，就是急效的也有三十秒生效期。

最重要的是，在崔栖潮的概念里，这就和身体自带的香水差不多，没什么意义。

这个位面的家里人，既然是把他送到这儿来关禁闭，当然也不会给隐藏剂，抑制剂都没给，就是要让人吃吃苦头。

崔栖潮继续翻，又翻到了一些压缩饼干，没过期，能吃，还有几包葡萄糖粉末、两瓶酒，全都扫到了包里去。

这个空间站里还装了水循环装置，也被崔栖潮整个拆了下来，准备带回去，能省则省。

这里的电力系统虽然损坏了，但是崔栖潮把代步车接上了备用的蓄电池，给车也充满了电。

在这个地方可算是满载而归了，好在崔栖潮的车还装得了。他就在这里拿出睡袋，睡上一觉，怀里抱着小白。

再次醒来的时候，外头还是夜晚，崔栖潮在心底默算了一下，这个星球的春天还有三个月才会到来，到时候境况应该会好很多。

崔栖潮趁着夜色，慢慢开车回去，黑夜里只有小白不时发出的无聊至极的“喵喵”声，偶尔也能听到窸窸窣窣的声音，这是无人星上的小动物被惊扰了。冬天里这片荒芜的地带大概只有它们会出没——即使在这片无人星，这个地方也属于不毛之地。

那些生物生活在地下，从一个洞到另一个洞里，崔栖潮甚至没有见过它们的真貌，只隐约知道个头非常非常小，可能和蜥蜴差不多，崔栖潮简单粗暴地叫它们“地虫”，还不确定有没有毒。

又是漫长的回程之路，枯燥得可怕，小白作为奶猫，大部分时间在睡觉，饶是如此，醒来的时候也很难熬。

崔栖潮看在眼里，回去之后，用带回来的打包盒给小白做了个猫玩具，也就是上面打满了孔，里头放瓶盖给猫掏。

小白看了几秒，觉得有点侮辱自己的智商，可它实在是太无聊了，只好一下一下地掏起来。

崔栖潮回来先观察了一下自己的宝贝红薯的生长情况，又把种子泡了一天，这个过程中，就多做几个培植箱，泡完冷藏一天，这样出苗会快一些。

种之前，他往土里头加了些杂肥，中间再浇点淘米水，不用多费心照顾。等长好后，也别连根拔，崔栖潮就一个人，过上一个月，每次摘几片叶子吃就行，剩下的留着继续长，能吃很久，蔬菜是足够了。

崔栖潮在空间站里多留了几天，等生菜都发芽长苗，除了控制温度与光照，崔栖潮又开始摆弄他的代步车了。

那些生菜种子保存得不错，时间也不是特别长，加上崔栖潮的照顾，发芽率在百分之九十以上。

有了种子就好像有了希望，崔栖潮一想到几个月后的春天，就充满了动力。他想把代步车改造成农用的，能够接挂农具。

这一部分还好说，但是崔栖潮没有农具。

让崔栖潮只在室内种东西肯定是不可能的，他要在外头种菜，肥料还可以用各种生活垃圾以及本土的草木沤制，但那些外星荒土播种前还得犁地。

这里没有金属板，就算从哪里拆下来，也很难做成标准的犁刀。那也只好退而求其次，崔栖潮想找一些钩状金属代替试试。

崔栖潮到处找合适的犁刀，这倒还有几个月时间，他心态还算稳定，实在不行就做手扶的，稍微慢一点罢了。

外星的冬天比中世纪的冬天还无聊，小白玩一玩粗陋的玩具，剩下的就是抢着帮崔栖潮干活，不然它要闲死了。

LJJ 牛！我服，真的把崔总弄成了依附者。

崔栖潮到底什么专业的，还能拆料理机……这是为了拆窗啊，分分钟就越狱了。

最重要的是人家拆得了还拼得回去好吗？

看到崔栖潮掂枪这个姿势没？你们怕是会被摁下来疯狂种田哦……

不是，前星际时代背景，为什么突然捡垃圾？在外星捡垃圾、种红薯，这小日子过得够魔幻啊！

这妹子的表情是不是闻出来崔老爷的味道了？看样子不是有机肥的味道。

强烈要求官方快点公布崔老爷的信息素味道，我押 50JJ 币是大米味儿！

又养猫，崔老爷这个地步了也不忘养猫，就是起名能力是不是有点弱？这都橘色了还叫小白啊，是有多省心！

根据我看崔栖潮的节目这么久学到的丰富知识……我觉得三斤不值得。

我也觉得三斤不值得，三斤省着吃能吃好些天，这猫体重都没三斤。

昏聩！

第 53 章

# 春天要来了

崔栖潮到处搜罗可用的器械，钩状金属他是没找到，倒是翻出了几台小型家用机器人，他把机器人抱了回去。这些机器人都是几何形，有圆头圆脑的，有三角形的，还有四边形的，摆在一起看还挺有艺术感，形状不一样但质地和色调都一样。

崔栖潮就看上它们这天然对称、不用特意打磨的形状了，直接把四边形和三角形的机器人外壳拆了。这说是家用机器人，但型号是适应各星球环境的，所以材料也很不错。

没想到这机器人还有点电，本身就是太阳能的，它们被抛弃在这儿后就自动休眠了，崔栖潮一拆，这机器人就自己开机了，带着电流声说：“朋友，你拆我干什么？”

要不是那一丝电流声，这声音还挺仿真，几乎不怎么僵硬。而且这机器人还挺贫，不过一般家用机器人，大家都喜欢升级语言系统，就当宠物养了，能干活还不用像猫狗那样吃饭拉屎。

崔栖潮一边把它的胸口拆下来，一边说：“我缺个犁，借你的金属板用一下。”

机器人说：“我报警了。”

崔栖潮笑了一下，白费劲，联不上网。

这机器人好像发现了，自动做出反应：“求求你，饶我狗命吧！”

再多的应对措施，它的程序里也没有了，这时候到底还没有完全智能化。它倒是可以把自己锁了，但是崔栖潮属于暴力拆卸，人家拿它也不是图它干活。

好在崔栖潮只拆了外壳，三角形机器人和四边形机器人都被他拆得光溜溜的了，这两个都激活了，脑门上亮着蓝光，一言不发地缩在角落，在这个拾荒者的淫威下瑟瑟漏电。

崔栖潮看了一下剩下的那个圆头圆脑的，这个对他没用，不过看样子怎么没自个儿开机？

“小白，回头我给你把这个也改成玩具。”崔栖潮对小白说，想到那种可以自己发射球的玩具，可以给这机器人开个口子，弹球，都不需要它智能，里头加点东西就成。

小白围着圆形的机器人转了两圈，那机器人忽然说话了，把小白给吓了一跳：“大爷，我帮你锄地啊。”

原来它也开机了，要不怎么听到崔栖潮之前的话，还在判断出崔栖潮要种地后如此回应，只不过一直在“装死”，这会儿看自己好像也无法幸免于难，才开了口。

“你顶多做家务。”崔栖潮说，这又不是农用的，而且也没有和他所住的空间站程序相连。

也就是说，这机器人还说胡话了。

被崔栖潮戳穿后，圆形机器人就带着一丝沮丧说：“大哥别杀我。”

小白愣是从这光溜溜的表面上看出了谄媚。

崔栖潮忍俊不禁，这么具有个人特色的话，肯定是主人购置后进行了个性调试，三个机器人画风相当统一，应对得非常好笑。不过很可惜，这个板他是非拆不可了。

“不杀你，你没什么用。”崔栖潮把它也扒到一边，把刚才卸下来的金属板比画了一下，差不多。

他心里默算，四边形的金属板可以做犁侧板，犁耕的时候，这两个部位是贴着土沟壁的，能让犁平稳前行，不至于歪歪曲曲。还有一块做犁刀，但是和犁铧一样，得开刃，三角形的犁铧能够把土壤破碎翻上来，犁刀则是用来切土沟的，还能把前茬也切了。犁架直接从别处拆屋子，用金属管固定，

犁壁做成了栅条式，这个也熔断做出来就行。至于小前犁，直接省去好了，这里的土质虽然说不上松软，但为了时间与材料考虑，还是省去为好。

组装没什么，就是回头得开刃，崔栖潮暂时按下这个问题，把犁具先组装好。

还行，虽然是手工的，但是这几块金属板正合适，崔栖潮手上的精度也到位，装上后挺顺畅，还没有挂上车试，但崔栖潮觉得简单是简单，使用应该没问题。

回头崔栖潮就在自己捡回来的那堆东西里翻出了金晶石锉刀，虽然早已迈入热兵器时代，但人类不会就此放弃近身搏斗。这些东西估计就是有人用来打磨自己的刀具的，从便携的角度说，这个比磨轮更便于携带，也更能满足部分人的奇怪心理，仿佛自己手做的就格外厉害。

崔栖潮先从外头找了砂岩，熔断一块，好做成手摇的砂轮，先把刃给粗开了，犁铧和犁刀都比较大，这一步着实不轻松，效果勉勉强强。接着他再用锉刀细磨，这原本是用来打磨兵器的，样式也不大，崔栖潮拿它一点一点地锉，给犁铧和犁刀开刃，这属于水磨工夫，慢慢腾腾干了许久。

其间，那两个机器人就在一旁，报以幽幽的蓝光，就像在哀悼它们身体的一部分。

粗开，细锉，整平了，整个房间就听到“噌噌”的、带着金属质感的声音，断断续续地干，最终花了崔栖潮半个月工夫。

要是不说，谁能想到崔栖潮这是在二十三世纪，旁边还有三个机器人？毕竟除了他，没谁会想到跑无人星来种地，他就是再厉害，犁具也得手工制作，代步车都得用来拉犁。

最后完成了，崔栖潮把犁具放平一检查，从犁铧刃口的厚度、长度、宽度到螺钉固定情况都不错，犁铧和犁壁紧紧连接在一起。他做事专心，二者连接处一点不平滑的凸起都没有，犁侧板、犁壁尾部都整整齐齐，没有偏差。

崔栖潮把犁架接上车，试着在外头犁了一段。冬天的地难犁，但好歹没出什么错漏，金属质量好，犁刀也很锋利，怎么看也经得起好一阵磨损。最近动手动得多，崔栖潮的手感也恢复了。将犁具清洁过后，崔栖潮暂且把它们好生收了起来，过一阵才到使用的时候。

那三个机器人因为没有和本空间站连接，也不帮忙干家务——其实也没什么家务，更别说有俩随时会漏电，它们就不时在屋子里走来走去，说点俏皮话。

崔栖潮看小白还算喜欢的样子，有时候会骑在它们头上动，就随便拿铁皮把那两个被扒光了的机器人裹了裹，没有大卸八块当零件用。

“嚯，这小模样。”俩机器人面对面，干巴巴地评价对方的新外貌。

这俨然是不满意了，又不敢表达出来。

崔栖潮私下叫他们三角、圆圆和方方，这个不像是什么昵称，没错，其实就是根据体形喊出来的称呼，方便指代。机器人有自己的名字，只不过崔栖潮不知道罢了。

“小白，你把方方推开。”崔栖潮搬动培植箱的时候，当着方方的面冲小白喊了一句。就算小白是一只普通猫，一起生活了这么多年，也能听懂许多词语了吧，何况它是训练有素的非常猫。

小白因为闲到透顶，对崔栖潮的吩咐非常积极，最近崔栖潮让它干点什么它都很开心。

方方倒是吓了一跳：“你知道我的名字呀？你偷看我的程序了吗？”

崔栖潮愣了愣：“你真叫方方？我随口叫的，那个我叫它圆圆。”

圆圆也转了过来：“我是圆圆呀。”

看来他们原来的主人起名字不如这些机器人外形设计得有艺术感，崔栖潮又看了一眼三角，说道：“那是三角吗？”

方方：“它叫毕达哥拉斯。”

这什么乱七八糟的？

崔栖潮不管，还是叫它三角。

这段时间以来，崔栖潮种的生菜已经冒出了许多脆生生的叶子，他算了一下，这个品种的生菜还不错，完全成熟后单株应该能有一斤多。

不等成熟，崔栖潮就摘了些鲜嫩的小叶子，洗干净了一焯水，再起油锅放油炒点干辣椒碎，往里加点儿酱油，一起淋在生菜上。

因为生长环境优越，这些生菜叶子一片片都水灵灵的，青翠欲滴，加了酱油和干辣椒的滚油一烫，叶片蜷得更紧，透着柔软劲儿，热气滚着香气一起往人脸上冒。

崔栖潮“咔嚓咔嚓”啃生菜叶子，一团绿叶卷在一起咬，口感极好，饱满的菜梗甜味更加明显，一点油和酱油让它不那么寡淡，干辣椒有点儿呛。他有点想念自己选育出来的 CX 七号了。

小白扭扭屁股，又觊觎这味道，又因为里头那点呛味想到了被辣的过去，不敢轻举妄动。崔栖潮给它熬了点肉末白粥，小碗盛着放凉了吃。

一人一猫各一个碗，埋头吃东西。

这些天他找回来的食物，还有种的生菜，掺一掺现有的补给，撑到红薯成熟不是问题。而且到了春天，崔栖潮琢磨着动物也该多起来了吧，不知道有没有比较安全的能吃的动物，还得再琢磨。

现在崔栖潮的空间站里只剩下少许落脚的地方了，捡回来的东西不紧要的都被他放到了外头，随便用布罩住。其余地方全是培植箱，种满了红薯和生菜，不浪费一点空间、光照，都是这段时间开刃、拾荒之外的成果。

外面还被崔栖潮挖了两个坑，一个坑是做蓄水池的，底部铺上了防水布，上头也盖了盖。

另一个坑里面是生活垃圾，果皮、茶渣、骨头，包括其他地方找到的霉变食物，还有本土的落叶等。

之前崔栖潮给生菜和红薯用的肥都是快速沤制的杂肥，用果皮、剩骨头、淘米水之类的几天就能沤成，至于这些大批量的肥，以后耕种了备用。味道是大了点，不过他的空间站密闭性很好，也不用开窗，不出去就闻不到。

崔栖潮的空间站周围的，地还算平整，没有坡度，但是有些太空垃圾以及树茬，所以除了堆肥之外，他开始清理地面了。

代步车又发挥了拖车的作用，零零碎碎的都拖到一边堆放，清理出好大一块地，但中间仍然有些大型的垃圾没法拖开，就留在原地，崔栖潮用石头给围了一圈做标记。然后就把残根、枯萎的木丛还有石头都刨出来，挖出来的草木都堆一块儿一把火烧了。

崔栖潮盯着火堆看了一会儿，心里在想：如果这里有大型机械，一个小时就能把所有残根杂草碾碎还田了……

这些日子以来，崔栖潮对周围进行了许多探索，打算再走几次就停止了。上一次向北边走的时候，他随身带着的检测器探到前方湿度上升，只是当时电能不够了，所以只能返回。

做好准备后，崔栖潮设定好仪器的光照时长、洒水时间，就带着小白上路了，还是上次的方向，中间没有停留。直线车程大约三个小时，估计近百里路了，眼前出现了一片结冰的湖泊。

湖面呈冰蓝色，冰下还有一些裂纹，像植物根系一样蔓延到远处。

崔栖潮沿着湖走了一段，观察这里的地形，以后水不够用，大概就要到这里取水了。远是远了点，崔栖潮开始思考能不能找到另外的车，如果工程搭建得好，完全能完成自动取水。

小白也从崔栖潮怀里钻出一个脑袋："喵……"

它在欣赏眼前的美景，忽然声音拔高了一点儿。

崔栖潮发现了，从湖的另一边有车辆开过来，他眯着眼睛看了一会儿，立刻回到了代步车上，避到高处，但并未离开。因为那辆车的车速比他的快上很多。

过了一会儿，对方已经到了近前，上头下来两个人，以崔栖潮的第一印象看去，就是一男一女，女性正是之前崔栖潮买猫的那个化名“丽莎”的人。

虽然是认识的人，崔栖潮也没有放松警惕，把小白的头又按了按，漠然地将手按在射线枪上。

丽莎也看到了崔栖潮，和身边的人说了几句，就向这边走过来，甚至抬起手挥了挥：“崔斯坦先生。”

崔栖潮上下打量了他们两眼，也从车上下来，向下走去。他这辆车真的只是代步而已，连个顶棚也没有，更别说外壳了。

“真巧，又见面了。”丽莎这话说得没错，在这种地方能偶遇第二次，还真是巧，她介绍道：“这是我哥哥，艾伯特。”

艾伯特的发色与瞳色和她都一样，长相也确实有几分相似，这一点她没说谎。他一直在观察崔栖潮，这时友好地伸出手来：“您就是那位用三斤食物换了一只猫的先生？”

小白听到了，冒出一个头来。

丽莎立刻欣喜地和它打招呼：“嘿，小家伙，你还记得外婆吗？”

小白立刻钻了回去，显然丽莎把母猫当女儿看，才会自称外婆。

崔栖潮和艾伯特握了握手，只回应第一句话：“真巧。”

“我们是来这里凿冰的，先生你呢？需要帮助吗？”丽莎似有深意地问道，又补充道，“我们的补给已经到了，这个帮助的目的非常单纯。”

“不用，谢谢。”崔栖潮几乎没有思索就拒绝了。没什么必要，他这次就是来确定这里确实有水源的，要说凿冰的器具他是没有，但他考虑的是春天来临化冰之后取水，而取水工程这些人大概帮不上忙，除非他们把自己的车给崔栖潮。

丽莎又重复了一遍：“我是说，帮助。”她看样子有点急了，“崔斯坦先生，失礼了，不过你身上的信息素不是很稳定，是不是就要迎来特殊时期了？但我猜测你手头没有抑制剂。”

原来她暗示的是这个。非土著崔栖潮现在才领悟到。

他连隐藏剂都没有，装备还那么简陋，丽莎当然会觉得他也没有抑制剂，但从越来越浓郁的信息素的味道来看，这个依附者不久后就会进入易感期。

艾伯特按了按丽莎，说道：“你可以用粮食来换抑制剂。”他觉得这样能让崔栖潮安心接受。

崔栖潮问道：“多少？”

艾伯特和丽莎对视了一眼：“八斤吧。”

这价格，简直和送他没什么区别了，依附者使用的抑制剂在这种地方有多难得，还用说吗？而且他们这些话其实也把自己的身份暴露无遗了。

“太贵了，不要。”崔栖潮看了看天色，“不早了，我先回去了，谢谢，再见。”

他说得太过干脆利落，快到丽莎和艾伯特都没有反应过来，呆滞到他上了车才回过神来。

丽莎大喊：“崔斯坦先生，你不再考虑一下吗？”

崔栖潮摇了摇头，发动代步车走了。

剩下丽莎和艾伯特面面相觑，说不出地怪异。难道八斤粮食换抑制剂真的不值得吗？这位依附者的价值观也太扭曲了，三斤能换猫，八斤不能换抑制剂？

小白把头贴在崔栖潮的胸口，黏人得不得了。没想到崔栖潮都不舍得换抑制剂，它真是……非常满意，同时也很忐忑，没有抑制剂，崔栖潮不会出什么意外吧？

崔栖潮也是受到他们提醒才会决定提前回去，原来信息素不稳定就是快要进入易感期的征兆，他单知道是三个月一次周期，还想过是不是从自己抵达这个位面开始算，以为还有些时间。

回去后，崔栖潮就准备了几份白糖加盐，到时候温热水一冲就能喝，他估摸着大概需要补充体液、能量。

然后崔栖潮就开始耕整荒地了，单单在短暂的白天犁地。冬天很快就要过去了，气温已经在一点点上升，白天也一点点变长，当然，即使春天来到，这里的白天也不会太长，只是比冬天长一些。

崔栖潮自制的犁具配合上这代步车，大约一个小时只能犁两亩地一遍。他多犁了几遍，尽量把土翻匀了，犁完就耙一遍，效率谈不上高，但以现在的境况来说也算不错了。

犁地时遇到标记过的物体，他就绕开，最后一看，一大片耕整过的地里堆着几个大件的太空垃圾，就像是地里长出来的东西一样，别有一种幽默感。反正崔栖潮是这么想的。

想着，崔栖潮又面无表情地喝了一大杯水。

小白挣扎着从崔栖潮的怀里爬出来，它觉得……好饿……特别饿……

饿得它都要失去理智了，崔栖潮身上冒着浓郁的五谷香味。如果说以前是层次分明，像一大片田野里，五谷掺在一起在阳光下爆炸开的清香，现在就得是上锅蒸了后，熟透了、让人口水直流的浓香。

小白不知道人类闻了什么想法，反正它闻了只觉得饿。

崔栖潮看小白晕头晕脑的样子，给它也喂了点水：“你也没干什么活儿，怎么就累了？”

小白四肢张开趴在地上，一百个想不通。

距离上次从湖边回来已经一周了，按理说崔栖潮也该进入易感期了吧，这个味道也确实是越来越浓，可是……为什么崔栖潮还在犁地啊？

要说变化也是有的，水喝得多了，还往里头加盐加糖，体表温度好像也有一点上升，干活的时间减少了一点。

但是，要说最重要的症状，那是根本看不到的。

反倒是小白快被这无处不在的五谷香味馋死了，恨不得摇着崔栖潮的脖子让他快点把五谷都种出来……

崔栖潮懒洋洋地坐在田埂上，背靠着代步车，能够清晰感觉到体内信息素爆发，影响生理状况，使得四肢比起平时要无力，要说不舒服，确实也是有的。

但是，崔栖潮都有点高看依附者的易感期了，他本来还想着是不是得休息几天，后来发现，这设定的什么鬼生理需求好像也就那样……

当初他住在现实世界的家里，把家里仅有的空间都种满了，又没有别的空间能供发泄，以他坚韧的神经都差点没疯掉，时常失眠。

单单想到春天要到了地还没整好，他发软的四肢就重获力量，东风完全压倒了西风。

这么说吧，崔栖潮那打从血脉、灵魂里来的种植欲爆发起来，比依附者的需求不知道高到哪里去了……

第 54 章

# 人勤春早

崔栖潮大概花了两天时间适应，就基本不受到任何影响了，顶多是平时多补充一下葡萄糖，补补消耗的体液，衣物脏了也没关系，反正他干活流了汗也要洗澡。

又不是要死了，他怎么就不能干活？崔栖潮的注意力完全转移到了地里，就像接受了春天给自己的挑战。

崔栖潮一个小时犁两亩地一遍，而且要反复犁三次。这些天来，他每天只休息七八个小时，其他时间都在赶工，大约犁出来三十亩地才停止。

空间站之前原本遍地垃圾，一片荒地，现在无用的垃圾都堆放在一旁，大件的仍在原地，土地则变得松散。放眼望去，好一片耕地啊，再施肥浇水，就要变成良田了。

崔栖潮坐在门口，迎着落日看自己的地，感觉非常好。

小白趴在一旁，心情不是一般差……

它老闻着崔栖潮的信息素味道，肚子饿，可明明已经吃过饭了，再吃得撑死，这么又饥又饱的感觉实在太难受。

它瞟了一眼崔栖潮，觉得崔栖潮是没什么事，反倒是自己饱受折磨。这到底是哪门子的易感期？也不知道是不是它的错觉，崔栖潮仿佛蹦得比平时还要高！

接下来的日子，崔栖潮开始“尝百草”。他得试试那些开始发芽的外星作物里有没有可以当粮食作物的，尝鲜解腻也行。

当然现在时代不一样了，他拿回来先用仪器简单分析一下成分，有问题的暂时放着，没问题的就煮熟了尝尝看什么味道，再移植一些到地里。

每种也就占一小块面积，在它们生长的过程中，崔栖潮还要不断观测，看它们是几年生作物、生长周期如何，在不同的阶段是什么形态，是否对人体有害，每一个部位是否能作为食物甚至入药，少食、多食会产生什么作用等。

崔栖潮把数据和给它们编的号都手写记录在了笔记本上，他在这里基本是坐牢，笔记本都是捡来的。科技不断发展，电子笔记本已经能够完全模拟各种纸张的手感、气味。

用作试验的地大概是十亩，崔栖潮暂时只移植了一部分植物，以后还可以继续搜集。

这是一个长期且必要的工程，这里的植物已经有了自己的生长之道，他只要摸出其中的规律，以后有机会还能和原星球的作物杂交一下。

之前剩的生菜种子都播种了，整好施肥后的地，得先放置十来二十天，中间顺便整畦，此后才好播种。他算了算，每亩用种也就二三十克，一共能种十亩地。

之后等屋里的生菜抽薹留种了，他就继续播种，再种个五亩。剩下的，就等红薯成熟后播种。

如果其间获得了新的种子，崔栖潮会另外开辟地方。在这个无人星，他想怎么种就怎么种，根本没有限制，唯一苦恼的只是没有大型机械可以把那些太空垃圾迅速挪走而已。

他之所以种这么多生菜，除了手头只有生菜种子外，也是因为它好照料，出苗期一般不旱不用浇水，又耐得住早春的低温，而且光照需求也低，崔栖潮之前在阳台上种的时候，每天光照两小时它也长得不错，在这里就更不必说了。

倒是那些红薯，以后难免需要长时间的日照，这里的日照肯定是无法满足的，会影响植株生长情况，崔栖潮准备多捡些灯回来，来个人工日照。搭棚就没办法了，材料不够。

最近也陆续开始降雨了，崔栖潮把蓄水池又扩大了一些，除了接雨水之外，就是用自己空间站的设备采集。

他改了改让其能够不间断运作，加上水循环装置，再刨去生活用水，每天能够制造几吨水。往后菜地也不是每天都要灌溉，现有的足够用了，轮着天地灌溉。

因为要考虑灌溉自动化，接下来的工作当然是挖渠，他从别处捡回来了机械臂，原来是做料理用的，改一改，金属桶切开做 U 形，接上机械臂，再挂上代步车，就可以掘土用了，一分钟足能挖七八斗土，单侧弃土，一路过去就成了一条水渠。

就这么一辆车，代步之外，又做挖掘机用，又做拖拉机用。

这么一来，水就可以从蓄水池直接灌溉到地里，崔栖潮挑个好日子去播种就行了，只可惜他还没找到合适的器械用作自动播种。

这整片地现在算得上是蓄势待发了，崔栖潮的易感期也堪堪过去了。

崔栖潮拍着小白的脑袋教导它："这就是人勤春早。"

小白无语了：这就是你的领悟吗？

最新一集节目，LJJ 平台大肆宣传，在播放前就放出预告，宣称崔栖潮进入易感期，发情过程节目组一刀不剪，回馈观众。

所有观众都炸了：LJJ 疯了吧！

LJJ 没有整改前，倒是真的一个镜头不剪，连打码也没有，慢慢发展到打码，再后来都是完全和谐，彻底成了全年龄向。

这一次是怎么了？难道崔栖潮的节目真的红到这个地步，让 LJJ 甘愿冒着被查封的危险这么做？

豪言都放出来了，这一期节目真的能顺利播出吗？

论坛上议论纷纷，到了播出的时候，更是连带着不追的观众，甚至从不上 LJJ 的部分人，都冲着这个名头蹲守观看，倒要看看 LJJ 如何一刀不剪把位面里处于易感期的依附者的戏份给播出来。

LJJ 这一次宣传，无论过程如何，结局都为网站及节目引流了一大批新观众，也令崔栖潮的第三档节目话题度再攀新高峰，各种农业公司广告找上门来……

要开播了要开播了，激动！

厉害还是你崔厉害，徒手做犁……

还有徒手改拖拉机。

天哪，我好激动，这人说崔老爷快发情了，我有点不敢看怎么办？

同不敢看，这是不是 LJJ 的阴谋？

……

这集都快完了到底还感不感？

快看小标题，已经进入易感期了？

哪有啊，不是在疯狂犁地嘛……

春天将至，崔栖潮力抗易感期，自制犁具，三十亩荒地变良田？

新人闻讯而来，和我想象的好像有点不一样，请问一直是这个画风吗？

我眼泪都要笑出来了，我们又被 LJJ 和崔栖潮愚弄了啊！这家伙的种植欲比什么都强，怎么可能失去理智，现在可是快到春天了！

这一刀不剪到底有什么关系？难怪 LJJ 一点都不担忧。

我看他好像比平时还有斗志一些，但是和易感期应该没关系，主要是春天快来了。

看看我的地，真是土细肥足畦平，一流。

崔栖潮一边撒种一边油然而生自豪感，不知道多么快乐。放他一个人在这里种田，他可以种到地老天荒。

易感期过去后，崔栖潮更有劲儿了，这地先前已经浇足了水，崔栖潮再来手动撒播，均匀得不得了，绝对不会出错。

等以后作物长出来，也肯定都和士兵列队一样整整齐齐。

撒完种上头得盖土，再铺点草保湿，草是崔栖潮早就准备好了的，小白在旁边蹦蹦跳跳地帮他干活，把草给拖过来。

撒种完崔栖潮每天都来观察，一直过了差不多五天，开始出苗了，就把草都给揭开，早晚勤灌溉。

菜苗长出来后，果然和直尺比着一样，横竖看都整齐划一，强迫症看了会极度愉悦。再长一些天，还得间苗，一亩地最后能成活五六千株。

崔栖潮每天就吃两餐，从早干到晚，不是在地里就是在研究太空垃圾，晚上回去还勤劳地保养，自己给自己捏一捏腰背。

小白跳上去帮他踩背，方方、圆圆在旁边干巴巴地说：“你这个是腰太劳累了，注意保养。”

毕达哥拉斯说：“我会按摩的，但是不能给你按。”

因为崔栖潮不是他们的主人啊。

毕达哥拉斯期期艾艾，疯狂暗示：“不、不然，你赶紧黑了我吧……”

崔栖潮趴在床上想，这三角还会结巴，设定得真够详细的，还有，怎么机器人也觉得无聊，还能让人把自己黑了好听使唤：“这个我不会。”

这些家居机器人程序里都记录了主人的隐私，比起他找到的其他机械加密更严实，即使是二十三世纪的产物，以他的水平和了解程度也无法破解。

毕达哥拉斯失望得灯都暗了暗：“好吧。”

种用红薯长得比食用红薯要快，等到气温合适的时候，红薯也可以开始播种了。崔栖潮只留了很少作为食用，其他的都种地里。沿着田埂插了高高低低的金属杆或者树枝，挂着大小、形状不一的灯泡，都是崔栖潮收集来的，用来在漫长的夜晚中模拟日光，为红薯提供光照。

红薯发苗后可以把薯苗剪段扦插，再过三四个月，就又能收获一大批红薯了。普通储存能放几个月，要是冷冻技术下，崔栖潮基本上在这里都不会缺红薯了。

当然，前提是红薯都能安安全全地长到那个时候。

春天来了后，无人星的各种动物也重新开始活动了。这地方因为比较荒芜，动物种类并不是很多，但是有种鸟类经常出没来啄崔栖潮的作物，他一不注意，几株生菜叶子就会被啄得破破烂烂的。

崔栖潮把毕达哥拉斯找来，绑上金属管和布，让它在田埂边走来走去，驱鸟。

“我可不能听你的呀，你又不是我的主人。”毕达哥拉斯一边转悠一边说，“但是你非要在我身上捆东西，我也没办法，对吧。”

崔栖潮也没赶尽杀绝，只要这些鸟不啄他的菜苗，他反而会把原本用来沤肥、不要的叶片放在一旁给它们啄食。起初这些鸟是见着崔栖潮就飞走，后来慢慢地，崔栖潮一边撒它们就一边吃。

崔栖潮心想：舍不得菜叶套不着鸟，到时候这一块儿他就圈起来，喂久了说不定就成家禽了，有肉吃了……

有了毕达哥拉斯和模拟日光系统，崔栖潮也可以长时间待在外头了。他又往冬天找到的湖边跑了一趟，冬天的冰层太厚了，现在虽然已经到了春天，但整个湖只有边缘一大圈解冻了而已。

崔栖潮这次是领着小白一起去湖边钓鱼的，几个月过去，他已经好久没吃到肉了。

开春后的鱼也饿得很，不一会儿崔栖潮自己做的鱼竿的浮漂就动了动，小白赶紧跳到崔栖潮的腿上，盯着他往上拉线。

崔栖潮用的鱼线是在太空垃圾里找到的，合成来吊重物的，坚韧无比，水下头的力量十分之大，亏得这线质量够好，才没有拉断。

崔栖潮直接用衣服把手绕了几圈，再上手握住线往上拖，拖上来一条目测足足有三四十斤的胖头鱼。其实说鱼可能有点不妥当，这种水生动物还有六个小小的没退化完全的爪子，脑袋又大又圆，鳞片细小颜色艳丽，阳光下仿佛流光溢彩。

崔栖潮用仪器扎进它身上测了一下，成分倒是还好，对人体无害，能吃，就是味道不知道好不好。

崔栖潮准备的桶根本没用，装不下这么大的鱼，它在岸上还待了足足半个小时才咽气，一死，身上的鳞片立刻变得暗淡无光了。

小白这一点好，对生鱼没什么兴趣，反而很嫌弃胖头鱼的水腥味。这没疫苗没驱虫药的，崔栖潮也不敢随便给它吃生食。

载着胖头鱼回去，崔栖潮把它拖进浴室冲洗了一遍，然后开始杀鱼。

这鱼实在太大的，厨房的砧板都放不下，只能在浴室杀。崔栖潮坐在捡回来当板凳的木头桩子上砍鱼头，淌出来的血一开始是黑色，和空气接触后慢慢变成暗红色，然后他忽然看到小白冲进浴室尖利地“喵喵”叫。

崔栖潮心头一凛，拎着刀就出去了，正看到空间站那紧闭的大门被人打开，一个高大的男人站在门口，看到崔栖潮两手沾满了血，脸上也溅了一些，一只手里甚至还提着刀，来人立刻脸色一变。

“小堂弟啊，你这是做什么？”男人走过来，吊儿郎当地道，“脾气这么硬的吗？要寻短见啊？”

这人能打开空间站的门，再加上他的称呼，崔栖潮心里立刻有了成算，原本提着的刀具在手里转了一下，就冲着对方的脖子去了，准备把他制住。

但是对方的反应也很快，立刻错了一步闪开，伸手去拿后腰的武器。不过崔栖潮还快他一步，射线枪已经在另一只手上了，直接将对方的手腕射穿了。

这位大概是崔栖潮堂哥的人显然没想到这一点，崔栖潮连句“不许动”都没说，直接把他的腕骨射穿了，还伴着灼烧感，疼得他差点当场晕过去。

崔栖潮这才上前，先把人的手反剪捆住，再把医药箱拿来，把治疗绷带在他伤口处缠了两道，顺便也搜了一遍，把堂哥身上的武器、零零碎碎的东西都摸了出来。

堂哥这才好一点，随即感觉到肩膀被崔栖潮刚才一下扭到后头，也挺疼的，他此时才有暇白着脸问：“你哪里来的武器？”

小白悄无声息地从里头走了出来，蹲坐在原地看他。

堂哥：“我去，你哪里来的猫？”

“叮！”

崔栖潮的料理箱响了，他煮了红薯。

崔栖潮目光没离开堂哥，一只手把料理箱打开，抽出里头的红薯。

堂哥："你哪里来的红薯？"

"谢谢你帮忙把门打开了。"崔栖潮这才慢吞吞地说了第一句话，这些天他一直从天窗进出，确实不太方便。也是这时候，他才想起这个人应该在资料里出现过，是这个位面里他的亲戚，叫崔湖。

"外面那些……不会是你种的吧？"崔湖后知后觉地道。打从一出舱门，他就看到了那片整整齐齐的地，但是完全没想过和堂弟有关系，只觉得是这无人星上的其他人弄的。当然，他也担心空间站会不会被人入侵了，所以才小心翼翼地进来。

最后一次投送补给距今已经好几个月了，家里算着这时候补给也该用完了，但是小堂弟还是没有音信，就派他过来观察一下堂弟到底什么情况，难道还没有悔改之心吗？他们可是一支抑制剂都没给，生生熬过几次易感期，寻常依附者早就屈服了。实在不行，他们索性将人抓回去洗脑。

谁知道，他一进来就被堂弟给制服了……

崔湖看了看他堂弟，还在一脸冷漠地检查从自己身上搜出来的东西，心想：这小子不会被折磨得变态了吧？

"我算着家里也快来人了。"崔栖潮慢慢说道，从抽屉里拿出个小巧的玩意儿，在手里调试。

"小堂弟，你是怎么出去的？"如果堂弟出去了，能够撑到现在好说，但他不明白堂弟怎么出得去，这门也没有被打开过的迹象。

"从天窗出去的。"崔栖潮说着，把调试好的玩意儿贴在崔湖的脖子上，底盘上立刻探出几根细管，紧紧吸附住崔湖的皮肤。然后崔栖潮又检查了一下崔湖的手。

崔湖毫无知觉，治疗绷带的镇痛功效不错，腕骨伤处只是麻麻的，但是伤到骨头，起码得恢复半个月吧。

他扭了扭脖子："这是什么啊？"

崔栖潮："炸弹。"

崔湖白着脸说："你开玩笑的吧？"

"开什么玩笑？"崔栖潮早准备好了，要是家里准备来硬的，他还做了些大号的炸弹，就放在外面的太空垃圾里，这就是他之前除了食物，还搜集了武器的原因。贴在崔湖身上的这个本来是投掷用的，他刚刚临时改了改，因为没想过会制服一个堂哥。

崔湖和他对视了几秒，实在看不出破绽，有点抓狂地道："我劝你快把我放了！你这是玩什么？难道你还真想待在这无人星一辈子不回去了吗？你服个软，还能选择个好一些的领导者，等家里发现我出问题了，还不把你抓回去好一顿教训？"

崔栖潮不为所动，甚至对他笑了一下。

崔湖想到自己脖子上的炸弹，深吸一口气，压抑住怒气道："你在这里还没受够苦？一个依附者，没有抑制剂，生生熬过易感期……哼哼，那种感受你可别说无所谓，你熬得过几次？”

“哔哔——”

崔湖那堆零碎中似乎有东西响了，他听了叹了口气，指使道：“不管怎么样，你先去飞行器上帮我把抑制剂拿来，我到时候该打抑制剂了。就放在舱门边挂的袋子里。”

崔栖潮站起来，准备去洗手擦地板了，口中淡淡地道：“真易感了我再帮你去拿。”

崔湖傻了：“不是，我没打算阴你，我是真的到特殊时期了！”

他看崔栖潮不像是说笑的样子，脸色骤变，阴沉地道：“崔栖潮，一旦我现有的抑制剂真的失效了，信息素爆发之下，你以为你不会被影响？你觉得你还有理智去帮我拿抑制剂？”

水声“哗哗”响起，崔栖潮已经在洗手剖鱼了，崔湖酷酷地等了半天，也没等到回应。

寂静的室内，只有小白舔了舔爪子，“呸”了一声。

第 55 章

# 谈恋爱不如种田

崔湖正值易感期第三天，提醒声每隔十分钟响一次，三次之后，崔湖体内残余的抑制剂开始逐渐失效，而他开始渐渐失态。

他喉咙发干，信息素逸散出体外，同时对依附者信息素的感应也越来越敏锐。

就在同一空间内，他可以清晰地嗅到有一个依附者正在散发着信息素，而且这味道还巨奇葩，是五谷煮熟后的香味，搞得他都饿了。

即使双手被反剪束缚，也压抑不住崔湖的躁动，他开始奋力挣扎，身体撞在金属墙面上，发出“砰砰”的巨响。

“崔栖潮！崔栖潮！”

没回应。而且当初为了囚禁崔栖潮，他们选了最坚固的材质。任他“砰砰”撞，也只有一只猫坐在高处冷漠地看着他而已。

崔湖发热的大脑开始努力思考一个问题，那就是为什么他都这么失态了，小堂弟还一点动静都没有？

没道理啊，小堂弟连隐藏剂都没用，这地方能捡到红薯，绝对捡不到抑制剂吧？他的信息素一直坦坦荡荡地飘在空中，就连现在也闻得到，难道在他看不到的房间里，小堂弟其实把自己也给捆起来了？

可是他怎么觉得好像还听到了菜刀“叮叮”响的动静……

没错，崔栖潮正在厨房剖鱼头，他已经杀完鱼也清洗完了，正把鱼头切成两半，再斩碎，本来想做个清蒸鱼头，用整鱼头比较好，但是这胖头鱼实在太大了，还是切碎的好。

这么大一条鱼，料理完够吃好几餐了。

这新鲜胖头鱼洗干净后也没什么腥味，倒省得崔栖潮用葱、姜了，他这些天暂时没找到葱、姜，现有的都是经过炮制后，无法播种的，用多少就少多少了。

之前和生菜种子一起找到了一些酒，他抹了一点在鱼身上，再抹些盐，直接放入料理机里蒸，出来后浇点儿酱油，此时鱼已经冒出了鲜香味。

崔栖潮倒了一些在小盘子里，还有一部分没抹盐也没淋酱油的拨出来，这是给小白的。剩下的保存好，他一手端着鱼，另一手端着红薯出去。

五谷味的信息素里掺上了肉香和红薯香，崔湖眼前发黑，原来不是他的错觉，里头是真的在做料理。

崔栖潮坐下来，把碟子往小白那边推了推，自己一边吃红薯，一边打量崔湖："堂哥的力气一直这么大，还是因为易感期到了？"

崔湖撞墙的动静够大的，他在里面也听得清清楚楚，不知道的还以为是猛兽。

这么近的距离，崔湖盯着他，眼睛更加赤红了，身体往前挣扎，又每每因为手上的束缚倒回去，口中"嗬嗬"喘气，难受地道："不、不可能……你为什么没事？"

领导者的信息素暴动当然会对依附者有一定影响，但是崔栖潮连易感期都不当回事，这么点影响对他来说，都不足以让他切鱼切歪。

崔湖的信息素味道是香橙，在领导者中非常柔和，也只会让崔栖潮想到种橙子树的一百种方法。

红薯香甜软糯，切开两半，直接用勺子舀着吃。鱼肉也十分细腻，因为湖水冰冷，使得肉质比起普通鱼更嫩，尤其胖头鱼那几个小爪子，像筋又更软，稍用力咬开，口感奇特。

当然比起红薯和鱼肉，更诱人的是崔栖潮身上的信息素的味道。

特殊时期的五感好像都更加敏锐，崔栖潮切食物、吃东西的动作在崔湖眼里就像慢镜头一样，从白嫩的鱼肉被分开，到崔栖潮修长白皙的手指握着餐具划动，无一不散发着诱惑。

"你给我……给我啊！"崔湖嗷嗷叫了，连他自己都说不清到底是要崔栖潮给他什么，他只觉得快要饿死了。

他喊着喊着，眼泪鼻涕都快要下来了，近在咫尺却又得不到的感觉快把他逼疯了，他愤怒的咆哮中都带上了几分不自觉的哀求："给我啊！给我……"

崔栖潮则一副清心寡欲的样子，和猫一起淡定地吃东西。

如果屏蔽其他，单看画面，似乎崔湖才比较像依附者。

至少崔栖潮面色如常，手也极稳，呼吸频率都没有变过。反观崔湖，眼泪都下来了。

崔栖潮吃完了这顿饭，才有条不紊地收拾好碗筷，出门去帮崔湖取抑制剂，顺便把舱内的东西席卷一空，这整个飞行器他都已经看作自己的了。而崔湖既然来了，崔栖潮就不可能放了。

崔栖潮把抑制剂一下扎在崔湖身上，推光了针剂，然后眼看着崔湖就慢慢地平静了下来，整个人瘫软在地上。

崔湖的脸色非常难看，他看崔栖潮的眼神仿佛是再看什么怪物。

"到底为什么？你……"崔湖喃喃着，意识到，在崔栖潮这里绝对得不到答案，最后丧气地道，"饿。"

刚刚在崔栖潮面前，他已经狼狈得一塌糊涂。之前他对崔栖潮说的那些话，什么依附者的易感期有多难熬之类的，现在反而像是对自己的羞辱。

在刚刚，分明是他——一个领导者，在哀求崔栖潮。他实在不知道崔栖潮到底用了什么黑科技。

崔栖潮把崔湖的手给放开了，然后给了他一碗鱼头肉：“不能白吃，吃完了帮我去外面挖鱼塘。”

这胖头鱼的滋味还不错，他决定捞些鱼苗回来养了，那当然得先挖个鱼塘，这个堂哥从刚才来看力气还是很大的，是个干活的好材料。

崔湖嘴角抽了一下，把碗放在膝盖上，用受伤的手稍微扶着，另一只手夹鱼，非常狡猾地先吃完了，才说道：“滚，你哥能帮你挖鱼塘？”

他心里还有点郁闷，因为即使吃了还是很不满足，崔栖潮的信息素简直有毒，闻起来怎么那么好吃？

崔栖潮诧异地看了他一眼：“你反悔？”

崔湖闭着眼不说话，他之前已经够丢人了。

崔栖潮不说话了。

他自己去整理崔湖飞行器上的东西，说起来，他都觉得这是命中注定，崔湖舱内装了一些高延伸性、耐腐蚀、耐低温的化合布料，可能是用来盖他的飞行器的，这不正适合给崔栖潮的鱼塘做防渗布吗？

另外，就连崔湖这整个飞行器，在崔栖潮看来就适合改成农用植保机器，用来空中撒种、撒药，包括以后要是缺水了，还能往返湖与空间站之间运水。

崔湖吃完又被捆起来了，也看不到崔栖潮在干什么。

到了第二天同一时间，崔湖又该打抑制剂了，只见崔栖潮把他装抑制剂的小箱子打开，手指弹着针剂，淡淡地道：“堂哥，挖鱼塘吧？”

崔湖脸色一变，愤怒地道：“士可杀不可辱，不挖就是不挖，有本事你真炸死我。我告诉你，要不是你在一旁干扰，这抑制剂你丢了都行，你以为我和依附者一样吗？”

他语气中带着对依附者的轻视，仿佛就算大家都野兽化，领导者也比较高级。

就这态度，导致他被 LJJ 播出时的弹幕嘲笑了八百遍。

“失礼了，家里没给我抑制剂和隐藏剂。”崔栖潮说道。

崔湖黑着脸道：“你不也找到了方法度过易感期吗？是什么新药吗？能够抑止信息素爆发，但隐藏不了味道。”

原来他以为自己是注射了新药。崔栖潮凑到崔湖面前，给他确认了一下自己的脖子以及脖子上的腺体，干干净净，一点痕迹也没有。崔栖潮淡漠地道：“堂哥，你不能因为自己做不到，就质疑别人的能力。”

崔湖本来就到了爆发的边缘，怒气与羞耻感上来，一下子把脸冲得通红。

崔栖潮难道是意指他同样没有注射任何药剂，但是在领导者信息素的干扰下却毫无动摇吗？

这个念头只是一闪而过，崔湖觉得这想法简直滑稽，不可能，绝对不可能，除非崔栖潮已经废了，嗅不到别人的信息素味道。

思考不了太多，崔湖已经再次陷入了易感期的热潮中。

崔栖潮把他给领到外头去了，捆住的手绕到前头来，和锄头绑在一起："你不干活，饭和抑制剂我都不会给你，我不能白养你。"

崔湖："那你把我放了啊。"

他还是第一次听到有依附者对自己说这种话，简直是奇耻大辱。

但是崔栖潮手里还捏着射线枪，不炸死他，再来一枪也够呛，崔湖低着头道："我的手还伤着！"

"所以伤手别太用力。"崔栖潮漠然道，看得出来崔湖身手也不错，又有力气，怎么可能单手就不能干活了？

易感期的燥热让崔湖无法安宁，他陷入了僵局。肚子特别饿，没吃的，抑制剂也在依附者手里。

崔栖潮已经先干起活来了，这块地方他昨天下午已经先用代步车以挖沟渠的方法挖得一道一道的，又拉出了十字线，找平尺寸，现在顺着往下挖就行。

他大大方方地背对着崔湖挖土，好像一点也不担忧。

崔湖蠢蠢欲动，跌跌撞撞地往前走了几步，还没近身，崔栖潮就抬了抬手，手里捏的是崔湖脖子上的炸弹的控制器。

崔湖浑身一寒，一开始他觉得崔栖潮不能真炸死他，但是刚才崔栖潮看他一眼，他又不敢确定了，因为他觉得自己在小堂弟眼里还没有红薯重要。

"你难道想在无人星开农场啊？家里人很快就会知道的！"崔湖对他喊道。

崔栖潮没说话。

崔湖咬牙挥起了锄头，好汉不吃眼前亏。他就不信了，以他的意志力，也能扛住易感期。

崔栖潮在前面干活，崔湖就跟在后头，一边挖土一边死死地盯着崔栖潮，用力把锄头往土里砸，一身力气几乎都要用在这里面了，就好像能把崔栖潮也锄倒一样。

偶尔崔湖会再次脑子一热，一时按捺不住欲望，要往前扑崔栖潮，然后再被摁回去。

崔栖潮看他实在受不了了，才给他来了一针，扎针的过程中崔湖还抓着他的手腕哀求："小堂弟，你就行行好吧！"

"打完就好了。"崔栖潮把针剂推到底。

崔湖一下坐在地上，浑身汗湿了，这基本就是他忍耐的极限了，昨天他也就忍了一顿饭的工夫。喝了一大杯水后，他喘着气道："我饿。"

"这是因为信息素导致的饥饿，其实你并不缺食物，更多的还是自己对自己的精神暗示。"崔栖潮说道，"干完活再吃饭吧。"

崔湖怨气十足地看着他，心里狂喊：崔栖潮不是人啊！崔栖潮的腺体一定坏了！然后还来唬他，这人根本就不是正常依附者！

心里骂归骂，这一次崔湖不敢再耍崔栖潮了，不然明天一定会有更惨烈的折磨等着他。

崔湖觉得自己挖了一个世纪，旁边的土已经堆得高高的，腰像要断了一样。

“可以了，先到这里吧。”崔栖潮叫停了，这个鱼塘他要保证一米八以上的深度，从现在的施工进度看，还远远不够。

崔湖放开锄头，一下坐在地上，呼呼喘气。人类都用科技解放双手那么久了，他倒是练习过搏击，农活却只存在于脑子里的故事中。

他瞥了一眼小堂弟，心底又骂了起来。这怪胎，即便不算信息素的影响，作为一个正常的依附者，崔栖潮的动作也熟练过头了，体力更是相当优秀。他好像熟知什么样的姿势、角度最有效省力，不对，不是好像，后期他累得要死，模仿了一下崔栖潮的发力方式，发现真的要轻省一些。而且崔栖潮闷声干活，仿佛不知疲倦一般，自己就算两只手都是好的，恐怕也没那个劲头。

崔栖潮没坐下来，只是站着，连土壁都没有靠，平复了一下呼吸，就跳上去了。

“你拉我一下！”崔湖喊。

崔栖潮没理他，去把定时加温好的食物拿了过来。

崔湖：“在这里吃？”

这时候天色已经暗了，面对他的质疑，崔栖潮说道：“吃完饭还要再干三个小时，等我的照明灯灭了。”

就是那些用来照红薯的灯，对崔栖潮来说，这才算一天外部劳作的结束。

崔湖臭着脸看他，臭着脸吃饭，因为太累，只能坐在地上吃，非常不雅观。他觉得那些仰慕他的依附者看到了一定会非常幻灭。

崔栖潮不在意地站在旁边休息，现在还不到他的进食时间，这个劳作时间与强度比起中世纪的农奴来说其实差远了，旁边更没有人拿着木棒或者鞭子抽打。

崔湖的整个易感期就在挖鱼塘里度过了。他一直在幻想，家里到底什么时候才会察觉出不对？

当时家里人交代的是让他来观察一下情况，或许再劝说劝说，实在不行就将人带回去。鉴于家里人对他非常信任，至少到现在也没有通信问他情况如何，大家也不会忌惮一个依附者的反抗能力……所以最差的情况下，说不定还要加上原本在路途上的时间，才会有人发现不对。

最好的情况当然是现在、立刻有人有急事找他，却联络不上，一直追到这儿来。

“堂哥，起来，干活了。”崔栖潮的声音打破了崔湖的幻想。

崔湖丧气地站了起来："鱼塘不是挖完了吗？"不但挖完了，还夯实了。

"该铺防渗布了。"崔栖潮轻描淡写地道，"还有，待会儿生菜叶子可以收一次了，我教你怎么收。"

崔湖有个最大的疑惑，为什么崔栖潮这么熟练？

崔栖潮带着崔湖一起给鱼塘下面铺上了防渗布，然后再去收一茬生菜嫩叶。

人工采摘，十亩也足够崔湖干的了，他对崔栖潮的感想已经逐渐转为有些佩服了。他亲身感受之后，确定如果让自己每天种地，那他一定会疯的，而小堂弟为了逃脱家族的束缚，居然能做到这个地步！

崔湖设想的前因后果都反了。他不知道崔栖潮根本是乐在其中，收完生菜叶子又带崔湖去捞鱼。

这一次有了飞行器，崔栖潮先编起了渔网，然后才出发，捏着崔湖的性命，他毫不畏惧，就让崔湖来开飞行器。

飞行器比代步车好多了，能够直接扫描周围的地形，速度也极快，到了湖边悬停在上空一米，撒网。

崔湖的脸很黑，崔栖潮把他的飞行器搞得全是鱼腥味，还有那个小白，上蹿下跳，猫毛到处都是……而且绝对不是他的错觉，他的飞行器应该被崔栖潮改过了，下方多出了悬挂接头，自动驾驶模式里也多了什么"喷洒""撒种"之类的。看起来，他豪华酷炫的飞行器被改成了农用植保机。

最重要的是……

崔湖："你是怎么做到的？"

崔栖潮正在把鱼往桶里倒。他捞回来的都是小臂那么长的胖头鱼，胖头鱼吃过，味道不错，成年体形也就那么大，就不必费心筛选其他鱼类混养了。

听到崔湖的问题，崔栖潮都没反应过来他是在问什么："嗯？这里的鱼没被捕捞过，又很饿，很容易捕捞。"

"我是说飞行器。"崔湖深深地看着他，"这是 HJJ 公司今年星轨系列的高端款，不支持私人改装，采用了最新加密技术……你是怎么改成农用植保机的？"

他觉得如果 HJJ 公司知道自己公司高价研究出来的加密技术被人在无人星的简陋条件下轻易破解，还是用来改成农用植保机——这一点真的让人哭笑不得——HJJ 公司应该会气炸吧。而家里如果知道小堂弟有这份能力，说不定态度也会为之一变，这说不定……不对，是一定能带来比联姻更大的利益。

他和小堂弟之前关系并不是特别好，只感觉小堂弟和谁走得都不近，说起小堂弟的爱好，他还真是一无所知，面目相当模糊。如果小堂弟很有才华，他好像能理解他为什么那么硬气了。

崔栖潮听完，笑了两声，没说话。在崔湖眼里这是高新技术，但是在他看来，这和中世纪的马车、二十一世纪的公交车一样，都是淘汰很久的技术啊，不比做猫玩具难多少。

这话不好说，他只能一笑了之。

崔湖扭头，语重心长地道：“小堂弟，你有这本事为什么不早说？宁愿留在这里自耕自种，你也不嫌累。就算你再有才华，科技日新月异，不出去迟早被时代抛下，别浪费了你的脑子啊。”

崔栖潮：“不会。”

再发展十年也是二十三世纪。

崔湖夸张地蛊惑道：“我可以帮你去和家里说和啊！是依附者又怎么样？只要你有本事，回头咱们给你挑领导者嫁进来啊！你就是最牛的依附者！”

崔栖潮把渔网收上来，摸了一下小白的下巴，头也不抬地道：“不用了，谈恋爱没什么意思。”

耽误种田。

第 56 章

# 纯种华夏人

谈恋爱没什么意思？找领导者也没意思？

崔湖像被泼了盆冷水，从热切中清醒过来，满面怪异地看着崔栖潮。堂弟话说得那么满，是赌气，还是这小怪物真的有什么病症，影响了腺体功能，对领导者都没兴趣了？

领导者和依附者之间相互需要，这是这个世界从人类诞生以来就存在的自然规律，进入新时代后，人们才研制出了隐藏剂、抑制剂等药物，但是，从来没有人想要抹灭这种特征。

不是领导者或者依附者，很难真切感受到易感期带来的影响。

“差不多了，回去吧。”崔栖潮把渔网挂好了——连大挂钩他都准备好了。

崔湖郁闷地返航。

他的飞行高度保持得比较低，所以回去的路上崔栖潮也看清楚了一辆熟悉的车，是上次在湖边见面时丽莎开的车。

崔栖潮心思一动，开口道：“等等，追上那辆车。”

崔湖瞄了一眼，干笑道：“小堂弟，在无人星都交上朋友了？”

朋友嘛，谈不上，只是做过一次交易而已。

崔湖将飞行器压低，丽莎很快发现了他们的存在，车肯定是跑不过的，立刻停了下来戒备。这边崔湖也很识趣地在一定距离外停下，随即崔栖潮打开舱门跳了下去。

原本紧张的丽莎和艾伯特看到他才稍稍安心，紧接着，他们就发现崔斯坦先生身后还跟着一个领导者，一身香橙味大老远就扩散开来，和崔斯坦一样毫无遮掩，两人不禁对视了一眼。

“丽莎小姐。”崔栖潮和她打了个招呼。

“崔斯坦先生、小白。”丽莎慢慢从车后绕了过来，保持一定距离，和他肩上的小白也打了声招呼，虽然小白没搭理这位“外婆”，她目光闪烁地看着崔湖，含蓄地问道，“这位是您的……”

崔栖潮看了崔湖一眼，没有特意解释。

“我经过这里，看到你们，想问问你们是否需要新鲜蔬菜。”崔栖潮很快转入了正题，“我有一些多余的新鲜生菜可做交换。”

他收割下来的生菜，有相当一部分没有足够的冷藏空间，干放着无法储存太久，自己食用量也多了，有可能的话，还不如换点别的物资。

“新鲜蔬菜？”丽莎心中一动，为了方便，他们的补给大部分是处理过后的营养液、罐头等，少许新鲜食物一周内就吃光了。虽然保鲜技术令罐头中的果蔬最大程度还原了新鲜时的状态，但和真正的新鲜蔬菜还是有区别的。

这新鲜蔬菜难道是那个领导者带给他的？丽莎在心里琢磨，而旁边的艾伯特已经迫不及待地道：“当然需要，你有多少？”

丽莎瞪了他一眼，两人埋头商量许久，才统一意见，决定试试。

同时，丽莎心里也提醒自己在数量、时间上一定要含糊一些，以免让人了解到他们的人数。一开始他们觉得崔斯坦是个独身的依附者，才释放了善意，现在有领导者现身，情况又不大一样了。

丽莎矜持地道：“我们也吃不了多少，不知道一百斤有吗？”

崔栖潮根本没想那么多弯弯绕绕，直接道：“有，我们约个时间，在湖边做交易。我需要罐头，如果可以，还有盐、糖、复合营养液……”

双方约好了具体事项，包括交易的比值，这才分道扬镳。崔栖潮这方先行离开，大家都默契地不探寻对方居住的具体方位，虽然都清楚相隔不会太远。

崔栖潮这是一副要和人家长期做生意的架势，崔湖看了都觉得不安，总觉得自己的被解救之旅不会那么顺利。

“小堂弟啊，”崔湖瞄了瞄崔栖潮，“你和那些人很熟吗？我看他们像是出逃的依附者，说不定还是民间激进团体，要是一直来往，说不定会给自己惹上麻烦。”

虽然丽莎他们都用了隐藏剂，行止也比一般依附者要利落，但是以崔湖的观察力，还能看不出来他们的真实性别吗？

世道不太平，有的国家由于种种问题，国内依附者毫无自主权，自然会引发反抗。

崔栖潮正抱着猫闭目养神：“没有密切来往。”

“那就好。”崔湖嘴里说着，心里倒又纳闷了，以小堂弟的遭遇，不是应该对这种人很有好感，说不定还被招揽进去吗？可看上去他倒像是也在防备人家。

就算崔栖潮头一次见识这种社会，某些问题他也能推测个八九不离十。不过不管是依附者依附领导者还是依附者搞什么平权反抗，他都不感兴趣，在他这里全都属于干扰因素。

崔湖想了想，把第一百〇一种设想又问出口了：“那个……小堂弟，你对领导者没兴趣，那你对依附者有兴趣吗？”

崔栖潮：“没有。”

他微带怪异地看了崔湖一眼，暗暗皱眉，心想怎么这个位面的人的思想都这么不纯粹？

崔栖潮回去就把生菜收拾了一下，一扎一扎捆好，用方方、圆圆和毕达哥拉斯运送，堆到崔湖的飞行器里。

毕达哥拉斯直嚷嚷：“我可不是你的机器人啊，你非要把东西放我头上，然后推着我往那边逛而已。”

崔湖看了则直跳脚，又是鱼腥味又是菜叶子，他的飞行器还能不能好了？知道崔栖潮要做农用是一回事，眼看着他一再糟蹋飞行器又是另一回事了。搁在一个月前，这是依附者们争着想上的地方。

“不能，以后还要洒农药。”崔栖潮说。

“你哪里来的农药？”崔湖有点想抓耳挠腮，一个劲地瞪崔栖潮。

“正在研究。”崔栖潮低头道。无论到了哪个星球，自然原理都是一样的，万物相生相克，他相信在这里也能找到具有天然驱虫效果的植物。

实在不行，大蒜、韭菜等他肯定能弄到，这都是常用物品，大量种植后采集原液，也能够驱虫。因为有这个自信，他才会先给崔湖的飞行器安上喷洒等模式。

一想到自己酷酷的飞行器要被拿去洒农药，崔湖更加生无可恋了：“你高兴就好。”

他摸了摸自己的胸口，总不能把自己气坏了。

到了第二天，崔栖潮一个人去交易。他觉得丽莎他们对崔湖有些防备，出于合作礼貌，就把崔湖留下了。

丽莎和艾伯特还另外带了三个同伴，当他们看到崔栖潮只有一个人时，既松了口气，又有点不好意思。

丽莎赶紧把带来的东西都拿了出来：“我给你拿了不同口味的罐头，有一小部分水果的，你应该能接受吧？还有营养液，对了，我给你带了一点儿高粱。”

他们只见崔栖潮原本淡漠的脸上瞬间有了光彩，眼中就像有一束光：“高粱？”

“对，对。”丽莎蒙道，“怎么了？”

“为了长时间储存，你们应该没去壳吧？”崔栖潮问道。

料理机那么全面，有壳也没什么妨碍，在崔栖潮期待的目光下，丽莎点了点头，证实他心中所想。

“你们还有别的粮食吗？”崔栖潮又问。

“这就没了。”丽莎摆了摆手，“空间有限，这个也是……”她没说完就止住了。他们的同伴中有华夏血统的人，对家乡的食物有偏好，偶尔条件允许，送补给时才会送少许五谷杂粮来。

她也是看崔斯坦先生的面部轮廓像是有东方血统，或者根本就是纯东方血统，毕竟崔斯坦这个名字可能是假的，所以才会带上一点点，没想到崔斯坦这么兴奋，原本就出色的五官在这种情绪之下更加引人注目了。

这样的依附者，为什么会到无人星来？

崔栖潮那因为看到高粱的兴奋在被丽莎盯了半天后也消散了一些，他冷静了下来。主要是他还从来没有被女性用看同类的眼神看过，就算是帝王血脉也有点无语了。

“谢谢了。”崔栖潮索性多给了他们一些生菜，以作感谢，“如果以后你们还有种子，希望也能交易给我。”

丽莎听他这么说，看了看那些生菜，忽然失笑道：“这些不会也是你种出来的吧？”

崔栖潮只思考了两秒，并没瞒着：“是。”

丽莎一行人都傻了，连丽莎自己也没想到这随口一问竟是真的。

他们还是头一次看到有人在无人星耕耘，一般到这种地方的人，不是朝不保夕，就是忙忙碌碌，哪有心情种菜，还是这么多菜，这还不得花费上整天整天的工夫？再说了，这个年代，种植都自动化了，没有大型器械，反正他们是不知道怎么种菜的。

就算是他们的团队里的华夏人，也顶多就是在舱内种点大蒜、葱，众所周知，他们喜欢走到哪里种到哪里。

那么，从这一点推算，这位崔斯坦先生的华夏血脉是有多纯啊？

他们不知道，自己玩笑般的心声其实正中正确答案。

崔栖潮回去的时候，崔湖正坐在那堆太空垃圾面前发呆。

“堂哥，在偷懒吗？”崔栖潮问，他出门前提醒过崔湖施肥的。

“你是疯子吗？你怎么弄到的？”崔湖咽了口口水，回头问崔栖潮。他虽然碍于脖子上的玩意儿不敢妄动，但是一有独自待着的时间，他就开始观察这地方，寻找脱身的机会。

他先试着把脖子上的微型炸弹取下来，无果。然后又郁闷地翻屋子，找到一些形制、年代不一的武器，估计都是小堂弟拾荒捡回来的。

这都不算什么，可怕的是他施肥时，经过那些太空垃圾，一时脑抽翻看了一下，就发现里面有一些样子奇怪的东西，像是什么建筑或飞行器的武器系统改装的，拨弄几下后他吓得腿都软了——里头填装了高危级 K921 系弹药。

这整个系列的不同形制的弹药全都具有极高的杀伤力，像崔湖驾驶的那款飞行器护盾都挡不住三发。最阴毒的是，它们在爆炸后对领导者和依附者的生理、腺体独具损伤，其实主要针对的是领导者，因为能上战场的优秀作战者基本都是领导者。

因此，K921 系列各产品外表可能不一，但是配方缘故，和其他弹药不同，也会散发独特的味道，只有领导者和依附者能够闻到，暂时无法改良。崔湖也是之前闻到过，才能一下认出来。

现在也有针对 K921 的防护，能在一定程度上有效保护好腺体系统，可这系列的弹药寻常大家也接触不到，黑市都很难搞到，因为制作似乎具有很大难度，数量较少。

可想而知，崔湖冷不丁地嗅到，整个人都吓傻了，所以他真的不是在偷懒，而是腿软到站不起来……

就这玩意儿，一不小心引爆了，杀伤力大不说，就是侥幸逃过一死，对腺体的伤害却不可逆，信息素发生暴走、失调等情况，整个人就由内而外地废了。

“捡的。”崔栖潮答道。

崔湖根本不信：“胡说八道啊，谁有了 K921 还能乱丢让你捡到的？你怎么不捡个金库？”

崔栖潮真的是捡到的，无人星有些地下武装团体遗留的武器里面有微量的 K921 成分，不知道是否有人在私下研究，他自己随手配比、制造了一些。就因为是自己做的，所以他预计杀伤力也不如高精度生产出来的正规弹药。

崔栖潮把崔湖给扶了起来：“活儿干了多少？”

听他还逃避话题，崔湖悲愤交加，憋了半天说道：“浇了一亩。这东西太危险了，你能收收吗？不要就大大咧咧地放在这儿啊！”

崔栖潮沉吟片刻，说道：“堂哥，那应该放在哪儿？”

崔湖一下窒住了，对啊，这里就一个空间站，内部空间有限，他这些天睡觉的地方都是桌子拼的，难道把弹药放空间站里去？那更吓人啊！

“不然你拆了吧，拆了……这种东西放在旁边，我晚上都不敢睡觉了，万一有什么意外爆了怎么办？咱们都来不及逃走的……”崔湖的冷汗都下来了。

不知道的时候他还能轻轻松松的，知道后怎么想怎么害怕。小堂弟真的是疯子吧！到底是怎么做到自如生活在这种地方的？不对，小堂弟到底是怎么有勇气把高危武器放在门外，每天睡觉、种地都挨着的？

还有个很可悲的事，现在他对自己能不能被家里救走一事也打上了极大的问号。

“怎么会爆？没事我不动它。”崔栖潮就像安慰崔湖料理机不会爆一样，口吻极为平淡，拉着崔湖就去干活了，现在他把飞行器开回来了，可以进行空中作业了，不必手动。

崔湖心乱如麻，哪里还顾得上崔栖潮拿自己的飞行器装填肥料。完了，他要被小堂弟扣在这里种一辈子地了。

飞行器的工作效率比人力高多了，二十多亩地要不了十分钟就能搞定，还包括了加水稀释的时间。

崔栖潮把换回来的东西冷藏，像罐头、营养液一类的，可以长时间储存，留着以备不时之需以及应对漫长的冬天。这个无人星一个周期基本就分三季，春、夏时间稍长，但也只占一半多一点，一共大约八个月，剩下的都是寒冷的冬天。

丽莎还给了一些盐和糖，数量不多，糖就一小包，盐稍微多点，拿个小罐子装着。崔栖潮掂了掂糖，又把罐子打开，拈了一点盐尝尝，忽而笑出声。

崔湖一个激灵，现在崔栖潮的形象在他眼里和疯子的区别不是很大：“笑什么？”

“看来这个无人星上有盐物质。”崔栖潮把罐子盖好了，说道。

不管是硫酸盐、氯化物、高氯酸盐、卤水……反正一定是有盐物质的存在。

“你怎么知道？”崔湖不太明白。

“这些盐明显是自制的，他们使用的其他食物都包装严密，糖也是商品糖，盐却粗陋得多，我尝了一下，应该只经过了初步提纯。”崔栖潮道。

既然这个星球有盐物质，还是无人星，那么其他人能找来做成食用盐，他当然也可以。他不一定非要找丽莎他们采用的地方，这里不可能只有一处存在大量盐物质。

有足够的盐和糖，冬天保存食物会方便很多，果实可以做成果酱，肉类进行腌制。

崔栖潮因为有了高粱本就不错的心情现在更好了，他决定回头再去找盐物质。

他先把高粱都倒了出来，选出良种。他手头有四斤多高粱，大概能种两三亩地。

也不知道这时候的高粱种子产出能有多少，但是他估摸着，亩产至少也有几百斤吧，四个多月成熟，这个冬天前能保证收获。

如果丽莎他们还在的话，说不定到时候崔栖潮还能把高粱再卖给他们……春天他们卖给他四斤高粱，冬天买回去四十斤，有意思。

耕地是现成的，高粱虽然生长期间耐旱，不需要太多水，但是必须保证足够的墒情，也就是土壤的湿度。

崔栖潮蓄水池的水显然是不够了，他只好用崔湖的飞行器从湖里运水回来，补熵，其间刚好也施肥、浸种催芽，这样能提高出苗率，然后再播种。

虽然高粱耐瘠薄，但想要产量上来，施肥量也不能少了，崔栖潮囤的那些肥差点不够。

刨去一些质量不行的种子，这种直接去壳后吃了，剩下的高粱种子刚好种满了两亩地。

崔湖本来是和崔栖潮一起干来着，一看到那些武器，就有点心灰意懒，总觉得小堂弟这么疯，说不定哪天大家就一起被炸飞了，能活一天是一天吧。崔栖潮让他干什么，他就干什么，发挥生命不多的意义。

崔湖也是第一次播种，不得不说，这活儿比采收生菜要难多了，有一定技术要求。

崔栖潮：“不对，不行，播种深度 1.637 厘米。你有些都超过三厘米了，播种太深，会推迟出苗期，使得养分徒劳消耗，最后生长的高粱苗细小，甚至无法出土。”

崔湖：“我又没有耕种机啊，怎么给你种 1.637 厘米？”

崔栖潮皱眉：“算了，你去旁边休息吧。”

高粱种子只有这么多，不能让崔湖影响了出苗率。

崔湖这辈子还是第一次被人这么嫌弃，愤愤不平地道：“胡说八道什么呢？我看你也就是盖了两厘米左右，我就是按着你来的。”

崔栖潮刚开始和他说 1.637 厘米，他就当崔栖潮开玩笑了，崔栖潮一下下往种子上盖完土也没测量，他在旁边跟着目测大约多深就上手模仿，谁知道崔栖潮还较劲了。

崔栖潮也不辩驳，兀自播种，小白叼着装种子的袋子，亦步亦趋地跟在后面。

“不让我种，我还高兴……”崔湖自言自语着，但是在田埂上坐了一会儿，又有点不甘心，偷偷拿了根树枝，插进崔栖潮埋的土里，再一量，数据显示 1.637 厘米，分毫不差。

崔湖："我的天！"

不对，他不信。崔湖一下翻身起来，跑到崔栖潮身边去了："你是不是有什么仪器，随时测定，不会播种机也有微型的吧？让我看看你的手！"

"哧。"那只猫像是代替崔栖潮发出了鄙夷的声音，从崔湖腿边绕了过去。

崔湖觉得，这只猫在针对他。

第 57 章

# 来作死呀

经过崔湖的各种验证，他终于不甘心地确认了，小堂弟真的是手动播种，没有任何科技手段辅助。他想了一会儿也就想通了，小堂弟都能在这鸟不拉屎的地方把 K921 做出来，还有什么不可能的？那个精度可更高！

最可怕的是小堂弟的主要精力还是放在农用上，要是反过来，他能靠垃圾武装一支军队吧？

崔湖顺便怀疑了一下那只猫，怎么怪人性化的，不会也是拟真的吧？他倒想去摸一下，可惜这猫猴精，一下就蹿开了。

崔栖潮把高粱都安置好后，开始思考找盐物质的事情了。这距离可不一定，开代步车去找是不现实的，他肯定要开崔湖的飞行器。

崔湖的飞行器用的是新型核聚变燃料，能够支持他进行远距离航行，抵达无人星时，燃料还剩下大半，按理说，如果只是平时做农用，能够支撑好几年。但是如果要更大范围地反复搜寻盐物质，可能还要运用到飞行器上的探测仪器，消耗就会变大。

崔栖潮坐在地头上，背靠着飞行器，盯着天上距离特别近的不知名星体发呆。

崔湖慢慢蹭了过去："小堂弟，你是不是在琢磨跑路？这几天播种特别辛苦吧，我就劝你了，赶紧找个小星球隐居，我帮你找人代办啊，这飞行器也送你，只要你把哥哥放了……"

"堂哥，我是不会离开这里的。"崔栖潮坚定地道。离开这里，他上哪里找这么大的空地种田，开什么玩笑？

他站了起来，第二天开始，又去拾荒了。

崔湖的眼泪都要下来了，一看到崔栖潮拾荒，他就想哭，这不会又要做什么农用器械吧？到这地步他也算看出来了，小堂弟种地绝对不仅是为了生存。

事实上，崔栖潮只是捡回来一些垃圾做堆肥，还有一些原料，做了个雅氏采集器安在崔湖的飞行器上，再设计自动模式，作用是让飞行器升高到外太空，采集、提取并转制反物质进行反应，产生的大量能量即可作为飞行器能源。

崔湖听崔栖潮讲完后，嘴巴都合不上了："HJJ 公司怎么不请你去当家？不，小堂弟，你办个企业吧！我给你打下手！"

崔栖潮还在继续说："这样就可以放心搜寻盐物质了，同时也可以放心无人植保。"

崔湖的眼泪真实地落下来了，不，小堂弟却只想着种菜。

真是令人百思不得其解，他在内心为小堂弟找了一百个理由，最后全都被打破，小堂弟没直言，却用行动证明了自己就想在无人星耕种。

“哎，等等，你是没有说，还是你的采集器确实不会任何隐藏？”崔湖忽然想到什么，问道，“这个规模的采集，肯定会有非常明显的信号发散，很容易被人发现吧，你不怕……”

他顿了顿，麻木地道：“哦，你不怕。”

崔栖潮带着猫外出找盐物质，继续把崔湖留在空间站照料作物。他这次准备出去久一些，再三吩咐崔湖，一定要按时打开灯进行人工照明、喂鱼、放水灌溉、搅肥等工作……

前几项都好说，崔湖长这么大，就没有搅拌……不，连接触都没有接触过肥料，这玩意儿堆久了的味道简直能一直穿透整个星系，闻一闻他都想死了，何况是搅拌。

崔栖潮用那种“如果你连拌肥都做不到，我还留你干什么”的眼神看着崔湖……

崔湖承认，这眼神里的意义是他脑补的，可崔栖潮是真的看得人浑身一激灵，让他百思不得其解。

在这个世界的社会模式中，领导者天生就是领袖，而中庸者和依附者，尤其是依附者，很容易就会在领导者面前臣服。

就像在大自然中，狼群会臣服头狼。

但是小堂弟看过来一眼，崔湖竟然有一点战栗，情不自禁地想服从他，眼中流露出软弱。回过神后，腰是挺直了，但他刚才的战栗感清晰宛然，做不了假。

什么原理？他小堂弟不会是个双重体质，集领导者和依附者于一体吧？

崔湖想着想着就玄幻了，毕竟他这辈子真的没遇到过这种依附者，在机械上的能力还可以说是难得的天赋，但这种领导气质到底是什么鬼啊？

总而言之，崔栖潮这么一逼视，崔湖也不敢再反抗了，老老实实地留在空间站干活，隔段时间还要给飞行器上发信息，报告自己干农活的情况。

崔栖潮以空间站为中心在周围搜寻，利用飞行器上的探测仪器，大约五天后，还真的测到了盐物质的存在，是盐类含量大于百分之五的液态矿产，也就是卤水、盐湖。

现在算是这里的雨季，湖水丰沛，因为富含矿物质呈现出沉静的蓝色，湖边环绕着白色的盐带，即使是泥巴中也饱含盐分。

崔栖潮把飞行器停在一旁，一出舱门就嗅到了空气中咸涩的味道。

“阿嚏！”小白都打了个喷嚏，嘴巴歪了歪，显然被这味道给刺激到了。

崔栖潮装了一些水，放飞行器上详细分析构成情况。湖边有很多湖水晒干后形成的结晶，这种算是粗盐，带回去再提纯，就可以得到食用盐了。

等分析结果出来，确认无误后，崔栖潮就开始装那些结晶物了。

这片盐湖还没有开采痕迹，就这么一大片，他也采不了多少，等他把粗盐收完了，最开始那一片估计又晒出结晶了。

这些粗盐具有腐蚀性，崔栖潮把皮肤包得一点不露才开始收取，把飞行器空间都装满了才作罢，工作了两天，大丰收。

回去的路上，崔栖潮看到通信信号在闪烁，应该是有人在联系崔湖，他当然没理会。

另一边，崔湖苦哈哈地干着活，也收到了家里的来信。家里好像联系过他本人了，但是没得到回信，终于开始怀疑了，于是发信给崔栖潮，确认他有没有事，并说会再派两个人过来。

崔家一点也没有怀疑崔湖是被挟持了，在他们的设想中，要么是崔湖单独遇到了危险，要么是崔湖带着崔栖潮一起遇到了危险……

不，危险就来自小堂弟啊！为什么他们只派两个人？派两百个好不好？

崔湖抓着显示屏想摇晃，内心是崩溃的，这个空间站建来是为了囚禁人的，正常情况下只能接收家里的信息，如果要对家里发信，也只能发送特定信息，比如：我服软了我要回去嫁人。就这还需要崔栖潮本人才知道的密码。

崔湖急得抓耳挠腮，最后抱着显示屏露出一个安详的笑容。算了，最坏的情况也就是多来两个人分担他的农活。

崔栖潮回来后，把飞行器一停，先检查了一下土壤含水量，还有堆肥的情况，才进了空间站：“堂哥坐在地上干什么？”

“刚刚收到家里来的信息，怕咱们出了危险，要再派人过来。”崔湖想了想，既然他们都联系过自己了，那消息小堂弟肯定收到了，在这上头没有隐藏的必要。

果然，崔栖潮说道：“哦，我在路上也收到了。”只是没说要派人来罢了。

接着，他就像崔湖想的那样，对此毫不在意，而是说道：“堂哥、方方、圆圆、毕达哥拉斯，陪我去搬一下盐吧，我采了些粗盐回来。”

崔湖凄惨一笑，他就和方方、圆圆、毕达哥拉斯是一个等级的。

小白：“喵。”

崔栖潮就好像听懂了一样，说道：“你可忙坏了，留在这里休息吧。”

崔湖又想，他还不如猫。

小白一下跳到方方的头顶，当然它也没法骑圆圆和毕达哥拉斯。它必然是要去的，它比崔湖那傻子强多了，干点活儿就叽叽歪歪，想当初它牧鸭和牧猪的时候说什么了吗？

在无聊透顶加上有唯一竞争者的情况下，小白越发想表现自己了。

三个机器人仍然是大喊着“我们才不是你的家居机器人，我们不能帮你干活”，然后把盐给拖走了。

提纯倒不费劲，做个电炉，将这些粗盐热熔，降温冷结晶，再分离出杂质，精制成食用盐，最后产率颇高，制出了近六十斤精盐。

崔湖不会做 K921，但提纯盐的原理还是知道的，可他连试验都没做过，这是生平第一次自己手动制盐。一边把盐装袋，他就一边在心里想，在这里待久了，以后把他扔到哪个无人星，生存率岂不是都大大提升?

崔栖潮则略微满意：“堂哥播种不行，这个活儿干得还是比较细致的。”

“过奖过奖。”崔湖沾沾自喜完才反应过来，这到底有什么好自豪的?

到底哪个是依附者？我从没见过依附者一脸冷淡坐着，领导者鬼哭狼嚎的！

可怕，崔栖潮一个人能扛过去也就算了，当着一个易感期领导者的面还能若无其事地对自己的猫说上来自己吃……

好可怕啊，崔栖潮制造了那么多武器，以后开垦的地越来越多，会不会提着枪到处逼人给他种地！毕竟在中世纪待久了，万一习惯了农奴的存在上这儿抓奴隶来了！

统一教农活是吗？那你很有灵性哦！

……

什么情况？小湖一看崔总就瑟瑟发抖，这难道就是我等了三季的虎躯一震？崔总什么时候领悟的？

不不，个人觉得崔老爷早就领悟了。当初在中世纪的时候，那些农奴、骑士就经常仰慕地看着他，只是那个社会情况下，大家不易分辨。

唏嘘，这证明我们崔老爷的设定是正确的，进可男频龙傲天，退可女频做霸总，徒手造炸弹，谈笑间服人，一身本事……

一身本事，偏偏都浪费在地里。

崔栖潮持之以恒地收集无人星植物，总算是有点进展了。他发现有种草本植物的味道比较刺激，根茎和果实的汁液也对真菌、病毒等有杀灭作用，种植下去之后，连周边的植物也能受到照拂。

就是它了，天然杀虫剂。生长周期也不长，就是味道有点臭，不太适合拿来当香料，大概种植了只能用来提取原液当农药。

原液提取淬炼，产出率肯定不大，这种植物含水量又不高，何况需求量很大，崔栖潮少量试验过了，原液产出重量大概是植物的百分之二十。比如杀虫草亩产估计能达到一千五百斤，那么能采集原液三百斤。

于是崔栖潮又开垦了十亩荒地，打算全都用来种杀虫草。

除此之外，崔栖潮也发现了一种块茎植物，根茎疑似可以食用，目前块茎只有巴掌那么大，无毒，但是味道酸涩，有待观察成熟后会是如何。即使不像红薯那样，也能用来当酸味剂。

杀虫草的种植就没有高粱那么严格了，崔湖得以上手，草籽都是崔栖潮收集来的，单单他移植的那一点要播种十亩还远远不够。

崔湖撒着草籽，就路过了 K921，整个人绷紧，但已经比最开始吓到腿软好多了。

眼前的耕地上长着生菜、红薯以及其他植株，成为荒芜土地上一抹显眼的绿色，看着十分动人。但谁能知道这里头其实危机四伏呢?

不但是垃圾堆里有 K921，那些大型的、搬不走的机械上头也布施了武器，绝不是普通菜地。

有一天崔湖站在空间站里面，发现正面的耕地布置得满满，后方却光秃秃的，还隐晦地嘲笑了一下小堂弟。虽然精通制造，但是排兵布阵不太行，只前头有火力，后方空虚啊。

结果崔栖潮就把衣柜打开，从里面拉出了一个机械臂，墙头挂接了发射器，一看就是自己设计的，这空间站初建的时候绝对没这功能。虽然不是 K921，但看着也非常吓人，里头疑似装填的是大口径炮弹。

机械臂展开之后，刚好能架在书桌上，发射口则恰恰对准了一个小小的圆形外视窗，再观察一下整体方位，这里还是最佳射击位。也就是说，如果后头真的有人偷袭，崔栖潮大概打算一个人坐在这儿弄死他们。前面的耕地就更不要说了，谁碰崔栖潮的地，还没接近就被炸飞了。

即使经过 K921 的恐吓，再看到衣柜里藏着的这玩意儿，崔湖还是心脏怦怦跳。主要是从崔栖潮平时的模样真看不出他能干出这种事，毕竟总是一副快要成仙的样子。

崔湖腹诽着，忽然感觉有雨滴落在自己的鼻头上：“下雨了，下雨了。”

虽然是无人星的雨季，但他们所处的地带降雨并不多，崔湖赶紧往屋内跑。

小白就不一样了，猫发现得更早，此时它早已衔着伞往外跑。因为嘴巴不够大，它只能咬住伞套，蹿到崔栖潮面前立起来把伞递给他。

看吧，就是这个时候小堂弟也没慌过。崔湖回头看，心里想着。

崔栖潮撑开伞，把草籽收好，一伸手，小白就顺着裤腿爬上去，坐在他怀里了，然后一人一猫慢悠悠地穿过耕地回去。

雨顷刻间就变大了，崔湖厚着脸皮往回跑，钻到伞下：“小堂弟，我帮你打伞。”

在橘猫鄙视的眼神下，崔湖试图找回一点面子，感慨地说道：“弟，春雨贵如油啊！”

崔栖潮转过头：“鱼塘没盖，等会儿要去测一测降水的酸碱值，如果水质有变，要进行调整。”

崔湖很郁闷。

一场雨下了一个小时，鱼塘本身每天崔栖潮就会巡塘三次，检查鱼类情况和水质变化，雨停后不过是增加了一次。撒草籽的事先放下，得测测鱼塘水的酸碱值。

好歹水质是没什么问题，但溶氧量有点不足了，而且因为大雨，水面上有些杂草之类的，崔栖潮拿根长长的竿子，前头绑着网，将那些杂物都清理掉了。

清完塘后，崔栖潮开始做增氧机。非常简单，机械运作下将那些溶氧不足的水体喷出来，能够迅速改善溶氧情况。

他估计溶氧量不够是因为这次雨水温度比较低，大量降入鱼塘后，上下水层急促对流，引起水体缺氧。幸好胖头鱼的生命力都还挺顽强，暂时没有出现明显的缺氧症状。

崔栖潮把喷水式的增氧机放入水，这里立刻像喷泉一样，哗啦啦往上喷水，因为做得比较急，水柱还在左右摇曳。

小白的眼睛不由自主地跟着摇曳的水柱向左、向右……

可恶啊，猫的本能。小白在心底狂骂，但眼睛还是离不开晃动的物体，又开始做梦。哪天它变巨猫了，就让崔栖潮做一个自动摇晃的逗猫棒，把崔湖拴在上头。

崔汀和崔小江是夜晚抵达无人星的，带了五个心腹。因为事情涉及家里的隐私，来的可以说都是自己人。

起初湖哥过来探视崔栖潮的情况，谁知道失联了，信号明明是通的，却怎么也没有回应，家里便派他们过来，看看到底什么情况。

按理说，这个无人星不会出现风暴之类的大型自然灾害，否则他们也不会把空间站建在这儿。

发生概率更大的则是人为事故，无人星上也存在非法团体，照理说空间站保全严密，崔湖做事又向来妥当，但是不怕一万就怕万一。

抵达坐标后，两人先在外太空停留了一会儿，因为崔小江检测到这附近曾经出现强烈的电磁信号，涉及极大的能量。

“这不会和湖哥失踪的事有关吧？”崔小江喃喃道。

“我觉得比较有可能是其他驻扎在这里的团体在进行采集，你们都想得太严重了。”崔汀的看法不太一样，他认为如果崔湖两人和无人星其他人员发生了冲突，空间站和飞行器不可能毫无损伤，现在信号都能连通，只是没回信，“我记得，湖哥来的时候正值易感期……”

崔小江看着她：“你是说？”

崔汀咳嗽了一声：“谁知道呢？你不觉得领导者和依附者发生事故的概率比其他事故要高一些吗？”

崔小江：“啊，这倒是……没办法，领导者和依附者容易被信息素影响。”

如此强烈的信号让他们警醒了一些，但并未想到对象就是他们要找的人。飞行器下降，渐渐能看到地面。

空间站在夜晚发出的光亮让它在荒野上如此明显，更奇怪的是，空间站周围好像有大片植物，被悬挂的灯照亮。

“那是什么？”崔小江盯着屏幕看了半晌，“怪整齐的，灯又是哪里来的？这空间站不会已经被别人占领了吧？”

“那个……那个不是湖哥的飞行器吗？”崔汀也说道。

太怪异了，他们眉头紧锁，进入戒备状态，开启飞行器护盾，下降——

“光照时间差不多够了。”崔栖潮和崔湖坐在空间站里，他说了一声，让崔湖去把灯都关了。

崔湖也习以为常，刚站起来，就瞄到外头空中不寻常的亮点：“等等，那个……”

一架中型飞行器缓缓下沉，涂装是如此熟悉，仿佛还在观察地面环境。崔湖立刻回头道：“小堂弟啊，家里来人了。”

崔栖潮也站了起来：“嗯。”

崔湖又兴奋又绝望，虽然家里来人了，但是看这个规模，他也不觉得自己能获救：“小堂弟，你看那武器系统都开启了……你不会一时紧张对家里人动粗吧？他们应该是怕我们遇险了，在戒备。”

崔栖潮的脸色非常淡然：“不至于。”

崔湖松了口气。

正在这个时候，飞行器已经下降到了百米以内。崔湖看着距离好像不大对劲，而且飞行器观察完环境竟然没有要调整的意思，仍在直直下降。

脑海中预警信号狂响，他刚要说什么，只见那艘中型飞行器一下降落在地面上，从头到尾正正压在崔栖潮的生菜地上。

来不及了！

崔湖目瞪口呆，简直不敢转头去看崔栖潮。

KUWEI
酷威文化
图书 影视

# 我爱种田

下册

拉棉花糖的兔子

著

江苏凤凰文艺出版社
JIANGSU PHOENIX LITERATURE AND ART PUBLISHING

# 目录

Contents

# 番外

第三卷

# 在星际时代种田

（下）

第 58 章

# 星际农奴

周遭的空气就像凭空降低了几摄氏度，崔湖头一次看到崔栖潮脸色那么难看的样子。

别说是他了，连小白跟了崔栖潮那么久，也是第一次看到崔栖潮这样，应该可以称作生气吧。他向来没什么波澜的眼底就像聚了风雪，没有太多表情，但是冷得吓人。

眼看着对方似乎在扫描整个空间站，崔栖潮一只手扣在了面前的台面上，向上一翻，就露出了里头的操控系统，也算解了崔湖的惑——到底前头那些武器如何启动。

崔湖呼吸为之一窒，看这风雨欲来的架势，崔栖潮不会要他们给自己的生菜偿命吧？

他战战兢兢地说：“小、小堂弟，他们应该不是，故意的……”

崔栖潮冷冷地看了他一眼。

崔湖彻底不敢说话了，这真的是一个依附者吗？大家都是人，自己还是领导者，为什么小堂弟可以用眼神杀人？

从二十一世纪的校园到西方中古世纪，再到现在，崔栖潮基本上没有生过气，一直很包容自己的子民。

但是现在……他辛辛苦苦耕种出来的生菜被碾了。那些人还明显是故意的，如果他们只是没注意到，崔栖潮都能宽容，可这样的距离，肉眼都能观测到下方的耕地了，他们不是故意的是什么？

他从荒地开垦出来肥沃的耕地，从种子认真养大的水灵灵的生菜啊！

是可忍，孰不可忍！

与此同时，飞行器上，崔小江和崔汀扫描过了空间站内的生物——两个人和一个小型动物。他们不确定是不是崔湖和崔栖潮，不管是不是吧，威胁好像不大。

他们正打算下去，忽然觉得不对，最新结果显示空间站内似乎有一门武器，这很反常，崔汀随手将扫描范围扩大了。

扫描结果尚未出来，周围那些错落无章的太空垃圾却同时轰然一动，幽幽的蓝光亮起，各种口径的武器口探了出来，悉数锁定同一个目标——他们的飞行器。

崔小江的瞳孔收缩了一下，与此同时，系统警报声也响了起来，显示此处探测到高危武器能量存在。

“这里到底安装了什么！”崔小江脸发白。

崔小江的心腹非常识趣地在后方分析，此时颤声说道："老大，是 K921 系列……咱们无法防护啊，直接投降吧。"

K921？一个无人星怎么会出现 K921 系列的武器？这又不是什么大型战场！

就算他们特意驾驶了作战用飞行器，也扛不住这个等级的武器啊！

K921 可算恶名昭彰了，案例诸多，单说身边，崔小江有个同学的父亲就吃过苦，从被 K921 轰炸过的战场下来，命是保住了，但生不如死。他的后遗症是信息素暴走，以致出现幻觉，从生理到精神都备受折磨，还没有药能比较有效地缓解。

听到这个名号，崔小江肝都颤了一下，看了一眼分析数据无误后，连征询崔汀的意见的时间也没有，就怕晚了被对方误认为宁死不屈，急忙道："投投投！"

他还没说完，对方连商议的机会都不给，竟然直接射击了！

对方倒是没有一上来就动用 K921，但是所使用的武器也不比 K921 好多少，一记反物质炮击来，整个飞行器的右翼都湮灭了，护盾连三秒都没支撑到，活像是被寸寸蚕食。

控制室几乎全都暴露在空气中，警报声四起，崔小江呆滞地张了张嘴："他们怎么分析出来我们的护盾参数的……"

按理说，即使是反物质炮，也不至于一下就把他们的护盾轰没了，除非对方分析出了他们护盾的能量参数，再进行物质中和，整个恰到好处。

有这个计算能力的人——如果真的存在——怎么会坐在无人星和他们对打啊？更别说对方还有 K921，身份绝对不简单！

眼看炮口再次充蓄能量，转而对准了他们的左翼，系统提示被反物质炮锁定，飞行器上的七个人全都坐不住了，这个时候就别想反击了，直接逃命吧！

其实崔栖潮并不是不屑用 K921，而是它会引起爆炸，飞行器距离太近了，现在还停在耕地上。而反物质炮的伤害是将对方的物质瓦解，只要控制得极其精准，就不会产生太大的能量冲击，也就不会对他的菜地造成二次伤害，否则岂不是杀敌一千自损八百？

此刻崔湖正用力抱着崔栖潮的手哀求："小堂弟啊！你不要冲动，你就饶了他们的狗命吧，啊啊啊！"

他万万没想到崔家骨肉相残从今日起，从生菜起……

小白："喵喵喵！喵喵喵喵！"

小白的眼睛邪恶地左右转了转，也赞成轰了那些不长眼的人，那些菜地还有它的一份汗水呢！

崔栖潮的语气还是很稳，手也很稳，和他眼中的风暴完全相反："你让开。"

崔湖也是鼓起了毕生的勇气才敢来阻止崔栖潮，他现在知道之前崔栖潮看自己那一眼才不算什么，现在他简直觉得自己是个依附者，对方才是领导者，信息素完全压制的那种。

他看着外面的狼藉，灵机一动道："弟、堂弟，你、你把他们留下来，给你种地，把、把那几亩地都加倍补回来怎么样？不然你岂不是更亏？"

崔栖潮："……"

崔栖潮："松开。"

崔湖赶紧松手了，也不敢继续再阻止，否则他怕崔栖潮真的可能反手再给他一枪，然后送他和那几个傻子一起做堆肥。

直接用反物质炮湮灭对方的飞行器，连留下来做农用都不愿意了，崔栖潮心底这得是有多大的气啊？

崔栖潮面无表情地盯着外头，看到有几个人狼狈地从飞行器那撕裂一般的破口跳下来，连滚带爬地往旁边跑，不再犹豫，又是一记反物质炮，那一整架飞行器直接悉数化为虚无。

"呼……"崔栖潮长长地吐了口气，心头的闷气总算发泄出了一半。

崔汀等人只感觉到一阵比东风大不了多少的能量震荡，再回头时，飞行器已经不见了，脸都"唰"一下就白了。

在舱外会感受得更明显，这能量震荡堪称温柔。如果不是精确到了极点，物质之间的对冲将产生能引发爆炸级别的能量，而不是把能量震荡控制在这么微小到令人吃惊的级别。

按理说这样的控制需要高精度的计算才能完成，至少崔汀所了解的范围内，连相关计算公式都没流出民间，整个计算应该也不是在几分钟之内可以完成的，而他们才刚刚来到这里，这里头细思恐极的地方多了去了……

"别动了！你们都别动！"这时候，一道熟悉的声音响起，是崔湖，他的语调好像有点凄惨。

崔汀等人都是一愣，随即本着对自家人的信任，立刻站住不动了。

崔湖从空间站里出来，颇为焦头烂额。他好不容易才劝下崔栖潮，这些人还在地里乱跑，万一再踩烂几棵生菜，真是谁也保不了他们了。

"你们搞什么啊？没看到下面有耕地啊，还停在这儿，有没有公德心？"崔湖虽然救了他们，仔细想想，心底其实也是有些埋怨的。

说起来这些天他也在照料这些耕地，流过汗水长过血泡，皮肤都晒黑了一个度，结果这些家伙偏偏就压在耕地上头，害人害己。

"湖哥，你没事啊？"崔汀还没意识到重点，"这些是哪个武装团体在操控？不对，这得是政府军吧，怎么只扫描出俩人……"

他们是看到了耕地，但是压根没有在意，下面是草坪、黄沙还是生菜，对他们来说都一样。

崔湖黑着脸，没说话。

很快他们就会知道了。空间站内又走出来一个人，是崔栖潮。

无论崔栖潮还是崔湖看起来都不像有事的样子，甚至行动自由，这到底是什么情况？那些操控武器的人呢？为什么没出来？

崔栖潮走到近前，手里捏着一堆和崔湖身上一个模样的微型炸弹，往他们脖子上贴。

“干什么？”崔汀抬手反抗，被崔湖一下摁住了，她诧异地看着崔湖：“湖哥？”

“这都是为了你好！”崔湖悲伤地说，贴个炸弹总比被轰死好吧。

崔汀不满地继续挣扎，被崔栖潮在肩膀上按了一下，半边身体都酸软下来，使不出半点力：“哎哟哎哟——”

其他人脸色一变，想要动手，都被崔湖带头放倒了。

崔栖潮挨个贴好炸弹后，冷冷地扫了他们一眼，拽过两个人，调整了一下他们所站的位置。

众人都觉得异样，仿佛毛骨悚然，觉着这个依附者好像哪里不一样……

还没等他们思考清楚，一阵电流从脖子上的装置传出，瞬间到达全身，刺激着每一处神经末梢，神经不断收缩，产生持续性痛感，最终导致他们翻起白眼，七个人哆嗦着各自倒在地上，失去知觉了。

直到被电晕过去之前，他们的脑海里还充满了各种疑问，不知道到底是什么情况。

也是这时候，崔湖好像才明白崔栖潮刚才为什么推了那两个人一把——现在这个新站位他们倒下去都不会压到菜。

“这、这个还有电击效果啊。”崔湖心有余悸，想到崔栖潮晚出来了一会儿，不会是临时设置了参数用来泄愤吧？他不禁浑身一寒。

崔栖潮看着地上的人，低声说了一句话：“就让他们的血流在地里，弥补这一次的过错。”

崔湖心想，如果他的理解没有错，这句腥风血雨的话代表崔汀他们不干农活干到长血泡是不行了……

“啊……”

崔汀是最先苏醒过来的，发觉自己躺在冰凉的地板上，其他人也横七竖八地仰面躺着。看内部陈设，这里应该是空间站里头，周遭还有三个机器人在漫无目的地走动，因为地上的障碍物太多，不时发出焦急的声音。

崔栖潮不见踪影，崔湖倒是坐在一旁，也不知在捣鼓些什么。

“湖、湖哥……”崔汀虚弱地喊了一声。

“你醒了？”崔湖放下刚刚拌好的鱼食，“正好，我需要一个帮手，一起去喂鱼。”

崔汀蒙了两秒，随即聚起精神，低声道：“到底发生了什么事？这里情况怎样？

K921是哪里来的？你们被挟持了吗？”

“只有我和你们被挟持了而已。”崔湖木然地道。

崔汀疑惑地道：“那崔栖潮呢……等等，难道是他在这里认识的领导者在帮他出气？”

一瞬间，崔汀已经脑补完了十集的剧情，大型武装团体头领意外发现空间站中的崔栖潮，并将之救出来，两人对彼此的信息素一嗅生情，私订终身等。

崔湖心情复杂地道：“你傻了吗？崔栖潮就是那个挟持我们的人啊。”

他现在竟然有点理解小堂弟偶尔流露出来的情绪了。他以前也这样不纯粹，什么都往领导者和依附者那点事上想，明明崔栖潮都当面给他们安炸弹了，整个空间站里也只有两人一猫，可他们偏偏宁可认定还有一个人。

崔汀干笑了两声：“什么啊……”

她觉得不大明白湖哥的话，说着踹了崔小江一脚，崔小江也迷迷糊糊地醒来了。电击后遗症让他觉得自己的心跳有些紊乱，四肢也出现了微微麻痹的感觉，也不知道神经系统受损严不严重。

崔小江看看周围，又把其他人也都拽醒了。还没等所有人彻底清醒，崔湖已经开始解释了。

“没有第三个人，一切都是小堂弟做的。是他把空间站撬开在外面种地，也是他用反物质炮轰了你们，原因你们已经知道了，你们毁了他种的生菜。咱们身上的微型炸弹也是他做的，K921都是他自制的，他就是……他就是……”崔湖不知道该用“天才”“疯子”中的哪个词。

众人呆滞地听崔湖说话，不知道到底是他在做梦还是自己在做梦。

崔栖潮从内间走出来，手里端着两份食物，看也不看外面这些人一眼，把吃的放在了桌上。

崔湖立刻蹿了过去：“哎呀，今天有高粱粥。”

上次筛种子时剩下一些高粱，崔栖潮拿来打成了米，熬煮成高粱粥了，也就够吃一顿的，里头除了细小的高粱米，还放了一点无人星上的可食用植物，算是野菜吧，带着一点天然的甜味，叶片上的一层绒毛让它的口感有些奇特。

在这里食物单一，每天还要干很多活儿，崔湖一看到新鲜食物就亲切得不得了，刚才那一腔郁闷都消散不见了：“好香啊，好香。”

长时间的熬煮下，高粱米独特的清香完全散发出来，米粒煮烂了，但里头仍有些嚼劲，即使没放糖也带着一丝甜味，热热的米粥下肚，胃都暖了起来。

湖哥？

众人眼见着崔湖瞬间变了张脸，盯着一碗米粥也能馋，也不知道他在崔栖潮手下过了多少苦日子。

崔小江勉强控制麻痹的肌肉，从地上爬了起来：“堂弟，对不起……都是一家人，可能有什么误会。我们不小心弄坏了你的菜，湖哥已经吓死我们了，说你自制 K921，我差点都要信了。你到底是……”

话没说完，又是一阵电流从脖子上扩散开，崔小江摇摆几下跌坐在地。这次电流小一些，他没晕过去，但也没法再往崔栖潮那边走了。

崔栖潮冷漠地看他一眼，毫无感情地说道：“有什么问题，等偿还完我的损失再说吧。”

众人目瞪口呆，在场崔汀和崔小江都是领导者，剩下的则是中庸者，他们还没见过有哪个依附者像崔栖潮一样。刚刚崔栖潮看他们那一眼，让他们有种战栗感——当然，也可能是电击导致的。

崔栖潮的话是在默认崔湖说的那一切吗？还有一个最重要的问题——现在已经到饭点了，他们是没有饭吃吗？

崔汀几人足足花了三天才接受事实，崔湖说的一切都是真的，崔栖潮在这里自力更生，靠拾荒建立起了武器系统，还种了几十亩地。

K921 还有崔湖那个被破解技术加密改装后的飞行器都是佐证，真的不存在什么大规模武装团体，所有杀伤性武器都是崔栖潮的手笔。

也就是说，反物质炮的计算也出自崔栖潮之手，这个被家里逼着联姻的依附者根本就是个一直深藏不露的天才。

震惊、难以置信、畏惧等情绪交织在一起，让人大受震动。

事实无一不令人不寒而栗，一个依附者中的异类，天赋异禀，还被家族胁迫，关在了无人星上，怎么看都是复仇剧情的开端，他们这些人保住命是不是都该庆幸了？

这些都还是其次，最重要的是，这个依附者非常看重他的……地。

这几天他们头几餐都是喝清水过来的，崔栖潮余怒未消，做饭从来不准备他们的份，到后来才允许崔湖把一些生菜烫熟了喂给他们。

不只如此，他们还要在崔湖的带领下去干活。他们不敢不干啊，栖潮弟弟随时要杀人的样子。

湖哥在这里也不知道经历了些什么，熟练地带着他们巡塘、捞垃圾，穿过那些隐藏着 K921 的垃圾外壳，让人有种游走在生死边缘种菜的感觉。

几个中庸者要去把被毁掉的生菜地整理好，烂了的生菜拔了，能活的尽量补救一下，完好的叶子收起来做食物，剩下的做饲料或者肥料。

说到肥料，两个领导者被安排去拌肥料。他们几辈子也没干过这种活儿，一开始闻着味道都要晕过去了。

这个年代哪还有人用有机肥？他们的知识里也没有这一节，活生生被补课。

除此之外，他们还要修复田垄，做拔杂草、捡垃圾、制作并稀释肥料、搬运等工作。

领导者的体力要好一些，饶是如此，崔汀和崔小江也有点犯黑眼晕。

崔栖潮有时候从窗口往外望都觉得很眼熟，这情形让他想到诺森伯兰，崔汀他们就像农奴，至于处处引导，有时还会恨铁不成钢的崔湖则像是庄头，也像是农业技术基础班毕业了的学长。而且继中世纪之后，他也再次听到了有人口口声声把“魔鬼”挂在嘴边，这些星际农奴认为他奴役大家的行为无异于魔鬼。

崔栖潮欣然接受。如果做魔鬼能够让他的生菜回来，他就是做魔王也无妨，这些人毁坏了他的耕地，就得付出代价，他就教教他们什么叫珍惜粮食。

星际农奴们聚在田间地头，趁闲讨论。

“湖哥，你这些天都是这样过来的吗？”崔小江幽幽地问了一句。他的手因为拌肥料都长水泡了，鼻子好像也要被熏到没有嗅觉了。

他很惶恐，星际时代了还会有人死于拌肥料吗？

“我还好一点，基本都能吃饱。”不像这几位，因为犯了错，吃的基本都是抢救回来的生菜叶子，勉强果腹而已。

崔小江：“我怎么觉得你有点得意？”

崔湖沉默了。他被挟持久了，难免出现一点点心理问题。

崔汀脚上也起血泡了，她沮丧地道：“K921 都有，咱们是回不去了。唉，世界上还有比拌肥料更糟糕的活儿吗？”

“有啊。”崔湖沉默了一会儿说道，“那就是在没有抑制剂的易感期还得顶着依附者的信息素拌肥料。”

崔湖望着天道：“我就带了一组抑制剂，上次已经用光了，你们的飞行器也被反物质炮轰了，什么物资都不剩，也没随身携带抑制剂。等到易感期来临之际，你就知道什么叫真正的生不如死了……”

众人脸色都是一白，中庸者还好说，不会受到信息素的困扰。

崔汀和崔小江都僵硬了。

崔汀咬牙道：“也不一定呢，万一，说不定……如果栖潮堂弟就这么被我拖入易感期，可能不但不用拌肥，连 K921 也不是威胁了！”

崔小江也猛点头，表示是这个道理，甚至小声说：“他也没有抑制剂，等特殊时期到了，他要把自己关在空间站里，看外头‘丧尸围城’吗？”

“呵呵。”崔湖一笑，看着这些天真的同辈，“我当年，也是这么想的……”

但那个依附者，简直就是魔鬼……

第 59 章

# 穿貂小猫

生菜地被毁了半数，虽然生菜生长得快，但那是可以食用，要留种得等它抽薹，如此一来，收种要在整个生育期完成，也就是四个月后。现在根本没有多余的生菜种子，红薯和高粱也不到成熟的时候。

崔栖潮有些郁闷，只好抓紧再研究无人星上的本土植物，现有的作物种类实在太少了。

崔汀上前谄媚地道：“潮弟，虽然你身份有禁制，但我们没有啊。你看，既然你给我们粘了个炸弹，也不怕我们轻举妄动，不如我替你驾驶飞行器去商业星球，买一些你需要的东西，钱我也有。”

崔栖潮看了她一眼。

她立刻捂着脖子：“别电我，我诚心的。”

可惜，看崔栖潮的样子，对她的话是一个字都不信。

崔栖潮宁愿找丽莎他们交易，也不会用崔汀他们的，甚至崔湖他也不会用。

崔汀无功而返，在心底想：这么犟。

她内心对崔栖潮还是有一点怀疑的，她怀疑崔栖潮真的那么有定力？不可能啊，湖哥说得太夸张了，一个正常依附者在易感期怎么可能面对领导者无动于衷呢？该不会是湖哥自己信息素不行吧？

她就不一样了，她的信息素味道是红酒，易感期时更是醉人。

其他人怎么想崔汀不知道，反正她自己对即将到来的没有抑制剂的易感期是有一点点期待的。

虽然只剩下一半的生菜地，但产出的量还是足够崔栖潮又去和丽莎交易了一次。他们并没有特别约定好时间，只是在湖边相遇了，就默契地提起来。

距离上次交易也有一段时间了，一开始丽莎他们只是觉得新鲜绿色蔬菜很值得一换，以后可以隔两三个月换一点。

但是在把崔栖潮的生菜带回去后，丽莎的想法就有点改变了……

包括那些本来对此没有太多意见的同伴，也都因为这批生菜的鲜嫩美味而生出了几分想法。

丽莎一开始没说是崔栖潮种的，大家还在猜想对方是从哪里获取的物资，也不知道是哪个种植单位开发出来的新品种，太好吃了吧。

拿回去的生菜第一次是做了沙拉。他们连沙拉酱都没有，还是华夏人做了偏中式的沙拉，生菜叶子切一切，不必太细致地切丝，里头加酱油、香油、盐之类的调料，拌匀了就上桌。

那味道，香、脆、嫩、甜，简直了，加上新鲜蔬菜又难得，被吃得一点不剩。接下来，根据不同的口味，有人拿来榨汁，有人白灼，也有人卷肉吃，原料好就是不一样，榨汁喝够鲜甜，加一点点蜂蜜口感就已经很好了，卷着肉吃十分解腻，白灼也是另一种风味。

消耗速度比以前的新鲜蔬菜快了好几倍，没多少天，一百斤生菜就被吃光了，大家还意犹未尽，询问了丽莎好几次那个换生菜的朋友到底有多少生菜、从哪里来的、能不能再换到等。

丽莎这时才说，据说这生菜是人家自己种的。

还有人在无人星大面积种植生菜的？虽然他们都不是农学方面的专家，但是别忘了，无人星之所以是无人星，就是因为它无论做哪种用途都差那么点儿。自然，它也不是顶适合种植的地方。

姑且不提怎么会有人在这种地方还有心种菜，单凭这人能够在这里种出这么好吃的生菜，他就不简单啊。这人该不会根本就是农学方面的专家，上这儿做实验来了吧？

总而言之，有了这么一出，丽莎再次见到崔栖潮时态度都亲近了很多，大夸特夸上一次交换的生菜。明明之前她还在心底提醒自己，如果做第二次交易，时间要间隔久一些，以免漏出什么信息。

崔栖潮这次约好了交易一百五十斤生菜，可惜距离丽莎他们的新补给抵达还早，没有像高粱那样的东西和他换了。崔栖潮也察觉到了丽莎的态度有变，于是试着问了他们能不能为自己找来特定植物的种子。

之前崔栖潮也提过一次，以后有种子希望再次交易，但两次说出来，丽莎的心情完全不一样的。上次她随口说可以留意一下，这次却已经在脑补了，崔斯坦先生要种子是来种菜，而且看样子他自己剩余了很多没处处理才和他们交换，如果给他一些种子，他种出很多其他新鲜蔬菜，味道和质量又和生菜一样好……他们岂不是也沾光？

“放心，我回去就联络一下。”丽莎立刻答应了，“您需要什么样的种子，告诉我，我让人试试看能不能弄到。”

他们毕竟也是非法团体，运输有风险，也不能肆无忌惮地买卖。每一笔交易信息都是会被记录在册的，一不小心，就被顺藤摸瓜了。所以，丽莎也真的就是在力所能及的范围内“试试”。同时，丽莎也在心底排除掉了之前大家猜测的崔栖潮的身份，他要真是什么专家，拾荒也就算了，不可能试验用的种子也弄不到吧。

崔栖潮想想，如果他们的关系真的可靠，种子拿到手估计也得几个月后，要等明年播种，但好歹是个路子。

崔栖潮是不挑的，但他也有比较希望获得的种子，比如考虑到无人星的环境，当然优先选择短光照、耐阴的作物，比如韭菜、芦笋、芽菜、萝卜等。

到了交易当天，崔栖潮让崔湖留下指导，自己把崔汀和崔小江带出来打下手。他的目的是把这些人分开，原本想都带来，但怕丽莎多想。崔汀他们一看就是不老实的，搁在中世纪，就属于时刻想做逃奴的人。

可看在丽莎和艾伯特眼里，就是崔栖潮身边又出现了领导者……

最开始他们以为崔栖潮只是一个单身依附者，后来出现了个领导者，现在又出现了两个新的领导者，全都和崔栖潮一样，也不喷信息素隐藏剂，大大咧咧地显摆出来。

他们闻到那冲鼻的白酒味和浓烈的红酒味都不禁皱了皱眉，这种行为可不太礼貌。

他们再仔细看看站位，就发现崔汀和崔小江都站在崔栖潮身后一步的位置，单单有崔湖时还不明显，这次再看，真像是他们地位都不如崔栖潮。

崔栖潮在他们眼中更加矛盾了，看似流落无人星，需要和他们做交易，物资也很匮乏，但是又拥有某些先进科技，手下还有几个领导者，身份也太神秘了吧。

“崔先生，之前的领导者这次没来吗？”丽莎忍不住试探着问了一句。

崔栖潮也没费口舌解释：“没来。”

崔小江听了，嬉皮笑脸地说：“我们来了就行啊……”

他本想开个玩笑，临到嘴边又不敢了，怕被崔栖潮电，现在他们私下里都叫崔栖潮“崔卡丘”了。

转了个弯，崔小江改道：“我们缺少隐藏剂，不好意思了啊。”

这些人真是奇怪，不过在这种地方，奇怪的人也不少，难道在他们眼里，自己就不奇怪吗？何必追究那么多。丽莎微微一笑，说道：“没事。”

“再过段时间，我有一批红薯藤叶。”崔栖潮一句话就把丽莎的注意力彻底转移了，红薯藤也是可以做蔬菜的，挺好吃，什么领导者、依附者的，还是崔斯坦先生的蔬菜更引人注意啊。

丽莎忍不住问道：“那红薯呢？”

有红薯藤叶，肯定得有红薯吧。

“需要留种用，暂时不能交易。”崔栖潮说道，他的红薯本来就不多，那些都是做种红薯用的，红薯藤长了挺多，倒是可以割了卖，也算对丽莎他们的回馈，看在她愿意试试找种子的分上。

丽莎有些失望，但还是露出笑容。这一次，她和崔栖潮约定好了，过些时候如果要约见面，就在湖边刻下信号，另一个人来时就能看到。至于交换通信频道还是算了，就用最原始的办法。他们都是隔段时间就会到湖边来的，弄点新鲜水产吃。

崔小江等七人一去无人星就步了崔湖的后尘，音信全无，这终于让崔家重视起来了。崔小江和崔汀与崔湖的发展路线不一样，崔湖身手就已经不错了，但还是因为口才好才让他去劝崔栖潮，崔汀他们俩更暴力，三人都算是崔家比较优秀的子弟。

崔湖的飞行器还存在，崔汀他们的却是一点踪迹也没有了。崔湖驾驶的是私人飞行器，另外两人驾的是家里的，一定位，毛都不剩了。

无人星上到底发生了什么事？竟然连折几名晚辈！那里虽然鱼龙混杂，但以崔湖他们三人的能力，怎么会连报信警示的机会也没有？这太诡异了。

为了解决此事，崔家这次直接让崔栖潮的父亲亲自出马了，带了上百人的队伍浩浩荡荡地前往无人星。

然而这边的崔栖潮也因为上一次的事情，不悦之下防备之心更重，把监控预警范围都扩大了。崔家的队伍还没进入大气层，崔栖潮就已经发现了。

有赖于家族标志，崔栖潮很快从外表认出来了，这一次他没等崔家的飞行器降落，直接开启了远程追踪打击，五发反物质炮加上一发K921，直接打到崔父弃船，进了救生舱。

他们也被K921吓得不轻，隔着这样的距离，他们竟然连逃避的机会也没有。更可怕的是，对方的打击实在太过精准了，把飞行器的重要部位瓦解，又避开了各个操控室，然后是K921，逼迫大家不得不迅速弃船。

就是因为没人死，他们反而更加觉得恐怖。

这是一次骇人听闻的警告啊！

崔父灰溜溜地逃走了，不过他们为自己找了理由，回去后就坚持认为在他们不知道的时候，无人星应该驻扎了某个神秘强大的部队，在做秘密活动，所以连交涉也没有，直接警告了他们的靠近。此前崔湖他们可能也是因为不慎闯入，才失去了音信。

当然，其后的消息证明，其他势力来去无人星自如，他们又把范围缩小，认为神秘部队应该是驻扎在崔栖潮那个空间站周遭。他们因为要去找崔栖潮，才进入了人家的安全范围。

因为对方有K921，崔父是死也不肯再去了，建议直接雇人，从其他地方降落，再靠近边境查探一下情况。如果真的是什么家里势力也无法撼动的团体——毕竟能用K921做警告，那个计算精度，不知道还有多少专家坐镇——那么，他们也只能认下这个损失，为崔栖潮、崔湖他们举行葬礼了。可惜。

崔栖潮并不知道自己已经被家里判定为神秘大型部队了，万物复苏已久，除却研究作物之外，他也准备开展狩猎活动了。

他们所处的不毛之地动物不多，所以崔栖潮得乘飞行器到别处寻觅猎物。

无人星环境并不是特别优越，冬天时间特别长，所以这里也盛产体形较大的动物，能够储存更多脂肪，通常还有丰富的毛发或坚硬的表皮，用来抵御低温。

崔栖潮做了一些便携的射击器，把所有人都带出了门。

上次对付崔汀他们，崔栖潮只略微抬了两下手，其后就一直电他们，打击崔家的飞行器时，展现的更多的则是计算能力。

说到这个，崔汀他们好像懂湖哥为什么经常一副乐观的样子，满足于小小的一碗高粱粥了，因为看这个情况他们真是很难回去了啊！不赶紧自我调节，他们岂不是会心态爆炸而亡？

这一次，还是崔汀等人头一次看到崔栖潮动手。

都是崔家人，他们任何一个也没听过崔栖潮这个依附者有过参军或者受训的经历，但是他用枪的动作干脆利落，没有一丝赘余的动作。这只是一个简陋的自制射击器啊，没有自动瞄准系统，崔栖潮的射击精度却极其吓人。

原本以为这次出来和搬生菜一样，是崔栖潮指挥，他们干活。谁知道，是崔栖潮射击，他们还是干和搬生菜一样的活儿，去检测一下肉质，合格的搬到飞行器上来。

“小江，换作是你，刚刚那一枪你能射中吗？”崔汀咽了口口水，问道。

别说没有任何辅助系统了，崔栖潮居然在发现对方是怀孕母兽的瞬间，后发一枪把前头的子弹撞歪了。计算是一回事，手动可又是另一回事了，还是在瞬间内的反应。

“不行，这个精度太可怕了。”崔小江小声道。他们也接受过体术训练，但完全无法做到这一步。

崔湖再次露出了那种“你们后来人太年轻”的笑容：“那是你们没见过 1.637 厘米。”

其他人一脸迷茫，什么 1.637 厘米？

“以后你们就知道了。”崔湖说道。那批高粱种子的最佳埋土厚度，他记忆犹新。崔栖潮徒手都能埋出那么准确的厚度，能够做到这个地步，反正他是不惊奇了。

所以，对自己的飞行器继鱼腥味、烂菜叶子，又沾上动物腥膻味，崔湖当然也习以为常了。这根本不是什么新款潮流飞行器，这就是个农用飞行器。

狩猎满载而归，他们必须在这几天内把肉、皮毛都处理掉。

“剥皮的时候不要伤到皮毛了，留着有用。”崔栖潮嘱咐道。

崔汀还傻乎乎地问：“十什么用啊？”

崔栖潮：“做成衣服冬天穿。”

崔汀这下才想起来这里还有漫长的冬天，而当初崔栖潮是被囚禁在这里，没有考虑过他的出门问题，所以也不会给他防护服、外套之类的。

现在他们也来了，同样没衣服穿。这些就是他们冬天的外套了。

崔湖小声说：“你想想，这个意思就是冬天还有活儿干，得出门。”

崔汀顿时不寒而栗。

皮毛可以做成裘皮和皮革，得先把这些动物的身体构造摸一遍，它们体形都非常大，这次捕猎最小的一只也有两米高，需要几个人一起合作。刀还是崔栖潮亲自打磨的，锋利无比。

肉小部分冷冻，大部分用盐腌制成腊肉，幸好盐是足够的。

这些动物普遍有两层毛发，一层绒毛，一层蓬松的被毛，保暖效果相当好，只是还得把皮上的附着物清理干净。

时代发展到这个地步，哪还有人亲自做过这种活儿？

偏偏几个中庸者还要恭维崔汀："汀姐一级领袖，汀姐上。"

她头一次恨自己是个领导者了。

崔汀是边干边哭："当初我就不应该答应来这儿，呜呜……"

更不该把崔栖潮的生菜给毁了，她真是后悔啊。

要做皮革，这皮毛处理干净后，还得进一步处理。

因为这里缺少加工产品，崔栖潮还得费心提取特殊菌种用来配制材料。

这一步比较重要，若是没做好，出来的裘皮就不够柔软，容易变形，甚至可能会变质。

当然，实在不行，还是只有勉强使用。

他们对这里的动物皮毛了解粗浅，按理说，不同的皮毛应该采用不同的鞣制方法，但崔栖潮也不讲究那么多了，一视同仁。

最后制出来质量最好的是一种白毛食草动物，四个蹄子，脖子极长，肩高足足接近四米，制作的时候差点把星际农奴们的腰折腾断了。毛发浓密又柔顺，手感是所有皮子里最好的。

崔栖潮把脖子的一部分切下来，给小白做了件衣物。作为地球原生动物，小白可没有进化出厚实到足以抵御无人星寒冷的皮毛，冬天的时候，出门它都躲在崔栖潮怀里。

现在有条件了，崔栖潮给小白也做大衣，还是亲手做的，用的也是最好的皮毛和皮革。其他人要做大衣得自己缝，他们手工可不怎么样，崔栖潮好歹对身体的操控度很高，在中世纪也见识过不少服饰制作。

崔栖潮先给小白量体，考虑到橘猫未来还能长得更胖，小白都还没成年，他也放宽了尺寸。小白起初不知道是要给自己做衣服，看他来量肚子还特别生气。

这是什么意思？因为这一次它是橘猫，他就要羞辱它吗？难道变成橘猫是它想的吗？有本事自己去投诉修改数据啊！

小白滚了好几下，并不配合，被崔栖潮强行摁着量完，一下就跑了，不等崔栖潮解释，只是幽怨至极地盯着他看。

单看崔栖潮拿着一小堆布料，也想不到是给猫做大衣，就连崔湖都以为崔栖潮是要弄个暖手套之类的。

等做好了，崔栖潮拎到小白面前："来，小白，穿上试试。"

什么情况，崔栖潮给它做了件毛皮大衣？

小白喜出望外，踮脚往前走了几步，原本皱成三角形的眼睛一下变圆了，瞳孔变大几乎撑满眼睛，轻轻叫了一声：“喵……”

崔栖潮把大衣给小白套上，有点大，但还挺合身的，到冬天估计就刚刚好了。崔栖潮并不会嫌小白胖，甚至想让小白多吃点，这样也好过冬。

小白受宠若惊，这是那一批皮毛里最好的了，它还听崔湖狗腿地说整张毛皮都给崔栖潮做大衣，没想到崔栖潮切了一部分给它做衣服。

小白穿上后，也不顾炎热，挺美地走了几步。

帅气。

“这才算小‘白’啊，”崔湖在旁边看到了，笑呵呵地说，“到时候小堂弟也做一套，你们穿父子装。”

小白大叫一声，“腾”地蹿起来，伸爪疯狂挠崔湖。

“干什么啊？”崔湖惨叫，抱头往外跑。

这猫疯了吗？

第 60 章

# 过冬前

崔湖也不明白自己到底怎么得罪那只猫了，从一开始它就很看不起自己的样子，最近更是变本加厉，就因为他点评了几句它穿大衣的样子，也不知道哪句不如它的意了，上来就是一顿挠。

这还没完，接下来崔湖只要一说话，小白就下毒手。有的时候，崔湖一觉醒来，就看到小白蹲在高处阴恻恻地看着自己，眼神非常诡异，把他吓得不轻。

崔湖去找小堂弟告状："我觉得小白想害我！"

他怕哪天中招了，连开口的机会也没有。

崔栖潮告诉他，不会的，猫的眼神都这样！它们比较敏感，所以对领导者估计没什么好感，或者只是单纯讨厌橙子。

要说害人嘛，不大可能，猪都能撞小白一跤。

也许猫真的比较玄，自从小白开始针对崔湖，他整个人的运气好像都变差了，去地里干活时，小白也不在，赶鸟的毕达哥拉斯却从后头猛地撞上来，把他顶得飞了出去。

崔湖啃了一嘴泥还要赶紧爬起来，看有没有压坏红薯藤，再看毕达哥拉斯已经溜远了。

"三角板也要害我！我被它撞得飞出去了！"崔湖对崔栖潮说。

这下崔栖潮是真的诧异了，像毕达哥拉斯这样的机器人，内部程序经过设定，还会定期校准，只要不是高速无序运动的物体，它们一般不会撞到什么。

听过被猪撞飞的，没听过被机器人撞飞的。崔栖潮觉得这应该是崔湖的错觉："你看看是不是地里的动物撞到你了。"

被动物撞和被金属撞能一样吗？崔湖也清楚机器人的精度，但他是真的被撞了啊。

崔栖潮去检查了毕达哥拉斯，然后说道："毕达哥拉斯是被抛弃的机器人，我看了，它的程序运行得很正常，可以排除内部原因。那么，你觉得是有人黑了它特意撞你，还是它有了自主意识想要撞你？"

崔湖："不知道，我也没得罪过谁。"他想到被小白针对的事，不禁毛骨悚然。这不会是什么死神将至的预示吧？

这个问题一直到红薯收获的时候，崔湖仍然没有想清，也没有被死神带走，只是老倒霉而已。

也是这时候，崔汀他们的易感期陆续到了。

因为同住一起学习，互相影响、刺激，这些人的易感期比较接近，当信息素发生波动后，他们提前申请暂停干活，隔离开来。否则，三个领导者一个依附者待在一起，极有可能发生领导者互殴的情况。

崔栖潮听说后皱了皱眉。

领导者们都在想，崔栖潮应该是不赞同请假耽误农活的行为。

其实崔栖潮是在想：这个设定真是古里古怪的，易感期还要互相影响，不但与女性生理期类似，而且在一个家庭共同生活，易感期会逐步统一，那么岂不是每隔一个周期，家里的人都要丧失劳动力？在抑制剂没有发明的年代，人类是怎么存活的？万一那几天有重大事情发生呢？有的作物的最佳收获时间可是只有几天，当然，重大事情并不单指这个。

“行了，这里没有可供隔离的地方，整个空间站都是一体的，到时安排你们在距离最远的几块地干活，你们控制一下自己。”崔栖潮说道。

控制一下自己？

怎么控制啊？领导者要是能控制自己，还叫领导者吗？

至于不批假，他们早有预料了，收获的季节崔栖潮怎么可能就这样放过他们……

崔汀和崔小江隐含了一点“让你知道厉害”的心情，两人晚上睡觉的时候，前后脚进入了易感期，一个红酒，一个白酒，信息素像狂潮一样涌开，瞬间无意识地扑向崔栖潮。

随即两人都醒了过来，耳朵听着崔栖潮的动静，目光则在空气中互相碰撞，与信息素一样互不相让，味道越来越浓烈。

两股味道把崔湖吵醒了，香橙味也开始变得浓烈，与酒味混在一起，让人有种橙子也要发酵成果酒了的错觉。唯独那些中庸者，什么也感受不到，睡得正酣。

崔湖还没到易感期，是被影响得出现了一点症状，两人针锋相对霎时间成了三足鼎立。

崔栖潮翻了个身，坐起来，他也被搅醒了。

“小白。”崔栖潮喊了一声，小白立刻蹿起来，把之前就准备好的工具拿出来，崔栖潮拎着就出卧室了。

虽说空间站各个房间之间都没有隔断，但崔栖潮出去，还是让信息素味道更浓了，三个领导者顿时都有些躁动不安，目光在崔栖潮身上和彼此之间徘徊。

崔栖潮身上五谷味的信息素很明显，浓度也因为领导者的影响比平日里高一点，但从外表上看丝毫没有受到影响一般。

崔湖见识过一次，崔汀和崔小江第一次看到，他们下意识地控制着信息素扩张，结果对方却穿着睡衣，面无表情地走向崔湖，把崔湖的手给捆住了。

崔湖有过一次经验，加上只是出现部分症状而已，忍住没抵抗，默默地缩到墙角冷静去了。

崔栖潮把崔湖给捆住了，又走向崔小江，崔小江当时就扑了上来，连着崔汀也脸色一变，冲了过来。

崔栖潮抓住崔小江的手腕向后幅度极大地一拧，崔小江的身体翻了大半，手被压在身后，然后“咔”一声锁住了。这时崔汀也到了近前，一把抱住了崔栖潮。

崔栖潮一拳砸在崔汀的鼻头上，她鼻子剧烈酸痛，眼泪哗哗流下来，哪里还动得了，被崔栖潮捆在另一个角落了。

一个房间四个角，三个角三个领导者，崔栖潮确认好后，一秒也未停留，回去呼呼大睡了。

等到第二天，那些一无所知的中庸者醒来，才发现周遭的大变。

也不知道昨晚发生了什么，反正这种领导者和依附者故事里他们都是布景板，只不过崔汀和崔小江的眼睛都红红的，看着像是彻夜未眠。

崔湖蔫蔫地道：“我早就和你们说过了……”

“这不科学啊，”崔汀歪着脑袋，生无可恋地道，“怎么可能有依附者不受信息素影响呢？”

领导者的力气在易感期还会因为激素的影响而变大，崔栖潮昨晚能捆住他们已经很神奇了，一夜的信息素攻击后，崔栖潮居然还能起来做早餐，腿都不见软。反而是他们，疯狂输出了一晚上的信息素，现在颇有种被榨干的感觉……

“你们昨晚没睡吗？”崔栖潮一边喝粥一边打量他们，样子还挺亢奋的，看起来一时半会儿也睡不着，不如去干活，“你们的信息素影响范围多广，十亩地远够不够？”

崔栖潮把崔汀放开，试了试她和崔小江互相刺激的范围，拉远距离，两人各自在一个边角工作，不会互相影响。

他们倒是不会互相影响，但各自都盯着中间的依附者，只可惜四肢上都有束缚，步子不能迈太开，手也不能伸展，还和农具连在了一起，只能看着那个坐在农用代步车上来回收菜的崔栖潮。

这种状况，激发了他们的另一种本能：讨好崔栖潮。

要讨好这个古怪的依附者该用什么方式呢？

崔汀和崔小江隔着老远互相看了一眼，冥冥中有了默契，开始埋头疯狂割菜！

红薯藤施足了肥，水量再充足，就疯狂生长，崔栖潮这里割了一茬红薯藤，又送去和丽莎换了些罐头。

种红薯收起来，冬天外头是没法播种的，只能在室内少量栽培，更多的是留到明年继续生芽，再分段播种。

红薯的产量非常高，连种红薯亩产都有几千上万斤，以崔栖潮种的面积，也收了几百斤上来，回报率可说是相当高了。这分块播种发芽，再把薯秧切段播种，明年能播种很大一片了。

崔栖潮也没委屈自己，这几百斤红薯虽然没和丽莎交易，却拿出了一小部分，包括自留的一些红薯藤叶，做菜吃。

二十三世纪比不上崔栖潮生活的时代，料理机没那么发达，但也完全能够代替人工做出美味的食物。只是空间站里这台，因为是给囚禁者用的，功效有限，还老被崔栖潮拆来做工具，有些食物还得手工做。

星际农奴们战战兢兢，因为最近表现得还不错，崔栖潮做了他们的份，把人吓得不轻。尤其是两个领导者，崔汀和崔小江疯狂干了一整个易感期，干农活的干，最后四肢酸软，那个依附者也没半点反应。

他们这才彻底服了，崔栖潮就不是正常人，这种原始生理反应他都能压制，如此丧心病狂，还有什么做不出来的？

再说这些日子以来，就算料理机有空，大家吃的也是自己煮的“猪食”，眼看崔栖潮亲自料理红薯，还有他们的份，大家不禁聚在一起紧张地讨论。

“这不会是……断头饭吧？”

“姐，冬天很快就要来了，这里的冬天又长，咱们这些人浪费粮食啊……”

“我的天哪，农活都干得差不多了，冬天之前屠宰牲畜，咱们刚刚宰完动物，现在轮到他宰我们了吗？”

“早知道这样，我宁愿死在 K921 之下，好歹还算个英雄！”

“你们在说什么？”崔栖潮板着脸，手里端着拔丝红薯出来，橘红色的红薯块上包裹着一层晶莹的糖稀，中间连着丝丝缕缕的糖丝，已经能隐隐闻到甜腻的香味。

“没、没什么。”农奴们哪里敢说真话，迅速低下头。

虽说这算是奖励，崔栖潮也没摆出什么好脸色，星际农奴面前都摆着一只碗，他手里拿个木勺，把拔丝红薯舀到他们碗里，一人一勺。

崔小江他们捧着红薯，互相交换眼神。怎么办，他们吃还是不吃？

这时候崔湖走出来，用叉子从大碗里叉了一块拔丝红薯。拔丝红薯要的就是趁热吃，红薯间扯出糖丝来，如同蛛网一般，又剔透晶莹，凉了就扯不动了。

崔栖潮做拔丝红薯，就是因为有风味还用料简单，适合他们现在的星际原始生活。

拔丝红薯最重要的就是熬糖时的火候，这算是崔栖潮的拿手技法了，糖丝是肉眼可见的细密晶莹，如果食客更敏锐一些，就会发现糖稀包裹得也相当均匀，口感恰到好处。

外头一层薄脆清甜的糖衣，里头则是软糯香甜的红薯，完全刺激了物料缺乏的生活中的味蕾。崔湖非常大声地赞叹了一句：“真幸福啊！”

这句话到底是拍马屁还是真的心理扭曲，崔小江他们已经分辨不出来，但应该不是断头饭了。他们知道拔丝红薯要趁热吃，赶紧又一块吧。

即便是留种用的红薯，有崔栖潮的天赋在，能难吃吗？这红薯本身就香甜可口，再挂上一层糖衣，咬破甜滋滋的糖衣，热乎乎的红薯熟透了的软、面。

真香啊。

崔汀冲崔栖潮笑：“潮弟，这个拔丝红薯真好吃，自己种的就是不一样，有灵魂！”

其他人默默低头，这夸得也太土了。

崔栖潮看了她一眼：“如果那些生菜没死，它们也是有灵魂的。”

崔汀也低下了头，食不言寝不语，老话还是有道理的。

崔栖潮还用料理机做了一把红薯叶，专择嫩的，老茎一概不要，加点油盐，清炒即可，从红薯叶到连着的一点青梗，嫩得都要出水了，煸炒到柔软的叶片脆嫩清香，爽口又开胃。如果说拔丝红薯真有那么一点点腻，也被它给解了。

一时间，屋里只有星际农奴们埋头咀嚼的声音了。

而崔栖潮被崔汀挑起了兴致，还没有停。他坐在一旁，吃着东西，整理着红薯，口中说道：“生菜是生长迅速，但它也不容易，在播种之前，就浸种四十八小时，每亩更是浇足了水，施够了肥，肥料是收集这里的生活垃圾、草木灰等制成的，费时良久。”

众人觉得压力好大啊……

崔栖潮继续施加压力，他就是要让这些刽子手认识到自己的错误：“那些生菜都已经进入生殖生长期了，还费了时间用小树枝固定，都开始抽薹了。当初播种的时候，农用机还没有投入使用，全部是手动播种，一抔土一抔土向上盖……”

“你别说了，”最油嘴滑舌的崔汀头皮发麻，“我们知道错了，这不是一直在改正吗？就是食物得来不易，以后我们肯定尊重每一株作物。我要再故意压塌一株作物，我就不是人啊！”

崔栖潮瞥了她一眼：“希望你真的知错能改。”

“我改，我改。”崔汀无奈，好不容易吃顿好的，还要被崔栖潮教育，他那个眼神一扫过来，他们就跟在上课似的，香甜可口的菜都要吃不下去了。

先是劳动改造，现在又上教育课，崔汀都觉得自己真的被洗脑了，开始真实反思当初为什么要压生菜，而不只是因为被拘役而抱怨。

到了下一步，她大概就会和崔湖一样了。

地里的菜都收得差不多了，包括那些本土作物，崔栖潮收下来一大堆果实，逐一分辨品鉴。

一种成熟的藤蔓类植物含有许多水分和糖分，崔栖潮试着少量压榨，然后熬制，果然获得了甜味剂——糖。只不过这种植物做成的糖不是红色或者白色，而是蓝色。

另外最入崔栖潮的眼的是一种灌木结的浆果，个头有巴掌那么大，呈紫红色，这种植物相当能吸收水分，根系极其发达，没有经过特别培育，果实却异常甜美，常引得鸟类来偷吃，幸好机器人可以不间断驱鸟。

测完成分后，抗氧化剂丰富，还挺有营养，崔栖潮给它起了个名字：紫地果。

有糖又有浆果，崔栖潮当然果断带人去植被密集的地方寻找那种糖藤和紫地果，大量采集。

糖藤可以随意堆放，而紫地果运输就要小心一些了。他没有带什么容器，在现场直接用树藤编筐，里面垫点叶子，再装浆果，防止运回去的过程中压破了。

糖藤装满舱，紫地果也搬了大概十几筐回来，人手都分成两拨，分别开工。一边榨糖，另一边洗浆果，这么多浆果得洗好一阵。

因为东西杂多，工作都是在空间站外进行的，露天作业，锅都是自己打的，搭个灶架大锅熬煮。

几人用制造红糖的方式，把糖藤都制作成了淡蓝色的糖块。取用的时候直接一块块倒进锅里，加水煮成糊，再把紫地果都放进去，用小火煮到果实柔软，表皮崩裂流出果汁，一边煮一边拌。

因为本身果实是甜的，糖也很甜，就再加少许酸味剂调和，正巧用上了崔栖潮之前观察到的那种未成熟酸味植物。

如此均匀搅拌下去，糖水混着果实成了浓稠的酱汁，一大锅蓝紫色的东西看上去相当魔幻，甜腻的味道流淌在空气中，引来各种生物，包括那些在地里钻来钻去的小动物。

机器人赶一赶鸟还行，对付这种动物就没用了。崔湖拿着木棒敲这些动物，小白守在锅下面做最后一道防线，谁来就迅速伸爪将之摁住。

到这时，他们还面临一个问题——容器不够了，只能从外头拾来许多容器，还必须是能密封的，回来清洗完把果酱装进去，真空保存好。半人高的桶，装了有五桶。

整个空间站现在满满当当的，所有能利用的空间都堆放满了物资，果酱、红薯、生菜、盐、糖、腊肉、之前换回来的罐头等。实在塞不下了，崔栖潮甚至筹备在外头挖个地窖，像生菜、红薯之类的，可以储存在地窖里。

建这个地窖也得有技术，温度高了，红薯就发芽了；温度低，又可能把菜给冻坏了。湿度的高低也会进一步影响储存。所以，这不只是挖个坑就行。

崔栖潮选了个地势稍微高一点的地方挖，这样不会积水，这边的土还是不错的，很干燥。地窖里头再装上测温器、除湿器等，等冬天来临，还要填充上干草之类的东西，保持地窖温度如一。

崔栖潮正监督着铺地窖，一个中庸者农奴忽然来报，他和另外一个同伴在远一些的地方烧草木灰时，捡到一个救生舱，里头有个男领导者。

“男领导者？”崔栖潮一听，还没去看，立刻说道，“放生了吧，领导者吃得多。”

现在都快冬天了，也没什么可干的活儿，干吃消耗粮食。

其他几个领导者顿时一惊，尤其是崔小江。太险了吧！要不是他们来的时间巧还压坏了生菜，是不是直接就一起被反物质反应了啊？

看来上次他们那断头饭一说，还是有部分中了的。

那个中庸者应了一声，赶紧爬出地窖大喊："阿洲，哥说把人放生了！"

远处的阿洲比了个手势，但低头一会儿，又立刻报告："这人晕了啊！好像受伤了！"

中庸者回身禀告："潮哥，那领导者晕了，身上似乎有伤，这放生后应该会直接死吧。"

崔栖潮的眼睛里顿时笼上了一层愁雾："唉……"

第 61 章

# 这个依附者不一般

一个正值青壮年的男性领导者，一天少说也要吃掉上千克的食物，如果在易感期，消耗得就更多，这一点在崔汀他们特殊时期时崔栖潮就深有体会了。

目前崔栖潮的地盘，这么些人就完全足够运转了，甚至多余，他有农用机械，能够代替很多人力。但是谁让崔栖潮的特性还有爱民如子，就算这个领导者来了只能白白消耗冬天的储备粮，他还不是要像个父亲一样把人原谅？

“算了算了。”崔栖潮轻轻叹了口气，“把人带回去救治一下。”

“哦哦，好。”对星际农奴们来说，那个人是领导者也不算什么问题了，现在所有人都知道，崔栖潮不受领导者信息素影响，那么即使没有隐藏剂和抑制剂，接纳领导者也没有什么不便之处。

大家把那个男领导者从救生舱里拖出来，搬到了空间站连上治疗仪器，但是这领导者迟迟不醒，他们觉得可能是精神上也受到了打击，于是暂时放置了。

崔栖潮继续监督人修地窖，准备了细密的沙子，在底部铺四五厘米厚。他在这里安装了测温器等，但是还有个问题是数据采集后地下信号如何传输。这个问题倒是不难，崔栖潮让人一边往里面装填，一边自己调整系统，以便随时监控，让地窖处于最佳的储存状态。

到了天色全黑，崔栖潮才出地窖回空间站，顺便也把照明灯关了。

照明灯一关，那些“绝不是在工作只是没事走来走去”的机器人也跟着排队回了。

崔栖潮进去就看到被救回来的那个领导者正躺在桌上，这原本为一个人生活设计的空间站可没有太多供人休息的地方。从面部轮廓看，这个领导者五官深刻，一头深棕色的头发，应该是西方血统。原来穿的外套多处撕裂，已经被脱下来，身上只有衬衫和长裤，贴着肉，隐隐显出肌肉轮廓。

“潮哥你看他的体格，这得一米九多吧。”崔洲比画了一下。

崔栖潮脸色一变：“那岂不是吃得特别多？”

啊，崔栖潮真是一副很想把人抛弃的样子……

崔洲觉得自己可能不该提这个，转移话题道：“呵呵，现在还没醒。”

自从沦落到这里，他们好像也善良了一些，或者只是想多拉些人下水而已。

崔栖潮看清楚那身材，果然很高大。他不是很开心，这一餐得吃多少？不如小白，吃再多也不会到人类的分量，还能帮忙干活。

他想着，摸了摸小白的下巴。

小白仿佛明白他所想，也回应地蹭了蹭他的手。就是嘛，当初那三斤多值啊。

这时，昏迷的领导者却眉头一皱，眼睛睁开了一点，同时手撑着桌面，试着坐起来。

崔洲扶了他一把："哥们儿，你醒了，没事吧？"

之前这人醒了一次，很快又晕了，他们算是有一面之缘，这人对他还有点印象，只是现在屋内数个领导者、依附者的信息素混在一起的气息让他不是很爽快。

"你们是什么人？这不是我的地方……"这人一甩脑袋，清醒一些了，也能分辨出那些纠缠在一起的信息素了。

"你不是砸我们屋子外头了吗？我们老大就把你给救了。"崔洲说道。

男性领导者想，显然扶着他的人是中庸者，有三个领导者的味道，两个很有攻击性，另一个稍微平和一些，还有一个依附者，他的味道很特别，是清香温和的五谷味。

这个男性领导者顺着味道看到了一个东方面孔的男性依附者，他下意识地开口："不好意思，能给我些水吗？"

通常这种活儿都是依附者来做的，他考虑到自己被人救了，说话也比较客气、收敛。

崔栖潮缓缓转脸看了他一眼。

其他人都被这人的话吓了一跳。这人疯了吧，看谁呢，这是让崔栖潮给你倒水喝？

这个人显然没有意识到崔洲口中的老大就是崔栖潮。

正在他们想着崔栖潮该发飙的时候，方方、圆圆和毕达哥拉斯已经排着队进来了，视野中出现了那个领导者后，蓝光连闪，它们用欣喜的语气喊道："主人，你回来了！你没有始乱终弃呀！"

男性领导者露出释然的表情："原来你们在这儿，难怪我会落到这里。"

看他对"始乱终弃"这个词接受良好的样子，他应该就是原主人没错了。

崔栖潮的眼神这才变了一点，这是三个机器人的原主人？原本他以为是废弃用品，没想到主人又回来了，这下他心里才好受一些。

如果是毕达哥拉斯它们的主人，那么救回来也算对它们劳动的回报了。

"这些机器人是我从大约二百里外的一个荒废空间站捡的，"崔栖潮缓缓地道，"没有修改过它们的程序，但借用了外壳。它们现在也在我这里帮点忙。既然你是它们的主人，那就在这里安心养伤吧。"

毕达哥拉斯连忙摇头："大哥你可别胡说啊，我哪有帮你忙？我只听主人吩咐的。"

一听崔栖潮的话，这人立刻敏锐地察觉到什么。这是主人的口吻啊，这个依附者难道才是这里主事的人？如果是这样，倒是能解释为什么他刚才说那句话，其他人脸色都有点变了。

无人星什么样的人没有，但他还真没见过依附者作为领袖的，这让他陡生兴趣。

“真是太谢谢你了。”这人试探地道，“我叫布莱迪，方方他们的程序都是我亲自设计的，所以我坠落的时候自动定位了程序所在的位置。倒是挺有缘分。”

“不客气。崔栖潮。”崔栖潮站了起来，他本想报假名，但是机器人早听过他们的真名了，“我去准备食物，自便。”

布莱迪盯着崔栖潮的背影看，真是太微妙了，这个依附者拥有极大的话语权，甚至可能是这里的领袖，但是又敢于屈从自己依附者的本性，去做饭照料大家？

布莱迪无疑是想多了，在他们这儿，煮饭的意思就是崔栖潮掌控食物，得由他来分配每人吃多少，而且他们都是同辈的兄弟姐妹。

崔汀心想：见鬼了，哪有对刚见面的人说挺有缘分的？捡你的还是崔洲，你怎么不和他说有缘分？她和其他人交换了个心照不宣的眼神，谁都没作声，打定主意吃瓜到底。

虽然暂时闻不到这个领导者的信息素味，但是从谈吐、气场各方面看，不像一般人，这人到底是会被小堂弟捶进土里，还是有其他意想不到的结果？

崔栖潮给大家分了食物，看在布莱迪是伤员的分上，多给了他一点生菜叶子。

布莱迪饱含深意地看着那两片叶子，是珍稀的绿色蔬菜啊……他给毕达哥拉斯一个“你懂”的眼神。

毕达哥拉斯：我不懂啊！

“明天要开始杀鱼了，都做成熏鱼。”崔栖潮一边吃一边安排明天的工作，“崔湖把鱼都捞上来，将鱼塘清了。盐要不够了，崔汀去打些盐来……”

大家“喏喏”应是。

这情景更证实了布莱迪的想法，崔栖潮真的是这里的老大，但崔栖潮的称呼也显示了他们同姓，布莱迪问道：“你们是一家人？”

“嗯。”这点没什么好瞒的。

布莱迪想：即使是一家人，哪有家中有领导者却让依附者来做主、安排工作的？

这样的生活模式倒让布莱迪想到了原始社会，那时候依附者掌握了生育权，所以无论领导者还是中庸者都听从依附者的吩咐干活。

当然，这也很像后来的封建社会，年长的依附者抚育年幼的领导者、中庸者，也能获得尊敬。那么，从这个角度想，崔栖潮应该特别特别能干，才会令他的兄弟姐妹都听他的吧？

“方方、圆圆和毕达哥拉斯就不要工作了，专门照顾你们的主人，他恐怕还要几天才能恢复行动力。”崔栖潮最后对三个机器人说。

“好啊好啊。”毕达哥拉斯说，“哎呀，我本来就没有工作，不照顾主人干什么？”

大家都看破不说破，随它们去了。

第二天，大家按照崔栖潮说的忙活起来，崔湖去清塘。胖头鱼长得也差不多了，每条都有上百斤，从塘里拖出来宰了，崔栖潮再在旁边指导如何做成熏鱼。

机器人把它们的主人扶出来，晒一晒外面的光，恰好就看到这一幕。只可惜生菜已经收完了，布莱迪到现在还觉得崔栖潮对他特别特别照顾。

崔栖潮认真地带着大家杀鱼、熏鱼，总揽全局，提点每一个细节，利落得很。快到中午时，他就回去准备食物，让大家停下来休息，把饭给吃了。

贤惠，是真的贤惠啊，布莱迪在心里想。

现在好多思想进步的依附者都开始嚷嚷着要脱离娇养的生活，不再做生育机器，布莱迪就遇到过一些这样的依附者。

而崔栖潮呢，看上去竟醉心于家务，甚至以此获得了大家的尊敬，而非被当作奴隶一般对待。从某种角度来说，他做到了那些依附者还未做到的事情。

崔栖潮坐着收拾餐具，布莱迪就似笑非笑地问他："崔先生，你好像很享受这样的日子？"

崔栖潮想也不想地回答："是。"

布莱迪说道："你不想从事其他工作吗？"他举了几个例子，都是现在依附者从事比较多的工作领域。

崔栖潮头也不抬："不想，就这样最好。"

"哈哈哈，有的依附者听到你这样说，可要和你分辩一下，劝解你了。"布莱迪满带笑意地道。

崔栖潮觉得莫名其妙。为什么，他在无人星种地碍着别的依附者了吗？

不过，这个成人秀位面的理念好像都奇奇怪怪的。

"我觉得你这样很好。"布莱迪继续带着笑看崔栖潮，单单从外貌上看，崔栖潮更像一个俊秀的领导者，颇具领导者气质，让人无法因为他喜爱家庭而产生轻视。

"谢谢。"崔栖潮继续莫名其妙，没法干活就算了，废话还这么多？

他喊了声小白，走开了。

布莱迪靠着毕达哥拉斯，轻声道："他很特别。"

毕达哥拉斯：是很特别啊，绑架了那么多领导者……

地里收的最后一茬作物就是高粱，直接把刀片挂接上代步机，两个小时就能割干净了，再把高粱穗收上来。

布莱迪在旁边看着，微微一笑，让方方和圆圆下去收。虽然他因为受伤行动不便，但这点小事不需要自己动手。

崔栖潮看完脸色好了几分，因为这些天比较忙，他倒没时间做自动收割打捆的机器。

最后两亩地收了高粱籽净重一千五百斤，高粱秸秆三万斤，这个属于食用高粱，所以秸秆没有糖高粱那样的价值，不以用来产糖。

但是，就这三万斤也绝不是废物，秸秆还田是非常好的肥料，不必沤制，只要犁得够碎，直接耕进土里就行。漫长的冬天，足够它们在地里分解了。

那一千五百斤高粱一部分留种，明年崔栖潮想意气风发地种上五十亩高粱，这不过需要一百斤种子，还余了一千四百斤呢。

高粱去除了颖壳，留下五百斤高粱米，五百斤磨成面，剩下的四百斤酿成酒。

“你打算自己酿酒？”布莱迪饶有兴味地道，现在很少见自己酿酒的了，当然，在无人星可能也有几分无奈。

崔栖潮：“嗯。冬天做点酒暖身。”

他怀里的小白微微抬头，觉得有点不对……半晌，从喉咙里发出威胁的声音，两只耳朵也扯了起来。

布莱迪意识到可能是自己的信息素味道刺激到了小白，反倒是崔栖潮置若罔闻。他眼神闪烁，觉得很有趣，伸手去摸小白：“小猫咪……”

“哎呀妈呀，我漏电了！”正在搬运高粱的方方大声号叫。

它的壳子本来就是崔栖潮给做的，非原装，这几天一忙活，难道真的漏电了？崔栖潮立刻紧张地往那边走去，布莱迪行动不便，仍在原地由毕达哥拉斯扶着。

崔栖潮检查了一下方方，倒不是外壳漏电，只是里头电路的问题，让它产生漏电的错觉，很快就解决好了。

做高粱酒，要先培育出曲霉制作酒曲，加入浸泡、蒸煮后的高粱米里，发酵半个月，就可以取出来蒸馏了。蒸馏设备都好做得很。

酿五十度，四百斤高粱米应该能出个两百斤出头的酒。

崔湖他们都很久没喝酒了，这玩意儿就算在有人专门运输物资的丽莎他们那边也少有，光是想想他们就不停地舔下唇。

高粱酒酿好之前，崔栖潮又去和丽莎他们做了一次交易。丽莎他们入冬的补给到了，那边弄到了极少量的萝卜、韭菜、芽菜、南瓜等种子，还有姜，每种也就那么一小包而已。

崔栖潮十分欣喜，给了丽莎一些高粱米和生菜、腊肉。

丽莎看到高粱米都失笑了：“这是那时我换给你的高粱长出来的？”

崔栖潮点了点头。

丽莎笑笑，忽然有些犹豫地道：“有件事情，我想了想，还是应该提醒你。”

崔栖潮看着她：“怎么了？”

“其实我一直很疑惑，你一个依附者为什么会在这儿种菜，后来带了好几个领导者和中庸者，你到底是什么人？”

丽莎慢慢地道：“直到最近，无人星在流传一个消息，有富人悬赏让探听住在坐

标 ×××.××× 的人，还要特别注意其中几个领导者和依附者的情况，我看到了照片……”

就是崔栖潮和他的同伴。她虽然还不知道崔栖潮的具体处境，但至少可以完全摆脱此前的怀疑，向崔栖潮伸出援手。

丽莎真诚地道：“不瞒你说，我和艾伯特都是从诺森境内逃出来的，我们和我们的同伴都致力于反抗诺森政府对依附者的压迫，乃至呼吁各国的依附者都能摆脱束缚，摆脱社会对他们的不正确认知。我觉得，如果你愿意，可以加入我们，我们能够帮助你躲过悬赏，以后你也可以和我们一起活动。”

崔栖潮听了知道大概是崔家下的令，崔家和丽莎都对情况有一点小误会。至于丽莎的身份，和之前崔湖猜测的也差不多，崔栖潮立刻说道：“谢谢你的提醒与好意，但是不用担心，我没事。你们忙吧，我也有很重要的事情要做。”

“是吗？”丽莎仔细打量崔栖潮的神色，发现他不像是说笑，又认真地道，“我相信你要做的事一定也很有意义，如果你需要什么帮助，务必告诉我。”

崔栖潮和她友好地握了握手，各自分别。

开什么玩笑，和丽莎一起去活动，那他的地怎么办？按照崔湖说的，这些人一天到晚也要训练奔波的，就算占据了无人星，哪来时间种地？

不过丽莎的提醒崔栖潮还是很重视，自从上次发生崔小江他们的事情之后，崔栖潮已经扩张了监控范围，现在不过是除了崔家，还要提防其他身份的人罢了。

过了几天，布莱迪已经能下地扶着毕达哥拉斯走路了，这时候家里的活儿也都干得差不多了，地里空空如也，等待来年继续耕种。

除了快酿好的酒，最后再制一批盐就行了。

崔栖潮放手给崔湖去监督了，自己坐在屋子里记账，计算一共囤了多少东西。

布莱迪也坐在一旁，一言不发，自觉气氛非常静谧美好。

直到毕达哥拉斯的眼睛忽然有规律地一闪一闪，并发出了“嘀嘀嘀”的声音。布莱迪立刻坐直了：“把崔湖他们都叫回来，有外人暗中接近。”

这个架势，肯定来者不善。

崔栖潮镇定并迅速地起身叫人，看得布莱迪心中更满意了，真是大气、淡定。

当然，崔栖潮语气中难免还是有一丝急切，应该是关心兄弟姐妹：“都过来！”

崔湖等人放下手头的工作回来了，只听布莱迪迅速吩咐：“你们没有武器，我的救生舱还藏了三支枪，我教你们拆下来，崔湖、崔汀和崔小江都拿一支，各自守住一点……”

同时，他一按毕达哥拉斯的脑袋，毕达哥拉斯眼中的蓝光扩大，笼罩在窗前，透过这层蓝光就能看到原本空无一物的耕地有几个人影在接近。

只是，还没等布莱迪安排完，崔栖潮已经一下把衣柜打开，从里头拉出一只巨大的机械臂，上头连接着大口径炮管。

他对准外面，同时还冷冷地对崔湖等人道：“谁要是趁机求救，就别怪我不客气了。”

布莱迪一头雾水：求救？

我的生菜啊！我一集一集看着长大的生菜啊，还没采收就被王八犊子压坏了！

弹幕一片呼天抢地，宛如自己菜地受损的老农！

云种田的各位可以收一收了！

……

这一季的主题是囤货吗？看得我好想去扫货啊……

这个剧情有点眼熟，如果我没记错，上半集是“领导者有什么的，春天来了该种地了”，下半集是“领导者有什么的，冬天将至该囤货了”。

我的思路已经扭曲了！看到这个领导者第一眼居然想的是帅归帅，可不像能干农活的样子！

佛系观众，淡看一切。反正最后，都是菜农。

第 62 章

# 我们这个团体

这个依附者好像忽然变了一个人似的，一手搭着机械臂，另一手则调试着填充能量，甚至根本不需要他的毕达哥拉斯，炮口已自动锁定了目标，说不定人家早就发现了目标。再看崔湖他们，也异常熟练，立刻连连摇头。开什么玩笑，他们再想逃也要保命为先啊，谁知道崔栖潮会干出什么疯事？

一瞬间，无人星上兄友弟恭、一家和睦地耕地种菜的和谐画面在布莱迪面前完全崩裂，贤惠的依附者眨眼间成了绑架犯。毕达哥拉斯在后面拖了一下布莱迪的腰，小声说道："主人，我们到一边去等吧！"

布莱迪呆呆地不肯动，他还是有点无法接受……

崔栖潮将桌面打开，周遭地形的立体投影升了起来，中间框出几个物体，他看了一眼，心中十分满意。这些人驾驶了飞行器来。

之前崔汀他们那个飞行器被他炸了泄愤，这个倒是可以留下来自用。

看在这个的分上，崔栖潮也要把他们的人留住，毕竟有的人会和飞行器控制系统绑定，以防万一用来解锁。

分析完图像后，崔栖潮连接上能量转制器，调整为反物质能量，快速计算出参数输入，在那些人越过耕地之前，就一阵连发。

空气中出现一道道扭曲的透明轨迹，来人各自中弹，一切武器、衣服和毛发全都产生反应，化为虚有了，包括他们的反射隐形仪。

于是一瞬间，前头的空地上就出现了十几个行迹猥琐的裸男。他们只觉身上一凉，随即惊恐地对视，不明白发生了什么变故，一切来得太快了！

幸好有人内置过通信仪器，察觉不妙，立刻对留守飞行器上的同伴道："情况不对，对方武力超过预估，所有武器被……被缴，立刻接我们回去！"

他一时间都不知道自己的衣服、武器和头发到底是去哪儿了、如何消失的，只能含糊地说被缴。

停在远处的飞行器瞬间反应过来，升上天空开启护盾预备接人，同时将收到的消息传开："目标武力值与预估相当不一致，需得警惕。"

然而下一刻，空间站周围那些太空垃圾也被拱开，探出炮口。

飞行器瞬间预警，已被锁定，武器分析显示危险级别为高危，再晚一点，更是探测到了 K921 的痕迹。

飞行器上的人的脸色全都变了，一片煞白。

下悬赏的是疯子吗？这里有 K921，居然没有警示——不对，如果对方真的说了，估计就没有团体会接这单了。

来不及想那么多，行动指挥人当机立断，抛弃前方的同伙，立刻返航。

可是任他们如何试图摆脱，对方的武器都紧紧锁定了他们，驾驶员们的额头上都冒出了细密的汗珠。很明显，对方不但武器比他们高出一截，操控手段也远胜他们。

“不、不会是哪个国家的正规军吧？”有人磕磕巴巴地说道。

现在该怎么办？

整个气氛一片凝滞，而前方那些光溜溜等待接应的同伙还在不断询问事态：“怎么？你们到了没？快点啊，里头好像出来机器人了！”

没多久，同伙们的声音就化为了电流声，并陷入沉寂，显然是置入的通信芯片被挖了。

指挥人青着脸，下了一个和当初崔家人一模一样的命令：“弃船。”

他比崔家人更加知道壮士断腕的道理，即使现在还没有受到伤害——对方暂时只锁定了他们，没有做出打击——但是，他们经历过很多战斗，敏锐度相当高，通过仅有的几点信息已经分析出来了：对方是一个严密、装备顶尖、人员素质极高甚至等同正规军的团体，不容多想了，这可能是唯一逃脱的机会。

崔栖潮看到立体图像上瞬间多出来几十个小图像，根据参数来看应该是救生舱、逃生船之类的，他随意地点了两下，那些正在远离的图像就消失了。

既然这些人识趣地弃船逃了，他就不追了，也好让他们把消息散播出去。

方方和圆圆被崔栖潮派去把那些光溜溜的家伙给押回来，这些人被赶到了空间站外头，方方挨个打他们的脑袋：“蹲下，抱头！”

这时候已经临近冬天了，他们可怜兮兮地蹲了下来，眼睛忍不住扫着空间站紧闭的门，不知道自己到底被何方大神抓了。

“外面有十几个人啊，那人高马大的，看样子大部分是男性中庸者，还有几个领导者。”崔湖坏坏地挤眉弄眼道，“你不是说，男领导者吃得多，现在又没活儿干，纯粹浪费粮食吗？怎样，起完钥匙作用后就‘放生’了吧？”

自从他知道布莱迪是机器人的主人，看布莱迪就怪不顺眼的，那几个机器人可针对他了。

布莱迪听了这些话后，整个人像被雷劈了一样，突然间想到自己刚掉这儿时，隐隐也听到“放生”这个词。他看到崔汀那故意的表情，立刻想到，难道一开始，崔栖潮对他的评价就是吃得多又没法干活的领导者？所以后来他说机器人是他的，崔栖潮的态度才忽然好了一点？

崔栖潮却道：“这些人带来的是大型飞行器，上面还有很多补给，他们自己吃都绰绰有余，倒是可以留下来做劳力，吃睡都安排在飞行器上。”

布莱迪傻眼了：这是什么意思？是他理解的那样吗？外头那些人自带粮食，比他有用？

布莱迪很想反驳，并举举例子证明自己有多优秀，可是他实在说不出口，因为刚才他目睹了崔栖潮操控反物质炮，还有外面那一排 K921，仿佛一口气憋在喉咙口，可委屈死他了。

从一开始，崔栖潮就不是他想象的那样，难怪他会觉得有点微妙，崔栖潮根本不是领导者，而是镇压者、征服者……

布莱迪幽幽地看着崔栖潮这个表里不一的依附者：“所以，你和他们也根本不是兄弟吗？他们是你劫持来的？”

崔小江他们都在暗笑，任哪个领导者，不管是什么性别，遇到崔栖潮都要崩溃吧，何况是布莱迪这种人。亏他们对这个领导者还有点期待，没想到也没有很大惊喜啊，但真是让人好有共同沉沦的快感呀……

崔栖潮不知道布莱迪在幽怨什么，皱眉道：“当然是，他们都是我的亲堂哥、堂姐。”

崔小江冲布莱迪眨了眨眼睛：“嘿嘿，我们都是被派来逼婚，然后反被劫持的人。”

布莱迪嘴角都不自觉地抽搐了一下：“这么开心的吗？”

崔小江：“……”

这不是，苦中作乐嘛！

崔栖潮左右看了两眼：“说完了？”

“说完了。”布莱迪深吸一口气，努力保持风度，平复复杂的心情。他确实对这个依附者刮目相看了，这么多年来，还没有谁能让他如此狼狈过。

布莱迪深深地看了崔栖潮一眼。

“小堂弟，出去训话吧。”崔湖含笑上前拉开门，做了个“请”的手势。

这些身体光溜溜的人其实都隶属一个无国界雇佣兵团体，偶尔也兼职做星际海盗。这一片星域一共有四五个无人星，平时他们主要驻扎在另外一个无人星上，但对这里的了解也不少。

来之前，他们更是试图探查空间站里有多少人，但是被屏蔽了，不过经过评估，里头也住不了多少人，外头不见停放任何大型武器，只有一些垃圾而已。所以在此之前，任何人也没想到会上演这样一出反转戏码。

现在，这些莫名其妙就被抛弃、剥了个精光的雇佣兵紧盯的空间站门打开，走出来一个男性依附者，领导者们可以闻到他身上清香的五谷味道。再后面，是几个领导者和中庸者，就再没其他的人了，和他们想象中用了特殊技术隐藏下一大批人的情景完全不同。

最让人不解的是，仔细看看，这些人都能和他们拿到的照片对应，也就是发出悬赏的老板让他们格外注意的人。但那个格外注意是希望能解救的那种，现在怎么只见要解救的人，不见控制他们的人啊？

一个领导者把凳子搬出来，然后那个唯一的依附者坐了下来。看得他们一愣一愣的，这又是什么意思？依附者一人坐着，其他人都站着。

“你们是接了不具名者的悬赏，来探查这里的情况，并寻找……我们的吗？”崔栖潮问道。

光头雇佣兵们对视几眼，都点了点头，讪笑道：“先生，这里面是不是有什么误会？”

“这样的话，那就没什么误会了。”崔栖潮道，这和丽莎所说的完全对应上了，应该确实就是崔家雇人打探。

他们突然有点害怕，这里头的真相与大家所想可能截然不同，这些人可能根本就不是待解救吧？又有高危武器，那个下悬赏的王八蛋到底怎么骗大家的？

最可怕的是这个依附者看他们的样子，让人很瑟缩。他们现在身上连根毛也没有，衣服也不见了，整个人都在风中飘摇。

崔栖潮也没费时间解释什么，直接带人去把飞行器接收了，现在就两件要事：清点上头的物资，多制作一些炸弹。

崔湖拿着从飞行器上找到的衣服分发给光头们，好让他们遮蔽一下身体。

他顺便把炸弹也给他们安上了，口中还劝道：“这地方‘表里不一’的，K921都看到了吧，还有之前轰掉你们的毛的，其实是反物质炮，高精度反应的那种，我们……老大，非常牛……”

这一番对实力的夸耀主要是为了打消他们的反抗之心，崔湖拧着眉毛道：“唉，其实接这个任务也是你们倒霉，对方隐瞒了这些消息。”

他语气中充满了遗憾，家里人这一招实在不怎么明智啊。

听在其他人耳朵里可就不是那么回事了，这些人只觉得果然他们不是需要解救的人，这是被下悬赏的家伙坑了。

崔湖又拐回了正题，叹气道：“根据无人星域的惯例，你们这种俘虏本来应该直接被丢出外太空，现在留着你们是不是很惊喜呀？在哪里打工不是打工，与其跟着什么不入流的团体拼死拼活，不如在这里做点更有意义的事……”

光头们顿时激动了，更有意义的事？这里可是有K921的，虽然还不清楚内情和对方的人为什么这么少，但大家都猜测这是暴力团体，也许人家有地下工事呢！

这么说的话，难道对方把他们留下来是要吸纳他们？那可比之前的团体有前途多了！

“您说得对！”其中一人压抑住激动说道，“咱们这些兄弟都是能干、肯干的人，也愿意跟着更厉害的老大，什么事您吩咐一声。”

崔湖诧异地看了他们一眼："没想到你们这么想得开，那可真是太好了。目前呢，是没有太多活儿，这不冬天了，休息，我们这里也是比较人道的。"

光头们对视一眼，不愧是高端团体啊，不像他们之前，风雨无阻地出任务。在这里做，说不定干仨月吃一年。

"嗯！"光头应了一声，代表大家说出了心声，"知道我们都是被俘虏刚加入的，一些内幕还没资格知道，也不会多嘴。但是不是告诉一下我们跟的老大是哪位，以免冒犯了？"

"你们见过了啊！"崔湖掀起眼皮，"那个依附者。"

众人沉默了。

首先，这里绝对不是什么纯依附者的反抗团体，比如丽莎他们那样的，那么老大为什么会是个依附者？

崔湖："看我干什么？这里只有一个依附者，也没有隐藏剂，别告诉我你们认不出。"所有人都站着就崔栖潮坐着，难道这还不够明显？

"唉，都别这个眼神，"崔湖知道他们在想什么了，意味深长地道，"日子久了你们就知道了，世界之大，无奇不有。你们以为 K921 是怎么来的？"

那些逃跑的雇佣兵折损了大型战斗型飞行器和上面所有的武器与补给，回去后一汇报，匿名悬赏的崔家要被骂得狗血喷头了。

怎么会有如此缺德的人？完全不提对方的危险级别这么高，他们自己也完全不会想到那颗无人星上有危险团体。

他们长年驻扎在这片星域，自然知道最近没有什么需要警惕的大型团体入驻。

就因为这一点，对方显得更可怕了，绝对是瞒着所有人的眼睛隐秘进入的，越发证明这地方不是他们这些人管得了的。

崔家那边收到反馈，内容是他们被疯狂辱骂了一番，雇佣兵也不指望他们能赔偿损失了，中间人更是摇头叹气，表示这信用可真有点差。

崔家还想再找其他人，但是哪还有人接，小道消息已经满天飞了。

没人知道具体发生了什么，但还是马后炮地检测了一下，那块坐标发生过强烈的能量采集反应，某团体更是折戟沉沙，还痛骂了悬赏人，他们就知道这活儿不能乱接了。

崔家极为郁闷，这事儿到现在他们也没敢传出去，一则觉得没面子，二则忌惮神秘势力。现在都没人肯接单了，他们又能如何？真的只能直接举办葬礼了吗？

崔栖潮检查了那些雇佣兵的飞行器后非常开心，这上头装载了很多物资，包括食物、一些小型无人机、各类防护服，而且大型飞行器的功能更加齐全，有很多用来打造维修的工具设备乃至原料，以备长期作战。

这个冬天，他刚好用来多制造一些农机。飞行器足够大，生产完全可以在舱内进行，实在是冬天的完美场所。

崔栖潮埋头画了几天的图，想做出来的是能够复合作业的农机，这样的机器既能犁地、耙地，又能播种、覆土，更加节省资源。

打下手的，自然是那些更加熟悉飞行器工具的农奴。

对雇佣兵们来说，完全可以接受冬天休息时间在室内作业，这不是理所当然的吗？利用休息时间维修、制造武器。

崔湖转达的原话只是机械，但在这些人听起来，不就等于武器？

知道崔栖潮设计了这里的武器系统后，雇佣兵们看他的眼神就不敢那么放肆了，这下能跟着制造新“武器”，更是期待无比，可是见证这位新老大的实力了。他到底设计出了怎样的武器呢？

他们粗略地看了一眼图，从外形看，这不算个庞然大物，第一个形态像是陆战用的，轮胎非常大——这点他们尤其注意了，因为老大为轮胎单独设计了调节器，用来调节胎压。如此一来，无论轮胎上载物多少，胎压始终自动保持一致。他们想，这应该是为了适应特殊地形。

除此之外，机器挂接了一个幅宽相当高的大型部件，很多尖尖铲铲，还有密集的炮管，看上去就算弹药用光，这么碾过去也能铲死一大片人。按理说，应该还装载了飞行部件，但乍一看图也看不出来。

有经验的雇佣兵都纷纷在脑海中模拟起了种作战器实战时的效果，不知道搭载武器系统如何，如此密集的炮筒，能够同时打击超多对象了。

他们还听到崔栖潮低声和人商量时，隐隐漏出几个词，都是什么“自动对靶”“精密喷射”“机群管理”之类的词，其实他们对技术方面也不是特别了解啦，但这些词一听就感觉火力很猛的样子，让人有点热血沸腾。

别看老大是个依附者，但人家能提供超猛的军火啊！

这期间，布莱迪的身体也恢复了很多，还没完全好，但他已经能够自己行走了。他一点也无意立刻离开这个让自己略失颜面的地方，反而紧跟着崔栖潮。

布莱迪对设计程序、机械也颇有研究，自称可以帮崔栖潮一起做农机的智能自动化。崔栖潮就同意他打下手了。

布莱迪本来想好歹挽回一些面子，谁知道越看越心惊。农机不是武器，可万变不离其宗，先进的思路、理念放在什么机械上面都是优秀的。布莱迪甚至可以笃定，那些太空垃圾中堆砌出来的 K921 绝对不是崔栖潮的极限，只不过崔栖潮更愿意把原料用来做农机而已！同时也解释了，他平时热衷家务也不是贤惠能干的表现，单纯是个人爱好，自己种，还逼挟持来的人种！

布莱迪不知道崔栖潮到底有什么背景，反正细节处无不透露崔栖潮不仅个人能力高，所接触的科技水平应该也更高，说不定整个体系都创新了。

难道崔栖潮是哪个机构的秘密研究人员？

这么一想，布莱迪突然沮丧了。

吃得多、不干活，唯一觉得自己能帮到崔栖潮的地方也被碾压了，他生平第一次觉得自己很废……

“主人你别这样想啊，还有我们呢，崔先生说我们很有用！”毕达哥拉斯嚷嚷道。

布莱迪这才发现自己不知不觉把心声说了出来，而毕达哥拉斯的话好像也没有起到安慰的效果，反而让他有种心酸的感觉。他很久以前做的这些机器人干的都是体力活儿，也是崔栖潮留他在这里吃白饭的原因。

他坐在地上，背靠着机舱发愣。

这个依附者……这个依附者让他怎么说才好……

那些光头农奴从他脚边路过，热烈讨论着正在制造的机器：“今天又让加了几根大刺，我觉得近战功能是不是太多了？现在哪还有那么多短兵相接的？还不如把蓄能池再做大一些。”

“你懂个屁啊，你做得出 K921 吗？你知道这里头没有什么奥妙？”

“说得倒也是……我偷听到那位和崔湖说这个机器还挺全面，能够包揽几乎所有先期工作了。”

“咦，不过什么叫先期工作啊？把先头部队都打击光吗？”

“不知道，新团体的术语和咱们惯用的好像不太一样。”

“当然不一样了。”布莱迪头抵着舱壁喃喃道。

光头农奴们都停住了脚步，看着这个领导者：“你说什么？”

“当然不一样，因为你们根本在说不同的东西。”布莱迪睁开眼，面无表情地道，“这个机器叫作大型耕作机，它有的不是炮管，是喷洒管，自动对靶是为了施药，胎压调节是为了防止荷重太高把土地压实。和你们所见过的耕作机形制不一样，但它的功能是，也只是犁耕、耙地、播种、施肥、覆土……”

布莱迪看着光头们一副见鬼的样子，惨淡中带了点快意地一笑：“没错，这是农用机械。你们竟然一直没发现吗？这个团体的主要任务是种地。”

第 63 章

# 和说好的不一样

农机？种地？

“不、不可能，这怎么会是农机……这分明是杀伤性武器。你看这个用的材质、这个动能，不，这些绝对是炮管！”

一群壮汉花容失色的样子太可笑了，布莱迪感到了强烈的快慰。

“呵呵，这只不过是因为你们的飞行器上只有军工材料而已。”布莱迪淡淡地戳破真相，“智能测控系统已经装载完毕了，你们实在不信，完全可以去操控室看看，它测试的到底是敌人数量，还是植株行距。”

这宛如晴天霹雳，原本光头们走路都带风，觉得自己在制造神秘杀伤性武器，以后自己说不定还有操控 K921 系列武器的机会。现在想想，在别人眼里他们会不会像开拖拉机的？

光头农奴们不乐意了，再三和布莱迪确认后，也真的看到机器模式全都是各种植保后，就闹到崔湖面前去了。

开什么玩笑？他们都是在生死边缘游走的危险的雇佣兵，说好的加入你们一起干大事，现在就拉他们来做农机，以后还要锄地吗？传出去脸往哪儿搁？要成为业界笑话的！

崔湖皱眉：“我不是说得很清楚吗？一起做更有意义的事情，我什么时候说带你们继续干坏事了？”

什么？这算什么狡辩！

“不是，”光头们急了，“可现在算什么啊？”

崔湖轻描淡写地说：“我们现在做的事没有意义吗？”

光头们口水都要喷出来了：“有什么意义？有个屁意义！我们是雇佣兵不是农夫！种地算什么有意义的事？”

崔湖连忙往后看了看，确定崔栖潮不在，然后才严肃地说：“呵呵，你们觉得种地没意义，那么保住自己的命有意义吗？”

一时间大家没声音了。

游走在生死边缘是一回事，但没事谁愿意送死？

崔湖指指外头说道：“上回我说得就够清楚了吧，像你们这样的俘虏本来只有死路一条，唯一的贡献是给我们做肥料，老大留你们一命已经很仁慈了，不要不知好歹！”

他冷笑了一声：“我也不知道你们有什么好委屈的，我还好好地在这里拌肥料呢！”

要说出去，他崔湖也是一名优秀的领导者，充分发挥性别特点，是领导者里的一级领导者，事业出色，是无数女性依附者的理想男友。

现在，他还不是老老实实地在这个无人星给小堂弟打下手……这些连个正经身份都没有的家伙到底有什么可不满的？

崔湖的表情眼看就要扭曲了，信息素的味道变得浓烈且刺激起来，竟然把光头农奴们吓得不敢说话了。

光头农奴们摸摸脖子上的炸弹，更加惆怅了。是啊，他们怎么敢委屈，不小心就是个死。

“还是让我们死吧！”光头农奴们大喊，“士可杀不可辱啊！”

崔栖潮慢慢地道：“这是怎么了？”

“崔老板，让我们做农机也就算了，捡垃圾算什么？”光头农奴们说道。

崔栖潮脚边放着藤篓、麻袋和夹钳，都是给他们准备的捡垃圾的道具。通过这些日子，光头们表现得还行，不是很反抗，他就想叫这些人趁着好天气的尾巴，去多捡些垃圾，从其他废弃的太空垃圾到动物粪便之类的。

一旁靠墙站着的布莱迪竟然觉得很庆幸，他因为是机器人们的主人，不用被这么奴役。如果让他去捡垃圾，他大概真的宁愿去死。

光头农奴们很悲愤：“叫我们去杀人，二话不说；让我们捡屎，你当我们是什么？”

“我当你们是什么？”崔栖潮的脸色不变，眼神却慢慢沉了下来，往前一步逼近了为首的秃子，“你觉得我当你们是什么？”

他比那人要矮了半个头，但活活吓得对方往后退了一步，骇然地看着他。

光头咽了口口水，别说在依附者身上，就是在他前任老大身上也没有见过这样的气势。这个平时除了做农机，还什么琐事都掺和的依附者一瞬间展露了吓人的一面。

不像崔湖那个疯疯癫癫的样子，他的表情还是非常平淡，可眼神一扫过来，让光头觉得汗毛都要竖起来了，想要说话，却发现喉咙干干的，一声也吭不出。

光头还是经过战场生死的，只觉得不可思议。

崔栖潮冷冷地道：“我最后问一句，去不去？”

光头们说不出话，一径点头。

我去。

我去呀！这个依附者太可怕了，不愧是那些武器的制造者！

真是太可惜了，如果这份魄力放在搞非法团体上，他们不要钱也想跟着这位老大啊，看着就是干大事的人。唉，对方偏偏威胁他们捡垃圾。

崔栖潮把垃圾袋和夹钳都发给了他们，淡淡地道："调试一下。"

这当然不是原始手动夹钳，而是能量驱动的，能够钳动非常重的金属，也连接了实施传感器，不会让夹钳沾上任何污物，比如粪便。

光头们老老实实地拿起夹钳试用，不清楚情况的人看过去，一群没毛的壮汉手里拿着长条形的机械在调试，脸色严肃，无端就透着腾腾杀气，和要出去打架似的。

"和你们说一下要注意哪些东西。"崔栖潮讲起了注意事项，人是分两批的，轮流交换，捡有机肥原料的和捡太空垃圾的当然不能是同一批，他这里也有比较明确的要求，哪些是有用的。比如捡粪肥的时候，得先测试一下，他种的蔬菜居多，最好粪肥有机质、腐殖酸类物质多，存在微生物菌群。腐殖酸类物质对植物营养吸收有益。

最后，崔栖潮似笑非笑地道："这一路出去，也没人管你们，祝你们好运。"

所有人都觉得不寒而栗。

这句话是威胁吗？他们觉得是威胁！

光头农奴们摸摸脖子上的炸弹，有什么想法，也真的要掂量一下，这种掌握技术的人，你没法设想他到底能如何掌握你的行动。看似只有一个简单的炸弹，设法摘取下来就行了，但谁知道还有没有其他什么黑科技，把他们的一举一动都监控着，一旦轻举妄动就炸成烟花？

"散了吧。"崔栖潮让新成立的光头拾荒队散了。

再看一旁的布莱迪，却发现这个原本靠着墙看戏的家伙不知什么时候换了个姿势，别扭地蹲在原地。

崔栖潮对布莱迪没什么特别想法，说起来布莱迪对机械了解给他打下手，但其实谁来打下手对崔栖潮来说都一样。不过看到布莱迪这样，崔栖潮还是问了一句："怎么了？"

"没什么。"布莱迪露出一个有些勉强的笑容。

在崔栖潮不知道的时候，他们已经在附近这一片无人星域大大小小的团体中出名了。大家暂时只警惕着这个坐标，知道他们有高危武器，人数不明，成分不明，目的不明。

目前，大家用 K 来代称这个神秘团体。

这个取自 K921 首字母的代号只用了不到一年就废弃了，因为在第二年，从星表观测图中就能看到该坐标地域原来的土灰色中出现了绿色，小小一点却非常醒目，后来还在渐渐扩大。

一开始大家还想，神秘团体从事神秘活动之余，难道在此处植树造林了吗？后来证实了是种菜，但大家始终认为种菜只是他们的副业，毕竟首领是华夏人，这个团体一定还有什么神秘身份或目的。反正，这个突然出现的神秘团体也被人称为"绿"。

在那之前，暂时只有丽莎和她的同伴们了解一点点，那就是这个团体的首领是依附者，手底下有一些中庸者、领导者，有一个和他们从事的反抗运动差不多伟大的目标，虽然也不知道到底是什么。

哦，还有，他自己在种生菜、高粱等，特别好吃。

上次从崔栖潮那里换来的高粱米大家已经开始吃了，和生菜一样受到了所有人的欢迎。

最初听到消息的时候，丽莎十分惊讶。她认识的那个所谓团体首领崔斯坦，第一次见面时还在拾荒，什么时候连 K921 都有了？如果是特殊渠道购买来的，为什么他不自己购买种子？这些都是谜。

要不是她和崔斯坦本人沟通过，确认悬赏的就是他，她可真不敢相信。如果是这样，难怪崔斯坦说不用担心他了，该担心的应该是那些要找他麻烦的人吧……

艾伯特都有点忐忑地问丽莎："你说以后我们还能换到菜吗？"

丽莎："啊？"

艾伯特："毕竟人家都有 K921 了。"

对方想要什么何必换啊，端着枪抢遍各大基地不就好了。

丽莎想了想自己记忆中的崔斯坦："我觉得，应该没问题。"

随着冬天的脚步来到，崔栖潮给小白穿上了皮毛大衣，自己外出的时候也披上了同款皮草。虽然缴获的飞行器上有各式防护服，但崔栖潮还是不想浪费了当时辛苦做出来的皮草。

崔家人也是这么想的，就算有轻便的防护服，还是裹着皮草。

他们这集体一出场，看得光头们要吐血了。

这些人也不知道皮草的来源是手工作坊。按理说，这种环境下，防护服是高级一些，可现在一看，怎么好似穿着防护服的他们才比较低级？

可谁叫他们都是俘虏啊……

崔栖潮在外头是要调试新造的耕作机，已经完全造好了。

飞行器的舱门大开，耕作机大轮子一滚，从里头下来，后头挂接着几米高的大犁刀，前面还有密密的耙齿，看着甚是壮观。

有了更先进的工具，做出来的耕作机当然和之前代步机改出来的拖拉机不一样，虽然有操控室，但并不需要人来驾驶，只要设定好参数，它就可以做到自动探测地形耕作、多种作物一起播种、变量施肥、精准耕种等。

机器开到耕地的旁边，因为崔栖潮对轮胎的修改，胎压稳定，这么一个庞然大物也没有把耕地压实。到了旁边就可以开始犁耕荒地了，只见那大大的犁刀插进地里，毫无阻碍地往前犁去，灰土飞扬，犁过的地都被深深翻开了，从表层到深层，粉碎得彻底。

待到机器离得远一些，崔栖潮抓了一把土，原本硬邦邦的土地已经成了均匀的粒状，耕作的深度足足达到了一米，和之前拖拉机犁出来的三十厘米对比惊人，简直是不折不扣的粉碎式深耕了。

这还只是它的一个功能，另外还有耙地、播种等，它的幅宽让它能够一次耙够几十米宽度的地，播种也能一次播上超多行，如果要套种、间作，能够同时播种多种作物；到施肥、浇水时，又能根据不同作物变量、精准施浇；采收的时候，当然也是同时采收不同作物，如果是谷类还能直接去壳打捆。而且这种施浇也不需要人来提前设定操控，它的测控系统能够自动分析土壤相对含水量、作物生长情况以及空气湿度、光照度等，甚至最近的天气，然后自动调整施浇量。自然，覆土的时候也可以像崔栖潮的手动那么精准，来个小数点后三位的覆土厚度。

最棒的一点，因为采用的都是军工材料，动能也相当先进，它的速度简直快得没边了，不管地多硬，里面有什么土坷垃小灌木残茬，一往无前地推过去，作业"唰唰"就完成了。几十亩地的工作量根本不在话下，分分钟就完成。

一旁的布莱迪看得很清楚，心里感慨。

军工技术的应用，令这辆耕作机能够在保护好下方作业面的前提下适应几乎任何地形，转弯时的负荷被减少到最小，稳到极点，无论什么时候都是水平作业。

虽然崔栖潮的初衷是从干硬土地到淤泥烂田都能耕，机器甚至可以悬浮，不会伤害到任何作物……但是，就这个质量、这个精度，替换到武器上该多可怕？

有的细节布莱迪这个参与其中的人都没了解完全，但他有一个可怕的猜想，那就是也许耕作机在必要的时刻真的能够变身为杀伤性武器……

当耕作机演示后，崔栖潮嘴边才出现了一丝笑意，崔家人非常有眼色地开始鼓掌，就跟目睹什么大项目落成似的，配上那身皮草，不知道的还以为这是在什么商业星球的高端场所。事实上背景只是一片已经采收完的耕地而已。

崔湖一边鼓掌，还一边对那些光头颔首："你们也辛苦了，有你们一份功劳，最近拾荒工作也完成得不错。"

他有意无意地看了一眼多出来的几个堆肥大坑。

光头们表示一点也不想受到这种表扬！

这人那么牛，为什么不早点做一个捡粪机？

别说，崔栖潮确实在考虑，不过事有轻重缓急，他总得先把复合作业的农机做好。

捡粪机肯定不能只造一台吧，要做得多一些，小小的到处溜达，就像毕达哥拉斯他们一样，四面八方地捡粪，这个效率才高。

小白的鼻子动了动，忽然从怀里站起来舔了一下崔栖潮的脖子。

动物的嗅觉比较灵敏，过了一会儿，崔栖潮才发现，可能是刚才情绪波动比较大，太爽了，他的易感期也渐渐到了。

比较先感受到的是崔湖他们几个领导者，立刻站远了一点："小堂弟，你好像那个来了。"

崔栖潮皱了一下眉，对崔湖的措辞有点不满，虽然这真的也是一种生理期。

“嗯，你们回去吧。”崔栖潮对这些已经驯服的农奴态度比较柔和了，允许他们躲起来，以免被自己的信息素引发身体不适的症状。

三个领导者都退到空间站里去，中庸者还可以留下来继续——崔栖潮当然不会因为易感期到来就停止，他还要根据刚才测试的情况进行最终调节的。

崔洲盯着那些光头农奴，他们中的一些领导者也已经察觉到崔栖潮的情况了，有些躁动不安起来。他小声请示了一下崔栖潮：“这些也允许他们避一避吧？”

看在光头们的表现还可以的分上，崔栖潮点了点头。

崔洲立刻道：“好了，现在领导者和我一起过来。”

他把这些光头里的领导者也领走了，领导者们一步三回头，现在症状还轻，不至于疯魔，还有精神思考：为什么崔老板什么事也没有的样子？是他易感期到了没错吧？

现在场上就只剩下布莱迪了，他是最后一个撤离的，其实刚才他不自觉地往崔栖潮这边走了几步，是被小白的叫声惊醒的。

布莱迪一边倒退，一边又在崔栖潮身上看了几眼。

这可真是……太魔幻了，崔栖潮是用了什么特效药吗？布莱迪还没见过易感期的依附者可以站在外面继续工作，领导者们被关起来免受影响的。还有，崔栖潮刚才根本就是临近易感期，情绪波动大才导致易感期提前的吧。牛啊，四舍五入就是看个农机都能看激动了。

崔栖潮能感觉到小白发出饥饿的叫声，估计是他的信息素越来越香了，他在小白肚子上摸了几下，这里还是鼓鼓的呢。

小白穿着白色的皮草，又在崔栖潮怀里，白色的皮毛宛如一体，只露出一点橘色的脑袋。它看到崔栖潮的耳朵有点红，出于非常诡异可能还有点恶意的心情，它悄悄爬起来去舔崔栖潮的脖子，但是很快他就把小白的脑袋按住了。

小白转了转眼睛，又缩了回去，崔栖潮这个样子真是有些欠……

崔栖潮让人把农机清洁完收回库里，把小白带回空间站，自己则上了飞行器。他要去修改一下耕作机的部分数据。

飞行器是空间大人少，崔栖潮刚转过一个弯，一只手伸了出来，拉住了他。

是布莱迪。

崔栖潮：“干什么？”

“崔先生，你好像一点也不惊慌。”布莱迪对他笑了笑。

“你好像一点也不惊慌。”崔栖潮也对他如是说，一个字都没改。

布莱迪拉着他，该惊慌的好像不应该是他吧？

布莱迪也悟到了这一点，似笑非笑地道：“我有一点惊慌，因为我很怕崔先生拒绝我，其实我是来自荐的。”

崔栖潮：“……”

“崔先生何必用药？我可以保证在不逾越的前提下，帮你解决易感期带来的生理问题。”布莱迪觉得，自己这种退让可以说是非常贴心，非常照顾这个特殊的依附者的处境了。长时间使用抑制剂之类的药物对身体不好，就算他不能种地，也算帮得上忙，总没白吃饭吧？

“第一，我没有用药。”崔栖潮的表情让布莱迪愣了愣，因为他看得出来崔栖潮并不是在说谎，并不存在什么特效药。

想想也知道，世上哪有这种特效药，能让依附者持续散发信息素，却没有其他症状，这药发明出来意义何在？

没等布莱迪纠结清楚，崔栖潮舒了口气，说道：“第二，我早说你浪费粮食，只是看在毕达哥拉斯的面子上才留下你，现在我没有心理负担了，我的地方不要不正经的领导者。”

他的语气里甚至有点欣喜，大概是终于找到机会，可以把这没用的领导者赶走了，毕竟布莱迪能做的事有限，且都是可有可无的，还不包括捡粪。

不正经的领导者？

布莱迪：不对，这和他想象的不一样！

第 64 章

# 特殊的追求

“开玩笑的吧……喂，你们别动我啊，崔老板一定是开玩笑的。”布莱迪被几个中庸者拉到了空间站外头的空地上，还有人去搬他来时用的救生舱。

崔栖潮在一旁席地而坐，没有看布莱迪。

布莱迪大喊：“这只是给我一个教训对不对？我受到教训了，我知道错了！”

他鼻青脸肿，原本英俊的脸上沾着血污，眼睛都快睁不开了。这是他被崔栖潮揍过一顿，又被崔汀他们揍了一顿的结果。便宜是半点没占到，他简直白白比崔栖潮高了半个头。

崔栖潮的体术比起布莱迪确实一般，而且他平时也不怎么训练，不像布莱迪伤好得差不多了，还坚持在做恢复训练。但在一方持有武器的情况下就不一样了，布莱迪就是再猛也要掂量一下。

崔栖潮把布莱迪摁在地上揍完，又叫让人来，说这次真要把他放生了。

“没想到他居然会这么胆大包天。”崔汀的表情可一点儿也不像没想到，她笑嘻嘻地说，“就不该放生，应该放风筝。”

崔湖也道：“我看也是，可惜现在没什么活儿干，不然让他犁个两亩地再放生。那个，毕达哥拉斯呢，弄来没？”

正说着，已经有人把机器人都拖过来了。小白正踩在方方头上，方方想跑，还是它堵住的。

它不过是一眼没看到而已，那个臭不要脸的布莱迪就去骚扰崔栖潮了，如果当时它在场，肯定给布莱迪脸上划满道道。这到底是什么吃得多还不干活的领导者，简直一点自知之明都没有。

毕达哥拉斯呼天抢地：“我不，我不离开主人，不要啊，你们不要这样对我！”

“叫个屁啊，你的主人性骚扰，你就是赔偿。”这是崔湖提议的，把三个家居机器人留下一个打扫家务——他怕现在资源紧张，崔栖潮做个两用机器人，每天出去捡完粪回来再给他泡茶。

这绝对不是危言耸听，而是极有可能的事。

有布莱迪本人在，很快就解开了核心程序的生物锁，不需要用到什么黑客技术，然后再修改一下权限就行了。

剩下的方方和圆圆被锁在布莱迪的救生舱外头，也不多占布莱迪便宜了。

这俩同样一直哭丧："崔老板，不要把我们主人放飞啊，外面很危险的！"

"崔老板，崔老板你说句话啊！"

"毕达哥拉斯！老毕！"

毕达哥拉斯："方方！圆圆！主人！"

崔湖冷酷地把毕达哥拉斯的程序关了，现在它的权限已经开放，声音当然说没就没。

布莱迪被塞进了救生舱，逃生路线已经设置好，他会被弹射到其他星球上。

崔栖潮走过去，出于人道主义嘱咐道："放一点补给。"

布莱迪睁大眼睛盯着他："你真的要赶我走？"

崔栖潮冷冷地看着他。

布莱迪非常难以接受，外面是什么形势还两说，主要是他这辈子没受过这种待遇，眼看崔栖潮都要让人盖上舱门了，他连忙气咻咻地告发道："他根本就不是因为我骚扰他才赶走我，只是因为我不怎么干活！"

"还有吃得多。"崔汀趴在救生舱边缘笑嘻嘻地说。

崔栖潮也无所谓地轻笑了一下，这件事来得早的人不用猜都知道。

"你过来，我有件事告诉你。"布莱迪深吸一口气，咬牙对崔栖潮道。

崔栖潮低头看他："你就这么说吧。"

"只能告诉你。"布莱迪板着脸道。

崔栖潮把舱门盖上了。

布莱迪："……"

"就不能惯着他！"崔湖在旁边道。

布莱迪在里面拼命说些什么，但是因为舱门密闭，外面的人根本听不到一个字。大家看他说了半天，崔汀才笑呵呵地说："要不打开听听？"

她把舱门又打开了。

布莱迪瞪着他们，深吸一口气，说道："我是林顿公国的四皇子，被人害了才流落至此，你们帮一下我，我一定会有所回报的。你要人、要地、要钱，还是联姻……"

听到这里，崔栖潮不想继续了。

"现在还有封建皇权残余？"他说着，用脚把舱门再次关上了。

只能看到布莱迪在里面睁大眼睛愤怒地说些什么的样子。

其他人呆了一瞬间，立刻也嘻嘻哈哈起来了，反正他们的境地已经是最惨的了，管对方是什么身份，一切事宜还不是崔栖潮做主。农奴还能给主家操心吗？

崔湖倒是想了想说了一句："林顿一直有争斗传统，现在执政的皇室之前作为流亡政府在外面飘过几十年，前些年才复位，现在国内都不平静，也是太有钱了。这么说来，他所谓以前在这里的基地，可能就是那时候流落在外所住的。"

所以他离开后，那里就荒废了，如果不是这次遇难，估计也不会再回来吧。

崔汀甚至开玩笑道："会不会是骗子啊，这不是老式骗局吗？'我是林顿的皇子，现在流落在外，你给我打一笔钱，回去后我让你做男爵'……"

哦不对，放在崔栖潮这儿，应该是："你救了我，我以后给你一千亩地。"

"放生了。"崔栖潮没理，直接一摁弹射键，万万没想到自己会这么被赶走的布莱迪就"咻"的一声飞射出去，瞬间已经离开了大气层，不见踪影。

仰头看了两秒，大家齐齐收回目光。

"该干什么就干什么去吧。"崔栖潮一声令下，众人作鸟兽散。

事发突然，一直到晚上都有人以为布莱迪还在，问起来才知道走了。

"什么？为什么他可以走？"

"汗了，人家就不是俘虏啊……被赶走好像是因为骚扰崔老板。"

"还听说他走之前说自己是什么皇子，可能想花钱摆平，崔老板是什么人？当时就把他放生……不，放飞了。"

"什么玩意儿，骗人的吧？"

"不知道，当时说完就射出去了。"

布莱迪就这么被崔栖潮迫不及待地踢出了无人星，从此空间站再没有一个吃干饭的。

再几天，天气也完全冷了下来，出门不穿防护服肯定要冻伤。崔栖潮开始顶着易感期安排新一轮的工作，利用新飞行器上的工具让人到处去采矿。

无人星能够作为无人星，这里的矿产当然是不丰富的。但这个不丰富是相对而言没有太大开采价值，比如崔栖潮之前发现的液态矿，对他来说足够了，却不足以满足那些大国、大公司的需求，开采下来的成本不划算。

崔栖潮这次主要是让人去采些硫酸钙、石灰石、铁之类的回来，后者不用说了，石灰配比一下可以做农药，明年要用的多了去了。

另外农机方面也要持续制造，崔栖潮一直在画图，还有空间站和飞行器上可利用的地方也都被他种上了菜。

冬天工作时间短，到了夜晚崔栖潮就会让人回来，这么工作了大概三个月才停止外出，转而专心制造农机，时长仍然保持与室外一致，总的来说就是以休息为主。

之前拜托丽莎找来的种子，部分室内栽培的也长出来了，崔栖潮割了几把蒜苗，摘了几颗辣椒，再切一块腊肉炒了一大锅菜。

这个腊肉是用在无人星上猎到的某种动物的肉腌制的，别说，肉质还挺好，有肥有瘦，大约三分之一的肥肉、三分之二的瘦肉，还连着一层皮，切得薄薄的，和红辣椒、蒜苗一锅炒，肉渐渐变色，肥肉渗出油，几乎透明了。

本来腊肉就是用很多盐腌熏出来的，不用再放盐，做之前还得用水泡泡，多放蒜苗，把咸味冲淡一些。

“我闻到腊肉的味道了！”

工作完的光头农奴们闻到手工腊肉特殊的熏香味就开始号叫。其实过去几个月，他们的毛发该长出来了，可是体验过光头后，好些人觉得这样也很方便，省得清洗，反正出门有防护服也不怕冻伤脑袋，所以只把眉毛留好，头发竟继续刮光了。

华夏人的腊肉和西方熏制的肉虽然有些步骤一致，但风味不大一样，好在无人星的各位都挺能欣赏。不欣赏也不行，这里从老大到管事的全都是纯华夏人，华夏胃，天天做华夏餐。

今天的晚饭是腊肉炒蒜苗，配上高粱饭。

腊肉咸香下饭，那一点肥肉完全不会让人觉得腻，反而成了点睛之笔，和熏制得干干的瘦肉一起入口，油得恰到好处。还有蒜苗，这刚刚割下来就清洗下锅的蒜苗脆嫩清甜，又沾上了腊肉的咸味，咬起来“咯吱”响，还有红辣椒一起炒出来的香味与微辣。

一大口蒜苗配一块腊肉，再狂扒高粱饭，导致粮食的消耗量特别高。

崔湖也吃得很香，但还保持着些斯文，那些雇佣兵出身的光头却像是饿了几天一样，风卷残云，一会儿工夫盘子就精光了，还在嚷着要加饭。

崔湖小声对崔栖潮说：“潮弟，这些秃子也很能吃啊，不能再供应他们高粱米了，米会被吃光的。”

起初是说给秃子们吃飞行器上的干粮，但是人家表现得还不错，天天让他们吃干粮，这边吃米吃肉总不好意思吧，于是也时常招待上肉菜。

这些家伙能吃啊，每次都要加饭，冬天还那么长，高粱米、面拢共也就一千斤，经得起怎么耗？

崔汀掰着手指算了算：“不是还有一百斤高粱？可以再拿出一部分啊，反正播种一亩不是只要两斤？”

崔栖潮立刻道：“不行，哪里至于到那个地步，饿死爹娘，不吃种子粮。”

崔汀都没听过这句话，爹娘到底做错了什么？

这只是一句俗语，但是崔栖潮说出来，就透着一股他真能把爹娘饿死的味道。

“仔细安排，降低供应频率就是了。干粮和米、面换着来，不要一开始就把米吃光了，最后干巴巴地一起喝营养液。”崔栖潮是算过的，他们储备的食物完全能度过这个冬天，还绰绰有余，当时囤了很多肉和菜。

只是不单一消耗太多，导致食物搭配失衡，饮食乏味才是最重要的。

吃会儿干粮吃会儿罐头，再吃会儿生菜高粱，偶尔崔栖潮在室内种的芽菜、蒜苗之类的长好了，割一茬吃，再换着点做法，有时是高粱粥，有时是高粱饼，岂不是也很快活？

饶是如此，崔栖潮也得暗想，这些人比他前两个位面喂过的学生和农奴都能吃多了。

不但是职业上有区别，中世纪农奴是苦过的，给把豆子就开开心心的了，学生们其实只要味道正常也都能接受。这些雇佣兵就不一样了，拿了佣金就花天酒地，这时候科技相比之前两个位面发达一些，有台料理机什么味道尝不到？珍贵食材全都能批量养殖了。他们吃东西从来不知道什么叫适可而止，喜欢就狂吃，信奉今朝有酒今朝醉。

比如，崔栖潮就看到有光头农奴吃饱了，居然吃片健胃消食的药片，过会儿继续吃，就是因为喜欢腊肉的味道。他们不是没吃过好的，只是乐意。

这种特别的浪费行为当然要制止，哪有那么多储备粮够你这么挥霍。

崔栖潮正在嘱咐，忽然听到一个值班的中庸者来汇报："老板，有外人靠近。"

又有外人靠近？难道是崔家又雇人来了？

崔栖潮立刻放下碗筷去查看，一看图像，上头只有一个老熟人，丽莎。她穿着防护服，只露出眼睛，但崔栖潮还是认出她来了。

"她怎么来这儿了？"崔栖潮虽然后来没和丽莎再见面，但心里预测得到现在的情况，丽莎也应该知道他们住在这里，那个坐标随着崔家的悬赏，还有哪个团体不知道？

那中庸者也不认识丽莎，他是个光头，此刻问道："老板，要做掉吗？"

"不用，这个人我认识，我先去问问。"崔栖潮说着回去取外出服，"我不吃了，出去见个人。"

大家也没什么反应，完全不会担心一个依附者要孤身出去。

一个光头甚至一伸手就把崔栖潮的碗拿过来了："老板你不吃，那你的食物我帮你吃掉吧？"

崔栖潮："嗯。"

丽莎会来这里也是一场意外，他们基地的食物倒是还够，但是和他们团体性质差不多的一个依附者团体找上门来了。

对方原本是驻扎在另一个无人星，被一伙接了悬赏的雇佣兵偷袭，仓促之间撤出，不但人员折损，补给也都丢了，临时逃到这里，向丽莎他们的人求救。

双方之前也就彼此的活动友好交流过，也算是志同道合，只是活动区域不一样而已。

丽莎这边一合计，一起吃大家都不够啊，只能去老乡家借粮了。大家知道崔栖潮种了不少菜，人数还少。

向来都是丽莎去和崔栖潮交易，所以这次他们那边也派她来交涉。

其实丽莎心里有点忐忑，换粮食是换粮食，蔬菜换罐头，可他们现在没有其他好交换的，除了吃的外值钱的就是武器罢了，崔栖潮根本不缺啊，他还能同意吗？

她没有涉足过这个坐标，仅仅知道崔栖潮在这儿而已，还知道这里有高危武器，越发接近坐标后，丽莎真怕对方不知道她是谁，直接开炮了。

丽莎举着手，摆出无害的姿势，想想，索性又把面罩也摘了，整张脸完全露出来，转动着试图让监控系统捕捉到面目。吃晚饭的时间，外头已经黑得差不多了，气温也比白天更低，冷空气一下就把她的脸冻得青红了，钻心地疼，坚持了几秒后丽莎就赶紧把面罩戴了回去。

好在不多时，丽莎就看到远处的废土上一辆非常眼熟的小车行驶了过来。

距离比较近，崔栖潮直接驾驶他早期修的代步车出行，到了丽莎面前停下，问道：“你怎么来了？”

他算着对方的食物应该没那么快消耗完才对。

丽莎听他开门见山，自己有些不好意思：“能和你找个地方聊聊吗？哦，不用去你的地方，咱们在附近找个避风的地方。”

丽莎自己避嫌，不想去崔栖潮的空间站，两人找了个大一些的太空垃圾背面，把车一停，坐在上头说话。

“说起来很不好意思，之前我和你说起过我们团体的性质。”丽莎第一句话险些让崔栖潮以为她又要来劝自己加入了，但是很快丽莎就把前因后果说了一遍。

“所以现在他们都暂住在我们这儿，也在附近找了新的住所，可是补给全都没了，供应链一时也无法立刻续上。我们的粮食不够供给两伙人，所以才……来找崔斯坦先生。”丽莎腼腆地道，“我知道这样很无礼，但是目前他们只有武器，能用武器暂时交换、抵押，和你换一些食物吗？等到供应恢复，他们就会来赎回武器的。”

崔栖潮仔细打量了丽莎的神色，嗯，没有说谎。

“你让他们明天来取吧，以他们的人数，我可以借一个月份的食物。”崔栖潮看着远处的星辰说道，“至于武器就不用了，他们现在应该也很需要这个保证安全。”

丽莎惊讶了：“崔斯坦先生，你……”

“我的食物是足够的，不管是交换还是借，都可以，只要还我就行了，最好是给点种子。”崔栖潮淡淡地道，“如果你想问和你们的团体性质有没有关系，那么我可以说，算是有一点。”

丽莎感动地道：“真是太谢谢你了，我没有想到会这么顺利，你什么抵押都不要，就肯把食物借给我们。”

她心里闪过一个念头，以对方的火力，没抵押好像也没事……当然，这和对方的慷慨无关。她当初确实没有看错，同为依附者，虽然崔斯坦先生没有加入他们的团体，但是心中还是支持同性的！

她忽然想到什么，不好意思地道：“之前对你说了谎，其实我不叫丽莎，我的真名是罗莎伯顿。”

崔栖潮无所谓地道：“没事，我也不叫崔斯坦。”

丽莎想得有点复杂了，崔栖潮说的和他们的团体性质有点关系，是指崔栖潮觉得这些人也不容易，在成人秀里追求理想。说来说去，都是LJJ造的孽。

崔栖潮回去让人把粮食准备好了，他在这里基本就是独裁暴君，谁也不敢反抗，顶多说别把高粱给出去了，量本来就不够。

第二天，丽莎，不对，应该叫罗莎，带着一些依附者来这儿，崔栖潮早派了人在昨天见面的地方等待。他没想那么多，随便支派的人。一个强壮的光头男性领导者，还真把依附者们吓了一跳，有罗莎担保，他们才敢安心跟着这个领导者走。

罗莎也不是第一次看崔栖潮指使领导者了，他们被带到了飞行器上，一进去就能闻到若隐若现的信息素的味道。

时隔三个月，这时候刚好也是崔栖潮又一次的易感期。

领导者一闻到这个味道，立刻止步了："我们老板到特殊时期了，我就不陪着过去了，稍等，我找个中庸者来，我得去避一避。"

他找了个中庸者继续带罗莎他们往前。

罗莎却吃惊地再次确认："这是崔斯坦先生的味道吗？他没事吧？我们适合过去吗？"

她知道崔栖潮不用隐藏剂，也猜测过可能连抑制剂也没有，但她知道崔栖潮有自己的领导者，所以不以为意。可既然到了易感期，崔栖潮还有时间接待他们？

中庸者没说话，直接把他们带到了老板待的房间，只见散发着浓烈信息素味道的崔栖潮还在好好儿地画图，手里的数位笔描绘出的线条组成立体的图形，下笔不知道多稳，看上去就像不在易感期一般。

可这味道确实是从他身上传来的，每一个依附者都闻到了，要不是他们一直服用隐藏剂和抑制剂，恐怕信息素也要受影响了。相比起借粮食的事，这些依附者现在竟更在意崔栖潮如何做到的。

"你们来了。食物我已经准备好了，过来签一下借条就可以拿走了。"崔栖潮放下笔，说道。

"不是……崔斯坦先生，"罗莎带来的一个男性依附者说道，"您现在好像正在易感期啊，能冒昧地问一句，您为什么能如此镇定吗？是药吗？"

"不是，是意志力。"崔栖潮说道。

依附者顿时小声议论起来。什么，意志力？不靠针不靠药，靠意志？

那个男性依附者想了想，眼睛忽然一亮，说道："我听说东方有些特殊的吐纳方法，能够帮助人平心静气，难道您是使用了什么秘法吗？"

其他人也睁大了眼睛，竟然是这样吗？

领导者能力出众，依附者生育能力强，但他们确实一直有被诟病的缺点，尤其是依附者，因此备受歧视，似乎再出色的依附者都会受困于易感期，不得不依靠药物，连自己的身体都控制不了。可是如果有这样的方法，能够让人增强意志力，控制身体，岂不是把人从兽性中解放了？

他们越想呼吸就越急促，有些激动。

崔栖潮却不太懂他们为什么这样看着自己："不算什么秘法吧，就是找到自己最深处的追求……你们不是有抑制剂吗？"

"不，我们想要的是能够完全自主。"那个男性依附者眼睛亮亮地道，"崔斯坦先生，冒昧地问一句，您是如何利用自己最深处的追求控制欲望的？我们也有极为想达成的目标，但对自我控制似乎并不是太有效，难道是因为您的追求比较特别？能指点一下吗？"

罗莎也有点激动的样子，甚至上前了两步："求求你了崔斯坦先生！"

崔栖潮干巴巴地道："那不然你们留下来和我种几天地试试……"

第 65 章

# 键盘农民

罗莎带来的男性依附者叫韦尔斯，算是他们那个团体的二号人物，这次由他带头来借粮食。平时，韦尔斯也是大家公认的意志力最强的人，在没有抑制剂的情况下，能够从领导者面前逃离。

当崔栖潮说他是借由其他追求来压抑欲望时，韦尔斯内心是很认可的，他每次也是想着自己的理想。只是不知道崔斯坦先生的追求到底是什么，又为什么那么强烈。

当崔栖潮说出“种几天地”时，韦尔斯有点蒙。

什么叫种几天地？种地是他想的那个种地吗？还是什么代号？他们常年到处躲藏，对现在星际中的流行文化不太了解了吗？

罗莎问出了韦尔斯心中所想：“您是说像您种生菜那样吗？”

崔栖潮点头：“对。”

不然还能是哪样？二十三世纪对种地的理解有什么不一样吗？不能够吧，崔湖他们都知道。

罗莎呆滞地道：“等等，之前您和我说有其他有意义的重要事情要做，指的不会也是……”

崔栖潮：“是种地。”

罗莎愣住了。

不是种地难以理解，但是在这么多前提下，这也太奇怪了吧。她还以为崔栖潮忙的怎么也该是事关一个星球安危那种级别的大事，否则如何对得起这阵仗？

到现在，罗莎已经不知道崔栖潮到底为什么出现在这里还惹人悬赏了，是因为一心种地不愿意卖军火给别人吗？

崔栖潮：“这是我自己的方式，仅供各位参考。也许目前还是抑制剂更为奏效，往后医疗更为发达，兴许有一劳永逸的技术。”

崔栖潮这么说，反倒让他们产生微妙心理。怎么崔斯坦先生能做到，他们就做不到呢？能加入这个团体的依附者，多少也有些不服输的精神。

韦尔斯甚至小声地对罗莎道：“我知道华夏人对土地是非常尊崇的，有的人离开家乡，还要带一点故乡的土。说不定，就是这种信仰让崔斯坦先生从中汲取了更多能量。”

这说得可真玄。罗莎想了想道：“倒是有些道理，而且心无旁骛地种地，一来让精神更专注，增强意志力，二来也消耗了一些精力。”

两人说着说着，自己给崔栖潮找了些玄之又玄的理由，想象的都是东方的传说，从御剑飞行到破碎虚空，再到气功治病、太极武功。

“也许，我们真的应该留下来向崔先生学习一下关于土地的文化，如何从中获取力量。”韦尔斯深沉地道，“反正现在我们也在休整之中，我可以和爱丽丝商量一下，我带点人在这儿进修。”

爱丽丝就是他们的一把手了，一名女性依附者。

罗莎赞同地点了点头：“要是这样，那我也留下来学学。”

两人立刻向崔栖潮表达这个意愿：“我们想和您学习一下，如何从土地中获取特殊的力量，重新深刻地认识脚下的土壤。”

崔栖潮皱了皱眉：“没什么特殊的，就是矿物质、有机质、水分和微生物等。”

崔斯坦先生太实在了，搞得大家有点没话说。

可是这样反而更有高人风范呢，韦尔斯甚至说，如果真的有效，到时候他们的基地里也可以开辟一些地，学习崔斯坦先生自耕自种，自给自足。

他现在觉得在这个星球安家挺好的，这位崔斯坦先生虽然爱好独特一点，人倒是很不错，还是个依附者。虽然这么做目的性有点强，但他得承认，自己希望和崔斯坦先生打好关系，说不定紧要关头，对方能施以援手，这对他们来说太重要了。

崔栖潮拒绝什么，也不会拒绝别人想一起种地的要求，何况还是他自己提出来“要不跟着我种几天地”的。

这些依附者种地能有什么效果，真难说。

于是在双方达成共识之下，韦尔斯让一部分人把粮食运回去，自己和爱丽丝打了招呼，带着罗莎与剩下一部分人留在了这儿。

说真的，即便他们都使用信息素隐藏剂和抑制剂，但对这里肆无忌惮地散发着信息素的领导者还是有点担忧，这些人和崔斯坦先生不一样，看上去都有点凶恶，有的还好，有的连头发也没有。

还是这些领导者里头的一个女性，据说是崔斯坦的领导者堂姐，随口说道：“这有什么可担心的？这些人要狂性大发，也是先冲着我堂弟去，他一天到晚都在散发信息素。”

听完这句话大家立刻释然了，有道理！

他们在这里担心，岂不知那些领导者，尤其是不知情的光头也在暗自担忧：又来了一批依附者，看着和崔老板认识的。不好，这些依附者还要住下。天哪，他们不会和崔老爷一个尿性吧，成天散发着信息素晃悠，但谁要真敢碰一下又会死得很惨……

这简直就是钓鱼执法。算了算了，还是自己离他们远点吧。

外头天寒地冻，已经不适合耕种了，崔栖潮为了教这些依附者，让人搬回来一些土，就在地板上铺一层作为示范地。

崔栖潮给他们上课，先说理论知识：“农业种植，无非八个字——土、肥、水、种、密、保、管、工，每个字都能展开大篇幅。简单来说，深耕好土，正确施肥，适度浇水与水利设施，良种好种，合理密植，植保防病，农田管理以及农业工具的改进优化，这之间又有千丝万缕的关系。耕地的状态，得从水分、温度、结构、养分等情况来看，通过浇水、施肥、耕地能够改善。目前我们这里多是旱田，先耕地、耙平，然后整地开沟，上肥料，播种，拉沟，覆土……”

崔栖潮说着就动手，韦尔斯他们可没有农机，再说了，崔栖潮要教肯定扎扎实实地从手动开始教起，这些人不是想重新了解土壤嘛，那就从最原始的种植方式开始吧。

好在这个时候大家的文化水平比中世纪不知道高多少，很多理论知识，比如土壤缺乏什么元素，一说大家就能举一反三了。

韦尔斯还问问题：“先生，我认识的华夏人种地都是在阳台上种，和这种有什么不同吗？”

崔栖潮正色道：“本质上没有不同，我也在阳台上种过，那是因为没条件，如果有花坛就在花坛里种。”

韦尔斯喃喃道：“也就是想方设法在一切地方种地……”

“对，没错。”崔栖潮说道，“来，都看这个锄地的姿势。”

依附者们学习得很认真。

在这个年代，根本没有人会身体力行地去种田了，一切都有机械代劳。就连阳台种植也有无数商家的全包组合商品，包含搭配好的营养土、种子、工具等。

像这样的亲力亲为地种植，别说体验，有的人见都只在资料片里见过几眼。

很难想象同样在这个时代长大的崔斯坦先生是如何做到如此娴熟的，即使是外行来看，也能看到他栽下的苗整整齐齐，那个精度绝对是无数次练习才能练出来的。

崔栖潮领着依附者们实践各种种植法，不时说点具体案例，移植完一排苗，崔栖潮就闭着眼睛默算了一下相对含水量和土壤需要施肥多少等数据，睁开眼睛想教他们怎么控制施什么肥，要知道施肥过多不但烧苗还会造成污染。可他一看，这些依附者居然也都认真地闭着眼睛。

崔栖潮说：“你们不用闭眼，这只是我的个人习惯。”

罗莎慢慢地睁开眼睛：“您刚刚不是在冥想吗？”

崔栖潮心平气和地说：“我真的不会修仙。”

刨去依附者们对崔栖潮种地的种种误解，他们学习得还是很认真的，不会因为依附者的体力稍弱或者活儿脏累就轻易放弃。最终他们也获得了崔栖潮的初步认证，简单的种植都能掌握了，理论知识要是不足，完全可以自己通过网络自学。

韦尔斯和爱丽丝通了一次话，爱丽丝问他：“你觉得这次修行对你有效吗？”

韦尔斯仔细想了想："我本来以为这种修行是精神层面上的，但是崔斯坦先生不断和我说现实、科学乃至科技，鼓励我脚踏实地。我们学习帮他照顾室内种植的作物，一天下来，比训练还要累，一躺到床上就休息，无暇顾及其他。等到这个时候，我再回首，反而发现自己的精神有了提升，是非常放松的那种，我体会到了植物和土壤的特殊韵律，仿佛在与它们沟通，我更为专注……我也不知道下一次易感期我的抵抗力能否获得一些进步，但是我想应该是有效的。"

就连崔栖潮本人估计都想不到韦尔斯会这么说。他反复强调自己不会修仙，韦尔斯还是习惯性地往玄学方面想，更可怕的是他还觉得自己的精神力真的增强了。

要让崔栖潮来说，他会觉得这是心理作用，什么植物和土壤的特殊韵律，不就是该浇水施肥了。

可是，心理作用也是作用。这一点或许韦尔斯自己也清楚，就像人们从宗教中汲取力量一样，人都在外星球了，可还是需要一些心理支撑。

爱丽丝听了非常满意，说好吧，那咱们也开始种地吧。平时，大家因为流亡的事情，还有社会现状，各种活动也纠缠在身，就算有时间，也没有心情搞什么种菜。

现在，他们也来学学崔斯坦先生。

第二天，韦尔斯就和崔栖潮商量，打算从他这里赊借一点生菜种子回去种。离春天还有几个月时间，刚好他们可以堆肥、犁地。

崔栖潮答应了，道："抑制剂该用还是用，别熬坏了。平时种种地挺好的，我看你们身体还是弱了点。"

崔栖潮和依附者接触少，通过这段时间日夜相处，发现他们体质上确实先天比领导者和中庸者要弱一些。就算有的依附者像韦尔斯一样会接受军事训练，但也有很多只是文职人员，有点基础知识却不是战士，体力差距尤其明显。

崔栖潮觉得，你就算不拿枪，没事拿锄头种会儿地把身体练好点儿也行啊，小身板练结实一点，别一摔就倒，说不定真遇上领导者还能先把对方打晕，岂不也是一种方法？这么做，还自产粮食，吃点新鲜的食物，多好。

韦尔斯深以为然地点头："多谢您的慷慨，我们都铭记于心。"

崔栖潮送别了韦尔斯，他们回去之后，自家团体都已经从罗莎那边搬出来了，并在其帮助下，利用无人星上的材料搭建好了住所。

韦尔斯回去后，就给团体里的依附者们讲课，先不讲种地，先讲自己遇到崔栖潮的遭遇，如何闻到崔栖潮的信息素，周遭都是领导者，还不喷隐藏剂，他心中是如何的惶恐担忧。

然后再看到崔栖潮本人，他在易感期间镇定自若，一点也没有受到天性的困扰。

这里，韦尔斯也特别描述了一下崔栖潮的东方外貌、穿着，也好引入自己的下一个观念，那就是东方式修行——种地有益提高意志力。

他在那边还听了几耳朵传说，也说来给大家听，都是和土壤有关的，什么崔栖潮他们祖先炎帝的成就是种地，女娲捏土为人、补天，息壤治水，有好多神佛还住在地下等。总的来说，就是华夏人认为自己是泥巴变的，他们的力量自然也从土壤中来。正是这种文化，让崔斯坦先生在全心投入种地后，更容易压抑自己的生理现象。

依附者们原本就听前头去的人传回一些信息，再听韦尔斯这么详细一解读，简直悠然神往。

“我觉得这种对土地的敬畏、信仰也值得我们学习，让我们也增强自己的体力和精神力。”韦尔斯说着把一包种子放在了桌子上，“从我们的时间里抽出几分，轻松、心无旁骛地在这片荒芜的星球制造生命。”

能够做到二把手，平时代表团体拟各种宣言，韦尔斯的表达能力绝对是一流的，要说他说错了，也没有，故事都是真的，崔栖潮也确实是因为全心种地才无视易感期的。

韦尔斯把大家的兴致调动起来后，对接下来要做的事情充满了信心，才开始讲种地的事。

另一边，罗莎回去后的画风要正常一些，她除了体质好一点，被塞了一脑袋种植知识外，非常重视崔栖潮对机械的应用。很多东西是军、农两用，比如飞行器既有武器系统，也能用来灌溉，耕地里面还摆着 K921。

罗莎试着向崔栖潮请教了一下武器知识，也得到了非常详尽的解释，但她没胆子和崔栖潮提出购买他们的武器的想法。

通过近距离相处，她看出崔栖潮极其不愿意掺和其他事，只要不打扰他种地，他就是个非常好相处的人，但只要碍着他的正事，那就非常可怕了，这一点从他地头的领导者对他的态度也能看出来。

好歹啊，他们算是和崔栖潮有些交情了。

罗莎又把注意力转到了种地上，也发展了一批体质不大好的依附者和自己一起在空间站旁边开两亩地，每人就管两三分，闲着没事去锄几下，等春天来了种点容易生长的生菜。

团体里的华夏人可开心了：“别说，这样很解压的，罗莎，你终于感受到这种快乐了。”

韦尔斯在团体内传播了种田的美好，带着大家一起去拾荒，捡垃圾回来堆肥，快到春天的时候，又犁地，耕种，恍然间，竟然产生了归属感，明明这只是刚住了没多久的无人星而已。

因为没有崔栖潮那样的农机，他们是全手动的，也没有开很多亩地，和罗莎他们差不多，只是参与的人更多一点而已。

每人照顾几分地，平时讨论讨论各自的技术、浇水量、作物生长情况，心情都轻松了很多。这和军事训练是不一样的，精神既集中却又不紧张。

大家结束了工作后，会到地里去走走看看，俨然把这里当作花园，如果要去别的星系参加活动，还要认认真真地把菜地托付给别人。不至于疯狂到当土系法师，对易感期的改变一时半会儿也体验不出来，但是他们还很喜欢，感觉自己从土里汲取了力量。

崔栖潮哪知道这些边缘团体的人玩得那么“嗨”，他也在忙着春耕了，冬天制造的农机都派上了用场，荒地上机器“轰轰”响，幅宽几十米的大家伙一犁地、耙地，动静特别大，尘土飞扬。

灌溉用水用大飞行器从湖里一趟趟抽取，配合起来效率特别高，一个小时上百亩地已经完成了开垦、浇水、施肥，养几天再播种。

有这些大型农机，播种也是分分钟的事情，他们连填充都可以交给机器人。生菜种个五十亩，高粱地也种上五十亩，红薯先前切块生芽，切段播种也能种出三十亩。

还有之前拿到的种子，冬天在室内培养了一季，又收获了一些新种子，能种多少种多少，加起来也有一百多亩，这还是刨去了大蒜和韭菜的，这两个他要提取原液做农药。

去年做果酱的那些浆果的灌木，崔栖潮也挖了很多苗来，移植上二十亩。另一种块茎作物没成熟时能做酸味剂，成熟后和凉薯差不多，也种个二十亩。

冬天挖的矿拿来配比，也是做农药用。各种草木灰、残茬、垃圾当肥料，一整个无人星有很多天然肥料可以用来肥田，他们发酵的那些有机肥给肥料要求高的作物追加施用就行了。

他都不用担心作物成熟后如何消耗，有了韦尔斯他们的事情之后，崔栖潮觉得完全可以卖给流窜在各个无人星的无国界团体，当然，是像韦尔斯他们那样的非暴力团体，助纣为虐的事情不干。

崔湖都在撺掇崔栖潮立刻找人写宣传文案了，他好像找到了一点以前混正常社会的感觉。

还在担惊受怕找关系从其他星球运补给，补给没送到还得挨饿吗？

还在每天吃罐头啃干粮觉得自己很凄惨吗？

还在对着仅有的绿叶不舍得吃吗？

为梦想护航，呵护各大无国界团体的成长。

布莱迪是皇子来的啊？

看着他被放飞我怎么那么开心呢？

布莱迪拿的剧本和大家不一样啊，他的整个画风都很正统，结果被崔总放飞了……惨。

一会儿捡粪一会儿腊肉，这是要挑战我的极限吗？

警告后期，你这是在暗黑节目和美食节目间疯狂徘徊。

……

这届学员不行啊，锄地的姿势不标准，这样腰部会用到更多力气，要像崔老板那样才最省力，也最方便。

真是种地种出了风采啊，怪有范儿的，这一定不是我的滤镜。

我要剪个 MV 了，我们崔老板的种地片段合集，我怎么那么爱看呢？尤其是种完后整整齐齐，比机器播出来还顺的画面。

我举报第三排那个依附者偷懒，才耙了几下就站起来发呆。

那个罗莎不行，手法太次，而且土坷垃那么大都不拍碎的吗？

韦尔斯才比较好笑吧，移苗的时候那么攥根系，幼嫩的根系能这么大力地攥吗？弹幕还给他洗白说只是节目里看着用力，其实轻轻的，嘁！

我觉得让我上都比他们强，我完整地追到第三季了，崔总每次种地我都认真学习！

哇，大开眼界了，这个年代居然还有键盘农民。

第 66 章

# 做最危险的农奴

崔栖潮把鱼塘给扩大了不少，今年多养一些种类的水生物。陆地生物就算了，这地方连草皮也没有，养起来反而费事，隔段时间去打猎就是了。

崔汀看崔栖潮用挖土机挖鱼塘，非常快，就惦记着让他挖个泳池。现在设备够了，能制造更多的淡水。

她一提，其他人也蠢蠢欲动。这地方什么娱乐设施也没有，造个泳池游泳也是好的啊。

崔栖潮倒是无所谓，挖了个池子，铺上隔水布，还做了个顶棚，要是下雨就遮一遮。他非常严肃地安排：“巡塘的时候就顺便把泳池也巡了，落叶尘土之类的捞一捞。”

他这么一说，崔汀顿时觉得泳池也有点鱼腥味了：“别提了，这个交给我维护好吧。”

天气回温，大家纷纷下水游泳。

崔栖潮自己没兴趣，带着养了一个冬天膘的小白去游泳。

小白和普通猫不一样，不怕水，惬意地让崔栖潮托着腹部，四肢在水里划动。

就是这么一来，虽然崔栖潮不玩水，但身上的衬衫、裤子还是湿了，紧紧贴在身上透出肉色来，崔汀等人不敢看，纷纷出水离开。

小白瞟了崔栖潮几眼，突然爪子往水面一拍，水花就溅起来，崔栖潮下意识地一扭头，但头脸还是被打湿了，黑色的头发贴在脸颊上，平时波澜不惊的眼睛倒显得湿漉漉的。

小白：嘻嘻。

崔栖潮对上小白的眼神，明白了，小白这是要和主人玩耍。

小白平时除了帮着干干活，就是睡觉、吃饭，也怪无聊的，他想了想把小白托起来就转了十几二十个圈。

那些走远了的农奴回头一看，感慨道：“老板还挺浪漫，就是，和猫玩这个……”

毫无疑问，LJJ 那边这集的小标题就是“崔栖潮湿身诱惑”了。

停下来后崔栖潮问小白：“好玩吗？”

小白：“呣……”

它再也不占崔栖潮的便宜了。

几个月过去，除了春耕之外，韦尔斯他们断了的供应链也续上了。鉴于崔栖潮的要求，韦尔斯特意吩咐自己的供应人尽量收集一些种子，要最好的。

人类踏遍星际，把地球上的作物带到了各个星系，也将外星作物和地球作物杂交，有了很多新品种。

韦尔斯他们的供应人面子稍微大点儿，他让对方去找那种非常能耐低温的作物，这样冬天耕地就不会浪费了。

只是天有不测风云，这里毕竟是混乱的无人星域，没有法律秩序可言，韦尔斯他们的补给还没抵达无人星，就遇到打劫的了。

总有团体不知道是自己吃的不够，还是就想占别人便宜，竟然跑来抢补给船了。

韦尔斯收到信息时正在除杂草，听完差点把工具都摔地上。听说对方颇为凶悍，更是心中一惊，跑去和爱丽丝商量。

他们的资金本来就要靠四方筹措，数月前那次打击又让他们元气大伤，本身更欠着崔栖潮粮食，要是补给再被劫了……

“快点通知崔斯坦先生！”爱丽丝当机立断道。

韦尔斯也很快反应过来，说得是，找崔斯坦先生帮忙是最好的选择，单靠他们肯定不够。就算他们平时接受训练，和雇佣兵也比不得，装备上就更不用说了。

因为有师徒之谊，双方上次才交换了联系方式，韦尔斯接通崔栖潮的频道时，他那边正在吃饭，一听说有人劫韦尔斯的补给，崔栖潮当时就眉头一皱，神色隐隐不悦。

他和韦尔斯是签过借条的，这次补给到了，有部分要送到他这里来还债的。

崔栖潮再听飞船上还载着耐低温的作物种子，将餐具都放下了，沉着脸道：“你稍等，我的人一起出发。”

韦尔斯心里一喜，崔栖潮这是要管他们了，连声道谢：“不好意思了，谢谢您。”

崔湖一看这个脸色不对，还有什么出发之类的，身体侧过来问：“弟，打谁？”

崔栖潮低声说：“这里太乱了，有人劫了韦尔斯的补给。”

太惨了吧！崔湖立刻冒出这个念头，但不是为韦尔斯，而是为了那些抢东西的人。那些人抢谁的不好，偏抢韦尔斯他们的；抢他们的哪次补给不好，偏抢这次的。上头有小堂弟的东西，四舍五入这就是抢小堂弟的东西了。

别说崔栖潮不能忍，他们也不能忍了，崔湖道：“这个事就交给我们来，把那些光头带上。”

就这点事，还能用得着小堂弟亲自去吗？

他一个眼神，崔栖潮也明白了。

崔栖潮点了崔汀带队，领着那些光头农奴出发，他们都是雇佣兵出身，对这片星域也熟悉，是最佳选择。

“系统连接上，我来远程操控武器。”崔栖潮说道。他虽然不亲自出去，但也不会放任这些农奴带着杀伤性武器离开，他说是亲自操控，其实更是看守。

光头们倒是兴奋，他们还以为再也没机会干架了。

人都点齐了，出了大气层再和韦尔斯他们的人集合，一起驰援补给船。

他们赶到坐标地的时候，补给船已经被劫掠一空，抢东西的倒是跑了没多久，押送补给的人都没法动弹了，好在都没有性命危险，对方的目标很明确，就是抢东西，而押送补给的人自知差距过大，也没有拼死抵抗。

崔汀和韦尔斯赶紧带人再往前追。

等到距离近到可以扫描到对方的船时，仔细一看图像，光头们就惊了，这是他们以前兄弟团体的船啊。大家都是做雇佣兵的，有时候还会合作。

光头们很熟悉对方的作战模式，但是崔汀说先接上对方的频道，来个先礼后兵。

崔汀跷脚坐在椅子上，待视频通了，说道："立刻把我们的东西放下，不然 K921 伺候。"

对方还没回过神来，就被威胁了，几乎没听清崔汀说的是 K921。

对方的人再一看，这个非常嚣张的女领导者身后还站着几个有点面熟的光头，是传说之前被神秘团体俘虏的哥们儿。

一时间两边都充斥着认亲的声音。

"强尼！怎么是你，你被俘虏后没死？"

"小王，居然还能再看见你！"

……

"喂喂，少废话。"崔汀嚷道。

"你们是坐标 ×××.××× 的那伙人？这补给船不可能是你们的吧？"对方有点蒙，他们也不是随便什么船都敢劫的，明明核对过是一个依附者团体的。

"上头有我们的东西！"崔汀凶巴巴地道，"我数三声就要攻击了，三、二、一——"

崔汀根本就没想给对方投降的机会，什么先礼后兵，纯粹是炫耀。她早就想过瘾了，当然武器系统也不是她在操控，她只是给了崔栖潮一个信号。以崔栖潮的能力，对方的飞行器被他锁定之后是不可能摆脱的，护盾也扛不住 K921 这个等级的能量。

把对方的动能与武器系统都毁了之后，崔汀才带着人接手飞行器，带队的领导者早就因为 K921 的作用抱头滚在地上了。

到这时候，他后悔也没用了。谁都不敢去惹那个神秘团体，可谁知道对方还和这个依附者团体有关系，脾气还那么暴躁，二话不说就上高危武器，他们哪有还手之力。护盾三秒都撑不过，动能与武器系统的毁坏累及舱室，领导者们瞬间信息素暴走。

韦尔斯他们连动手的机会也没有，光跟着崔汀去把对方的人都押起来了。

"东西都带回去，人我们就不要了，丢回去，放飞。"崔汀说道，简直就是崔栖潮本人的做派。这一地伤员，难不成带回去浪费粮食？她也不是什么杀人狂，还要把伤员都弄死。

光头们应了一声，其实也松了口气，好歹大家都是老熟人，三观再不正陡然刀兵相向，还是有一点心理阴影的。

“喂，强尼，你们这是加入了那个神秘团体吗？”这个关头，有人龇牙咧嘴地问光头们。就算身上有伤，也压抑不住好奇心啊。

被叫作强尼的光头农奴咳嗽了一声：“是、是啊。”

“那你们不错啊！”这人怪叫了一声，惹得崔汀都看过来了。

不过崔汀倒没想说什么，知道两伙人里有认识的，这又如何？

强尼不由自主地挺了挺胸：“嗯，现在的老板赏识我们，就留我们下来干活了。”

他下意识地把事实稍微美化了一点点。

果然，对方露出羡慕的眼神。

什么叫实力？就是那个女领导者一声令下，十秒都不到他们的飞行器就被接手了，队长信息素暴走，回去估计最好的结果是做手术，后半辈子做废人。只能说，干这一行下场都不太好。

“那个……你们到底是搞什么的？”他又好奇地问道，“你不知道多少人疯狂打探你们到底是什么团体，愣是查不到。你们背后不会是哪个政府吧？还有人想跟你们买军火！哎，K921你们卖不卖？”

“不卖。”强尼赶紧道。至于他们具体是搞什么的，这一点崔栖潮从来不会禁止人说，但强尼能好意思说吗？告诉老伙计他们现在每天拌粪、种菜、开拖拉机啊？

强尼面颊抽了一下，和自己的光头同伴们对视一眼，找到了默契，学着崔老板那种淡漠的口吻，轻描淡写地说道：“至于做什么，就不是你能知道的了，你们这体量，不够和我们老板谈那方面的生意。”

他想起那么多菜地，老板还想卖菜，以后也瞒不住，又补了一句：“反正平时也就是开垦一下荒地，调节心情，呵呵。”

有了前面的铺垫，后头那一句就很出尘、很有性格了。做最危险的男人，过最田园的生活。

实际情况是做最危险的农奴，种最广袤的地。

对方“哇”了一声，喃喃道：“看来你们现在是不得了了……跟对了人就是不一样。”

“那是，”强尼忍不住继续说，当初他们干雇佣兵时，大家出去喝酒，就是这个架势，不吹牛是绝对不可能的，一时没忍住吹道，“你以为我们为什么来救那些依附者？还不是我们老板说无人星无聊，经常请些依附者回去交朋友，你说这个忙能不帮吗？你们这次算是倒霉了。”

“福利这么好？”对方眼睛都快瞪出来了，依附者多难得啊！尤其在他们这样的无人星域，也只能看到这些依附者团体，但是他们都烈性得很，又很警惕，压根碰不到。

他听强尼说还能把这些依附者团体的请回去“交朋友”，简直羡慕得快疯了。

“废话。”强尼飘飘然地道，“没看 K921 都随便给我们带出来吗？那大冬天我们都跟着老板搞军工，造出来的机器你见都没见过……”

知道内情并听完全程的韦尔斯嘴角不禁抽搐了一下，强忍住没当面驳对方的面子，只是冷冷地咳嗽了一声。

交朋友也就算了，到底是什么机器，这人心里要有数啊。

强尼一听会意，好在脸皮够厚，还坚持收了个尾：“反正为了你好，我们团体你们就不要妄想窥探了，别怪我没提醒你们，我们在做的事……”

他露出一个意味深长的眼神，环视一周，果然看到对方的人脸色都很精彩，也不知道自己脑补了什么内容。

强尼酷酷地一脚踩在救生舱上，把他们踢了出去，比了个再见的手势。而对方也在感慨，这些家伙可真是太好运了，跟了个那么猛的新老大……

强尼一转头，就汗道：“一定要统一口径，咱们就是最危险的团体！”

其他人面面相觑，一起用力点头。

有了这么一出，×××.××× 坐标的神秘团体更是蒙上了一层迷雾，没人想到光头们居然还活着，甚至加入了那个神秘团体。

传出去大家都说这也是因祸得福了，这神秘团体背后的势力多大啊。你看看人家现在使用的都是什么装备，日常都是什么待遇？

补给追回来，之前借给韦尔斯的粮食也就还回来了，除了罐头还有耐低温种子，崔栖潮收起来了等冬天再种植。

还有一件比较重要的事情。

崔栖潮把崔湖单独找来：“你准备准备，回家。”

崔湖一时没反应过来，回什么，怎么回，为什么？

“回崔家。”崔栖潮莫名地看了他一眼，不觉得自己讲的话很难理解。

崔湖半晌才回神，号了一嗓子：“小堂弟，你要把我也放生啊？”

崔栖潮心平气和地道：“什么放生？其实你也没干什么坏事，留你种一年地也差不多了，回去吧。我已经和罗莎商量过了，他们的人过些天会去 ×× 星系，把你放在那边的港口，你自己联系家人。”

崔湖语无伦次地道：“你就这么放我回去，那我……你这里怎么办？”

起初崔栖潮就一个人，加上准备还不充分，当然把崔湖留下来当农奴最好，现在农机也有了，武器也齐全。他看崔湖表现得非常优秀，索性把崔湖放回去了。

“什么怎么办？我这里该怎么样还是怎么样。”崔栖潮平淡地说道。

崔湖一下没力气了，也是，就算没有他，哪怕没有那些农机，崔栖潮一个人一把锄头也能继续好好种到天荒地老。他说起来在这里一人之下，几十个人之上，不过也就是打打杂……

突然间，崔湖觉得有点幽怨。

他一直哭着喊着想回去，可现在知道自己没什么用，要被放生，还是特别心酸，莫名地为自己不平。他这么优秀，难道不是应该就算崔家派人来劫也不放吗？他怎么能和布莱迪那废物一个待遇呢？

崔湖幽幽地道："那其他人呢？崔汀、崔小江……"

"他们还没到时间。"崔栖潮又看了他一眼，"你忘了，他们弄坏了我的生菜，不能和你一起走。"

这个罪名比崔湖要重多了，现在他们还没有服完刑。

久久，崔湖才叹了口气："好吧，我知道了。"

他看看崔栖潮的神色，又犹豫地问了一句："你就不怕我回去把你的底都告诉家里，然后他们再去找更牛的团体来抓你回去效力？你现在的价值可比以前高了不知道多少。"

不是作为一个依附者，而是作为军工专家。这里是无人星域，存在很多势力，现在大家忌惮，是不知道他们的底细，更不知道那些 K921 不是哪个团体输送的。谁能想到那种高精危险武器会是自制的？

"你会吗？"崔栖潮不等他回答，又说道，"崔家不会的。他们要么自己能抓住我，如果找外援，只会让他们自己更惨吧。"

"你说得对……"崔湖恍惚道。以崔栖潮的能力，家里是拿捏不住他的，再出手只是给自己找麻烦。他们自己都对付不了崔栖潮，真有那样的外援，人家直接和崔栖潮合作不就行了？他如果为了家里好，就不该把事实说出去。

很快大家就都知道崔湖要离开的消息了，一开始差点以为崔湖是干农活不认真要被放逐。

崔汀踩在凳子上说："湖哥一走，这里就是我做主了哈。"

崔小江："我呢？"

崔湖环视一周，崔洲等中庸者甚至隐隐有点羡慕，崔湖顿时觉得完了，他家来这儿的人疯得都不轻，他自己对离开有点难以接受，他弟弟妹妹居然还殷切地等着上位。

崔汀甚至还说："那哥你走了后，你的东西是不是该给兄弟们分了？"

"对了，湖哥你得帮我和家里报个平安啊。"崔汀想起什么又道，"本来以为回不去，这辈子就这样了，没想到还是有期徒刑。我的天哪，我妈可千万别以为我死了，把我储存器里的东西都翻出来看。"

崔小江一听也起鸡皮疙瘩了："我妈也千万别收拾我的房间。"

"那是不可能的，说不定葬礼都办完了，你们那点东西也陪着一起火化了。"崔湖说道。

"不会吧……"

“好了，少废话，小堂弟答应了，我可以带点自己种的菜回去。”崔湖板着脸道，“都帮我收拾收拾。”

崔湖弄了个特别大的包裹，里头装满了红薯、生菜、腊肉等，想想还拿瓶子装了一株水培的红薯藤。

临行，大家送带着大包小包的崔湖到门外，上了罗莎他们的飞行器。

“回去了好好做人。”崔栖潮把炸弹拆了，对着崔湖挥了挥手。

怎么搞得真的像他出狱一样？

崔湖走了几步，又忍不住回头：“小堂弟啊，以后还能来做客吗？”

崔栖潮认认真真地看他几眼，正经地问道：“你没病吧？”

崔湖上了飞行器，跟着罗莎他们的队伍经过半个月的星际滤镜，抵达了某商业星球的港口，被放了下去。去无人星时被缴的东西都还给他了，他就近找了个地方，花钱借了个联络器联系家里人。

再过三天，崔家人就到港口来接崔湖了。

崔湖的父母也在，一见面就哭了。这么久没见，崔湖整个人都变了不少，可以说是受苦糙了，也可以说是经过磨炼沉稳了，去之前那点痞气都荡然无存了。

他站在原地一手抱着绿植，一手拎着沾了土的包，里面鼓鼓囊囊的有些突起，那是红薯和生菜。放到几百年前，这位小哥就是刚进城卖农副产品的。

崔湖在一片吵嚷声中被拥上飞行器，面对长辈们的询问，只说无人星上的团体他也不知道是哪方势力。那个团体到底有多牛？吓死人。其他人？都还好。为什么能回来？不知道……

“这些又是什么？”到家后，崔湖的妈妈把他的袋子打开，看到里头全是菜，有点呆滞地问道。她还没见过这么原生态的菜，现在的食物都是处理干净包装精美按份送家里来的。

崔湖没回答，眼睛盯着自己家的阳台。他家的生活阳台足足有十几米长，非常宽敞，除了小茶几和两张躺椅，就只有三盆不需要照顾的仿真花。

“小湖？”崔湖的妈妈没听到回答，侧头一看，发现儿子在盯着阳台发呆，问道，“这是怎么了，你盯着那儿看什么呢？”

崔湖目光炯炯地转头：“妈妈，你不觉得咱家阳台有点空，有点浪费吗……”

第 67 章

# 远销外星

在远离无人星的地方，崔湖在同步继续着种田大业，他也不想，可是已经停不下来了。

崔湖就用自己带回来的红薯生芽，然后栽了好几盘，把阳台占得满满当当的。

崔湖他爸妈一百个不理解，又有点心疼。儿子在无人星这是受到了怎样非人的折磨？去之前是个精英，回来后成了……唉！

但是心疼归心疼，红薯和生菜他们是吃得非常开心的。也不知道无人星怎么能长出这么好吃的菜，完全不输给崔湖的妈妈采购的 ×× 农业星产出的高级食材，可能还要超过。

反正崔湖的妈妈提起来的时候，崔湖就很自豪地说，要是这生菜是当场摘下来的，而非经过多日运输，那绝对是超过一百倍。

大概是因为在无人星没人照顾，回来后的儿子还特别独立，竟然会抛开料理机，自己做拔丝红薯给爸妈吃了，又说要好好工作，以后投资农业星球，多弄点别的菜给爸妈吃，反正三句离不开农业。

他爸妈一想，既然这样就算了吧，农业……也是蛮有前途的嘛，儿子吃了苦后虽然转换了发展方向，但劲头更足了。

崔栖潮在这里的父母还专门来找了崔湖一趟，询问他崔栖潮的情况。

无人星的内情崔湖闭口不提，他们是知道的，直接问他：“崔栖潮在那里，有没有被人标记？”

崔湖说：“叔叔，你就单单关心这个吗？”

“我知道你说过他们人都好好的。”崔父不动声色地道，“所以我才关心这个，他是个依附者，在那种地方，比你容易吃亏。”

崔湖听到这句话险些没笑出来。

到底谁吃亏啊？

无人星的经历确实改变了崔湖很多，也许他真的得斯德哥尔摩综合征了吧，反正他有点为小堂弟可惜，这样的父母也太坑了。不能怪小堂弟生成依附者，他已经用实际行动证明了他不能用分化来定义，但可惜了生在叔叔家。

他们知道大家还有机会再回来时，关心的只是小堂弟有没有被标记，如果没有，就可以继续给家里做贡献了。

“叔叔，小堂弟应该回不来了。”崔湖说道。

崔父和崔母自然有解读，怅然若失，但又觉得不是特别意外。

这时候他们才随口关心了一下崔湖：“你这阳台上都是什么？”

崔湖说：“种点东西，陶冶一下情操。”

崔父一想，那回头送节礼可以送点花苗，他下意识地觉得这是花花草草。

崔湖虽然已经离开了无人星，但在本期节目，他的部分后续还是被剪进了正片，大概是为了佐证崔栖潮可怕的影响力。

即便他只是种地，那种帝王血脉的领袖气质也很惊人啊……

随着这期节目适时推出的，则是某种子公司的种植包，从种子到水培机、种植手册等一应俱全，选用的都是崔栖潮种过的具有代表性的作物，比如生菜、辣椒等，也是比较适合阳台栽培的。

机器做得还挺精巧，几十厘米大的水培机，能够自动提醒灌水、施肥、光照，还有采收时间等，提醒声音还是截取的真人秀里崔栖潮的音频，就像暗黑神农本人在提醒你步骤一样。如果想尝试困难模式，也可以关掉一切提醒。种植包外面印了崔栖潮的 Q 版图像，宣传语也是拿他做噱头：购买 ×× 种植套装，跟崔栖潮一起种地，不做键盘农民。

LJJ 公司和崔栖潮的合约里包括了周边这一项，经过将近三季节目的培养，现在观众资源可以变现了，这是最佳时刻。

以前植入广告都是些美食、肥料、种子，这次推出周边广告，还是在大家看节目看到种植之魂爆发，欲望最强的时候，当然是销量大涨。

家里有地的观众少，但是谁家还没个阳台了，就算是蜗居，买个小号的水培机放在书桌上也行。一个种植套装也不贵，观众都慷慨解囊买回家种植，他们早就受够了只能在弹幕里指指点点。不过，理论和动手还真是有点区别，尤其好多人一上来就玩困难模式，什么提醒都不开。

一时间，LJJ 的附属论坛也突然间被农业问题屠版了，什么“我家的生菜为什么长虫了”“我的红薯还有没有救”，作为大本营的节目本体弹幕也布满了类似交流。搞得不明真相的人纷纷提问，这网站是不是被黑了？

购买种植套装之余，观众们也忍不住感慨：这真是我在 LJJ 买过的最神奇的周边！

再说由于上次崔栖潮派人去帮韦尔斯把补给抢了回来，加上光头他们的话，导致大家都知道那个坐标点越来越绿的团体和依附者们关系很不错。因为这，后来无人星域也没人敢再对韦尔斯和罗莎他们的团体出手。

随之而来的，就是有人找上韦尔斯，希望他来做中间人，介绍和崔栖潮会面。

韦尔斯和对方的代理人聊了很久，才套到一点消息，那就是他其实是为一个小国家代理，他们局势很紧张，外忧内患，希望能搞到一点威力比较大的武器震慑。

他们打听来打听去，这里有个团体居然把 K921 用在打抢劫的雇佣兵上，简直豪气四射，索性沟通一下，看能不能做笔买卖。他们固然知道那些抢劫犯问了能不能买卖军火的事，被拒绝，但自觉他们和抢劫犯不是一流人物，兴许有希望。

韦尔斯在套代理人的话，代理人何尝不是在套韦尔斯的话。他们也想知道这个神秘团体到底是何方神圣。

韦尔斯单单知道崔栖潮热爱种田，要说他背后到底是什么势力，真不清楚。他们的关系还行，但绝对不像外界传的那么紧密。这话韦尔斯还是承诺带给崔栖潮，毕竟这位代理人也挺有名，他不好推拒。

当着代理人的面，韦尔斯就联络起了崔栖潮，不过他也关了外放。

崔栖潮接得很快："韦尔斯？"

"您好。"韦尔斯含糊过了他的称呼，"我现在同一位先生在一起，他代表一些贵客，想问问有没有和您做生意的可能。"

崔栖潮又不是傻子，很快懂了："武器吗？"

韦尔斯道："对，杀伤力比较高的那种。"

还是因为光头透露的消息，这个神秘的危险团体还在研究新武器，所以人家也不是一定要 K921 这个级别的武器，有什么其他杀伤性武器也行。

穿着一身黑色正装的代理人手指在另一只手上硕大的宝石上摩挲，目光深沉，耳朵却竖得很直，分辨着每一丝信息。

崔栖潮立刻道："对他说声抱歉吧，我不出售武器。"

韦尔斯一点也不觉得意外，一边"嗯"一边对代理人报以遗憾的目光。

代理人眼中希望的光立刻熄灭了，对方连他们的身份都没有问就拒绝了，看来比他想象的更难搞。那么，还有什么地方能够搞到武器呢？

他都已经开始思索其他方案了，却听韦尔斯忽然"咦"了一声，立刻又盯了过去。

怎么了？

韦尔斯好像有点迟疑，但还是抬头对代理人道："那位先生问你们有没有兴趣做别的生意。"

代理人眼中异色一闪："请细说，什么生意？"

不做军火那做什么，能源？稀有金属？

只要利润够高，多大的风险他都可以冒。他内心也很期待，这么一个神秘的团体，会要和他做什么生意，这会是他了解对方的第一步吗？

韦尔斯："呃……生菜。"

代理人一时没反应过来，连淡淡的微笑都僵在了脸上。

韦尔斯："没错，就是生菜，新鲜可食用的生菜……"他看着对方的脸色，自己也有点尴尬，不过说着说着，忽然找到灵感，说得越发流畅起来。

“您的客人出身高贵，但是因为面积小，农业似乎都靠进口，那么对来自最新技术培育的生菜有没有兴趣？自己吃，还有给部下们。”

代理人有点精神恍惚，和他确认：“这是那位先生说的？我是说，坐标×××.×××那位先生？”

韦尔斯眨了眨眼：“您应该能观测到那坐标点上的绿色。”

要死。代理人做了这么久掮客，遇到过各种局面，但从未如此错愕，片刻后他反应过来，内心就有些惆怅，自觉反应有些丢人。作为一名经验丰富的掮客，无论听到什么样的消息，他都应该保持镇定，因为过度反应会泄露自己客户的信息。

他迅速收敛起神色，说道：“这么说，我确实想起有传言加入这个团体的人，平时会种菜作为消遣，难道那就是他们的产出？”

韦尔斯点了点头。

代理人沉思了一会儿，轻声道：“抱歉，稍等我一下。”

韦尔斯目送他出门，估计是去别的空间联系客户了。

代理人在外面待了一会儿才回来，面色古怪，琢磨了一下用词道：“请问……这些生菜能否试吃？还有每公斤的价格是多少？是否有起拍限制呢？”

刚才他已经联系了自己的客户，说对方不卖武器，反倒问要不要买他们的生菜。

客户先是莫名其妙，还骂了两句脏话，但是当他说这就去回绝并找下一个目标时，客户又叫住了他，说：“等等，这么讲起来我还真有点好奇，一群危险分子到底种的什么蔬菜，和我在某某星定的高级蔬菜有区别吗？所谓的最新技术是什么意思？”

代理人简直精神恍惚，问完了详细要求后才回来和韦尔斯继续沟通，也不知道为什么一转身他要帮客户购买的东西就从武器变成了生菜。

韦尔斯招待代理人用了一餐饭，因为崔栖潮不太好露面，他的照片被崔家贴出来过，如果有心人去查肯定能查出关系，韦尔斯就顺理成章，首次充当了代理人的角色。

席上不仅有生菜，还有红薯、韭菜等自种菜，包括高粱饭，不过因为生菜量最多，成熟得快，所以暂时只谈生菜，有机会以后再提其他蔬菜、粮食，现在只是给代理人尝尝。

代理人见识广博，也吃过不少好东西，仔细品尝后，确认这个团体产出的生菜品质确实特别高，看来说不定真的用了什么最新技术。再检测一下营养成分，代理人满意地点了点头，给客户去了个信：“现在我们可以商量单价与总量了。”

韦尔斯眼神闪烁，说道：“那位先生不用货币交易。”

代理人心中了然，不使用货币交易，这是老手的风范，他的很多客户也是用艺术品、稀有金属等进行交易。

崔栖潮最初播种使用的生菜种子还不错，性状也稳定了，加上他的悉心照料，每亩产出能达到三千斤，这次那个星球首批要了十万斤，也不过是三十多亩的产量。

崔栖潮冬天做了收割机，大部分作物都能收割，把生菜“哗哗”收割了，还能顺便打捆。

农机在地里忙碌着，一捆捆生菜再被机器人运上飞行器，由光头农奴们押送，去韦尔斯他们的营地完成交易。

代理人也早早带着人和货运机到了，面色严肃地看着飞行器平稳降落，驾驶舱中跳下来几个壮汉，和代理人身后的保镖身材相差无几，气质也一样铁血。

今天的风有些大，吹动着大家的衣摆。代理人大步走上前，对光头颔首：“很遗憾无法和你们的老板会面。”

光头面无表情地道：“我们老板不随便和人见面。”

“先生很小心，但是有时候也许他可以信任专业人士。”代理人的笑容说明了这个专业人士就是他自己，也正是出于专业，他点到即止，很快说道，“我可以验货了吗？”

“请。”光头也是干惯了这些活，一伸手，后面的舱门大开，露出了里头的货物，他把人引到近前，盯着他们的动作，口中还解释道，“最新鲜、最嫩的货，随便抽检。”

代理人戴着手套，小心翼翼地随机抽出货物，用仪器检测过成分，又掰了一小片在口中舔了舔，然后满意地点了点头：“可以。”

“验收完成？”光头之所以能带队，当然是因为以前当雇佣兵的时候也护送客户验收过军火，他按着箱子，目光炯炯地道，“出我手，入你手，交易完成，回头不认。”

代理人也淡淡地道：“当然，这点规矩不用提醒。”

光头咧嘴一笑：“现在轮到我们验收了。”

报酬代理人已经带来了，他一挥手，手下人立刻把几个大箱子搬了出来。

光头立刻上前，也戴了双手套，打开箱子，里头一半是各种种子，另一半则是各类最新仪器、工具。不愧是颇有名气的代理人，多么稀有的作物种子都能搞到。

这些单靠光头是没法完成验收的，但是他身上有微型摄像头，会自动扫描立体图像传送回去，让崔栖潮来检查确认之后，光头也擦了擦脑门上的汗：“可以了。”

双方各自验过货，就可以正式交易了。

“希望以后还有合作机会。”代理人咳嗽一声，手下的人立刻启动了机器人，把这些货物搬到他们的货运飞行器上。光头们也把东西搬到驾驶舱里。

一旁的韦尔斯觉得真是见鬼了，他差点要怀疑这是不是生菜交易了，还是该说专业人士就是不一样？

眼看生菜被搬空了，光头们一刻也不多留，对韦尔斯点了点头，训练有素地蹿了回去，启动飞行器溜了。

交易完成。代理人舒了口气，对韦尔斯笑笑，有点感慨地喃喃道：“这是我职业生涯里的头一桩农业买卖。”

光头押着种子和仪器回去，崔栖潮已经在等待了，表扬了一句：“干得不错。”

秃秃们立刻活跃起来，松了口气。

那个代理人的名声他们也听过，专门帮各路大佬做中间人，交易内容都不可描述。这次居然要和他做生意，他们都有点忐忑，不是说人家会关注他们这样的小人物，但是万一看穿了他们其实是农奴怎么办？

没想到过程异常顺利，对方也拿出了最严肃的态度来做交易，宛如大家交易的真是什么杀伤性武器一样。

崔栖潮再亲手检查了一下种子，不错，难怪那个代理人还挺出名，这些种子质量都很不错。还有仪器，也许对方以为他要这些仪器是为了制造什么生化武器，其实不然，他就是想拿来做农药，亏对方搞到的都是这个时代最先进的仪器。

“来，大家一起鼓掌，庆祝咱们的产品远销外星。”崔湖走了，崔汀非常主动地承担自己的职责，带头鼓掌。

啪啪啪——

一时掌声连绵不绝。

崔小江不甘示弱，说道：“接下来也不可以放松警惕，打开了销路后，订单肯定雪片一般飞来，咱们得赶紧开辟新的耕地了。小堂弟啊，我做了一个检测，把这个星球上必需的林地植被还有各个团体的活动区域刨去后，适合做耕地的地方都锁定了，图纸已经出来了。有部分地方被太空垃圾污染，还有些地方存在沼泽、盐碱地等，可能还需要进行治理。不过这都是后话了，我们先继续开垦。”

崔栖潮顿时流露出了欣赏的意思，这些事情他还没有说出口，但崔小江已经想到，并提前做好了准备，明显是上了心。

都说领导者的好胜心强，虽然崔栖潮嫌弃他们吃得多还受易感期干扰，但是这一点他必须予以认可。

他们几个起初是犯过错，但现在已经改造得很不错了。

崔汀看了却有点气，还姐弟，崔小江在做的这些工作一点都没透露给她。

两人对视，互相翻了个白眼。

有了那些更专业的仪器，崔栖潮如虎添翼，研究的农药大部分是植物源、矿物源。

他让代理人找的作物里有一种紫玉米，这是地球上原生的玉米和外星作物杂交的结果，产量非常高，不施肥的情况下亩产随便都能上吨，也能够适应各种恶劣环境，唯一的缺陷就是很容易招虫，招各种虫。

单靠大蒜原液肯定不够全面，好在崔栖潮借助仪器分析，找到了无人星上一种植物里的特殊植物酸。

这种植物酸含有醇、酚等有机物，除了能够杀菌、杀螨，非常广谱之外，同时还具有除草、有助作物生长的效果。提取出来，把百分之三十的植物酸剂稀释一百倍，灌进植保机，用喷雾的方式洒在作物上，驱虫除草，毒性又不高，人直接用手接触也不会有事。

除此之外，也有一些微生物源的杀虫剂，很多微生物对人体有毒性，所以崔栖潮制作得也比较谨慎一点。

再说崔栖潮他们和人做买卖的事情，在无人星域很快就传开了，代理人没有对外说，可是这地方各种消息瞒不了人。

起初没打听清楚，还有人以为买卖的是军火，都激动了。

仔细一打听，说是搞的生菜。

等等，生菜?

所有人第一反应和代理人当初一样，脑袋里都乱码了。什么乱七八糟的，我跟你聊杀伤性武器，你非要卖给我生菜?

可是据说人还真的买了十万斤生菜，付了一笔报酬，具体内容不清楚，听说生菜是神秘团体业余生产的……

也不知道大家是怎么传的，就传成了生菜交易是个幌子，这神秘团体有购买底线，你先砸够了钱，人家才能让你接触到里头的东西。

简单来说吧，就是想买军火，先买菜，给人送够了钱，达到了消费标准再说!

这个理由倒确实比该团体活动日常是推销农副产品要说得过去。

各大团体的头头脑脑碰了个头，一沟通，怎么着，要不，咱们也来几万斤菜?

第 68 章

# 星际热销

崔栖潮的耕地自动化后，他除了研究一下新农机和农药，已经没太多事情了，无聊到开始教猫开拖拉机。

小白很不愿意。

疯了吧，拖拉机，是它这个身份的猫干的吗？

当然，在崔栖潮开的时候，它蹲在他的肩膀上巡视又是另一回事了。

崔栖潮让小白坐在他们最早那辆代步机改成的拖拉机上，把肉放在控制台上，引导小白的爪子伸过来。

呵呵，它是不会干这么掉份儿的事情的。

崔栖潮倒误会了，因为在这个位面，小白是很积极干活儿的，他只觉得小白对拖拉机不了解，不敢学，于是耐心引导。

“握手。”崔栖潮一说握手，小白立刻条件反射性地抬起了手，被崔栖潮捏住放到了控制台上。

小白很生气地“喵”了一声。不开。

崔栖潮：“牧羊猫怎么会连开拖拉机都学不会呢？”

小白心里大骂：崔栖潮这个王八蛋，又来这一招，当初在二十一世纪是它历史不够好才被骗，哪有牧羊猫会开拖拉机的？

小白趴在垫子上，装听不懂。

崔栖潮看它忽然生气的模样，一下也懂了它大概是想到了以前的事，不但没有被骗到，反倒生气了，于是一笑，把小白抱了起来。

这事也不好明说，大家心知肚明，崔栖潮就揉了揉小白的肚子。

小白哼哼唧唧地把脚叉开了，意思是你再揉揉。

崔栖潮带着笑意道：“我看要是你学会了能打我一下，你早就连修拖拉机都学会了。”

小白斜睨着崔栖潮，心想：你知道就好。

哎，那它真学会了到底能不能打崔栖潮呢？

它正想着，崔汀过来了。她刚巡完塘，跳起来撑着窗口笑嘻嘻地道：“小堂弟在做什么？”

崔栖潮：“我教小白开拖拉机。”

崔汀："嘿，这怎么学得会？小白品种好像很普通，能训到帮你拿东西就很不错了。倒是我听说有新出的猫，和埃尔星的鹿猴混合基因，特别聪明，会开车，不然我们弄一只来？"

小白的毛立刻慢慢奓起来了。

姓崔的就没有好人啊！它辛辛苦苦地陪崔栖潮打江山，现在嫌它不会开拖拉机了，要举荐新猫给崔栖潮了？崔汀为了上位，还真是无所不用其极啊！

崔栖潮并未意识到小白的想法和崔汀他们有微妙的重合，都跑偏了，他考虑到小白的心情说道："不用了，我就是玩玩，不指着它种地。"

说着，崔栖潮索性跳下了车："你说说现在的情况吧。"

"哦。"崔汀立刻也松开了，两脚踩在地上，汇报道，"突然间多了好多人联系韦尔斯啊，想通过他买菜，我看咱们的名气真是打出去了，会不会是之前那个代理人在帮我们打广告？"

"这个应该不会。"崔栖潮想了想道，"他不像会随意谈论客户的事情的样子。如果需求很大的话，我们估计一时供应不上，问问其中一些人愿不愿意等。"

不过生菜的生长期还是很快的，加上他之前就在开辟新的耕地了，对方也不会等特别久。

崔汀连连点头。

他们这完全就是不正规种植基地，什么证件都没有，于是也就什么规矩都没有，要买菜，全听他们的，也没什么违约的压力。

崔汀想到小白，开玩笑地说："说起来，小白都这么大了，是不是要给它绝育了？我会。"

"不用。"崔栖潮脸上隐隐有笑意，他和小白相处这么久，还没看小白发情过。

两人正说着，忽然听到拖拉机的发动机一响，缓缓往前开了十几米，因为后头挂着犁，不仅速度慢，还犁出了一道沟。

从他们的角度看过去，驾驶室里根本没人。

崔栖潮看看身周，小白没跟着，一下有了答案，对一脸问号怀疑系统抽了的崔汀道："你跳起来看看。"

崔汀真蹦了起来，然后就看到一只猫后脚踩在垫子上，前脚搭在控制台上，正一脸冷漠地摁着行驶键。似乎发觉她的目光，这只猫还转过头来，眼神莫名有点鄙视的味道。

崔汀骂了一声："这猫成精了，还真会开拖拉机啊！"

"只要训练得当，干什么都可以。"崔栖潮颇有深意地说了一句。

崔汀想来想去，说道："这么说，难怪小堂弟和猫玩也不找领导者，猫又听话又能干农活，吃得少还不会标记人。"

崔栖潮愣了一下，竟觉得没哪里不对："嗯，有道理。"

崔汀按照崔栖潮的吩咐，再请韦尔斯代理，去问那些买家要多少菜，然后再问问配货可能不够，他们愿不愿意稍等。

这可不是普通生菜，这是有特殊意义的，这个问题各个团体也不会寻常对待，头头脑脑们又凑在一起商量了：要等吗？

当然不行！

这个配货不够明显是有深意的，谁都知道生菜只是一个幌子，他们真正的意思，可能是觉得报酬不够有诚意，或者有人出了更高的价等。

必须告诉他们，我们也是很有诚意的，我们要买菜，立刻就要。

于是崔汀发现自己收到的所有反馈都是“不等，你的菜我现在就要”。

崔汀无语：“这些人一百年没吃过蔬菜了吗？没听过有星际性大饥荒啊，那现在可怎么办，卖给谁不卖给谁？”

崔汀还没想出来怎么办，那些人已经开始竞价了。

你不是要诚意吗？我们有的是诚意，提高单价就是了。

崔栖潮这时也发觉了，这些人可能误会了什么，他可不想和那些人搞什么奇怪的交易，立刻告诉崔汀，暂停，筛选一下买家，然后按照先后顺序发货。

他们现在做什么，外界都猜测颇多，重新排序又让人一个劲琢磨里头的规律。

至于那些成功买到菜的人都乐了。目的达到不说，仔细看看，这个菜单价也不是特别贵，他们的补给平时从老远的地方来，新鲜蔬菜是很难得的，加上运输费，价格远超这些。这些人再一品尝，惊了，超好吃，又新鲜又好吃。

老大带头吃生菜，上下一心半个月就把一万斤生菜吃光了，老大兴致勃勃地说：“生菜没了，再去买几万斤吧，顺便问一下他们红薯卖不卖，上次不是说还有红薯？”

二把手也说：“我也觉得可以再买一些，这个生菜很划算，又新鲜，比起单调的复合营养片更让大家心情愉悦。”

于是老大拨了经费再去买生菜，买来买去，最后武器什么的是没着落，胃口倒是养刁了，偶尔再吃别的地方进的一些蔬菜，团体成员全都露出嫌弃的表情。

这个菜啊，不够新鲜也不够香甜，他们宁愿饿着也不想吃。

不知多少光年外的国家，也有一位君主对自己做的这笔交易非常满意，也就是这一切的始作俑者，如果不是他的购买方式，也不会被那么多人误会。

通过代理人买到了菜后，他对这些走私来的生菜十足赞赏，带领部下一起享用，一直没断过，后来国内形势稳定了，还给外宾吃。

他为了不让自己买军火不成反而买到生菜的事情显得太傻，狂吹牛说这些菜不是一般人种的，吃的不仅仅是口味，更是那种危险的气息。

很多人也不知道一棵生菜怎么就有危险的气息了，反正确实是挺好吃的，就问他在哪里能买到。

这位就神秘地说："这个，你找一般的蔬菜供应商是买不到的……"

若干日子后，在星际各处活动的掮客们陆续被一些奇怪的客户找上门："希望你去位于 ××× 星系和 ××× 星系的无人星域，替我做一笔买卖。"

这些掮客就会想：哦，那个地方我知道，挺乱的，驻扎着三教九流的非法团体、各国势力。

"嗯，您想要什么？"掮客们面色凝重地问。

"想买点菜。"客户们说。

这些客户不是像那个小国的君主一样，先要买军火再转成蔬菜，也不是一开始就奔着给诚意金去的，他们就是，真的想买菜。

掮客们仔细问了，不是什么代号、暗号，就是真的买菜，那个能吃的菜，生菜、萝卜、红薯等菜，有高粱也行。

但是无人星域那样的地方，普通商人还真的不敢去，只能像那位君主提议的那样，找门路多的地下掮客。所以也搞得掮客们崩溃了，有病吧？我看起来像菜贩吗？无人星域像是有人种菜的样子吗？你初中学过无人星的概念吗？

一个两个还会被认为是恶作剧，问的人多了，他们都要怀疑起来：怎么的，最近全宇宙农业供给侧改革卓有成效吗？

这里头难免也出现一些愿意花钱的土大款，越是罕有越想要，花大价钱雇掮客去买菜。

有钱什么不能做，不就是买菜？看在钱的分上，掮客咬咬牙，去了。

不常活动于那块星域的各路人马，去了后才对某个已经被代称"绿"的团体有所了解，原来这地方真的有人种菜，还是一个闲着无聊的秘密团体。

众多掮客云集无人星域，也引得多方势力探究，没听说最近星际政局有大动荡啊，该不会是何方大佬要搞事情了吧？

了解真相后的他们就跟其他人最初的反应一样，蒙。

要说这事，违反规则是违反规则，但是和无人星域发生的其他事情比，就不值一提，甚至显得非常幽默了。

这番动作最终受益者只能是崔栖潮了，这种领异标新的卖菜法，让他们的菜美名远扬……

崔栖潮用粮食换原料、种子等，形成了良性循环。来买菜的人越多，他的设备就越完善，种出来的菜就越多，质量越高。导致最后更重要的都不是种菜，而是建粮仓，否则没法好好保存那么多菜。

崔栖潮除了种地之外，还改善无人星的生态环境。像一些荒地环境太恶劣了，他还先防风固土，种草皮、种树。盐碱地不用说，现在已经有能够耐重度盐碱化土地的作物了，崔栖潮在中世纪位面做的改良盐碱地工作就卓有成效了。

另外还有涝渍地，也就是易涝易渍地，种种原因导致土地滞水，这种工程就比较大，崔栖潮换回来的部分原料也用在地方的搭建暗管工程上。通过暗管工程还有研发土壤结构改良剂，双管齐下，一起进行改良。所以，崔栖潮不但要制造农机，还要制造工程用的机械。广袤的土地上活动着各种机械群，各有职责。

他手底下的人还有无人星驻扎的其他团体对农机可能不了解，但其他工程机械大家接触得要多一些，甚至自己还有，用来建造营地。这就能看出来崔栖潮的机械先进了——为免惊世骇俗，加上条件有限制，崔栖潮也没有用太过超前的技术，只是在现有条件允许的情况下，尽量让效率高一点，就像他的 K921 和反物质炮一样，看得大家好生羡慕。他们还在为了武器买卖而苦恼，人家却连工程机械和农用机械都是最先进的，看看这差距。

总而言之，无论是盐碱地、涝渍地、沙地，还是滩涂、沼泽、酸化土壤，都可以改造成良田。包括人工污染的地，无人星因为来往过很多私人或团体驻扎，留下了不少太空垃圾，所以还有一个严重问题，就是重金属污染。在这种被污染过的土地上长出来的菜毒性很大，根本没法食用。

针对这一点，崔栖潮还要制作化学药剂，好将各种污染物的活性降低，再用改良剂或者植物修复被污染的土地。

科技带来动力，修复速度还是很快的，崔栖潮又不计成本，眼看着无人星就要从三无星球变成农业适宜发展星球了。

又一个冬天将至，崔栖潮已经设定了程序，播种耐寒作物。

现在人工基本都是用来做交易了，他们的农副产品远销星海之外，周遭也有不少团体被他们供养，一直供不应求，到了冬季才缓下来一点。

大家好不容易聚在一起，吃一顿饭。

原来的空间站已经被改建成了十层的小楼，除了居住外多是研究室，食堂面积不大，每人都有一个座位就行。

崔栖潮出门前就设定了料理机，炖了一大锅萝卜炖青羊肉。

青羊是无人星本土品种，因为长得和羊有点像，肉又发青才这么命名，萝卜则是从外面引进的人类原生星球作物白萝卜，也经过几番改良。

崔栖潮把它们种在靠水的地方，一个白萝卜能有二三十斤，就算是生吃也一点都不辣，透着甜爽，和青羊肉一起炖烂了，里头只放点番茄、葱、蒜等各种香料，辣椒只稍微放两颗，恍惚间让崔栖潮想到在山坡上宴请农奴们吃的那顿饭。

不管怎么说，白萝卜熟烂后味道极好，清甜又饱含浓香的肉汁，叉子一戳就烂了。青羊肉一点腥膻味也没有，连皮带筋骨，软烂入味，还有一点点番茄的酸味，让整道菜多了一分清爽。

席间还配了自酿的高粱酒，味道极为醇厚，高粱酒特有的酸度适中，入口生辣，但是回味起来又有绵长的清香与回甘，甚至能感受到高粱的原味。

四五十度的白酒，喝得人发了一身汗，加上热乎乎的萝卜炖肉，让人面颊都红红的。

崔栖潮也喝了几杯，并不贪杯，他们的酒原本都是自留的，不过之前有客户尝到了后，就说也想进一点，所以今年还多留了些高粱酿酒卖。

崔汀喝了几杯就抱怨："我接线啊，有些客户老给我暗示，什么时候可以进一步接触，明明说过那么多遍了，我们不卖武器，不卖武器，偏就不听。"

这个事大家都习惯了，一接触，谁不是先谈武器再买菜，毕竟纯买菜的找的代理人都是地下掮客，他们为自己也想问问。这些人是不知道听话的，不存在试探地说话，每一次都要打听，万一你改变主意了怎么办？还有句话叫精诚所至金石为开。

"你这就不错了，崔经理，我还遇到有人问我，自己能不能追韦尔斯的。我说，你问我干什么，我是个中庸者啊！"有个光头迷迷糊糊地说，"然后他说，听说韦尔斯和你们老板有一腿啊，就是最近没见韦尔斯来你们基地，想知道分了没。这你让我说什么好？是解释还是不解释？"

这个显然是有点喝多了，隐晦地拿崔栖潮的依附者身份说事。

崔汀听得眼睛一亮，又嘟囔道："哎，崔经理，真成销售经理了，以前人家都叫我崔总的。"

崔栖潮又斟了一杯酒，慢悠悠地道："很快你就可以回去做崔总了。"

这些崔家人毁了他几亩生菜，还了他不下万亩良田，还帮他卖了那么多菜，已经还够了，很快就可以和崔湖一样"刑满释放"，放回原籍了。

崔汀愣住了，就和当时崔湖一样。她知道有一天会被放回去，可难免同样产生一点复杂的滋味，尤其是刚刚丰收，她还监督着一批批粮食入库，或是被押运到其他代理人那里。

亲眼看到那一幕，能让人产生无与伦比的满足感。

她甚至忍不住站到农机旁边，抓了一把从农机里倾泻出来的红色高粱粒，那种饱满的颗粒与色彩，还有粮食的清香味，让人无论过多久都记忆犹新。

再说了，就算小小吐槽了一下，她也是好不容易才奋斗成了"崔经理"呢……

崔汀"啪嗒啪嗒"掉眼泪："我的事业啊。"

崔栖潮面无表情地盯着天花板看。他现在有点怀疑，LJJ是不是特意参考他的数据，修改了这些崔家人的建模，好让他们更接近一家人。否则这一个两个患病也太严重了，不就是改造了一段时间嘛，那些光头农奴出去还要掩饰一下，说"我们平时玩高危武器都玩烦了"，他们倒是凄凄惨惨地嚷嚷"我的事业"。

崔小江喝了一大口酒，把杯子狠狠一落，说道："小堂弟啊，等我回去了，我就成立一个公司，然后你把我们星系的经销权交给我好不好？贴牌合法化的事情交给我来活动。"

崔汀差点骑到崔小江的脖子上揍他，明明上次大家聊起这件事还说要回去再完善一下，一起交计划书。当时她觉得，这聊的是回去以后的事，应该不需要防备什么。

崔小江扯着她的手，“就算回去我们也要竞争主管权啊！”

“好了，别吵了。”崔栖潮制止了他们，“这个事情再说吧。”

“不是……”崔小江说，“虽然说一开始咱们有点误会，但那还不是怪家里的老古董，我们绝对不走漏消息。”他挤眉弄眼地道，“到时候你还可以通过我们，光明正大地回去。”

崔小江又补了一句：“当然我知道小堂弟肯定不在乎，我就是这么一说。”

崔栖潮好笑地重复道：“再说吧。”

现在已经有稳定的合作关系了，如果不能扩大生产基地，就算他让崔小江他们做经销商，没有货也白搭。

几人正扯皮着，忽然桌面一闪，成了透明的，浮出一条消息，是提示基地有外来者。崔栖潮看了一眼，对方投递了视频过来，相当于按门铃了。

崔栖潮也没避讳，直接播放了视频。

上头竟然出现了崔湖的脸，他手里还捏着一个半大小孩，估计也就十一二岁，一脸不满，拼命挣扎，但被崔湖死死压制着。

看这个年纪，那小孩应该不是崔湖的儿子，但眉目间又有些相似。

崔湖冲这头扬起笑容：“小堂弟，好久不见！你还记得这小孩吗？我亲弟弟，最近放假，我爸妈让我带带他，我就带他来你这里玩了。”

崔栖潮很无奈：是不是，真的建模有问题……

崔小江端着饭碗，一看崔栖潮的脸色，一拍桌子乐道：“湖哥真是的，当我们这是什么地方了！”

第 69 章

# 你喜欢种地吗

崔湖离开这么久，崔栖潮的基地都从一个小空间站变成大房子了。外面也整改了，堆肥坑和池塘都填了，剩下的泳池和新修的运动场、花园之类的都用大栅栏围起来，成了个小庄园，随意进来不得。

崔栖潮临时给崔湖开了权限，告诉他路线，这才把人放进来。

崔湖下了飞行器进来，手里还拽着他弟弟，四处张望，看着这地方的改变，百感交集。放在建筑密集直破云霄的星球，这肯定不算什么，但崔湖刚到这里的时候，这儿只有一个关人的小空间站。

崔湖的弟弟不情不愿，一路上更是不住发问，这是什么破地方，方圆几百里都是农田，看上去像是个农业星球，他才不想待在这儿。与其说他在发问，更应该说是在抱怨。

“你快点放开我啊，怎么只许你追寻梦想，不许我追梦？”弟弟恨恨地道。

崔湖自从回去之后，也不热衷在家里争权夺势了，反而研究起了农业新科技，投资的全是那个方面的事业，搞得家里人大为奇怪。

崔家产业虽然多，却没有涉及农业方面的业务，多是高新科技，与这基本不搭边。崔湖以前没有表现过这方面的爱好，像是突然觉醒了。

他父母因为他的遭遇也不忍心管。可别说，崔湖还搞得像模像样的，毕竟和崔栖潮待过，不只是种田，对农业技术与发展前景也有了些了解。

“你追梦，你想追什么梦？”崔湖嘲笑地问了一句。

弟弟梗着脖子道：“我要上战场！”

他要上战场，去血与火交集的地方，把他带到这里来算怎么回事？他觉得自己这个年纪，完全已经可以开始训练了，去那种用虚拟技术做实训的基地。然后他就可以加入什么特种部队、无国界团体，每年只回来两次，进门前先对暗号。

“小屁孩儿，你还没炮台高。”崔湖说着，把他拽进了食堂的门。

一进大门，崔湖就感觉到弟弟愣住了。

环视一周，食堂里那些身材高大的光头大汉确实极为显眼，各个穿着紧身 T 恤，显出鼓鼓的肌肉，有的脸上有疤痕，有的文了花臂，反正一看就不是什么好人，充满杀气。

弟弟张口结舌，看着崔湖，“哥，你、你支持我的梦想啊……”

他真是误会哥哥了，眼前这些人一看就都是高手！这里难道就是什么实训基地？

崔湖："做你的春秋大梦吧！"

他拽着弟弟到崔栖潮面前："来，见见你堂哥堂姐们。"

弟弟刚才一直在和崔湖闹，都没听清楚他录视频说的话，这时候才发现这么多亲戚也在这儿。家里不是说他们被挟持了吗？难道就是旁边那些彪形大汉挟持的？那哥哥为什么还能自由出入这儿，甚至把他带上？

小孩儿的脑子一下无法消化这么多信息，快傻了。

崔栖潮点了点头，就当打招呼，语气带着淡淡不快地问道："你怎么来了？"

崔湖听他语气不是很开心，讪笑了两声："不是说了，来看看你，玩一玩。还有我家这小孩儿，挺不乖的，就一起带来了。"

一个秃头往后一靠，把头伸过来，嘿嘿笑道："大崔哥，你这可不厚道，当咱们这儿是开亲子度假酒店的吗？"

崔汀也嘿嘿笑："不是，他应该就是贱的。"

崔湖："……"

没错，他就是贱的，才跑到自己被关的地方来。

崔湖脸皮也厚了，浑然不在意地道："我和小堂弟那是什么关系？哎，你这孩子还没叫人呢，一点礼貌也没有。"

他指了指弟弟，对其他人介绍："这个是我亲弟弟，崔境泽。"

崔境泽被大汉们揉脑袋当打招呼，安静如鸡，一点也没了刚才的嚣张，甚至露出了有点讨好的笑容。他觉得这些人才是这儿做主的人，而且他们就是自己最向往成为的那种男人类型，强壮而带着危险气息。

崔湖走之前问以后能不能回来，崔栖潮就问过他是不是有病，现在看来是真的有病。崔栖潮看了崔湖两眼，看得崔湖忐忑不安，才开口："坐下吃点东西吧。"

崔湖知道崔栖潮这是接纳自己了，立刻拉开椅子："谢谢小堂弟。崔汀给我拿俩碗。"

也不用和大家客气，崔湖打了两碗萝卜炖肉，崔境泽在那些秃头的影响下也不像平时那么挑食了，埋头吃了起来。

之前崔湖带回去的菜饱受他家里人好评，后来他自己在阳台种的质量也很不错。崔境泽从学校回家来吃了几次后，每次再去学校还要带一大包，如果提前吃完了，还会发信息回来抱怨。

就是这点也让崔湖觉得，你连这点事都要撒娇，还追什么梦啊？

崔境泽吃着觉得这食材和家里的像是同出一源，好像还更好吃。他平时吃各种肉吃腻了，倒是更喜欢炖烂了的萝卜，又甜又含着浓郁的肉汁，热乎乎的，温暖了他被哥哥伤害的心。

崔湖安分了没多久，就对崔栖潮坏坏一笑，说道："知道吗？小堂弟，我回去后在一个酒会上遇到布莱迪了。”

崔栖潮露出了深思的神情。

崔汀看他的模样，怀疑地道：“小堂弟，你不会后悔了吧？”

既然能公开露面，布莱迪可能不但被救了，在斗争中还赢了，不说身价之类小堂弟根本不感兴趣的东西，万一人家有八颗农业星球呢？

崔栖潮皱眉道：“后悔什么？布莱迪的全名是什么？”

众人无语。

布莱迪也不是什么稀有名字，他在中世纪还遇到过两个，这儿也有客户叫布莱迪，所以崔栖潮刚才只是在想崔湖说的是哪一个布莱迪。

“就是被放生的那个领导者！三角板的前主人！”崔湖说道。

崔栖潮这才想起来：“哦。”

是这一个布莱迪啊，他就记得对方恩将仇报了。

这下也没人能调侃什么了，崔湖搓了搓下巴道：“哎，我也没和他打招呼，怕给你惹麻烦，但是听说他正在相亲，屡屡失败，因为他老问人家没有抑制剂能不能拒绝他。”

崔栖潮：“他可以找个领导者或者中庸者。”

众人轰然道：“有道理，有道理，做什么为难依附者，他自己也把持不住啊。”

崔境泽已经吃完了一碗萝卜炖肉，自己伸手去打第二碗。他正是长身体的时候，特别耗粮食，问了一句：“栖潮哥，这是你做的不？挺好吃的。”

有料理机不错，但是这个肉风味独特，肯定是进行过特色设定的，他问是谁做的，就等同问是谁的口味。

崔境泽和崔栖潮虽然也是堂兄弟，相处还真不多，他头一个问崔栖潮，也是因为这儿好像就崔栖潮一个依附者，比其他人更有可能管理家务。

崔栖潮“嗯”了一声。

崔境泽夸他：“你好贤惠。”

崔栖潮没说话，也没什么表情，倒把崔湖吓出了一身冷汗，不由自主地护住了崔境泽的狗头。

崔境泽浑然不自知，羞涩地和一个光头搭话：“叔叔，你的文身好酷啊。”

光头吓死了：“你别叫我叔叔，叫哥哥。”

崔境泽想，没想到这叔叔看上去那么汉子，还在意年龄，老实喊道：“哥哥，哥哥你真帅。”

光头眼神游离：“嗯……”

他去瞟崔栖潮，也不知道老板对这小弟弟怎么想的，老板对崔湖他们也没手软过，亲戚关系好像不算什么。

崔栖潮见他们盯着自己：“你们是不知道该做什么吗？那么下午去把涝渍地再整

整平吧，顺便看看仓库的干燥工作做得怎么样了，腊肉都腌完没。”

光头精神一振，和众人一齐应了一声。

崔境泽不太懂，看看大家，又看看崔栖潮，小声说：“怎么大家都听栖潮哥的？”

“这里就是听你栖潮哥的。”崔湖赶紧道。

“啊？栖潮哥不是被挟持了吗？”崔境泽问。

他年纪虽然小，社会经验不那么丰富，但生长环境到底不错，仔细观察后，越看越觉得是那么回事，之前没往心里去，可回想一下，从方才到现在，栖潮哥一直是这个团体的中心。

大家说话都会看他的反应，他说完话，所有人都会迎合。虽说一群领导者里的依附者也能获得最高关注度，但绝不会是这样的效果。

“哪有？是他挟持我们。”崔汀趴在椅子上说，“我们都被挟持在这里种地。”她的手划拉了一圈，指着崔家人和光头农奴。

崔湖趁机说：“你不是想上战场吗？我告诉你，这些人就是上战场、上战场，没头没脑地上战场，然后才被捉来种地，你不好好学习，以后也是这个下场！”

+

崔境泽好半天才接受这个事实，当初他哥来这里，根本不是被什么神秘团体给绑了，而是被栖潮哥挟持，在这儿种地。

崔境泽咽了口口水：“然后你们就种了这么多？”

他从飞行器上就看到了一大片绿色，这才多久，居然种了这么多菜，按照哥说的，最初他们应该什么工具都没有，补给也断了，什么都靠拾荒。他们最初种菜，估计也是为了给自己供应食物吧。

亏得崔境泽距离种族分化还早，生理课还不足以让他对领导者、依附者的易感期有深刻认识，否则换了成年人，头一个问的问题就没这么纯洁了。

换别人，肯定要思考这么长的时间他们也没补给，冬天还不好到处跑，易感期突然到来是怎么度过的。

崔湖略带骄傲地道：“对啊。”

非但如此，现在还发展到成为声名赫赫的供应商，那么多人跨越星河来找他们……买菜。

崔境泽想到了自己家的阳台：“栖潮哥有这么厉害吗？是不是有人帮他？”

就算再对性别没有深刻认识，崔境泽总知道领导者和依附者天生体质上的区别。

崔湖沉默一会儿道：“我也希望是，要是这样就好了。”

崔境泽听他这么说，还是有点难以想象。栖潮哥看起来只是话少了点，可能是人孤僻呢：“你不怕我告诉爸妈吗？”

崔湖低头看了他一眼，不怀好意地笑道：“你要是说，我就告诉爸妈，那全都是你因为被我折磨编造出来的谎言。”

崔境泽："你胡说八道啊，还我被你折磨？"

崔湖继续笑。

崔境泽："我要被你折磨了？"

他怪叫一声，想跑却被崔湖抓了回来，有力的胳膊卡在他的脖子上，勒得小孩儿差点翻白眼，直接被拖到了房间里去。

崔湖熟练地去拿了两把顺手的农具，说道："算你好运，现在都机械化了，能给你手工种的地还真不多。"

崔境泽惊恐地往床上爬："你别过来，我不种地，我不种地！"

崔湖不由自主地一边脱裤子，一边道："这可由不得你。"

崔境泽瞪大了眼睛。

崔湖说道："老早就想教训你了，在家快上天了吧，这下落在我手里，看我怎么整你。还想摸枪，我看你就是个脑残。你这纯是闲的，拉过来犁几亩地就老实了。"

崔境泽嘤嘤道："你不能这样对我！我是不会动的！"

崔湖迅速把身上的正装换成了轻便的运动服，活动一下手腕，说道："我先去看看地，你也别拒绝得太早，反正不干活我就不给你吃的，你自己想想吧。"

当初新来的人就是先饿个几顿，自然乖了。

崔境泽眼看着他出去了，又把门给锁上，扑上去砸了两下。

这门当然是不会被砸开的，崔栖潮交换来的原料都是军工用的，能那么容易被砸开吗？打一枪也不一定能穿孔。

崔湖透过玻璃对崔境泽说了句话，崔境泽听不到，但是看口型和表情，好像是在嘲笑他门都砸不开还妄想那么多。

崔境泽跑到另一边玻璃窗去看外头，只见他哥熟练地扛着锄头，和人打了声招呼后，在花园里找了块空地，先把长宽定出来，然后开始拔草，一副不知道干过多少遍的样子。

现在天气已经渐冷，但是没干多久，崔湖已经满头大汗，那样子看着就够累的，崔境泽直咬下唇。都是累，但是这活儿和军事训练比起来，真是毫无时髦值。

"为什么啊？"崔境泽忍不住道，"明明不缺人，非要折磨我。"

除了崔湖之外，那些壮汉吃完饭休息了一会儿，没事的居然也跑到花园里，自己给景观树、花草浇浇水、松松土之类的。

不知道该说他们是乐在其中，还是单纯习惯了。但还真的印证了崔湖的话，这些人真的会种地，不是唬崔境泽的。

想来哥哥和各位堂哥堂姐以前也不是这样，大家专业、爱好不同，但绝对没有接触农业的，连养花的都少，现在不但自己种地，还把亲弟弟也拉来，这个团体非法不是因为无证开垦，而是因为传销吧？

正想着，他忽然看到一辆无人驾驶的拖拉机经过，运水给崔湖浇地。

可多看几眼他又觉得不对，这拖拉机驾驶室里好像有什么在晃动，等到角度变换能够看到驾驶室里头后，他才发现是一只猫拉长身体站着摁控制面板。

有毒吧，这星球连猫都开拖拉机。

崔湖说到做到，真的饿了崔境泽两天，一粒米都没给他吃，只限量供应白水，到饭点还要把崔境泽放在一旁看他们吃饭，简直深谙小堂弟的训练农奴之道。

这么两天饿下来，铁打的人也受不了，崔境泽已经是两眼发黑，饿得吐酸水。他从小到大就没有吃过这种苦，大喊自己不犟了，种就种。

崔湖还不罢休，不是崔境泽求饶就立刻给吃的，先拿出诚意，去外面除草，装够一篓子了再来吃饭。

崔境泽觉得自己快要晕倒在地里了，几乎是爬过去，坐在地上揪草，一边揪一边想：当初我为什么闹着要去训练？在被拒绝后为什么要拿哥哥举例，把他拖下水？在哥哥说带我出去度假时，又为什么不知天高地厚地答应了……

原本在室内的人都跑出来看热闹了，就连崔栖潮也慢一步走了出来，远远看花园里的少年。

崔栖潮内心也有一丝好奇，崔境泽被带来只是要消耗精力，如果连他也会爱上种地，那估计崔湖他们真是建模时基因就有问题，而不是斯德哥尔摩综合征，长期种地持续性后遗症，简称有病吧。

崔境泽被崔湖整得够惨，崔湖给他制订了一个方案，每天靠劳力换粮食，靠粮食换调料，所以干活能混个温饱，要想吃好，还得努力干活。

崔湖就站在旁边问他：“你还想不想搞事情了？”

这么一天下来，崔境泽连说话的力气都没有，何况是其他想法？人类都完全脱离人工劳力上百年了，他一天干的活比过去十年都要多。

要崔湖说，人类脱离人工劳动才上百年，但是种地的历史有上万年。

在他的严格看管与食物诱导下，渐渐地崔境泽也干得像模像样了，日出而作，日落而歇，在花园那一小块地耕耘，还要被大家指指点点，觉得他哪里哪里种得不够好。

崔境泽心里特别委屈，有一天坐在台阶上，把头埋在膝盖上。

崔栖潮过来拍了拍他的肩膀。

崔境泽抬头一看，一头扎进他怀里。

崔栖潮也只好摸了一下崔境泽的脑袋，他是看着小孩最近干活麻利了，想来看看他的心理状况。

半晌，崔境泽才把脑袋稍微抬起来一点，仍然靠在他怀里，嘟哝道：“对不起，栖潮哥……我就是想我妈了。”

崔栖潮沉默了。

崔境泽又吸了一口他怀里的气息，说：“我妈也是依附者，我一看到你就忍不住了，呜呜。”

崔栖潮忍住了把崔境泽丢出去的冲动。这是社会习俗不一样，没必要在意，就像他给中世纪农奴家的猪治病一样，都是环境问题。

就算崔湖告诉过崔境泽，崔栖潮是那个挟持他们的人，大部分人在没目睹崔栖潮怎么揍人之前，也是不肯相信崔栖潮会是个危险分子的，何况崔境泽。

崔栖潮缓慢但是坚定地把崔境泽拔出来，冷静了一会儿才问道：“我问你，你喜欢种地吗？有意愿把它当成事业来发展吗？”

崔境泽吸了吸鼻涕，奇怪地看了他一眼：“我疯了吧，发展这个事业。”

崔家的人都有毒啊，回去还在坚持不懈地种地。

这个地我种了好，不但自己种，还带着我家人一起种。

崔境泽：我不想种地。崔湖：不，你想。

我要笑疯了，看到崔总想起了母亲！母亲！

什么玩意儿，哈哈哈——头一次看到崔老爷怀疑人生的表情，截图了。

这个世界太魔性了，崔栖潮可能人生中第一次被当妈。

专家们，你们觉不觉得这个崔境泽和兰斯一样，也是要继承我崔的江山的？

呃，不可能吧，这里又不像中世纪那样水深火热，崔总要走了完全可以请任何靠谱的人代管，不必特别培养。

就是，就算之前有现在也没机会了吧，除非你崔真的有慈母之心。

第 70 章
# 我还可以种

崔栖潮沉思，难道这是还没有觉醒，或者他兄姐们真的只是病得厉害？

崔境泽莫名其妙地看了他两眼，觉得栖潮哥看起来正常，怎么会说出这种和他哥一样失智般的话，谁没事拿这玩意儿当事业啊？

不过因为刚才在崔栖潮身上捕捉到的那点和他妈相似的影子——也就是相同的分化，他对崔栖潮还是没有恶感的，反而依恋地又往他身上靠了靠：“栖潮哥，我真的不喜欢种地，我觉得好累啊，手特别酸痛。以前我写作业手痛了，我妈都会给我揉揉手。”

他说着，睁大眼睛看崔栖潮。

本来如果崔境泽不加那句他妈怎么怎么样，崔栖潮应该真的会安抚一下小朋友，现在崔栖潮只是再一次把崔境泽推开，说道：“这个运动量都在你能承受的范围之内，你就不要妄自菲薄了。”

崔境泽可怜地看着他，崔栖潮不为所动，过了一会儿，崔境泽哭了起来：“我想家了，我想回去。”

崔栖潮：“你不是住校生吗？平时在学校待的时间比这段时间要长吧。”

听到这话，崔境泽也没心情哭了，坐在原地继续发呆，忽然看到那只奇葩的会开拖拉机的猫走过来，他问崔栖潮：“哥，猫能给我抱一下吗？既然你不能给我温暖，我就和它相互取暖吧。”

小白表示它不在的时候发生了什么事，为什么有人向和魔鬼求温暖，是不是脑子坏掉了？

崔栖潮：“不行，你回房间取暖吧。”

崔境泽再一次被噎住，说：“栖潮哥，我现在觉得你一点也不像我妈了。”

所以这个小崽子之前是觉得崔栖潮像他妈吗？

小白就地一趴，两只眼睛在二人身上来回转，不打算走了，这也太好笑了吧……

崔栖潮没看幸灾乐祸的小白，对崔境泽说：“以后你就会知道，崔湖也是为了你好，你这个年纪有梦想可以，但也要知道脚踏实地才能实现。”

崔境泽：“道理我都懂，但我还是想过危险的生活！”

小白心想：噗，难道你不知道你之前说出的每一句话都很危险吗？

崔栖潮沉默了一会儿，像兰斯那样懂事的孩子，他只管讲道理就行了，崔境泽这样的他着实没有什么经验，掂量了一下，说道："你还是回去休息吧，明天还要继续种地。"

还是任他去接受崔湖的管教方式吧。

"你们都逼着我种地。"崔境泽幽怨地离开了。

而小白甚至还没过瘾，遗憾地看着崔境泽，怎么就走了？它绕着崔栖潮转了半圈，蹲坐着靠在崔栖潮身上，虽然没法说话，眼神倒是十分丰富："喵喵喵。"

也不知道崔境泽是怎么在崔栖潮身上找到妈妈的感觉的，怎么它没找出来？连后妈也不像。

崔栖潮瞥了小白一眼，淡淡地道："小白你饿不饿？"

小白看着他。

崔栖潮："吃不吃猪头肉？"

小白："……"

崔湖自己也没料到他弟弟不光是嘴上说说，胆子也挺大。在这里待了一段时间，看着挺老实，每天种地之余一点力气也没有，可实际上，崔境泽偷偷观察了送菜的规律。

终于，崔境泽找到了机会，趁着大家都忙，崔湖也对他放松了警惕，假借去打肥料的机会，偷偷上了运输用的飞行器。

等到崔湖发现，都已经是两个小时之后了。

崔境泽躲在萝卜堆里，被飞行器载到了外太空，驾驶员根本没有察觉他的存在，固定了坐标后，就等待交易对象抵达。

他们约定的时间非常精确，没多久对方也到了，驾驶员直接将整个储物舱弹出，对方则打开了自己的舱门，二者"咔"一声对接，交易就这么完成了。

因为生意火爆，现在他们都是先收报酬，再发货了，加上信誉做出来了，也不需要面对面验货。

崔境泽只觉滚了几下，已经换了地方，被带往另一个方向。他这时候才敢偷偷从里头打开门出去，发觉外头环境不一样了，估计是在买菜人的飞行器上，还挺大的。

到这时候，崔境泽对自己的处境仍然没什么了解。他并不知道在某些人群中非常流行的无人星域菜、粮，更不知道上堂哥那里买菜的都是些什么人。

崔境泽摸索着往外走，还想着最好能碰到人，解释一番，再让他们找个地方把自己放下好回家。这么乱逛着，崔境泽就逛到武器库了，隔着玻璃门看到里头全是各种武器，平时就爱了解这方面的他立刻趴在玻璃上流口水。

这飞行器的主人也太有钱了吧，居然收了这么多武器——闯荡星际，没有武器防身怎么行？

这时飞行器上的人也终于发现了这个外来者，他们也很惊讶，不明白怎么会有人闯进来，立刻有两个领导者抱着枪冲来，把崔境泽直接摁趴在地上，枪口对着他的脑袋。

这就是崔境泽一直幻想的危险氛围，这些人又冷又硬，杀气凛然地扭着他的手，太阳穴被枪抵着，一瞬间崔境泽的心跳频率就蹿上去了，背脊生出一股凉气，终于被命悬一线的危机感吓破胆了，大喊道："别、别，我不是坏人，我只是想搭个顺风船。"

那两个领导者对视了一眼，把他的脑袋往地上狠狠一磕，他立刻被撞得头破血流："顺风船？你找死啊！"

崔境泽也不知道自己哪里说错了，头晕得很，又感觉到血滴滴答答流下来，糊在眼皮上，一时间哭了："我要死了，我要死了！"

两个领导者也拿不准这个一脸熊孩子样却可以偷偷潜入他们飞行器的半大少年到底什么情况，一点也不敢放松，揪着他去舰桥了。

崔境泽被扔在地上，枪仍然指着他的脑门。面前的椅子上坐着一个中年中庸者，手里正把玩着一块绿莹莹的宝石，瞥了他一眼，淡淡地道："谁派你来的？"

崔境泽说："没人派我来，我就是一个熊孩子，我哥带我去种地，我不想种，就偷偷跑你们船上来了。大叔你把我放了吧，我下船还不行吗！"

"放了？"这中年中庸者嘴角微微翘起，"好，现在就把他丢出去。"

崔境泽脸一白，现在飞行器还是航行中，把他丢出去，他岂不是会立刻冻死在外太空？眼看着那两人来拽他的胳膊，他意识到绝不是开玩笑，大声喊："不要，不要！别丢我！对不起、对不起，我错了我不该上来，我真的不是坏人！"

"可我是坏人啊。"中年中庸者皱眉道。

崔境泽一下没了声。

中年中庸者吩咐道："查一下，看看这张脸有没有人认识。最近盯着我的人太多了。"

立刻有人应声，扫描起崔境泽的面部。

崔境泽瑟瑟发抖，这舰桥上所有人看着都特别像那种杀人如麻的家伙，有点像堂哥那里的光头大哥，但是光头大哥们对他和蔼多了。

他也看过图像，可不论怎么说，再仿真、再立体的图像，都无法完全模拟出真人的那种气质，这些人一眼盯过来，他就觉得腿软了，就像被猛兽盯着一样。

崔境泽小声道："可，可是你们不是来买菜的？"

"你还知道我是来买菜的？"中年中庸者挑眉。就"绿"所在的位置，外面的顾客想买菜，都是找代理人。代理人没几分本事，也不敢混这行，谁手底下没几个能打的？

崔境泽没听懂他问的意思，哭丧着脸道："坏人怎么还用买菜的？"

对方不但要买菜，出来买菜还要防备有人害自己啊？

崔境泽终于发现自己对黑暗世界实在太不了解了，单知道黑暗世界的坏人很坏，却不知道这些人还会亲自买菜。

这时有人低声道："刚刚查了一下，这家伙就是从运输舱里跑出来的，老大，是'绿'那边……"

中年中庸者略微诧异，"绿"目前为止都基本保持中立，只出过一次手，就是给自己的依附者出头，这也无可厚非。

他最近的动作太多，是哪一步让"绿"都出手了？

中年中庸者问崔境泽："你是'绿'的人？"

崔境泽不敢不回答："什、什么'绿'，我真的听不懂黑话。"

"哦，你们不知道我们这样称呼你们吗？"中年中庸者说道，"因为你们的种植面积很大，所以大家称呼你们为'绿'。"

崔境泽这才明白对方说的是堂哥那儿，一时不知道如何回答。要说他不是那儿的人，老大还是他堂哥；要说他是，其实他就是在那里搞……怎么说呢，农业夏令营吧。

中年中庸者却误会了这个沉默，对他这个身份的人，无论看什么都要猜忌几分，他不相信这里会出现真的逃课少年，一脸天真无邪，只会让他往另一个极端猜测。

最近除了买菜之外他还有别的大活儿，猜忌心就更重了，在崔境泽身上打量数下后，语气阴沉地道："我对'绿'向来是很敬重的，你们的人都很厉害，不用点酷刑岂不是对你们的不尊重？毕竟我真的很想知道，谁能把'绿'也请动。"

崔境泽：不对，为什么啊？就算他真的是一个卖菜基地的人，为什么要用酷刑来尊重他？

崔境泽意识到自己可能忽略了什么信息，可这一瞬间，已经有人大步走来，拖死狗一样把他拖到一边，两只手一拉，拴在两个吊环上——亏他之前还以为这是健身的。

胳膊肌肉一下被拉扯得厉害，毫无自保之力袒露在人前的紧张与畏惧充斥着他的身体，他胡乱大喊道："我就是一个熊孩子，我哥嫌我不听话把我赶去堂哥那儿种地，我不想种地所以就偷偷进了运输飞行器，然后到了这儿。我真的，我再也不逃课了！"

"砰！"

一个拳头已经砸过来，砸在崔境泽的腹部，他"哇"一下就吐了，只觉得五脏六腑都要绞在一起，剧痛感让他蜷缩起来，可手还被吊着，脸上湿漉漉的，眼泪鼻涕一起流了下来。

那人赞叹道："虽然体力很弱，但是意志力很强，这样也什么都不说。怎么，你是研发人员吗？"他可知道自己那一拳的力道，这个人肯定没练过，但小小年纪能被"绿"派出来，绝对有过人之处。

崔境泽要崩溃了，不说是因为他真的什么都不知道啊。

堂哥，你们到底干的什么买卖……

如果对方再来两拳，崔境泽估计就要胡编一个故事给他们听了，好在这个时候中年中庸者的手下和他禀报了一声，后头有人跟上来，还发来了通信请求。

中年中庸者一接通，崔境泽就看到了他哥的脸，但是他不敢喊，他的胆子已经被那一拳完全打碎了，简直以为会被一拳打死。

“先容我道歉，因为我们工作的不严谨，先前交付给贵方的货物里混了一个……小孩。”崔湖沉着脸道，“对不起，那是我弟弟。我会把他接回来，作为歉意，我们补给您等量的货物。”

中年中庸者却摩挲着自己的宝石，说道：“呵呵，这又是什么戏码？不如这样，我不要货物，你告诉我，科萨的事情你们参与了几分？”

崔湖：“您想太多了，就是我弟不小心跑到您船上了。”

“你们确实长得有几分像。”中年中庸者让他看了看崔境泽，然后道，“但是出你们的手，入我的手，这件事没那么简单吧。鼎鼎大名的‘绿’会犯这种错误吗？这小孩还说自己经常逃课才被带到‘绿’，什么时候‘绿’成了调皮孩子训导学校？”

崔境泽不敢看崔湖，哭哭啼啼的时候，忽然听到栖潮哥的声音，他好像也在，只是没露面，虽然只是轻轻一句，但他确定那应该是栖潮哥。

“你换个方式说话。”

崔湖听了，这才应了一声，然后说道：“我 × 你大爷，现在把舱门打开，放我上去接我弟，不然立刻连你带你老家一起轰了。”

崔境泽：“……”

中年中庸者却觉得这才正常，反而“嗯”了一声：“所以这真的是你弟弟？你们还真的是调皮孩子训导学校？哈哈，这可真是难得，如此富有生活气息。那我也该换个要求了，如果要把人带回去，请用我需要的武器来换吧，咱们做一笔交易，我也算老顾客了，买了那么多生菜，总该把 K921 配送给我了吧？”

说到最后一句的时候他都隐隐有点咬牙切齿的味道了。

崔境泽浑身一颤，简直不敢相信自己的耳朵，然后更想哭了。

堂哥卖菜之余，居然是倒腾高危军火的。

崔汀忍不住趴过来：“说说说，说了多少遍，我们不卖军火只卖菜！”

中年中庸者反而笑嘻嘻的，一开始他也不确定对方会不会埋，就是试一试，不行再反口道歉就是了。要是这小孩根本没那么重要呢，对吧？可他们和自己说这么多，他反而觉得靠谱了。

“咱们还是来好好聊一聊买卖吧。”

“不聊。”

崔栖潮的声音又在旁边轻轻地响起，连中年中庸者都有些奇怪这是谁，他心中一动道：“难道你是……”

话还没有说完，系统已经提示他们被锁定了。

中年中庸者觉得奇怪，看之前的表现他们还是想保住那少年，怎么突然间就崩了，不至于吧？

这个念头他还没转完，都没考虑到如何措辞开口挽回，那边已经一意孤行地动手了。

数十道能量同时奔着这儿来了，穿破护盾，在舱壁上击出破洞仍来势不减，和他们的手腕发生反应，从手到武器一起湮灭了！

下一刻，由于舱壁破洞，从中年中庸者到他的手下全都被吸飞了，朝舱壁砸去，除了崔境泽，因为他被拴起来了。

但是破洞不够大，有更近的物体堵住了破洞，他们只是狠狠砸在舱壁上，又摔了下来，一时间室内充斥着惨叫声，没人能再拿起武器。

“绿”的反物质炮能够精准打击已经不是大秘密，可那范围相对个人身体部位来说也是很大的啊，之间的差距根本不是普通技术能弥补的，不是说每一次把范围缩小一点就能慢慢练成，这简直是又一次革新了。

很快，崔湖他们也强行登船了。崔湖把崔境泽松开放平，检查内出血情况，口里还忍不住骂：“你这小兔崽子，找死啊？”

崔境泽小声抽泣，他倒是想大哭，但是用力哭肚子又疼了，嘴里叨叨着：“我不敢了哥，我错了。”

真的和这种人面对面之后，他才知道自己想象中做好的心理准备根本不现实。

当然，更不现实的是这么丧心病狂的人被他堂哥给干掉了。

到这个时候，崔境泽还能不明白堂哥为什么是老大吗？他躺在地上哼哼唧唧地接受紧急治疗，没看到崔栖潮的身影，被抬回去的时候，才发现崔栖潮坐在某处玩猫。

“栖潮哥……”崔境泽可怜兮兮地喊了一声。

崔栖潮看他一眼，说道：“崔湖，把人送回去算了吧，他宁愿这样，看来是真想家了，反正这模样也种不了地。”

崔湖沉吟。

“不，我可以！”崔境泽不知道哪里来的力气，撑着地板一下坐了起来，把手伸出去，“栖潮哥，我还可以种地！”

崔境泽：“我不回去！我要留在这里种地！谁也别送我回去！”

经过复杂的心理变化，崔境泽好像从一个极端走向了另一个极端，从熊孩子蜕变得稳重了一些之余，他也坚持认为：“我知道之前哥哥们对我说的道理了，不管我有什么理想，在我长大之前，我会先好好种地！”

崔湖：“我不是这个意思。”

他不是说种地不好，可这家伙看起来怎么那么魔性？他的初衷就是带人来消耗精力，忆苦思甜的。

谁知道崔境泽昨天还哭哭啼啼，今天就……爱上了？

本来回来崔湖还想狠狠教育崔境泽一番，这家伙自己就先全盘认错了，还深刻回忆了一下黑暗六十分钟——他是如何与危险分子周旋，了解到社会的阴暗面，产生巨大的心理阴影，并思念哥哥的关爱等。

崔境泽对崔栖潮的态度，就更是……焕然一新。

什么妈妈的气息，不存在的，堂哥就是这片星域的王，是不世出的高人。

后来崔湖想了想，觉得崔境泽的逻辑可能和韦尔斯有异曲同工之妙：

高人都搞种植基地，我给他种地都算我占便宜了，这里面一定存在某种联系。但究竟是如何通过种菜升级为王者的，还有待修行。

看似被救的遭遇让崔境泽三观有所变化，这才导致了爱好的扭曲，其实本质可能并没有变化。

和这熊孩子的变化比起来，还有一件事也很重要。

那个中年中庸者在被抓之前就扫描了崔境泽的面部发出去，一起发出去的还有崔境泽的部分供词。他不出事则罢，一出事人家就锁定了这一点蛛丝马迹，并猜测到了这个神秘团体的头脑极有可能是一个崔姓家族的人。

这个消息被扩散开，大家也不确定这到底是不是谣言。崔家显然没有很大的势力背景，要么就是虽然人出自崔家，人家还另有背景，这也是最有可能的。

反倒是崔家的人听到一些风声后惊了，还联系崔湖想试探。虽然崔湖自称带着弟弟在外面度假，但他们还是觉察到了一丝不对。结合之前的事情一想，有了一个大胆、不可思议的猜测：所谓受害者之一的崔栖潮是否其实就是始作俑者？如果真的是，又该怎么办？

刨除一切技术性问题，他们这些家长可是把人关在无人星，逼人和领导者结婚换取利益的，亲人都要成仇人了。

崔栖潮的父亲蒙了很久，然后说道：“我看，父子没有隔夜的仇，要不然，我现在找几个年轻漂亮的领导者给他送过去示好吧！”

第 71 章

# 终于等到你

崔家去找了崔湖的事情，崔栖潮是知道的，崔湖事后立刻向他汇报了，也是在崔栖潮的默许之下，后来崔湖也漏了点口风，让崔家肯定了这个事实。

事到如今，这显然是没有什么隐瞒的必要了。

崔家内部肯定是展开了一系列探讨，从崔栖潮到底获得了什么奇遇，到进一步打听“绿”在外面的情况、名声。

外人可能会相信那里有什么地下工事，还有“绿”的老大和某依附者团体的绯闻，他们却不会，听崔湖的口气，那些俨然都是崔栖潮造出来的。和依附者团体的关系也很好理解，可能是理念相同。

崔栖潮没有地下工事，也没有团队，身边也就崔家的兄弟姐妹和一些被他收服的雇佣兵，那些还是崔家发悬赏雇佣的。

由此，他们也更加为崔栖潮的能力心惊了，想必崔栖潮还顾念了一点亲情，当初才放了他们一条生路。

于是，崔栖潮第二次收到了这个位面父亲的视频消息，在确认了崔栖潮现在的身份后，由他作为代表，向崔栖潮致歉，并希望修复彼此的关系。

崔栖潮是在吃饭的时候放的视频，他父亲的大头每个人都看得到，他父亲还一本正经地表示，之前种种都是由于对孩子缺乏了解与关心，加上对分化的刻板认识，但事情发展到今天谁都不想，如果可以他希望有机会做个好父亲，其中掺杂崔栖潮母亲如何思念儿子的话若干。

这第一个视频，当然是一点儿也没提要崔栖潮现在的成就，加上之前的话，都是想努力表达真诚。可惜他越是用力，越显得过火了。

最后，崔父又貌似苦口婆心地说：“孩子啊，你也二十多岁了，结婚的事情可以慢慢来，但是为了防止长期使用抑制剂导致身体失调，还是要适当接触领导者。我知道你那边的领导者，估计要么是咱们家的，要么就是穷凶极恶的雇佣兵，外貌条件也不怎么样……”

光头农奴们突然中枪……

崔父慈祥一笑：“出于对你的关心，我这里准备了几个身家清白、相貌俊俏的女领导者，年纪和你也相当，你可以放在身边享用，缓解生理需要。当然，我尊重你的想法，如果你暂时不喜欢，留着打下手也行，或者你如果对中庸者、依附者有什么想法，也尽管给家里来信。”

话到这里就完了。

所有人都暗暗打量崔老板的脸色，发现他罕见地皱起了眉，明显地表达了不悦，一副对家里如此妥帖的安排不满的模样。不过这个不满到底是和家里仍有隔阂，还是其他，众人就不得而知了。

唯独崔湖乐了，他一直在期待家里人知道真相后是什么反应，现在看来，果然是能屈能伸，不出他的意料。

想想，自己早年也这么劝崔栖潮，但他那时说得比较隐晦，他就说“你这么牛，回去了还用得着联姻啊，领导者任你选了”。

还是堂叔厉害，特别拉得下脸，直接把暖床的人都准备好了。按他说的，就算不陪床，还能当手下，也算是和儿子修复关系，甚至说不定可以参与儿子的势力。

崔汀也忍笑，家里人还真是简单粗暴，一样的做法，只是领导者、依附者调了个个。不过，他们可想得太简单了。

这里现在也不缺人手，按照小堂弟的话来说，领导者还吃得多浪费粮食，白捡的都放生了，白送的怕是也不会要。

果然，崔栖潮冷漠地把视频一关，兀自吃饭去了。

饭后崔汀一路和崔栖潮走回去，汇报最近的业务，说完后，她忍不住问了一句：“小堂弟，你之前那个表情是单纯对堂叔这次做法不满，还是余怒未消？”

她想确定一下崔栖潮的态度。

“没有你想的那么严重，也没有你想的那么轻巧。”崔栖潮说了一句很微妙的话。他的态度其实就是不在意，他对那些人没有感情，之前还有点忌惮，现在连忌惮也没有了。

崔汀似懂非懂地点点头，离开了。

她走了后，崔栖潮回想起崔父的话，没忍住，摸着小白说了一句话：“这里很多人思想有问题，但凡主人公是领导者或者依附者，任何事情都第一时间往生理上靠。”

小白：“喵。”

可不是嘛！

崔栖潮：“不是歧视，这里习俗如此，可发生在我身上……”他停顿了一下，“如果不是时间不够了，我竟然有点想武力统一，然后加强思想道德教育。”

哇！

我怀疑我听错了，崔总说什么？他说他想要武统宇宙成为新世界的神？

前面那位专家不要随便加词儿，应该是统一宇宙称帝吧。

万万没想到我会在这个位面等到崔栖潮产生想做皇帝的念头。

可是我已经不是从前那个我了怎么办？你终于对做皇帝感兴趣了，我却只想看你种田！

终于等到你，但我们已放弃……

专家们被打脸太多次，已经转方向了，嘻嘻！

求求我崔不要冲动，千万不要去搞什么统一，理性分析如下：直播时长不够但统一需要时间，也许统一大业能够完成，甚至在全宇宙推广农业新技术，但是这样一来这几年就没有时间种田了，看似远视实则损害了本专家的爱好，我是万万不允许这种情况出现的！

附议，崔栖潮要是去打江山老子就弃节目了！

请主演有点数，观众是来看你干什么的！

我不禁回去重新看了一下宣传语，是帝王血脉霸气穿越没错！

……

崔家被拒绝了，毫无意外。要不了多久，那些暗中打探的人也查到了几年前发生的事，他们和“绿”的那位有矛盾，人家是自主创业，估摸着家族占不到什么便宜，倒是以私人身份过去的几个平辈还有点希望。

本来有什么想法的人都没兴趣地散了。崔家却一天比一天殷勤了，人送不成，后来打听了一下，狂往那头送吃的之类的，有时候还送点崔栖潮小时候的玩具，想唤醒他的温暖记忆。

而他们的殷勤其实是源于几个较大的国家之间关系日渐紧张，也许有开战的危险。如果局势动荡，他们也想有条后路。

无人星域看似混乱，要是战火纷飞，说不定反而是好去处。而“绿”不管参不参战，手里有能震慑人的武器总是强一些。

远在无人星域的崔栖潮也知道了这个消息，但距离比较远，他也没怎么在意，顶多是往来买菜的人面孔换得频繁一些。就算打仗，有钱人该吃菜还是要吃菜。

后来局势更加紧张，几处战线拉开，俨然是要来一场星际版逐鹿中原了。

崔汀跟崔栖潮说这件事：“我看着咱们这块无人区也有越来越多团体撤离，参与战争了，形势愈演愈烈啊，小堂弟，你有什么看法吗？”

这么久相处下来，崔汀也知道崔栖潮热心农学之余，可不只是对武器系统工程、机械设计制造、能源动力等知识了解得极为专业、先进，偶尔看新闻聊几句，也非常透彻。她一度怀疑崔栖潮在这里囤粮是有什么大计划，就算崔栖潮说想立国她估计也不会太过惊讶……

崔栖潮也仔细想了想，然后说道：“嗯，我看那些人一时半会儿不会回来，他们的地方我们可以考虑开垦了。”

崔栖潮在现实里专业就是数一数二的，没有对口就业罢了。他有祖产要打理，不可能去封闭环境搞研发。饶是如此，在二十三世纪也不用惧怕任何规模的战争。

之前他虽说思考过这个世界的教育问题，最后考虑再三还是考虑到时间问题，按捺住了这个不是很成熟的想法。既然如此，他也就不会对外面的争霸有任何想法了。

崔汀精神恍惚地点头应了，心想：我不是早就该知道这个结果吗？为什么还要抱着无谓的幻想？

于是接下来，趁着众多团体撤出无人星域，崔栖潮手下的机器也将种植基地继续扩展，连其他几个无人星也推平了。

外头打得轰轰烈烈，以往让大家觉得混乱无比的无人星域反而一派悠闲，疯狂囤粮、卖菜，画风截然不同。

“绿”的做派把还留在这里的团体都感染了，好像外头的事情和他们无关，在买菜之余，甚至忍不住自己也种了起来。“绿”倒是一点意见也没有，反而问他们要不要技术支持。

后来战争涉及的国家越来越多，崔家也扛不住了，但是他们没有选择跑到不参战星球——那里已经人满为患，而是也跑到无人星域来了。虽然这里基础设施差一点……或者说根本就没有，可他们觉得更加安全。

可惜崔栖潮还是没理会他们。崔栖潮不给面子，这里的其他团体也不会给面子。

有时候崔家想摘点蔬菜吃吧，还要被机器人攻击，搞得他们非常不开心，尤其是崔父：“这都是我儿子的产业，凭什么打我！”

崔栖潮这个六亲不认的架势让崔家人非常郁闷，可他油盐不进啊，众人根本拿他没办法。连崔湖他们几个也指望不上，这几个一回来就说他们在那边处境也很艰难，就是个农奴。

他们几人的父母倒是私下里一想，虽然我们指望不上，但是好歹儿子女儿还能住在基地里，就别回来了。

战争持续了十年，崔栖潮就在无人星翻着花样地种菜，代理人和客户换了又换，外头的局势变了又变，他们这里只有产量越来越大，囤粮越来越丰富。

也不是没有人打这里的主意，但最终都会铩羽而归，“绿”倒是有意无意地保护了躲在这里的其他团体，比如韦尔斯他们。这个时候还留在这儿的，都不是暴力团体。

这些年里，崔湖他们这些人也在崔栖潮的教导下对农业发展有了深厚的了解，临走之前，崔栖潮把崔湖、崔汀和崔小江叫来。一直以来，他们都在争夺“大管事”的位置。

崔栖潮决定将这里交给他们三个人共同打理，如果想分家就自己分。

崔栖潮对自己的离开，给出的说法是他要去探索宇宙深处……的作物。

“小堂弟，我还以为你就算不传给自己的孩子——当然你至今没有——也会传给自己培养的中庸者。”崔湖感慨地道，“你好像一直对领导者、依附者，尤其是领导者有点嫌弃。”

“不是嫌弃，是认为不合适。”崔栖潮说道，“我本来也不想把空间让给领导者和依附者，但是你们确实比较靠谱，希望你们能把种植基地发扬光大。”

崔湖冲崔栖潮眨了眨眼：“等你回来的时候，我保证产量增加百分之三十以上。”

还有崔境泽，十年过去，他也长大成人了，前几年分化成了中庸者，虽然去学了军事专业，但也没有放下业余种地的爱好，听说在军校阳台种满了菜，一年前还参战了。偶尔放假，他就到这里来度假。

他依依不舍地道：“栖潮哥，你要早点回来啊。”

崔栖潮轻声道：“有机会吧。”

崔汀把小白抱了过来，它也算是只老猫了，大家的一致看法是，这家伙都快老成精了，估计就差会开飞行器了。

崔栖潮接过小白，小白的爪子搭在崔栖潮身上，他看了小白一眼，小白不会说话，但这么多年相处，他和小白的关系在主宠的基础上更多像是损友，时有调侃。有时他看看小白不服气的样子，也挺好玩的。反正他现在摸完猫，不会立刻去挤洗手液了。

他走进飞行器，从窗口看了一下外面的人、建筑与菜地、林地，回忆起这里最初的荒芜，笑了笑，对小白说了句：“我们下个位面见，好吗？”

小白斜睨他，貌似不情不愿，最终还是若有似无地点了点头。

飞行器升空，驶入了星海深处。

“崔先生，您醒了？”

崔栖潮听到了一道女声，睁开眼，看到了林琳的脸，花了一点时间才找回熟悉感。难怪很多老演员的休息时间比较长，经历的位面多了，记忆与情感难免有一点紊乱。

林琳照惯例递给他一杯温水，崔栖潮喝完了道了声谢，工作人员把他扶起来活动了一下。

林琳含笑道：“崔先生，恭喜，这次非但播放率喜人，我们发售的周边也卖得相当火热，按照当初的合同，所有周边您都有分成，这部分我已经和您的律师确认过了。”

“可以，这个都交给他就行了。”崔栖潮说道。

“还有，之前我们发售了水培机种植套装，所以这次除了观众礼物，更多寄过来的是观众们的种植反馈。”林琳手指拨动几下，将图像都找出来给崔栖潮看。

在他的节目影响下，观众们争先恐后地种菜，水培机都算是最低配置，有的观众甚至把阳台都布置得密密的了。

崔栖潮还真一张一张认真看了，然后道：“不错。”

“您看……”林琳试探地问道，“如果举办一个观众见面暨种植交流会，好不好呢？”

之前崔栖潮拒绝过商业活动，这次林琳学乖了，问起来就说是观众见面暨种植交流会。

崔栖潮也不可能不懂她的心思，看了她一眼道："以后再说吧。"

林琳精神振奋了一些，虽然崔栖潮没答应，但以她对崔栖潮的了解，没有果断拒绝，那就是有转圜余地。

"呵呵，那您先休息吧，恢复过来咱们再聊。"林琳了然，不会逼问以后是什么时候，而是客客气气地请崔栖潮去休息了。

崔栖潮回去看了看自己的作物，调整好了种植参数，吃点东西，看看书，这次休息了三天，才调整好状态。

他和林琳约好了在办公室见面，轻车熟路地过去，坐下后主动开口道："这次在什么位面？上一次的太别扭了。"

"哈哈……"林琳干笑。她当然知道这点，现在崔栖潮的直播内容她是要亲自监审的，她心想，别扭还不是因为你不按常理出牌，看把观众都折腾成什么样了！

这段时间其他直播相似位面的节目，经常出现一看就是从崔栖潮那边过来的观众发的弹幕，刷一些什么"领导者？放生了放生了"之类的话。

"是这样的，"林琳拿出文件，"这次我们的位面相较之前有比较大的改变，属于仙侠修真，您知道仙侠、玄幻之类的吗？"

崔栖潮："大概知道，但并不了解。"

林琳也不觉得意外，从之前的表现来看，崔先生对科学的兴趣绝对大于玄学吧，韦尔斯都想奉他做教主了，他却和人说土壤里的有机质。

要不是这样，公司也不会选择这个题材了……

从崔栖潮开节目以来，一直致力于让观众自打脸，基本上没有让大家如意过，连大家觉得万无一失的社会分化最明显的位面都折戟沉沙了。

他们哪能想到这位还有这个用法啊！

所以这一次商讨之下，大家决定再试最后一次，要是连这个位面崔先生也能肆无忌惮，所向披靡，那他们趁早放弃，别想着让崔先生翻车了，反正播放率也挺好，就随他去吧，随他把所有位面都玩成种田流。

"那就……也不用太担心，我已经准备了一些资料，您大致了解一下。"林琳努力掩藏住喜色，"这一次的起点也会比较低，希望您做好心理准备。"

"嗯。"崔栖潮头也不抬地应了一声，翻看起资料来，忽然想到了什么，说道，"既然是修仙世界，那我的小白不会变成猫妖吧？"

林琳愣了一下："这个……"

崔栖潮心里竟然有点期待，要是小白能说话，不知道会说些什么。当然，要只是普通猫咪，他也不会太过失望。

可林琳说道："其实我也正在措辞该如何和您说，恐怕这个位面，小白不能陪着您了。"

崔栖潮立刻道："为什么？你们查到什么了？"

小白的确一直有古怪，LJJ 也在追查，上次他休息时，LJJ 还毫无头绪。林琳这么说，恐怕是有些线索了。可惜，他和小白还约好了下个位面再见，现在竟然要食言了吗？

林琳为难地道："这个，我恐怕不能向您透露。"

崔栖潮盯着她看："是吗？"

林琳的背上一下子都要出冷汗了，忽然间觉得压力山大，总算面对面体会了什么叫王霸之气……不对，帝王气场。

也许崔栖潮不是故意吓她，但这一瞬间她还是深刻理解了之前崔栖潮有多好说话。

"其、其实……"林琳小声道，"透露一点点也无妨，您也是我们的签约演员，立场相同，不要对外说就行，会影响公司声誉的。小白的数据来源异常。"

数据来源异常？崔栖潮思索起来，林琳不能说太多，这个来源异常指的到底是什么，能让 LJJ 封锁消息，难道来源是外部？

LJJ 这么大的公司，要是让外来数据在他们的服务器里游荡那么久，那可确实够影响声誉的，核心技术都要成笑话了。

崔栖潮也不会把心中所想说出来，片刻后回过神来，只是点了点头："我知道了，谢谢。"

林琳说道："不客气。那个，崔先生，你要是不习惯没有宠物陪伴，不如我从中世纪位面把大白或者大橘给你抽过来吧，也是你养大的猫。"

以崔栖潮如今在 LJJ 的人气，给这点优待不算什么，无伤大雅。

崔栖潮还真的犹豫了一下，然后才说道："算了。"

他刚才情不自禁地想到，要是小白知道他面对"换猫"的选项犹豫了，得气成什么样啊……

第四卷

# 在仙侠修真种田

第 72 章

# 老本行

“三、二、一——”

“Geronimo！”

崔栖潮一睁眼，发觉自己正席地坐着，背后靠着冷硬的石头，四周高木成林，眼前是一片渺渺雾海，其间隐约可见山峦层叠，雾气在其间飘然流动。

这片雾海甚至远无边际，与天相连，与天际那堆积如雪峰的白云相连，与天上落下来的霞光相连，氤氲着淡淡的金光。

刚才还是金属感十足的房间，转眼成了云天雾海，崔栖潮一时间有些发愣，不如平时警醒，直到周遭有声音响起：“好了，该走了。”

他转头看去，是一名着长衫、绾发髻的中年男子，对方不是对着他一人说的，而是对所有人，在他身周还有数十名少年男女用差不多的姿势席地休息。

少年们纷纷站起来，跟在男子身后。

崔栖潮听到有人在身侧议论：“这怎么走？林仙长不是说宗门在对面，没桥没路，咱们怎么过去？就算仙长能御剑飞行，也带不了咱们这么多人吧？”

就在这时，云雾陡然被穿破，一条巨大的鱼从雾中游了出来，慢悠悠地翻了个身，遮去好大一片风景。

少年们惊叫出声。

崔栖潮惊讶地退了一步，这鱼看上去有些像鲸鱼，但是比鲸鱼更大，身体约有半个足球场那么宽。

“好了，这是宗门豢养的雾鲸，我叫它过来载人的。”那位林仙长淡定地团体少年们上鲸背，口中吩咐，“幼鲸性子顽劣，你们莫要引逗它，否则它翻个身，我可接不住你们所有人。”

被林仙长这么一吓唬，少年们行止更加小心了。

人都上了鲸背，林仙长手里捧出一个陶笛，在唇边吹了几下，却没发出声音。身下的雾鲸倒像听到了，身体一摆，向前游去。

幼鲸虽然不如林仙长说的那样，会把人都摔下去，却有些孩子气，一时钻到雾海之中，一时又浮上来，脑袋摆来摆去。

崔栖潮觉得有趣，踩在鲸背上看周遭雾气流淌，求真务实的崔老板头一次感受到仙侠世界奇异的浪漫。

他在心中猜想，林仙长的陶笛吹出来的声音可能只有雾鲸能听到，它们的发声范围可能与人类完全不重叠。

幼鲸再次把头探出雾海时，崔栖潮忽然看到天边有一道长虹迅疾地划过，瞬间便到了他们的头顶，又超越，朝着前头雾海间的群山坠落。

幼鲸欢快地摇了摇脑袋，忽然加速，追赶那道长虹。

林仙长也看了那长虹一眼，对好奇的少年们道："那是新入门的弟子共乘的法器。"

没错，新入门的弟子。

崔栖潮知道自己在这里的身份，一个修真门派羽陵宗的新杂役。

羽陵宗每六十年选录新人，测天资，试灵气，合格者录入山门，从此踏上修仙之道。而杂役，最初只是选些凡人使唤听用，后来则渐渐是由一些也有灵气，却不够充盈，当不了正式弟子的人充当。

因为羽陵宗的杂役也有资格自愿修习一点粗浅功法，这些遗珠抱着一线希望，兴许杂役当着当着，能够开窍，被录入宗门，或是有仙长赏识，另作安排，此前也不是没有这样的先例。

林仙长这么一说，其他人原本因为搭乘雾鲸而兴奋，顿时都黯然下来了。大家都是差不多年纪，命运却如此不同。

他们搭雾鲸，可人家乘法器，因为去接引他们的师长也更厉害，这位林仙长是管理杂务的，修行上不怎么样，使不动那样的法器。

唯独崔栖潮没有什么想法，他本来就不是冲着修仙来这儿的，所以成不成为羽陵宗正式弟子都无所谓。比起那些，他倒是更关心羽陵宗平时都吃什么。采购吗？需要种地吗？

到了近前，方能看清楚，羽陵宗的山峰之间连着索道，只是这时有雾气，藏于雾间看不清。依山建着许多楼阁，檐牙飞翠，掩映在翠枝藤萝之间。最高那座主峰顶上有一座金殿，威仪煌煌，左右阙高逾百尺，上有银榜，上书“羽陵”两个大字，远远望去清晰可见，熠熠生辉。

雾鲸绕过一条条索道，将他们带到了一座靠边缘的山峰，少年们恋恋不舍地下了鲸背，雾鲸对林仙长点点头，尾巴一摆，游出去半里远，钻入雾中不见。

“来吧。”林仙长领着他们到了一处院落，这里住的都是杂役，事务极为烦琐，也因此，他们这些人还要经过分类。

几乎一刻也不得停歇，林仙长拿出早就准备好的试卷与笔墨给他们做。

还有一个摸底测验啊。其他人拿到纸笔都立刻阅卷甚至提笔写了起来，唯有崔栖潮拿着试卷端详了良久。

唉……崔栖潮还真没料想到这一点，语言系统是不用担忧的，他看资料时光注意仙侠背景、常识了，看到试卷才发现上头那些书面用语他多半无法理解。他也学过古诗文，但这些实在有些超纲了。

杂役们也分三六九等，最高一等，打杂也是给宗门中的尊长打杂，看个水火之类的，如是打扫书林，识字还要够多，制造维修日常器物要手巧，知客要口舌灵巧……故此才出了份试卷，稍加分类，让管事知道他们的长短，派去哪里。

最好的，当然是能经常来往尊长们院中，这种素质要求最高，连长相都要端正一些，知进退，懂礼仪，通文墨。如果伺候好了，不奢求指点一二，总有些好处的。

一时间，大家都铆足了劲做题。

除了崔栖潮，其他人不说饱读诗书，但学识绝对不差。穷乡僻壤的人，连羽陵宗招人可能都无从知晓，如果太过不知礼仪，也选不上杂役。虽说是杂役，这里有些人在凡人中说不定家境还相当不错，少说也是殷实。

其他人运笔如飞，崔栖潮看着试卷发怔。他从小到大还没有过交白卷的经历，甚至是满分多少考多少。崔栖潮心里苦笑，难怪林琳说起点低，他平生头一次尝到了文盲的滋味。

好歹字认识，文法虽然不通，许多名词也不认识，崔栖潮半蒙半猜题意，又用白话作答，可想而知是牛头不对马嘴。

崔栖潮是最后交卷的，林淼也就是那位林仙长头一个就看他的卷，险些气笑，上头空白颇多，答出来的又没头没脑，一概是大白话，“我问如何揆影，你大谈如何通过一竿一影长测楼长。我说分预校雠，你给我说记忆法……真是胡言乱语，这个崔栖潮是谁？站起来。”

所有人都张望身周，想知道谁是崔栖潮，明明都是一路来的，可似乎谁也不认识这一号人物。

崔栖潮慢慢站了起来，镇定地道歉道：“才疏学浅，仙长见谅。”

居然是他。少年们暗暗惊讶，来时的路上大家都注意到这人了，他样貌出众，举止又从容，仿佛是被人邀请去羽陵宗作客，像是出身极好，已被一些人当作竞争对象了。所以大家要么不敢，要么不乐意去和他搭话，谁也没想到“崔栖潮”就是这人。

谁知道他居然连试题都看不懂。

林淼本来觉得好笑，看到崔栖潮大方认错的样子，反而觉得可惜。这个孩子从容不迫，以他的年纪极为难得，可惜了灵气不够学识也不够，也不知怎么耽误了。

“唉……”林淼淡淡地道，“既然所学不多，那便去珉糜珠餡楼吧。”

看崔栖潮目中有点茫然，林淼无语地道：“就是膳房！”

崔栖潮这才了然，哦，食堂。

其他少年都暗暗松了口气，只有刚入门的新人或是低等弟子会用到食堂，辟谷后的修真者就不用饮食了。去那里是最没前途的，没机会和高等一些的弟子、尊长接触，还成天被烟火气缠绕，怎么可能有仙缘？现在崔栖潮占了一个名额，他们就安全许多了。

当崔栖潮没了威胁，其他人再看他，反而没之前那么疏离了，在林淼一一分配完后，甚至有人来和崔栖潮打招呼，让他节哀。就连林淼也不由自主地遥遥多看了崔栖潮几眼，却没在他脸上找到任何失落的神情。

“谢谢。”崔栖潮倒觉得还行。他开过食堂，这也算老本行之一了。

崔栖潮带着自己的包袱到了珉糜珠餡楼，虽然名字有些拗口，但这里其实挺有人间烟火气的，毕竟这里的二十几个杂役都是凡人。

杂役招收时间间隔得比新弟子短得多，这次最后只有崔栖潮一个人被派到了珉糜珠餡楼，这里的管事代表大家对他表示了欢迎。

珉糜珠餡楼的管事姓柳，今年已经七十八岁，可是面上看去只是四十来岁，他在这里修行了一些粗浅功法，小有成效。

人都到珉糜珠餡楼了，也没什么好争斗的，反正你干得再好、做得再坏，讨好或得罪的也只是一些低级弟子和新人，要等到这些人爬上去，他们这些凡人的阳寿早就尽了。因此，柳管事对崔栖潮是平淡中带着一丝友好的，叫他先在厨房里看几天事，熟悉熟悉情况。

他安排崔栖潮和一名三十来岁的厨子孟青住在一起，有什么不懂的都问孟青。孟青这人懒洋洋的，基本不会主动介绍，羽陵宗的其他地方、其余情况，崔栖潮不问他就不说。

可崔栖潮要么不问，一问全都是和厨房有关的事。

比如他问孟青：“孟大哥，食材都从哪里来？咱们可有自种地？”

孟青说：“就在此山，有数十亩梯田，由我们珉糜珠餡楼的人看管。米粮、果蔬、香料，皆从此处得，糖、盐每年下山采买一次，肉食山间自有，用得少。这些主要是给未辟谷的弟子食用，偶有辟谷后的弟子会满足口腹之欲。不过，叩金龙后的弟子已经能按时领些灵果，是不屑于珉糜珠餡楼的膳食的。”

崔栖潮算了算，说道：“柳管事告诉我，珉糜珠餡楼日常要满足数百余人的饮食，这样一来，数十亩田照顾得过来？”

孟青一掀眼皮，眼中闪过一丝诧异之色，然后才慢慢答道：“那些田地有门内仙长施过仙法，我们只管播种、收获即可，无论什么作物，一月内即长成，因此这一部分田唤作得意田。”

崔栖潮一时怔住了。

这是什么世界？一个月内长成，也不需要管理！好，仙侠世界的耕作体系和他了解的不太一样，看来有些知识要重新了解了。

还有，一共就数十亩梯田，有什么办法能扩展？自从在无人星肆无忌惮地种了几颗星球后，崔栖潮的胃口就变大了，这点地恐怕无法满足他。

崔栖潮想着，也就问了出来：“孟大哥，要是日后宗门人数迅速增长，一山之田已经无法满足需求，还有其他山峰可以开辟吧？”

“哪里还有？各峰自有用处。”孟青继续怪异地看了他一眼，答道，“人哪会多到得意田都养不起？就算真的有，也大可以辟一处芥子洞天耕种。听闻咱们羽陵宗的云梦真人便有一方难得的芥子洞天，大逾一国之境。”

崔栖潮之前看过资料，里面也稍微解释过芥子洞天技术。所谓须弥纳于芥子，在小小的法器中藏纳一个大空间，但是普通的芥子洞天可能也就一屋一楼，他那时也没想过有人的芥子洞天能那么大，这么说来，要是用作种地确实特别方便……

孟青看到崔栖潮陷入沉思，终于忍不住问道：“你对宗门就不好奇吗？”

崔栖潮惊醒，看着他道：“好奇。”

“好奇你还单问些楼中的事？你对修仙之法难道就不好奇吗？”孟青也是十来岁时没选上正式弟子来做杂役的，起初也处处好奇，和所有刚来的杂役一样，探问修仙的事情，希冀自己也能时来运转，有所际遇，可惜到如今早已心灰意懒。遇到新人，他不泼冷水就算好的了。

没想到他不描绘，崔栖潮也不向往，一点要追问的意思也没有，倒叫他有点奇怪又不满了。

崔栖潮笑了笑，没说话。

孟青也不知道为什么，往椅背上一靠，望着天花板说道：“凡入修仙之途，一步一个坎，每一坎都要绊倒不知多少人。拢共九个境界，说来十只手指都能点清，却是漫漫长路。我同你说一说，也好叫你以后遇到仙长，知道人家是什么样的身份。”

修仙者的九个境界，从入门到飞升，分别要经历：撄宁、涤初、认金龙、听雷、飞仙、杀不得、巡天、绝响和不死生。

所谓“撄宁”之境，即能杜绝外界撄扰，保持心境平和，这是最基础的炼道心。

然后便是“涤初”，灵气渐渐充盈，从内涤荡自身，洗髓，辟谷，完成这个境界，便不需饮食了。

第三个境界“认金龙”，乃一个小突破。到此处，需要试着沟通天地，初步开始修炼心境。

“听雷”境时，便通过精练各类法术，学会将灵气控制自如，也要随时准备听得雷声——渡雷劫。渡过雷劫，则脱胎换骨。

“飞仙”境的修真者并非真的成仙，意思只是他们在凡人眼中算得上仙人了。

与“飞仙”相同，“杀不得”也不是真的杀不得。杀不得境又叫归真神，至此凝练元神，返本归元，不必逐物，皮囊已经不再重要，能够分元神而出。若是一朝陨落，元神也有一线生机，重修一次。

待到了“巡天”境，传说会有异象，称为“攀星入魁斗”，神魂随着北斗星巡天一周，看周天星辰，观地络万千，领悟自然大道。

“绝响”境的修仙者，传说已经无情无欲，这个境界的人绝大多数会开始漫长的精修，所以在这个境界期间，他们做的每一件事，说的每一句话，都有可能成为绝响。

绝响境都不怎么出门了，“不死生”当然更是如此。不死生已是半步仙人，距离飞升只有一步之遥，几乎已超脱生死。当然，真正的超脱生死，还要在飞升之后。

孟青将每个境界的故事娓娓道来，眼中闪烁着他自己也未发现的光芒。

崔栖潮听完有些感慨。他这回可是实实在在感受到修仙世界的浪漫了，要换作是他，大概只会起名：全国修仙者等级考核一级、二级、三级……九级。

孟青说完后沉默了许久，才道：“羽陵宗便有五位绝响境及以上的老祖宗，不知多少年才会露一面。像咱们这样的杂役，终其一生，也无缘得见。”

崔栖潮觉得，他还是对那位有个超级大芥子洞天的云梦真人比较感兴趣，要是他有一个就好了，他就疯狂扩大空间，然后随时种田，多方便啊，他能种个满满的……

孟青见崔栖潮又陷入了沉思，终于有点欣慰，拍拍他的肩膀道：“虽然咱们这个样，但是，也许能像柳管事那样修些功法，或可延寿几年，这样也不错。”

对崔栖潮这个新来的年轻人，珉縻珠餡楼的人是越看越喜欢。

首先他长得好看，沉默却不阴郁，话少做事多。柳管事说让他先看几天事，他眼里却有活，主动做事。一开始帮忙配菜，还会认真地把每种蔬果、香料都尝一点，分辨好味道再配。

过几天，崔栖潮又主动申请去照顾得意田，这个被柳管事拒绝了。他说得意田哪用得着照顾，问崔栖潮是不是没了解清楚。于是崔栖潮又说，那给他单开一个灶吧，他也会做菜。

珉縻珠餡楼每天做几百人的饭食，这里的大厨不是外头酒楼的大厨，还会计较案头上的事，反正要做的饭菜多，柳管事听说他会做菜，许他上灶之前只问了一句：“能入口吗？”

崔栖潮：“能……”

难道食堂菜在哪里都有点相似之处吗？

正式弟子新入门，都住在碫磨院。羽陵宗偌大一个宗派，已经有了自己的培训体系。

新招来的弟子要在碫磨院统一修行，达到撄宁境了，才会正式拜师，由各自的师父给个艺名……不，按辈取字。

世人看仙人收徒，领去仙山，就好像从此大道宽阔。可实际上到了宗门，他们仍是石头，要磨出形才能有个真正的师父。要磨上多久，就看各自的天赋了。

他们好歹还有个院落与专门的师父指点，那些杂役要想入门，只能靠前辈杂役的经验，自己摸索，这也导致了大家更不愿意去珉縻珠餡楼。

新一批的弟子才来了七日，都是少年人，从路上到这几日，彼此混了个相熟。

快到用餐的时间，一名少女趴在石桌上，抱怨道："真是不想吃东西了，这里的饭食简直太粗陋了，我从家里带的点心都吃完了。珉糜珠餾楼，名字倒是起得好听，可哪里来的珉糜珠餾……"

坐在旁边的另一名少女笑了笑，说道："云竹妹妹，你这样重视口腹之欲，可如何进入撄宁境？撄宁境要拂去外界一切干扰，连饭食好坏也能干扰你的心情，这可不妙。那再往后，涤初境还要辟谷呢。"

云竹立刻反应过来，"哎呀"了一声："多谢锦文姐姐提醒了，唉，不惦记吃饭。"

正在这时，不止两人，所有新弟子都闻到了一阵浓烈的香味。大约能分辨有肉食的浓香，必然是加酒蒸了才这么香，嗅觉敏锐的人还能辨认出笋干、松仁等山珍野味的味道，鲜香至极。

和前几日的饭食比，这简直是天上地下，任他们在人间的大酒楼也没闻到过这样的香味。本就到了用餐的时候，这下大家的肚子都要作响了。

只见珉糜珠餾楼的杂役推着小车进了院子，扬声道："诸位公子、姑娘，今日的饭食来了。"

小车上放满了一包一包用叶片裹缠起来的食物，羽陵宗供给这类弟子的饭食不用寻常碗碟，用山里的香草叶片，有宁心静气的效果。当然，对珉糜珠餾楼的人来说，只是省了他们洗碗的时间而已。

云竹只觉得眼前一花，锦文已经闪身扑了出来，只听到她尖叫道："是不是八宝肉圆？我已经闻出来了，是我最喜欢吃的八宝肉圆！"

第 73 章

# 起来，坐下

将叶片展开后，就能看到里头摆着四个肉圆，蒸成黄色，底下淡淡一层酱汁，与香草叶片原有的淡淡清香融合在一起。

肉圆还热乎着，锦文两只眼睛冒绿光，看得云竹怪害怕的。不过清淡了这么些天，乍然看到喜爱的食物，还这样浓香，难免有点失态……不行，她没法解释了，锦文姐姐装得可真好，突然暴露真是吓死她了！

锦文用自己的筷子将肉圆夹开，这八宝肉圆还冒着热气，她迫不及待地咬了一口。锦文年纪不大，却是个老饕，一下就能尝出层次分明的味道分明来自哪种食材。

这八宝肉圆选用的肉，要半肥半瘦的猪肉，珉靡珠餶楼用的猪肉都是散养的猪，小猪在山间捡食为生。羽陵宗山间有聚灵之阵，灵气充沛，否则也不能引得雾鲸在这里繁衍，并为他们所用。猪游走山间，肉质当然也更好。

非但是猪肉，其余所用的松仁、嫩笋、山药、蘑菇等，无不是宗门内所生长。

这猪肉必然是切到极为细腻，再加上山珍丁、香料碎搅拌，一直到十分有弹性，再捏完，加上酒一起蒸熟。

一口下去，口感丰富层次分明，众多食材融于一体却不混乱，统一出一个鲜美之味，有嚼劲却不干，稍微一咬就松开，肉有肥有瘦，真正恰好，不柴不腻。

锦文吃得眼睛都眯了起来，果然，好的食材还是要好的厨师来烹饪，今天这位厨师深谙各种食材的特性，才能将它们统一得如此彻底。

这么一口一口，四个八宝肉圆眨眼间已经没了，而锦文意犹未尽，可剩下的只有青菜与一点米饭了，青菜好像还出自另一人之手，油放得过多了。这也是大锅菜无法避免的问题，分量、火候不好掌握。

不只是锦文，所有新弟子都食欲倍增，只觉得一人四个肉圆根本不够。可惜珉靡珠餶楼的人已经走了，他们无法细问这菜到底出自谁手，以后能不能都换他来做菜啊？

这一日都没吃饱，锦文夜里还在惦记肉圆。

到了第二日，她才喜笑颜开，新弟子每餐也就是一荤一素，这次两道菜好像都是昨日做八宝肉圆的那位师傅做的。

一道山海饺子，馅儿是笋、蕨和虾，取自一口吃尽山海的意思。前者不必说，虾是高山冷水中捕的，肉质鲜嫩至极，剁碎了和笋、蕨小段混在一起，一口下去美味至极。

因为上了饺子，也就没放米饭，另外有一道蒜泥豇豆，豇豆要先焯水再炒，才能又嫩又熟透，软软的豇豆沾着蒜泥与一点酱油，简单却炒得非常香。

十八个饺子、一包蒜泥豇豆，锦文吃得一点不剩，差点把叶片也吞了。

再一天，香蒸芋头、鸡腿蘑菇。

锅烧肉、煮萝卜。

糖醋里脊、桂花莲藕。

……

“娘啊，修仙也太快乐了吧。”

锦文捂着嘴，险些哭出来。

整个碬磨院因为每日的饮食而充斥着奇异的氛围，试想一下，每日生活在山林间，看着雾海间巨鲸游动，修着长生大道，一到饭点便是珍馐美食，这是什么神仙日子？

唯一的遗憾就是珉糜珠餡楼做的饭食向来分量不多，只够成人吃个七分饱，搞得他们用餐前后便心痒痒的。

也有人觉察到了不对，好像心思浮动，可他们本就是刚入门的弟子，才学了几日，定力不够，一闻到香味就有点把持不住。

碬磨院的执事者是一名认金龙境的修仙者，在宗门内不上不下，能执掌新入门弟子训导这样的大事，是因为他虽然修为在认金龙阶段停滞许久，但当初撄宁境曾修得大圆满，又颇通教习之法。

执事每隔半月讲课一次，其余时间留给弟子们自己研读心法，领悟意境。

最近执事也相当快乐，因为他上次去一个还未辟谷的弟子那里做客时，发现珉糜珠餡楼新来的杂役里好像有厨艺了得之人，当时就动了口腹之欲，后来就叫珉糜珠餡楼常送菜牌来，遇到感兴趣的，叫他们也送一份来。

比如今日，珉糜珠餡楼就送了煎鱼来，鱼不过一个巴掌大一条，生在羽陵宗山水中，一年也不过就长这么大。放酒与油小火慢煎，加入葱段、姜片、花椒、蒜末等作料，一点一点入味，酒香也完全渗了进去，煎得表皮焦黄微酥，下酒最好不过了。

执事一口酒一口煎鱼，把煎鱼在汤汁里浸一浸再入口，香酥可口。

他乐呵呵地想，这批新弟子带回来后，宗主曾私底下和他说，今年是遇着大年了，也就是有很多天赋高的弟子。执事自己私底下喜欢把这样的年份叫“丰年”，就跟丰收了一样。

要是教得好，执事那里也有好处，他喝着酒，回忆着几个出众的弟子，暗想有没有人能超越碬磨院此前创下的历史——六代宗主只用了半年便进入撄宁境。

若是这里有人能达到这个境界，前途不可限量啊。别说，他还真的有看好的人，还不止一个。哈哈，今年的确是丰年。

想着，执事又喝了一大口酒。

相较之下，崔栖潮过得就要艰苦得多，修仙世界没有崔栖潮熟悉的现代科技，虽然也有方便之处，但更多的是不习惯。

更重要的是，崔栖潮打听到了，芥子洞天是锻炼出来的，至少要“听雷”境的修为才可能掌握如何制作芥子洞天，还不是每个人都学得会的。即便有人使用他人给的芥子洞天，要想使用，也至少要“认金龙”境的修为才能将芥子洞天炼化。这是普遍意义上的认知，有没有他法尚未可知。

因为这个世界的特殊之处，加上他们的节目形式，所以时间流速将会是动态的，在他入定修炼的时候，与现实世界的流速会快到极点，否则修仙者一入定就是那么多年，回去后现实里不知都过多久了。

其实崔栖潮不是很想修仙，修仙实在不是属于他的浪漫，但他又想要芥子洞天。

最惨的是，现在的情况也不是崔栖潮想就能成功的，他的起点真的很低。就算他想单单种地，也得把地位提高，怎么也要在杂役里做个管事，才有机会管地。

无论修仙还是当管事，文化都是一个坎儿，否则不管修仙功法还是宗门规则都看不懂。

作为修仙世界的文盲，崔栖潮想弄懂这个世界的规则，还得先自学一下古文。好在他有耐心，从看书开始。

崔栖潮找孟青打听了一下这里有没有图书馆：“孟大哥，我学识不够，想找些书学学，有地方能借书吗？”

“书林啊。”孟青看他一眼，日子久了，孟青也听说了崔栖潮考试时的表现，但崔栖潮平时表现得好，这时说的话更显出有好学之心，孟青的态度已经不像一开始那样爱答不理了。

孟青带着隐隐的自豪语气说道：“在羽陵宗，即使是杂役也能进书林，只是不能自行随意翻阅高深典籍，以免不懂不通反而走火入魔。那里藏书之多，堪称天下第一。你可知道宗门为何名为羽陵？”

这个崔栖潮当然不知道，太细的设定他没空看。

孟青解释道：“传闻开山祖师方寸真人东游，入羽陵山，遇司书之鬼长恩，正在曝书，卷帙浩繁如海。真人讶异长恩以鬼身，宁愿被烈日灼烧，也要晒书，于是留下帮长恩一同晒书。

“后来长恩飞升，据说成了书神，那些典籍也全留给了真人。藏书之多，包罗万千，非但有人间学问，更有长生大道，真人阅尽藏书后顿悟，开宗立派，指地为名，便称为羽陵宗，奉长恩为祖神，传到今日已是第十三代宗主。

“方寸真人收徒后，祖师根据弟子脾性，各授道法。从此，羽陵宗以雾海、藏书、千百道法名满天下！”

崔栖潮心想：难怪他们说话我都听不大懂，这不但是文言文的问题，藏书那么多，活得那么久，引经据典还不是信手拈来？

不过崔栖潮也不气馁，怕什么都不会怕读书，他虽然主修理工，历史上还弄错了牧羊猫的出现年代……但学习能力还是可以的。

崔栖潮在书林找了些大部头回来，包括训解词义的辞典。他的姿态放得很低，他就算有再多未来学位，在这里和文盲也只有一线之差。

白天干活，晚上看书，背，狂背，他还去把之前做的试卷拿回来了，勉勉强强能读懂题目了，等学完再一遍遍答上面的题。

与他同期进来的杂役，去书林借的都是前人讲解如何修心的书了——对，这里也有参考书，只是名字可能不像《三百年速成认金龙》《撄宁境点拨训练》那么夸张，都比较私人性质，更像是自己的心得体会。

有不少就是本门弟子从前留下的，羽陵宗学风还是很盛的，同时宗门也鼓励大家交流，如果写的心得有一定参考意义，又愿意放入书林，会给予一定奖励。是以羽陵宗藏书之余还著书的情况，在修真界是最广泛的。

他们见崔栖潮看的还是字书辞典，不禁心中暗笑。这人真是只有皮囊好而已，看着挺有气势，却到了珉糜珠餇楼，还要从头念书。他们当初怎么会把这人当成威胁？真是被外表给骗了。

崔栖潮也不理会别人的眼光，频繁出入书林，那些人只看到他借阅字书辞典，却没仔细算算，他的阅读速度其实非常惊人。

大约过了三个月，硍磨院执事才觉得不对劲，为何自己看好的弟子进展如此之慢，而且是透着古怪的慢？

执事半月才授课一次，中间的时间就是让弟子们练习入定，初期一次入定怎么也要一整天才合格，多则三五天，因为是凡胎肉体，还得借助一些辟谷丹进行。也是因为大宗派有些小辅助，弟子入境才能更快。

可是执事检查时，觉得他们理解透了，入定也很快，时长却鲜有超过一天的。

这些弟子都是凡间出身，头一次踏入修真界，故此不知道。可执事怎么会不知道？通透了却入定极短，这更像是被人打搅。难道这一批弟子竟然互相妒忌倾轧？

照这么下去，别说破历史纪录，这些人还能不能顺利入撄宁境都是个问题。

执事连忙暗中观察，这才发现岔子竟出在珉糜珠餇楼。他这些日子饮食十分顺心，却一时疏忽了，这些弟子年少，心思容易浮动，竟被美味佳肴勾得无法安心入定。心志最坚定的不过入定满一整天，比较浮躁的人，入着定，闻到香味又爬起来用三餐了。

就这个样子，进度能不慢吗！

执事原本想直接找到珉糜珠餇楼，叫他们换了硍磨院的饮食，忽然觉得不对。事已至此，这些弟子已经尝过了那些美味，如果乍然换了，可能不是帮助，反而会令他们的道心留下一丝瑕疵。

要是一般弟子也就算了，偏偏这批弟子中有不少美玉良才，谁也不知道这一丝瑕疵日后会给他们造成什么样的影响，这可大可小。

如此一想，执事索性将情况汇报给宗主："是弟子监管不严，竟在大年出了这样的纰漏，让珉糜珠餡楼影响到碾磨院的修炼。"

宗主轻笑一声道："不必太过自责，这些弟子多有向道之心，能够被影响到这种地步，应当是珉糜珠餡楼的庖人厨艺出神入化。我看他们，说不定因祸得福。"

执事想到自己也尝了那些菜，确实，连他这个撄宁境曾大圆满的修者都有些贪恋了，他训导弟子，也不是一味给他们提供便利，还会刻意加外力干扰，却比不过那些美味佳肴的影响，可见此人厨艺确实了得。

他一个恍神，连忙答道："弟子也是这样想的，如今只能不进行阻挠，叫弟子们自己冲破这一关。若是在这样的干扰下还能入境，日后必定道心坚如磐石。"

他们轻描淡写，进一步则是圆满，可若停滞不前，那就只能一辈子待在碾磨院吃食堂了。

宗主正要挥退执事，忽然心有所感，脸色微变，望向东方山峰。

执事境界不够，只见宗主面色有异，小心地问道："宗主？"

"师叔出穷绝峰了。"宗主一语惊得执事嘴都张开了。

宗主和如今宗门内长老级的修者都是十三代弟子，她已是千年前成为宗主，比她辈分还高的，只剩下那五位已然绝响的老祖。

执事入门以来，都未曾得见任何一位老祖宗，他心中以为五位老祖宗都不会再出关了。

换个方向想，绝响境的老祖宗出关，是其修为有变，还是宗门要出什么大事了？

宗主来不及再与执事说些什么，她要立刻去师叔座前听训了。执事站了一会儿，自己带着激动回去了，也不知道出关的是哪一位绝响师祖。

非但是宗主，宗门内杀不得境以上的修者，其中包括八位长老，都一同赶往悬圃，也就是师叔所住之处拜见。

这位师叔乃绝响五祖中的谈微真人，八百年前留下一句遗音就闭关不出了，所有人都以为那一句便是师叔的绝响，没想到他竟然再次出关了，叫人惊愕至极。

谈微真人出穷绝峰，入悬圃，给宗主传音，她才知道师叔的动静。其余长老遇见她，都问她师叔为何出关，她只皱眉道："我也不知。"

他们这么多杀不得境以上的修者，谁也感应不到发生了什么事，难道是师叔自身出了大事？

点了点除了闭关之人都齐了，宗主才在悬圃之外恭声道："弟子燕春秋拜见师叔。"

春秋是宗主的道号，宗门内外多要尊称她春秋元君，唯有在尊长面前，她才如此谦恭。

慢她一步，其余人等也纷纷跪下报名，心中忐忑。其实他们只是按照礼仪跟着宗主来，原以为老祖不会见所有人，谁知片刻后，里头传出一道清朗的男声："进来。"

燕宗主率众进入悬圃，只见大门敞开，屋内上首坐着一名勾手抵着下颌的男子，外表看上去还不到三十，生得俊美，眉宇中带着几分傲气，身着月白色法衣，气息深不可测。

燕宗主嘴唇动了两下却没说话，大家都觉得绝响境已经无情无欲，其实主要是他们那个境界已经很少有能撩动心意的事了。但凡事总有特例，比如谈微师叔。要不是他境界仍然高深，单看那神情，旁人恐怕要以为他修为倒退了。

"师叔闭关已久，本以为已留下绝响之声，今朝出关，弟子惶恐，不知师叔有何吩咐？"燕宗主跪下说道。

谈微真人看她一眼道："你先前在金阙和人说什么？"

燕宗主之前召见砥磨院的执事，就是在阙楼上，到了谈微师叔这个境界，宗门内的事自然一念之间了然于心，她只是不懂对方为何发问，愣了一下，才说道："砥磨院执事来报，新入门的弟子因珉糜珠餶楼饮食味美，修为迟迟未有精进。不过弟子以为，此事恰好用来磨砺弟子，若能入撄宁之境，也是好事一件。"

其余人虽然心里好奇珉糜珠餶楼的食物为何能迷住那些新弟子，但因在谈微真人面前，半个字也不敢多说。

谈微真人道："哼，我看是这厨子包藏祸心，你把人叫来，我要教训一顿。"

疯了，十二代的老祖出关，就为了骂厨子吗？而且说好的绝响境无情无欲，淡然到话说一句少一句呢？

众人拼命思索着里头有什么玄之又玄的含义。

谈微真人又扫了众人一眼，看得他们心头一凛，宛如被万年积雪冲刷过。

这个屋子里全是羽陵宗的大人物，可谈微真人有吩咐，下首一名男修立刻站了起来："师叔祖、宗主，弟子往珉糜珠餶楼走一趟吧。"

燕宗主看了看师叔的脸色，说道："好，云梦速去速回吧。"

悬圃内众人莫名至极，绝响境老祖宗出关的消息也顷刻间传遍了羽陵宗，引得上下震惊，一时间所有人都在讨论缘由。

这时崔栖潮正在后厨写食谱，珉糜珠餶楼也有一些食谱，比起崔栖潮在大学食堂的要雅致得多，但味道确实不怎么样。他来了后便逐一改良，让其两全其美。

正是这时候，柳管事忽然跌跌撞撞地扑进来："崔、崔栖潮，你快来，云梦真人在外头找你！"

崔栖潮立刻跟着他往外走："云梦真人？就是那个芥子洞天特别大的云梦真人？"

柳管事也知道绝响老祖出关了，可哪里料得到云梦真人来和老祖有关。他还在想到底出了什么事，平时崔栖潮就对云梦真人特别感兴趣的样子，难道背着大家做了什么？不对啊，云梦真人分明是问碬磨院那些饭食是谁做的。

可惜也容不得柳管事想那么多了，崔栖潮一出去就看到一名男修持剑而立，腰间悬着一个小巧的玉壶，必然就是云梦真人，那玉壶就是他炼为芥子洞天的法器。

说起来，崔栖潮一开始向柳管事打听云梦真人，还以为这是个女修，因为名字有些女气。

还是柳管事告诉崔栖潮，云梦真人还是凡者时，住在云梦泽旁，后来羽陵宗修行，因思乡之情，索性自号云梦。而到如今，因为日久天长，泥沙沉积，大泽干涸，云梦泽早已成为一片平原。

“你就是崔栖潮？随我来吧。”云梦真人对崔栖潮笑了笑，拉着他的手臂，抛出飞剑，踏剑返回悬圃。

御剑飞行，转瞬即到，和悬圃还有一段距离时，云梦真人即停了下来，以免显得不敬。他想想这孩子不过是刚入门的杂役，待会儿恐怕要被吓到，低声安抚道：“等会儿进去跪老祖，只认错即可。”

其余他也不便多言了，料想宗主定会为其开脱。一个厨子做饭做得好吃，能包藏什么祸心？即便导致碬磨院弟子境界停止，他也不可能是有意为之。其本人更是一丁点修为也没有。

崔栖潮也不知发生了什么事，茫然地点了点头。难道他做饭时不仔细，里头遗漏了脏东西？不可能啊，他很注意食品卫生的。

不过眼下机会难得，居然能见到云梦真人，崔栖潮赶紧问道：“真人，听闻你的芥子洞天大逾一国，那里头可有日月光照，种了粮食作物能像在外头一样生长吗？还是要像得意田那样施法？”

云梦真人好笑，不知者无畏，小杂役到了这时候还有心情多问。他轻笑一声，竟有些喜欢这份天真，说道：“大逾一国怕是旁人夸大了，我出身云梦泽畔，十分思念家乡，便用此壶装了半个云梦泽带在身边，已是满满当当。不过此中藏云梦囊山湖，草木丰茂，自有灵气充裕，何须日月光照？”

言语间，两人已经到了悬圃之前，云梦真人示意崔栖潮噤声，领着他进门。

云梦真人刚一进门，还未开口，便听老祖说道：“云梦出去。”

云梦真人茫然地看向宗主，可宗主也是一般茫然，然而师叔祖有令，他也只好安抚地看了崔栖潮一眼，然后出去了。

崔栖潮也不知道这里都是些什么人，虽然他们收敛了气息，但光看样貌气质也知道不凡，就是不知道为什么上座那个男修一直盯着他，普通人可能早就发毛了，他还能保持镇定。

燕宗主一看，这珉糜珠韬楼的杂役竟然还有几分淡然自若的派头。她刚想张口让小杂役给老祖磕头行礼，谈微真人已开口了。

谈微真人：“坐下！”

众人一头雾水：什么情况？不是叫来兴师问罪的吗？他们来了还得先磕个头，为什么小杂役直接就坐下了？

崔栖潮见他是看着自己说的，而且看起来是做主的人，就找了把椅子坐下。

他刚一坐下，谈微真人又面无表情地道："起来！"

崔栖潮慢慢站了起来，疑惑地看着他。

谈微真人高高在上地俯视崔栖潮，看样子好像有点开心："坐下！"

崔栖潮无语地重新坐下。

下一刻，谈微真人果然又道："起来！"

众人彻底蒙了：这什么跟什么啊？！！

第 74 章

# 一步登天的杂役

崔栖潮来回坐下起立三四次，谈微真人才作罢。

燕宗主等人都一脸异色，一时又不敢作声。一个境界的差距犹如天壤之别，谁知道谈微真人有什么……深意。燕宗主努力说服自己，没错，里头一定有深意。

崔栖潮却感觉到十分古怪，从这行为和谈微真人的眼神中，他竟然感到一丝熟悉感。他眯了眯眼睛盯着谈微真人看，却见对方已经避开他的眼神，冷冷地道："说吧，你干了些什么？"

"恕晚辈实在不知。"崔栖潮慢慢说道。谈微真人避开他的眼神，他反而更觉得奇怪了。

燕宗主轻声道："近来碫磨院弟子因贪食，境界停滞不前，听闻食谱皆出自你之手？"

崔栖潮这才知道为什么，大方承认："确实如此。我改动了一下原来的食谱，倒不是自创，只是精确分量，让味道提升一点。"

这可不是提升一点，而是让碫磨院的弟子都中招了。

谈微真人立刻道："真是胆大妄为，你可知道因为此举，碫磨院的弟子仙途都被你耽误了，真是可恶！"

他说着还不尽兴，竟愤然站了起来，长篇大论地指责崔栖潮。

其他人：这一幕不会是他们的集体幻觉吧？修真界何曾出现过如此话……口若悬河的绝响境老祖？对方还指着一个懵懂的小杂役骂，除非这小杂役是不死生级别的高人伪装的，否则以他们的眼力看去，就是个清清白白的普通人，不可能包藏什么祸心。谈微真人骂他，根本毫无意义啊！

燕宗主试探着道："师叔，他入山不过三月，应当真的只是意外，劳您亲自训示。我看，不如将他从灶上罚下，珉靡珠韬楼有得意田数十亩，叫他手植数亩以作教训，如何？"

她抢在师叔得出结论前提议，希望师叔看在她的面子上能轻轻放过这小杂役。这么个小杂役，怎么承受得起绝响级别的怒气？

谈微真人的脸顿时黑了："不行。"

燕宗主委婉地道："无论内门弟子还是杂役，都并非卖身宗门，也有父母家人，咱们将人领走，虽不能保证人人得享长生富贵，但是自羽陵宗立宗以来，从未发生过凌虐门人的事情……”

谈微真人看了她一眼，燕宗主不由自主地噤声了，心中叫苦。师叔这到底是怎么了？她虽然是宗主，但面对这位长辈，他若是真要出手，便是杀了这小杂役，在场所有人加在一起也挡不住他。

其余人也觉得不妙，师叔要杀人，他们本该劝阻，但事实上是面对绝响境的老祖，燕宗主职责在身，还能吭几句，他们却被谈微真人的气机一锁，顿时动弹不得。

谈微真人目光一沉，说道：“这样的人怎堪继续在珉靡珠餾楼，将他调来悬圃给我扫院子！”

燕宗主一声“且慢”卡在喉口，险些一口气没上来。

他们没听错吧？珉靡珠餾楼是后厨，而不是什么大好去处吧？从珉靡珠餾楼调到悬圃，您确定这是什么惩罚？

大宗门内的高境界修者，哪里需要凡人杂役侍奉，就是有个需要，也是座下弟子代劳。虽说师叔没有弟子，可若有需要，多的是小辈愿意来。高人动辄闭关几百年，凡人杂役怎么经用？

无论如何，既然师叔这么说，小杂役的命应该是保住了，而且师叔语气之间好像一时半会儿不会继续闭关。

燕宗主恍惚道：“师叔仁善，那你还不快谢过真人，收拾东西立刻搬来悬圃？”

崔栖潮站起来，不卑不亢地道：“真人请坐，容禀。”

大家心想，小杂役态度大气，可是十二代老祖岂能你说坐下便坐下，同你一般？

下一刻，方才站起来骂人的谈微真人已经重重一下坐了回去。

众人：“……”

谈微真人：“你说！”

崔栖潮心里有数，淡淡地道：“晚辈甘愿受罚。只是自来宗门，我待在珉靡珠餾楼虽然只有三月，但同僚们照顾良多，希望能容我做最后一顿饭再离开。当然，可以不送去碾磨院。”

“就这个？”谈微真人似乎不理解这点事，还专门让他坐下来听，“准了。”

他又坐了一会儿，不耐烦地道：“事情都说完了，全都待在这儿干什么？”

燕宗主呆呆地行礼，退下。

所以，师叔你真的什么其他话都没有了吗？你出关就真的只是为了教训了一个杂役？

到现在，他们都不敢确认师叔那真是在教训，毕竟他还把人要到了悬圃。出了悬圃，众人对视一眼，各生心思，只是不敢宣之于口。

到他们这个境界，还能屡屡陷入震惊，实属难得，也只有谈微真人才能做到了。

燕宗主招手，把走在最后的崔栖潮叫来：“师叔既招你入悬圃，便仔细行事，侍奉真人，其余事倒不必太过在意。你告诉珉靡珠餾楼的人，你留下的食谱让其他厨子照做，继续给碫磨院送去。”

碫磨院的人是一定要过这一关的。而且，她也想试一试师叔的态度，若是师叔对碫磨院的人继续如此毫无反应……

“是，仙长。”崔栖潮记得刚才这人一直在为自己分辩。

有人在旁边轻笑着介绍：“小孩儿，此乃羽陵宗主春秋元君，你可记住了，别再叫仙长。”

“是，多谢元君。”崔栖潮这才知道这是羽陵宗的宗主，在柳管事口中，也属于难得近距离亲见的人物，那看来谈微真人在羽陵宗的地位比他想象的还高。

这时之前被赶出去的云梦真人缓缓走了过来，好奇地道：“师叔祖如何惩治的这孩子？”

众人一时间，竟不知道如何说是好。

一位长老干巴巴地道：“师叔祖调他入悬圃伺候。云梦啊，既是你接来的，你再走一趟，送他回珉麇珠餾楼收拾吧。”

“等等，”燕宗主深吸一口气，说道，“还是我亲去吧，师叔的吩咐，大意不得。”

除却云梦一时还反应不过来，处于震惊之中，其余人等却已恍然。没错，不能叫云梦去送，方才谈微真人还把他赶出去了，虽然没斥责，也不知为何，但再叫他接送一趟，岂不是故意惹谈微真人？

崔栖潮被云梦真人接出去一趟，再回来时，就是燕宗主送的了。面对云梦真人柳管事还说得了几句话，在燕宗主面前，他就结巴得不行了。

燕宗主让崔栖潮再待上一日，明天派人接他去悬圃，便走了。

柳管事一时都没想起悬圃是什么地方。

但是羽陵宗的消息传得飞快，等崔栖潮进厨房上灶自顾自炒菜，还没炒完时，连孟青也知道了，崔栖潮是要去侍奉那位刚出关的绝响老祖谈微真人！

这消息震得他们不知所措，这也太快了吧？

修真界从来不缺奇遇，但是从谈微真人出关到崔栖潮得入悬圃，拢共花了也不到一个时辰吧，其他杂役这时候或许还没来得及攒够胆量去打谈微真人的主意，这边就已经成功了。

崔栖潮到底做了什么，能把绝响境的老祖都打动？

悬圃之内的事并未外传，大家都以为崔栖潮是讨好了谈微真人——虽然真相同样不可思议，压根没人听说过绝响境老祖能要凡人仆从的。

曾经私下暗笑过崔栖潮徒有外表的人眼睛红得都快滴血了，都是刚入门的杂役，崔栖潮还是在最底层的珉麇珠餾楼工作，现在却要去悬圃。

谈微真人身旁没有僮仆，也无弟子，他就是第一个，也是目前唯一的一个！

在杂役这个层次来说，无异于一步登天。真是让人好奇得很，崔栖潮有什么奇遇……

相比之下，琨靡珠韬楼的人虽然心中也有淡淡的嫉妒，但不至于太过，反而因为都在一处，自然而然产生了继续保持友好关系的想法。

“据说谈微真人是绝响五祖中战力最高的，却未曾传下衣钵，你此番到了真人身边，说不定能得几句指点，必然受益无穷，甚至踏入撄宁境，成为正式弟子。”孟青对羽陵宗的情况如数家珍，此时感慨地说道，已经有了无数幻想。

其实他们也对崔栖潮到底做了什么非常好奇，只是不好意思问，怕崔栖潮误会罢了。大家到底也只相处了三个月。

“是啊，往后一说，还是从我们琨靡珠韬楼出去的，这可真是有面子了。”柳管事也道，“以后就少见了，你多保重。”

崔栖潮一边切菜一边说：“呵呵，可能以后还要经常过来。”

柳管事奇怪地问：“何出此言？”

崔栖潮笑而不语。他还惦记着那些得意田呢，真想研究一番，这个世界的能量规则、种植系统太让人好奇了。

“这些都不是食谱上的，是我以前就会的家常菜，多谢各位前辈的照顾了。”

干煸花菜、茄子肉末、清炒白菜、三鲜汤和青椒猪头肉，都是崔栖潮在C大食堂做过的，确实都是些家常菜，但因为羽陵宗的食材格外鲜嫩，用这里的情况解释，就是可能除了氮、磷、钾还吸收了天地灵气，与崔栖潮的手艺结合在一起，产生了一加一大于二的效果。

现实中，林琳拿着技术部给的报告，拼命抓头发：“怎么会这样？你们这么多人，怎么能追查不到来源，还连痕迹都找不到？”

从他们发现小白有异，到现在时间也不短了，前些天更是正式开始调查，想截住小白的数据。服务器被闯入本来就很丢人了，更丢人的是这么多人居然抓不到闯入者。

这时候，实时通信中技术部的人突然喊了一声：“等等，隔壁说疑似发现‘小白’了。”

林琳精神一振：“在哪里？”

对方结结巴巴地道：“在、在崔栖潮正待着的位面……崔栖潮做了道青椒猪头肉，就检测到了异常波动。”

作为长期盯着崔栖潮的节目的人，林琳当然知道青椒猪头肉是什么梗，又为什么产生令对方被发现的波动，这让她甚至有点想笑。

可是当她知道疑似小白的数据已经深度参与了崔栖潮在仙侠位面的生活后，她就笑不出来了。

“怎么办？不知道能不能做到强制抽离小白，而且这样一来可能耽误节目播出，得回溯，让崔栖潮重新录。”

怎么办，怎么办……

林琳又要挠头了，这件事公司已经全权交给她处理，她也很为难到底怎样才能万全，半晌才咬牙道："剪去可疑镜头，如常播出，然后你们装作没发觉异常，集中调查！"

第二天燕宗主派了人来接崔栖潮，她心里有计较，选了自己门下一名亲传弟子飞光。飞光是燕宗主散修旧友的孩子，因此到了羽陵宗，没经过碾磨院，由燕宗主亲自领他入境。

年纪小、辈分大、地位高，如果说崔栖潮是杂役里的人生赢家，那飞光应当算正式弟子里的人生赢家。

燕宗主派亲传弟子引路，除了尊重师叔之余，也未尝不是存了一点让飞光可以借机在师叔面前露个脸的心思，加上她知道飞光为人热忱。

这倒让柳管事又受了一次惊吓，看到宗主的爱徒亲自过来，半天才镇定了心神，给飞光引路。

在羽陵宗这么久，飞光还真未踏足过珉糜珠餶楼。他跟着柳管事进去一看，崔栖潮已经收拾好了包袱，正在不紧不慢地用香草叶打包糕点，看样子是想带过去吃。

柳管事知道崔栖潮不懂的东西多，还没走近就扬声介绍："栖潮啊，飞光仙师来接你了，你快来行礼，这是宗主的高足。"

"何须多礼。"飞光大大咧咧地一挥手，走到案前，笑嘻嘻地道，"这糕点是你做的吗？听说你以一人之力，搞得碾磨院的新弟子分寸不进。我听说后就想尝尝到底是什么样的美味了。"

"仙长。"崔栖潮还是躬了躬身，"这是栗子糕。"

飞光捏了一块吃："哇，好吃。"

这是栗子加糯米粉与蜂蜜做的，甜而不腻，软糯弹牙，栗子香气极浓，飞光一边啃，一边看崔栖潮继续打包，趁他包完又从里面拿了一块，嘿嘿一笑道："我再吃一块。"

飞光虽然也是认金龙境的修者，但平常多潜心修炼，看起来还有几分活泼，面容也是二十出头的模样。

崔栖潮当然不会说什么，包好了糕点："有劳仙长带路了。"又对柳管事等人点头挥别。

"走吧。"飞光拍了拍手。

羽陵宗各峰多有索道相连，但珉糜珠餶楼在外侧，悬圃却在靠中心的地方，要是单靠崔栖潮双脚走，不知道要走多久，而且崔栖潮还不认路。

飞光唤来雾鲸，又对崔栖潮解释道："我们搭雾鲸过去，好让你看看路。你是侍奉师叔祖的，但为凡胎肉体，所以师尊格外优待，会传你鲸笛，日后你若外出，可换雾鲸代步。”

崔栖潮点了点头：“还请代我多谢宗主。”

他盯着脚下的雾鲸，这只比头一次来接他们的幼鲸还要大一点，也沉稳一些。他不禁若有所思，羽陵宗种植业虽说不是很发达，全靠仙术，但是养殖业还是发展得很不错的，看这雾鲸多大一头，若是用来食用，鲸之大，十年八载也吃不完……

雾鲸莫名身体一寒，摇头往前继续游。

“不客气，兄弟，你可是咱们羽陵宗独一份。”飞光冲崔栖潮挤了挤眼睛，换作其他很多修者，估计会不屑和凡人称兄道弟，可飞光就是随心所欲。

尤其飞光看到崔栖潮也没有半点类似受宠若惊的异样神色，就更是满意了，不愧是被师叔祖看上的人。

“仙长有芥子洞天吗？”崔栖潮抓紧机会采集着数据。

“叫我的道号飞光就行了。”飞光随意地道，“我自己还没法炼，师尊赐了我一个，我用来装些杂物，唉，花了我好长时间炼化。”

崔栖潮又打听了几句芥子洞天的详细情况，发现飞光的和云梦的还不大一样，他的芥子洞天里的灵气就没云梦的充裕。

不多时两人已经到了悬圃，飞光神情一肃，领崔栖潮再入悬圃：“师叔祖，弟子奉宗主之命，送崔栖潮前来。”

半晌师叔祖也没有回答，飞光疑惑地抬起头，难道师叔祖又闭关了吗？

“师叔祖……”

话没说完，里头传来清晰的冷哼声。

“哼！”

飞光吓得趴在地上：“弟子惶恐，师叔祖请示下。”

崔栖潮拍了拍飞光的肩膀，冷静地说道：“真人，我可以开始干活了吗？”

飞光瞪大眼睛看着他，冲他努嘴，想示意他别说话。

谁知莫名生气的师叔祖却又道：“你这懒货，还不去。”

崔栖潮对飞光点了点头，飞光就一脸怀疑人生地退了几步，口中说道：“弟、弟子告退了？”

不见师叔祖有回应，他只好一步三回头地离开了。从头到尾，他也没见到师叔祖的一根汗毛。

崔栖潮进了屋子，只见谈微真人坐在上首，还是昨天那个位置，还是昨天那个姿势，只是眉宇间多了几分怨气。

谈微真人瞪了他一眼：“还不去洒扫？”

崔栖潮把包袱往桌上重重一放，谈微真人身体立刻弹了弹，又勉强坐定，只听崔栖潮若无其事地问道：“真人，您吃栗子糕吗？”

他把香叶打开，露出里头的两块糕点。

谈微真人立刻大怒："飞光吃剩的你给我？"

真人神识一扫，自然什么都知道，包括从猪头肉到栗子糕的事。

崔栖潮自己吃了一块，似笑非笑地看了谈微真人一眼，眼中分明写着几个字：你这是要装糊涂吗？

谈微真人语气阴沉地道："本座不知道你在说什么。"

崔栖潮上下打量谈微真人，微微一笑。呵呵，相处那么久，小白平时尾巴一翘，他就知道对方是要作死还是撒娇，谈微真人昨天说不到五句话就露馅了。

虽然貌似很不合理，与林琳所说也不符，但刨去一切可能，剩下的再不合理也是真相——他敢说，谈微真人壳子里装的要不是小白，他这辈子种田亩产都不过百。

不知道 LJJ 现在具体是什么情况，崔栖潮的心态却平和得很。既然小白要过把瘾，就让它过把瘾吧，看昨天那个劲儿，以前可憋坏了吧。真是意料之外，情理之中。

崔栖潮把手伸到谈微真人面前，谈微真人立刻条件反射地也把手伸出来，搭在他的手掌上。

崔栖潮握着他的手上下动了一下，盯着他淡淡地道："日后若有伺候不周的，请真人恕罪。"

谈微真人："……"

哇，这个世界好不一样，我一般是不看东方玄幻的，为了崔老爷，追了。

不用打理的田？这样的田还有灵魂吗？

这样的田你崔还没资格种，有没有看到崔栖潮脸上那点怅然若失？虐死我了！

呜呜呜呜，太可怜了，没办法种地，这个世界难度太高了，我们崔什么时候吃过这种苦，在哪里不是上来就种地？

我看过无数类似剧情了，后来肯定要么这个老祖想夺舍，要么就是你崔是他的故人的孩子之类的，刚才是在测试心性。调到身边传神功，你崔原地飞升，然后肆无忌惮地种地，完美！

哪个世界没有看上崔栖潮的，什么时候成功过？我心态非常稳，崔栖潮肯定不会耽误大业。

第 75 章

# 原地升级

崔栖潮的打扫院子，就是把房屋前后划出份地来，然后锄杂草。昨天他在这里的时候就打量清楚了，晚上回去在心里都想好该怎么种了。

前面就搭上架子，种点丝瓜、南瓜、冬瓜、黄瓜，下面种玉米，后头就种点辣椒、茄子、土豆、豌豆之类的，他都给安排得仔仔细细了。

地是不大，但对崔栖潮来说，可算是解了燃眉之急，来这里三个月，什么都没办法种，心里着实有些烦躁。在地里这么一忙活起来，崔栖潮心里才宁静了一些。

不过悬圃的地还真是好，也不知道羽陵宗的灵气到底都是些什么物质，对土壤有没有影响，植物都长得好也就罢了，这地土块松散黝黑，呈现完美的团粒状，轻易便能拨开，根本不用犁地，状态完美，仿佛能够呼吸一般。

崔栖潮抓了几把土看，简直爱不释手，想立刻就把种子埋进去。

崔栖潮沉浸在除草中无法自拔。

屋里头，谈微真人坐立不安，不住地探查外面的情况，等到日头偏移正中了，他终于没忍住，黑着脸走出去："这都什么时辰了，你打不打算做饭了？"

崔栖潮略微诧异地问道："真人还需要吃饭吗？"

谈微真人一时语塞。

半晌，他才含混地道："绝响境的事，你懂什么。"

崔栖潮手里捏着一把杂草，站直了道："那绝响境要照一日三餐吃吗？"

谈微真人："要啊！怎么了？"

"没什么。"崔栖潮自然地道，"我这就去。"

不就是给小白做饭，难道他还做得少了？小白也不是第一次叫嚷着催他，顶多从"喵喵喵"变成了人言，态度倒是差不多地作死。再说，他刚才沉浸在除草中，这会儿才觉得自己也有点饿了。

崔栖潮知道小白喜欢吃银鱼和三文鱼，其次是牛肉，但是这里没有银鱼和三文鱼，悬圃也没有厨房这种地方，他直接回珉縻珠錧楼做了。

虽然崔栖潮早就说过自己以后可能还会常来常往，柳管事见着他还是惊了。这才走了半天多吧，就回来了？

"借一下灶台，真人要吃牛肉。"崔栖潮说道。

柳管事心想：谈微真人怎么还会吃东西？太神奇了！转眼看到崔栖潮在挑牛肉，

又失声道："你就给真人吃这种牛肉？"

崔栖潮仔细看了看手底下的牛肉："这是新鲜的吧。"

"我不是这个意思，"柳管事急道，"那可是谈微真人，这寻常牛肉怎么配？你还不得去找找什么灵兽之肉？"

崔栖潮："嗯？可是谈微真人就爱吃牛肉啊。"

柳管事一听，纠结了半天："那你做吧。"

真是令人惶恐，他们珉靡珠韬楼的食物，开始享用分配的灵果的弟子都不屑吃，如今竟要做出来呈给谈微真人，从此便大有面子了。

这时，崔栖潮又对柳管事说："对了，以后我每餐都过来做。"

崔栖潮把牛肉切成薄片，又切了些葱、姜、蒜和干红辣椒。当初他在C大种辣椒的时候，小白偷吃辣椒就差点给辣傻了。不过现在他做这个，倒不是为了嘲笑小白，而是想着小白终于能吃辣椒了，给它放一点。

崔栖潮先下油，把干辣椒炸了炸，有点呛人的香味就冒了出来，这时先盛开待用。再把香料爆香了，牛肉片倒下去，快速爆炒，加点儿陈酒，酒香与肉香就在厨房里弥漫开，随着油在肉上剌啦啦跳动的声音，牛肉片也渐渐变色了，因为切得很薄，在油温下卷了起来，是油亮的淡酱黄色。

原来炸好的干辣椒也可以下锅一起翻炒了，时间用不了很久，保持牛肉的嫩，加上调料就可以出锅装盘了。

崔栖潮自己试了一口，刚好，肉质紧嫩有嚼劲，淡淡的酒香味和干辣椒的辛辣味让它更加有滋味，但干辣椒放得不是特别多，所以也不至于辣过头，只叫人越吃越想吃。

有了菜当然还要主食，崔栖潮想了想，没有用这里现成的白米饭，而是自己淘了些米，加鸡汤和火腿丁、玉米粒蒸煮，趁这个工夫，再炒了一个青菜。

既然是给真人用的餐，当然不好再用叶子包着，崔栖潮拿陶瓷餐具装了饭菜，往食盒里一放，提着就走了。

剩下柳管事在那里纠结。他可没有和绝响境的老祖宗打过交道，哪怕是间接也没有。这会儿，他又想出去吹一吹牛皮，又不知道能不能吹。

崔栖潮独自搭雾鲸，蹲下来摸了摸雾鲸，手感挺奇特的，因为长期在雾海里，雾鲸的表皮是很湿润的，又十分坚韧，也不知道到底有多厚，估计很难切开……

雾鲸对崔栖潮的想法一无所知，甚至因为崔栖潮的抚摸摆了摆脑袋。

崔栖潮带着食盒回去，打开后把饭菜端出来，火腿鸡汤蒸出来的饭冒着热气，可以看到里面的点点火腿丁，与鸡汤、米粒混合散发着诱人的清香。

谈微真人眼睛一亮，立刻动筷了，一口牛肉一口饭，再来一口青菜平衡一下。

崔栖潮也给自己装了一碗饭，夹了些菜坐到一旁吃，算是给足了谈微真人面子。

家猫做作怎么办，还不是只能像父亲一样原谅它？

不过吃着吃着，崔栖潮就发现谈微真人有点坐不住一般，一会儿端着碗，一会儿又放下碗吃，东西是很合他的口味的，就是哪里不自在……

崔栖潮看了一会儿，淡淡地道：“真人，要不要试试席地而坐吃？”

谈微真人捧着碗：“做什么要在地上吃，真脏！”

他埋头几口扒完了饭菜，满足地往后靠着椅背。

崔栖潮无所谓，也吃完了，把碗筷一收拾，等下次去珉糜珠餶楼再洗，看样子也知道谈微真人不会用他的法术帮忙洗碗了……对了，修真界应该有洗碗的法术吧？

谈微真人吃饭了的消息很快传遍羽陵宗，对谈微真人是件小事，对其他人却是了不得的八卦。消息自然也传到了燕宗主的耳朵里，她大吃一惊。难道师叔把崔栖潮调到身边，就是为了吃菜？

可是师叔已入绝响境，在她的记忆里，不知多少年未进食，连那些奇珍异果、仙花灵草也没服用过，那种东西对他来说已经没什么用处了。

搞得燕宗主都好奇起来，崔栖潮到底手艺如何？

她只知道是好的，否则也不能影响碬磨院弟子的进度。可要说好到连谈微师叔都动了念，她就有些不信了，看碬磨院执事也吃过，不还好好的吗？

不过终究是眼见为实，燕宗主心想，可惜没有在把崔栖潮送去悬圃之前尝一尝他的手艺，现在想吃，恐怕机会难得了。她只能通过崔栖潮留下的菜谱，让珉糜珠餶楼的人做些来尝。

燕宗主一传膳食，又把大家给震了一下。

从了解内情但是同样好奇的人到不明就里的人，一时都按捺不住，让珉糜珠餶楼送些吃的来。他们非要吃吃不可，到底什么样的食物能让谈微真人和春秋元君都沦陷。

珉糜珠餶楼，这个原本只负责新入门与低等弟子饮食的食堂，一时竟成了羽陵宗最热门的地方。从前他们十年也难得有和高等弟子接触的机会，现在因为人数少，每个人都得到处跑，算是把什么长老、执事见了个遍，更别提下头的弟子。

珉糜珠餶楼的食物好吃吗？当然好吃，最稀罕的是有谈微真人那一层光环笼罩，就连长老级的人物，也会淡淡地夸一句：挺好的。

原本个个有理想的杂役都畏惧落到珉糜珠餶楼去，现在只恨自己不能调到珉糜珠餶楼。

再说因为这件事，燕宗主思来想去，还是叫人送了些珍奇食材去珉糜珠餶楼，供崔栖潮取用。崔栖潮和师叔不讲究，她却不能眼看着师叔吃普通牛肉，得多弄些好食材去。

燕宗主的好食材就不得了了，水是七辰竹梢甘露、百年的石芒草、最嫩的分香莲子、小臂那么大的洗心鱼……一个劲儿往后厨送，有些柳管事都不知道如何保存，还得正经弟子来指点。

这些食材饱含灵气，食之大有进益，对谈微真人当然只是味道更好，对低级修者就大不一样了。这样的好东西，低级修者修炼到一定程度才能定期领用，还肯定比不上谈微真人享用的精华。

有多少人盯着悬圃，几乎就有多少人盯着崔栖潮，毕竟老祖不出门，唯有崔栖潮每日出入。

他在珉縻珠餶楼的一举一动瞒不了人，包括每天做了多少饭菜。这个量、这个餐具以及崔栖潮不用珉縻珠餶楼送食，无不证明他也在食用那些食材。

若是谈微真人吃就罢了，一个绝响境的老祖，整个宗门要捧着，这杂役却沾了老祖的光，真乃鸡犬升天……

说起来崔栖潮也觉得很诧异。他知道那些食材好像都是特别培育的，很高级，吃了能感觉到体内有点不一样。但这段时间他都在忙活前后院的地，不，不只是这段时间，从头到尾，他都还没接触到什么修仙心法。

他还在补基础啊，功法上的字都认不全，更别提修行了。

谁知道有一天他专心种地的时候，突然就莫名其妙地放空了，再醒过来的时候，谈微真人正盯着他，黑着脸道："你入定了半个月。"

什么，他入定了半个月？崔栖潮首先四下一看，难怪他的菜都长高了。

其次崔栖潮感觉身体好像有点不一样了，世界没有变化，他却莫名其妙地好像能感觉到空气的流动，一切都更加清晰。谈微真人说了他才知道，自己不知不觉中进入撄宁境了。

撄宁境的要求就是不被外物乱心，其实所有心法本就是教导人如何做到这一点。

崔栖潮跟着谈微真人吃了好多天材地宝，本来就到了一个临界点，种地时再一放空，就一不留神入了撄宁境，成功修真入门。

他在这里的修仙资质本来是很一般的，都不到及格线，唯一的优点就是血脉，加上在 星际位面的强化锻炼，意志力强，也容易排除杂念。他这是误打误撞，硬生生被堆入门了。

如果把崔栖潮和同时进门的正式弟了也算作同一批，他竟然是头一个进入撄宁境的。

偏偏其他弟子还因为他全都卡在美食这一关，这可上哪儿说理去？

虽然进入了撄宁境，但对崔栖潮来说，和以前还是没什么两样，他每天的生活都很充实，除了照料前后的菜地、一日三餐做饭，就是继续学习文化基础知识。

这会儿又搭雾鲸去书林了，崔栖潮一踏下雾鲸，就听到有人说到自己的名字，抬头却不见人影。

书林是半隐藏的，只有按照羽陵宗的人才知道的固定步伐走上七步，才能进入书林，否则从外面看这只是一片树林。

崔栖潮隐隐听到有人说话，估计就是和他错开了空间。

“我们苦苦修炼，不过涤初境，还不知要熬上多久才能认金龙，分到一些灵果仙草。可你们看一个小杂役，却能餐餐都吃这些。”

“谁说不是？认真修炼，还不如去学点厨艺！”

“谁知道学的是厨艺还是其他……”

“你们都不要命了，万一这话让老祖听到了……”

“老祖还能管这小事？我可不敢对老祖不敬，不过那小杂役我还不能念叨一下？算了算了，不说了。”

这话说得不像修真门派，倒像中小学。不过毕竟不是人人都像飞光，或是境界高深。求仙问道的路上，要摒弃七情六欲太难了。

崔栖潮对其充耳不闻，踏出七步进了书林，眼前立时出现了几个涤初境的正式弟子。

这几人一看到崔栖潮，全都闭嘴惊呆了。

不是因为崔栖潮多么可怕，而是因为他们发现崔栖潮居然已经步入了撄宁境！

这、这也太气人了！任谁也想得到崔栖潮是如何入境的了，他就像人间的“土豪”一样，是被活生生用灵丹妙药砸进仙途的，这也侧面证明了悬圃所用的食材有多好、多丰富。

这个结果虽然在意料之中，但是亲眼看到大家还是气得想翻白眼。

人比人气死人，当初他们入撄宁，哪个不是在砥磨院耗了几年以上？更长久的都有，这个小杂役却靠蹭老祖的饭菜，一下进入撄宁境了。

倘若崔栖潮和飞光一样，有世交关系，长辈愿意下血本砸丹药堆出个撄宁境，他们也没话说。偏偏不知道崔栖潮是怎么攀上老祖的。

本来想着闭嘴的人，这会儿又没忍住，用崔栖潮也听得到的声音幽怨地说道：“都入了撄宁境，还是文盲，根基不稳，不过是空长境界，不得长久，日后必生心魔。”

“啧，这个不用说吧，撄宁境应当能拜师做正式弟子了。你猜是老祖不在乎，还是他舍不得走？”

在他们心里，再怎么样自己也是正式弟子，总不至于连抱怨两句的资格也没有。难道一个后厨出身入门不满一年的小杂役，还真要上天了？

崔栖潮脚步都没停，继续往里面走。他不是很有兴趣和人斗嘴，就是心里有一点点怜惜 LJJ。这次 LJJ 特意给他设置了一个非常低的起点，想看他奋斗，谁知道小白这个大外挂一出来，他嗖一下就升级了……

林琳这时候不知道是不是又在吃药了。听说她自从负责崔栖潮，整个人因为心情波动过大，身体受到了许多影响。

崔栖潮一下就不见人影了，倒是外头又进来一个人，正是燕宗主座下的爱徒飞光。

他匆匆扫了那几人一眼，不快地道：“你们若将心思放在修炼上，何愁不能叩问金龙？按你们的想法，祖师当年只是晒晒书，却得祖神长恩赠予藏书，习百千道法，这也是好运蹭来的？”

众人一时语塞，讷讷地道：“不敢……”

从各人天赋深浅开始，天道就不曾公平过，飞光摇头道：“你们小心着吧，别再乱说了。”他是燕宗主的爱徒，又亲送了崔栖潮去悬圃，知道谈微真人和崔栖潮的关系可能没那么简单，也算提点一下他们。

飞光追上了崔栖潮，打量他一下道：“真进入撄宁境了？”

崔栖潮见是飞光，行了一礼，点了点头。

飞光大大咧咧地挥手：“恭喜了。怎样，都进入撄宁境了，不管你怎么进的，按理说是有资格转为正式弟子拜师了。可惜我境界不够，否则可以和师尊说说，叫你拜我为师。”

“拜师就算了，我不会离开悬圃。”崔栖潮说道。

飞光迟疑了一下，打听道：“这是师叔祖的意思吗？要是不方便，你可以不说。”

崔栖潮想了想，小白倒没说，但应该差不多：“没有不方便，我没和真人说过，但总不至于才去这么点时日就走吧，那成什么了？”

飞光连道：“是、是。”

崔栖潮忽而想起什么道：“收徒需要什么境界？或者和辈分有关吗？云梦真人收徒了没？”

飞光回想着：“云梦师兄啊，收徒只看境界和个人意愿的，有时候师尊也会劝解。比如云梦师兄已是杀不得境，又精通炼器，却不大想教弟子，师尊一直劝他，这才塞了两名有天赋的弟子给他。”

他有句话还没说，那就是听师尊八卦，像师叔祖那样的脾气，以前的宗主劝都劝不下，这不，成了唯一一个没有弟子的绝响境老祖。其他绝响境老祖，可是连弟子都熬死几拨了……

崔栖潮若有所思地点头，说起来要是真的拜师，他倒想选云梦真人。柳管事说了，云梦真人的修为不是最高的，但芥子洞天是最大的，现在飞光也说他擅长炼器。

崔栖潮抱着几本新借来的书回悬圃，只见谈微真人正站在院子里盯着他的菜地看，气息有点沉重。

“真人？”崔栖潮喊了一声。

谈微真人缓缓转身，俊美的脸上表情凝重，一抬手，手心就凭空出现了一柄巨大的武器，长长的金属柄上一条泛着暗蓝光芒的龙蟠屈着，光线折射下，仿佛在游动一般，顶上则是弯月一般的刀刃，刃口寒芒如雪，灵气流淌间，连周围的温度好像也降低了。

咦？崔栖潮仔细看了看，虽然放大了很多，有一人高，还加了好些花纹，但这个不就是镰刀吗？用来收稻子、割草的。小白这么不忘本的啊，有点可爱……

谈微真人打断了崔栖潮的思绪，用手中寒光闪闪的长镰指着崔栖潮的丝瓜藤，说道：“你是不是想拜云梦真人为师？”

崔栖潮：“不是。”

谈微真人冷冷一笑道：“不是，那你老打听他做什么？想在他的芥子洞天里……玩啊？”

那什么……崔栖潮也想大方承认，然后告诉他这和养猫不冲突啊，但是他拿刀指着崔栖潮的丝瓜藤，崔栖潮还能怎么回答？？

崔栖潮深吸一口气，说道：“真人多虑了，真的不是。”

谈微真人手腕一动，转了一下长长的霜轮镰，将其收起来，对崔栖潮翻了个白眼就走了。

崔栖潮：“……”

晚上，崔栖潮点着灯背书到半夜才休息，不过今天因为谈微真人在报复性地疯狂抢吃，晚饭没吃饱，睡了两个小时，崔栖潮就醒来了。通常他的睡眠质量是很好的，一梦到天亮。

崔栖潮睁开眼睛沉思了一会儿，想起来喝点茶水，一侧头却看到床沿竟然有只手，饶是他再镇定，心头也猛跳了两下。

再探头仔细一看，发现这手是不知何时偷入房间的谈微真人的。

按理说谈微真人已经不需要睡觉了，但考虑到特殊情况，这点倒是可以忽略。

只是，他高大的身体这时竟缩在窄小的床踏板上，安心地闭着眼睛，右手扒着床沿……

崔栖潮想了想，静悄悄地枕了回去，只当作没有发现。

再容你几天。

第 76 章

# 随身农奴

谈微真人睡得是安稳了，却不知道 LJJ 那边林琳的头都要秃了。她是和人吩咐过，把不对劲的片段剪掉，以免被观众发现。

可是，眼看谈微真人和崔栖潮的互动越来越多，瞒得了一时，瞒不了一世。

林琳怕最后镜头七零八落，反而更让人怀疑，只好每天盯着片段看、琢磨，然后教人哪里可以保留，哪些还是该去掉，眼睛都快瞎了，只恨技术部不能立刻把小白揪出来。

第二天崔栖潮醒来时，谈微真人果然已经不在房内了，那么熟练，那么不警惕，也不知道来多少回了。

崔栖潮假装不知，照样起来去珉麇珠餡楼做了一屉干笋烧卖。早之前他就和楼里的人问好了，今天他们也用糯米做菜，早早就泡好了糯米。等崔栖潮过去，把浸泡好的糯米蒸熟了，再炒好干笋丁，里头加点剁碎了的肉糜，用酱油调味，再和糯米一拌，已经香味扑鼻了。

皮也是后厨早就擀好的，一包，隔水蒸个几分钟就熟了。崔栖潮一数，估摸着还做多了，一屉装了两个食盒还装不下，问一圈干活的人早就吃过了，剩下的他索性再拿叶片一包系好。

回去的时候，崔栖潮让雾鲸在数玉峰顶稍停。这里是燕宗主所住之地，她的弟子们也就近侍奉，崔栖潮让雾鲸停在崖边时，正看到飞光盘膝坐在一块岩石上，面前一株花，只在呼吸之间悄无声息地绽放又凋落。

崔栖潮一时也看得入了神，直到飞光睁开眼睛，微笑道：“你怎么来了？”

“烧卖做多了，给你送点。”崔栖潮知道飞光也爱吃，上次吃了他的栗子糕，而且这个笋干是用七辰竹的竹笋做的，飞光吃了也能有补益，做多了索性给他送点来。

“那可太谢谢了。”飞光立刻上前，接过了稻草和柳条系着的叶片包。

崔栖潮本来打算送完东西就走，这时好奇地多问了一句：“你刚才那是什么？”

“嘿嘿，也就你不知道了吧。”飞光说道，“这是只有我师尊门下才会的计日术，原是书林中一册残页上记载的，人人都说没法练。师尊自己琢磨补全了练出来的，我现在已经能够控制一花一木之枯荣。”

单听这个术法，像是能够控制时间，而且燕宗主的道号与飞光的道号也都与时间有关，可见这兴许还是燕宗主得意的法术。

不过，时光流逝无法抵挡，如滔滔洪流，凡人怎能溯回往来？崔栖潮最近一直在学文化，敏锐地察觉到飞光用的词是“枯荣”。所以他们的术法本质可能只是令一样物体的形态发生变化，从外表看，确实像是拨动了时间。

如果他们真的能控制时间，那崔栖潮可要和燕宗主好好聊一下物理了。

他细想了想，这样也很可怕了，飞光的法术暂时只是作用于一花一木，燕宗主若是能作用在人身上，岂不是一念之间即叫人尘归尘土归土，这要怎么像其他法术一样解开？

“真厉害。”崔栖潮想通这茬，低声说道。

待到崔栖潮作别，飞光立刻捧着叶子去找燕宗主。他听燕宗主念过，想知道小杂役亲手做的食物什么滋味。

“你这孩子。”燕宗主笑说了飞光一句，接过叶片，拆开系绳，只见里头装着六只烧卖，都捏着非常漂亮的皱褶，宛如荷叶，圆鼓鼓的底部，中间开口处露出黄色的糯米，间或夹杂着笋干和肉糜。

蒸汽打湿了叶片内部，热气还被氤氲在里头，燕宗主夹起烧卖咬了一小口。

这段时间以前，她很久没吃过这样有烟火气的食物了，那些灵草仙果送到她这里，要尝也只是随意入口，不会刻意去追求什么味道。还是前些时候，为了知道崔栖潮的手艺什么滋味，她才从珉糜珠餡楼叫了食物。

这烧卖皮很薄，又蒸得软软的，透出里头糯米的颜色，一咬即破了。崔栖潮切肉糜时多用了些肥肉，这时候可以看到糯米上头沾着一点点油润的光泽，倒不会油腻。

烧卖没什么汤汁，但丝毫不会干噎，软糯又有点柔韧，香软的糯米中间夹着笋干和肉糜，鲜香可口。

燕宗主小口吃完两个烧卖，才放下筷子，若有所思地道：“的确是难得一见的美食，但是能让师叔餐餐离不了，应该还有什么我没品出来的过人之处。”

崔栖潮提着食盒回去，果然看到谈微真人脸色不大对。他抢在谈微真人说话之前先开口道：“回来晚了一些，路上拿了一些剩菜给飞光。”

以崔栖潮的性格，他不是不善言辞，只是懒得使用那些技巧。可是现在，在打算再容忍谈微真人几天的情况下，总要为自己的菜着想。

谈微真人这才脸色稍缓，但心中仍想，真是狡言善辩。

不过，看在他这么识趣的分上，就放过他吧。本来谈微真人是想惩罚一下崔栖潮的，真人吃烧卖，崔栖潮吃烧卖皮。

“喀喀，对了，在外面怎么样？”谈微真人不经意般问道。

谈微真人这个修为，相当于人形全宗监视器了，实时查看各处发生的事情，崔栖潮被嘲讽过的事情他怎么可能不知道。可是他等了半天，崔栖潮也没有来告状，让谈微真人好生怅然若失。

崔栖潮不明所以："不错。"

谈微真人盯着他看，见他真的丁点要告状的意思也没有，非常失望。这样怎么能显出自己的厉害来啊？

谈微真人一边吃烧卖，一边沉思。

燕宗主一出房门，就看到谈微真人大摇大摆地坐在厅堂之上，惊了一下，连忙上前行礼："师叔何时来的，弟子有失远迎了。"

谈微真人摆了摆手，示意她不必多礼。

上一次见谈微真人也就是一个多月前，他刚出关的时候。燕宗主还从未如此密集地见到过一个绝响境的前辈，就如她从未听过绝响境的前辈说那么多话，还有心情指着一个杂役长篇大论地指责，大概比其他同境界的修真者五百年说的话都要多。

燕宗主不得不严阵以待，正色问道："师叔此来有何要事？"

"嗯。"谈微真人淡淡地应了一声，问道，"寡二库中，可有芥子洞天？"

寡二库为藏宝之处，寡二即无双，取两种用意，一则此库藏宝之多，世间无二，二则世上难得有一模一样的法宝，除非本就是一对。

里面那各式各样的法宝来源非常复杂，有宗内专司炼器的门人炼制的，也有陨落的先辈弟子遗留的，还有宗门力量在外收集的、其他门派相赠的、上古遗留下的宝器等，内容包罗万象。芥子洞天，当然也是有的。

燕宗主点头，疑惑地道："师叔需要芥子洞天吗？"

对谈微真人来说，炼器不是什么大问题，只是炼一个够大的芥子洞天，还要耗时闭关，不是眨眼间就能做出来的。他自己原有的芥子洞天，单用来放放杂物，不过是方圆几里大，说起来，还不如那个兔崽子云梦真人的大。

要想快速获得芥子洞天，当然是直接向宗主要了，这样以他的修为只要花费少许时间炼化为己物就行了。这一点，谈微真人做得非常自然。

"给我找几个大的出来，越大越好。"谈微真人也无须向燕宗主解释自己的用途，只是想了想，补充一句，"比照云梦的来，还要大过他。"

燕宗主为难地道："云梦真人的芥子洞天之大，已属罕见，找一个便很难得了，何况是找好几个。"

其实燕宗主还是记得有那么几个非常大的芥子洞天，但是师叔这么轻描淡写地就都索要去了，她总得先表示一下。

谈微真人看她一眼："你找找吧。"

"那弟子尽量查找，尽快送到师叔处。"燕宗主说着便笑了笑，"师叔啊，有几处修炼的问题，想讨教一下您。"

自打师叔出关，大家都打着这个主意，只是不敢去叨扰而已。她好不容易等到这个机会，赶紧提出来，顺便也想趁机了解以师叔的境界到底是怎么了，竟有如此反常的活动。

谈微真人刚问她要过东西，果然有一点点不好意思："容你问三个。"

燕宗主一喜，赶紧讨教，却发现比起上次见到的师叔，这修为是增长有加，不像是心境出了什么问题的样子，一时倒也无法细思，听完课即要好生琢磨一下。

燕宗主得了谈微真人的好处，也尽力翻找。羽陵宗毕竟多年沉淀，她拣点出了五六个芥子洞天，其中一个比云梦真人那包藏大泽大山的洞天还要大上一半，余下的也只小上几分。

谈微真人接过之后，就堂而皇之地拿出一根红线，将那些法器系在一起。既然是芥子纳须弥，这法器体量都不大，外形也都是做成扳指、手镯之类的样子，谈微真人就这么拴成一串，上下磕碰还叮当响，看着就像是一堆零碎。

"……"燕宗主的眉毛不禁皱了起来，看不懂这是什么"土豪"做派。

谈微真人倒是颇为满意的样子，晃了晃便挂在腰间，扬长而去。

谈微真人回悬圃的时候，崔栖潮正在浇水，见他叉着腰走进来，都不知道什么时候出去的，腰上好像多了串东西，仔细一看，倒不是什么装饰品，或者说不是单一的装饰品，而是六个串在一起的饰品。本来单个看都是很精美的，这么被串在一处，反而很怪了。

谈微真人见崔栖潮盯着自己的芥子洞天看，状似不经意地道："燕春秋还是有孝心的，送了几样法器来，不过都是芥子洞天，很是无趣。"

崔栖潮："……"

崔栖潮立刻放下水壶，情不自禁地往谈微真人那边走去："啊，这是芥子洞天吗？有多大？"

谈微真人指着最上头那个手镯道："这个比云梦的大了一半，下面这个小两成，再下面这个……"

无一不是用云梦的法器做比较。

以崔栖潮的境界没法用，他只掂了掂，眼中流露一丝羡慕，看得谈微真人飘飘欲仙。

"我带你进去看看。"谈微真人有点迫不及待的意思，这些法器早就被抹去了原有的神识，虽然还未炼化，但进去看看是没问题的。

要是没有谈微真人，崔栖潮自个儿是没法进去的，他当即点头："有劳真人了。"

谈微真人嘴角浮现一丝微笑，一抓崔栖潮的手臂，将他带到第一个芥子洞天之中。

崔栖潮只觉得很像他从现实来到虚拟位面的感觉，一阵失重后重新脚踏实地，只见天上白茫茫一片，脚下则是沙土，整个世界就像一片荒漠，空空荡荡，望不到边际。

这就是芥子洞天初始的样子，只残余了一些上个主人留下的沙土。

崔栖潮呼吸了一下，心里想，空气还不错，湿度挺高的。一瞬间已经脑补出如何在里面建立一个独立的生态系统，然后再种菜、种菜、种菜……

谈微真人看崔栖潮想得入神，一阵暗爽，神识延展开，想仔细探探这个洞天，忽然发现了什么，脸色微微一变，反手将霜轮镰抓了出来。

他的动作把崔栖潮惊醒：“怎么了？”

谈微真人冷冷地道：“有人在暗处，你等等。”

他抓着长镰化为一道流光，投往东南角，崔栖潮只看到那个角落不时亮起各色光芒，是有人在斗法，不过耗时不久，最后暗紫色的电光一闪，重新归为沉寂。

再片刻，谈微真人手里抓着一个白胡子老头回来了。

他把老头往地上一扔，崔栖潮才看清楚，老头身形不像实体，边缘处偶然会散开一点，再聚拢。

老头摸了摸自己的胡子，哀叫一声：“这，怎么会这样？哪有绝响境还在寡二库领法宝的？”

“少废话。你是什么？”谈微真人的霜轮镰指着他，方才神识一扫，谈微真人就发觉有人躲在这里头，境界还不低，只是不像实体，倒像是一抹残魂，于是立刻将其揪了出来。

“前辈，我只是一个可怜人啊！”老头幽幽地道，“也许前辈听过我，我道号绝尘子。千年前，我刚入绝响境，就为歹人所害，所幸逃脱出一缕残魂，寄在此处，因为怕再为人所害，这芥子洞天换了两次主人，我一直隐藏着。后来，随着这法器辗转来到了羽陵宗。我知道羽陵宗是名门正派，便想着若有人进来，就可以现身了，也好拜托来人为我修补神魂。谁知道现在芥子洞天仿佛不时兴了，几百年了，才迎来你……”

他虽然也是绝响境，但千年前才刚突破，又只剩残魂，瞒得过那些低境界者，却瞒不过也打不过谈微真人。

原本绝尘子已经做好准备，哪天有人进来，凭自己的境界，怎么样也能指点一番，挟恩图报。谁知道来了个老祖，真是见鬼了。

谈微真人当然不好糊弄，对这老头一丝同情和尊敬也没有，冷淡地扫了他几眼，说道：“没听过。这洞天已是我的，你若要继续寄居，应当干活回报。”

绝尘子心中一喜，他不怕替人办事，就怕这个大能喜怒无常，抬手间把自己灭了，那才是绝望，连忙恭谨地道：“前辈需要我做什么？”

谈微真人却缓缓看向崔栖潮，对方也正看过来，两人无声中完成了眼神交流。

绝尘子这才注意到旁边那个撄宁境的小修士，试探着疑问道：“难道……是要在下传授这年轻人功法？”

他心中有些激动，实不相瞒，他还没有传人，一身绝学没有用处。

崔栖潮淡淡一笑。

“真是管理不善，竟叫外人在寡二库潜伏了这么久。”出来后，谈微真人念了一句。不过他也知道，绝尘子即便只是残魂，好歹也攀入绝响境，肯定有些手段隐藏，若非主动现身，整个羽陵宗能和他一样发现对方的人大概也不多。

看看那一串芥子洞天，谈微真人又道：“去下一个看看。”

他带着崔栖潮往第二个芥子洞天去了，这里头倒是长了些草，看上去清新得多。因为方才的遭遇，谈微真人下意识地又扫了一遍整个洞天。

谁知这一扫，又叫他发现了点东西，当即抓着镰刀又去了。

片刻后，崔栖潮看到有些熟悉的一幕，谈微真人抓着另一个白胡子老头回来了。

白胡子老头抱拳道：“前辈容禀啊，在下赤虹尊者，本是一名本本分分的魔修……”

又是一个倒霉的修者的故事。

从这个洞天出去后，谈微真人沉默了许久，一言不发地钻进了第三个芥子洞天。

六个芥子洞天，挨个逛完一遍后，谈微真人揪出六个老头，全都是绝响境的落难修士，身份、背景、功法不一。

真是见鬼了……

崔栖潮倒是有一点想法，他来之前读过资料。虽然这个世界 LJJ 没有给他开挂，但是作为一个仙侠世界，有种玩法叫“奇遇”，在一定条件和运气下就能触发。

这些可能都是奇遇系统里的，代表了不同的奇遇。按照常理，要是他有机会去选了，只会选择一个，拿走哪一个，就选择了哪个类型的奇遇，这些老头的背景特点可都不一样。甚至根据崔栖潮的了解，说不定这些还会被别人拿走，成为主演的对手，发展颇多。

他拿走一个后，可能剩下的数据会自动转移之类。

也不知道 LJJ 有没有设想过这种情况，谈微真人一次性把六个老头都打趴下了，他就是最老的那一个……

谈微真人不快地道：“库内该不会藏满了老头吧？我要这么多老头做什么，开敬老院吗？”

崔栖潮也觉得有些好笑：“算了，只当这些洞天都自带田间管理员好了。”

谈微真人斜着瞥了他一眼，仰着脸慢吞吞地道：“谁说要把这些都送给你了？”

崔栖潮微微笑了笑，伸出手来。

谈微真人磨磨蹭蹭地摘下那一串芥子洞天，搁到他手里，嘟囔道：“不能单独使用，我带你才进得去，比云梦泽大多了……”

崔栖潮抬起手拍了拍他。

谈微真人比他高了半个头，一见他抬手就非常自然地脑袋一低。

崔栖潮在谈微真人的后脑上摸了几下。

谈微真人抬眼看去，和崔栖潮对视，崔栖潮眼中有温和的笑意，他也忍不住嘴角翘起笑了笑。

我说什么来着？老祖肯定是导师，这不，都在意起崔栖潮会不会拜别人为师了，这妥妥的就是看中了崔栖潮的资质啊！

就是就是，这套路很明显了，谈微真人很有心机啊，借机让燕春秋主动送补品来，崔栖潮嗖一下就踏入修仙之途了。

我们崔总牛啊！自己第一个种着地进撄宁境，还把其他人的路都堵上了！

我还是不能接受，谈微真人明明看上去就对崔总很不一般，再说，崔总在这个世界不是资质很一般吗？

傻了吧你，难道只有根骨算资质？你崔种地都能入定，比那些还要待在静室入定的弟子不强得多？心性不比根骨重要一些？修仙修到最后，拼的是心境！你崔心怀天下，就该原地飞升！

好了好了，别吵了，大家都是盼着崔总好好种田的，条条大路通罗马，何必分什么路线呢？

套路又来了，要不要这么好笑啊，老爷爷见老爷爷，我站谈微真人啊！

稳了，随身农奴来了！

第 77 章

# 占便宜

现实位面一片大乱，就连预测颇“准”的女频观众也不禁大惊失色，难以置信。

他们可是花了三季节目的时间才接受崔栖潮一心种地这个设定，事先还调侃了很久谈微真人的目的。谁知道这个位面崔栖潮再次啪啪狂抽他们的脸，摇身一变，突然和人这么亲密。

一时间 LJJ 的附属论坛都被相关话题刷屏了。真不是他们太容易受刺激，一个对视就吓成这样，而是此前崔栖潮实在给大家太多信心了。

主题：追了三季的剧疑似画风突变了……

主题：我要大骂 LJJ，这么大的事居然一点预告也没有！

主题：今夜无人入眠，我崔性情大变，万千专家何去何从！

崔栖潮性情大变，究竟是谈微真人下蛊，还是 LJJ 再次失智？

也有人出来劝阻，大家少安毋躁，也许后头还有转折，比如崔栖潮只是为了骗谈微真人的地，或者崔栖潮其实是谈微真人的私生子云云。

这不，崔栖潮还收了六个随身农奴，又有如此广袤的芥子洞天等待他耕种，相信他一定不会让大家失望，坚定种田大道。

崔栖潮我求求你，你要记得自己说过的话啊！专心种田！

在谈微真人的技术支持之下，崔栖潮分别和六个随身农奴都细聊了一下，问问他们都擅长什么法术。

谈微真人心里早知道大概是什么对话内容了，没跟着进去。他想了个办法，将头发剪下一缕，加上神识与精血做成出入芥子洞天的“钥匙”，崔栖潮只要系着，就能自己出入芥子洞天。

芥子洞天内，崔栖潮席地而坐，在了解情况。

赤虹尊者瞥他一眼，也不敢摆架子，虽然这只是一个撄宁境的小修士，可是他多有心眼，一上眼就能看出来，这小修士做得了谈微真人的主，谈微真人下决定之前，还看小修士的眼色呢！

活了这么多年，赤虹尊者绝不会认为修为就是一切，说不定这小修士给谈微真人下蛊了……

“喀喀，”赤虹尊者清了清嗓子，吹嘘道，“小兄弟，你同谈微前辈说，救我必然是不吃亏的，我习得洞阳大法，呼吸之间即散出流火万顷，无人能抵挡，曾活活烧杀飞仙！”

崔栖潮“嗯”了一声：“行了，你的实力我已经了解了。现在我们进行第二项，插秧、间苗，你都会吗？”

赤虹尊者愣了一下：“那是什么法术？”

崔栖潮：“你不是说，你也是从凡人修起，不是在修真界长大的吗？怎么，你不知道插秧是什么？”

赤虹尊者面色凝重地想了一会儿，才慎重地道：“是我想的那个插秧吗？就是这个样？”

他说着，做了个弯腰插秧的动作。

崔栖潮：“对，这个。”

赤虹尊者低头想了想，说道：“不是特别了解。”他有点不妙的预感，补充道，“我赤虹尊者叱咤修真界多年……”

崔栖潮打断他道：“嗯，那就是要从头学习的意思。”

赤虹尊者：“为什么啊？”

绝尘子：“能不能还是了解一下我的奔月之道？兄弟，我看谈微前辈也没收你为徒，你何必插什么秧，你跟着我修仙多好。”

“不了，”崔栖潮皱眉道，“直接进入下一项吧。”

这个绝尘子还自称是正派人士，可是刚才他给崔栖潮讲了半天的功法，什么奔月大道，崔栖潮还以为他是嫦娥后人。

结果绝尘子一解释，这个是他独创的功法。他的思路是修炼到了极处，就可以不经过天劫飞升，趁天道不注意，直奔太阴星进入仙界。

也就是，偷渡。

崔栖潮很认可绝尘子的想象力，但他是不可能跟绝尘子学偷渡大道的，相反，他希望绝尘子跟他学一下种田大道。

绝尘子非常沮丧：“为什么一定要种地？”

崔栖潮道：“实不相瞒，除了你之外我们还有五个芥子洞天，每个里头都有一个和你处境差不多的老前辈，想让我们搭救。”

绝尘子震惊：“怎、怎么会这样？”他看出崔栖潮不是在说笑，急了，“处境差不多？他们也要修补神魂吗？都什么境界？”

“差不多，总之都需要补身体，境界与你也差不多。”崔栖潮还将赤虹尊者的功法讲了一下。

“赤虹尊者，我听过他的名字，在我出事前五十年，就听说他陨落了，没想到竟与我一样，依附在芥子洞天之内……”绝尘子喃喃道，已经隐隐猜出了崔栖潮接下来要说什么，“可是他那洞阳大法决计比不上我的奔月大道！倘若你们救了我，我愿意投入羽陵宗！”

“修补神魂需要的天材地宝之多、之珍稀，世所罕见，尤其是你这样境界的修者。”崔栖潮说道，“举羽陵宗之力，恐怕一时也只能救助一人。我想，如何抉择救哪一个实在是难题，这芥子洞天我又预计种上庄稼，索性让你们来做田间管理员，到时谁的产量最高，便先救谁。”

这是他和谈微真人商量好的说法，倒也不是骗人，先叫他们安心在这里种地，等到直播完了，经过一段时间，也能考察好这六人哪个更合适被救，再交给羽陵宗救助。正巧羽陵宗也是个海纳百川之处，容得下各种修者。

其实耗费珍宝倒是其次，绝响境的修者不能这么折算，求也求不到，主要是确实有的材料十分珍稀难得，有市无价。

绝尘子听罢，唉声叹气，忽而想到什么，说道：“既然他们也在芥子洞天，那你不如将我们都纳入同一个洞天，叫我们自己来解决人选问题吧！”

崔栖潮断然拒绝了。他是随身养老爷爷，又不是随身养蛊，放在一起，谁知道会出什么事?

“你要实在不想，我把芥子洞天赠给别人吧，你之前怎么想的，可以继续实行。”崔栖潮问道。

“不了不了，我还是种地吧。”绝尘子连连摆手。

谈微真人又去找燕宗主了，还是讨要东西，这次开门见山：“有太一水吗？”

这世上的太一水是有定量的，因为它们生于鸿蒙伊始，所谓太一，实则是天地本源，所谓“太一生水，水反辅太一，是以成天。天反辅太一，是以成地”。

这是天地间最早的水，只遗留下一百〇八滴，一滴即有生生变化，能生出无穷水源。

别看谈微真人用这种轻松口吻提问，可实际上，即使是羽陵宗这样的大宗，也不过存有三滴太一水。

这水如是到了水行的修者手里，大有裨益，能够领悟其中的本源智慧。

当然，谈微真人要这水，不过是看上它能无限生成水资源而已，面对燕宗主疑惑的眼神，他说道：“上回那六个芥子须弥里头没泉水啊。”

燕宗主这才知道他要做什么，险些没背过气去：“师叔，我派人替您去山下打些水不就是了，装个一江一湖，还是没问题的。”

“哪有太一水方便。”谈微真人说。他何止有万里之地等待浇灌，日后用水的时候还多了去。

燕宗主面露为难之色。

谈微真人看她一眼，眼神里仿佛写着：看来你对师叔的尊重也不过如此。

如果师叔是拿去修炼也就罢了，偏偏是拿去做生水用，燕宗主还真不想答应，又怕惹怒师叔，低着头想装会儿死。

谈微真人施施然道："寡二库其他的芥子洞天，你还是都检视一番吧，那日你给我的六个芥子洞天里，每个都藏着一名绝响境上下的修者残魂。"

燕宗主呆了："啊？"

她细细了解后，这才知道谈微真人还有奇遇，只可惜谈微真人自己就是绝响境的强者，否则若是按照正常情况，被境界还不高的弟子领去，极有可能又是一个波澜起伏的故事了吧。

谈微真人虽然未将自己的打算说给燕宗主听，她却能猜想个八九不离十，立刻说道："宗门拢共三滴太一水，一滴在长老处，一滴在一名杀不得境的修者处，他们都是修的水行功法，倒也不便要回来，所幸还剩下一滴，我一直亲自保存，这便取给师叔。"

谈微真人："这会儿肯给了？"

燕宗主恭恭敬敬地道："师叔都开口了，怎敢再藏着。"

反正日后师叔飞升，太一水还是要回来，这是宗门内的规矩，并非真的私人赠送某人。

师叔手里都攥着六个绝响境强者的残魂了，这是什么概念？这比他们羽陵宗现有的绝响境还多一个。这些修者原本是想寻求生路，或者择一传人，可若是能将他们都收为己用，那羽陵宗真的不得了了。

太一水沉重无比，被燕宗主封在一块翠玉中，谈微真人取了太一水，扬长而去。

燕宗主在原地待了一会儿，立刻冲向寡二库。她得好好翻翻才是，看还能不能找到其他老头！

谈微真人得了太一水，在六个芥子洞天中各布下一片极大的蓄水池，或者叫湖泊，又命人送来五谷、蔬菜等作物种子。

以他需求的量，羽陵宗都没那么多存货，还得下山去买种子。好在修真者往来，也只是须臾之间的事。

崔栖潮在芥子洞天里播种，每个洞天的作物比例都是一样的，他教会了六个老头种地。老头们学习能力还是不错的，就是老追问氮磷钾到底是什么类型的灵气，崔栖潮还得现给他们补习化学。

老头们挺惊讶的，要让他们分解，也能把一尘一土分解开，但没想到自己只是千百年没出去，凡人都能观察到这么细致的地步，还给它们起了名字，研究作用，也不知是怎么做到的。

这个崔栖潮才撄宁境不久，这些知识肯定是在人间学的啊。

崔栖潮教他们科学种田，他们就用玄幻手段来实现，当然这也是崔栖潮所求的，否则就拿施水来说，什么灌溉系统也没有，那么大一片地，单他自己，没有谈微真人都不好种。

老头们就算是残魂，也是绝响境的残魂，在芥子洞天里千里调水，精准灌溉，还是能做到的，对自己的控水能力还扬扬得意呢。

就是施肥有点恶心。

这若是在外头，大可以布置法阵，形同得意田，作物长得极快。但是芥子洞天自成一方世界，灵气有限，使用完了还得补充，麻烦。

崔栖潮都搞清楚了，不止这个洞天，即使在整个世界，这灵气其实也属于不可再生资源，从鸿蒙伊始就生成了那么多，从古到今越用越少，所以远古大神多，现在能飞升的修者则越来越少。

话说回去，一群修者哪里干过这个啊？就是真干过，也是不知道几千年前的事情了。用手是不可能的，拿自己的法器去搅，更不可能，弄根棍子来吧，隔着老远用法力控制隔空拌肥。

从这一点看，他们是崔栖潮带过的最干净的一届农奴。

那些肥料原料都是打羽陵宗上下收集来的，生活垃圾、枯枝落叶、动物粪便，犹嫌不够。

不过，除了粮食蔬菜，因为想在这里建立一个生态系统，崔栖潮还移植来一些树、草皮，捉来一些昆虫、动物。等到以后，估计里头肥料也能自给自足了。

崔栖潮的芥子洞天都大大方方地挂在腰间，倒也不是他的意愿，只是因为小白乐意看，还一定要他全都挂出来。

其实就算不这么串在一块，也够惹眼，崔栖潮若往身上戴两个手镯、一个扳指、三个戒指，就算是法器看起来也够傻的。拴一块儿还好一些，露出来也是没办法的事。

他四处晃悠，收集昆虫、动物、肥料之类，竟在各弟子面前都混了个脸熟。原本大家还是只闻其名，这下见着本人了，心情都不是很好。

这人腰上挂着一串芥子法器，走来走去，叮叮当当，怕不是打谈微真人那里得了好处，来回炫耀吧？真是太可气了！

这天崔栖潮正在数玉峰用小纱兜抓虫子，忽有几道流光落在峰顶，为首的修者崔栖潮记得那天好像在悬圃见过，估计地位不低，身后跟着几名正式弟子打扮的修者。

崔栖潮冲他们躬了躬身行礼，继续抓虫子。

为首之人细细看了崔栖潮一眼，这才进了院子，剩下的弟子却暂时留在外头。他们互相看了两眼，竟然晃到崔栖潮身边道：“撄宁境如何能使得芥子洞天？”

崔栖潮停下手里的活儿:“谈微真人授了我秘法。”

谁都知道肯定是谈微真人照顾的，这几人却有些阴阳怪气地道：“那也是谈微真人授你如何使用太一水的吗？”

谈微真人把太一水讨去的事情，别人不知道，他们却知道。因为他们师尊原本就在争取这太一水，想将第三滴太一水讨去，原本近年宗主口风已略有松动。若是师尊得了太一水，他们门下弟子也能一同参详，跟着受益。

谁知一夕之间，宗主巴巴地将太一水奉给了谈微真人。

给老祖谁也不敢说什么，可听说谈微真人索要太一水好像是放进了芥子洞天中有特殊用处，所以宗主才给的。现在一看，什么特殊用处，这不是给了崔栖潮吗?

谈微真人本来也用不上太一水，这装了太一水的芥子洞天转眼到了崔栖潮手里，他们知道后鼻子都快气歪了。

崔栖潮根本不知道太一水是什么，单知道多了水源，但他以为谈微真人和云梦真人一样，也是打外头装来的。谈微真人还想等他自己发现，好在他面前装一装。

因此面对他们的话，崔栖潮只是一脸漠然:“不懂各位仙长在说什么。”

崔栖潮到底有什么过人之处，大家等了这么久，也没见他显露出来，入了婴宁境修为也不见如何增长，也就单靠那些食材积累。

现在呢，他还在这里捉虫子，太一水到了他手里，简直就是暴殄天物。

“你还装傻？”一名黄衣弟子愤愤地看着他，“此事瞒得了别人，瞒不了我等，你少装蒜。”

崔栖潮镇定地看着他们，一副不知道就是不知道的样子。

崔栖潮越是淡定，就越是让他们心头火起，他们跟着位好师尊，寻常杂役看到他们，头都不敢抬起来，这人真是狗仗人势。

“别以为你在老祖座下就有什么了不起的，说破天也只是一个杂役，我们可是清修多年的内门弟子！”黄衣弟子道。

清修多年就这个涵养，崔栖潮继续静静地看着他们。

几个弟子围着崔栖潮指责他，他们倒也骂不出什么脏话，心里也有点顾忌，就只拣实话说，翻来覆去地鄙视崔栖潮的杂役身份和境界。

可惜崔栖潮处之淡然，甚至继续捉虫子，他们倒是越来越气，反而像是他们自己被辱骂了一般。

“你们干什么？”只见飞光走了出来，皱眉说道。

这些人一见飞光，满肚子怒火好像有了发泄之处：“早听说飞光师叔和这杂役关系颇好，屡次为他出头。这倒也有道理，他以后再得太一水这样的好东西，你也能沾沾光。”

飞光脾气好却不是面团，扬了扬拳头作势要冲上来，吓得他们退了几步，燕宗主的爱徒可不是好惹的。

飞光见状，翻翻白眼道："真以为拣着不难听的话骂就没事了？我若是他，现在就往地上一倒，碰瓷了。"

众人沉默了。

飞光："此事是宗主与师叔祖的事，你们真有不满，去找他们二人，只敢在这里同崔栖潮扯，算什么？"

他们的火气又起来了："怎么？不服你替他打，揍他算我们欺负凡人。"

其实崔栖潮已经是撄宁境，算不得凡人，他们这是暗示崔栖潮的境界是堆出来的，没点真材实料，形同凡人。

崔栖潮站在一旁道："算了，飞光。"

飞光都气了："你怎么总是息事宁人？我看你也不像软弱怕事的！"

崔栖潮失笑："我也是为了他们好。"

他当然不是软弱怕事，这一点从中世纪的盗贼到无人星的雇佣兵大概都深有所感。可是，如果真的闹起来，以小白的脾气，还不上来两掌把人拍扁了？

他想想还是算了，还不到要命的地步。不满的人那么多，难道都杀了？直接屏蔽就是了。

崔栖潮这话，和飞光之前的"碰瓷说"倒是无意间印证了，又让那几人气得很："真是大言不惭，你有本事真给我们点颜色看看。告诉你，你再怎么样也只是杂役！"

正是此时，燕宗主与他们的师尊元光真人并肩走了出来，不知为何，元光真人的脸色难看得很。

燕宗主见着他们，笑着说了一句："怎么剑拔弩张的，飞光和师侄们拌嘴了吗？"

那几人阴阳怪气地道："我们怎敢不敬尊长？宗门规矩，严禁如此。"

"你们是不敢不敬尊长，"飞光道，"只是欺负欺负小杂役罢了。"

他们呵呵一笑，到了宗主面前，又是另一副样子了："只不过同他说笑几句，开开他的玩笑，师叔当真了。"

"岂有此理！"燕宗主厉声道，"你们跪下！"

别说这几人，连飞光都吓了一跳。怎么，骂个杂役还得跪下？

燕宗主平时总带笑意，可一发起火来，几人不敢问一声，即刻对着她跪下，又求救地看向师尊元光真人。

元光上前便一人给了一记窝心脚，指着崔栖潮的脚边："跪那头！"

他们惊骇莫名，不知缘何如此。

"方才在院内，师叔祖传音给宗主，收崔……师叔为开山弟子。"元光说着，对崔栖潮实实在在地一拜到底，"还请师叔原谅这几个糊涂蛋不敬尊长。"

一时间除了元光、燕宗主二人，其余人都面露震惊之色。

旁人：老祖疯了！老祖肯定被下蛊了！

崔栖潮：师徒如父子，小白趁机占我便宜……

第78章

# 灵力发动机

众人见崔栖潮也面露震惊之色，哪知他是在惊讶小白猫胆包天，占自己便宜，反以为他是因为被谈微真人收为弟子而惊喜。甚至有人觉得崔栖潮在装模作样，说不定私底下不知道求了谈微真人多少回，现在还当自己不知道。

最惨的是元光真人的那几个弟子，如果崔栖潮真是个杂役也就罢了，就算谈微真人要给自己的杂役出口气，也不能惩罚太过。

可“不敬师长”就不一样了，尤其是羽陵宗这样的大派，讲究“规矩”二字。虽说都在谈微真人身边，但杂役和徒弟差的不是一点半点。

说句不好听的，今天，哪怕是两个撄宁境的、差了辈的弟子发生口角，那还可能大事化小小事化了。可是，如今羽陵宗十二代的老祖只剩下五位，十三代的修者，以燕宗主为代表，其他要么是长老，要么也是修为极高的门人了。

崔栖潮入了谈微真人门下，就是十三代最小的弟子，是燕宗主、诸位长老的师弟，元光真人都要喊一声师叔。这样的身份，岂能任人辱骂？

元光真人踢那几脚，应该说是爱徒心切了，免得他们更显错处。

那几人怎料霎时间天翻地覆，刚刚他们还在拿“不敬尊长”暗讽，这会儿竟就应验到了自己身上。他们愣了半晌，才浑身一颤，想到后果。较真起来，把他们送去门规处置也是可能的了。

元光真人的弟子们当即正了正跪姿，转向崔栖潮那头，实在地磕了三个头，贴着地面道歉：“弟子、弟子等方才冲撞了师叔祖，多有冒犯，祈蒙见恕！”

“总算你们还知道及时悔过，”燕宗主替他们讨了个饶，“崔师弟，他们也不知师叔临时传信，这才有失恭敬，你就受几个礼，训斥一番吧，相信日后他们也不敢再妄言了。”

崔栖潮记得燕宗主给自己说过话，从善如流地道：“宗主说得是，长记性便是了。”

几名弟子又给崔栖潮磕了几个头，惊惶未定地站了起来，垂手立在元光真人身后，鹌鹑一般。

他们本以为崔栖潮会趁机整治一番自己，谁知道这么轻轻地放过了，纵有燕宗主劝诫，也需其本人不记仇。反正经此一事，他们是真不敢再议论崔栖潮了。

如今，宗门上下有资格说崔栖潮的人，不多了！

元光真人自己也慎重地给崔栖潮行了个礼：“师叔海量能容，元光也为这几个浑蛋谢过了。绝不会有下次。”

崔栖潮轻轻点头。

一码归一码，元光真人不忿太一水到了崔栖潮手里另当别论，甚至仍然不明白师叔祖为什么要收这么一个说资质平平都是抬举的人。但这件事实在是他们理亏，崔栖潮没有真的追究，没报给执掌门规的长老，他们得认清这一出。

非常明显，谈微真人那时候传音来，就是要让崔栖潮出气。

你到底何德何能……元光真人深深地看了崔栖潮一眼，道了声告辞，匆匆离去了。他还要再教训一遍这些弟子。

数玉峰顶霎时间只余下三人，燕宗主看了徒儿一眼，淡淡地提醒道：“飞光，你还没有行礼呢。”

飞光如梦初醒，对崔栖潮长揖：“兄……小师叔。”

他差点嘴一瓢，把那句“兄弟”又喊出口了。

想起来飞光更加哭笑不得了，这可怎么算？他以前还说过，要不是自己境界不够，还想收崔栖潮为徒之类的话。现在好了，他得管崔栖潮叫师叔。

“不必。”崔栖潮扶住了飞光的胳膊肘，“还与从前一样便是。”

飞光低头没吭声。

燕宗主无奈一笑道：“小师弟，这怎么可能一样，叫其他弟子怎么想？我知道你不适应，不过这也是师叔的照拂，习惯习惯吧。”

一说到谈微真人，崔栖潮又有些不悦了，小白就这么不声不响地占了他一个便宜。

燕宗主人精一般，看到崔栖潮神色有点不快，不像是在纠结刚才元光的事情，倒像是烦恼别的，便笑问道：“怎么小师弟眉宇间还有愁色，如今师叔收你做亲传弟子，不是喜事一件吗？”

她思来想去，师叔也不像是胡为之人，还是坚持自己的想法，可能崔栖潮有不凡之处。

退一万步说，就算不是，就算崔栖潮真是像传言那样用不知什么办法讨好了师叔，师叔只这一个弟子，飞升之前堆也会把他的境界堆上去。

崔栖潮忧的就是谈微真人收他做弟子这件事，勉强一笑，含混道：“说得是，我这就去……拜见师尊。”

“我叫飞光送你回去，比雾鲸快些。”燕宗主也不细究，“你再代我问问师叔可要设宴，你可是他门下的开山大弟子，我这边会记入宗谱，要看师叔想大办，还是不拘形式了。”

崔栖潮立刻道：“不必办了。”

就这个事，还要大张旗鼓地告诉别人？

燕宗主看看他，从第一次见面起，她就觉得崔栖潮极为稳重，面对那么多高境界的修者，安之若素，这时言语之间又透出和师叔的亲近，这等事，自己便能笃定结果了。单这个本事，元光那些弟子也不如他。

发出那道传音后，谈微真人就感觉一阵强烈的快意，简直飘飘欲仙。

以羽陵宗内与谈微真人有关消息的传播速度，没多久，就有许多道传音或者传书抵达悬圃，大家早就想找机会和谈微真人亲近了，苦无机会。现在谈微真人收徒，他们当然要趁机第一时间表达自己的善意。

够资格传书的，得是一定境界，甚至十三代弟子了，随信送上给小师弟的礼物，再恭维一下谈微真人喜得高徒。

其实谁心里都明白，高什么高啊，往上爬的速度倒真是快，一年都不到，成十三代弟子了！放眼整个羽陵宗，还有比他更贴合“一步登天”这个词的弟子吗？

就算飞光这样大家觉得十足优越的弟子，和他的这份不知该说运气还是能力的实力比起来，都算不得什么了。

而这个时候，崔栖潮甚至还在数玉峰和燕宗主说话呢。

谈微真人听那些人一口一个真人的高徒如何如何，爽死了，单手屈着撑脸，享受了一会儿后却有点坐不住了。

这便宜占得是爽了，但是——

他可不是怕崔栖潮，只是……只是……

谈微真人不禁站起来，走到了院子外面。只是，这外面的丝瓜好像需要浇水了，还有蔬菜，好像也要追追肥了。

谈微真人一边浇水一边想：这有什么，不就是收他做徒弟？便宜他了，难道真人是随便收徒弟的吗？

哎呀，那边还长杂草了，拔掉拔掉。玉米可以收了，谈微真人抽出霜轮镰，从玉米中间割断，倒下的玉米堆到一处。等把玉米皮都剥了，就在这空地上晒一晒，也好储存。

说起来这个玉米长得可真是好，玉米秆有一人多高，玉米则各个都又大又饱满。他完全就是看到这幅玉米丰收的景象，想要活动活动罢了。

谈微真人前后院忙活了一通，速度非常快地把今天的农活都干完了，还是有点坐不住，四下里看，还可以做什么呢……

“咳。”

沉思中的谈微真人手提镰刀，听到身后有声音，浑身一僵，转过身去，却是崔栖潮回来了，旁边还有个送他一程的飞光。

飞光有点恐慌，看着原本栽种着奇花异草，宛如仙境的悬圃全然换了景象。前头的架子上爬满了藤蔓，已经结出来一些果。像南瓜这样的大果，还要兜起来，现在倒还没长大。

下头也不浪费空间，种着玉米，不过都已经收完了，在旁边整整齐齐地堆成一堆。

如果说这些还只是让飞光惊讶的话，真正让他恐慌的，就是谈微真人手里霜轮镰上沾着的草屑甚至泥点了。

飞光自己没有经历过，入羽陵宗的时候，谈微真人都是传说中的人物了。但听师尊说，师叔祖是十二代战力最高的，霜轮镰更是赫赫有名。

眼前的事实可以串联成完整的真相，那就是玉米和杂草是用霜轮镰割的，但是飞光怎么也不敢相信这一点。

这世道怎么了，师叔祖扛着霜轮镰割玉米？这种事师尊可从未说过啊，难道自己无意间竟然撞破了什么羽陵宗秘闻？

谈微真人冷冷地看了飞光一眼，阳光下飞光瞬间觉得师叔祖的眼睛要成竖瞳了，看得他心里一寒，倒退几步："师叔祖、师叔，弟子告退了。"

飞光逃似的跑了，他得慢慢消化一下。

而崔栖潮一进悬圃就发现活儿都干完了，地里再找不到要做的事，估计就是谈微真人心虚，怕他生气先把活儿干了。

既然怕死，他为什么又要作死呢？真是猫性不改。

崔栖潮本来是很生气的，想回来对小白罚站，看到这一幕只剩下好笑了。

谈微真人还在一脸镇定地说："回来了，到师尊面前来。"

崔栖潮真的往前走，走到他面前了，问道："师尊？我们还没有行拜师礼吧，需要先三跪九叩吗？"

谈微真人的表情出现了一丝裂缝："不、不必了。"

他说罢才觉得这样太气弱，又一个潇洒地转身，坐在一把凭空出现的椅子上，深沉地道："何须拘泥俗礼，你心里尊重师尊就是了。"

崔栖潮笑了笑，随手在谈微真人的脑瓜上拍了一下，走开了。

六个老头听说了崔栖潮拜师的事，心情都有点复杂。

谈微前辈到底看上这小子什么了呢？

之前他们还想过，六个人抢一个名额，不知道要等多久。这么多年了啊，他们才见了两个活人，谈微就别说了。这个崔栖潮呢，要是他愿意，其实他们内心是有点想传授他功法的。

虽然他们有那么点不甘心，因为崔栖潮根骨实在一般。当年他们在外头哪个不是叱咤一方，用得着收这样的弟子？哪知崔栖潮还不愿意拜，反过来教他们农活。

现在好了，谈微前辈竟然收崔栖潮为徒，好叫他们仔细打量，谈微的眼力肯定没得说，难道这家伙敢拒绝他们，是因为什么特别之处，只是从外表看不出来？

赤虹尊者看到崔栖潮在芥子洞天也不知道忙活些什么，就在旁边不停地琢磨，琢磨来琢磨去，也没琢磨出他到底怎么回事，倒是发现崔栖潮在描画些什么。

"你这是干什么呢？"赤虹尊者问。

崔栖潮展开图纸仔细看了看，都画好了，数据也标好了，也没看赤虹尊者一眼，问道："水都浇了吗？"

"浇了，都浇足了。"赤虹尊者郁闷地说。

崔栖潮这才回答他："我画动力机械的图。"

赤虹尊者："动什么鸡？"

崔栖潮心说这可怎么解释？他这是在画农用动力机械的零件啊。

动力机械就是把各种能量转成机械能，最早的风车，利用风能，是不是就属于风力机械？拖拉机通过柴油机等发动机产生动力，也是典型的动力机械，把柴油燃烧的动能转变成了机械能。

崔栖潮试图制造出一个新东西——灵力机械，将灵气转变为机械能。

这些日子以来，无论是六个老头还是小白，都用自己的法术干过农活，比如用御剑犁田，呼风唤雨灌溉法等。

但崔栖潮境界尚低，还用不了那样的法器，只能靠手，效率是远远比不过他们的。就像这几个芥子洞天，就算崔栖潮拥有了，也得靠谈微真人给他做钥匙。所以，崔栖潮这才试图在这里搞农机。这样一来，不管是谁往里面输送灵气，输多少灵气，他都可以独立开车了。

崔栖潮本来就在补习文化基础，顺便看了一大堆典籍，也就了解了许多这个世界的材料，琢磨出了新的发动机。灵气进入由特殊材料玄杉木打造的供给系统，这种木材硬逾钢铁，也能够隔绝灵气。

这里的控制系统还得用上由谈微真人刻画的法阵，启动法阵后，开始进气，灵气即进行运动，完成循环，产生的动能推动活塞移动，继而对外做功。不需要排气，灵气消耗不产生废气。

一整个工作循环后，如此反复，进气冲程，工作冲程，这个灵气机就能源源不断地产生动力，继而使得拖拉机或者其他农机运作。

目前这还是一个概念，不在于机械，主要在于动力，崔栖潮也不能确定灵力这样用好不好使，不过凡事都得先试过。

他这边画好了图，一会儿谈微真人也进来了。

这件事要不是谈微真人，真是完全办不成，法阵还好说，最重要的是零件制造。

崔栖潮也考虑过云梦真人，但是小白很反感，好在他已是绝响境，能够极为精准地控制能量，将各种材料制作成标准尺寸，分毫不差。

这就跟炼器是一样的，还简单多了。

谈微真人带了一堆原材料进来，帮崔栖潮熔的熔，切的切，制造成零件。

赤虹尊者一看，这活儿他也能干啊，他挺好奇这东西的，崔栖潮解释了一下，他虽然不完全懂，但大概也听明白了。

就是如果真做出来了，那崔栖潮就省劲儿了，他要做的东西能够像修真者的飞剑一样，一下子犁一大片田。

如果是这样，赤虹尊者倒是理解谈微真人为什么收他为徒了，脑子好啊。

就是还有点不成熟，你造这玩意儿干什么，你造个能揍人的多好？这种东西非常适合那些境界低的修者，甚至是凡人。有点像傀儡，但是在使用上限制要少多了，作用也大太多。

赤虹尊者帮着一起做零件，最后组装上一实验，还是有点问题。这个灵力产生的动能实在太足了，给各部位造成的压力很大，甚至可以听到齿轮撞击的声音，动是动起来了，但没多久，零件就坏了好几个。

崔栖潮只好赶紧停下来，拆开再研究研究怎么改良发动机。此前他也不知道灵力能有多大，现在看来特别猛，得控制控制了。

只是短短的时间，赤虹尊者已经看到了机械是怎么运作的，还真是，谈微真人往里头一注灵气，崔栖潮这个御剑都做不到的人就能驾驶着那大铁砣移动了。

“这玩意儿有意思。”赤虹尊者背着手乐，只恨崔栖潮不能立刻改良好。

燕宗主从飞光处听闻了一个令她也很恐慌的消息，师叔在悬圃，不闭关也不修炼，疑似开始种地了，还剥玉米。

燕宗主可以用性命担保，一千年前师叔也没有这个怪癖，师叔最喜欢的明明就是修炼和打架，但凡有敢挑衅羽陵宗的人，师叔的霜轮镰就教他们做人。

拿着杀器种地，她不敢相信，这难道是什么感悟天地的新方式？

逮着机会，坐立不安的燕宗主就上悬圃去了，想求见师叔，顺便看看那是不是飞光的错觉，悬圃种满了菜。

才到悬圃外，燕宗主远远地就看到一个长了四个轱辘的钢铁傀儡兽，崔师弟就坐在上头，师叔则站在顶上。

再往后，以燕宗主的眼力也能清晰地看到悬圃内确实搭了瓜架，那雕梁画栋之间甚至挂着一串串玉米。

燕宗主捂了捂胸口，有点窒息。仙气飘飘、出尘离世的悬圃和师叔啊……

她坚持着走近了，喊了一声：“师叔、崔师弟。”

“燕宗主。”崔栖潮也打了个招呼，手上不动，继续控制拖拉机，完成所有测试动作。

燕宗主这时候才看到那钢铁傀儡兽后头还挂着一个犁，将地上犁出道道深沟。她眼睛都快直了，还真种地啊……

还有，这钢铁傀儡兽到底什么情况，怎么崔栖潮还能使用？这不是要本人做的别人才能用吗？崔师弟这才什么境界，她记得什么都没学过吧，听说崔师弟是文盲，字儿都认不全的那种。

燕宗主站在旁边正呆愣着呢，那边崔栖潮已经完成了所有测试，证明机器已经能够顺畅使用，经过数次改进，他的农机试验成功了。

谈微真人也特别开心，从车顶一下翻了下来，钻进里头，坐在崔栖潮旁边："我厉害吧？"

法阵和零件都是他做的，中间有什么要改进，也得他来动手。

"厉害，你可太厉害了。"崔栖潮不吝夸奖道。

谈微真人的身体一点点靠近。

崔栖潮看他忽然倾身过来，头还仰起一点，愣了一下，随即在他的脑袋上搓揉了几下。

哈哈哈，我猜崔栖潮真的是谈微的私生子。

恭喜崔总喜提十三代弟子身份。

我看飞光是有灵性的，就该这样，修仙世界怎么了？谁敢碰崔总，大大方方碰瓷就是。

……

我爆笑，恭喜我崔喜提拖拉机！

崔总就是崔总，加油，再做个大家伙出来，让这些修真者见识一下科技的力量。

崔老爷干吗一定要自己使，那几个老头御剑犁田不也挺好的？

恭喜！撒花！

第 79 章

# 谈微，劝你善良

崔栖潮想起来这里还有外人，他们的相处方式实在太自然了，两人都没觉得哪里不对。

单看表情就知道燕宗主的心理活动了，她看上去宛如被雷劫劈过，身体僵硬，眼睛圆睁，眨也不眨一下，里面不但有惊讶、难以置信，甚至有一丝对崔栖潮的钦佩。

她现在相信飞光说的，师叔用霜轮镰割过玉米秆了。眼见为实，师叔和崔栖潮关系这么亲近，割割草有什么不可能的？

“燕宗主？”崔栖潮见燕宗主神色变幻，也不知道都在想些什么，一嗓子打断了她的思维。

燕宗主陡然惊醒，收敛了神色，“义正词严”地道：“想事情有些走神了，呵呵，师叔与师弟真是师徒情深，希望我没有打搅你们。”

她摆出一副淡然的样子，好像那根本不算什么。

正好，崔栖潮也不想解释。他心情正好，跳下拖拉机：“宗主说有事过来，不如留下吃晚饭吧，刚好我们收了些菜。”

“那就打扰了。”

崔栖潮一下去，谈微真人也自然地把拖拉机收进了芥子空间。

“那您坐吧，我去珉糜珠餡楼做菜。”崔栖潮说道。

“等等，”燕宗主忙叫住他，“你都是师叔的亲传弟子了，哪里能让你再天天跑去珉糜珠餡楼挤灶台？平日里真要给师叔做些吃的，我命人搬些厨具来，今后食材也直接送到此处。”

“多谢宗主，不过不必了，我在珉糜珠餡楼也习惯了。”崔栖潮婉拒了。

燕宗主正待再劝，谈微真人已经随意地道：“你别管，就让他自己忙活去。”

崔栖潮立刻盯着谈微真人看。

谈微真人心里有点虚，挪开了目光，又不肯认，得在外人面前保着面子。

还是崔栖潮心善，没有和他计较：“那我去了。”

而燕宗主早在这两人开始目光交会时就迅速鹌鹑一般缩肩低头地减弱存在感了，也不打算再劝，很显然她管不着师叔和师弟的生活闲情。

崔栖潮走了后，燕宗主平复一下心情，才一派自然地说：“师叔，我今日来是想同您说说，修补残魂，再塑人身需要一样天材地宝——雪域千年现一次的无影草。此物不但千年一现，数量也稀少，此次约莫还有各路修者前去。我想，稳妥起见，我派长风、挽龙和云梦前去，他们各有长处，想必无影草必是囊中之物……”

此事不轻不重，她也就是随意拣来说的，主要是想趁机看看悬圃。

“长处？我怎么看不出来？”谈微真人沉着脸道。

燕宗主：“啊？”

“啊什么，那你同我说说，云梦到底有哪些长处？”谈微真人逼问道。

燕宗主：“师叔，那我换个人吧？”

“哼，不用换！”谈微真人想了想道，“不必叫长风和挽龙去了，我亲自去雪域。”

燕宗主都不知该不该喜：“此事不好劳动师叔大驾吧？”

恐怕其他修者知道了要在心底骂街的，羽陵宗派人也就罢了，无影草肯定是他们抢得多，还派个绝响境老祖去，这谁斗得过？

谈微真人决心要让崔栖潮明白云梦真人根本没什么能耐，不但自己要去，还要带上崔栖潮一起去：“我带你师弟走一趟。”

燕宗主又不吭声了，心想师叔可能只是借机要和师弟出去游玩一番吧。

那边崔栖潮已经到了珉靡珠韬楼，自从谈微真人宣布收他为徒后，他一直没来这儿，主要是忙着发动机的改良，三餐在院子里随便对付一点儿。

柳管事见他来，手里还自带着一些食材，好似又要来做菜的样子，同着其他人都万分惊讶。

“崔……那个，崔仙长……”柳管事快语无伦次了。现在崔栖潮的辈分和宗主都是齐平的，他不出门不知道，整个羽陵宗上上下下都快传疯了，当天数玉峰的情形也传得沸沸扬扬，元光真人的弟子可是栽得结结实实的。

“柳管事、孟大哥。”崔栖潮和他们几个一一打招呼。

孟青本来要炒菜了，锅都热了，菜还拿在手里迟迟不放下去，结结巴巴地道：“不、不敢当……”

这可怎么算，宗主的师弟管他叫大哥？

崔栖潮熟练地舀水清洗自己带来的玉米、辣椒等食材，柳管事赶紧上去一拦：“这种事还是我来吧！不不，你回去吧，要做什么告诉我！”

“不用了，柳管事，你们不必理会我。”崔栖潮索性停下，先和柳管事说清楚，“发生这种事我也不想的。这几天有事所以没来，但往后一日三餐我还是过来做的，这也是谈微真人的意思，你们不必不安。”

柳管事和他对视了一会儿，才慢慢镇定下来：“这样啊……真的不会太失礼吗？”

“你若一直拦着不让我做自己的事才失礼吧？”崔栖潮反问道。

柳管事赶紧撤手了：“请随意吧。”

看崔栖潮继续动作，柳管事空白的脑子里才冒出一个念头：奇怪，刚才崔栖潮为什么要说“发生这种事我也不想的”？

玉米、辣椒、豌豆、萝卜都是自己种的，崔栖潮在厨房拿了些松仁，把玉米粒刮下来，做一盘松仁玉米。玉米先煮一煮，再和松仁一起翻炒，加些调料就行了，松仁也是珉糜珠餡楼已经炒熟的。

崔栖潮的玉米粒粒饱满，呈现出高饱和度的金黄色。剥皮后的松仁也圆润乳白，整盘菜看上去相当清新可口。豌豆是用来掺在糯米里，蒸一锅豌豆糯米饭。萝卜切丝做萝卜糕，一碗粉蒸肉，再加一道板栗鸡汤，就齐全了。

直到崔栖潮离开，珉糜珠餡楼的人还是想不明白他怎么还犯得着来做饭。

路上崔栖潮也遇到了一些乘法器路过的修者，他们速度都很快，但应该不是崔栖潮的错觉，他觉得那些人都回头盯着他看。

崔栖潮提着食盒回去，刚搁下食盒，燕宗主就一起过来帮忙摆盘，霎时间非常有烟火气。

“宗主坐着吧。”崔栖潮说道。

“没事，没事，一道侍奉师叔。”燕宗主含混地道。

谈微真人心安理得地坐着看，反正这么多年他都这样。

只见崔栖潮摆好了就对谈微真人那头说：“过来，吃。”

几乎是在他下完口令的刹那，谈微真人的身体就离开椅子，过来了。

燕宗主看这反应速度，难免又眼神飘忽起来。

“师叔和师弟种的玉米真是比得意田里的也好多了，香甜脆嫩。”燕宗主这话也带了九成真心，别说，崔栖潮的玉米真的比珉糜珠餡楼一直提供的要美味。

她之前就尝过崔栖潮亲手做的烧卖，现在看来，师弟样样菜都可以啊。

松仁玉米的可口不必说了，粉蒸肉外头裹着厚厚的米粉，深黄色的米粉有细细的颗粒感，并不是单纯的软糯，腌制过的咸香随着米粉粒在舌尖上弥漫开，看着好像有点油腻，其实肥瘦适中，里头裹的是蒸透了的五花肉片，薄薄一片，和米粉团一起入口，滋味融合在一起。

板栗鸡汤用的鸡油多，熬出来的汤是浓郁的金黄色，板栗也炖得粉粉的，筷子一戳就能戳穿，又不失清香甜美。熟烂的板栗与鸡肉和着热乎乎的鸡汤下肚，回味十足。

萝卜糕软弹里带着一丝柔韧，口感极好，里头夹的萝卜丝甜咸适口。

也不知道崔栖潮上山前到底是做什么的，热爱种田，菜也做得很好。燕宗主现在带着另一种心情去品尝崔栖潮做的菜，在味美之余又品尝到一丝甜蜜，难怪师叔一日三餐不辍。

“对了，师叔、师弟，我能见见那六老吗？”饭饱茶足，燕宗主没有立刻告辞，而是问道。这往后人要救回来了，就是宗门里的供奉了，她得先会个面，了解一番。

见就见吧。谈微真人他们不按寻常套路，没有藏着掖着，燕宗主想看就轮番看一遍。

燕宗主跟着进了第一个芥子洞天，入眼便是无边无际的稻田，稻苗青青，半空中有一个老者，正闭着眼睛展开双手，从远处的大湖中汲水，然后均匀密布在下方的稻田中，宛如一场绵绵春雨。

因为有外头的瓜果蔬菜打底，燕宗主这时才不至于变了颜色。但心里也忍不住嘀咕，崔师弟到底什么爱好，小时候闹过饥荒吗？

他们也不作声，等老者从天上下来了，崔栖潮才介绍道："这是羽陵宗宗主春秋元君，来了解了解情况。"

他又给燕宗主介绍，对面这个就是赤虹尊者，曾经是魔修。燕宗主还真听过这人的名号，虽说是魔修，其实脾性、处世倒有点亦正亦邪，曾经火烧千里，灭了一个做人骨塔修炼的门派。

燕宗主含笑问好。

赤虹尊者也连忙上前两步，笑容和蔼得看不出是魔修，甚至有点殷勤地道："久仰了，燕宗主。我给你介绍一下，这一片香米稻田呢，正处于有效分蘖期，刚刚进行了灌水，大约九分。咱们日常给它保持一个三十一摄氏度的温度，保证它能够完成分蘖……"

崔栖潮小声咳嗽了两下："宗主问的不是这个。"

赤虹尊者的笑容也僵了僵："啊？不问这个问什么？"

谈微真人在一旁不耐烦地道："你的修为、功法啊！你不是很能念吗？"

赤虹尊者讪讪地道："问功法啊，早说。我修的那个洞阳大法，非常厉害……"

他心里也直埋怨崔栖潮，都是崔栖潮说看种田结果选出最后先救谁。而且，这段时间崔栖潮给他上的课太洗脑了，学得多，还要了解什么湿度、相对含水量、温度、摄氏度之类的，他从来不知道种地还能那么复杂，比修仙也差不了多少了！

燕宗主一直到了解完，看赤虹尊者的眼神都有点怪怪的。

赤虹尊者也知道她在想什么，可能是刚才那一出让她还在怀疑：这老头出去后不会就只会种田了吧？他死死盯着燕宗主，道："总而言之，本座盼着为羽陵宗效力的一天！"

燕宗主不动声色地道："望尊者早日恢复法身。"

谈微真人："你先把水都浇完啊！"

赤虹尊者一个激灵，迅速道："对对对，我就剩下几百亩了。"

燕宗主无言以对。

再去第二个洞天，那里的老头更焦急，崔栖潮还没开口，已经跑上来着急地问道："崔兄弟啊，不得了啦，我的稻子叶子上怎么长斑了，这是不是生病了？这可才在分蘖期，会不会影响我的产量？"

"应该是生瘟了……"崔栖潮说道，"我来看看吧，你先和我们燕宗主聊聊，这是羽陵宗宗主春秋元君，特来看你。”

燕宗主快要麻木了，打了个招呼。

却见老者也敷衍地一点头，就跟着崔栖潮埋头去看叶子了。他非常关心自己的成绩，毕竟拿不了第一就没法早点恢复，那结识燕春秋还有什么用？

这看在燕宗主眼里，则是一百个不理解，大家都这么热爱种田的吗？

只见谈微真人都慢慢走了过去，背着手笃定地道：“怕是生了稻瘟吧，这可是叩头瘟，不及时防治，产量要减少一半的。你是不是湿度弄得太高了？”

老者一回想道：“这个，好像……可能有点儿吧……”

燕宗主快不知道自己是谁、在哪儿了，仿佛和这些绝响境的大能格格不入，不会每个洞天里的老头都和崔师弟一样精通农学吧？为了以后和他们相处得当，她是不是也得去了解一下？

三人商量了一会儿怎么治病，老者才有空来和燕宗主说话，开口也和赤虹尊者一样，暗示、保证自己出去后如何如何。

燕宗主只能继续微笑。

六个洞天一一看完，里面的老头果然都醉心种地。

现在燕宗主面对他们的保证已经没什么心情起伏了。只怕他们都出去后，如何效力不提，得把羽陵宗到处也种满粮食吧。

燕宗主走后，崔栖潮收拾碗筷，擦桌子。

谈微真人在旁边看了一会儿，手痒得不行，从后面抱住崔栖潮的腰，上半身也盖了上去。

崔栖潮正倾身擦桌子，一时有点无奈：“你当自己还小吗？”

他还当自己是那只可以坐在他肩膀上的小猫啊？

哼。谈微真人若有似无地哼了一声，没骨头一样靠在他的背上。崔栖潮站直了，他的脑袋也自然滚到了崔栖潮的肩膀上，手有一下没一下地拨弄崔栖潮的胳膊。

以前他也是这样，崔栖潮在做事，他就在旁边帮一会儿忙，再捣一下乱，尤其是在无人星的时候，日子漫长又无聊，长时间只有他们两个待在一起，习惯了在一点小事里消磨时间。

“晚上想吃三文鱼……”谈微真人瓮声瓮气地道。

“这里没有三文鱼。”崔栖潮擦完桌子了，去洗抹布洗手，谈微真人还亦步亦趋地跟着，两个人如连体婴一般走到院子里打水清洗。

谈微真人懒洋洋地道：“那我不管。”

崔栖潮推了推他的脑袋：“去。”

谈微真人幽幽地道：“过些天出去给那几个老头采集药材，你跟我一起去。”

崔栖潮也不知道中间有什么曲折，只以为原就如此，来了这个位面后，他一直是在羽陵宗活动，还真有点兴趣出去看看。羽陵宗已经让他见识了修真界的一角，反正芥子洞天随身，天涯何处不种田？

谈微真人难掩得意："无影草千年一现，到时肯定还有不少人去等候，说不定还要打架。"

但是，他肯定是最能打的。

"要打架啊？"崔栖潮想了想，"那等等我再画个手持灵力炮啊，我看谁敢动……"

这边吃完了，崔栖潮又进了芥子洞天，他要去给其他几个老头讲一讲刚才那个叩头瘟的案例。

这里的稻种都是普通稻种，从人间界买来的，可能一开始就带菌，这里的科技水平毕竟不高。虽然当时他让他们用石灰水浸过种子了，可能还是有遗漏，再加上照顾疏漏，就发病了。所以这施肥、施水不当，相对湿度过高，都可能引发稻瘟，尤其分蘖期和拔节期本就是高发时间。

其他五个老头听说还有人的稻子得了稻瘟，都是心有余悸，不住地回想自己有没有不规范操作的地方，同时也不忘踩一踩那个家伙："也不知道怎么升到绝响境的，做事如此莽撞，我看恐怕是太过贪心，所以想多降水，好叫稻子快快长，谁知适得其反。呵呵。"

大家都是新农民，也有互相不服气的。他们面都没见过，却隔空过了好几招。幸好当时崔栖潮没答应把他们都放在同一个洞天。

崔栖潮每次进去，还老能听到他们打听其他处的种植情况，要计算自己能不能排在第一。

那个稻子生瘟的老者可以说是赛跑途中跌了一跤。可他们这些绝响境的修者，哪个没经过各种磨砺，区区瘟疫还不能让其放弃，只会倍加注意，企图再迎头赶上。

这只是一季，他还有机会呢，最后算的是平均产量！

宫廷斗争叫宫斗，家宅斗争叫宅斗，像老爷爷们这样的，也不知道该叫洞斗还是田斗。

从芥子洞天脱身后，崔栖潮就在竹椅上小憩一会儿，眯着眼看到谈微真人过来，手在旁边虚按了一下，谈微真人就在旁边的竹椅上坐下。

不过坐了没多久，谈微真人就不自在地站了起来。任谁做了这么多年猫，习惯也难改了。

第 80 章

# 赈灾

云梦真人接掌门令，要他护送师叔祖去雪域，取千年一现的无影草。

云梦真人很纳闷，一则师叔祖好像不怎么待见他，二则，师叔祖还需要他护送?

莫说云梦真人，羽陵宗上下都想不通这件事。绝响境的老祖出关都少了，何况是上外头溜达。最接近真相的猜测，也不过是师叔祖想带新收的弟子出去见见世面。

雪域之严寒，莫说凡人去不得，就是涤初境以下的弟子去也会被冻伤，除非有护身的法宝。谈微真人就给崔栖潮找了能防寒的皮毛，做成裘衣。

这情形可太眼熟了，在无人星的时候，他们就扒皮毛做大衣保暖。

崔栖潮知道要去寒地，自己也准备了起来，塞了许多物资在芥子洞天里，还去珉糜珠餡楼拿了许多调料来，回去的时候，他照样吹陶笛叫来了一条雾鲸。

那雾鲸载着崔栖潮一人，在雾海间穿梭。

这么多日，崔栖潮本来已看惯了沿途的风景，可忽然脚下一个颠簸，雾鲸也不知怎么，猛然向下一沉，加快了速度。

崔栖潮一个踉跄，坐在雾鲸背上，只见它掉头往另一个方向游去，而非回悬圃的原路。

这是怎么了？崔栖潮知道雾鲸智商挺高，拍了拍它的背，可雾鲸只是埋头游动。

崔栖潮心道要有什么不对，即刻就进芥子洞天。只见雾鲸向着雾海浓处游去，周围渐渐出现其他雾鲸的身影，拢共有几十条，一同冲进云雾。

他看到有的雾鲸背上也有弟子，估计同样是被强行载来的，身形在浓雾中隐约可见，声音也依稀传来。可是搭雾鲸的修者一般境界都不高，没法自己飞，更别说千里传音向师长呼救。

崔栖潮听到他们正在焦急地商量:“要不要把箓书打开？”

每个正式弟子在名字被记入宗谱后，都被有授予箓书，上面记载了门派、师承，除了能明示身份外，也有向宗门紧急求救的作用。遇到危险即打开念动口诀，不过用完一次也就废了，有明文规矩，不得随意使用。

“这雾鲸是宗门豢养的，要不还是再等等，也许只是什么意外？”

“不是，这些雾鲸要疯了一般，谁知道要带咱们去哪儿啊。”

崔栖潮默不作声，言语之间，雾鲸们已经到了一处，围着一条巨大的雾鲸。那条雾鲸正在云雾中翻滚，虽然它不能说话，模样却是非常痛苦的，发出众人听不见的痛苦呐喊。

其他雾鲸围成一圈，不时用头触碰它，摇晃着脑袋，流露出焦急之情。

“这、这雾鲸怎么了？难道受伤了？”

“难怪它们突然失控，师兄跟我说过，雾鲸极为友爱，如果一条受伤发出痛叫声，远隔千里的雾鲸都会赶来。”

崔栖潮却看出了点眉目，这两个位面之前，他特意补习了畜牧业的一些内容，对各种动物都了解了些许。雾鲸这个样子，身上没有明显伤痕，肚子却一直在收缩，看着倒像是难产了。

他看着便对那些弟子道：“雾鲸可能是难产了，你们叫人过来吧。”

这到处都是雾，先前崔栖潮不说，谁也没发现是他，这会儿他开口了，大家仔细去辨认，才看出这是最新出炉的十三代弟子。

在场的人，有一个算一个，虽说境界没有低于崔栖潮的，但辈分最高的都得叫他太师叔祖，结结实实差了好几辈呢。

“师、师叔祖……”他们结结巴巴地问好，行了个大礼。主要是想起宗门内流传，元光真人的弟子不敬师长，当时就跪了。

得亏崔栖潮当过领主老爷，才没有在这么多人的大礼下闪开，但也有些不自然。

“师叔祖……就是，那个，箓书我们若用了，又没有很大的危险，会被师尊责罚的。”有人小心翼翼地说道，“您有箓书吗？”

崔栖潮入门没多久，箓书还没到他手上，但他倒有其他法子。他早就发现了，不管他去哪儿，小白都一直偷偷盯着他，神识时刻笼罩，所以才什么都知道。

于是崔栖潮仰脸看了看雾气蒙蒙的天空，喊道：“师尊，你过来一下。”

要不是这里还有这么多人，崔栖潮肯定不会喊师尊的，自觉又被小白占便宜了。

众弟子却无语，这位真是闻名不如见面。他们用个箓书都小心翼翼的，怕劳动了师尊，让师尊嫌弃麻烦。崔栖潮倒好，抬头就喊，不过，好像没看到他使用什么法器或者术法啊？这是什么召唤方法？

别说，这不知名的召唤法还真的很管用，顷刻间，一道身影就出现在半空中。一名蓝衫男子负手站在雾间，面容虽未见过，但想想崔栖潮刚才的话，这想必就是羽陵宗绝响五祖之一了。

“拜见老祖！”这些弟子入门最多也不过百年，对谈微真人同样只闻其名，未见其人，没想到今天竟意外得见了，真是好运气，一时都拜伏在雾鲸背上。

谈微真人也没理会这些人，只对崔栖潮道：“不要没事叫我，若不是我正巧听到了，见你情况有异，才不会理你。”

崔栖潮也懒得戳穿他：“这雾鲸可能是难产了，将所有同伴召到此处，大家都回不去了。”

谈微真人一看，对那些雾鲸道：“你们把人先送回去。”

雾鲸们好像听懂了，转头看他，又用头碰碰那条母鲸。

谈微真人居然也听得懂的样子："啰唆，我来看着便是，我徒弟会接生。"

所有人都看向崔栖潮。

崔栖潮非常无奈。

那些载了人的雾鲸这才慢慢晃晃脑袋，转身向外游去了，背上的弟子一边叩首向老祖告别，一边犹在好奇地看着崔栖潮，也不知世上怎么还有人会给雾鲸接生。

人一走，崔栖潮就叹气道："我怎么会给鲸接生？"

谈微真人振振有词道："当初你也说你不知道怎么治猪。"

可崔栖潮那都是瞎猫撞上死耗子，恰巧母猪的症状用人的治疗方法套也有效果，要么就是按照科学原理。可是这是雾鲸，修仙世界的雾鲸，它都能在雾里游了还有什么科学道理？

崔栖潮从一条雾鲸身上跳到另一条身上，这样接近了母鲸，看了看生殖道，已经能看到小雾鲸的一点尾巴尖了。

"你问问它是不是没力气了？"崔栖潮回头道。

谈微真人盯着母鲸看了一会儿，好像真的在倾听，然后道："第一次产子，是没什么力气了。"绝响境都能沟通天地万物了，何况是一条雾鲸。

"那先补充一点食物吧。"崔栖潮说道，"然后试试帮它拽一下小鲸鱼。"

雾鲸看上去生命力应该挺顽强的吧，但生育是生死关，如果还不顺利生产，母鲸可能会去世，幼鲸只能剖腹取出，或许有一条活路。

"还喂什么吃的，我直接把灵气输给它。"谈微真人一只手放在了母鲸身上，体内灵气如同洪流一般，滚滚输入雾鲸体内。

看，不科学吧。

母鲸精神一振，肚子又迅速收缩了几下，谈微真人则控制着灵气在母鲸身体里推了几下，也亏得他有绝响境的控制能力，既不会伤到幼鲸，又能推动它。

随着母鲸一个翻身，幼鲸的尾巴已经露出了生殖道。围观的雾鲸们也振奋起来，不时仰仰脑袋无声呼喊，像在给母鲸加油。

虽然只是初生的幼鲸，也足有一间屋子那么大，崔栖潮本来还想上去帮着拔一拔，现在看来还是躲开为好，否则幼鲸一尾巴能把他抽下去了。

母鲸庞大的身体在白雾中翻了一圈又一圈，每一次翻身，幼鲸就出来多一点，直到最后一下，它一个激灵一般身体猛抖，随着一道血雾，扑通一下，幼鲸便脱离了生殖道，跌在云雾之间。

软嫩的幼鲸灵活地在雾海中游了一个来回，贴着母亲的肚皮，好奇地看着外面的世界。

雾鲸怀孕要足足五十年，这让它们母子之间的联系尤其深厚，幼鲸还在母鲸腹内时就已经有了意识。

母鲸温柔地贴了贴幼鲸，其他雾鲸也欢快地摇头摆尾，将云雾拨起阵阵波澜。

母鲸朝着谈微真人和崔栖潮的方向点了点头，谈微真人则露出了凝神细听的表情。

“我不要。”片刻后，谈微真人对那母鲸道，“给我干什么，我不爱吃鲸鱼肉。”

崔栖潮惊道：“它要把小鲸鱼给你吃？为什么？”

小鲸鱼看起来非常健康，他也没听人说起过雾鲸有什么把头生子送人吃了的习俗。虽然他是打过雾鲸肉的主意，但这小雾鲸才刚出生呢。

又半晌，谈微真人才讪讪地道：“哦，坐骑啊。”

崔栖潮这才明白过来，这是谈微真人误会了，不是给他吃啊。

谈微真人对他道：“它说以示感谢，让那条小鲸给你当五十年的坐骑。”

谈微真人根本不需要坐骑，倒是崔栖潮是他唯一的弟子，也是崔栖潮把谈微真人叫来的，母鲸便说让小鲸跟崔栖潮五十年。

崔栖潮哪里肯答应。

这都不是用童工了，这是婴幼儿工人啊！

“不用了，我养一个就够吃力了。”

谈微真人也得意扬扬地对母鲸说：“他有我就够了。”

那幼鲸也不知听懂了没，围着他们游了一圈，用嘴巴去碰崔栖潮。

崔栖潮在它的大脑门上摸了一下，刚出生的幼鲸的皮要软多了，但也透着一股韧劲，恐怕不是感觉上那么好穿破的。

崔栖潮还待再摸，谈微真人一伸手，他就从雾鲸背上到了谈微真人身边，被抓着腰带：“行了，摸一下就差不多了。”

幼鲸见到崔栖潮忽然就被吸走了，还有些惊奇，以为他们在和自己玩，朝这边极快地游过来。

看着好像天真烂漫，可是幼鲸足有一间屋子那么大，真要撞上来谈微肯定没事，崔栖潮就难免全身骨折了。

谈微真人抓着崔栖潮便遁走，幼鲸在后面徒劳地追了一截，看他们消失在远处，以人类听不到的频率失望地叫了两声。

前往雪域那天，云梦真人在山门处，也就是群山最外缘两座高耸的山峰之间等待与他们会合。

谈微真人用手托着崔栖潮的胳膊，和他一起站在霜轮镰上，山风呼啸，却吹不到崔栖潮身上，这方寸之地也能站得极稳。

倒是可以看到，一路不知道多少人明里暗里围观。好容易老祖出山，大家得见一面，早便打听出行时间了。因为不知道具体何时出来，一大早大家就等在山间了。

云梦真人远远看到，便长揖至地：“云梦见过师叔祖、师叔。”

谈微真人不咸不淡地“嗯”了一声。

师叔祖还是那么不待见他啊，也不知到底为什么，难道他长得与师叔祖以前的仇人有几分相似？云梦真人想多少让师叔祖改观，又道：“师叔尚是撄宁境，不能御空，弟子请为师叔祖分忧，载师叔一程。”

怎么能让师叔祖亲自载人呢，他这做晚辈的来效劳即可。再说他与这位小师叔亦有几分交情，想来不会难挨。

谁知谈微真人却道：“谁要你分忧？”

云梦真人一慌，拱手道：“师叔祖息怒，弟子只是尊敬师长……”

崔栖潮正想让他们消停一点，忽然听到什么动静，回头一看，竟是那条小雾鲸莽莽撞撞地从云雾间穿来，因为碰到了索道，发出金属碰撞的声音。

小雾鲸极快地游到了他们面前，欢快地上下翻腾，还倒着游了几下。

谈微真人这下被转移了注意力，看了一会儿，指着小鲸道：“它说它要载你。”

崔栖潮无语：“胡闹，快回去。”

“我听说师叔与师叔祖接生了一条小雾鲸，难道就是它？”云梦真人饶有兴味地道，“师叔，雾鲸并非俗物，降生即有灵力，腾云驾雾之快更是不输修者御空之术。而且雾鲸性情高洁、忠诚，不会随意应承载人的。当初它们能与宗门立约，也是费了时任宗主好大一番心思。我看您大可以应承下来，也是一桩美事。”

“不必了。”崔栖潮让谈微真人把小鲸赶回去。

小鲸无声地叫了一声，幽怨地甩甩尾巴离开。

谈微真人载着崔栖潮，并云梦真人御空飞行，往极北之地的雪域行去。

云梦真人一直暗暗观察崔栖潮，却惊讶地发现这位撄宁境的师叔一点儿也没有畏高的意思。

这是极少有的事情，便是胆子再大的修者，头几次腾空起来，就算不害怕，也难免心情波动。唯有修为高的人才能做到身在云天，形同飞鸟，俯瞰人间万水千山，这是何等壮阔。

崔栖潮是杂役出身，来宗门应该就是乘坐雾鲸，平日往返各峰亦是。但此时看去，如此高速飞行之下，他镇定自若，就像此事寻常至极，既没有惊讶，也没有激荡、享受等，宛如出门买菜。

这个飞行速度想让崔栖潮惊讶还真的挺难，都没超光速，高度也还行。

崔栖潮站累了，还能坐在镰柄上，双脚悬空这么休息，看得云梦真人嘴巴都要张大了。他的小徒弟也还不能飞，跟他飞了好些次都没这个胆子。平时师叔在悬圃该不会动不动就让师叔祖带他飞着玩儿吧？

“等等，下面怎么了？”崔栖潮拍了拍谈微真人的腿，让他放慢速度。

山下应该是秋天了，他们正经过凡人聚居的城镇，但周遭一格格的农田却一片枯色。

云梦真人掐指一算，说道："唉，今年是凶年啊，人间此处有大旱，赤地千里，颗粒无收，真是苦了……"

谈微真人立刻停了下来，云梦真人急忙也停住："师叔祖？"

还能怎么？谈微真人跟了崔栖潮那么久，还能不知道他什么德行吗？看到这情形，崔栖潮肯定要下去爱一下民的。

果然，崔栖潮说道："芥子洞天里的红薯和玉米不是可以收了吗？反正自己也吃不完，不如放出去赈灾吧。"

云梦真人赞道："师叔高义！咱们修仙之人虽然一旦踏上修仙之途，即断绝了与凡俗的干系，可生而为人，怎能对人间之苦坐视不理？"

说着，谈微真人和云梦真人都按下法器，向下落去。

人间正是饥荒时，路上的人莫不面黄肌瘦，城外的树上挂满了自缢的穷民，因粮食绝收，想自杀都没钱买毒药、刀具，只能一根裤腰带了结。

整座城镇陷入绝望中，就在此时，路上的人见天上有人飞下，大呼："仙人啊！"

一传十，十传百，登时路人全都朝着仙人落下的方向跑去。

也是巧了，他们落下来的地方就是这城中百姓的祭坛，前些日子有人才在这里求过雨，难道这就求来了仙人？

眼看越来越多人跑来跪在祭坛前，崔栖潮严肃地问道："雨水丰沛时要蓄水，如此一来干旱了也好救急。闲时修渠引水，也是一法……"

眼看"仙人"一现身就讲起了蓄水修渠乃至农具改良等法，大家先是一愣，随即有读书人疯狂记录。

谈微真人小声说："先放粮吧。"

崔栖潮一想也是，这都快饿死了，便叫谈微真人从芥子洞天里把堆积如山的玉米、红薯都放了出来，在祭坛上堆得高耸极了，这还只是一部分。

城中百姓都要疯了，又哭又笑，不住地给仙人磕头。

谈微真人手指一动，那些食物就自动腾空飞起，到了每一个人手中，又问道："此处官吏何在？"

官长颤颤地从人群中挤出来："仙人有何吩咐？"

"再交予你一批粮食，供百姓过冬，不可懈怠，否则来日路过必然追究。"谈微真人冷冷地道。

这些官吏敢欺上敢瞒下，但哪敢不听仙人的旨意，当即在百姓的欢呼声中叩头应承。

崔栖潮想了想说道："你就好人做到底吧，保三年无恙，也好让他们休养生息。"

今年大旱伤了根本，谈微真人一听，在祭坛上布了法阵，阵眼是七粒硕大的兰泽蚌珠，可以聚集天空中的水汽，平衡这里的湿度。

无形间，空气都湿润多了，叶子上甚至聚起了点点露珠。

云梦真人一看，也微微一笑，沉吟道：“既是如此，我也分你们一片湖泊，以解燃眉之急。”

城外大河本来早就干涸了，云梦真人壶中藏了半个云梦泽，他一挥手，一大片湖水即出现在半空中，像被无形的容器盛着，他手一推，湖水即落在了城外。这只是云梦大泽的极小一部分，对满城百姓来说却足够用了。

这时，谈微真人忽然抬头，只见云间钻出来一个小黑点，慢慢变大再变大，到了人们头顶时，才看清是一条鲸鱼。

内陆百姓从未见过鲸，何况雾鲸即便是幼鲸也有一间房子那么大，百姓都惊骇极了，惶恐地看着这巨鱼。

幼鲸对着他们一摇头，忽然喷出了一道细密的水雾，宛如细雨落在人们脸上，那一点惶恐顿时又化作欢笑：“神鱼啊！这一定是仙人养的神鱼！”

崔栖潮：“它怎么跟来了？”

谈微真人也有点尴尬，这不是显得他很没面子吗？可是他也没想到小鲸这么大胆，当时没有跟着，事后再偷偷游来，根本不在他的注意范围内。

雾鲸虽然不知道他们的路线，也晚出发很多，可是雾鲸与云雾的感应极为微妙，也可以说是天上的云给它指了路吧。

谈微真人讪讪地变了口径：“养着也没什么不好的……”

小鲸用力点头：就是！

三人还有事在身，说了水利之法放了粮，就要离开。此处官吏却代表大家大声道：“还望仙人留下名号，我等也好供上牌位！”

三人对视一眼，商量了两声，崔栖潮只报了羽陵宗的名，又道：“还有，这些粮食耕种者有六人，道号绝尘子、赤虹尊者……”

他把六个老头的名字给留了下来，从此此地百姓常供仙人牌位，焚香祭祀，将崔栖潮留下的农法奉为圭臬，而谈微真人布阵用的七粒兰泽蚌珠也被称为“七农珠”。

第 81 章

# 是奇遇

“它还要喝奶？”崔栖潮问。

谈微真人看了一眼在半空中打滚的雾鲸，无辜地道：“它刚出生啊。”

那为什么还留下它？

因为小鲸的存在，他们必须停下来给小鲸喂奶。起初崔栖潮还不明白为什么，直到小鲸在半空中不断用身体拱他，张着嘴摇头，谈微真人说这是饿了要吃东西。

如果只是喂食也就罢了，小鲸还是吃奶的年纪，崔栖潮换算了一下谈微真人说的数据，发现它每天要喝一千多斤奶！

崔栖潮看了小鲸一会儿，面无表情地说：“假设它能够服用牛羊奶，我们得随身带一个牧场才能满足它吧？”

“牛羊奶不足以满足雾鲸的生长需求。”云梦真人好歹在羽陵宗待了多年，也知道一些雾鲸喂养的知识，“而且雾鲸从来都只生存在云雾中，由母鲸喷射乳汁供幼鲸食用。如果倒一大盆，它应该无法理解如何食用。”

也就是说必须模仿母鲸的喂奶方式。别忘了这条小雾鲸出生不到三天。

雾鲸还在不停打滚，把白云拨散开，闹脾气要吃的。

崔栖潮就知道不该听他们的，把小雾鲸带上，这分明是给自己找麻烦。事到临头了，他们才告诉他喂养有多麻烦。

谈微真人一看崔栖潮的脸色就知道不妙，连忙说道：“普通牛羊奶是不够，但掺入太一水之精华就行了。”

崔栖潮：“怎么喂？”

一个小时后，崔栖潮坐在霜轮镰上，肩上扛着一支巨大的水枪，水枪有一个极大的储水部，那一部分站着的谈微真人用手提住。

这是刚刚他们临时制造出来的，好在芥子洞天里还有不少炼农机、武器剩下的材料，又临时到山林里装了一些野生的牛、羊进芥子洞天，让老头们帮忙挤奶。

老头们一声叹息：唉，也不缺这点活儿了……

崔栖潮一扣扳机，水枪就喷射出大约十斤乳汁，成了一道白色的线。雾鲸立刻兜上去，将乳汁连着云一起吸入口中。

如此扣个几十次，一次要喂三百斤，雾鲸才算吃饱。像这样的投喂，每天必须进行四到五次，才能满足幼鲸的胃口。

这样大量喂养，幼鲸每天也能增长几十上百斤的重量，几乎每天都能看到一点变化。

崔栖潮也想把雾鲸放进芥子洞天里，可是小鲸怎么也不愿意。它年纪虽然小，却知道自己的职责是载人，怎么可以钻进芥子洞天。

小鲸吃饱了，又对崔栖潮点头，身形保持在霜轮镰下方一些。

崔栖潮会意，把水枪收了起来，一撑霜轮镰，早就在高速运动的过程中跳到了小鲸背上，身形只微微晃动即站稳。虽然是第一次互动，但他和小鲸意外地有默契，小鲸顺利接到了他。

云梦真人在旁边又多看了两眼，不禁一笑。他想着师叔祖对徒弟有关的话题总是宽容一些，便对谈微真人微笑道："师叔祖您看，这一人一鲸，一个敢接，一个也敢跳，关系着实好。"

只见谈微真人那张俊美的脸上出现了一对大大的白眼，翻完谈微真人即不理他了。

无影草之所以叫无影草，就是因为它在长成之前不会散发任何气息，又宛如将消未消的白雪，在雪域上无影无踪，难以捕捉踪迹。

唯独千年成熟之期，无影草会有片刻通体莹蓝，过了这一刻，它就又要归于无影了，而且这个无影是真正无影，且能够在雪域上移动。每年来这里摘草的人会默契地留下母株，留待它成熟后离开，去繁衍新的无影草。

整片雪域也不过生了几丛无影草，至多能够采摘二十几份。

经验丰富的门派有过多次采摘经验，能推算出这一个千年无影草大约在什么时间成熟，前后时间差不会超过七天，甚至连下一次出现的位置也能算个大概。

至于那些散修若是想采摘，就难得多了。

羽陵宗也不例外，崔栖潮三人提前了几天出发，但在路上又耽搁了些时候，因此赶到雪域的时候，倒是最晚抵达的。这里已经有不少人了，远远就能看到天上地下悬着一些作为落脚点的法器，修者们各自成群结伴，在冰天雪地里等待无影草出现。

崔栖潮早已披上了裘衣，特殊材质的皮毛将严寒挡在外头，令他感觉不到丝毫寒冷。

他们一到这片雪域，即引起了许多人的注意。

引起注意的倒不是谈微真人，反而是崔栖潮。谈微真人的修为臻至化境，他要是想，能够让自己毫无存在感。而崔栖潮是境界低到存在感十足。

一个撄宁境的小修者在这里就像黑夜里的萤火虫一样，闪闪发亮。

再看他身下骑着一条雾鲸，分明是羽陵宗的特产，旁边更有个云梦真人，也是羽陵宗这几百年颇负盛名的炼器大师，应该可以断定其羽陵宗下弟子的身份。

只是叫人百思不得其解，羽陵宗是来凑热闹，不打算要无影草的吗？云梦真人带着新弟子来见世面？撄宁境，不遮着点怕是要被冻死了。

谈微真人毕竟闭关千年了，在场竟无人认出他来，对他们来说，谈微真人都是传说里的人物，已成绝响了。

倒有和云梦真人熟识的修者，大方地和他打招呼：“久不见云梦师兄，风采更胜往昔啊。”

那是鹤鸣山弟子孙浮洋，鹤鸣山与羽陵宗也是世代相交，关系颇近，因此孙浮洋一看他们来得晚，即招呼他们到鹤鸣山占的好地方来。

走在外头代表的是羽陵宗，一路自然也有其他门派与云梦真人问好。崔栖潮不言不语，只被人当作身份太低微没资格说话。

鹤鸣山来了七八个剑修，乘了个特别大的飞毯，那飞毯四个角有四只铜铸的鸟，叼着毯子一角永远不知疲倦地扇动翅膀。这飞毯看来应该叫飞鸟毯，悬在半空中供人坐卧，叫鹤鸣山的弟子不必时时御剑。

崔栖潮骑着小鲸跟在云梦真人后面，还没到飞毯前，一个过路的修者伸手摸了一把小鲸的尾巴，笑呵呵地道：“云梦，带着小孩儿来见世面吗？小孩儿有点腼腆啊，见了人全不问好。”

小鲸厌恶地甩了一下尾巴。

这人摸了小鲸的尾巴，还想伸手去摸崔栖潮的裘衣，谁知收起霜轮镰一直沉默悬空在旁的谈微真人抬脚便将他踹得飞了出去，气机散了，从百米高空摔下去，整个掉进了雪堆里。

过了几秒，这人又一下飞了出来，抖去身上的雪，气得浑身发抖：“岂有此理？云梦，我不过是问问你家小辈为何不问好，这人为什么踹我？”

孙浮洋也脸色一变，低声道：“云梦师兄，那位师兄没见过，也太过莽撞了，你可知他们渔阳门的长老也来了？”

今年渔阳门估计对无影草的需求比较大，将长老都派了出来，按辈分算，他们也得客客气气地叫那长老一声前辈，对方与燕宗主是一辈的。

顺着孙浮洋暗示的方向看去，云梦真人果然看到个老者，目光如电，脸色不善地看来，胡子无风自动，显是在等他的回答，可有个交代，否则随时就要发难了。

看在羽陵宗的分上，他还能等云梦给个解释，要换作别的人，立时就得按趴下了。

云梦真人叹了口气，拱手道：“不好意思了道兄，可是——”

他一个转折，原本想高嚷的修者又住嘴了。

云梦真人遗憾地道：“可是这实在不是我家小辈，这是我羽陵宗十三代门人，我得尊称一声‘师叔’。按礼，方才那些同辈本也不当由我师叔问好，没有长辈向晚辈问好的道理，您说是吗？”

那渔阳门的修者不说话了。

孙浮洋嘴巴张大了一点，算了算："等等，十三代？"

他细一想，春秋元君不就是十三代，从未听过羽陵宗还有个撄宁境的十三代门人？

他们说话也没刻意压低声音，周遭的修者又是什么五感，都听到了，纷纷嘀咕起来。羽陵宗这种大派，才值当大家把他们的传承都记熟了。互相对一对，绝对没错，十三代是如今羽陵宗的中流砥柱啊！

"云梦，你莫要耍我家小辈！"渔阳门的长老坐不住了，呵斥道，"十三代门人？哪里来的十二代收他为徒？别说是你宗主代师收徒，他师尊能认下这样的弟子吗？"

要是十三代弟子，那和这位长老就是一辈的了，连他也没法摆谱。在此之前，所有人都战战兢兢，就是因为他老人家到场，是在场辈分最高、境界也最高的修者了。

原本大家都觉得渔阳门这次怕是暂要拿个大头了。

渔阳长老说罢这话后，都有人闷笑了，只是不好当着云梦的面笑出声来。是啊，这个黑夜里的萤火虫般醒目的撄宁境小修者是什么水平，在场的人都是明白的，一下就能看清。

羽陵宗能有这样的十三代弟子，除非他是十二代宗主的私生子吧？

也是崔栖潮那时说不要大张旗鼓，燕宗主又一直琢磨绝响境的师叔为何还会出关，消息才始终秘而不宣。

"十二代难道死光了吗？怎么就不能收徒？"谈微真人冷冷地道，"我既没死，也没收过弟子，羽陵宗认不认得下这个弟子，还要你的首肯吗？"

渔阳长老的笑意僵在了脸上，转瞬间化为惊讶与恐惧。

他看到谈微真人了，与其他人只是不认得谈微真人不同，他认得这张脸，可是在刚刚，他却丝毫没有注意到。这个人明明就站在那儿，他却觉得像是一块石头、一棵树，一点也没有发觉这就是谈微真人。

千年之前，他还不是长老，只是渔阳门一个普通弟子，谈微真人就已经迈入绝响境，在修真界鲜有敌手。

有时候修为境界不需要动手，就能明白。渔阳长老也不过是杀不得境，在谈微真人面前，他与其他人一般，谈微真人不开口，他连谈微真人的存在都察觉不到。

修行越到后面越难，别说一个境界的差距，相同境界相同阶位也可能天差地别。

云梦真人面色如常地介绍道："师叔随师叔祖出行，我不过是随行侍奉罢了。"

其余人也逐渐反应过来，师叔、师叔祖？

他们不是不知道师叔祖什么意思，只是不敢相信。当得起云梦真人一声"师叔祖"的，也就是羽陵宗那五位老祖了。这比燕宗主代师收徒多了个十三代弟子还要惊人。

据大家所知，五位绝响境老祖都已经闭关多年，公认已留下绝响之音，无论哪一个，怎么会突然出关呢？

这到底是什么惊天动地的羽陵宗秘闻啊？又是老祖出关，又是收了个撄宁境的弟子。

刚才孙浮洋还劝了云梦真人两句，这下只直着眼睛看他们。

正在大家纠结之时，地面忽然泛起点点蓝色荧光，在雪白的地面上极为显眼。

霎时间关于绝响老祖的什么八卦全都被抛诸脑后了，无影草竟然提前成熟了！

所有修者在瞬间就已经做出反应，各自祭出法宝，向下遁去。

渔阳长老本也想跑，谁知谈微真人反手从空气里抽出霜轮镰，镰刀尖钩住了他的后领，渔阳长老被挂着不得往前。

渔阳长老急得脸通红，对呆愣的弟子们道："你们自己去！"

他回头看谈微真人还不疾不徐的样子，只得灰溜溜地悬空一个头磕在云头上："晚辈失礼了，前辈莫要与我计较……"

崔栖潮盯着下面五光十色的法宝看，云梦真人刚才也一下蹿下去了，这会儿以他的眼力看不清在哪儿。那些无影草只亮瞬息，随即不见，但众人早有准备，已锁定了无影草的方位，用法器围住，各显神通。

崔栖潮看一时半会儿好像分不出胜负，口中问道："你还抢不抢无影草了？"

渔阳长老："不抢了不抢了！"

崔栖潮缓缓抬头："我问他。"

谈微真人也莫名其妙地瞪了渔阳长老一眼，说道："我这就去。"

他话音还未落，忽然一顿，而崔栖潮身下的小鲸也突然有些焦虑地围着谈微真人快速游动。

再过片刻，只见远方极北之处传来异常的轰鸣声，随即地面仿佛凭空起了巨浪，滚滚而来。

细细一看，那不是什么巨浪，而是地面卷了起来，推着冰川轰然砸来，有数百丈之高，就连天边也暗了下来。

这天生异象，一下使得在场修者放弃争抢无影草，那滚滚石浪铺天盖地，转瞬已经要到眼前，众人哪里还顾得上无影草。

崔栖潮原本是骑在小鲸上，悬在百米高空之处，只是转瞬就觉察到眼前笼罩上了阴影，风先于浪而来。小鲸逆风游动，而谈微真人也一手扶住了他，再一手拽住鲸尾，避开风头向上方遁去。

在场怕是有上百名修者，眼见一块竖立的冰面撞来，惊讶之余倒是保持了些理智，毕竟修仙途中，什么大风大浪也见过了。众人一面向上飞，试图逃出这异象范围，一面捏动法诀。

原本纠缠在一起的法器光芒都投向了冰面上，随着巨响，冰面即被击碎。

若从高处看，只是巨浪中间被劈开一块。

波涛连绵，不到一息之间，紧接在后面的又是一整座冰川，众人都还未来得及逃出承受范围。只见云梦真人将渔阳门那名方才被碎片击中手臂的弟子拽开，抛出了玉壶。

玉壶倾泻出云梦大泽之水，倾泻不知几千丈，在雪域寒风间瞬间化为庞大的冰柱，连接地面，与那冰川沉沉相撞！

崔栖潮在半空中看到这一幕，颇觉惊心动魄。

谈微真人远比其他人要快，已飞到上头，崔栖潮能看到远处的天像崩塌了一般，冰面起伏，尚有无数巨浪袭来。那新的几波冰川已经又要到了。

云梦真人挥出的冰柱与冰川互相角力，发出了咔啦咔啦的声音。

不及多想，崔栖潮立刻把前些日子做的灵力炮抽了出来，里头已经被谈微真人灌好灵气，也进行过小规模试验。他把灵力开到最大，瞄准一道冰川形成的浪头便是一击。

与此同时，谈微真人甩出了霜轮镰。

渔阳长老弹剑，剑身瞬间化为千万柄，疾射而出。

灵力炮如一道白光，准确落在一道冰川上，将其粉碎。霜轮镰没入冰川，数百丈的冰川化为冰末。千万飞剑钉入冰间，延伸出蛛网一般的裂纹。同时，云梦泽水形成的冰柱也与那道被抵住的冰川一齐断裂为无数段！

幸而，后头三座巨浪都已被打碎。

接连三击，为所有修者赢得三息的逃生之机，令其顺利遁到了上方。

众人悬在高空中，放眼望去，雪域仿佛即将毁灭，可想那些无影草不是提前成熟，而是逃命要紧吧。

霜轮镰回来，在谈微真人脚下盘旋，众人看得分明。他们多数人不识得谈微真人的面容，却听过这赫赫有名的凶器。

修真界再也没有第二个人的武器是长镰了，加上方才云梦真人之言，这位的身份呼之欲出——羽陵宗绝响五祖之一，谈微真人。

他那位不声不响、先前还被人轻蔑以待的弟子也不简单，谁也没听过这号人物，看着又只是撄宁境，可是方才那三道巨浪，谈微真人与渔阳长老各击破一道，剩下一道，若是他们没看错，就是由这位出手击破的。

他肩上扛着一个怪模怪样的法器，长长圆圆的，说是法器，也没有什么灵力波动，就如同他本人一样，说是撄宁境，却不知为何能用法器放出堪称凶残的一道法术，与他的境界着实不匹配，便连云梦真人也吓了一跳——上次他看到这相似模样的东西时，里头射出来的还是奶。

不过眼下，倒也不是多加思索的时候。

远处的天地一片黑暗，除了地面毁坏，穹顶一角仿佛也在扭曲一般，让人想起传说中的上古天崩之兆。

小鲸对着天空张大嘴无声地叫了几声。

修者们不由得瑟瑟发抖："快逃吧。"

在此天灾之前，即便他们是修真者，凡人眼中的半个仙人，也只能择路而逃。

"等等。"渔阳长老喊了一声，虽说其余人不是他门下的弟子，却也都停了下来。

渔阳长老对谈微真人长揖："前辈，地已裂，天将塌，以我等遁术怕是难以脱身，还请前辈照拂。"

唯有渔阳长老看了出来，往后，靠自己是逃不过了。

渔阳长老已是杀不得境，其实即便殒身，还有生机。他不仅为自己，更多的是为了其余人的性命考虑。

大家一听，也都惶惶不安地看向谈微真人。

谈微真人见崔栖潮也盯着自己，心中大爽，只觉这次真是没来错。他在崔栖潮的注视下，淡然中带着一丝随性地抬手道："尔等进我芥子洞天，我自保尔等无恙。"

众修者大喜，一拜到底："多谢真人高义！"

紧接着，就见谈微真人把手伸进他徒弟的衮衣里摸索了一下，掏出来一大串芥子洞天，翻找出一个手镯："嗯，进这一个。"

进入芥子洞天之前，众人仓促间回头一瞥，只见此时天角已经龟裂一般，缝隙中竟露出幽深的空间，极为妖异。

修者们落在一片草地上，与他们想象中大为不同，只见周遭牛羊成群，远处还有大片大片的稻田，青苗摇曳。又有果树、灌木、池塘，如此一个巨大的芥子洞天，被塑造得宛如世外桃源。

在那些稻田之上还有一名老者，身形虽然有些缥缈，可气息玄奥至极，一看即非常人。再看对方挥手之间，便有甘霖落下，自如极了。

在场境界最高的渔阳长老细细一感受，眼中流露出讶色。这老者法身若尚在，他怕是远远不如对方，大胆猜测，至少也是到达过巡天境的。

经过刚才那一遭，他们俱是狼狈不堪，仰脸看着老者。

只见老者缓缓飘了下来，抚了抚白须，环视了一周，沉思片刻道："来了？"

众人听到这玄之又玄的提问，难道这老者早知道他们会进入此处？皆恍惚点头，谨慎答道："来了。"

老者淡淡一笑："不错，往后便同我一道学学……"

学、学什么？众人心中掀起惊涛骇浪：难道这是修真界传说已久的奇遇？而且是从未见过的群体奇遇？

老者继续道："学学种水稻。"

第 82 章

# 不，是种田！

种水稻？种水稻是什么闻所未闻的厉害功法？听上去谐音和人间的农活倒有几分相似呢，哈哈！

唯独云梦真人，灵光一闪，想到了什么，却又不敢肯定。

崔栖潮晚众人一步，带着小鲸进来，介绍道：“赤虹尊者前辈，刚刚外面有点危险，所以带小辈们进来避难。”

小辈……好吧，这个小辈倒是没说错。

众人又觉得“赤虹尊者”这名字耳熟，细细一回想，年纪稍大些的修者都想起来了，这不是以前在修真界也很有名的前辈吗？虽然还比不上谈微真人，但也算个人物，只可惜好像陨落已久，没想到竟然还有魂体在此处！

如此一来，倒是更加印证了他们的猜想，奇遇，这一定是奇遇！

赤虹尊者一听崔栖潮的话，却皱眉道：“这话是什么意思？这些不是你特意弄进来一起种田的吗？最近玉米和红薯收走，该种下一茬了啊。”

什么和什么？越听他们越糊涂了，还玉米、红薯，这到底是什么功法？

云梦真人则想起了在凡间城镇时，师叔从芥子洞天里倒出来许多粮食，那时他还奇怪地问过，崔栖潮说都是在芥子洞天里种的，他还不大信，觉得崔栖潮每天侍奉师叔祖，三餐都要自己做，又要看书、修炼，哪里来的那么多时间种粮食呢？

现在他一看赤虹尊者，才明白崔栖潮这是随身带了个种田的老爷爷啊……

崔栖潮失笑：“你这话倒是提醒我了，也对，不能让他们白待。”

众人都觉得这个羽陵宗的十三代小前辈，先前都没开过口，现在一说话，却吓人得很！

孙浮洋恍惚地道：“这，师叔啊，这个芥子洞天……不是，赤虹尊者前辈在这里面就管种田吗？他刚才说要教我们的，也是种田？收获粮食的那种？”

崔栖潮来晚一步，没听到，看向赤虹尊者。

赤虹尊者满不在乎地道：“是啊，我说教他们种水稻。我觉得我和其他几个人比，修为不一定是最高的，但现在种田水平还是不错的，带他们入个门绰绰有余吧？”

众人：等等，你说清楚，什么叫和其他人比修为不一定最高，还有几个人？

崔栖潮自顾自地道：“诸位，我刚刚问过了谈微真人，离开雪域还需要一些时间，而且他决定探查一下到底发生了什么事，所以你们可能得在这里待一段时间。刚好，我们也到了换茬的时候，大家就帮帮忙吧。”

他说得还挺理直气壮的，这也确实没什么毛病吧，这些人躲在他们的芥子洞天里，干点活儿不算什么。

之前的玉米和红薯收完，不能继续种这两种作物了，进行轮作，全都改种大豆。

道理是这道理，但他们怎么觉得那么玄幻呢？

“可……那个，你种这些有什么用？整个羽陵宗也吃不了这么多东西吧？”渔阳门的人忍不住问道。

没等崔栖潮回答，云梦真人忽然喃喃道：“人间处处有灾害啊……”

他觉得自己找到了答案。他们这些人修仙至少上百年了，从前在人间的家人朋友早就去世，但是师叔上山才不到一年，对人间的感情还很深。

可能出于种种经历，师叔对落难者常怀悲悯，当他发现羽陵宗有得意田，甚至在芥子洞天有无边沃土时，就动心了，早早在芥子洞天里种下了粮食。

路过城镇时师叔如果只是临时起意救灾，怎么可能突然拿出那么多食物？必然是早有准备的。

其他人一听，心里也多少有些理解了。

崔栖潮是为了什么还是其次，主要是他们也没法反抗崔栖潮啊！人在屋檐下，大家都看到芥子洞天是谈微真人从崔栖潮怀里掏出来的了。何况，崔栖潮之前那一炮也相当惊人……

本来大家心里还在担忧外头到底是什么情况，那天崩地裂的样子，真的让人想到了上古传说。

这下崔栖潮进来说谈微真人去追查了，你们就安心种地吧，忽然间又仿佛无事发生。

赤虹尊者招呼着大家一起来上课。他可多少年没见过这么多人了，想当年还风光的时候，座下弟子无数，他坐在上头讲法，下头的人听得如痴如醉。

现在呢，他在上头讲法，下头的人听得一脸吃了屎般的表情。

“首先，良种非常重要。你们看看这些种子，像这种明显是破损了的，不能要；被虫咬过的，也不能要。”赤虹尊者手里捏着种子，“要这种饱满、干净、没有杂质的，看看，多漂亮。”

修者们埋头选种子，觉得这都叫什么事儿，被一个撄宁境的修者压着、由绝响境前辈指导着种大豆。

不过他们速度还真快，了解了必要条件后，就各显神通。这个招起风来，将一大片种子吹起，锁定了不符合标准的种子，一下就都给分离出来了；那个一拍地面，一剑把坏种子都震个粉碎。

待到速度极快地把种子都选了出来，在地上薄薄铺平，就轮到赤红尊者大显神通，放出一片洞阳真火，晒种！

众修者近乎痴迷地看着赤虹尊者施法，他这种精准的掌控力、施法面积，实在太让人羡慕了！

最后晒出来的种子正符合标准，温度既不会太高让种皮破裂，含水量又刚刚好。

赤虹尊者一收火，淡然一笑道："好了，待种子冷一冷，再拢起来吧。"

他是如此轻描淡写，仿佛自己方才所做的不过是捡起一枚石子那样简单的动作，修者们心中叹服，这才是高人风范。

这时再看旁边，方才收拾种子时，好像不见了的崔栖潮又出现了，而且肩上扛着那个圆形的法器。

众人好奇中带着点敬畏，这就是刚才用来射击巨浪的强大法器，形制好像有些许不同了，尾部更大了，兴许是力量更强大的？

众人正在猜测这到底是如何炼出来的，就见崔栖潮一转身体，炮口即对着他们了。

呼啦一下，所有修者都惊恐地闪开了。

"崔师叔啊，你这是做什么？"

"小、小心一点！"

"我们也没偷懒……"

修真者都是什么观察力，之前早看个分明了，只要扛着这玩意儿，一扣下头，就发动了。

崔栖潮莫名其妙地看他们一眼，把奶瓶对准斜上方一扣扳机，里头就射出来一道乳白色液体，是他刚才调配好的掺了太一水之精华的牛羊奶。

崔栖潮都不知道众修者怎么会把两者认成同一个物件，一个是要装载灵力的武器，另一个只是发射乳汁的，从材料到细节都不一样，前者要复杂多了。

他们这才走上前来，讪讪地道："这雾鲸还在吃奶啊。"

"嗯。"崔栖潮装了几次，才把几百斤奶喂完，肩膀都要酸了。

小鲸吃饱了，亲昵地在崔栖潮身上蹭了蹭。

喂饱了孩子，崔栖潮也该喂自己了，到地里拔些蔬菜，就地搭起灶来。之前他以为也就出来半个月，带的多是干粮、肉干，也没有准备什么炊具。

好在现在有很多修真者，叫云梦或者赤虹现给做口锅就行了，现搭个灶，柴火也都是现成的，遍地都是。

赤虹再点个火，崔栖潮把菜洗干净了，好在这里头放了一些物资备用，调料还是有的，浇油烧锅，来个蒜苗炒腊肉。

这蒜苗摘下来不到十分钟，洗干净了切成小段，呈现出饱满诱人的翠绿色。腊肉也是半肥半瘦，带着皮，切成薄片后，肥肉部分都能透出光。再切两个干红辣椒一起爆炒，不一会儿就浓香四溢了。

崔栖潮一边炒菜一边说："赤虹前辈帮我煮个饭。"

赤虹尊者莫名其妙地道："我不会啊……"

大家这才放心下来。赤虹尊者，一代大魔修，会种地已经很神奇了，要是还能做饭……

下一刻，赤虹尊者已经淡然说道："想来也不过是控制好火候，算不得什么难事。"

他说着，就真的开始烧饭了。

众人愣住了。

崔栖潮炒了一道蒜苗腊肉和一盘白菜后，赤虹尊者的饭也烧好了，果然颗粒分明，软而不烂。

"多谢前辈。"崔栖潮满意地道。

他把饭菜放在木板和木桩搭成的小木桌上，便开始吃饭，腊肉其实没放多少，倒是蒜苗多一些，十分入味，又沾着腊肉的咸肉香，还有一点干辣椒的辣味，不重，在口中咬得能听到咯吱声，清甜脆生，简单可口。

崔栖潮吃了几口，突然觉得不对。怎么大家都看着他？

"怎么？"

他很自然地回视这些人，这怎么一个个都像C大学子一样看着他？修真者不是不用吃饭吗？

就算是羽陵宗的高境界修者偶尔动食欲，用的也都是非常精致的糕点茶果。

其实除了崔栖潮，在场的人都辟谷了，可不知道为什么，闻到那香味，大家就不禁思考起来：怎么他们帮忙干活，崔师叔连顿饭也不招待？

没错，他们不用吃饭，但是真的不客气一下吗？

叫他们直说，又有点不好意思。

云梦真人立刻想到那些被珉糜珠餶楼"害"得到现在还没入撄宁境的碫磨院弟子，说起来过了好些日子以后，那些弟子才偶然间听闻了，原来他们入境速度慢得不正常，和天赋完全不成正比。

接着也有聪明的弟子猜到了是怎么回事，没想到自以为入了羽陵宗就前景光明，是天之骄子，却在第一关便折戟沉沙。

他们发誓要摆脱珉糜珠餶楼的干扰，只可惜这拦路老虎着实凶猛，直到云梦真人离开羽陵宗，出行之前还听说碫磨院的弟子仍没有摆脱干扰。

现在羽陵宗上上下下为他们捏了一把汗，并纷纷赌起来，到底要用多久，碫磨院的弟子才能入撄宁境。

原本是最被看好的一届弟子，谁知现在可能要成为平均入门用时最长的一届了……

记忆一恍惚，云梦真人清醒过来，打圆场道："师叔，大家久未尝过人间烟火，看到你吃可能是想念了。不然这灶台和锅就借给诸位一用吧。"

他不好叫同道面上太难看，但是也断不可能叫他们羽陵宗十三代的师叔给一群晚辈做吃的。

崔栖潮了然道："食材也可随意取用。"

他们哪里有崔栖潮的熟练劲儿，讪讪地用锅子炒了点菜叶吃，脆甜是脆甜的，可比起崔栖潮吃的，滋味好像差了不止一点两点。

远在千万里之外的羽陵宗。

极北之地天穹塌陷，异象天下可见，在那之前，羽陵宗的雾鲸更是悉数游到山峰上方，不停无声长鸣，焦虑之情显而易见。

"不好……天塌之象。"燕宗主飞身踏在银榜上，面色沉重。

极北之地即是雪域，按照正常速度，师叔与崔师弟、云梦应该都已到了雪域，她倒是不担心众人安危，毕竟有师叔在。

可是，此等异象唯有上古之时才出现过，天崩地陷，传说是大神们合力补天。

而雪域尽毁，积雪冰川必被推向各洲，遭殃的是凡人。

不多时，那异象越发明晰，竟有冲天妖气传来。燕宗主的脸色便越发难看了，她匆匆回到大殿，召集诸位长老。

"极北天陷，妖异莫名。诸位可还记得，古籍中说，上古时人、神、仙、妖、魔、鬼混沌居于一界，互为食。后来大神炼天地，分六界十二重天，再后来，通幽冥，定轮回。各界偶有往来，譬如人死为鬼，修而为仙，又或是极少数异族遁入人间。"

燕宗主一口气说完，又沉声说道："这异象……像不像混沌复来？"

诸位长老彼此看看，俱正色道："宗主所言极是，自大神炼天地以来也有万万年，若是神力消耗，这仙神在上界自然无恙，但凡有混沌之处，两界相通，怕不是妖就是魔。若真是两界相邻处重归混沌，互相沟通，咱们应当立即启动护山法阵，以防异族，毕竟那时仙、人、妖、魔可是相互为食。"

"不错。"燕宗主道，"传信给各派，再将护山大阵启动。"

世人都知道羽陵宗有三样东西名满天下，雾海、藏书、千百道法，但鲜少有人知道，这整片雾海融合着一道开山祖师方寸真人留下的、世所罕见的护山大阵。

此阵自布下以来仅仅启动过两次，无不是羽陵宗万分危急的时刻。

等崔栖潮吃完了，给了赤虹尊者一个眼神，他立刻会意。

"现在可以正式开始播种了。"赤虹尊者肃穆地道。

于是接下来又是修真者们的表演，把各自的绝学用在播种上，整个人悬空式播种，手不直接接触地面，可说是非常不接地气的种田法。

崔栖潮也不计较，只要最后的结果符合标准，管他是用什么方式播种的。

崔栖潮自己飞不起来，就开着车浇水，这又看得众人惊奇，这个法器好像与崔师叔那个圆形的法器类似，不是外形，而是类型。

作为一个撄宁境的修者，崔师叔应该是刚入境，如果顺利，再修炼个几十上百年，达到了涤初境，体内灵气充盈，筋肉结实，估计才能推动这样的法器。但是现在，他一点动用灵力的迹象也没有，就使用了法器。

他们可不可以这样理解，即使是凡人，也能动用他的那些法器，包括之前用来轰炸巨浪的圆形法器？如此一来，倘若羽陵宗各个低等级的弟子都有这样的法器，那战力该多可怕……

众人心中正翻江倒海，忽见崔栖潮停下了车："等等，谈微真人传音给我了。"

少数人心里有点异样，为何崔师叔口称"谈微真人"而不是师尊？有点怪怪的，但这是人家师徒间的事，他们也管不上。

崔栖潮默听了一会儿，谈微真人还在外头，一时不得进来，就传音给他。

听罢之后，崔栖潮才说道："谈微真人说雪域已经陷入了一片混沌，天裂之后，是另一片天。"

众人惊愕，什么叫天裂之后是另一片天？

云梦真人倏然也想到了上古传说，脸色一变，细细道来。

崔栖潮点头道："应该是与妖界相通了，那一角，已有妖族的妖越过来。谈微真人已传信给羽陵宗说明此事，他要留在此处为人间界守七天，容各派做好准备。不过因为事态紧急，各位恐怕也要跟着在此等候七日。"

众修者原以为只是寻常的采药之旅，不承想竟会遇到这样的异变，就连赤虹尊者都连连称奇。

"难道师叔祖苏醒就是为了此事？"云梦真人感慨道，绝响境的老祖，寻常不会出关。虽然听崔栖潮说得随意，但以一人之力守天穹七日，即便是绝响境也并非易事吧。

事关存亡，也不知其他绝响境老祖会不会现身。

也有年纪小一些、知识也不丰富的修者问道："要做好什么准备？我看偶尔有妖出现，也不是什么大事。"

"你也知道只是偶尔。"赤虹尊者忍不住开口了，"天地间六族，远古始祖大神最为尊贵，掌管天地秩序，常年沉睡。其下的先天仙人与妖、魔、鬼互相为食，人族本是蝼蚁。先天仙人虽然在剩下五族里最强，但人数也最少，妖、魔、鬼蚕食之下，先天仙人才想到法子，叫人炼成仙，当时也叫作后天仙人。对我们来说，那些是最早的修真者。

"人族原本生命仅有数十载，通过修炼成仙，自然冲锋阵前，加入了厮杀中。再后来，几位始祖大神炼化天地，重定规则。那时先天仙人因为人数少又难以繁衍，已几近灭绝。

"先天仙人与神同出一源，故此，见状索性一齐搬到上界，剩下的妖、人、魔、鬼各成体统，偶有往来，根据新的法则，各族全都有机会修炼飞升到上界。成为所谓的'仙'，并非先天仙人之仙，意思只是居于上界，真正脱离了生死。

“据说，只是据说，其实到了仙界后，还有机会修炼获得神格，我想，那种应该叫‘后天大神’？”

他这番话中，有的故事大家听过，有的传说则并不知道，一时都听得入神了。

回过神来，赤虹尊者的意思恐怕只是想说，各族之间有段血腥的过往，因此面对这等异象，决不能等闲视之。

这可不是两个村子之间通了路、两个国家之间的大江消失了这么简单。

“嗯，那么接下来还有七天，大家才能出去，面对不知如何的局势，现在我建议，将这七天的工作分配一下，争取三天就完成所有换茬播种。”崔栖潮说道。

明明消息就是崔栖潮传给大家的，他却对所谓的紧张熟视无睹，只敦促大家把他的地种好。

云梦真人给他找了个理由，越是这种时候，越是要好好种地是吧，到时天灾人祸、饥荒更多了。

这些修者极度无语地跟着崔栖潮干了七天活儿，把大豆都种满了，最终也没能吃上一口崔栖潮做的菜。

云梦真人话里话外暗示的他们也听懂了，这是他们宗门的小祖宗，没叫他们这些晚辈帮师叔刷锅就算不错了，怎么好意思垂涎他的饭菜。

谈微真人扑进来的时候，大家正坐在一起吃东西，他浑身裹着厚厚一层血浆，腥气冲天，瘫坐在地上。

崔栖潮吓了一跳，一下扶住他：“你没事吧？”

“你没事吧？”谈微真人反问了一句，目光炯炯地盯着地上那些食物，“这些人的菜是谁做的？谁吃你做的菜了？”

崔栖潮无奈了：看来谈微真人好得很，还有心情计较他是不是做菜给别人吃了。

崔栖潮把他的脸擦了擦，看脸上只是有些疲惫，不见痛苦，才解释道：“分开做的，我就做自己吃的。”

“前、前辈，外头如何了？咱们现在何处？”有人问道。这七天完全封闭，也不知天下如何，修真界如何，实在令人忧心忡忡！

谈微真人却懒得说话，哼哼唧唧地道：“你给我吃点东西呀！”

第83章

# 不能浪费

崔栖潮当时就皱了皱眉，倒不是因为别的，而是谈微真人这一身血，腥味非常重，身上都被蹭脏了。但是他转念想了想，谈微真人也不容易，这血也是因为在外守了七日。

猫咪撒娇还能怎么办?

他先前做了饺子，这时端过来给谈微真人吃。

谈微真人享受地吃着饺子，与崔栖潮仿佛在一个独立的空间，忽然发现四周一片寂静，所有修者都神情惊恐，包括赤虹尊者。

这是什么？这是什么？你居然是这样的谈微真人!

谈微真人在修真界的所有传说里，无不是一个傲到欠揍、让敌人恨得牙痒痒又无可奈何的高人，行事放浪不羁。他对着弟子一哼唧，这么多年听过的传说都粉碎了。

但是奇人就是奇人……看崔栖潮的资质，不会就是因为这个才得以拜师的吧?

可他们就与最初知道真相的燕宗主一般，只敢闭嘴惊讶，不敢指责一二。

云梦真人呆若木鸡，到这时才恍然大悟，看来，说不定崔栖潮还是杂役时，他们就关系匪浅了，师叔祖都绝响境了，崔栖潮才是撄宁境，难怪师叔祖都不愿意崔栖潮费时间苦苦修炼，直接将其灌到了撄宁境。

众人就这么瞪着眼睛，眼睁睁看着他们旁若无人地吃完后，谈微真人爬起来，还有些不快地斥责道:“看什么？没你们的份！”

众人一个激灵，唯唯诺诺地点头。

是，谁敢啊?

赤虹尊者暗暗叹息，幸好当初有点小念头，没有去撺掇崔栖潮，否则以他们的关系哪里是他撬得动的?

看了看谈微真人，崔栖潮说道:“先换一下衣服吧。”

谈微真人心念一动，身上的装束就已经换过，脸上、身上的血渍也消失无踪了。

崔栖潮看得好笑，那刚才他是故意把一身血往自己身上蹭了?

谈微真人眼中暗露出笑意，把崔栖潮身上也打理干净了。

到此时，谈微真人才大摇大摆地一坐，说出了自己在外面的遭遇。

话说当时谈微真人将人都纳入了芥子洞天，最后对崔栖潮嘱咐一番，把他也送了进去。

而此时，天穹已塌陷到了近前，一片混沌笼罩了过来。

谈微真人早就把这个世界的数据摸得一清二楚，这是什么设定他明白得很，不闪不避，陷入了一片黑暗之中。

他在这混沌之境探寻，大约千里之境的混沌，因为两界之间的碰撞还在不断产生能量。没有听雷境以上的修为，到此处会完全迷失。当然，也有别的方法，比如像谈微真人这样，用芥子洞天将人收着一起过来。

谈微真人往前飞越了混沌之境，对另一头是哪里也很清楚——妖界。

人间界具有灵性的动物能够修炼，十分有幸的，也能修炼出修为，但是这种和妖界的原生妖族就大不一样了。

人间界所谓的妖，其实是人族促使出现的，叫它们生出灵智后也去修炼，即成妖修，与人一般是有善有恶的，就像魔修其实也是无意中采用了魔族遗留的修炼功法，才称作魔修。

而真正的原生妖族则是生来就有灵智，是智慧不输人族的族群。

另一头连接着的正是妖族的荒漠，满地白沙，空无一人。这荒漠也被两界相连的异象毁去了大半，谈微真人就坐在沙地上，试着往回传了一下信，毫无反应，看来虽然两界相连了，但因为那混沌之境的存在，暂时还无法互通信息。

不多时，妖界的异象也被发现，荒漠虽然不同雪域般恰巧有人，但妖族修者赶来得也极快。此时谈微真人已经回转了，这些妖试探一番，也进入了混沌境，有的迷失在混沌境里不提，剩下的则穿过混沌，踏足雪域。

妖族修者一到雪域，还没弄清楚发生了什么事，就见到一名扛着巨大镰刀、境界高深莫测的修者坐在正当中。

人族多少年没有见过妖族，妖族也就多少年没有见过人，过去偶然有到另一界的，也不过和古籍中一样，没有留下记载。

此时面对面一看，大家长得还是有相似之处的。

与人族比起来，妖族身形要高大一些，至少高上两个头，同样是五个手指头，但手指指节更多，指甲锋利，这是妖族生来就有的武器。

他们的五官也透着一股妖异，牙齿略尖，瞳色、发色不一，有的还露着兽耳、兽尾，也不知没露的是没有还是收了起来。

这与古籍上记载的，大致还是差不多的。

这些妖看人也是一样的，依稀辨认出来像是“人”。

“这是个……人族？”

如此说来，这里是人界，大口子是通往人界的。

说起来他们其实也只是前来探查，还没什么具体目标，就见着一个人族，心想，无论怎样，先绑这个了。

可是他们还没动手，谈微真人已经扛着镰刀上来了，将这些妖一气儿乱揍。

虽说妖族修炼体系与人族不一样，但是当初大神分各界，各界灵气是一样多的，“后天仙人”，即修真者与妖族都是到了一个境界后，就会脱离此界。故此，绝响境在人界是什么程度，在妖界也差不了许多。

谈微真人将第一批妖殴打了一顿，都捆了塞进芥子洞天中，唯独留下了几号妖族的妖。

这几名长着耳朵的妖坐在地上恐惧地看着谈微真人，只见他冷冷地道：“还不滚？”

“你不抓我们？”他们一下弹了起来，试着往后跑，谈微真人也不动，连句狠话，比如“通知你们的同族，谁再敢过来下场同此”也没有。

这些妖转瞬蹿进了混沌境，不见身影。

先头兵还不算什么，再往下，来的妖就更有团体，境界也更高了。

谈微真人与他们血战了一场，妖族的妖死伤逃亡，能抓住的都被谈微真人抓住了，毕竟这些年来谈微真人深受崔栖潮影响，明白劳动力难得这个道理。

后来的也有部分妖被谈微真人打死或者放走了，叫他们无比疑惑，回去后都极为不解，甚至成为了妖界的热议话题。

谁知道谈微真人在原地冷哼：“抓你们？想得美！”

那几个妖和其他妖不一样，耳朵和尾巴一看就是猫科的，难道留下来让崔栖潮撸猫吗？他当然是赶走了！

“然后两界相连处越来越阔大，我也快守不住了，那时妖族暂时没人敢再出来。七日已到，我便找了个地方先休息。那些战败的妖都被我收了起来，等能动弹了，便再弄几个芥子洞天，把他们放进去种地。能够过混沌境的，都有听雷境以上的修为，根本无须饮食，能没日没夜地干活。”谈微真人淡然安排道，倒是省去了自己私心放走了几只大猫的情节。

他已经看到崔栖潮脸上的欣赏与赞同了，表情便越发淡定起来，仿佛自己只是做了一件微不足道的小事。

其他修者的表情则快要扭曲了：“前辈！那您……您就不分析分析妖族的战力与对人族的态度吗？您有没有审问那些妖族的妖？”

这才是最重要的吧？还有人界修真者们又是怎样安排……为什么说到最后，开始描述您打算把那些妖弄去种地，甚至分析起了力气大小的问题？

谈微真人沉默片刻，咳嗽一声说道：“我发现，妖族不以宗门派别而分势力，而是以各自种族划分，一族联系极为紧密，共同进退。而且妖族暴虐成性，过境后一见我即动手，四处乱闯，毫不讲理。”

两界相连处只会越来越大，最后彻底成为没了遮挡的邻居，因此不守不行，但单守在这里也是没用的。

到七日之时，谈微真人已收到羽陵宗来信，人界修真者在短短七日内已经大致结成了同盟，划分区域，镇守九州。

那些散修以及一些人数不多的小门派，则各自临时投往大宗大派，统一调遣。

他们非但要守望互助，还有个艰巨的任务——保护普通人族。

凡人没有修者之能，若是妖族前来兴风作浪，修者还有一战之力，对人族却是灭顶之灾。

“这个时候，各派应该已经派了一批长老前来接守天穹。”谈微真人又道，“等会儿我便将你们放出去，各回门派去。”

众修者稍微安心一些，修真者要百炼成仙，不能畏惧困苦，即便有妖族之祸，他们也要迎难而上。管他是妖还是魔，不过是重现上古宿命。

不过少数人也觉得有一点点奇怪，为何谈微真人不直接把他们放出去，说明情况，然后再回羽陵宗休养。而是自己进来，同他们说这些话。

谈微真人盯着他们看，这些修者也盯着谈微真人，大眼瞪小眼，半晌没人说话。

“你们可以走了。”谈微真人说。

修者们郁闷地看着他：是啊，你倒是放我们出去啊。

谈微真人不耐烦了，说道：“啧，有谁抓到了无影草？我要十二株，留下就可以走了。”

当时情况紧急，大家冲下去各显神通抢无影草，紧接着便是天变，一连串事件导致谁都无心再思考无影草的事情。

谁知道谈微真人旧事重提，这么一说，也确实有几人抓到了部分无影草。

有人弱弱地道：“前辈，若说是作为你庇护我等的报酬，我等无话可说。可是，我们替崔师叔种地了……”

谈微真人：“你的意思是种地就够了？”

这岂不是在问他，他的命就值那么多吗？

现在他们才知道为什么谈微真人要进来聊。

众人各自看看，一咬牙，掏出来吧，这种时候也没什么选择余地了。

最后一数，所有人抓到的无影草一共也就十五株，因为半路被打断，因此没能收到往年的数量。也不知道无影草的母株成功逃脱了没，这些该不会成为最后一批无影草吧？

谈微真人拿走十二株，那几个老头每人都需要两株。剩下的三株，其他人怎么分就与他无关了。

谈微真人扬手就将这些人放了出去。

送走其余修者，谈微真人三人也要回去了。

待到了羽陵宗山门外，只见原本白茫茫、仙气缥缈的雾海之间竟有无数道紫电穿梭其中，明灭闪烁，将雾海也映得发紫，宛如劫云一般。

“宗主发动了护山大阵。”谈微真人止步不前，悬在半空。

云梦真人转念也想到了关节：“弟子前去替师叔拿箓书。”

谈微真人颔首，给崔栖潮解释，这护山大阵一旦发动后，外人不得随意靠近羽陵宗。若是没有正式弟子或者其他杂役的身份证明，就会为阵法所伤。

包括雾鲸，它们的祖先和方寸真人订过血契，作用于血脉之间，雾鲸才能往来阵法之间。

而崔栖潮的箓书离开之前还未做好，故此要等云梦真人替他取来。

崔栖潮拿到了箓书，骑着小鲸与两人一起穿梭在山间，引来不少目光，这还是因为多数境界高一些的弟子都被派出去布防了，剩下的都是修为较低的弟子。

他们可不知道母鲸和谈微真人说的话，也不知道小鲸是自己追上去的，看到这一幕还想着，谈微真人对这弟子真好，境界低没法自己飞，就叫雾鲸代步，如此待遇，宗门再无第二例。

到了银榜金殿之内，燕宗主正候在门口，说道：“诸位长老外出布防，稍后即回转听师叔教诲。”

他们目前都还未与妖族有接触，妖族那边可能被守在入口处切瓜砍菜的谈微真人吓到了，忌惮得暂时没再入人界。

自然，大家要听谈微真人说说他的经验。

“我还抓了些妖来，正要审问审问。”谈微真人说道，“你先同我一起去吧。”

燕宗主颔首，入了芥子洞天。

对崔栖潮也进来，她是一点也没意见的。

谈微真人抓了四百多名妖族的妖，起码都是人族修者听雷境以上的，都要死不活地躺在地上，身上还有束缚。

这芥子洞天里住的是绝尘子，他就坐在那群妖旁边，挨个记录他们的身体状况与外貌特征，编了号。

绝尘子看他们进来，说道：“这些妖不会说人话啊。”

各族之间因始祖大神的关系至今仍书同文，语言却不通。当初原本也有各族通用的语言，但是六界分开后，也就渐渐失传。如今还通晓妖族语言的人少之又少，且无不是有奇遇者，一时难以寻来。

燕宗主挑出其中一名妖，以指尖灵力外泄在地上书写询问。

这妖无法动用灵力，只能用木棍在地上写字。因为这么多年过去，文字还一样，但语法已有了些改变，导致燕宗主他们看来这人语序有些混乱，但还能大致看懂。

那妖在燕宗主的威压之下倒不敢不答，燕宗主看罢回答后便陷入了沉思。听说妖族数量不多，因为他们相互倾轧严重，甚至有些妖类都灭族了。

人数上，修真者占上风，但是妖族好战，很容易兴奋。这个妖说，他当初过来，其实就是族中有人嚷嚷着人妖互通，怎能不过去抓几个人尝尝人肉。上古之时不都是相互为食？他们还没尝过祖先吃的味道呢！

而且也因为妖族好战，不像人族立刻建起了同盟，往好处说容易击溃，往坏处说，就是求和也难。两界开战，凡人受苦，燕宗主不怕战，但如非必要，也不愿见山河染血。

燕宗主正沉思着，却见师叔又在地上写字问那妖："你们全都吃肉？没人吃素吗？"

那妖战战兢兢地写字回答："不吃啊。"在他们那边，吃灵草都像吃什么毒药一般，大家都很讨厌，无法辟谷的妖族，偶尔也得吃叶子，那是出于身体需求，挺痛苦的。

听说以前也有以吃素为主的妖，后来死光了。

谈微真人面色竟有些凝重，问道："所以也不可能有人种菜了，你们妖界地广几何，肥沃吗？"

谈微真人得到回答，妖界与人界几乎是一个模子出来的，也有九州之地，沃土无边，从无妖族耕种。这么说吧，妖族的畜牧业比较发达……

崔栖潮和谈微真人就当着燕宗主的面叹息起来。

怎么这样呢？妖族怎么这样浪费呢？

羽陵宗的长老们到达金殿时，三人已经出了芥子洞天，皆是一脸肃然，脚下还绑着一个妖。

长老们见这脸色，心中咯噔一下，连忙问道："宗主，这是怎么了？"

燕宗主低着头很不愿意说话的样子，半晌才低声道："我同师叔意见有些分歧。"

长老们心道：两界互通，何等大事，谁也不知道日后会怎样，如今是镇守各地，但对未来的发展，修真界有多少人几乎就有多少种意见。宗主与师叔意见相左，也不奇怪。

宗主的想法他们都是知道的："那师叔是怎样想的？"

谈微真人望着天道："我就说不如打到妖界去，把妖族都收为农奴，也省得他们浪费土地。种好的粮食就供凡人食用，如此万世无忧。"

长老们无言以对。

谈微真人无聊地说："那妖族都是些一身力气无处使的家伙，若是都撒在地里反倒好了。人、妖之间必有一战，既然如此，何不做个彻底，直接攻到妖界去，一劳永逸，将拖拉机开到他们的土地上去，全都征用了？"

一个长老木然地问道："拖拉机是什么？"

谈微真人："我徒弟发明的。崔栖潮，你跟他们说。"

崔栖潮看着谈微真人竟然笑了，这个设想实现起来可不简单，但他还是要先肯定小白，多年经验告诉他不能把猫惹急了，家猫送了他一只老鼠，当然不能斥责：“你的想法是好的。”

谈微真人：“哼……”

谈微也是个种田狂魔啊！两人是趣味相投！

他也配种田？

我看不过是借种地之名，获得崔老爷的宠爱，我看他热爱的还是打仗。我看打完也不剩多少时间种田，还是应该在后方专心种田，同时输送一些军用设备，把战俘换来干活。

稳住，一定要稳住，别老想着一口吃个大胖子，否则赔了夫人又折兵，先种满所有芥子洞天和人界。时间说多也不多，要种田效率最高化。

你们以前可不是这样说的……

冷笑，你崔以前也不是这样的。

第 84 章

# 耕耘的“耘”

风计云每天都在后悔来人界这件事！

他本是妖界大族穷奇一族长老的小儿子，备受宠爱，在妖界横行霸道。

这次两界相通，风计云与几个狐朋狗友商量着，一定要趁着新鲜，去人界打几个修真者回来吃，出出风头。

谁都没吃过修真者啊，那可是古书上记载的后天仙人，他们穷奇族就有一本遗留下来的书，写着后天仙人的十种烹饪方法。

这下，他可是能试试菜谱了。

风计云伙同朋友背着家人偷跑到荒漠，穿过混沌之境，可惜还没等他大显身手，就被蹲守在那里的谈微真人一镰刀砍伤了翅膀，然后被抓了起来。

和风计云一道，有几百个妖被抓到了谈微真人的芥子洞天里。

他们妖族的境界划分和人族不一样，分别是不色、不散、不却、不伏、不绝、不留难、不照影、不昧身与不归日。

风计云正是刚刚到了恰好能安然无恙地通过混沌地的不伏境。可这个谈微真人，至少是不留难境以上的强者。

他没有告诉别人，其实他会一点人族的语言。作为妖界大族，从前穷奇一族有位长辈因为奇遇意外流落到人界一段时间，学会了他们的语言。就是从那位长辈留下来的笔记里，风计云学了一点人话。就是这点便利，叫风计云了解的东西比其他妖多。他悄悄听了一段时间后，知道把他们抓来的人道号谈微，是人界绝响境的修者。

这个境界他知道，相当于妖界不昧身的老祖了！

在妖界的修行等级里，不昧即不损不灭，此境已是不湮之身！

风计云他们族里也只有三位这样的长辈，而且闭关多年，不问世事，以求飞升，就连两界相连这样的大事也没能惊动他们。

一开始风计云也搞不懂，为什么人间界的修者到了这个境界，还能在外面乱砍人，后来他才知道这估计也是六界独一份的。

在这个芥子洞天待着，他们被审问，被编号，身上被下了禁制，一开始只有一个强者残魂管理着他们，导致大家都非常烦躁，不知道还有没有机会回去。

就算一开始他们抱着不怕死的豪气，这么些天下来也被搞得不安了。

就在这个时候，谈微真人和他的徒弟一起来折磨大家了。没错，就是折磨。很长一段时间里，他们都觉得种地是人族折磨他们的方法！

他们被带到了一个新的芥子洞天之中，身上有禁制，不能动用灵力，识海中的灵气还都被谈微真人抽走了，存放在一些怪模怪样的法器中。

每隔一段时间，他们的灵气才恢复，就会被抽光，就算能破了禁制也没用了。妖族们与凡人相比不用吃不用睡，力气更大身体也更好，但因为不能用灵力，无法用法术种田，只能被迫亲手接触泥土。

风计云很怀疑谈微真人其实是传说中六族里最狠的魔族，竟然逼迫部分妖族恢复妖身原形来干活。

比如风计云，他就被迫变成穷奇真身，被套上了铁犁犁田。而且这个犁，和风计云记忆里的犁不一样，有好几架并在一起，宽宽阔阔，一次能犁四五十尺宽的地。

这就要求拉犁者的力量、平衡能力等极强，才能得把地犁得平平整整，为此风计云还被押着反复练习，直到最后验收合格才行。

穷奇形如牛，有角，毛如刺猬，背上双翼。从前，风计云的角都装饰着珠宝，毛梳理得整整齐齐，现在竟然要拉犁，简直是奇耻大辱！这就是人族的阴谋，用来磨灭他们的自尊！是可忍，孰不可忍！

风计云本想拼死反抗，结果被谈微真人狠狠地揍了一顿，要不是崔栖潮拉着，谈微真人说要把他踩进土里。

风计云旧伤未愈，又添新伤。他哪里吃过这种苦啊，只能哭哭啼啼地继续种地，每将份田里的活儿干完，才能在地头休息休息。

除了种地，人族还有一个折磨他们的方式，那就是每天在旁边做不同的菜吃，特意到芥子洞天里来做。

当初人妖共存的时候还是上古，大家条件都不好。现在发展这么多年，风计云还觉得他们那十种做法的菜谱特别优秀，崔栖潮就给他展现了一下什么叫没有人族不吃的东西。看得风计云头皮发麻，一边觉得味道好香好诱人，一边又害怕他们该不会也研究了如何用穷奇肉做一百〇八道菜吧？

在如此水深火热的折磨之下，为了获得多一点的休息时间，风计云报告崔栖潮，自己其实会说人话。

其实他应该去和谈微真人报告，谈微真人境界最高，应该是这里的老大，还是崔栖潮的师父。但是他不敢，所以先跟崔栖潮说。

崔栖潮知道后果然颇为看重，拉着他到谈微真人面前："这个穷奇会说人族语言，是不是可以提拔一下？"

风计云有点惭愧，觉得自己就是妖奸，可他真的吃不了苦……

谈微真人瞥了风计云一眼："你会说人话？"

风计云："是……"

谈微真人随口问了几个问题测试他的水平："什么境界？"

“不伏。”

谈微真人顿了顿：“你什么？”

风计云：“我、我不伏啊。”

谈微真人把正在吃的苹果往地上一砸，吓得风计云差点蹲下了：“你还敢不服？”

风计云的人话学得本来就一般，这下都快哭了：“我是不伏境啊！”

“住手！”那个崔栖潮忽然喝了一声，面色不悦，然后出乎风计云意料，崔栖潮开始指责谈微真人了，“苹果还没吃完，你扔了做什么？”

谈微真人不说话了。

崔栖潮把苹果捡了起来：“以前我就想说你了，总是吃一会儿玩一会儿，有时候吃两口还不要了，这是什么坏毛病？”

谈微真人的脸色难看得要命，风计云瑟瑟发抖，觉得下一刻这个恐怖的修真者就要发狂了。

但是，更加出乎风计云意料的是，谈微真人只是气愤地去洗苹果了。

风计云还以为，这里的老大是谈微真人。

反正后来风计云做了妖族的小队长，和其他妖相比，他种田的时间是少了，但是总工作量居然有增无减！

在妖界，各族都是以一族群聚，有一个种族是例外，那就是马族。它们其实不是原生妖族，也是上古时候妖族培养的，因此马族人数很多，是天生的附庸，很多族里都有马族仆役。

大家对家里的马族附庸都随口呼之为“马仔”，后来逐渐也延伸到相同身份，不仅限于马族，只要是附庸都可以用“马仔”代称。

风计云原以为崔栖潮就是一个马仔，谁知道随着手头的活展开，他才逐渐发现崔栖潮可能才是做主的那个。

难以置信吧，一个刚入门的人族修者，能做相当于不昧身老祖的主。

就是这个崔栖潮让风计云做起翻译，之前双方一直是用写字的方法沟通，语法上还有点障碍，挺麻烦的。

现在风计云来了，在日常交流中，说人话的水平也飞速提升，崔栖潮就叫他来上课，再由他转教给其他妖。

妖族的效率和高效农机也差不了太多，地已经犁得差不多了，浇水施肥等工作完成后，要准备播种了。

秧苗都已经在苗床里培育好了，崔栖潮教风计云如何插秧：“你仔细看看，以这个上土层为标准，深度控制在四分半的地方。你们要注意伤秧，力气用太大了会伤到秧苗，还有勾秧，就是秧苗这个部分，保持九十度以上的弯曲。”

风计云哪干过这个活儿，学着一插，秧苗直接翻倒了，叶梢都沾着泥。

“虽然插秧是浅一些好，但是也不能太轻了，这就翻了。”崔栖潮抓着他的手，手把手地教，“一定要保持一致，深度都一样。”

他教了一遍，索性又自己示范了一排，果然整整齐齐，深度一模一样，分毫不差。

风计云居然产生了一点惊叹感……

叹完他才惊觉，这种事到底有什么可羡慕的啊！

这些秧苗都是趁妖们耕地时培育出来的，秧龄大概有十五天。

风计云学了两天，又教那些妖教了两天，这秧龄就快二十天了，可以开始插秧了。

妖们挽着裤脚开始种田，一边干活，一边用妖族语言骂街。

风计云听了，都不好告诉他们，其实人族虽然不懂妖族语言，但也听得出来他们在骂街。那个谈微真人还说，劳动改造就是要把一个人改造到德农兼优，越骂街，越是要劳动。

妖们一边干活，还要一边抱怨，如果不是灵力都被抽光了，以他们的法术，还不是瞬息间就插完所有的秧苗了？现在他们却要和那个不色境的人一样弯腰插秧。

他们刚抱怨完，就见到那人架着一个高大的怪模样法器来田里了，就是那些天他们灵气被抽取后装进的法器。

这是崔栖潮制造的灵力发动机驱动的全自动插秧机，他刚准备完秧盘。秧盘准备好了，一个人驾驶着插秧机，只管装秧盘，从田里开过去，一次能插几十行秧苗，还是无级变速。

一亩地大概用二十盘秧盘就行了，作为秧盘的硬盘上有几斤床土，上头是密密麻麻的秧苗，机器一推，直接入田。

粗粗一算这劳动力，崔栖潮一个人一台机器，能顶一百个妖。

谈微真人都不动弹，也坐在插秧机上，但只管吃东西，要不就是骂骂干活的妖们，看得妖们眼睛都要喷火了。

他们既惊讶崔栖潮的法器原理玄妙，效率奇高，又愤恨修真者的羞辱。

其实明眼人都看出来了，他们的灵力就是崔栖潮以如此境界能驱动的法器居然工作这么快的原因，多可恨啊！最可悲的是，恨着恨着，他们就忍不住羡慕起来……

看他们这一株一株地插秧，那个修真者呢，法器唰一下过来，唰一下又过去了，转瞬便插好了好大一片田。倘若这法器在他们手里，说不定能驾驶得更快，份田里的任务转眼便完成了。

其实这法器给他们也不是没有可能吧，毕竟他们的灵力都被抽了，身上有禁制，崔栖潮都能用那法器，他们也能用，那法器看起来根本没有主人的烙印。

妖们就像中世纪的农奴幻想自己能够获得一柄铁锄头一样，脑补起自己有了插秧机能如何如何。

而崔栖潮在演示了几天之后，把风计云叫来了：“这个交给你保管。”

风计云嘴巴都张大了：“啊？”

崔栖潮："你来驾驶，我相信以你的聪明，看了这么多天，应该看会了，操作其实很简单。你用这个来插秧，我还得继续去培育秧苗。还有，其他的妖如果有表现好的，你可以做主，用插秧机帮他们。"

这一瞬间，所有人对风计云的嫉恨达到了一个顶峰。

本来风计云当妖奸做小队长，还来教大家插秧，就让妖们有一点不满了。现在见他拥有了插秧机，大家不平衡啊，所有情感都化作了嫉恨。

风计云除了出身好，到底有什么？修为一般，为人也一般，不就是会说人话，会拍马屁？这个插秧机都是他出卖大家得来的。

可是在知道风计云还掌握着决定帮谁插秧的权力后，妖们又不敢把那种愤恨流露出来了。

到此时，大多数妖还没有发现，在这种打压与工作氛围之下，他们的心理都已经转变了，居然开始羡慕有农机的人了。

放在中世纪，风计云就是个庄头。

他享受多了被众星捧月的日子，但这次他格外清醒。妖们本来就奸诈，他发现有些妖开始偷偷学说人话了，很明显就是也想做妖奸。

不错，落在了一个不昧身的强者手里，眼看是逃不走了，被救的希望也渺茫，看谈微还有心情在这里种田，人界形势估计也不紧张。都这么多日了，他们当然要为实际利益谋图一番。

在这种情况下，自身条件一般，只有一个优势的风计云当然不能被捧得失去理智，得表现出自己的管理能力，死死占据先来的优势。

不得不说风计云还是有点脑子的，在认真工作之余，开始有了别的动作。

"小鲸啊，来，吃点儿！"风计云把自己分到的苹果擦了擦，喂给小鲸吃。他这都是表现好啊，才能分到一点吃的。

本来大家都辟谷了，可谁叫崔栖潮老在这里做吃的，连传说中无情无欲的不昧身强者都吃东西了，何况他们，能不食欲大起吗？

崔栖潮就利用这一点，用食物鼓励大家。

风计云拿自己的口粮讨好崔栖潮的爱宠，可是他不是很懂小鲸，小鲸还是吃奶的年纪。喂了两次没喂下去，他就换作了苹果汁喂，这次小鲸果然吃了。

妖族倒是能接收到部分雾鲸的发声频率，风计云根据小鲸鸣叫的兴奋程度来判断它的情绪。如此一来，风计云这个妖奸做得十分成功，即使有其他妖学会了说人话，他也始终立于不败之地。

到后来，又有其他妖前来，也是风计云进行"入学培训"，因为他的杰出贡献，最后连绝尘子都颇为赞赏地建议将风计云名字中的"云"改成耕耘的"耘"，以示嘉奖。

也不知道这是什么古老习俗，崔栖潮听了简直觉得莫名其妙。

人、妖两界互通，人族原本人心惶惶，幸而有各大修真门派驻守各地，布下法阵，使妖族暂时无法突破边界驻守的修真者防线。

如此一来，人间反倒因为有修真者驻守而太平不少，那些贼人强盗都不敢作案了。

另外，因为原本藏于深山秘境不出的修真者们纷纷出关、下山，来往各地，消息交换前所未有地密集，有个消息在修真界以可怕的速度流传开来。

修真界数一数二的门派羽陵宗绝响五祖之一，曾经在修真界威名赫赫的谈微真人，将门内的杂役提拔为亲传弟子，也是唯一的弟子。

这个消息就够让人玩味了吧？更值得玩味的还在后头，谈微真人前不久突然出关，如今有人怀疑是早便感应到两界之变，后来也的确守了雪域七日，为修真界争取了时间。

但是，就在雪域，有不少修者目睹了谈微真人同他弟子关系亲厚！

大家在钦佩谈微真人高义之余，也难免议论一番，消息传得沸沸扬扬，还有人去向羽陵宗的弟子打听。

羽陵宗的弟子也很震惊啊，他们单知道谈微真人对崔栖潮不一般，私下更猜测了许久崔栖潮是用了什么法子讨谈微真人欢心。现在一听说，面上半点表情不露，坚决不与外人议论老祖，内心却掀起了惊天波澜。

羽陵宗的长老们也忍耐不住，回转宗门后偷偷将此事禀报了宗主。

正是这时，崔栖潮来了，拿着几支灵力枪："宗主，跟你说的那个灵力枪做好了，可以找弟子来试一试了。"

灵力枪炮能让低修为的弟子战力瞬间提高，只要加上几个禁制，限制使用者的身份，修真界的攻防力量便能提高许多。若是再多抓一些妖族的妖供给灵力，更是以子之矛攻子之盾。

崔栖潮让谈微做了一些便携的灵力枪，现在给燕宗主送来，这件事目前除了燕宗主，只有其他几个较大的宗门之主知道。

崔栖潮看到几个长老在，也对他们点了点头，大家都是同辈。

那几个长老正说着崔栖潮，就见他来了，神色不由得有些不自然。

崔栖潮看出他们神色有异，但并不在意其他人的事，只是和燕宗主讨论了几句灵力枪的使用问题。

倒是几位长老不自然得很，不住地瞟崔栖潮。

这时谈微真人也进了殿来，背着手拧着眉毛："岂有此理！"

长老们浑身一颤，低着头不敢吱声。

谈微真人指着崔栖潮道："你出来怎么不同我说一声？"

崔栖潮手里还捧着灵力枪，似笑非笑地看着谈微真人的手。

谈微真人慢慢把指着他的手缩了回去，甚至有点委屈："到处找你呢。"

谈微真人也就嘀咕嘀咕，一副不再和崔栖潮计较的样子，坐下来斜了那些长老一眼:“抓到多少妖了啊? ”

长老们惊魂未定:“回禀师叔,活捉二百余,皆是最低听雷境,最高杀不得境,正在与其他门派商议,由我们统一关押。”

“快点解决这件事,这些妖还有用的。”谈微真人说道。他们又弄来一些芥子洞天,还有的是地要种。

等到谈微真人和崔栖潮一起离开了,其他长老才交换了一个惊悚的眼神,一齐埋怨地看向燕宗主。

燕宗主:“呵呵……”

第 85 章

# 修真界新力量

从人界到妖界，各门各派，各个妖族，其实都有确定门下、族中弟子生死的秘法，譬如羽陵宗的箓书，制作需要花费时间，其实也是因为包含了种种秘术。

除却有让护山大阵识别、辨明身份、保命一击等功效外，也能让宗门知晓弟子的生死，若是陨落，宗谱上自会显现。

许多妖族也有类似的秘法，故此在二界开战后，他们逐渐发现不对，很多一去不回的妖似乎没有死。

这么多妖被困在人界，显然是被人族俘虏了。人族也不拿他们出来当肉盾，更不用作威胁，就算是留着拷问，数量也太多了吧。

妖族还没搞清楚这一点，更让他们不解的事情又出现了。

随着两界处的裂缝越来越大，中间的混沌境也慢慢平和下来，逐渐缩小。

人界雪域的雪花甚至能吹到妖界荒漠上，与白沙共舞，修真者们守不住越来越长的防线，逐渐有妖能避开耳目，流窜到人界九州各地。

穷奇一族的风不期就是其中之一，他是长老之子，小弟风计云在两界刚相连时失去音信，传音、信蜂全都追踪不到，家里认定他一定是去了人界，只有过界才会寻不到人影。

他这一去，约莫凶多吉少，可是迟迟没有死讯传来，又让家里人心生希望，说不定是在人界另有奇遇。

风不期积极参加攻破人界防线，就是想把弟弟找回来。这次他终于如愿以偿地完成第一步，溜到了人界。

风不期也会说人话，又将自己装扮一番，收敛气息，易容成了人族修真者，四处打听人界的情况。

如今人界因妖族之乱，四处可见修真者，以风不期的机灵，也闷声听来一些消息，那就是人族果然俘虏了许多妖，悉数送往了羽陵宗。

而羽陵宗乃这些年来人界数一数二的修真大宗，之前令妖界损失惨重的不昧身境界老祖谈微真人就是出自羽陵宗。妖族的俘虏们，在那儿估计也是被谈微真人拘着。

可恶！他打不过不昧身的强者，但是穷奇绝不认输，一定要救回弟弟，救不回也要让羽陵宗倒霉，以彼之道还施彼身。风不期咬牙想着。

“噫，拘着？你可听说了谈微真人收了徒弟的事？”

另一个修真者四下看了看，凡人在这距离下是绝对听不到他们的声音的，只有一个沉默寡言的散修在旁边，都是修者，听到也没什么。

“嘿，这事谁还能不知道？天下皆知了！”

那人借着道：“谈微真人对他爱徒可是十分看重的，我听闻那些妖被拘在羽陵宗还有一个用处，就是让他徒弟玩弄。”

“玩弄？”

“没错，悄悄告诉你吧，我有位好友，他们宗门有人去羽陵宗议事，无意中听说的，谈微真人一人忙不过来，还叫其他人帮忙用钢铁做些锁链之类的东西。你想想，只是被拘着，用禁制不就行了，做那些东西有什么用？

“谈微真人都几千岁了，哪用得到这些？这些，绝对是他徒弟要的。”

……

风不期听得几乎要喷火，小弟现在难道也在被谈微真人的弟子折磨着？他从小锦衣玉食，一点苦也没吃过，怎么受得起这样的屈辱？

风不期打听到某处城镇有羽陵宗弟子坐镇，也观察过了，境界一眼就能看穿，不过才认金龙而已，远不如自己。他即刻决定将人掳来，好好出气，顺便逼问该如何进入羽陵宗。

俗话说来得早不如来得巧，风不期要袭击羽陵宗弟子的时候，正巧是他们都装备上灵力枪和灵力炮的时候……

这些新式武器做好后，就由羽陵宗的低修为弟子率先使用，计划效果好再推广到其他宗门、散修。他们全都在宗门统一指导下，学会了使用方法。

风不期当人家是软柿子，结果刚一接触，对面全都掏出了一些见所未见的奇怪法器，叫他举起手来。

风不期用人族语言骂了句脏话，到现在还在掩饰自己的妖族身份。那玩意儿他根本不当回事，境界是死的，就算是什么人族特别研究出来的法器，又能如何？

谁知下一刻，从那些法器中轰出了能量可怕的法术，将方圆十里的空间都笼罩，猝不及防之下，别说遁不出攻击范围，应对起来都手足无措，他根本抵抗不了这种等级的法术啊！

一口血喷出来，风不期已现出了妖族特征，头上两只大大的牛角，背后长着双翼。

羽陵宗的弟子一惊，连忙停止射击：“是妖族！妖族的妖潜进来了！”

“不能杀了，活捉回去给崔师叔祖！”

“没错，孝敬给师叔祖！”

现在崔栖潮在整个修真界很有名气，但名声不是特别好，可在羽陵宗内部，崔栖潮反而一洗污名，获得了大家的喜爱。

就是因为这些灵力武器，目前宗内的弟子都知道这是崔栖潮研发出来的，谈微真人只是制作者，因为崔栖潮的修为跟不上思维，但大家都知道功劳该是谁的。

原本人妖开战，即便修为较低的弟子也有一腔热血，想下山参战，却只能被拘着安心修炼，但是崔栖潮的武器出来了之后，大家能驱动不属于自己的灵力，发射不同的法术。崔栖潮更是给出了一些射击要诀，教他们“火”力覆盖等技术，在实践过程中，就能知道这发明有多厉害了，简直革新了修真界的力量。

羽陵宗有千百道法，崇尚的就是道有万法，并无高低。崔栖潮开辟了一个新概念，境界低没关系，有技术也能很厉害。

这武器在长老间虽然还有争议，但他们是考虑到这种武器对到了一定境界的修者无用，而对这些低修为的弟子来说却非常实用，值得推崇。

那些境界较高的弟子，就算对技术有点争议，但对崔栖潮本人也得承认了。不论他和谈微真人的特殊关系如何，单凭这创新，获得现在的地位完全没问题。

就这样，风不期被送到了羽陵宗山间，再抬入悬圃，还没来得及看清楚谈微真人的面容，就被他收进了芥子洞天里。

下一刻，即有一抹残魂飘来：“新来的？什么境界？什么族？”

风不期骇然，因为这残魂看着是人族面貌，说的却是正宗的妖族语言，仔细分辨，甚至带了西北口音，像他老乡！

绝尘子瞪着风不期，用妖族语言道：“问你话呢！”

他这话当然是同风计耘学来的，崔栖潮说知己知彼百战百胜，提倡大家都学习妖语。

不过说到风计耘，绝尘子仔细一看风不期：“有点眼熟啊，你是穷奇吗？”

风不期回过神来，昂着头道：“是又如何？”

绝尘子冷淡地看他一眼，去叫风计耘了，既然是同族，就让那家伙来问，还比较方便。

风计云，如今的风计耘，已经很好地接受了自己这个满载荣誉的新名字。他这会儿原本正飞在天上陪小鲸玩，听到绝尘子叫自己，翅膀一拍飞了下来，见着风不期的面容却惊呆了：“大哥！”

“小弟！”风不期双目圆睁，小弟，小弟啊，怎么会成这个样子？果然传言是真的，谈微真人的弟子在折磨妖族俘虏。

只见他小弟身上披挂着锁链，背上的毛全都竖了起来，刺着几个苹果，脸上还带着傻笑，必定是被折磨得精神失常了。

风计耘看大哥眼神不对，这才伸手把背后的苹果都扒拉下来，上前握着风不期的手：“大哥，你、你怎么会来这里？”

风不期又气又心疼，但看着小弟的链子倒不像是锁住他的样子，放心之余再生不解：“我好不容易偷入人界，装成人族修真者想寻你，却被他们用什么不知名的法器击伤，然后送到这里来了。家里人都非常担忧你，小弟啊，你没事吧？”

“我？我没事啊，唉，就是估计没什么机会再见家人了……”风计耘说得风不期也一阵黯然，他们都被关进这儿了，出去确实难。

两人正说着，有一名小妖小跑过来。

小妖报告道：“经过测算，稻田已经正式进入孕穗扬花期！”

风计耘沉着冷静地道：“很好，今晚每人发一个苹果。告诉各小队，提起精神来，立刻灌水九分，水源处紧盯着，要是见底了一定要立刻上报，不能断了水。”

小妖大声道：“是！”然后跑开了。

风计耘再一转头，只见大哥眼神十分微妙。

风不期从未见过他小弟这样有威信的模样，有模有样地下命令，说的内容他虽然不懂，但显然成竹在胸，手下人也极为服气。

小弟在这里，到底经历了什么？

“大哥。”风计耘一转念，也想到了什么，按着大哥的肩膀，低声道，“你放心，我在这里如今也有点说话的分量了，一定能护住大哥。大哥向来机智聪慧，等你理清楚了便来帮我，最近有几个新来的饕餮想与我争宠，有你帮我，我便一点也不担心了！”

风不期先点头，然后一脸愕然。争什么？争宠？

一瞬间，风不期脑海中闪过许多画面，那个谈微的徒弟到底是干什么的……

风计耘已经陷入了自己的思虑中，嘴角露出一抹冷笑，像极了风不期记忆中父亲算计其他妖族的模样：“就那些种一亩偷吃三分的饕餮，也想与我争？我风计耘的耘，可是耕耘的耘！”

什么？不是风云的云吗？

风不期一头雾水：“小弟，人族到底把你们关在这里做什么？”

风计耘一抬手，潇洒地挥了挥：“我们在干什么？大哥，你眼前看到的这片稻田，全都是我承包的！”

如今，谈微真人和崔栖潮已经收集来三十个左右的芥子洞天，最小的也有一县之地，那些妖在劳动改造中逐渐被洗脑、同化，大部分已经失去了抗争之心，甚至只想着能够在现有的生活基础上提高品质，获得一些吃水果、肉的机会。

相互竞争使得妖们无心共同敌视人族，而是彼此钩心斗角，目前势力已经逐渐形成，各自拉帮结派，争取更好的资源。

比如离水源近的份地当然是最好的，各种农机谁能掌握谁就有话语权，甚至谁会说的人话更多，谁也更有竞争力。

在这种基础上，崔栖潮实施了承包制，把田地划分到各人。那些拉帮结派的妖自己就会组成小队，一同耕耘属于他们的地，分担风险，既消耗了心力，又消耗了体力，灵力被输送到前线，崔栖潮没有刻意去布置，但无形之中，这些妖就陷入了他的模式当中。

崔栖潮甚至思考过，LJJ 的程序员在建模的时候即便将妖族设计得比较血腥暴力，却逃脱不了人性这点。

它们都是人类设计的。世上没有真正的妖族，所以谁也不知道真的妖族在这样的情况下会如何抉择，会不会这么容易被降服。

但这些都不是重点，目前芥子洞天中基本形成了相对独立的生态循环，百分之七十的耕地种植五谷，剩下百分之三十则是蔬果、香料之类的作物。

也有放牧的地，最初牛羊只是为了给小鲸提供乳汁，才豢养了一批，后来出于种种考虑，又进行了大批量引进，并利用上了崔栖潮所学的畜牧知识，不断繁殖。

相对于修真界首要关切的两界之间的战争，崔栖潮只是最初给他们设计了武器，其后就着眼于人间即将到来的粮食危机问题。

活得比较久的修真者，例如燕宗主也从过往经验中想到了大概后果，但她更重视的还是眼前的危机。知道崔栖潮要在芥子洞天里种田赈济，她还挺支持的。

这么说吧，雪域被毁去大半，大量冰川被挤出原来的位置，继而融化，这种量的融化会引起九州间的海洋海平面上升，沿海地带的土地将被淹没，包括河流之间的土地也不保，地下水将盐化，同时，气候也会产生极大的变化。

由此种种，大量的耕地将消失或无法耕种，加上天气异常，直接导致粮食产量锐减，以目前人族的科技水平来看，闹饥荒几乎是板上钉钉的事。

在这个玄幻的世界，只有崔栖潮在认真推理粮食问题。崔栖潮分析了九州地势后判断受灾最严重的可能是芳草洲，冰川融化后的冰水会流向这里。

芳草洲本来是整个九州的大粮仓，因为水土丰沛，适宜作物生长，一洲丰收，周围几洲都能不挨饿。若是受灾，产量可能锐减至少五成，沿海城市的居民全都得迁徙，沃土便成江海。

这种变化已经初步影响芳草洲了，今年那里的雨水格外多，沿海的居民也在逐渐向内陆撤。

凡人了解的信息没有修真者多，妖族出现的消息就够令他们惊慌了，要是再知道冰川水灌海，非得造成大面积恐慌不可。

即便如此，部分经验丰富的农民与术士也发现了今年天气很是异常，他们还猜测是否因为妖界的影响造成的。

在这种情况下，崔栖潮推算出受灾地区和情况后，一直在做实验。在修真界中寻找能够量产、用于农业上的各种材料。

亏得羽陵宗库藏丰富，这么找了几个月，还真让崔栖潮找到了。

羽陵宗的寡二库里收藏了一些种子，这种作物叫凤取竹，上古时期的羽陵山生长了许多，如今也只有十分高的仙山上才生着，因为对温度的要求比较低。

羽陵宗在这里立宗后，为了居住方便，用术法令凤取竹都枯萎，留下了包含生命力的种子。偶尔珉糜珠韬楼也会再培育两株，为的是取竹米为食。

凤取竹之大，一株需要十数人才能合抱，之所以叫凤取竹，当然是因为上古时期凤凰以竹实为食。

不过凤取竹为崔栖潮关注的特点，是它的竹膜与寻常竹子的竹膜不同，轻薄却极为柔韧，意思就是透光又保温。更重要的是，凤取竹对太一水尤为敏感，如果浇灌太一水，不必在得意田生长速度也非常快。

这种竹膜简直是搭建大棚的最好材料，而大棚也是最适合目前人族的技术，没有太强的技术性，材料相对天然，好处理。

现在九州自然灾害频发，大棚能够在一定程度上抵抗灾害，保温抗涝。凤取竹的竹子做框架，竹膜覆盖，一套齐全了。

崔栖潮在悬圃试验了一段时间后，觉得确实可行，就开始大量栽种凤取竹。

一株凤取竹足足有上百米之高，但据说和真正的凤凰比起来，这还是小意思。

上古时期灵气充裕啊，争斗也多，大家都可着劲儿地长。像人族，经过这么多年迎头赶上，还比妖族矮了两头，就是先天不足。

雾鲸的体形现在看很惊人，放到上古时期，也就中等体形吧。

崔栖潮因为长时间在芥子洞天里做实验，索性在这里搭了房子，材料也是现成的，就用的凤取竹。

崔栖潮伙同谈微真人正在他的二层小竹楼的露台上喝茶，外头大片凤取竹在太一水的灌溉下，初期几乎每天都要蹿个几米，不要几天就比他的竹楼还要高了，也越发粗，看着还没脱去竹笋的样子，却需三人才能合抱。

“以前凤凰就吃竹实，一只得有多大？”崔栖潮问道。

他在思考凤凰吃竹实的姿势，是钻进竹林里觅食，还是像鸡一样低头啄食，如果是后者，那凤凰的体形该有多惊人？

谈微真人想了想：“成年凤凰，肩高就有二百米了。”

崔栖潮想了想，再加上脖子、脑袋，那一只凤凰的体形十分惊人：“可惜，虽然是修仙世界，现在却也看不到凤凰与龙了。”

这些显然是程序员根据传说设计出来的，但在设定中，它们都被大神带到了上界，只遗留下一些血脉，比如蛟、蛇、孔雀。唯有在传说中，才会出现修真者修到大圆满，得见金龙。

这是华夏的传说，崔栖潮对玄幻修真再不了解，也难免产生一点兴趣。

“你想看也可以啊。”谈微真人喝了一大口茶，轻描淡写地道，“你求求我，我带你去看。”

崔栖潮没理他，在竹椅上躺了一会儿，忽然站起来脱衣服。

谈微真人吓死了，差点从椅子上摔下来，被茶水呛得大声咳嗽：“咯！咯咯咯！”

这一大片地方都被划来种凤取竹了，没有妖族，就算有，这么大片的竹林一挡，什么也看不见了。

崔栖潮的动作很利落，一会儿便脱得上身赤裸。

谈微真人一时不知道怎么站，手往哪儿放，定定神，才按着椅背又坐了回去，擦了把汗，冷酷而淡漠地看向崔栖潮："嗯？"

崔栖潮冷静地道："我不会打听你到底是什么人，可是我知道你现在的行为应该不合法，LJJ 已经盯上你了。你太张扬了，还是适可而止吧。"

根据 LJJ 的隐私保护机制，在崔栖潮裸露程度超过一定比例时，就会自动打码了，连 LJJ 的员工也什么都看不到、听不到。

崔栖潮还是头一次和小白开诚布公，只能用这种方式避人耳目。和 LJJ 签了约是一方面，他毕竟和小白一起在虚拟位面过了几十年，不管小白背后是什么，大家也有一定的感情了。

刚才小白那句话的意思分明就是可以篡改数据，带他去看龙凤，所以他一时起意，要提醒小白几句。

他不能完全忽视小白除了因缘巧合而成的宠物猫咪外，还有另外一层身份，也许小白很厉害，能逃过 LJJ 的追查，但是……有太多但是了。

谈微真人："你说这个啊。"

崔栖潮："那说什么？"

第 86 章

# 下山助农

“林总监，林总监！”

林琳正坐在办公室里喝治疗脱发的药，就看到手底下的人慌慌张张地来找她，叹息一声问道：“怎么了？”

对方咽了口口水：“崔栖潮那边……”

听到这里，林琳的心口就已经隐隐作痛了。

“出现了高糊，他和小白在一起的时候，突然脱了衣服。”

“喀喀！”林琳险些被药呛到，觉得瞬间又掉了一大把头发，“什么情况？我看看！”

这些日子一直是林琳主导剪辑，看到崔栖潮突然就开始解衣服，然后画面便一片高糊，什么都看不到也听不到了。

有人安慰林琳：“总监，也许崔栖潮只是想避开我们和小白说几句话，他不可能那么没分寸，真的让小白给他看凤凰吧？”

这还是第一次出现崔栖潮洗澡、换衣服等情况之外的高糊，不清楚的人绝对会以为发生了事情。

“这段全部剪掉？”有人道，“可是如果小白真的去修改数据了，我们之后怎么继续？”

“要是守株待兔你们也抓不到小白，就连夜弥补，编一套剧情！”林琳咬牙切齿地道，“要是把小白抓住了，程序员给我亲自去扮演小白把剧情走完！”

众人觉得总监好像有点疯魔了……

“还有这段，”林琳闭了闭眼，说道，“不剪，给我放出去，为什么要剪？给我放出去伤害观众！”

崔栖潮特意和小白挨近了，这样打码会打得更模糊，什么信息都无法泄露了。

谈微真人和崔栖潮一起住了那么久，不是第一次看崔栖潮光着了，他做猫时还往崔栖潮的澡盆里跳过。

崔栖潮还在催问：“你以为是什么？”

谈微真人憋了一会儿，憋出来一句话：“你不求我看凤凰啦？”

“我是小孩儿吗？”崔栖潮好笑地道，“再说了，真要看我脱衣服做什么？”

谈微真人笑了两声，端起茶又喝了一口，转移话题道：“这事你就不用担心了。”一副满不在乎的样子，“如果他们能抓到我，早便抓到了。”

崔栖潮听他这口吻，肯定了他的身份是真人，这也确实不大合法，一时有些无奈，心中闪过一个念头。小白虽然技术高超，但在现实里怕是……为人不大稳重。

这事涉及小白的隐私，崔栖潮没有问出口，再说他要是和小白说“你有点不稳重”，小白又要发疯了。

此前两人一直有种无声的默契，避开现实问题，只论虚拟位面的交情。小白没有崔栖潮的顾虑，倒觉得这次既然提到了，也不必再刻意回避。

他小声问道：“你现在也住在 LJJ 总部呢？”

LJJ 的演员们工作时不用提，技术限制，休息时也多是住在总部，进行一些课程学习、心理辅导等。

崔栖潮沉吟片刻，点了点头，这个倒没什么好瞒的。

小白也不知道在盘算些什么，低着头。

崔栖潮又和他说了两句话，见他不知为何始终心不在焉的样子，索性结束了话题，回房去穿上衣服。

即使在太一水的灌溉下，凤取竹长到完全体也需要半年左右，但实际上是完全不必等到长成了才伐用，只要竹膜成形了就行，这样效率更高。

第一批崔栖潮等它们长了一个月左右，已经有几十米高，砍伐下来运到芳草洲。

芳草洲有许多人族国家，羽陵宗门人的身份在这里很好用，何况现在各地都有修真界弟子镇守，与官方合作紧密，沟通起来也方便。

芳草洲最大的国家嘉国抢到了为崔栖潮提供试验城镇的机会，雪域融化带来的种种异象，其实这些国家高层也注意到了。何况到了芳草洲后，崔栖潮还把这件事可能带来的后果详细讲解了一遍，他们没有将消息散播出去令百姓紧张，但私下里都开始清点囤粮了。

这种情况下，羽陵宗的仙师说要帮他们，还能有不答应的吗？全都抢着想进行第一批竹膜试用，同时心里也有些忐忑。修真者不是各个都这样善心的，偶然路过一地，为百姓杀了作害猛兽的，已经很为人称赞了，何况崔栖潮如此。

第一批竹膜数量有限，先到一地推广，顺便再教出一些人，然后去各地教导。这种事当然是最先开展的国家和地区占便宜。

谈微真人陪着崔栖潮去了最终定下来的试验地。

其实现在整个修真界都希望谈微真人能干点大事情，比如到混沌境外，或是出现在九州各地抓捕妖族，以他的实力，绝对能让大家更为轻松。有这么一尊大神坐镇，大家心里头都好过得多。

可惜谈微真人一切以徒弟为先，这不，陪着他徒弟去忙活种地的事了，只说有大事再叫他。

崔栖潮他们到的第一地是嘉国的万悦城，也是嘉国农业最为发达的地方，嘉国最出名的农书作者的家乡就是这里，不少先进的农技是从此处传播开的。

比崔栖潮他们还早到的，就是其他国家派来一起学习技术的官员。

雪域融化的严重性大家都知道了，现在有两个重点，一是迁走沿海、三角洲的百姓，二就是学一学仙人的保护作物之法了，一定要派学习能力最强的官员去上课。

万悦城的农户知道有仙师要来给他们上课，全都紧张激动得要命，崔栖潮来之前，大家就讨论开了。

你说这修仙者不都是不用饮食的吗，那就更不必耕种了吧？那这位仙师是如何研究出来据说可以保护作物的方法的？是在修仙之前就有所了解吗？还是凡人无法理解仙人之术，他们那点耕种法子，在仙师面前不值一提？

从来没有修仙者在农业方面帮助过大家，导致他们的猜测都有点摸不着方向。

崔栖潮到的那日，整个万悦城的人都出来迎接仙师了，遥遥便看到踏长镰的谈微真人与骑着大鱼的崔栖潮，外貌气势上真是与仙人无异。

他们入住在城主府内，府中上下因为要接待仙师，恨不得将每寸地都铺上地毯。

但仙师比所有人想象中都要好相处得多，主要是那位崔仙师，崔仙师和他师尊地位都很高，从驻守万悦城的仙师对他们的态度就能看出来了。

但崔仙师非常……怎么形容呢？可以说是实在吧，说话不像其他仙师那么咬文嚼字，命令直接简单，行事干脆，上午到，下午就去田间地头了，只花了两炷香的工夫，就让农户们和来学习的别国农官佩服得五体投地。

给大家讲解大棚技术之前，崔仙师先蹲在田边，摸了摸地里的麦子，说道：“最近不怎么见日头吗？麦子大片发黄，可能冻着了，今年雨水多，正好在拔节期，该追加氮肥了。”

大家也不知道氮肥是什么仙人术语，正怯怯地想问，崔仙师已经反应过来，主动解释了一下哪些是天然氮肥，包括施用量。

再往前走，崔栖潮又看到了一片菠菜，随口道：“菠菜种得太密了，根弱，这样长不好的。”

立刻有人说道：“对、对，这是老马家种的，他家地少，老忍不住多种，这家伙，比我们的长得慢！”

崔栖潮：“嗯，把长势太慢的去了吧，这样得不偿失。”

“听到没老马？连仙师都这么说了！”

好多人指责，就连跟在一旁的城主都慎重地道：“老马是哪个？你听到没有？一定要按照仙师说的去做！”

那老马都傻了，哪承想自己地里这点事还让仙师和城主费心了，忙不迭地点头，哪里还敢再拒绝。

再往前，从麦子到蔬菜，再到水果，崔栖潮全都能指点一二，还都说在了点子上。

这一行人，除了一大群世代耕种的农户，还包括了各国农官，可以说全都是内行人。崔栖潮说的东西，有的他们懂，有的不懂，完全能够分析出来，崔仙师比他们中最有经验的老农还厉害。

当然，这不是说废话，那可是仙师。什么作物他看上一眼，就能判断出问题所在，给出的解决方案也很精确，甚至是新颖。

内行看门道啊，三言两语大家就感觉到了，崔仙师在耕作上是既内行还超前。

待到了准备好的地上，崔栖潮又从芥子洞天里放出来一堆已经砍伐好的凤取竹。

空地上陡然出现一大堆几十米高、数人合抱粗的竹子，一干凡人都张大了嘴。

“这……这么大的竹子？”

“天哪，这竹子生的笋一棵能吃多久？”

“真是令人叹为观止，我一生未见过如此仙物，翠绿如玉，大如石柱！”

“这是凤取竹，相传上古时期，是凤凰的食物。”崔栖潮说道。

这话一说，现场顿时静默了好一会儿，随即沸腾起来。

有读书人声嘶力竭地背起了古文，原来传说是真的，凤凰食竹实，饮醴泉，栖梧桐，只不过不是人间的凡竹，而是这些凤取竹。

像这般有来头的竹子，居然用来给他们种庄稼？那种出来的麦子，四舍五入岂不就是凤凰麦？

崔栖潮看现场陷入莫名狂热之中，咳嗽了一声，他们立刻安静了下来。

“将竹子剖开，内里有竹膜，揭下。”崔栖潮吩咐道。

立刻有事先商议好的农户上前，用刀剖竹子，农官们仔细记录，不时还自己上手。

一株凤取竹里有很多片竹膜，一片直径就有几米，散发着清香味，柔韧而近乎透明。

而竹子又劈开成细条，韧性也极好，新鲜的凤取竹崔栖潮建议晒一晒，使用期更长。

至于如何用竹子做成大棚的骨架，崔栖潮只给出了图纸，这不难，工匠们看一眼就有数了，立刻就演示着先搭了一个。

工匠一边搭竹架，崔栖潮一边讲解：“搭好之后，将竹膜密密铺上去，保温防寒。但是一定要选择向阳、避风处搭建，包括排水也要考虑到。这是竹木结构，不考虑好避风等情况，以后倒塌伤到作物就不好了。在棚内进行种植，能够提早收获，或者延长生长期，冬天也能种植一些比较耐寒的食物。”

其实不只是麦子、蔬菜、果树可以用大棚种植，养殖业也能用上，养个鸡鸭鱼猪，都挺好。

崔栖潮细细一说收益，就已经让大家非常激动了，农官们心里更是想，按照崔仙师这么说，雪域导致的气候危机不但可以化解许多，甚至还能增产了！

接下来，崔栖潮提到了中间可能遇到的难处，但他基本都有应对方式："这些可能要大家实际种植中遇到了才会有具体认知，我会待上一段时间辅助。包括日后，倘若遇到了什么问题，就……"

他想了想，说道："目前各城都有修真者驻守，可以请他们代为传音。日后我会请师尊设计一番，给各国联系我的方式。"

这就是个农业热线，有问题就找崔仙师。

大家心头振奋，一时觉得未来无限光明，就要亩产一万八，走上农业生涯巅峰了。

这时骨架也搭好了，将竹膜覆盖上去，连接处用植物黏合剂粘连就行了。

能够在这里做事的都是选出来的能工巧匠，两米多高的大棚搭得极为稳固，走进去后，崔栖潮又道："如果想进一步提高温度，我的意思是，更暖和一些，就在棚内加盖小棚，或者再加一层竹膜。具体情况还是要具体分析，看当时的气候与种植的作物情况。"

"都听您的。"城主恭敬地道，"崔仙师能够来指点我等，实在……实在三生有幸，到时结出了凤凰麦，便送一份到仙山去，给仙师品尝。"

这个城主也很精明，立刻就盖章在大棚里种出来的作物和凤凰有关系，还说要送一份给崔栖潮。

不像那些农户，他是知道一点内幕的，这大棚到时会推广到芳草洲各地，乃至整个九州，万悦城不会成为唯一出产地，只是最早的试行地方而已。

但是倘若他们的东西送给了崔仙师，日后就可以吹嘘了！崔仙师评价了什么不重要，重要的是他们送去了，崔仙师也收下了！

城主不禁幻想起来。

崔栖潮自己的芥子洞天里还有很多囤粮，但也随意地应下了，叫城主顿时觉得幻想有望成为现实。

接下来的日子，崔栖潮常驻万悦城，在芥子洞天与万悦城的田地间打转。

渐渐大家就发现了，崔仙师对农事很上心。不但是大棚方面有什么问题，便是其他作物出了问题去找他，他也来者不拒，有问必答。

不管来的是农官还是普通农民，崔仙师答得都一样详尽。原本还畏惧的农户后来胆子都大了，连猪生病都敢来找崔仙师，也不知道为什么崔仙师和他师尊的表情都很奇怪。

崔栖潮态度一样，但农官们比较精明，他们直接问起了更重要的问题：有没有什么其他能够增产的耕种方法和农具?

这当然是有的，崔栖潮了解过各国的农业水平，从耕具到水车，带着他们一起跨了一大步。

就是崔栖潮这种行为，导致很多农户对仙师们有了不切实际的幻想。

有一次崔栖潮在芥子洞天里，有农户来找他问问题，只看到了谈微真人，想了半天，跑上去磕头，问谈微真人家里的菜长虫了该怎么办。

谈微仙师可是崔仙师的师父，平时虽然老不说话，但是想也知道比崔仙师还厉害吧？

谈微真人当时冷汗就要下来了，拼命回想崔栖潮以前都是怎么治虫的，好险没有丢人啊。结果连带着镇守万悦城的其他修真者也莫名其妙地被农户拦住，求他们救救家里的菜。

修真者说实话吧，人家还觉得仙师只是高傲不愿意理自己。

慢慢地，人间不知怎么就有了一个广泛认知，去修仙的仙人什么都懂，连农事也很精通。

若干年后，那些上山修仙的凡人子弟都有话想说：原来并不是每一个修真者都知道怎么种地啊！那都是错误印象！

这天崔栖潮正在看嘉国农官送来的耕具，就听到谈微真人喊他："崔栖潮？"

"什么事？"崔栖潮随口应了一声。

"你过来。过来。"谈微真人又喊。

崔栖潮放下耕具，拍了拍手，走到谈微真人面前："给我看什么？"

他早看到了，好像有人用法器给谈微真人送东西了，谈微真人收了后就摆弄了半天，只是他没问罢了。

"你怎么……算了。"谈微真人矜持地笑了笑，拿着一支长长的竹筒，将塞子打开，"看里头。"

崔栖潮也没多想，探头过去，竹筒里头十分幽深，他闭着一只眼，另一只眼往里头看，原本是一片黑暗，陡然间，却有了一点光亮。

金色、红色、蓝色……绚丽的色彩卷在一起，像是一个圆形，很快，那个圆形就舒展开，露出了高贵华丽的姿态，修长的颈、长长的翎羽，双翅张开，呈现出一个将飞未飞的姿态，五色的羽毛华彩交错，也越发炫目。

最惊人的是，原本只是小小的竹筒，内里却好像比外头大，可以看到那五色的华丽鸟儿的身形极其庞大。

崔栖潮都不禁失声道："是凤凰？"

他抬起头来，那抹绚丽就消失了。

"这不会是……"崔栖潮说着顿住了，看向谈微真人。

谈微真人得意地一笑，他可没有修改数据："这是凤凰遗留下的一根羽毛，我让燕春秋给我找来，再将计日术与遗影术结合，就可以见到凤凰的幻影。你不是想看凤凰吗？现在看到了。"

崔栖潮一时无言，慢慢对谈微真人笑了一下："你费心了。"

谈微真人本来想酷酷地说句什么，现在也忘了想说什么了。
崔栖潮玩笑地夸他道：“真是只好猫。”
谈微真人条件反射地开心，愉快的心情充盈在胸口。

今天的小标题让我觉得很不妙，但我还是坚强地点进来了。

我就是跳了一期，怎么大家对谈微都那么好了？

你想多了，用来扎针的。

哇，我也想看两百米的凤凰！太惊人了吧！

咦？

这是什么啊？天哪，我的屏幕为什么逐渐花了？不，一定是我的芯片烧坏了！

第 87 章

# 失业

谈微真人说的凤凰幻影制作方法，其实不像他说的那样轻描淡写，至少对燕春秋来说不是。

作为术法的核心，凤凰羽毛是极为难得的。凤凰消失在这个世界已经万万载，即便在上古，那也是强大的神兽，不是随处可见的野鸡，羽毛哪有那么容易得？

当今世上每一根凤凰羽毛都是有数的，羽陵宗的寡二库里都没有珍藏。

师叔传音来说需要凤凰羽毛，燕宗主只当要么是军事用途，要么就是农业用途，即抽出空来，满天下去找、去借。

差不多半个修真界都知道燕宗主在求凤凰羽毛了。此物能助火行修真者悟道，比起太一水之于水行修者也差不了太多。

为了弄到一根凤凰羽毛，燕宗主可以说煞费苦心，既费了物力，又费了人情，最后才求到这么一根。

再听师叔说要用上她的计日术，燕宗主瞬间就激动了，在脑海中幻想出了一道非常牛的法术。师叔是不是要增强计日术的作用，溯回时光，使得凤凰之火再现？

燕宗主按捺住激动，施上了计日术，将凤凰羽毛装在法器之中。

后来过了好一阵时间，燕宗主也没听师叔说法术完成了，没等传音追问，她就得亲自去万悦城了。

飞光在与妖族大战时受了伤，灵脉毁了。灵脉一毁，仙途便也毁了，但妙就妙在绝响境以上的老祖能够再续灵脉。如今修真界还在外头活动的绝响境老祖，可不就他们羽陵宗的谈微真人一人？

这也是令全修真界最犯嘀咕的事了，谈微真人能出关固然是好事，但他们几辈子也没见过绝响境的修者见天儿地还在外头奔波唠叨，“绝响”这两个字是白起的吗？

反正飞光算是有救了，燕宗主亲自带着爱徒到万悦城找谈微真人。

崔栖潮也听说了，他和飞光关系不错，听说飞光受伤了，心里头也比较担忧。凤取竹蕴含着勃勃生机，崔栖潮让谈微真人催老凤取竹，结出竹实。

竹实也叫竹米，其实就是竹子的种子，竹子开花后结出来的。但是一旦竹子开花，也就象征着老竹死亡，所以崔栖潮才让谈微真人催熟凤取竹。

这种活儿羽陵宗的门人是熟练的，当初羽陵生长着的凤取竹，他们想除去，又想留待日后以备不时之需，就是将其催老后保存种子。

凤取竹的竹米一颗有成人小臂那么大，呈淡绿色，长条状，散发着独特的清香，能够为凤凰取食，味道当然不一般。

一棵凤取竹结出的竹米足有几百斤，给飞光做饭，用一颗都富裕了。

那么大一颗竹米，得用大锅才放得下，完全不用多余的步骤，将竹米洗干净了，泡泡水，放进大蒸锅里，下面铺一层香草叶片，再撒一把糖，直接蒸上六个小时即可。

竹米味美，但是质地坚硬，必须长时间浸泡再久蒸。

接近六个小时的时候，那锅里就已经散发出极其诱人的香味，竹米的清香在加糖蒸透后多了一丝香甜的味道，勾起人腹内的馋虫，的确是人间难以闻到的味道。

这香味在整个城主府传遍了，搞得大家都想流口水了。

崔栖潮平时做菜都在芥子洞天里，不清楚的还以为崔仙师和谈微真人都辟谷了，现在他当众蒸竹米，众人才知道崔仙师还会下厨。这两个字真是难得和修真者联系起来，导致竹米又多了几分神秘感。

崔栖潮坐在锅边慢慢扇火，全程淡定地控制着火候。等到燕宗主带着飞光抵达时，崔栖潮的竹米也就蒸好了。

崔栖潮是借用了城主府的大锅，厨房的人都围在一处，直勾勾地盯着那锅子。

只见崔仙师将锅盖一掀开，里头那小臂大小的竹米已经熟了，形状胀大了几分，呈现近乎剔透的碧绿色，两头尖中间鼓，浑然一体。香味也随着水汽一起散开，更为浓郁，还混合了香草叶的味道。

崔栖潮左手拿个瓷碗，右手拿一个木勺，竹米一定要用木勺来舀，碗也不能用金属的，不然有点影响味道。

从外表看，蒸熟后的竹米有点像碧玉，但是勺子一下去，就知道质地是软糯的。勺子轻而易举地陷进竹米中，满满舀起一大勺，还能扯出一点尖儿来，刮在碗里，看着有点像糯米，但是又没糯米那么黏。

崔栖潮拿的木勺挺大的，两勺就装满了一碗，冒出绿色的小尖来，那大大的竹米上也现出了一个小凹洞。

说是给飞光做的，当然不可能就飞光一人吃，崔栖潮打了四碗竹米。就这样，也只把竹米最中间的地方掏空了。

他看了看剩下的，对城主派来伺候的人吩咐了两声，那人立刻一边咽口水一边点头。

“来，飞光，吃点东西。”崔栖潮亲自把碗递给了飞光。

飞光受宠若惊地接过。

下一刻，谈微就很不开心地说：“灵脉断了又不是手脚断了。”

崔栖潮表情不改。

飞光正想为崔栖潮辩解一番，就见师尊给自己使眼色，一愣后，连忙学着师尊埋头吃竹米。

要说过去珉糜珠韬楼也做过竹米，过个几年，总要把凤取竹栽一棵来取点竹米食用。竹米的烹饪方法也一直是极为纯粹简单的，随便煮一煮，原始的清香就特别美味。

但崔栖潮愣是能做得不一样，实际上竹米的清甜之中会有一丝丝酸味，甚至有时候还带了点涩味。也不知道崔栖潮是怎么做的，这一碗竹米里一点酸涩味道都没有，倒是多了一点恰到好处的香草叶味道。

竹米饭无须搭配任何菜，就这么干吃也一点都不会寡淡，平时他们吃也顶多是再配点鸡汤。

飞光一边用勺子挖米，大口吃着，一边就看到面对不悦的师叔祖，崔栖潮只用勺子敲了敲碗边："来吃。"

谈微真人的手就端住了碗，但嘴里还在叽叽歪歪。

飞光甚至可以看到他师尊脸上有一瞬间呈现出了完全的空白，就好像在说：修真界怎么会有这种绝响修者，要不是我们羽陵宗的就要鉴假了……

崔栖潮看谈微真人还喋喋不休，不时不满地看飞光一眼，搞得飞光压力很大，好笑地道："你老和伤患比什么？"

燕宗主一勺接一勺，吃得很香，吃完了后便撑着下巴发呆。

崔栖潮吃完后，收拾碗筷。

"我来我来。"燕宗主连忙说了一句，无意中却看到崔栖潮腰间系着一个有点熟悉的法器，原本是被敞开的外衫挡着的，一倾身就漏了出来。

这东西就是燕宗主准备的啊，按理说里头装的是凤凰羽毛。她不禁盯着那物看。

崔栖潮发觉她的眼神，想起谈微真人说这还是燕宗主帮忙找的，就客气地道："还没谢过宗主，这个，麻烦你了。"

"无碍。"燕宗主下意识地回了一句，偷眼看看师叔，又有点疑惑地道，"我还以为尚未炼成。"

"早便炼成了啊，一拿来我就看了，非常惊人。"崔栖潮诚恳地道。

燕宗主忽然感觉到一丝不妙，真相和她想的可能有出入。

虽然内心的理智在告诉燕宗主最好别追问了，但她还是没能忍住，问道："我倒还不知道是什么模样……"

崔栖潮当即把那筒了摘了下来："宗主请看。"

燕宗主见谈微真人没有反对的意思，接过筒子打开后，在崔栖潮的眼神肯定下，往里头看。

一只凤凰正在梳理自己的羽毛，光彩夺目，宛如生时，甚至能隐隐感觉到一点温度，这一幕极为华美。不过除此之外，也没有其他什么了。

崔栖潮说："听说凤凰在神界，要不是真人用了这术法，我应该没什么机会见着凤凰。"

崔栖潮很有自知之明，以他理工男的感悟能力，飞升就不要想了。

所以这东西是真的除了能看个凤凰影子，就没其他作用了。

燕宗主缓缓地把法器放下来，看到师叔脸上甚至有得意之色！

“喀！”燕宗主把法器还给了崔栖潮。

怎么说呢？唉，竹米挺好吃的。

竹米当然是非常好吃的，尤其对凡人来说。

城主府有消息传出来，又来了两位仙师，正是托这两位仙师的福，崔仙师烹煮了凤取竹实，剩下一些，他让分给试验田表现出色的农户，还有几个苦苦研究的农官。

这普通竹实就极为难得了，竹子几十上百年才会开花，还不是所有竹子都会留下竹实，何况这还不是寻常竹子，是上古神兽凤凰喜爱的凤取竹的竹实。

竹米连带着大锅一起被送到农户和农官面前，一掀开，就露出两截碧绿色的熟米来。他们中有人见过普通竹米，那是发红的，个头和其他粮食比算大，但眼前这竹米，一颗即有手臂那么长，颜色如同碧绿的玉石，香味扑鼻。

经过一路运送，竹米当然发凉了，他们都没吃过凤取竹实，不敢确定能不能再加热，索性就这么吃。

但凤取竹米即便凉着吃，味道也是很好的，软糯清甜，凡人吃下后更有神清气爽的感觉，从喉咙到肚子，一股凉而不冰的舒服气息扩散开，五脏六腑都妥帖得很。

不知道是不是错觉，他们甚至觉得身体都轻了不少。

“我种了一辈子地，也没吃过这么好吃的米啊。”有个农户忍不住说道，碗里的竹米已经刮得一点都不剩。不愧是仙物，一颗就如此之大，一小碗便觉得十分饱了。

“你这不是废话？你这辈子种得出来凤取竹吗？”

他们这儿吃完，转天这消息就让整个万悦城的人都知道了，把其他人给羡慕得眼睛都要红了。

要说以往修真者对凡人有什么奖赏，都是因为这人聪慧，入了仙师的眼，到崔仙师这儿，种地种得好便有奖赏了。

凤取竹的竹实啊……消息传来传去，成了有几个农户吃完竹米后当场年轻了十岁，白发返黑了。

万悦城的农户对仙师带来的新技术本来热情就高，这下更是到了一个新的巅峰。

这时候也到冬天了，大棚的效果越发明显。

竹膜的透光率相当高，大棚周遭还在崔仙师的指点下设置了风障，用来挡风，又有草编的席子盖着加温，他们没法测算实际温度，只知道棚内温度比外头高了很多，尤其是光照充足的白天。

但是也不能一味地捂着，要适当通风换气。实际栽种中，其实还是有不少问题的，尤其是冬天棚内也容易产生病害。

还有长期这么覆盖着，雨水不能直接淋着，土壤中的盐分可能会积多，为避免盐渍化，施肥量上也要控制好。

反正纵然有各种问题，崔仙师都一一给大家提供了有效的解决方案。对出现的情况，他也是深入浅出地讲解，为什么会这样，该如何预防、解决。

飞光在万悦城住了一段时间，师叔祖也给他续好了灵脉。

原来燕宗主把飞光送来之后就走了，再回来的时候，飞光也恢复得差不多了。他原以为师尊是亲自来接自己，谁知燕宗主另有要事。

“师叔，”燕宗主找着谈微真人，慎重地道，“现有一事可能要您亲自出面，两界互通也有段时日了，各有损伤，原本妖族损伤更大，我们流露过几次和解的意思，妖族却太过好战。

“最近，我同几位道友在研究，是否能在两界之间再塑一道护墙，重新阻隔开人与妖。我们试着再给妖族传了消息，因为这术法若要实现，非得两族合力不可。但是妖族那边几个大族联合起来给我们回了信，说事情可以商量，但是要同师叔您面谈。”

“和我面谈？”谈微真人听着就觉得不靠谱，“找我谈什么？”

“我们猜测……可能是希望您将抓走的妖放了。”燕宗主说道，“师叔，弟子是这么想的，您乃绝响境修者，如今妖界也没有不死生境的修者，绝响境修者都在闭关，纵然出关，您也不至于脱不得身。可若是真能达成和解，封闭两界，战乱平息，实在是大功德一件。”

燕宗主的话说得非常直白实在了，谈微真人听罢，却是可有可无的样子，转脸去看崔栖潮。

燕宗主哑然：“那……师弟是什么意思？”

谈微真人傲然道：“你问他做什么，此事他难道做得了主？”

燕宗主心道：不是，那你别往崔师弟那里看啊……

崔栖潮也觉得这事没什么，反正不管停不停战，对他来说环境已经受到影响了，还是要继续囤粮的。小白的修为那么高，就算去谈谈，最后没谈成也就那么回事。

“那真人还是走一趟吧。”崔栖潮说道，“我就不跟着去了，大棚的课还没上完，正在说长期封闭可能产生有毒气体的问题。”

谈微真人立刻道：“我说过要你跟着了吗？”

燕宗主也立刻道：“师叔的意思是会去了？”

谈微真人：“去就去！”

就这样，谈微真人跑去约定好的混沌境谈判了，崔栖潮留在万悦城，继续推广竹膜大棚。

崔栖潮每天都是要出入芥子洞天的，现在芥子洞天那么多，他不是每个每天都进去察看，但轮也要几天轮一次。

可是大概在谈微真人走了五日后，崔栖潮准备去芥子洞天里看看进度，冬日到了，各地饥荒逐渐显现，他准备把囤粮放出去一批了。但就是这时候，崔栖潮发现怎么也进不去芥子洞天了。

初时崔栖潮还没想那么多，觉得是不是谈微真人给他做的钥匙保质期到了，要不就是出了其他质量问题。那时候已经是傍晚，崔栖潮就在外头吃了饭。

这顿饭刚吃完，飞光已来了，脸色极为难看，甚至有点不敢和崔栖潮对视。

崔栖潮忽然觉得有一丝不妙："怎么了？"

飞光哽咽着道："师叔祖……师叔祖身殒道消了！"

自师叔祖进混沌境，就杳无音信，但两界原本就不能传音，故此大家也未放在心上，五日对修真者不过转瞬而已。

可是就在一个时辰之前，羽陵宗的宗谱现出异象，师叔祖的名字浮了起来，闪烁着代表身殒道消的白光。

殿后的大钟不撞自响了三声，全部尚在宗门的弟子便知道有巡天境以上的本门修者陨落了。

这件事很不可思议，但它就是和绝响境老祖还能出关唠叨一样，就这么发生了。

越是修炼到后头，两个境界之间的差距越不是人数可以弥补的，原以为谈微真人前去妖界，纵然最后打起来，就如燕宗主先前说的，不可能连脱身都做不到，顶多和谈微真人守界七日一般劳累些。

就在师叔陨落后不久，妖族更是发动了又一波袭击。燕宗主眼下无暇分身，且心中悔恨，只好遣飞光前来报信。

崔栖潮也露出有些匪夷所思的神情，飞光只以为他和所有知道消息的人一样，是不能相信绝响境的谈微真人会在妖界陨落。

"陨落？怎么会陨落？"崔栖潮坐在椅子上，有点茫然。

难怪他进不去芥子洞天。那些芥子洞天理论上都是谈微真人的所有物，被他打上了烙印，崔栖潮只是借谈微真人的神识进入。现在谈微真人身殒道消，自然也就无法再做他的钥匙了。

这些芥子洞天的大门从此就要这么锁上了，除非再有人来将谈微真人的烙印抹去。而以谈微真人的修为，这人恐怕要花费几十上百年才有可能做到。

一瞬间，崔栖潮甚至走神地想：那里面还装了好多动植物、妖族，不过大多辟谷了，就算没辟谷也有东西可吃，不至于饿死……

小鲸游了过来，贴了贴崔栖潮的脸，好像也知道谈微真人不在了。

"师叔。"飞光握了握崔栖潮的手，眼含水光地道，"节哀，都是卑鄙的妖族所为！"

崔栖潮却沉思起来，很快整理清了思绪。这事到底该说是卑鄙的妖族所为，还是该问 LJJ 到底采取了什么举动？

惊了，这什么剧情，峰回路转啊！

这不科学，谈微这小人怎么死了？妖族藏了个不死生境的妖把他殴打死了吗？突然替天行道啊，我什么都没准备，好歹早说我去煮点红鸡蛋啊！

我怎么觉得我崔的表情好让人心疼啊，都有点无神了……

别伤心啊崔总，我都不忍心庆祝了，你们才认识多久，算了吧！

不是，你们怎么都找不到重点？可急死我了，没见着谈微一死，崔总之前都进不去芥子洞天了吗？田啊、粮啊、农奴啊，都没了！

可不是怎么的！笑不出，笑不出了！

第 88 章

# 新人物

“我暂时离开，如果有紧急状况，请通过驻城的修者联系我，我已经同他们打过招呼了。”崔栖潮对城主说道。

城主还不大明白情况有多严重，只知道崔仙师的师尊好像出事了，在这种情况下，他内心一阵焦急。虽然崔仙师的师尊出事这件事很紧急，但他也不得不担心自己的状况，崔仙师还顾得上那些农户吗？

原本他听说崔仙师要放粮，现在呢？

城主憋着不大敢问，只可怜巴巴地看着崔栖潮：“是，希望崔仙师此行顺心如意。”

“谢谢。”崔栖潮暂时也无法做出什么保证，方才他去找驻城的修者商量时，对方的眼中都带着一丝怜悯。

在今天之前，崔栖潮还是修真界的传说，不少人羡慕他。

但是一夜之间，崔栖潮的靠山陨落了，他也要从顶峰坠到谷底了。

虽然已经成为羽陵宗正式弟子，可谈微真人陨落后，羽陵宗看在谈微真人的分上还会照拂他一二，但也绝不会如谈微真人那样给他把境界堆上去，什么好的紧着他用了。以他的天资，若是无法进阶涤初境，人生也仅剩匆匆百年。

谁也没想到，这个传说如同流星一般，刚刚出现，就要坠落了……

对方的眼神里满满都是：看来还是自己修炼靠得住，靠师尊都是没定数的！

崔栖潮莫名其妙地又成了教育典型，他也无心理会，决定赶回羽陵宗，试一试和燕宗主商议，多辟得意田，赶着种出一批凤取竹米，此物产量高果实又非常能饱腹，可以解燃眉之急。

但崔栖潮有七八成把握，看在天灾与小白刚陨落的分上，燕宗主会答应，只是没有十足把握，他也不好开口宽城主的心。

崔栖潮骑上小鲸，和飞光一起回了羽陵宗。

他一入山，周遭又是一片同情的眼神。不过因为内部人员知道他发明了灵力武器，倒不会觉得谈微真人陨落了，他便也跌进泥里。

只是人人都知道谈微真人与崔栖潮关系紧密，现在一方陨落，对羽陵宗是莫大的损失，崔栖潮又何尝不是痛彻心扉？

看看，虽然崔栖潮面无表情，但他们都从中品味到了无法言说的痛楚……

崔栖潮沐浴着千奇百怪的眼神，上了金殿。

燕宗主坐在上首，一脸疲惫。她也刚刚从前线回来，见到崔栖潮，又打起精神来："师弟！"

她哽咽了一下："此事都是我思虑不周，没料到妖族与咱们分别万万年，有什么我们不知道的鬼蜮伎俩能够坑害师叔，我真是……"

"宗主，不至于。"崔栖潮握了握燕宗主的手，"此事或有转机，真人已是绝响境修者，兴许他其实避过了此劫，只是一时无法得知。"

他也担忧，但思索了很久，还是觉得无论从虚拟还是现实层面来说，都应该镇定一点。

如果小白是被妖族坑了，以小白的实力，也许只是金蝉脱壳；要是被 LJJ 给抓住了，那就等他出去再找 LJJ 谈谈，也有转机。

这话听在燕宗主耳朵里，则是崔栖潮至今仍不愿意相信师叔已经身殒道消的事实。唉，铜钟都响了，师叔必然是神魂俱灭，哪里还有逃过一劫之说！

燕宗主也不忍心戳破这个真相，只用力握了握崔栖潮的手："嗯！"

然后，崔师弟又开始用正事麻木自己，掩盖悲痛了，只听他说："宗主，还有一事。因为真人暂时失踪，芥子洞天全都无法打开。我希望能借用宗门的地，多种一些凤取竹，以竹米赈灾，解人间燃眉之急。"

之前说过，这天地灵气是有数的，平素得意田仅供一山数百人饮食，就是加速植物生长，也消耗不了太多。

但若是数城、数十城百姓的饮食，要迅速促成生长，这等消耗，羽陵宗便是有凝聚灵气的法阵，怕是也要被吸干了。

但此时此刻，要燕宗主如何能拒绝崔栖潮？她咬了咬牙，说道："此事我再和其他门派话事人商议，单单羽陵宗之力可能不够，需合修真界之力，赈济灾民。"

崔栖潮郑重道谢。

"唉，这有什么可谢的？帮他们也是在帮整个修真界。"燕宗主长叹了一声，"师弟，你回悬圃休息吧。我吩咐过了，悬圃的供应要一如既往，师叔也是为了人间才会赴此难，你是他唯一的弟子……"

燕宗主越说越难受，讲不下去了。

反倒是崔栖潮安慰了她两句，又道："悬圃我暂时不回了，有件事还想和宗主商议一下。"

"还有什么事？"燕宗主奇道。

崔栖潮整理了一下思绪，说道："先向您确认一下，与妖界之间，咱们现在还是占上风，对吗？"

"不错。这也多亏了你。"燕宗主说道。原本人界修者数量就多一些，加上崔栖潮的灵力武器，大大提高了作战能力，目前还稳稳压着妖族，只有极少妖能越过边境作乱。

“其实这些日子，我一直和被俘虏的妖族了解妖界情况。”崔栖潮说道。

这个燕宗主知道，自己也去问过，但她不知道崔栖潮说这个是什么意思。

崔栖潮道：“妖族性喜肉食，唯独偶尔需要摄入一定量的踪木草。万万年来，两界的生态环境早已不同，也有了各自的特点，像这个踪木草，人界是没有的。”

燕宗主勉强能理解生态环境：“嗯。”

崔栖潮幽幽地道：“我详细了解过妖界的土地、植物，原本只是打听打听他们的耕种情况，但是也无意中推测出来了，人界有几种动物能够威胁妖界的生态系统。”

在燕宗主有点茫然的眼神下，崔栖潮举例解释了一下：“比如人界随处可见的陆蚁，如果去到妖界，将会对踪木草以及其他某些昆虫造成非常大的威胁，它繁育快，产卵多而隐蔽，如果不遏止，很快踪木草就会急剧减少。而踪木草也不是凡草，用灵气促进生长也长不了太快。

“人界的露华洲鼠类在妖界也没有天敌，能够迅速繁衍，破坏植被，带去的病菌也将打破平衡，还有羽陵宗随处可见的地蛇……

“最后植被减少，畜牧业缺少饲料，病菌、寄生虫造成病害。如果数量得当，最显而易见的结果就是饥荒也会席卷妖界。很大一部分妖要吃不饱了，如果不知道怎么治理，也很难恢复从前的生态。”

生物入侵有自然也有人为，自从交通便利后，人为的较多。即使在崔栖潮生活的年代，往来各个星球也是需要严格检查的。

对这个时代来说，有些影响尤其恶劣的外来物种会对整个生态系统造成打击，从农业、牧业到渔业，甚至对人类的身体都有伤害。

崔栖潮说，如果是修真者在幕后操控，能够让外来物种的杀伤力也成倍增长。

燕宗主惊呆了，这是无意中推测出来的？你无意中到底在推测些什么可怕的东西啊？灵气动力系统不会也是“无意中”推测出来的吧？

燕宗主算是大概理解了崔栖潮的意思，而且她完全相信崔师弟说话的靠谱程度！

崔栖潮坐着，燕宗主站着，她低头看去，只觉得师弟那张淡定的脸上好像有黑影笼罩。师叔一陨落，师弟该不会是要为他报仇吧？

“其实我一直不是很想说这件事，毕竟妖界的地是无辜的，最主要的是，与我也没有太大干系。人不犯我，我不犯人。”崔栖潮皱了皱眉，“但追根溯源，都是因为妖族如此固执……我想，还是说出来由宗主做决定吧。”

“对了，也许饿着肚子时的妖，会比较好商量事呢？”崔栖潮多说了一句。

无论在哪里，人族还是妖族，修为都是呈金字塔状分布，没能力催生植物、拥有存粮的才是大多数人。

何况妖族在纯肉食之余，多数妖还得按时吃能够补充大部分需求却无法催生的踪木草。他们对生态系统也不了解，单靠自己，很难破局。

到底是选择继续饿肚子还是求和，吃饱？

如此一想，燕宗主有点坐不住了："我要细细考量此事。"

崔栖潮很镇定地起身："您也可以测试测试我所说的这种模式。现在我就先回去了，凤取竹的事要请您多上心了。"

"我知道。"燕宗主恍惚地道。

崔栖潮一个人回了悬圃，遇到了来给他照顾菜地的杂役，他离开期间，都是杂役来给他照顾菜地，当初还是同一期进入羽陵宗的。

那杂役行完礼，也不由得多看了崔栖潮几眼。大家都是杂役，崔栖潮这一年以来的日子可是波澜起伏，叫人目不暇接。这个时候，他还真说不清该不该羡慕了，这样的落差，崔栖潮真的能接受吗？

崔栖潮哪知道这杂役还一脑门的八卦，直接让杂役不必忙了，自己仔仔细细检查了一遍。

燕宗主四处奔波，与修真者各大门派商议两件事，一是借地种凤取竹赈灾，二则是商讨对妖界的生态系统发起攻击是否可行。

燕宗主考虑了一下，最后还是没说崔栖潮就是那些灵力武器的发明者。

好在各位同道在第一点上几乎没有犹豫，有些门派自己还储藏了凤取竹，连种子都不必要了。

至于第二点，燕宗主也没说是谁提议的，他们在震惊之余，觉得还要细细商讨可行性才行，这件事可比种凤取竹要大多了。

各大门派都在自己的地头多辟了得意田，种下凤取竹，没日没夜地催生，如此终于得出了足够的竹米。

各门派的弟子再按照驻守之地，各自负责将竹米分发，原本饥荒导致民怨四起，人数之众，国库无力抚恤。幸而修真者驰援，有他们坐镇，灾民连起哄也不敢，老老实实地领了竹米。

此时更有消息在九州流传，最先推广竹膜大棚的万悦城冬日里还在种粮食，受到的影响也极小。

因为耗费大量灵气催熟凤取竹，也多出来许多竹膜，大棚技术从芳草洲开始大肆推广，灾民有事可做，也不至于失去信心。

一时间，虽然是凶年，倒也处处平和。

LJJ 今夜无眠，林琳亲自坐在程序员们身边督阵，虽然她对技术方面的事不是太懂，但足见重视程度。

这是一场对"小白"的围剿战，这一段外来数据由不知名之人控制，完全不属于 LJJ。他们对对方的了解甚少，此前仅限于"小白"这个崔栖潮起的名字，如今只能以其作为代号。

整整四季节目，他们一直在与对方周旋，前三季甚至无法确认对方到底是什么性质的存在。

这一次，他们特意改了妖族的程序，将小白引过来，想把小白给搞定，再趁这个空当，换上由己方程序员扮演的“小白”。

不让小白直接消失，也是因为观众虽然一致骂小白，却也骂出了高人气，“谈微”这两个字基本和魔鬼画等号了。

至于为什么这次他们有信心大肆围剿小白……还要感谢崔栖潮。

当初他们找到小白在修仙世界的化身，就是因为崔栖潮引得对方波动太大暴露了，这一次，则是某日一个程序员突发奇想，从“谈微”这两个字开始搜索，“我就想……他一开始是用这个名字折磨崔栖潮的，这么爽的事，有没有可能是用的和自己真实身份有联系的名字？”

谈微真人的道号一直是摆在明面上的，谁也没觉得这会是线索。直到这个程序员的奇思妙想产生，才发现这两个字也是经过篡改的，原本的建模里根本没有谈微这个名字，可能是小白起的。他们再去查谈微这两个字，就有结果了。

小白这个嚣张的家伙，居然一直用自己的真名当作虚拟位面的名号！

在这样的前提下，他们掌握了一定小白目前的信息，这才有把握进行围剿，一旦抓住小白，人赃并获，他们还能依法起诉小白。否则单单有谈微的信息，也无法证明他们之间的关系。但是也一定要一次成功，不然以这个谈微的本事，谁知道他会溜到哪里去？

这将是LJJ技术部雪耻的一天！

林琳觉得自己只是打了个盹而已，就被摇醒了：“林总监！”

“怎么，怎么？”林琳惊醒，“抓到小白了吗？”

“失败了。”

林琳看到一双双熬红了的眼睛，揉着太阳穴道：“怎么说？不是很有把握了吗？”

她很想发火，但她知道大家都熬了很久，所以也不忍心责备他们。

“小白实在是太狡猾了，非常敏锐，一察觉到我们动手了，就迅速把一切痕迹抹平，包括谈微真人的数据也都毁了。现在虚拟位面里，已经判定谈微真人死亡了！”

这一跑，小白有了警惕心，他们再想获取他的真实信息就难了。

林琳差点吐血，“死亡了？那芥子洞天里的人和地怎么办？”

她都急得要飙脏话了。她可是知道崔栖潮在芥子洞天里有多少地，头一件想到的事就是谈微死了崔栖潮进不去芥子洞天了。

“不行不行，这样崔栖潮出来后一定不会罢休的，他现在人气多高你们也知道，绝对不能让他误会我们坑他。”林琳急道，“对了，现在立刻重新建模，再捏一个谈微真人，派我们自己的人去帮他把芥子洞天解锁！”

程序员们也意识到现在问题有多严重，还能怎么办，还不是只能继续加班？

林琳喝了杯提神饮料，趴在旁边继续看。

结果这边建模还没赶完，那边助理已经一脸慌张地来报告："总监，实时数据里显示，出现了一个新人物……"

以燕宗主为首的各大门派之主激烈商讨后，各自做了实验，确认生物入侵的确有可行性。

在这个基础上，他们甚至发挥了创造力，认为应该给入侵物种下一种可以在血脉内延续的毒，令生物既能在一定时间内发挥破坏力，又不至于成为妖族的食物——从现实角度来说，谁知道有没有妖族是用华夏人建模的，什么都吃？

各种想法层出不穷，有时候听得燕宗主都冒冷汗。

正在这时，异变再生。

妖族忽有消息传来，他们想再次与人界商讨议和一事。

燕宗主火冒三丈，是可忍，孰不可忍！

用不知什么伎俩阴了谈微真人后，妖族还敢来说什么议和？要不是他们商讨的事是绝密，燕宗主都要怀疑妖族知道他们想破坏妖界的生态系统了。

原本修真界是要断然拒绝议和一事的，可妖族应该知道他们所想，自个儿说了，他们会派己方一位绝响境的老祖前来人族议事。

众修者哗然。

妖界的绝响境大能不是都在闭关，怎么和谈微真人一般出关了？今年到底是什么年头？怪事接二连三。

众人再一想，难道谈微真人就是被那人阴了？现在妖族提出这个要求是在挑衅吗？他们的绝响境老祖大摇大摆地过来，有本事自己这边也将其阴了？

一时间大家激烈争论起来，执什么意见的都有。

有的认为就不该回应这种挑衅，即便对方有绝响老祖上阵，他们也应该抓紧时间投放入侵生物，宁为玉碎不为瓦全。

有的则认为还是先假意应下，拖一拖，不然对方真恼羞成怒

还有人说不如咱们试一试，能不能真的把他们那个绝响境的妖给弄死，事在人为嘛。

众人好一番探讨，最后还没个定论，那名绝响境的老祖已经过了混沌境，大摇大摆地叫驻守边境的修真者带路。

这一位绝响境的老祖可不得了，据说是妖界现在境界最高的存在，号称隐江老祖。说是绝响境，其实人家都快突破绝响境，到达不死生境了！

面对这样一个人物，人族修者怎么能丢了气势？既然人家都不请自来了，九州之内，皆如无人之境，索性大方接待了。

燕宗主也是这时候力排众议，命人将隐江老祖接到了羽陵宗来。

"当今修真界无人知道，当年方寸祖师布下护山大阵，既能对外，也能对内。"燕宗主沉声道，"既能护山，也能降魔，只是从未动用过。一旦动用，羽陵十二主峰也

将被夷为平地！”

听者皆胆战心惊，方寸真人惊才绝艳，读尽羽陵藏书，能够设计出这样的阵法也不足为奇。

羽陵宗的护山大阵是方寸真人飞升前留给宗门的最后一样东西，它能够降住接近不死生境的妖族老祖吗？

赌上了宗门十二主峰，燕宗主也要试一试，否则人界又有何人能挡住这位隐江老祖？

燕宗主将十二主峰的弟子都遣离了宗门，孤注一掷地迎隐江老祖入山。

众多门派的掌门人也亲自到场，要与燕宗主共进退。

那位隐江老祖只是孤身前来，脚下一片白云，身上一袭白衣，面貌如青年，气息却深不可测。

燕宗主站在金殿前，面无表情地一抬手：“请。”

隐江老祖随意地四下看着，表现得像是第一次来这里，又像是在寻找什么。

“请！”燕宗主皱了皱眉，再次道。

隐江老祖的目光定在一处，忽然不动了。

燕宗主随着他的目光看去，原来是崔栖潮正骑在小鲸上路过。他也在撤离之列，只是悬圃有许多瓜果，他收了一阵，这时候才打包好离开，正在旁边的雾海之中。

崔栖潮也远远地看过来，应该是在看这位传说中极有可能阴了谈微真人的妖。

燕宗主心头忽然一紧，上前一步拦在隐江老祖眼前，正要说话，这隐江老祖却纵身一跃，从她头顶飞身扑入雾海，而后团身变作一只巨兽，踏云奔跑。

隐江老祖的妖身比小鲸差不了多少，通体雪白毛发，两只尖耳朵，一条长尾巴，叫起来喵喵喵震声响，几步飞踏至崔师弟面前，一爪踩住小鲸，便在崔师弟的头脸上亲昵地舔了个遍！

第 89 章

# 百分百吸引绝响境

崔栖潮几乎在看到隐江老祖的妖身的第一秒就认出了他是谁，或者应该说崔栖潮听说了妖界有这么一位相当于绝响境修者的妖出关，甚至要求来人界议和后，就有点想法了。

现在，隐江老祖的眼神、跑动的姿势、舔他头脸的动作，也无一不暴露了对方的真实身份，这就是小白……的另一个马甲。

当然了，对小白把他的脸舔得满是口水这件事，崔栖潮还是要稍微谴责一下的。这体形实在太大了，小白难道没有意识到这个动作现在做来已经不合适了吗？

崔栖潮也没带帕子，用衣角随便擦了一下，把小白的脑袋给推开了。这个动作看在旁人眼里，就是抗拒啊！

燕宗主一干人都快要吐血了，心情不知道多复杂。

尤其燕宗主，更是心头火起。师叔尸骨未寒，怎能让他唯一的徒弟被妖族这般戏弄！

燕宗主正要阻止，却见隐江老祖一口叼着崔栖潮背上的衣服，将他甩到了身上，奔跑回来，猫嘴一张，口吐人言。

“这就是羽陵宗第一高手谈微真人的弟子吗？我与他一见如故，商谈后想邀他去妖界做客。”隐江老祖说道。

燕宗主满脸赤红，这个隐江老祖分明知道师弟的身份，他这是为了羞辱师叔、羞辱整个修真界！

什么邀请崔栖潮去做客？这分明就是在抢羽陵宗的人！真让隐江老祖如此做，她有何脸面去见羽陵宗历代祖师？

燕宗主强忍大骂的冲动，保持着理智道：“若是一见如故，阁下可在敝宗多停留几日。”

回头就劈死你！

崔栖潮被小白丢到背上，陷在他柔软的皮毛里，感觉到身下的肌肉起伏，小心抓着他的毛坐了起来。只见身后小鲸焦急地跟来，在小白身后游来游去，却不敢靠近，因为小白那条看似柔软的尾巴正有一下没一下地甩动着，非常具有威慑力。

崔栖潮再往前看，则是燕宗主等人复杂的眼神。

燕宗主尤其关心，看到崔栖潮爬起来，就示意他下来。

崔栖潮开过飞船，骑过马、牛、鲸包括一众外星动物，但还真没骑过猫，想了想，往前，抱着小白的脖子想往下爬。

小白轻巧地一伏身低头，崔栖潮的双脚就落地了，而后小白再变回道体，身形仍是十分高大的，比普通人高太多。

崔栖潮深吸一口气，说道："宗主说得是，我便先不离开了，一道接待隐江前辈。"

燕宗主面沉如水，只见隐江老祖还一直盯着师弟看，火冒三丈，一个侧身挡在了崔栖潮面前。那隐江老祖还流露出不满的眼神，她只当没看到。

其他掌门也皆在心中唏嘘，他们一个个都还站在这儿，隐江老祖却视他们若无物，直接抢人，真是令人大感憋屈！

这就是实力至上啊，纵然他们还是人界修真界有头有脸的大人物，在这妖族老祖面前，也只能忍着。

再看看气愤的燕宗主……唉，现在只能看燕宗主的了，但愿方寸真人当年的设计能够制住隐江老祖。

崔栖潮是知道燕宗主的计划的。虽然不知道小白从谈微真人到隐江老祖这个马甲之间发生了什么，但是既然都是安然无恙的小白，那就不应该再实施破坏妖界生态系统的计划，也不应让燕宗主把小白给劈了。

其实引动阵法对燕宗主来说也是最后一招，崔栖潮知道这一点，一进门就率先开口，暗示小白："听说隐江前辈来人界是想议事，不知想议何事？如今两界之间最紧急的，就是战事了吧。"

议什么事？小白来就是为了和崔栖潮会合啊，听崔栖潮这么一说，他倒是立刻反应过来，淡淡地道："不错，正是此事。"

在场之人面上倒有点淡淡的古怪之色，尤其是除燕宗主以外与崔栖潮接触不多的人。这么多高境界的修者面前，崔栖潮如此镇定，甚至主人般开口挑起话题。能成为传奇人物，果然是有些本事的嘛……

燕宗主的心提了起来，真的要议战事？隐江老祖这态度，不会也主张议和吧？

小白也是贱的，跷着脚道："我有意命妖族停战，还需人界配合，也一道停了，想必你们也是愿意的吧？"

愿意，他们怎么不愿意！

燕宗主精神一振，点了点头。

"那便容易了。"小白说道，"妖族各自为战，但若有反抗者，我自会处置。还有一事……"他说着，扫了众人一圈，叫人心头一跳，颇感不妙，"我还可以与你们一道修出护墙，重新隔离人妖二界，但是，他必须和我回妖界。"小白旧事重提，指着崔栖潮道。

燕宗主实在忍不住了，一拍桌子："你当我羽陵宗是什么地方！"

“宗主！”崔栖潮也霍然站起来，按了按燕宗主的肩膀，放缓了语气道，“师姐，少安毋躁，议和是大事，咱们慢慢谈。”

小白想贱贱地说一句“没得谈”，看见崔栖潮不动声色地给了一个警告的眼神，又没滋没味地闭嘴了。

燕宗主听到崔栖潮难得喊了声“师姐”，这才冷静一点，冷着脸坐下来。

“我们可以先谈一谈细节。”崔栖潮不知不觉开始掌控节奏了，“妖族有哪几族是听凭前辈调遣的？”

妖族虽然都是各族群分开行事，但总有关系亲近、附庸他族的，尤其隐江老祖现在是妖界唯一出关的不昧身妖族，他讲话很有分量。

小白细数了几族，说着说着，又忍不住道：“哎，你师尊的芥子洞天不是封着吗？你拿来我帮你开了。”

众位掌门都要麻木了，这妖还挺了解情况……

燕宗主虎着脸道：“不劳费心。”

“那你来费心？你打得开吗？得花几百年？”小白毫不客气地怼了回去，“我的修为比他高，一会儿便抹去烙印了。”

燕宗主一时无言，没法反驳。

还是崔栖潮镇定，甚至不动声色地道：“那就麻烦前辈了。”

这也不出奇，燕宗主是知道崔师弟很重视那些芥子洞天的，再说了……她冷静一点后哼笑道：“说得也是，芥子洞天中还有成百上千的妖族俘虏，阁下上心也实属正常，不知里头是否有阁下族中后辈？”

小白只当没听到，不吭声。

就这么反复跑题又被扯回来，聊些鸡毛蒜皮的小事，半天的时间就过去了，眼看形势僵持，崔栖潮提议：“不如暂时到此为止，前辈远道而来，也休息休息。”

他们不用休息，崔栖潮这个撄宁境的人也得休息休息。

“就依师弟所言吧。”燕宗主都懒得问隐江老祖的意见了，就算知道开罪不起对方，但这妖实在太可恨了！

刚好他们这边也需要一些时间来商议。

小白当然也不会有意见，还想说自己住悬圃去呢，被崔栖潮岔开了。打从 LJJ 抓他失败了一回后，他是越来越嚣张了。

出了金殿，就看到飞光也在外头，探头探脑的。见到他们出来，飞光便垂手站在一旁。

原是崔栖潮早该出去了，飞光奉命照应崔栖潮，却不见他的人，就寻了过来，看到小鲸在外头等着，便也等了半天。

飞光来得正好，燕宗主说道：“飞光，你领这位妖族前辈下榻崔巍峰。”

飞光汗了一下，面上却不动声色：“前辈请。”

他心想：幸好隐江老祖是打外头来的，不知道崔巍峰是什么地方。

崔巍峰上都是些杂役所在，比如珉糜珠餡楼和得意田也在崔巍峰。燕宗主真是烦透了这妖，才打发他去住崔巍峰，那里的杂役也都搬走了，正巧空出许多院落来。

小白才不在意自己被安排在哪里，他知道崔巍峰是什么地方，那又怎么样？前脚飞光把他送到崔巍峰，后脚他就自己溜去悬圃了。

崔栖潮也回了悬圃，今日是没法离开了。他正站在院中，小白就从后面扑了上来，在接触到崔栖潮的瞬间，便又化作猫身，把崔栖潮摁在地上。

实在是……太爽了！

这就是小白一直幻想的场景，他，大猫，把崔栖潮玩弄于股掌之中！

小白小心地把崔栖潮翻过来，巨大的爪垫轻轻摁在崔栖潮的胸口，猫眼眯了眯，轻佻地问道："谈微走了那么久，你想不想他呀？"

崔栖潮沉默了一会儿，才如他意地道："想了。"

崔栖潮历经四个位面，在这些位面里待了几十年，小白一直陪伴在身旁，就算一开始怀疑小白，慢慢也亲近了。主宠的模式一时难以改变，但也是同伴。

小白得偿所愿，爪子一伸，把崔栖潮的衣服给扒了，这才高高兴兴地坐下，抬起爪子比比画画，越发觉得这个体形差自己非常满意。

"你这是什么情况？"崔栖潮拍了一下小白的爪子。

小白满不在乎地道："LJJ 想抓我，我就把真人的数据给毁了，又搬了个家，所以现在才上线。"

而且他还惦记着崔栖潮的芥子洞天和妖界那些地，于是特意捏了个妖界大能的数据，在满足自己的私心之余，也能让崔栖潮得偿所愿。

小白没说出来，崔栖潮却也能想到他那些用心："你有心了……但是这样一来，LJJ 那边该恼了。"

"早就恼了！"小白说道。

其实从他被 LJJ 发现踪迹，还要进入修真位面自创角色开始，就有些失控了。但当时小白出于激动状态，一心回来虐崔栖潮。

以人形状态相处后，小白觉得自己的斯德哥尔摩综合征越来越严重了。

这是很奇怪的，崔栖潮严格的时候居多，偶尔对人温柔，就显得那么好，几乎让小白怀疑这是什么精神控制的手段了。

猫形态由于建模，对他还是有一点点影响的，当然也可能像很多认识的人说过的那样，他就是手贱，否则怎么会黑进 LJJ 的系统来？

而在以人形接触时，原本寻常的动作，竟让人有些不一样的感受。从前小白会暗恨崔栖潮竟敢把自己当猫，现在崔栖潮再像对待猫一样对他，他却一边飘飘然，一边慢慢地感觉到一丝不满。

明明已经知道他不是猫了呀……

再后来，在 LJJ 的围剿下，他不得不擦去所有痕迹。按理说，他不应该再冒险进入 LJJ 的系统了，也已经反思了。可最后，小白还是没忍住，更加高调地出现在修真位面，也许是不想在崔栖潮眼前落荒而逃吧。

崔栖潮不知道小白一刹那间千回百转了那么多念头，只知道小白那剔透的蓝色猫眼正一眨不眨地盯着自己。因为看过小白的人形，他几乎想象得到这表情转换在人脸上会是什么样子。

崔栖潮摸了摸猫头，当然，其实他只是摸到了巨大猫头嘴边那一小块地方："小心被抓了，我还得带盒饭去探监。"

小白的心猛跳了两下，又觉出这巨大猫身的不便之处了，他都没法像以前一样把头随意搁在崔栖潮身上了，他嘀咕道："谁要你来看了。"

崔栖潮也不清楚具体情况，只能斟酌着劝道："你自己要有点数，在这里我就不说太多了，以免被发现。"

说到底，这隐私保护机制虽然有法律保护，但 LJJ 真想徇私还是有渠道的。

小白了然地点头。

"本来你不回来，我差点对妖界动手了。"崔栖潮轻笑一声，把他原本的计划还有燕宗主的打算说给小白听。

小白想：好险，他晚来一步妖界的地就没了！崔栖潮还不哭死！

"既然你回来了……"崔栖潮目光如水地看着小白。

小白睁大眼睛："嗯嗯。"

崔栖潮："还不快把芥子洞天打开？之前你自己是怎么说的？"

小白："哦。"

"师姐，这件事我已经认真考虑过了，我和隐江前辈一起回妖界。"崔栖潮平静地对燕宗主说。

相对于他的平静，燕宗主堪称狂躁，身上散发着可怕的气息："我现在就让飞光把你带走，我去启动阵法。"

"师姐！"崔栖潮拉着燕宗主，"你不要想歪了，是这样，隐江前辈说了，妖界畜牧业比较发达，他想请我去指导一下农业发展。"

燕宗主一瞬间有点窒息，虽然师弟找了一个荒诞但以他的自身条件来说非常真实的理由，可她还是一下子觉察了师弟的想法。

师弟只是想牺牲自己一个，换取人妖两界的和平！

但她怎么能允许这种事发生？无论师弟还是陨落了的师叔，都会不得安宁。再说了，妖族奸诈狡猾，安知隐江老祖是否只是在戏耍他们？

崔栖潮又劝了几句，讲讲妖界的土地，展望妖界肉类制品说不定还能输出人界之类的。

“师弟，你让师姐再想想。师叔陨落了，师姐实在不忍你受这样的苦，去那畜生手里。”燕宗主闭着眼睛道。

沉默半晌，崔栖潮才道：“好的，那我先回去了。”

他一离开，燕宗主便睁开眼，冷着脸向外走。

想想？她现在就去让飞光把师弟带走，然后启动阵法，劈死隐江那老妖！

燕宗主还未踏出门，就听到崔栖潮的一声惊呼，她心中一惊，追了出去，只见隐江老祖不知何时出现在外，崔栖潮被他安置在身后。

隐江老祖眼中现出一丝狡猾的笑意，开口道：“燕宗主，我在人界水土不服，不便再多留，崔栖潮我就带走了。昨日承诺过的事我一定会践行的，还请放心吧！不必送了！”

“老贼尔敢！”燕宗主大怒，见隐江老祖携崔栖潮踏云逃离，急忙抛出法器追了上去。

可是二者境界毕竟相差甚远，眼见距离越来越远，隐江老祖已遁入混沌境，离开了人界范围。过了境，便是大批妖族驻守之地了。

燕宗主又气又急，身形一晃，几乎坠下云头。

混沌境那一头，妖族的妖们见隐江老祖背负一人回来，纷纷迎了上去，好奇地道：“老祖，这是谁呀？”

妖族对隐江老祖去人界要做什么也一无所知，心里倒是期待得很，可是人界好像没发生什么大乱，倒是老祖带着一个低境修者回来了。

崔栖潮也跟着风计耘学了点妖族语言，临场倒也能听懂只言片语。

“境界很低啊，若不是您护着，连混沌境都过不了吧。”

“咦，那难道是人族哪个掌门的孩子？”

“人族可是俘虏了不少咱们的同族，老祖这是以彼之道还施彼身！”

“那正好，咱们可以把这人煮汤分着吃，再送一杯给那头的人族，哈哈哈。”

小白一脚就踹在那妖身上，把他从云上踹下去了，凶巴巴地道：“吃谁呢你？谁敢动他，就等着神魂俱灭吧！”

这一刻，妖族的妖们发出了无数人曾经发出过的疑问：老祖是不是中蛊了？

先说，我不是想谈微了，但是他一走也太虐了吧。芥子洞天打不开，我崔每天都好忧郁啊！虽然还是在忙碌，可我总能在他身上找到挥散不去的淡淡哀愁，君失耕地我失意……

你们戏会不会太多了？

可以……这很帝王血脉，你崔就要统一人妖两界了！

噫，怎么妖界也有大佬出关了，是大boss吗？我崔的计划会被这个妖阻挠吗？

激动，崔老爷会不会一炮轰过去报仇？

莫名熟悉的感觉，我的手指开始颤抖了……

这啥！百分百驯猫高手还是百分百吸引绝响老祖体质！只要是猫或者绝响境老祖在你崔面前都会变成这样吗？

事到如今只能请女频的姐妹来分析了，我看不动了。

第 90 章

# 种地，有前途

就像谈微真人在人界曾经是个威名赫赫的人物，隐江老祖在妖界也是传奇级别的人物，流传着不少他的传说。

被这样一个不昧身境界的老祖威胁，被踹的妖都没敢动用功法，硬生生压抑本能，在地上砸出了一坑。

其他妖的心里也像被砸了一个坑，呆滞中带着震惊地去看那人族的俘虏。隐江老祖为何中蛊一般护着这人？这人的修为、年龄应该不超过百年，隐江老祖闭关都千年了，他们认识至多几日吧！还是说这人有什么他们不知道的特殊身份？

崔栖潮都醒来了，还大摇大摆地坐在隐江老祖背上，甚至往前爬了爬，骑在他头上，手揪着两只耳朵。

妖族的妖身是很微妙的，为了方便，驮人驮东西倒没什么，但像崔栖潮那种姿势，骑在头上，还揪耳朵，这简直是坐实了老祖和那人之间关系不简单！

崔栖潮则是扯了扯小白的耳朵，对他鲁莽的行为有点无奈：“燕宗主还在后头，你把人给气坏了。”

“嘿嘿，我知道。”说着，小白又下令，不准这些妖再越过混沌境。

“为什么？”妖族的妖们又是哗然。

小白：“我同人族做了交易，只要他们同意崔栖潮，”他眼睛往上看了看崔栖潮，又接着道，“和我一起来妖界，便就此议和。”

妖族的妖们不知道这个交易呀！而且为什么这人来了，就要议和？

虽然他们都尊敬隐江老祖，但敬的是他的修为，并非所有妖族都直属隐江老祖所属的族群、附庸。

他们很不愿意，但直面隐江老祖时，乍然之间，都有点敢怒不敢言。

“还、还请老祖三思，若就此罢手，人族该怎样看咱们？”有妖涨红着脸道，一对上隐江老祖的眼神，又胆怯地低下头，“老祖身边若是缺了侍奉的小妖，无论猫族，或是亲近的虎豹等，都会献上猫女、豹女……”

话还未说完，小白就愤怒地说：“闭嘴！还要什么猫！”

小白也没解释的意思：“休要胡言乱语，不知好歹，我把人接来，是为了指点妖族农业的，看看如今妖族良田无数，却无妖耕种，岂非暴殄天物！”

妖族的妖们蒙了：什么、什么农业？谁要发展农业了？我们妖族不想吃大米啊！

可隐江老祖很干脆，不再与他们废话，忽而变为人身，单手接住落下来的崔栖潮，另一只手从虚无中拔出一柄长剑，在地上一划，白色的荒漠中立刻多出一道深深的沟壑，残留着嚣张而锋利的剑意。

“要想过境，就先接了我这一剑！”隐江老祖说罢，带着那人族的俘虏又遁往远方，眨眼间不见了，只剩下一干妖族的妖呆呆地面对那道剑意。

不愧是不昧身修者！

隐江老祖这一剑，留下的剑意通天彻地，横贯千里，阻在混沌境之前，久久没有消散。让人想起上古时期的剑仙在遗迹留下的剑意，历经万万年，剑气仍然冲天，成为剑修们砥砺剑法之处。

要想进入混沌境，必要隔着时光接这一剑。可当今妖界，甚至再加上人界，可有人敢接这一剑？

不错，两界之间的连接之道越来越大，可隐江老祖留剑意于此，更是一道警告，好叫妖族的妖都掂量掂量，你能避过这道剑意，但能避过隐江老祖本身吗？

对比妖界的波澜，人界也不逊色。

隐江老祖是在众目睽睽之下把崔栖潮带入妖界的，燕宗主又亲自追到了混沌境外，此事不知被多少修真者看到了，加之在羽陵宗的诸位掌门也知晓隐江老祖的要求，根本瞒不住天下人。

要不了多久，崔栖潮被隐江老祖掳走，还是以两界休战为条件的消息，便传遍修真界，甚至连少数凡人也知道了。

从崔栖潮进入修真界起，大家就一再为他跌宕起伏的经历所震惊，本来都以为自己已经麻木了，但现在，传奇居然再度扬帆起航，还航到妖界去了！

稍微有点理智的人还会思考一下，也许隐江老祖有别的心思，比如想羞辱羽陵宗，劝其他人不要疯狂编造谣言了。

直到他们发现，不久后，真的没有妖族的妖敢闯入人界了。

这还能说什么？隐江老祖要是想羞辱任何人，犯得着这么做吗？

看来看去，最惨的还是谈微真人了，尸骨未寒，唯一的徒弟就被妖族掳去，难怪羽陵宗上下怒气冲冲，誓要找妖族算账。

此事颇有争议，可如今妖族已然停战，却是燕宗主不肯罢休。

总有那么些人，觉得事不关己，人不是他们出的，脸也不是他们丢的，既然都这样了，何不就此打住？舍崔栖潮一人，救了万千无辜。

燕宗主此时才将灵力武器的发明者以及破坏生态系统那个计划的提出者正是崔栖潮的事情说了出来，然后恐吓大家：不错，隐江老祖已经把人掳走了。可你们就不怕崔师弟去妖界后心灰意懒，还见没人救他，生出怨恨，反过来对付人界？

要知道，他能设计妖族的生态系统，就更能设计人族的生态系统，别提还有灵力武器的设计了。

燕宗主还有一件事没说出来，因为此事十分重要，不好随便透露，要留着做最后的撒手锏——崔师弟的芥子洞天里还有六个绝响境的老头，要是为妖族所用，自个儿去想想吧！

一时间，整个人界、修真界和妖界那些被恐吓的妖全都陷入了讨论，到底战还是不战？能战还是不能战？

芥子洞天内，这里的气氛不比人、妖二界轻松，自从谈微真人陨落后，这里再没人进来，大家隐隐也知道谈微真人可能发生了什么不测。

要不是还有绝尘子他们几个老头镇着，加上多日来的习惯，许多妖怕是都不想动了。

风计耘不属于趁机偷懒的一个，还在认真干活。

倒是来的时间不长、被洗脑不深的大哥风不期动了不少念头，怂恿着风计耘："这么久还没进来，必然是出事了，崔栖潮还说要把粮食搬走的，却没进来，你想想啊……"

风计耘闷声不说话。

"你是不是中毒了？"风不期拍他的脑袋，"你别被迷了心，仔细去想想，种地，太可笑了，你们还赛着种。这不过是人族的计谋，算计你们比拼，消耗气力。依大哥看，应当趁此机会，收拢其他妖族，偷偷积累灵力，一旦恢复了，便对付那残魂。一旦能出去，咱们还有机会……"

他给风计耘使了个眼神。

风计耘叹了口气："大哥，那你就没有想过也许他们没什么事？谈微可已是人界的不昧身之境！"

"不昧身很难得吗？崔栖潮的芥子洞天里不是还有六个？"风不期冷冷地道。

风计耘一时无法反驳："你明明知道不能这么算！"

崔栖潮这个属于奇遇啊，虽然以前也没听过谁能一次性奇遇六个……

风不期意味深长地道："小弟，你被关久了，不会真以为种地能有什么前途吧？睁眼看看吧，你再不动作，那些饕餮也要有动作了。"

风计耘浑身一震，竟有些茫然。他这"耘"字，耕耘的耘，难道真的不值什么吗？

在有心者的鼓动之下，芥子洞天内的气氛也怪异起来，干活的妖越来越松懈，唯有农机还在一如既往地耕种。

只是随着他们各动心思，绝尘子等人毕竟只是残魂，无法掌控太多，这些妖都各出心裁，好慢慢保留一些灵力。绝尘子等人心里清楚，却也无可奈何。

穷奇与饕餮新旧两派最大的势力本就互相看不惯，现在没了人弹压，他们的摩擦也越来越多。风计耘手里有农机，这日饕餮就想抢过去用，双方吵嚷起来。

争着争着，双方就要动手了，但大家都不舍动用那点儿好不容易攒下来的灵力。

怎么办呢？用工具吧。

双方纷纷抄起各自的耙子、锄头，殴打起来。

好一出村民械斗的场景，打得正热闹呢，突然眼前天地改换，陡然间他们就从芥子洞天出去了！

“哎哟！”妖族的妖们挨挨挤挤地摔在地上，抬眼一看，先是心头一紧，因为看见了崔栖潮。

但是很快又是一窒，因为崔栖潮旁边还立着一只巨猫，妖气浓厚，世所罕见，明显是猫族的妖。

众妖一阵狂喜，不见谈微，只见崔栖潮和这位猫族前辈，他们这是得救了吧？

风计耘还茫然着，风不期与一个饕餮已经一个滑跪就冲了出去，你一句我一句地说起来。风不期甚至抽空给风计耘抛了一个眼神：看吧。

风计耘怅然，这是，结束了……

风不期趴在那猫妖面前恭敬地道：“前辈，我等是被人族俘虏的妖，我乃穷奇风家的人，多谢您的救命之恩。”

饕餮也大声道：“前辈大恩大德，饕餮没齿难忘，必有重谢！前辈若能再将这人交给我折磨，以解心头之恨，饕餮族一定会奉上更多珍宝！”

小白看他一眼，想要崔栖潮，还要折磨崔栖潮？

他一掌差点把饕餮的脑袋都拍掉，直接将其捶进了土里：“折磨谁啊你？不好好种地，整天想着折磨谁啊？崔栖潮是你能动的吗？”

风不期顿感不妙，只见那猫族前辈已经转而盯上了自己，巨大的猫爪也蠢蠢欲动，他一下坐地上了，语无伦次地道：“前辈，不是，我……那个……种地……”

他快哭了，这到底是为什么啊？来的不应该是他们妖族的靠山吗？为什么反而为崔栖潮出气？

正是这时，风计耘冲了上去，挡在风不期面前，镇定地道：“崔先生，你一直没回来，我自己记着账和田间数据，也不知道有没有错漏，现在要检查吗？”

刚才那一瞬间，他的脑袋特别清晰，恢复了前段时间在芥子洞天中挥斥方遒的劲儿，一下看清楚形势，还帮大哥挡了一下。

果不其然，他这话一出，那猫族前辈也不动手了，而是侧头去看崔栖潮。

崔栖潮看着风计耘，颇为满意地点头：“暂时不必了，这段时间你也辛苦了，暂且在此休息休息吧。”

风计耘心里一动，难道不把他们关回芥子洞天了吗？

崔栖潮心知他们在想什么，往小白的方向示意了一下，说道：“你们年纪好像都不是太大，但是应该也听过他的名号，这位是猫族的隐江老祖。”

崔栖潮轻描淡写地道："人妖两界要停战了，我如今接到隐江前辈的邀请，来妖族指点农业发展与畜牧业的科学转型。我想，今后说不定还有用到你们的地方，毕竟这里你们熟悉。"

"对了……你们应该看出来这里是妖界了吧？"

众妖沉默着。

地里的饕餮把脑袋拔了出来，眼珠子快要掉下来了，结结巴巴说不出囫囵话来。

他们不过在芥子洞天里被关了个把月，却不知错过了多少事，怎会发展成这样？

风计耘忍不住拍了拍风不期的肩膀："这竟是隐江老祖……哥，你还说种地没什么前途！"

风不期彻底无语了。

小白以妖身趴在一张巨大的木榻上，崔栖潮就背靠着他软乎乎、毛茸茸的肚子，手也搭在他的前爪上，手里拿着一张地图在看。

这是妖界九州的地图，还表明了地质情况，是猫族献上来的。

就算小白再昏聩，也是猫族最牛的猫，猫族的妖们劝了两句就敏锐地发现不可能劝得动，索性听之任之。

这段日子，一直有其他妖族族群的族长源源不断地前来求见，希望隐江老祖能撤去免战令，顺便把扣着的俘虏放了。

猫族自己不想打了可以放弃，何必干涉其他妖族？隐江老祖非要替那人族的修者出这个头，怕是被蛊惑了。

因为崔栖潮俘虏的那些妖回来了，里面有风不期那样知道一些消息的妖，他们便也知道了，崔栖潮还是人族那个谈微真人的徒弟。

要知道，虽然人族一致认为谈微真人是妖族弄死的，可事实上，他们是想过把谈微真人骗来阴一阴，他们也有先辈留下的阵法啊。但诡异的是，后来谈微真人还没到，就消失了，接着就再也没出现过，听说是陨落了。

这黑锅他们背得虽然开心，不过谈微到底死在了谁手里，还是个谜。

现在看隐江老祖这样，他们都怀疑隐江是否早就出关甚至去过人界了，谈微不会就是他杀的吧？

不但如此，他还要让崔栖潮在九州种地，他们原来被俘虏的同族都被留着使唤，也不放回来，单穷奇族的长老就来求了五回了。这个不提……几乎所有妖族都是纯肉食的妖，马仔才吃草呢，你种那么多菜给谁吃？

求见的妖，小白是一个也不见，彰显了他的决心。他就是要停战，谁来也不管用，谁要是攻打人界，那他就打那个妖族。不服的话，把自家的不昧身妖修吵醒了和他决斗。

他就是这么无赖，连狡猾的妖族都无语了。

崔栖潮倒是开心了，天塌下来有巨猫顶着，他只管规划哪片地种什么，还有把妖族的畜牧业整合一下。

妖界和人界不一样，这里大多数地是无主的，地广妖稀，妖族一族聚居，平时也就在居住的地方附近散放动物。没什么土地法，对土地也没什么霸占的念头，顶多有个依稀的概念，和别族保持一个安全距离。

崔栖潮就先从猫族附近的地开始规划，猫族群居的地带平原比较多，属于温带海洋性气候，全年温度都没有太大的起伏，牲畜能够平安过冬，而且雨水也丰沛，高质量的牧草让散养的牲畜肉质极好。

当然，前提是没有什么牲畜疾病，一旦有，则会因为管理原始而大范围传染。这也是自然规律，此消彼长。

像这样的环境，完全可以农牧业并重，结合发展，农牧交错，耕地提供饲料、饲草……

崔栖潮正想得入神，就觉得脸上拂过一蓬毛，是小白的尾巴尖。崔栖潮把尾巴拨开，继续看资料，过了一会儿，这尾巴又绕到他腰间了，以小白的体形，尾巴都能给他当被子盖了。

他抬头看了一下小白，发现小白正一脸严肃，好像什么也没发生。

“你是不是有话要说？”崔栖潮问。

“没有。”小白矢口否认。

小白就是无聊了。崔栖潮了解，虽然放大了，但是以前小白无聊时，也是时不时过来撩一下，假装不经意地提醒你：我很无聊了。

现在就是动静特别大了……

反正看了好一会儿资料了，崔栖潮索性从小白的软肚皮上起来：“来，我陪你运动一下。”

小白也站了起来，抖了抖毛，结结巴巴地道：“怎、怎么运动啊？”

崔栖潮：“找个逗猫棒。”

小白继续结巴：“逗、逗猫棒……”

崔栖潮：“你这是什么表情？”

小白哈哈笑：“我是想说，适合我玩儿的逗猫棒，你扛得动？”

崔栖潮瞥了他一眼：“有道理，那我来放风筝，你去扑吧。”

小白犹豫了一秒钟，毕竟他们在猫族的地盘上，而他是猫族最稳重霸气的老祖宗，但很快心里就想“去他的吧”，大声道：“去找风筝来！”

林琳黑着脸坐在办公室里，周围几个下属也低着头不敢作声。

刚刚开会，林总监被高层骂了一顿，崔栖潮的节目在 LJJ 大红，甚至因为观众玩梗红到外头去了。但就是这么一个重要的节目，节奏完全被小白打乱了，他们也抓不到小白，只能跟在后头擦屁股，用剪辑来掩盖丑闻。

小白出入 LJJ 的数据库如入无人之境，简直太丢人了。

他们还想新捏个谈微真人出来，把戏演完，现在呢，小白用更快的速度换了个新马甲，而他们连最后一点线索都失去了。

“那谈微真人的建模还继续吗？”半晌，才有人弱弱地问道。

林琳闭着眼睛，生无可恋地道：“还继续什么？想让小白和你们拼了啊？”

他们真再捏一个谈微真人，那个修罗场是好看了，但是确定小白不会发狂地破坏数据吗？

“那怎么办啊，难道任由小白进去吗？”

也不知道谁说了这么一句话，听得所有人心头都发苦。

崔栖潮和小白这俩人，从这一点来说是真的配，一个强行种田，一个强行进游戏，搞得他们脸都要肿了。

忽然有人说道：“不然，咱们再想想办法？以小白的行事风格来看，也许还有机会。”

林琳“咦”了一声：“你继续说。”

从面积上来看，无疑是隐江更胜一筹了，而且他行事比谈微更霸道，一言不合就要征用整个妖界的地。当然，这和妖界制度不同于人界也有一定的关系。

嗯，但是谈微那边还有太一水，这个挺难得的。还有芥子洞天里的六个随身农奴，绝响境的。凤取竹，妖界也没有吧，这边对植物不是很在意，原来有也早就灭绝了。

不能这么比啊，我觉得隐江虽然很热情，把地都给崔栖潮征来了，但是他本身在种田上不是很有灵性，至今也没自己动过手。这么说吧，谈微的法器可是镰刀！

我宣布，经过隐江和谈微的轮番折磨，男频的兄弟已经疯了，这都聊的啥？

习惯了吧，又不是第一次了，以前还不想看种地，最后还不是连周边都买了？在这个频道，你学不会自我调节心态，还活得下去？

你咋知道那是男频的？我觉得这种时候还能理性分析，一定是见多识广的女频姐妹。那些不谈实绩只谈时长的才是男频观众吧……

第 91 章

# 没有感情的种田机器

修真者的年龄和境界不一定成正比，但以隐江老祖的辈分，猫族再没有比他更年长的妖了。

这么说是为了表示整个猫族也没有人看过隐江老祖玩逗猫棒……

那都是小猫猫们玩的了！

当修炼到不色境后，就应该抵抗移动物体对猫族的吸引，再往上，猫薄荷之类的也不在话下。

可今天，众目睽睽之下，那个姓崔的人，拎着一个从仓库里翻出来的猫族传统节日才放的大风筝在外城放。而隐江老祖就变作妖身，在屋顶、城头跳来跳去，扑玩那风筝。

崔栖潮好不容易尽兴一回，小白也开心得很，唯独那些猫族，一个个望着天空，面容呆滞。

这风筝做成了鱼的形状，还挺立体，线不知道是什么材质，十分坚韧。听说猫族的一个传统节日时，满城都是这样的风筝，家家户户都有，家境越好鱼越大。

那时候看起来的场景，就是整个猫族聚居之城上空都是“鱼”，不知道是不是表达了一个年年有“鱼”的愿景。

小白还觉得崔栖潮跑得不够快，冲下面呆滞的猫族众妖喊：“找个马仔来载他！”

那猫族的妖被老祖这么一吩咐，慌忙去找猫族豢养的马仔。马族除了后天努力外也十分讲究血统，那些顶好、顶优秀的马妖修炼到涤初境时会有异象，而且洗髓之后，肩膀附近会流出血一样的汗水，这样的马叫汗血宝马。

猫妖找了个会流血汗的马仔来，那马的境界比崔栖潮还高，一脖子黑色鬃毛长而浓密，油光发亮，在崔栖潮面前低着头，请他上来。

马妖身上也没鞍，崔栖潮也大胆，扶着马妖的脖子就上去了。这么一来，风筝放得就更轻松畅快了。

城里跑得不痛快，马妖驮着崔栖潮往城外的平原跑去，小白在后面扑腾，他一跃就能跳起几十米高，把那鱼形风筝的尾巴都抓成几条了，喵喵一叫就像打雷一样响，非常壮观。

崔栖潮还没逗过这么大的猫，跳起来再落下，地上都尘土飞扬，动静极其壮观。

最后在城外跑了几个大圈，小白还没累，马仔身上却哗哗流起了血汗，呼哧呼哧地剧烈喘息。他倒是一个劲说自己没事，还能跑，崔栖潮看得怕了，说：“算了，你还是停下来吧。”

“不、不了……怎么能扰了老祖的雅兴！”马妖坚强地说。

崔栖潮发现这些妖族对族内强者是不是有点盲从？他说：“没事，我把风筝拴你们老祖的尾巴上，他自己和自己照样玩。”

崔栖潮看到那马妖长脸两侧的眼睛往后面一斜，露出了一个惊恐的眼神。

崔栖潮：“说笑的，你停了吧。”

马妖还是头一次近距离接触这个传说中的人族的修者，有两点发现，第一他的妖族话讲得还可以，有点穷奇口音，第二他胆子贼大。

马妖讪讪地停了下来，躺在地上呼呼喘。然而他在这儿，又目睹了非常可怕的情形。

隐江老祖一个腾跃，便落在了旁边，意犹未尽地在原地跳了两下。

崔栖潮呢，一抬手道：“我们来做两组动作，坐下！”

老祖立刻就后躯一压，坐了下来。

“蹲。”

这时后腿仍然坐着，老祖抬起前脚，蹲了起来。

“转圈。”

老祖恢复站姿，就像追自己尾巴一样，原地转起圈来。

再等崔栖潮说“打滚”，更是令行禁止，老祖在地上打了个滚。

马妖更惊恐了。

崔栖潮早知道小白不是牧羊猫，甚至根本不是猫了，这些动作做来，不说别有一番乐趣，就是感觉带着两人的回忆。

他们全然没有顾忌这一幕在一旁的马妖看来有多么不可思议。

小白连番运动下，情绪十分亢奋，在迅速完成动作之余，更是被这种亢奋带动得心头痒痒。

我是猫吗？我不是猫，我只是假借了猫身数据。我是猫吗？我是猫，我陪你做了几世猫，我是你的猫。

在崔栖潮带着笑意说出“跳”的口令后，小白跳动起来，然后轻盈地凌空一踏，跃身把崔栖潮扑倒了。

崔栖潮躺在柔软的草地上，淡淡的笑容还未散去，伸手摸了摸小白的鼻子，小白则不减亢奋地用脸蹭了蹭他的身体。因为现在的体形差，这画面看起来有点诡异，他还没忍住舔了几下，又弄得崔栖潮浑身口水。

“哎！”崔栖潮喊了一声。

小白立刻恢复了人身。

崔栖潮还没有脱离开小白作为一只猫的固有印象，对小白过近的距离丝毫不在意:“看你的口水。”

小白用术法把口水弄干净后，又仔细看了看，像在确认干净了没有一般。

突然，一声马的嘶鸣惊动了小白，那马妖被两人的互动吓到了，被自己的口水呛到，就叫了一声。

“这马没事吧？”崔栖潮虽然知道马妖也是智慧生物，但这个形态下总让他有点兼职兽医的冲动。

马妖连滚带爬地站起来，结结巴巴地道:“我，晚辈……小妖还是先回去吧……”

“不必了，我们玩得也差不多了，现在就一起回去吧。”崔栖潮看看日头，说道。

小白语气淡淡地道:“回去我载你吧。”

“也行。”崔栖潮和小白这个新身体接触得多，研究出了很多新玩法，比如现在他就抱着小白的尾巴，小白用尾巴把他送到了背上，他再揪着小白的耳朵坐下。

马妖跟在后面，心里头一阵唏嘘。

这个人族的修者真是太厉害了！

“老祖，那个燕春秋又在叫阵了，现在各族都避开百里，看咱们的笑话呢！”猫族的族长端坐在小白面前，一脸苦闷地说道。

小白:“你们拦着她点，也别伤到了，她可是……崔栖潮的师姐。”

妖族是很识时务的，暂时还没人敢挑战老祖的地位，都觉得大不了就是耗着，反正他们也不去帮忙筑造护墙，隐江老祖迟早要继续闭关，到时候他们再有什么行动也不迟。

于是，经过长时间的劝解无果后，妖族的妖们私下商量一番，就各自打消了念头，只是还需守在边境。

他们不入侵人族，只怕人族要过来啊！尤其是现在人族那个燕春秋疯狂挑事，想进妖界找崔栖潮，还带了一大帮人。

其他妖族的妖都鬼得很，一看这情况，都避开了，只留下猫族的妖在一线。这不是找隐江老祖的嘛，还是让猫族来交涉吧。

猫族理亏，也不好说什么，只能苦苦支撑。要不是有隐江老祖留下的那一道剑意，他们决计是守不住整道防线的。

猫族族长一听隐江老祖这不负责任的话，就流下了一半真情一半假意的眼泪:“老祖啊，您就怜惜一下孩儿们吧，那燕春秋实在厉害得紧，冲过来好几次了，把我儿子尾巴上的毛都弄秃了，长也长不出来。还有她手底下那些人族修真者，也不是省油的灯，有拿水淹我们的，有用火烧我们的，还有特别大的鲸鱼撞了过来……”

羽陵宗百千道法可不是说笑的，都招呼过来了。

小白跷着脚，也不知道听没听进去，倒是看到崔栖潮端着菜走出来。

崔栖潮往他嘴里塞了一条香酥鱼干，用妖族语言问道:“这是怎么了？我好像听到燕春秋的名字。

见崔栖潮来了，猫族族长立刻讲规矩地把头低了下来。

小白一边吃一边含含混混地说：“燕春秋嚷着要来带你回家，现在被挡着，没事，不放她进来。”

燕春秋要进来了肯定不会善罢甘休，非要把崔栖潮带回去不可，除非告诉她小白就是谈微，但那是不可能的嘛。

猫族族长还是低着脑袋，口中说道：“您可别误会，我并非主张让那燕春秋带您回去。”

猫族族长接着道：“我方才和老祖说的意思是，燕春秋这么穷追猛打，我们着实有些受不住，老祖又不让我们伤人族的修者，我们自己的人被打得多惨啊。还请老祖出手定乾坤。”

他想了想，又嘿嘿道：“不然您出手也行，给人界说，您不想回去了，燕春秋觉得没意思，自然不来骚扰了。”

崔栖潮沉吟了一会儿道：“也可以，我送些妖界特产的果子过去，叫燕宗主一解心结。”

猫族族长大喜：“多谢，多谢！”

崔栖潮摆摆手，这用得着谢吗？他随口问道：“留下来吃顿便饭？”

说到这个……猫族族长又去看桌上的菜。崔栖潮一端上来他就闻到了，好香啊，还有鱼，虽说已经辟谷了，但他也有点想尝一尝啊，没看老祖都等着吃？

崔栖潮一看他这个神色已经是有意向了，就站起来道：“我再去拿副餐具。”

小白张了张嘴，没来得及阻止，有点郁闷，又和猫族族长说：“只准吃两口。”

猫族族长：“哦、哦！”

不得了了，老祖心底不乐意，但崔栖潮决定了，他都没阻止。

妖界这边的畜牧业发展得好，各种肉质都挺好，崔栖潮炸了小鱼干，又做了滑蛋牛肉，主食是银鱼粥，没有蔬菜，但是切了点水果。

猫族族长根本不看水果，直奔着牛肉去，这里头撒了香葱和蒜蓉，蛋特别滑嫩，牛肉也很嫩，因为没放太多调料，而且炒得很嫩，颜色稍浅，但是金黄的蛋块更加显眼，整道菜就是一个词：香嫩。

银鱼粥也是非常鲜嫩的，熬出了胶质，里头还有点姜丝、香菇，味道清淡却不寡淡。而且还有道香酥鱼干，焦脆咸香，非常提味。

好吃是好吃，但是……猫族族长吃一口就要被老祖剜一眼，感觉实在太难受了。

吃了大概五口，猫族族长就溜了：“战事繁忙，燕春秋一天到晚地骂阵，我还是走了。”

老祖还要在后面骂他：“浪费粮食。”

猫族族长是真想回去吃完啊！

“你把人……猫给吓跑了。”崔栖潮说道，小白的眼神那么明显，瞎子才看不到。

崔栖潮答应了猫族族长，弄了一批妖族的特产，叫小白带他去边境给燕宗主送过去。另外还有他芥子洞天里那些囤粮，也一并给燕宗主。

小白真是像足了反派，抱着剑守在一旁，放崔栖潮去和燕宗主说话。

“要麻烦宗主把这些送到各洲各国了。”崔栖潮说道，“往后囤多了我就再送。”

燕宗主恨恨地看了小白一眼：“师弟你过得怎么样？这样的情形，你还想着给我们送吃的，你真是太委屈自己了。”

她威胁了大半个修真界，最后讲条件讲到逼他们各门各派都出几个人，陪她来这里打妖族，和不久之前的情形完全反了过来。

之前是妖族攻，人族守，现在是人族攻，妖族守。

“师弟，如果是隐江老贼威胁你来的，你就眨眨眼！”

“其实这段时间我在妖界过得挺好的，隐江老祖很讲道理，我看了看妖界的地，非常适合农牧结合地发展，日后两界说不定还能有生意往来。”崔栖潮一本正经地道，“当然，当时隐江老祖擅作主张把我带走，是他的不对，宗主不必耿耿于怀，在哪里都是一样的……”

一样的种地。

“这怎么一样？”燕宗主听他避重就轻，快要急死了！

“师弟，你该不会有什么危险的想法吧？”燕宗主突然开始怀疑。师弟从一开始，态度转变就很突然，明显是要牺牲自己，现在还为隐江老祖说话，会不会是想取得隐江老祖的信任后就刺杀他？

“没有，师姐想多了。”崔栖潮说道，“我是真的希望你不要再浪费人力物力了，现在妖族确实做到了不入人族，你如此耗费精力，对宗门不好。日后咱们完全可以定时一叙，甚至稳定一些后，你也可以到妖族来做客。”

“说完了没有啊？”小白在不远处百无聊赖地喊。

燕宗主远远地瞪了小白一眼，小声道：“师弟，这样吧，我现在把你纳入我的洞天，然后远遁，云梦、元光他们自会拦截，然后我躲到宗门，把阵法启动……”

燕宗主实在是很难说服，但崔栖潮坚定地道：“不必了，师姐，我真的过得很好。你也看到了，我还是骑着隐江老祖来的。”

燕宗主无语了。

“今日就先说到这里吧，师姐总会明白的。”崔栖潮安抚地拍了拍燕宗主的手臂，然后对小白招了招手。

小白立刻蹿了过来，把崔栖潮甩到背上，然后居高临下地用竖瞳扫了燕宗主一眼。

燕宗主觉得这一眼特别阴险，特别讨厌，不死心地高声道：“师弟，我一定会接你回去的！”

第 92 章

# 传说之后

过了一段时间，崔栖潮果然履行诺言，把燕宗主接到妖界来参观。

这可太诡异了，现在整个人界和妖界的关系都有点诡异，毕竟是被迫休战，也是被迫从妖界输送粮食去人界的，现在燕宗主还来参观，搞得好像大家关系多好似的。

燕宗主对妖族还是不够了解，在她的想象中，崔栖潮在妖界应该很受鄙视，就像人界有的人也在背后对他有微词。崔栖潮在这里还是外来者，更当如是了。

但实际上妖界各族是家族制，大家长的权威性非常高，就算八卦特别多，但大家对待崔栖潮还是恭敬得就好像面对小白本人一样。

燕宗主臭着一张脸抵达猫族的地方，这里正在举行归元节，是一年中月亮最圆最大的时候，很像现实里华夏的中秋节。但在这里的习俗，是大小猫都在夜晚拜月，因为种族特性，这一天修炼将事半功倍。除此之外，也会放各种鱼类风筝。

燕宗主入城时，就看到满城上空都是各种鱼形风筝穿梭来去，高低错落。

看到这一幕，让燕宗主想起了什么，从袖子里放出了一只小鲸，霎时间成了天空中最大的鱼。

崔栖潮走时孤身一人，燕宗主此番入妖界探望他，就把小鲸也带上了。

小鲸在空中游了两圈，毕竟年幼，被那些风筝吸引了，用头去碰它们。

猫族族长被迫接待燕宗主，一路上两人都假笑相对，此时猫族族长的笑容才真了一点点，呵呵道：“来就来了，还带礼物，我们猫族不靠海，这海鱼吃得倒是不多……”

燕宗主：“这是雾鲸，崔师弟的坐骑！”

猫族族长尴尬地道：“哎呀，是这样啊。那它见了崔先生可不怎么热情。”

两人正说着，小鲸已经回过神来，想起自己是来干什么的了，游下来围着崔栖潮绕了几圈。这么久没见，它长得更大了，上次还和小白的妖身差不多，现在大了将一倍，毕竟小白是成年体，而它还处在快速发育期。

崔栖潮摸了摸小鲸的嘴巴：“还以为你没看到我。”

小鲸被那些风筝勾去了注意力，不好意思地蜷了蜷身体。

“说完了吗？说完了进来。”小白百无聊赖地靠在门边道。

小鲸一看到他就有点怕，躲到燕宗主身后去了。上次小白见到它时在它背上用力踩了一脚，它还记得的。

燕宗主又是气又是闷，心中发苦。虽然很不想承认，但是小鲸躲在崔师弟身后，怕是比躲在她身后有用得多……

崔栖潮领燕宗主入府，尝了些猫族的特色菜，又骑着小鲸带她去看猫族的耕地。

大片大片的平原如今被安排得整整齐齐，耕地与牧地相隔，耕地上既有五谷，也有一些妖族特有的作物。牧场主要放的是羊，远远望去像一团团白云。再仔细看，还有一些牧羊者，全都是猫族，也就是说，这全都是“牧羊猫”，别说，有小白这个老祖的教导，放起羊来都像模像样的。

在这里，崔栖潮也制造了一些农机，有全自动也有半自动的，在平原上欢快地运作着。

“我们牧场出产的羊，肉质会比其他族散养的好很多，所以如今与各个妖族族群也有了生意往来。我们把牧场开到哪里，便就近聘请当地的妖族做管理员，这样产出的肉，卖给他们就便宜一点。”

崔栖潮给燕宗主介绍，至于当初被俘虏到他们芥子洞天里的妖族，以风计耘为首，都成了他手下的得力干将，帮助打理各个农场、牧场的事宜，满妖界地奔波。

他们的家族也没有意见，倒不是小白的生死威胁，而是平时看起来好似不务正业地去种田，但临了隐江老祖会指点一番。

能得这个境界的修者指点，这是多么难得，人家一句话，比自己苦苦修炼五十年要省力得多，修行途中少走很多弯路啊！

燕宗主心中也不知是什么滋味，其实从每次崔栖潮供过来的粮食也能看出来，崔栖潮在这里的事业很红火，就连境界都不知不觉到了涤初境，应该是被隐江老祖继续堆上去的。

崔栖潮又问道：“近来人界、羽陵宗如何呢？”

燕宗主：“人界九州气候越来越差，怕要多年才能恢复，但是因为你留下的方法，农民不至于颗粒无收，再加上你定期的援助，没什么过不去的灾害。至于羽陵宗……”

她表情有点诡异，顿了会儿才接着道：“羽陵宗至今都没有一个突破撄宁境的新弟子！”

算一算这满打满算也有两年了，这可是羽陵宗啊，有名师指导，条件又极为优越，山中自有聚灵法阵，结果两年都没有一个进入撄宁境的新弟子，传出去大家肯定要怀疑羽陵宗不行了，不然就是这一届弟子到底怎么了？

崔栖潮还记得都是自己无意中造成的：“这可真是……对不住他们了，我也没料到竟会如此。”

“算了，这是我下的决定，叫他们继续磨砺。”燕宗主说道，“我也没想到这么久了仍无人突破，但只要他们能突破，便是前途无量。”

崔栖潮心道务必如此，否则他心中十分愧疚。

两人继续交谈，说一说两界形势。如今因为妖族在侧，便是有隐江老祖阻挡，还是给人族带来危机感，导致从修真者到凡人都在加强自己的力量，不知道算不算好事。

这时小白在一旁说：“好了吧，这么久了，换我了。”

燕宗主气道：“我才说了不到一个时辰，师弟说了这几日都陪我在妖界转转，你先前不说，现在还要反悔不成？”

妖族就是没信用，爱骗人，不要脸，耍流氓……

“没，他说的不是这个。”崔栖潮赶紧拦了一句，从小鲸背上跳向了小白。小白一瞬间就变作妖身，用浓密柔软的被毛接住崔栖潮。

燕宗主有点凌乱，所以刚才隐江老祖说的换他，是说他当坐骑？

小鲸可怜兮兮地绕着他们转了几圈，也没什么办法叫崔栖潮回来，明明它才是崔栖潮的坐骑啊！

“好了，师姐继续吧。”崔栖潮说道，见燕宗主还在诡异地盯着小白看，又咳了一声道，“他就是比较爱闹，师姐不用往心里去。”

燕宗主慢慢叹了口气。

崔栖潮还不自知，同她说：“现在我们已经涉及水产养殖了，而且我在研究人工珍珠，妖族很喜欢珍珠。”

燕宗主的注意力一时被转移了：“珍珠还可以这样养的？”

别说妖族了，燕宗主也喜欢珍珠，她最喜欢的法衣上就缀了好多珍珠，全是亲自到南海淘的。

“师姐带一匣回去。”崔栖潮说道，妖族认为珍珠磨砺的过程就像他们修仙的过程，所以也尤其喜欢圆、大的，象征着境界的大圆满。

燕宗主笑吟吟地应了。

这么走走停停，小鲸和小白也换了几次。

快回去时，小白又嚷着要换，小鲸很气，对他喷了一缕雾气。

崔栖潮摸了摸小鲸，安慰了一番。

燕宗主在妖界走了一遭，心态平和了一些，不说释然，但也不像以前那样一有空就辱骂隐江老祖了，尤其是看到崔栖潮对隐江老祖的态度的“转变”，也让她的想法改变了很多。

玄幻修真这个世界，原本按照 LJJ 的设想，实际直播时间也是不短的。

但是出了小白这么个岔子，一时间很多安排被打乱了。按理说崔栖潮要走升级之路，可现在呢，他升级是升级了，升得比什么都快，但完全是被小白堆上去的。

再有，因为小白的肆意妄为，原本人妖两界的劫难也被他给强行镇压了，随身老爷爷被关在芥子洞天里种田……好多剧情根本无法展开。加上 LJJ 还有别的盘算，于是他们商议一番后，把直播时间缩短了一半。

于是，最后崔栖潮在这里拢共只待了五六年。

早在第四年的时候，崔栖潮的境界已经到了认金龙，再往上就怎么也没法修了。

认金龙境已经需要开始修炼心境了，很多修行上的事变得很玄妙。

崔栖潮是补习了很多古文，但终究还是没有那个想象力。

这一点所有人都很无奈，小白不但自己教，还让其他人也指点崔栖潮，可他们让崔栖潮想象一下灵脉内有一轮细流，然后让它按照既定路线转遍全身，崔栖潮就一定要问清楚，具体是什么速度，秒速多少，是不是匀速，细流有多细……

人家也没法解释，对他们来说这是非常概念性的问题，但对崔栖潮来说，不讲清楚他心里就总是搁着，没办法认真想，总觉得不够具体。

类似这样的事情发生了很多，这才导致崔栖潮的境界停在认金龙境，无论再怎么堆天材地宝都没用了。

而外界方面，崔栖潮这几年把妖界的农牧业都统一了一下，带给了妖族更科学的畜牧知识。猫族因为跟着一起干这个，也算吃到了肉。

人族那边仍然流传着崔栖潮的传说，普遍都说他舍己为人，在妖族为大家争取来平安的时日与凡人的粮食。

崔栖潮离开前做的最后一件事就是帮绝尘子他们几个重塑神魂。原本以羽陵宗一宗之力，只够给一个人重塑神魂，这不，其他宗派欠了人情，还有妖界各族可以搜刮。

重塑神魂期间，即从人界九州各地升起许多微光，飘飘摇摇而来，依附在缥缈的神魂上，为其镀上一道金光。

自当年崔栖潮他们途经城镇放粮赈灾起，即留下了六个老头的姓名，再到后来散粮出去，亦声明了耕种者。崔栖潮等人在人间的事迹也广为流传，因此许多百姓供奉了老头们的牌位。

大道无形，天地有灵，此一番再塑神魂，即有功德之光依附，使他们的神魂更为稳固。

那六个老头有正有邪，此时心有所感，都极为触动，想来再生一次，修行之道也会大不相同。

最后和六个老头长谈一番后，崔栖潮和隐江老祖就消失在了人、妖两界，芥子洞天由六老保管，他们也入了羽陵宗门下。也是因为有这六老坐镇，又保得两界千年和平。

至于崔栖潮开拓的那些农牧地，自然是由猫族来打理，风计耘等人有的自起炉灶，有的和猫族继续合作。也是从这时开始，“牧羊猫”就像“马仔”一样闻名了，就像人人都知道马族出马仔一样，猫族盛产“牧羊猫”，个个都会牧羊，血液里流淌着农耕精神……

未来提到崔栖潮来妖界后才改变了猫族，不知道的还以为是那个崔栖潮能生孩子。

崔栖潮就这么在修真界昙花一现，短短数年留下了许多八卦与传说。

在人界与妖界都出了两个奇葩老祖之后，绝响境还能称之为“绝响”吗？自此绝响境多出了一个别称：问心。传得非常玄，据说真正的大能，在留下绝响后肯定会再次出关问心，一不留神即陨落，仙途漫漫而艰难啊。

而崔栖潮和隐江老祖的消失，有人说是崔栖潮境界停滞不前，隐江老祖想要把修为传给他，于是另找个清净地方一起闭关了。也有人说崔栖潮心里始终记着谈微真人的仇，后来刺杀了隐江老祖，生死不知。

还有的脑洞特别大，认为说不定隐江老祖根本就是被谈微真人夺舍了，倒是意外地接近了真相，却也是大家最不认同的说法。反正传言特别多，不一而足。

而在崔栖潮离开后的第四年，羽陵宗碫磨院的新弟子才终于成功到达撄宁境，达到了第一境的大圆满。

也是从这一届起，碫磨院开始扩建。因为从此以后，羽陵宗都要用新菜谱招待新入门的弟子，作为对他们心性的考核，这直接导致了羽陵宗新弟子入境时间拉长全修真界平均值，在碫磨院吃到吐都还没入撄宁境，每天都在哀号为什么珉糜珠餡楼要这样对我们。

再往后，这奇闻轶事传遍了修真界，甚至在凡人间也有了名，有凡人号称得了羽陵宗珉糜珠餡楼的真传，开起酒楼，卖仙人同款饮食，配合碫磨院的故事，号称是“不羡神仙”的席面。

“好了，这里差不多了吧？”崔栖潮往后看了看，这地方已经是人迹罕至，妖族也到不了。

崔栖潮该走了，找了个地方准备偷偷离开，毕竟这是玄幻修真的世界，要是被人看到，不知道又会传出什么谣言。

“周遭都没人了。”小白说道。他的表情中带了一点期待、不安，因为他已经决定，离开这里后，就买一张船票，跨越半个宇宙去找崔栖潮。

不对，去之前他是不是还要自己种一捧生菜带上？

小白胡思乱想了一会儿，暗示道：“你有没有想过我是个什么样的人？”

崔栖潮看了他一眼：“我知道你是什么样的猫。”

小白说：“我是说真正的我，我不长这样！”

他还没有嚣张到用自己的真实容貌建模的地步。

要是崔栖潮说想，他就很潇洒地说：回头给你看看！

但崔栖潮只是笑了一下，说：“我最好还是不要知道吧，不安全，LJJ 都要恨死你了吧。”

小白急了：“你就说想不想看吧！”

崔栖潮皱了皱眉，脸色严肃起来，他得和小白谈谈了。

这时候抽离感已经出现了，崔栖潮要离开这个位面了，身体也在慢慢淡化，直至完全消失。

小白对着一地微光，也闭上了眼睛。

江谈微的意识退出了虚拟位面，相比较 LJJ 的专业设备，他这里就要简陋得多，使用的是自制的数据接驳器。

他在床上伸了个懒腰，又想起什么，赶紧爬起来检查了一下门口，果然自己购买的崔栖潮周边种植套组已经到货了。

他立刻打开，里面配套了几种种子，江谈微挑出生菜种子种了下去。

他一开始跑到 LJJ 的虚拟位面，只是为了证明一下自己的能力外加玩乐玩乐，这种技术目前还只被几家大公司垄断。

江谈微一开始流窜了好几个世界，装作那里面的 NPC，有时候只是旁观，有时候也会捣乱，但没人发现异样。

后来他突发奇想，现实里人类无法改变种族去当飞鸟走兽，那么在虚拟位面呢?

LJJ 现在还没开放穿兽的类型，不知道是技术不够完善还是想卖关子。江谈微没忍住，就自己进入了一只猫咪的壳子，结果就被崔栖潮给抓去了。

因为也是第一次做猫，这时候的异常已经引起 LJJ 的一点注意，更重要的是江谈微很愤怒自己被压迫，甚至发现自己好像被猫的数据影响了。

后来被带到第二个世界，是 LJJ 抽取的，但他自己想了很久，也没逃，心情很复杂，像是憋着气，又像是被影响到有点认主了。

再往后就不用说了，他从不服气到和崔栖潮和谐相处，再到后来，慢慢转变了。那么真实的虚拟位面，甚至让崔栖潮成为陪伴他最长时间的人。

崔栖潮见到他会是什么反应？认得出他吗？江谈微撑着下巴想着，越想越兴奋，又把网络打开了，查起去 LJJ 的路线。

因为崔栖潮的节目现在人气挺高，好几个关联词和他有关，江谈微甚至看到了自己的名字，好奇地打开来。

关于他的讨论还挺多，无论是谈微还是隐江，两个马甲都有，估计这一季节目里他也成了人气配角。他们会怎么说我呢？ LJJ 到底怎么剪辑的？别的节目，好像还会有那种图文……

江谈微隐含着一丝兴奋打开其中一组讨论，只见主楼赫然写着：

居然还有认真讨论谈微实绩的，真是笑掉我的大头了！他也配种地?

江谈微险些一口气没上来。

第五卷

# 在娱乐圈种田

第 93 章

# 粉丝见面会

从 LJJ 到网友都太坏了，居然在背后这样说他。江谈微两眼冒火，正打算把这些帖子都删了，就收到了一封邮件。

他立刻警醒起来，任何人收到邮件，都不如他收到来得惊人，因为他的网络地址应该谁也不知道。

江谈微拧起浓眉，把邮件打开，先看了一眼，落款居然是 LJJ……

内容也很简单，对江谈微非法侵入及获取信息系统程序行为进行警告，附带了确切证据，让江谈微立刻停止这种行为，否则他们就要把证据提交有关部门，打个跨星系官司了。

江谈微迅速翻了一遍 LJJ 的证据，没有错，不是在吓唬他。也怪他太大意了，他查过崔栖潮的资料，LJJ 居然想到了从这方面入手查到了他的路径。所以他们不但能告江谈微非法入侵 LJJ，还能告他非法入侵国家部门的资料库。

现在后悔自己的大意好像有点晚了，江谈微想了很久，还是不明白 LJJ 为什么要给自己机会——他们不会不明白，这既可以是改过自新的机会，也可能使江谈微索性在现实里也用黑出来的虚构身份生活，避开追捕，继续给 LJJ 找麻烦。

江谈微心里隐隐有了一点想法，但还不确定。

三天后，江谈微抱着自己的种植套组上了飞船，无论在自己的房间还是在餐厅里，他都抱着自己的微型水培机。江谈微甚至遇到了一个崔栖潮的粉丝，是靠各自手里的种植包认出来的，大家在餐厅遇到了。

“你也看崔栖潮吗？”对方是个中年男人，长着一脸络腮胡。

江谈微有点自傲地点了点头。

“看这个周边就知道了，哈哈，我过关时也遇到了一个‘专家’。”络腮胡男人说道，端详了一下他的水培机，还说，“小兄弟，你粉得不够认真啊，没有买雾培组件吗？更省水啊！”

江谈微无语了，他粉得还不够认真？

络腮胡男人给他展示自己的周边产品：“你看啊，装上 NA 公司最新那款果蔬营养液，一个月就能成熟，植物也能获得更多氧气，长势特别好。水培的好看是好看，但是……”

他撇了撇嘴，有点看不上的意思。

江谈微很气愤，但是又没法说出来，而且他在现实里确实没怎么种菜，买的时候发现现在周边很多配件花样，只选了个最基础的包。

想了半天，江谈微才说：“弄那么多配件，不够返璞归真！我不但要水培，回头还要土培，回归最真实的种植！”

“呵呵呵呵。”络腮胡男人云淡风轻地道，“年轻人懂什么？我这不只是采用哪种科技的问题，更是买周边支持崔总，你不知道周边要分利润给崔总的吗？我就想给他花钱。”

江谈微哪里接触过这种粉丝经济，哑然半天，没想到这大胡子还能说出“我就想给他花钱”这种话。

络腮胡男人摆出辩论胜利的表情，还淡淡地说：“当然，每个人都有自己喜爱的方式，我只是这么一说，你也别太认真，咱们‘专家’还算比较佛系的。”

江谈微愤愤地想：啰唆这么多，我亲眼见过、还碰过他，你碰过吗？

半个月后，江谈微的生菜已经长得水灵灵的，还不算太高，但翠绿鲜嫩，叶片也多，精致茂盛。这时飞船也停靠在港口上，LJJ 在这里有一整个园区，范围从高空垂直到地面，实际面积非常大，看着很显眼。

在接近了 LJJ 后，江谈微发现周遭还有挺多“专家”，都带着崔栖潮的周边。

咦，崔栖潮已经红成这样了吗？还是因为这里是 LJJ 总部所在地？

江谈微正想着，就发现 LJJ 园区上空的天幕放起了广告，内容赫然是崔栖潮就要召开首次见面会了，将邀请六十名幸运专家来到总部现场，还会放出三千个线上参与的名额，接驳 LJJ 机器，以虚拟形象出现在现场参与互动。其余人虽然观看直播也宛如身临其境，但没法互动了。

广告片中的崔栖潮和虚拟位面里有一点点不同，虽然平时崔栖潮个人形象也很不错，但这明显是经过精心设计的造型，多了一些具有攻击性的美。

这不是从真人秀里截出来的片段，而是专门拍摄的宣传片啊……

江谈微甚至能看到不少路过的人停了下来，有的人不认识崔栖潮，只是被其外貌吸引了而已。

就算知道真人秀播放量已经很高，但看到这一幕，江谈微还是有点别扭，像自己的珍藏被别人觊觎了。

不过，这倒是一个和崔栖潮见面的好机会。

LJJ 的园区里应有尽有，进出入都有定数，破解掉他们的整个安保系统所用的时间，还不如只插入一个假身份混进去参加见面会来得快。

江谈微下定了决心。

“这是什么？”崔栖潮看着林琳。

林琳嘿嘿一笑道："拍摄计划啊，你可是新崛起的台柱，周年庆要拍短剧，你不能不参加啊。"

LJJ 为了周年庆，计划找旗下那些人气演员一起拍一个超豪华阵容的庆贺短剧，每个人的角色都是量身定做的，铆足了劲要赢个满堂彩。

本来崔栖潮在这个计划里是最不确定的部分，大家都知道，他根本不像其他签约演员，他就是图 LJJ 的技术，好满足自己的私欲。他会适当满足 LJJ 的要求，但此前不包括任何线下宣传，从虚拟位面出来就是休息，等着下一次种植。不像其他演员，出周边都是最基础的操作，还有很多互动活动，跨界去参加别的项目，毕竟这就是他们的职业。

崔栖潮翻了翻，找到了自己的戏份，他那一部分都特别标出来了，可能照顾到他的心情，戏份没有多到夸张，角色也不是很尴尬。

"可以吧。"崔栖潮应下了。

他没来得及对虚拟位面的小白最后那个动作做任何评价，出来后，先听到了 LJJ 对小白的控诉。

他们已经成功掌握了小白的真实身份以及他非法入侵的证据。

崔栖潮的第一反应是："你们把小白的资料给我。"

林琳没给，问崔栖潮想干什么。

崔栖潮当然是想让自己的律师们去帮小白辩护，但这话在林琳面前说出来，未免有点过分了。但事情总有转机，林琳和崔栖潮长谈了一番，约定可以不走法律程序，但是崔栖潮要配合他们适当曝光，转化人气。

崔栖潮和律师也谈了谈，最后同意了做这个交换，但他也很冷淡地表示，有时间与劳动时长限制，超过就……不值得了。你们开心那就抓小白吧。

林琳听到"不值得"这三个字都觉得他是不是故意在玩梗加威胁，但脸上表情又看不出来，嘀嘀咕咕地答应了："要是小白知道，估计又得气得喵喵叫吧！"

崔栖潮没说话。

"对了，你还要小白的资料吗？我有他的照片。"林琳对崔栖潮说，"我是说，现实里那个小白。还是，你想等他来找你？"

林琳看崔栖潮又是要帮小白辩护，又是答应宣传计划的，觉得崔栖潮是不是真要等小白。可是面对她的调侃，崔栖潮面不改色，甚至隐隐有点不悦。

毕竟不是当事人，就算看了所有片段，林琳也无法理解双方本人的意愿，这表情让她不是很看得懂崔栖潮的心思。

她还记得崔栖潮刚和她签约时那个冷淡、冷静又冷酷的样子，还差点坑了她一把……

短剧还在筹备，林琳他们先给崔栖潮策划了一场粉丝见面会，也是崔栖潮首次以真人秀以外的形式和观众见面。

崔栖潮配合 LJJ 拍了宣传片，导演也是 LJJ 自家的，趁崔栖潮化妆的时候，来跟他搭讪了很久。

“其实我最近在筹拍新片，会用到最新的渲染技术，剧本打磨了三年，角色特别有挖掘空间……”导演滔滔不绝地介绍着他的班底。

崔栖潮：“您去和林总监说吧。”

他又不是傻子，当然听得出导演话里话外的意思是想拉他进剧组。

导演有些讪讪地，好多人知道崔栖潮会进行其他演艺活动了，但他们内部人也知道有限制。

LJJ 一定会要求利益最大化，不用崔栖潮说，他们也不会乱给崔栖潮接活动。但是导演也听说崔栖潮主动权很大，所以才想着另辟蹊径，争取到这个机会，借此来自荐一番，说不定能打动崔栖潮呢。

崔栖潮睁开眼睛，发现导演还没走，就用眼神示意了一下。

导演不舍得地道：“可是这个角色真的很适合你……”

崔栖潮淡淡地道：“我不太认可您的话，我本身也不是专业演员出身，也没有这样的追求，连热情也没有，哪里来的适合？”

所谓的适合，其实是导演觉得人气或者外貌适合吧？

导演叫冤道：“可角色是神农氏啊！”

崔栖潮大意了，他没想到还有这个答案。

导演道：“剧本还要保密，但我可以给你讲一下这个故事啊，虽然会有一点神奇色彩，但我们不只是要塑造圣人，更要挖掘他的心路……”

“干什么呢这是？”林琳出现了，一把拦住导演，“大飞，你搞什么啊，走正规程序不行吗？”

“我就随便交流一下，你说崔先生是神农氏后人，我又要拍这样的故事，就给他讲一讲。”导演被撞破了，倒也很镇定。

林琳冷笑道：“神农氏后人多了去了，别给我装了，告诉你啊，别老想省那么点事，你先去申请。”

那他不是没把握会通过吗？导演遗憾地咂了咂嘴：“不信算了，崔先生，以后再联系啊。”

导演走了后，林琳小声和崔栖潮说：“这人最会忽悠，你千万别信他，你前脚进组，后脚他的剧本就能换成上古玛丽苏，除了名字，其他的你全都不认识。前几年就是他拍了部片子，让乾隆和牛顿抢女人。”

光看外表，还真的看不出导演是这种口味，他长得很有文艺气质，刚刚也一口一个挖掘心路。

“崔先生，这些人鬼着呢，您的律师虽然精明，但是有些他们不了解的领域，也还是容易被挖坑。这些事有我们专业人士来把关筛选，您就放心吧。”林琳吹嘘了一番。

她主管的其实就是真人秀这一块，但是因为和崔栖潮接触得多，所以主导负责，而且也要管着不断向崔栖潮说 LJJ 的好话。

公司领导是这么认为的：说不定洗脑洗着洗着，以后崔栖潮也愿意长期合作了。

“谢谢。”崔栖潮的神情也看不出来到底吃不吃这套。

林琳又调出一道投影：“自从我们放出你要举办粉丝见面会的消息，官网访问流量剧增，大家都在抢名额，说你终于开始活动了。还有观众提议，把谈微的数据也带到现实里来。”

崔栖潮听到小白的马甲，瞟了她一眼。

原本乐呵呵的林琳立刻咳嗽了一下：“这我们肯定不能答应，万一这些人是有阴谋的，想当面黑你呢？”不说别的，哪能一上来就这么刺激？

不管怎么样，林琳对这些数据非常满意。崔栖潮的观众年龄层很广，消费力也很强，种植包卖得可好了。广告……虽然没有她一开始幻想的高端广告，但是美食啊农药啊营养液啊，销售量也都大大增加了，广告商反馈可好了。

崔栖潮没有和她继续讨论，好像很不愿意提及小白。

到了见面会那一天，崔栖潮像平时一样，一大早起来给自己的菜浇了浇水，看了会儿书，然后就被林琳带去收拾了。

衣服是早就试过的，崔栖潮没做过明星，但按他平时的着装习惯，也习惯穿正装，又足够沉着稳重，比林琳见过的大多头次甚至第 N 次参加活动的演员要好多了。

林琳在一边给他说几点注意事项：“到现场的观众我们都送了小礼物，是你在公司种的那些菜的菜种，待会儿你要是不知道该说些什么，可以提一提这个……”

外头主持人已经在开场了，六十名到现场的观众坐在最前面，后头都是以投影形式来到现场的，但极为真实，如果不是偶尔调试数据造成的闪烁，和前头的真人几乎看不出区别。

“下面大家一起用掌声欢迎崔栖潮上场吧。”

崔栖潮不用林琳说什么，自己就一步跨了出去，在观众的欢呼声中走到主持人面前，和他握了握手后，解开外套扣子坐下，面朝台下，动作非常自然。

“不愧是帝王血脉的觉醒者，气场非常强大。”主持人夸了一句，观众也非常配合地鼓起掌来，居然还有人举灯牌。

崔栖潮看到灯牌的时候，眼中闪过一丝错愕之色。

主持人开场时就说了不少话，这时接着道：“咱们先聊一聊吧。这是栖潮头一次办见面会，我们也是劝了很久。我本身也一直在追你的节目，看第一季的时候，我还有点错愕，心说这是怎么回事，不是校园恋爱吗？怎么把人家的恋爱圣地都给推平了？到后面也有意思，中世纪、星际时代，各种各样的种田方法。我觉得大家和我一样，在互动之前，最想先问一问栖潮的心路历程。”

他们这场粉丝见面会的限制也很多，崔栖潮和他的律师对他的活动有很多限制，所以不能放飞玩，甚至要用访谈问题填充一下时间。

崔栖潮点头，大概停了三秒团体语言，然后表情非常严肃地道：“在第一个世界的时候，我也在补充理论知识的阶段，但最后体验还是不错的。LJJ 的建模很成功，不仅仅是说背景，还有种植的手感、成长过程，可以说与现实没有任何区别了。因为限于场地和时代等条件，我主要用的也是复古技术，我不可能在那里建种植塔，或者把教学楼也改造，大家甚至很少看到农机，即使那个年代已经有了许多农机……”

还心路历程，崔栖潮的心路历程就是他的种植心得，因为他去那里真的没有别的想法，观众和 LJJ 思索的都不在他的考虑范围内。

主持人本来还有点忐忑，谁知道往下头一看，那些观众居然听得非常认真，甚至有人在做笔记！

他承认，他根本不是崔栖潮的节目的粉丝。他平时很忙，只是对节目有所耳闻，之前本着职业精神稍微做了点功课，谁知道演员和观众都比他想象的还要奇葩……

想到这个，主持人又看了看流程卡。嗯，的确奇葩，这个见面会的互动也和别人不一样。

问了几个问题后，主持人就热情地道：“下面就是大家非常期待的互动环节，我们会邀请现场观众上来和栖潮一起种菜。”

他说得好像这非常正常，其实心想：我是主持了一场农业技术分享会吗？刚刚下头的粉丝是不是互称“专家”来着？是的吧？

观众们欢呼起来，试问，哪位崔栖潮的节目的键盘农民、专家，没有期待过和崔栖潮一起种地？

LJJ 准备了一个很大的培植箱，他们要玩个花样，让粉丝轮流上去和崔栖潮一起种菜，还得种出“以农为本”四个字。

按照排号，观众一个接一个地上来，崔栖潮也脱了外套，挽起衬衫袖子，和粉丝一起种地。

崔栖潮的粉丝有男有女，有老有少，看样子什么职业的都有，见到崔栖潮本人都可激动了，利用难得的互动机会，一边种菜一边和他交谈，心里疯狂地想：天啊，崔栖潮就和节目里一样精准！太帅了吧，怎么会有人种菜种得这么精准？

有人把家里种植的问题拿出来问，崔栖潮也都迅速解答了。简直太厉害了！

这个种植是用培育好的菜苗往培植箱里种，粉丝几个几个地上来，换了好些批，崔栖潮瞟到一人的手，立刻走了过去，按住他的手：“深了。”

那人的手立刻提了提，恢复到了最佳深度，把土盖好。

崔栖潮抬眼看了那人一眼，非常年轻，看着才十七八岁，五官俊秀深刻，眼眸是灰蓝色的，可能有些西方血统。他的发色是深黑，连眉毛与睫毛也如此，浓密深黑，使得双眼看上去更为深邃。

这少年紧紧盯着崔栖潮，这个表现好像和其他粉丝没有什么两样，崔栖潮却总觉得有点异样，好像捕捉到了一丝熟悉的感觉。他还没来得及思考什么，已经又换了一批人。

中场 LJJ 安排了表演，让崔栖潮也去休息休息。

崔栖潮没去他的休息室，而是靠在后面走廊墙壁上低头沉思，直到他听到脚步声，这才从容地抬头，就好像他本来就是在这里等待来者。

来的是刚才台上那个少年，他手里还捧着一把生菜，大步走过来塞进崔栖潮手里，就带着十二分的傲气与八十八分的期待问道：“你知道我是谁吗？”

崔栖潮却有些失望：“LJJ 应该没有邀请你，你是黑进来的吗？他们应该警告过你了吧，你知道你现在的行为如果被发现，会有什么样的后果吗？”

江谈微流露出一点不开心，但更多的是被崔栖潮认出来的激动。他虽然脸看起来年轻，身形倒是比崔栖潮还要高上一点，眼睛向下看过来时格外得意：“你这么问，是因为你阻止了 LJJ 起诉我吗？”

崔栖潮没说话，表情很冷淡：“在虚拟位面时来不及和你说，你的行为应该只是斯德哥尔摩综合征的表现，这不是一种正常的情感。”

他没有叙旧，而是单刀直入地说出了这个目前最重要的问题。

江谈微兴奋的情绪终于被抑制住了一点，就算早就猜到崔栖潮一开始会抵触，但真的遇到了，江谈微还是不大高兴，尤其是崔栖潮这样分析他：“我自己知道。”

崔栖潮：“你真的知道？你……”他上下看了江谈微一眼，没有任何对年龄的歧视，只是平铺直叙地道，“你满十六岁了吗？毕业了吗，同学？”

他不认为年龄会阻止人成为朋友，但和小白所想的不一样，他觉得小白可能还没有足够的能力来分析自己的心理。

LJJ 告诉了他小白的技术很高超，而小白本人，之前崔栖潮就察觉到他可能年纪不大，现在比他想象的可能还要小。可以看到，小白连控制自己的能力都没有。

江谈微不可思议地道：“我跳级修完的，还有，‘同学’是什么称呼？别叫我‘同学’！我成年了！”

他说完后，又露出一个有点懊恼的神情，估计自己也发现自己刚才说的话有些幼稚了。

崔栖潮甚至觉得有点好笑：“好吧，那……白先生。”

江谈微：“我不姓白！”

## 第 94 章

# 小白不姓白

崔栖潮脸上罕有地出现了一丝尴尬之色，导致他有些无法对江谈微保持冷漠了。谁让他刚才说的话太伤人了，小白不姓白，这才是正常的啊！

“小白”这个名字明明就是崔栖潮给江谈微起的，他又拒绝了看江谈微的资料，因为生活在一起太久，刚才竟然下意识地默认小白就姓白了……

“不好意思。”崔栖潮轻声道。

江谈微要气死了，但为了表现自己的稳重，憋了半天给憋回去了，只闷闷地道：“LJJ 没有告诉你吗？我第一次差点被抓，就是因为用了真名做马甲。”

“谈微？”崔栖潮有些恍然，这竟然是小白的真名。

“嗯。”

经过刚才那一出，崔栖潮有些绷不住了，算了算时间，对小白道：“谈微，LJJ 的林总监也在这里，她看过你的资料，随时可能发现你，你最好还是先离开吧。”

他的语气很诚恳，林琳确实就在现场，虽然不是时时盯着台上，但也极有可能发现江谈微。小白的样貌也不是掉进人群找不到的那种。

江谈微不情不愿的，他是来见崔栖潮的，可崔栖潮就想这么打发他：“那你晚上跟我去吃饭。”

崔栖潮没说话。

“这个生菜是我自己种的。”江谈微指着他怀里的生菜，委委屈屈地道，“我坐了半个月的船过来找你，我本来住在仙努塔星系。”

崔栖潮含混地道：“我们可以留个联系方式。”

他坚持认为小白心性不定，这件事极不靠谱，一心想打消小白的念头，要是小白以朋友身份找他在现实见面，他估计都要劝小白别再入侵 LJJ 了，那就更不可能和小白一起吃饭了。

江谈微也不傻，一听就知道崔栖潮在糊弄自己，但也知道不能把崔栖潮逼烦了，就说：“好吧……你把网络地址写在我的手上。我没有住的地方，就在外面等你，你一定要联系我。”

“你怎么没有住的地方？今天刚到？”崔栖潮一边写一边问了一句。

“我都要和你见面了，当然把房退了。”小白理所当然地道，“这附近住处很难找的。”

崔栖潮费解地道："我住在 LJJ，就算住在自己家，也不会招待你住在我家的。"

小白幽幽地看着他："我也是刚刚才发现这一点。"

崔栖潮比他想象中的还要冷酷一些！

崔栖潮很久没有和小白这样的人接触过了，只觉得有点怪异，就像小白在心里觉得他比虚拟位面里要冷一些，他其实也在想，小白比虚拟位面里还要幼稚。

"好了，快走吧。"崔栖潮看时间也差不多了，吩咐了一句就往前走。

走到门口时，崔栖潮回头看了一眼，见小白还斜斜地靠在远处的墙上望着这边，非常少年气，只是对崔栖潮来说，距离太远了。

小白看他望回去，就比了个"我知道"的手势，倒退几步，转身往出口走了。

崔栖潮这才回到了台上。

似乎谁也没有发现台下少了一个人，主持人带着大家进入了下一环节。今天还有些互动，是和以虚拟影像方式来到现场的观众之间进行的活动，由崔栖潮从那三千人里抽几个幸运观众提问。

"三百八十六号。"崔栖潮报了号码。

导播立刻把那位观众的影像放大，亮度调高，声音也放大。

"是我吗？我是三百八十六号！"三百八十六号观众是一个年轻女孩，兴奋地看了看自己的号码，说道，"我现在可以问问题了？那个，我想问一下，崔……崔老爷，谈微和隐江，如果他们两个都在，一定要你选一个做朋友的话，你选谁？"

现场哗然，第一个问题就很有爆点，看这女孩兴奋的样子，还真拿不准她是真心发问，还是单纯想搞事情。

不难看出来，现场有些观众一听到谈微和隐江的名字，脸上表情都有些不自然了，小声嘀咕起来："选什么选……不是说好了谁地多选谁？"

"都收了拉去种地啊，不用选。"

崔栖潮刚刚才见过小白，这时听到这个问题，脸色也有一点点不自然。

主持人笑道："崔老爷，这个是中世纪的称呼啊，谈微和隐江则是修真界的人物了，人气都很高。"

现场顿时嘘声一片。

对、对，人气高，各种被观众嫌弃。

主持人："那我也很好奇，如果在现实里遇到，栖潮，你更喜欢哪种类型的朋友？"

崔栖潮干巴巴地反问："你不觉得他们都是同一种类型吗？"

大家一想，可不是吗？谈微和隐江的脾气还真有那么点相似，就是隐江更加放肆一点。

主持人了然道："那证明栖潮的喜好很一致，所以意思是不是看情况？"

崔栖潮沉默片刻，慢慢地说道："虚拟是虚拟，现实是现实，可能我一个也不会选。"

他知道小白会看这个节目，所以这么回答。

其实他非常喜爱虚拟位面的真实度，但他说的话严格来说也没有错。

主持人和观众听了，则理解成了其他意思。

崔老爷在虚拟位面种了那么久的地，可能真的就只是随便和人交个朋友？这么一想，他们对崔老爷的要求也太高了，应该体谅体谅的。

这时主持人也收到了林琳的示意，这个问题就这么过去了。

崔栖潮抽取下一个观众，这一个观众开口就说："我是一家小型农业公司的负责人，我想问一下您，面对当今农业市场的变化，我未来究竟该如何抉择？"

主持人有点凌乱了，崔栖潮的观众里有真实的农业从业者好像也不奇怪，但是这画面太诡异了。

等等，该不会对方就是因为这样才成为崔栖潮的粉丝，更甚者冲着提问机会才来参加见面会的吧?

崔栖潮还认真地和那观众探讨了起来，问了对方具体是经营哪方面的，在知道是研究种植系统，尤其是小型家庭系统后，也以自己的理解给出了意见。

接下来更是一发不可收拾了，不知道大家本就是有备而来，还是被提醒了，后头又出现了好几位相关行业从事者，拿专业问题来询问崔栖潮。

一开始主持人还能搭上话，后来他就只能沉默了，听不懂啊!

好在也不是所有观众都这样，偶尔也有问些"你平时看不看自己的节目""你喜欢哪个演员"之类的正常问题的。

最后，崔栖潮和大家说了说今天赠送的种子是自己种的菜结出来的，愉快地结束了粉丝见面会。

"表现得特别好！"林琳一边鼓掌一边走过来，"而且，我还发现了一个有趣的现象。"

崔栖潮："嗯？"

"我先卖个关子，明天你就知道了。"林琳对他挤了挤眼睛，"好了，卸了妆快回去休息吧。"

崔栖潮回了 LJJ 给安排的公寓式宿舍，换上家居服，揪了点自己种的菜放进料理机，今天他没有心情自己做菜。

崔栖潮靠在沙发背上等料理机烹调好菜，忽然室内响起了一道声音。

"结束啦？"

崔栖潮一下回头，却见小白坐在沙发上，两条长腿摊开，正在啃面包。一瞬间，崔栖潮以为他闯进家里来了，但是仔细看就发现，他的身体边缘隐隐有蓝光，应该只是影像。

崔栖潮可没有允许小白接入数据，这分明是他自个儿闯进来的，考虑到小白不但知道崔栖潮住在哪儿，还知道他的网络地址，这好像也不是太惊人。

“这样有点没礼貌吧？”崔栖潮说道。

“你一直不联系我！”江谈微还觉得委屈呢，“你是不是想晾着我？”

崔栖潮觉得好笑：“容我提醒你，现在距离我结束见面会才二十分钟，还不包括我路上所用的时间。”

江谈微：“是吗？我怎么觉得过去很久了？”

崔栖潮叹了口气。

“至于这么忧愁吗？”江谈微大口吃面包，说道，“说来说去，这都是你的错，如果你当初不抓住我，反复虐待我、对我好、嘲笑我、对我好，我也不会心理扭曲！”

这是江谈微最新研究出来的破解崔栖潮的逻辑的话，崔栖潮得负责！

崔栖潮果然有些惊讶地看了江谈微一眼：“你去找心理医生吧。”

“我不，我就找你。”江谈微把最后一口面包也吃光了，拍了拍手，“我刚找了个新地方住，长租，就在你的公司附近。”

“谈微！”崔栖潮坐在了他的对面，严肃地道，“你最开始产生这种心理问题是什么时候？因为什么契机发现的？”

“你还会心理辅导啊？”江谈微斜睨他，虽是现实里的初相识，到底相处过那么久，没多久两人的对话就很是熟稔了，“在你心里，难道什么都能像你做饭、种菜一样，精确到毫厘，讲科学，无偏差？难道一个人的情绪也是可以理性分析的吗？就算这种情绪在你的认知里扭曲了，难道也要像过密的菜苗一样拔掉？”

崔栖潮淡淡地道：“你这是诡辩。”

江谈微一拍沙发扶手，当然，实质上他碰不到这里的东西，倾了倾上身，脸逼近了崔栖潮，锐气十足。

“我不管。我第一次和你正式见面，你就只想着我太小、心理有问题、非法入侵了……” 他嘴巴有个委屈的弧度。

崔栖潮知道小白是故意这么说的，但他的确在这一瞬间被触动了。小白的眼神陌生又熟悉，渐渐和记忆里圆溜溜的猫眼重合，很多次他们也是像这样，一人一猫在一个小空间里，安静地相互陪伴。

崔栖潮的手慢慢抬起来，用熟悉的手法摸上了小白的头顶。

毫无疑问，他的手摸了个空，一片蓝光泛起，但小白就好像真的被摸到了一样，露出一个生气十足的笑容。

今天就到这里！江谈微迅速道：“喵喵喵，回见！”

他迅速切断了信号，身体就从远处不见了。

崔栖潮摇摇头，露出一个有些无奈的笑容，小白这个家伙……

第二天，崔栖潮起来后，先做完平时例行事务，再看看林琳给自己的那个 LJJ 的短剧剧本，看几遍把台词给背了下来。

虽说他不爱这一行，但现在在干，就还是得认真对待。

过了一会儿，林琳又发了些链接过来，崔栖潮一看，都是新闻、帖子之类的，关于他昨天的见面会的。

林琳："哈哈哈！您看看吧，最大牌的媒体是农业行业的！"

LJJ的人都要给乐死了，还有这种事情啊？

按理说，崔栖潮这个是粉丝见面会，要上新闻也是上娱乐新闻。但昨天崔栖潮答了好多观众的问题，里头有些农业从业者。

今天林琳一看，好家伙，除了他们公司打点的那些媒体，居然还有一些不是他们联系的媒体也报道了这次见面会，都是些农业行业的媒体，里头还有挺权威的单位，大篇幅刊登崔栖潮与观众的问答，后头还有特约点评，竟非常把崔栖潮的发言当回事，研究起他的思路来。

这倒是和林琳的安排互相呼应了，昨天她就发现不对，查了一下才知道，昨天提问那些农业问题的从业者里不但有崔栖潮的真粉丝，还有一些是求购票进来的，就是为了问崔栖潮问题。

林琳特意让人采访了这事，报道出来，这不是挺有意思的吗？今天网友看了新闻，反响很热烈，笑得都快不行了。

服了服了，不愧是崔老爷，开个粉丝见面会还有卖农机、农业系统、农药的人混进去请教的。

谁知道还有农业方面的权威媒体都把崔栖潮的话刊出来了。

众人仔细一想，好像也不是特别离谱。从前的经验就告诉大家，那些血脉觉醒者各有长处，在各行各业发光发热。

崔栖潮只是因为种植欲很强，所以才跑LJJ来了，本事还是过硬的，这次说得很有见地，被报道了也不奇怪。

按照媒体级别来看，崔栖潮这场见面会在农业行业引起的反响好像更大一些……这可真是符合崔栖潮一贯的神奇画风。

林琳安排人把这件事也大肆宣传了，这才来给崔栖潮说。

崔栖潮挑着把那些农业新闻看完，笑了笑。

林琳："崔先生，这个路线也就只有你能走，别人都走不了，哈哈。"

崔栖潮第一次办线下活动，就闹出这样的动静，他的粉丝们还挺自豪，见着LJJ的宣传后都纷纷表示：

以后想看崔总的信息，不会得专看农业新闻吧？

昨天我看直播呢，我爸还来问我是不是选修了农学，怎么在看农业讲座……

可不是吗？其实我后来好多内容也听不懂了，就是疯狂在弹幕里笑，头一次看到这种见面会啊！

只有我还认真做笔记了吗？我真的挺感兴趣的！

可以可以，崔总头一次出来活动就上了国家级媒体，真是太有排面了。

不是，你们都不怕崔总就此转行，被挖去研究农业系统吗？

路过，现在混娱乐圈的都是些啥人？

有没有人联系崔栖潮，他自己也不知道，反正现在他住在 LJJ，想联系他的人基本都得通过 LJJ，那 LJJ 也不可能随便让他转行。

不过有意思的是，林琳这里真的还收到了一些各国各类农业频道的邀请，想请崔栖潮去参加他们的节目，探讨一些星际农业前沿问题。

投桃报李，加上崔栖潮本来路线和其他人就不一样，林琳也真准备筛出来几个让崔栖潮去参加，料想崔栖潮自己也乐意，双方皆大欢喜，结果又闹出事来。

倒不是什么坏事，就是崔栖潮去参加一个林琳给筛出来的农业节目，他们那节目所在的大楼还有个同台的军事节目。

崔栖潮在那儿遇到了自己以前的同学，他来参加军事节目录制，聊了几句后，临时拉着崔栖潮也过去客串回答了几个问题。

后来节目播出来，崔栖潮的粉丝闻讯赶来，情绪十分高涨。

其实从崔栖潮在星际位面的表现也看得出来，他对军工制造有一定了解，这年头搞真人秀的还真是各种人才都有。就是没人料到崔栖潮专业到这个程度了，还能在节目上和业内专家谈笑风生。

之前就说过，崔栖潮因为家庭等问题，毕业后没有去从事保密性很强的军工制造工作，但他平时也习惯了关注一些这方面的消息，水平也还在。

粉丝恍惚地道：

我全家都喜欢你崔了，我妈看他做饭，我爸看他聊军事，我看他种田……

我姐姐之前听说崔栖潮要活动了，还说要做崔栖潮的事业粉，现在她有点郁闷，因为前景太扑朔迷离了，以她的知识储备没办法展望。

是啊，这可怎么展望？这路线也太飘忽了！

这是我追过的最谜的星……不说了，我去复习农业知识了，不然下次听不懂偶像讲话了。

多看新闻！才能替你崔展望事业！

确定还用得着我们展望吗？

至此，崔栖潮露面的活动，不是像农业讲座的见面会，就是真农业节目和军事节目，这别具一格的曝光让他的形象瞬间就稳了，不愧是神农氏的血脉觉醒者。

别说，这也还真给崔栖潮吸引了一些粉丝，有喜欢他的颜的，有觉得这个路线新奇的，那种军事或农业爱好者就更不用说了。

这些人还能反哺一下真人秀的人气，回去补一下传说中崔栖潮的奇葩真人秀。

林琳都不禁庆幸起来，他们到底是多走运才能签到崔栖潮？这下在筛选节目上也不由得更加严格了。

另一方面，崔栖潮近期也要开始拍摄 LJJ 的那个短剧了，这短剧虽然是 LJJ 为了周年庆自制的，但有些工作也外包了出去。

崔栖潮到了现场，竟然看到了小白的身影，他一开始还以为小白是混进来的。

小白上次露脸后，因为崔栖潮奔波在外录了两个农业节目，没能和崔栖潮再见面，只是通过网络骚扰了几次。

“我是正经应聘进来的，那什么总监看到也不能说什么吧？”江谈微晃了晃自己的身份卡，“我们现在是同事！”

小白也算多才多艺，而且这个和他的特长也沾边，他是应聘来做特效的。

他就这么用一个光明正大的机会和崔栖潮“认识”了，剧组里人来人往，哪有人有工夫关注那么多，还以为他们是新朋友。

“你的剧本呢？我看看。”江谈微开始闹他。

一起参演的都是 LJJ 的演员，在林琳的招呼下，大家都脸熟了，他们对崔栖潮至少面上都挺友好的。

有路过的人看到这一幕，还看了看江谈微的身份卡，含笑说：“栖潮和特效师关系挺好的啊，给我也说几句好话，到时候给我把特效做帅一点。”

江谈微先一步把手搭在崔栖潮的肩膀上：“没问题！”

他一笑，那张脸就更加吸人眼球了，年轻又张扬，搞得对方都愣了一下，心想这真的是特效师吗？干脆出道好了。

崔栖潮：“把手放开。”

江谈微才不听他的话。

崔栖潮叹了口气：“谈微谈先生，你真当自己是猫了吗？”

他只见小白无辜地看着自己，说了句让他觉得很熟悉的话：“我不姓谈！！”

崔栖潮：“那你到底姓谈还是姓白？”

小白撇了撇嘴，振振有词地道：“我不姓谈也不姓白啊，我姓江，我叫江谈微！”

见鬼了！

第 95 章

# 我擅长做王

“你简直……”崔栖潮觉得小白真是让人哭笑不得，“江谈微，你……”

崔栖潮还真少有这样词穷的时候，忍不住在小白的后脑勺上拍了一下。

小白立刻嚷嚷：“你打坏了我可是要负责任的！”

崔栖潮用一种不可理喻的眼神看了他一眼，没理他。

LJJ 这个短剧的短是指单集长度，而不是整体长度，毕竟那么多演员呢。

题材背景是一船人流落到原始星球，这些人各有所长，因为求救无望，决定在这里自己建立文明，各自发挥所长，这样就对应了所有演员各自的特点。

短剧是在这个背景下，每集讲述他们在这里搞建设的趣事，画风比较轻松，群戏，每集的侧重点不一样，都有重点表现的时候，也会有戏份比较重的演员，串联起整体剧情，属于 LJJ 要主推的内容。

崔栖潮和小白说了几句，就被拉去拍摄了。

能够进入这个阵容，大家不管演技好不好，至少出镜是不会慌的，加上导演组构思得很完善，一直从旁指点，拍摄得还算顺利。

这个短剧采取的是边拍边播的快节奏方式，反正计划很详细。开头一气先拍了三集放出去，这三集不是崔栖潮占主要戏份，但播出后反响还挺不错。

短剧开头就是这群人要开始分配工作，其中有人心怀鬼胎，到了原始星球也盼着当老大，享用简陋的资源，于是一个介绍倒成了各自拉拢的现场，火花四溅。

“来，下面这位兄弟。”有人冲崔栖潮抬了抬下巴，“你尊姓大名，擅长做什么？”

出于各种原因，大家的角色名都是本名。

崔栖潮：“崔栖潮，擅长做王。”

所有人一下炸锅了，其他人还挺隐晦的，这位兄弟却一上来就这么赤裸裸，而且一开口就是做皇帝！

有人都被气笑了：“哥们儿，你野心挺大啊。”

崔栖潮的人设和他现实里差不多的，但性格不能完全一样，否则没法拍了。这会儿，戏里的崔栖潮就面无表情地道：“我是帝王血脉觉醒者，有证。”

说着，他把国家部门颁发的觉醒证明拿了出来……

好吧，这么说还真是！

这时候崔栖潮又说：“但我目前不打算做王，毕竟大家一起不幸流落到这里，现在就划分阶级不利于良好生存，所以我暂时可以发挥其他特长，为大家解决食物问题。”

他这一句话，说得所有人先是哭笑不得，随即明白了，其实他从头到尾都只是在敲打那几个有想法的人。想搞阶级、团体那一套，先掂量一下这里还有个隐藏 boss，玩帝王心术人家是有国家认证的。

于是在一阵沉默后，气氛又稍微变了变，想搞事的人因为忌惮崔栖潮，果然都比较收敛了。

在原始星球安营扎寨以后，崔栖潮也像他说的那样，主要在后勤工作上发光发热，尤其是食物部分。

这一点非常符合崔栖潮的现实身份，让大家对应起来后觉得毫无违和感，又增加了时髦值——他的人设立体起来了，一个隐藏在后厨的帝王血脉觉醒者、扫地僧，前头的争斗因为要忌惮他，也产生了很多笑料。

这角色以崔栖潮的气场完全可以胜任，又特别讨喜，在轻松有趣的短剧中占据了一个特别的位置。可见林琳确实费了一番心思。

短剧播出之后，反响也很不错，崔栖潮开头的戏份不多但给人的印象很深刻。

当然，播出的时候崔栖潮的粉丝的弹幕也让人印象很深刻……

我来看崔栖潮的，请问什么时候开始种地？

崔栖潮，擅长打脸！

崔栖潮，擅长锄地、播种、间苗和母猪的产后护理……

擅长做王！哈哈哈，别告诉我，我期待了那么久的崔栖潮做皇帝的情节要在这个剧里实现了，要在树桩子上登基了吗？

这什么台词啊？又搞笑又帅的，暂时不称王了！

请大家不要误会，这绝对不是崔栖潮的真实性格，他没有这么善良！这要是在他的节目里，这群人钩心斗角不到五分钟就被拉去锄地搞生产了！

……

因为是集合了很多人气演员的庆贺剧，又是比较讨喜的全年龄轻喜剧，播放率还挺高的。

有的观众可能以前不看真人秀，这下也通过这个剧认识了崔栖潮。因为剧宣传出去就是号称角色都采用了很多演员的真实梗，这些新观众也很好奇，这崔栖潮难道真的“擅长做皇帝”？他后面的戏份又会是什么样的？

这么一搜之下，有人就能看到很多有趣的东西了。

对、对、对，崔栖潮真的擅长做皇帝，擅长到被 LJJ 挖去在真人秀节目里做霸道皇帝争霸天下，结果你猜怎么的？他觉醒的血脉暂时只对种田感兴趣。

当初追着看节目的观众是惨，新观众来看总结，就只觉得太好笑了，那些观众也太惨了吧。而且和剧里角色神对应，崔栖潮真的管食物去了。

崔栖潮的剧情伏笔要埋挺久的，这中间他的戏份也挺有意思。

流落原始星球的人们搭建好了基地，崔栖潮和他们中的野外生存爱好者一起负责给大家解决食物问题，崔栖潮还现做了工具，开辟农场，抓来动物搞养殖。

加上其他人的特长，大概一个月后，基地就有模有样了，探索周围时，甚至发现这里存在着本土智慧生物，也就是外星原始人。

崔栖潮表现得非常“贤惠”，饭菜基本都是他做的，轻轻松松搞定了上百人的饮食，把随时准备登基的候场皇帝和周密的后勤人员两种身份自然结合在一起，时不时刷存在感，都是震慑其他人，被人拿来玩梗的。

比如其他人暗中争斗时互相威胁“大不了鱼死网破，我掉头去撺掇崔栖潮登基，你就等着做大内总管”之类的。

有崔栖潮的颜值在，加上他以前的作品，这点戏份都够他的知名度大大提高了。

崔栖潮之前的节目人气是高，但是人类娱乐方式那么多，节目、制作公司也那么多，所以上升空间也仍旧是很大的。

剧是每天都在放的，覆盖面比农业、军事节目要大一些，这下连崔栖潮一些久不联系的老朋友、老同学都来联系他了。

他们都觉得特别神奇，崔栖潮怎么会跑去做演员？红了倒是不奇怪，除了生孩子他在哪个领域成功都不奇怪，就是不明白这职业选择方向，和大家以前所想的可是大相径庭。

这天崔栖潮和以前的导师聊了半天，房间角落里就悄悄然出现了一个身影，是小白把自己的数据给接进来了。

崔栖潮和导师聊得太久了，小白等了半天，索性来崔栖潮眼前晃一晃提醒他。

“咦，那个是……”导师一眼注意到小白，虽然他没出声，但房间里多了个这么大的投影。导师心想崔栖潮这么讲究隐私的人，居然有人能自由接入他的房间，这关系应该不简单，“嗯，是你弟弟或者侄子吗？”

江谈微心道：弟弟也就算了，侄子？他们看起来辈分差很大吗？对方是不是在暗示他很幼稚？这老头是谁啊，太讨厌了！

“不是。”崔栖潮瞥了小白一眼，“一个朋友。老师，我下次去看您吧。”

导师笑着点头：“行啊，我和你师母也会每天支持你的节目的。”

崔栖潮一时无语。

江谈微扑了过来：“老师，下次我也去看您！”

原来这是崔栖潮的老师啊，失敬了！

导师失笑，道：“好吧，栖潮下次带你好朋友一起来。”

崔栖潮还没来得及说什么，导师已经切断了信号，身影消失在房间内。

算了。崔栖潮转而对小白说："你什么时候学会走'正门'？"

江谈微无辜地看着他："不是你教我走窗的吗？"

他做猫的时候，就是从窗走的，在中世纪时还帮崔栖潮造过假。

崔栖潮沉吟片刻，说道："小白，你很聪明，但是你无法很好地控制自己的能力，我理解，让你在体验过便利后退回去是很难的。可越是这样，你越是要克制自己。现实是现实，就像你的数据再真实，你在这里也只是一个投影。"

他的手穿过了小白真实的投影，然后他道："学会驾驭数据，驾驭自己的欲望，而不是被它控制。"

江谈微脸上现出了一丝迷茫之色，不是没有人和他说过类似的话，希望他"洗心革面"，但没有一个人是崔栖潮。只有崔栖潮会把手穿过他的投影，让他虚心思考这之间的关系。

崔栖潮看到小白陷入了沉思，手抵在脸颊上，显出一点孩子气，很快，他的身影就渐渐变淡，直至消失。

他这是听进去了吗？

不出五秒，崔栖潮就听到了 AI 的提示声，未知数据请求接入。

崔栖潮接受了请求，小白的身影就再次出现在房间里了，他嘴里干脆地蹦出了几个字："我敲门了！"

崔栖潮淡淡地笑了笑，行吧，这也算一个进步。

"我请你吃饭吧，今天晚上在太空轮。"崔栖潮说道。

江谈微震惊了："你愿意和我一起吃饭？"

崔栖潮重复道："我请你吃饭，你来不来？"

江谈微哪管那么多，兴奋地道："当然去！"

这顿饭，崔栖潮觉得不是在纵容小白，只是希望鼓励小白，让他真的思索一下自己的行为。

太空轮位于外太空，既能俯瞰本星球，又能眺望星辰之海，崔栖潮订了这里的餐厅座位。

崔栖潮抵达的时候，餐厅老板还来迎接他了，倒不是因为别的，就是机器人服务员识别出了崔栖潮的脸，老板说他在追 LJJ 的剧，所以过来和崔栖潮打个招呼。

崔栖潮和他说话时，便看到自己订的座位已经坐了人，正盯着落地窗外的星海看。

那人一回头，果然是小白，他竟然还换了套正装，把头发都往后梳，露出饱满光洁的额头，看上去倒是成熟了一点。但他一笑起来，俨然还是那个小白。

他也看到崔栖潮了，笑着和崔栖潮挥了挥手。

崔栖潮也对他点了点头，结束和老板的交谈，走了过去。

"我来帮你点菜吧。"崔栖潮问道，"这里的菜单没有用通用语，也没有装翻译系统。”

“好。”江谈微好奇地道，“为什么不装？”

崔栖潮：“祖传的餐厅，老板似乎不想改变。”机器人服务员倒是可以翻译，但效率还不如他来点。

崔栖潮熟知小白的口味，很快就点好了菜，然后在小白开口之前问道：“在C大是你第一次做猫吗？”

江谈微愣了愣，崔栖潮一直拒绝和他“叙旧”，现在却主动提起来了。他也没时间多想，只回忆起了那个时候：“是啊，我之前也进过LJJ的虚拟位面几次，玩了玩。但做猫是第一次，而且我历史学得也没那么仔细，你一说‘你到底是不是猫啊，坐下都学不会’，我就特别紧张。”

其实小白的心理素质还算可以了，虽然比崔栖潮好像差些，但那种被发现的感觉是不一样的，小白在那里还没有被看出过端倪。

其实他自己也没有仔细分辨，所谓的紧张中很大一部分情绪是兴奋。

“误打误撞了，我也弄错了，其实后来仔细一查，牧羊猫是那个时期出现的，但具体年份还要更迟。”崔栖潮说道。

两人就此开始了回忆，是非常标准的网友见面了，只是相对于他们的现实接触，这道程序迟了很久。

无论是C大的辣椒、中世纪的燕麦、无人星的生菜、修真界的灵力发动机……都是他们一起经历的，崔栖潮真的想和江谈微聊天，是不会缺少话题的，一句话都不会落地。

“其实我心里还是想叫你小白。”崔栖潮甚至对他笑了一下。

江谈微很快就说道：“叫小白没关系啊，知道我姓什么就行了。”

他可以为了满足崔栖潮作为一只猫陪伴他，但他一定要有一个更加真实、重要的身份，就是江谈微本人。

崔栖潮想起自己两次叫错小白的姓，又笑了：“对，江先生。”

崔栖潮略微了解了一下小白的家庭环境，他差不多十二岁时就和父母分开了，父母属于生完不大爱管的人，那次说出去玩，就没回来过了，虽然查消费记录能得知他们活得挺好的。

社会福利好，小白就自己把自己拉扯大了，这不还娴熟地掌握了黑客技术。

“那你真的成年了吗？你有没有改年龄？”崔栖潮问。有很多事要成年才能做，以小白的自控能力，他真的不会改年龄吗？

江谈微气得直翻白眼：“我成年了，成年了成年了！”他摸了摸自己的脸，“我到底哪里像未成年了？”

崔栖潮轻声道：“对不起。我只是问问。”

“喔啦啦啦啦啦啦，呜啦啦啦拉拉……”机器人穿着玩偶装，一边唱儿歌一边过来，手里还端着一块蛋糕，在他们面前停下，“小朋友，祝你生日快乐！这是免费送给你的哦！”

这打脸来得也太快了，崔栖潮皱眉看着江谈微：“你真的未成年？”

看江谈微刚才那么生气的样子，他都要信了。

江谈微一脸震惊，甚至把身份信息调了出来，抓狂地道：“我、我不是……我没有……我没骗你！”

崔栖潮：“他叫你‘小朋友’。”

江谈微：“我就算未成年也不至于是‘小朋友’吧？”

好在这个时候机器人的动作卡了一下，对他们鞠了一躬，说“对不起打扰了，好像弄错了呢”，然后跑到另一桌去了。

江谈微这才松了口气，瘫坐在椅子上：“差点说不清了！这什么垃圾机器人！”

机器人的出错率很低，但也不是没有，这可不是巧了。

崔栖潮又道了一次歉：“不好意思。”

江谈微趁机道：“那明天你请我去你的公寓吃饭，我想吃鱼。”

崔栖潮拒绝了：“明天又要去剧组了。”

“也是，”江谈微失望地说，很快又高兴起来，“不过我们还可以在剧组里见面。”

因为之前出错，机器人又来了一次，楚楚可怜地道歉，手里的托盘上还放着两枝鲜花。如果说给小朋友生日礼物是程式化的赠礼，那么这个应该是人工根据他们的着装特意挑选的。

“没关系。”崔栖潮淡淡地道，并不打算把鲜花拿下来。

江谈微却手疾眼快地把花拿了下来，这也是本星球特产的花，呈淡蓝色。他把一朵插进自己衣服胸前的花眼里，又一倾身，给崔栖潮也插了另一朵。

崔栖潮躲了一下，但闪避空间毕竟有限，小白又很猛，崔栖潮再往后一点，他怕是要爬上桌了。

崔栖潮只好无奈地看着小白给自己也把花插了上去，做完后得意扬扬地看了他一眼。

崔栖潮看到江谈微不知不觉把脸都给抬起来了，好笑地把江谈微摁了回去：“江先生，成年人不会这样。”

“时间不早了，就到此为止吧。”崔栖潮顺势起身说道。

于是江谈微也风度翩翩、潇洒逼人地站了起来：“我送你回公寓。”

一直到分别的时候，江谈微才恍然想到，崔栖潮今天的举动难道是在告诉他，只有他走正规渠道，崔栖潮才会愿意和他正常交流？这样的话……那他是不是也不应该去帮崔栖潮刷人气，还有删掉那些黑他时长的帖子呢……

江谈微陷入了沉思。

等等，这个人不会真的会心理控制术吧？

崔栖潮的人气，在剧集里他的主要戏份来临时达到了一个小高潮。

他们的小团体和本星球土著们屡屡有碰撞，与此同时，内部也出现了一些嫌隙，这个时候，对方乘虚而入，扫荡了他们的基地，把崔栖潮和几个后勤人员都掳走了，顺便拿了很多物资。

这边几个主要角色在互相责怪、争吵，终于和解之后，才去解救崔栖潮。

而在他们不知道的时候，崔栖潮在对方部落也完成了从阶下囚到座上宾的转变，那些人原本一点也没在意崔栖潮，在他们简陋的情报中，崔栖潮就是那种没有武力值在后方煮汤的人。结果把人掳回来后，他们才大开一番眼界，被崔栖潮给折服了。

这时崔栖潮的伙伴们来救他了，路上也在斗嘴：“就是你们内斗，现在也不知道崔栖潮、阿花他们怎么样了。”

“这么久了，不会出什么事吧？”

“呸呸，一定没事的，按照正常剧情，我们到了之后还要说：幸好来得及时，再晚一点就不测了！”

“你可别立 flag 了……”

接着潜入对方营地的他们就看到意料之外情理之中的一幕，那群本地土著在念劝进表，用词是比较简陋，但很真诚，排成几排高喊：“请您登基吧！”

再晚一点这家伙就要当皇帝了！

第 96 章

# 为你应援一个农场

现在想来，潜进来的路上他们就应该感觉到不对啊！

这土著聚居地都有不少农具了，形制和他们的还很像，但他们以为是这些土著仿制的。其实不对，他们不但有农具，还很井井有条，就像有人给他们规划过一样，异常齐整。

这下大家可明白了，都是崔栖潮领导有方啊！当初那句“擅长做皇帝”一点虚假成分都没有！

其实崔栖潮本人倒真的给编剧提过一点意见，关于他如何降服土著那一段，让剧情更真实可信一点。他没做过真皇帝，但毕竟当过中世纪的领主，也做过无人星的霸主，又觉醒了血脉，提的意见非常有真实感。

而剧中的崔栖潮也将自己一个后厨隐士高人的形象展现得淋漓尽致，在一众土著的真诚劝进下，云淡风轻地道：“你们不必如此，只要按照我说的好好发展，上下齐心，再选出贤明的首领就行了。”

土著们：“您就是最贤明的首领啊！”

“不了，”崔栖潮说，“我还有同伴。”

说到同伴，可以看到和崔栖潮一起被俘虏的同伴待遇也都很不错，这时候都坐在一旁吃水果，看起来颇为放松。

也是，待在这里他们是预备皇帝的朋友，还不用干活呢……

经过一番变动，他们颇有历经波澜宠辱不惊的感觉。

这时候有卫兵发现了来救崔栖潮的同伴们，双方对峙起来。

然后路上还在说这些土著野蛮不可理喻的小伙伴们就看到，在崔栖潮的强行命令下，这些土著心不甘情不愿地放弃了围攻他们，甚至还把他们送到了外头。

最后在营地外，这些土著犹不舍地说：“您要是改变想法了，请随时回来登基。”

崔栖潮挥了挥手：“走吧。”

一转头，他对其他人说：“幸好你们来得及时，再晚一点就要发生不测了……他们劝了好几回了！”

他们在外头还有接应的同伴，一见到大家都表示“你们看上去好像毫发无伤啊，崔栖潮他们在那边没受委屈吧”？

目睹真相的众人一脸一言难尽的表情，还受委屈，他都被求着做皇帝了……

这么一来，回来后的崔栖潮在大家眼里更加像隐藏 boss 了，这人土皇帝都不当，回来给他们做饭！

有人说：“我特别怀疑崔栖潮其实是退役皇帝，早就不知道在哪个国家当过皇帝了，所以这么出尘离世！”

大家都觉得这个猜测有一定道理，虽然不敢在崔栖潮面前说，但私底下玩梗玩得飞起。

有时候就是玩得太狠了，一下还转不过来，比如有人正发呆，被崔栖潮敲了敲对方的肩膀，说：“菜都快凉了，还不吃？”

这人当时就脱口而出：“臣不饿！”

崔栖潮微微一愣。

众人：“噗！！”

编剧可能也是为了贴近崔栖潮的现实人设，接着还给崔栖潮打开了一个新技能。崔栖潮本来就在驯化动物养着吃，然后大家发现，崔栖潮这个擅长当皇帝的技能好像不只作用在智慧生物身上，连动物都对他言听计从，他甚至驯出一些会使用战术帮他捕猎的动物了。这导致大家都暗暗猜测那些动物是不是成崔栖潮的眼线了，他们说什么都得避着动物了，谁知道崔栖潮到底神到什么地步。

而崔栖潮还给他那些动物的老大起了一个名字，叫小白……

江谈微：“等等？”

“等什么等？你不去做特效，在这里看什么？”副导演瞪了江谈微一眼，管他叫小江，他在这里用的是个假名。

江谈微也没把剧本全都看完啊，哪知道后面还突然冒出来一个小白？他郁闷地道：“这什么，为什么叫小白啊？”

副导演说：“亏你还每天缠着崔先生，怕是个假粉吧，你难道不知道崔先生在每个直播节目里都养了叫小白的猫？”

他可太知道了！就是因为知道，所以非常疑惑，这是哪里来的冒牌小白啊？

就这个“小白”，还不用特效做，是找的真实的受训过的动物来完成拍摄的。

驯兽师把口令都教给崔栖潮了，崔栖潮就特别娴熟自然地对那动物下令。

江谈微看着更急了：“我觉得不妥啊！”

副导演：“咦，你有何高见？”

江谈微憋了半天，说道：“我就是因为看过崔栖潮的所有直播，所以深知这个动物没有真正的小白万分之一可爱！”

副导演：“哈哈哈，你可得了吧！真正的小白还让猪撞过。”

江谈微无语了。

副导演得意地说：“我们找的这个好歹不会被撞，体形大着呢。还有，编剧都拍了些花絮放网上去了，大家可喜欢他们的互动了。这个‘小白’有灵性得很。”

副导演想起什么，又道：“对了，真正的小白从来就没白过，哈哈哈。”

他们找来的动物体形跟人都差不多了，是一只白化的虹高星狼。

江谈微竟然无法反驳，在C大他是白底黑花的，中世纪是黑猫，星际位面里是橘猫，就最后纯白过，还是以隐江老祖的身份！

刚才江谈微去工作了没到现场，没看到崔栖潮和那只白化狼的熟悉过程，再一看副导演所说的编剧放出来的花絮，更是气得耳朵冒烟。

崔栖潮拿着食物陪白化狼玩，那白化狼被驯化得很彻底，又是从小带出来搞演艺活动的，对人非常亲昵，一会儿就和崔栖潮很熟一样，把头搁在他的肩上，各种打滚卖萌。

再看网友果然纷纷好评，期待这个动物的戏份，还说它和崔栖潮特别有火花。编剧说猜猜这是谁，还真的有老观众哈哈笑说：“不会是小白吧？”

小白在这里啊！江谈微内心泣血地喊道：你们醒醒，就算认不出本人，但真正的小白怎么可能这么厚颜无耻，为了些许吃的，或者被摸几下头，就在地上打滚？

江谈微咬牙切齿地站起来道：“不行，我不同意！”

这时候崔栖潮在不远处拿着食物对白化狼说：“小白，坐下。”

“啪”一下，江谈微就坐回去了。

副导演莫名其妙地看着江谈微：“你这一惊一乍的干什么呢？轮得到你不同意了？”

崔栖潮演完了这段，才牵着那头白化狼过来看江谈微，只见平时他休息了总是第一个扑过来抱大腿行为的江谈微，反而一直面无表情地对着自己工作的屏幕。

平时江谈微看到崔栖潮，总是忍不住露出点笑意，要么就是故意展露自己有风度的一面，这次则是面无表情，倒显得有几分冷峻了。他的五官本来就比较深刻，冷漠起来和崔栖潮平日的淡漠是有些不同的。

如果江谈微一开始就这样，崔栖潮可能就不会怀疑他的年龄了……

“小白？”崔栖潮这么喊，也不怕别人听到，大家只会以为他在喊白化狼。

江谈微没说话。

崔栖潮就更确定他是在闹脾气了，几步走到他身后。

江谈微屏幕上的画面一下就暴露了，他手里正写写画画，原来是做了个小动画，上头是简笔画的白化狼被一个小人抓在手里甩来甩去。

江谈微抱臂冷酷地道：“干什么？”

崔栖潮：“我带它跟自己的原型打个招呼。”

江谈微：“哼！”

崔栖潮靠在桌上：“你生气的点在哪里？难道你想自己来扮演‘小白’吗？”

这么一说，好像是显得他很无理取闹！

崔栖潮以这个刁钻的角度一说，江谈微一时有点找不到反驳的话。

沉默了半天，江谈微才抱怨道：“它一点也不‘小白’……”

半晌，崔栖潮竟叹了口气。

崔栖潮转移开话题：“我听说你和副导演提了意见，他的话你不要放在心上。”

被猪撞过之类的……江谈微哼哼唧唧，又想计较黑历史，又不想显得自己很一惊一乍：“我才没有放在心上。”

江谈微甚至伸手去摸了一下那狼的脑袋，立刻被友好地舔了舔手。

“崔先生？”身后传来林琳的声音，她喊了崔栖潮一声走了过来。

“林总监。”崔栖潮回身，就看到林琳的眼神定在江谈微身上。

江谈微在这个剧组里待了这么久，这时候才被林琳发现，已经很巧了，他都没刻意躲着林琳，主要是林琳一般会先和其他工作人员打招呼，再过来。

林琳是看过江谈微的资料的，现在一看本人，几乎第一眼就认出他来，只是有一点没反应过来。

“江谈微？”林琳表情古怪地唤道。

江谈微也很厚脸皮地和她打招呼：“林总监。”

崔栖潮说过林琳，他当然去查了一下，又见过她和崔栖潮交谈，所以知道这号人物。

林琳想说什么，又觉得算了，这不是早就料到了吗？

按理说，他们之间的对立关系应该是因为崔栖潮而抹去了，所以林琳只古怪了一会儿，就扬起了淡淡的笑容：“闻名不如见面，年少有为啊，欢迎你来我们公司应聘程序员。”

要是江谈微真能来LJJ，这也不失为一桩佳话呢。

“我现在也在给贵公司打工啊，在剧组做特效师。”江谈微说。

“是吗？”林琳有点惊讶，看了崔栖潮一眼，“哈哈，挺好的，多才多艺，也算把技术用到了正确的地方，尤其崔先生也参演了，相信你一定会用心。”

崔栖潮懒得听他们客套，说道：“有什么事吗？”

以他对林琳的了解，这样子一定是有事相商。

果然，林琳说道：“是这样的，最新两集不是你的重点戏份嘛，反响特别好，导演说后头想给你加点戏，我征询一下你的意见。另外，你知道吗，你有个粉丝后援会在搞活动，商量着给你应援农场塔，他们在克兰星承包了一座最高的农场塔，外墙都要漆成应援口号——‘暗黑神农，在线种田’……”

林琳：“你做好心理准备，我觉得会上新闻，会有人来采访你。”

这句话她说得很含蓄，那绝对是要上新闻了。

克兰星是知名农业大星球，那里出产的食物卖得都很贵，也有一些富豪会单独承包一层农场，专供自家的饮食。

农场塔也是一种经典耕作技术，这种垂直农场能够最高限度地利用空间，也叫天空农场，因为以现在的科技，农场塔普遍高耸入云。

塔状的多层建筑，主要采用无土生长，产量非常高，全自动的农业系统也让照料农作物非常省心。很多地方有农场塔，但在克兰星当然意义不一样，说寸土寸金都是便宜了。

崔栖潮的粉丝们平时不声不响，但其实非常能搞事情，憋了四季，崔栖潮终于出来活动，他们可算有途径发泄了。

农场塔应援起来啊，爱他，就要给他一片土地，让他自由耕种！

虽说一座农场塔还不能完全满足崔栖潮的种植欲，否则以他的条件，也不会答应和 LJJ 签约了，但这片心意还是很实在的。

别说崔栖潮的神情有点复杂了，连江谈微的神情也复杂起来。

难道真的像络腮胡大叔说的那样，他粉得还不够认真？

可是，很不好意思地说，他没那么多钱啊。现在崔栖潮又不支持他使用非法手段，他都不能走偏门去弄点种植空间送给崔栖潮了……越想越心塞，输了！

林琳拍了拍崔栖潮："崔先生啊，你有空得去农场塔看看，那可是以你的名义承包的，你得去管理一下吧，不能传出去说崔先生名下的农场居然耕种不善。"

崔栖潮："我知道了。"

林琳："对了，这个产出呢？"

崔栖潮愣了愣道："收获后就通过后援会分给粉丝们吧。"

林琳算了算这个账，然后哈哈笑了起来："我怎么觉得他们还挺划算的？"

崔栖潮去了克兰星，江谈微也强烈要求跟着一起去了。

还有一堆记者埋伏在克兰星拍他，那座农场塔已经做好外墙涂漆了，不只有"暗黑神农，在线种田"，还有一些字号小一点的口号，包括崔栖潮节目里的金句，比如"谈恋爱没什么意思""你根本不懂什么叫种田""我擅长做皇帝"之类的。

这农场塔还是其中最高的，在一众画风正常、科技感十足的农场塔里看上去格外醒目。

崔栖潮抬头看到标语时嘴角有点僵硬，埋头走进了农场塔。

虽然崔栖潮只在大家问他收到这样的礼物开不开心时，说了句谢谢大家，但是拍到他和农场塔出现在同一空间照片的记者们已经满意了，这就够交差了，够出一篇稿子了。

至于崔栖潮身边那个少年，大家都觉得是什么助理之类的小老弟。

崔栖潮到了农场塔的最高一层，这里的确有观景区和私人餐厅，甚至还有一小块土培农场。这是只提供给承包一整座农场塔的单位或个人的，让他们无聊时来放松一下，享受复古的农业运动。

这里都是智能机器人在照应农作物，崔栖潮坐在观景区的沙发上，开始查看这里的农业系统。

克兰星应用了最先进的农业系统，传感器、栽培、灌溉、气候控制等自动技术都很顶尖，数据收集上传后会由智能机器进行分析，以此再来实现整个品种的调控。

这样的农业系统、精准、科学，能够几乎完全消除风险，实现标准化产出。

相比较早期人类农田土培时期，现在的产量是那时候的几十倍，但用水等资源却只是十分之一、二十分之一。

不过在崔栖潮这里，还是有改进的余地的。

江谈微贴着透明的墙往外看，说："以后我也在这里送你一座农场塔！要建座新的，比这座还高！"

他没等崔栖潮说话，又补充道："用合法手段，我要去挣钱！"

在此之前，江谈微对奋斗还真没什么概念，好像没有什么难得的东西，这个时代的一切都寄托在茫茫数据洪流上。只要你掌握了其中的钥匙，稍稍拨动几下，改动几个数字，无论钱还是物，都唾手可得。

这样的行为与其说是奋斗，不如说是征服，很早就和钱、物无关了。

崔栖潮看到他眼睛里映出外面的星河，若有所思地道："那我应该会很期待。"

江谈微身上有太多不定因素了，他的未来难以预测，如果他终于有意识地去达成某个目标，以他的性格，又能够做到吗？

崔栖潮期待的不是其他，而是小白能够主导自己的行为。

江谈微胡说八道起来，一手撑着墙，微低着头说："呵呵，终有一天，跟着我，你就拥有全宇宙顶尖的资源……"他眼睛亮晶晶地回头道，"最辽阔的耕地！"

崔栖潮冷漠地和他对视了几秒，转头对机器人说："去给我订几个卤猪头。"

江谈微号了起来："不准订！不准订！"

崔栖潮的粉丝们给他在克兰星应援了一座农场塔的消息传了出去，包括崔栖潮在农场塔前出现的照片也一起登上新闻后，在网络上果然掀起了一片讨论声，说不定还有林琳在推波助澜。

厉害啊，克兰星最高的农场塔，据说顶层是有观景台和私人餐厅的，现摘现吃。

不愧是神农后人的应援，画风都这么不一样。

早就有过调查吧，崔栖潮的粉丝大部分是具有一定购买力的。而且我听我一个崔粉朋友说，他们内部还有派系，有个派系就是那种农业高管粉。好比上次去他的讲座的那些农业公司老板，这种追他的人不是普通追星，而是想从他那里得到一些启示的，或者是仰慕他的才华，普遍年纪比较大。这些人出手也比较大方，投桃报李嘛。

你们没看最新报道吗？据说崔栖潮表示，农场塔收获了，他会把菜再送给粉丝。这怕不是崔栖潮粉丝的阴谋吧？花钱承包一座克兰星的农场塔，再让作为神农血脉觉醒者的偶像去打理，完了菜自己吃，一点也不亏啊！

真的不亏哎！多吃几年还赚了！克兰星的农产品卖得很贵的，而且不是每样克兰星农产品都是你崔出品。

这么说，一座农场塔产出那么多作物，偶像耕种完自己肯定吃不完，公司的人也分不完，当然只有送给粉丝啊……哇，崔粉们不会真的是故意的吧？

强烈怀疑是故意的，你们看过崔栖潮节目里崔粉每天都在号想吃他做的菜吗？

这什么神应援！

第 97 章

# 独特“饭”圈生态

大家这么一纠结起来，才发现崔神农的粉丝何止是应援，简直自成一圈，内部交流都大不相同。

就像有臣属粉来解释一些粉丝的属性，很多崔栖潮的粉确实更像是追随他的人，不会在生活中处处以他为中心，但在很多地方能看到被他影响的痕迹。

在家里种菜就不用说了，这个都被林琳炒过了，再说农场塔人家都应援了。

这些崔粉互相打招呼，都是发“干杯，祝丰收”的表情，互称专家，遇上现场活动，商量的都是举什么菜过去。

还有一批有点像黑粉，这批是在真人秀节目被虐出来的，已经有点不正常了，调侃崔栖潮都以他们为先。

就是这么一批粉丝，面对群众的围观，他们表示：

你们不懂，我们这也是在满足崔总的欲望。

什么？不不，我们不是假借满足崔总的种植欲来满足自己的食欲，你们没看真人秀不知道，我崔的帝王血脉除了觉醒种植欲之外，还有个“爱民如子”的buff，面对我们这些相当于子民的粉丝，自动就加上了。

我们是给了崔总一个施展爱民如子之心的机会，就让他像爸爸一样狠狠地疼爱我们吧！

网友们一脸问号。

厉害厉害，见多了妈妈粉、姐姐粉乃至叔叔粉，第一次见到了儿子粉和女儿粉！

崔栖潮知道他多了这么多儿子和女儿吗……

我居然在思考一个问题，上古帝王这么慈爱的吗？

崔栖潮不知道他多了很多“儿子”“女儿”，但如果他知道，会说这些粉丝说的话有一定道理，他从在 C 大的时候起，确实就有点那个意思了。

不过他不只看人类子民吃得不好会挂心，领地上的猪吃不好他也挺上心的……

说回正题，导演因为崔栖潮的角色人气高涨，要给他加戏份，所以崔栖潮后来又以比较重要的角色参与了几集剧情，和其他角色的互动也更多了。

大家都是 LJJ 的演员，这些主要演员和崔栖潮都不存在什么竞争关系，他们都有自己独特的定位和一技之长。这戏份互动一多，私下交流也就多了，大家算是成了朋友。都在一个园区，他们去崔栖潮的公寓做客也方便。

也是去崔栖潮的公寓做客了，他们才发现崔栖潮和那个喜欢抱他大腿的小特效师好像早就认识，从细节处看得出来他对小特效师还是挺照顾的。

都是一个公司的，他们也不会八卦，也不便交浅言深，就自己吃吃“瓜”。

再说了，他们很快也被其他的事情给绊住了……

据八卦新闻报道，自从参演 LJJ 的短剧后，向来是独行侠的崔栖潮和其他演员也逐渐有了更多深入交流，具体表现在崔栖潮经常和其他主演及工作人员共同出入，甚至有人进入崔栖潮的公寓。而比较诡异的是，这些演员在离开崔栖潮的公寓后，似乎全都扶着腰。

一开始大家也没发现，毕竟有的人表现也不明显，但是随着例子多了后，总会有人火眼金睛地发现共同之处。

最明显的是那些大大咧咧地扶着腰的，还有一些揉腰、弯腰僵住之类的小动作。然后和崔栖潮交谈间，崔栖潮也会指点一下他们的腰，可能在安慰！

这里头有问题！

那些瞎猜的报道被冠以惊悚的标题广为传播，不过真正懂崔栖潮的人都冷笑了。

不明真相的群众将报道广为散播，传得沸沸扬扬，脑补得有声有色，终于引来了演员们一脸黑线的澄清。

太可笑了，这报道根本不实，既不了解我，也不了解崔栖潮……

真能捕风捉影，联想能力太好了吧？我们从崔栖潮家里出来都扶着腰，只不过是因为在他家玩种地游戏。

腰疼是插秧插的啊，崔栖潮家有个私人开发的种地游戏。

想什么呢？神农氏后人，比起开后宫，更感兴趣的当然是带“后宫”一起种地啊！

不明真相的群众顿时一头雾水，这才知道还有这种玩法，还要被崔粉以及那些不看崔栖潮却围观过太多他的粉丝发疯所以比较了解的 LJJ 观众给嘲笑。

崔栖潮则看了一遍，心里有数，林琳肯定在推波助澜了，借那个标题耸人的假新闻让更多人认识他们这批人，再来个反转澄清，还让人对他的血脉记忆更加深刻了。

不过宣传方面的事，崔栖潮和他们早有协议，只要不是太过分对他造成影响，他就不会干扰。

这种事 LJJ 很有经验，不会玩脱。

所以崔栖潮听到江谈微在抱怨嘀咕，警告地看了他一眼。

江谈微收声了，心里还很郁闷。那么多人，为什么他就没有姓名，只是一个工作人员？

那些明星说的种地游戏就是江谈微做的，也是因为这个游戏，他才得以进入崔栖潮的公寓，而不是以虚拟投影接入。

江谈微还没法复制 LJJ 虚拟位面的核心技术，但做一个拟真种地游戏还是可以的，数据也没有那么翔实，以崔栖潮的敏锐程度能轻松觉察出失真之处。

不过，放在平时随便发泄一下也还是可以的。

崔栖潮使用后觉得不错，那些同事来他家里做客，不管是出于好奇体验的，还是觉得主人都在玩，自己不玩有点不好的，反正都和他一起玩了起来。

即使是游戏，崔栖潮也挺认真地教了他们种地技巧，结果可不就是一群初体验的人都腰疼了……

这件事的后续影响还要过上一段时间才能显现，那就是和崔栖潮成了朋友还玩了游戏的那些演员后来各自再开真人秀节目的时候，不由自主地就在自己的节目里开始种田了。

没办法，崔栖潮讲的话就一直在脑海里盘旋，一看到空空的黑土地，他们心里就忍不住想：这不种点菜不是可惜了嘛！搞得他们自己也有点想去基因局检测一下，看看是不是也有什么奇怪的血脉觉醒了啊！

搞争霸天下的人不用说了，可以更加专业地广屯粮，打着灵异鬼怪、宫斗、商战、江湖恩怨标签的也纷纷开辟耕地。

种田之风刮过 LJJ，上门谈合作的农业公司也络绎不绝，观众们不禁大呼种田真是有毒。

至于眼下，崔栖潮还和江谈微坐在沙发里。

江谈微在修改那个种田游戏，根据崔栖潮今天的反馈进行优化。

虽然江谈微说要赚钱，但这个游戏他是不会卖的，他说：“这表达了我的心意，先送你游戏，以后就是真的耕地了！”

崔栖潮不禁笑了一下，看得出来小白真的在努力了，而且有这个心给他开发这个游戏，他心里还是很满意的。

很好，从这个游戏就能看出来小白认真学习了种田！

也许数据不是特别完善，但整个系统很合理，小白一定是对种田有了认真研究才能开发出来的。

崔栖潮这么想，也这么夸了江谈微。

LJJ 的短剧中，一些土著角色也被引入了，以前主要是捣乱，现在其中一部分则是时不时来搞点事，目的是把崔栖潮接回去登基。

为了能让崔栖潮同意，这些土著甚至还引诱崔栖潮的同伴，许以丞相、将军等职位。

后来这些土著和其他部落发生战争，崔栖潮还一甩菜刀，和他的同伴们一起开着星球车去救人了。

他们落在这里，还剩的现代科技不多了，开着车亮相可算是出了回风头，虽然只有一辆车，但是车上有音响啊，把声音开到最大，放点厮杀的音效，再加上他们自己的人马，把敌人给诓走了。

自从营救了那些土著后，大家的关系从一开始的敌对变得有点亦敌亦友了，还存在竞争，但属于良性竞争，不存在喊打喊杀了。

当然，土著们希望崔栖潮去登基的心还是没有变。

因为剧特别火，后期也有更多角色想加入，但费老大力才得以挤进来。比如新加入的两个角色，设定是同样不小心流落在这个星球上的人类，他们都以为要成为这个星球唯二的人类了，开着仅剩的完好工具车寻找驻扎地，这个时候遇到了穿戴比较本土的崔栖潮。

他们在这里生活这么久，当然要自己制作衣物。

这俩人的车坏了，看到崔栖潮，以为他是土著，就呜呜哇哇乱叫，猴子一样比画了一顿。

崔栖潮冷漠地看了一会儿，然后用通用语说道：“等一下，我帮你修修车。”

崔栖潮利索地把车给修好了，又把这俩人带回驻地，这下他们可开了眼。这里原来还有一群经历相似的人，而且他们已经把这里建设得特别好了！

看看这个工具，看看这些食物，再看看这里的基础工程。水利工程解决了大家的用水问题，完全能保证二十四小时有水用，浴室还是淋浴，连原始马桶都有。已经驯化了部分动物，星球车他们也只有一辆，但有好些用木头打的车，而且已经有畜力车了。大烤炉烤面包算什么，这都开始炼钢了。

反正日子过得倍儿好，文明程度相当高。隔壁土著都学会了几句星际通用语，偶尔过来换东西，顺便请他们的厨子去做皇帝。

他们的厨子是谁？就是那个帮他们修车的帅哥，一路上也展现得特别有本事。

“崔栖潮这样的水平，都只能在我们这里当厨子！”

两人被这句话给惊到了，于是也自愿加入了团体，激情进行星球建设。

随着短剧大火，LJJ 终于开放粉丝到现场来探班。

开放后也是有限制的，有官方在组织，因为片场的演员太多了，如果所有人的粉丝一窝蜂都来也太乱了，所以大家轮番来。

崔栖潮的粉丝的那些行为已经小有名气了，轮到他的粉丝们来时，无论是其他演员还是其他粉丝，都挺期待的。

等粉丝到了一看，果不其然，崔栖潮的粉特别好认，手里都捧着菜。粉丝们和崔栖潮交谈的时候就更是好笑了，一个个跟接受检阅一样，上去之前还有人拿出喷水壶给菜叶上喷点水，好让菜看起来更好点，不知道的以为捧的是九百九十九朵玫瑰花。

还有的人可能家里条件比较好，有塘，居然拿了几节长长的藕。

粉丝敢捧，崔栖潮也敢指点，握个手就点评两句，有的他一眼就能认出来是全自动种出来的。

这种不是说鄙视，但没什么好说的，点评的实际上是种植系统，市面上种植系统多了去了。

然后崔栖潮的粉丝们就很激动地说："崔总，咱们今天中午是要在这里一起吃盒饭的，你能不能给我们加个菜？"

崔栖潮："嗯？"

粉丝们看看手里的菜："这都成熟了，我们是想，既然如此……"

崔栖潮还真的答应了。

其他人在心底疯狂飙弹幕，心想：这到底是什么粉丝和偶像？这个时候好像应该说"你家偶像太宠粉了"，但为什么槽点那么多？你们这些粉真的是粉吗？要么就是厨艺粉吧，整天憋着要吃崔栖潮种的菜、做的菜，真的好意思提出来！

崔栖潮可是在食堂干过两季，做大锅菜还是比较熟练的。他拍完了戏份，就去LJJ 的员工厨房做了几个家常菜。

虎皮青椒、茄子豆角、桂花糯米藕和西红柿炒蛋，大部分食材是粉丝带来的，厨房有些配料，用就是了。

崔栖潮做得还挺多，就分给其他工作人员和演员、粉丝一起吃。

以前大家一直都是在节目里看到，这次可算真的能尝一尝了，现场还有摄影师专门在拍，到时要出报道的。

从崔栖潮在厨房就拍起了，他戏服都没换，手下非常利落，把藕从藕节处切开一块，里头冲洗干净后塞进糯米，再把切下来那块盖回去固定好，处理好后，放到一边拿干桂花、冰糖一起煮着，就先去料理其他的菜了。

内部记者还和崔栖潮搭话："你对粉丝可真好。"

崔栖潮："大家种菜都种得很认真，很多人没有用农业系统，是手动种植的，非常有心了……"

嗯？所以这是嘉奖？还是像往常说的那样，爱民如子心态受到了刺激，现场做起了爸爸？

但是很快记者的注意力已经被虎皮青椒吸引过去了，这道菜是先焙了焙青椒，他的粉丝种的青椒真的不错，个大肥厚。

大蒜切末炒香调酱汁，浇在青椒上，这青椒已经被焙得十分柔软了，表皮紧皱得像虎皮一样，酱汁一浇上去，“刺啦”一声响，整个颜色都更加丰富了，几乎可以看到酱汁渗进青椒肉里。

染上酱色后的青椒看上去特别诱人，散发着鲜香味。记者咽了口唾沫，心不在焉地搭话：“在节目里可以看出来，你平时也经常自己下厨是吗？”

崔栖潮：“嗯，不是很专业。”

他做的基本都是家常菜，只是血脉觉醒后对植物的理解有了加成，后来在珉糜珠韬楼倒是也学到了一些精美的食谱，但比较复杂，这种时候不大适合做。

茄子豆角和西红柿炒蛋就特别简单了，出锅后桂花糯米藕也差不多了，一起装进大盆里端出去。

闻到桂花糯米藕切片时散发的甜香味，记者忍不住说：“应该让公司给你开个美食类的节目……”

崔栖潮没说话。

记者又想到之前的新闻，畅想起来：“找块地，每期请嘉宾来跟你学种田，种好了就可以吃了。”

崔栖潮这才说：“这个有点意思。”

等到把片场的工作人员、演员、粉丝一起愉快吃盒饭分吃这些加菜的画面拍完后，记者也迫不及待地把自动录摄一开，冲了上去。

桂花糯米藕的甜度恰到好处，清甜不腻，脆甜的藕片带着浓浓的桂花香，甜丝丝的味道沁进藕本身的脆嫩之中，再加上煮得软烂香糯的糯米，两种口感混合在一起相得益彰。

与之相对的就是口味更重的虎皮青椒了，粉丝送来的辣椒是有一点点辣味的，但是在所有人的接受范围内，即使平常不能吃辣的人也不会觉得无法接受。

那肥厚绵软的辣椒肉煮得正好，几下就能用筷子从辣椒皮上撕下来，饱浸酱汁，或者连皮一起咬。细碎的蒜蓉混在一起口感很好，香辣中带着一点清香，又鲜又醇。明明是蔬菜，却给人一种肉菜的风味。

茄子豆角和西红柿炒蛋都是非常常规的家常菜，做法简单，到这个程度，拼的也就是个食材。所以即使是崔栖潮做出来，也不会让它们发挥得特别出人意料，属于大家可以想象到的好吃。

科技昌明的时代，厨艺完全就是一种爱好了，崔栖潮这个爱好让大家感觉达到了专业机械的程度，不愧是没有感情的种田机器，一切标准都在他心中啊！

粉丝们也接受了采访。

“我早就想吃崔栖潮做的菜了，从我刚开始追他的节目起，那时候我还是个瘦子……”

“能吃到偶像做的菜当然很开心啊，尤其这个菜还是我自己种的，特别有满足感，也让我更加有信心贯彻偶像的理念，人在哪里，就种到哪里。”

“什么？崔栖潮没说过这句话？哦，这个是我们总结出来的。”

……

这天的报道播出去后，又引得大家纷纷吐槽。

崔栖潮的粉有毒吧，带菜过去给偶像检阅都不能满足他们了，还让偶像给做菜。

鉴于曾经有农业公司的人买黄牛票混进讲座……哦不，是见面会，向崔栖潮取经，我们讨论一下，这些粉丝会不会也是一群食客假冒的？

不愧是自成一圈的崔栖潮饭圈。

你想的饭圈和人家的饭圈可能不太一样，人家是真“饭”圈，去吃饭也无可厚非啊……

爆笑，对对对，“饭”圈无误了！

## 第 98 章

# 衍生剧

随着 LJJ 的短剧渐入尾声，民间呼吁崔栖潮开新的长期节目的声音也越来越高。

综艺或者个人剧都可以啊，而且最好和短剧里的人设差不多，观众们很吃那种在崔栖潮真实性格上进行了艺术夸张所衍生出来的那一套剧情。

有喜欢真人秀那样主打真实的——其实谁都知道存在一定金手指甚至剧本——也有更喜好成熟编剧设计出波澜起伏的剧情的。

人工智能代理了大多数劳动力，唯有艺术创作能够在人类手中焕发独特的生命力，具有一定程度上的不可替代性。

而很多时候，艺术创作看商业性，呼声一高，LJJ 自然会看在眼里，不只是崔栖潮，这次短剧好几个人气大涨的演员都在筹划新节目。

针对崔栖潮，他们思考了反馈后，决定直接给崔栖潮制作一档衍生剧，从剧中崔栖潮落到无人星之前开始拍起。

这样一来，原有短剧中有意无意的伏笔也能够用上了——崔栖潮的同伴们一直在猜测他为什么那么熟练，甚至认定他说不定真的当过皇帝。

这也会成为衍生剧中最大的谜团，崔栖潮的前半生究竟有没有做过皇帝？他会不会把握剧中那些做皇帝的机缘？如果做了，那到底做了哪个国家的皇帝？

衍生剧继续从崔栖潮的真人秀里提取了元素，这里指的是那种反差感。

编剧组要从崔栖潮小时候写起，以现在的技术，直接让崔栖潮本人出演，再后期模拟成儿童形态、少年模样就行了，保证和他真实的过去一模一样。

故事带有荒诞的色彩，运用了夸张手法：

幼年时期的崔栖潮出生在一个提倡民主的星球上，设定是这里的人民是在封建帝制的压迫下苦过来的，因此格外憎恨那种旧制度，甚至有点失去理性。

剧中崔栖潮的家庭挺普通的，父母在外星旅游时生下了崔栖潮，当地的基因局检测出崔栖潮天生就觉醒了帝王血脉，他们不知道崔家来自民主星球，还带着调侃地恭喜：等你们的儿子称帝后，也许你们就是未来的亲王和王妃殿下。

崔栖潮的父母的脸色很难看，在他们的星球这么说，根本不是调侃或者祝福，这相当于诅咒啊。

当皇帝当然没那么容易，尤其是崔栖潮并不是任何国家的皇室成员。但在他们的母星，想被排挤很简单，继承了这个星球从前任何一个朝代的皇室的血脉即可。大家天然唾弃这样的人，更不要提崔栖潮还是一个觉醒者。

觉醒者和单纯的遗传是不一样的，说这是超能力也无不可，从出现这种情况开始，帝王血脉觉醒者都是很少的。

但他们还有一点机会，崔父和崔母不符合移民条件，但是崔栖潮的血脉来自上古帝王，不像近代的朝代那样更容易被敌视。而且大家印象中那位帝王的直系后代姓姜，崔姓是支系了，有时都不列入名单，所以崔父崔母平时倒没受过什么不公平待遇。那么只要他们瞒住在外面做的检测，动点手脚，就没什么问题。

至于血脉觉醒者的特别之处，他们没有接触过，根据搜索来的资料想了很久，最终觉得应该不至于瞒不住。

这又不是其他特质鲜明的血脉，他们完全可以送孩子去参加演讲培训之类的做掩饰，就说是培养孩子的领袖气质——民主也是需要领头者的嘛，不冲突。

崔父和崔母就这个计划商量了很久，崔母还刻意延长了在妇婴院的休养时间，多待了几个月，觉得应该万无一失了：“儿子才多大，只要小时候我们刻意引导，也不会被看出异样。”

他们刚说完，一回头，就看到大床上，才几个月大的儿子不知道什么时候已经坐在了枕头上，占据了制高点，其他小孩则都五体投地地趴着。

他们俩吓得赶紧挤了过去，把儿子从枕头上抱下来，虽然其他家长都笑呵呵地没在意，但他们心虚啊！

总而言之，崔栖潮从小就显露出了成为领导者的天资，每每有意无意间就把他父母吓得够呛。

真的照顾起来他们才知道多难，觉醒者的天赋真的很难隐藏，就算是在小区玩耍，崔栖潮都会不知不觉地统领十二岁以下的儿童……

这孩子的大局观、掌控欲等意识也有点强，话都说不清楚时就会逼问他爸爸为什么今天饼干少放了一块。就连家里养的狗也视他为头领，认主了。

崔父和崔母为了不让崔栖潮产生太危险的兴趣，致力于给他培养其他爱好。以前想过的演讲班早就放弃了，他们觉得崔栖潮如果还掌握了演讲技巧，会很可怕。

于是崔父、崔母日常培养崔栖潮一些非常原始无害也可以说在这个时代没什么用的技巧，比如木工、厨艺、园艺等，这也解释了为什么后来崔栖潮流落原始星球，展现了很多这方面的实践技巧。

这里面自然发生了很多有趣的事，而且在父母被各种细节困扰的同时，他们也收获了一些便利之处。比如，他们搞不定的恶邻居，反而被还小的崔栖潮掌控于股掌之间，俨然天生就懂得如何操控人心，他甚至帮助他父母亲升职成了管理人员，还获得了移民其他星系的机会……

……

整个剧有相当一部分内容描绘了“崔栖潮”的童年、青少年生活，让崔栖潮本人都有点庆幸的是，因为刻意加上的荒诞色彩，剧情不要求他装嫩。

那太考验演技了，对半路出家的人来说要演得自然有点难。

江谈微因为在上一个剧组表现得特别好，或许还有林琳从中插手的关系，反正他也顺利地加入了这个新剧组，继续担任特效师。

于是制作崔栖潮的那些孩童、青少年特效时，江谈微也特别方便，他还可以用工作当借口，赖在崔栖潮的公寓的沙发上边看他小时候的照片边制作。

江谈微还要调音，用数据把崔栖潮的声音模拟还原成他小时候的声音，然后问他要了他小时候的视频，说要听听够不够真实。

“和剧里不一样，你小时候还没觉醒血脉吧，那时候你是什么样子？”江谈微还挺好奇的。

他心底觉得自己可是把底都透给崔栖潮了，崔栖潮知道他父母没影儿的事，但他还不知道崔栖潮家里的事呢，只知道崔栖潮家庭条件还挺好的。

这如果是别的特效师来做，崔栖潮肯定不会给看，可是小白就另当别论了。

他们之间的交往相当纯粹，但崔栖潮自己心底知道，他对小白有种高于任何人的信任。

崔栖潮将自己小时候的一段视频拖了出来，点下播放，和江谈微一起坐在沙发上观看起来。

一幅立体图景出现在半空中，大概是真人三比一的比例，首先出现的人让江谈微吓了一跳，因为和崔栖潮长得太像了，但那人手里拿着一支烟，搂着一个漂亮姑娘，衬衫解开三粒扣子，笑起来多了七分浪荡味道。

“这是我父母。”崔栖潮适时说道。

“哦哦。”江谈微再看，这时候崔栖潮本人也出现了，年纪小小的，穿着校服，看上去倒是比他父母还要一丝不苟。

“哦哦哦！”江谈微眼睛都直了，“可爱！”

崔栖潮小时候是可爱的！看上去特别软，一点也不像现在这样，脸上甚至带着笑容，怀里还抱着一只毛绒娃娃。

一开始江谈微以为那是毛绒娃娃，但是那“娃娃”动了之后，他才发觉那是一只猫。

崔栖潮管那只猫叫：“小白。”

江谈微瞬间百感交集，震惊地转头看向崔栖潮。难道这就是崔栖潮给他看这段视频的原因？破案了啊，当初他在 C 大根本就不是纯白的猫，崔栖潮却给他起名叫“小白”。也就是说，这个他以为有着他和崔栖潮的深深羁绊的名字，其实是二手的！

崔栖潮仍然直视前方：“你不看了吗？”

江谈微把目光从他的脸上挪开，回到了图像上。

崔栖潮抱着那只老小白，对他父母说："你们今天不能出去玩，要陪我在家里排演短剧。"

所以他还打开了摄录。

崔栖潮的父母露出了遗憾的表情："宝贝，商量一下，我们找人陪你……"

"不行。"崔栖潮斩钉截铁地说，"快点过来表达你们的父爱和母爱。"

语气和他以后的一本正经可不一样，他父母只好过去，还要被崔栖潮嫌弃，觉得父亲不够有气势，和他心目中的父亲不太一样。

江谈微喃喃道："你从小就爱好心理控制、催眠他人……"

崔栖潮看了他一眼。

江谈微赶紧闭嘴了，随即又忍不住扬扬得意地说："我的特效还是很成功的，声音推算还愿程度很高，就是没想到你小时候还会发嗲。"

崔栖潮说道："这是我最后一次和我父母录视频。"

后来，他父母就因为出去玩遇上宇宙风暴，逃脱不及时意外去世了，之后的影像都是崔栖潮和他祖父母或者外祖父母一起录制的。崔栖潮也很快成熟起来，因为他的父母都是老来子，父亲去世时，祖父母年纪已经很大了，他得承担责任，让一些觊觎者不敢妄动。

崔栖潮也很生猛，放了一些视频给江谈微看，应该是几年前有亲戚去他家闹事，他直接从房间把自己制作的高危武器拉了出来，告诉对方自己学军工不全是因为兴趣。

江谈微看到这一幕连连咳嗽，他就说当初崔栖潮在无人星时为什么那么熟练。

"你、你还特意保存了这段录像啊？"江谈微说。这个摄录角度一看就是家庭监控器拍下来的，一般每隔一段时间，就会覆盖旧数据，都这么多年了，除非特意保存下来。

"你继续看。"崔栖潮说道。

然后江谈微就看到崔栖潮把他的亲戚恐吓到尿裤子，崔栖潮这才轻声道："我把后面这段保存下来，发给了他的通讯录上的所有人。"

江谈微目瞪口呆。

崔栖潮喝了一口饮料，淡淡地解释："年少气盛。"

江谈微低着头没说话。

崔栖潮把视频给关了，见他还在沉默，问道："怎么了？"

崔栖潮有点奇怪，对小白来说，这难道很不可接受吗?

江谈微只是一时间不知道该先说哪句话，这时候才忽然抬头说道："原来你自己就够违法乱纪了，你这个比非法入侵要严重多了吧！"

崔栖潮既然敢给他看，就没有要不承认的意思，甚至有故意提醒江谈微的意思，很坦然地道："我是在不得已之下，深思熟虑且做好了万全准备的。"

如果说以前江谈微对崔栖潮的内在还有一点模糊的话，今天看到这些视频，就足够他把崔栖潮整个人从小到大的脉络贯通起来，并且有了新的结论。

“我早就知道你没有表面上那么正气凛然了，所以你总是有意无意地提到猪头，”江谈微喃喃道，“这要是放在你‘年少气盛’的时候，我被猪撞的视频你也要发给我的通讯录上的所有人吧……”

崔栖潮但笑不语。

江谈微越想越多：“当初在C大，你发现了我不是真猫之后，还吓唬我，说去下一个世界也要带着我！”

崔栖潮还点了点头。

崔栖潮：“我以为你能从我的成长经历中获得一些启发。”

江谈微：“胡说八道，分明是一定程度的相似度令我们更加彼此尊重。你把我当成‘小白’的替身我说什么了吗？”

崔栖潮无语地看着他。

那只老猫陪了他十多年，两年前寿终正寝了。

崔栖潮对告别总是怀着一些惆怅，因为接触得太早，所以那些虚拟的位面也令他心生慨然。

“嘿！崔总！”

就在这时候，一群人的欢呼声在屋内突然响起。

江谈微被吓得直接摔下沙发了，懊恼地看向中间突然播放起来的视频。

崔栖潮也瞬间清醒，只见那视频里竟然是C大一食堂的员工们，他们坐在食堂里一起对着镜头打招呼，满脸热情的笑容：“崔总，你离开后还好吗？一直不见你来消息，你都不想念大家吗？哈哈，我们知道你一定是太忙了！”

崔栖潮疑惑地看向江谈微。

江谈微坐在地上，捂着脑袋闷声说：“走正门拿的……我说帮LJJ找bug，从林总监那里拿到了这段视频，是从那个虚拟位面截的，时间是你离开的三年后。”

他想给崔栖潮一个惊喜，还自作聪明地设置了定时播放，结果聪明反被聪明误了。现在他好想抱头痛哭，太丢人了。如果早知道崔栖潮的儿时经历，他录什么食堂啊，当然是录那个世界里的崔父崔母啦！

崔栖潮理顺后，也露出了一点笑意，摇摇头，目光倒是继续落在视频上。

一食堂的员工表示，在崔栖潮离开后，他们依靠崔栖潮留下的基金继续将食堂菜系发扬光大，让C大学子成了最受羡慕的学生。

视频里还有一段是他们录下来的学生浩浩荡荡进食堂的样子，那熟悉的“冲呀”让崔栖潮有些怀念。

江谈微用缥缈的语气说：“你跟我一样，都很念旧……”

崔栖潮看完视频照例把江谈微给赶走了。

第二天崔栖潮还是要继续去剧组工作，现在已经拍到了青少年阶段。

他才走到片场外，远远地就看到江谈微和一群他的粉丝站在一起，这些都是后援会来探班的，特征很明显，一眼就能看出来。

各位“专家”在一起，当然是聊点种菜的事情。

换作以前，江谈微也是其中一员，但今天不一样，他靠着墙说：“别聊种菜了，聊聊崔栖潮的私人问题啊。”

这话一说完，众位“专家”都慢慢转过头来，上下打量了他一眼：“小老弟，你什么意思？”

大家都在说种菜，不觉得你画风很奇怪吗？

江谈微眼睛睁大了一点：“我没什么意思啊，人总是要恋爱结婚的吧，你们提前有个心理准备不好吗？不然到时候又疯一批？”

众人一想：还真是，有那么一点点道理。

一位大哥吸了吸鼻子，说道：“要说也无妨，其实我觉得 ××× 星系的 ×× 国皇太女很适合。”

江谈微：“这谁？什么星系？”

他完全没听过，说哪个和崔栖潮合作过的演员他都能理解一些。

那大哥说道：“你不知道啊？这是当今拥有私人耕地面积最大的皇室了，符合两大要素，第一有地，第二家里有皇位要继承！”

其他人也纷纷感兴趣地道：“多少地啊？”

大哥把自己搜索来的数据一报，大家纷纷点头：“勉强可以了！”

这时候崔栖潮也走过来了：“都在外面干什么？”

崔栖潮和自己的粉丝之前相处还是比较随性的，毕竟他爱民如子。

“专家”们赶紧爽朗一笑，答道：“崔总来了，里头吃早饭呢，我们刚刚聊化肥，被赶出来了。”

有人想到江谈微刚才的话，问道：“对了，崔总，你是不是没说过你的择偶标准？”

崔栖潮一边往里走，一边说道：“没前科。”

粉丝面面相觑，同时说道：“哎，等等，硬性标准都没说呢！农田占地面积要多少以上啊？”

路人都要翻白眼了：为什么要默认择偶标准里得有占地面积啊？

第 99 章

# 代言疑云

因为有之前 LJJ 的短剧作为基础，崔栖潮的衍生剧还没播出就已经受到了广泛关注，大家都很好奇编剧要怎么写这一个人气角色的前传故事。这也是短剧的几个衍生剧里最先开始制作的。最后真的播出了，也没有让大家失望。

布鲁就是之前 LJJ 的短剧的粉丝，并非崔栖潮本人的粉，只是追了剧，对崔栖潮的角色印象也很不错，仅限角色。

播出那天布鲁在家把投影调到特大号，一边吃零食一边看。

然后看到故事从崔栖潮刚降生，他的父母收到外星基因局的检测报告开始，上古帝王、血脉觉醒者……

崔栖潮的父亲抓着头发说："我就知道，你怀他的时候就总是梦到蛇，蛇就是龙，龙就是真命天子！"

显然，在知道崔栖潮的觉醒者身份后，他们无论是倒回去看，还是在往后的日子里，都很容易多想。

崔母也很无奈，两人迅速开始商量，申请延长在这里停留的时间，好做完全的准备。

故事的小高潮，就是其他婴儿全都匍匐在崔栖潮面前。

等他们回到了母星，特意搬了家，来到一个完全陌生的社区，还自称其实有点异族血统，以期更好地隐瞒崔栖潮的身份。这也导致后来他们被所谓的同族请去，却对人家的风俗一窍不通，闹出笑话来。

到了崔栖潮一岁的时候，社区的邻居们知道他们家虽然总是强调自己有其他血统，但平时还是按照华夏习俗生活，就一起给崔栖潮举办了周岁宴。

周岁宴上，崔栖潮要按照华夏的惯例抓周。

抓周用的道具都是邻居送的，他们买了一整套，里头是各种小小的模型。

崔母把崔栖潮放到桌上，让他去抓东西，结果崔栖潮一把就抓到了一个印章。

"这是个官印吧，也许小栖潮以后要从政。"邻居笑着说道。

大家都祝福起来，这就是个象征嘛。

崔父和崔母心想：还行，当官从政而已，这个是正常的，不用紧张……

这时候崔栖潮还把印章的盖子给打开了，在纸上印了一下，只见上头有八个大字：受命于天，既寿永昌。

夫妻俩吓得魂飞魄散，崔母当时就用手掌把字给搓掉，抢走了印章，并且再三表示这个印章是邻居送的，和他们没有半点关系啊！

当然，最后证明东西是邻居随便买的，只是厂家好像也没什么文化，甚至可能都不是华夏人，上头要印字就随便找了八个华夏印章上的字刻上去了。

结果冥冥之中，就刻了传国玉玺上的字……

“哈哈哈！”布鲁笑得都咳嗽起来了，他母亲是华夏人，所以他对传国玉玺的梗反应得特别快。

这衍生剧找的演员都特好，很有喜感。这故事剧情设定就不是那种波澜壮阔的类型，从原剧就一直是轻喜风格，衍生剧当然也将风格继承了下来。

要说特别有新意，也不是，大家都是冲着角色魅力和人物设定来的，好在编剧非常娴熟地在这上头做文章、玩梗，画风荒诞但不浮夸，让人在熟悉的套路中感受到了惊喜。

布鲁看完了一集，立刻就点开下一集，一边吃东西一边看，笑一笑，特别好打发时间。

布鲁的妈妈回家看到的就是他窝在沙发上傻笑的样子，不禁斥责起来：“每天就知道躺在这里看节目，你学一学隔壁的小毛。小毛自从追星后，每天都去花坛种菜，家里都吃上他种的土豆了，身体也好了不少！那个明星叫什么来着，崔……”

“崔栖潮啊！”布鲁立刻回头道，“我就是在看他的剧！”

布鲁的妈妈沉默一会儿，有点尴尬地道：“是吗？什么剧，种田剧吗？”

布鲁“嗯”了一声：“你也来一起看啊，刚开始播呢。”

布鲁的妈妈恰好也对让隔壁小毛改变的人很好奇，索性也坐了下来，一眼就看到崔栖潮的幼年模样，立刻感慨道：“是华夏血统的演员啊，看样子还没混过血。你说大家都有华夏血统，怎么你小时候那么丑？”

布鲁的妈妈一边伤害儿子，一边听他讲了下设定，看到小崔栖潮的母亲处处小心，不想让儿子显露出异常，结果这天儿子和小伙伴们来家里玩，崔栖潮的小伙伴都想听他指挥，崔母就一直劝崔栖潮，要民主，要让大家自己做主。

最后小朋友们都不开心了，说：“阿姨你能不能不要说话？”

崔母讪讪地走到了房间里，但没关门，隔着门帘偷听，一听儿子又不自觉地让人怎么怎么做，就很焦急地小声让他收敛。

这么数次后，崔母这才安心了一点，觉得稳了，一定没露馅，还有点得意。

这时候崔父回来了，看到这一幕立刻捂住了心口，指着崔母急得快说不出话来：“你你你……你这是垂帘听政啊！”

崔母看了看门帘，只觉得无语。

“哈哈哈。”布鲁的妈妈也被剧情逗乐了几次，古今中外皇帝那么多，崔父和崔母想太多的结果就是生活处处有“惊喜”，看什么都觉得皇帝才这么做。

他们就怕别人看到他们家儿子说一句，你儿子好像谁谁谁。他们心里清楚儿子是继承了哪位帝王的血统，但那不是心虚嘛。

于是就连儿子生长发育他们也异常担心，太矮了像拿破仑，手太长了像刘备，眼睛还好不是重瞳，否则不是舜帝就是李煜啊！

偶尔有几个梗布鲁理解不了，还要被他妈拍脑袋：“历史怎么学的！你这个文盲！”

于是到头来看完了，布鲁还要被他妈赶去看历史书。

话说回来，这剧播了几集后，观众们就自发开始展望以后的剧情了，毕竟前几集除了有崔家的轻松日常，也有好些伏笔。

从崔父、崔母工作单位的总公司在帝制国家，到有某国皇帝来他们星球做客等，观众逐个分析到底哪个国家可能让崔栖潮去做皇帝。这些国家都是虚拟的，但在现实里可以找到一定的原型，大家分析得不亦乐乎。

这剧别的都好，唯一的bug就是崔栖潮居然还没把他家种满。

废话，当然是故意削了点，不然这个剧和崔栖潮的其他真人秀到底还有什么区别？

别理这些“专家”，我开着弹幕看，每次崔栖潮一说个妈妈我想……后头都被他们的“我想种田”给挡满了。

哈哈哈，玩演员梗是必然的啊！话说回来补了两季崔栖潮的真人秀，我一看剧里他家的花盆都觉得怪不自在的，有点蠢蠢欲动呢。你们说，这个种植梗之后会不会有彩蛋？

这么说起来，崔栖潮最后会不会去了一个饥荒国家？就是这样才有可能让他做皇帝啊，他和人家的皇室无亲无故，那些非帝制国家也不是他能统一的。那可能就是一个境况很差的国家，因缘巧合请到他了。

我倒觉得不一定，是那种很大的国家才更有看头，他可以通过联姻的方式获得继承权啊。

有热度才有讨论，反之亦然，最后的结果还是LJJ受益。

LJJ一看这个情况，立刻把衍生剧续订了一季。就这还有观众吐槽，热度这么高你们才续订一季？

LJJ高层心想：你以为我们想啊？这还不是因为崔栖潮和我们有约，时限一到人家就不活动了……且看且珍惜吧！

从勾栏瓦舍中的曲艺表演者的追捧者们互比文墨、比打赏，再到后来粉丝比小论文、彩虹屁、应援代言，乃至现在人类文明昌明到如此程度，有部分粉丝也仍然热衷于和人辩一辩自己的心头好究竟是什么分量。

但这种辩论和崔栖潮的粉丝是无缘的，他们只会在路过讨论的时候搬个板凳坐下欣赏，并说一句："前排卖菜，萝卜、番茄、土豆、红薯、四季豆、青椒、大白菜……"

众所周知，崔栖潮的商业价值不能以寻常标准衡量，在转换方面，他带动的最主要的是农产品销售……就算人气再高，也几乎和所有偶像不成竞争关系。

看看崔栖潮的人缘就知道了，他看着高冷，但是同公司的同事基本没有讨厌他的。连粉丝之间也如此，根本没法比，他们的应援物都是农场塔，还坑偶像给自己种菜。

谁也没想到，有一天，崔栖潮，或者说他的粉丝能被卷进争吵中。

起因是有个在星际之间还挺知名的珠宝品牌要推出新系列了，大家都在猜他们会选哪个明星来拍广告，做代言，谁的气质比较适合这个命名为"生机"的系列。

结果有记者拍到，崔栖潮出入那个品牌的园区。

单单这样还不算什么，被看作铁证的是崔栖潮在产品发售之前就佩戴上了该系列的胸针。不只是他，还有他身边那个不知名工作人员都有！

这个待遇能不是新代言人吗？

这下之前辩得不可开交的粉丝、路人都逐个发声了，发表自己的意见。

这结果谁能猜到，居然是崔栖潮！

虽然他最近人气很高，还有新剧在播，但真的不会觉得不合适吗？神农氏后人的生机带着五谷芬芳，非常接地气的，和高端珠宝真的合适吗？这个系列用的还是克里吉雅金属和都尔宝石，气质要很出尘吧。

我觉得还行啊，崔栖潮的气质很好啊，毕竟帝王血脉觉醒者，别老是只关注种地这个特质啊。再说了，真的挺符合"生机"这个主题的。

我还以为 LJJ 一开始就放弃他在高端品牌方面的业务了……

不是气质不气质的问题，主要是他的名字都和农业化肥顶多再加个军事联系在一起，确定这个画风合适？

……

平心而论，单看外表崔栖潮的气质是很贵气，用他的粉丝不知道究竟是粉还是黑的一句辩驳来说就是："他拿把锄头我都觉得那个锄头镶了钻。"

从他开始录制真人秀开始，真的就是一直在用种田糊大家一脸，他的形象就建立在高贵冷艳和种田的反差上。

那么这样的形象到底适不适合珠宝代言呢？群众各有想法，闹得不少人士发表自己的看法，有不认同的，也有认为这样的生机说不定格外动人的。

而这个时候，江谈微捧着屏幕流下了委屈的眼泪："凭什么啊？为什么我就是不知名工作人员？”

简直太过分了，那天他察觉到有记者偷拍，还特意调整了角度。

江谈微已经号了半个小时了，崔栖潮正在背剧本，屏蔽了他半个小时后，才缓缓地说道：“你安静一点。”

江谈微：“被误会的不是你，你当然没意见！”

江谈微说完发现崔栖潮在看自己的脚，又跳下来擦桌子了，嘴里还嚷嚷着：“我也想有姓名啊！”

崔栖潮被闹得狠了，就把剧本给关了，问道：“那你有没有想过为什么？比如可能是你看起来太啰唆了，和我看起来不搭调。”

太狠了吧，崔栖潮每个字都像一根钉子一样，扎进江谈微的心口，他要吐血了。

江谈微不敢再说了，开始思考要怎么成熟一点，就从人前不笑开始，学崔栖潮的样子高冷一点。

第二天，冷峻的江谈微和崔栖潮一起在剧组被记者逮到。

记者是来采访崔栖潮的，想打听一下到底有没有代言这回事，大家去珠宝公司采访过，但是对方的态度很含糊。

那么崔栖潮本人是什么说法，出入珠宝公司真的是因为接了工作吗？如果是，什么时候会宣传？最近网上的争论他看到了吗，怎么想？

面对这一系列问题，崔栖潮只是淡淡地道：“没代言，没看，没想法。”

他也是在昨天江谈微念八卦新闻时才知道了这件事。

后来林琳吐槽，她在第一季第三集的时候就放弃给节目接高端广告了，虽然她曾经围绕节目做过很多计划。

说真的，哪个品牌要是想做皇冠，崔栖潮难道不是最好的代言人吗？

没多久，新报道又出来了。

江谈微看到报道这么写的——

崔栖潮否认了代言一事，但并未解释因何前往××公司并获赠珠宝，只说了一句话便三缄其口。但崔栖潮身边的工作人员全程黑脸，心情不佳，极为反常，让小编不禁怀疑，是否这些日子以来大众的反对浪潮使得××公司改变计划，放弃了与崔栖潮继续接洽？

到这个时候，品牌方总算公布了人选以及广告的拍摄计划，顺便一起解答了崔栖潮代言的疑云。

代言人选根本就不是“人”，应该说不是真人。

“生机”系列选了很久的代言人，最后不知道哪位人才提出来，这种代表着生机的气质，纵观演艺界，只有崔栖潮最贴合。但是，选了他就等于和农产品也间接绑定了……

所以，他们认为，可以索性自己制造一个虚拟形象。

这个时代也有不少虚拟偶像进行演艺活动，甚至单独成圈，但品牌方不是这方面的内行，要打造一个虚拟偶像，就要借助其他公司的力量。而且在设计方面，也有点问题，最后他们索性找到了 LJJ，从 LJJ 那里借了崔栖潮和江谈微。

一个是帮他们制作虚拟偶像，另一个则是帮他们完善这个虚拟代言人的形象，代言人身上必定要有符合“生机”的气质，品牌方的想法是直接设定为某种植物的拟人形象。

那么，什么植物最符合“生机”这个词却又不俗呢?

崔栖潮帮他们拟定了植物，顺便还提供了音源，这个不是直接做代言，音源和虚拟偶像之间形象还是分得很清楚的。

这也是为什么后来品牌方送了崔栖潮和江谈微他们生机系列的产品。

真相大白，这下子大家才算知道为什么崔栖潮说没代言，品牌方又态度含糊，估计中间不澄清也是故意造势，等到这会儿宣布关注的人就特别多。

江谈微的技术没得说，他根据设计师的图纸建模，那是生机系列使用的都尔宝石主要产地独有的植物莫伊草的拟人形象。

一个淡绿色长发的少年，特别调定的颜色让人一看到就想起了稚嫩破土的刹那，做得极为细致，一举一动像是真人，但真实世界里又绝不可能出现这样的形象。崔栖潮为其提供音源，使他一开口又脱离了扎根的尘土，将矛盾的概念融合得非常好。

莫伊草少年没有佩戴珠宝，而是怀抱着放大的生机系列，身体贴在上面，柔软的长发倾泻下来，缠绕着它们。

除了江谈微的好技术，品牌方花了特别多的钱，这才能做出这种质感，也可见他们对新系列的重视了。

后来，生机系列不出意料地卖得很好，限量都升值了很多，他们的虚拟代言人广告片播放量也很高。

因为人气非常高，在广大群众的要求下，品牌方从善如流地做了些代言人的周边，包括智脑皮肤，搭载了语音模块。

这个皮肤大受好评，尤其是语言模块，而且要知道这个虚拟代言人的音源是崔栖潮，有的专家非常坏，故意玩音源梗。

比如他们输入一些农业词汇，让智脑发声，或者直接让智脑念农业广告片段，再散播到网上，骗人进去听，导致莫伊草少年的粉丝非常崩溃：“所以最后还是没有逃离农业污染吗？”

崔栖潮进行了这么久的演艺活动，一个阶段的拍摄任务完成之后，他就和林琳打了声招呼，要休息几天，回家去。

江谈微磨了很久也没能跟着回去，崔栖潮是去和来探望他的祖父母见面了。

江谈微倒是想去，但崔栖潮这次特别不好说话，怎么都没答应他，在自己家陪了祖父母三天，才回公寓。

他和江谈微说了三天回来，江谈微就在园区门口蹲守。没办法，没崔栖潮带着他进不去园区，崔栖潮也不让他单独待在公寓里。

看到崔栖潮时江谈微本来很高兴，结果只见崔栖潮下了车，怀里还抱着一只纯白色的猫，这只猫有着独特的蓝绿色眼睛，非常眼熟，就和崔栖潮放的视频里那只正牌小白一模一样。

第 100 章

# 上不了的头条

崔栖潮不是故意要带一只猫回来的，这只猫是原来那只老猫小白的克隆体，是祖父母特意带来的。

他们看了崔栖潮的节目，发现崔栖潮在每一季真人秀都给自己的猫起名叫“小白”，觉得他一定是想老猫了，但一直没有显露出来。

老两口辗转找到了以前买猫的主理人，幸运地找到了留下的基因样本，然后又培育了克隆体，待它长到三个月，就一起带过来了。

这是个美好的误会，祖父母制作克隆体之前也是想给崔栖潮一个惊喜，这既是长辈送的，又是老猫的克隆体，崔栖潮只好带回来。

江谈微冲上去要抓那只猫，吓得白猫尖叫着钻进了崔栖潮怀里。

“好啊，你还敢示威！”江谈微看上去已经魔怔了，见崔栖潮还护着那只猫，妒火中烧，“你不许抱它，快扔了！”

“你冷静一点。”崔栖潮架着江谈微的手，“这是我祖父母送的，不好推辞。”

江谈微：“胡说八道，你是看它长得和那个小白像。”

崔栖潮：“当然像，它本来就是小白的克隆体。”

崔栖潮把江谈微给带了回去，一放下猫，它就钻进了沙发底下，倒不全是因为害怕江谈微，也是因为来到了陌生的环境。

江谈微磨磨蹭蹭地继续求崔栖潮：“把它送走嘛……送走好不好……”

崔栖潮叹了口气：“你先回去吧。”

他可能真的太纵容江谈微了。

江谈微吓了一跳，委屈地说：“这就要把我赶走有点过分吧……”

崔栖潮站起身来，拎着江谈微的后领把他弄出去了：“我要休息了。”

“你敷衍我吧！猫的事还没说清楚呢！”江谈微恨恨地道，“我再给你三天，给它找个下家！”

江谈微刚放完狠话，门就被关了。

第二天崔栖潮去片场，把猫给带上了，小猫在家里不见了人就一直叫，估计还要适应一段时间。

带宠物上班也没什么稀奇的，崔栖潮把小白猫放进了航空箱里。

江谈微一看到那只猫，就大声说：“谁家缺猫啊？”

剧组的人都好奇地看过来：“哎，这个看起来是巴格丽牧羊猫啊，眼睛真漂亮。”

“这种猫很难驯的吧，太聪明了，服从性低。不过听说要是驯好了，还能帮主人带孩子，哈哈。”

“这不是栖潮带来的嘛，不要了吗？”

崔栖潮：“没有，他说笑的。”

江谈微哼了两声，随即想到什么，怎么今天大家没有对他报以不一样的目光呢？昨天在园区外面动静闹得那么大，没道理啊，就算同事们朝夕相处不会把八卦新闻全当真，但也不至于一点反应都没有吧？

江谈微觉得很奇怪，索性上网查了一下，找到一个帖子，就在 LJJ 的附属论坛，是一个路人发的。

主题：今天路过 LJJ 的园区，看到崔栖潮和一个男的纠缠不清了。

内容：拍了两张模糊的照片，当时太急了，是手动拍摄的，感觉是这个男的一直在等崔栖潮，等到了后俩人突然就推搡起来，吵吵嚷嚷，后来又莫名其妙一起进去了……这算什么？

跟帖：

这是买了假农药吗？

这么激动，怎么也得是买了假种子吧。现在好多小商家乱用我崔的形象，然后这人就拿我崔问罪了，但是我崔非常和善，原谅了这位小子民。

你们乱编什么啊！

那不然呢？

不是吧，这个人不是工作人员吗？我在别的报道里看过他的脸啊，估计工作上的事情吧。

五层楼，一共五层楼啊，有两层还是在胡说八道，一层澄清的，后来就完全沉了。

毕竟没有什么实证，楼主的照片就两张，还模模糊糊的，没录音，也没什么正经新闻素材，大家实在兴致寥寥，聊个五楼都算多了。

除了这个才五楼的帖子，江谈微就找不到其他说他和崔栖潮的帖子了，特奇怪。

这个时候林琳也来片场了，插着兜满面春风地过来。自从小白弃恶从善，崔栖潮也在进行演艺活动，她的状态就大好了，脱发都康复了。

“我过来看看。”林琳笑着道，“对了，你们昨天是怎么回事呢，听说吵架了？”

江谈微缓缓抬头：“你怎么知道？”

林琳：“哦，说到这个。你们不是被拍到了嘛，我得到消息了啊，我一看是你，就顺便澄清了一下，他们想着也没什么新闻价值，就让我按下去了。”

什么叫没什么新闻价值？

难怪一点消息也没有，原来是被林琳给公关掉了。

林琳："哈哈哈，不客气啊！"

江谈微默默躺到了一边。

崔栖潮在一旁看着，有点想笑。

林琳莫名其妙："他这是怎么了？"

崔栖潮摇摇头，示意她别说了，小白这会儿估计郁闷得要死。

林琳走到一旁，拿了份资料给崔栖潮："代言，农业系统的代言。"

崔栖潮看了一眼："这个公司我好像有点印象。"

"可不？"林琳说道，"你忘了吗？你头一次办见面会，这公司的老板混进来给你提问了，他是专门做家庭农业系统的。"

崔栖潮想起来了，没错，是有这么个人，提问的人还挺多，他也不能各个都记住，但留个印象还是可以的。

林琳心情复杂地道："现在人家生意蒸蒸日上，就想着投桃报李，找你代言来了，价格开得也不错，你觉得怎么样？"

崔栖潮说："我先试用一下他们的产品吧。"

林琳一听，立刻道："那先说好，你有什么想法了别越过我去说，我们得把这一条也写进合约，如果你有什么建设性的提议，得加钱。这一份合约的费用是代言费，可不包括产品改进建议。"

崔栖潮点了点头。

林琳的提议是对的，因为后来崔栖潮的不少农产品代言，他自己或多或少有点建议，人家巴不得采纳，甚至有的就为了让他指点一下把合同送过来。

这个家庭农业系统，顾名思义，是给家庭尤其小型家庭使用的，搭载之后，就自动规划家庭种植面积以及家庭成员的身体情况，给出种植方案，智能管理，最终目标是让整个家庭蔬果自给自足。

类似的产品市面上也有好些，乃至于扩大了面积，也有够一栋居民楼一起使用的系统。

这款系统算是做得比较好的，不断优化之后体验感非常好，还有一些比较个性化的设计。

崔栖潮体验完后，就告诉林琳他接下这个代言了。

这和 LJJ 出的周边并不冲突，LJJ 的周边都是简易种植包，适合只是凭着兴趣种种东西的懒人，而这个甚至可能将其纳入农学系统规划范畴。

"专家"们一看到这系统，有觉得不错，自己也需要的，也就买了。

通常其他产品的讨论，会送点代言人的海报之类的。这个产品不同，送了一包种子，里头是崔栖潮搭配好的适合一起栽种的植物。

当然，在经过那么多的风风雨雨后，这个对林琳来说都已经是基本操作了。

崔栖潮打开航空箱的门，小小白就迅速蹿了进去，这是他给小白猫起的名字。在经过最初的紧张后，小小白已经适应了环境。

在崔栖潮手里，即使小小白才三个月，也能被驯得很有规矩了，何况它本身智商也很高。他要走，打开门小小白就自己进去了。

江谈微隔着航空箱虎视眈眈地看着小小白，看得小小白缩到了角落里。

虽然他每天嗷嗷叫着让崔栖潮把小小白送走，崔栖潮还是不肯辜负他祖父母的心意，坚持把小小白留了下来。江谈微发现崔栖潮对小小白也挺严格的，不让上桌不让上床。

这个航空箱有带感应的轮子，翻出来，就能自动匀速跟在身后了。

崔栖潮带着它往外走，江谈微也跟在后面："今天我可以去你家玩吗？"

崔栖潮现在可严格了，一个星期不一定准他去一次，还得是他软磨硬泡，他心中十分不满。

"不行。今天我要给小小白洗澡，你跟来它又要闹了。"崔栖潮说。

江谈微翻了个白眼。

"谈微？是谈微吗？"

江谈微听到这声音，下意识地转头一看，只见园区里有对中年男女也正盯着他看，刚才喊他的就是他们。

江谈微看他们好像有点眼熟，"你们是？"

那中年男人说道："我是你爸爸啊！"

那两人走了过来："你认不出了？也对，我们整过容。哈哈哈，太巧了，你也在这儿，上次我在新闻里看到你一闪而过，还以为看错了，只是长得像，没想到你也来这儿了。"

他们能出现在 LJJ 的园区里，肯定和 LJJ 脱不了干系，江谈微只是这么想，他父母却好像心有灵犀。

江父江母骄傲地说："我们刚和 LJJ 签约，要到这里做真人秀啦。"

江谈微拔腿就走，只当作不认识他们。

"唉、唉，你走什么？一家人这么久没见面，一起吃顿饭啊。"江父和江母上前拦他。

崔栖潮上前一步挡在他们面前："不好意思，谈微既然不想继续交谈，请尊重一下他。"

"你……"江父和江母看了看崔栖潮，认得这个公司力捧的同事，还算是他们的前辈呢，看见谈微的身影的新闻主要也是报道他的，看他这副认真的样子，不禁道，"你不会是我儿子现在的监护人吧？"

江谈微立刻奓毛了："他看起来和我差得很多吗？"

"不是监护人，但是他现在归我管。"崔栖潮则淡定地说，按了按江谈微的肩膀，"而且你们是不是忘了，他已经成年了。"

江谈微的父母果然对视了一眼，有点不确定江谈微的具体年龄。

崔栖潮见状更加无话可说，真是世界之大，无奇不有，他猜度不了江谈微的父母的想法，只是有点心疼江谈微。

崔栖潮带着江谈微回了自己家，本来他拒绝了江谈微来做客的申请，但突然发生这样的意外，他不大放心，索性就把人带回去了。

江谈微趴进沙发里，埋着头。

崔栖潮进门把猫放好后，看了看江谈微无力的身体，走过去摸了摸他的后脑勺。

他可以理解江谈微的情绪，虽然江谈微和他骂过几次他不负责任的父母，但是再见到失联已久的父母，江谈微复杂的心情里还是包含了一点期待的。但是很快他就又失望了，因为他父母就像没事人一样和他交谈，好像当初他们把他丢下根本不算什么事。

就是这一点让江谈微的心态有点崩了。这算什么？

"你没哭吧？"崔栖潮问了一句。

江谈微把头抬起来，哭是没哭，就是脸上压出了点红印，脸色也很不好看。他转过身来躺在沙发上，小声说："我们星球的制度太不完善了，居然不需要测评就允许这样的人生孩子！看到我居然还敢对我说'我是你爸爸'，他们当初连一个字也没留给我就走了！我后来去查过，他们根本就是来了场说走就走的旅行，觉得好玩，就再也没回来了。然后我就再也没查过他们的行踪了，没想到在这里会遇到，真是浑蛋、败类、不要脸……"

崔栖潮忽然想到了一个问题，对江谈微说："那你对我到底是斯德哥尔摩综合征居多，还是恋父情结居多？"

他的语气波澜不惊，好像问了一个无关紧要的问题。

三秒后江谈微才反应过来，差点被自己的口水呛到："你被那个王八蛋启发了什么啊？"

第 101 章

# 风评被害

江谈微幽幽地道：“我爸爸妈妈离开的第一天，我在学校和同学一起制作了手工作业，说要回来带给他们看。但是他们出去玩了，于是我就把手工放在桌上，希望他们回来的第一眼就能看到……”

江谈微：“谁知道他们再也没有回来！我晚上被噩梦惊醒，想找妈妈，却只有机器人的怀抱！”

江谈微：“我一直联系，但是一直找不到他们，老师非常委婉地告诉了我，我心里却想他们一定是被坏人绑架了之类的，我一定要通过网络找到他们。”

崔栖潮：“你再说下去我就揍你了。”

江谈微瑟缩了一下，崔栖潮身手不错他是知道的，他还在做最后的挣扎：“我好可怜啊……”

崔栖潮：“我建议你不要装可怜。”

江谈微唉声叹气，欲言又止。

虽说崔栖潮谴责了江谈微装可怜的行为，但因为之前的事，对江谈微还是不自觉有几分宽容。

江谈微洗完澡后，披着毯子躺在沙发上。他窝在柔软的沙发里，看到崔栖潮把灯关了。

玻璃墙的透明度被崔栖潮调高了，柔和的星光照了进来，让他能够在黑暗中也看清楚江谈微的脸。江谈微灰蓝色的眼睛盛着一抹星光，让人几乎以为那是他的泪光。他蜷缩着长手长腿，是一个下意识防护的动作。

崔栖潮走了过去说：“睡觉吧。”

第二天一同去片场时，崔栖潮和江谈微又遇到林琳了。

她对两人微笑道：“听说昨天遇到江先生的父母了？”

江谈微黑着脸没说话。

他既不喜欢自己的父母，又很记恨林琳把他的头条给搅黄了，所以不愿意搭理她。

崔栖潮则偏头看着她：“他们去找你了，还是？”

昨天他们在园区里遇到，周围应该没什么人。

林琳点头道：“是啊，昨晚他们就联系我了，说了下过程，发现江先生是他们的孩子，现在和你也不知道是什么关系，被你带走了，问我江先生是不是被你收养了，还想让我帮忙说和。”

她回想起来又露出了一个谜之微笑，然后道：“当时我就很认真地问他们确定江先生是他们的孩子吗？毕竟这么多年没见了。如果是的话，那太好了。江先生头一次进行非法入侵时还未成年，对我们公司的利益形成了严重损害，只是没有能力偿还，只能给我们打工。如果他们是家长，那刚好帮忙还一下债。”

江谈微正眼看林琳了，一下对她改观，脸也没那么黑了：“姐，干得好。”

他想给林琳送锦旗了。

崔栖潮也流露出了淡淡的笑意：“他们怎么回答的？”

林琳耸了耸肩道：“说要再去翻翻出生证，还论证了一下就算真的是，法律上我也不能强行逼他们帮孩子还债。”

林琳按了一下江谈微的肩膀，颇为理解地道：“我见过太多这种父母了，在我们星系更多，甚至形成过浪潮，很多人探讨过这样的社会问题。社会福利上去了，反而使得这样的人更加无所顾虑，追求自己的生活却忘了责任，直接导致后来测试更加严格，生育资格更难获取了。唉，按他们说的，当时和你分开你才多大啊？”

此时林琳有些理解江谈微怎么会变成这样了，有些情感是再健全的福利制度、教育与机器人照料都无法替代的。当然，仅限于理解、同情，她还是要为自己掉的头发伤心的。

“是啊，我好孤独、好无助啊。”江谈微那双灰蓝色的眼睛蒙上了水汽，显得更加忧郁了。

林琳看得揪心。

崔栖潮盯着江谈微眼神冷静地道：“你是不是想重新做基础服从训练了？”

江谈微讪讪地笑笑，闭嘴了。

被林琳那么一恐吓，江谈微的父母对江谈微的感情本来就不是特别深厚，怎么会再来找他“叙旧”？要不是已经签了约，他们可能都因为怕林琳催债而跑路了。

江谈微在心底又骂了一百遍，其实在最初的失落和愤怒之后，他心里已经释然了。毕竟事情的真相他早就知道了，这次只是亲眼见证，不需要去在意不值得的事情。

也许他们让他成了之前的模样，但是遇到了崔栖潮后，他会变得不一样。

崔栖潮的衍生剧已经播完一季了，结尾在线观看人数飙升，因为在最后伏笔都逐一揭露。

不只是一个帝制国家，而是三个国家都有意邀请崔栖潮去他们那儿，有想认他当儿子的老皇帝，有想把公主嫁给他的，最狠的一个才刚刚推翻上一个吉祥物皇室家族，然后决定抽奖选出下一任皇室，结果抽中了崔栖潮。

然而故事就在崔栖潮要做出决定这里戛然而止了，明显是要等着下一季揭晓答案，让观众大呼不过瘾。

大家看剧这么多年，想也想得到了，这个胃口肯定是要一直吊着的。而且结尾LJJ还要宣布，下一季会有原剧的演员来客串，客串形式还未定，这就又给了大家讨论的素材。

垃圾LJJ吊人胃口，我命令编剧立刻写出第二季剧本边拍边播！我想看到崔栖潮马上登基！

首先我们排除不可能的选项，娶公主是不可能的……

你们怎么不说抽奖抽中皇帝身份是最诡异的……

艺术来源于生活……而不一定高于生活，你可知道这是真实事件改编的？一百年前的××星球××国皇室下台后，他们就是商量了很久，本来想全民选举，争了好一段时间，在全国民众的同意下，发行了面向全宇宙的彩票，头奖就是去给他们做皇帝或女皇。

怎么会有这样的国家！跟这部剧的画风简直完美契合！

认爹也不太好吧，那个皇室还有一堆正经王子、王爷，答应了难道下一季转宫斗，那岂不是画风大变？

我倒是比较期待下一季的客串，来客串的是原剧贡献了很多金句的那位吧？老是私底下和人争着想当领导者，又一直很忌惮崔栖潮，默默地说，我觉得他们挺有“CP感”的……

……

迄今为止，崔栖潮参加的所有项目都大获成功，无论是农产品代言，还是拍摄的剧、提供的音源，LJJ这笔生意做得实在是很划算了。以小白搞的破坏来说，这个赔偿简直太够了。

唯一让他们可惜的是，崔栖潮估计拍完下一季衍生剧就要停止活动了。合约到期了，可便宜他们没占够啊！

就崔栖潮那个剧的收视和编剧源源不断的灵感，完全可以拍成长剧了，也不知道崔栖潮会不会愿意把他的形象授权给公司，好让他们继续开发。

现在接一个活动就少一个活动了，在这一阶段的工作告一段落后，林琳给崔栖潮接的新工作是两个电影客串，还有一个娱乐类的节目。

这个是LJJ自家强推的节目，最近轮番让公司的人气员工去参加，好带点人气。而且这个节目还挺适合崔栖潮的，一半访谈，一半是分享食谱。

崔栖潮岂止可以分享食谱，都不用料理机了，能自己做。

这个节目的主持人也不知道怎么找的，有点恋爱脑，一看崔栖潮的年龄和婚姻情况，就老不问正经问题，问他对未来对象的展望。

几次下了来，崔栖潮就冷了脸。

他这么冷冷地看人也挺吓人的，主持人嘻嘻哈哈地换了个方式问："之前你跟很多人传过绯闻啊，当然我们都知道那是误会，但是可不可以问问你对他们的评价？比如你觉得小 A 怎么样？"

下面的工作人员也有点无奈，他们是好不容易申请到这个嘉宾的，当时和林琳确认了很多事项，因为崔栖潮参加活动是有不少限制的。而主持人一直在打擦边球……

回头他们不会被林总监投诉，甚至崔栖潮直接扬长而去吧？

面对主持人的问题，崔栖潮淡淡地道："小 A 的下盘不够稳，大概插三分田就累了。"

主持人陷入了沉思："这样啊……那你觉得小 B 怎么样？"

崔栖潮："小 B 对种田不是很热爱，倒是养殖方面还有点兴趣，家里有很多禽畜。"

咦，小 B 不是圈里出了名的喜欢宠物吗？怎么被崔栖潮这么一说像是肉猪之类的？

主持人："好吧，那小 C 呢？"

崔栖潮："小 C 很有灵性，很快就掌握了要点，不过她很忙，平时没什么时间管理，顶多用智能系统种，可是因为长时间在外工作，收获了都不一定有空吃吧。"

主持人感觉接不下去了……

她也是很努力想把话题变得暧昧一点，但是崔栖潮全程都在很严肃地点评对方的种菜技能。一开始她还能蒙混一下，多问几个她都觉得不能继续下去了……不能再让崔栖潮把所有节目变成农业节目了！

这是目前众所周知的事实，崔栖潮上什么节目都能带来浓烈的农业气息。

崔栖潮的农场塔成熟了，在林琳的安排下，他们举行了一个简单的赠菜仪式，带着公司的记者来拍摄一下成熟后的蔬果，象征性地手动采摘几个，大部分当然是机器采摘包装，然后送给粉丝后援会的代表。

崔栖潮的粉丝们在知道消息后就像过年一样，就差没敲锣打鼓了。

我妈老说我追星到底有什么用，尽给人送钱花了，人家有没有给过我什么。我以前都说我的心灵得到了抚慰，现在我可以理直气壮地说了：给了，给我菜了！超好吃！

崔栖潮种的菜，那是真的特别好，就算克兰星其他农场塔有着星际一流的农业系统，也不敌崔栖潮自己还进行了区域优化，就是比其他塔还优秀。

一流农业星出来的一流农产品，通过超还原的摄录技术拍下来，观看者都饿了，尤其是没应援的，后悔怎么当初自己就没应援，多划算啊！

崔栖潮把象征意义更大的一篮子蔬果递到了粉丝代表手里，粉丝代表抱着一篮蔬果笑得见牙不见眼，丰收了，丰收了。

“谢谢男神，未来的一年，我们打算继续为您应援两座农场塔。”粉丝代表说道。

崔栖潮也难得地开玩笑说：“怎么，这里的品种你们还不够吃？”

粉丝代表：“哈哈，被看穿了。”

崔栖潮笑了一下，和他又握了握手：“谢谢大家了。”

不管怎么样，这是大家对他的喜爱，让他满足了部分种植欲，不用计较其他。

既然都到了这里，崔栖潮便招待大家一起到最高层去用餐，直接现场利用食材，吃最新鲜的食物。

这次是餐厅来提供食物了，崔栖潮没下厨做，他在落地窗边摆了张椅子削苹果，其他人都在旁边的土质农场感受原始农业工作。

江谈微磨磨蹭蹭地走了过来。

崔栖潮问他：“你刚刚去哪儿了？”

江谈微还以为这么多人，他肯定没发现自己消失了一会儿，没想到不但看到了还问了一句：“没什么。”

崔栖潮若有所思地道：“这里都是工作人员，你有什么需要到外面办的？”

江谈微坐立不安，自己坦白了：“其实我和农场塔的负责人去签合同了，我……我……”

他掏出了一个印章，不好意思地道：“我在这里承包了一层农场。”

这个印章只是个象征，登记之后只要验证身份就能行使各项权力，不可能还用印章来调动。

崔栖潮则道：“你真的承包了农场？”

“别说了，现在还只有一层！”江谈微捂着脸道，“我只存了这么多钱，本来想过些天再告诉你的！”

毕竟今天崔栖潮在这里采收自己的粉丝应援的一整座农场塔里的菜，他那一层比起来就有点寒酸呀。

崔栖潮一直听江谈微嚷嚷要赚钱买地满足他，但就是因为江谈微太咋呼了，他都没想到落实得这么快，有点惊讶地看着江谈微。

“钱是哪里来的？”

以江谈微在 LJJ 的工资，肯定是承包不起一层农场的。

江谈微觉得很羞耻，单手把一份数据调了出来给崔栖潮看：“做、做兼职……”

崔栖潮看了就知道为什么江谈微一直没告诉自己了。他确实接了兼职，做代码农工，做了很多审美奇葩的系统，都是利用空闲时间做的。

算一算这个价格，江谈微把赚到的钱全投入到承包费用里去了。

江谈微嘀咕道：“还有点不够的，但是我答应免费帮农场塔做维护，他们就给我打折了。”

这是江谈微第一次正经赚钱，不声不响地就完成了崔栖潮对他的期望，现在可见他知道不走捷径是什么滋味了。对他来说，累反而不算什么，枯燥才是最磨人的。他是一个追求技术、刺激的年轻人，但他这段时间以来做的都是最单调、审美还奇葩的工作。

然后，他又转手把这些都换成了耕地。

如果说坐半个月飞船来到这里还不足以证明他的态度，这个应该就很能证明了。江谈微确实挺认真的。

“签约的时候，农场塔的人没有疑惑我的年纪啊，都没质疑我是不是有独立承包的资格，我觉得我应该有了翻天覆地的变化。”江谈微咳嗽了一声，“你看看是不是这样，你每天和我待在一起可能感觉不是很明显。”

崔栖潮摸了一下江谈微的脑袋：“要说有什么变化，我觉得是变得容易冲动、亢奋了。”

江谈微：“我建议你去看病，我这才是正常表现！”

崔栖潮开始思考，当小白证明了他的定性以后，什么太冲动、亢奋，换个角度来说也不完全是缺点。

就像他也该反思一下了，他的冷静也不完全是优点。

第 102 章

# 终章

“你认真的吗？”林琳震惊地看着崔栖潮。

崔栖潮：“嗯，请病假。”

林琳：“可是最近有个大导演来谈一个客串啊，他想专门给你设计一个角色，是现代片，知名 IP 改编，里头有个很出名的‘稻田法则’……反正很厉害，而且很快就要进组了！”

她疯了，觉得崔栖潮在捏造事由请假！

崔栖潮面无表情地说：“我是真的怀疑血脉不完全觉醒导致了后遗症，种植欲过于强烈压抑了其他的情绪和需求，初步诊断后医疗系统给出的建议是进一步诊治。”

林琳张了张嘴，有种想说什么又不知道具体说什么的感觉，最后扶着额头道：“需要多长的假期？”

崔栖潮：“先请一个月吧。”

林琳颓丧地调出了行程表，给他调整。她知道就算崔栖潮真的是找借口，她也不可能拒绝啊。不然崔栖潮又要把他的律师叫过来和她一点点掰扯条款，谁聊得过？

还是算了吧……

出门的时候，林琳叫住了崔栖潮：“唉，江谈微的假你要不要一起请了啊？”

她心里老觉得这和江谈微有关系，说不定这俩人就是要一起出去玩。

崔栖潮：“为什么？”

还装！林琳微笑道：“我只是想到时候他再来跑一趟，不是多余吗？”

江谈微是不归她管啊，但是要无理由请假这么久，他们部门肯定不会随便批的，到时候还不是托到她这里来。

崔栖潮瞥了她一眼：“不了。”

林琳：“行，真好，不惯着孩子。”

崔栖潮要去看病的事都没和江谈微说。他还以为崔栖潮这两天没活动是巧了，毕竟也不是每天都安排了行程。

谁知道他在崔栖潮家捡到了被猫翻出来的诊断单，当时江谈微的手就哆嗦了起来。上头是结合崔栖潮从基因局调出来的数据的诊断，他只觉醒了部分本能，主要是种植欲，而且非常旺盛，的确无形之间让其他的情绪和需求减弱了。

下面甚至还有一些论证，从崔栖潮在高度拟真的位面中遇到易感期的状况都能镇定自若来看，这毫无疑问是受到了影响。

要说是病，没那么严重，但说没病，也确实有点影响，只是不妨碍日常生活罢了。

这是什么概念？这证明崔栖潮是真的有问题！

江谈微狂喜。你想啊，他就那么一劝，崔栖潮就真的去诊治了，这岂不是说明崔栖潮的想法改变了？

江谈微把小小白抓起来，强行抱了它一下："干得好啊！我承认你了！"

小小白疯狂叫着挣扎开。

崔栖潮正在浴室，闻声说："你别碰小小白。"

放到平时江谈微肯定要计较一下，现在他不在意了，他有更重要的事。

江谈微把小小白放开了，又把诊断书塞了回去，开始浏览一些猫玩具，准备买给小小白作为奖励。还好还好，当时他买农场后还剩下一点点生活费。

他点了一堆好评度高的东西放进购物车，购买后半个小时内配送到家。

过了会儿，崔栖潮出来了，擦了擦头发，说道："你收拾一下，我带你出去吃饭。"

江谈微正坐在沙发上装模作样，此时说道："啊？为什么？我也没那么好约……"

他想着，他也是要摆摆架子的。

崔栖潮看他一眼，冷漠地说："不去那你回家吧。我同学约我吃饭，我想着不好让你一个人待在这儿。既然这样，你回去也行。"

江谈微："不不不，我去我去！"

他想了一秒自己买的东西，没关系，会自动签收的，只要他在崔栖潮之前从储存柜里取出来就行。看看，他还是很成熟自觉的，举一反三，思考得非常周到。

崔栖潮哪知道江谈微在想什么，换好衣服就带着江谈微出门了。上次邀请他一起做节目的那个老同学到这个星球来录其他节目，知道他在 LJJ，邀他一道出去吃饭。

崔栖潮的同学比他先到饭店，这家饭店开在雪山顶上，现在山巅正大雪飘飘，把饭店的建筑群都盖得雪白一片。

崔栖潮提前和他说了，会带个朋友过来。

同学坐在座位上，看到崔栖潮带了个男孩子过来，还笑了笑："这是你弟弟吗？"

江谈微想了想，唉，算了，好歹是说弟弟，没差辈。

崔栖潮看了江谈微一眼，没回答，只是问道："在这儿忙多少天？"

"五天啊。"同学说道，"先点菜吧。哎，上次你来客串那一次，我们的收视率还涨了，你说你怎么这么优秀？"

他挤眉弄眼的，崔栖潮失笑，一边点菜一边说道："就这个事你还要说多久？"

"我们那么多同学里，就你一个人从事这个行业，我可不得说久一点。你的节目可是连我妈都看了，现在我们家阳台上都给种满东西了。"同学发现他没有问带来那个人的意见，就帮忙把菜一起点了，心里又有的琢磨了。

崔栖潮："那待会儿我拿上一点种子给你带回去吧。"

同学也就是和崔栖潮寒暄了几句，接下来他们聊的内容江谈微就听不懂了，全都是武器制造业相关的知识，他们讲得那么专注，江谈微根本插不上话，忍不住都要埋怨起来了。

崔栖潮和对方讲得差不多后，他同学又道："我看你也没有放下专业啊，栖潮。"

崔栖潮沉默一会儿后点了点头。

同学挑眉道："我知道你家里的事情前两年就忙完了，虽说还是无法完全脱身，但是委托打理总是可以安心的。其实这次过来，我也是想问问你有没有一起来做项目的念头。"

崔栖潮有点诧异，随即道："你也知道我的血脉觉醒了，此一时彼一时。"

同学说道："这个我觉得不是问题，接下来我要参加的项目很大，如果你也来的话，我有把握帮你谈下来，整个后勤方面的食物供应，至少一个星球给你种植，你再利用垂直种植，完全可以把面积扩大几十甚至几百倍。当然，也不能全心投入，你知道的，我想你能应付过来。其他条件我想不用多说，我只需要告诉你项目是和L星军方合作的，你应该明白。"

他调出了一份资料，手一推，投影就到了崔栖潮面前："这是研发方向，我知道你一直很感兴趣的——超相位武器的未来。"

崔栖潮果然情不自禁地点开看起来，半天没说话。

同学道："就是因为看过你的节目，我知道你应该只是玩票性质，你甚至没有去上什么表演课吧。怎么样，一起？"

半晌，崔栖潮才道："谢谢你，我再想想吧。"

"好，吃饭吃饭。"同学立刻收起了严肃的神情，嘻嘻哈哈地和他聊起天来。

江谈微却吃不下了，心不在焉地思考崔栖潮那同学说的事情，心里有很多话想说，但这时也没法说，只好憋着。

好不容易用完餐了，崔栖潮和同学道别，目送对方离开了饭店。

崔栖潮没有急着离开，而是对江谈微道："出去走走吧。"

饭店设有全透明的户外活动区域，或者客人也可以选择在酒店借一套防寒服，更近距离地和冰雪接触，但是得在安全区域内活动，毕竟饭店的位置太险了。

一到户外走廊上，江谈微就忍不住道："这种项目，要是你答应了，应该一年半载也不一定能出来一次吧。"

崔栖潮看着外头的雪景说道："嗯，一般是要全封闭的，请假有限制，而且必须接受监视。L星的项目一般格外严格，而设备、人员各方面也都是最好的。"

江谈微眼巴巴地看着他。

崔栖潮一回头就看到江谈微的这副模样："你这是有话要说？说。"

等了五秒江谈微也没说话，崔栖潮道："想劝阻我？"

江谈微狠了狠心道："没，我想说你要是真的想，就去吧，我会照顾好小小白的。"

崔栖潮："……"

江谈微红着眼睛看天："这有什么？我支持你追梦，我们互相支持……"

崔栖潮在他头上很轻地拍了一下。

"行了，先回去吧，这事只是一个提议，怎么说我还有前科，我愿意人家还不一定要我。"崔栖潮说着，就转身往回走了。

走了一半发现江谈微没跟来，他疑惑地回过头来。

江谈微："你有前科？是因为你在造武器？"他想起自己看的视频了。

崔栖潮嘴角似笑非笑地一勾："当然不是，那时候我已经很熟练了，我说的是在学校那一次。"

江谈微怪叫："在学校那一次什么？你搞什么了，你还被抓过？"

这一点还真是意料之外，江谈微仔细想想又是情理之中，崔栖潮总不可能一上来就特别完美吧。

这件事一下把江谈微的注意力给吸引住了，一直嚷嚷到了大门口，他才忽然安静下来，说道："其、其实我很舍不得你，但是，如果你想，我肯定会尊重你的选择，因为那是你想做的事。"

崔栖潮和他对视了一会儿。

"崔先生、小江。"

林琳的声音响了起来。

江谈微顺着声音看了过去。

林琳看着他们："提醒一下你们，今天大楼的货运坏了，东西都堆在前厅，我刚刚过去取。你们的东西也在，上去前先取货吧。"

崔栖潮立刻道："好的，谢谢。"他说完就往前厅走去。

而江谈微还愣在原地……

江谈微走到前厅时，就看到崔栖潮拿着他买的猫玩具，正在端详。

发觉江谈微过去，崔栖潮慢慢地抬头看了他一眼。

江谈微有点别扭地转移话题道："那个，我发现你的诊断书了。"

这下轮到崔栖潮无语了，拿着那一大包东西，半晌才无奈地笑了笑。

江谈微小心翼翼地卖惨："我今晚还可以在你家睡吗？睡地毯也可以的，反正习惯了……"

崔栖潮心底转了很多念头，最后定了定神。

自从爸爸、妈妈、老猫都离开后，他很久没有接纳过任何人、兽了，作为猫，作为人，小白虽然年少轻狂，但不都做到了让他放下心防吗？

更何况，这小猫还挺努力的……

崔栖潮轻声道:“很抱歉，对你那么严苛。”

崔栖潮坐在长毛地毯上，小小白蜷缩在他的腹部，舒适地晒着太阳。

江谈微走了过来，顺便把小小白给扔开了。

崔栖潮说:“你上新闻了。”

江谈微瞬间狂喜:“真的吗？”

崔栖潮:“准确地说，是和我一起上的新闻。”

江谈微立刻道:“这些记者真是太讨厌了，偷拍我们，哈哈哈！”

崔栖潮:“你都笑出声了。”

江谈微装作没听到:“我来看看，是怎么写的？”

他从崔栖潮手里把新闻拖了过来，一看那标题:崔栖潮半月未现身，疑为与工作人员共同研发新菜种。附图:成果喜人，崔栖潮与工作人员庆祝。

江谈微要摔东西了，这是什么破新闻?

崔栖潮甚至有心情调侃他:“如果最后要自己写好稿子寄过去，那就太可怜了。”

江谈微往后一栽躺在地毯上，吐血半升。

江谈微:“退出吧，这娱乐圈没啥好混的了。大家都没有在用心混圈，你还是去参加那个研发项目有前途一些。”

“我不会去的。”崔栖潮淡淡地道。

江谈微道:“为什么？”

崔栖潮轻描淡写地道:“我一开始就不可能过去。他把资料给我看完，我就确定了这项目不是L星的。这一行很乱的，他应该是想把我骗过去参加。真是L星的项目，对方也犯不着花那么大的代价请我。主要是这些天也不方便表露出来，我在私下联系导师，确定这个同学做的事到底是什么性质的。”

崔栖潮给江谈微看了一下自己的邮件，已经解决了，发信时间也就是昨晚，难怪今天可以和他说了。

“好吧……那接下来怎么办？你不会考虑别的项目了吧，还是继续踏实地种田？”江谈微迟疑地问道。

崔栖潮看了看外头，天气正好，他轻松地说:“我还有半个月的假，不如先出去走走吧，别浪费了。”

江谈微兴高采烈地说:“好、好，我去收拾行李箱。”

“等等，”崔栖潮叫住他，“我是说到诺森伯兰、C大那些地方去走走，既能旅行，又能检查一下种植成果，这样不是更好？”

崔栖潮对他淡淡一笑，道:“小白，Allons-y（我们走吧）！”

# 番外

番外 1

# 超级变变变

因为来自读者的不可抗力，崔栖潮在一天早上醒来的时候，发现自己变成了猫。不是虚拟位面，而是现实中，他真实地变成了猫。

崔栖潮一醒来就发觉世界整个变了，被子蒙住了毛茸茸的身体。

“喵？”崔栖潮一下蹿出被子，跑到江谈微的房间，一脚踩在了江谈微的脸上。

江谈微嗷的一声醒来，看到他后发出了震惊的声音：“你、你是？”

崔栖潮：是我！为什么我变成猫了？！

江谈微磨牙道：“你是哪里来的？！”

这时候小小白的身影出现在门口，喵喵叫了两声。由于训练有素，没有经过主人允许它是不会进卧室的。

江谈微心想：等等，难道是小小白弄来的对象之类的？

“小小白，你进来！”江谈微喊了一声。

小小白这才一下蹿了进来，闻了闻崔栖潮，感觉到了他身上熟悉的气息，但是不知道为什么崔栖潮会变成猫，单纯地蹭了蹭它。

江谈微看这样子，似乎这只黑色的猫真的是小小白的对象，也不知道怎么被放进来的。

“崔栖潮，崔栖潮！”江谈微喊了起来。他得跟崔栖潮告一状了，小小白这也太不像话了，不能仗着自己智商高就胡来啊。

可结果是他怎么也得不到崔栖潮的回应，好像崔栖潮已经不在家里一般。

江谈微觉得很疑惑，一般在家里的规矩，行动是要互相汇报的……好吧，这个是他主张定下来的，但崔栖潮一直执行得很好啊。

江谈微觉得有一丝诡异，无缘无故出现的黑猫，无缘无故消失的崔栖潮。

好在科技昌明，他想到自己昨晚睡前放在崔栖潮房间的设备好像忘了关摄录，抬手把视频调了出来。

江谈微调出最新的视频，打开后，迅速跳过前面，选择只播放动态。几个偶尔翻身的片段后，江谈微终于看到了自己想看的。

崔栖潮本来还好好地缩在被子里，忽然间就不见了，同时被子里隆起一点点！

江谈微的第一个反应是崔栖潮和人联合起来跟自己开玩笑，但是当他仔细检查过后可以确定，这份视频没有经过任何篡改，即使放慢无数倍，崔栖潮就是真真切切地身体瞬间变小变形了。而且这个地方也绝对是现实，而不是虚拟位面。

江谈微往后坐了一点，一脸呆愣地看着那只黑猫，这么说，这就是……崔栖潮……

“天哪！”江谈微把“崔栖潮”给捧了起来。

崔栖潮发现他终于确定了自己的身份，也有一点欣慰，把爪子放在了他的手背上，当务之急就是搞清楚为什么会变成这样，有什么解决的办法。

江谈微：“都是我的错！”

崔栖潮聚精会神地看着他，小白知道为什么？

江谈微：“我经常在各种许愿池、流星雨、转发锦鲤的时候许愿，让你也尝尝做猫的滋味！”

江谈微：“现在实现了怎么办？可是我转过太多锦鲤，根本不知道到底是哪一次灵验了！”

崔栖潮一爪把他的脸拍开了些，把屏幕钩了过来，在上面打字：“先检查。”

江谈微沉重地点头：“我去联系一个实验室。”

江谈微约好了实验室的时间后，回头看到小小白还在蹭崔栖潮，赶紧上去把它赶走了：“走开！”

他把崔栖潮举了起来，放在眼下看了看，觉得虽然是猫形，但不知道是不是先入为主，总觉得这样也很有崔栖潮的风味呢。那双剔透的眼睛显得十分高冷，瘦削的身体、像绸缎一样的皮毛。

江谈微把脸埋到崔栖潮的肚子上，然后闷闷地道：“如果你是猫，那肯定是我唯一的猫……”

崔栖潮竟然产生了一丝愧疚感，因为小小白的存在，甚至之前的老猫小白，他也没能做到江谈微一直期盼的一点，让他成为自己唯一的猫。

这时候，成长了的江谈微说道：“所以作为我唯一的猫，来吧！坐下吧！我们做一套基础训练！”

崔栖潮打字：“万一我变不回去了呢？”

江谈微想了想说：“首先我会想尽一切办法找到把你变回去的方式，其次如果你真的变不回去了，大不了我们再把你接入 LJJ 的数据库，你想做人还是做猫，我都陪你。”

崔栖潮陷入了沉思。

如果他没有理解错，江谈微的这句话的意思就是……

江谈微：“快，坐下。”

没错，基础训练还是要做，先让他爽完。

这么一通有意无意地捣蛋，崔栖潮原本有点沉重的心情也沉重不起来了，无可奈何地往地上一坐。

你满意了？崔栖潮用这样的眼神看着江谈微。

江谈微连续做了一整套基础训练，爽得都要起飞了：“好、好、好……”

他声音颤抖地摸了一下崔栖潮的下巴：“好猫、好猫！”

这句“好猫”说出来，一种难以言喻的爽感蔓延全身。

江谈微把崔栖潮放在肩膀上，带他去外面吃饭，吃完就直接去实验室了。

其实是可以在家里吃的，但江谈微坚持要出去炫猫。

餐厅是露天的，他们也不是第一次光顾了，只是这一次崔栖潮的形态不一样。

服务员是认识江谈微的，看到他带了猫来，立刻说：“我给您拿消毒液和宠物座椅。”

江谈微和崔栖潮来，如果带了小小白，那么江谈微是一定会嚷着要宠物座椅，把小小白隔开。

今天他却说：“不用！我抱着我们家乖乖坐！”

乖乖？

江谈微十分黏糊地把崔栖潮放在自己手边，一口一口地喂，看得服务员咂舌不已，简直要以为他被魂穿了。这还是那个江谈微吗？他们还以为他讨厌猫呢！

这个露天餐厅周围有很多商场、办公楼，从天际到地底，都是密密麻麻的建筑以及无数块屏幕，很多屏幕还会实时投放行人的画面，监控数不胜数，各种角度都有。

就是在这样的环境下，江谈微非常张扬地喂着崔栖潮吃东西：“想吃你就喵喵喵。”

崔栖潮发出了威胁的声音，警告江谈微。

江谈微：“快点！”

崔栖潮：“喵、喵、喵。”

苦不苦？想想当初小白被猪撞……算了。

江谈微兴奋地大笑，把崔栖潮抱到怀里：“爱你哟，乖乖！”

就在他说完这几个字之后，崔栖潮就这么在光天化日下变回了人形，保持一个半蜷缩的姿势坐在他怀里。

崔栖潮来不及思考为什么突然又变形，其中到底存在什么科学原理，还有一个非常近的问题摆在面前。

也不知道这里的屏幕系统是怎么设置的，一瞬间，不知道多少块屏幕都在后台分析锁定了崔栖潮的面部以及搜索量后，判定为名人，把他的实时动作给播了出来。

即使事后江谈微把可能让人怀疑崔栖潮的身体状况的片段数据彻底删除，这一刻也已经直播出去了。

就现在，起码有十万人看见了崔栖潮以一个非常弱势的姿势坐在江谈微怀里，江谈微手里有餐具，嘴型还是“乖乖”……

整个天地好像都寂静了一瞬，随即爆发出更大的议论声。

这一瞬间，崔栖潮愣住了。

这一瞬间，江谈微的大脑也陷入了空白。

番外 2

# 人鱼世界 1

夏枚尔海域生活着一群人鱼，属于典型的利维系人鱼，漂亮、敏感、多疑、战斗力高，同时也具有极强的模仿性。

因为夏枚尔海域接近海岸，这里的人鱼与人类接触甚多，染上了不少人类的习惯，他们甚至会沿着入海的大江大河逆流而上，进行短期旅行。

所以，当夏枚尔人鱼们开始议论纷纷，商量着要建国，并推选出一位皇帝陛下的时候，也就不奇怪了。

毕竟，历史上那些利维系人鱼中发生过奇怪得多的事情，不是那片海域的人鱼自动成立党支部，就是这片海域的人鱼要搞鱼类平权运动。

不过夏枚尔人鱼总数也只有一千多条，争强好胜的个性也让他们难以立刻选择出皇帝陛下。

就在这个时候，一个小道消息由产卵回来的海龟们带了过来，据说，曾经夏枚尔海域最能打、后来嫁到了另一个海湾去的人鱼茉莉，她的儿子崔斯坦要来夏枚尔生活了。

夏枚尔的人鱼必须承认，如果是茉莉还在的时候，这个皇帝肯定是她来当了，现在她儿子要来了，会不会和她一样威胁力十足？

有好事的人鱼专门在入海口等待，终于在十天后看到了一条白色的男性人鱼，他身上穿着人类的黑色短袖上衣，足有一米八的鱼尾覆盖着纯白色富有光泽的鳞片，尾巴薄薄的像一段柔软的白纱散开。

人鱼们会追逐时髦，穿上人类的衣服，但他们通常不会把自己的长发剪掉，而这条人鱼不同，剪了一头利落的银白色短发。就是这个颜色，和茉莉一模一样，身长也很惊人，这一定就是茉莉的孩子。

眼下，他正一边游一边张望，看到黄色人鱼后，还上前和他搭讪：“请问，海豚群在哪里？”

人鱼本来就是来看他的，这会儿不动声色地道：“我看到它们在东边嬉戏。”

崔栖潮点头道谢。

自从和小白的关系曝光之后，崔栖潮索性就和 LJJ 谈判，让小白也跟着自己一起进入虚拟位面，说他是助演也行。只是 LJJ 不肯对外公布，所以始终没给小白一个正式身份，也不许他太引人注意，破坏 LJJ 的剧情走向等。

这次的人鱼世界，小白当然不好作为猫跟过来，否则一天到晚只能在岸边了，谁知道这里有没有海巫婆，没准崔栖潮连忍痛上岸的机会也没有。

于是，当时小白和他商量，小白可以变成一条海豚，海豚和人鱼是经常一起狩猎的好伙伴。

反正就是这么回事，进来后崔栖潮没找到小白的身影，猜测他可能在安排好要去的夏枚尔海域，现在崔栖潮正想满海域地找小白。

黄色人鱼忍不住问道："我说，你就是茉莉的孩子吗？"

崔栖潮看了一眼那条黄色的人鱼，点了点头，吐了个泡泡，随即又赶紧闭上嘴。他刚刚进入这个世界，还有点不习惯这样的环境。

对方看到那个泡泡愣了一下，随即有点生气："你这是什么态度？我不就是问一问你是不是茉莉的孩子，至于对我吐泡泡吗？傲慢的人鱼，你一定会夺取夏枚尔的皇位。"

原来吐泡泡在人鱼世界里是很不礼貌的动作？

但崔栖潮更在意的是对方说的皇位，想起自己看的资料，不解地道："什么皇位？夏枚尔哪里来的皇位？"

这里的人鱼不都是散居，连个首领也没有吗？

黄色人鱼立刻道："我们夏枚尔的皇帝虽然还没选出来，但是，夏枚尔人鱼帝国是已经成立了的！像你这样的小子，要想当皇帝还早得很！"

崔栖潮："成立帝国有些草率了吧，以夏枚尔的规模，可以先成立一个村，选村长试试。"

黄色人鱼被崔栖潮诚实的话给气到了，耳朵处的鳃幅度很大地张合了几下："可恶，你居然敢侮辱伟大的夏枚尔帝国！"

这么说也是不正确的，因为夏枚尔帝国才成立不到三个月，好像也谈不上哪里伟大。

黄色人鱼把系在背后随身携带的骨叉抽了出来，目光炯炯地看着崔栖潮："用你的残鳞，见证帝国的荣誉！"

这么气势汹汹地喊完一句话后，黄色人鱼忽然浑身一颤，举着长长的骨叉的手瞬间脱力，面条一样软软地垂了下来，又在海水中自然伸展，表情则十分诡异，眼神无法聚焦在崔栖潮身上了。

崔栖潮看到黄色人鱼身后有一只圆圆的灰色浚迷亚河鲀，它全身膨胀成一个鼓鼓的球，眼睛也圆圆地瞪着人。刚刚就是它对着黄色人鱼释放了自己的毒素。

现在，黄色人鱼已经越来越诡异了，浚迷亚河鲀毒素作用在人鱼身上，起初会让他们呆滞，大脑难以思考，很快则陷入莫名的亢奋状态。

以前不小心中了河鲀毒的人鱼，有过拖着人类的船只爆冲，将对方直接拽到另一片海域的经历，从此留下了海妖的传说。

黄色人鱼已经开始进入亢奋期了，内心还存在几分挣扎，看了崔栖潮几眼，但很快就忍不住举起一块珊瑚礁，鱼尾疯了一样摆动，像一颗鱼雷一样冲了出来，在水中划出一道痕迹，眨眼就消失不见了。

崔栖潮盯着那河鲀看，它还没有成年的样子，但体形已经比较大了，是说在它们这个物种中。

一人鱼一河鲀互相看了很久。

半晌，崔栖潮才问："是你吗？小白？"

河鲀："不是我！"

崔栖潮："……"

虽然不能直接交谈，但两人实际上是搭载了私密通话频道的，只有他们两个人能发声，外人听不到。

崔栖潮真的几乎就要认不出来了，河鲀那眼睛睁得圆溜溜的，时刻像在瞪人，他好不容易才在里面捕捉到一丝熟悉感。

但是他不懂为什么小白会变成一条河鲀，不是说好的海豚吗？人鱼和海豚结伴多见，和河鲀结伴就堪称奇葩了，想想那画面吧。

江谈微的体形慢慢恢复了正常，他也要疯了，明明说好的是海豚，也不知道 LJJ 的程序员在搞什么，一定是故意戏弄他，居然把他投成河鲀！

崔栖潮上前轻轻捧住江谈微："真的是你啊。"

江谈微郁闷地说："被耍了！"

崔栖潮听完了道："毕竟程序员也被你耍了很多次，你就算了吧。"

江谈微受到刺激，立刻又自己气得吹胀了，他也不适应这个身份啊："你应该跟我一起骂他们吧？"

崔栖潮甚至觉得有点好笑："你在这里最好压着点自己的脾气，否则也太明显了。"

江谈微："我有什么脾气，我的脾气好得很呢！"

崔栖潮："你没发现你又圆了吗？"

完了，现在这个样子，随时都会被体形出卖！不由自主地鼓气！

崔栖潮让江谈微跟着自己，就落户在入海口。

于是，夏枚尔海域的人鱼都知道了，茉莉的孩子来了，一来就给了夏枚尔海域的人鱼一个下马威，传来传去，有两种最大众的说法，一种是崔栖潮冲着当皇帝来的，另一种就是崔栖潮看不起这个皇帝，觉得还比不过村长。

无论哪种说法都挺让夏枚尔海域的人鱼生气的，见了面都在问，看到那个崔斯坦了吗？他到底是什么样子？

根据比较权威的说法，如果你看到一条白色尾巴的人鱼，身边不像其他人鱼带着海豚、海星、鲸鱼之类的，而是带着一只浚迷亚河鲀，而且这条河鲀可能是世界上最敏感、气性最大的河鲀，一天二十四小时有十八个小时是圆的……

那么不用怀疑，这条人鱼一定就是崔斯坦了。

番外 3

# 人鱼世界 2

夏枚尔海域虽然靠近人类聚居地，但环境保护得相当好，加上举世闻名的里为系人鱼的美貌，当地政府更倾向于发展度假旅游业。

虽然很多人类呼吁增加与人鱼的接触，互相融入，但是由于人鱼的性格比较直接、敏感，他们愿意了解人类文化，却不愿意让人类进入他们的世界。

比如来到夏枚尔的游客，很多会参与出海活动，看人鱼，人鱼如果遇到了游客也愿意和他们交谈一下，但要人鱼和旅行社合作是不可能的。

如果有游客做出乱丢垃圾等不礼貌的行为，也会被愤怒的人鱼围攻——这可不是开玩笑的，曾经有游客惹怒了人鱼，被人鱼以将近每小时五六十海里的速度在周遭拖行了五个小时。

当然，在某些国家，他们对人鱼不太友好，历史上甚至开过战，人类拥有科技武器，而人鱼也有天然武器，可以进行声波攻击，而且他们的臂力、视力极强，游速快，能利用部分鱼类乃至鲸鱼、鲨鱼，单兵作战能力强。最后两败俱伤。

崔栖潮来到夏枚尔海域的第一件事就是调查这里的方方面面，水质、分布洄游的经济鱼类、无脊椎动物数量和种类，当然还有可食用藻类等。

在夏枚尔海域，单单是经济鱼类就有三百多种，像是沙丁鱼、刀鲚、海鳗、孔鳐等，无脊椎动物例如梭子蟹、海蜇、乌贼、对虾等，可食用藻类包括海带、裙带菜、紫菜等，种类繁多。

生活在这里的人鱼，大部分时间衣食无忧，在海吃海，他们就是海中的人族，食谱之广、消化能力之好，堪称海洋之最。

如果由于其他外界因素没能找到食物，反正游速快，去远一些的海域觅食，或者索性随便拍打某一艘人类的船，理直气壮地索要食物就好了。

崔栖潮大概是头一个有养殖意识的人鱼。他的内在毕竟是个人类，还是个来这里发泄种植欲的人类，来的第一天就找了很多海带苗，在家附近找了块潮水很急的地方，种满了海带。

其他人鱼都在传崔栖潮要争皇位，后来他们发现崔栖潮密密麻麻地种了很多海带，还猜测他是在布置自己家附近，让人不好进攻。

但接下来，崔栖潮也没有动作，与其他人鱼的交谈甚至不如与他那条河鲀多。

那条脾气特别大的河鲀有时候会离开崔栖潮在外面游来游去，要是有人鱼会来向他打听崔栖潮的情况，他就会非常毒舌地吐一大长串泡泡。

要是想戳死这只河鲀，也是不可能的，崔栖潮会很快出现，用事实证明他真的继承了茉莉的高战斗力，还有一些奇怪的可能是从他父亲那里学来的战斗技巧。

慢慢地，人鱼们发现崔栖潮不但种海带，还种了许多其他藻类、贝类和鱼类，有的人鱼也发觉了，但没注意到的是，崔栖潮种植的这些也是人类非常喜欢采集的。

一开始，因为没有养殖这个概念，有的人鱼会擅自来拿崔栖潮养的东西。因为崔栖潮进行了有规划的养殖，这些食物质量格外好，他们在觅食的时候，很容易就能对比出来这里的东西更好吃。

于是崔栖潮有个重要任务，就是把这些人鱼赶走，并和他们讲道理。

这些食物之所以好吃、肥美，是因为他在养着，所以这些就全是他的，其他人鱼不可以随便拿。想要其实也可以，拿珍珠之类的东西来换。

很快，崔栖潮有了一箱珍珠。

人鱼们也后知后觉地发现，难怪崔栖潮明明自己吃不完，还是要养这么多水产，种这么多海藻，根本就是想用这种方法征服帝国吧。这是混血人鱼的阴谋，他的父亲一族更靠近人类，总有些奇怪的招数！

不过，这些食物别说崔栖潮吃不完，他们也吃不完啊，还结余了很多，那么这一部分又是要干什么？

几个月过去，崔栖潮收获了上万斤藻类和贝类后，作为人鱼在水里工作就是这点好，他能找到一些无聊的鱼类，比如海豚、虎鲸给自己帮工，而且人鱼本身的体力也很好。

现在，崔栖潮找来一些鲨鱼做搬运工，帮自己把这些东西往海洋深处拖，当到了一个地方后，这些鲨鱼就对崔栖潮摇摇头，离开了。

再往下就接近深海，它们承受不了那里的压力。

就连小白也不行了，他现在只是一条能够在近海生活的河鲀而已，再往下可能就要炸开了，于是小白在这里等待崔栖潮。

崔栖潮还可以，人鱼能够适应多种海洋环境。他找来一些深水鱼接替帮忙，向下游动，然后遇到了自己要找的对象，一群深海人鱼。

这里的深海人鱼属于沙多系人鱼，是一种比较和平的深海人鱼。在漫长的演化中，他们和其他人鱼在外表上也有了显著的不同，因为深海压力大，他们的五官虽然漂亮，但其中眼睛会大上很多，导致长相在人类看来有那么一点诡异，美得非常吓人。他们的鳞片色彩鲜艳，还会有不同的花色，尾部能够发光。

崔栖潮远远地就看到了许多小光点，游了过去。人鱼不管是什么系，总体语言是一样的，可能因为海域不同而有当地的俚语，但不影响大致的沟通。

这些深海人鱼围着崔栖潮看，他们也很少见到纯白色的人鱼，在他们尾部的灯光照耀下，崔栖潮的鱼尾似乎还泛着不一样的光彩。他们询问崔栖潮，是不是来这儿旅游的，难不难受？毕竟他长期生活在压力较小的水域，来这儿会晕深海吗？

崔栖潮和这些友好的深海人鱼打了招呼，这些深海人鱼的牙齿也比浅海人鱼要尖利一些，也许长相显得有些狰狞，但性格其实很好。崔栖潮甚至觉得他们有点熟悉，交谈了几句后才想起来，哦，这些人鱼的大大的总是像瞪着人一样的眼睛，让他想起了河鲀小白……

崔栖潮把自己带来的藻类和贝类展示给他们看，他想和深海人鱼换一些深海特产。

深海人鱼也是每到吃饭的时候才去觅食，他们对这些来自浅海的食物很感兴趣，毕竟海底可没有外卖服务，于是深海人鱼们都去呼朋唤友。也许大家有少量食物储存，或者现场捕猎，拖来给崔栖潮。

其实他们有点不明白崔栖潮为什么要这些，对人鱼们来说，不储存食物一方面是没有必要，另一方面也是储存条件不足以满足他们。

对人鱼来说，只有刚刚捕猎就入口的食物才是最新鲜、最值得吃的。

他们换给崔栖潮的食物里，有深海才有的藻类、无脊椎动物，但也有更多被叉来的鱼。崔栖潮点名要这些，可他自己吃不完，等拖回去都超过三个小时了，也没那么新鲜了吧。

“我把这些换给人类。”崔栖潮解释道。

人鱼们先是恍然大悟地“哦”了一声，随即不解他为什么要这样做，难道他需要很多很多的人类物品吗？

人鱼也许偶尔会和人类换些东西，更多时候是直接索要，但也仅仅是偶尔，没有人鱼会像崔栖潮一样每天穿着人类的衣服，顶多是出来展示一圈，然后就收藏好。大宗贸易更是不存在的，即便人类一直很渴望和他们交易。

崔栖潮也不知道该怎么解释。他是需要人类物品，想建个海洋牧场啊，有些设备海里又不可能长出来。

最后崔栖潮含糊过去，深海人鱼们则热情地找来抹香鲸，帮他把东西一起拖回去。

崔栖潮换到了大量的深海三文鱼、贝类和藻类，回去后连带着自己养殖的海产一起，能有个几万斤。

一艘人类小船正在海面上航行，两个渔民带着游客撒网捞鱼。

对夏枚尔海域旁边的渔民们来说，他们的生活主要来源早就不是打鱼，甚至因为政府的保护，不能过多捕捞。他们主要接待游客，让游客体验一下这里的生活。

这里接近海岸，按理说人鱼鲜少出现，但偏偏水底下就钻上来了一条人鱼，他趴在船沿，浑身湿漉漉的，一头银白色的短发，脖子上挂着一条鱼，五官对人类来说有些雌雄莫辨，但他身上穿的人类衬衫倒是男式的，所以他们猜这应该是个“他”。

游客们发出了尖叫声，他们没有亲眼见过人鱼，今天上午出海看人鱼的行程非常失败，只看到一条人鱼在水底的影子。没想到能够在这里看到人鱼！这个深度不是会让人鱼觉得太压抑吗？

但这条人鱼简直比他们在电视里看到过的人鱼还要让人惊艳，类人但又诡魅非人的外表、在人鱼中也稀少的银白色头发，甚至他的配饰也不是珊瑚、珍珠，而是……河鲀？等等，他身上携带的鱼是河鲀没错吧？

就在渔民和游客都惊讶莫名的时候，这条惊艳的人鱼开口了："你们认识要海产的人吗？能承受较大交易量的那种。"

这条人鱼的人类语言也异常标准！

虽然人鱼能够精准地模仿声音语调，但是这人鱼的语法也相当好，说话相当流畅，所用的人类词汇更是一般人鱼口中鲜少出现的。

渔民结结巴巴地道："你、你有几斤？"

游客们也很兴奋，掏出手机拍照。能够和人鱼交易，他们可只在网上的游记里看到过这样幸运的游客！

他们都认为，按照人鱼的习惯，几斤对他们来说就已经是很大的交易量了吧。

崔栖潮："三万多斤吧，有深海三文鱼、沙丁鱼、各种可食用海藻、贝类……"

他报了很多人类词典中的海产名词。

人类都震惊了：发生了什么事？这个世界怎么了？水底难道发生了大灾难，死了几万斤生物？

渔民真的为崔栖潮联系到了海产收购公司的人，他们专门收海产。

收海产多了，但以往都是和渔民交易，这一次还真是新鲜了。这些人兴奋又好奇，这可能是人鱼第一次大规模地和人类交易，没想到人类做了那么多工作都没成功，现在居然有人鱼主动来了。

这些海产全是这条人鱼自己养殖的！部分深海海产则是他向深海人鱼交易来的！

与此同时收到消息的人类政府也有点蒙，商量着道："这么大规模的海产养殖，按理说，按照本地的法律规定，是禁止的吧……"

"但是法律规定的出发点，是保护海洋环境与物种，这养殖者就是海洋物种啊！咱们好像管不到人鱼身上吧？"

"可是，谁知道这人鱼怎么突发奇想地搞海洋牧场，他又不懂科学养殖，万一破坏了海洋环境可怎么办？"

当然，这些忧虑都在后来和崔栖潮的进一步接触中解决了，这条人鱼绝对比他们想的要科学得多。

现在，崔栖潮正在和收购公司的人交谈。

对人鱼来说不新鲜的鱼，对人类来说则还鲜美得很，质量也好得不行了，甚至有以人类技术无法捕捞的深度出产的海产，都不知道该怎么定价！独一份儿啊！

“对了，你们带合同来了吗？”崔栖潮问道。

等等，这条人鱼还想签合同？

人类面面相觑。他们还真忽略了这一点，好在有人的手机里储存了公司的这类采购合同的模板，一边给趴在码头边的崔栖潮看，一边弱弱地说：“可是，就算签了，你怎么保存合同啊？”

崔栖潮皱了一下眉，说道：“不是可以做电子存档公证？而且难道你们连防水袋也没有吗？”

这不是一激动忘了吗？居然被一条人鱼给鄙视了！

番外 4

# 人鱼世界 3

崔斯坦被人类称为“第一条上岸的人鱼”，他对人类世界的了解竟然比某些人类还要充足。如果有人抱着长久以来人类对人鱼的刻板印象和他交流，那么一定会大大吃惊。

崔栖潮和收购公司签订了合同，他的收益将全部以器材设备的方式支付——就这样，崔栖潮还知道嘱咐他们购买的时候要讲价。

第一批从崔栖潮手中卖出去的海产很快就被收购公司标上了“人鱼出产”的标签，恨不得论克高价卖出去。

这些海产的噱头太足了，要么是人鱼亲手养殖，要么是人鱼从深海弄出来的可食用鱼类、贝类。崔栖潮那里还有一些品质很不错的天然珍珠，也换给了他们，让人差点怀疑人鱼真的和传说里一样能够泣珠。

相对收购价，他们卖出去的价格简直赚得盆满钵满。心花怒放的收购公司尝到了甜头，又知道崔栖潮要做海洋牧场，于是约定以后要和他独家合作。

这个时候也有一些假消息，称该公司卖出的所谓人鱼出产的海产品是假的，众所周知，人鱼不可能和人类深度交流。

崔栖潮对东西卖给谁家是没有意见的，听说自己的产品受到了质疑，还答应收购公司协助证明了，顺便他也可以公开一下养殖环境。

人鱼的标准可比人类要高多了，选择的养殖地也绝对是最佳的，这是人鱼的天赋，不用质疑。

这个时候崔栖潮已经搭建了部分海洋牧场，收购公司带了记者来，他们穿着潜水服，拿着水下摄像头，跟着崔栖潮深入他的牧场。

“这是我的水上水下监控设备，用来监控环境。”人鱼的发声方式和人类不一样，即使在水下，也能让人类听到，而人类在潜水头盔内所说的话也能被他们敏锐的听力捕捉到。

记者还是头一次采访人鱼，事先做了很多功课，临了还是有点小心，就怕敏感的人鱼生气：“那个，人鱼先生……那么，您的……水文水质监测设备呢？”

崔栖潮转头看向记者。

记者吓了一跳，人鱼的长相和人类是很像，但毕竟是人外生物，至今仍过着捕猎为食的日子，这条漂亮的人鱼回头看过来时，眼神非常可怕，毫无感情，让他瞬间觉得被什么凶兽锁定了。

但接下来，人鱼只是毫无起伏地道："市面上的设备都不如我的感官。"

陪同的采购公司人员连忙说："是啊，我们采用的是生物监测系统。"

记者："好吧。"

这也确实是人家的重要卖点呢……

接下来，记者就发现这人鱼其实很实在，采用生物，也就是自己来监测水质，真的是因为他比那些机器厉害。

而在其他方面，如果机器更科学便利，他就会采用科学方式，比如筏式养殖，各种增殖技术，他运用得都非常娴熟。可以看出来，他绝对不是做做样子。人家是认真地在做海洋牧场，真不是采购公司的虚假广告、打造出来的幌子。

采访完后，记者脑海里也基本有了脉络，知道稿子该突出什么了。

最后，他的目光落在崔栖潮的胸口，小心地道："我还想再问一个和牧场关系不是很大的问题。"

记者："就是，最近海洋中很流行装饰河鲀吗？你们已经不喜欢珍珠了？"他有晚辈还想来旅游，问他去看人鱼应该准备什么礼物。

崔栖潮还没说话，胸口的河鲀瞬间胀起来，变成一个球了。

记者吓到了："哇，这有毒的吧。"

他开始怀疑这人鱼是用河鲀"嗨"了，不是有些海豚会故意激怒河鲀让它们释放毒素，好让自己陷入兴奋吗？怎么人鱼也染上恶习了？

崔栖潮抓住了小白，不然它就要冲出去和记者拼命了，叹息道："不，他是我最重要的……鱼。"

记者表示不懂了，这人鱼的意思是他跟河鲀有什么超物种的友情吗？他不服啊，他们人类哪里不如河鲀了？

海洋牧场的采访视频广为流传，人类热烈追捧这头一条和人类深度合作的人鱼，就连夏枚尔海域的当地政府也收到了上头的命令，不要再商讨如何向人鱼征收税金了。

和崔栖潮合作的收购工作，销售额也是节节高升，因为品牌知名度提高，就连从其他渔民那里收来的海产也在连带效应下销售一空。

与此同时，崔栖潮在夏枚尔海域的地位也无形中有了变化，他的地盘没有正式挂牌，但人鱼们都管那里叫人鱼餐厅了，他们喜欢去崔栖潮的牧场换吃的。

崔栖潮那里除了他养殖的海产，还有一些他从人类那里换来的食物，他喜欢吃这些。

人鱼的胃更习惯吃生食，但因为消化能力很强，偶尔尝尝人类的食物也未尝不可，反正找人类要食物的人鱼那么多，没看过哪条人鱼因为吃了过多曲奇饼而影响捕猎速度的。

崔栖潮大部分时候也吃生食，有时候会找来浮板，在上头做熟食吃，或者把生食蘸上人类的酱料也行。

于是见多了之后，夏枚尔海域的旅行社开始把这一点写进旅行须知：探访人鱼之旅，如果足够幸运，您能看到在海上嬉戏的人鱼、捕猎的人鱼，甚至吃火锅的人鱼。

崔栖潮不但做养殖，还作为中间商赚差价。他来往于深海，从深海人鱼那里以物易物，收购特产。他甚至把一些人类商品换给了深海人鱼，他们特别喜欢一种质量特别好的荧光棒，在黑暗的深海，它们比珍珠、食物都要值钱多了。那些发光功能不是特别好的人鱼尤为喜爱。

深海人鱼有种天然的淳朴，但在某些地方也会体现出原始的狡诈。

发光功能是深海海族们用来捕猎、吸引配偶的，一些光不太亮的人鱼就把荧光棒挂在尾巴上骗来对象。不过雌性人鱼的彪悍也会让这些感情骗子大大吃苦。

另外，崔栖潮也慢慢把生意做到了两极。在牧场进行了一次大交易之后，他就长途跋涉到极地，轮流抵达南极和北极。

虽然都住在极地，但南极和北极的人鱼并不属于同一系。北极生活的人鱼是利维系人鱼的亚种，能叫崔栖潮一声“老表”。

他们每年在北极待大半年，但是到了繁殖期，要游到温暖的海湾完成求偶乃至产子的过程。幼小的北极人鱼还不足以抵御严寒，要满月之后才具备那种能力。

南极人鱼则是另一系人鱼了，常年生活在南极，从外形上看，他们和崔栖潮甚至有一点点相似。但崔栖潮银白色的鳞片是泛着金属光泽的，而这些南极人鱼的鳞片、头发都是透着些许冰蓝色泽的白，像是坚冰一样。

他们的皮肤比起普通人鱼是一种近乎透明的白，鳃是深红色的，这里的血液富含氧气，这种深红色在他们的皮肤上尤其鲜艳，是全身最显眼的色彩，慢慢过渡到耳鳍，成为淡红色乃至透明。头发普遍非常非常长，缀满了各式各样的浅色贝壳、珍珠。

南极人鱼和企鹅的关系非常好，崔栖潮来的时候，就看到他们坐在冰面的边缘，挠着企鹅的脖子，甚至往企鹅的嘴里塞鱼。

崔栖潮要从他们手里换的是南极冰鱼。在人类海鲜市场中有很多便宜的南极冰鱼，不过南极冰鱼其实包含很多种类，这些便宜的南极鱼只是远洋捕捞，数量多单价也就下去了。

而崔栖潮换的是那些真正以南极虾为食，生长在零摄氏度以下的深海水域的南极冰鱼，比起来要珍贵多了。

南极食物相对种类要少一些，崔栖潮带来的海产非常受南极人鱼的欢迎，他们把一些藻类冻在冰层中，好慢慢食用。

即使同是人鱼，崔栖潮在这样的极端环境下也会觉得寒冷，停留太久也不适应，除了海产，他还带给这些南极人鱼一些平板电脑。

这是之前他从人类口中听说的，有的南极科考队和南极人鱼接触，发现人鱼表现得对他们的影视剧很好奇。

这些人鱼不像近海人鱼和人类接触得多，而且大概是人鱼中最向往浪漫爱情的一群，居然着迷于人类拍的那些天马行空的恋爱剧，即使里面有的剧拍摄人与人鱼的爱恋，一点都不切实际，他们还是看得非常起劲。

可惜在他们生活的海域能遇到的人类实在太少了。

崔栖潮带来的东西正是他们需要的，里头储存了很多电视剧，人鱼们逼迫企鹅们帮他们暖平板电脑，围起来制造一个温暖的空间，甚至放在企鹅爸爸的育儿袋里，好让其在寒冷的环境下顺利开机……

崔栖潮把新鲜的南极海产带回人类海产市场，那些鱼、贝、虾被冻在了南极坚冰中，直接拖上货运飞机。

另外，因为崔栖潮越来越知名，夏枚尔海域的人鱼出去一说起家乡，其他人鱼都表示，就是崔斯坦来的地方吧?

看来，人家可能不屑做一个夏枚尔的皇帝了……

不知道什么时候开始，其他人鱼也对河鲀感兴趣了，甚至因此和好伙伴海豚产生了矛盾。

他们想追逐风潮，学崔栖潮佩戴一个永远圆鼓鼓的河鲀，海豚则需要河鲀来玩耍。

人鱼：“给我！我要用河鲀装饰我的头发！”

海豚抢不过人鱼，于是愤怒地吐了一大串泡泡。

番外 5

# 人鱼世界 4

连人鱼都开始将河鲀当作时尚来追捧，人类当然也注意到了这一点。

人类中有种专门的分类，叫人鱼风，包含了美妆、家居、服饰等各个方面，就像有的人鱼会模仿人类的模式一样，也有人类喜欢人鱼的风格。

这个河鲀起初让人有点摸不着头脑，但这属于海洋生物学者们的研究范畴，大批人鱼开始捉河鲀，这种现象是否代表了什么海洋生态的变化？

大部分河鲀是生活在淡水里，人鱼不一定能抓到小白那样的品种，就千里迢迢地跑到入海口去抓，引得人类纷纷围观。

后来大家追根溯源，才发现这好像是人鱼的一种新风尚。

人类一想，好吧，人鱼里都这么流行了，还是一条非常知名的人鱼引起的，那我们肯定要模仿。

结果这一年那些主打人鱼风的品牌都推出各种河鲀图案的产品，不少人纷纷吐槽今年的人鱼风画风好像不太一样，家里女儿、老婆或者男朋友买了很多产品，搞得自己每时每刻都像是被河鲀的眼睛盯着……怪诡异的。

就在这样的风潮之下，夏枚尔周边的旅游公司来找崔栖潮了。

崔栖潮的合作都遍布全球了，带动得当地旅游人次大涨，他们找崔栖潮合作倒不奇怪。他们上来就说，想设定一个旅游形象大使。

当时崔栖潮就立刻说：“不了，我不做。”

倒不是因为其他，单纯是忙不过来，他在 LJJ 的安排下也进行过一些演艺活动，可是现在牧场工作很忙。

崔栖潮有心雇人鱼打工，但是人鱼天性不受束缚，一开始好奇答应，真正工作起来，动不动就擅自离岗玩乐去了。所以崔栖潮只好雇人类，但这样一来，要操心的事也更多了。

旅游公司的人：“不是找你，是找你的河鲀。”

今年小白作为人鱼风的重点元素，形象遍布全球，作为河鲀中的代表，夏枚尔政府的人讨论后觉得，它绘制起来简单，无论做周边还是其他，都比人鱼要方便、传神，只要抓住圆眼睛、圆身体的特点就行了。

最重要的是，使用费肯定也便宜很多……

崔栖潮有点无言，问过小白后替他答应了下来。

于是，小白摇身一变成了夏枚尔一带的特邀旅游大使，在公司要起名字时，崔栖潮也提供了名字：小白。

众人怀疑这是人鱼和人类文化的不同导致的，怎么看小白也是崔斯坦的名字，而不是这只河鲀的。

但是崔栖潮提供了这个名字，他们也只好用了。

转眼间，河鲀的形象遍布夏枚尔周遭，广告牌上的吉祥物、商店里的玩偶、海上的充气垫，全都是河鲀的模样，并亲昵地称它为“小白”。

小白还被邀请去参加了几场公开活动，崔栖潮不放心，一直陪同着。

旅游公司的人哪想到崔栖潮能参加这样的活动，他能和人类谈生意都够惊人了，市政府根本没想过他能出席活动。

可事实就是如此，崔栖潮对他的河鲀无比看重。

负责对接的人结结巴巴地说：“那……到时候……该怎么介绍您啊……”

崔栖潮的象征意义太大了，第一条真正意义“上岸”、融入人类社会的人鱼？特邀大使的主人？

崔栖潮很疑惑地看着他，好像在说：这种事难道不是你们更擅长吗？

但他还是皱眉答道：“不用特别介绍我，如果你们想发稿子，称为‘知名人鱼企业家’不就行了？”

每个和崔栖潮接触的人类，总要为他对人类世界规则的谙熟而震惊。

以人鱼的身体素质，其实能在岸上待很久的。

别看人鱼外表秀丽，普遍比人类都要纤弱，可他们的进化方向和人类是不一样的，他们在海里既需要智商，更需要捕猎的实力。

离水后的人鱼能够坚持上三天三夜，才会出现各种脱水引起的症状。

崔栖潮让他们准备了一辆特制的轮椅给自己，非常坦荡地露着鱼尾陪同小白参加了活动，只是露了一面，也引起了媒体的疯狂拍摄。这可是头一条参加人类活动的人鱼。

结束后，崔栖潮被送到海边，抱着小白，鱼尾有力地一压地面，就原地弹了起来，一跃进海，在摄影师们的镜头中留下一个完美的弧线。

当崔栖潮的生意发展起来后，他难以避免地需要一个更加正式的身份，以进行各种合作。他已经不仅仅满足于海洋牧场了。

这样就涉及国籍问题，当崔栖潮流露出意向后，各国人类都抛出橄榄枝，希望成为第一个拥有人鱼公民的国家，承诺会给崔栖潮种种优惠。

各国彼此还要打架，这个说“夏枚尔海域在我们国家”，那个说“崔斯坦也来我们这里交易过海产”，这个说“你们国家历史上残害过人鱼”，那个说“你们国家在沙漠啊，到底是有多大脸邀请人鱼入籍”……

最后崔栖潮选择了夏枚尔海域的国家和另一个优惠条件开得非常好的国家，成了双国籍人鱼公民。

与此同时，海里也流传着一个消息：难道崔斯坦其实想去人类国家当皇帝？

这个谣言流传了还挺久的，总觉得崔斯坦想攻上大陆了，这条人鱼莫名给人一种野心很重的感觉啊……

也不知道是不是人鱼的敏锐察觉到了崔栖潮来自血脉深处的力量——那种若有似无随时可以登基的能力。

事实上，崔栖潮的生意推进内陆后，他本人则逐渐往淡水湖去了。

于是后世的历史书会记载，崔斯坦搬到夏枚尔海域，象征着两件大事的开端。第一是人鱼“上岸”又“下海”了：人鱼逐渐开始和人类合作，一开始除了崔斯坦以外的人鱼还比较抗拒，但是慢慢地，在同胞的带动下他们就开放了思想。而且这部分人鱼开始务农的务农，经商的经商，总而言之就是都知道做生意了。

第二则是淡水人鱼的诞生，作为利维系人鱼的亚种，从崔斯坦开始，逐渐向内陆搬迁，从海洋进入了淡水区，逐渐衍生出了新的人鱼支系——淡水人鱼。

在后来，淡水人鱼也成了人类化最严重的一支，他们大多数加入了不同的人类国籍，奔波于世界各地，大把大把地赚钱，建海底别墅。

无论人类还是人鱼，对崔斯坦的猜想都很多。

作为头一条上岸的人鱼，不是没有学者猜测，既然崔斯坦都能和一条河魨产生友情，虽然他们都是鱼吧，但人鱼和人类难道不更般配一些？

番外 6

# 故地重游 1

崔栖潮曾经想过，如果有机会，回那些他去过的位面走一走，看一看。现在终于可以了，林琳答应给他排期，送他和小白故地重游。

他们头一个抵达的，就是 C 大了。

崔栖潮先到了在这里的家，小白没有见过他的亲生父母，但知道他很喜欢这个虚拟位面里的父母，所以上门前还特意买了礼物。

“小江，来，坐。”崔母笑吟吟地招呼江谈微坐下，崔父则是带着不赞同又无可奈何的神色，只冷冷淡淡地打了声招呼。

崔母立刻说：“儿子这么久没回来，你这是什么态度？”

崔父只能憋屈地说：“你们坐这儿别动，我去给你们拿袋橘子。”

“我来吧，爸。”崔栖潮看了看，他在这里布置过的阳台菜园都还维护得非常好，不禁欣慰，拿橘子时顺便摘了些家里种的西红柿，洗干净了吃。

“对了，你那只猫呢？”崔父干巴巴地问道。

崔栖潮和江谈微默契地对视了一眼，然后江谈微道：“还在，现在在我朋友家里。”

“哦。”崔父想了想，好像不记得那只“小白”是公的还是母的了，叹了口气说，“那是只乖猫啊。”

江谈微立刻道：“谢谢。”

崔父觉得莫名其妙。他说猫呢，这小子客气什么？

在家待了几天，当然就要去 C 大。两人自驾到 C 大，这时候崔栖潮的叔叔已经不在学校当校长了，所以崔栖潮也就没联系他。

他们所抵达的时间节点距离崔栖潮离开大概有五年了，这时间里，C 大食堂运营得非常成熟，甚至让大家提起食堂菜也不再是满脑子黑暗料理。冠以 C 大名号的新品辣椒也成了响当当的牌子。

崔栖潮和江谈微走过校园，他不时指给江谈微看，这里，小白牧过鸭；那里，小白受过训。他们甚至还遇到了当年小白的兄弟——宿管阿姨养的那一只猫。不过它早就不认识小白了，只是常年生活在学校，性格亲人，所以上前来嗅了嗅他们。

江谈微蹲下来摸了一下它：“笑到最后，才是赢家！”

“你在说什么？”崔栖潮问。

“没什么。”江谈微立刻若无其事地站了起来，“我们继续走吧。”

他们观赏了一下菜地，菜长得是不错，居然还竖了牌子，标着一些名字。

崔栖潮仔细一看，猜测可能是现在学校利用菜地让学生来上劳动课，还分出一小块给老师，可以随心所欲地种植。

两人随意地坐在了田边，这时候有学生从玉米地里出来，也坐在旁边休息，看了他们两眼，无聊地搭话道:“你们来参观的吗？”

崔栖潮:“算是吧。”

这学生擦着汗，一点也不奇怪。现在C大经常有人来参观，可着他们的食堂和菜地看，就连他自己当初报大学也是看中了这里离家近伙食又好。

说到这个，崔栖潮问道:“你们现在食堂伙食怎么样？”

学生自豪地道:“没有比我们更好的食堂了吧，新校区扩建后还新开了两个食堂，菜全都特好吃，特丰富。还有我们学校田里的菜，总是有人想高价收购，我们都不让的，只供给食堂。还有我们百草园里的人参……”

那学生看了崔栖潮一眼，觉得有一点点眼熟，但又想不起来在哪里见过，倒没多想，反而问道:“你知道我们学校的菜为什么那么好吃吗？”

江谈微差点没笑出声来，转头道:“知道啊。”

那学生刚要倾吐一番，一下给憋回去了，郁闷地说:“哦。那你们知道我们学校研发的辣椒……”

江谈微:“知道知道，也知道！”

学生无语。

这时候一人走过来，和他们对视上，立刻露出了惊喜的神情:“崔总？”

崔栖潮也站了起来:“张师傅。”

这是之前食堂的厨师，当然认得崔栖潮。

旁边的学生则灵光一闪，忽然想起来为什么看这人眼熟了。他不就是承包了学校食堂和强行种菜的那个神农公司的创始人吗?

难怪他们说“知道”啊！！

在张师傅的带领下，崔栖潮又去食堂和老员工们叙了一番旧，快到吃饭的时候，他站在二楼往下看。

只见外面有学生早早地就在排队了，一名保安站在门口警惕地望着大家，都是青春年少最能吃的时候啊，而里面窗口的打饭员工们也严阵以待。

随着整点时间一到，保安把门打开，学生们就一拥而入，迈着努力矜持却掩饰不住焦急的步伐，小跑向窗口。

聪明的C大学子会一早想清楚要打哪些菜，在哪里排队最划算，精准地直奔自己的目标。

比以前多了点从容，但骨子里的本质还是没变的。崔栖潮在心里总结。

食堂的员工对崔栖潮旁边那个年轻人则有点好奇，等到崔栖潮也要吃饭时，才有人问了：“崔总，这位是你的？”

崔栖潮想了想道：“朋友。”

江谈微和大家握手，还能清楚记住每个老员工的名字，明明只是之前听崔栖潮喊了而已，却得大家心里觉得崔总的朋友也是人才啊！

崔栖潮来C大一游，该知道的人都知道了，老校友们的朋友圈流传起了崔栖潮的视频。

“还记得当年那个改变你大学食堂、校园环境、品鉴能力的男人吗？他又回来了！”

番外 7

# 故地重游 2

整块大陆上，最广阔的领地是契努，最具有战力的领地是科蓝多，人口最多的领地是费里……最让人羡慕的领地，则一定是诺森伯兰。

一个人均财富值、幸福值都最高的领土，地方不大，只是一个小男爵的领地，却让无数人心向往之。

大多数人没有去过那里，只是听骑士、商人还有三流小说家们说起那里，传说那里的庄园法令独具一格，就在三个月前，释放了最后一批奴隶为自由民，现在已经不存在一个奴隶了。

就算是最卑微的农奴也能住上豪华的石头房子，时常能吃到白面包，珍贵的红糖这里简直取之不尽，毕竟有一个糖坊，出产着闻名天下的葡萄酒。

他们有会自动灌溉的水车，他们的农田没有虫害困扰，他们几乎人手一把铁农具，医治牛马的技术也很厉害，耕作效率奇高，轻轻松松就能完成份地的农活。富裕的产出可以换来一些让家里更舒坦的东西，比如来自其他大陆的毛毯、香料、家具等。

没有奴隶，倒是有兵役，这些农民扛着锄头是农户，提起猎枪又是战士了。

去过那里的商人提起来，就像在形容梦境，诺森伯兰的农户喜欢花园，每户人家都侍弄得花草丰茂，四季常开。道路干净、平整，过桥不用给税费，烤面包也不用给税费。

就是这样一个领地，他们的领主才二十岁而已，从前任领主手里接过这里，萧规曹随，辛勤耕耘，才有了今天的结果。

这一天就是领主老爷结婚的日子，他开创了又一个传说——将迎娶自己领地上一名普通农奴家的女儿。

领民们自发送来各种各样的贺礼，领主老爷也吩咐厨房杀一大批猪宴请宾客，遵循传统，在草地上举办宴会。

因为厨房人手不够，农妇们留下来帮忙，把猪猡宰杀了，大卸八块。

一个个猪头摆在一块儿，要做成烤猪头，因为饲养条件好，这些猪普遍肥硕，猪嘴翘起好像在诡异地微笑一样。

江谈微和崔栖潮重返诺森伯兰，爬上草坡看到的第一幕就是这个——无数的猪头！

江谈微差点炸了："这什么意思，针对我吗？"

崔栖潮也很震惊，拦住江谈微："等等，先去问问。"

LJJ 的程序员们不至于玩得这么大吧，还设计了一批猪头来迎接小白？

江谈微气呼呼地跟在崔栖潮后面往露天厨房走。

忙活着的农妇们本来没有注意到他们，直到第一个人发现后，情不自禁地惊呼出声："男爵老爷？"

第一瞬间，他们以为是兰斯老爷来了，兰斯老爷继承了男爵爵位，现在是诺森伯兰唯一的领主。但很快他们也发现了，不，不是兰斯老爷，而是崔斯坦老爷。

诺森伯兰民最感谢的人，兰斯老爷排第二，崔斯坦老爷一定要排第一。自从他离开诺森伯兰去另一块大陆冒险，大家无时无刻不在思念他。

现在乍然见到他本人，尖叫声顿时此起彼伏。

最后把兰斯也引了过来。

兰斯穿着一身礼服，手里还牵着他的新娘，听说崔斯坦叔叔来了，他匆忙跑过来，心情不知道多激动。

这么久不见，兰斯已经长成大人了，崔栖潮认出他来，也极为欣慰："兰斯。"

"叔叔！我终于等到您回来了！"兰斯单膝跪下，抱着崔栖潮的腰，兴奋得面颊发红。

他的新娘也不知所措地单膝跪了下来。

崔栖潮一看她的装扮，再一联想到盛大的猪头宴会："今天难道是你的婚礼？太巧了。"

"请您一定、一定要做我的主婚人。"兰斯本来邀请了主婚人，但既然崔栖潮回来了，这个位置当然非崔栖潮莫属，"这是我的妻子，安娜贝尔。"

崔栖潮作为兰斯的主婚人出席了这一场盛会，所有领民都激动无比，因为能够再见到尊敬的、奠定了诺森伯兰今日成就的崔斯坦老爷。他在这里待了七年，让诺森伯兰发生了翻天覆地的变化，受益直至今日。

他们恨不能立刻邀请老爷看一看粮仓，看一看他们的家里，最重要的是看一看他们地头里茁壮的麦苗、圈舍里健壮的母猪。

有自由民大声说："谁都不要和我抢，我是一定要把家里的老母猪献给崔斯坦老爷的，这头是他当年亲自治疗过的。自从老爷来了我家，老母猪下崽不知道多勤快！"

诺森伯兰就是诺森伯兰，一点也没有变啊……

他见到了一些熟悉的人，比如当年崔栖潮救下来、看着她结婚的小女仆莉莉，已经是三个孩子的母亲，也成了城堡的女管家。她端庄稳重了许多，有了自己的家庭后，渐渐不再因为少女时的遭遇而困扰，从阴影中走了出来。

贸易队的人，各个都能独当一面了，常年在外奔波交易，这次为了领主的婚礼，带着各种精美的礼物从大陆各地赶了回来，没想到还有意外之喜，能见到崔斯坦老爷。

还有一个很有趣的人——兰斯的父亲高文。

自从兰斯成为领主之后，他偶尔也动过心思，但是被兰斯摁住了，还把他送回他自己的领地去发展，这次是专程过来参加婚礼的。

回去后高文就停止了劳作，但是他的饮食习惯还没改变，所以几年下来，高文就从原来算得上英挺的模样变成了一个大胖子。

面对现在的高文，崔栖潮险些没认出来。

开餐之时，一盘又一盘佳肴端了上来，每桌必有一个大猪头，嘴里放着一个苹果，包括主桌上也有。

江谈微黑着脸坐在那儿，和猪头脸对脸。

崔栖潮小声吩咐了一下，猪头就被撤了下去，江谈微这才舒缓了好多，开始吃肉馅派。

崔栖潮环视一周，只见领民皆敞开了大吃，模样与之前才探望过的C大学子渐渐重合，而桌上的猪头也着实比从前看到时尺寸大了许多，证明喂养得当，他不禁露出了欣慰的微笑。

从诺森伯兰离开后，下一站崔栖潮和江谈微去的就是他们的无人星域种植基地，飞船落在最初开辟的无人星上。

飞船还是当年那艘飞船，有基地的最高权限，因此畅通无阻。

只是今时不同往日，种植基地的规模大了，又早就实行了自动化，他没提前说，星球上一个人也没有。

崔栖潮倒也不在意，只沿着小路走走看看，观察一下这里的种植情况，还从这里的系统里调出了订单来看。

这个全宇宙最危险的农业团体，生意遍布各个星系，种植基地其实早就不止无人星域了，在多处设有种植基地。

崔栖潮给崔汀他们发了信息，说自己探险回来一趟，想和大家见见面，然后又继续逛了。

他发现自己走后，崔汀他们好像把他当年住的小屋子又给复原了，就放在原来的坐标上，当作纪念。毕竟崔栖潮一走就杳无音信，谁也不知道他到了宇宙的哪个角落。

崔栖潮带着回忆推开门，走了进去。

江谈微也颇为熟稔地摸摸这里，戳戳那里："当年我就坐在这里，无聊透顶地看你种菜。"

崔栖潮笑了笑："是啊，后来还学会开拖拉机了。"

他们坐在中间，透过天窗就能看到外头低近无比的星河，璀璨一如当日。

江谈微喃喃道："真好，在我变人之前，你没有答应任何人。这是最危险的一个世界了……"

崔栖潮也笑道:“在这里的时候你一开始还很恨我吧，三斤粮食我都不舍得。”

江谈微幽幽地看了他一眼:“你说呢? ”

在无人星上，只有一人一猫，甚至很多个世界，他们也只能对彼此说真话。崔栖潮一下把他气得发疯，一下又让他心里怪开心的，那种悲喜交加的感觉可是一直持续了很久。

崔栖潮揉了揉江谈微的脑袋:“是我不对。”

江谈微刚想哼哼，忽然皱眉:“嗯，你有没有闻到什么味道? ”

崔栖潮:“嗯?

一股熟悉又陌生的五谷香味弥漫在不大的空间内，其中还夹杂了冷冷的金属味道，就像子弹的外壳。

两个人都猛然想起来。对了，这里是星际的位面，难道刚好撞上了易感期?

崔栖潮想了想时间，还真是这个时候。

而那股属于领导者的陌生金属味道难道是小白的信息素? 当年他在这里是猫，现在是人，当然也会有性别，也会有信息素，只是他们都没想到而已。

崔栖潮还挺奇怪的，没有想过小白的信息素会是什么味道，但冷冽的金属和小白完全不搭啊!

“这是 LJJ 的程序员设计的? ”

“这应该不是他们设计的，是你被诱发了易感期吧……”

番外 8

# 魔神崔斯坦

“Geronimo！”

随着熟悉的呼声，崔栖潮坠落在一个黑暗沉闷的地方。

这还是第一次。

他去过深海，那里也黑暗无比，但不会这样闷，这里的闷就像是一百年没有流通过空气。

不过也不奇怪，毕竟这里是世界上最隐秘的地方之一，魔域。

根据资料，这一次崔栖潮来到的是一个西方幻想世界，他是魔域现任七位魔神之一，仍然使用了老名字，崔斯坦。

“唔……怎么这么黑……”

小白的声音响起，近在咫尺。

这次也不知道小白变成了什么，崔栖潮还没习惯这具身体的能力，下意识伸出手摸索：“你在哪儿？”

他摸到了一物，凭着感觉，犹豫道：“这是角吗？”

江谈微不好意思地道：“是。”

崔栖潮：“是不是有点短？”

江谈微的脸爆红：“短怎么了！”

崔栖潮：“没有，只是听说其他魔物的角好像都比较长……”

江谈微手里的宝石亮起来，照亮了他额头上只有小指那么长的恶魔之角，眼睛瞪得溜圆：“那是他们畸形！”

崔栖潮：“……”

作为恶魔，江谈微虽然已经成年，但是恶魔的角通常要在成年后的一百年左右才会发育到最佳形态，那才是恶魔的壮年。

宝石的光芒照亮了周遭，江谈微也看清楚了崔栖潮的模样。他还是他，五官带着东方的神韵，背后黑色的双翼收折在身侧，羽毛柔顺带着内敛的光滑，就像是水墨流淌而出。

江谈微看着看着，忍不住摸了摸，触感果然松软柔滑。

“什么感觉？”

“怪怪的。”崔栖潮试着动了一下翅膀，却因为不熟练，一不小心就动过了头，一人多长的宽阔羽翼张开，发出沉沉的破风声。而江谈微也因为失去依靠一下子栽倒了。

崔栖潮低笑，此刻再看江谈微那带着几分稚气的角，恶魔角也是黑色，暗沉得仿佛所有的光都会被吸收，只剩下纯粹的黑色。

崔栖潮："走吧，你一定也想看看领地的收成吧。"

江谈微："……"

这个世界，魔域的七位魔神各有地盘，大家不但要和天堂争夺凡人的灵魂，彼此之间也有内斗。崔斯坦大人的势力原是不上不下，手底下还有几个倚重的魔物，作为臣僚。

崔栖潮找来其中一名恶魔，表示要检查自己的财产。

这恶魔叫蒙克，他翻了下账本，要带崔栖潮从新堕落的灵魂看起，还有各类魔物，什么三头犬、死亡骑士、独眼巨人等等，崔栖潮却制止了他。

"有没有什么作物，以及活畜、禽之类的？"

蒙克茫然地道："作物……活畜……？"

这些词可太陌生了，不常出现在蒙克的记忆中。

他仔细回忆，快把头给挠掉了，最后带崔栖潮去看了地下植物，这些不需要光合作用的植株，看长相多是蕨类，也有苔藓、藤条模样的，别说，还挺大。

不过魔域的作物很特别，看着看着，藤条就伸出来试图卷住蒙克，然后被蒙克狰狞地砍成了碎片。

蒙克呼呼喘着气："大人，这些就是您的作物。"

崔栖潮有点犹豫，这到底算不算作物？

再说畜牧养殖，蒙克想了半天，把大人带到了美杜莎那里，指着她头上一条条张扬的毒蛇，道："这个……算您养的蛇吧……"

崔栖潮："……"

崔栖潮翻了翻账本，发现就算是账本，也很不正规，许多处不详尽。并非蒙克渎职，这里可是魔域，谁还没点小毛病，贪婪、懒惰、欲望……

还有这块地下世界的土壤。

崔栖潮环视了一周，感叹地道："这里可太贫瘠了。"

不然呢？这里是最可怕的地方。

蒙克讪笑道："你该不会才发现吧？这里可是魔域，比这句话更古老的，就是'要有光'了。"

他开了个玩笑，崔斯坦大人听完，却回过头，认真地道："没错，要有光。"

蒙克："啊？"

崔斯坦大人疯了。

那个魔神，他把魔域打穿了，然后利用法阵把倾泻下来的阳光反射到了自己的领地各处，以便种地——因为魔物们不喜欢阳光，所以他让石巨人建了许多遮光走廊，同时配发给大家遮光眼镜，但是随处可见的阳光还是令魔物们嘤嘤哭泣。原有的黑暗植物也没有被铲除，而是被分配了区域，利用各自的特性，让它们和不同的植物共存，甚至能帮助其生长。

新堕落的灵魂们更是无助，他们因为自我的堕落，或是魔物的诱惑，来到了魔域，本想加入邪恶的狂欢。谁知道，这里的魔神竟然逼迫他们照料农作物。天知道，他们大多生前就懒惰、好色、贪食、傲慢……总之活着都没勤劳两天，到了这里，居然要开始照料领主的作物！

崔斯坦还告诉他们：魔域有你才美丽。

谁要美丽魔域啊！大家都是来堕落的啊！

其他魔神都觉得崔斯坦疯了，暗自偷笑。崔斯坦一心种田，没有太多心思去人间诱惑凡人。不过，因为他打穿了魔域，人间出现了一个幽深的洞，位置就在一个景点，引起了凡人的恐慌，认为这个洞是恶魔之眼。他们借助这种恐慌情绪引诱了不少灵魂，业务增长远超崔斯坦，说起来，他们还得谢谢这位魔神呢。

崔斯坦却好像丝毫也不在意，而且在他管理下，部分精明的魔物敏锐地感觉到，要说魔神疯了，但是他展现出了前所未有的御下能力。

搞了这么些事，手底下有谁造反，或者说造反成功了吗？没有！

那么多堕落的灵魂，在他的管束下，劳作能力变得极强！

要是把这个劲儿用在和其他魔神、天堂争斗上，岂不早就一统魔域了……

在大家心思各异之时，崔栖潮的第一批作物成熟了。

他点了几个魔物去处理粮食，把其中一部分酿成了美酒，魔物们享用得飘飘欲仙。他们将剩下大量无用的粮食送到了大洞之外时，还不小心被人类看到了。

原以为会把人类吓一跳，谁知他们身上泛着的谷物的清香冲淡了堕落的气息，眼中的邪恶因为艰苦的劳作而熄灭……

这哪里是魔物，这分明就是朴实的劳动者，而且送来了这么多粮食，难道是赐福？那个冒出粮食的大洞根本就不是恶魔之眼吧，应该是什么神圣通道。

大洞被保护了起来，人们开始虔诚礼拜，并许愿去洞中服侍那位善良的神灵，和勤恳的劳动者成为伙伴。

魔物们留下了悲愤的眼泪：这不是我要的结果……

不需要过多宣传，崔斯坦大人的信仰者数量就意外地反超了各位魔神，甚至直接和天堂抢起了生源，让天使们也极为困惑。

崔栖潮继续一意孤行，还成功研究出了便捷的运输法阵，偷偷摸摸地把作物种遍了魔域。没办法，他看不下去地头被浪费。堕落的灵魂就是他的劳工，石像鬼镇守农田，狮身蛇尾怪被派去烤面包。

其他的魔神看得眼红，借口他侵占自己的土地，发起了进攻。

一开战才发现，这疯子窝在自己的地盘种田，魔力却不减反升！尤其是崔斯坦座下的一个新的大恶魔，作为他的先锋，手里握着一柄长长的镰刀，于阵前收割了无数魔物的头颅，令众人闻风丧胆。

年轻的大恶魔被其他人称为“死亡镰刀”，崔斯坦却当着大军夸奖他：出得农田，上得战场。

这就让大家的恐惧显得很尴尬了……

但崔斯坦实在没有什么称王称霸的欲望，对阵多半也只求击退敌军，他所求的也只有农田，并不干涉大家的统治，就连战俘也多半被赶去种地了。

经过一段时间的负隅顽抗，眼看着崔斯坦光是用粮食收买凡人都可以直接把天使干趴下了，其他魔神尴尬地发现，他们可能和崔斯坦求和比较好。

年轻的大恶魔将领接待了他们。

江谈微百无聊赖地道：“随便，爱降不降。我老和大人说，别管他们，直接种满三界就是了。我们大人的征途是全宇宙，你们这算什么。”

一位魔神讪讪地岔开话题，指着那大洞道：“这就是当年崔斯坦大人击穿的洞吧。听说，大人还在此发了宏愿。”

这个宏愿的具体内容，大家都不甚清楚，因此猜测诸多。

江谈微：“哦，大人说，要有光……”

魔神们：“嗯？”

江谈微慢吞吞地道：“……要有光，才能种田。”

魔神们：“……”